SCIENCE FICTION

Herausgegeben
von Wolfgang Jeschke

Von Alan Dean Foster erschienen in der Reihe
HEYNE SCIENCE FICTION & FANTASY:

Die Eissegler-Trilogie:

* Die Eissegler von Tran-ky-ky · 06/3591
* Die Moulokin-Mission · 06/3777
* Die Fahrt der Slanderscree · 06/4618

* Das Tar-Aiym Krang · 06/3640
* Die denkenden Wälder · 06/3660; auch als 06/4729
Alien · 06/3722
* Der Waisenstern · 06/3723
* Der Kollapsar · 06/3736
Kampf der Titanen · 06/3813
Outland · 06/3841
* Cachalot · 06/4002
* Meine galaktischen Freunde · 06/4049
* Auch keine Tränen aus Kristall · 06/4160

* Homanx Eins · 06/4220
Drei Romane in Kassette zum Sonderpreis
* Das Tar-Aiym Krang
* Der Waisenstern
* Der Kollapsar

Flinx · 06/4219

Der Bannsänger-Zyklus:

Bannsänger · 06/4276
Die Stunde des Tors · 06/4277
Der Tag der Dissonanz · 06/4278
Der Augenblick des Magiers · 06/4279
Die Pfade des Wanderers · 06/4508
Die Zeit der Heimkehr · 06/4509

Colligatarch · 06/4338
* Die Reise zur Stadt der Toten · 06/4308
El Magico · 06/4355
Das dunkle Land · 06/4407
Pfade des Ruhms · 06/4533
Afrikas dunkles Herz · 06/4559
* Prisma · 06/4626
* Long Tunnel · 06/4657

Flinx' Abenteuer · 06/4948
Sonderausgabe der Romane
Flinx · Das Tar-Aiym Krang · Der Waisenstern · Der Kollapsar

In der ALLGEMEINEN REIHE:

Das Ding aus einer anderen Welt · 01/6107
Krull · 01/6286
Starman · 01/6369
Pale Rider. Der namenlose Reiter · 01/6596
Aliens · 01/6839
Spacecop L. A. 1991 · 01/7727

Die mit * gekennzeichneten Romane und Erzählungen spielen
in Alan Dean Fosters Homanx Commonwealth.

ALAN DEAN FOSTER

Flinx' Abenteuer

Sonderausgabe

Vier Romane in einem Band

Mit Illustrationen von
Klaus D. Schiemann

WILHELM HEYNE VERLAG
MÜNCHEN

HEYNE SCIENCE FICTION & FANTASY
Band 06/4948

Titel der amerikanischen Originalausgaben
FOR LOVE OF MOTHER-NOT
THE TAR-AIYM KRANG
ORPHAN STAR
THE END OF THE MATTER
Deutsche Übersetzungen von Heinz Nagel
Das Umschlagbild malte Dieter Rottermund

3. Auflage

Redaktion: E. Senftbauer

Printed in Germany 1994
Umschlaggestaltung: Atelier Ingrid Schütz, München
Technische Betreuung: Manfred Spinola
Satz: Schaber, Wels
Druck und Bindung: Elsnerdruck, Berlin

ISBN 3-453-06193-4

Inhalt

Erster Roman

Flinx

(erstmals auf deutsch erschienen als Band 06/4219
in der Reihe Heyne Science Fiction & Fantasy, München 1985)
Aus dem Amerikanischen übersetzt von Heinz Nagel

Für Michael
und Audrey und Alexa Whelan;
weil sie
gute Nachbarn sind ...

01

Das ist vielleicht ein zerschundener, wertloser, kleiner Knirps, dachte Mutter Mastiff. Sie preßte den Beutel mit Schnitzereien etwas fester an sich und vergewisserte sich, daß ihr Slicker ihn vor dem Regen schützte. Der ewige für den Herbst auf Drallar so typische Nieselregen perlte von dem wasserfesten Material.

Außenweltler hatten es schwer, zwischen den Jahreszeiten der Stadt irgendwelche Unterschiede festzustellen. Im Sommer war der Regen warm, im Herbst und Winter etwas kühler, im Frühjahr wich er einem beständig lastenden Nebel. Daß die Sonne einmal durch die fast ewige Wolkendecke schielte, war eine solche Seltenheit, daß die Behörden dann gewöhnlich einen öffentlichen Feiertag verfügten.

Eigentlich konnte man das, woran Mutter Mastiff jetzt vorbeitrottete, nicht gerade einen Sklavenmarkt nennen. Das war ein archaischer Begriff, wie ihn nur Zyniker benutzten. Es war einfach der Ort, wo Arbeit und Einkommen auf formelle Art aufeinander abgestimmt wurden.

Drallar war die größte Stadt der Welt, die sich Moth nannte, die einzige echte Metropole, die sie besaß, und zwar keine besonders wohlhabende. Die Behörden hielten die Steuern niedrig und hatten es dadurch geschafft, eine ganze Anzahl Gewerbetreibender und Handelsunternehmen auf einen günstig gelegenen, aber im wesentlichen unwirtlichen Planeten zu ziehen. Den Ausgleich dafür schafften sie, indem sie kommerzielle Lästigkeiten wie Zölle oder einengende Vorschriften weitgehend abgeschafft hatten. Das führte zwar zu beträchtlichem Wohlstand für einige, brachte aber der Stadtregierung praktisch keine Einnahmen.

Zu den zahlreichen Bereichen des öffentlichen Lebens, die darunter litten, gehörte auch die Fürsorge für die Armen. In Fällen von Bedürftigkeit, wenn das betreffende Individuum noch dazu durch die Umstände isoliert war, hielt man es daher für vernünftig, es wohlhabenderen Bürgern zu überlassen, der Regierung die Verantwortung abzunehmen.

Das reduzierte die Ansprüche an den Wohlfahrtsetat und sorgte dafür, daß die Bürokratie zufrieden blieb und verschaffte gleichzeitig dem betreffenden Individuum ein höheres Maß an Fürsorge — so behaupteten die Beamten wenigstens — als er oder sie von mit zu knappen Mitteln ausgestatteten Regierungsbehörden je erwarten konnten.

Die Vereinigte Kirche, der geistliche Arm des Commonwealth*, war von solch einseitiger Wirtschaftspolitik nicht gerade begeistert. Aber das Commonwealth hielt nicht viel davon, sich in die inneren Angelegenheiten einzelner Welten einzumischen, und die Beamten von Drallar beeilten sich, gelegentlich zu Besuch erscheinende Padres oder Ratsherren davon zu überzeugen; daß es genügend gesetzliche Sicherheitsvorkehrungen gab, die den Mißbrauch von auf diese Weise ›adoptierten‹ Individuen verhinderten.

So kam es, daß Mutter Mastiff sich auf ihren Stock stützte und ihren Beutel mit den kunstgewerblichen Gegenständen an sich drückte und etwas verschnaufte, während sie die zugedeckte Plattform musterte. Ein neugieriger Zuschauer drängte sich zu nahe an sie her-

---

* Siehe dazu: ›Alan Dean Fosters Homanx-Universum — Die Commonwealth-Konkordanz‹ von Michael C. Goodwin, in: ›Heyne Sience Fiction Magazin‹ Nr. 12 (HEYNE-BUCH Nr. 06/4167), S. 170—251; auch in ›Die denkenden Wälder‹ (HEYNE-BUCH Nr. 06/4749), S. 209—288.

an und blickte böse, als sie ihn mit dem Stock anstieß, trat aber zur Seite, da er die Auseinandersetzung mit ihr scheute.

Auf der Plattform, innerhalb des Kompensationskreises, stand ein hagerer, ernst blickender Knabe von acht oder neun Jahren. Der Regen hatte ihm das rote Haar, das in scharfem Kontrast zu seiner ziemlich dunklen Haut stand, an den Kopf geklebt. Weite, unschuldige Augen, so groß, daß sie sein ganzes Gesicht zu erfüllen schienen, starrten über die vom Regen eingeweichte Zuschauergruppe. Er hielt die Hände hinter dem Rücken verschränkt. Das einzige, was sich an ihm bewegte, waren seine Augen, und ihr Blick huschte wie ein Insekt über die nach oben gerichteten Gesichter der Menge. Die Mehrzahl der Kauflustigen schien seine Anwesenheit überhaupt nicht zur Kenntnis zu nehmen.

Rechts von dem Jungen stand eine großgewachsene, schlanke Vertreterin der Regierung, die im Auftrag der Wohlfahrtsbehörde den offiziellen Verkauf — man bezeichnete ihn hier als ›Zuteilung von Verantwortung‹ — durchführte. Auf der anderen Seite konnte man von einem großen Bildschirm die wesentlichen Daten des Jungen ablesen, und diesen Bildschirm studierte Mutter Mastiff gerade.

Größe und Gewicht entsprachen dem, was sie sehen konnte. Haar-, Augen- und Hautfarbe hatte sie bereits wahrgenommen. Lebende Verwandte, zugeteilt oder sonst — keine Angabe. Persönliche Vorgeschichte — wieder keine Angabe. Ein Zufallskind, dachte sie, das man, wie so viele andere, der gleichgültigen Barmherzigkeit der Regierung zugeschoben hatte. Ja, so wie er aussah, würde es tatsächlich besser für ihn sein, wenn er unter die Fittiche eines privaten Individuums käme. Zumindest würde er dann vielleicht ordentlich zu essen bekommen.

Und doch war da noch etwas Besonderes an ihm, etwas, das ihn irgendwie von der teilnahmslosen Schar von Waisen abhob, die Jahr für Jahr in gleichmäßiger Prozession über die vom Regen durchnäßte Plattform zogen. Mutter Mastiff spürte etwas, das hinter jenen weiten, traurigen Augen lauerte — eine Reife, über seine Jahre hinaus, mehr Intensität in seinem Blick, als man von einem Kind in seiner Lage erwarten durfte. Und dieser Blick schweifte immer noch über die Menge, suchte, tastete. Der Junge wirkte eher wie ein Jäger als wie ein Gejagter.

Und der Regen fiel ohne Unterlaß. Die Aufmerksamkeit der Zuschauer konzentrierte sich in erster Linie auf die rechte hintere Ecke der Plattform, wo ein einigermaßen attraktives sechzehnjähriges Mädchen als nächstes an der Reihe war. Mutter Mastiff rümpfte geringschätzig die Nase. Was auch immer die Regierungsbeamten behaupteten, ihr würde keiner weismachen, daß diese drängelnden Schnösel in der vordersten Reihe nicht noch etwas anderes im Sinn hatten als unschuldig altruistische Sorge um die Zukunft des Mädchens. O nein!

Die Schar potentieller Wohltäter bildete eine Insel, um die der Rest der Bevölkerung des Marktplatzes strömte. Der Markt selbst konzentrierte sich in einem Ring aus Buden und Läden und Restaurants und Kneipen, die das ganze Stadtzentrum umgaben. Das Ergebnis des Ganzen war gerade modern genug, um zu funktionieren, und hinreichend ungeregelt, um auch jene anzuziehen, die das Geheimnis lockte.

Für Mutter Mastiff gab es auf diesem Markt nichts Geheimnisvolles. Der Marktplatz von Drallar war ihr Zuhause. Neunzig Jahre hatte sie im endlosen Kampf in jenem endlosen Strom aus Menschen und Aliens verbracht, manchmal nach unten gesogen und manchmal sich über die Flut erhebend, aber nie in Gefahr zu ertrinken.

Jetzt besaß sie einen Laden — klein, aber nur ihr gehörend. Sie handelte und feilschte um Kunstgegenstände, trieb Handel mit Elektronikgegenständen, kunstgewerblichen Arbeiten und vielerlei Schnickschnack, und verdiente daran gerade genug, um sich solchen Orten wie der Plattform fernzuhalten, auf der der Junge jetzt stand. Sie versetzte sich in seine Lage und schauderte. Eine neunzigjährige Frau würde keinen besonders hohen Preis einbringen.

Am Hals ihres Slicker gab es einen schlecht geflickten Riß, und der Regen fand inzwischen durch diesen Riß seinen Weg. Der Beutel mit Ware, den sie an sich drückte, wurde auch nicht leichter. Mutter Mastiff hatte noch andere Geschäfte zu erledigen und wollte zu Hause sein, ehe es dunkel wurde. Wenn die Sonne von Moth unterging, würde das düstere Tageslicht von Drallar zu schleimiger Dunkelheit verblassen, und dann würden aus den Slums etwas weniger höfliche Geschöpfe hervorkommen und den Markt verunsichern. Man mußte schon sehr unvorsichtig sein, oder auf Händel aus, wenn man sich zu solcher Zeit noch draußen blicken ließ, und Mutter Mastiff war keines von beiden.

Die Augen des Jungen schweiften immer noch über die Zuschauerschar und erreichten schließlich die ihren — und hielten an. Plötzlich empfand Mutter Mastiff eine Art Schwindelgefühl. Ihre Hand griff an ihren Leib. Zu fett gefrühstückt, dachte sie. Die Augen waren bereits weitergewandert. Seit sie fünfundachtzig geworden war, mußte sie sehr aufpassen, was sie zu sich nahm. Aber dann hatte sie auch einer Freundin einmal gesagt: »Lieber sterbe ich an Verdauungsschwierigkeiten und mit vollem Bauch, als mich mit Pillen und Konzentraten dahinzuquälen.«

»Zur Seite!« hörte sie sich plötzlich sagen, ohne selbst recht zu wissen, was sie tat oder warum. »Zur Seite!« Sie bahnte sich ihren Weg durch die Menge, stieß einen der Zuschauer mit dem Stock in die Seite, brachte das prunkvolle Arrangement von Schwanzfedern eines Ornithorpen in Unordnung und veranlaßte eine übergewichtige Matrone zu einem erregten Schnattern. Sie arbeitete sich bis zu der freien Fläche unmittelbar vor der Plattform durch. Der Junge achtete nicht auf sie; seine Augen fuhren fort, die gleichgültige Menge abzusuchen.

»Bitte meine Damen und Herren und sonstige Geschöpfe«, bat die Beamtin auf der Plattform, »ist denn niemand von Ihnen bereit, diesem gesunden Jungen ein Zuhause zu bieten? Ihre Regierung bittet Sie darum; die Zivilisation fordert es von Ihnen. Heute haben Sie die Chance, gleich zwei gute Taten auf einmal zu begehen; eine für Ihren König und die andere für diesen unglücklichen Jungen.«

»Ich würde für den König schon gern eine gute Tat verrichten«, sagte eine Stimme aus der Menge, »und zwar dort, wo sie ihm am meisten gut tun würde.«

Die Beamtin warf dem Zwischenrufer einen zornigen Blick zu, sagte aber nichts.

»Was ist denn das niedrigste Gebot?« Ist das *meine* Stimme? dachte Mutter Mastiff verblüfft.

»Bloße fünfzig Credits, Madam, um für die Verpflichtungen der Abteilung aufzukommen, und der Junge gehört Ihnen. Dann können Sie für ihn sorgen.« Sie zögerte und fügte dann hinzu: »Wenn Sie glauben, daß Sie mit einem so aktiven Jungen wie diesem zurande kommen.«

»Ich bin zu meiner Zeit mit genügend Jungs zurande gekommen«, erwiderte Mutter Mastiff knapp. Die amüsierte Menge reagierte mit ein paar zustimmenden Rufen. Sie studierte den Jungen, der jetzt wieder auf sie herunterblickte. Das Gefühl der Übelkeit, das sie kurzzeitig empfunden hatte, als ihre Blicke sich zum erstenmal begegnet waren, stellte sich nicht wieder ein. Das war schon das fette Essen, dachte sie, ich muß besser aufpassen, was ich brate.

»Fünfzig Credits also«, sagte sie.

»Sechzig.« Die tiefe Stimme, die irgendwo ganz hinten aus der Menge dröhnte, riß sie aus ihren Gedanken.

»Siebzig«, reagierte Mutter Mastiff automatisch. Die Beamtin auf der Plattform warf einen schnellen Blick in die Menge.

»Achtzig«, tönte der unsichtbare Konkurrent.

Mit Konkurrenz hatte sie nicht gerechnet. Es war eine Sache, um einen vernünftigen Preis einem Kind etwas Gutes zu tun. Sich unvernünftige Kosten aufzuladen, war da etwas ganz anderes.

»Neunzig — verflucht sollen Sie sein«, sagte sie. Sie drehte sich um und versuchte, ihren Widersacher auszumachen, konnte aber nicht über die Köpfe der Menge hinwegsehen. Die Stimme, die gegen sie bot, war männlich, kräftig und durchdringend. Was, zum Teufel, konnte der Besitzer einer solchen Stimme mit einem solchen Kind schon vorhaben? dachte sie.

»Fünfundneunzig«, konterte die Stimme.

»Danke, danke. Die Regierung dankt Ihnen beiden.« Tonfall und Ausdruck der Beamtin waren sichtlich freundlicher geworden. Die lebhaften und völlig unerwarteten Gebote für den rotschöpfigen Knirps hatten ihre Langeweile und ihre Besorgnis gelindert. Wenn das so weiterging, würde sie ihrem Vorgesetzten eine bessere Abrechnung als üblich vorlegen können. »Gegen Sie ist geboten, Madam.«

»Der Teufel soll das Gebot holen«, murmelte Mutter Mastiff. Sie schickte sich schon an wegzugehen, aber da war etwas, das sie zurückhielt. Sie verstand sich ebensogut auf Menschen wie auf die Ware, die sie an sie verkaufte, und an diesem Jungen war irgend etwas Besonderes — wenn sie auch nicht genau sagen konnte, was, was ihr wiederum als ungewöhnlich vorkam. Aber am Ungewöhnlichen war auch immer Profit zu machen. Und außerdem rührte dieser traurige Blick an einen Teil ihres Wesens, den sie gewöhnlich verborgen hielt.

»Oh, zur Hölle, dann eben hundert, und zum Teufel damit!« Sie brachte es kaum fertig, die Zahl auszusprechen. Ihre Gedanken kreisten wie wild. Was machte sie da bloß, warum vernachlässigte sie ihr gewöhnliches Geschäft, ließ sich hier vom Regen aufweichen und bot für ein Waisenkind? Ihre mütterlichen Instinkte waren es doch ganz bestimmt nicht, die hier angeregt wurden. Gott sei Dank hatte sie ihr ganzes Leben lang niemals auch nur den Hauch von mütterlichen Instinkten verspürt.

Sie wartete auf ein dröhnendes ›Einhundertfünf‹, hörte statt dessen aber, wie sich hinten in der Menge etwas regte. Sie reckte den Hals, versuchte, etwas zu sehen, und verfluchte ihre Gene, die dafür gesorgt hatten, daß sie so klein geblieben war. Schreie waren zu hören, dann wütende Rufe und laute Flüche aus einem Dutzend verschiedener Kehlen. Jetzt konnte sie zu ihrer Linken hinter dem Ornithorpen, der hinter ihr stand, die purpurne Uniform von Gendarmen sehen, deren Slickers im schwachen Licht glänzten. Die Gruppe schien sich mit größerem Tempo zu bewegen, als sie das von Gendarmen gewöhnt war.

Sie drehte sich um und versuchte, sich ein Stück nach rechts zu schieben, wo ein paar Stufen zur Plattform hinaufführten. Als sie die Hälfte des Weges zurückgelegt hatte, drehte sie sich um und spähte in die Menge. Die purpurfarbenen Slickers hatten jetzt die erste Wand aus Büros und Läden erreicht, und vor ihnen war eine hünenhafte menschliche Gestalt zu erkennen, die offenbar vor den Polizisten floh.

Mutter Mastiff gestattete sich ein wissendes Kopfnicken. Es gab immer Leute, die sich aus anderen als humanitären Gründen für einen jungen Knaben interessierten. Manche davon hatten Vorstrafenregister, die es an Länge mit ihrem Leben aufnehmen konnten. Offenbar hatte irgend jemand in der Menge, vielleicht sogar ein bezahlter Informant, das Individuum erkannt, das gegen sie geboten hatte, und hatte die Behörden verständigt, die mit lobenswerter Eile reagiert hatten.

»Hundert Credits also«, verkündete die Beamtin enttäuscht von der Plattform. »Höre ich mehr?« Natürlich rechnete sie nicht damit, trieb das Spiel aber weiter. Ein Augenblick verstrich in Schweigen. Sie zuckte die Achseln und blickte zu Mutter Mastiff hinüber, die immer noch auf der Treppe stand. »Er gehört Ihnen, Frau.« Aha, nicht mehr ›Madam‹, dachte Mutter Mastiff sarkastisch. »Zahlen Sie und beachten Sie die Vorschriften!«

»Ich kenne die Vorschriften dieser Regierung schon viel länger, als Sie auf der Welt sind, Frau.« Sie stieg die letzten paar Stufen hinauf und ging, die Beamtin ebenso wie den Jungen ignorierend, auf das Büro zu.

Drinnen blickte ein gelangweilter Schreiber zu ihr auf, warf einen Blick auf die Akte, die auf dem Bildschirm seines Computers erschienen war, und fragte geschäftsmäßig: »Name?«

»Mastiff«, antwortete seine Besucherin und stützte sich auf ihren Stock.

»Ist das Ihr Familienname?«

»Vorname und Familienname.«

»Mastiff Mastiff?« Der Schreiber musterte sie.

»Nur *Mastiff*«, sagte die alte Frau.

»Die Regierung zieht mehrfache Namen vor.«

»Hören Sie! Was die Regierung vorzieht, ist mir piepegal!«

Der Schreiber seufzte und rührte ein paar Tastenfelder. »Alter?«

»Geht Sie nichts an.« Sie überlegte einen Augenblick lang und fügte dann hinzu: »Geben Sie *alt* ein.«

Das tat der Schreiber und schüttelte dabei mürrisch den Kopf. »Einkommen?«

»Ausreichend.«

»Jetzt hören Sie mir mal zu!« begann der Schreiber. »Wenn es um die Übernahme von Verantwortung für Wohlfahrtsindividuen geht, benötigt die Stadtregierung einige Einzelheiten.«

»Die Stadtregierung kann mir mit ihren Einzelheiten ebenso den Buckel runterrutschen wie mit ihren Doppelnamen!« Mutter Mastiff gestikulierte mit ihrem Stock in Richtung auf die Plattform. Eine weite, ausholende Bewegung, der der Schreiber nur dadurch entging, daß er sich geistesgegenwärtig duckte. »Die Gebote sind abgeschlossen. Der Bursche, der gegen mich geboten hat, ist verschwunden. Recht hastig sogar. Jetzt kann ich entweder mein Geld nehmen und nach Hause gehen oder meinen Beitrag zur Zahlungsbilanz der Regierung und zu Ihrem Gehalt leisten. Wie hätten Sie's denn gern?«

»Ach, schon gut!« meinte der Schreiber verdrießlich. Er beendete seine Eintragungen und drückte einen Knopf. Ein scheinbar endloses Formular schob sich aus dem Ausdruckschlitz. Zusammengefaltet war es immer noch einen halben Zentimeter dick. »Lesen Sie das!«

Mutter Mastiff nahm sich das Bündel Papiere. »Was soll das alles?«

»Vorschriften bezüglich Ihres neuen Schützlings. Sie können den Jungen aufziehen, dürfen ihn aber nicht mißhandeln. Sollte man je feststellen, daß Sie die hierin angegebenen Anweisungen und Gesetze verletzen ...« — er deutete auf das Bündel Papier —, »kann er Ihnen weggenommen werden, und der von Ihnen geleistete Betrag ist verfallen. Außerdem müssen Sie sich vertraut machen ...« — er unterbrach seinen Vortrag, als der in Rede stehende Junge von einem anderen Beamten in den Raum geführt wurde.

Der Junge sah zuerst den Schreiber und dann Mutter Mastiff an. Dann ging er, gerade als hätte er früher schon ähnliche Rituale vollzogen, ruhig auf sie zu, nahm ihre linke Hand und legte seine rechte Hand hinein. Die weiten, scheinbar arglosen Augen eines Kindes blickten in die ihren. Seine Augen waren hellgrün, stellte sie abwesend fest.

Der Schreiber wollte fortfahren, stellte dann aber fest, daß ihm etwas in der Kehle saß, und wandte sich statt dessen seinem Schreibtisch zu. »Das wäre alles. Sie können gehen.«

Mutter Mastiff räusperte sich lautstark, als hätte sie einen Sieg errungen und führte den Jungen auf die Straßen von Drallar hinaus. Das eine wichtige Kleidungsstück, das auf Moth wesentlich war, hatten sie ihm gegeben: einen kleinen blauen Slicker. Er zog sich das billige Plastikmaterial über den Kopf, als sie die erste Querstraße erreichten.

»So Junge, das wär's. Der Teufel soll mich holen, wenn ich weiß, warum ich das getan habe. Aber anscheinend habe ich dich jetzt am Hals. Und du mich natürlich. Hast du irgend etwas im Schlafsaal gelassen, das wir holen sollten?«

Er schüttelte langsam den Kopf. Ein stiller Typ, dachte sie. Das war ganz gut so. Vielleicht würde er sich nicht gleich als Heulsuse erweisen. Sie fragte sich immer noch, was sie zu ihrem plötzlichen und für sie völlig uncharakteristischen Ausbruch von Großzügigkeit veranlaßt hatte. Die Hand des Jungen lag warm in ihrer knorrigen, alten Pranke. Gewöhnlich pflegte diese Hand eine Credcard zu halten, um das Geld anderer Leute auf ihr Konto zu übertragen, oder irgendwelche Kunstgegenstände, um ihren Wert abzuschätzen, oder gelegentlich sogar ein Messer, das für radikalere Zwekke als die Zubereitung von Nahrung benutzt wurde. Aber die Hand eines kleinen Kindes hatte sie noch nie gehalten. Es war ein ganz eigenartiges Gefühl.

Sie bahnten sich ihren Weg durch die Menschenmassen, die noch vor Einbruch der Nacht nach Hause wollten, und wichen dabei den Abflußkanälen aus, die in der Mitte einer jeden Straße verliefen. Ein unbeschreibliches Gemisch von Düften schlug ihnen aus den Dutzenden von Garküchen und Restaurants entgegen, die die Straße säumten, auf der sie gingen. Aber der Junge sagte kein Wort. Schließlich war Mutter Mastiff es leid, daß sich sein Gesicht jedem Ort zuwandte, von dem solche einladenden Düfte kamen, und sie blieb vor einem Etablissement stehen, das ihr vertraut war. Sie waren ohnehin fast zu Hause angelangt.

»Bist du hungrig, Junge?«

Er nickte langsam, ein einziges Mal.

»Dumm von mir. Ich komme den ganzen Tag ohne Essen aus und denke nicht einmal daran. Manchmal vergesse ich, daß andere ihre Bäuche nicht so gut unter Kontrolle haben.« Sie deutete mit einer Kopfbewegung auf die Tür des Lokals. »Nun, worauf wartest du?«

Sie folgte ihm ins Innere des Restaurants und ging zu einer stillen Nische an einer der Wände. Aus der Mitte des Tisches erhob sich eine kreisförmige Konsole. Sie studierte die Speisekarte, die auf die Konsole aufgedruckt war, warf einen prüfenden Blick auf das Kind, das erwartungsvoll neben ihr saß, und berührte dann ein paar Tasten, die neben der Speisekarte angebracht waren.

Es dauerte nicht lange, und die Konsole versank im Tisch und erschien im nächsten Augenblick wieder mit Essen beladen; ein dicker, würzig duftender Eintopf mit Gemüse und ein großer Berg Brot.

»Nur zu«, sagte sie, als der Junge zögerte, und bewunderte dabei seine Zurückhaltung und seine Tischmanieren. »Ich habe keinen besonderen Hunger und esse ohnehin nie sehr viel.«

Sie sah ihm zu, während er das Essen verschlang, brach sich gelegentlich ein Stückchen von dem farbenfreudigen Brot ab, um ihren bescheidenen Hunger zu stillen, und achtete kaum auf die gelegentlichen Grüße vorübergehender Bekannter oder Freunde. Als der Junge seine Schüssel spiegelblank ausgeleckt hatte und das letzte Stück Brot in seinem Mund verschwunden war, fragte sie: »Hast du noch Hunger?«

Er zögerte, sah sie prüfend an und nickte dann. »Das überrascht mich nicht«, antwortete sie. »Aber ich möchte nicht, daß du heute abend noch mehr ißt. Du hast gerade genug für einen erwachsenen Mann in dich hineingeschlungen. Noch mehr, und du kannst es vielleicht nicht bei dir halten. Morgen früh, okay?«

Er nickte langsam, schien zu verstehen.

»Und nun eins, Junge. Kannst du reden?«

»Ja.« Seine Stimme war leiser, als sie erwartet hatte, aber ohne Angst, und klang, wie sie fand, irgendwie dankbar.

»Ich kann recht gut reden«, fügte er hinzu, ohne daß sie ihm weiter zuzureden brauchte, und überraschte sie damit. »Man hat mir gesagt, daß ich für mein Alter recht gut reden kann.«

»Das ist hübsch. Ich hab' schon angefangen, mir Sorgen zu machen.« Sie erhob sich von ihrem Sitz, stützte sich auf ihren Stock und griff wieder nach seiner Hand. »Jetzt ist es nicht mehr weit.«

»Nicht mehr weit wohin?«

»Dorthin, wo ich wohne. Wo du von nun an auch wohnen wirst.« Sie verließen das Restaurant, und die feuchte Nacht hüllte sie ein.

»Wie heißt du?« Er sprach, ohne zu ihr aufzublicken, und zog es statt dessen vor, die schwach beleuchteten Ladenfassaden und Geschäfte zu studieren. Die Intensität, mit der er sie betrachtete, schien ihr unnatürlich.

»Mastiff«, sagte sie und grinste dann. »Das ist nicht mein richtiger Name, Junge. Aber jemand hat ihn mir vor vielen Jahren angehängt. Ob er mir nun paßt oder nicht, er ist länger an mir haften geblieben als irgendein Mann. Es ist der Name eines Hundes von außergewöhnlicher Wildheit und Häßlichkeit.«

»Ich finde nicht, daß du häßlich bist«, erwiderte der Junge. »Ich finde, du bist schön.«

Sie studierte seinen offenen, jungenhaften Gesichtsausdruck. Schwachsinnig, kurzsichtig oder einfach nur sehr schlau, dachte sie.

»Darf ich Mutter zu dir sagen?« fragte er hoffnungsvoll und verwirrte sie damit noch mehr. »Du bist doch jetzt meine Mutter, oder?«

»Irgendwie schon, denke ich. Frag mich bloß nicht warum!«

»Ich werd' dir keinen Ärger machen.« Seine Stimme klang plötzlich besorgt, fast verängstigt. »Ich hab' noch nie jemandem Ärger gemacht, ehrlich. Ich will bloß, daß man mich in Frieden läßt.«

Was mochte ihn wohl zu einem solch verzweifelten Geständnis veranlaßt haben? fragte sie sich. Sie beschloß, nicht näher auf die Sache einzugehen. »Ich verlange gar nichts von dir«, versicherte sie. »Ich bin eine einfache alte Frau und lebe ein einfaches Leben. So gefällt es mir. Hoffentlich gefällt es dir auch.«

»Klingt nett«, meinte er freundlich. »Ich werd' mir Mühe geben, dir so gut zu helfen, wie ich kann.«

»Weiß der Teufel, im Laden ist genug zu tun. Ich bin nicht mehr so gelenkig, wie ich einmal war.« Sie lachte laut und glucksend. »Ich werd' jetzt immer schon vor Mitternacht müde. Kannst du dir vorstellen, daß ich tatsächlich volle vier Stunden Schlaf brauche? Ja, ich denke schon, daß du nützlich sein kannst. Hoffentlich bist du das. Hast genug gekostet.«

»Das tut mir leid«, sagte er, plötzlich niedergeschlagen.

»Hör damit auf! Davon will ich in meinem Haus nichts hören!«

»Ich meine, es tut mir leid, daß ich dich geärgert habe.«

Sie gab ein undefinierbares Stöhnen von sich, kniete nieder und stützte sich mit beiden Händen auf ihren Stock. Jetzt hatte sie ihr Gesicht vor seinen Augen. Er stand da und musterte sie mit ernstem Blick.

»Jetzt hör mir gut zu, Junge! Ich bin keine Agentin

der Regierung und hab' nicht die leiseste Vorstellung, welcher Teufel mich geritten hat, die Verantwortung für dich zu übernehmen. Aber jetzt ist es nun einmal geschehen. Ich werde dich nicht schlagen, es sei denn, du verdienst es. Ich werde dafür sorgen, daß du ordentlich zu essen bekommst und nie zu frieren brauchst. Als Gegenleistung verlange ich, daß du nicht rumläufst und blödes Zeug herumblökst, wie ›Es tut mir leid‹. Geht das klar?«

Darüber brauchte er nicht lange nachzudenken. »Das geht klar — Mutter.«

»Dann wäre das erledigt.« Sie schüttelte seine Hand. Das führte zu einem neuen Phänomen. Seinem ersten Lächeln. Sein kleines, leicht mit Sommersprossen übersätes Gesicht schien dabei zu leuchten, und plötzlich wirkte die Nacht weniger kühl.

»Beeilen wir uns jetzt«, sagte sie und richtete sich wieder auf. »Ich bin nicht gern so spät draußen, und du bist als Leibwächter auch nicht gerade eindrucksvoll. Wirst es wahrscheinlich auch nie sein, wenn man dich so ansieht. Aber das ist nicht deine Schuld.«

»Warum ist es so wichtig, zu Hause zu sein, wenn es dunkel ist?« fragte er und fügte dann etwas unsicher hinzu: »Ist das eine dumme Frage?«

»Nein, Junge.« Sie lächelte auf ihn herab, während er die Straße entlanghopste. »Es ist eine sehr kluge Frage. Es ist wichtig, nach Einbruch der Dunkelheit zu Hause und in Sicherheit zu sein, weil die Toten sich nämlich in unmittelbarer Proportion zum Fehlen von Licht vermehren. Aber wenn du vorsichtig bist und lernst, mit der Dunkelheit zu leben, dann wirst du herausfinden, daß die Dunkelheit ebenso dein Freund wie dein Feind sein kann.«

»Das habe ich mir gedacht«, sagte er entschieden. »Das habe ich mir schon so lange gedacht« — sein Gesicht verzog sich etwas, so als müßte er sich konzentrieren —, »so lange ich mich erinnern kann.«

»Oh?« Sie lächelte ihm immer noch zu. »Und warum glaubst du das — ich meine, abgesehen davon, daß ich es dir gerade gesagt habe?«

»Weil«, antwortete er, »die meiste Zeit, wo ich mich erinnere, daß ich glücklich war, das immer im Dunkeln war.«

Sie dachte darüber nach, während sie um die Ecke bog. Der Regen hatte inzwischen nachgelassen und war dem Nebel gewichen, der in der Stadt als normale Luft galt. Ihren Lungen machte er nichts aus, aber sie war um den Jungen besorgt. Was sie ganz bestimmt nicht brauchen konnte, war ein krankes Kind. Er hatte sie schon genug gekostet.

Ihre Laden-Wohnung war eine von vielen, die den scheinbar endlosen Marktplatz übersäten. Massive Jalousien schützten die unauffällige Fassade, die am Ende einer Nebenstraße zehn Meter ausmachte. Sie drückte die Handfläche gegen das Türschloß. Der sensibilisierte Kunststoff leuchtete einen Augenblick lang hell auf, gab zwei piepende Töne von sich, und dann öffnete sich die Tür.

Drinnen angelangt, schob sie die Tür hinter ihnen zu und drehte sich dann automatisch im Kreis, um ihr Inventar zu inspizieren und sich zu vergewissern, daß in ihrer Abwesenheit nichts verschwunden war. Es gab Regale mit Waren aus Kupfer und Silber, und seltene Hartholzschnitzereien, für die Moth zurecht berühmt war, sauber geschnitzte Eß- und Trinkutensilien, darunter viele, die offensichtlich für Nichtmenschen bestimmt waren, billige Modelle von Moth selbst, mit seinen unterbrochenen Ringen aus blitzendem Glitzerzeug, und verschiedene Gegenstände, deren Sinn und Zweck nicht gleich zu erkennen war.

Der Junge schlenderte durch dieses Gewirr aus Farben und Formen. Seine Augen tranken alles in sich hinein, aber er stellte keine Fragen, und das kam ihr ungewöhnlich vor.

Es lag im Wesen von Kindern, nach allem Fragen zu stellen. Aber dann war dies auch kein gewöhnliches Kind.

Ganz hinten im Laden stand eine silberne Kassette auf einem kleinen Podest. Ihre Sensorschalter verbanden den Laden unmittelbar mit der Zentralbank von Drallar und erlaubten es Mutter Mastiff, finanzielle Transaktionen für alle Kunden durchzuführen, gleichgültig, ob sie von jenseits der Straße oder der anderen Seite des Commonwealth kamen. Eine universelle Credcard gestattete den Zugang zur gesamten Habe ihres Besitzers. Banken speicherten Informationen; alle harten Währungen waren in allgemeinem Umlauf.

Hinter dem Podest und der Tür, die es halb verdeckte, waren vier Räume: ein kleiner Lagerraum, ein Badezimmer, eine Küche mit Eßplatz und ein Schlafzimmer. Mutter Mastiff stand ein paar Minuten lang mit prüfendem Blick da und machte sich dann daran, den Lagerraum zu räumen. Uralte, seit langer Zeit nicht verkaufte Gegenstände flogen zusammen mit Reinigungsutensilien, Kleidung, Konserven und anderen Gegenständen auf den Boden. Irgendwie würde sie schon woanders dafür Platz finden.

Eine kräftige alte Pritsche lehnte an der Wand. Sie berührte einen Knopf an ihrer Seite, und der Gegenstand erwachte zum Leben, rutschte herum, während seine Beine sich streckten. Weiteres Wühlen brachte einen Beutel mit Trageöl zum Vorschein, den sie in die Matratze steckte. Nach wenigen Minuten war der Beutel voll und warm. Schließlich deckte sie die Pritsche mit einer dünnen, thermosensitiven Decke zu.

»Das ist jetzt dein Zimmer«, sagte sie. »Es ist kein Palast, aber es gehört dir. Ich weiß, wie wichtig es ist, daß man etwas hat, das einem selbst gehört. Du kannst dir diese Laube so herrichten, wie es dir gefällt.«

Der Junge sah sie an, als hätte sie ihm gerade sämtliche Schätze Terras übereignet. »Danke, Mutter«, sagte er leise. »Das ist herrlich.«

»Ich verkaufe Sachen«, sagte sie und wandte sich von seinem strahlenden Gesicht ab. Sie deutete auf den Lagerraum vorne. »Die Dinge, die du beim Hereinkommen gesehen hast.«

»Das habe ich mir gedacht. Verdienst du viel Geld?«

»Jetzt klingst *du* wie der Typ von der Regierung.« Sie lächelte, um ihm zu zeigen, daß sie es nicht ernst meinte. »Ich komme so zurecht. Lieber hätte ich ein größeres Geschäft als das hier, aber in meinem Alter ...« — sie lehnte den Stock an ihr Bett, während sie in den größeren Raum schlenderte — »ist es recht unwahrscheinlich, daß ich je eines bekomme. Mich stört das nicht. Ich hatte ein gutes, erfülltes Leben und bin es zufrieden. Du wirst bald herauskriegen, daß mein Knurren und Schimpfen größtenteils Show ist. Aber nicht immer.« Sie tätschelte ihm den Kopf und wies auf die Küche.

»Möchtest du gerne was Heißes zu trinken, ehe wir uns schlafen legen?«

»Ja, sehr.« Er nahm vorsichtig seinen Slicker ab, der inzwischen getrocknet war, und hängte ihn an einen Wandhaken in seinem Schlafzimmer.

»Wir werden dir neue Kleider besorgen müssen«, meinte sie aus der Küche.

»Die sind schon in Ordnung.«

»Für dich vielleicht, aber nicht für mich.« Sie rümpfte die Nase, um ihm zu erklären, was sie meinte.

»Oh, ich verstehe.«

»Und was würdest du gern trinken?«

Sein Gesicht hellte sich sofort wieder auf. »Tee. Was für Tee hast du denn?«

»Was für Tee magst du denn?«

»Allen möglichen.«

»Dann such ich dir einen aus.« Sie fand den Zylinder und berührte den Hauptschalter an der Seite, während sie ihn mit Wasser aus der Leitung füllte. Dann sah sie sich unter ihren Lebensmittelvorräten um.

»Das ist hier schwarzer Anar«, erklärte sie, »der kommt von Rhyinpine. Eine hübsch weite Reise für tote Blätter. Ich finde, er ist milder als weißer Anar, der von derselben Welt kommt, aber etwas weiter unten am Berg wächst. Wenn du deinen Tee gern süß trinkst, habe ich hiesigen Honig. Er ist teuer. Blumen sind auf Moth rar, außer wenn sie in Gewächshäusern wachsen. Diese Welt gehört den Pilzen und Bäumen; die Bienen, die armen Dinger, haben es hier schwer, selbst die, die sich einen wolligen Pelz wachsen lassen, der ihnen die Feuchtigkeit und die Kälte fernhält. Wenn dir Honig zu dick ist, habe ich anderen Süßstoff.«

Als sie keine Antwort hörte, drehte sie sich um und sah ihn reglos auf dem Boden liegen, ein dunkler Knirps mit roten Locken und schmutzigen, alten Kleidern. Er hatte die Hände unter der Wange zusammengeschoben, um ihm als Kissen zu dienen.

Sie schüttelte den Kopf und schaltete den Zylinder wieder ab. Der Topf seufzte und hörte zu kochen auf. Sie beugte sich vor, schob die knorrigen Arme unter ihn und hob ihn hoch. Irgendwie schaffte sie es, ihn auf die Pritsche zu legen, ohne ihn dabei aufzuwecken. Dann zog sie ihm die Thermodecke bis ans Kinn. Sie war programmiert und würde ihn schnell wärmen.

Dann stand sie eine Weile da und staunte darüber, wieviel Freude es einem doch machte, etwas so Einfaches zu tun, wie einem Kind beim Schlafen zuzusehen. Dann ging sie hinaus, weil sie sich immer noch darüber wunderte, was über sie gekommen war, ging in ihr eigenes Zimmer und zog sich beim Gehen langsam aus. Bald war das letzte Licht hinten in dem kleinen Laden ausgegangen, und die Nacht brach herein. Nur der leichte Wind und das Zischen der Feuchtigkeit, die aus den warmen Wänden verdunstete, durchbrach die Stille der vom Nebel verhangenen Finsternis.

02

Der Junge aß, als hätte die reichliche Mahlzeit vom vergangenen Abend nicht mehr Substanz gehabt als ein Traum. Sie bereitete ihm Frühstück — zwei reichliche Portionen — und sah ihm dabei zu, wie er es bis auf den letzten Bissen verspeiste.

Als er den letzten Tropfen Pachnack getrunken und das letzte Stück Brot hinuntergeschlungen hatte, nahm sie ihn mit in den Laden.

Er sah ihr aufmerksam zu, wie sie die Kombination für die Metalljalousien eingab. Als diese sich am Fenster nach oben schoben, ließen sie eine Welt herein, die völlig anders als die leere Nacht war. Im einen Augenblick starrte er die stumpf reflektierenden Linien von Metallstreifen an, im nächsten hüllten ihn all der Lärm, das Durcheinander, das Gedränge, die Bilder und Gerüche des großen Marktes von Drallar ein; sie überfluteten den ganzen Laden, überwältigten ihn mit ihrer Vielfalt und ihrem Glanz. Mutter Mastiff pflegte nicht lange zu schlafen — was gut war, denn die Menge erhob sich gleichzeitig mit der verborgenen Sonne. Nicht daß der Markt je völlig verlassen gewesen wäre. Es gab immer ein paar Händler, deren Waren von der Maske der Nacht Nutzen zogen.

Der Junge konnte erkennen, daß es Tag war, weil es weniger dunkel geworden war. Aber die Sonne strahlte nicht; sie beleuchtete die Regentropfen. Der Morgen hatte warm gedämmert, ein gutes Zeichen, und die Feuchtigkeit war eher Nebel als Regen. Ein guter Tag für die Geschäfte.

Mutter Mastiff führte den Jungen im Laden herum, beschrieb ihm die verschiedenen Gegenstände und erwähnte ihre Preise und die Gründe, die hinter den Preisen standen. Sie hoffte, ihm eines Tages die Führung des Geschäftes übertragen zu können. Das würde besser sein als jedesmal schließen zu müssen, wenn sie ausruhen oder eine Reise unternehmen wollte. Je schneller er lernte, desto besser, besonders wenn man bedachte, wie er aß.

»Ich werde tun, was ich kann, Mutter«, versicherte er ihr, als sie die kurze Führung beendet hatte.

»Ich weiß, daß du das wirst, Junge.« Sie ließ sich in ihren Lieblingssessel sinken, eine zu üppig gepolsterte Monstrosität, die mit Gemmacpelz bedeckt war. Die Felle waren praktisch bis auf das blanke Leder abgewetzt, der Stuhl hatte nur noch wenig Wert, aber er war zu bequem, als daß sie sich von ihm hätte trennen wollen. Sie sah zu, wie der Junge sich umdrehte, um die draußen vorüberziehende Menschenmenge zu betrachten. Wie still er ist, dachte sie. Still und intensiv. Sie ließ ihn eine Weile die Passanten studieren, ehe sie ihn zu sich heranwinkte.

»Wir haben in der Nacht in der Eile einiges übersehen, insbesondere eine Sache.«

»Was denn?« fragte er.

»Ich nenne dich die ganze Zeit ›Junge‹. Hast du einen Namen?«

»Man nennt mich Flinx.«

»Ist das dein Nachname oder dein Vorname?«

Er schüttelte langsam den Kopf, und sein Ausdruck wurde unglücklich. »Mutter, ich weiß nicht. So hat man mich genannt.«

»›Man‹ hat dich so genannt. Wer ist dieser ›man‹? Deine ...« — sie zögerte — »Mutter? Dein Vater?«

Wieder das langsame Kopfschütteln, bei dem die roten Locken tanzten. »Ich habe keine Mutter und auch keinen Vater. Die Leute haben mich so genannt.«

»Was für Leute?«

»Die Leute, die auf mich aufpaßten, und die anderen Kinder.«

Das war nun seltsam. Sie runzelte die Stirn. »Andere Kinder? Dann hast du Brüder und Schwestern?«

»Ich ...« — er gab sich sichtlich Mühe, sich zu erinnern — »ich *glaube* nicht. Vielleicht waren wir das. Ich weiß es nicht. Sie waren einfach nur andere Kinder. Ich erinnere mich an sie von ganz früher. Eine seltsame Zeit war das.«

»Was war so seltsam?«

»Ich war glücklich.«

Sie nickte, so als verstünde sie. »So. Du erinnerst dich an eine frühe Zeit, wo du glücklich warst. Und damals haben eine Menge anderer Kinder mit dir zusammengelebt.«

Er nickte lebhaft. »Jungen und Mädchen. Wir hatten alles, was wir uns wünschen konnten, alles, wonach wir verlangten. Alles mögliche gute Essen und auch Spielsachen und ...«

Eine wohlhabende Familie, die ruiniert oder ausgerottet worden ist, vielleicht. Sie ließ ihn eine Weile über diese frühe Zeit, die glückliche Zeit, weiterreden. Was für eine Katastrophe hatte den Jungen in seiner frühen Jugend aus der Bahn geworfen?

»Wie groß war diese Familie?« fragte sie. »Wir wollen sie für den Augenblick deine Familie nennen. Wie viele andere Jungs und Mädchen hat es da gegeben?«

»Ich erinnere mich nicht genau. Vier.«

»Kannst du zählen?«

»Oh, sicher«, sagte er stolz. »Zwei, drei, vier, fünf und noch viel weiter.«

Das klang wie mehr als einfach nur eine Familie, obwohl man eine Großfamilie noch nicht ganz abtun konnte. »Erinnerst du dich daran, was mit ihnen geschehen ist, mit dir? Ihr wart alle glücklich und ihr hattet eine Menge Freunde. Dann passierte etwas.«

»Die bösen Leute kamen«, flüsterte er, und sein Gesicht verfinsterte sich. »Sehr böse Leute. Sie sind mit Gewalt dort eingedrungen, wo wir lebten. Die Leute, die auf uns aufpaßten und uns zu essen und Spielzeug gaben, haben gegen die bösen Leute gekämpft. Es gab eine Menge Lärm und Schüsse und — und Leute, die rings um mich niederfielen. Sowohl gute wie auch schlechte Leute. Ich stand da und weinte, bis mich jemand aufhob und mich wegtrug. Sie haben mich durch viele Gänge und dunkle Orte getragen. Und ich erinnere mich, daß ich in eine ... Art Wagen gebracht wurde.«

Sie nickte aufmunternd. »Wahrscheinlich. Weiter, Junge!«

»Man hat mich viel herumbewegt. Das war das Ende der glücklichen Zeit.«

»Was geschah nach dem?« fragte sie weiter.

»Das weiß ich nicht genau«, sagte er zögernd. »Es ist so schwer, sich daran zu erinnern.«

»Ich weiß, daß es dir Schmerzen bereitet, Flinx. Ich muß alles über dich wissen, was ich erfahren kann, damit ich dir nach besten Kräften helfen kann.«

»Wenn ich es dir sage«, fragte er unsicher, »dann läßt du nicht zu, daß die bösen Leute kommen und mich wegholen?«

»Nein«, sagte sie, und ihre Stimme klang plötzlich ganz weich. »Nein, ich werde nicht zulassen, daß sie kommen und dich wegholen, Flinx. *Keinen* lasse ich kommen und dich wegholen! Niemals! Das verspreche ich dir!«

Er schob sich etwas näher an sie heran und setzte sich auf die Fußstütze des großen Sessels. Er schloß die Augen, um sich besser konzentrieren zu können.

»Ich erinnere mich daran, daß ich nie lange Zeit an einem Ort blieb. Die Leute, die guten Leute, die sich um mich kümmerten und mir zu essen gaben, die haben dafür gesorgt, daß die bösen Leute nicht kamen. Sie waren immer über irgend etwas verärgert und haben mich oft angeschrien, viel früher als vorher.«

»Waren sie böse auf dich?«

»Ich glaube nicht. Eigentlich nicht.« Er leckte sich die Lippen. »Ich glaube, sie hatten Angst, Mutter. Ich weiß, daß ich Angst hatte, ich glaube, die hatten auch Angst. Und dann« — ein Ausdruck der Verwirrung schlich sich über sein Gesicht — »ging ich schlafen. Eine *lange* Zeit. Nur daß es kein richtiger Schlaf war. Es war, als würde ich schlafen, und doch habe ich es nicht.« Er schlug die Augen auf und blickte zu ihr auf. »Verstehst du das, Mutter? Ich nicht.«

»Nein, ich glaube, ich auch nicht, Junge.« Ihr Verstand arbeitete. Wer würde sich wohl die Zeit nehmen und sich der Mühe unterziehen, ein Kind über eine längere Zeitspanne hinweg zu betäuben? Und warum sich die Mühe machen?

»Und dann tauchten plötzlich noch mehr von den bösen Leuten auf, glaube ich«, fuhr er fort. »Diesmal habe ich sie nicht gesehen. Aber einige von den Leuten, die auf mich aufpaßten, sind gestorben oder weggegangen. Und dann war da bloß noch ich und ein Mann und eine Dame, und dann waren die auch weg.«

»Deine Mutter und dein Vater?«

»Nein, das glaube ich nicht«, meinte er. »Jedenfalls haben sie sich nie so genannt. Es waren einfach zwei von den guten Leuten. Und dann kamen andere Leute und haben mich gefunden. Leute, die ich noch nie gesehen hatte. Sie haben mich mitgenommen.«

»Waren es gute Leute oder böse Leute?«

»Keines von beidem, glaube ich«, antwortete der Junge vorsichtig. »Ich glaube, sie waren irgendwo dazwischen. Ich glaube, ich habe ihnen vielleicht leid getan. Sie versuchten, nett zu sein, aber ...« — er zuckte die Achseln — »es waren bloß Leute irgendwo dazwischen. Sie haben mich wieder da- und dorthin gebracht, und da gab es wieder eine Menge neuer Kinder die ich nicht kannte. Und dann war gestern, und du hast mich gekauft. Stimmt's?«

Sie griff sich an den Mund und hustete. »Ich hab' dich nicht richtig gekauft. Ich habe mich verpflichtet, die Verantwortung für dich zu übernehmen.«

»Aber du hast der Regierung doch Geld für mich gegeben, nicht wahr? Man hat mir gesagt, daß das passieren würde.«

»Das war nur, um die Schulden zurückzubezahlen, die die Regierung auf sich genommen hat, um sich um dich zu kümmern«, erklärte sie ihm. »Eigentlich gehörst du mir auch nicht. Ich würde so etwas nie tun.«

»Oh«, sagte er ruhig, »das ist nett. Da bin ich froh.« Er zögerte einen Augenblick lang, sah sie an und fügte dann hinzu: »Das ist alles, woran ich mich erinnern kann.«

»Das hast du fein gemacht.« Sie beugte sich vor und wies nach rechts die Straße hinauf. Ihr Stuhl ächzte dabei. »Wenn du sechs Läden weit in die Richtung gehst, findest du einen ganz kleinen Laden, der von einem Murmann geführt wird. Er heißt Cheneth. Geh zu ihm und sag ihm, wer du bist und woher du kommst! Du darfst dir von ihm ...« — sie überlegte einen Augenblick lang, sie wollte es nicht übertreiben — »um einen halben Credit kaufen, was immer du in seinem Laden siehst.«

»Was für ein Laden ist das?« fragte er erregt.

»Süßigkeiten«, sagte sie und freute sich darüber, wie er plötzlich strahlte. »Du erinnerst dich doch, was das ist, oder? Aber ich sehe es dir am Gesicht an, daß du dich erinnerst.« Außerdem merkte sie es an dem Tempo, mit dem er die Straße hinunterrannte. Es dauerte nicht lange, bis er wieder zurück war, und seine tiefen, smaragdgrünen Augen leuchteten in seinem dunklen Gesicht. »Danke, Mutter.«

»Geh zu, geh zu, zur Seite! Du versperrst mir — uns — den Blick auf die Kunden. Du mußt herumgehen, bis du ganz genau weißt, wo du jetzt lebst.«

Er verschwand wie ein Sonnenstrahl, und sein rotes Haar tauchte in der Menge unter.

Teuer, dachte sie bei sich. Es wird teuer sein, diesen Jungen aufzuziehen. Wie konnte ich es nur so weit kommen lassen? Sie brummelte noch ein paar Minuten halblaut vor sich hin, bis ein potentieller Kunde auftauchte.

Flinx lernte schnell. Er war bescheiden, in hohem Maße anpassungsfähig und so ruhig, daß sie seine Anwesenheit kaum bemerkte. Bald überraschte er sie mit seinen Kenntnissen bezüglich der Anlage und des Funktionierens des Marktes und selbst der größeren Stadt jenseits des Marktes. Er arbeitete dauernd daran, seinen Kenntnisstand zu erweitern, und bedrängte die Ladenbesitzer mit hartnäckigen Fragen, wobei er sich nie mit einem ›Ich weiß nicht‹ zufriedengab.

Mutter Mastiff legte ihm keine Beschränkungen auf. Niemand hatte ihr je gesagt, daß es unpassend wäre, einen Achtjährigen frei in einer Stadt herumlaufen zu lassen, die so gefährlich war wie Drallar. Da sie nie zuvor ein Kind großgezogen hatte, konnte sie immer auf Unwissenheit plädieren, und da er pflichtschuldig jeden Abend unverletzt zurückkehrte, sah sie keinen Anlaß, an dieser Praxis etwas zu ändern, auch wenn einige ihrer Nachbarn Mißbilligung äußerten.

»So geht man nicht mit einem Jungen in so zartem Alter um«, ermahnten sie sie. »Wenn du nicht vorsichtig bist, wirst du ihn verlieren. Eines Abends wird er von diesen einsamen Streifzügen nicht mehr nach Hause zurückkommen.«

»Ein Junge ist er, aber keineswegs zart«, antwortete sie dann. »Der Junge ist clever, und nicht nur für sein Alter. Ich mache mir um ihn keine Sorgen. Und außerdem hätte ich gar nicht die Zeit dazu. Ganz gleich, was ihm widerfährt, jedenfalls ist er besser dran als unter der Obhut der Regierung.«

»Wenn er irgendwo einmal in der Gosse liegt und tot ist, ist er bestimmt nicht mehr besser dran«, warnten sie sie.

»Dazu wird es nicht kommen«, pflegte sie darauf voll Zuversicht zu antworten.

»Es wird dir noch leid tun«, sagten sie. »Warte es nur ab!«

»Ich warte jetzt schon seit neunzig Jahren ab«, war

ihre Standardantwort darauf, »und bis jetzt bin ich noch nie überrascht worden. Ich rechne nicht damit, daß dieser Junge den Rekord brechen wird.«

Aber darin irrte sie.

Es war früher Nachmittag. Der morgendliche Nebel war von einem kräftigen Regen abgelöst worden. Sie überlegte, ob sie den Jungen wegschicken sollte, damit er etwas zu essen hole, oder ob sie besser noch warten sollte. Ein halbes Dutzend Leute schlenderte im Laden herum und wartete, daß der Regenguß ein Ende nehme — eine ungewöhnlich große Zahl, auch wenn man den Regen berücksichtigte.

Nach einer ganzen Weile schlenderte Flinx zu ihr herüber und zupfte scheu an ihrem wallenden Rock. »Mutter Mastiff?«

»Was ist denn, Junge? Stör mich jetzt nicht!« Sie wandte sich wieder dem Kunden zu, der ihren antiken Schmuck inspizierte, der sich in einem verschlossenen Schaukasten ganz hinten im Laden befand. Es kam selten vor, daß sie von dem teuren Zeug ein Stück verkaufte. Aber wenn sie das tat, brachte es ihr beträchtlichen Profit.

Der Junge ließ nicht locker, und sie herrschte ihn an: »Ich hab' dir doch gesagt, Flinx, nicht jetzt!«

»Es ist aber sehr wichtig, Mutter.«

Sie seufzte verzweifelt und sah den Außenweltler um Nachsicht heischend an. »Entschuldigen Sie mich bitte einen Augenblick, guter Herr. Sie wissen ja, Kinder ...«

Der Mann lächelte geistesabwesend und schien völlig in ein Collier aus eigenartigem Metall und abgewetzten, von innen heraus glänzenden Holzstücken vertieft.

»Was ist denn, Flinx?« fragte sie ihn verärgert. »Hoffentlich ist es etwas Wichtiges. Du weißt, daß ich nicht gestört werden möchte, wenn ich mitten ...«

Er unterbrach sie und deutete zum anderen Ende des Ladens. »Siehst du den Mann dort drüben?«

Sie blickte auf. Der Mann, auf den er zeigte, war kahlköpfig und trug einen säuberlich gestutzten Bart und Ohrringe. Statt dem leichten Slicker, wie ihn die Bewohner von Moth bevorzugten, trug er einen schweren Außerplanetmantel aus schwarzem Material. Seine weichen Züge wollten nicht ganz zu seiner imposanten Größe passen, und sein Mund wirkte beinahe zart. Abgesehen von den Ohrringen trug er keinerlei Schmuck. Seine Stiefel wiesen ihn als einen Besucher von Außerplanet aus — sie waren relativ sauber.

»Ich sehe ihn. Was ist mit ihm?«

»Er hat Schmuck aus den Schaukästen gestohlen.«

Mutter Mastiff runzelte die Stirn. »Bist du sicher, Junge?« Ihre Stimme klang besorgt. »Er ist ein Außenweltler, und so, wie er aussieht, ein ziemlich wohlhabender. Wenn wir falsche Anklage gegen ihn …«

»Ich bin ganz sicher, Mutter.«

»Du hast ihn stehlen gesehen?«

»Nein, *gesehen* habe ich ihn nicht.«

»Wovon, zum Teufel, redest du dann?« fragte sie leise und anklagend.

»Sieh dir den Schaukasten an«, drängte er.

Sie zögerte, zuckte dann aber die Achseln. »Das schadet ja wohl nichts.« Was war nur in den Jungen gefahren? Sie ging auf den Schaukasten zu und gab sich dabei desinteressiert. Als sie näher kam, drehte sich der Außenweltler um und ging weg, von ihrem Kommen offenbar nicht beeindruckt. Er verhielt sich keineswegs wie ein nervöser Dieb, der im Begriffe ist, in flagranti ertappt zu werden.

Jetzt beugte sie sich über den Schaukasten. Tatsächlich, das Schloß war professionell aufgebrochen worden. Wenigstens vier Ringe, die zu den wertvollsten Stücken ihres bescheidenen Bestandes gehörten, fehlten. Sie zögerte nur kurz, ehe sie zu Flinx herunterblickte.

»Und du bist ganz sicher, daß er es war?«

Er nickte energisch.

Mutter Mastiff schob zwei Finger in den Mund und stieß einen durchdringenden Pfiff aus. Fast im gleichen Augenblick erschien ein halbes Dutzend benachbarter Ladenbesitzer. Der kahlköpfige Mann ließ immer noch kein Anzeichen von Panik erkennen, sondern starrte nur, ebenso wie die anderen, neugierig auf die so abrupt Erschienenen. Draußen peitschte immer noch der Regen auf die Straße. Mutter Mastiff hob die Hand und deutete direkt auf den Kahlköpfigen und sagte: »Haltet diesen Dieb fest!«

Die Augen des Mannes weiteten sich überrascht, er machte jedoch keine Anstalten zur Flucht. Ein paar zornige Ladenbesitzer packten ihn an den Armen. Wenigstens zwei von ihnen waren bewaffnet.

Der Kahlköpfige ließ sich das ein paar Augenblicke lang gefallen und schüttelte sie dann zornig ab. Als er jetzt zu sprechen begann, ließ ihn sein Akzent als einen Besucher von einer der weicheren Welten wie New Riviera oder Centaurus B erkennen. »Augenblick mal! Was geht hier vor? Ich warne Sie, der nächste, der mich anfaßt, wird das bedauern!«

»Bedrohen Sie uns nicht, Bürger«, sagte Alejan, die geschickte Schneiderin, deren großer Laden die Gasse beherrschte. »Wir werden die Angelegenheit ganz schnell erledigen, ohne dazu Polizei einzuschalten. Wir mögen hier in dieser Gasse keine Polizei.«

»In dem Punkt sympathisiere ich mit Ihnen«, sagte der Mann und strich sich seinen Mantel zurecht, den die unsanften Griffe der Ladenbesitzer verschoben hatte. »Ich mag sie auch nicht besonders.« Nach einer kurzen Pause fügte er schockiert hinzu: »Diese Frau will doch ganz sicherlich nicht andeuten, daß *ich* ...«

»Genau das deutet sie an«, meinte einer der Männer neben ihm. »Wenn Sie nichts zu befürchten haben, haben Sie auch keinen Anlaß, uns nicht ein paar Augenblicke Ihrer Zeit zu schenken.«

»Sicherlich nicht. Ich wüßte nicht, weshalb ...« Der Außenweltler musterte ihre Gesichter einen Augenblick lang und zuckte dann die Achseln. »Schön, wenn dieser Unsinn damit ein Ende hat.«

»Er wird ein Ende haben«, sagte ein anderer Mann hinter einer entsicherten Pistole.

»Sehr gut. Und dann wäre ich Ihnen noch dankbar, wenn Sie mit dieser Waffe nicht gerade auf mich zielen würden, bitte. Sie brauchen doch neben Ihrer zahlenmäßigen Überlegenheit nicht auch noch technische Mittel.«

Der Ladenbesitzer zögerte und ließ die Waffe dann sinken. Aber er steckte sie nicht weg.

Mutter Mastiff starrte den Mann einen Augenblick lang an und warf dann einen erwartungsvollen Blick auf Flinx. »Nun? Hast du gesehen, wo er die Ringe hingetan hat?«

Flinx sah den Kahlköpfigen mit seinen großen, grünen Augen gerade an. »Nein, das habe ich nicht, Mutter. Aber er hat sie genommen, da bin ich mir ganz sicher.«

»Also gut.« Ihre Aufmerksamkeit wandte sich wieder dem Außenweltler zu. »Mein Herr, ich muß Sie bitten, mit einer kurzen Durchsuchung einverstanden zu sein.«

»Das ist höchst unwürdig«, beklagte er sich. »Ich werde bei meinem Reisebüro Beschwerde einlegen.«

»Es tut mir leid«, sagte sie, »aber wenn Sie nichts zu verbergen haben, ist es wohl am besten, wenn wir uns davon überzeugen, daß es so ist.«

»Also schön. Bitte beeilen Sie sich, und bringen Sie es hinter sich. Ich habe heute noch mehr vor. Schließlich bin ich auf Ferien hier, wissen Sie.«

Etwas unsicher durchsuchten zwei der Männer, die auf Mutter Mastiffs Pfiff hin aufgetaucht waren, den Besucher. Sie machten es sehr gründlich und ließen die Erfahrung von Menschen erkennen, die nicht das erstemal mit Dieben zu tun hatten. Sie durchsuchten alles, angefangen beim Futter seines Mantels bis zu seinen Stiefelabsätzen. Als sie fertig waren, blickten sie hilflos zu Mutter Mastiff hinüber und schüttelten den Kopf.

»Der hat nichts«, versicherten sie ihr. »Nichts zu finden.«

»Was fehlt denn, Mutter?« erkundigte sich Aljean mit sanfter Stimme.

»Killringe«, erklärte sie. »Die einzigen vier Killringe, die ich auf Lager habe. Ich habe Jahre dazu gebraucht, sie zu beschaffen, und wüßte nicht, wie ich sie ersetzen sollte. Durchsucht ihn noch einmal!« Sie wies mit einer Kopfbewegung auf den Kahlköpfigen. »Die sind nicht sehr groß, und man kann sie leicht verstecken.«

Sie kamen ihrer Bitte nach und widmeten diesmal ihre besondere Aufmerksamkeit der dicken Gürtelschnalle aus Metall, die der Mann trug. Sie entdeckten ein verstecktes Abteil mit der Credcard des Mannes, aber sonst sehr wenig, jedenfalls keine Ringe.

Als die zweite Durchsuchung sich als ebenso fruchtlos erwiesen hatte, warf Mutter Mastiff einen strengen Blick auf ihren Schützling. »Nun, Flinx, was hast du für dich zu sagen?«

»Er hat sie genommen, das hat er ganz bestimmt«, beharrte der Junge und weinte dabei fast. »Ich weiß, daß er es getan hat.« Er starrte immer noch den Kahlköpfigen an. Plötzlich weiteten sich seine Augen. »Er hat sie *verschluckt.*«

»Verschluckt — jetzt mal einen Augenblick!« fing der Besucher an. »Das fängt jetzt aber an, häßlich zu werden. Soll ich hier warten, bloß weil mich ein kleines Kind mit Schabernack im Sinn anklagt?« Er drohte Flinx zornig mit dem Finger, aber der wandte seinen kalten, grünen Blick nicht von ihm ab.

»Er hat sie genommen«, wiederholte der Junge, »und hat sie verschluckt.«

»Hast du gesehen, wie ich die Ringe weggenommen habe?« wollte der Kahlköpfige wissen.

»Nein«, gab Flinx zu, »das habe ich nicht. Aber Sie haben sie genommen, das wissen Sie auch ganz genau. Sie sind in Ihrem Magen.«

»Wirklich reizend, was man auf solchen Slumwelten erlebt«, sagte der Mann sarkastisch. »Aber ich muß schon sagen, jetzt hört der Spaß auf! Ich muß gehen. Meine Tour erlaubt mir nur zwei Tage in dieser *wunderschönen* Stadt, und ich habe wirklich keine Lust, noch mehr Zeit damit zu vergeuden, auf die seltsamen lokalen Gebräuche einzugehen. Aus reiner Freundlichkeit verzichte ich darauf, die Polizei zu rufen, um Sie verhaften zu lassen. Zur Seite bitte!« Er schob sich an den verunsicherten Ladenbesitzern vorbei und trat in den Regen hinaus.

Mutter Mastiff blickte ihm nach. Ihre Freunde und Händlerkollegen beobachteten sie erwartungsvoll und hilflos. Sie blickte auf den Jungen hinab. Flinx hatte zu weinen aufgehört. Seine Stimme war ruhig und völlig frei von Emotionen, als er ihren Blick erwiderte.

»Er hat sie genommen, Mutter, und jetzt geht er mit ihnen weg.«

Sie konnte nicht erklären, was sie bewegte, als sie Aljean ruhig bat: »Dann ruf die Polizei!«

Das hörte der Kahlköpfige, blieb stehen und drehte sich zu ihnen um. »Aber wirklich, alte Frau, wenn Sie glauben, ich werde jetzt warten ...«

»Aljean«, sagte Mutter Mastiff, »Cheneth?« Die beiden Ladenbesitzer tauschten Blicke und trabten dann los, um den Kahlköpfigen zurückzuholen — falls es zu einer Anzeige kommen sollte, würde sich diese gegen Mutter Mastiff, und nicht gegen sie richten.

»Es tut mir leid, Sir«, sagte Cheneth, der Süßwarenhändler, und gestikulierte mit seiner Pistole, »aber wir werden Sie bitten müssen, hier zu warten, bis die Behörden da sind.«

»Und was dann? Wird man dann einen freien Bürger zum Magistrat schleppen, bloß weil ein Kind das verlangt?«

»Eine einfache Scannerüberprüfung sollte reichen«, meinte Mutter Mastiff, als die drei wieder in den Laden kamen. »Sie haben doch sicher keinen Anlaß, sich dem zu widersetzen?«

»Natürlich werde ich mich widersetzen!« ereiferte sich der Besucher. »Sie haben weder Anlaß noch Grund ...«

»Oh, für jemanden, der nichts zu verbergen hat, sind Sie aber plötzlich sehr erregt«, meinte Aljean, die Schneiderin. Sie war zweiundvierzig Jahre alt und hatte schon vier Ehen hinter sich. Sie verstand sich daher besonders gut darauf, Lügen zu entdecken, und war plötzlich keineswegs mehr von der Unschuld dieses Besuchers überzeugt. »Wenn Sie natürlich jetzt begriffen haben, daß Sie irgendwie einen kleinen Fehler gemacht haben und daß wir seltsamen Eingeborenen gar nicht solche Dummköpfe sind, wie Sie geglaubt haben, und wenn Sie sich die Peinlichkeit einer Scanneruntersuchung ersparen wollen, ganz zu schweigen von der Aufmerksamkeit der Behörden, dann werden Sie feststellen, daß wir hier recht nachsichtig sind, sofern Sie Mutter Mastiff einfach zurückgeben, was Sie ihr weggenommen haben.«

»Überhaupt nichts habe ich genommen ...«, setzte der Kahlköpfige an.

»Die Gefängnisse von Drallar sind sehr, sehr unbequem«, fuhr Aljean fort, als hätte sie ihn nicht gehört. »Unsere Regierung hält nichts davon, Geld für öffentliche Bedürfnisse auszugeben. Ganz besonders knausrig sind die, wenn es um den Komfort von Übeltätern geht. Sie als Außenweltler würden wahrscheinlich ein halbes Jahr ungefilterter Feuchtigkeit unter der Erde nicht besonders gut vertragen. Ich kann mir vorstellen, daß da in Ihren Lungen der Schimmel wächst, und Ihre Augen vermodern da wahrscheinlich ziemlich rasch.«

Plötzlich schien der Mann förmlich in sich zusammenzusacken. Er warf Flinx einen bösen Blick zu, der diesen ganz seelenruhig hinnahm.

»Ich weiß nicht, wie, zum Teufel, du mich gesehen hast, Junge. Ich schwöre es, niemand hat mich gesehen! Niemand!«

»Bei allen Heiligen«, murmelte Cheneth, und die Kinnlade sank ihm herunter, während sein Blick zwischen dem Dieb und dem Jungen, der ihn ertappt hatte, hin und her wanderte. »Dann haben Sie die Ringe also genommen!«

»Ja. Rufen Sie nicht die Behörden!« sagte er zu Aljean. »Sie haben gesagt, Sie wären zufrieden, wenn ich die Ringe zurückgebe. Ich bin einverstanden.«

Mutter Mastiff nickte. »Ich bin ebenfalls einverstanden, vorausgesetzt, Sie lassen Ihre so schön polierte Glatze nie mehr in diesem Teil des Marktes sehen.«

»Mein Wort darauf, als Profi«, versprach der Mann schnell. »Ich habe nicht gelogen, als ich sagte, daß ich auf Ferien bin.« Er lächelte schief. »Ich habe es nur gerne, wenn meine Ferien sich selbst tragen.«

Mutter Mastiff erwiderte das Lächeln nicht. Sie streckte die Hand aus. »Meine Killringe, wenn es nichts ausmacht.«

Wieder das schiefe Lächeln des Mannes. »Bald. Aber zuerst brauche ich bestimmte Nahrungsmittel. Es gibt einige Obstsorten, die sich dafür eignen, oder bestimmte pharmazeutische Mittel. Außerdem brauche ich saubere Tücher und ein Desinfektionsmittel. Der Junge hat nämlich recht, wissen Sie, ich habe die Ringe verschluckt. Geben Sie mir das, was ich brauche, dann haben Sie in einer reichlichen Stunde Ihre verfluchten Ringe zurück.«

Und so geschah es auch vierzig Minuten später.

Nachdem der Dieb und die kleine Truppe bewundernder Ladenbesitzer ihrer Wege gegangen waren, führte Mutter Mastiff Flinx ins Hinterzimmer und stellte ihm die Frage, die zu stellen keinem anderen in den Sinn gekommen war.

»So, Junge, du sagst also, du hast nicht gesehen, wie er die Ringe verschluckt hat?«

»Nein, ich habe es nicht gesehen, Mutter.« Jetzt, wo die Menge sich verteilt hatte und er rehabilitiert war, war er wieder ganz scheu.

»Wie, bei allen Teufeln, hast du das dann gewußt?«

Flinx zögerte. »Komm schon, Junge, raus damit! Mir kannst du es sagen«, bedrängte sie ihn. »Vergiß nicht, ich bin jetzt deine Mutter, die einzige, die du hast. Ich bin fair und anständig zu dir gewesen. Jetzt bist du an der Reihe, dich zu revanchieren.«

»Bist du auch sicher?« Sie sah, daß er mit sich kämpfte. »Bist du auch sicher, daß du nicht nur deshalb nett zu mir bist, um mich zu täuschen? Du gehörst nicht zu den bösen Leuten?«

Sie fand es höchst seltsam, daß er das in diesem Augenblick sagte. »Natürlich gehöre ich nicht zu denen. Sehe ich denn wie die bösen Leute aus?«

»N-n-nein«, gab er zu. »Aber manchmal kann man das nur schwer erkennen.«

»Du hast jetzt schon eine ganze Weile mit mir zusammengelebt, Junge. Du kennst mich doch dafür viel zu gut.« Ihre Stimme wurde wieder sanft und einschmeichelnd. »Komm schon! Was fair ist, ist fair. Also hör auf mich anzulügen und zu behaupten, du hättest nicht gesehen, wie er diese Ringe verschluckt hat!«

»Das habe ich auch nicht«, sagte er gereizt, »und ich lüge auch nicht. Der Mann — er wollte gerade von dem Schaukasten weggehen, und er fühlte sich unbehaglich. Er war … er fühlte … wie sagt man da? Er fühlte sich schuldig.«

»Woher weißt du das denn?«

»Weil …«, murmelte er und sah sie dabei nicht an,

sondern starrte auf die Straße hinaus, wo fremde Leute im Nebel, der sich inzwischen wieder eingestellt hatte, hin- und herhuschten, »weil ich es eben fühlte.« Er griff sich mit der kleinen Hand an die Stirn und rieb dort. »Hier.«

Großer Ganwrath der Fluten, dachte Mutter Mastiff. Der Junge ist ein Talent. »Du meinst«, fragte sie noch einmal. »Du hast seine Gedanken gelesen?«

»Nein«, korrigierte er sie. »So ist es nicht. Es ist nur ... es ... es ist so ein Gefühl, das ich manchmal habe.«

»Bekommst du dieses Gefühl jedesmal, wenn du jemanden ansiehst, der schuldig ist?«

»Nicht nur schuldig«, erklärte er, »das sind alle möglichen Gefühle. Leute sind ... es ist wie ein Feuer. Man kann Hitze von einem Feuer fühlen.« Sie nickte langsam. »Nun, ich kann gewisse Dinge aus den Köpfen der Leute fühlen. Glück oder Furcht oder Haß und eine Menge anderer Dinge, die ich nicht richtig verstehe. Wie wenn ein Mann und eine Frau zusammen sind.«

»Kannst du das immer tun, wenn du willst?« fragte sie.

»Nein, ganz selten nur. Meistens fühle ich überhaupt nichts. Dann ist alles ganz sauber und springt nicht auf mich zu, und ich kann mich entspannen. Und dann gibt es Zeiten, wo das Gefühl einfach da ist. Hier drinnen«, fügte er hinzu und griff sich wieder an die Stirn. »Ich habe diesen Mann angesehen, und die Schuld und die Sorge haben aus ihm herausgeleuchtet wie ein Feuer, ganz besonders, wenn er den Schaukasten mit dem Schmuck ansah. Und Sorgen hat er sich auch gemacht, daß man ihn irgendwie entdecken könnte und fangen, und eine Menge anderer Dinge. Er dachte daran, große Mengen von schnellem Geld hinauszuwerfen. Geld, das er auf unehrliche Weise bekommen würde.«

»Gefühle«, sinnierte sie, »alles Gefühle.« Dann fing

sie glucksend zu lachen an. Sie hatte schon früher von solchen Dingen gehört. Der Junge war ein empathischer Telepath, wenn auch noch ein unausgebildeter. Er konnte die Gefühle anderer Menschen lesen, aber nicht ihre Gedanken.

»Es ist schon gut, Flinx«, beruhigte sie ihn. Sie streckte die Hand aus und zerzauste ihm spielerisch das Haar. »Du hast es gut gemacht. Du hast mir, du hast uns beiden eine Menge Geld erspart.« Sie sah zu dem kleinen Lederbeutel hinüber, in dem sich jetzt die vier zurückgewonnenen und gesäuberten Ringe befanden. Sie rochen immer noch nach Desinfektionsmittel.

»Kein Wunder, daß dieser Dieb sich nicht ausmalen konnte, wie du ihn entdeckt hast. Du hast wirklich nicht gesehen, wie er die Ringe genommen hat?«

»Nein, Mutter. Ich war nicht einmal sicher, was er genommen hatte.«

»Du hast einfach die Reaktion in seinem Bewußtsein gefühlt.«

»Ich glaube schon«, sagte er. »Ich ... ich weiß nicht, wie das geschieht, aber ich weiß, daß die meisten Leute das nicht können, nicht wahr?«

»Nein«, sagte sie sanft, »die meisten anderen Leute können das nicht. Und manchmal werden sie sehr ungehalten, wenn sie glauben, daß jemand in der Nähe ist, der es kann.«

Flinx nickte ernst. »Wie die bösen Leute.«

»Vielleicht«, sagte sie und dachte über diese Möglichkeit nach. »Vielleicht wie die bösen Leute. Und du bist ganz sicher, daß du diese Fähigkeit nicht steuern kannst?«

»Ja. — Ich habe es versucht. Manchmal ist es einfach da, ein Brennen in meinem Kopf. Aber die meiste Zeit ist es nicht da.«

Sie nickte.

»Das ist wirklich schade, sehr schade. Du hast etwas, was man als ein ›Talent‹ bezeichnet, Flinx.«

»Ein Talent.« Er dachte einen Augenblick lang darüber nach und fragte dann unsicher: »Ist das etwas Gutes?«

»Das kann es sein. Das kann auch etwas Gefährliches sein, Flinx. Wir müssen ein Geheimnis daraus machen, dein und mein Geheimnis. Du darfst davon nie sonst jemandem etwas sagen.«

»Das werde ich nicht«, murmelte er und fügte dann energisch hinzu, »das verspreche ich. Dann bist du mir also nicht böse?«

»Böse?« Sie kicherte. »Aber weshalb sollte ich dir denn böse sein, Junge? Ich hab' meine Ringe zurück, und du hast dir bei unseren Nachbarn gehörigen Respekt verschafft. Auf dem Markt ist das so gut wie bares Geld, wie du vielleicht eines Tages feststellen wirst. Die meinen jetzt, daß du ein scharfes Auge und eine noch schärfere Zunge hast. Die Wirklichkeit wäre noch etwas mehr, aber ich zweifle nicht, daß du auch dem Besten von denen mit dem Mund gewachsen wärst. Behalte dein Talent für dich! Denk an unser Geheimnis!«

»Unser Geheimnis«, wiederholte er ernst.

»Kannst du sonst noch etwas?« fragte sie ihn, bemüht, nicht zu eifrig zu klingen. »Ich meine, noch etwas anderes, außer zu fühlen, was andere fühlen?«

»Ich glaube nicht. Obwohl ich manchmal das Gefühl habe ... — ich weiß nicht. Es brennt, und dann bekomme ich Angst. Ich weiß nicht, wie es mir geschieht oder warum.«

»Mach dir deshalb keine Sorgen, Junge.« Sie bedrängte ihn nicht weiter, weil sie bemerkte, daß es ihn unruhig machte. »Du brauchst vor nichts Angst zu haben.« Sie zog ihn an sich und preßte ihn an ihren dünnen, warmen Körper.

»Gebrauche nur deinen Verstand und alles andere, was du besitzt. Dazu hat man es dir gegeben. Ein Talent ist auch nichts anderes als jede andere Fähigkeit.

Wenn da noch etwas ist, das du an dir selbst ausprobieren willst, tu es nur! Das ist dein Körper und dein Verstand, und darüber hat sonst keiner etwas zu sagen.«

03

Das Paar kam aus Burley. Mutter Mastiff erkannte das an ihrem groben Akzent und dem auffällig glitzernden Metallschmuck, den sie trugen. Sie waren auf der Suche nach kunstgewerblichen Gegenständen, und die schwarze Kesselholzschnitzerei in Mutter Mastiffs Laden war ihnen sofort aufgefallen. Sie zeigte in feinster Schnitzarbeit das Bild einer Torupedenkolonie, wie sie sie auf den Kontinenten der Nordhemisphäre von Moth in großer Zahl gab. Die Schnitzerei füllte die ganze Breite des Holzklotzes, nämlich beinahe zwei Meter. Sie war einen halben Meter dick und war auf Hochglanz poliert.

Es war eine ungewöhnliche Arbeit. Normalerweise hätte Mutter Mastiff nie daran gedacht, sich von ihr zu trennen, denn die Art von Stücken lockte Passanten in den Laden. Aber das Paar aus Burley zeigte größtes Interesse, und nur der unmöglich hoch angesetzte Preis schien sie noch am Kauf zu hindern.

Flinx kam von der Straße hereingeschlendert, machte sich an einem Haufen kleiner Armreifen zu schaffen und sah zu, wie der Mann und die Frau miteinander diskutierten. Und dann hatten sie plötzlich ihre Entscheidung getroffen. Sie mußten das Stück haben. Es war genau das, was in ihrem Freizeitraum noch fehlte, und alle ihre Freunde würden sie darum beneiden. Zum Teufel mit den Versandspesen, der Versicherung und dem Preis! Sie würden es kaufen. Und das taten sie auch, wenn auch ihre Credcard kaum für den Kaufpreis reichte. Später am Nachmittag kamen zwei Männer, um das Objekt abzuholen und es in das Hotel zu bringen, wo die Besucher abgestiegen waren.

Am Abend, nachdem der Laden geschlossen hatte, nach dem Abendessen, sagte Mutter Mastiff beiläufig: »Erinnerst du dich an die beiden Leute, die heute die Kesselholzschnitzerei gekauft haben?«

»Ja, Mutter?«

»Die waren bestimmt ein halbes Dutzendmal hier, ehe sie sich entscheiden konnten.«

»Das ist interessant«, sagte Flinx abwesend. Er saß in einer Ecke und studierte auf seinem tragbaren Betrachter einen Chip. Er war dabei sehr geschickt. Sie hatte nie daran gedacht, ihn auf eine formelle Schule zu schicken — für sie waren Mietchips als Kind auch gut gewesen, und damit würden sie für ihn auch reichen müssen.

»Ja«, fuhr sie fort. »Sie hatten gerade noch genug Geld dafür. Ich habe sie bedrängt, mich dann zurückgezogen, kurz, alles getan, was mir einfiel, um sie davon zu überzeugen, wie wertvoll das Stück ist, als mir auf einmal klar war, daß sie es wirklich ernst meinten. Aber jedesmal, ganz gleich, was ich sagte, gingen sie wieder hinaus und diskutierten miteinander.

Dann bist du aufgetaucht und standest einfach dort und hast sie beobachtet, und hopplahopp, ganz plötzlich brach ihr ganzer Verkaufswiderstand in sich zusammen, und sie griffen zu. Ist das nicht interessant?«

»Eigentlich nicht«, antwortete er. »Passiert das nicht häufig?«

»Nicht, wenn etwas so teuer ist wie dieses Kesselholz. So etwas passiert praktisch nie. Ich nehme doch nicht an, daß du etwas mit ihrem plötzlichen Gesinnungswechsel zu tun hattest? Du hast doch nicht vielleicht etwa ihr Zögern verspürt und etwas getan, um ihnen zu helfen?«

»Aber natürlich nicht, Mutter.« Er blickte überrascht von seinem Betrachter auf. »So etwas kann ich nicht.«

»Oh«, murmelte sie enttäuscht. »Du lügst mich doch jetzt nicht etwa an, oder, Junge?«

Er schüttelte heftig den Kopf. »Warum sollte ich so etwas tun? Ich bin einfach nur glücklich, daß du bei dem Geschäft so viel Geld verdient hast. Ich bin immer froh, wenn du Geld verdienst.«

»Nun, das haben wir zumindest gemeinsam«, brummte sie. »Aber für heute abend reicht es jetzt mit dem Bildschirm. Du wirst dir deine Augen verderben. Geh ins Bett, Flinx!«

»In Ordnung, Mutter.« Er ging auf sie zu und gab ihr den obligatorischen Schmatz auf die Wange, ehe er in sein Zimmer ging. »Gute Nacht.«

»Gute Nacht, Junge.«

Sie blieb in ihrem Schlafzimmer noch eine Weile wach und sah sich auf dem eigenen Betrachter einen der gemieteten Unterhaltungschips an. Die Show war auf Evoria aufgezeichnet worden und gewann ihren Reiz aus dem exotischen Ort und der Anwesenheit von Thranxartisten. Es war ziemlich spät, als sie schließlich abschaltete und sich zum Bettgehen bereitmachte; eine kurze Dusche, eine halbe Stunde Haare bürsten, und sie schlüpfte ganz wohlig seufzend unter ihre Thermodecke.

Wie sie so im Dunkeln dalag und darauf wartete, daß der Schlaf sich einstellte, schlich sich ein beunruhigender Gedanke in ihr Bewußtsein. Warum *sollte* der Junge eigentlich über eine solche Fähigkeit lügen?

Vielleicht, dachte sie, weil er, wenn er zwei Leute überzeugen konnte, etwas zu kaufen, was sie nicht wollten, das wahrscheinlich auch mit anderen tun könnte. Und wenn er es bei anderen zuwege bringen konnte, was war dann diesen letzten Herbst geschehen, als sie auf ihrem Weg durch die Stadt an der Auktionsplattform vorbeigekommen war, und etwas sie, für sie selbst verblüffend, aufgehalten hatte. War es nicht möglich, daß der Kauf, den sie damals getätigt hatte — der bis zu diesem Tage unerklärliche Kauf, den sie nie zu gründlich bedacht hatte —, durch einen leichten geistigen Anstoß des Gekauften gefördert worden war? Warum hatte sie ihn gekauft? Auch keiner ihrer Freunde hatte das verstehen können.

Beunruhigt stieg sie wieder aus dem Bett und ging zum Zimmer des Jungen. Ein Blick hinein zeigte ihr, daß er tief schlief, ein unschuldig wirkendes Kind, wie man es sich unschuldiger nicht wünschen konnte. Aber jetzt war da noch etwas anderes, etwas Unsichtbares, Unvorhersehbares, dessen sie nie ganz würde sicher sein können. Sie würde nie wieder imstande sein, sich in Gegenwart des Jungen zu entspannen.

Sie hatte schon angefangen, ihr ursprüngliches Bedauern zu vergessen, und ihm all die Liebe entgegenzubringen, die sie vorher seinesgleichen nie hatte geben können. Er war wirklich ein lieber kleiner Knirps und hatte sich im Laden mehr als nützlich gemacht. Es war gut, auf ihre alten Jahre einen solchen Jungen zu haben, aber in nächster Zeit, wenigstens auf eine Weile, würde sie ihn mit der einen Hand tätscheln, und die andere für alle Fälle als Waffe bereithalten. Zumindest bis sie für sich, in ihrem eigenen Bewußtsein, sicher sein konnte, daß das, wessen sie sicher war, noch ihr eigenes Bewußtsein darstellte.

Du alte Närrin, dachte sie, als sie sich wieder ihrem eigenen Zimmer zuwandte. Zuerst hast du ihn gelobt, weil er ein Talent besitzt, und jetzt machst du dir seinetwegen Sorgen. Beides geht doch nicht. Außerdem, warum ein Talent fürchten, das sein Besitzer selbst nicht unter Kontrolle halten konnte? Jenes Geständnis des Jungen zumindest schien, seiner Verwirrung und seiner Sorge nach zu schließen, der Wahrheit zu entsprechen.

Als sie zum zweitenmal in ihr Bett schlüpfte, fühlte sie sich schon wohler. Es gab wirklich keinen Grund zur Besorgnis. Interessant war es, dieses Talent, das er da hatte, aber wenn er es nicht steuern konnte, brauchte man auch nicht besorgt zu sein.

Jemand, der eine solche Fähigkeit nicht meistern konnte, würde ohnehin nie viel zu bedeuten haben.

»Haithness, Cruachan, kommen Sie her!«

Die Frau vor dem Computerbildschirm hatte wieder einen ganzen Vormittag damit verbracht, sich endlose Reihen abstrakter Daten anzusehen. Sie versuchte, ein chemisches Rätsel von einiger Kompliziertheit zusammenzufügen. Aber an dem Morgen hatte sich, wie das in ganz seltenen Glücksfällen gelegentlich geschieht, ein besonders wesentliches Stück des Rätsels ganz unerwarteterweise gelöst. Anstelle eines wahren Morasts von Zahlen und undisziplinierter Grafiken erstrahlte auf dem Schirm jetzt ein Bild perfekter Symmetrie.

Der Mann, der jetzt hastig zu ihr gelaufen kam, um über ihre Schulter zu blicken, war groß, mit einem von eindrucksvollen Linien gezeichneten Gesicht. Die dunkelhaarige Frau, die inzwischen neben ihn getreten war und ebenfalls den Bildschirm anstarrte, war in gleicher Weise beeindruckt.

Der Raum, in dem die drei arbeiteten, befand sich in einem kleinen, unauffälligen Bürogebäude in einer unwichtigen Stadt auf einer abgelegenen Welt. Die Geräte, mit denen sie beschäftigt waren, wirkten zwar zusammengeflickt, ihre Bedienung erforderte jedoch ungeheure Erfahrung in der Bedienung und erhebliche Mittel.

Wissen und Geld kamen von weit verstreuten, scheinbar untereinander nicht in Beziehung stehenden Orten im ganzen Commonwealth. Für die Männer und Frauen, die in dem Raum praktisch lebten, war diese Isoliertheit eine ehrenvolle Bürde, ihre Verborgenheit die mächtigste Waffe, die sie besaßen. Sie gehörten nämlich einer allgemein verachteten und verfolgten Minderheit an, die sich im Kriegszustand mit den Grundsätzen der zivilisierten Gesellschaft befand. Dabei waren sie durchaus reinen Herzens und edler Gesinnung — nur in ihren Methoden waren sie dem Rest der Zivilisation suspekt.

Die drei, die jetzt wie gebannt auf den Computerschirm starrten, sahen keineswegs so aus, als verdienten sie solch besondere Aufmerksamkeit. Der hochgewachsene Mann, Cruachan, sah aus wie ein freundlicher Großvater; die orientalische Dame, die vor der Konsole saß, hätte eher in eine antike Ära gepaßt, gekleidet in schmeichelnde Seide und Holzschuhe. Nur die große schwarze Frau, die Cruachan gegenüberstand, ließ in ihrem Gesicht etwas von ihrer inneren Härte erkennen.

Doch diese Härte und die damit einhergehende kalte Entschlossenheit lebte in jedem einzelnen von ihnen und war durch zwei Jahrzehnte der Verfolgung gefördert und verstärkt worden. Sie sahen in sich Männer und Frauen, die von der gemeinen Herde getrennt waren. Ihr Ziel war nichts weniger als eine Verbesserung der Menschheit, ob sie das wollte oder nicht. Daß ihre Methoden vielleicht für die Unschuldigen zu Schaden führen konnten, war etwas, das ihnen von Anfang an bekannt gewesen war. Dies und andere konventionelle Moralbegriffe hatten sie beiseite gelegt, im Glauben, daß solche Opfer notwendig waren zum größeren Nutzen der größeren Zahl. Sie nannten ihre Gruppe die ›Meliorare Gesellschaft‹, ein unschuldig klingender Name, den sie sich zugelegt hatten, um damit ihren Zweck zu tarnen, der darin bestand, die Menschheit durch künstliche Manipulation genetischen Materials zu verbessern.

Ihre Schwierigkeiten fingen an, als einige ihrer weniger erfolgreichen Experimente ans Licht kamen, was auf allen zivilisierten Welten einen Aufschrei der Empörung ausgelöst hatte. Deshalb waren sie jetzt gezwungen, in weit verstreuten Außenposten zu arbeiten, anstatt in einem einzigen Forschungsinstitut, und dennoch waren sie stets den sie verfolgenden Regierungsbehörden immer nur einen kurzen Sprung voraus. Die allgemeine Bevölkerung blickte auf sie voll Schrecken herab.

Viele ihrer Kollegen waren bereits verschwunden, von den unbarmherzigen Häschern einer ignoranten Beamtenschaft entdeckt und in Gewahrsam genommen: Märtyrer der Wissenschaft, wie die Überlebenden es sahen — unmenschliche Ungeheuer nach den Berichten in den Medien.

Natürlich waren die Ziele der Meliorare Gesellschaft gefährlich! Kurzsichtige hatten jede Verbesserung — jeden Wandel — stets als etwas Gefährliches betrachtet. Die Mitglieder der Gemeinschaft hatten sich mit dieser Denkweise abgefunden, und so belastete sie sie nicht länger. Das einzige, worauf es ankam, waren Resultate, nicht die Ansichten der unwissenden Massen.

So fürchteten sie den Tod nicht, fürchteten auch die noch schrecklichere Strafe einer selektiven Gehirnlöschung nicht, einfach, weil sie an das Gerechte ihrer Sache glaubten. Wenn auch nur eines ihrer Experimente Erfolg hatte, dann würde das die Rechtfertigung der Arbeit liefern, die der Gründer der Gesellschaft vor vierzig Jahren auf Terra geleistet hatte. Dann würden sie wieder in die wissenschaftliche Gemeinschaft hinaustreten können, die sie verstoßen hatte. Voll Stolz würden sie dann ein reifes und merkbar verbessertes menschliches Geschöpf vorweisen können.

Die Aura der Erregung, die den Raum erfüllte, war fast körperlich zu greifen, während sie wie gebannt auf den Bildschirm starrten.

»Ich hoffe nur, daß das der Anzeige entspricht, Nyassa-lee«, warnte Cruachan. »Ich habe noch ein halbes Band Informationen vom Cannachanna-System zu verarbeiten, und Sie wissen, daß wir höchstens noch einen Monat bleiben können, ehe wir weiterziehen müssen. Das heißt, die Geräte abbauen, neu einstellen, und all die anderen Probleme, die jedesmal beim Umziehen auftauchen.«

»Sie kennen mich doch schließlich, Cruachan«, sagte die Frau in dem Sessel. Da war keinerlei Triumph über das, was sie gerade getan hatte; über solche Belanglosigkeiten waren sie längst hinaus. »Ich habe schließlich die Aufzeichnungen über die Verteilung und die individuellen Charakteristika schon monatelang eingegeben und immer wieder miteinander verglichen. Diesmal klappt es. Ich habe Nummer Zwölf entdeckt.«

Die große schwarze Frau beugte sich über den Bildschirm. »Nummer Zwölf — daran erinnere ich mich. Männlich, nicht wahr?«

Nyassa-lee nickte und deutete auf den Bildschirm. »Da, ich zeige Ihnen die wesentlichen Daten noch einmal.«

Sie machten sich mit den Einzelheiten des betreffenden Falles wieder vertraut. Acht Jahre waren verstrichen, seit der Fall abgeschlossen worden war. In den acht Jahren hatten sie eine ganze Anzahl anderer Versuchspersonen entdeckt. Doch keine von ihnen hatte eine normale Kindheit gehabt. Einige wenige hatten leichte Andeutungen einer positiven Entwicklung gezeigt, aber kein einziger war eine komplette Überprüfung wert gewesen. Dann hatte es natürlich Fälle gegeben, wo Geist und Körper durch die ursprünglichen chirurgischen Manipulationen in schrecklicher Weise verzerrt worden waren, und die Schuld daran trugen sie alle in gleicher Weise. Diese unglücklichen Mißerfolge waren es, die die Regierung veröffentlicht hatte, und die bei der wissenschaftlich ungebildeten Öffentlichkeit zu solcher Empörung geführt hatten, daß die Regierung schließlich imstande gewesen war, ihre Hexenjagd gegen die Gesellschaft zu legalisieren.

Die meisten behandelten Kinder waren von der Regierung ausfindig gemacht, in speziellen Heimen großgezogen und in ein normales Leben zurückgeführt worden. Wo immer möglich, hatte man die genetischen Veränderungen, die die Chirurgen der Gesellschaft vorgenommen hatten, korrigiert und damit allen Kindern die Möglichkeit gegeben, ein normales Leben zu leben.

Wenn wir die Normalen nicht verbessern können, dachte Haithness, verdienen wir es auch nicht, das Universum zu erforschen und schließlich zu beherrschen. Die Natur hilft dem, der sich selbst hilft. Warum sollten wir unser Wissen und unsere Ausbildung nicht einsetzen, um die Entwicklung zu beschleunigen?

Aus einem entfernten Winkel des abgedunkelten Raums rief ein Mann: »Brora meldet, daß ein Regierungsshuttle im Calaroom Shuttlehafen gelandet ist.«

»Das könnte die übliche Landung von Ackerbauspezialisten sein«, meinte Cruachan nachdenklich.

»Vielleicht«, pflichtete ihm der Mann am Kommunikator bei, »aber können wir dieses Risiko eingehen?«

»Ich möchte ungern auf einen so schwachen Hinweis hin schon die Evakuierung befehlen. Wie viele Passagiere sind es denn?«

»Schwer zu sagen«, meinte der Mann, der immer noch auf das lauschte, was aus seinem Empfänger kam. »Brora sagt, wenigstens ein Dutzend, die er nicht erkennt.«

»Für Ackerbauspezialisten ist das eine ganze Menge, Cruachan«, meinte Haithness.

»Allerdings.« Er rief dem Mann am Kommunikator zu: »Sagen Sie Brora, er soll sich auf die Abreise vorbereiten. Wir dürfen nichts riskieren. Wir verlegen die Evakuierung auf heute abend.«

»Heute abend? Bis dahin habe ich nicht einmal die Hälfte der Geräte abgebaut.«

»Neue Kommunikationsgeräte können wir kaufen«, erinnerte ihn Cruachan. »Ersatz für uns gibt es nicht.«

Der Mann an der Konsole nickte und wandte sich wieder seiner Station zu. Er sprach leise und hastig in das Mikrofon. Cruachan wandte seine Aufmerksamkeit wieder dem Bildschirm zu.

Dort war jetzt zu lesen: NUMMER ZWOELF. MAENNLICH. OHNE BESONDERE UNTERSCHEIDUNGSMERKMALE. Es schlossen sich nähere Beschreibungen des Cerebralindex sowie Zahlen für die cortikale Energieverteilung an.

O ja; jetzt erinnerte sich Cruachan. Diese Nummer Zwölf war ein ziemlich komplizierter Fall gewesen. Gewisse Muster in der Gehirnaktivität hatten auf paranormale Aktivität hingewiesen, ohne daß es irgendwelche konkreten Erkenntnisse gegeben hatte. Besonders faszinierend war die starke Aktivität im linken Hirnlappen gewesen, wie man sie gewöhnlich nur bei weiblichen Personen entdeckt. Das für sich alleine betrachtet, war noch nicht sonderlich aufregend, aber es gab darüber hinaus auch kontinuierliche Funktionsanzeichen in wenigstens zwei Gehirnabschnitten, die normalerweise nicht aktiv waren, ›toten Bereichen‹ des Gehirns. Und die Aktivität war, ebenso wie das Kind selbst, außergewöhnlich gewesen.

Trotz dieser vielversprechenden Hinweise fehlten in der Fallgeschichte von Nummer Zwölf die üblichen vielversprechenden Entwicklungen. Keine Andeutung von Telepathie, Psychokinese, Pyrokinese, Doppelverteilung oder irgendeine von der Vielzahl anderer Fähigkeiten, die die Gesellschaft in ihren Experimentierkindern zur vollen Blüte hatte bringen wollen.

Trotzdem ließ Nummer Zwölf wenigstens Potential erkennen.

»Nun, der hier ist jedenfalls aussichtsreicher als das letzte Dutzend«, mußte Haithness einräumen. »Es ist so lange her, seit wir den letzten Kontakt mit ihm hatten, daß ich diese Daten fast vergessen hatte. Wir müssen so schnell wie möglich mit ihm Verbindung aufnehmen. Wo befindet er sich?«

Nyassa-lee drückte einige Tasten unter dem Anzeigeschirm und las dann ab: »Wo im Commonwealth ist das?« brummte Haithness.

»Eine Handelswelt«, erklärte Cruachan nach einiger Überlegung. »Zentral gelegen, aber nicht besonders wichtig. Ein Planet für Zwischenlandungen, schwach besiedelt.«

»Sobald Sie das einmal gesehen haben, wird es Ihnen nichts ausmachen, dort hinzureisen«, versicherte Nyassa-lee beiden. Ihre Finger huschten zum zweitenmal über die Tastatur, und auf dem Bildschirm leuchteten neue Informationen auf. »Das ist eine Nachricht aus allerjüngster Zeit, von unserem lokalen Agenten, der ihn überwacht. Anscheinend hat das Kind ganz eindeutig ein Talent erkennen lassen, möglicherweise sogar zwei. Darüber hinaus hat er es in der Öffentlichkeit getan, und wie es scheint, ohne jede spezialisierte Ausbildung.«

»Ohne Ausbildung«, flüsterte Cruachan. »Erstaunlich, falls das stimmt.«

Nyassa-lee tippte an den Bildschirm. »Dieser Agent ist in der Vergangenheit sehr verläßlich gewesen, und seine Beobachtungen haben sich stets als richtig erwiesen. Bei dem fraglichen Talent handelt es sich um irgendeine telepathische Variante. Der Agent ist natürlich nicht wissenschaftlich ausgebildet und ist sich in bezug auf das zweite Talent noch weniger sicher, aber sein potentieller Wert könnte sogar noch größer sein.«

»Und was ist es?« fragte Haithness.

»Ich weiß nicht, wie man es nennen soll. Im wesentlichen scheint es, daß das Kind ein Emolterator sein könnte.«

Die andere Frau sah ihn verwirrt an. »Den Begriff habe ich noch nie gehört. Der steht doch nicht auf der Liste der Talente.«

»Da stand er bisher nicht. Das ist etwas ganz Neues. Etwas, was nur dieses Kind hat, wie es scheint«, erklärte Cruachan. Nyassa-lee nickte. »Das bedeutet, daß er möglicherweise imstande ist, die Handlungen anderer zu beeinflussen. Nicht Bewußtseinskontrolle, nichts so Starkes. Viel subtiler. Jemand, der eine solche Fähigkeit besitzt, würde sie sehr vorsichtig einsetzen müssen. Wenn dieser Bericht stimmt ...« Er verstummte einen Augenblick lang, und seine Gedanken schienen abzuschweifen, während er den Text auf dem Bildschirm studierte.

»Anscheinend haben die Behörden die Talente des Kindes nicht bemerkt, und er hat sich natürlich entwikkelt. Und alles das, ohne auch nur die rudimentärste Ausbildung. Aber alle Anzeichen deuten darauf hin, daß dort ein mächtiges Potential darauf wartet, entwikkelt zu werden.«

»Entweder ist das Kind herangewachsen, ohne sich dieser Talente bewußt zu werden«, sagte Nyassa-lee und studierte weitere Daten, die inzwischen auf dem Bildschirm erschienen waren, »oder er ist ungemein raffiniert.«

»Das ist vielleicht nur ganz natürliche Vorsicht«, warf Haithness ein. »Es wird interessant sein, einmal herauszufinden, wie es wirklich ist.«

»Und genau das werden wir tun«, sagte Cruachan entschieden. »Es ist lange her, daß wir zuletzt eine so vielversprechende Versuchsperson zurückbekommen haben. Vielleicht ist er das, worauf wir seit Jahren warten.«

»Hoffentlich geht es uns nicht wie beim letztenmal«, warnte Haithness und wies auf eine neue Zahlengruppe, die auf dem Bildschirm erschienen war. »Sehen Sie sich nur diese neurologischen Potentiale an. Erinnern Sie sich an das eine andere Kind, das solche Zahlen zeigte?«

»Natürlich erinnere ich mich«, sagte Cruachan gereizt. »Aber den werden wir nicht so verlieren, wie wir dieses Mädchen verloren haben — wie, zum Teufel, hat das kleine Monstrum geheißen?«

»Mahnahmi«, erinnerte ihn Nyassa-lee. »Ja, wenn der Junge auch nur die entfernteste Ähnlichkeit mit ihr zeigt, müssen wir äußerst vorsichtig sein. Noch einmal könnte ich das nicht ertragen.«

»Ich, offen gestanden, auch nicht«, nickte Cruachan. »Der Fehler, den wir gemacht haben, war, daß wir versucht haben, die Kontrolle über sie direkt wieder zu übernehmen. Resultat: Das Mädchen verschwindet aufs neue, und zwei weitere Mitglieder der Gesellschaft finden ein vorschnelles Ende. Und wir wissen immer noch nicht, wie sie es geschafft hat.«

»Eines Tages stoßen wir wieder auf sie, wenn wir unsere Methoden verbessert haben«, sagte Haithness kühl. »Dann werden wir das Nötige tun.«

»Ich bin gar nicht sicher, daß ich das riskieren möchte.« Nyassa-lee sah wieder auf den Schirm. »Jedenfalls sollten wir nicht aus dem Auge verlieren, daß das Potential von diesem Nummer Zwölf hier theoretisch sogar noch über das des Mädchens hinausgeht.«

»Stimmt«, räumte Cruachan ein und sah wieder auf die Zahlenreihen, »aber man kann auch klar sehen, daß seine Entwicklung sich viel langsamer vollzogen hat. Wir sollten reichlich Zeit haben, uns mit jedem heranreifenden Talent zu befassen, und sicherzustellen, daß es kein Unheil anrichtet, und zwar sowohl um des Kindes willen als auch zu unserem eigenen Nutzen.«

»Natürlich«, pflichtete Haithness ihm ruhig bei. »Ich würde nur gerne wissen, wie Sie das schaffen wollen. Sie wissen genau, wie unberechenbar ein Talent unter Anspannung sein kann.«

»Ja, dafür hat uns das Mädchen ja eine eindrucksvolle Demonstration geliefert, nicht wahr?« Nyassalees Finger entlockten der Konsole neue Informationen.

Von der anderen Seite des Raums hallte es jetzt herüber: »Brora sagt, er sei jetzt überzeugt, daß die Neuankömmlinge im Hafen nichts mit der Ackerbaustation zu tun haben. Sie waren gar nicht in der entsprechenden Abteilung des Regierungsbaus; statt dessen versammeln sie sich in dem unterirdischen Quartier.«

»Dann sagen Sie Brora, daß er sich beeilen soll«, antwortete Cruachan. »Ich möchte, daß die Anlage bis Mitternacht abgebaut ist.«

»Ja, Sir«, antwortete der Mann am Kommunikator.

»Sie haben meine Frage nicht beantwortet«, erinnerte Haithness den Großen. »Wie wollen wir vorgehen? Wenn wir versuchen, ihn direkt unter Kontrolle zu bekommen, wie wir es bei dem Mädchen getan haben, riskieren wir dieselben Konsequenzen. Es ist unmöglich, die Reaktion vorherzusehen.«

»Sie sollten nicht vergessen, daß das Mädchen, als wir es entdeckten, praktisch noch im Säuglingsalter war. Wir haben den Fehler gemacht, daraus auf Harmlosigkeit zu schließen. In ihrem Fall konnten wir nicht an ihre Vernunft appellieren — dazu war sie zu jung. Und ich hatte nie damit gerechnet, daß das gegen uns wirken würde.«

»Das ist nicht wichtig. Wichtig ist, daß er im Einsatz seines Talents noch ungeschickt ist. Und das macht ihn zugleich auch gefährlich.« Haithness zeigte auf die Zahlen auf dem Bildschirm. »Sehen Sie sich das an. Undiszipliniert oder nicht, wir müssen bei diesem Nummer Zwölf mit äußerster Vorsicht vorgehen. Wir brauchen ein Mittel, um irgendwelche jugendlichen emotionellen Reaktionen zu unterdrücken.«

Nyassa-lee sah ihren Kollegen von unten an. »Aber wir können nicht warten.«

»Da haben Sie recht. Das ist vielleicht unsere letzte Chance, ein Subjekt mit derartigem Potential unter Kontrolle zu bekommen. Wir dürfen diese Chance einfach nicht vertun.«

»Diese Überlegungen und Risiken sind mir wohl bewußt«, versicherte Cruachan beiden. »Ich beabsichtige daher nicht, so wie wir es bei dem Mädchen getan haben, die Kontrolle direkt zu übernehmen. Statt dessen werden wir versuchen, die Kontrolle über jemanden zu bekommen, der seinerseits das Subjekt unter Kontrolle hat. Gibt es jemanden, der da in Frage kommt?«

Nyassa-lee wandte sich wieder ihrer Konsole zu. Es dauerte eine Weile, bis sie antwortete: »Eine Person. Anscheinend ist das Subjekt von einer älteren Frau der Regierung abgekauft worden. Sie hat den Jungen an Kindesstatt angenommen.«

»Eine Ersatzmutter«, murmelte Haithness. »Das ist gut. Besser können wir es uns gar nicht wünschen, eine stärkere emotionelle Bindung gibt es kaum.«

In der Stimme von Haithness war keine Spur von Wärme zu entdecken. Für sie war nur eines wichtig: der Erfolg des Experiments. Sie wußte, daß die Gesellschaft sich in einem Wettlauf gegen die Zeit befand; sie hatten keine Ahnung, wie lange es noch dauern würde, bis die Behörden ihrer Tätigkeit endgültig ein Ende machten. Sie brauchten *jetzt* einen Erfolg, und dieser Junge war vielleicht ihre letzte Chance.

»Einen möglichen Nachteil sehe ich«, sagte Cruachan, ohne dabei den Blick vom Bildschirm zu wenden. »Die Frau, die Ersatzmutter, ist schon fortgeschrittenen Alters, wenn auch allem Anschein nach gesund.« Er stieß Nyassa-lee etwas an, worauf diese ihm an der Konsole gehorsam Platz machte.

Cruachan betätigte die Tasten und runzelte die Stirn, als die von ihm gesuchte Information auf dem Bildschirm auftauchte. »Keine detaillierten medizinischen Daten über sie. Das könnte schwierig sein.«

Haithness zuckte gleichgültig die Achseln. »Ihr Zustand ist ohne Belang. Wir müssen handeln.«

»Ich weiß, ich weiß«, antwortete Cruachan ungeduldig. »Damit steht unser Kurs also fest. Wir werden von hier nicht nach Loser's World weiterreisen, in der Hoffnung, dort Subjekt Nummer Sechsundfünfzig ausfindig zu machen. Statt dessen werden wir die üblichen mobilen Operationen an Bord des Schiffes aufnehmen.

Sobald wir sicher sind, daß man uns nicht verfolgt, setzen wir Kurs auf diesen Planeten Moth. Dann sollten wir genügend Zeit haben, um planmäßig weiterzumachen.«

»Es wird notwendig sein, das Subjekt von der Mutter zu isolieren«, sinnierte Haithness. »In Anbetracht der festgestellten Talente des Subjekts könnte es sein, daß es, falls unsere Information zutrifft, innerhalb einer beschränkten geografischen Zone imstande ist, unsere Aktivitäten zu verfolgen. Wir brauchen natürlich eine bestimmte Zeit mit der Ersatzmutter«, sie zögerte nur kurz, »um sie dazu zu überreden, mit uns zusammenzuarbeiten.« Das dünne Lächeln, das um ihre Mundwinkel spielte, veränderte ihren Ausdruck in nichts.

Cruachan nickte. »Das sollte nicht schwer zu arrangieren sein. Zu unserem Glück ist Moth nur dünn besiedelt. Die Technik ist nicht unbekannt, aber das Ausmaß der technischen Entwicklung wechselt je nach Ort stark. Es sollte daher leicht sein, uns und die nötigen Einrichtungen in hinreichender Distanz von der Metropole zu etablieren, wo das Subjekt und seine Ersatzmutter leben. Unsere Sicherheit sollte dabei ungefährdet bleiben.«

Der Mann am Kommunikator wandte sich von seinen Instrumenten ab und unterbrach sie, ohne zu zögern: »Brora meldet, daß wenigstens die Hälfte der neu eingetroffenen Ackerbauexperten bewaffnet sind.«

»Dann wäre das also klar«, murmelte Cruachan und seufzte resigniert. »Wieder eine überhastete Abreise, wieder Flucht zu einer weiteren fremden Welt.

Nyassa-lee, sorgen Sie dafür, daß diese Information weitergeleitet wird! Haithness, Sie ...«

»Ich weiß, was getan werden muß, Cruachan.« Sie wandte sich von ihm ab und begann, in aller Ruhe, Daten aus dem Hauptspeicher in einen tragbaren Speicher zu überspielen.

Der Kommunikator lehnte sich in seinem Sessel zurück und musterte seine Instrumente mit gerunzelter Stirn. »Ich werde keine Zeit haben, viel abzubauen und zum Shuttle zu schaffen.«

»Das ist auch nicht wichtig, Osteen«, versicherte ihm Cruachan. »Wir haben entsprechende Ersatzgeräte an Bord. Mir gefällt es auch nicht, wertvolle Geräte zurücklassen zu müssen« — er deutete auf die teuren elektronischen Anlagen, mit denen der ganze Raum angefüllt war —, »aber wir haben keine Wahl. Immerhin haben wir den Trost, daß wir diesmal wirklich eine vielversprechende Spur haben. Nach all den Jahren sieht es so aus, als hätten wir eines der aussichtsreichsten Subjekte ausfindig gemacht.«

»Das ist wirklich eine gute Nachricht, Sir.« Osteen war einer der wenigen jungen Männer in der Meliorare Gesellschaft. Cruachan hätte einen erfahreneren Mann als Hauptkommunikator vorgezogen, aber solche Leute waren knapp. Osteen war wenigstens loyal und tüchtig. Daß er intellektuell den ursprünglichen Mitgliedern der Gesellschaft unterlegen war, war nicht seine Schuld. Aber daß sich noch einmal zu Cruachans Lebzeiten eine solche erlauchte Versammlung großer Geister mit einer Vision für die Zukunft sammeln würde, war unwahrscheinlich.

Es sei denn ... es sei denn, die Gesellschaft konnte in Gestalt eines einzigen erfolgreichen Subjekts ein glänzendes Zeugnis ihrer edlen Ideale vorstellen. Vielleicht war dieser Junge ihre Rechtfertigung. Sie mußten schnell zu ihm gelangen. In den letzten paar Jahren hatten sie immer weniger Zeit gehabt, denn die Verfolger des Commonwealth wichen ihnen nicht von den Fersen, und ihre Überlebensrate war kein gutes Omen für die Zukunft. Sie wurden älter, und der Abgang aus natürlichen Gründen war inzwischen ebenso schwerwiegend wie der, den die Regierung verursachte.

Ihre Dreiergruppe, im Verein mit dem scharfäugigen

Brora, der die letzte Warnung durchgegeben hatte, stellte die größte überlebende Gruppe aus der ursprünglichen Mitgliederschaft dar. Auf ihnen ruhte die ganze Last der Verantwortung, dachte Cruachan. Sie mußten es schaffen.

Und der Junge durfte sie nicht enttäuschen.

04

Die Einsamkeit hatte Flinx bislang nie gestört. Er wußte natürlich, was Einsamkeit war — ein Zustand, den er sein ganzes kurzes Leben lang gekannt hatte. In der Vergangenheit hatte er sich immer ihren Schmerzen entziehen können, aber dieses Gefühl — dieses leere Alleinsein — war anders als jede Einsamkeit, die er bisher erlebt hatte. Sie war eine körperliche Realität, die an ihm fraß, und die in einem geheimnisvollen neuen Teil seines Gehirns Schmerz erzeugte. Sie war anders, nicht nur als seine eigene Einsamkeit, aber auch anders als das Alleinsein, das er gelegentlich vermittels seines Talents bei anderen empfunden hatte.

Tatsächlich war das, was er jetzt erlebte, so radikal, daß es für ihn nichts gab, womit er es vergleichen konnte. Und doch war es Einsamkeit; dessen war er sicher. Einsamkeit und noch etwas anderes, das ebenso intensiv und erkennbar war: Hunger. Eine nagende, hartnäckige Gier nach Nahrung.

Die Gefühle waren so klar und unkompliziert, daß Flinx sich unwillkürlich fragte, woher sie rührten. Sie trommelten hartnäckig auf sein Bewußtsein ein und wollten nicht verblassen. Noch nie zuvor waren solche Emotionen für ihn so offen, so klar und so stark gewesen. Normalerweise verblaßten sie immer wieder, aber diese wurden nicht schwächer, sondern stärker — und er schaffte es nicht, sie unter Kontrolle zu halten. Sie hämmerten unablässig auf ihn ein, bis sein Bewußtsein schließlich nachgab und ihn weckte.

Flinx rieb sich die Augen.

Das schmale Fenster über dem Bett ließ das schwache Licht der Monde herein, das irgendwie durch die dünne Wolkendecke sickerte. Flinx hatte den hell rostroten Mond, der Flamme hieß, selten gesehen, ebenso auch seine kleineren Begleiter, aber er hatte seine Studienjahre gut verbracht und wußte, woher das Licht kam.

Er schlüpfte lautlos aus dem Bett, stand auf, zog Hose und Hemd an. Ein warmes Leuchten hüllte die Küche und den Eßplatz in weiches, gelbes Licht. Aus Mutter Mastiffs Schlafzimmer drangen kräftige Schnarchlaute. Die Einsamkeit, die er fühlte, kam nicht von ihr.

Das Gefühl verharrte in seinen Wachzustand hinein. Es war also kein Traum gewesen, wie er zuerst geglaubt hatte. Sein Kopf schmerzte, so kräftig war die Empfindung. Aber obwohl der eigentliche Schmerz jetzt zu verblassen begann, war die Empfindung selbst immer noch so stark, wie sie im Schlaf gewesen war.

Er weckte Mutter Mastiff nicht, während er die Küche, das Badezimmer und den engen Garderobenraum durchsuchte. Dann öffnete er lautlos die Tür und schlüpfte in den Laden hinaus. Die Läden waren abgeschlossen und hielten Wetter wie ungebetene Eindringlinge fern. Das vertraute Schnarchen lieferte ihm einen beruhigenden Hintergrund zu seiner Suche.

Flinx war inzwischen zu einem gelenkigen jungen Mann von etwas unterdurchschnittlicher Größe und einigermaßen attraktivem Aussehen herangewachsen. Sein Haar war so rot, wie es auch in seiner Knabenzeit gewesen war, aber seine dunkle Haut überdeckte seine Sommersprossen. Er bewegte sich mit einer Eleganz und einer Lautlosigkeit, um die ihn viele der älteren erfahreneren Marktdiebe beneidet hätten. Tatsächlich war er imstande, durch einen mit Glasscherben übersäten Raum zu gehen, ohne dabei das leiseste Geräusch zu erzeugen. Es war dies eine Technik, die er sich sehr zum Leidwesen von Mutter Mastiff von einem der weniger angesehenen Bürger Drallars angeeignet hatte. Das war alles ein Teil seiner Erziehung, hatte er ihr versichert. Die Diebe hatten ein besonderes Wort dafür: ›Schattengang‹, also gehen wie ein Schatten. Nur Flinx' grellrotes Haar ließ die professionellen Übeltäter mißbilligend die Köpfe schütteln. Sie hätten ihn gerne in ihrer Mitte aufgenommen, falls er den Wunsch verspürt hätte, den Diebesberuf zu ergreifen. Aber Flinx stahl nur, wenn es absolut notwendig war, und auch dann nur von solchen, die es entbehren konnten.

»Ich will meine Fähigkeit nur gebrauchen, um mein Einkommen aufzubessern«, hatte er dem alten Meister erklärt, der sich nach seinen künftigen Absichten erkundigt hatte, »und das von Mutter Mastiff natürlich.«

Der Diebesmeister hatte gelacht und dabei seine Stummelzähne sehen lassen. »Ich verstehe, Junge. Ich hab' mein Einkommen auf die Weise jetzt schon fünfzig Jahre aufgebessert.« Er und seine Kollegen konnten es nicht glauben, daß jemand, der solche Fähigkeiten zeigte, andere um ihre Habseligkeiten zu erleichtern, nicht auch den Wunsch verspürte, diese Laufbahn zu ergreifen, ganz besonders, wo die anderen Aussichten des jungen Mannes recht unsicher schienen.

»Du wirst wohl in die Kirche eintreten, nehme ich an?« hatte einer der anderen Diebe ihn verspottet, »und ein Ratsherr werden?«

»Ich glaube nicht, daß ich für das geistliche Leben geschaffen bin«, hatte Flinx erwidert. Darüber hatten sie alle herzlich gelacht.

Während er jetzt lautlos das Schloß der Außentür öffnete, dachte er an das zurück, was er in den letzten paar Jahren gelernt hatte. Ein weiser Mann vermied es, sich spät des Nachts auf den Straßen und Gassen von Drallar aufzuhalten, besonders wenn es eine so feuchte und dunkle Nacht war. Aber er konnte auch nicht wieder schlafen gehen, ohne herauszufinden, wo diese Gefühle herstammten, die so auf ihn eingetrommelt hatten. Einsamkeit und Hunger, Hunger und Einsamkeit machten ihn unruhig. Wer war es wohl, der mit solcher Kraft zwei solch ausgeprägte Gefühle aussendete?

Als er durch die offene Tür blickte, sah er, daß es wieder regnete. Die geneigte Straße trug das Wasser in das höchst effiziente unterirdische Abflußsystem Drallars. Flinx stand eine lange Zeit unter der Tür und sah hinaus. Plötzlich ließ ihn eine heftige Aufwallung von Leere zusammenzucken. Jetzt traf er seinen Entschluß. Er konnte jenes heiße Flehen ebensowenig ignorieren, wie er eine ungestempelte Credcard verwaist auf der Straße liegen lassen konnte.

»Deine Neugierde wird noch einmal dein Untergang sein, Junge«, hatte Mutter Mastiff ihm mehr als einmal gesagt. »Hör auf meine Worte!«

Nun, er hatte auf ihre Worte gehört. Er hatte auf sie gehört und sie registriert. Er wandte sich von der Tür ab und ging zu seinem kleinen Zimmer zurück. Es war früher Sommer, und der Regen war relativ warm. Auf das Unterhemd verzichtend, schlüpfte er in einen Slikker, den er von der Wand nahm, und begab sich so geschützt in den Laden zurück und auf die Straße hinaus, wo er die Tür leise hinter sich verschloß.

Ein paar Lichter leuchteten schwach hinter nicht von Jalousien geschützten Läden in der Hauptstraße, wo die Wohlhabenden in relativer Sicherheit ihren nächtlichen Vergnügungen nachgingen. In der Seitengasse, wo Mutter Mastiff ihre Geschäfte betrieb, war nur selten ein schwaches Flackern von Licht hinter verschlossenen Fenstern und Fensterläden zu erkennen.

Während der Regen über seine Schultern rann, stand Flinx da und horchte in sich hinein. Etwas veranlaßte ihn, sich nach rechts zu wenden. Zwischen Mutter Mastiffs Laden und dem der alten Dame Marquin, die gerade im Süden Ferien machte, war ein schmaler Spalt, durch den er sich gerade hindurchzwängen konnte.

Kurz darauf stand er in der schmalen Gasse, die hinter den Läden und einem großen Bürogebäude durchführte. Seine Augen nahmen eine Landschaft aus Müll und Abfall in sich auf: alte Kisten aus Plastik, Metallkanister, wabenartig konstruierte Container für zerbrechliche Gegenstände und anderer gleichgültig beiseite geworfener Abfall. Ein paar Fleurms flohen hastig, als er sie mit den Schuhen aufscheuchte. Flinx beobachtete sie wachsam. Die allgegenwärtigen Fleurms störten ihn nicht, er empfand aber gesunden Respekt für sie. Die Biester waren von dickem silbernen Pelz bedeckt. Ihre kleinen Mäuler waren voll feiner Zähne. Jedes der Tiere war etwa so dick wie Flinx' Daumen und so lang wie sein Unterarm. Es waren keine richtigen Würmer, sondern Säugetiere ohne Beine, die sich in den Abfallhaufen und dem verrottenden Müll, der die Seitengassen von Drallar füllte, recht wohl fühlten. Er hatte Schreckensgeschichten von alten Männern und Frauen gehört, die im berauschten Zustand an solchen Orten eingeschlafen waren — und von denen man am nächsten Tag nur noch die abgenagten Gebeine gefunden hatte.

Aber Flinx war nicht betrunken. Die Fleurms konnten einem häßliche Bißwunden zufügen, aber sie waren scheue Geschöpfe, fast blind, die Vorsicht als den besseren Teil der Tapferkeit erkannt hatten, sofern sie die Wahl hatten.

Wenn es vor dem Laden auf der Straße schon dunkel gewesen war, dann herrschte in der Gasse stygische Nacht. Im Osten, weiter der Hauptstraße zu, konnte er ein Licht erkennen und gelegentliches Lachen hören. Eine seltsame Nacht für eine Party. Aber der Lichtschein gab ihm einen Bezugspunkt, selbst wenn das

Licht zu weit entfernt war, um ihm bei der Suche zu helfen.

Die nachhaltende Aufwallung von Einsamkeit, die er empfand, kam aber nicht von jenem fernen Fest, noch ging sie von den mit Läden und Riegeln geschützten Türen aus, die sich auf die Gasse öffneten. Die Empfindungen, die Flinx wahrnahm, kamen von irgendwo ganz in der Nähe.

Er bewegte sich vorsichtig weiter, tastete sich zwischen den Unrathäufen durch und ließ sich Zeit, um den Fleurms und den rotblauen Aaskäfern Zeit zu lassen, ihm aus dem Weg zu gehen.

Und dann schlug plötzlich etwas mit unerwarteter Gewalt auf sein aufnahmebereites Bewußtsein ein. Der geistige Schlag trieb ihn in die Knie. Irgendwo schlug ein Mann seine Frau. Nichts Ungewöhnliches für Drallar, aber Flinx spürte es von der anderen Seite der Stadt. Die Frau war verängstigt und zornig, sie griff nach der winzigen Nadelpistole, die sie in der Nachttischschublade verwahrte, und richtete den dünnen Lauf auf den Mann. Jetzt erfüllte den Mann Angst. Er flehte um sein Leben, aber nicht mit Worten, die Flinx hören konnte, sondern durch eine Lawine von Emotionen, die in einem abrupten, wortlosen Schrei des Schocks endete. Und dann kam die Leere, die Flinx inzwischen als den Tod zu erkennen gelernt hatte.

Er hörte Gelächter, nicht von dem Fest weiter vorne, jenseits der Straße, sondern von einem der hohen Kristalltürme, die sich über die reichen Stadtenklaven erhoben, wo die Händler und die Raumkaufleute wohnten. Und da wurden Komplotte geschmiedet, jemand würde betrogen werden.

Und weit draußen, jenseits der Stadtgrenzen, im Wald, im Westen: Glück und Freude, begleitet von einem befreienden Gefühl des Heraustretens. Ein Baby wurde geboren.

Und ganz in der Nähe, vielleicht in einem der Geschäfte in Mutter Mastiffs Straße, ein Streit. Es ging um Konten und um Fälschungen, hitzige Anschuldigungen zwischen Partnern. Und das private Grollen eines Unbekannten, weit entfernt, jenseits der Stadtmitte, jemand, der einen anderen töten wollte, mehr als einmal töten, aber dies nur wollte, es sich ausmalte — die Art von Phantasien, die es im Gehirn eines jeden Menschen gibt, ob es nun gesund oder krank ist.

Und dann waren all die Empfindungen wie weggewischt, sie alle, die glücklichen und die bösartigen und die verträumten. Da war nur der Regen.

Blinzelnd richtete er sich auf und stand schwankend und unsicher am Rande der Gasse. Der Regen prasselte auf seinen Slicker herunter, suchte sich seinen Weg an den Ladenfassaden und den Bürogebäuden entlang und gurgelte in den Abfluß. Flinx ertappte sich dabei, wie er mit glasigem Blick die Gasse hinaufblickte, zu dem fernen Lichtpunkt, dort wo das Fest stattfand. Im gleichen Augenblick zeichneten sich die Gefühle aller Teilnehmer des Fests deutlich in seinem Bewußtsein ab. Nur daß er jetzt keinen Schmerz empfand. Da war nur ruhige Klarheit und Sicherheit.

Er konnte diese Frau sehen, die voll Eifer und doch unsicher, jenen Mann zu verführen suchte, konnte eine andere sehen, die das Mobiliar kritisierte, und einen Mann, der sich fragte, wie er es wohl schaffen sollte, den nächsten Tag zu überleben, konnte Gelächter fühlen, Furcht, Freude, Lust, Bewunderung, Neid: das ganze Spektrum menschlicher Empfindungen. Sie strömten auf ihn zu, wie der Sturm, den er gerade überstanden hatte, drohten ihn zu überwältigen.

AUFHÖREN! befahl er sich. Hör auf — ganz ruhig!

Indem er einen Bestandteil seines Bewußtseins in Gang setzte, von dessen Existenz er bisher gar nichts gewußt hatte, entdeckte er, daß er imstande war, die Intensität der Empfindungen zu steuern, die gedroht hatten, ihn zu überwältigen — und die auch gar nicht alle menschlicher Natur gewesen waren. Wenigstens zwei hatte er gefühlt, die bizarr und doch für ihn erkennbar genug gewesen waren, daß er sie hatte identifizieren können. Es waren die Gefühle eines Paares von Ornithorpen. Das war das erstemal, daß er nichtmenschliche Empfindungen aufgenommen hatte.

Langsam begann er zu erkennen, daß er imstande war, den Ansturm zu regulieren, ihn zu dämpfen, die einzelnen Gefühle herauszusortieren, zu wählen, zu analysieren — und dann waren sie ebenso plötzlich verschwunden, wie sie zugeschlagen hatten, zusammen mit all den grellen Emotionen, die er aus der ganzen Stadt in sich aufgesaugt hatte.

Zögernd versuchte er, sein Bewußtsein zu konzentrieren und die Empfindungen zurückzuholen. Es war wie vorher. So sehr er sich auch bemühte, sein Bewußtsein blieb bar aller Gefühle, abgesehen von seinen eigenen. Seinen eigenen — und einem anderen. Da war immer noch die Einsamkeit, die an ihm nagte. Das Gefühl war jetzt weniger fordernd geworden, beinahe zögernd. Und der Hunger war auch noch da.

Flinx trat einen Schritt vor, noch einen, einen dritten und etwas Lebendes huschte schnell aus seinem Weg, schob leere Behälter und Dosen beiseite, so daß man das Klappern von Plastik und das Klirren von Metall hören konnte. Er bemühte sich, in dem schwachen Licht etwas zu erkennen, wünschte sich jetzt, er hätte eine Taschenlampe aus dem Laden mitgenommen. Er trat vorsichtig einen Schritt auf den Unrathaufen zu, jeden Augenblick bereit zurückzuspringen, falls die Fleurms oder sonst etwas sich als aggressiv erweisen sollten.

Aber es war kein Fleurm. Zum einen war es zu lang: fast einen Meter. Und dicker war es auch, wenn auch nicht viel. Er dachte an die schlangenähnlichen Geschöpfe, die in den Wäldern südlich von Drallar hausten. Einige davon waren giftig. Gelegentlich gelangten sie und andere Raubtiere aus dem Wald im Schutze des Regens und der Finsternis in die Stadt, um dort nach den kleinen Geschöpfen zu jagen, die die städtischen Unrathäufen unsicher machten. Gelegentlich kam es auch vor, daß ein Bürger auf einen solchen Eindringling stieß.

Flinx beugte sich vor, und in dem Augenblick ließ der Hunger nach. Gleichzeitig verstärkte sich das Gefühl der Einsamkeit, wurde so stark, daß er beinahe zurückgeschleudert wurde. Er war jetzt ganz sicher, daß das Gefühl von dem schlangenähnlichen Geschöpf herrührte.

Seine natürliche Neugierde — vor der Mutter Mastiff ihn so eindringlich gewarnt hatte — überkam schnell seine ebenso natürliche Vorsicht. In dem Augenblick empfand er nur Verwunderung darüber, daß von einem so primitiven Geschöpf so kräftige geistige Projektionen ausgingen. Außerdem war an dem Tier keinerlei Zorn, keinerlei Gefahrensignale. Nur jene hartnäckige Einsamkeit und das flüchtige Gefühl von Hunger.

Wieder bewegte sich das Geschöpf. Selbst im schwachen Licht der Gasse konnte er die hell blitzenden roten Augen erkennen. Das war ganz sicher kein echtes Reptil. Ein Kaltblütler wäre in der Nachtluft zu Lethargie erstarrt. Dieses Ding bewegte sich dafür viel zu schnell.

Flinx trat einen Schritt zurück. Jetzt kam das Geschöpf heraus. Es glitt über das feuchte Pflaster und tat dann etwas, womit er nicht gerechnet hatte. Kein Mensch erwartete von Schlangen, daß sie flogen.

Die gefalteten Schwingen waren blau und rosafarben, so helle Farben, daß er sie selbst in der Dunkelheit identifizieren konnte. Nein, lethargisch war dieses Schlangending ganz sicher nicht, denn seine Schwingen bewegten sich so schnell wie die eines Insekts. Plötzlich wirkte das Geschöpf wie eine riesengroße Biene. Eine blitzartige Bewegung, und es saß auf seiner

Schulter. Flinx spürte, wie etwas Dünnes, Muskulöses sich fast vertraut um seine Schulter ringelte. Das Ganze war so schnell geschehen, daß er nicht hatte ausweichen können.

Aber das Geschöpf hatte ganz offenbar auch nicht vor, ihm Schaden zuzufügen. Es saß einfach da, ruhte an seiner Wärme und machte keine Anstalten, ihn anzugreifen. Seine Schnelligkeit hatte Flinx paralysiert, aber nur für einen Augenblick. Denn in dem Moment, als die Schlange sich auf ihm niedergelassen hatte, war all die unendliche Einsamkeit, jeder Funken jenes brennenden Bedürfnisses wie verflogen. Im gleichen Augenblick empfand Flinx in seinem eigenen Bewußtsein eine Art von Klarheit, wie er sie noch nie zuvor empfunden hatte. Was auch immer das Geschöpf war, woher auch immer es gekommen sein mochte, es besaß nicht nur die Fähigkeit, sich zu Hause zu fühlen, es schien auch seinem neuen Gastgeber das Gefühl des Behagens vermitteln zu können.

Eine neue Empfindung drang in Flinx' Bewußtsein ein, eine Empfindung, die ganz offensichtlich von der Schlange ausging. Das war das erstemal, daß er ein mentales Schnurren empfunden hatte. Er fühlte in dem Geschöpf keine Intelligenz, aber dafür irgend etwas anderes. In seiner eigenen Art war diese empathische Kommunikation ebenso klar wie Sprache, das emotionelle Äquivalent eines antiken chinesischen Ideogramms — eine ganze Folge komplizierter Gedanken, die als einzige Projektion ausgedrückt war, einfach und doch effizient.

Der kleine, wie eine Pfeilspitze geformte Kopf hob sich von Flinx' Schulter, und seine hellen kleinen Augen musterten ihn eindringlich. Die Flügel waren jetzt wieder an den Leib der Schlange gefaltet, so daß dieser sich durch nichts von einer gewöhnlichen Schlange unterschied. Flinx erwiderte den Blick und ließ seine eigenen Gefühle aus sich herausströmen.

Langsam entspannte sich das Geschöpf. Der lange Muskelstrang, der Flinx' Schulter mit instinktiver Kraft gedrückt hatte, entspannte sich ebenfalls, bis er nur noch ganz locker anlag. Feine Nadeln schienen über Flinx' Arm herunterzulaufen. Er ignorierte sie. Der Kopf des Tieres senkte sich, bis er dicht an Flinx' Hals lag.

Die Schlange war eingeschlafen.

Flinx stand fast eine Ewigkeit lang da, obwohl es in Wirklichkeit höchstens halb so lange dauerte. Das seltsame Geschöpf, das die Nacht hervorgebracht hatte, schlief auf seiner Schulter. Sein kleiner Kopf ruhte in der Höhlung seines Schlüsselbeins und schien sich dort wohl zu fühlen. Einmal fröstelte das Tier. Flinx wußte, daß es von seinem Körper keine Wärme beziehen konnte, da der Stoff des Slickermantels zwischen ihnen eine Isolierschicht bildete. Aber es war wohl besser, das arme Ding nach drinnen zu bringen, dachte er, als ihm plötzlich bewußt wurde, wie lange er jetzt schon im Regen stand. Sein neuer Gefährte brauchte Ruhe und Wärme. Woher er das wußte, hätte er nicht erklären können; aber er wußte es ebenso klar, wie er seine eigene Erschöpfung erkannte.

Bezüglich der Zukunft der Schlange hatte Flinx keinen Augenblick lang Zweifel. Ihre Anwesenheit auf seiner Schulter wie auch in seinem Bewußtsein war für ihn zu natürlich, als daß er hätte in Betracht ziehen können, sich von ihr zu trennen — es sei denn natürlich, irgendein Besitzer wäre in Erscheinung getreten, um Anspruch auf sie zu erheben. Dies war ganz offenkundig kein wildes Tier. Im übrigen war Flinx sehr belesen, und wenn dieses Geschöpf ein Eingeborener Drallars sein sollte, so war ihm das neu. Er hatte bisher noch nie von einem solchen Tier gehört oder eines gesehen. Wenn es irgendein wertvolles Haustier war, dann würde sein Besitzer sich sicher bald melden. Für den Augenblick jedoch war die Schlange ebenso eindeutig eine Waise, wie Flinx selbst das einmal gewesen war. Flinx hatte in seinem eigenen Leben zuviel Leid erdulden müssen, um es bei irgendeinem anderen Lebewesen zu ignorieren, selbst einer armseligen Schlange. Eine Weile war sie seiner Obhut übergeben, sein Mündel sozusagen, so wie er das Mündel Mutter Mastiffs war.

Sie hatte an jenem ersten Tag, der so weit zurücklag, seinen Namen wissen wollen. »Wie soll ich dich nennen?« fragte er sich laut. Die schlafende Schlange antwortete nicht.

Flinx waren in Gestalt der Bibliothekschips, die er vom Zentralen Erziehungswesen mietete, Tausende von Büchern zugänglich. Er hatte nur vergleichsweise wenige gelesen, aber darunter auch eines, mit dem er sich in besonderem Maße identifiziert hatte. Es stammte aus der Zeit vor dem Commonwealth — sogar vor der Zivilisation —, aber das hatte die Wirkung nicht verringert, die das Buch auf ihn gehabt hatte. Diese Leute mit den komischen Namen; einer von ihnen hatte — wie? ja, ›Pip‹, erinnerte er sich — geheißen. Er blickte wieder auf die schlafende Schlange. Das wird dein Name sein, sofern wir nicht eines Tages einen anderen erfahren.

Als er sich auf den Weg zurück zum Laden machte, versuchte er sich einzureden, daß er sich über jenes sprichwörtliche ›eines Tages‹ Sorgen machen würde, falls und wenn es je dazu kommen sollte. Dabei machte er sich jetzt schon Sorgen, weil das kleine Geschöpf, obwohl er kaum eine Stunde mit ihm Kontakt gehabt hatte, schon Teil seiner selbst zu sein schien. Der Gedanke, die Schlange irgendeinem gleichgültigen Besitzer von Außerplanet zurückgeben zu müssen, war für ihn plötzlich mehr, als er ertragen konnte. Er konnte sich seit seiner frühesten Jugend nicht daran erinnern, sich jemals so zu einem anderen lebenden Geschöpf hingezogen gefühlt zu haben. Nicht einmal Mutter

Mastiff nahm einen so wichtigen Platz in seinen Gefühlen ein.

Gefühle. Dieses Geschöpf, dieses Schlangending, *verstand,* was er fühlte, verstand, was es bedeutete, wenn die Emotionen von Fremden unverlangt in das eigene Bewußtsein hineinströmten, das eigene Leben unterbrachen und jeden wachen Augenblick zu einer potentiellen Abnormalität machten. Das war es, was diese Schlange so besonders machte. Er wußte es, und die Schlange wußte es auch. Sie waren nicht länger Individuen. Sie waren zwei Teile eines größeren Ganzen geworden.

Ich werde dich nicht aufgeben, entschied er in diesem Augenblick im kalten Morgenregen, nicht einmal dann, wenn irgendein reicher Außenweltler auftaucht und Anspruch auf dich erhebt. Du gehörst zu mir. Und die Schlange döste weiter, scheinbar ohne zu ahnen, welche Entscheidungen der Mensch vielleicht treffen würde.

Die Straße vor dem Laden war noch verlassen. Das Schloß öffnete sich auf seinen Handdruck, und er schlüpfte hinein, froh, das Wetter hinter sich lassen zu können. Sorgfältig schloß er die Tür wieder ab und ging an den Eßplatz zurück, wo immer noch weich das Glühlicht leuchtete. Mit beiden Händen wand er die Schlange auseinander. Sie leistete keinen Widerstand, als er sie von der Schulter nahm. Aus dem Schlafzimmer zu seiner Rechten war Mutter Mastiffs gleichmäßiges Schnarchen zu hören, ein Dröhnen, das wie ein Echo auf den trommelnden Regen wirkte, der auf das Dach herniederging.

Sanft setzte er die Schlange auf dem Tisch ab. Im helleren Licht der Glühleuchte konnte er jetzt zum erstenmal ihre wahren Farben sehen. Auf dem Rücken des Schlangenkörpers war ein helles Muster mit rosafarbenen und blauen Flecken zu erkennen, das zu den gefalteten Flügeln paßte. Der Unterleib leuchtete in einem stumpfen Goldton und der Kopf smaragdgrün.

»Wunderschön«, murmelte er der Schlange zu. »Wirklich einmalig.«

Die Augen des Geschöpfes — nein, verbesserte er sich, Pips Augen — öffneten sich im trägen Halbschlaf. Sie schien ihm zuzulächeln. Geistige Projektion, dachte Flinx, während er aus seinem Slicker schlüpfte und ihn an den Haken hängte.

»So, wo soll ich dich jetzt hintun?« flüsterte er sich selbst zu, während er sich in dem kleinen Wohnraum umsah. Der Laden draußen kam nicht in Frage. Mutter Mastiff hatte ganz sicher Kunden, die Angst vor Schlangen hatten, und die würden auf Pips Anwesenheit sicher unfreundlich reagieren — außerdem war der Laden nicht geheizt. Ebenso rechnete er auch nicht damit, daß Mutter Mastiff sehr viel Verständnis haben würde, wenn die Schlange sie verspielt aus einem der Küchenschränke ansprang, während sie eine Mahlzeit zubereitete.

Sein eigener Raum war spartanisch: Es gab dort nur den kleinen Computerterminal, den Kleiderschrank, den er sich selbst gebaut hatte, und das Bett. Davon kam nur der Kleiderschrank in Frage. Er trug die Schlange in sein Zimmer und setzte sie auf das Fußende des Bettes. Dann machte er auf dem Boden des Schrankes einen Haufen aus schmutziger Kleidung. Pip sah ganz sauber aus; die meisten Schuppengeschöpfe pflegten Schmutz abzusondern, nicht zu sammeln. Er hob die Schlange auf und setzte sie vorsichtig in die Kleider, darauf bedacht, die zarten Flügel nicht zu verletzen. Sie ringelte sich sofort ein und schien mit ihrem Bett zufrieden zu sein. Flinx lächelte. Er lächelte nicht oft.

»So, da wirst du jetzt bleiben, Pip«, flüsterte er. »Und morgen werden wir sehen, ob wir für dich irgendwo etwas zu essen finden.« Er betrachtete die Schlange einige Minuten lang, ehe sich wieder die Müdigkeit einstellte. Gähnend schob er die eigenen Kleider vom Bett, stellte die Stiefel auf die Trockenmatte und kletterte ins Bett zurück. Ein paar Tröpfchen Wasser waren unter dem Rand seines Slickers durchgekrochen. Er wischte sie sich aus dem Haar, seufzte tief und sank in wohligen, ungestörten Schlaf.

Als der geistige Energiefluß des Menschen im Bett sich geglättet hatte, und die Schlange sicher war, daß ihr neuer Symbiont nicht gleich in eine beunruhigende REM-Periode* treten würde, rollte sie sich leise auseinander und glitt aus dem Schrank. Lautlos arbeitete sie sich an einem der Bettbeine nach oben und kam schließlich neben dem zerdrückten Kissen heraus.

Dort ruhte das Tier lange und betrachtete den bewußtlosen Zweibeiner durch Augen mit doppelten Lidern. In sich fühlte die Schlange sich warm und behaglich. Der Hunger war immer noch vorhanden, aber sie hatte Andeutungen wahrgenommen, daß sie bald gefüttert werden würde.

Das Bett war sehr warm, sowohl die Thermodecke als auch die Masse des Symbionten strahlten behagliche, trockene Hitze aus. Die Schlange glitt über das Kissen, bis sie am Hinterkopf des Menschen ruhte. Sie streckte sich einmal, ihre Flügel dehnten sich und falteten sich dann wieder ein. Dann ringelte sie sich in die kleine Höhlung, die sich zwischen dem Hals und der Schulter des Symbionten gebildet hatte. Bald entsprachen ihre eigenen Hirnwellen denen des Menschen, als sie in ihre eigene Art des Schlafs versank.

05

Mutter Mastiff achtete besorgt darauf, den Jungen nicht zu wecken, während sie sich langsam rückwärts wieder aus seinem Zimmer entfernte. Ihre Augen blickten wachsam und

* REM = Rapid Eye Movement = Schnelle Augenbewegung, Kennzeichen von Traumaktivität. — *Anm. d. Übers.*

voll Angst starr auf das fremde Ding, das sich neben seinem Kopf eingeringelt hatte. Wer wußte schon, was es tun würde, wenn man es erschreckte?

Wie der Eindringling sich Zugang zu ihrem wohlgeschützten Zuhause hatte verschaffen können, war ihr ein Rätsel.

Doch jetzt war nicht die Zeit, sich darüber Sorgen zu machen. Ihre Gedanken wanderten weiter, zu der kleinen Pistole, dem winzigen Nadler, den sie gewöhnlich unter ihrem Kissen verwahrte. Nein, zu riskant — die Schlange lag zu dicht beim Kopf des Jungen, und sie war nicht mehr so treffsicher, wie sie das vor zwanzig Jahren gewesen war.

Außerdem bestand immerhin die Möglichkeit, daß der Eindringling gar nicht gefährlich war. Sie jedenfalls erkannte ihn nicht. In den reichlich neunzig Jahren, die sie auf Moth verbracht hatte, hatte sie noch nie dergleichen gesehen. Zum einen war nirgendwo an seinem Körper auch nur eine Spur von Pelz zu sehen. Nur Schuppen. Das identifizierte das fremdartige Geschöpf sofort als einen Außenseiter. Nun, ganz eindeutig freilich nicht. Moth beherbergte einige wenige Lebewesen — hauptsächlich solche, die in den Tiefen zu graben pflegten —, die keinen Pelz trugen. Aber diese Schlange sah ihr gar nicht wie ein Gräber aus. Aber sie war keine Zoologin und war auch nie weit über die Stadtgrenzen hinausgekommen.

Ja, sie war sich ziemlich sicher, daß dieses Etwas von Außerplanet kam. Sie konnte den Finger nicht darauf legen, aber war trotzdem irgendwie sicher, daß dieses Tier ein Alien war; aber das war nicht wichtig. Wichtig war, daß es irgendwie zum Zimmer des Jungen vorgedrungen war. Sie mußte also etwas unternehmen, ehe dieses fremde Etwas aufwachte und ihr die Entscheidung abnahm.

Du mußt es von ihm wegschaffen, sagte sie sich. Zumindest von seinem Kopf. Schaff es weg, halte es beschäftigt, dann wecke den Jungen und schick ihn nach der Pistole unter dem Kissen.

Der Besen, den sie in der Hand trug, hatte einen Stiel aus Leichtmetall und Drahtborsten. Sie hatte ihn aus dem Schrank geholt und betrat jetzt Flinx' Zimmer wieder und schob das vordere Ende des Besens an seinem Kopf vorbei. Die Metallborsten berührten den Eindringling.

Die Schlange regte sich, als sie die Berührung spürte, schlug die Augen auf. Sie stieß noch einmal zu, diesmal kräftiger, versuchte, die Borsten zwischen den Kopf der Schlange und den frei daliegenden Hals des Jungen zu schieben. Die Schlange öffnete ihr Maul, und Mutter Mastiff zuckte instinktiv zurück, aber die Schlange gähnte nur. Also immer noch schläfrig, dachte sie. Gut, das bedeutete langsamere Reaktionen. Sie beugte sich wieder vor und stieß mit dem Besen erneut zu. Ein Teil der Schlange rutschte vom Bett, und jetzt konnte sie zum erstenmal ihre grelle Färbung erkennen.

Wieder stieß sie mit dem Besen zu. Die Schlange war jetzt nicht mehr auf dem Bett. Sie schwebte in der Luft, und ihre Schwingen bewegten sich so schnell, daß sie nur als blaurosa-farbenes Flimmern zu erkennen waren. Sie erzeugten in dem kleinen Raum ein kräftiges, vibrierendes Summen. Verblüfft und unsicher, wie sie diese neue Gefahr angreifen sollte, zog Mutter Mastiff sich zurück, wobei sie den Besen in Verteidigungsbereitschaft vor sich hielt. Der Junge war von dem letzten Stoß mit dem Besen erwacht und blinzelte ihr jetzt schläfrig zu. »Mutter? Was ist denn?«

»Pscht, sei still!« warnte sie ihn. »Ich weiß nicht, wie dieses Ding in dein Zimmer gekommen ist, aber ...«

Flinx setzte sich schnell auf. Sein Blick fiel auf die schwebende Schlange, bewunderte sie zum erstenmal bei Tageslicht und lächelte Mutter Mastiff beruhigend zu.

»Oh, das. Das ist Pip.«

Der Besen senkte sich leicht, und sie starrte ihren Schützling mit zusammengekniffenen Augen an. »Du meinst, du weißt, was das ist?«

»Sicher«, sagte er vergnügt. »Ich … äh … hab' gestern nacht was gehört, also bin ich hinausgegangen, um nachzusehen.« Er deutete mit dem Daumen auf die Schlange. »Er lag draußen im Müll, kalt und hungrig. He, ich wette, er hat immer noch Hunger …«

»Ja, das wette ich auch«, herrschte sie ihn an, »und ich will keinen schuppigen, gefräßigen Aasfresser in meinem Haus haben. Raus mit dir!« schrie sie die Schlange an. »Sch!« Sie schwang den Besen nach der Schlange, einmal, zweimal, ein drittes Mal, und zwang Flinx, sich vor den fliegenden Borsten wegzuducken. Jedesmal wich die Schlange geschickt aus und legte damit unerwartete Agilität an den Tag. Einmal schoß sie gerade nach links, dann nach rückwärts, dann auf die Decke zu.

»Nicht!« schrie Flinx plötzlich erschreckt. »Er könnte glauben, du willst mir weh tun!«

»Ein Schutzengel mit Knopfaugen und Schuppen? Papperlapapp, Junge! Der weiß ganz genau, wonach ich schlage!«

Tatsächlich war der Schlange wohl bewußt, daß der neu hinzugekommene Mensch nicht die Absicht hatte, seinen Symbionten zu verletzen, da sie ehrliche Zuneigung und Wärme verspüren konnte, die zwischen den beiden floß. Sie machte sich diesbezüglich also keine Sorgen. Andererseits floß von der neuen Person keine Liebe zu ihr hinüber, und es war recht schwierig, dem glänzenden Ding auszuweichen, mit dem in dem engen Raum nach ihm geschlagen wurde.

»Bitte, Mutter«, bat Flinx besorgt, kroch jetzt aus dem Bett und zog die Decke hinter sich her. »Hör auf! Ich weiß nicht, wie er darauf reagiert.«

»Das werden wir ja herausfinden, Junge«, verkündete sie grimmig. Der Besen zuckte wieder vor, verfehlte sein Ziel und prallte von der Wand ab. Sie holte zum nächsten Schlag aus.

Die Schlange war geduldig gewesen, sehr geduldig. Sie verstand die Bande, die zwischen den beiden Menschen bestanden. Aber der Besen hatte sie jetzt in die Ecke gedrängt, und die harten Borsten versprachen Gefahr, falls sie die Flügel der Schlange treffen sollten. Sie öffnete ihr Maul. Ein kaum wahrnehmbares Zischen war zu hören, ein scharfer, dünner Strahl einer klaren Flüssigkeit schoß heraus. Er funkelte im Licht und traf den Besen, als dieser gerade erneut zuschlug. Als Mutter Mastiff sich wieder fing und zum nächsten Schlag mit dem Besen ausholte, hörte sie ein schwaches, aber deutliches Zischen, das nicht von der Schlange kam. Sie zögerte, runzelte die Stirn und erkannte dann, daß das Geräusch von dem Besen kam. Bei genauerem Hinsehen erkannte sie, daß mindestens die Hälfte der Metallborsten weggeschmolzen waren. Etwas zischte und schäumte und fraß sich an dem Besenstiel hinauf.

Sie ließ die Waffe fallen, als ob der Metallgriff plötzlich rotglühend geworden wäre, und ihr Gesichtsausdruck wurde ängstlich. Die Flüssigkeit zischte und brodelte weiter, während sie das Metall auffraß. Bald hatte sie sich durch die letzten Borstenreste durchgearbeitet und fing jetzt an, in den Metallgriff selbst Löcher zu fressen.

»Junge, schau, daß du rauskommst, so lange du noch Gelegenheit dazu hast!« rief sie verstört, starrte die Schlange mit geweiteten Augen an und arbeitete sich gleichzeitig rückwärts auf ihr eigenes Schlafzimmer zu. »Wenn die Metall so zurichten kann, dann kann man nicht wissen, was ...«

Flinx lachte, fuhr sich aber dann hastig mit der Hand an den Mund und zwang sich zum Verständnis. »Es tut mir leid, Mutter«, sagte er um Nachsicht bittend.

»Es ist nur so, daß Pip mir nie weh tun würde. Und er hat auch gerade bewiesen, daß er auch jemandem, der mir nahesteht, nicht weh tun würde.«

»Woher weißt du das denn?« stieß sie hervor.

»Das ... das *weiß* ich eben«, erwiderte er verwirrt. »Ich weiß nicht, wie ich das weiß. Aber es stimmt. Da, siehst du?« Er streckte den linken Arm aus.

Die Frau immer noch im Auge behaltend, die ihr weiterhin den Ausgang versperrte, zuckte die Schlange herunter und landete auf dem ihr angebotenen Rastplatz. Im nächsten Augenblick hatte sie sich um die Schulter des Jungen geschlungen. Jetzt entspannte sie sich, und ihre Flügelfalten legten sich glatt an den glänzenden Schlangenleib.

»Siehst du?« Flinx ließ den Arm sinken und strich der Schlange sanft über den Kopf. »Er ist einfach von Natur aus freundlich.«

»Von Natur aus häßlich, willst du wohl sagen«, schnaubte Mutter Mastiff. Sie beugte sich vor, hob die Überreste ihres Besens auf und inspizierte sie. Alle Borsten waren verschwunden, und dazu ein paar Zentimeter des Stiels. Dort, wo das Metall sich aufgelöst hatte, war immer noch ein schwaches Knistern zu hören, aber die außergewöhnlich korrosive Flüssigkeit schien sich im wesentlichen verbraucht zu haben.

Sie zeigte Flinx die Überreste des Besens und scheute sich immer noch davor, dem Ding näher zu kommen, das sich um seine Schulter geschlungen hatte. »Siehst du das? Jetzt überleg mal, was dieses Biest mit deiner Haut anrichten könnte.«

»Oh, Mutter, verstehst du denn nicht?« Flinx sprach mit all der Verzweiflung, die nur ganz junge Menschen aufbringen können, wenn sie sich von den Alten unverstanden fühlen. »Er wollte sich schützen, aber weil er fühlte, daß du für mich wichtig bist, hat er aufgepaßt, daß dich nichts von dem Zeug getroffen hat.«

»Da hat er aber Glück gehabt«, sagte sie mit einem

Anflug ihres sonstigen Selbstbewußtseins. »Nun, hier kann das Biest jedenfalls nicht bleiben.«

»Doch, kann es schon«, argumentierte Flinx.

»Nein, habe ich gesagt. Ich kann es nicht leiden, wenn so ein gefährliches Biest hier rumflattert und kriecht und mir die Kunden vertreibt.«

»Er wird die ganze Zeit bei mir bleiben«, versicherte ihr Flinx einschmeichelnd. Seine Hand liebkoste den Kopf der Schlange, die daraufhin zufrieden die Augen schloß. »Siehst du? Er ist nicht anders als jedes andere Haustier. Er reagiert auf Wärme und Zuneigung.« Flinx rang sich einen Ausdruck hilflos bettelnder Traurigkeit ab. Und der hatte die beabsichtigte Wirkung.

»Nun, von mir kriegt er weder Wärme noch Zuneigung«, murrte Mutter Mastiff, »aber wenn du fest entschlossen bist, es hier zu behalten ...«

»Ich glaube«, fügte Flinx hinzu und schüttete damit Öl ins Feuer, »er würde sehr ärgerlich werden, wenn jemand versuchte, uns zu trennen.«

Mutter Mastiff hob beide Hände und signalisierte damit gleichzeitig Zustimmung und Nachgeben. »Du lieber Gott, warum konntest du auch nicht über ein normales Haustier stolpern, eine Katze oder einen Saniff beispielsweise? Was frißt das kleine Monstrum denn überhaupt?«

»Das weiß ich nicht«, gab Flinx zu und erinnerte sich wieder an den Hunger, den er in der vergangenen Nacht empfunden hatte, und beschloß, bald etwas dagegen zu unternehmen. Er war selbst hungrig gewesen und begriff besser als die meisten Leute, was dieses Wort bedeutete. »Sind denn nicht die meisten Schlangen Fleischfresser?«

»Die hier sieht jedenfalls so aus«, sagte sie.

Flinx griff nach dem Kopf der Schlange und strich mit dem Zeigefinger vorsichtig an ihrem Maul entlang, bis es sich öffnete. Die Schlange schlug ein Auge auf und musterte ihn neugierig, schien aber sonst keine Einwände zu haben. Mutter Mastiff hielt den Atem an.

Flinx beugte sich vor und sah genau hin. »Die Zähne sind so klein, daß man es nicht genau sagen kann.«

»Wahrscheinlich verschluckt es seine Nahrung ganz«, erklärte Mutter Mastiff. »Ich hörte, daß das bei Schlangen so ist, obwohl das natürlich keine normale Schlange ist und ich keine Lust habe, irgendwelche Prophezeiungen darüber abzugeben, geschweige denn darüber, was es frißt.«

»Ich werde es schon herausbekommen«, versicherte ihr Flinx. »Wenn du mich heute nicht brauchst, um im Laden zu helfen, dann ...«

»Helfen, daß ich nicht lache! Nein, geh nur hin, wo du willst. Sorg nur dafür, daß dieses Monstrum mitkommt.«

»Ich werde ihm den Markt zeigen«, verkündete Flinx aufgeregt, »und sehen, ob ihn jemand erkennt. Da ist ganz bestimmt jemand.«

»Darauf würde ich nicht wetten, Junge«, warnte sie ihn. »Wahrscheinlich kommt er von Außerplanet.«

»Das habe ich mir auch gedacht«, meinte er. »Wäre das denn nicht interessant? Ich würde gern wissen, wie er hierhergekommen ist.«

»Jemand, der auf mich sauer ist, hat das Vieh wahrscheinlich mitgebracht«, murmelte sie halblaut und fügte dann etwas lauter hinzu: »Das kann man nicht sagen. Wenn es ein entlaufenes Haustier ist, und noch dazu ein seltenes, dann kannst du dich darauf verlassen, daß sein Besitzer in kürzester Zeit auftaucht.«

»Wir werden sehen.« Flinx wußte, daß die Schlange genau dort hingehörte, wo sie im Augenblick war, nämlich auf seine Schulter. Sie fühlte sich richtig an. Er glaubte, die Welle von Zufriedenheit, die sie erzeugte, förmlich körperlich zu spüren. »Und wenn ich mich darum kümmere, was er ist«, fügte er entschlossen hinzu, »werde ich auch herausfinden, was er frißt.«

»Ja, tu das!« ermunterte sie ihn. »Warum machst du es denn nicht gleich abends? Um die Essenszeit kommen ein paar wichtige Einkäufer. Die Händlervereinigung hat sie an mich verwiesen, sie scheinen sich besonders für einige unserer größeren Stücke zu interessieren, zum Beispiel diesen Muriholztisch. Nimm also dieses schreckliche Weiß-der-Teufel-was«, dabei fuchtelte sie drohend mit dem knochigen Finger in Richtung auf die Schlange, »und bleib bis nach der zehnten Stunde draußen. Dann will ich es mir *überlegen,* ob ich euch beide wieder in mein Haus lasse.«

»Ja, Mutter, danke. « Er lief auf sie zu, um ihr einen Kuß zu geben. Sie wich ihm aus.

»Komm mir nicht zu nahe! Nicht so lange dieses Monstrum auf deinem Arm schläft.«

»Der würde dir nie was zuleide tun, Mutter, wirklich.«

»Sicherer würde ich mich fühlen, wenn ich darauf auch das Wort der Schlange hätte, und nicht nur deines. Und jetzt geh, verschwinde! Raus mit euch beiden! Wenn wir Glück haben, hat das Biest einen Ortsinstinkt und fliegt weg, wenn du nicht hinsiehst.«

Aber Pip flog nicht weg. Er ließ nicht erkennen, daß er irgendwo anders im Commonwealth sein wollte als auf der Schulter eines ganz bestimmten rothaarigen jungen Mannes. Während Flinx über den Markt schlenderte, stellte er zu seiner Verblüffung fest, daß sich seine Fähigkeit verstärkt hatte, Emotionen und Gefühle anderer zu empfangen, obwohl keine der isolierten Wahrnehmungen in ihrer Heftigkeit jener ersten überwältigenden Flut in der vergangenen Nacht glich. Seine Aufnahmefähigkeit hatte an Frequenz und Klarheit zugenommen, schien aber immer noch so unberechenbar wie zuvor. Flinx argwöhnte, daß sein neuer Gefährte vielleicht etwas mit seinen verstärkten Fähigkeiten zu tun hatte, hatte aber keine Ahnung wie das funktionierte, ebensowenig wie er wußte, wie sein Talent funktionierte.

Wenn er nur jemand finden könnte, der die Schlange identifizierte! Er konnte sich natürlich immer zu Hause an seinen Terminal setzen, aber Informationsbitten wurden automatisch in der Zentrale überwacht, und er war besorgt, daß Erkundigungen nach einem so seltenen Lebewesen vielleicht seitens der neugierigen Behörde einen Alarm auslösen könnten. Flinx zog es vor, nichts mit den Behörden zu tun zu haben. Er hatte sich Mutter Mastiffs Meinung über die Regierungsbürokratie zu eigen gemacht, die diese irgendwo zwischen Schimmelschmeims und Fleurms, die die Gassen unsicher machten, einordnete.

Er kannte inzwischen bereits eine große Zahl der Bewohner des Marktes. Wo auch immer er stehenblieb, erkundigte er sich nach der Identität und dem Ursprung der Schlange. Einige musterten sie neugierig, andere ängstlich, und ein paar auch gleichgültig. Aber niemand erkannte sie.

»Warum fragst du nicht Makepeace?« schlug einer der Händler schließlich vor. »Der ist schon außerplanet gereist, vielleicht weiß er etwas.«

Flinx fand den alten Soldaten mit ein paar gleichaltrigen Kumpanen an einer Straßenecke. Alle waren sie Pensionisten. Die meisten waren Einwanderer, die Moth wegen seines feuchten Klimas und weil die Lebenshaltung dort ziemlich billig war, als letzten Aufenthaltsort gewählt hatten, ganz davon zu schweigen, daß die Polizei hier relativ lasch war. Auf Moth würde niemand neugierig danach fragen, woher jemand sein Pensionsgeld bezog. Für einige von Makepeaces Kameraden war dies die wichtigste Erwägung.

Die anderen alten Männer und Frauen studierten die Schlange mit höchstens beiläufigem Interesse, aber Makepeace reagierte viel enthusiastischer. »Der Herr sei den Überresten meiner Seele gnädig«, murmelte er, während er sich näher heranbeugte — aber nicht zu nahe, wie Flinx feststellte —, um besser sehen zu können.

Pip hob neugierig den Kopf, so als spürte er in diesem verwitterten Zweibeiner etwas jenseits der Norm.

»Weißt du, was er ist?« fragte Flinx hoffnungsvoll.

»Ja, mein Junge. Das sind doch Flügel an seiner Seite, oder?« Flinx nickte. »Dann ist es mit Sicherheit ein alaspinischer Miniaturdrache.«

Flinx grinste erst dem alten Mann zu und dann Pip. »Das bist du also.« Die Schlange blickte zu ihm auf, als wollte sie sagen, mir ist sehr wohl bekannt, was ich bin. Kommt dir denn immer das Offensichtliche bemerkenswert vor?

»Ich dachte, Drachen seien mythische Geschöpfe«, sagte er zu Makepeace.

»Sind sie auch. Man hat ihnen den Namen nur wegen der Ähnlichkeit verliehen, Flinx.«

»Ich nehme an, du weißt«, fuhr Flinx fort, »daß er eine korrodierende Flüssigkeit ausspeit.«

»Korrodierend!« Der alte Mann lehnte sich zurück und lachte brüllend, klatschte sich auf die Schenkel und sah seine aufmerksamen Spießgesellen wissend an. *»Korrodierend!«* sagte er. Er sah wieder Flinx an.

»Das Toxin des Minidrach, mein Junge, ist eine giftige Säure, die man mit einer langen Kette chemischer Silben benennt, an die sich dieser alte Schädel nicht mehr erinnert. Ich war Ingenieursoldat. Biochemie war nie eines meiner Lieblingsfächer. Ich bin mehr in mathematischen Begriffen als in biologischen zu Hause. Aber soviel kann ich dir sagen, wenn ich auch nie selbst Alaspin besucht habe.« Er deutete auf die Schlange, worauf diese unsicher den Kopf einzog. »Wenn dir dieses Ding da ins Auge spucken würde, wärst du in einer Minute eine um sich schlagende, zuckende Masse hier auf dem Boden — und ein paar Minuten später tot.

Ich erinnere mich außerdem, daß es für einige Toxine der Alaspinianer keine bekannten Gegenmittel gibt. Und dieser Minidrach hier hat das kräftigste von allen. Ein korrodierendes Nervengift — ja, wer würde sich so etwas nicht merken? Und du sagst, du weißt genau, daß es korrodierend ist?«

Flinx sah vor seinem inneren Auge ein Bild des aufgelösten Besenstiels, Metall, das wie Käse unter einem heißen Messer geschmolzen war, und nickte.

»Dann sorge dafür, daß du es nie persönlich kennenlernst, Junge. Ich hab' schon gehört, daß man solche Biester als Haustiere hält. Aber das kommt selten vor. Die Entscheidungen über eine solche Verbindung liegen alle bei der Schlange. Der sogenannte Besitzer hat da keine Wahl. Man kann sie nicht zähmen. Die suchen sich selbst ihre Partner aus.« Er deutete auf Flinx' Schulter. »Sieht so aus, als hätte der sich auf dir niedergelassen.«

»Mir ist er mehr als willkommen« sagte Flinx liebevoll. »Er fühlt sich dort ganz natürlich an.«

»Jedem nach seinem Geschmack«, bemerkte eine ältere Frau mit leichtem Schaudern. Die anderen in der Gruppe nickten zustimmend.

»Und da ist noch etwas.« Der alte Soldat runzelte die Stirn und mühte sich sichtlich ab, lange brachliegendes Wissen wieder zu erwecken. »Was du da gerade gesagt hast, daß er sich ›natürlich‹ anfühlt, hat mich daran erinnert. Es heißt, diese fliegenden Schlangen hätten ganz komische mentale Eigenschaften. Ich könnte natürlich nicht genau sagen, ob das stimmt — ich gebe nur wieder, was ich gehört habe, gelesen habe ich es nicht. Aber die Geschichte hält sich hartnäckig.«

»Was für eine Geschichte?« fragte Flinx, bemüht, nicht zu interessiert zu erscheinen.

»Oh, daß diese Schlangen empathisch sind. Du weißt schon, Telepathie auf emotionalem Niveau.« Er kratzte sich am Kopf. »Da war noch mehr. Verdammt will ich sein, wenn ich mich daran erinnern kann.«

»Das ist wirklich interessant«, sagte Flinx ruhig, »aber doch recht unwahrscheinlich.«

»Ja, das habe ich mir auch immer gedacht«, pflichtete

Makepeace ihm bei. »Dir ist doch nicht etwa so etwas aufgefallen, seit du den da bei dir hattest?«

»Ganz und gar nichts.« Flinx verstand sich großartig darauf, eine Aura von Unschuld um sich aufzubauen; in diesem Fall strahlte sie von seinem Gesicht, nicht von seinem Bewußtsein aus. »Und vielen Dank auch, daß Sie sich so viel Zeit genommen haben, Mr. Makepeace, Sir.«

»Aber gerne, mein Junge. Altes Wissen stirbt nur ab, wenn man es nicht gebraucht. Paß nur auf mit diesem Ding! Ein Saniff ist es jedenfalls nicht, und wer weiß, vielleicht greift er dich einmal an.«

»Ich werd' vorsichtig sein«, versprach Flinx vergnügt. Er drehte sich rasch um und ließ die alten Leute stehen.

Makepeace rieb sich das Kinn und starrte dem Jungen nach, der inzwischen schon in der Menge verschwunden war. »Komisch. Ich möchte wissen, wo der kleine Flugteufel herkommt? Schließlich ist Moth verdammt weit von Alaspin entfernt. Da fällt mir übrigens ein ...«

Flinx sah auf sein Schulter herab. »Giftig bist du also, wie? Nun, das hätte sich jeder denken können, der heute morgen diese kleine Demonstration gesehen hat, die du mit Mutters Besen geliefert hast. Wenn du mir ins Auge spuckst, spucke ich zurück.«

Die Schlange ging nicht auf das Angebot ein. Sie starrte ihn einen Augenblick lang an, wandte dann den Kopf und studierte die Straße vor ihnen, sichtlich mehr an seiner Umgebung als an den unverständlichen Worten seines Herrn und Gebieters interessiert.

Vielleicht verstanden Miniaturdrachen nicht besonders viel Spaß, überlegte Flinx. Er würde wahrscheinlich noch reichlich Gelegenheit haben, es herauszufinden. Aber zumindest wußte er jetzt, womit er es zu tun hatte. Er blickte an der Kapuze seines Slickers vorbei und fragte sich, wo die Heimatwelt der Schlange wohl liegen mochte. Alaspin hatte der alte Makepeace sie genannt und gesagt, sie läge sehr weit entfernt.

Der Morgennebel befeuchtete sein nach oben gerichtetes Gesicht. Die Wolkendecke schien heute dünner als gewöhnlich. Wenn er Glück hatte, würde sie irgendwann während der Nacht einmal aufreißen, und er würde die zerrissenen Eisringe von Moth sehen, den Mond Flame und dahinter die Sterne.

Eines Tages werde ich auch zu fernen Welten reisen, so wie Makepeace und die anderen, dachte er. Eines Tages werde ich diese belanglose Welt verlassen. Und auf Wanderschaft gehen. Ich werde dann ein freier Erwachsener sein, mit nichts, das mich fesselt, ohne Verantwortung für andere. Ich werde dann ein entspanntes, unkompliziertes Leben führen, einfachen Freuden nachgehen. Er blickte auf seinen neugewonnenen Begleiter herab. Vielleicht würden sie eines Tages sogar zur Heimatwelt der Schlange reisen, zu diesem Alaspin, wo immer es auch liegen mochte.

Sicher wirst du das, dachte er, Pip. Aber besser war es, realistisch zu sein, wie Mutter Mastiff sagt. Du klebst hier für immer fest. Moth ist dein Zuhause, und auf Moth wirst du auch den Rest deiner Tage verbringen. Du darfst dich glücklich preisen. Du hast eine Mutter, die sich um dich sorgt, ein warmes Zuhause, Nahrung ...

Nahrung. Ganz sicher war die Flugschlange hungriger denn je. »Jetzt kümmern wir uns besser um etwas zu essen für dich«, sagte er zu Pip, der mit neuem Interesse zu ihm aufblickte.

Er überprüfte seine Credcard. Nicht viel Geld vorhanden. Nicht, daß das je der Fall gewesen wäre. Nun, er würde es schon schaffen. Das Ärgerliche war nur, daß er keine Ahnung hatte, was alaspinianische Minidrachs gern aßen. »Ich frage mich nur, was du gerne hättest«, murmelte er. Die Schlange antwortete darauf nicht. »Wenn du nur lebende Nahrung zu dir nimmst, dann kann ich, glaube ich, nicht viel für dich tun. Nicht regelmäßig jedenfalls. Probieren wir es zunächst einmal hier.«

Sie betraten eine Garküche, in der Flinx gut bekannt war. Die meisten der Nischen und Tische waren frei, da es die Zeit zwischen den Mahlzeiten war. Bald erwies es sich, daß es weniger problematisch war, Nahrung für den Minidrach zu finden, als er befürchtet hatte. Zur großen Überraschung von Flinx war die Flugschlange ein Fleischfresser. Pip aß fast alles, was er ihm vorsetzte, aber rohes Fleisch schien ihm besonders gut zu schmecken. Flinx schnitt das Fleisch in kleine Brocken, die die Schlange ganz hinunterwürgte. Flinx selbst nahm sich auch gelegentlich einen Bissen. In schlechten Zeiten hatten er und Mutter Mastiff mit sehr viel weniger auskommen müssen.

Pip mochte auch alle Arten von Obst und Beeren, lehnte aber Gemüse ab. Auch etwas, das sie gemeinsam hatten, dachte Flinx. Seltsamerweise leckte die Schlange sogar Milch. Flinx war überzeugt, daß er seinem neuen Hausgefährten genügend Abwechslung würde bieten können, um ihn nicht nur am Leben, sondern auch zufrieden zu halten. Vielleicht würde er sogar Tischabfälle essen. Das würde sogar Mutter Mastiffs Abneigung mildern. Beim weiteren Experimentieren stellte er fest, daß die Schlange ganz besonders Speisen mit hohem Eisengehalt liebte, wie zum Beispiel Rosinen oder getrockneten Guarfisch. Wäre er Biochemiker gewesen, mit Zugang zu einem Labor, so hätte er erfahren, daß das Blut des Mindrachs einen besonders hohen Hämoglobingehalt hatte, was erforderlich war, um die notwendige Sauerstoffmenge zu befördern, die Pip für seinen kolibriartigen Flug benötigte.

Als Pip schließlich zum doppelten Durchmesser angeschwollen war, hörte Flinx auf, neue Nahrung an ihm auszuprobieren. Er lehnte sich in der Nische zurück, nippte an seinem verdünnten Wein und sah zu, wie draußen langsam die Lichter der Stadt aufflammten. Eigentlich würde es gar nicht so schlimm sein, den Rest seines Lebens auf Moth zu verbringen, räumte er ein. Langweilig war Drallar nie, und jetzt hatte er sogar noch einen besonderen Gefährten, mit dem er die Aufregungen dieser vielfältigen Stadt genießen konnte.

Ja, die Flugschlange hatte ganz eindeutig eine Leere in seinem Leben ausgefüllt — auch in einem geheimnisvollen tieferen Teil seines Wesens. Trotzdem sehnte er sich immer noch nach den Sternen und den magischen Welten, die sie umkreisten.

Sei realistisch! befahl er sich.

Er winkte ein paar Bekannten zu, die an dem Restaurant vorbeischlenderten. Ältere Männer und Frauen. Mutter Mastiff machte sich manchmal Sorgen, weil er die Gesellschaft von Erwachsenen der von Gleichaltrigen vorzog. Dafür konnte er nichts. Nicht, daß er ungesellig gewesen wäre, er war nur wählerisch in der Auswahl seiner Freunde. Und die Unreife von Gleichaltrigen trieb ihn in die Gesellschaft von Erwachsenen.

Eine flüchtige Emotion eines der Männer, denen er zugewinkt hatte, erreichte ihn, als die Gruppe im munteren Gespräch und lachend um eine Ecke bog. Flinx griff danach, aber da war die Empfindung schon verflogen. Er lehnte sich in seinem Stuhl zurück und spürte, wie der Wein in ihm eine etwas trübe Stimmung erzeugte. Besser überhaupt kein Talent haben, dachte er, als eines, das man nicht im Griff hat, und das sich nur über einen lustig macht.

Er bezahlte die bescheidene Rechnung, indem er seine Credcard in die Mittelsäule des Tisches schob. Draußen hatte der abendliche Regen angefangen. Pip hatte es sich auf seiner Schulter unter dem Slicker bequem gemacht, nur sein Kopf guckte heraus. Er war jetzt gesättigt und zufrieden. Das solltest du auch sein, nach allem, was du verspeist hast, dachte Flinx und blickte liebevoll auf seinen neuen Gefährten hinunter.

Der Regen ließ die Schuppen am Kopf der Schlange wie winzige Edelsteine aufblitzen. Die Feuchtigkeit schien ihr nichts auszumachen. Ob Alaspin wohl auch eine feuchte Welt ist? dachte Flinx. Ich hätte den alten Makepeace fragen sollen, wahrscheinlich hätte er es gewußt. Leute, die das Glück haben, zu reisen, lernen über kurz oder lang sehr viel.

Plötzlich ließ ihn eine wahre Explosion von Gefühlen — ein Hammerschlag, unerwartet, hart — zusammenzucken. Es war wie ein lautloser Schrei in seinem Kopf. Flinx spürte die nackte Emotion, die hinter einem Schrei lag, statt den Schrei selbst zu hören. Er hatte noch nie so etwas erlebt, und trotzdem wirkte die Empfindung auf ihn in Übelkeit erregender Weise vertraut.

Ein in seinen Slicker gehüllter Passant blieb stehen und beugte sich über den zusammengekrümmten Jungen. »Bei dir alles in Ordnung, Junge? Du ...« Dann bemerkte er etwas und zuckte zurück.

»Ich — ja, schon in Ordnung, glaube ich«, konnte Flinx hervorstoßen. Er sah, was den Mann hatte zurückzucken lassen. Pip hatte noch vor einem Augenblick eingerollt auf seiner Schulter geschlafen. Jetzt war die Schlange hellwach, und Kopf und Hals ragten wie ein schuppiges Teleskop hervor, so als suchte es die Nachtluft nach irgend etwas Unsichtbarem ab.

Dann verschwanden die letzten Reste jenes verzweifelten, klagenden Schreis und hinterließen in Flinx' Kopf nur rasende Schmerzen und eine quälende Leere. Und doch hatte die Empfindung lange genug angehalten, daß er sie hatte identifizieren können.

»Hör zu, Junge, wenn du Hilfe brauchst, kann ich ...«, setzte der Fremde an, aber Flinx wartete das freundliche Angebot gar nicht ab. Er war aufgesprungen und rannte, was seine Beine hergaben, die Straße hinunter. Sein Slicker blähte sich hinter ihm auf wie ein Cape, und seine Stiefel spritzten Wasserfontänen über Ladenfassaden und Fußgänger. Er nahm sich nicht die

Zeit, sich dafür zu entschuldigen, und die Flüche der Belästigten glitten von ihm ebenso unbemerkt ab wie der Regen.

Jetzt hatte er eine vertraute Seitengasse erreicht. Sein Herz schlug wie wild, und seine Lungen bebten. Die Straße schien unberührt, unverändert. Und doch war hier etwas verletzt worden, und Flinx hatte es in seinem Bewußtsein gespürt. Die meisten der Geschäfte hatten bereits die Fensterläden für die Nacht geschlossen. In der feuchten Schlucht aus Stein war keine Spur von menschlichen Wesen zu erkennen.

»Mutter!« schrie er. »Mutter Mastiff!« Er drückte die bebende Handfläche auf die Schloßplatte. Die Tür summte, öffnete sich aber nicht — sie war von innen abgesperrt.

»Mutter Mastiff, mach auf, ich bin's, Flinx!« Keine Antwort auf der anderen Seite.

Pip tanzte auf seiner Schulter herum, halb von seinen Flügeln getragen, auf seinen Herrn und Meister gestützt. Flinx trat ein Dutzend Schritte von der Tür zurück und rannte dann los, warf sich seitwärts in die Luft und trat mit einem Fuß zu, wie Makepeace es ihm einmal gezeigt hatte. Die Tür gab nach, flog nach innen. Sie war nur verriegelt, nicht elektronisch gesichert gewesen.

Jetzt duckte er sich, und seine Augen huschten schnell durch den engen Laden. Pip hatte sich wieder etwas beruhigt, aber sein Kopf bewegte sich noch aufgeregt hin und her, so als teilte er die Nervosität und die Sorge seines Gebieters.

Flinx trat vor und versuchte, die Innentür zu öffnen. Sie ging auf seine Berührung hin auf. Der Wohnraum bot das Bild von Chaos. Töpfe und Pfannen waren in der Küche umgestürzt, der Boden mit Kleidern und anderen persönlichen Habseligkeiten übersät. Er ging in sein Zimmer und zuletzt in das von Mutter Mastiff, wobei er wußte und fürchtete, was er dort finden würde.

In ihrem Zimmer war das Bild der Zerstörung noch schlimmer. Das Bett sah aus, als hätte auf ihm ein Mordversuch oder eine Orgie stattgefunden. Auf der anderen Seite des Bettes, dem flüchtigen Blick verborgen, ging eine kleine, etwas gekrümmte Tür nahtlos in die Wandvertäfelung über. Nur wenige Besucher hatten einen genügend scharfen Blick, um sie zu bemerken. Sie war gerade breit genug, daß ein Mensch durchkriechen konnte.

Jetzt stand sie offen. Von draußen wehte eine kalte Brise herein.

Flinx ging auf die Knie und schob sich durch die Türöffnung, ohne sich darum zu kümmern, was ihn vielleicht auf der anderen Seite erwartete. Er kam draußen auf der Gasse heraus und richtete sich auf. Der Regen war in Nebel übergegangen. Nichts deutete darauf hin, daß hier irgend etwas Ungewöhnliches geschehen war. All das Chaos lag hinter ihm, drinnen.

Er drehte sich um, rannte zwei oder drei Schritte in nördlicher Richtung, blieb dann wieder heftig atmend stehen. Er war das ganze Stück von der Stelle, wo ihn der Schrei erreicht hatte, schnell gerannt, war aber zu spät gekommen. Hier gab es keine Spur, die darauf hindeutete, daß irgend jemand in der Gasse gewesen wäre.

Langsam, niedergeschlagen, kehrte er in den Laden zurück. Warum? fragte er sich immer wieder. Warum ist mir das passiert? Wer würde schon eine harmlose alte Frau wie Mutter Mastiff entführen wollen? Je länger er darüber nachdachte, desto weniger Sinn gab das.

Er zwang sich, draußen Inventur zu machen. Anscheinend fehlte nichts. Der Laden schien unversehrt. Also keine Diebe, die man beim Einbruchsversuch ertappt hatte. Was aber dann? Hätte der Zustand der Wohnung nicht darauf gedeutet, daß hier ein Kampf stattgefunden hatte, hätte er nicht einmal vermutet, daß hier etwas nicht stimmte.

Nein, erinnerte er sich, das stimmte nicht ganz. Das Elektronikschloß der Haupttür war tot. Sämtliche Diebe von ganz Drallar hätten Mutter Mastiff nicht aus ihrem Laden zerren können, so lange dieser ungesichert war. Der Gedanke an Diebe veranlaßte ihn, an die Arbeit zu gehen und das Schloß zu reparieren, während ihn finstere, miteinander im Widerspruch stehende Gedanken plagten.

06

»*Psst!* Junge! Flinx-Junge!«

Flinx schob die Tür einen Spalt auf und spähte in die Finsternis hinaus. Der Mann, der ihn aus den Schatten heraus angerufen hatte, betrieb zwei Buden weiter in der Seitengasse eine kleine Werkstätte und stellte aus den Harthölzern, die in reichlichem Überfluß auf Moth wuchsen, Gegenstände her. Flinx kannte ihn gut und trat hinaus, um mit ihm zu sprechen.

»Hallo, Arrapkha.« Er versuchte, den Gesichtsausdruck des Mannes zu erkennen, aber die Kapuze seines Slickers verdeckte den größten Teil seines Gesichts. Aus dem Bewußtsein des anderen konnte er nichts entnehmen. Wirklich ein großartiges Talent, dachte er sarkastisch bei sich.

»Was ist hier geschehen? Hast du etwas gesehen?«

»Eigentlich sollte ich gar nicht draußen sein.« Arrapkha drehte sich um und blickte besorgt die schmale Gasse hinauf zu der Stelle, wo sie sich mit der Hauptstraße kreuzte. »Du weißt ja, was die Leute in Drallar sagen, Flinx-Junge. Am besten kümmert man sich nur um seine eigenen Angelegenheiten.«

»Komm mir jetzt nicht mit Sprichwörtern, Freund«, sagte Flinx ungeduldig. »Du bist viele Jahre meiner Mutter ein Nachbar gewesen und hast zugesehen, wie ich herangewachsen bin. Wo ist sie?«

»Ich weiß nicht.« Arrapkha hielt inne, um seine Gedanken zu sammeln. Flinx hielt seine Besorgnis zurück und versuchte, geduldig mit dem Mann zu sein — Arrapkha war im Oberstübchen ein bißchen langsam, aber eine gute Seele.

»Ich hab' an meiner Drehbank gearbeitet und mich wohl gefühlt. Ich hatte gerade einem Programmierer aus dem Welterviertel ein paar Hocker verkauft und war dabei, mir meinen Gewinn auszurechnen, als ich dachte, ich würde Lärm aus eurem Haus hören.« Er lächelte schwach. »Zuerst habe ich mir gar nichts dabei gedacht. Du kennst ja deine Mutter. Die kann sich schnell über nichts und wieder nichts aufregen und so viel Lärm machen, daß sogar die Läden vorne an der Hauptstraße sich beschweren.

Jedenfalls habe ich meine Broyasäule zu Ende gedreht — sie ist wirklich schön, Flinx-Junge, aus Harfenbeerenholz ...«

»Ja, ganz bestimmt wird sie das«, sagte Flinx ungeduldig. »Sie wird sich in deinem Schaufenster gut ausmachen, so wie all deine Arbeiten. Aber was ist mit Mutter Mastiff?«

»Darauf komme ich schon noch, Flinx-Junge«, sagte Arrapkha etwas beleidigt. »Wie ich schon sagte, ich habe die Säule fertiggemacht, und als der Lärm gar nicht aufhören wollte, wurde ich neugierig. Mir dauerte das zu lange, selbst für deine Mutter. Also habe ich meine Arbeit eine Weile weggelegt und mir gedacht, ich sehe mal nach, was da los ist. Manchmal bin ich ja als Vermittler für deine Mutter tätig.

Als ich die Hälfte des Weges von meinem Laden zu dem euren zurückgelegt hatte, hörte der Lärm fast völlig auf. Ich wollte schon wieder nach Hause zurückkehren, als ich etwas sah. Jedenfalls denke ich, daß ich etwas gesehen habe.« Er deutete auf den schmalen Spalt, der Mutter Mastiffs Laden von dem leerstehenden Geschäft daneben trennte.

»Durch diese Spalte hier, bildete ich mir ein, ich würde Gestalten sehen, die hinter eurem Haus schnell die Gasse hinaufrannten. Aber sicher war ich nicht. Die Öffnung ist ganz schmal. Es regnete zu der Zeit, und dort hinten ist es finster. Aber ich bin schon ziemlich sicher, daß ich einige Gestalten gesehen habe.«

»Wie viele?« wollte Flinx wissen. »Zwei, drei?«

»Genau könnte ich das nicht sagen«, gestand Arrapkha niedergeschlagen. »Ich könnte nicht einmal mit Sicherheit sagen, ob es Menschen waren oder nicht. Aber ganz bestimmt mehr als zwei. Aber nicht viele, obwohl natürlich möglich ist, daß ich sie nicht alle gesehen habe.

Nun, ich eilte jedenfalls schnell zur Tür und drückte den Summer. Niemand meldete sich, und drinnen war es still, und die Tür war abgeschlossen. Also dachte ich mir nicht mehr viel. Schließlich gab es doch keinen Anlaß, die Gestalten in der Gasse mit dem Geschimpfe deiner Mutter in Verbindung zu bringen. Du darfst nicht vergessen, ich hatte schließlich nur Lärm aus dem Laden gehört.

Als es dann dunkel wurde, fing ich an, mir Sorgen zu machen, und der Laden blieb immer noch geschlossen. Es paßt einfach nicht zu Mutter Mastiff, den ganzen Tag geschlossen zu halten. Aber immerhin ist ihre Verdauung ja auch nicht mehr das, was sie einmal war, und manchmal macht ihr ihre Leber Schwierigkeiten. Zu viel Galle. Vielleicht hat sie nur über ihre eigene Verdauung geflucht.«

»Ich weiß«, sagte Flinx. »Ich mußte mir ihre Klagen schließlich oft genug anhören.«

»Also dachte ich, daß es wohl am besten wäre, wenn ich mich nicht einmische. Aber andererseits habe ich euch beide wirklich schon lange gekannt, Flinx-Junge, ganz wie du sagst, also dachte ich mir, als ich dich hier herumsuchen sah, ich sollte rüberkommen und dir sagen, was ich gesehen hatte. Jetzt ist mir natürlich klar, daß ich ein wenig gründlicher hätte sein müssen.« Er schlug sich mit der Faust gegen den Kopf. »Tut mir leid. Du weißt ja, daß ich nicht gerade der Schlaueste auf dem Markt bin.«

»Es ist schon gut, Arrapkha. Du brauchst dir keine Vorwürfe zu machen.« Flinx stand eine Weile im Nebel da und überlegte.

Arrapkha riß ihn aus seinen Gedanken. »Mir tut es wirklich leid, Flinx-Junge. Wenn ich in irgendeiner Weise behilflich sein kann, wenn du ein Bett brauchst, wo du heute nacht schlafen kannst, ja, sogar mit diesem Teufelsding auf deiner Schulter, dann bist du in meinem Haus willkommen.«

»Ich habe so manche Nacht draußen verbracht, Sir«, sagte Flinx, »aber ich bin für das Angebot dankbar. Danke für deine Hilfe. Jetzt habe ich wenigstens eine etwas bessere Vorstellung davon, was passiert ist, wenn ich mir auch wirklich nicht vorstellen kann, *warum*. Hast du sehen können, ob Mutter Mastiff auch bei denen war, die die Gasse hinunterrannten? Sie ist nicht hier.«

»Das habe ich schon aus deinem Blick und deinem Verhalten geschlossen. Nein, ich könnte nicht sagen, daß sie dabei war. Ich habe nur Gestalten gesehen, die mir menschlich erschienen oder zumindest aufrecht. Aber sie schienen beim Laufen Schwierigkeiten zu haben.«

»Vielleicht haben sie sie getragen.«

»Das mag wohl sein, Junge, das mag wohl sein. Ganz sicherlich wäre sie nicht ohne weiteres mit Fremden mitgegangen, ohne dir irgendeine Nachricht zu hinterlassen.«

»Nein, ganz sicher nicht«, pflichtete Flinx ihm bei, »und wenn sie mit den Leuten gegangen ist, die du gesehen hast, dann jedenfalls nicht, weil diese Leute ihre Freunde waren. Drinnen ist alles durcheinander. Die ist nicht freiwillig mitgegangen.«

»Dann ist sie ganz sicher aus irgendeinem Grund

entführt worden«, pflichtete Arrapkha ihm bei. »Vor fünfzig Jahren hätte ich vielleicht den Grund für so etwas geahnt. Damals war Mutter Mastiff eine Schönheit — wenn sie auch nicht so elegant älter geworden ist. Eleganz war auch nicht ihre Stärke, schon damals nicht. Sie war immer eine harte Frau, aber attraktiv. Oho! Eine Schönheit! Aber daß jetzt so etwas passiert ...« Er schüttelte den Kopf. »Wirklich ein Rätsel. Hatte sie Zugang zu viel Geld?«

Flinx schüttelte heftig den Kopf.

»Äh — hab' ich mir gleich gedacht. Nun, hat sie jemandem gefährliche Beträge geschuldet?«

»Sie hat vielen Leuten etwas geschuldet, aber keine großen Summen«, erwiderte Flinx. »Zumindest hat sie mir gegenüber nie etwas dergleichen erwähnt, und ich habe auch beiläufig nichts gehört.«

»Dann verstehe ich das alles nicht«, sagte Arrapkha würdevoll.

»Und ich auch nicht, Freund.«

»Vielleicht«, schlug Arrapkha vor, »wollte sich jemand unter vier Augen mit ihr unterhalten, und bringt sie am Morgen wieder zurück?«

Flinx schüttelte zum zweitenmal den Kopf. »Ich denke, nachdem sie schon nicht freiwillig mitgegangen ist, wird man ihr auch nicht erlauben, freiwillig wieder zurückzukehren. Aber, wie dem auch sei, eines hat sie mir immer wieder eingebleut — man soll nicht herumsitzen und starren Blicks auf das Unerklärliche schauen, sondern immer versuchen, Antworten zu finden. Wenn sie morgen plötzlich anspaziert kommt, kann ich zumindest versuchen, ihr ein paar Schritte entgegenzugehen.«

»Dann bist du entschlossen, dich auf die Suche nach ihr zu machen?« Arrapkha hob die buschigen schwarzen Augenbrauen.

»Was kann ich denn sonst tun?«

»Warten könntest du. Du bist ein netter junger Bursche, Flinx.« Er deutete mit einer Handbewegung auf die entfernte Hauptstraße. »Praktisch jeder auf dem Markt, der dich kennt, ist auch der Meinung. Wenn du beschließt, hier auf sie zu warten, bietet man dir bestimmt eine Schlafstelle und zu essen an. Dein Problem ist, daß du zu jung bist, und junge Leute sind oft unnötig besorgt.«

»Tut mir leid, Arrapkha. Ich weiß, du meinst es mit mir gut. Aber ich kann nicht einfach hier herumsitzen und abwarten. Ich glaube, damit würde ich meine Zeit vergeuden, und was noch schlimmer ist, vielleicht auch die ihre. Mutter Mastiff hat nicht mehr viel Zeit.«

»Und was ist, wenn ihre Zeit — entschuldige bitte — bereits abgelaufen ist?« fragte Arrapkha eindringlich. Feingefühl gehörte nicht zu den hervorstechendsten Eigenschaften der Bewohner des Marktplatzes. »Wirst du dich dann auf etwas Gefährliches einlassen, wovon du bis jetzt verschont geblieben bist?«

»Ich muß es genau wissen. Ich muß ihr nach und sehen, ob ich ihr helfen kann.«

»Das verstehe ich nicht«, sagte Arrapkha betrübt. »Du bist ein intelligenter junger Mann, viel intelligenter als ich. Warum dein Leben riskieren? Sie würde das nicht wollen, weißt du. In Wirklichkeit ist sie ja gar nicht deine Mutter.«

»Mutter oder Nichtmutter«, antwortete Flinx, »sie ist die einzige Mutter, die ich je gekannt habe. Daran ist mehr als nur Biologie, Arrapkha. Soviel haben mich die Jahre gelehrt.«

Der ältere Mann nickte. »Ich habe mir schon gedacht, daß du so etwas sagen würdest, Flinx-Junge. Nun, zumindest kann ich dir Glück wünschen. Das ist alles, was ich dir geben kann. Hast du Kredit?«

»Ein wenig auf meiner Karte.«

»Wenn du mehr brauchst, kann ich dir welchen übertragen.« Arrapkha schickte sich an, die eigene Karte herauszuziehen.

»Nein, jedenfalls nicht jetzt. Vielleicht brauche ich später Hilfe.« Plötzlich breitete sich auf seinem Gesicht ein Lächeln aus. »Du bist ein guter Freund, Arrapkha. Deine Freundschaft ist so solide wie deine Holzarbeiten.« Er drehte sich um. »Hast du gesehen, welche Richtung diese Gestalten eingeschlagen haben?«

»Damit wirst du nicht viel anfangen können.« Er wies nach Norden. »Dorthin, die Gasse hinauf. Aber sie können ja überall abgebogen sein. Und in dem Wetter« — er wies auf die Wolken, die träge am Himmel hingen — »haben sie dir ganz bestimmt keine Spur hinterlassen, der du folgen kannst.«

»Kann schon sein«, gab Flinx zu. »Wir werden sehen.«

»Ja, das wirst du ganz bestimmt, Flinx-Junge, da es dir ja so wichtig ist. Was ich tun kann, ist dann, dir Glück zu wünschen.« Er drehte sich um und ging wieder die Straße hinauf auf sein Geschäft zu, wobei er sich seinen Slicker eng um Kopf und Schultern zog.

Flinx wartete, bis der Regen und die Dunkelheit den Alten verschluckt hatten, ehe er wieder hineinging und die Tür hinter sich schloß. Er stöberte mürrisch im Wohnbereich umher, rettete diesen oder jenen Gegenstand aus dem allgemeinen Durcheinander und legte ein paar Dinge wieder dorthin, wo sie hingehörten. Es dauerte nicht lange, und er fand sich in Mutter Mastiffs Zimmer. Er setzte sich aufs Bett und starrte auf die offenstehende Geheimtür, die nach draußen führte.

»Was meinst du, Pip, wo ist sie hingegangen? Wer hat sie entführt und warum? Und wie werde ich sie finden? Ich weiß nicht einmal, wie ich anfangen soll.«

Er schloß die Augen, strengte sich an, versuchte die Art von Emotionen zu fühlen, von denen er wußte, daß sie sie jetzt erzeugen würde, gleichgültig, wohin man sie geschafft hatte. Doch da war nichts. Nichts von Mutter Mastiff und auch nichts von sonst jemandem. Sein Talent ließ ihn wieder einmal im Stich. Er fing an, das Schlafzimmer in Ordnung zu bringen, in der Hoffnung, die Berührung mit vertrauten Gegenständen würde in seinem Bewußtsein irgendeine Reaktion auslösen. Irgend etwas, das ihm dabei half, ihre Spur ausfindig zu machen. Pip glitt von seiner Schulter und schlängelte sich über das Bett, spielte mit den Laken und Kissen.

In dem Kleiderschrank waren Lücken — fehlende Kleidung, stellte Flinx fest. Ihre Entführer hatten also offenbar die Absicht, sie eine Weile bei sich zu behalten. Das munterte ihn auf, weil sie sich ganz bestimmt nicht die Mühe gemacht hätten, Kleidung für jemanden mitzunehmen, den sie sofort zu töten beabsichtigten.

Pip hatte sich inzwischen quer über das Bett bis zum Nachttisch vorgearbeitet und befand sich jetzt dort zwischen den Flaschen und Gefäßen. »Weg da, Pip, ehe du etwas zerbrichst! Heute ist hier schon genug Schaden angerichtet.« Sein gereizter Tonfall erwuchs mehr aus seiner persönlichen Erregung als aus echter Besorgnis. Bis jetzt hatte der Minidrach noch nichts umgestoßen.

Pip reagierte, wenn auch nicht auf die Ermahnung seines Gebieters. Die Schlange breitete ihre bunten Schwingen aus, flatterte vom Tisch zu der Geheimtür. Dort blieb sie in der Luft stehen und sah ihn an. Während Flinx seinen neuen Freund anstarrte, flog der zum Nachttisch zurück, blieb summend über einer Flasche stehen und schoß dann wieder zur Öffnung zurück.

Plötzlich löste sich die Paralyse, die Flinx befallen hatte, und er rannte an das Tischchen. Die dünne Plastikflasche, die Pips Aufmerksamkeit auf sich gezogen hatte, stand offen. Normalerweise enthielt sie einen Zehntelliter eines besonders kräftigen, billigen Parfüms, das Mutter Mastiff ungewöhnlich schätzte. Jetzt sah er, daß die Flasche leer war.

Wenn Mutter Mastiff sich genügend Geistesgegenwart bewahrt hatte, um sich daran zu erinnern, daß die

Gendarmerie von Drallar gelegentlich spurenlesende Tiere einsetzte — zum erstenmal verdrängte die Hoffnung die Verzweiflung aus Flinx' Gedanken. Diese Tiere waren imstande, trotz der beständigen Luftfeuchtigkeit von Moth Gerüche zu verfolgen.

Wenn ein alaspinianischer Minidrach dieselbe Fähigkeit besaß ... — oder interpretierte er das Verhalten der Flugschlange völlig falsch? »Pip?«

Die Flugschlange schien die Erwähnung ihres Namens als bedeutsam zu akzeptieren, denn sie machte sofort mitten in der Luft kehrt und schoß durch die Geheimtür nach draußen. Flinx ging auf Hände und Knie nieder und kroch hinterher. Wenige Sekunden später war er wieder draußen in der Gasse. Als er sich aufrichtete, suchte er den Minidrach, der sich bereits in östlicher Richtung entfernt hatte, und kaum mehr zu sehen war.

»Pip, warte!« Die Schlange machte gehorsam halt und blieb in der Luft stehen, bis er aufgeholt hatte. Dann setzte sie ihren Flug durch die Gasse fort.

Flinx begann zu laufen. Er war ein ausgezeichneter Läufer und befand sich in bester Kondition, etwas, worauf er immer stolz gewesen war. Jetzt war er entschlossen, der Flugschlange zu folgen, bis einer von ihnen beiden zusammenbrach.

Er rechnete jeden Augenblick damit, daß die Schlange vor irgendeinem der zahlreichen gesichtslosen Bauwerke halt machte, die die Gewerbeviertel von Drallar übersäten. Aber der Minidrach schlängelte sich zwar in schnellem Flug durch die Gassen und Straßen, hielt aber kein einziges Mal im Flug inne. Bald stellte Flinx fest, daß ihm die Puste ausging. Jedesmal, wenn er stehenblieb, wartete die Schlange ungeduldig, bis er wieder nachgekommen war.

Drallar war die größte Stadt von Moth, aber im Vergleich mit den großen Städten von Terra oder den unterirdischen Komplexen von Hivehom und Evoria mußte man sie wohl eher als Dorf bezeichnen. Und so überraschte es Flinx nicht, als Pip schließlich langsamer wurde. Sie hatten nämlich den nordwestlichen Rand der Metropole erreicht. Hier bestand keine Notwendigkeit mehr, die Häuser dicht aneinander aufzureihen. Statt dessen verteilten sich weniger dauerhaft angelegte Bauwerke und einzelne Behausungen aus Brettern und Plastik, die kurz darauf in die erste Phalanx aus immergrünem Wald übergingen. Pip zögerte vor den Bäumen, flog ein paarmal besorgt im Kreis, und schoß dann in die Höhe, um sich die Baumwipfel anzusehen. Auf Flinx' Rufe ging er nicht ein, bis er genug gesehen hatte, worauf er sich heruntersinken ließ und wieder auf der Schulter seines Herrn Platz nahm. Flinx drehte sich langsam im Kreise und mühte sich ab, wenigstens Fragmente von Emotionen wahrzunehmen. Doch wieder waren seine Bemühungen nicht von Erfolg gekrönt. Offenbar hatten Mutter Mastiffs Entführer sie in den Wald geschleppt, und die Geruchsspur, die Pip bis jetzt geleitet hatte, hatte sich zu guter Letzt unter dem beständigen Ansturm von Nebel und Regen aufgelöst. Auf einer trockeneren Welt oder in einer der wenigen Wüsten, die es auf Moth gab, hätte das anders sein können, aber hier befand Pip sich offenbar in einer Sackgasse.

Nach kurzer Überlegung entfernte Flinx sich wieder von den Bäumen. Neben den Lagerhäusern und Wohnbauten konnte man in der Nähe ein paar kleine gewerbliche Bauten erkennen, darunter auch zwei der allgegenwärtigen Sägemühlen, die die ganze Stadt umringten, und den Rohstoff bearbeiteten, den es auf Moth am reichlichsten gab. Flinx schlenderte zwischen ihnen herum, bis er schließlich an einer Straßenecke eine öffentliche Komstation entdeckte. Er trat in die Kabine und schob die Tür aus Spandaholz hinter sich zu. Spanda bewahrte sich sogar nach der Bearbeitung noch seinen auffälligen Ausdehnungskoeffizienten, und die

Tür preßte sich nach dem Schließen so dicht gegen den Rahmen, daß ihn nur die Lüftungsmembranen vor dem Ersticken bewahrten. Er holte seine zerbeulte Credcard heraus, schob sie in den Schlitz und tastete dann eine Nummer ein. Eine freundlich blickende Frau in mittleren Jahren erschien auf dem kleinen Bildschirm. »Ja, Sir. Was kann ich für Sie tun?«

»Gibt es bei den Behörden von Drallar ein Vermißtenbüro?«

»Einen Augenblick bitte.« Sie blickte auf einen Bildschirm außerhalb des Aufnahmebereichs ihres Gerätes. »Menschlich oder Alien?« fragte sie.

»Menschlich, bitte.«

»Besucher oder Eingeborener?«

»Eingeborener.«

»Soll ich Sie verbinden?«

»Ja bitte.« Die Frau starrte ihn noch einen Augenblick lang an, und Flinx begriff erst jetzt, daß Pip sie faszinieren mußte. Schließlich blitzte der Bildschirm auf, und ein anderes Bild erschien.

Diesmal starrte ihn ein Männergesicht an, kahlköpfig und gelangweilt. Sein Alter war undefinierbar, und sein Verhalten gerade noch höflich. Flinx hatte Bürokraten noch nie gemocht. »Ja, was gibt's?«

»Gestern nacht«, erklärte er, »oder heute am frühen Morgen« — während er durch die nächtlichen Straßen gerannt war, hatte er jeden Zeitbegriff verloren —, »ich ... ist meine Mutter verschwunden. Ein Nachbar sah ein paar Leute eine Gasse hinunterrennen, und unser Haus ist völlig in Unordnung. Ich weiß nicht, wie ich's anfangen soll, nach ihr zu suchen. Ich nehme an, daß man sie durch den Nordwestquadranten aus dem Stadtgebiet geschafft hat, aber sicher bin ich nicht.«

Der Mann zeigte jetzt einiges Interesse, wenn auch seine Stimme immer noch zweifelnd klang. »Verstehe. Das scheint eher eine Angelegenheit für die Polizei als für das Vermißtenbüro zu sein.«

»Nicht unbedingt«, sagte Flinx, »wenn Sie verstehen, was ich meine.«

»Oh.« Der Mann lächelte verstehend. »Einen Augenblick. Ich will für Sie nachsehen.« Er betätigte eine Tastatur, die Flinx nicht sehen konnte. »Ja, gestern nacht sind einige Verhaftungen erfolgt, auch ein paar Frauen darunter. Wie alt ist Ihre Mutter?«

»Knapp hundert«, sagte Flinx, »aber noch sehr lebhaft.«

»Aber nicht lebhaft genug für die Gruppe, an die ich dachte«, erwiderte der Beamte. »Name?«

Flinx zögerte. »Ich hab' sie immer nur Mutter Mastiff genannt.«

Der Mann runzelte die Stirn und studierte dann wieder seinen unsichtbaren Bildschirm. »Ist Mastiff ein Vorname oder ein Nachname? Ich nehme an, das ›Mutter‹ ist eher symbolisch.«

Flinx ertappte sich dabei, wie er den Beamten dümmlich anstarrte. Plötzlich war ihm wieder einmal klar, aus was für ungeheuren Lücken doch der größte Teil seines Lebens bestand. »Ich ... das weiß ich nicht genau.«

Die Miene des Bürokraten erstarrte. »Soll das ein Witz sein, junger Mann?«

»Nein, Sir«, beeilte sich Flinx, ihn zu beruhigen, »das ist kein Witz. Ich sage Ihnen die Wahrheit, ich weiß es wirklich nicht. Sehen Sie, sie ist nämlich nicht meine natürliche Mutter.«

»Ah«, murmelte der Beamte diskret. »Nun, wie ist dann Ihr Familienname?«

»Ich ...« Zu seinem großen Erstaunen entdeckte Flinx, daß er zu weinen anfing. Das war ein höchst ungewöhnliches Phänomen, das er schon seit geraumer Zeit nicht mehr an sich erlebt hatte; und jetzt, wo er es am allerwenigsten brauchen konnte, mußte es ihn heimsuchen.

Aber immerhin verfehlten die Tränen ihre Wirkung

auf den Beamten nicht. »Hören Sie, junger Mann, ich wollte Ihnen nicht zu nahetreten. Ich kann Ihnen nur sagen, daß in dieser Nacht keine Frau so fortgeschrittenen Alters verhaftet worden ist. Um es genauer zu sagen, keine amtliche Stelle meldet jemanden in dieser Altersgruppe. Hilft Ihnen das weiter?«

Flinx nickte. Es half ihm, wenn auch nicht so, wie er gehofft hatte. »D-danke, vielen Dank, Sir.«

»Warten Sie, junger Mann! Wenn Sie mir Ihren Namen sagen, kann ich Ihnen vielleicht einen Gendarmen schicken ...« Das Bild löste sich auf, als Flinx die Verbindung unterbrach. Seine Credcard sprang ihm aus dem Schlitz entgegen. Er schob sie in seine Hemdtasche, während er sich mit der anderen Hand die Augen wischte. Ob der Beamte sich wohl die Mühe machen würde, den Anruf zu überprüfen? Wahrscheinlich nicht. Einen Augenblick lang hatte der Bürokrat gedacht, der Anruf käme von irgendeinem Witzbold, der sich über ihn lustig machen wollte. Wenn er ein wenig darüber nachdachte, würde er sich vielleicht wieder zu dieser Meinung durchringen.

Niemand im Alter von Mutter Mastiff war also verhaftet worden oder befand sich in polizeilichem Gewahrsam. Nicht im Vermißtenbüro, was schon schlimm war, aber auch nicht in der Leichenhalle, und das war gut, weil es ihn in seinen ersten Überlegungen bestärkte: Mutter Mastiff war von Unbekannten verschleppt worden, deren Motiv für ihn ebenso geheimnisvoll blieb wie ihre Identität. Er blickte durch das Fenster der kleinen Telefonzelle auf den hochaufragenden, fremden Wald hinaus, in dem sie und ihre Entführer allem Anschein nach verschwunden waren, und Erschöpfung überfiel ihn. In der Komzelle war es drückend heiß.

Der Stuhl in der Zelle war bewußt unbequem, aber der Boden war geheizt und nicht viel härter. Das war eine der Situationen, wo ihm seine bescheidene Größe nützlich war, dachte er, während er es sich auf dem Boden halbwegs bequem machte. Für Pip war in dem engen Raum wenig Platz, also mußte sich die Flugschlange widerstrebend mit der Komeinheit begnügen. Falls jemand hereinkam, um ein Gespräch zu führen, würde er einen Schock fürs Leben erleiden.

Es war heller Morgen, als Flinx schließlich aufwachte, steif und verkrampft, aber geistig ausgeruht. Er stand auf und streckte sich, schob die Tür auf und trat ins Freie. Im Norden lagen die Ausläufer des scheinbar endlosen Waldes, der von den gemäßigten Zonen Moth' bis in die Polarregionen reichte. Im Süden lag die Stadt, freundlich, vertraut. Es würde hart sein, ihr den Rücken zu kehren.

Pip flatterte über ihm, beschrieb einen Kreisbogen in der Luft, stieg dann auf und nahm Kurs nach Nordwesten. Wenige Minuten später war der Minidrach wieder zurück. So bestätigte er wortlos seine Gefühle der vergangenen Nacht. Mutter Mastiff war hier durchgekommen. Flinx überlegte einen Augenblick lang. Vielleicht hatten ihre Entführer sie in der Absicht, etwaige Verfolger abzuschütteln, in den Wald geschleppt, um von dort in einem Bogen in die Stadt zurückzukehren.

Doch wie sollte er das sicher wissen? Die Behörden würden ihm nicht weiterhelfen können. Also gut. Er hatte sich immer gut darauf verstanden, Informationen aus Fremden herauszukitzeln. Sie schienen ihm instinktiv zu vertrauen und sahen in ihm einen körperlich wenig eindrucksvollen, allem Anschein nach nicht besonders intelligenten Jungen. Er würde hier ebenso leicht Nachforschungen anstellen können wie auf dem Marktplatz.

Er verließ die Zelle und die Gegend mit den Sägemühlen und begann seine Ermittlungen, indem er die Leute befragte, die er in den kleineren Firmen und Häusern vorfand. Die meisten Häuser waren freilich verlassen, ihre Bewohner waren schon lange zur Arbeit gegangen. Aber dafür erwachten jetzt die Industriebetriebe und Geschäfte zum Leben, während der Kreislauf der Stadt langsam in Bewegung kam. Flinx sprach die Arbeiter an, während sie durch Türen und Tore kamen, ihre Fahrzeuge parkten oder aus öffentlichen Verkehrsmitteln stiegen.

Vor dem Eingang einer kleinen Firma, die hölzerne Küchenutensilien herstellte, sah er jemanden, der nicht zur Arbeit kam, sondern im Begriff war wegzugehen. »Verzeihen Sie mir bitte, Sir«, sagte er, das hunderttausendste Mal, wie es ihm vorkam, »haben Sie zufällig gestern nacht eine Gruppe von Leuten hier durchkommen sehen? Sie müßten eine ziemlich erregte alte Dame bei sich gehabt haben.«

»Das ist komisch, daß Sie das erwähnen«, sagte der Mann überrascht. »Sehen Sie, ich bin der Nachtwächter von Koyunlu da drüben.« Er wies auf ein kleines Gebäude, in das gerade Arbeiter strömten. »Eine alte Frau habe ich nicht gesehen, aber dort drüben war es gestern nacht irgendwie unruhig. «

Der Nachtwächter schien sehr hilfsbereit zu sein. Er wies auf die Straße, die etwas weiter hinten bei den Bäumen endete. »Da war ziemlich lautes Geschrei. Ich hab' mit meinem Nachtsichtgerät hinübergeguckt — das ist nämlich meine Aufgabe, wissen Sie — und sah ein paar Leute aus einem städtischen Miettransporter steigen. Sie sind in einen Sumpfer umgestiegen. Ich habe sie nicht für Diebe oder junge Unruhestifter gehalten, also habe ich nicht besonders aufgepaßt. Ich weiß nicht, ob das die Leute waren, die Sie suchen.«

Flinx überlegte einen Augenblick lang und fragte dann: »Sie sagten, Sie hätten Geschrei gehört. Könnten Sie denn sagen, ob auch eine Frauenstimme dabei war?«

Der Mann grinste. »Ich weiß schon, was Sie jetzt denken, Junge. Nein, dafür waren die zu weit weg. Aber eines kann ich Ihnen sagen. Jemand von diesen Leuten konnte fluchen wie ein Müllkutscher.«

Flinx hatte Mühe, seine Erregung zu verbergen. »Das sind sie; das ist sie! Das *muß* sie sein!«

»Tatsächlich«, fuhr der Nachtwächter fort, »ist das auch der Grund, weshalb ich mich daran erinnere. Nicht daß man nicht oft Leute sieht, die nachts in ein anderes Fahrzeug umsteigen. Selbst hier draußen geschieht das manchmal. Es ist nur die ungünstigste Zeit, um in den Wäldern zu sumpfen, und wenn man es tut, tut man es gewöhnlich ohne viel Lärm. Ich verstand einfach das laute Geschrei nicht.«

»Das waren sie schon«, murmelte Flinx bestimmt. »Das waren ihre Flüche — oder ihre Entführer, die sie beschimpft haben.«

»Entfüh ...« Jetzt schien dem Mann zum erstenmal Flinx' Jugend aufzufallen. »Sagen Sie, Junge, Sie sollten vielleicht besser mitkommen.«

»Nein, das geht nicht.« Flinx entfernte sich langsam nach rückwärts, wobei er nachsichtheischend lächelte. »Ich muß hinter denen her, ich muß sie finden.«

»Einen Augenblick mal, Junge!« sagte der Nachtwächter. »Ich rufe die Polizei. Wir können von der Firma aus sprechen. Schließlich muß das doch alles seine Ordnung haben, damit ...«

»Die tun überhaupt nichts«, sagte Flinx zornig. »Ich kenn' die doch.« Recht intim sogar, hätte er hinzufügen können, da man ihn mehr als einmal wegen kleiner Diebereien verhaftet hatte. Wahrscheinlich stand er im Augenblick sogar auf ihrer Fragenliste. Sie würden ihn festhalten und ihn daran hindern, Mutter Mastiff zu suchen.

»Du wartest, Junge!« beharrte der Nachtwächter auf seinem Entschluß. »Ich will nicht mit etwas zu tun haben, wo man mir ...« und dabei streckte er seine mächtige Pranke aus. Etwas blau-grün-rosafarben Blitzendes zischte drohend. Ein dreieckiger Kopf zuckte auf die Hand zu. Der Mann zog sie hastig zurück.

»Verdammt«, sagte er, »das lebt ja!«

»Und wie es lebt«, sagte Flinx, immer noch im Rückzug begriffen. »Vielen Dank für Ihre Hilfe, Sir.« Er drehte sich um und rannte in Richtung auf die Stadt davon.

»Junge, einen Augenblick!« Der Nachtwächter starrte der sich entfernenden Gestalt nach. Dann zuckte er die Achseln. Er war müde. Die Nacht war lange gewesen und langweilig — abgesehen von der lärmenden Schar Leute, die er gesehen hatte, und es drängte ihn nach Hause, um sich schlafen zu legen. Sollte sich doch ein anderer mit diesem Jungen einlassen. Er verdrängte den Zwischenfall aus seinen Gedanken und trottete zur Haltestelle davon.

Sobald er sich vergewissert hatte, daß er außer Sichtweite des Mannes war, blieb Flinx stehen, um Atem zu holen. Zumindest wußte er jetzt mit einiger Sicherheit, daß Mutter Mastiff entführt und aus der Stadt verschleppt worden war. Warum man sie freilich in den großen Nordwald geschleppt hatte, blieb ihm ein Rätsel.

Abgesehen von dem Schmerz tief in seinem Bewußtsein, hatte sich jetzt noch ein anderer bemerkbar gemacht. Er hatte seit der letzten Nacht nichts mehr zu essen gehabt. Schließlich konnte er ja nicht gut mit leerem Magen in die immergrüne Wildnis von Moth eindringen.

Bereite dich gut vor und handle dann erst. Das hatte Mutter Mastiff ihn gelehrt. Ich werde nach Hause gehen, sagte er sich. Zurück zum Laden, zum Marktplatz. Die Entführer hatten einen Sumpfer genommen. Die Kosten für ein solches Fahrzeug waren für Flinx unerschwinglich, aber dafür wußte er, wo er sich einen Laufvogel, einen Stupava, mieten konnte. Der würde ihm sowohl Flexibilität als auch die nötige Geschwindigkeit verschaffen.

Seine Beine schmerzten immer noch von seinem

Gang quer durch die Stadt, daher benutzte er ein öffentliches Transportmittel, um nach Hause zurückzukehren. Zeit war jetzt wichtiger als Geld. Das Fahrzeug verkehrte auf einer der wie Radnaben angeordneten Hauptstraßen, und so erreichte er den Marktplatz binnen weniger Minuten.

Von der Haltestelle war es nur noch ein kurzer Weg bis zum Laden. Seine Hoffnung gaukelte ihm das Bild von Mutter Mastiff vor, die im Eingang stand, die Treppe wischte und nur darauf wartete, ihn auszuschimpfen, weil er so lange weggewesen war. Aber der Laden lag ganz still da, der Wohnbereich war immer noch in Unordnung und verlassen. Dennoch sah Flinx sich sorgfältig um. Er hatte sich vor dem Weggehen genau gemerkt, wo einige Gegenstände gelegen waren, und stellte fest, daß niemand sie verrückt hatte.

Er fing an, einige Dinge zusammenzutragen, die er mitnehmen wollte. Anschließend erwarb er sich auf dem Markt einen kleinen Rucksack und soviel Nahrungskonzentrate, wie er hineinstopfen konnte. Obwohl er sich für das dazu erforderliche Feilschen wenig Zeit nahm, bekam er doch für die Gegenstände aus Mutter Mastiffs Beständen ihren vollen Gegenwert. Mit Pip auf seiner Schulter kamen nur wenige auf den Gedanken, ihn betrügen zu wollen. Wenn jemand es doch versuchte, warnten die Reaktionen des Minidrachs Flinx sofort, worauf dieser jegliche Verhandlung abbrach.

Flinx vertauschte seine Stadtschuhe gegen weniger auffällige, dafür aber dauerhaftere, für den Wald geeignete Modelle. Sein Slicker hingegen würde ihm zwischen den Bäumen ebenso gute Dienste leisten wie zwischen den Türmen der Stadt. Als er seinen Tauschhandel beendet hatte, verkaufte er noch einige Dinge, um den Habensaldo auf seiner Credcard anzuheben. Dann kehrte er in den Laden zurück, um sich dort ein letztesmal umzusehen. Leer. Wie leer er doch ohne

Mutter Mastiff war. Er vergewisserte sich, daß die Läden verriegelt waren und schloß dann die Tür ab. Dann suchte er einen Verkaufsstand etwas weiter oben auf der Straße auf.

»Du mußt den Verstand verloren haben, Flinx-Junge«, sagte Arrapkha vom Eingang seiner Bude und schüttelte besorgt den Kopf. Sein Laden roch nach Sägemehl und Kleister. »Weißt du, wie es im Wald ist? Er reicht von hier bis zum Nordpol. Dreitausend oder viertausend Kilometer, und weit und breit keine Stadt von vernünftiger Größe.

Der Schlamm dort droben ist so tief, daß er ganz Drallar verschlucken könnte. Ganz zu schweigen von allen möglichen Lebewesen, die einen fressen oder vergiften. Niemand geht in den Nordwald, außer Forscher und Hirten, Jäger und Sportsleute — Verrückte von Außerplanet, die solche Abenteuer lieben, Biologen und Botaniker —, aber nicht normale Leute wie du und ich.«

»Die Leute, die meine Mutter verschleppt haben, sind auch nicht normal«, erwiderte Flinx.

Da er dem Jungen sein Vorhaben nicht ausreden konnte, versuchte Arrapkha es mit einem Scherz. »Schlimm genug für die, daß sie das getan haben. Ich glaube nicht, daß die wissen, worauf sie sich da eingelassen haben.«

Flinx lächelte höflich. »Danke, Arrapkha. Wenn du mir nicht geholfen hättest, hätte ich wirklich nicht gewußt, wo ich anfangen muß.«

»Ich wünschte fast, ich hätte gestern abend nichts gesagt«, murmelte der Handwerker betrübt. »Nun, jedenfalls viel Glück, Flinx-Junge. Ich werd' an dich denken.«

»Du wirst mich wiedersehen«, versicherte ihm Flinx mit mehr Zuversicht, als er in Wirklichkeit empfand. »Uns beide.«

»Das hoffe ich. Ohne deine Mutter Mastiff wäre es langweilig auf dem Markt.«

»Langweilig und leer«, pflichtete Flinx ihm bei. »Ich

muß sie suchen, Freund Arrapkha. Ich habe wirklich keine andere Wahl.«

»Wenn du darauf bestehst. Dann geh.«

Flinx lächelte dem Holzkünstler ein letztesmal zu, drehte sich um und eilte mit schnellen Schritten der Hauptstraße zu. Arrapkha blickte ihm nach, bis die Menge den jungen Mann verschluckt hatte, und kehrte dann in seinen Laden zurück. Er hatte zu tun, mußte seinen Geschäften nachgehen, denn das war schließlich die Lebensregel Nummer Eins auf dem Marktplatz.

Flinx war nicht weit gegangen, bis die üppigen, schweren Gerüche eingeborener Lasttiere die Gerüche des Marktes verdrängt hatten. Gewöhnlich waren diese Transportmittel langsamer und nicht so effizient wie mechanische, dafür verfügten sie aber über andere Vorteile: man konnte sie nicht so einfach orten, suchten sich ihre Nahrung selbst, waren billig im Gebrauch und billig zu mieten.

Flinx wählte in einem lizensierten Mietstall einen gesund aussehenden Stupava aus. Der große Laufvogel konnte sich von seiner Umgebung ernähren. Er maß vom Boden bis zu seinem orangefarbenen Kamm zweieinhalb Meter und ähnelte seinen wesentlich intelligenteren Vettern, den Ornithorpen, die gegen den Einsatz ihrer dummen Verwandten als Lasttiere nichts einzuwenden hatten. Flinx feilschte eine Weile mit der Mietstalleiterin, bis sie sich schließlich auf einen fairen Preis einigten. Die Frau holte den Vogel aus seinem Stall und sattelte ihn für den jungen Mann. »Sie werden doch mit diesem Vogel nicht irgend etwas Unsinniges machen, oder?«

»Nur etwas Ferien«, antwortete ihr Flinx vergnügt. »Ich habe meine Studien abgeschlossen und möchte mich etwas ausruhen.«

»Gut, dann wird Sie Garuyle überall hinbringen, wo Sie hinwollen. Er ist ein kräftiger, braver Vogel.« Sie strich dem Stupava über die Federn.

»Ich weiß.« Flinx schob den Fuß in den Steigbügel und schwang sich in den Sattel. »Das sehe ich an seinen Beinen. «

Die Frau nickte einigermaßen beruhigt. Offenbar wußte ihr junger Kunde, was er tat. Sie reichte ihm die Zügel.

»Na schön. Angenehme Reise!«

Flinx hatte tatsächlich schon solche Vögel geritten, aber nur innerhalb der Stadtgrenzen, und nicht besonders lang. Er schnalzte mit den Zügeln und pfiff dem Vogel zu. Der pfiff zurück und setzte sich in Bewegung, streckte die langen Beine. Flinx lenkte ihn mit vorsichtigen Zügelbewegungen und scharfen Pfiffen und trabte bald die Straße Richtung Norden hinauf, indem er ärgerliche Fußgänger beiseitedrängte und schnelleren öffentlichen Transportmitteln auswich. Dem Stupava schien Pips Anwesenheit nichts auszumachen. Ein gutes Zeichen. Flinx hatte keine Lust, sich mit einem leicht zu beunruhigenden Reittier in den großen Wald zu wagen.

Flinx stellte fest, daß sie die ganze Strecke seines Marathonlaufs der vergangenen Nacht in erfreulich kurzer Zeit zurückgelegt hatten. Zu seiner Linken zog eine Sägemühle vorbei; dann kamen sie an der Komzelle vorbei, die ihm als Nachtlager gedient hatte. Dann türmte sich vor ihnen nur noch der Wald auf. Baumriesen, hundert Meter hoch und höher, ragten über vereinzelten kleineren Bäumen und Büschen in die Höhe. Die gepflasterte Straße wich einem schlammigen Pfad. Dem Stupava würde das nichts ausmachen — seine Vogelfüße, die mit Schwimmhäuten zwischen den langen Krallen ausgerüstet waren, würden sie mühelos über die Sümpfe und Moraste tragen.

»Heja!« rief er dem Vogel zu und setzte einen schrillen Pfiff dahinter. Der Stupava gab ein leises Krähen von sich, ruckte mit dem Kopf scharf gegen das Zaumzeug an und rannte los, in den Wald hinein. Das regelmäßige *Flap-flap* unter seinen Füßen wich einem unregelmäßigen Patschen und gelegentlich einem nassen Klatschen, wenn er in eine tiefere Pfütze trat. Manchmal trabten sie über dichtes Moos dahin, dann war überhaupt nichts zu hören. Und dann bildeten die riesigen Bäume eine undurchdringliche Mauer aus dunkler Rinde und Grün hinter Flinx, und die Stadt, die sein Zuhause war, war zum erstenmal seinem Blick völlig entzogen.

07

Joppe der Dieb war sicher, ein paar Fleurms gefunden zu haben. Der Mann und die Frau, denen seine Begehrlichkeit galt, schienen Mitte dreißig zu sein. Ihre Kleidung war leger, so leger, daß jemand, der sich nicht dafür interessierte, sie vielleicht gar nicht als Außenweltler identifiziert hätte. Joppe bewies ihre Anwesenheit in jenem ganz bestimmten Teil des Marktes von Drallar zu später Nacht dies: sie vertrauten entweder fest darauf, unbemerkt zu bleiben, oder waren einfach dumm. Joppe vermutete, daß sie auf Abenteuer aus waren.

Joppe war das recht. Er würde ihnen mit Vergnügen ein Abenteuer liefern, eins, das sie nicht so leicht vergessen würden, und den Nachbarn zu Hause, auf irgendeiner lieblicheren Welt, wie Terra oder New Riviera, erzählen konnten. Sie sahen nicht so aus, als würden sie besondere Schwierigkeiten machen. Wenn aber doch, dann würden sie vielleicht noch mehr als nur eine interessante Episode zu berichten haben.

Joppe war hungrig. Er hatte seit mehr als einer Woche keinen Coup mehr gelandet. Er betrachtete das dahinschlendernde, plaudernde Paar mit dem wohlwollenden Blick des Farmers, der zwei seiner preisgekrönten Fleischtiere betrachtete.

Da es noch einigermaßen früh war, hatte man noch nicht alle Lichter auf dem Markt gelöscht, aber es hatten schon genügend Läden geschlossen, um Joppe Hoffnung zu machen. Die Eigenart seiner Arbeit erforderte Abgeschiedenheit. Er hatte es nicht eilig. Joppe hatte ein instinktives Gefühl für seine Arbeit. Wenn noch einige weitere Ladenbesitzer schlossen, so würde das ganz bestimmt nicht schaden, so lange die zwei nicht ihren Fehler erkannten und zu den heller beleuchteten Teilen des Marktes zurückkehrten.

Doch dazu schien das Paar keine Neigung zu verspüren. Joppes Hoffnung wuchs. Er konnte sie deutlich hören, sie unterhielten sich über irgendeine Sehenswürdigkeit, die sie am Nachmittag besichtigt hatten. Joppes Hand schloß sich um den Kolben des kleinen Nadlers, den er in der Tasche trug, und er rückte den beiden näher auf den Pelz, verringerte die Distanz zwischen sich und seiner Beute.

Das Paar hatte jetzt das Ende der Sackgasse erreicht und war vor dem letzten Geschäft stehen geblieben, dessen Läden geschlossen waren und das in Dunkelheit dalag. Sie schienen zu überlegen. Dann beugte sich der Mann zur Ladentür vor und holte einige Gegenstände aus den Taschen. Er machte etwas, das Joppe nicht sehen konnte.

Der Dieb wurde langsamer, die Bewegung, mit der er den Nadler aus der Tasche zog, stockte, und er starrte verwirrt auf seine Beute. Das schienen Kollegen zu sein. Was hatten die vor? Er trat ein paar Schritte näher, immer noch im Schutz der Schatten. Er war ihnen jetzt nahe genug, um erkennen zu können, daß die Tür mit einem Handschloß gesichert war, das den Abdruck aller fünf Finger des Ladenbesitzers erforderte, und zwar in der richtigen Reihenfolge, um sich zu öffnen. Die kleine schwarze Scheibe, die der Tourist gegen das Handschloß drückte, war ein sehr teures, kompliziertes Gerät, zum Decodieren und Öffnen solcher Schlösser. Die Finger des Mannes huschten über die Tasten, und dann überprüfte er die Ziffernfolge, die sich ihm bot, wie jemand, der nicht nur genau wußte, was er tat, sondern es auch schon häufig getan hatte.

Während der Mann an der Tür beschäftigt war, stand seine Begleiterin da, die Hände in die Hüften gestemmt, und beobachtete ihn. Dann wandte sie den Blick abrupt von dem Mann ab, und Joppe spürte ein Augenpaar, das sich auf ihn richtete.

Plötzlich war das matronenhafte Kichern, das er den ganzen Abend von ihr gehört hatte, wie weggewischt. Plötzlich war da überhaupt nichts Weiches mehr an ihr. Die unerwartete Verwandlung, die sich nun in ihrer Haltung und ihrem Tonfall ausdrückte, war erschrekkend. »Tut mir leid, daß wir Ihren Abend vergeuden mußten, Freund, aber wir brauchten einen guten Schirm, um den Rest des Packs fernzuhalten. Dafür vielen Dank. Und jetzt machen Sie kehrt! Sehen Sie ein, daß es sich nicht gelohnt hat, und suchen Sie sich eine andere Beute. Wir haben jetzt keine Zeit für Sie. Oh, und lassen Sie diese Waffe stecken, damit niemandem was passiert, ja?« Sie lächelte freundlich.

Zu verblüfft, um reagieren zu können, stand Joppe einfach da, und seine Hand hielt immer noch den Nadler umfaßt. Mit der hier würde ich fertig werden, dachte er. Aber da war etwas an ihrer Haltung, das ihn davon abhielt. Diese Haltung deutete unverkennbar die Nähe einer Waffe an, und nicht nur ihre Nähe, sondern auch die Absicht, sie zu gebrauchen. Ihr Begleiter hatte in seiner Arbeit innegehalten und kauerte wartend vor der Tür.

Das alles paßt nicht, dachte Joppe. Er war kein besonders phantasiebegabter Mensch, aber er war ein scharfer Beobachter und verstand sich darauf, die Dinge so zusammenzufügen, daß man Schlüsse daraus ziehen konnte.

Hier stand ein Paar von Außerplanet, sichtlich auf Abenteuer aus, und betätigte sich in aller Seelenruhe an einem Codeschloß, an einem ganz unauffälligen Laden am Ende einer Seitengasse, und das in einer finsteren, feuchten Nacht. Das und die Art und Weise, wie die Frau zu ihm gesprochen hatte, paßte einfach nicht zusammen.

Joppe ließ den Nadler los und nahm die Hand aus der Tasche. Langsam spreizten sich seine Finger, so daß die beiden sehen konnten, daß er keine Waffe hielt. Er nickte, lächelte der Frau schief zu und zog sich zurück. Sie erwiderte sein Lächeln. Er zog sich weiter zurück, bis die Schatten ihn wieder einhüllten, und blieb dann hinter einer schützenden Steinmauer stehen. Er holte tief Luft und ließ sie dann wieder aus sich heraus. Sein Puls jagte. Unfähig, seine Neugierde im Zaum zu halten, drehte er sich um und spähte um den Mauerrand herum. Die Frau hatte sich nicht von der Stelle gerührt und starrte immer noch zu ihm herüber. Der Mann hatte sich wieder seiner Arbeit zugewandt.

Den beiden war er nicht gewachsen, das wußte Joppe genau. Ohne sich noch einmal umzusehen, wandte er sich um und trottete davon, in Richtung Hauptstraße. Er war enttäuscht über sein Pech, und immer noch hungrig. Was das seltsame Paar betraf, so widmete er ihm keinen weiteren Gedanken. Solche Leute waren auf ganz anderem Niveau als Joppe und seinesgleichen tätig, und es war besser, man vergaß sie einfach. Sie anzuzeigen, hätte nur Ärger eingebracht, seitens der Polizei oder seitens der Profis — oder beiden.

»Ein vernünftiger Bursche«, sagte die Frau nachdenklich und wandte sich ihrem Begleiter zu. »Ich dachte schon, er würde uns Ärger machen.«

»Gut für ihn, daß er es nicht getan hat«, pflichtete er ihr bei. »Für solche Albernheiten haben wir jetzt wirklich keine Zeit. Jetzt nicht.« Seine Fingerspitzen huschten über die Tasten der schwarzen Scheibe.

»Wie kommen Sie voran?« fragte die Frau und spähte ihm über die Schulter.

»Was meinen Sie denn?«

»Sie brauchen ja nicht gleich sarkastisch zu werden«, meinte sie ruhig.

»Das ist ein Sechsundzwanziger, neuestes Modell«, teilte er ihr mit. »Ich hatte nicht damit gerechnet, daß jemand in diesem Slum die Mühe und die Kosten auf sich nehmen würde, sich so ein Modell zuzulegen. Der Betreffende legt offenbar großen Wert darauf, ungestört zu bleiben.«

»Tun Sie das nicht?«

»Sehr komisch.« Plötzlich ließ die Scheibe ein leises Piepen ertönen, und die Ziffern auf der winzigen Skala blieben stehen. »Das wär's.« Der Tonfall des Mannes war entspannt. In der Art und Weise, wie er das sagte, war keine Freude, nur kühle, professionelle Befriedigung. Er berührte die Tasten, die an fünf Punkten in gleichen Abständen rings um die schwarze Scheibe angebracht waren. Wieder ein Piepen und noch eines. Die Leuchtziffern verschwanden. Er steckte die Scheibe in seinen Mantel zurück. Sein Mantel wies eine ganze Anzahl Innentaschen auf, die alle mit Gegenständen von der Art angefüllt waren, daß sich jedem Polizeichef die Nackenhaare gesträubt hätten. Der Mann griff an die Tür und schob. Sie glitt leicht zur Seite. Nach einem letzten flüchtigen Blick die enge Gasse hinauf traten die beiden ein.

Jetzt erwachte das Mittelteil der Gürtelschnalle des Mannes zum Leben und warf einen eng gebündelten, kräftigen Lichtstrahl. Im nächsten Augenblick kam ein weiterer Lichtstrahl aus der Brosche seiner Begleiterin hinzu. Sie schlenderten in dem Laden herum, sahen sich die ausgestellten Waren an und rümpften gelegentlich die Nase, wenn irgendein Stück einen zu hohen Preis hatte. Dann erreichten sie eine innere Tür mit einem einfacheren Schließmechanismus.

Sie öffneten sie und sahen sich in dem Wohnbereich um. »Da hat sich jemand ganz schön gewehrt«, meinte der Mann leise.

»Der Junge — oder seine Adoptivmutter, was meinen Sie?« Die Frau trat neben ihn, bückte sich, um einen umgekippten Tisch und die kleine silberne Vase zu untersuchen, die von ihm gefallen war. Die Vase war leer. Sie stellte sie vorsichtig hin.

»Vielleicht alle beide.« Ihr Begleiter war bereits damit beschäftigt, den größeren der beiden Schlafräume zu inspizieren. Sie gingen sehr methodisch vor: Küche, Schlafzimmer, Toilette, Bad.

Als sie fertig waren — und sie brauchten dazu nicht besonders lang — und die Luft- und Staubproben in winzigen Behältern verstaut waren, fragte der Mann seine Begleiterin: »Was meinen Sie? Sollen wir hier auf sie warten?«

Die Frau schüttelte den Kopf und sah sich in der kleinen Küche um. »Die sind ganz offensichtlich nicht freiwillig hier weggegangen — und Sie wissen genau, was das bedeutet.«

»Sicher, das habe ich mir auch gedacht. War ja nicht zu übersehen. Aber Garantie gibt es keine.«

Sie lachte. »Ja, Garantie gibt es keine. Aber was *meinen* Sie?«

»Dasselbe wie Sie. Ich sage nur, wir sollten keine vorschnellen Schlüsse ziehen.«

»Ich weiß, ich weiß. Aber ist es denn nicht seltsam, daß beide verschwunden sind? Das deutet doch ganz sicherlich auf mehr als nur einen gewöhnlichen Einbruch hin.«

»Ich sagte doch, daß ich Ihrer Ansicht bin.« Die Stimme des Mannes klang nun etwas gereizt. »Was nun?«

»Der Ladenbesitzer oben an der Straße, der uns beobachtet hat«, sagte sie. Er nickte zustimmend.

Sie gingen den Weg zurück, den sie gekommen waren, ohne irgend etwas zu berühren. Das Handschloß schnappte hinter ihnen ein, als sie auf die Straße hinaustraten, und ließ durch nichts erkennen, daß man sich an ihm zu schaffen gemacht hatte. Die beiden schlenderten die kleine Seitengasse hinauf, bis sie vor Arrapkhas Tür standen. Sie drückten ein paarmal hintereinander auf den Summer.

Nach dem dritten Versuch lehnte sich der Mann über den kleinen Sprecher, der über dem Summer in der Wand eingelassen war. »Hören Sie! Wir haben einen harten Tag hinter uns, Sir, und sind beide sehr müde. Wir wollen Ihnen nichts Böses, haben aber die Vollmacht, alle notwendigen Schritte zu unternehmen, die wir für richtig halten, um unseren Auftrag durchzuführen. Dazu gehört auch, daß wir uns selbst Zugang verschaffen können, wenn Sie uns nicht einlassen wollen.

Wir haben gesehen, wie Sie uns beobachtet haben, als wir den Laden der alten Frau geöffnet haben. Ich verspreche Ihnen, daß wir Ihre Tür ebenso leicht aufbekommen. Es interessiert Sie vielleicht, daß in der Gasse hinter Ihrem Laden ein Automon steht. Wenn Sie also in der hinteren Wand eine Geheimtür haben, nützt Ihnen das gar nichts. Warum also nicht hilfsbereit sein« — er lächelte für den Fall, daß der Ladenbesitzer irgendwo eine Infrarot-Kamera haben sollte — »und herauskommen? Wenn Sie es vorziehen, können wir uns ja hier auf der Straße unterhalten, wo Ihre anderen Nachbarn alles sehen.«

Sie warteten angemessene Zeit. Die Frau sah ihren Begleiter an, zuckte die Achseln und holte aus einer Innentasche einen kleinen Gegenstand, der einem Fingerhut glich. Die Tür öffnete sich sofort. Der Mann nickte und lächelte dann. Die Frau steckte den fingerhutartigen Gegenstand weg und trat einen Schritt zurück.

Arrapkha schaltete das Licht über dem Eingang an, kam heraus, schloß die Tür hinter sich und sah seine beiden Besucher unsicher an. »Was kann ich für Sie tun, Lady und Sir, zu so später Nachtstunde? Ihre Hartnäckigkeit hat mich besorgt gemacht, obwohl ich schon seit mehr als ...«

»Lassen Sie das Gerede!« meinte der Mann schroff.

»Wir wissen, daß Sie uns beobachtet haben. Und Sie wissen, daß wir nicht hier sind, um ...« — er sah zu dem Schild über dem Laden auf — »Holzschnitzereien zu kaufen. Oder wollen Sie leugnen, daß Sie uns beobachtet haben?«

»Nun, das nicht«, begann Arrapkha, »aber ich ...«

»Und die Polizei haben Sie auch nicht gerufen«, fuhr der Mann fort, als hätte er überhaupt nicht zugehört. »Weil die Polizei häufig Fragen stellt, die Sie lieber nicht beantworten, stimmt's?«

»Sir, ich versichere Ihnen, ich ...«

»Wir suchen die alte Frau und den Jungen, die in dem Laden dort leben.« Der Mann drehte kurz den Kopf und sah zu Mutter Mastiffs Geschäft hinüber. »Sie wissen nicht etwa zufällig, wo die beiden sind, oder?«

Arrapkha schüttelte den Kopf. Sein Gesicht war völlig ausdruckslos. »Nein, Sir, das weiß ich nicht.«

»Drinnen sind Spuren von einem Kampf zu sehen. Das hier ist eine kurze Straße. Sie haben gar nichts gehört und auch nichts gesehen?«

»Ein Kampf? Du liebe Güte«, murmelte Arrapkha und ließ Zeichen von Unruhe erkennen. »Nun, wissen Sie, das hier ist zwar eine kurze Straße, aber es kann hier doch sehr laut werden, selbst nachts. Wir passen da nicht so genau auf.«

»Da möchte ich wetten«, murmelte die Frau. »Ebenso wie Sie auch nicht auf den Lärm geachtet haben, den wir machten, als wir uns Zutritt zum Laden Ihrer Nachbarin verschafft haben?«

Arrapkha schenkte ihr ein dünnes Lächeln.

»Wir haben keine Zeit für solche Spielchen«, sagte der Mann ungeduldig und griff in die Hosentasche.

»Bitte.« Arrapkhas Gesicht nahm jetzt einen echt besorgten Ausdruck an. »Sie sagten, Sie würden nichts tun ...«

»Das werden wir auch nicht.« Die Hand des Mannes

hielt einen Augenblick inne, als er den nervösen Blick des Ladenbesitzers sah. »Selbst wenn wir müssen, werden wir das wahrscheinlich nicht.« Er zog langsam die Hand wieder heraus, die ein kleines, aufgeklapptes Etui enthielt. Arrapkha atmete erleichtert auf und studierte den Inhalt des Etuis. Dann weiteten sich seine Augen.

Der Besucher schloß das Etui und steckte es in die Tasche zurück. »So«, sagte er freundlich, »jetzt sage ich Ihnen noch einmal, daß wir Ihnen nichts Böses wollen und auch nicht die Absicht haben, der alten Frau und ihrem Jungen ein Leid zuzufügen. Ganz im Gegenteil. Wenn sie Opfer von Gewalt geworden sind, wie es wahrscheinlich der Fall ist, müssen wir alles wissen, was Ihnen bekannt ist, damit wir den beiden, falls sie noch am Leben sind, helfen können. Ganz gleich, was Sie von *uns* persönlich halten und von dem, was wir vertreten, muß Ihnen doch klar sein, daß es für die beiden, wenn ihnen ein Mißgeschick widerfahren sein sollte, ganz bestimmt besser ist, wenn wir uns um sie kümmern, als wenn sie in der Gewalt der Leute bleiben, die sie verschleppt haben. Das begreifen Sie doch ganz sicher.«

»Außerdem«, fügte seine Begleiterin beiläufig hinzu, »wenn Sie uns das, was Sie wissen, nicht sagen, bringen wir Sie zu einem Ort im Citycenter, wo man Sie an eine Maschine anschließt — und Sie uns am Ende doch alles sagen. Es wird Ihnen nicht weh tun, aber es ist eine Vergeudung unserer Zeit. Ich mag keine Zeitvergeudung.« Sie starrte ihm in die Augen. »Verstanden?«

Arrapkha nickte langsam.

»Die alte Frau, die Sie suchen — Mutter Mastiff?« Der Mann nickte aufmunternd. »Ich glaube, ich habe gesehen, daß einige Gestalten sie wegschleppten. Aber ich könnte Ihnen nicht einmal sagen, ob es Menschen oder Aliens waren. Es war dunkel und neblig.«

»Ist es das hier nicht immer?« murmelte der Mann. »Weiter!«

»Das ist alles, was ich weiß, alles, was ich gesehen habe.« Arrapkha zuckte die Achseln. »Ehrlich.« Er deutete die Straße hinunter auf die Lücke, die Mutter Mastiffs Laden von dem nebenan trennte. »Durch diesen Spalt habe ich in der Gasse ein Handgemenge gesehen. Es verwirrt mich immer noch. Sie ist eine alte Frau, völlig harmlos.«

»Wie lange ist das her?« fragte der Mann. Arrapkha sagte es ihm. »Und der Junge? Was ist mit dem Jungen?«

»Der ist in derselben Nacht nach Hause zurückgekehrt. Er zieht oft auf eigene Faust los und bleibt lange aus. Wenigstens hat er das getan, so lange ich ihn kenne, und ich kenne ihn den größten Teil seines Lebens.«

»Lange Streifzüge in dieser gefährlichen Stadt? In seinem Alter?« fragte die Frau. Arrapkha versuchte, sich sein Erstaunen über die scheinbar beiläufige Bemerkung der Frau nicht anmerken zu lassen. Diese Leute wußten eine ganze Menge, obwohl sie von so weit her kamen.

»Er ist kein durchschnittlicher junger Mann«, erklärte Arrapkha, der es für unschädlich hielt, ihnen das zu sagen. »Er ist hier aufgewachsen.« Er deutete auf die hellen Lichter und den Lärm, der von der Hauptstraße herüberhallte. »Wenn man Drallar die Chance gibt, dann sorgt es dafür, daß man schnell reift.«

»Das glaube ich auch.« Der Mann nickte. »Was haben Sie über den Jungen gesagt?«

»Er kam in jener Nacht zurück, sah, was passiert war, und war sehr erregt. Er ist ein sehr emotioneller Typ, wenn er sich auch, glaube ich, Mühe gibt, sich das nicht anmerken zu lassen. Mutter Mastiff ist alles, was er hat.«

Die beiden reagierten nicht darauf, blieben völlig verschlossen. Zum Wahnsinnigwerden war das. Arrapkha fuhr fort: »Er hat gelobt, sie zu finden. Ich glaube nicht, daß er eine besonders große Chance hat.«

»Er hat also die Verfolgung aufgenommen?« fragte die Frau eifrig. »Wie lange ist das her?«

Arrapkha sagte es ihr. Sie murmelte etwas in einer Sprache, die Arrapkha nicht erkannte, und fügte dann in der vertrauten Lingua Franca des Commonwealth zu ihrem Begleiter gewandt hinzu: »Nur zwei Tage. Um zwei lausige Tage haben wir sie verpaßt.«

»Das wäre nicht das erstemal«, erinnerte sie der Mann, den das nicht sonderlich zu stören schien. Seine Aufmerksamkeit wandte sich wieder Arrapkha zu. »In welcher Richtung wollte der Junge denn gehen?«

»Keine Ahnung«, sagte der Ladenbesitzer.

»Wissen Sie«, meinte der Mann freundlich, »vielleicht sollten wir doch alle zusammen diesen kleinen Abstecher in die Innenstadt machen und die Maschine besuchen.«

»Bitte, Sir, ich sage Ihnen wirklich alles. Sie haben mir bis jetzt ja auch geglaubt. Warum sollte es jetzt anders sein, wo Ihnen das nicht mehr gefällt, was ich Ihnen sage? Das ist nicht meine Schuld. Welchen Anlaß hätte ich denn, Sie plötzlich zu belügen?«

»Ich weiß nicht«, sagte der Mann ganz ruhig. »Welchen Anlaß hätten Sie denn?«

»Gar keinen.« Arrapkha blickte nicht mehr durch. »Ich verstehe nicht, was hier vor sich geht. Das ist alles so verwirrend. Woher dieses plötzliche Interesse an der armen alten Mutter Mastiff und diesem Flinx-Jungen?«

»Wir würden Sie doch nur noch mehr verwirren, wenn wir Ihnen das sagten. Oder nicht?« meinte der Mann. »Sie haben also keine Ahnung, wie der Junge seine Suche anpacken wollte?«

»Nein, weil er mir sonst nichts gesagt hat«, gestand Arrapkha. »Er sagte nur, daß er entschlossen sei, sie zu finden. Und dann ist er weggegangen.«

»Nun, das ist ja herrlich. Wirklich herrlich«, erklärte der Mann sarkastisch. »All die Arbeit, die Mühe, bis wir sie in dieser Stadt ausgemacht hatten. Und jetzt müssen wir wieder von vorne anfangen und eine ganze verdammte Welt absuchen.«

»So schlimm ist das nicht«, versuchte die Frau ihn zu beruhigen. »Die Eingeborenenbevölkerung außerhalb der Stadt ist nicht besonders groß.«

»Das ist es auch nicht, was mich so beunruhigt.« Die Stimme des Mannes klang müde. »Mich beschäftigen mehr unsere glücklichen Konkurrenten.«

»Ich denke, die werden wir zur gleichen Zeit finden.« Die Frau wies auf Arrapkha, als wäre der überhaupt nicht da. »Von dem da haben wir alles erfahren, was wir können.«

»Ja. Nur eines noch.« Er wandte sich wieder zu Arrapkha und gab ihm einen kleinen blauen Kasten aus Metall, dessen sonst glatte Oberfläche einen einzigen Knopf aufwies. »Das ist ein Hochintensitäts-Richtstrahl-Sender«, erklärte er. »Falls die Frau oder der Junge hierher zurückkehren sollten, brauchen Sie bloß einmal diesen Knopf zu drücken. Das ruft Hilfe herbei, sowohl für die beiden als auch für Sie. Haben Sie das verstanden?«

»Ja«, sagte Arrapkha langsam und nahm den Kasten entgegen und drehte ihn zögernd zwischen den Fingern.

»Für jeden, der uns dabei hilft, diese Angelegenheit schnell und erfolgreich zu Ende zu führen, ist eine Belohnung ausgesetzt«, fügte die Frau hinzu. »Eine recht ansehnliche Belohnung.« Sie blickte an ihm vorbei, in die kleine Werkstätte. »Ich weiß nicht, wie Sie sich hier Ihren Lebensunterhalt verdienen, aber viel kann es nicht sein. Ein teures Viertel ist das ja nicht gerade. Die Belohnung würde mehr, viel mehr, ausmachen, als Sie wahrscheinlich in einem ganzen Jahr verdienen.«

»Das klingt hübsch«, räumte Arrapkha ein. »Es wäre nett, mal einen Batzen Geld zu verdienen.«

»Also gut«, sagte der Mann. »Denken Sie daran, die Leute, die auf ein Signal aus diesem Würfel hin auftauchen werden, sind nicht unbedingt wir, aber es werden Leute sein, die mit unserem Auftrag vertraut sind. Wir kommen so schnell wie möglich nach. Sie sind auch ganz sicher, daß Sie das alles verstanden haben?«

»Ja.«

»Fein.« Der Mann machte keine Anstalten, Arrapkha die Hand zu geben. »Wir wissen Ihre Hilfe zu schätzen, und es tut mir leid, daß wir Sie beunruhigt haben.«

Arrapkha zuckte die Achseln. »Das Leben ist voll von kleinen Beunruhigungen.«

»Das ist wahr«, stimmte der Mann ihm zu. Dann wandte er sich seiner Begleiterin zu. »Gehen wir!« Sie eilten zur Hauptstraße zurück und ließen Arrapkha vor seinem Laden stehen.

Nach einigen Stunden legte Arrapkha seine Werkzeuge beiseite, wusch sich und schickte sich an, zu Bett zu gehen. Der blaue Metallwürfel stand auf dem kleinen Tischchen neben seinem Bett. Arrapkha studierte ihn eine Weile. Dann nahm er ihn und ging ins Badezimmer. Ohne zu zögern, ließ er ihn in den Müllschlukker fallen und drückte die Taste. Er fragte sich, welche Wirkung das wohl auf den Würfel haben würde, ob es irgendein Signal auslösen würde, und ob die Leute am anderen Ende dieses Signals es richtig deuten würden.

Als er ins Bett schlüpfte, fühlte er sich viel wohler und war bald eingeschlafen.

08

Für Flinx, dessen bisheriges Leben völlig von der Stadt geprägt war, war der Wald voll Überraschungen. Die ersten paar Nächte waren hart. Die Stille brach mit unerwarteter Gewalt über ihn herein, und er stellte fest, daß das Schlafen ihm Schwierigkeiten bereitete. Pip verbrachte jene Nächte unruhig, weil er das Unbehagen seines Meisters spürte. Nur der Stupava, dessen Kopf beim

Schnarchen leicht hin- und herschwankte, war zufrieden.

Erst in der vierten Nacht schlief Flinx tief, und in der fünften genoß er die Stille sogar. Die Umstände und das Schicksal haben mich getäuscht, dachte er. Dies ist viel besser als das Stadtleben. Freilich, die Farben vermißte er, die Erregung, die im steten Wandel begriffene Umgebung aus Geschöpfen von Dutzenden von Welten, die durch den Markt und die Stadtviertel schlenderten, den Duft vielfältiger Speisen und die Geräusche geheimnisvoller Geschäfte, die rings um ihn abgeschlossen wurden. Auch bot ihm der Wald keine Gelegenheit, seine Fähigkeiten zu üben; da gab es nichts zu stehlen. Die Wälder gaben ihren Überfluß freiwillig. Das alles war irgendwie zu leicht.

So hatte er sich beinahe entspannt, als der Squook ihn überraschte. Er schoß aus seinem Loch im Boden und erschreckte den Stupava, daß dieser beinahe Flinx abgeworfen hätte. Der Squook war wie sein naher Verwandter, der Canish, ein höchst reizbarer, fleischfressender Höhlenbewohner. Nur etwas größer war er, und hatte Klauen, die so lang wie Flinx' Finger waren. Sein schlanker, schwarz-braun gestreifter Leib lag dicht am Boden an. Die Squooks verbrachten den größten Teil ihres Lebens mit Graben auf der Suche nach pflanzenfressenden Grabetieren, kamen aber gelegentlich wie ein Wirbelwind aus ihren Löchern hervor, um sich irgendeine größere Beute zu schnappen und in die Tiefe zu ziehen.

Offenbar hatte dieser Möchtegern-Räuber die vergleichsweise leichten Schritte des Stupava für die eines viel kleineren Lebewesens gehalten. Der Vogel krächzte und zerrte an seinem Zügel, während Flinx sich bemühte, ihn unter Kontrolle zu halten. Pip war auf das Erschrecken seines Meisters hin sofort von seiner Schulter gesprungen und schwebte jetzt drohend über dem Erdloch.

Der Squook bedachte den Minidrach mit einem eindrucksvollen Knurren, konnte ansonsten aber der fliegenden Nemesis nur finstere Blicke zuwerfen. Obwohl der Reitvogel sichtlich vor ihm Angst hatte, empfand der Squook doch gesunden Respekt für die langen, muskulösen, krallenbewehrten Beine des Vogels. Trotzdem, wenn er es schaffte, seine Zähne in eines dieser Beine zu schlagen, würde er diese große Mahlzeit zu Boden reißen können.

Nur der Mensch, der auf dem Rücken des Vogels kauerte, beunruhigte ihn etwas. Menschen waren zwar selten, aber den Bewohnern des großen Waldes nicht unbekannt. Ein Squook war durchaus imstande, einen Menschen zu töten. Das Gegenteil traf freilich auch zu. Dann war da dieses eigenartige, höchst fremdartige, summende Ding, das da in der Luft hing und hin und her zuckte. Das machte insgesamt drei Widersacher, einer davon fremd und unberechenbar, die beiden anderen potentiell gefährlich. Der Squook gab ein letztes mißgünstiges Schnauben von sich und zog sich dann in seine Höhle zurück, deren ganze Öffnung er ausfüllte. Jetzt sah nur noch seine Schnauze heraus, während er dasaß und ein gleichmäßiges warnendes Knurren ertönen ließ.

Schließlich gelang es Flinx, den Stupava wieder unter Kontrolle zu bringen und ihren Ritt fortzusetzen. Das ärgerliche Grollen des Squook verhallte hinter ihnen.

Eine eigentliche Gefahr hatte nicht bestanden, dachte er. Andererseits, wenn er aus dem Sattel gestürzt und heruntergefallen wäre — er erinnerte sich noch ganz deutlich an die lange, mit Zähnen bewehrte Schnauze des Fleischfressers und betrachtete von nun an den Wald mit mehr Respekt.

Sonst zeigte sich nichts, um sie zu bedrohen. Sie begegneten nichts Größerem als den vielen Flugnagern, die diesen Teil des Waldes zu Tausenden bevölkerten. Pip amüsierte sich, indem er um sie herumkreiste. Die

Flugnager waren nämlich eher Schweber als echte Flieger. Sie waren daher lediglich imstande, dem Eindringling bösartige quiekende Laute entgegenzuschleudern, während dieser in ihrer Mitte komplizierte Flugmanöver vollführte. Diejenigen, die am lautesten schnatterten und sich beklagten, wählte sich die Flugschlange zur Mittagsmahlzeit.

»Jetzt reicht's, Pip!« rief Flinx dem Minidrach zu. »Laß sie in Frieden und komm her!« Die Flugschlange reagierte auf den eindringlichen Wunsch ihres Meisters und hörte auf, die Flugnager zu quälen und kam im Sturzflug herunter, um sich gleich darauf sanft um Flinx' Hals zu schlingen.

Die Gaststätte, der sie sich näherten, war eine von vielen, die in dem unbewohnten Teil der riesigen Wälder eine Art formloses Netz bildeten. Solche Herbergen waren für Hartholzhändler und Holzfäller, Fischer und Jäger, Prospektoren und andere nomadische Typen ein zweites Zuhause. Es gab viel mehr solcher Gasthöfe als ein oberflächlicher Beobachter erwartet hätte, weil es viele Nomaden gab. Sie liebten den endlosen Wald, weil die Bäume viel verbargen, darunter auch manche Sünder.

Flinx band den Stupava im Tierpferch neben einem Paar Muccaxen an. Die Tür des Gasthofs spürte seine Anwesenheit und glitt zur Seite, so daß er eintreten konnte. Aus einem Kamin in der Mitte stieg Rauch auf, aber das offene Feuer sollte mehr eine heimelige Atmosphäre als Wärme erzeugen. Letzteres wurde von Heizrohren besorgt, die unter dem Boden verlegt waren. Viele der Gebäude im Wald wirkten nur primitiv, waren aber, was ihr Innenleben anging, ebenso modern konstruiert, wie der Shuttlehafen von Drallar. Die Touristen von Außerplanet, die nach Moth kamen, um die Freuden seiner Wildnis zu genießen, legten durchaus Wert auf Komfort bei der Unterkunft.

»Hallo.« Der Gastwirt war nur ein paar Jahre älter als

Flinx. »Sind Sie ganz alleine unterwegs?« Er warf Pip einen Blick zu. »Das ist ja ein interessantes Tierchen, das Sie da haben.«

»Danke«, sagte Flinx abwesend, ohne auf die erste Bemerkung einzugehen. »Um welche Zeit servieren Sie hier das Mittagessen?« Er blickte sehnsüchtig zum Speisesaal hinüber und rechnete in Gedanken aus, wieviel noch auf seiner Credcard war. Wenn er so weitermachte, würde er verhungern, ehe er die Verfolgten eingeholt hatte.

»Sie wollen also kein Zimmer?«

»Nein, danke.« Er würde wie gewöhnlich in einem Rohrzelt im Wald schlafen. In diesen Tagen ließ ihn die Erschöpfung ebenso tief wie im weichen Bett schlafen.

»Und was ist mit Ihrem Tier?« Der Gastwirt wies auf den Tierpferch draußen.

»Der kommt schon klar.«

Der junge Gastwirt nickte gleichgültig. Netter Bursche, dachte Flinx, aber behütet — wie so viele seiner potentiellen Freunde in Drallar.

»Sie können hier jederzeit eine Mahlzeit bekommen. Wir sind ganz auf Autoservice eingerichtet. Eine Küche mit menschlichem Personal können wir uns hier nicht leisten.«

»Mir sind die Maschinen recht«, erklärte ihm Flinx. Er ging durch den Eingangsbereich in den Speisesaal. Ein paar Leute saßen bereits an den Tischen und aßen. Ein junges Paar und ein einzelner Mann in einer Ecke fielen ihm auf. Nach den üblichen neugierigen Blicken auf Pip ignorierten sie den Neuankömmling.

Flinx ging zum Autokoch, während das Wasser ihm im Munde zusammenlief. Vom Land zu leben, war vielleicht für den Stupava in Ordnung, aber er brauchte gelegentlich etwas, das weder abgestanden noch getrocknet war. Er wählte aus der umfangreichen Liste, schob seine Karte ein und wartete, während seine Bestellung bearbeitet wurde. Zwei Minuten später holte er sich sein Essen, wählte sich einen Tisch und machte sich heißhungrig über den Braten, die gebackenen Bohnen und den knackig frischen grünen Salat her. Zwei große Tassen einheimischen Kaffee-Ersatzes spülten das Ganze hinunter.

Der Gastwirt kam hereingeschlendert. Er plauderte ein paar Augenblicke lang mit dem jungen Paar und schlenderte dann an Flinx' Tisch. Obwohl Flinx eigentlich alleine sein wollte, sagte er nichts, als der Wirt sich einen Stuhl heranzog und Platz nahm.

»Entschuldigen Sie«, sagte der junge Mann vergnügt, »ich bekomme hier nicht viele Gleichaltrige zu sehen, geschweige denn Leute, die noch jünger sind und alleine reisen — und ganz sicher nicht in so interessanter Begleitung.« Er deutete auf Pip.

Die Flugschlange war von Flinx' Hals geglitten und hatte es sich jetzt auf dem Tisch bequem gemacht, wo sie grüne Kerne hinunterwürgte. Das war eine gute Ergänzung der Diät der letzten Tage, die ganz aus Flugnagern bestanden hatte. Nicht daß er die Kerne gebraucht hätte, aber der Minidrach ließ sich nicht so gerne eine Mahlzeit entgehen, die sich nicht wehrte.

»Was machen Sie denn ganz alleine hier draußen?«

Das ist ja ein richtiger Diplomat, dachte Flinx. »Ich bin auf der Suche nach einem Freund«, erklärte er und spießte einen weiteren Bissen von seinem Braten auf.

»Hier hat niemand eine Nachricht für Sie hinterlassen, falls Sie sich das fragen sollten«, erklärte der Wirt.

»Die Freunde, die ich suche, hinterlassen nicht gerne Nachrichten«, sagte Flinx mit vollem Mund. »Vielleicht haben Sie sie gesehen«, meinte er dann ohne besondere Zuversicht. »Eine sehr alte Frau reist mit ihnen.«

»Sehr alte Leute sehen wir hier draußen nicht viele«, gestand der Wirt. »Die bleiben lieber in der Stadt. Das ist ja das Komische.« Flinx blieb der Mund offenstehen. »Erst vor kurzer Zeit war da eine Gruppe. Das könnten vielleicht die Freunde sein, die Sie suchen.«

Flinx schluckte vorsichtig. »Diese alte Frau, sie ist klein, ein gutes Stück kleiner als ich. Sie ist beinahe hundert.«

»Nur ihr Mund nicht, der ist viel jünger.«

»Sie haben sie gesehen!« Plötzlich war die Mahlzeit vergessen.

»Vor fünf Tagen«, sagte der Wirt. Flinx sank das Herz. Der Abstand zwischen ihnen nahm also zu, statt geringer zu werden.

»Sie haben nicht zufällig gesehen, in welche Richtung sie reisten?«

»Ihr Sumpfer ist nach Norden weitergefahren. Ich hielt das auch für seltsam, weil die Gasthöfe, die die meisten Touristen aufsuchen, eher im Nordwesten von hier liegen, nicht im Norden. Natürlich gibt es im Seendistrikt auch ein paar Freizeitparks, geradewegs nach Norden, aber nicht viele. Komische Leute waren das, und nicht nur wegen der alten Frau. Sie sahen gar nicht wie Touristen oder Fischer aus.«

Flinx gab sich große Mühe, nicht zu viel Interesse zu zeigen und zwang sich daher, seine Mahlzeit zu essen. Nicht daß er für die Hilfe nicht dankbar gewesen wäre, aber der gesprächige junge Mann wirkte so, als würde er das, was er wußte, gegenüber jedem ausplappern, auch gegenüber der Waldpatrouille. Und Flinx wollte nicht, daß jemand seine Verfolgung mit irgendwelchen peinlichen Fragen behinderte. insbesondere, wo er beabsichtigte, sein Tempo so schnell wie möglich zu steigern, und zwar höchstwahrscheinlich mit Methoden, die nicht ganz im Sinne der Polizei waren. Er hatte auch den Nachtwächter in Drallar nicht vergessen, dessen Hilfsbereitschaft fast zur Behinderung geworden war.

»Sie haben mir aber sehr geholfen«, erklärte er dem Wirt.

»Was hat das alles zu bedeuten?« beharrte der Gastwirt, als Flinx seine Mahlzeit beendet und Pip über den hingestreckten Arm auf seine Schulter gleiten ließ. »Was geht hier vor?«

Flinx überlegte fieberhaft. Was konnte er sagen, um diesen geschwätzigen Unschuldsknaben davon abzuhalten, die Patrouille zu rufen? »Sie sind auf Urlaub — meine Urgroßmutter und ein paar andere Verwandte. Sie streiten die ganze Zeit.« Der Gastwirt nickte wissend. »Eigentlich hätte ich nicht mitkommen können«, fuhr Flinx fort und zwinkerte dem anderen zu, »aber ich habe mich aus der Schule weggeschlichen und mache mir jetzt den Spaß, sie zu verfolgen. Sie wissen schon. Wenn sie den Freizeitpark erreichen, wo sie den Rest des Monats verbringen wollen, werde ich plötzlich auftauchen und sie überraschen. Wenn ich dann da bin, können sie mich ja nicht gut wieder nach Hause schikken, oder?«

»Ich verstehe.« Der Wirt lächelte. »Ich werde es niemandem sagen.«

»Danke.« Flinx stand auf. »Das Essen war sehr gut.« Er tätschelte Pips Kopf und ging auf die Tür zu.

»He«, rief ihm der Wirt nach, dem plötzlich etwas eingefallen zu sein schien, »zu welchem Park wollen denn Ihre Verwandten?« Aber Flinx war bereits draußen.

Er bestieg eilig seinen Stupava und lenkte ihn in die Wald zurück. Fünf Tage, dachte er betrübt. Noch zwei Tage in diesem Tempo, und sie würden zehn Tage Vorsprung haben. Der Stupava gab sein Bestes, aber das würde nicht gut genug sein. Irgendwie mußte er sein Tempo beschleunigen. Er zügelte den Vogel und ließ ihn verschnaufen, während er ein Stück Plastik von etwa zehn Zentimeter Kantenlänge aus seinem Rucksack holte. Es war einen halben Zentimeter dick und hatte ihn auf dem Markt eine ganze Menge gekostet, aber ohne dieses Stück Plastik hätte er die Reise kaum riskieren können. An der linken Seite des kleinen Gerätes war eine Reihe von Kontaktschaltern angebracht. Er tippte den obersten an, und die Plastikscheibe leuchtete auf. Als er weitere Knöpfe betätigte, tauchte vor ihm eine Karte des Waldes auf, die er mit geschickten Manipulationen so lange verschob, bis er seine unmittelbare Umgebung erkannte.

Er gab den Namen des Gasthofs ein, wo er die Mahlzeit zu sich genommen hatte. Im gleichen Augenblick verlagerte die Karte ihre Position. Es war, als flöge er über einer abstrakten Landschaft dahin. Als das Bild stillstand, weitete er das Sichtfeld aus und dehnte die Karte aus, bis sie einige weitere Gasthöfe und eine kleine Stadt zeigte, die er am vergangenen Tag, ohne es zu wissen, in einiger Entfernung passiert hatte. Er tippte ein paar weitere Knöpfe an, und die Stadt schob sich in die Mitte. An ihrem Rand gab es eine kleine Holzbearbeitungsfabrik, ein paar Handelsunternehmungen, eine Station des Walddienstes und eine Kommunikationsstation. Er dachte zuerst daran, es mit der Servicestation zu probieren, schloß dann aber, daß sie vermutlich rings um die Uhr besetzt sein würde. Blieb das Kommunikationsdepot. Er schaltete die Karte ab, steckte sie sorgfältig in seinen Rucksack zurück und zog an den Zügeln. Der Vogel pfiff und setzte sich in Bewegung.

Dämmerung senkte sich herab; bald würde die Sonne hinter den Wolken versunken sein. Auf eines konnte er rechnen, nämlich das Fehlen von Mondschein — selbst Frames braunes Licht konnte in dieser Nacht die Wolkendecke nicht durchdringen.

Obwohl er die Stadt verfehlt hatte, war sie nicht weit entfernt. Ihre Gebäude lagen über eine kleine Anhöhe verstreut — das trockenste Land im weiten Umkreis — und wurden von den Bäumen verborgen, bis er praktisch dazwischenstand. Die meisten Privathäuser und Wohnungen lagen auf der anderen Seite des Hügels. Zu seiner Linken gab es ein flaches, ausgedehntes Gebäude, in dem hinter doppelt verglasten Fenstern ein paar Lichter schienen: die Waldstation. Das Kommunikationsdepot lag direkt davor. Er ließ sich vom Rücken seines Stupava gleiten, band ihn an einen umgestürzten Baumstamm in der Nähe und wartete auf Mitternacht. Rings um das Depot verlief ein drei Meter hoher Zaun, der die Serviceanlage umschloß. Flinx konnte die Umrisse einiger großer Fahrzeuge ausmachen, die für die Reise durch den dichten Wald gebaut waren. Flinx interessierte sich nicht für sie. Sie waren zu groß, für seine Bedürfnisse zu schwerfällig. Ganz sicher mußte es hier auch etwas für seine Zwecke besser Geeignetes geben, vielleicht hinter dem Maschinenschuppen. Hoffentlich! Er bezweifelte, daß er an der Sägemühle oder bei irgendwelchen anderen Bauten etwas Besseres finden würde.

Er vergewisserte sich, daß der Stupava nur locker angebunden war. Falls er es nicht schaffte, würde er den Reitvogel schnell brauchen, und wenn er es schaffte, würde der Stupava bald unruhig werden und sich losreißen, um seinen Weg zurück nach Drallar und seinem Stall zu finden. Das war ein weiterer Grund, weshalb Flinx den Reitvogel dem krötenähnlichen Muccaxen vorgezogen hatte: den Muccaxen fehlte jeder Ortsinstinkt.

Mit Pip, der sich fest um seine linke Schulter gerollt hatte, schritt er durch den nächtlichen Nebel. Der Hof war nicht gepflastert, aber der Boden war vergleichsweise trocken und festgetrampelt, und so konnte er sich lautlos am Zaun entlang bewegen. Er schlug einen weiten Bogen um Hof und Gebäude. Nirgends waren Lichter zu sehen, noch fiel ihm irgend etwas auf, das auf eine Alarmanlage hindeutete. Obwohl er schon früher Diebstahlsicherungen überwunden hatte, würde dies das erstemal sein, daß er den Versuch machte, in eine Regierungsanlage einzubrechen.

Der Zaun kragte oben aus — eine Konstruktion, die es schwierig machte, ihn zu überklettern, und er konnte deutlich auf jedem Pfosten Transmitterspitzen sehen, die einen Alarm auslösen würden, wenn irgend etwas die gerade Sichtverbindung zwischen ihnen unterbrach. Flinx' Blick wanderte zum hinteren Tor. Der Riegelmechanismus dort schien rein mechanisch zu sein, fast zu einfach. Er würde ihn ohne irgendwelche Spezialwerkzeuge öffnen können. Der Haken war nur, daß dort dieselbe Lichtschranke wie oben am Zaun angebracht war. Er würde also auch den Riegel nicht öffnen können, ohne den Strahl zu unterbrechen und damit den Alarm auszulösen.

Sich seinen Weg durch das Drahtgeflecht des Zaunes selbst zu schneiden, kam nicht in Frage. Das Metall war sensibilisiert; jede nicht programmierte Veränderung seiner Struktur würde den Alarm ebenso sicher auslösen, als wenn er versucht hätte, sich mit einem Bulldozer Zutritt zu verschaffen.

Flinx schob Pip zur Seite, schlüpfte aus dem Tragegestell seines Rucksacks und suchte in ihm herum. Neben den Nahrungskonzentraten und einigem medizinischen Material trug er auch Geräte bei sich, die den Gastwirt schockiert hätten, mit dem er am Vormittag geplaudert hatte. Er brauchte nicht lange, um das zu finden, was er suchte. Ein paar Drahtstücke mit einem Kontaktschalter. Er vergewisserte sich, daß der Schalter offen war, und schlang ein Ende des Drahtes sorgfältig um den winzigen Transmitterpunkt links von der Verriegelung des Tors. Sorgfältig bog er den Draht um den langen Riegel herum und schlang ihn auf der gegenüberliegenden Seite um den Transmitter. Ein winziges LED am Schalter des Drahtes leuchtete in zufriedenstellendem Grün.

Jetzt holte Flinx ein kleines, unregelmäßig geformtes Stück stumpfen Metalls aus dem Rucksack, schob es ins Schloß und drehte es ein paarmal. Seine Körperwärme reichte aus, um das Metall aufzuweichen und zum Fließen zu bringen. Der Riegel *klickte.* Jetzt hielt Flinx das Metall mit nur zwei Fingern, daß es nur noch wenig

Wärme abbekam, und wartete, bis es sich verfestigt hatte, und drehte es dann. Diesmal hörte er ein zweites, weicheres Klicken aus dem Schloßmechanismus. Er zog das Metallstück heraus, legte die Hand aufs Tor und schob. Es bewegte sich zwei Meter nach innen, wobei es leicht in den Angeln schwankte. Er zögerte. Kein Alarm war zu hören. Hoffentlich brauchte eine solch einfache Landgemeinde keine lautlosen Alarmanlagen. Trotzdem sammelte er seine Werkzeuge und den Rucksack ein und zog sich hastig zum Wald zurück.

Er wartete eine halbe Stunde, ohne daß jemand aufgetaucht wäre, um Tor oder Hof zu überprüfen, und kroch schließlich zum Zaun zurück. Das Tor stand immer noch offen. Die Glasfaser, die von einem Endpunkt zum anderen reichte, ließ den Alarmstrahl ununterbrochen fließen, aber wenn er das Tor weiter öffnen mußte, als die Länge des Drahtstückes es erlaubte, würde es Schwierigkeiten geben.

Er schlüpfte in den Hof. Pip flog über den Zaun und schwebte über dem Kopf seines Herrn.

Flinx suchte den Hof ab. Bis jetzt deutete immer noch nichts darauf hin, daß man sein Eindringen bemerkt hatte. Der Maschinenschuppen lag unmittelbar vor ihm, es war ein offener Unterstand. Im Schutz der riesigen Reparaturfahrzeuge schlich er sich in den Schuppen. Zwischen den Geräten und Vorräten entdeckte er zwei Sumpfer für zwei Passagiere. Sein Herz schlug schneller. Die kompakten Fahrzeuge weiteten sich unten aus und hatten eine geschlossene Kabine, um Pilot und Passagier nebeneinander behaglichen Schutz zu bieten.

Flinx probierte sie beide aus. Die einfachen Elektromotoren kurzzuschließen, stellte kein Problem dar. Als dann die Treibstoffanzeige der ersten Maschine nicht reagierte, wurde er unruhig, dafür war der zweite Sumpfer zu fünfundneunzig Prozent geladen. Das war besser, als er zu hoffen gewagt hatte; wahrscheinlich würde er auf seiner ganzen Strecke nirgends Zugang zu irgendeiner Aufladestation haben.

Da im Depot immer noch friedliche Stille herrschte, setzte Flinx seinen ganzen Erfolg aufs Spiel, um ein weiteres Problem zu lösen: die Regierungskennzeichen des Sumpfers. In einem Schrank fand er ein paar Dutzend Kanister katalytischer Farbe. Er wählte zwei Kanister Braun. Nach kurzer Überlegung kehrte er noch einmal zu dem Schrank zurück und holte noch einen zusätzlichen Kanister mit Rot heraus. Bis zur Stunde hatte er noch nie irgendein Fahrzeug besessen — und wenn er jetzt schon seinen künstlerischen Neigungen nachgehen konnte, würde es auch nichts schaden, dem Ganzen ein wenig Pep zu geben. Außerdem würde das auch besser zu einem sechzehnjährigen Jungen passen. Die Bäume würden ihm dennoch genügend Sichtschutz bieten.

Als er mit dem Besprühen des Sumpfers fertig war, kletterte er auf den Pilotensitz. Pip machte es sich auf dem leeren Sitz daneben bequem. Die Kontrollen waren einfach und klar, so wie er das erwartet hatte. Seine rechte Hand griff nach dem kleinen Steuerrad, die linke zu der Überbrückung, die er unter dem Armaturenbrett vorgenommen hatte. Der Motor erwachte zum Leben. Sein gleichmäßiges Summen war nur wenig lauter als das von Pip. Er brauchte den Beschleunigungshebel nur leicht anzutippen, und der Sumpfer setzte sich in Bewegung. Der kräftige Suchscheinwerfer, der vorne am Bug montiert war, blieb dunkel. Das würde er auch bleiben, bis er ganz sicher war, daß man ihn nicht verfolgte.

Er fuhr in den Hof hinaus. Von den umliegenden Gebäuden war immer noch kein Zeichen von Unruhe zu bemerken. Am Tor ließ er das Fahrzeug im Schwebegang und sprang heraus. Indem er seine übrigen Glasfasern mit der ersten verband, konnte er das Tor weit genug öffnen, um dem Sumpfer die Durchfahrt zu ermöglichen. Seine Angst, entdeckt zu werden, war so groß, daß er fast vergessen hätte, sich zu ducken, als er durch den Spalt fuhr — und die Glasfasern, die die Alarmanlage überbrückten, hätten ihn fast geköpft.

Dann hatte er das Tor hinter sich und bewegte sich auf der glatten Fläche, die das Depot umgab. Wenige Augenblicke später nahm der Wald ihn auf. Ein Knopfdruck schloß die durchsichtige Plastikkuppel über seinem Kopf und hielt die Nässe fern. Ein weiterer Schalter ließ die Heizanlage des Fahrzeugs summen. Zum erstenmal, seit er Drallar verlassen hatte, fühlte er sich wieder warm.

Bis er die Stadt ein gutes Stück hinter sich gelassen hatte, hielt er das Tempo des Sumpfers gering. Dann fühlte er sich sicher und schaltete den Suchscheinwerfer ein. Der grelle Lichtbalken durchstieß die Dunkelheit und zeigte ihm Wege zwischen den Bäumen. Jetzt konnte er beschleunigen, und bald glitt der Sumpfer über die feuchte Erde dahin. Vielleicht zu schnell für eine Nachtfahrt, aber Flinx wollte aufholen. Und außerdem hatte der Erfolg ihn ein wenig trunken gemacht.

In Drallar wäre es nicht so leicht gewesen, sagte er sich. Hier draußen, wo es nicht viel zu stehlen gab, hatte er Erfolg gehabt, weil es kaum Diebe gab.

Die Unterseite des Sumpfers war mit einem speziellen hydrophobischen Polycarbonat beschichtet, das es möglich machte, von der einen Ionendüse im Heck des Fahrzeugs angetrieben fast ohne Reibung über feuchte, aber solide Fläche zu gleiten. Auch die Geräuschentwicklung war sehr gering, und er konnte keine Anzeichen einer Verfolgung wahrnehmen. Die Kompaßsteuerung des Sumpfers wies nach Norden.

Es war früher Vormittag, als Flinx schließlich das Bedürfnis empfand, anzuhalten. Im Tageslicht benutzte er den Kanister mit roter Farbe, um das braune Fahrzeug umzuspritzen, wobei er an den Seiten und vorne dekorative Streifen anbrachte. Das lenkte ihn eine Weile von seinen Problemen ab. Dann setzte er seine Reise fort, jetzt in einem Fahrzeug, das kein oberflächlicher Beobachter je für eine Regierungsmaschine gehalten hätte.

In der vergangenen Nacht hatte er in seinem Bewußtsein ein mentales Prickeln von fast schmerzhafter Vertrautheit empfunden, das wie üblich in dem Augenblick verschwunden war, in dem er sich darauf hatte konzentrieren wollen, aber er war sicher, daß es von irgendwo im Norden gekommen war.

Zuversichtlich und im Hochgefühl des Erreichten fegte er mit aufgeklappter Kuppel dahin. Plötzlich wurde die Luft rings um ihn grau, wimmelte von Tausenden winziger pelzbedeckter Leiber, die nicht viel größer als sein kleiner Finger waren. Sie umschwärmten ihn auf winzigen Membranschwingen, und er schlug mit der freien Hand danach, während er sein Fahrzeug auf Kriechtempo abbremste. Der Schwarm war so dicht, daß er kaum etwas sehen konnte.

Pip war von der Chance, spielen und zugleich speisen zu können, entzückt. Bald wurde der Sturm aus Miniaturfliegern so dick, daß Flinx, aus Angst, irgendwo anzustoßen, seinen Sumpfer völlig zum Stillstand bringen mußte. Jetzt konnte er wenigstens beide Hände dazu benutzen, nach ihnen zu schlagen.

Er zögerte, die Schutzkuppel zu schließen, aus Sorge, unter den paar Dutzend, die er damit unvermeidlich einschließen würde, Panik zu erzeugen. Außerdem versperrten sie ihm zwar die Sicht, störten ihn aber sonst nicht. Ihre viereckigen kleinen Zähne waren dazu gedacht, Nüsse und Samen zu knacken, an lebendem Fleisch zeigten sie keinerlei Interesse. Sie hatten große, hellgelbe Augen und zwei dünne Beine, mit denen sie sich an den Zweigen festhalten konnten. Flinx hatte dergleichen noch nie gesehen. Er bestaunte sie und fragte sich, wie lange es wohl dauern würde, bis sie weiterziehen würden, so daß er seine Reise fortsetzen konnte.

Plötzlich zischte es rings um ihn, und aus der Erde

schossen etwa kopfgroße runde Gebilde. Flinx sah lange, schmale Schnauzen voll nadelspitzer Zähne und zahlreiche Arme, die aus schmalen Leibern hervorwuchsen. Bei genauerem Hinhören erkannte er jetzt, daß der zischende Lärm sich aus einer langen Folge explosionsartig klatschender Geräusche zusammensetzte.

Er versuchte, sich mit zusammengekniffenen Augen zwischen den vielen Fliegern zu orientieren und sah, wie eines der runden Geschöpfe nach dem anderen aus Löchern im Boden hervorkamen. Die Poppers hatten schwarze Leiber mit gelben und orangefarbenen Mustern darauf, und flogen, indem sie ein paar wurstförmiger Luftsäcke auf dem Rücken aufbliesen. Durch Regulieren der Luftmenge in den Säcken konnten die Lebewesen nicht nur ihre Höhe, sondern auch ihre Flugrichtung steuern. Sie bohrten sich in den Fliegerschwarm hinein und schnappten mit ihren langen, dünnen Schnauzen einen der kleinen Flieger nach dem anderen aus der Luft. Sobald ein Popper sich seine Beute geschnappt hatte, entleerte er seine Luftsäcke und ließ sich fallschirmartig auf den Boden hinab. Sie schienen jedesmal unmittelbar über ihren jeweiligen Löchern zu landen, in denen sie dann sofort verschwanden.

Als weder die Fliegerwolke noch die angreifenden Poppers irgendwelche Anstalten machten, sich zu verziehen, traf Flinx die Entscheidung, seine Reise trotzdem fortzusetzen. Er fuhr ganz langsam und suchte sich vorsichtig seinen Weg zwischen den Bäumen. Er hatte beinahe einen Kilometer zurückgelegt, als die Schwärme endlich dünner wurden, und schließlich hatte er wieder freie Sicht.

Ein Blick nach hinten zeigte ihm eine solide Mauer aus Grau, Schwarz und Gelborange, die wie Rauch zwischen den Bäumen hing. Er brauchte einen Augenblick, bis ihm bewußt wurde, daß aus dem Sumpfer etwas fehlte.

»Pip?« Der Minidrach lag weder — wie sonst — eingerollt auf dem Beifahrersitz noch hing er über dem Sumpfer in der Luft.

Flinx brauchte ein paar unruhige Minuten, bis er seinen Begleiter schließlich im Gepäckraum hinter den Sitzen auf dem Bauch liegend fand, zum Dreifachen seines üblichen Durchmessers angeschwollen. Er hatte sich mit den anscheinend wohlschmeckenden kleinen Fliegern gründlich vollgestopft. Flinx war überzeugt, daß sein augenblicklich bewegungsunfähiger Begleiter gar nicht gut aussah.

»Das wird dich lehren, keinen Durq aus dir zu machen«, sagte er ihm. Der Minidrach versuchte, sich zu bewegen und ihn anzusehen, gab den Versuch aber schnell auf. Es würde eine Weile dauern, bis er wieder fliegen konnte — selbst bis zur Schulter seines Meisters.

Flinx setzte die Reise nach Norden fort und nahm sich kaum die Zeit dazwischen zu schlafen. Zwei Tage waren verstrichen, seit er sich den Sumpfer angeeignet hatte. Bei der recht laschen Einstellung, die er bei ländlichen Bürokraten voraussetzte, würde es eine ganze Weile dauern, bis sich jemand um das fehlende Fahrzeug kümmerte. Und bis schließlich jemand auf die Idee kam, daß hier tatsächlich ein Diebstahl vorlag, würde Flinx bereits zweihundert Kilometer entfernt sein. Und die Behörden würden keine Ahnung haben, welche Richtung er eingeschlagen hatte. Da Sumpfer unmittelbar über der Oberfläche dahinglitten, hinterließen sie keine Spur. Ihre einfache Ionendüse hinterließ auch praktisch keinerlei Emissionen in der Luft. Flinx rechnete auch gar nicht mit einer besonders aufwendigen Verfolgung, schließlich ging es doch nur um ein einziges kleines, vergleichsweise billiges Fahrzeug.

Dafür zerbrach er sich immer noch den Kopf über all die Mühen und Kosten, die jemand auf sich nahm, um eine harmlose alte Frau zu entführen. Die ganze Situation war so wenig plausibel, daß das nur seine Ängste verstärkte, seinem Zorn und seiner Entschlossenheit aber keinen Abbruch tat.

Einige Tage verstrichen, bis er bemerkte, daß die Luft sich verändert hatte. Es war ein fremdes, unbekanntes Gefühl, das er nicht deuten konnte. Da war zwar immer noch die ewige Feuchtigkeit, aber sie war irgendwie schärfer geworden, wirkte unmittelbarer auf seine Nasenschleimhäute. »Was denkst du, was das ist, Pip?« fragte er laut. Die Flugschlange hätte darauf nicht einmal dann geantwortet, wenn sie dazu fähig gewesen wäre, denn all ihre Mühen und Energien galten im Augenblick der Aufgabe, Fell, Fleisch und Knochen zu verdauen.

Der Sumpfer glitt einen kleinen Hügel hinauf. Oben angelangt, hatte Flinx ein Panorama vor sich, das ihm den Atem raubte. Zuerst dachte er, er wäre irgendwie aufs Meer gestoßen. Aber er wußte, daß das nicht sein konnte. Nördlich von Drallar gab es kein Meer, nicht bis man den im ewigen Eis liegenden Pol erreicht hatte, oder wenn man Tausende von Kilometer nach Osten oder Westen reiste.

Die Wasserfläche sah zwar wie ein Ozean aus, er erkannte aber, um was es sich in Wirklichkeit handelte: um einen See, einen der vielen Hunderte, die dieser Gegend bis hinauf bis zur Arktis ihren Namen gegeben hatten. Die Sonne schien nicht direkt darauf, denn die Wolken waren hier genauso dick wie im fernen Drallar, aber immerhin kam genügend Licht durch, um einen grellen Reflex zu erzeugen — einen Reflex, der zwischen der weiten Wasserfläche und der Wolkenbank darüber hin und her geworfen wurde.

Das-Blau-das-blendet, dachte Flinx. Er war gut genug mit der Geografie von Moth vertraut, um den ersten der Seen zu erkennen, die diesen Kollektivnamen trugen. Den Namen des Sees selbst konnte er nicht angeben, nicht ohne seine Landkarte. Es war auch nur einer von Hunderten ähnlich eindrucksvoller Süßwasserseen, deren Namen er sich nie gemerkt hatte, weil er nie damit gerechnet hatte, je diesen Teil der Welt zu besuchen.

Das grelle Licht trieb ihm die Tränen in die Augen, als er den Sumpfer ans Ufer der Wasserfläche lenkte. Der See versperrte ihm den Weg nach Norden. Er mußte wissen, ob er ihn nach Westen oder Osten umgehen mußte, oder ob er den Versuch machen mußte, ihn zu überqueren.

Das Wetter war ruhig, und die ansonsten glatte Fläche vor ihm wurde nur von leichten Wellen gekräuselt. Ein Sumpfer konnte ebensogut über Wasser wie über Land gleiten, vorausgesetzt, seine Ladung reichte dazu aus; wenn nicht, würde das Fahrzeug schnell sinken.

Flinx kam zu dem Entschluß, daß er Rat brauchte, und wandte sich daher seiner Karte zu, die ihm einen einsamen Freizeitpark im Osten auswies. Er nahm Kurs darauf.

Zehn Minuten später tauchte das Gebäude vor ihm auf, ein großer, weiträumig angelegter Bau aus Holz und Stein. An einem Pier dahinter waren einige Boote vertäut. Und vorne parkten ein paar Landfahrzeuge. Flinx' Muskeln spannten sich einen Moment lang, lokkerten sich dann aber wieder. Keines der Fahrzeuge zeigte ein Regierungsemblem. Sicherlich hatte man inzwischen seinen Diebstahl entdeckt, aber die Suche würde sich wahrscheinlich mehr auf die dichter besiedelten Gebiete im Süden konzentrieren — auf Drallar zu —, und nicht so sehr den wenig erschlossenen Norden.

Trotzdem nahm er sich einen Augenblick lang Zeit, die versammelten Fahrzeuge gründlich zu inspizieren. Alle vier waren leer. Zwei davon waren mit Gleisketten versehen — reine Landfahrzeuge. Die anderen beiden waren Sumpfer, größer und besser ausgestattet als sein eigenes Fahrzeug, mit dick gepolsterten Sitzen und Liegestätten und Schutzkuppeln, die sich automatisch abdunkelten. Privatfahrzeuge, das wußte er, bequemer und komfortabler als sein eigenes Fahrzeug, aber ganz bestimmt auch nicht dauerhafter. Reittiere waren nirgends zu sehen. Jemand, der sich eine Reise so weit in den Norden leisten konnte, hatte vermutlich auch die Mittel für ein mechanisches Transportmittel.

Flinx stoppte den Sumpfer neben den anderen Fahrzeugen und entfernte vorsichtshalber den Zündverteiler. Schließlich brauchte ja nicht ein zufällig vorbeikommender Passant diese so offensichtlich illegale Vorrichtung zu sehen. Der Sumpfer sank zu Boden, und Flinx stieg aus.

Der Parkplatz war nicht hart gestampft, und so blieb ziemlich viel Schlamm an seinen Stiefeln hängen, während er auf die hölzerne Treppe zuging, die ins Innere der Hütte führte. Am Eingang entfernten Saugschläuche den größten Teil des Schlamms wieder von seinen Sohlen. Die Treppe führte auf eine Art Veranda mit rustikalem Holzmobiliar, wie es Touristen schätzten, die Wert auf die Illusion legten, allen Komfort der Zivilisation hinter sich gelassen zu haben. Dahinter lag eine schmale Vorhalle, die mit roh behauenen, dunkel lasierten Brettern vertäfelt war.

Flinx nahm an, daß dies hier der richtige Ort war, um Informationen über den Zustand des Sees zu bekommen, aber vorher forderte etwas ähnlich Wichtiges seine Aufmerksamkeit: Essen. Der Duft danach schlug ihm von irgendwo entgegen, und er hatte sich wirklich einmal eine Abwechslung von all den Konzentraten verdient, die so viele Tage lang seine einzige Nahrung gewesen waren. Seine Credcard zeigte immer noch einen positiven Saldo, und er hatte keine Ahnung, wann er wieder einmal das Glück haben würde, sich aus einer ehrlichen Küche zu versorgen. Darüber hinaus brauchte er sich diesmal nicht um neugierige Blicke anderer Gäste zu sorgen — Pip, der immer noch unfähig war, etwas zu sich zu nehmen, würde diesmal nicht mit ihm speisen. Er atmete tief durch. Das roch hier fast so, als bereite ein lebender Koch das Essen zu, nicht eine Maschine.

Flinx fand den Speisesaal mit seiner eindrucksvollen Balkendecke. An der anderen Wand loderte in einem offenen Kamin aus Felsgestein ein Feuer. Zur Linken lag der Ort, aus dem ihm dieses herrliche Aroma entgegenschlug: eine echte Küche. Zwei mit dichtem Pelz bedeckte Gestalten schnarchten friedlich in der Nähe. Am Eingang hatte ein älteres Paar Platz genommen, konzentrierte sich aber ganz auf seine Mahlzeit und drehte sich nicht einmal, um zu ihm aufzublicken. Zwei jüngere Paare saßen näher am Feuer, aßen dort und unterhielten sich. In der Ecke ganz hinten saß eine Gruppe älterer Leute, die alle die schwere Kleidung des Nordlandes trugen.

Er ging die paar Stufen in den Speisesaal hinunter, in der Absicht, jemand in der Küche nach einer Mahlzeit zu fragen. Plötzlich drängte etwas so unwiderstehlich in sein Bewußtsein, daß er sich an der Wand festhalten mußte, um nicht umzufallen.

Zwei jüngere Männer waren aus einer anderen Tür in den Speisesaal gekommen. Sie redeten mit der Gruppe älterer Leute in der Ecke. Keiner hatte zu Flinx herübergesehen, keiner hatte ein Wort zu ihm gesagt.

Er stieß sich von der Wand ab, taumelte und stützte sich am Tisch der beiden alten Leute. Der Mann blickte von seinem Teller zu dem ungebetenen Besucher auf und runzelte die Stirn.

»Ist Ihnen nicht gut, junger Mann?«

Flinx gab keine Antwort, sondern starrte quer durch den Saal. Gesichter — er konnte unter all der dicken Kleidung keine Gesichter erkennen. Sie blieben seinen Augen verborgen — nicht aber einer anderen Art der Wahrnehmung.

Und ohne zu denken, fragte er scharf:

»Mutter?«

09

Eine der vermummten Gestalten fuhr in ihrem Stuhl herum und starrte ihn an. Ihre Augen waren vor Überraschung geweitet und signalisierten eine Warnung, die Flinx aber ignorierte. Sie schickte sich an aufzustehen.

Der Rest der Gruppe starrte den jungen Mann an, der auf der anderen Seite am Eingang stand. Einer der jüngeren Männer legte Mutter Mastiff die Hand auf die Schulter und drückte sie in ihren Stuhl zurück, worauf sie ihn sofort in die Hand biß. Der Begleiter des Mannes zog etwas aus der Manteltasche und ging auf Flinx zu. Die Gesichter der Gruppe, die bei Flinx' unerwartetem Auftauchen zuerst Verblüffung gezeigt hatten, blickten jetzt grimmig.

Flinx suchte Boden und Wände ab, fand den Schalter, den er gesucht hatte, und drückte ihn. Die Lichter im Speisesaal gingen aus, so daß der Raum jetzt nur noch von dem schwachen Tageslicht erhellt wurde, das durch die schmalen Fenster hereinfiel.

Was für ein phantastisches Talent ich doch besitze, dachte er, während er sich Deckung suchend wegduckte. Er hatte scharf und eindeutig auf Mutter Mastiffs Gegenwart reagiert — nachdem er fast über sie gestolpert war.

Der Raum füllte sich mit Schreien der regulären Gäste, in die sich die Flüche der Gruppe mischten, die Flinx überrascht hatte. Er versuchte nicht, den Tisch zu erreichen, wo man Mutter Mastiff festhielt. Dafür war er ein zu erfahrener Veteran aus vielen Straßenprügeleien. Vielmehr hatte er sich mit einem Blick die Anordnung des Speisesaals eingeprägt, zog sich zurück und versuchte, an der Außenwand entlangkriechend, in den Rücken seiner Gegner zu gelangen. Drei waren mit ihr am Tisch gesessen, und dazu kamen noch die zwei, die eben erschienen waren. Fünf Gegner.

»Wo ist er denn — macht doch Licht!« Sehr hilfreich von ihnen, dachte Flinx, daß sie ihn wissen ließen, wo sie waren. Er würde diese Information schnell nutzen müssen, das wußte er. Bald würde einer der Gäste oder ein Angestellter wieder Licht gemacht haben und ihm damit den einzigen Vorteil nehmen, den er im Augenblick besaß.

Ein scharfes Knistern ging durch den Raum, begleitet von einem kurzen Lichtblitz. Einer der anderen Gäste stieß einen Warnruf aus. Flinx lächelte. So lange sich alle an den Boden preßten, würden die Lichter noch eine Weile ausgeschaltet bleiben.

Ein zweiter Blitz zerriß die Luft in Tischhöhe, dicht genug, daß seine Haut prickelte. Ein Lähmungsstrahl. Die Gegenseite hatte also nicht vor, ihn zu töten, dachte er, nahm sich aber nicht die Zeit zu überlegen, warum sie so um ihn besorgt waren. Die Entführer feuerten weiterhin blindlings durch die Finsternis. So lange diese nervenlähmenden Strahlen den Raum erfüllten, würde kein Angestellter einen Lichtschalter betätigen.

Flinx, wieder einmal dankbar für seine schmächtige Gestalt, hatte inzwischen auf dem Bauch kriechend die andere Wand erreicht. Im gleichen Augenblick hörte das Strahlerfeuer auf. Da er vermutete, daß einer seiner Widersacher jetzt nach einem Lichtschalter tastete, bereitete Flinx sich darauf vor, schnell an dem Kaminfeuer vorbeizugelangen. Dann stieß jemand einen heftigen Fluch aus, und er hörte, wie ganz in der Nähe ein Tisch und Stühle umgeworfen wurden. Flinx' Hand fuhr an den Stiefel. Er richtete sich zu halb geduckter Haltung auf und wartete.

Wieder hörte er ein stolperndes Geräusch, lauter, dicht vor ihm. Er griff nach einem Stuhl und stieß ihn in die Dunkelheit hinein. Ein Mann erschien im Feuerschein des Kaminfeuers, und ein Blitz hüllte den Stuhl ein. Flinx huschte hinter den Mann und benützte sein Stilett so, wie der alte Makepeace es ihm beigebracht hatte. Der Mann war zweimal so groß wie Flinx, aber sein Fleisch war auch nicht zäher als das anderer Leute.

Er gab einen stöhnenden Laut von sich und sank in sich zusammen. Flinx sprang vor, verließ den verräterischen Feuerschein.

»Erin«, rief eine Stimme unsicher, »alles in Ordnung?« Einige weitere Blitze erfüllten die Luft und trafen den Steinkamin, wo Flinx noch vor wenigen Augenblicken gestanden hatte. Falls es Ziel dieser Schüsse gewesen war, Flinx zu treffen, so gelang ihnen das nicht, andererseits zwangen sie ihn, sich wieder an den Boden zu pressen.

Augenblicke später flammten die Lichter auf, gräßlich hell und strahlend. Flinx, der unter einem Tisch Deckung gefunden hatte, wagte nicht, sich zu regen, aber er hätte keine Angst zu haben brauchen. Die Entführer Mutter Mastiffs, darunter auch der überlebende Schütze, waren geflohen.

Flinx richtete sich auf. Die anderen Gäste blieben auf dem Boden liegen. Wer oder was die Lichter wieder eingeschaltet hatte, war nicht zu erkennen, und er hatte auch keine Zeit, darüber nachzudenken.

Die Tür am anderen Ende des Saals stand offen. Sie führte auf eine halbrund angelegte Veranda. Er rannte auf die Tür zu, blieb aber vorsichtshalber kurz davor stehen und warf einen Stuhl hinaus. Als niemand darauf schoß, atmete er tief durch und sprang mit einem Satz hinaus, rollte sich über die Veranda und kam aus der Rolle in der halbgeduckten Haltung des erfahrenen Kämpfers heraus.

Doch da war kein Feind, mit dem er hätte kämpfen müssen — die Veranda war leer und verlassen. Was man von der Küste zur Linken nicht sagen konnte. Zwei Sumpfer parkten am Ufer. Jetzt drängten sich die Reisenden, die er so lange verfolgt hatte, unter seinen hilflosen Blicken in die beiden Fahrzeuge. Keinen Gedanken an die eigene Sicherheit verschwendend, rannte er die paar Stufen hinunter, auf den Abhang zu, der zum Seeufer führte. Der erste Sumpfer jagte bereits über den Wellen dahin. Als er das Wasser erreicht hatte und erschöpft in die Knie sank, das nutzlose Messer in der rechten Hand, hatte auch das zweite Fahrzeug abgelegt, und beide zogen über den See davon.

Nach Atem ringend, richtete Flinx sich auf und eilte wieder den Abhang hinauf. Er würde die Verfolgung schnell aufnehmen müssen. Wenn er sie auf dem weiten See aus dem Auge verlor, würde er sie so schnell nicht mehr finden, da er ja nicht wußte, an welchem Ufer sie herauskommen würden. Er taumelte um den Gasthof herum und riß die Tür seines Sumpfers auf. Eine grüne, aufgedunsene Schlange starrte ihn an. Pip wirkte entschieden unglücklich. Er versuchte, die Schwingen zu entfalten, sank aber gleich wieder kläglich auf den Sitz zurück.

»Du warst mir auch eine Hilfe«, herrschte Flinx den Minidrach an. Der schaffte es, eher noch jämmerlicher auszusehen. Er hatte ganz offensichtlich die Gefahr gefühlt, in der Flinx sich befunden hatte, und versucht, ihm zu helfen, es aber einfach nicht geschafft.

Flinx schickte sich an einzusteigen, als ihn eine Stimme und eine Hand, die ihn an der Schulter packte, daran hinderten. »Einen Augenblick!« Flinx erschrak, aber ein Blick auf Pip zeigte ihm, daß die Flugschlange nicht defensiv reagierte.

»Das geht jetzt nicht«, wollte er sagen, während er sich umdrehte. Aber als er sah, wer ihn da festhielt, brachte er kein Wort heraus, sondern konnte sie nur anstarren.

Sie schien über ihm aufzuragen, obwohl sie in Wirklichkeit höchstens ein paar Zentimeter größer war. Das schwarze Haar fiel ihr in kleinen Löckchen bis zu den Schultern. Sie hatte ihre Buschjacke in den Hosenbund gestopft, und die Hosenbeine wiederum in kurze Stiefel. Sie war schlank, aber nicht dürr. Mund und Nase waren nur so groß wie bei einem Kind, und ihre Bakkenknochen unter den großen braunen Augen hoch. Ihre Haut war fast so dunkel wie die von Flinx. Aber diese Färbung rührte von der Strahlung vom naheliegenden See, und nicht von ihren Ahnen her. Sie war die auffallendste Schönheit, die Flinx je gesehen hatte.

Jetzt fand er seine Stimme wieder und murmelte: »Ich muß denen nach.« Die Hand ließ seine Schulter nicht los. Er hätte sie wegwischen können, aber er tat es nicht.

»Mein Name ist Lauren Walder«, sagte sie. »Ich bin hier die Geschäftsführerin von Granite Shallows.« Ihre Stimme war voll mühsam unterdrückter Wut, als sie jetzt mit einer ruckartigen Kopfbewegung zum See hinüberdeutete. »Was haben Sie mit diesen Idioten zu tun?«

»Die haben meine Mutter entführt«, erklärte er. »Ich weiß nicht, warum, und das interessiert mich im Augenblick auch gar nicht. Ich will sie bloß zurückhaben.«

»Da sind Sie ein wenig in der Minderzahl, nicht wahr?«

»Das bin ich gewöhnt.« Er deutete auf die Fenster des Speisesaals und die immer noch offenstehende Tür zur Terrasse. »Schließlich liegt da nicht meine Leiche auf dem Boden.«

Sie musterte ihn mit gerunzelter Stirn, und ihre Brauen schoben sich zusammen. »Woher wissen Sie, daß der Mann tot ist?«

»Weil ich ihn getötet habe.«

»Verstehe«, sagte sie und studierte ihn im Licht dieser neuen Erkenntnis. »Womit?«

»Mit meinem Stilett«, sagte er.

»Ich sehe kein Stilett.« Ihr Blick musterte ihn von oben bis unten.

»Das sollen Sie auch nicht. Hören Sie, ich muß jetzt weiter. Wenn die einen zu großen Vorsprung bekommen ...«

»Keine Sorge«, sagte sie, sichtlich bemüht, ihn zu beruhigen. »Ich hab' da etwas, was ich Ihnen zeigen muß.«

»Sie verstehen anscheinend nicht«, beharrte er. »Ich weiß nicht, wie ich denen auf der Spur bleiben soll. Ich weiß nicht, wo sie an Land gehen und ...«

»Machen Sie sich darüber keine Sorgen. Sie werden sie nicht verlieren.«

»Woher wissen Sie das?«

»Weil wir die bald eingeholt haben. Lassen Sie sie ruhig glauben, sie wären entkommen.« Ihre Hand spannte sich um seine Schulter. »Ich verspreche Ihnen, daß wir sie fangen.«

»Nun ...« Er warf Pip einen Blick zu. Vielleicht würde die Flugschlange bald wieder imstande sein aufzusteigen. Das könnte in einer bevorstehenden Auseinandersetzung sehr wichtig sein. »Wenn Sie ganz sicher sind ...«

Sie nickte wieder und wirkte dabei ebenso kompetent, wie sie schön war. Ziemlich jung als Geschäftsführerin dieses Freizeitparks, dachte er. Eigentlich sollte sie ja wissen, wovon sie redete. Auf ein paar Minuten konnte er ihr ja jedenfalls vertrauen.

»Was haben Sie mir denn so Wichtiges zu zeigen?« fragte er.

»Kommen Sie mit!« Ihre Stimme war immer noch voll Zorn.

Sie führte ihn quer über die Terrasse, ins Haus zurück, und dort in den Speisesaal. Einige ihrer Mitarbeiter bemühten sich um eine der Frauen, die dort gegessen hatte, als die Lichter ausgegangen waren und die Schießerei begonnen hatte. Ihr Mann und ihre Begleiter standen besorgt um sie herum; ihr Atem ging schwer, und sie hielt sich mit einer Hand die Brust.

»Herzanfall«, erklärte Lauren knapp.

Flinx sah sich um. Da lagen immer noch umgestürzte Tische und Stühle, aber sonst deutete nichts darauf, daß in dem Raum ein verzweifelter Kampf stattgefunden hatte. Paralysestrahlen beschädigten unbelebte Gegenstände nicht. Der Mann, den er getötet hatte, war vom Personal entfernt worden. Darüber war er froh.

Lauren führte ihn zur Küche. Neben der Tür lagen die zwei pelzbedeckten Gestalten, die er beim Betreten des Raums bemerkt hatte. Aus der Nähe konnte er ihre runden Gesichter sehen, die noch im Tod vor Schmerz verzerrt waren. Ihre kurzen Stummelbeine hatten sie dicht an sich herangezogen. Ihr Pelz war rostrot, abgesehen von gelben Kreisen rings um die Augen, die jetzt zugepreßt waren. Für immer.

»Sennar und Soba«, sagte Lauren und sah die toten Tiere mit einer Mischung aus Wut und Trauer an. »Das sind Wervils — oder besser gesagt, das waren welche«, fügte sie bitter hinzu. »Ich habe sie von klein auf gepflegt und aufgezogen. Ich fand sie verlassen im Wald. Sie haben hier gerne neben der Küche geschlafen. Alle Leute haben sie gefüttert. Sie müssen sich im falschen Augenblick bewegt haben. In der Dunkelheit muß einer von diesen ...« — sie benutzte einen Ausdruck, den Flinx nicht erkannte, was für sich betrachtet schon ungewöhnlich war — »geglaubt haben, das wären Sie. Die haben auf alles geschossen, das sich bewegte, hat man mir gesagt.« Sie hielt einen Augenblick inne und fügte dann hinzu: »Sie müssen das Glück einer schwangeren Yax'm gehabt haben. Die haben so ziemlich alles außer Ihnen getroffen.«

»Ich war auf dem Boden«, erklärte Flinx. »Ich stehe nur auf, wenn ich unbedingt muß.«

»Ja, wie der da festgestellt hat.« Sie deutete mit dem Daumen in die Haupthalle. Flinx konnte sehen, wie einige Bedienstete dort etwas in Laken hüllten. Es verblüffte ihn, wie groß sein Gegner gewesen war. Aber in der Dunkelheit kommt es nur darauf an, wie groß das Messer ist, das man in der Hand hält.

»Das hätten die nicht zu tun brauchen«, murmelte die junge Frau und starrte auf die toten Tiere. »Die hätten nicht so verdammt gleichgültig zu sein brauchen. Vier Jahre habe ich diese zwei gehätschelt. Vier Jahre, und sie haben nie jemandem etwas zuleide getan.« Flinx wartete stumm.

Nach einer Weile bedeutete sie ihm, ihr zu folgen. Sie gingen in die Halle hinaus, durch einen schmalen Korridor und erreichten schließlich einen Lagerraum. Lauren sperrte die durchsichtige Tür eines Wandschranks auf und entnahm ihm eine große, kompliziert aussehende Schußwaffe und ein paar kleine radförmige Plastikbehälter. Einen davon hakte sie in den großen Schlitz am Kolben der Waffe ein. Für sie schien der Karabiner viel zu schwer, aber sie schwang ihn sich leicht über die Schulter und schob den rechten Arm durch den Trageriemen. Dann steckte sie sich eine Pistole in den Gürtel und führte ihn wieder in den Korridor hinaus.

»Eine solche Waffe habe ich noch nie gesehen«, meinte Flinx und wies auf den Karabiner. »Was jagen Sie damit?«

»Das ist nicht zum Jagen«, erklärte sie. »Das ist zum Fischen. Jedes dieser Magazine ...« — sie wies auf die radförmigen Behälter, die sie Flinx gereicht hatte — »enthält etwa tausend Bolzen, und jeder Bolzen ist mit ein paar Millimeter eines äußerst wirksamen Neurotoxins beladen. Wenn Sie sich damit in den Finger stechen ...« Sie zuckte vielsagend die Achseln.

»Die Magazine werden in der Fabrik in Drallar mit den Bolzen geladen und anschließend versiegelt. Man bekommt keinen heraus, wenn man ihn nicht damit abfeuert.« Sie klopfte gegen den Kolben ihrer Waffe und bog um die Ecke. Sie waren wieder im Hauptkorridor.

»Sie benutzen einen Karabiner, um Fische zu töten?«

Sie lächelte. Kein besonderes Lächeln, dachte er, aber immerhin das erste, das er an ihr zu sehen bekam. »Sie sind noch nie beim Blau-das-blendet gewesen, wie?«

»Ich habe mein ganzes Leben in Drallar verbracht«, sagte er, was ja praktisch die Wahrheit war.

»Wir benutzen das hier nicht, um die Fische zu töten«, erklärte sie. »Nur um sie etwas abzubremsen, wenn sie dem Boot zu nahe kommen.«

Flinx nickte und versuchte, sich die Waffe im Einsatz auszumalen. Er wußte, daß die Seen des Blau-dasblendet einige große Fischarten beherbergten. Aber offenbar waren die größer, als er sich das bisher vorgestellt hatte. Freilich, wenn die Größe der Fische in der Proportion der der Seen entsprach ... »Wie groß ist dieser See?«

»Patra? Nicht einmal zweihundert Kilometer. Der reinste Teich. Die wirklich *großen* Seen sind weiter oben im Nordwesten, wie Turquoise und Hanamar. Die Geografen streiten sich, ob man sie nun Seen oder Binnenmeere nennen sollte. Aber die Geografen sind Narren.«

Sie verließen das Gebäude. Zumindest regnete es nicht, dachte Flinx. Das sollte ihnen die Verfolgung der Sumpfer etwas leichter machen. Er zuckte zusammen, als etwas schwer auf seiner Schulter landete, und warf ihm einen mißbilligenden Blick zu. »Wird auch Zeit.« Die Flugschlange machte es sich auf seiner Schulter bequem, wich aber seinem Blick aus.

»Das ist ja ein interessantes Tierchen«, meinte Lauren Walder, sichtlich im Gegensatz zu den meisten Fremden ohne Angst vor dem Minidrach. Wieder ein Punkt für sie, dachte Flinx. »Wo auf Moth haben Sie das gefunden?«

»In einem Müllhaufen«, sagte Flinx, »und dazu hat er sich gerade selbst wieder gemacht. Er hat sich vor ein paar Tagen überfressen und immer noch nicht ganz verdaut.«

»Ich wollte gerade sagen, daß er etwas gelenkiger aussieht, als man aus dieser Landung schließen konnte.« Sie führte ihn hinten um den Gasthof herum, und er konnte jetzt eine kleine Landzunge mit einem zweiten Pier sehen, der sich in den See hinaus erstreckte. Von der Stelle aus, wo Flinx seinen Sumpfer geparkt hatte, war dieser Teil des Sees nicht sichtbar gewesen.

»Ich sagte doch, daß wir die einholen würden.« Sie wies auf den Pier. Das Boot, wenn man es als solches bezeichnen wollte, war ein konkav geformter Bogen, wobei jedes Ende des Bogens sich in einen Stützrumpf ausweitete. Die Kabine war am höchsten Punkt des Bogens angeordnet und gleichsam in ihm versenkt. Die Flanken des seltsamen Katamarans waren von Klappen gesäumt. Flinx fragte sich, welchen Zweck sie wohl erfüllen mochten. Am Achterdeck hingen ein paar schwere Geräte, die an Baukrane erinnerten. Ein ähnliches, kleineres Boot tanzte in der Nähe auf dem Wasser.

Sie kletterten eine gebogene Leiter hinauf, und Flinx sah Lauren dabei zu, wie sie aus dem Tragegurt ihres Karabiners schlüpfte und im Sitz des Piloten Platz nahm. Während sie die Anzeigen überprüfte und ein paar Schalter umlegte, sagte sie: »Wir holen die binnen einer Stunde ein.« Ihre Stimme klang dabei sehr überzeugt. »Sumpfer sind schnell, aber bei weitem nicht so schnell auf dem Wasser wie das hier.« Ein tiefes Dröhnen ertönte aus dem Heck des Bootes; Luft pfiff in die zahlreichen Einlässe seitlich an dem Fahrzeug, und das Dröhnen wurde lauter.

Lauren betätigte einige weitere Schalter, worauf die Magnetkupplungen am Pier sich lösten. Dann schob sie einen Schalter vor, der in das Steuerrad eingelassen war. Ein Donnern erfüllte die Luft, daß Pip zusammenzuckte. Das Wasser hinter ihnen begann zu schäumen wie ein Geysir, als unter der Wasserfläche aus den Düsen in den beiden Rümpfen kräftige Wasserstrahlen schossen. Das Boot machte einen Satz und schnitt die Wellen auseinander.

Flinx stand neben dem Pilotensessel und mußte schreien, um sich bei dem Getöse Gehör zu verschaffen. »Woher wissen wir, in welche Richtung die gefahren sind?«

Lauren lehnte sich nach rechts und schnippte ein paar Schalter unter einem kreisförmigen Bildschirm, der sofort zum Leben erwachte. Ein paar hellgelbe Punkte tauchten auf. »Das hier zeigt den ganzen See.« Sie betätigte weitere Schalter. Sämtliche Punkte auf dem Bildschirm, mit Ausnahme von zweien, wechselten die Farbe und wurden grün. »Fischerboote von den anderen Parks, die rings um Patra liegen. Die haben die gleichen Instrumente.« Sie tippte mit dem Fingernagel gegen den Bildschirm. »Und die zwei da, die gelb geblieben sind? Nicht organisch, bewegt und inkompatibler Sender. Was glauben Sie wohl, wer das ist?«

Flinx sagte nichts und starrte stumm auf den Schirm. Und bald darauf starrte er über den Bug, der eigentlich kein Bug war. Die Doppelrümpfe des Düsenkatamarans durchschnitten die Wellen, während Lauren immer noch ihr Tempo steigerte.

Gelegentlich sah sie auf den Bildschirm. »Die fahren ziemlich schnell — offenbar mit höchster Geschwindigkeit, zu der ihre Sumpfer fähig sind. Nordkurs, wahrscheinlich wollen sie in Point Horakov an Land. Wir müssen sie natürlich vorher erwischen. Das hier ist kein Sumpfer. Nur auf dem Wasser zu gebrauchen.«

»Und werden wir das?« fragte Flinx besorgt. »Sie erwischen, meine ich.« Seine Augen suchten den wolkenverhängten Horizont ab, suchten nach einem verräterischen Reflex von diffusem Sonnenlicht auf Metall.

»Kein Problem«, versicherte sie ihm. »Außer die haben spezielle Motoren in diesen Sumpfern. Aber in dem Fall würden sie sie schon jetzt einsetzen.«

»Was geschieht dann, wenn wir sie eingeholt haben?«

»Ich versuche, ihnen den Weg abzuschneiden«, sagte sie nachdenklich. »Wenn das sie nicht zum Halten veranlaßt, nun ...«, sie deutete auf ihren Karabiner. »Dann können wir sie einen nach dem anderen wegputzen. Dieses Ding hier trifft auf einen Kilometer genau. Die Bolzen werden von Gas angetrieben, und ich habe ein Zielfernrohr, das es mir erlaubt, einem einen Bolzen ins Ohr zu jagen, wenn ich muß.«

»Und wenn sie zurückschießen?«

»Es gibt keine Lähmungspistole, die es an Reichweite mit diesem Karabiner hier aufnehmen kann, geschweige denn auf eine solche Distanz treffen. Die Wirkung verteilt sich. Ein Paralysestrahl wirkt nur auf nahe Distanz. Da tötet er sogar Tiere«, fügte sie bitter hinzu. »Wenn sie sich ergeben, nehmen wir sie fest und liefern sie den Wildhütern aus. Sie können dann gleich ihre eigene Anklage hinzufügen, denn Wervils stehen auf Moth unter Naturschutz. Aber lieber wäre mir natürlich, wenn sie uns Widerstand leisten würden, damit wir uns verteidigen können.«

Solch ein Blutdurst bei einer so attraktiven Frau war für Flinx keine Überraschung. Er hatte das auch auf dem Markt schon erlebt. Nur ihr Motiv war ihm neu. Er fragte sich, wie alt sie wohl sein mochte. Wahrscheinlich doppelt so alt wie er, dachte er, aber das war schwer zu sagen. Die Zeit, die sie in der Wildnis verbracht hatte, hatte eine Art von Härte in ihr erzeugt, wie es selbst das rauhe Leben in der Stadt nicht vermochte. Es war eine andere Art von Härte; Flinx fand sie sehr attraktiv.

»Und wenn sie sich ergeben?« Er wußte, daß das höchst unwahrscheinlich war, war aber neugierig, was sie sich für den Fall vorgenommen hatte.

»Wie ich schon sagte, dann nehmen wir sie mit und übergeben sie dem Wildhüter in Kalish.«

Er machte eine kurze, zustechende Bewegung mit der Hand. »Das könnte für mich peinlich werden.«

»Keine Sorge«, beruhigte sie ihn. »Ich werde dafür sorgen, daß Sie da nicht hineingezogen werden. Schließlich haben sie sich ja nicht nur gegen die

Schutzvorschriften für Wild vergangen. Erinnern Sie sich an meinen verletzten Gast? Mrs. Marteensons ist krank. Sie könnte dauernden Schaden von diesem Paralysestrahl davontragen. Also werden sich auch nicht nur die für den Tierschutz zuständigen Behörden für diese Leute interessieren.

Und was Sie und Ihre Mutter angeht, so können Sie beide ja verschwinden. Warum hat man sie entführt? Für Lösegeld?«

»Sie hat kein Geld«, antwortete Flinx. »Jedenfalls nicht genug, als daß es die Mühe lohnen würde.«

»Nun, warum dann?« Lauren ließ den Bildschirm nicht aus den Augen, blickte nur gelegentlich zum Himmel auf, um zu sehen, ob Regen aufkam. Das Düsenboot hatte ein schließbares Verdeck. Sie hoffte aber, daß sie es nicht brauchen würden. Das würde sie beim Zielen behindern.

»Das würde ich auch gerne wissen«, antwortete Flinx. »Vielleicht finden wir es auch heraus, wenn wir sie haben.«

»Das sollten wir«, pflichtete sie ihm bei. »Obwohl das Sennar und Soba nichts mehr nutzen wird. Wahrscheinlich sind Sie inzwischen schon dahintergekommen, daß ich keine besonders hohe Meinung von menschlichen Wesen habe. Augenblickliche Gesellschaft natürlich ausgenommen. Ich mag Tiere sehr gern, ihre Gesellschaft ist mir viel lieber. Ein Wervil hat mich noch nie verraten, und auch kein anderes Waldtier, was das betrifft. Bei einem Tier weiß man, wie man dran ist. Das ist einer der Hauptgründe, warum ich mich für diese Art von Leben entschieden habe, das ich hier in der Wildnis führe.«

»Ich kenne noch ein paar Leute, denen es genauso geht wie Ihnen«, sagte Flinx. »Sie brauchen sich nicht dafür zu entschuldigen.«

»Ich hab' mich auch nicht entschuldigt«, antwortete sie gleichgültig.

»Und trotzdem führen Sie einen Jagdpark.«

»Keinen Jagdpark«, verbesserte sie ihn. »Einen Fischpark. Einzig und allein Fischen. Wir nehmen hier keine Jäger auf, aber ich kann die anderen Parks nicht daran hindern, das zu tun.«

»Für die Fische empfinden Sie also keine Sympathie, wie? Geht es da um Schuppen gegen Pelz? Den AAnn würde das nicht gefallen.«

Sie lächelte. »Wen interessiert schon, was den AAnn gefällt? Und im übrigen — es ist schwierig, sich mit einem Fisch anzufreunden. Ich habe zugesehen, wie die Fische in diesem See hilflose junge Wervils und andere Unschuldige aufgefressen haben, die den Fehler gemacht hatten, sich zu weit ins Wasser hineinzuwagen. Aber wenn ich mich entscheiden müßte ...« — sie drehte etwas am Steuer, und das Düsenboot machte einen Satz nach Steuerbord —, »bin ich nicht sicher, ob ich nicht die Gesellschaft selbst von Fischen der von Menschen vorziehen würde.«

»Dann ist es ja ganz einfach«, meinte Flinx. »Sie sind einfach chronisch antisozial.«

Sie zuckte gleichgültig die Achseln. »Ich bin ich, Lauren Walder. Ich bin so glücklich, wie ich bin. Sind Sie das auch?«

Sein Lächeln verblaßte. »Ich weiß noch nicht, was ich bin.« Er senkte den Blick und brütete über dem Bildschirm, starrte den näher kommenden gelben Punkt an, den sie verfolgten.

Seltsam für einen jungen Mann, so etwas zu sagen, dachte sie. Die meisten Leute hätten gesagt, sie wüßten noch nicht, *wer* sie seien. Aber vielleicht hatte er sich nur versprochen.

Der Abstand zwischen Verfolger und Verfolgten schrumpfte auf dem Bildschirm schnell zusammen. Und so dauerte es nicht lang, bis Flinx erregt gestikulierend nach vorne deuten konnte und schreien: »Da sind sie!«

Lauren kniff die Augen zusammen und sah nur Wasser und Wolken und blickte dann auf den Schirm. »Sie haben mächtig scharfe Augen, Flinx.«

»Die braucht man, um in Drallar zu überleben«, erklärte er.

Kurz darauf sah sie die Sumpfer ebenfalls, wie sie über die Wellen dahintanzten, immer noch dem Nordufer zu. Gleichzeitig reagierten auch die Insassen der Sumpfer auf das Auftauchen des Bootes hinter ihnen. Sie beschleunigten und waren eine Weile ihren Blicken entzogen. Lauren beschleunigte. Diesmal konnten sie das Düsenboot nicht mehr abhängen.

Sie nickte. »Habe ich mir schon gedacht. Übliche Sumpfermotoren, keine Überraschungen. Ich glaube nicht, daß sie noch irgend etwas vor uns verbergen.« Sie sah ihren Begleiter an. »Meinen Sie, daß Sie dieses Ding eine Weile steuern können?«

Flinx hatte die letzte halbe Stunde damit verbracht, die Kontrollen und das Bild auf dem Schirm zu studieren. Die Instrumente waren auch nicht komplizierter als die seines Sumpfers. Andererseits war er gewöhnt, über Land zu fahren. »Ich denke schon«, sagte er. Dies war nicht der Zeitpunkt für übermäßige Vorsicht.

»Gut.« Sie rutschte aus dem Pilotensessel und wartete, bis er Platz genommen und das Steuerrad übernommen hatte. »Es reagiert sehr feinfühlig«, warnte sie ihn, »und bei unserem augenblicklichen Tempo schmeißt uns auch ein leichter Steuerausschlag in eine andere Richtung. Passen Sie also gut auf!«

»Wird schon klappen«, versicherte er ihr. Er konnte das Vibrieren des Motors durch das Steuer spüren. Ein herrliches Gefühl.

Plötzlich blitzte es auf einem der fliehenden Sumpfer grell auf, aber der Lichtblitz verteilte sich ein gutes Stück vor dem Bug des Düsenbootes. Flinx hielt den Abstand zwischen den drei Fahrzeugen. Ein zweiter Blitz; aber er richtete an dem Boot oder seiner Mannschaft auch nicht mehr Schaden an als der Lichtkegel einer Taschenlampe.

»Die haben keine Fernwaffen«, rief Lauren. »Wenn sie sie hätten, wäre das jetzt die Zeit, um sie einzusetzen.« Flinx sah, daß sie den Bolzenkarabiner zu sich herangezogen hatte. Er war fast genauso lang, wie sie groß war. Sie stützte ihn an der Rumpfwand auf und beugte sich vor, um durch das komplizierte Zielfernrohr zu spähen. In dieser Position erinnerte die Waffe mehr an eine kleine Kanone als an einen Karabiner.

Zwei weitere Lichtblitze gingen von den Sumpfern aus, hilflose Stiche, die das verfolgende Düsenboot unbeirrt ließen. »Ich kann sie sehen«, verkündete Lauren, die das Auge am Okular hatte. »Sie sehen verwirrt aus. Das ist gut. Ich kann außer Handwaffen nichts erkennen. Zwei von denen scheinen miteinander zu streiten. Ich kann mir nicht vorstellen, daß sie mit der Art von Verfolgung gerechnet haben.«

»Sie haben auch nicht damit gerechnet, mich im Speisesaal zu sehen«, meinte Flinx. »Ich *wette*, daß die verwirrt sind.«

Sie blickte von ihrer Waffe auf. »Sind Sie sicher, daß die nicht mit Ihrer Verfolgung gerechnet haben?«

»Das bezweifle ich, sonst wäre ich ihnen nie so nahe gekommen.«

Sie brummte etwas Unverständliches und wandte sich wieder ihrem Okular zu. »Auf diese Distanz kann ich denen die Zähne einzeln ausschießen.« Sie schob den Karabiner ein Stück zur Seite. »Jetzt ganz ruhigen Kurs, bitte.« Sie drückte den Knopf, der an dem eigenartig geformten Karabiner die Stelle des Abzugs vertrat. Die Waffe gab ein leises Geräusch von sich — *pfft!* und etwas Winziges schoß aus ihrer Mündung.

»Warnschuß«, erklärte sie. »Da — jemand zieht den Bolzen heraus. Ich habe auf die Rückenlehne des Pilotensessels geschossen. Jetzt stehen sie alle um ihn herum und studieren ihn — außer dem Fahrer natürlich.

Jetzt sehen sie sich nach uns um. Einer von ihnen hält eine alte Dame mit beiden Händen fest. Ist das Ihre Mutter?«

»Ganz bestimmt«, sagte Flinx nervös.

»Die macht es dem, der sie festhält, nicht leicht. Sie versucht ihn zu beißen, tritt nach ihm, obwohl es so aussieht, als wären ihre Füße an den Knöcheln zusammengefesselt.«

»Das ist sie schon. Ganz bestimmt.« Flinx konnte sein Grinsen nicht unterdrücken. »Was machen sie jetzt?«

Lauren runzelte die Stirn. »Äh, hm. Die richten eine Art durchsichtigen Schild auf. Und jetzt die normale Kuppel darüber. Die Kuppel können wir durchdringen. Wie das mit diesem Schild ist, weiß ich nicht. Nun, das ist kein Problem. Steuern Sie nach Backbord.«

»Backbord?« wiederholte Flinx.

»Links von Ihnen«, sagte sie. »Wir überholen sie jetzt und schneiden ihnen den Weg ab. Wenn sie sehen, daß wir sie nicht nur einholen, sondern auch noch Kreise um sie herumfahren können, sind sie vielleicht für vernünftige Argumente zugänglich.«

Flinx drehte gehorsam das Steuer nach links und spürte, wie der Katamaran sofort reagierte.

»Okay, und jetzt zurück nach Steuer ... nach rechts, aber nicht zu scharf.« Das Boot schnitt durch die Wellen, als er das Steuer herumdrehte.

Plötzlich veränderte sich alles. Ein neues Geräusch, ein tiefes Dröhnen, wurde hörbar.

»Verdammt«, sagte Lauren enttäuscht und deutete nach oben.

Flinx' Blick suchte die Wolken ab. Der Skimmer, der vom nördlichen Horizont aufgetaucht war, war ziemlich groß. Jedenfalls mehr als groß genug, um seine eigene Mannschaft und die Insassen der Sumpfer aufzunehmen. Falls es noch irgendwelche Zweifel an den Absichten des Skimmers gegeben hatte, so wurden sie schnell zerstreut, als das bewegliche Fahrzeug herunterstieß, einen Kreisbogen schlug und dann auf den ersten Sumpfer zustrebte und sich seiner Geschwindigkeit anpaßte.

»Wenn die an Bord gehen, haben wir für immer das Nachsehen«, meinte Flinx besorgt. »Können Sie sie nicht wegputzen, während die umzusteigen versuchen?« Die Mannschaft des Skimmers hatte die Geschwindigkeit ihres Fahrzeugs bereits der des Sumpfers angepaßt, und ließ jetzt gerade eine Strickleiter aufs Wasser herunter.

Wieder beugte sich Lauren über ihre Waffe. Ihr Finger zögerte am Abzug; dann richtete sie sich auf und schlug ärgerlich nach dem Kolben der Waffe. »Wirklich reizende Leute. Die halten Ihre Mutter als Schild an die untersten Leitersprossen. So kann ich nicht schießen.«

»Was machen wir jetzt? Wir können sie doch nicht die ganze Zeit nur umkreisen!«

»Woher, zum Teufel, soll ich das wissen?« Sie ließ den Karabiner in seiner Verankerung hängen und rannte an einen Einbaukasten, der mittschiffs angebracht war. »Sumpfer, Paralysepistolen, Entführung, und jetzt noch ein Skimmer, den man ihnen aus dem Norden entgegenschickt. Wer sind denn diese Leute?«

»Keine Ahnung«, knurrte Flinx. »Ich hab' Ihnen doch schon gesagt, daß ich das alles nicht kapiere.« Er zögerte, versuchte, sie im Auge zu behalten und mit dem Düsenboot die immer noch mit Höchsttempo dahinrasenden Sumpfer und den Skimmer, der über ihnen in der Luft hing, zu umkreisen. »Was werden Sie jetzt tun?«

Das Gerät, das sie aus dem Kasten geholt hatte, war ebenso lang wie der Bolzenkarabiner, aber viel zierlicher. »Wenn ich es sage«, stieß sie erregt hervor, »möchte ich, daß Sie auf sie losfahren und das Boot im letzten Augenblick zur Seite reißen. Ich glaube nicht, daß sie damit rechnen. Dazu sind die viel zu sehr damit beschäftigt, auf den Skimmer umzusteigen.«

»Was haben Sie vor?« fragte er interessiert. »Wollen Sie den Skimmer außer Gefecht setzen?«

»Mit Bolzen? Das ist doch nicht Ihr Ernst!« schnaubte sie. »Tun Sie einfach, was ich Ihnen sage.«

»Solange das, was Sie sagen, einen Sinn ergibt, schon«, meinte er etwas verstimmt über den Ton, den sie angeschlagen hatte.

»Sie vergeuden Ihre Zeit. Tun Sie es!«

Er riß das Rad hart herum. Der Katamaran beschrieb einen so scharfen Bogen, daß der backbordseitige Rumpf sich aus dem Wasser hob. Eine Fontäne verbarg sie einen Augenblick lang den Blicken der Sumpferbesatzung.

Wenige Sekunden später befanden sie sich auf direktem Kurs zu dem Sumpfer und dem darüber schwebenden Skimmer. Die Aktivität auf beiden Fahrzeugen verstärkte sich, als das Düsenboot auf den Sumpfer zuschoß. Wie Lauren vermutet hatte, war ein solcher Angriff das letzte, womit ihre Gegner gerechnet hatten. Ein paar Schüsse, schnell abgefeuert und schlecht gezielt, blitzten an ihnen vorbei.

»Hart Backbord!« schrie Lauren und übertönte damit das Brüllen der Düse. Die Insassen des Sumpfers hatten sich in Erwartung eines Zusammenpralls niedergeduckt. Flinx lehnte sich ins Steuer. Mit kreischenden Motoren fegte der Katamaran nach links und hätte beinahe die auf der Leiter nach oben Kletternden ertränkt.

Lauren mußte wenigstens einmal gefeuert haben, dachte Flinx, während das Düsenboot davonraste. Er drehte das Steuer herum, und sie hielten wieder in einem weiten Bogen auf die Sumpfer zu. Zu seiner Überraschung legte die Frau die eigenartig aussehende Waffe in den Schrank zurück und stellte sich wieder hinter den schweren Karabiner. »So, und jetzt heißt es gut zielen.«

»Eine Waffe für einen Schuß?« murmelte er. »Dabei habe ich gar nichts gehört. Was sollte dieser verrückte Angriff?« Er kämpfte mit dem Steuer.

»Dieser Angriff war unsere Versicherung, Flinx.« Sie deutete auf den Kasten, in dem sie die Waffe inzwischen wieder verstaut hatte. »Das war ein Markierer. Wir verwenden so etwas, um verletzte Fische aufzuspüren, die die Leinen abreißen.« Sie deutete auf den Skimmer. »Ich glaube, ich habe ihn zweimal getroffen. Diese Waffe feuert eine Kapsel mit einem besonders sensibilisierten Gel ab. Ein Epoxy, das bei Berührung an *allem* kleben bleibt und sich auch im Wasser nicht auflöst. So lange die nicht auf die Idee kommen, sich die Unterseite ihres Skimmers anzusehen, ob er beschädigt ist — und dafür haben sie keinen Anlaß, da er ja perfekt funktioniert —, werden die das Gel nicht sehen. Es ist transparent. Jetzt können wir sie verfolgen.«

»Aber doch ganz sicher nicht mit diesem Boot.«

»Nein, aber ich habe einen Skimmer. Es hätte zu lange gedauert, ihn startfertig zu machen, sonst hätten wir ihn, und nicht dieses Boot genommen. Jetzt wünschte ich mir freilich, wir hätten das getan. Aber wer hätte schon damit gerechnet, daß hier ein Skimmer auftaucht, um denen zu helfen.« Sie deutete auf den Sumpfer. »So lange die keinen zu großen Vorsprung bekommen, können wir ihnen auch folgen — so wie wir es mit diesem Boot gemacht haben. Aber jetzt können wir ihnen weh tun ...« Sie blickte wieder durch das Zielfernrohr. »Ah, die haben jetzt Ihre Mutter mit einer Winde hochgezogen. Festgeschnallt. Ich wette, die hat es ihnen nicht leicht gemacht.«

»Ganz bestimmt nicht«, murmelte Flinx liebevoll.

»Ich habe jetzt freie Schußbahn«, sagte Lauren vergnügt. Aus ihrem Radar war ein lautes Pfeifen zu hören.

»Was ist das?« Flinx warf einen verblüfften Blick auf das Gerät.

Lauren stieß einen Fluch aus, ließ den Karabiner sinken. Ein schneller Blick auf den Bildschirm, und Flinx wurde ziemlich unsanft aus dem Pilotensessel geschoben. Er landete hart auf dem Deck.

»He, was soll ...?«

Aber Lauren schien ihn überhaupt nicht zu hören. Sie riß das Ruder hart nach Steuerbord. Flinx versuchte, sich irgendwo festzuhalten, während das Boot überholte. Er konnte gerade noch sehen, wie sich der Backbordrumpf aus dem Wasser hob, während etwas Riesengroßes, Silbernes aus dem Wasser in die Höhe schoß.

10

Aus der Umgebung der Sumpfer und des Skimmers ertönten erregte Schreie. Eine heftige Welle hätte das Düsenboot beinahe zum Kentern gebracht; nur Laurens geschickte und erfahrene Hand am Steuer bewahrte sie davor.

Flinx sah eine riesige, silberfarbene Rückenpartie, die mit goldenen Punkten durchsetzt war und im diffusen Sonnenlicht glänzte. Sie sah aus wie eine mächtige Röhre, die aus den Wellen hervorragte und einen Regenbogen erzeugte. Dann war sie verschwunden, also nicht endlos, wie er zuerst angenommen hatte. Eine weitere Welle ließ den Katamaran erzittern, als das Monstrum wieder untertauchte. Flinx zog sich in die Höhe, um über den Rand der Kabinenwand zu sehen.

Die Sumpfer waren verschwunden, mit einem einzigen Schluck von dem Unbegreiflichen verschlungen, das da plötzlich aus den Tiefen des Sees aufgetaucht war. Der Skimmer selbst hatte dem mächtigen Abgrund eines Mauls gerade noch entgehen können. Er hing jetzt über der aufgewühlten See, wo noch einen Augenblick vorher sein Begleitfahrzeug gewesen war. Dann traf jemand im Skimmer anscheinend eine Entscheidung, denn er stieg weitere zwanzig Meter in die Höhe und beschleunigte schnell in nördlicher Richtung.

»Die fliegen weg«, schrie Flinx. »Wir müssen zurück und den Skimmer holen, den Sie erwähnt haben, und denen nach, ehe die ...«

»Zuerst müssen wir lebend hier rauskommen.« Lauren setzte einen deftigen Fluch hinter diese Ankündigung und riß am Steuer. Der silberne Berg war soeben an der Steuerbordseite des Düsenboots wieder aus dem Wasser aufgetaucht. Flinx konnte einen langen, beunruhigenden Blick in einen Rachen erhaschen, der groß genug war, um mehrere Sumpfer zu verschlingen, oder ein Düsenboot. Die Kinnladen klappten zu und fegten ihnen eine Ladung Gischt über die Bordwand. Das Monstrum war so nahe, daß Flinx seinen fauligen Atem riechen konnte. Dann sank es in die kochende See hinter dem Katamaran zurück.

Etwas bewegte sich auf seiner Schulter, und er griff nach oben, um den muskulösen Körper festzuhalten, der sich gerade zu entrollen begann. »Nein, Pip! Ganz ruhig ... der ist selbst für dich zu groß.« Die Schlange wehrte sich einen Augenblick lang, ehe sie sich entspannte. Dann zuckte sie nervös hin und her, so als spürte sie die Bedrohung, die nicht nur ihrem Herrn, sondern auch ihr selbst galt. Dann reagierte sie auf den Druck von Flinx' Hand und hielt sich ruhig.

Zum dritten Mal schlug der Penestral zu und schnappte enttäuscht nach der Stelle, wo noch Sekunden vorher das Düsenboot gewesen war. Dank der Peilanlage, die Lauren gleich zu Anfang vor dem Herannahen des Alptraums gewarnt hatte, konnten sie auch diesmal ausweichen.

»So geht das nicht«, murmelte sie. »Der läßt nicht locker, bis ich einen Fehler mache. Und dann schnappt er uns so, wie er sich diese armen Seelen geschnappt hat, die noch auf den Sumpfern saßen.« Sie blickte konzentriert auf ihren Bildschirm. »Jetzt greift er an. Er versucht, uns vom seichten Wasser und dem Ufer abzuschneiden. Wir wollen ihn in der Meinung lassen, daß wir dorthin wollen. Dann machen wir kehrt, hinaus ins Tiefe.«

»Warum?«

Sie ging nicht auf die Frage ein. »Als ich Sie vorhin vom Steuer wegschob, hat Ihnen das nicht gepaßt, wie? Da, jetzt gehört es wieder Ihnen.« Sie schob ihn auf den Pilotensessel. »So ist's gut.« Sie drückte ihm das Steuer in die Hand, und das Boot schien um seine Mittelachse zu kreisen. Flinx schnappte nach dem Steuerrad.

»Jetzt wird er uns auf geradem Weg folgen, statt zu versuchen, uns von unten anzugreifen. Der probiert jetzt eher, uns von Achtern zu packen. Halten Sie Kurs in den See hinaus, und sagen Sie mir Bescheid, wenn das da an unserem Quadrat anlegt.« Sie deutete auf den roten Punkt auf dem Peilschirm, der von hinten immer näher heranrückte.

»Aber sollten wir nicht ...?«

Sie schien gar nicht auf ihn zu hören, sondern ging zu den zwei kranähnlichen Gebilden, die aus dem Heck des Bootes ragten. Sie nahm hinter einem davon Platz und fuhr ihn aus, so daß der Arm über das Wasser hinaushing, und warf dann einen Blick auf die Kontrollen.

»Wenn ich es Ihnen sage«, rief sie über die Schulter, um sich über dem Brüllen der Motoren Gehör zu verschaffen, »dann gehen Sie hart Backbord! Das ist links!«

»Das habe ich mir schon gemerkt«, rief er zurück. Sein Blick ließ den Peilschirm nicht los. »Das Biest kommt uns verdammt nahe.«

»Gut.« Sie setzte sich auf ihrem Sessel zurecht und berührte einen Schalter. Flexible Klammern schnappten über ihren Hüften, ihrer Taille, den Schultern und den Beinen zu und hielten sie wie in einem gestreiften Kokon auf dem Sitz fest.

»*Verdammt* nahe«, wiederholte Flinx.

»Soweit sind wir noch nicht«, rief sie. »Ein Fischer muß geduldig sein.« Das Wasser hinter ihnen begann

Blasen zu werfen, war viel unruhiger, als man das alleine dem Bootsmotor hätte zuschreiben können. »Jetzt!« schrie sie.

Flinx riß das Rad nach links. Im gleichen Augenblick explodierte die Wasserfläche hinter ihnen. Da Flinx mit beiden Händen das Steuer festhalten mußte, konnte er nur einen Schrei ausstoßen, als Pip seinen Platz verließ und aufflog. Eine halb erstickte Explosion hallte vom Heck, und einen Augenblick später hörte er ihr Echo, als die Harpune den Penestral unter einer der flügelähnlichen Flossen traf, die seine Kiemen schützten.

Das Monstrum krachte auf die Stelle im See herunter, wo das Boot im Augenblick zuvor gewesen war — ehe Flinx es in einer engen Kurve herumgerissen hatte. Ein fernes *Wumm* drang an die Oberfläche, als die Verzögerungsladung der Harpune im Leib des Penestral detonierte. Aus einer Trommel im Innern des Schiffsrumpfs schoß Polyline hinaus, eine Gelbeschichtung verhinderte dabei, daß sich an der Stelle, wo die Leine über das Deck rieb, Hitze entwickelte.

»Maschine abschalten«, hallte vom Heck der Befehl.

»Aber dann haben wir doch keine ...«, setzte er zum Widerspruch an.

»Tun Sie, was ich sage!« befahl sie.

Flinx seufzte. Er war kein besonders guter Schwimmer. Er drehte den Fahrthebel herum, bis ihre Geschwindigkeit auf Null sank. Der Düsenmotor brabbelte leise im Leerlauf vor sich hin. Im gleichen Augenblick nahm der Katamaran Fahrt nach hinten auf. Die Doppelrümpfe waren Achtern ebenso zugespitzt wie vorne, und das Boot schoß glatt durch das Wasser, gezogen von dem angeschossenen Penestral. Jetzt verlangsamte sich auch das Auslaufen der Leine, und Flinx konnte die Markierungen zählen, während sie vom Boot glitt. Unterdessen hatte Lauren die Harpunenkanone neu geladen und musterte aufmerksam die Wasserfläche.

Jetzt rief sie ihm zu: »Wo ist der Penestral?«

»Er bewegt sich immer noch vor uns, aber ich glaube, er wird jetzt langsamer.«

»Das war zu erwarten. Lassen Sie den Fahrthebel und das Steuer nicht los.«

»Er wird immer langsamer«, sagte er. »Immer noch langsamer, langsamer — jetzt kann ich ihn nicht mehr sehen. Ich denke, er ist unter dem Boot!«

»Los!« schrie sie, aber jetzt brauchte sie ihm nicht mehr zu sagen, was zu tun war; er hatte bereits den Fahrthebel nach vorne gerissen. Das Düsenboot brüllte auf und schoß über den See. Im nächsten Augenblick brach hinter ihnen ein Geysir aus, als der Penestral versuchte, den Himmel zu verschlucken. Flinx hörte, wie die Harpunenkanone sich ein zweites Mal entlud.

Diesmal wurde der Penestral hinter einem seiner kristallartigen Augen von der Größe eines Teleskopspiegels getroffen. Er brach nach hinten ins Wasser zurück wie in einer Tridiszene, die rückwärts abläuft, und warf riesige Wellenberge auf, über die der Katamaran jedoch mühelos hinwegglitt. Flinx drehte sich der Magen um.

Diesmal sank der Fisch nicht in die Tiefen zurück, sondern blieb, konvulsivisch um sich schlagend, oben.

»Umdrehen«, wies Lauren Flinx an. Schwitzend lud sie die Harpune für den dritten Schuß, wobei ihr das schwere Metallgeschoß mit seiner Explosivladung trotz des Lademechanismus einige Mühe bereitete. Diese Harpune war etwas kleiner und dünner als die beiden vorangegangenen. Während das Boot jetzt zurückschwang, hörte Flinx, wie die Kanone zum drittenmal detonierte. Einige Minuten verstrichen. Der Penestral hörte auf, um sich zu schlagen, und begann zu sinken.

Lauren drückte einen anderen Knopf. Ein Summen ertönte, und dann lief ein Kompressor im Inneren des Katamaran an und pumpte Luft durch die Plastikleine, die in den hohlen Schaft der letzten Harpune führte.

Sie schnallte sich von ihrem Sessel los und überwachte das Einholen des kolossalen Fangs. »Die Luft, die wir jetzt hineinpumpen, sorgt dafür, daß er tagelang an der Oberfläche treibt«, sagte sie beiläufig, während sie erneut mit Flinx den Platz tauschte. »Der hier ist zu groß für Bolzen.«

»Warum machen wir uns eigentlich die Mühe?« Flinx starrte den silbernen Berg an, der sich neben ihnen aufblähte und an dem Katamaran längsseits ging.

»Sie könnten recht haben — besonders groß ist er ja nicht, nicht einmal fünfzehn Meter, das wette ich.« Flinx starrte sie mit aufgerissenem Mund an. »Aber in Kaslin und den anderen Städten am Südufer des Sees gibt es hungrige Leute, und der Penestral eignet sich gut zum Essen — mager und nicht fettig. Die können den schon brauchen. Und was sie nicht essen, verkaufen sie nach dem Süden. Unser Park kann das Geld gebrauchen.

Außerdem haben wir Gäste bei uns, die regelmäßig nach Patra kommen, seit Jahren, zweimal pro Jahr, und die in der ganzen Zeit nie etwas Größeres als eine Fünf-Meter-Elritze gesehen haben. Und Sie sind zum erstenmal hier und haben schon bei einem Fang mitgemacht. Sie können stolz sein!«

»Ich hab' ihn nicht gefangen«, korrigierte er sie schnell. »Das waren Sie.«

»Tut mir leid. Bescheidenheit gibt es auf diesem See nicht. Selbst einen Penestral fangen, ist Gemeinschaftsarbeit. Ihm auszuweichen, ist genauso wichtig, wie das Abfeuern der Harpunen. Sonst finden am Ende *wir* uns auf *seiner* Wand mit den Trophäen.« Sie deutete mit dem Daumen in die Richtung des aufgeblasenen Monstrums, das inzwischen am Katamaranrumpf vertäut war.

Ein Gewicht ließ sich sanft auf Flinx' linker Schulter nieder. »Ich hatte schon gehofft, daß du nicht versuchen würdest, ihn anzugreifen«, sagte er zu dem Minidrach, als der sich um seinen Arm wand. »Es ist gut zu wissen, daß du wenigstens *etwas* Instinkt für die Selbsterhaltung hast.« Die Flugschlange starrte ihn rätselhaft an, schloß dann die Augen und entspannte sich.

Flinx inspizierte den Teil des Penestrals, den er während der Fahrt sehen konnte. »Diese Leute in den Sumpfern hatten keine Chance.«

»Die haben nicht einmal mitgekriegt, was sie getroffen hat«, pflichtete Lauren ihm bei. »Die hatten sicher keine Peilanlage wie wir. Warum auch. Wenn unsere Peilanlage defekt gewesen wäre, dann säßen wir jetzt mit denen gemeinsam im Bauch des Penestral.«

Wenigstens ein schneller Tod, dachte Flinx. Der Tod war ein häufiger Gast auf dem Markt von Drallar, ihm also kein Fremder. Die Gedanken an den Tod erinnerten ihn an Mutter Mastiff. Würde seine Hartnäckigkeit ihre Entführer zu der Entscheidung bringen, daß sie die Mühe gar nicht wert war? Was mochten sie jetzt für sie geplant haben, jetzt wo ihre Gegenwart zum Tod einer ganzen Anzahl ihrer Gefährten geführt hatte? Aber sie würden sie ganz sicher nicht einfach umbringen. Dazu hatten sie schon zu viel Mühe auf sich genommen.

Trotzdem beunruhigte ihn der Gedanke.

Lauren schien von dem Kampf mit dem Seeungeheuer aufgeputscht, und ihre Stimme klang daher hektisch. »Sie müssen uns einmal hier besuchen, wenn Sie alles das hinter sich gebracht haben. Dann fahre ich mit Ihnen zum Hozingarsee oder nach Utuhuku. Das sind Seen von respektabler Größe mit richtigen Fischen. Nicht wie unser armseliger kleiner Patra hier. In Hozingar würden Sie verstehen, warum das hier Das-Blau-das-blendet heißt.«

Flinx warf einen Blick auf den riesigen Kadaver, der an ihrem Rumpf vertäut war. »Ich weiß, daß es größere Seen als den hier gibt, aber daß es dort noch größere Penestrals gibt, wußte ich nicht.«

»Oh, der Penestral ist nur ein mittelgroßer Räuber«,

erklärte sie im Gesprächston. »Im Hozingarsee fischt man nicht den Penestral. Man fischt dort Oboweirs.«

»Und was ist ein Oboweir?« wollte Flinx wissen.

»Ein Fisch, der sich von Penestrals ernährt.«

»Oh«, sagte er, gespielt ruhig und versuchte, in seiner Phantasie mit dem Bild fertig zu werden, das ihre Worte in ihm heraufbeschworen hatten.

Als sie am Pier des Freizeitparks anlegten, erwartete sie eine beträchtliche Menschenmenge. Lauren hatte den aufgeblasenen Penestral an einer Boje ganz in der Nähe vertäut. Der Kadaver hatte einen zu großen Tiefgang, um ganz an Land gezogen werden zu können.

Flinx schlüpfte zwischen den Oh und Ah machenden Gästen durch und überließ es Lauren, ihre Fragen zu beantworten. Einige ihrer Angestellten bahnten sich den Weg bis zu ihr und überschütteten sie ebenfalls mit Fragen. Nach einer Weile begann die Menge sich schließlich aufzulösen, wobei einige in ihre Zimmer zurückkehrten und andere neugierig den Fisch anstarrten, der träge in den Wellen dümpelte.

Flinx hatte sich dankbar auf einem Sessel auf der Veranda niedergelassen, die das Hauptgebäude umgab. »Wieviel wollen sie für die Benutzung des Skimmers und einer Peilanlage?« fragte er Lauren, als diese sich anschickte, neben ihm Platz zu nehmen. »Und Sie werde ich natürlich auch brauchen, damit Sie mir zeigen, wie man damit umgeht.«

Sie sah ihn mit gerunzelter Stirn an. »Ich weiß nicht, ob ich Ihnen da jetzt folgen kann, Flinx.«

»Ich habe Ihnen gesagt, daß ich die Verfolgung fortsetzen werde. Sie haben es mir ermöglicht, das zu tun, und dafür bin ich Ihnen sehr dankbar.«

Sie blickte nachdenklich. »Die Geschäftsleitung wird ein mächtiges Geschrei erheben, wenn sie herausfindet, daß ich mir den Skimmer für den persönlichen Gebrauch genommen habe. Skimmers sind wesentlich teurer als Düsenboote und Sumpfer. Wir werden gut darauf aufpassen müssen.«

Er hörte immer noch nicht ganz zu, weil er sich auf tausend verschiedene Pläne konzentrierte, wie man die Verfolgung der Entführer am besten durchführte. »Ich weiß nicht, wie ich Ihnen das je zurückzahlen kann, Lauren.«

»Machen Sie sich darüber keine Sorgen. Der Gewinnanteil des Parks aus dem Verkauf des Penestrals sollte die Kosten reichlich aufwiegen. Kommen Sie schon, machen Sie, daß Sie mit Ihrer Schlange aus diesem Sitz da kommen. Wir müssen Vorräte mitnehmen. Der Skimmer wird gewöhnlich für schnelle Reisen zwischen hier und Attock eingesetzt. Dort holen wir gewöhnlich unsere Gäste ab. Wir müssen uns etwas an Lebensmitteln mitnehmen. Und dann will ich mich natürlich auch vergewissern, daß der Motor voll aufgeladen ist. Und wenn ich mir jetzt nicht zehn Minuten Zeit nehme, um mir das Haar auszukämmen, dann komme ich um.« Sie zupfte an dem Wust aus schwarzen Locken, in den sich ihre Frisur verwandelt hatte.

»Einen Augenblick!« Diesmal war es Flinx, der sie daran hinderte, aufzuspringen. »Ich glaube, ich habe da etwas nicht richtig verstanden. Sie wollen doch nicht etwa sagen, daß Sie mitkommen werden?«

»Sie wissen ja nicht, wie man mit dem Peilgerät umgeht«, erklärte sie.

»Ich kann es mir schon zusammenreimen«, versicherte er ihr voll Zuversicht. »Ich habe ja auch nicht lang gebraucht, um mit dem Boot zurechtzukommen, oder?«

»Sie kennen das Land hier nicht.«

»Das Land interessiert mich auch nicht«, antwortete er. »Schließlich gehe ich ja auch nicht auf eine Vergnügungsreise, um mir die Sehenswürdigkeiten anzusehen. Dazu ist die Peilanlage doch da, oder? Leihen Sie mir das Zeug einfach. Ich werde die Kosten schon irgendwie aufbringen. Geben Sie mir einfach das Peilgerät und laden Sie mir meinen Sumpfer auf, wenn Sie sich um den Skimmer Sorgen machen.«

»Sie vergessen meine Wervils. Außerdem können Sie ja nicht gut mit einem Sumpfer einen Skimmer verfolgen. Was, wenn Sie auf einen Canyon stoßen?«

»Sie werden doch ganz sicher nicht Ihre Arbeit hier liegen lassen«, meinte er, indem er es diesmal mit einer anderen Taktik versuchte, »nur um Rache für den Tod von ein paar Haustieren zu nehmen?«

»Ich sagte Ihnen doch, Wervils stehen auf Moth unter Naturschutz. Und ich habe Ihnen auch gesagt, wie ich über Tiere denke.«

»Ich weiß«, wandte er ein. »Aber das ...«

Er verstummte, als sie ihm mit der Hand ins Haar fuhr. »Wissen Sie, Sie erinnern mich da an einen anderen Wervil, den ich einmal versorgt habe, wenn auch sein Pelz nicht ganz so rot wie der Ihre war. Aber eine gewisse Ähnlichkeit gab es da schon.« Dann fuhr sie ernsthafter fort: »Flinx, ich mag diese Leute nicht, wer auch immer sie sind. Ich mag sie wegen dem nicht, was sie Ihnen angetan haben, und mag sie auch nicht wegen dem, was sie mir angetan haben. Und deshalb tue ich das ebenso für Sie wie für mich. Außerdem würde ich diese Leute schon um Sennars und Sobas willen verfolgen, ob Sie nun hier wären oder nicht.

Und jetzt sagen Sie bloß nicht, daß Sie nicht etwas Hilfe gebrauchen könnten, und kommen Sie mir nicht mit so antiquiertem Unsinn, daß Sie mich nicht dabeihaben wollen, weil ich eine Frau bin.«

»Oh, keine Sorge«, meinte er kühl, »mit antiquiertem Unsinn würde ich Ihnen ganz bestimmt nicht kommen, das wäre das Allerletzte.«

Das ließ sie einen Augenblick lang zögern, da sie nicht ganz wußte, ob er das nun scherzhaft meinte oder nicht. »Jedenfalls«, fuhr sie dann fort, »wenn ich nicht gehen kann, nicht daß Sie mich daran hindern könnten, dann könnten Sie auch nicht gehen. Außer mir hat nämlich hier niemand Zugang zu dem Skimmer.«

Flinx fiel es nicht schwer, nachzugeben. »Ich habe jetzt keine Zeit, mich mit Ihnen zu streiten.«

»Und auch genug Verstand, um es gar nicht zu versuchen, nehme ich an. Aber was die Zeit betrifft, haben Sie recht. Unser Peilgerät sollte zwar das Gel unter ihrem Skimmer sofort aufnehmen können, aber wir sollten unser Glück nicht strapazieren. Ich weiß nicht, was für eine Art von Skimmer die haben. Ich habe noch nie so einen gesehen, habe also auch keine Ahnung, ob er nicht etwas schneller als die üblichen ist. Wir gehen also gemeinsam, ja?«

»Ja, gemeinsam. Unter zwei Bedingungen, Lauren.«

Wieder sah sie ihn mit gerunzelter Stirn an. Jetzt hatte sie geglaubt, seine Reaktion vorhersagen zu können, und da mußte er sie wieder überraschen. »Sagen Sie sie mir.«

»Erstens, die Bedingung, daß Pip Sie weiterhin toleriert.« Er strich der Flugschlange liebevoll über den Kopf. Sie drückte sich entzückt gegen seine Hand. »Sehen Sie, ich habe nämlich selbst gegenüber Tieren auch gewisse Gefühle.«

»Und die zweite Bedingung?« wollte sie wissen.

»Wenn Sie mein Haar noch ein einziges Mal so berühren, sollten Sie darauf vorbereitet sein, daß ich Ihnen einen Tritt in Ihren hübschen Po verpasse, daß Sie bis zum Pol fliegen. Das haben Damen mit mir gemacht, so lange ich mich erinnern kann, und mir reicht das jetzt!«

Sie grinste. »Gut, damit bin ich einverstanden. Ich bin nur froh, daß Ihre Schlange nicht so empfindlich ist wie Sie. Gehen wir also! Ich muß eine Nachricht für meine Vorgesetzten hinterlassen, für den Fall, daß die anrufen und wissen wollen, nicht nur wo ihr Skimmer ist, sondern auch ihr Manager.«

Als sie sich bei ihrem Stellvertreter abmeldete, war

der sehr erregt. »Und was sage ich Kilkenny, wenn wer aus Attoka anruft? Was, wenn er uns Gäste schicken will?«

»Wir erwarten eine ganze Woche lang niemanden. Das wissen Sie doch, Sal. Sagen Sie ihm, was Sie wollen!« Dabei war sie damit beschäftigt, einen kleinen Beutel zu füllen. »Nein, sagen Sie ihm, ich sei einem in Schwierigkeiten geratenen Reisenden auf der anderen Seite des Sees zu Hilfe gekommen. Das ist unter allen Umständen eine akzeptable Begründung.«

Ihr Stellvertreter sah zu Flinx hinüber, der ungeduldig wartete und zum See hinüberstarrte.

»Mir sieht der nicht so aus, als hätte er Probleme.«

»Er verbirgt sie nur gut«, erklärte Lauren. »Und das ist mehr, als was ich für Sie sagen kann, Sal. Ich bin wirklich überrascht. Wir sind bald wieder da.«

»Mhm. Es ist nur so, daß ich mich nicht besonders gut auf das Lügen verstehe, Lauren. Das wissen Sie doch.«

»Dann strengen Sie sich eben an!« Sie tätschelte ihm freundlich die Wange. »Und ich lüge auch gar nicht. Er hat wirklich Probleme.«

»Aber der *Skimmer,* Lauren.«

»Sie haben immer noch die Sumpfer und die Boote. Wenn es nicht gerade zu einer größeren Katastrophe kommt, kann ich mir wirklich nicht vorstellen, wozu Sie den Skimmer brauchen würden. Der ist wirklich bloß hier, um in Notfällen eingesetzt zu werden. Für mich ...« — sie deutete auf Flinx — »ist das ein Notfall.«

Ihr Stellvertreter trat schwungvoll nach einem Kieselstein. »Ist ja Ihr Hals.«

»Ja, das ist es.«

»Und wenn die fragen, in welche Richtung Sie gegangen sind?«

»Sagen Sie ihnen ...«, ein Husten unterbrach sie. Sie sah zu Flinx hinüber und nickte. »Sagen Sie einfach, ich hätte über den Patra fliegen müssen.«

»Aber wohin über den Patra?«

»Über den See, Sal.«

»Oh, okay, verstehe. Sie haben sicher Ihre Gründe, das zu tun, vermute ich.«

»Das vermute ich auch. Und wenn ich unrecht haben sollte, nun, Sie wollten ja immer schon hier Manager werden, Sal.«

»Jetzt einen Augenblick mal, Lauren! Ich habe nie gesagt ...«

»Helfen Sie mir, so gut Sie können«, bat sie ihn ruhig. »Mir bedeutet das sehr viel.«

»Sie rechnen also *wirklich* damit, bald wieder da zu sein?«

»Das hängt davon ab, wie die Dinge laufen. Bis bald, Sal!«

»Passen Sie gut auf sich auf, Lauren!« Er blickte ihr nach, wie sie sich dem fremden jungen Mann anschloß, und ging dann mit einem Achselzucken die Treppe hinauf.

Wie Lauren ganz richtig gesagt hatte, war es ja schließlich ihr Hals, und nicht der seine.

Den Skimmer startbereit zu machen, nahm nicht viel Zeit in Anspruch. Flinx kletterte an Bord und bewunderte das zweckmäßig gebaute Fahrzeug. Praktisch das erstemal, seit er Drallar verlassen hatte, würde er sich überhaupt nicht um so hartnäckige Hindernisse wie vom Nebel verhüllte Felsbrocken oder hoch aufragende Bäume zu kümmern brauchen. Die Karosserie der Maschine bestand aus schwarzem Kunststoff. Sie war groß genug, um ein Dutzend Passagiere und Mannschaft aufzunehmen. Neben den üblichen Notvorräten nahm Lauren zusätzliche Lebensmittel und Sanitätsausrüstung an Bord. Außerdem nahmen sie den Bolzenkarabiner mit ein paar Magazinen und einen tragbaren Sonarpeiler mit.

Flinx studierte den Schirm des Peilgerätes und den einzelnen sich bewegenden Punkt, der in nordwestlicher Richtung über die Scheibe glitt. Eine Serie konzentrischer Ringe mit Abstandsangaben füllte den kreisförmigen Bildschirm. Der Punkt, dessen Verfolgung sie antreten wollten, hatte bereits den äußersten Ring erreicht.

»Die werden bald vom Schirm sein«, murmelte er zu Lauren gewandt.

»Keine Sorge. Die sind inzwischen sicher davon überzeugt, daß sie uns abgeschüttelt haben.«

»Die bewegen sich im Zickzack über den ganzen Schirm«, meinte er.

»Weil sie kein Risiko eingehen wollen. Aber das nützt natürlich nichts, wenn man einmal auf einem Peilschirm ist. Aber Sie haben recht. Wir sollten keine Zeit mehr vergeuden.«

Sie schob sich auf den Pilotensitz und betätigte die Kontrollen. Das Motorengeräusch des Skimmers übertönte das leise Summen der Peilanlage, als die Maschine sich ein paar Meter vom Boden erhob. Dort verhielt Lauren und überprüfte die Instrumente ein letztesmal, drehte das Fahrzeug dann auf einer unsichtbaren Achse herum und lenkte es aus dem Hangar. Ein leichtes Antippen des Höhenschalters ließ sie zehn, zwanzig, dreißig Meter hoch steigen. Eine kurze Berührung des Fahrthebels, und sie rasten auf den Strand zu.

Obwohl die Kabine angenehm geheizt war, überlief es Flinx doch kalt, wenn er auf den Bildschirm sah.

»Ich habe Ihnen doch gesagt, daß Sie sich keine Sorgen zu machen brauchen«, meinte Lauren, als sie das Ufer überflogen. »Wir kriegen die schon.«

»Das ist es nicht.« Flinx spähte durch die durchsichtige Kabinenkuppel. »Ich habe eher an das gedacht, was uns schnappen könnte.«

»Den Penestral muß ich erst noch kennenlernen, der sich ein fliegendes Objekt schnappt, das mit unserem Tempo in dreißig Metern Höhe fliegt. Ein Oboweir könnte das vielleicht, aber im Patrasee gibt es keine

Oboweir. Wenigstens habe ich noch nie von welchen gehört.«

Trotzdem teilte sich Flinx' Aufmerksamkeit gleichmäßig zwischen dem Horizont vor ihnen und den potentiell tödlichen Wellen in der Tiefe.

»Wie ich höre, hatten Sie hier Ärger.«

Sal lehnte sich in seinem Stuhl im Speisesaal zurück und nahm einen Schluck von seinem Toma, während er seinen Besucher ansah. Sie waren mit dem eigenen Sumpfer angekommen, was sie sofort als sowohl unabhängig als auch wohlhabend kennzeichnete. Wenn er seine Karten jetzt richtig ausspielte, würde er sie vielleicht dazu überreden können, ein paar Tage hier zu verbringen. Es standen ein paar teure Suiten leer, und wenn er diese zwei in einer davon unterbringen konnte, würde das seinem Ruf sicherlich nicht schaden. Gewöhnlich konnte er Außenweltler nach ihrem Akzent einordnen, aber bei diesen beiden gelang ihm das nicht. Ihre Redeweise war völlig neutral, und das verblüffte ihn.

Die Routine war wieder in den Freizeitpark eingekehrt, als Lauren und ihr Wohlfahrtsfall abgereist waren. Und aus dem Süden hatte niemand angerufen, kein Distriktleiter und auch sonst niemand. Er war sehr zufrieden. Sofern die Gesellschaft sich nicht dazu entschlossen hatte, eigene Inspektoren zu schicken, anstatt einfach nur anzurufen. Dieser Gedanke beunruhigte ihn, und er sah die Frau mit gerunzelter Stirn an.

»Sagen Sie, kommen Sie von der Firma?«

»Nein«, erwiderte der Begleiter der Frau mit einem freundlichen Lächeln. »Du liebe Güte, nein, ganz bestimmt nicht. Wir möchten nur etwas Abwechslung, sonst gar nichts. Wenn es in der Gegend irgend etwas Ungewöhnliches gibt, dann reizt einen das einfach. Schiere Neugierde, verstehen Sie?«

»Hier ist doch ein Mann getötet worden, nicht wahr?« fragte die Frau.

»Nun ja, einen Tag lang ging es hier ziemlich lebhaft her.« Über den Geschmack läßt sich streiten, dachte Sal. »Jemand ist bei einer tätlichen Auseinandersetzung getötet worden. Aber kein Gast«, fügte er hastig hinzu. »Hier in diesem Raum. Eine scheußliche Sache.«

»Können Sie die Beteiligten beschreiben?« fragte sie.

»Eigentlich nicht. Ich weiß nicht einmal genau, welche Gäste in die Geschichte verwickelt waren und welche Tagesbesucher. Ich war nämlich selbst nicht Zeuge der Auseinandersetzung, müssen Sie wissen, und als ich hier eintraf, waren die meisten Beteiligten schon wieder weg.«

Die Frau nahm seine Aussage mit einem enttäuschten Kopfnicken auf. »War auch ein junger Mann beteiligt? Sagen wir um die sechzehn?«

»Ja, den habe ich gesehen. Auffällig rotes Haar?«

»Das ist er.« Sie nickte.

»Sagen Sie, ist der etwa gefährlich oder sowas?« Der stellvertretende Parkmanager beugte sich plötzlich besorgt in seinem Stuhl nach vorne.

»Was wollen Sie wissen?« fragte der Mann.

»Nun, meine Vorgesetzte, die die Anlage hier leitet — Lauren Walder. Sie ist mit ihm weggefahren.«

»Mit ihm weggefahren?« Der freundliche Ausdruck, der das Gesicht der Frau beherrscht hatte, war plötzlich wie weggewischt, und an seine Stelle war ein viel härterer Zug getreten.

»Ja. Das ist jetzt drei, vielleicht auch vier Tage her. Warum sie das gemacht hat, verstehe ich immer noch nicht ganz. Mir hat sie nur gesagt, der junge Mann hätte ein Problem, und sie würde versuchen, ihm bei der Lösung zu helfen.«

»In welche Richtung sind sie denn mit ihrem Sumpfer gefahren?« wollte der Mann wissen.

»Nach Norden, quer über den Patrasee«, erklärte Sal. »Aber nicht mit einem Sumpfer. Sie hat den Skimmer genommen.«

»Ein Skimmer!« Die Hände der Frau fuhren erregt in die Höhe, und dann ließ sie sich schwer in einen Stuhl sinken. »Wir fallen zurück«, meinte sie zu ihrem Begleiter gewandt, »anstatt aufzuholen. Wenn der sie vor uns einholt, könnten wir ihn verlieren *und* ...« Ihr Begleiter machte eine schneidende Handbewegung, und ihre Worte erstarben in einem undeutlichen Murmeln. Die Geste war schnell und halb versteckt gewesen, aber Sal hatte sie dennoch bemerkt.

»Jetzt beunruhigen Sie mich wirklich«, sagte er zu den beiden. »Wenn Lauren da Schwierigkeiten bekommt ...«

»Das könnte sie«, räumte der Mann ein, sichtlich zufrieden, daß Sal das Thema gewechselt hatte.

Der überlegte kurz. »Geht die Gefahr für sie von den Leuten aus, die hier diese Auseinandersetzung hatten, oder von dem rotschöpfigen Jungen?«

»Möglicherweise von beiden.« Damit log der Mann nur teilweise. »Es ist besser, Sie sagen uns alles, was Sie wissen.«

»Das habe ich bereits getan«, antwortete Sal.

»Sie sagten, sie seien nach Norden geflogen, über den See. Können Sie nicht ein wenig deutlicher werden?«

Sal zuckte hilflos die Achseln. »Lauren hat sich auch nicht deutlicher ausgedrückt.«

»Möglicherweise setzen sie ihre Reise gar nicht weiter in nördlicher Richtung fort.«

»Ja, das ist durchaus möglich. Haben Sie ein Peilgerät, um andere Fahrzeuge zu verfolgen?« fragte Sal.

Der Mann schüttelte den Kopf. »Wir haben nicht damit gerechnet, daß wir eines brauchen würden. Nach den letzten Informationen reiste der junge Mann, mit dem wir gerne sprechen würden, auf dem Rücken eines Stupava.«

»Ich glaube, hier ist er mit einem Sumpfer angekommen.«

Die Frau blickte überrascht und meinte dann resignierend, zu ihrem Begleiter gewandt: »Kein Wunder, daß wir da nicht mithalten konnten. Wendiger Bursche, nicht wahr?«

»Für meinen Geschmack zu wendig«, murmelte der Mann, »und für seinen eigenen vielleicht auch, wenn er diese Typen zu sehr in die Enge treibt.«

Die Frau seufzte und stand dann wieder auf. »Nun, hier haben wir jetzt genug Zeit vergeudet. Wir müssen einfach nach Pranbeth zurück und uns dort einen Skimmer mit Peilanlage besorgen. Falls Sie nicht der Meinung sind, wir sollten versuchen, sie mit dem Sumpfer einzuholen.«

Der Mann stieß ein kurzes, humorloses Lachen aus und wandte sich dann wieder Sal zu. »Danke, junger Freund. Sie haben uns sehr geholfen.«

»Ich wünschte, ich könnte mehr für Sie tun«, sagte Sal besorgt. »Wenn Lauren etwas zustoßen würde — Sie werden doch dafür sorgen, daß ihr nichts zustößt, ja?«

»Ich verspreche Ihnen, daß wir unser Bestes tun werden«, versicherte ihm die Frau. »Wir wollen nicht, daß Unschuldige verletzt werden. Wir wollen nicht einmal, daß Nicht-Unschuldige verletzt werden.« Sie schenkte ihm ein mütterliches Lächeln, das aber dem nervösen Stellvertreter Lauren Walders keineswegs ein Gefühl der Zuversicht vermittelte.

11

Das Peilgerät summte leise vor sich hin, und der einsame leuchtende Punkt auf dem Bildschirm zeigte klar den hastigen Flug des Skimmers nach Norden an. Dicht über den Gipfeln der höchsten Bäume zog er dahin, mehr als achtzig Meter über den Sümpfen und Morasten, die hier als Boden galten. Sie hatten den Patrasee überquert, dann ein Stück trockenen Landes, dann den wesentlich größeren See, der unter dem Namen Tigranocerta bekannt war, und jetzt flogen sie wieder über Wald. Ein kalter Regen fiel und spritzte von der Acrylkuppel des Skimmers und bildete eine sich dauernd verändernde feuchte Topografie, die einen großen Teil der Sicht nach draußen versperrte. Die Instrumente des Skimmers sorgten für einen festgelegten Abstand zwischen ihm und denen, die sie verfolgten.

Schrecklich still, dachte Lauren Walder. Er ist schrecklich still und vielleicht sonst noch etwas. »Nein, ich bin nicht zu jung«, sagte er in das Schweigen hinein, das die Kabine erfüllte, und seine Stimme klang so, als wolle er sich verteidigen.

Lauren hob die Augenbrauen. »Können Sie Gedanken lesen?«

Darauf reagierte er mit einem scheuen Lächeln. »Nein, das nicht.« Seine Finger liebkosten den Kopf des Minidrach, der auf seiner Schulter schlief. »Ich fühle nur manchmal Dinge. Nicht Gedanken, nichts Detailliertes. Nur die Art und Weise, wie die Leute fühlen.« Er blickte zu ihr auf. »So wie ich dachte, daß Sie in diesem Augenblick empfinden, dachte ich, Sie würden etwas Derartiges sagen.«

»Nun, da hatten Sie recht«, gestand sie und fragte sich, was sie aus dem Rest seiner Erklärung eigentlich machen solle.

»Und das bin ich nicht, wissen Sie.«

»Wie alt sind Sie?« fragte sie.

»Sechzehn. So gut ich das weiß. Sicher bin ich nicht.«

Sechzehn und bald sechzig, dachte sie traurig. Während ihrer seltenen Besuche in Drallar hatte sie manchmal seinesgleichen gesehen. Ein Kind der Umstände, auf den Straßen aufgewachsen und durch falsche Beispiele und Zufälle angeleitet, wenn es auch schien, als wäre aus ihm Besseres als aus seinen Kameraden geworden. Sein Gesicht enthielt das Wissen, das seinen glücklicheren Zeitgenossen vorenthalten war, aber das schien ihn weder böse noch verbittert gemacht zu haben.

Trotzdem hatte sie das bestimmte Gefühl, daß da noch etwas anderes am Werk war.

»Wie alt, glauben Sie, daß ich bin?« fragte sie beiläufig.

Flinx kniff die Lippen zusammen und starrte sie prüfend an. »Dreiundzwanzig«, sagte er dann, ohne zu zögern.

Sie lachte leise und schlug vergnügt die Hände zusammen. »Jetzt weiß ich es, womit ich es hier zu tun habe, einem sechzehnjährigen Diplomaten auf einem Rachefeldzug!« Ihr Lachen verblaßte, nur das Lächeln blieb. »Erzählen Sie mir etwas von sich, Flinx!«

Das war eine Frage, die zu stellen kein Fremder in Drallar je die Kühnheit gehabt hätte. Aber dies war nicht Drallar, erinnerte er sich. Außerdem stand er in der Schuld der Frau.

Und so erzählte er ihr, soviel er wußte. Als sein Bericht zu Ende war, starrte sie ihn immer noch mit ernster Miene an und nickte, als hätten seine Worte nicht mehr bewirkt, als einen schon vorher gehegten Argwohn zu bestätigen. Sie warf einen kurzen Blick auf das Peilgerät, um sich zu vergewissern, daß es noch richtig funktionierte, und sah dann wieder ihn an. »Eine angenehme Kindheit haben Sie nicht gerade gehabt, oder?«

»Das kann ich nicht wissen«, antwortete er. »Schließlich kann ich sie ja nur mit Dingen vergleichen, die ich vom Hörensagen kenne.«

»Dann glauben Sie es mir, daß es so ist. Außerdem haben Sie es geschafft, mit der Mehrzahl der Menschheit zu Rande zu kommen, obwohl die offenbar nichts mit Ihnen zu tun haben wollen. Während ich der Mehrzahl der Leute ausweichen mußte, die anscheinend eine ganze Menge mit mir zu tun haben wollten.«

Sie beugte sich impulsiv aus ihrem Pilotensessel zu ihm herüber und küßte ihn. Im letzten Augenblick zuckte er zurück, die ungewohnte Nähe eines anderen menschlichen Wesens machte ihn nervös — ganz besonders einer attraktiven Angehörigen des anderen Geschlechts —, und der Kuß, der für seine Wange bestimmt war, landete statt dessen auf seinen Lippen.

Das veranlaßte sie, schnell zurückzufahren. Das Lächeln verharrte in ihrem Gesicht, sie blinzelte nur kurz überrascht. Schließlich war es ein Zufall gewesen.

»Und noch etwas können Sie mir glauben, Flinx. Wenn man lange genug lebt, wird das Leben besser.«

»Ist das einer der Sprüche der Kirche?« Er fragte sich, ob sie irgendeine isolierende Substanz trug, die ihre Lippen vor dem Brennen bewahrten, denn seine eigenen standen in Flammen.

»Nein«, sagte sie. »Das ist ein Originalspruch von Lauren Walder.«

»Freut mich, das zu hören. Für die Kirche habe ich nämlich nie viel übrig gehabt.«

»Ich auch nicht. Und die meisten anderen Leute auch nicht. Deshalb ist sie wahrscheinlich so erfolgreich.« Sie sah wieder auf den Peilschirm. »Die fangen jetzt an, langsamer zu werden. Wir werden genau das gleiche tun.«

»Meinen Sie, daß die uns gesehen haben?« Plötzlich war ihm völlig egal, was die Leute in dem Skimmer vor ihnen jetzt zu tun beschlossen. Das Feuer breitete sich von seinen Lippen in seinen Mund aus, rann seine Kehle hinunter und verbreitete sich über seinen ganzen Körper. Es war ein süßes, dickes Feuer.

»Das bezweifle ich«, antwortete sie. »Ich wette, daß die ihrem Ziel nahe sind.« Ihre Hände arbeiteten an den Kontrollen.

»Wie weit vor uns sind sie?« Er trat vor, um über ihre Schulter auf den Bildschirm zu sehen. Er hätte links von ihr stehen können, aber plötzlich wurde ihm ihre

Wärme bewußt, der Duft, der von ihrem Haar ausging. Er achtete sorgsam darauf, sie nicht zu berühren.

Sie nahm ein paar schnelle Berechnungen vor und benutzte dazu den Prädiktor des Peilgerätes. »Einen Tag etwa. Wir wollen ihnen ja nicht gleich auf den Schwanz treten. In diesem Teil des Landes ist nichts. Ein seltsamer Ort, um hier anzuhalten. Aber schließlich ist ja diese ganze Sache, nach dem, was Sie mir gesagt haben, recht seltsam. Warum bringen die Ihre Mutter hierher?«

Darauf wußte er keine Antwort.

Sie gingen tiefer, bis der Skimmer sich mit den Baumwipfeln hob und senkte. Sie waren so auf den Punkt konzentriert, der vor ihnen über den Bildschirm zog, daß keiner von ihnen beiden bemerkte, daß nicht nur der Regen aufgehört hatte, sondern auch die Wolkendecke aufgerissen war. Über ihnen schimmerte eine der Schwingen von Moth, der aufgerissene Ring, der den Planeten umgab. Golden strahlte er vor der schwarzen Decke der Nacht.

»Weshalb sind Sie so sicher, daß die hier anhalten, und nicht nur eine Weile langsamer fliegen?« fragte er Lauren.

»Weil ein Skimmer genau wie ein Sumpfer von einer Speicherladung betrieben wird. Sie dürfen nicht vergessen, daß die zuerst von hier nach Patra kommen mußten. Unsere eigene Ladung wird langsam knapp, und wir befinden uns nicht auf der Rückreise einer Rundfahrt. Ich weiß nicht, was für ein Modell die fliegen, aber ich habe gesehen, wie groß es ist. Es hat unmöglich noch genug Energie für eine wesentlich größere Strecke, als wir sie in den letzten paar Tagen bereits zurückgelegt haben. Zumindest müssen die irgendwo anhalten, um aufzuladen. Das ist gut.«

»Warum ist das gut?« fragte Flinx.

»Weil wir ebenfalls aufladen müssen.« Sie deutete auf eine Anzeige. »Wir haben jetzt mehr als die Hälfte

unseres Energievorrates verbraucht. Wenn wir nicht hier irgendwo aufladen können, müssen wir auf dem Rückweg ein Stück zu Fuß gehen.«

Flinx sah sie mit neuem Respekt an, falls das überhaupt möglich war; die Meinung, die er von ihr hatte, war bereits auf schwindelnden Höhen angelangt. »Warum haben Sie es mir nicht gesagt, als wir den Wendepunkt erreicht hatten?«

Sie zuckte leicht die Achseln. »Warum? Wir haben einige Mühe auf uns genommen, um so weit zu kommen. Sie hätten vielleicht versucht, mir das Umkehren einzureden.«

»Nein«, sagte Flinx leise, »das hätte ich nicht getan.«

»Das habe ich mir auch gedacht. Sie sind fast genauso entschlossen, das hier zu Ende zu führen, wie ich. Und mindestens so verrückt.«

Sie sah ihn an, und er erwiderte ihren Blick.

»Und ich sage *nein.*«

Nyassa-lees Ablehnung klang unwiderruflich. Sie saß auf der einen Seite des Tisches und sah ihre Kollegen erwartungsvoll an. Brora betrachtete interessiert die Fingernägel seiner linken Hand, während Haithness mißbilligend ihre Augenbrauen hob.

»Wirklich«, murmelte die hochgewachsene schwarze Frau, »es ist wirklich sehr ermutigend, daß Sie in diesem Stadium eine so negative Haltung einnehmen, Nyassa-lee.« Ihre Hand löste sich von ihren Augen. »Vielleicht bekommen wir nie wieder die Gelegenheit, ein so vielversprechendes Subjekt wie diesen Zwölf zu manipulieren. Zeit und Umstände haben sich gegen uns verschworen. Das wissen Sie doch genausogut wie ich.«

»Ja, das weiß ich.« Nyassa-lee lehnte sich im Sessel nach vorne und blickte auf den Boden zwischen ihren Beinen. Zwischen den Bodenplatten waren Fugen zu

erkennen; das Gebäude war mit einiger Hast errichtet worden. »Ich bin einfach nicht überzeugt, daß es das Risiko wert ist.«

»Welches Risiko?« wollte Haithness wissen. »Bis jetzt haben wir noch keinerlei Demonstrationen einer bedrohlichen Kraft gesehen. Eher das Gegenteil, würde ich sagen. Das Subjekt hatte doch ganz sicher Gelegenheit, solche Fähigkeiten zu zeigen. Es ist doch offenkundig, daß er sie nicht besitzt, sonst hätte er sie doch ohne Zweifel gegen uns eingesetzt. Und was haben wir gesehen? Ein Messer.« Das Wort klang in ihrem Munde angeekelt und geringschätzig.

»Da hat sie recht, wissen Sie.« Brora redete nur selten und überließ es meistens den beiden älteren Wissenschaftlerinnen, solche Auseinandersetzungen zu führen. Er meldete sich nur zu Wort, wenn er von dem, was er sagte, wirklich überzeugt war.

»Ich möchte nicht, daß sich so etwas wiederholt, wie es mit dem Mädchen passiert ist«, sagte Nyassa-lee. »Einen solchen Fehlschlag könnte sich die Gesellschaft nicht leisten.«

»Und genau aus diesem Grund müssen wir diese letzte Chance, die wir haben, wahrnehmen«, beharrte Haithness.

»Wir wissen doch nicht, daß das unsere letzte Chance ist.«

»Ach kommen Sie, Nyassa-lee!« Haithness schob ihren Stuhl zurück, stand auf und fing an, nervös auf und ab zu gehen. Hinter ihr blitzten von den hastig aufgebauten Konsolen Lichter in kaltem Grün und Blau. »Selbst wenn es dort draußen andere Subjekte mit ähnlichem Potential gibt, haben wir keineswegs die Garantie, daß jemand von uns noch die Chance bekommt, sich um sie zu kümmern.«

»Dagegen kann ich nichts sagen«, räumte Nyassa-lee ein. »Ich habe auch keine Argumente dagegen, daß diese Nummer Zwölf statistisch gesehen aussichtsreich ist.

Und genau diese Statistiken sind es auch, die mir Angst machen.«

»Ihnen Angst machen?« Haithness blieb stehen und sah zu ihrer langjährigen Kollegin hinüber. Sie war überrascht. Schließlich war es nicht nur einmal vorgekommen, daß sie Nyassa-lee ihre Waffe mit der kaltblütigen Effizienz eines Qwarm hatte benutzen sehen. Furcht schien etwas zu sein, was ihr völlig fremd war. »Aber warum? Er hat doch nichts getan, was solche Furcht rechtfertigen würde.«

»Nein, hat er das nicht?« Nyassa-lee zählte ihre Punkte an den Fingern ab. »Erstens: Statistisch gesehen ist er beunruhigend; zweitens: Er ist sechzehn, unmittelbar vor der vollen Reife; drittens: Der Reifeprozeß könnte bei ihm *jederzeit* einsetzen.«

»Das Mädchen«, wandte Brora ein, »war wesentlich jünger.«

»Zugegeben«, sagte Nyassa-lee, »aber ihre Fähigkeiten waren auch frühreif. Ihr einziger Vorteil war die Überraschung. Diese Nummer Zwölf entwickelt sich langsam, aber mit größerem Potential. Vielleicht ist er einer von der Art, die auf Druck reagieren, indem sie noch tiefer in sich hineinreichen.«

»Mag sein«, sagte Brora nachdenklich, »aber dafür haben wir keine Beweise. Und sein Profil läßt auch nichts von der Art erwarten.«

»Wie vereinbaren Sie das dann mit der Tatsache, daß er ganz für sich alleine ...«

»Er ist nicht für sich alleine«, unterbrach sie Brora. »Diese Frau aus dem Freizeitpark hat ihm auf dem See geholfen.«

»Auf dem See. Aber sie hat ihm nicht geholfen, zu diesem Punkt zu gelangen. Er ist uns ganz alleine bis zu jenem See gefolgt, ohne irgendwelche Unterstützung von außen. Für mich deutet das auf die beschleunigte Entwicklung eines Talents, das wir näher kennen sollten.«

»Ein Grund mehr«, sagte Haithness zornig und schlug dabei mit der Hand auf den Tisch, »weiter im Sinne unseres Planes zu verfahren!«

»Ich weiß nicht«, murmelte Nyassa-lee, immer noch nicht überzeugt.

»Sind Sie denn nicht auch der Meinung«, konterte Haithness, bemüht, ihre Verärgerung unter Kontrolle zu halten, »daß wir, wenn die Operation gelingt, eine gute Chance haben, unser Ziel hinsichtlich einer Manipulation des Subjekts von außen zu erreichen?«

»Möglich«, räumte Nyassa-lee ein.

»Warum nur ›möglich‹? Haben Sie Zweifel an den gefühlsmäßigen Bindungen?«

»Das ist es nicht, was mich beunruhigt. Nehmen Sie einmal an, nur als Hypothese, daß er, weil sein Potential immer noch unentwickelt ist, keine bewußte Kontrolle darüber hat?«

»Was wollen Sie damit sagen?« fragte Brora.

Sie beugte sich über den Tisch. »Bei dem Mädchen Mahnahmi wußten wir, wo wir standen, sobald sie sich einmal offenbart hatte. Unglücklicherweise hat uns dieses Wissen überrascht, und es war zu spät, um Gegenmaßnahmen ergreifen zu können. Wo wir bezüglich der Talente dieses Subjekts stehen, ahnen wir nicht einmal. Angenommen, Druck und Furcht vereinen sich trotz dieser gefühlsmäßigen Bindungen, und sein Potential kommt unabhängig von seinen oberflächlichen Gefühlen zum Ausbruch? Statistisch betrachtet ist das Subjekt eine wandelnde Bombe, die möglicherweise weder fähig noch reif genug ist, sich unter Kontrolle zu halten. *Das* ist es, was mich beunruhigt, Haithness! Die gefühlsmäßigen Bindungen reichen vielleicht aus, um sein bewußtes Ich unter Kontrolle zu halten. Aber der unberechenbare Teil von ihm reagiert vielleicht trotzdem heftig.«

»Wir können aber unsere Hoffnungen und unsere Arbeit doch nicht wegen einer so schwachen Hypothese aufgeben«, beharrte Haithness. »Schließlich gibt es keinerlei Fakten, die diese Hypothese stützen. Außerdem ist das Subjekt sechzehn. Wenn überhaupt, dann sollte er doch mehr Kontrolle über sich haben, als dieses Mädchen sie hatte.«

»Ich weiß, ich weiß«, murmelte Nyassa-lee unglücklich. »Alles, was Sie sagen, ist richtig, Haithness, und doch mache ich mir einfach Sorgen. Aber ich bin ja überstimmt.«

»Das sind Sie«, sagte die Größere nach einem fragenden Blick auf Brora. »Und wenn Cruachan jetzt hier wäre, dann wissen Sie, daß er sich ebenfalls positiv äußern würde.«

»Wahrscheinlich.« Nyassa-lee lächelte schwach. »Ich mache mir zuviel Sorgen. Brora, sind Sie sicher, daß Sie mit dem Implantat klarkommen?«

Er nickte. »Ich habe das zwar schon lange nicht mehr getan, aber eine solche Fertigkeit verliert man nicht so schnell. Außerdem erfordert der Vorgang eher Geduld als sonst etwas. Das wissen Sie ja auch. Und was mögliche unvorhersehbare Folgen angeht oder einen Mißerfolg, nun ...« — er lächelte —, »schließlich ist das Urteil über uns alle ohnehin schon vor langer Zeit gefällt worden. Eine weitere kleine Niederträchtigkeit gegen die archaischen Gesetze der Gesellschaft kann uns da auch nicht mehr schaden, wenn wir hier versagen.«

Etwas abseits von dem Gespräch saß Mutter Mastiff auf einem Stuhl in der Ecke, die Hände im Schoß verschränkt, und lauschte. Sie war nicht gefesselt. Es gab dafür keinen Grund, und das wußte sie ebensogut wie ihre Entführer. Wohin hätte sie schon fliehen sollen? Ihr körperlicher Zustand und ihre Kondition waren zwar für eine Frau ihres Alters ausgezeichnet, aber sie hatte bei der Landung des Skimmers den bescheidenen Komplex aus täuschendem Stein und Holzbauten recht gut erkennen können. Tausende von Kilometern feuchten, feindlichen Waldes lagen zwischen diesem Ort und

Drallar. Und die Wahrscheinlichkeit, daß sie ein Fahrzeug stehlen konnte, war etwa ebenso groß wie die, daß sie plötzlich wieder zwanzig wurde.

Was wohl der arme Flinx in diesem Augenblick durchmachte? Das war er gewesen, draußen auf dem See im Süden. Wie er es geschafft hatte, ihr so weit zu folgen, war ihr ein Rätsel. Zuerst war sie nur um sich selbst besorgt gewesen. Jetzt, wo sie reichlich Gelegenheit gehabt hatte, diesem dämonischen Trio zuzuhören, die da vor ihr diskutierten — und für sie waren diese drei dämonisch —, wuchs ihre Sorge um das Schicksal ihres adoptierten Sohnes. Wenn sie verloren sein sollte ... — nun, sie hatte ein langes, ereignisreiches Leben hinter sich. Besser vielleicht, daß ihr tapferer Flinx ihre Spur verlor, als daß er noch einmal mit diesen Ungeheuern zusammenstieß.

Einer der drei, der kleine Mann mit dem Krötengesicht, hatte davon gesprochen, sie ›anzupassen‹, und dann war auch die Rede von ›Implantaten‹ gewesen. Das hatte ausgereicht, um ihr klarzumachen, daß sie sich auf etwas Schlimmeres als den Tod vorbereiten mußte. Vieles von dem, was die drei redeten, war ihr völlig unverständlich. Sie hatte keine Ahnung, wer diese Leute waren, ganz zu schweigen davon, woher sie gekommen waren oder was sie zu ihrem Handeln veranlaßte. Mit ihr redeten sie nie, sie ignorierten ihre Fragen ebenso wie ihre Flüche.

Tatsächlich behandelten sie sie nicht wie ein menschliches Wesen, sondern eher wie ein empfindliches Möbelstück. Das Gespräch, dessen Zeuge sie eben geworden war, war bis jetzt das Seltsamste, denn einer der drei äußerte immerhin Furcht vor ihrem Jungen. Warum das so war, konnte sie sich nicht vorstellen. Zwar hatte Flinx ein gefährliches Tier gezähmt, jenes widerwärtige, kleine fliegende Geschöpf, aber das war doch kaum eine Leistung, die in solchen Leuten Furcht erzeugen konnte. Sie wußten, daß er gelegentlich die Fähigkeit besaß, das wahrzunehmen, was andere fühlten. Und doch diskutierten diese Leute solche unberechenbaren und belanglosen Talente — die sie keineswegs fürchteten —, so als wären sie von großer Bedeutung.

Und nichts von alledem erklärte, weshalb sie sie entführt hatten. Wenn ihr wirkliches Interesse dem Jungen galt, warum hatten sie dann nicht ihn entführt? Die ganze Geschichte war einfach ein kompliziertes Rätsel, etwas, dem man keinen Sinn abgewinnen konnte. Mutter Mastiff war alles andere als dumm, und das, was ihr an formeller Erziehung mangelte, hatte keineswegs ihren scharfen Verstand beeinträchtigt; trotzdem sah sie sich außerstande, sich auf das, was hier mit ihr geschah, irgendeinen Reim zu machen.

Sie wandte ihre Aufmerksamkeit von der Auseinandersetzung ab und studierte den Raum, in den man sie gebracht hatte. Der größte Teil der Beleuchtung kam von der eindrucksvollen Anordnung elektronischer Geräte, die die Wände säumten. Es waren alles tragbare Geräte in improvisierter Anordnung, und das alles deutete auf Hast. Welchen Zweck diese Instrumente erfüllten, konnte sie nicht ahnen, aber sie war genug herumgekommen, um zu wissen, daß solche Geräte teuer waren. Das und die Handlungen der Leute, die sie entführt hatten, deuteten auf eine reichlich mit Geld und bösen Absichten ausgestattete Organisation.

»Ich bin nicht einmal sicher«, sagte Nyassa-lee gerade, »daß das Subjekt überhaupt *weiß,* wie er es geschafft hat, uns so weit zu folgen.«

»Daran ist wahrscheinlich nichts Mysteriöses«, wandte Haithness ein. »Bedenken Sie, daß er ein Produkt einer hochgradig auf Wettbewerb ausgerichteten, wenn auch primitiven Umgebung ist. In einer solchen Umgebung reifen junge Leute in den Städten schnell heran, wenn man sie ganz ihrer eigenen Findigkeit überläßt. Es mag durchaus sein, daß er keine besondere formelle Erziehung genossen hat, aber dafür ist er in der wirklichen Welt ausgebildet worden — etwas, das wir selbst in den letzten paar Jahren erfahren mußten. Und dazu ist es durchaus möglich, daß er ganz gewöhnliches, natürliches Glück hatte.«

»Diese letzten paar Jahre«, murmelte Brora bedrückt. »Jahre, die wir damit hätten verbringen sollen, die großen Geheimnisse des Universums zu ergründen, anstatt zu lernen, wie man mit der Verbrecherunterwelt Kontakt aufnimmt und sie für unsere Zwecke benutzt.«

»Ich komme mir genauso betrogen vor wie Sie, Brora«, sagte die große Frau beruhigend, »aber bald kommt der Tag, an dem wir rehabilitiert sein werden.«

»Wenn Sie beide entschlossen sind, dann schlage ich vor, daß wir sofort beginnen.« Nyassa-lee seufzte.

»Sofort mit was beginnen?« fragte eine etwas krächzende Stimme. Aus irgendeinem Grund veranlaßte diese Frage die drei zu einer Antwort, während frühere Versuche, ihre Aufmerksamkeit zu erwecken, jämmerlich gescheitert waren.

Nyassa-lee verließ ihren Platz am Tisch und ging auf Mutter Mastiff zu. Sie versuchte einen freundlichen, verständnisvollen Ausdruck in ihre Worte hineinzulegen, was ihr aber nur zum Teil gelang. »Wir sind Wissenschaftler und betreiben ein Projekt von großer Wichtigkeit für die ganze Menschheit. Es tut mir leid, daß wir gezwungen waren, Ihnen Ungelegenheiten zu bereiten. Aber alles das ist notwendig. Ich wünschte, Sie wären etwas gebildeter und könnten unsere Ansichten begreifen. Das würde es leichter für Sie machen.«

»Ungelegenheiten!« schnaubte Mutter Mastiff. »Ihr reißt mich aus meinem Haus heraus und schleppt mich quer über den halben Planeten, das nennt ihr *Ungelegenheiten*? Ich nenne es etwas ganz anderes.« Dann wurde sie wieder ruhiger und fragte: »Was habt ihr mit meinem Jungen vor?«

»Ihrem *adoptierten* Jungen«, sagte Nyassa-lie. Während die kleine Orientalin sprach, stellte Mutter Mastiff fest, daß die beiden anderen sie studierten wie ein Sammler vielleicht einen Käfer auf einer Parkbank studiert. Das machte sie noch wilder, und der Zorn, den sie empfand, drängte auch ihre Furcht in den Hintergrund. »Ich würde es euch nicht leichter machen, wenn ihr mir den ganzen Reichtum Terras versprechen würdet.«

»Es tut mir leid, daß Sie das so empfinden, aber wir haben es nicht anders erwartet«, sagte Nyassa-lee, die wieder eisig wurde. »Haben Sie von der Meliorare Gesellschaft gehört?«

Mutter Mastiff schüttelte den Kopf. Sie war zu zornig, um zu weinen, was sie eigentlich am liebsten getan hätte. Namen, Worte, warfen sie ihr da an den Kopf, und alle ohne Bedeutung.

»Wir sind Teil eines Experiments«, erklärte die Orientalin, »eines Experiments, das vor vielen Jahren auf Terra seinen Anfang nahm. Wir sind nicht nur Wissenschaftler, wir sind Aktivisten. Wir glauben, daß es die wahre Aufgabe der Wissenschaft ist, nicht nur das zu studieren, was existiert, sondern auch nach vorne zu schreiten und dem zur Existenz zu verhelfen, was nicht existiert, aber eines Tages existieren wird. Wir sind fest entschlossen, nicht stillzustehen und auch nicht zuzulassen, daß die Natur das tut. Wir stellen Weichen, bereiten den Boden vor, damit sich Besseres entwickeln kann.«

Mutter Mastiff schüttelte den Kopf. »Ich verstehe kein Wort.«

»Überlegen Sie doch einmal«, drängte Nyassa-lee, die anfing, sich für ihr Thema zu erwärmen, »was gibt es denn heute in der Gesellschaft des Commonwealth, das am ehesten eine Verbesserung vertragen könnte? Die Regierung?« Haithness, die hinter ihr stand, lachte bitter und geringschätzig. »Also nicht die Regierung. Die Schiffe etwa, die uns von Stern zu Stern tragen? Nein? Dann die Sprache, eine Verbesserung des Terranglo oder der Symbosprache? Oder Musik? Oder Architektur?«

Mutter Mastiff starrte einfach die Frau an, die sich da vor ihr ereiferte. Sie war jetzt sicher, ganz sicher sogar, diese drei Typen waren so verrückt wie ein Yax'm mit Gehirnschaden.

»Nein, nichts von alledem!« stieß Nyassa-lee hervor. Es war schrecklich, in einer so winzigen Person soviel Fanatismus zu sehen. »Wir *selbst* sind es, *wir!*« Sie tippte sich an die Brust. »*Die Menschheit.* Und die Mittel, uns zu verbessern liegen *in uns!*« Sie griff sich an den Kopf. »*Hier drinnen* — in Fähigkeiten und Bereichen unseres Gehirns, die noch nicht richtig entwickelt sind!

Wir und die anderen Mitglieder der Gesellschaft haben vor vielen Jahren beschlossen, daß man da etwas tun könnte. Wir gründeten eine Tarnorganisation, um abergläubische Regulatoren zu täuschen. Insgeheim konnten wir bestimmte menschliche Eizellen und bestimmtes Sperma auswählen und damit in aller Behutsamkeit arbeiten. Unsere Planung war minutiös, unsere Vorbereitung gründlich. Mittels mikrochirurgischer Techniken konnten wir den genetischen Code unserer künftigen Menschen vor dem Einsetzen in den Mutterleib verändern. Das Ergebnis sollte — *wird* eine bessere Version der Menschheit sein!«

Mutter Mastiff starrte sie mit aufgerissenem Mund an. Nyassa-lee seufzte und wandte sich ihren Kollegen zu. »Wie ich es schon befürchtet habe, das übersteigt ihr bescheidenes Begriffsvermögen.«

»Völlig verständlich«, sagte Brora. »Ich verstehe nur nicht, warum Sie sich überhaupt die Mühe machen.«

»Weil es leichter wäre«, sagte Nyassa-lee.

»Leichter für die alte Frau oder für Sie?« fragte Haithness. Nyassa-lee gab keine Antwort. »Nach der Operation hat es ja ohnehin nichts zu bedeuten.« Als Mutter Mastiff diese Worte hörte, begannen sich ihre Nackenhärchen zu sträuben.

»Vielleicht doch«, beharrte Nyassa-lee. Sie blickte auf Mutter Mastiff herab und sah starr in ihre alten Augen. »Verstehen Sie denn immer noch nicht, alte Frau? Ihr Junge, Flinx, Ihr Adoptivsohn: *Er war eines unserer Subjekte.*«

»Nein«, flüsterte Mutter Mastiff und wußte doch, noch während sie das Wort hauchte, daß die Frau die Wahrheit sprach. »Was ... was ist aus Ihrem Experiment geworden?«

»Allen Kindern wurde Aufmerksamkeit, Zuneigung, Erziehung und ein bestimmtes Spezialtraining zuteil. Die Mehrzahl der Subjekte ließ in bezug auf Fähigkeiten oder Talent nichts Ungewöhnliches erkennen. Sie waren in jeder Hinsicht normal. Wir sind natürlich sehr vorsichtig und bedächtig vorgegangen, müssen Sie wissen.

Einige der Subjekte haben sich abnormal entwickelt. Das liegt unglücklicherweise im Wesen der Gentechnik. Wir müssen das Schlechte mit dem Guten akzeptieren. Aber im Licht unseres bevorstehenden Erfolges waren diese Opfer durchaus gerechtfertigt.« Das klang, als wollte sie sich selbst ebenso beruhigen wie Mutter Mastiff.

»Einige der Kinder, eine sehr kleine Zahl, ließen Anzeichen erkennen, daß sich in ihnen jene Fähigkeiten entwickeln würden, von denen wir glauben, daß sie latent in jedem menschlichen Gehirn vorhanden sind. Wir behaupten keineswegs, alles über derartige Talente zu wissen. Wir sind da wie Mechaniker, die zwar eine gewisse Ahnung davon haben, wie man eine unvollkommene Maschine repariert, dabei aber nicht wissen, wozu die Maschine nach der Reparatur dann imstande sein wird. Das führte natürlicherweise zu einigen Überraschungen.

Die Gesellschaft des Commonwealth in ihrer Ignoranz nahm hinsichtlich der Wichtigkeit unserer Aktivitäten einen anderen Standpunkt als wir ein. Dies führte dazu, daß wir viele Jahre der Verfolgung über uns ergehen lassen mußten. Wir haben nicht aufgegeben. Wie Sie sehen können, sind wir — und wir sind Gründungsmitglieder der Gesellschaft — an Jahren fast so weit fortgeschritten wie Sie selbst.

Die Regierung hat in ihren Versuchen, uns auszulöschen, nie nachgelassen. Über die Jahre hinweg hat das unsere Zahl dezimiert, und heute sind wir nur noch eine kleine ergebene Schar. Und doch brauchen wir nur einen einzigen Erfolg, einen unwiderleglichen Beweis des Nutzens unserer Arbeit, um uns von den Lügen und Anschuldigungen zu befreien, mit denen man uns quält.

Die Regierung in ihrer Grausamkeit und ihrer Gleichgültigkeit hat vor vielen Jahren veranlaßt, daß die Kinder auf allen Welten verstreut wurden. Und sie trägt auch die Verantwortung für unser gegenwärtiges wissenschaftliches Exil. Wir haben langsam und geduldig versucht, die Kinder wieder ausfindig zu machen, insbesondere solche, deren Profil Aussicht auf Erfolg versprach. Ihr Flinx ist einer von denen, die die Statistik als potentielles Talent aufzeigt.«

»Aber an ihm ist doch nichts Abnormales«, protestierte Mutter Mastiff. »Er ist ein völlig durchschnittlicher gesunder junger Mann. Etwas ruhiger vielleicht als die meisten, das ist alles. Ist das all die Mühe wert? Oh, ich gebe zu von Zeit zu Zeit kann er ein paar Taschenspielerkunststückchen vorführen. Aber ich kenne hundert Straßenzauberer, die das auch können. Warum gehen Sie denn nicht zu denen?«

Wieder lächelte Nyassa-lee jenes humorlose, kalte Lächeln. »Sie lügen uns an, alte Frau! Wir wissen, daß er zu mehr als bloßen Tricks imstande ist, und daß da etwas wesentlich Wichtigeres als bloße Fingerfertigkeit im Spiel ist.«

»Nun«, wechselte Mutter Mastiff die Taktik, »warum haben Sie dann aber mich entführt? Warum mich so aus meinem Haus herausgerissen? Ich bin eine alte Frau, wie Sie selbst sagen. Ich kann Ihnen nicht im Wege stehen oder Ihnen Schaden zufügen. Wenn Flinx es ist, der Ihnen so wichtig ist, warum haben Sie dann nicht *ihn* entführt? Ich hätte Sie doch ganz sicherlich nicht daran hindern können.«

»Weil er vielleicht gefährlich ist.«

Ja, die sind wirklich verrückt, diese Leute, sinnierte Mutter Mastiff. Ihr Junge, ihr Flinx gefährlich? Unsinn! Zugegeben, er war ein sensibler Junge, und manchmal wußte er, was andere fühlten, aber nur selten, und insbesondere dann nicht, wenn er es sich besonders sehnlich wünschte. Und vielleicht konnte er auch die Gefühle anderer ein wenig beeinflussen, aber gefährlich? Er war es, dem von diesen Narren und Wahnsinnigen von Außerplanet Gefahr drohte.

»Außerdem«, fuhr die kleine Orientalin fort, »müssen wir sehr vorsichtig ans Werk gehen, weil wir nicht riskieren dürfen, daß die Gesellschaft weiteren Schaden erleidet. Wir haben bereits zu große Verluste erlitten, zum Teil auch, weil wir vor einer Anzahl von Jahren einmal zu hastig versuchten, die Kontrolle über ein Subjektkind zurückzugewinnen. Wir dürfen es nicht riskieren, mit dieser Nummer Zwölf denselben Fehler noch einmal zu machen. Die meisten unserer Kollegen sind getötet, gefangen genommen oder selektiv bewußtseinsgelöscht worden.«

Dieses beinahe beiläufige Geständnis verstärkte Mutter Mastiffs Besorgnis. Sie verstand nicht alles, was die Frau da von genetischen Änderungen oder einer Verbesserung der Menschheit plapperte, aber was eine Bewußtseinslöschung war, wußte sie sehr wohl. Ein Verbrecher mußte schon ein besonders abscheuliches Verbrechen begangen haben, um dazu verurteilt zu werden, zu einer Behandlung, die für alle Zeit einen Teil seiner Erinnerungen wegnahm, seines Lebens, seines Ichs, und ihn den Rest seiner Tage, gequält durch ein leeres, finsteres Loch in seinem Bewußtsein starren ließ.

»Laßt ihn in Frieden!« schrie sie und staunte selbst über die Heftigkeit ihrer Reaktion. Fühlte sie sich wirklich so zu dem Jungen hingezogen? Die meiste Zeit sah sie in ihm doch eher etwas Lästiges, das ein unfreundliches Schicksal ihr aufgebürdet hatte — oder nicht?

»Daß ihr ihm ja nichts tut!« Sie war aufgesprungen und schlug jetzt mit beiden Fäusten auf die Schultern der Frau ein, die die anderen Nyassa-lee nannten.

Obwohl Nyassa-lee schon weiße Haare hatte und nicht mehr jung war, war sie doch ein gutes Stück jünger und kräftiger als Mutter Mastiff. So packte sie die Handgelenke der alten Frau und drückte sie sanft auf den Stuhl zurück.

»Nein, wir werden ihm nicht weh tun. Habe ich Ihnen denn nicht gerade erklärt, wie wichtig er für uns ist? Würden wir denn jemanden wie ihn verletzen wollen? Natürlich nicht. Es ist ganz klar, wie sehr Sie Ihren Schützling mögen. Auf unsere Art mögen wir ihn genauso.«

Was für seelenlose Leute das doch sind, dachte Mutter Mastiff, während sie hilflos in ihrem Stuhl zusammensank. Was für leblose Schatten von menschlichen Geschöpfen.

»Ich verspreche Ihnen, daß wir nicht versuchen werden, den Jungen zu irgend etwas zu zwingen, was er nicht will. Und schaden werden wir ihm auch nicht, in keiner Weise.«

»Was haben Sie dann mit ihm vor?«

»Wir müssen seinen Reifeprozeß lenken«, erklärte die Frau, »um sicherzustellen, daß alle Fähigkeiten, die er etwa besitzt, sich in vollem Maße entwickeln können. Es ist höchst unwahrscheinlich, daß er dazu ohne die richtige Anweisung und Ausbildung imstande ist, und das ist auch der Grund, weshalb sich seine Fähigkeiten bis jetzt noch nicht in vollem Maße manifestiert haben. Die Erfahrung hat uns aber gelehrt, daß die Kinder, wenn sie in die Pubertät kommen, nicht länger bereit sind, eine solche Ausbildung und Manipulation zu akzeptieren. Deshalb müssen wir ihn lenken, ohne daß er sich dessen bewußt wird.«

»Wie können Sie das, ohne daß er es bemerkt?«

»Indem wir ihn durch eine dritte Person manipulieren, deren Vorschläge und Weisungen er ohne weiteres akzeptiert«, sagte die Frau. »Und deshalb sind Sie so wichtig für uns geworden.«

»Sie wollen also, daß ich ihn dazu bringe, bestimmte Dinge zu tun, die sein Leben verändern, damit Ihr Experiment Erfolg hat.«

»Das ist richtig«, sagte Nyassa-lee. »All das muß in einer Art und Weise geschehen, daß er nicht einmal ahnt, ihn lenke eine Kraft von außen.« Sie deutete zum anderen Ende des Raums, wo hinter transparenten Türen ein Operationssaal lag. Der sterile Raum leuchtete im schwachen blaugrünen Licht der Instrumentendisplays.

»Wir können nicht zulassen, daß unsere Bemühungen von außen behindert werden, und können auch nicht das Risiko eingehen, daß die Behörden des Commonwealth, die uns dauernd auf den Fersen sind, etwas erfahren. Es ist von äußerster Wichtigkeit, daß unsere Instruktionen schnell und effizient ausgeführt werden. Es wird daher notwendig sein, daß wir einige kleine Geräte in Ihr Gehirn einpflanzen, um sicherzustellen, daß Sie unsere Direktiven befolgen.«

»Den Teufel werde ich!« brauste Mutter Mastiff auf. »Ich habe hundert Jahre damit verbracht, diesen meinen Kopf zu füllen. Ich weiß, wo alles untergebracht ist. Ich will nicht, daß jemand dort herumwühlt.« Daß sie nie ein Messer oder der Laser eines Chirurgen berührt hatte, verschwieg sie, während sie verstohlen zum Operationssaal hinüberspähte, und auch, daß sie eine Todesangst davor hatte, aufgeschnitten zu werden.

»Schauen Sie«, fuhr sie verzweifelt fort. »Ich helfe Ihnen ja gerne. Ich sage dem Jungen alles, was Sie wollen, lasse ihn alles studieren, was Sie wollen, und sorge auch dafür, daß er nichts mit Dingen zu tun hat, die Sie mir sagen. Aber lassen Sie meinen armen, alten Kopf in Frieden. Könnte ich Ihnen denn nicht viel besser helfen, wenn ich das, was Sie verlangen, freiwillig tue, statt unter Zwang wie ein kastrierter Hund?«

Brora faltete die Hände auf dem Tisch und sah sie ohne jede Emotion an. »Sicherlich würde das stimmen. Aber es gibt leider Faktoren, die dagegen sprechen.

Zum ersten gibt es da bestimmte mentale Aktivitäten, die komplexe Prozesse einschließen, mit denen Sie nicht vertraut sind, die man aber durch direkte Implantate stimulieren kann. Zum zweiten gibt es keinerlei Garantie dafür, daß Sie nicht zu irgendeinem zukünftigen Zeitpunkt unruhig oder widerspenstig werden und dem Subjekt das sagen, was Sie wissen. Das könnte für das Experiment eine Katastrophe sein. Zum dritten würden Sie vielleicht den Jungen äußerlich durchaus bereitwillig lenken, aber seine Fähigkeiten könnten ihn dazu befähigen, ihre innere Unruhe wahrzunehmen und zu erkennen, daß etwas nicht stimmt. Wohingegen ich nicht glaube, daß er die Implantate selbst entdecken kann, da sie völlig mechanisch sind. Zum letzten glaube ich, daß Sie lügen, wenn Sie sagen, daß Sie bereit wären, uns zu helfen.«

»Aber ich will mich nicht operieren lassen«, schrie sie und schlug mit der Faust auf die Stuhllehne. »Ich sage Ihnen, daß das nicht nötig ist! Ich will alles tun, was Sie von mir verlangen, wenn Sie nur den Jungen zufrieden lassen und mich entsprechend instruieren. Warum sollte ich Sie anlügen? Sie haben mir doch selbst gesagt, daß er nicht mein eigenes Kind ist, nur ein adoptiertes. Ich helfe Ihnen gern, insbesondere«, fügte sie mit einem schlauen Lächeln hinzu, »wenn dabei etwas Geld herausspringt.«

Aber der Mann Brora schüttelte den Kopf. »Sie lügen geschickt, aber nicht geschickt genug. Wir haben den größten Teil unseres Lebens mit Verrätern in unseren eigenen Reihen zu tun gehabt. Es tut mir leid, wir können uns keinen weiteren leisten.« Seine Aufmerksamkeit wanderte zum Haupteingang und den beiden Männern, die gerade hereingekommen waren. Er deutete mit einer Kopfbewegung auf Mutter Mastiff.

»Halten Sie sie fest! Sie weiß jetzt genug, um sich selbst etwas Unsinniges anzutun.«

Einer der Neuankömmlinge hielt Mutter Mastiffs rechten Arm und sah zu Brora hinüber. »Spritze, Sir?«

»Nein, noch nicht.« Mutter Mastiff starrte den schrecklichen kleinen Mann an und schauderte, als der ganz ruhig zu der dunkelhäutigen Frau sagte: »Was meinen Sie, Haithness?«

Die musterte Mutter Mastiff. »Morgen reicht. Ich bin müde. Besser frisch anfangen.«

Brora nickte und überließ es den beiden jüngeren Männern, die wild um sich schlagende Mutter Mastiff zu fesseln.

Im weiteren Verlauf des Abends, beim Essen, meinte Nyassa-lee zu Haithness gewandt: »Mich beunruhigt immer noch das hohe Alter der Frau.«

»So alt ist die nicht«, meinte die andere, während sie den Löffel zum Munde führte. »Wenn die auf sich aufpaßt, hat sie mindestens noch zwanzig Jahre vor sich.«

»Ich weiß, aber sie hat auch nicht mehr die Reserven einer Fünfzigjährigen. Es ist nur gut, daß wir ihr nicht gesagt haben, wie kompliziert diese Operation morgen ist, und daß ihr Bewußtsein für immer verändert sein wird.«

Haithness nickte. »Ja, man braucht sie nicht noch mehr aufzuregen, als sie das ohnehin schon ist. Ihre Besorgnis um ihr Wohlergehen überrascht mich freilich.«

Nyassa-lee stocherte in ihrem Essen herum und sagte nichts, aber Haithness ließ nicht locker.

»Wie viele unserer Freunde sind schon von der Regierung hingemordet worden? Und wie viele bewußtseinsgelöscht? Es ist schon richtig, daß wir ein wichtiges Element des Experiments verlieren, wenn diese alte Frau stirbt. Aber nicht notwendigerweise das letzte. Wir sind uns doch alle einig, daß ein Implantat für sie die beste Lösung ist.«

»Dem widerspreche ich ja nicht«, sagte Nyassa-lee, »ich wollte Sie ja nur daran erinnern, daß wir auf einen Mißerfolg vorbereitet sein sollten.«

Brora lehnte sich in seinen Stuhl zurück und seufzte. Er hatte keinen Appetit; die Aussicht, die die Operation für sie barg, machte ihn unruhig.

»Es wird nicht schiefgehen, Nyassa-lee. Das ist seit Jahren die beste Chance, ein wirklich erfolgversprechendes Subjekt unter Kontrolle zu bekommen. Wir werden es schaffen.« Er sah zu Haithness hinüber. »Ich habe mir die Implantate vor dem Essen noch einmal angesehen.«

»Schon wieder?«

»Sonst ist doch nichts zu tun. Ich konnte das Warten nicht ertragen. Die Schaltung ist fertig, und die cryogenische Enervation konstant. Ich rechne bei der Herstellung der synaptischen Verbindung mit keinen Schwierigkeiten.« Er sah zu Nyassa-lee hinüber. »Trotz des Alters der Frau.«

»Und was den Teil der alten Frau angeht, der infolge der Operation unvermeidlich verlorengeht« — er zuckte die Achseln —, »ich habe die Angelegenheit gründlich überprüft und sehe keinen Ausweg. Nicht daß da sehr viel wäre, das sich zu bewahren lohnen würde. Sie ist primitiv und unwissend. Die Implantate und die entsprechenden Schnitte werden da sogar eher zu einer Verbesserung führen.«

»Ihre stärksten Tugenden scheinen Sturheit und

Hartnäckigkeit zu sein«, pflichtete Haithness ihm bei, »und damit verbunden eine erschütternde Unwissenheit bezüglich des Lebens außerhalb ihrer unmittelbaren Umgebung.«

»Typisch«, sagte Brora. »Ist es nicht eine Ironie des Schicksals, daß ein solcher Mensch der Schlüssel nicht nur zu unserem größten Erfolg, sondern auch am Ende zu unserer Rehabilitierung ist?«

Nyassa-lee schob ihren Teller weg. Das Gespräch ihrer Kollegen ging ihr auf die Nerven. »Wann machen wir es morgen?«

»Einigermaßen früh, würde ich meinen«, murmelte Haithness. »Das ist die beste Zeit für die alte Frau, und für uns ist es auch besser, wenn wir uns nicht zu lange mit Philosophie und Spekulationen aufhalten.«

Brora verblüffte diese Andeutung. »Sie rechnen doch nicht etwa, daß der Junge auftaucht?«

»Sie sollten aufhören, in ihm einen Jungen zu sehen.«

»Aber er ist doch erst knapp sechzehn.«

»Das reicht. Wenn er auch bis jetzt keinerlei unerwartete Talente gezeigt hat, so ist doch seine hartnäckige Verfolgung seiner Adoptivmutter für mich Hinweis genug, daß er neben seinem Talent auch einen scharfen Verstand besitzt.« Sie zeigte Nyassa-lee ein verkniffenes Lächeln. »Sehen Sie, meine Liebe, obwohl ich Ihre Besorgnis in diesem Fall nicht teile, respektiere ich Ihre Meinung doch und schätze sie hoch.«

»Sie erwarten ihn also?«

»Nein, das nicht«, beharrte Haithness, »aber es wäre doch peinlich, wenn er durch irgendein Wunder hier vor dem erfolgreichen Abschluß der Operation auftauchte. Nach der Operation sind wir natürlich selbst daran interessiert, durch seine Mutter den Kontakt zu ihm herzustellen. Wenn er feststellt, daß sie unverletzt und scheinbar unangetastet ist, wird er sich leichter unserer Kontrolle unterwerfen.«

»Und wenn er auftaucht, ehe wir die alte Frau nach Drallar zurückgebracht haben?«

»Keine Sorge«, sagte Haithness. »Ich habe die übliche Story vorbereitet, und unser Personal hier ist mit den entsprechenden Einzelheiten vertraut gemacht.«

»Sie bilden sich ein, daß er das glaubt?« fragte Nyassa-lee. »Daß wir eine durch und durch altruistische Gesellschaft von Ärzten sind, die es sich zum Ziel gesetzt haben, alten Leuten gegen die Gleichgültigkeit der ärztlichen Institutionen der Regierung behilflich zu sein?«

»Es stimmt schon, daß wir diese Story schon häufig benutzt haben, aber für das Subjekt wird sie neu sein«, erinnerte Haithness ihre Kollegin. »Außerdem ist er ja, wie Brora sagt, kaum erwachsen, und daher nicht sonderlich gebildet. Ich denke, er wird uns glauben, besonders wenn wir ihm seine Mutter zurückgeben. Das sollte ausreichen, um ihn zu befriedigen. Und dann werden wir natürlich dafür sorgen, daß keinerlei Spuren der Operation feststellbar sind.«

»Ich arbeite besser, wenn ich reichlich Schlaf habe«, erklärte Brora und erhob sich abrupt vom Tisch. »Und morgen steht harte Arbeit bevor.«

Sie standen auf und suchten ihre Schlafstellen auf. Brora dachte über die bevorstehende Operation nach, Haithness über die Aussichten für den Erfolg. Nur Nyassa-lee sinnierte noch lange über den letzten Blick in Mutter Mastiffs Augen nach, den sie gesehen hatte.

12

Sie mußten ihrem Ziel nahe sein, weil der Punkt auf dem Bildschirm sich seit über einer Stunde nicht mehr bewegt hatte. Und da war es, daß der Schmerz Flinx traf: scharf, heiß und unerwartet wie immer. Er zuckte zusammen und drückte die Augen zu, während Pip sich nervös auf der Schulter seines Meisters bewegte.

Erschreckt drehte Lauren sich zu ihrem jungen Begleiter herum. »Was ist denn? Stimmt etwas nicht, Flinx?«

»Ganz nah. Wir sind sehr nah.«

»Das sehe ich auch auf dem Bildschirm«, sagte sie.

»Nein, sie ist es, Mutter Mastiff.«

»Ist sie verletzt?« Lauren lenkte den Skimmer bereits in den Wald herunter. Der Minidrach wand sich auf Flinx' Schulter, auf der Jagd nach dem unsichtbaren Feind.

»Nein — nicht ... äh ... verletzt«, murmelte Flinx. »Sie ... sie ist besorgt, sie hat Angst. Jemand hat vor, ihr etwas Schreckliches anzutun. Und um mich hat sie auch Angst, denke ich. Aber ich kann nicht verstehen ... ich weiß nicht, was ... äh ...«

Er kniff die Augen zusammen. Pip hörte auf, sich zu winden. »Jetzt ist es weg. Verdammt, es ist weg!« Er trat wütend nach der Konsole. »Weg, und ich kann es nicht wieder zurückholen.«

»Ich dachte ...«

Er ließ sie nicht ausreden; sein Ausdruck war resigniert. »Ich habe keine Kontrolle über das Talent. Überhaupt keine Kontrolle. Diese Gefühle treffen mich, wenn ich sie am allerwenigsten erwarte, und wie es scheint, niemals, wenn ich das will. Manchmal kann ich nicht einmal feststellen, woher sie kommen. Aber diesmal war es Mutter Mastiff. Da bin ich sicher.«

»Woher wissen Sie das?« Lauren kippte den Skimmer nach Backbord, um einem mächtigen Baumriesen auszuweichen.

»Weil ich weiß, wie ihr Bewußtsein sich anfühlt.«

Lauren warf ihm einen unsicheren Blick zu, beschloß dann aber, daß es wenig Sinn hatte, etwas begreifen zu wollen, das außerhalb ihres Verständnisses lag.

Der Skimmer verlangsamte seinen Flug auf Kriechtempo und senkte sich schnell zwischen die schützenden Bäume eines relativ trockenen Hügels. Lauren schaltete die Energiezufuhr ab und ging in der Kabine nach hinten und fing an, Rucksäcke und Geräte herzurichten. Rings um sie herrschte tiefe Nacht, und die Geräusche der nächtlichen Waldbewohner hallten ins Innere des Skimmers.

»Wir müssen uns beeilen«, sagte Flinx besorgt. Er hantierte bereits am Türverschluß. »Die werden ihr weh tun, und zwar bald!«

»Langsam!« sagte Lauren mit scharfer Stimme. »Sie wissen nicht, was ihr passieren soll. Und was noch wichtiger ist, Sie wissen auch nicht, wann.«

»Bald!« beharrte er. Die Tür schnappte auf und schob sich in die durchsichtige Außenwand des Skimmers. Er starrte in den Wald hinaus, in die Richtung, die sie, wie er wußte, einschlagen mußten, obwohl er nicht auf den Peilschirm gesehen hatte.

»Ich verspreche Ihnen, wir gehen sobald wie möglich zu ihr«, versicherte ihm Lauren, während sie sich den Riemen des Bolzenkarabiners über die Schulter zog, »aber wir nützen weder ihr noch uns, wenn wir blindlings diese Leute überfallen, wer immer sie sein mögen. Vergessen Sie nicht, die hatten Paralysewaffen mit! Vielleicht haben sie hier noch gefährlichere Waffen, tödlichere. Die werden nicht einfach dasitzen und zusehen, wie Sie hereinmarschiert kommen und verlangen, daß man Ihnen die Frau zurückgibt, die sie mit so viel Mühe quer über einen ganzen Kontinent geschleppt haben. Wir holen uns Ihre Mutter zurück, Flinx, und zwar so schnell es geht. Aber mit Unüberlegtheit und Hast kommen wir nicht weiter. Das wissen Sie doch auch. Schließlich sind Sie ein Junge aus der City.«

Er zuckte bei dem ›Jungen‹ zusammen, mußte ihr aber sonst recht geben. Obwohl es ihn immer noch danach drängte, blindlings in den schwarzen Wald hineinzustürmen, zwang er sich dazu, im hinteren Abteil des Skimmers den Rucksack durchzusehen, den sie für ihn gepackt hatte. »Bekomme ich nicht auch eine Waffe?«

»Ein Freizeitpark ist kein Arsenal, wissen Sie.« Sie

schlug gegen den Kolben ihres Karabiners. »Das ist so ziemlich alles, was wir an tragbaren Waffen bereithalten. Außerdem erinnere ich mich noch recht gut, wie Sie einen Gegner, der ein gutes Stück größer war als Sie, nur mit Ihren eigenen Geräten gefechtsunfähig gemacht haben.«

Flinx sah etwas verlegen auf seine Stiefel. Seine Geschicklichkeit im Umgang mit einem Messer war etwas, worauf er nicht sonderlich stolz war. Er redete auch nicht gern darüber. »Auf größere Distanz taugt ein Stilett nicht viel, und außerdem haben wir diesmal vielleicht nicht die Dunkelheit als Verbündeten.«

»Haben Sie je eine richtige Handwaffe benutzt?« fragte sie ihn. »Einen Nadler? Einen Strahlwerfer oder eine Projektilwaffe?«

»Nein, aber ich habe zugesehen und weiß, wie sie funktionieren. Sehr viel Wissen gehört ja schließlich nicht dazu, daß man die Vorderseite auf denjenigen richtet, den man treffen will, und dann den Abzug oder den Feuerknopf drückt.«

»Manchmal ist es nicht ganz so einfach, Flinx.« Sie zog sich den Bauchriemen ihres Rucksacks straff. »Jedenfalls werden Sie mit Ihrem Messer vorliebnehmen müssen, weil sonst nichts da ist. Und den Bolzenkarabiner gebe ich Ihnen nicht. Ich bin damit gut vertraut. Wenn Sie Angst haben, ich könnte ihn nicht einsetzen, dann sollten Sie mich jetzt eigentlich schon besser kennen. Mir ist gar nicht danach, zu diesen Leuten nett zu sein. Kidnapper und Wervilkiller!«

Sie überprüfte ihren Kurs auf dem Peilgerät und gab ihn in ihren kleinen Kompaß ein, dann stieg sie als erste aus der Kabine. Der Boden unter ihren Füßen war relativ trocken, weich und elastisch.

Während sie hinter ihren beiden Scheinwerferstrahlen dahinmarschierten, ertappte sich Flinx wieder dabei, wie er über seine Begleiterin nachdachte. Sie hatten neben ihrer Unabhängigkeit eine ganze Anzahl wichtiger Dinge gemeinsam. Tierliebe beispielsweise. Laurens Haar verbarg ihr Gesicht vor ihm, aber er hatte das Gefühl, es dennoch sehen zu können.

Pip regte sich auf seiner Schulter, als er fremdartige Gefühle verspürte, die Flinx bewegten, Emotionen, die dem Minidrach neu waren und ihm nicht gerade ein Gefühl der Unruhe, aber eines der Verwirrung vermittelten. Er versuchte, sich tiefer unter das schützende Jackett hineinzuwühlen.

Als sie ihr Ziel schließlich erreicht hatten, war es beinahe Mitternacht. Sie kauerten sich hinter ein paar Büschen nieder und starrten zwischen den Bäumen durch. Flinx juckte es weiterzugehen, schließlich wußte er, daß Mutter Mastiff irgendwo in dem Gebäudekomplex ein Stück unter ihnen lag und unruhig schlief. Der Instinkt, der ihm seit seiner Kinderzeit so gute Dienste geleistet hatte, trug mehr dazu bei, ihn zurückzuhalten, als Logik oder Vernunft.

Allem Anschein nach glich die Ansammlung schwach beleuchteter Bauten auch einem Freizeit- oder Fischerpark, wenn er auch viel größer war als der, den Lauren leitete. In der Mitte waren die Hauptgebäude, links die Schlafquartiere für die weniger wohlhabenden Gäste, und rechts die Vorratsschuppen und Garagen. Lauren studierte die Anordnung der Anlage durch ihr daumengroßes Nachtglas. Ihr erfahrenes Auge entdeckte etwas wesentlich Wichtigeres als die täuschende Anordnung der einzelnen Bauten.

»Das sind keine Baumstämme«, sagte sie zu Flinx. »Das ist hochverdichteter Kunststoff. Hübsch getarnt, aber mit genausowenig Holz, wie ich im Kopf habe. Für das Mauerwerk und die Steine der Fundamente gilt dasselbe.«

»Woher wissen Sie das?« fragte er neugierig.

Sie reichte ihm das winzige Sichtgerät. Flinx hielt es sich ans Auge; es paßte sich sofort seinem Sehvermögen an und stellte sich scharf.

»Sehen Sie sich die Verbindungen an den Ecken und die Linien am Boden und der Decke an«, sagte sie. »Die sind viel zu regelmäßig, zu präzise. Das ist gewöhnlich so, wenn jemand versucht, die Natur zu kopieren. Die Hand des Computers oder auch des Menschen läßt sich nie verleugnen. Die Vorsprünge an den Stämmen, die glatten Löcher in den ›Steinen‹ — das ist einfach alles zu auffällig.

Oh, jemanden, der sich nicht auskennt, würden die ganz bestimmt täuschen, und auch jemanden, der in einem Flugzeug oder einem Skimmer darüber hinwegfliegt. Aber die Materialien in diesen Bauten sind unecht, und das heißt für uns, daß sie erst in letzter Zeit errichtet worden sind. Jemand, der im Seenland eine Blockhütte baut, verwendet sonst immer Material, das er vor Ort findet.«

Zwei lange, schmale Bauten lagen ihrem augenblicklichen Standort am nächsten. Das eine Gebäude war dunkel; aus dem anderen konnte man ein paar Lichter schimmern sehen. Phosphoreszierende Wege zeichneten sich als schwach glühende Striche zwischen den Bauten ab.

Zur Rechten des Langhauses stand ein sechseckiger Bau, der drei Stockwerke hoch und aus Plastikgestein war, das man mit Plastikpaneelen vertäfelt hatte. Dahinter erstreckte sich ein umfangreiches, zweistöckiges Gebäude, dessen Zweck Flinx leicht aus seinen hohen Türen und dem Sumpfer, der davor parkte, erkennen konnte: ein Hangar für die Wartung und den Schutz von Fahrzeugen. Daneben kauerte ein flacher Bau, der von einer Art Frisur aus dünnen, silbernen Kabeln gekrönt war. Die Energiestation war aber nicht groß genug, um ein Kernverschmelzungssystem zu verbergen. Wahrscheinlich ein Treibstoffzellenkomplex, entschied Flinx.

Viel verblüffender war aber, daß keinerlei Zaun zu erkennen war und auch keine sonstige Sperre. Das war ein klein wenig zu viel der Tarnung, dachte er. Flinx' Aufmerksamkeit ebenso wie die Laurens wandte sich dem eigenartigen Turm in der Mitte zu, dem einzigen Bau, der ganz offensichtlich in einem Freizeitpark nichts zu suchen hatte.

Sie untersuchte ihn gründlich durch ihr Fernglas. »Da drinnen brennen auch Lichter«, murmelte sie. »Das soll vielleicht den Anschein eines Beobachtungsturms oder eines Restaurants erwecken.«

»Scheint mir aber für einen Speisesaal schrecklich klein oben«, sagte er.

Scheinwerferbalken tasteten zwischen den Bauten in die Dunkelheit, während der Rest der Innenbeleuchtung allmählich erlosch. Nachdem sie eine weitere Stunde zwischen den feuchten, kühlen Büschen gewartet hatten, sah Lauren ihren Verdacht hinsichtlich des geheimnisvollen Turms bestätigt. »Sehen Sie die sechs kegelförmigen Gebilde am Dach?« meinte sie zu Flinx gewandt und deutete mit der behandschuhten Hand hinüber. »Zuerst dachte ich, das wären Scheinwerfer, aber das ist offenbar nicht der Fall. Was, zum Teufel, könnte das sein?«

Flinx hatte sie jetzt auch entdeckt. »Ich glaube, jetzt kann ich es genau erkennen. Das sind Schallprojektoren.«

Sie sah ihn überrascht an. »Was ist das? Und wieso wissen Sie das so genau?«

Er lächelte. »Solchen Dingern mußte ich schon einmal ausweichen. Jeder Kegel strahlt einen breiten, flachen Strahl hochintensiven Schalls ab. Unbewegte Gegenstände werden von den Sensoren nicht wahrgenommen. Man kann diese Geräte daher für große Flächen einsetzen.«

»Nach den Winkeln, in denen die Projektoren angeordnet sind, zu schließen, würde ich sagen, daß sie eine Reichweite von etwa fünfzig Metern haben.«

»Das ist schlecht«, murmelte sie und versuchte, die

unsichtbare Sperre zu sehen, wenn sie auch wußte, daß das unmöglich war.

»Das ist noch schlimmer, als Sie meinen«, sagte er. »Der Computer, der die Strahlen lenkt, ist nämlich gewöhnlich so programmiert, daß er alles übersieht, das nicht den menschlichen Proportionen entspricht. Wenn andererseits etwas auch nur andeutungsweise Menschliches das Schallfeld durchbricht, dann erzeugt das auf einem Bildschirm eine grafische Darstellung. Jeder Posten, der den Schirm beobachtet, wird dann sagen können, was in den Schutzbereich eingedrungen ist, und kann danach entscheiden, ob er Alarm schlagen soll.« Nach kurzem Zögern fügte er hinzu, als wolle er sie dafür um Entschuldigung bitten: »Reiche Leute mögen dieses System sehr gern.«

»Ich hatte schon so etwas befürchtet, als ich keinen Zaun sah. Gibt es gar keine Möglichkeit, diese Sperre zu umgehen, Flinx? Sie sagten doch, Sie hätten schon einmal einer solchen Anlage ausweichen müssen.«

Er nickte. »Ich bin ihnen ausgewichen, weil es keine Möglichkeit gibt, das System zu durchbrechen, jedenfalls nicht von draußen. Unten durchgraben könnten wir uns ja wahrscheinlich.«

»Wie tief in den Boden reicht denn der Schallvorhang?«

»Das ist ein Problem«, antwortete er. »Das hängt ganz allein davon ab, wieviel Energie die auf die Projektoren geben und mit welcher Frequenz sie arbeiten. Vielleicht nur einen Meter, vielleicht aber auch zehn. Wir könnten uns einen Tunnel ins Innere des Lagers graben und auf das Feld treffen, ohne es zu wissen, und dann würden wir am Ende herauskommen und in einen Kreis von Gewehrmündungen starren. Und selbst wenn wir es schafften, würden wir noch ein Problem haben, weil die Strahlen wahrscheinlich das ganze Lager abdecken. Wir müßten also schon in einem der Häuser herauskommen.«

»Das ist nicht unser Problem«, murmelte sie. »Wir haben ja ohnehin keine Geräte für den Tunnelbau hier. Ich möchte im übrigen annehmen, daß der Himmel in der unmittelbaren Umgebung noch sorgfältiger überwacht wird, wo sie schon den Boden so gründlich sichern.«

»Dagegen würde ich nicht wetten.« Flinx deutete auf den Turm. »Wir könnten natürlich einfach mit dem Skimmer auf sie losfliegen. So viele Gebäude sind das ja nicht. Vielleicht könnten wir Mutter Mastiff finden und sie rausholen, ehe die reagieren.«

Lauren studierte die Anlage sorgfältig. »Es gibt nichts Kostspieligeres als eine provisorische Anlage, die so hergerichtet ist, daß sie dauerhaft aussieht. Ich vermute, daß in dieser Anlage zwischen dreißig und hundert Leute sind. Die würden ganz bestimmt keine so komplizierten Sicherungsanlagen bauen, wenn sie nicht auch bereit wären, irgendwelche Eindringlinge abzuwehren. Vergessen Sie nicht, wir sind nur zu zweit.«

»Zu dritt«, korrigierte sie Flinx. Ein zufriedenes Zischen ertönte von seiner Schulter.

»Der Überraschungseffekt ist eine Menge wert«, fuhr Lauren fort. »Vielleicht ebensoviel wie zehn Leute, aber mehr nicht. Als Leichen nützen wir Ihrer Mutter gar nichts. Vergessen Sie auch nicht, daß sonst niemand weiß, daß wir hier sind. Wenn wir es nicht schaffen, ist sie erledigt.«

»Ich weiß, daß die Chancen nicht besonders gut stehen«, sagte er gereizt. »Aber irgend etwas müssen wir doch tun.«

»Das werden wir auch. Sie erinnern sich doch an die abgeholzte Stelle, die wir heute überflogen haben?«

Flinx überlegte einen Augenblick und nickte dann.

»Damit gleichen wir unsere Chancen aus. Das ist eine bessere Waffe als das hier.« Damit schlug sie auf den Schulterriemen ihres Karabiners. »Sogar besser als diese Schlange, die Ihnen auf der Schulter sitzt. Ich kann das Vertrauen, das Sie für diese Monstrosität empfinden, nicht teilen.«

»Sie haben Pip noch nicht in Aktion gesehen«, erinnerte er sie. »Aber ich habe keine Ahnung, wovon Sie reden.«

Sie stand auf und wischte sich die Erde und Borkenreste vom Overall. »Das werden Sie schon sehen«, versicherte sie ihm, »aber wir müssen verdammt vorsichtig sein.« Sie blickte auf das Camp hinunter. »Ich wünschte, ich hätte eine bessere Idee, aber mir fällt sonst nichts ein. Die haben ganz bestimmt Posten aufgestellt und überwachen auch dieses Alarmsystem, das sie geschildert haben. Wir wissen nicht einmal, in welchem Gebäude Ihre Mutter untergebracht ist. Wenn wir schon alles auf einen einzigen blinden Angriff setzen wollen, dann muß der verdammt gut sein.

Die Waffe, die ich im Sinn habe, ist nicht sehr verläßlich. Sie wirkt nach beiden Richtungen. Aber ich riskiere lieber eine Gefahr, mit der ich vertraut bin. Gehen wir zum Skimmer zurück.«

Sie machte kehrt und bahnte sich ihren Weg durch das Unterholz. Flinx stand auf und schloß sich ihr an, obwohl es ihn Überwindung kostete, die Lichter des Camps zu verlassen, die wie Augen von Reptilien in der Nacht funkelten, bis schließlich die Bäume sie verschluckten.

Sie hatten die Hälfte des Weges zu der kleinen Lichtung zurückgelegt, wo sie den Skimmer geparkt hatten, als ihn die Empfindung durchlief. Wie gewöhnlich kam sie völlig überraschend, aber diesmal war sie ganz anders als seine vorherigen Wahrnehmungen. Zum einen war sie nicht mit einem Gefühl des Schmerzes verbunden, und zum anderen kam sie nicht aus der Richtung des Lagers. Sie ging von einer anderen Quelle aus und trug seltsamerweise Nebentöne von Bedrängnis mit sich, wenn auch einer recht verwirrenden Art.

Sie ging von Lauren aus und war auf ihn gerichtet.

Da war keine Liebe, kein großartiges Aufwärmen des beiläufigen Kusses, den sie ihm im Skimmer gegeben hatte. Zuneigung, ja, und das war keineswegs das, was er sich erhofft hatte. Auch Bewunderung und noch etwas mehr. Etwas, das er nicht von ihr erwartet hatte, eine große Welle der Sorge um ihn, und in geringem Maße auch Mitleid.

Flinx hatte sich eine gewisse Fertigkeit angeeignet, die Empfindungen, die er aufnahm, zu sortieren und zu identifizieren. Und die, die er jetzt fühlte, waren nicht zu verkennen. Dieser Kuß war also nicht nur kein Ausdruck wahrer Liebe gewesen — er war noch viel weniger gewesen. Sie bedauerte ihn.

Er versuchte, die Gefühle von sich zu schieben, nicht nur aus Enttäuschung, sondern auch, weil sie ihn verlegen machten. Das war noch schlimmer, als in das Bewußtsein eines anderen hineinzusehen. Er las ihr Herz, nicht ihre Gedanken. Doch so sehr er sich auch bemühte, er konnte den Fluß nicht zum Versiegen bringen. Er konnte den Strom der Emotionen ebensowenig aufhalten, wie er ihn bewußt einschalten konnte.

Er achtete darauf, ein oder zwei Schritte hinter ihr zu bleiben, damit sie sein Gesicht in der Finsternis nicht sehen konnte, und sog immer noch die Wellen der Besorgnis und der Sympathie auf, die von ihr ausströmten, und wünschte, sie wären etwas anderes, mehr.

Sie zögerten, ehe sie sich dem Skimmer näherten und umkreisten die Landefläche einmal. Die Suche verlief ergebnislos; ihr Versteck war von niemandem entdeckt worden. Sobald sie an Bord waren, startete Lauren. Sie flog nicht auf das Lager zu, sondern bog stattdessen nach Süden und begann ihren Kurs über den Baumwipfeln zurückzuverfolgen. Bald stießen sie wieder auf die lange, offene Wunde im Wald. Lauren schwebte ein paar Minuten darüber und studierte das Terrain und steuerte den Skimmer dann entschlossen nach rechts. Flinx hielt sich zurück und versuchte, die Erinnerung an jene emotionale Überschwemmung aus seinem Bewußtsein zu verdrängen. Dann endete ganz plötzlich der freie Raum zwischen den Bäumen.

»Verdammt«, murmelte Lauren. »Ich muß die falsche Richtung gewählt haben. Dabei war ich ganz sicher, daß ich die Spuren richtig gelesen hatte. Vielleicht ist es doch in der anderen Richtung.«

Flinx sagte nichts, als sie den Skimmer wendete und nach Südosten flog. Als die unnatürliche Lichtung wieder in einer scheinbar soliden Mauer aus Bäumen endete, riß sie verärgert das Fahrzeug zum zweitenmal herum. Als sie diesmal die Mauer des Waldes erreichten, verlangsamte sie ihren Flug, blieb aber weiter auf Westkurs, wobei ihr Blick immer wieder zwischen dem dunklen Wald unter ihnen und den Instrumenten des Skimmers hin und her wanderte.

»Wenn Sie sich ein wenig deutlicher ausdrücken würden, könnte ich Ihnen vielleicht helfen«, sagte er mit einer Spur von Enttäuschung in der Stimme.

»Das sagte ich doch. Waffen. Verbündete, genauer gesagt. Es läuft auf dasselbe hinaus. Aber sie sind nirgends zu sehen. Sie müssen gefressen haben und in Halbschlaf gesunken sein. So leben sie; zuerst tun sie nichts anderes, als ein paar Tage lang nur zu fressen, und dann legen sie sich hin und schlafen eine Woche. Das Unangenehme ist nur, daß sie, wenn eine Freßperiode zu Ende ist, in irgendeine Richtung weiterwandern, bis sie eine Schlafstelle finden, die ihnen paßt. Wir haben aber nicht die Zeit, den ganzen Wald nach der Herde abzusuchen.«

»Was für eine Herde?« fragte Flinx.

»Habe ich Ihnen das nicht gesagt? Devilopen.«

Und in dem Augenblick fiel es Flinx wie Schuppen von den Augen. Er hatte von Devilopen gehört, sogar ein oder zwei präparierte Köpfe in Museen gesehen. Aber persönlich hatte er sie noch nie erlebt. Nur wenige Bürger von Drallar hatten das. Selbst im städtischen Zoo gab es keine. So wie Flinx das begriff, eigneten Devilopen sich nicht für den Aufenthalt in zoologischen Gärten.

Die Demichin Devilope war die dominante Lebensform auf Moth. Es war ungewöhnlich, daß Pflanzenfresser die dominante Lebensform eines Planeten waren, aber mit Ausnahme des Menschen, der erst vor verhältnismäßig kurzer Zeit erschienen war, hatten sie keine natürlichen Feinde. Sie waren vergleichsweise rar, ebenso wie die präparierten Köpfe, die Flinx gesehen hatte; dieses Präparieren war immens teuer und führte dazu, daß nur außergewöhnlich reiche Leute und Museen sich einen solchen Luxus leisten konnten.

Der Skimmer zog im Langsamflug über die Baumwipfel dahin, stieg gelegentlich höher, um besonders hochgewachsenen Exemplaren auszuweichen, die höher als neunzig Meter waren, und sank dann wieder herab, wenn die Bäume bescheidener wurden. Gelegentlich ging Lauren bis auf den Boden herab, nur um gleich wieder enttäuscht aufzusteigen, wenn die Spuren, die sie vorfand, sie nicht befriedigten. Nirgends ein Zeichen einer Devilopenherde zu sehen!

Unterdessen durchlief eine weitere Folge von Empfindungen Flinx' aktives Bewußtsein, und Pip regte sich auf seiner Schulter. Er hatte die ganze Zeit erfolglos versucht, Mutter Mastiffs Emotionen aufzufangen, aber ohne Erfolg. Statt dessen schienen seine Versuche die Gefühle von allen außer seiner Adoptivmutter anzuziehen. Er wunderte sich aufs neue über seine verstärkten Wahrnehmungen seit dem Auftauchen Pips; dann erinnerte er sich, daß es hier in der Weite der nördlichen Wälder, wo es nur wenige weit verstreute denkende Wesen gab, vielleicht ganz natürlich war, daß seine Aufnahmefähigkeit sich verbessert hatte.

Diese Empfindungen jetzt trugen eine weibliche Signatur. Sie waren ebenfalls neu und gingen weder von

Mutter Mastiff noch von Lauren aus. Kühl und ruhig waren sie und vage und schwer zu definieren: die Person, von der sie ausgingen, war offenbar ein besonders gefühlsarmes Individuum. Er fühlte Furcht, schwach, aber unverkennbar, verbunden mit einer schrecklichen Entschlossenheit, die kalt und unversöhnlich war — so hart und unnachgiebig, daß sie Flinx fast ebensoviel Furcht einflößte wie Mutter Mastiffs Schrecken. Abgesehen von den leichten Obertönen der Furcht, hätten sie ebensogut die Emotionen einer Maschine sein können.

Die Gefühle kamen aus dem Camp. Flinx zweifelte nicht daran, daß es die Gefühle eines jener geheimnisvollen Individuen waren, die Mutter Mastiff entführt hatten. Aus der einen kurzen, schwachen Empfindung, die er wahrgenommen hatte, konnte er ihre Furcht begreifen. Dann war die Empfindung verflogen, das Ganze hatte weniger als eine Minute gedauert. Und doch hatte Flinx in dieser kurzen Zeit ein komplettes emotionales Bild der Person empfangen, deren Gefühle zu ihm herübergeflossen waren. Nie zuvor war er einem Bewußtsein begegnet, das so intensiv auf ein Ziel festgelegt war, und dem all jene üblichen emotionalen Färbungen fehlten, die im allgemeinen den Menschen kennzeichneten. Pip zischte ins Leere, als wollte er jeden Augenblick zustoßen und seinen Herrn und Meister verteidigen.

»So geht das nicht«, murmelte Lauren, die versuchte, zwischen den Bäumen hindurchzuspähen. »Wir müssen ...« Sie hielt inne und sah ihn prüfend an. »Bei Ihnen alles in Ordnung? Sie haben den seltsamsten Gesichtsausdruck, den ich je gesehen habe.«

»Doch, alles okay.« Endlich verschwand die Kälte aus seinem Bewußtsein; offenbar war er sich dessen gar nicht bewußt gewesen, wie völlig sie ihn in Besitz genommen hatte. Ihre Frage riß ihn in die Gegenwart zurück, und er konnte aufs neue die Wärme spüren, die

die Kabine des Skimmers erfüllte, die Wärme seines eigenen Körpers. Es war dies keineswegs das erstemal, daß er darüber nachdachte, ob sein so schwierig zu kontrollierendes Talent ihm eines Tages nicht vielleicht auch schaden, nicht nur nützen würde. »Ich habe nur nachgedacht.«

»Das tun Sie oft«, murmelte sie. »Flinx, Sie sind der komischste Mann, dem ich je begegnet bin.«

»Sie lachen aber nicht.«

»Die Art von komisch habe ich auch nicht gemeint.« Sie wandte sich wieder ihren Instrumenten zu. »Ich werde jetzt landen. Dieser Skimmer ist wirklich nicht für solche nächtlichen Operationen ausgestattet. Außerdem weiß ich nicht, wie es bei Ihnen ist, aber es ist spät, und ich bin müde.«

Flinx war ebenfalls erschöpft, geistig ebenso wie körperlich. Also hatte er keine Einwände, als Lauren sich eine Baumgruppe aussuchte und den Skimmer in ihrer Mitte absetzte.

»Ich glaube nicht, daß wir eine Wache aufstellen müssen«, sagte sie. »Wir sind weit genug vom Camp entfernt, um sicherzustellen, daß niemand zufällig über uns stolpert. Und Luftpatrouillen haben sie offenbar nicht ausgeschickt.« Sie war jetzt im hinteren Abteil des Skimmers und holte die Schlafsäcke heraus, die sie aus dem Ferienpark mitgebracht hatte.

Flinx saß da und beobachtete sie stumm. Er hatte in Drallar einige Mädchen — junge Frauen — gekannt. Sie waren Bewohner des Marktplatzes gewesen, selbst Studenten in der harten Schule des Augenblicks. Er hatte es nie fertiggebracht, sich für eine von ihnen zu interessieren, obwohl einige wenige mehr als nur beiläufiges Interesse für ihn an den Tag gelegt hatten. Sie waren nicht — nun — ernsthaft genug, was das Leben anging, und auch in bezug auf andere Dinge.

Mutter Mastiff machte ihm häufig Vorhaltungen wegen dieser Einstellung. »Du hast keinen Grund, so hochnäsig zu sein, Junge. Du bist auch nicht älter als die.« Das stimmte natürlich nicht, aber er schaffte es nicht, sie davon zu überzeugen.

Lauren war da die Bewohnerin einer völlig anderen Dimension. Sie war eine attraktive, reife Frau. Eine selbstbewußte Erwachsene, die zu denken verstand — und so hätte auch Flinx sich selbst beschrieben, trotz seines Alters. Sie hatte bereits Hosen und Hemd abgelegt und schlüpfte gerade in den dünnen Thermokokon des Schlafsacks.

»Nun?« Sie blinzelte ihm zu und schob sich das Haar aus dem Gesicht. »Gehen Sie nicht schlafen? Jetzt sagen Sie bloß nicht, daß Sie nicht müde sind.«

»Ich kann kaum mehr stehen«, gab er zu. Er legte die Oberkleidung ab und schlüpfte in den Schlafsack neben dem ihren. Wie er so dalag und dem rhythmischen Trommeln des Regens auf das Kabinendach lauschte, mühte er sich ab, mit seinem Bewußtsein eine Verbindung zu ihr herzustellen, suchte nach einer Andeutung, einen Hinweis auf die Emotionen, von denen er sich so verzweifelt wünschte, daß sie sie fühlte. Doch es war zum Wahnsinnigwerden, er konnte überhaupt nichts spüren.

Die Wärme des Schlafsacks und der Kabine hüllte ihn ein, und jetzt wurde ihm der Eigengeruch der Frau bewußt, die nur eine Armeslänge entfernt von ihm lag. Er wollte hinübergreifen, wollte das glatte, von der Sonne gebräunte Fleisch berühren, wollte über die schimmernden Locken streichen, die ihre Wangen und ihren Hals bedeckten, und sich vor dem Bollwerk ihres Schlafsacks auftürmen. Er zitterte.

Was tue ich? dachte er erregt. Wie fange ich es an? Gibt es etwas Besonderes, das ich zuerst sagen sollte? Oder sollte ich einfach nach ihr greifen und erst später sprechen? Wie kann ich ihr sagen, was ich fühle? Ich kann empfangen. Wenn ich nur senden könnte!

Pip lag in einen harten, schuppigen Knäuel zusammengerollt in der Nähe seiner Füße. Flinx kroch in sich zusammen, müde, enttäuscht und hilflos. Was gab es jetzt zu tun? Was konnte er tun, außer dem, was man von ihm erwartete?

Ein weiches Flüstern erreichte ihn aus dem anderen Schlafsack. Schwarzes Haar schob sich zusammen. »Gute Nacht, Flinx.« Sie drehte sich herum und lächelte ihm kurz zu, daß es in der Kabine hell wurde, und drehte sich dann wieder zur Seite und wurde still.

»Gute Nacht«, murmelte er. Die Hand, die er unsicher halb nach draußen gestreckt hatte, zog sich wieder zurück und verkrampfte sich in den Stoff des Schlafsacks.

Vielleicht war es am besten so, versuchte er sich einzureden. Wenn er sich auch für einen Erwachsenen hielt, so gab es doch Geheimnisse und Losungsworte, mit denen er immer noch nicht vertraut war. Außerdem war da diese Aufwallung aus Mitleid und Mitgefühl, die er in ihr entdeckt hatte. Bewundernd, ermutigend, aber nicht das, was er von ihr zu fühlen gehofft hatte. Er wollte — mußte — mehr als nur das haben.

Das einzige, was er nicht brauchte, war noch eine Mutter.

13

Er sagte nichts, als sie am nächsten Morgen aufstanden, hastig ein aus Konzentraten bestehendes Frühstück hinunterschlangen und wieder in den düsteren Himmel aufstiegen. Die Sonne war eben aufgegangen; ihr diffuses Licht erhellte die Wolken und die Baumwipfel. Sie mußten diese Herde bald finden, das wußte er, weil die Ladung des Skimmers langsam zur Neige ging und damit auch die Möglichkeiten, die sie hatten. Er wußte nicht, wieviel Zeit Mutter Mastiff noch übrig hatte, ehe das sie ereilte, was ihr die Furcht bereitete, die er in ihr entdeckt hatte.

Vielleicht hatte das fehlende Tageslicht sie behindert, oder sie hatten die Stelle einfach übersehen, jedenfalls fanden sie diesmal die Herde in wenigen Minuten. Unter dem schwebenden Skimmer sahen sie eine Vielzahl kleiner obsidianfarbener Hügel. Schwarzes Haar flog in der Morgenbrise, dick und meterlang. Und wenn einer der Hügel sich im Schlaf bewegte, war jedesmal ein rotes Blitzen zu sehen, wie Rubine in einem Kohlenhaufen, wenn sich kurz ein Auge öffnete und wieder schloß.

Flinx zählte mehr als fünfzig ausgewachsene Tiere, zwischen denen etwa die gleiche Zahl an Heranwachsenden und Jungen verstreut war. Alle lagen auf dem feuchten Boden ausgestreckt, von der kleinen Baumgruppe, die sie sich als Lagerstätte ausgewählt hatten, etwas vor dem Regen geschützt.

Das waren also die sagenumwobenen Demichin Devilopen! — furchteinflößend und drohend, selbst jetzt, wo sie gesättigt im Schlaf dahindämmerten. Flinx' Blick erfaßte einen riesigen Bullen, der zwischen zwei hochragenden Hartholzbäumen vor sich hin schnarchte. Er schätzte seine Länge auf zehn Meter und seine Höhe auf knapp sechs. Ein erwachsener Mann hätte unter dem Tier durchgehen können und dabei kaum die unteren Spitzen des zottigen Haars berührt.

Der mit kräftigen Muskeln bepackte Hals verschwand zwischen einem Paar wuchtiger Buckelschultern und endete in einem alptraumhaften Schädel, aus dem ein paar gewaltige Hörner hervorragten. Einige Devilopen hatten nur zwei Hörner, andere bis zu neun. Die Hörner waren gebogen und verdreht, wenn auch die meisten nach vorne wiesen, aber keine zwei Tiere hatten genau dasselbe Gehörn. Die Augen waren von Knochenplatten geschützt, die von den Hörnern ausgingen.

Die Vorderbeine waren länger als die hinteren — für so massiv gebaute Säugetiere ungewöhnlich. Diese extreme Vordermuskulatur erlaubte es einer Devilope selbst einen ausgewachsenen Baum umzustoßen. Das erklärte die Spur der Verwüstung, die ihre Freßperioden zeichneten. Gewöhnlich pflegte eine Herde einen ganzen Waldabschnitt kahlzufressen und dabei die immergrünen Bäume umzuwerfen, um an die zarteren Äste und Nadeln weiter oben heranzukommen, wobei sie selbst die Rinde der Hauptstämme abrissen und auffraßen.

Die Devilopen regten sich im Schlaf, wobei sich ihre baumgroßen Beine schwerfällig bewegten.

»So werden die jetzt tagelang weiterschlafen«, erklärte Lauren, während sie langsam über der Herde kreisten. »Bis sie wieder hungrig werden, oder bis sie etwas unruhig macht. Sie machen sich nicht einmal die Mühe, Wachen aufzustellen. Kein Raubtier mit einem Funken Verstand würde sich an eine Herde schlafender Devilopen heranmachen. Die Gefahr, daß sie aufwachen, ist zu groß.«

Flinx starrte das schwarze Gebirge aus Devilopen an. »Was machen wir mit ihnen?« Ganz zu schweigen davon, wie wir es machen, dachte er.

»Man kann sie weder zähmen noch treiben«, erklärte Lauren, »aber manchmal kann man sie ziehen. Wir müssen nur eine junge brünstige Kuh finden. Die Jahreszeit stimmt.« Ihre Finger tanzten über die Kontrollen, und der Skimmer sank herab.

»Da sollen wir hinein?« Flinx deutete erschreckt auf die Herde.

»Da müssen wir hinein«, sagte sie. »Eine andere Möglichkeit gibt es nicht. — Angst?«

Das kann man wohl sagen, dachte er, sagte aber nichts, während er atemlos zusah, wie der Skimmer zwischen die Baumwipfel tauchte. Lauren manövrierte vorsichtig und versuchte, möglichst wenig Zweige abzubrechen und möglichst wenig Lärm zu verursachen. »Was brauchen wir denn, wenn wir eine brünstige Kuh finden?«

»Moschusöl und Blut«, erklärte Lauren, während der Skimmer sanft aufsetzte.

Aus der Nähe war die Herde doppelt so eindrucksvoll: eine wogende Masse aus zottigem schwarzen Haar mit einzelnen mächtigen Hörnern dazwischen — das Ganze sah eher wie eine Landschaft aus der Hölle aus als wie eine Ansammlung gesättigter, schlaftrunkener Pflanzenfresser. Als Lauren den Motor abschaltete und die Kabinentür öffnete, schlugen Flinx ein durchdringender Geruch und die Atemgeräusche der Herde entgegen, ein dumpfes Röcheln und Schnauben. Der Atem der Erde, dachte er.

Lauren hielt ihren Bolzenkarabiner schußbereit, als sie sich zu Fuß auf die Herde zu bewegten. Flinx folgte ihr und versuchte sich einzureden, daß die schwarzen Klippen, die über ihnen aufragten, Basalt, und nicht Fleisch waren.

»Da.« Sie deutete zwischen zwei träge atmenden Fleischbergen auf ein mittelgroßes Tier. Dann zielte sie sorgfältig und setzte drei Bolzen hinter den mächtigen Schädel. Die Kuh bewegte sich im Schlaf, hustete und dann entspannte sich der Schädel, der sich gerade gehoben hatte und sank wieder auf den Boden zurück. Flinx und Lauren hielten den Atem an, aber die kurze Episode hatte die unmittelbare Umgebung ihres Ziels nicht geweckt.

Lauren schritt furchtlos zwischen den zwei Fleischbergen durch, die so etwas wie eine lebende Schlucht bildeten, und nahm dann neben der betäubten Kuh ihren Rucksack ab. Ehe sie den Skimmer verlassen hatte, hatte sie sich einige Gegenstände aus den Vorräten eingepackt, die sie jetzt systematisch vor sich auf dem Boden auslegte, ehe sie ans Werk ging. Flinx sah interessiert zu, wie ein Messer und ihm unbekannte Werkzeuge ihre Arbeit verrichteten.

Ein Behälter füllte sich schnell mit Blut, ein zweiter mit einer grünen kristallinen Flüssigkeit. Laurens Gesicht wirkte verkniffen, und als das Aroma der grünen Flüssigkeit an Flinx' Nase drang, wußte er auch, warum. Der Duft war überwältigender als irgend etwas, was seine Nase bisher wahrgenommen hatte. Zum Glück war es kein ekelerregender, nur ein überwältigender Geruch.

Hinter ihm ertönte plötzlich ein lautes, scharfes Grunzen. Er drehte sich um und starrte voller Schreck und Faszination in ein großes purpurrotes Auge. Eine geradezu absurd winzige schwarze Pupille schwamm in der Mitte der blutroten Scheibe. Dann sank das Augenlid wie ein Vorhang darüber. Flinx blieb wie erstarrt stehen.

»Schnell!« rief er hastig nach hinten. »Ich glaube, der da wacht auf.«

»Wir sind hier noch nicht fertig«, antwortete Lauren gelassen, verschloß die zweite Flasche und machte sich mit einem Schwachstromlaser ans Werk. »Ich muß zuerst die Wunden wieder verschließen.«

»Überlassen Sie das doch der Natur«, drängte er sie, ohne den Blick von dem Auge zu wenden, das ihn angeschaut hatte. Ein leichtes Zucken ging durch das Augenlid, und er fürchtete, daß es beim nächsten Öffnen seine Umgebung voll wahrnehmen würde.

»Dazu kennen Sie mich doch zu gut«, erklärte sie fest. Flinx wartete, obwohl jede Faser seines Wesens schrie, sie solle sich beeilen. Schließlich sagte sie: »Das wäre geschafft. Wir können gehen.«

Sie eilten durch die Schluchten aus schwarzem Haar zurück. Flinx entspannte sich erst, als sie wieder in ihrem Skimmer Platz genommen hatten. Dann hatte er einige Mühe, Pip zu beruhigen; der hatte die Sorge seines Herrn gespürt und zuckte nervös.

Trotz des dichten Verschlusses war der Geruch aus der grünen Flasche noch immer überwältigend. Aus dem Blutbehälter war kein Geruch wahrzunehmen.

»Das Grüne ist das Öl«, erklärte sie. »Die geschlechtsreifen Weibchen sondern es während der Brunft ab.«

»Ich kann mir schon vorstellen, was Sie damit vorhaben«, meinte Flinx. »Aber warum das Blut?«

»Wenn man es draußen im Freien vergießen würde, dann würde das konzentrierte Öl ausreichen, um die Bullen der Herde zu interessieren. Aber wir müssen mehr erreichen als sie bloß interessieren. Wir müssen sie ein wenig wild machen. Und das schaffen wir nur, wenn wir sie davon überzeugen, daß eine hitzige Kuh in Gefahr ist. Darauf werden dann auch die anderen Tiere der Herde reagieren.« Sie machte sich mit den Chemikalien, die sie mitgebracht hatte, ans Werk.

»Sie sollten einmal miterleben, wenn die Bullen wach sind und kämpfen«, sagte sie zu ihm, während sie damit beschäftigt war, in einem verschlossenen Behälter Öl, Blut und verschiedene Katalysatoren zu mischen. Flinx beobachtete unterdessen beunruhigt die Herde. »Da erzittert der ganze Wald. Selbst die höchsten Bäume geraten ins Wanken. Wenn zwei dieser großen Bullen mit den Köpfen und ihren Hörnern gegeneinander prallen, dann hört man das kilometerweit.«

Fünf Minuten später hielt sie eine große Flasche hoch. »So, damit sollte es gehen. Pheromone und Blut und ein paar andere Nasenkitzler. Wenn sie das nicht anzieht, schaffen wir es mit gar nichts.«

»Die werden den Alarm auslösen, wenn sie den Schallzaun durchqueren«, erinnerte er sie.

»Ja, aber bis dahin werden die solche Berserker sein, daß nichts sie aufhalten kann. Dann ist es gleichgültig, was sie auslösen.« Sie lächelte boshaft, dann blickte sie ihn ernst an und sagte: »Meine einzige Sorge ist, daß wir Ihre Mutter finden müssen, ehe die sich über die Gebäude hermachen.«

»Ja, hoffentlich«, sagte Flinx.

»Das Durcheinander sollte ausreichen, um alles abzulenken«, fuhr sie fort. »Wenn sie nicht völlig unmenschlich sind, werden die Bewohner des Lagers an nichts anderes denken als daran, wie sie ihre eigene Haut retten.

Was die Rettung Ihrer Mutter betrifft, so können wir, glaube ich, annehmen, daß sie sich weder in dem Hangar noch in der Kraftwerksstation in dem Turm befindet. Bleiben also nur die beiden langen Bauten im Westen. Wenn wir da hineinkommen und sie herausholen, ehe ihre Bewacher begreifen, was vorgeht, dann sollten wir auch wegkommen, ehe einer bemerkt, was eigentlich passiert ist.

Denken Sie daran, wir werden die einzigen sein, die auf das vorbereitet sind, was dann passieren wird. Eine ganze Menge wird davon abhängen, wie diese Leute reagieren. Dumm sind die ganz offensichtlich nicht, aber ich kann mir auch nicht vorstellen, daß jemand so anpassungsfähig ist, um ruhig auf das zu reagieren, was ihnen bevorsteht. Außerdem habe ich keine bessere Idee.«

Flinx schüttelte den Kopf. »Ich auch nicht. Aber ein Problem sehe ich. Wenn wir diese Herde davon überzeugen, daß sie einer verletzten brünstigen Devilope zu Hilfe eilen, werden wir auf dem Boden bleiben müssen. Ich kann mir einfach nicht vorstellen, daß die dieser Witterung in der Luft folgen.«

»Ganz richtig, wir müssen auch darauf achten, daß wir möglichst glaubwürdig wirken. Das bedeutet, daß wir dicht an der Oberfläche bleiben müssen. Wenn wir in Baumwipfelhöhe fliegen, würde das nicht nur die Herde verwirren, sondern die Luftströmung würde auch die Witterung zu schnell nach oben tragen und sie verteilen.«

»Was passiert«, wollte Flinx wissen, »wenn diese Idee funktioniert und die Herde uns tatsächlich zu dem Camp folgt, wir aber gegen einen Baum stoßen oder abschmieren oder so etwas?«

Lauren zuckte die Achseln. »Können Sie klettern?«

»In Drallar gibt's nicht viele Bäume«, erklärte er, »aber ich habe ein paar Kletterpartien an Außenfassaden von Häusern hinter mir.«

»Falls der Skimmer abschmiert, werden Sie den Unterschied gar nicht merken«, versicherte sie ihm. »Das Motiv wird schon ausreichen, um einen guten Kletterer aus Ihnen zu machen. Wenn irgend etwas passiert, dann rennen Sie auf den größten Baum los, den Sie finden können!« Sie zögerte, sah ihn von der Seite an. »Wollen Sie ein wenig warten und darüber nachdenken?«

»Mit Reden vergeuden wir nur unsere Zeit«, erwiderte er. Er wußte, daß das Schicksal, das die Entführer für Mutter Mastiff geplant hatten, mit jeder Minute näher an sie heranrückte. »Ich bin jederzeit bereit.«

»Ich nicht«, sagte sie, »aber für das werde ich das wohl nie sein. Also können wir ebensogut anfangen.« Sie setzte sich in ihrem Pilotensessel zurecht und drückte einen Knopf. Der hintere Teil des Kabinendachs klappte nach oben.

»Steigen Sie nach hinten. Wenn ich Ihnen Bescheid sage, schrauben Sie die Flasche auf und gießen vielleicht ein Zehntel des Inhalts aus. Dann halten Sie sie nach hinten hinaus und schütten jedesmal, wenn ich es sage, etwa ein Zehntel aus. Ist das klar?«

»Ja, das ist klar«, versicherte er ihr mit mehr Zuversicht, als er tatsächlich empfand. »Sie lenken dieses Ding jetzt und sorgen dafür, daß wir nicht mit irgendwelchen Bäumen aneinandergeraten.«

»Darüber würde ich mir an Ihrer Stelle keine Sorgen machen.« Sie lächelte ihm noch einmal zu, ehe sie sich ihren Armaturen zuwandte.

Der Skimmer stieg auf, beschrieb einen Bogen und flog langsam wieder auf die schlaftrunkene Herde zu. Als sie etwa zehn Meter von dem ersten Tier entfernt waren, drehte Lauren die Maschine um hundertachtzig Grad und blieb in der Luft stehen. Sie studierte die Anzeige auf dem Bildschirm, die den Wald vor ihnen wiedergab.

Von der Herde war jetzt heftiges Grunzen und gelegentlich ein blökendes Geräusch zu hören, während Flinx die immer noch dicht verschlossene Flasche über das Heck des Skimmers hob. Er sah sich um, bis er ein Stück Stoff gefunden hatte; das band er sich über Mund und Nase.

»Daran hätte ich denken sollen«, murmelte sie mit einem Blick auf ihn. »Tut mir leid.«

»Wollen Sie auch eines?« fragte er.

Sie schüttelte den Kopf. »Ich bin hier vorne, und der Wind trägt den Geruch weg von mir. Ich komme schon klar. Sind Sie soweit?« Ihre Hände umspannten das Steuer.

»Fertig«, sagte er. »Du auch, Pip?«

Die Flugschlange sagte nichts, zischte nicht einmal. Aber Flinx spürte, wie der Schlangenkörper sich erwartungsvoll um seinen linken Arm und seine Schulter spannte.

»Machen Sie auf und gießen Sie!« wies sie ihn an.

Flinx zog den Stopfen aus der Flasche, während Lauren den Skimmer langsam in Bewegung setzte. Trotz der improvisierten Maske und einer Brise war der Geruch geradezu betäubend. Tränen traten ihm in die Augen, und seine Atemwege rebellierten. Trotzdem schaffte er es irgendwie, die ihm übertragene Aufgabe zu erfüllen und ein Zehntel der Flüssigkeit abzulassen.

Jetzt ertönte aus ein paar mächtigen Kehlen ein heftiges, bösartiges Brüllen. Während der Skimmer zwischen himmelhohen Hartholzbäumen hindurchzog, die aufragten wie die Säulen einer Kathedrale, konnte Flinx sehen, wie einer der Bullen sich auf die Vorderbeine erhob. Er schien den Wald zu beherrschen, obwohl die Bäume sich über ihm auftürmten. Die blitzenden roten Augen waren jetzt ganz geöffnet, und die winzigen schwarzen Pupillen sahen wie Löcher in dem flammenden Rot aus.

Die Devilope kam vollends auf die Beine, schüttelte den Kopf hin und her, vor und zurück und brüllte. Dann trat das Tier einen Schritt vor, und dann noch einen. Hinter ihm erwachte jetzt der Rest der Herde, und das ursprünglich unsichere Blöken ging in ein Schnauben und Brüllen der Wut und der Begierde über. Ein zweiter Bulle erhob sich hinter dem ersten, dann ein dritter. Wenn das so weiterging, dachte Flinx, würden sie noch einige Tage brauchen, um das Camp zu erreichen.

Aber während er sich noch darüber beunruhigte, begann das Tempo der erwachenden Herde zuzunehmen. Solch massige Lebewesen brauchten Zeit, um in Bewegung zu kommen. Doch wenn sie das einmal waren, fraßen sie Entfernungen förmlich auf. Kurz darauf ertappte Flinx sich bei dem Wunsch, der Skimmer könnte schneller werden und noch schneller.

Die Herde trampelte jetzt auf das hin- und herzukkende Fahrzeug zu. Lauren mußte den kleineren Bäumen ausweichen, die die Herde in ihrer Wut, die Herkunft jenes würzigen, elektrisierenden Dufts ausfindig zu machen, ignorierte. Sie drehte sich um, rief ihm etwas zu, aber er konnte sie nicht mehr hören.

Die Bäume fegten vorbei, als es Lauren irgendwie gelang, ihre Geschwindigkeit zu steigern, ohne gegen irgend etwas zu stoßen. Hinter ihnen wurde der Donner immer lauter, während der Lärm von Hunderten von Hufen, die die Erde zerstampften, sich mit dem Bersten und Krachen abbrechender Bäume und dem Ächzen größerer Stämme mischte, gegen die die mächtigen Körper drängten.

Rote Augen und Hörner waren alles, was Flinx sehen konnte, während er ein weiteres Zehntel der Tollheit erzeugenden Flüssigkeit aus der Flasche goß, und damit den Donner noch näher an den zerbrechlichen

Skimmer und seine noch zerbrechlichere Ladung heranlockte.

In dem kleinen Operationssaal gab es nichts, was nicht gründlich desinfiziert worden wäre. Mutter Mastiff hatte keine Kraft mehr übrig, um sich zu wehren, als sie sie sanft, aber fest auf dem körperwarm beheizten Tisch festschnallten. Ihre Flüche waren in wimmerndes Flehen übergegangen, mehr ein Reflex als sonst etwas, da sie inzwischen erkannt hatte, daß nichts diese Wahnsinnigen von ihrer Absicht abhalten würde. Am Ende verlor sie sogar den Willen, weiter zu betteln und begnügte sich damit, diese Menschen, die sie so quälten, mit zusammengepreßten Lippen anzufunkeln. Helle Lichter flammten auf, blendeten sie. Die hochgewachsene dunkelhäutige Frau stand rechts neben dem Tisch und überprüfte ein handtellergroßes Gebilde aus Kunststoff. Mutter Mastiff erkannte die Druckspritze und wandte den Blick davon.

Wie ihre Gefährten, trug Haithness einen hellen Chirurgenmantel und eine Maske, die nur ihre Augen freiließ. Nyassa-lee legte die Schere bereit, mit der der Schädel für die Operation kahlgeschoren werden sollte. Brora, der die eigentliche Implantation durchführen würde, stand daneben und überprüfte die Anzeigen auf dem Bildschirm, der unmittelbar hinter Mutter Mastiff hing. Gelegentlich warf er einen Blick auf ein kleines Tischchen mit chirurgischen Instrumenten und einigen mit Rauhreif überzogenen durchsichtigen Behältern. In den Behältern befanden sich die mikroelektronischen Implantate, die er in den Schädel von Mutter Mastiff einsetzen würde.

Über dem Operationstisch hing ein kugelförmiges Metallgebilde von der Decke, das wie eine Qualle aus Stahl blitzte. Von der Unterseite des Gebildes gingen zahlreiche drahtige Arme und Tentakel aus. Sie würden Energie liefern, durch Schläuche Flüssigkeiten absaugen und irgendwelchen Organen, die während der Operation den Dienst aufzugeben drohten, Hilfsdienste leisten. Da waren mikrodünne Arme, die als Ersatz für Cerebralkapillaren dienen würden, Tentakel, mit denen man Knochen verschmelzen oder aushöhlen konnte, und Geräte, die als Lungenbypass funktionieren und dem Blut unmittelbar Sauerstoff zuführen würden.

»Ich bin fertig und kann anfangen.« Brora lächelte Nyassa-lee flüchtig zu, worauf diese nickte. Er sah seine andere Kollegin an. »Haithness?« Sie antwortete ihm mit den Augen, während sie die Injektionsspritze vorbereitete.

»Dann wollen wir noch einmal alle Instrumente überprüfen«, murmelte er und wandte sich der etwas erhöhten Plattform mit den mikrochirurgischen Instrumenten zu. Über ihm summte die stählerne Qualle erwartungsfroh.

»Was ist denn das?« Er hielt inne, runzelte die Stirn. »Da, schauen Sie!« Die beiden Frauen lehnten sich zu ihm hinüber. Die Instrumente, die winzigen Behälter mit ihrem gefrorenen Inhalt, ja die Plattform selbst schienen zu vibrieren.

»Eine Störung in der Energieversorgung?« meinte Nyassa-lee. Sie blickte nach oben und sah, daß die zentrale Versorgungskugel leicht schwankte.

»Ich weiß nicht. Wenn es etwas Ernsthaftes wäre, hätte man uns inzwischen sicherlich informiert«, murmelte Brora. Das Vibrieren nahm zu. Eine der Sonden fiel vom Tisch und zerbarst auf dem Plastikboden. »Das wird ja immer schlimmer.« Ein schwaches Dröhnen hallte von irgendwo draußen herein. Brora dachte, daß es seinen Ursprung irgendwo im Westen haben mußte.

»Ein Unwetter?« fragte Nyassa-lee und runzelte die Stirn.

Brora schüttelte den Kopf. »Donner würde den Tisch nicht erzittern lassen, und die Leute vom Wetterdienst haben nichts dergleichen gemeldet. Und ein Beben kann es auch nicht sein, denn diese Gegend ist seismisch absolut stabil.«

Der Donner, der in ihren Ohren immer lauter wurde, kam auch nicht aus dem fernen Himmel, sondern aus der beunruhigten Erde selbst. Plötzlich erwachte das Alarmsystem rings um das Camp zum Leben. Die drei Chirurgen starrten einander verwirrt an. Jetzt erzitterten nicht nur Tische und Instrumente, sondern das ganze Gebäude.

Die Warnsirenen quäkten kläglich. Ein reißendes, fetzendes Geräusch war nun zu vernehmen, als etwas sich durch das andere Ende des Konferenzsaals ergoß, knapp an dem Opertionssaal vorbei. Es war nur sekundenlang sichtbar, füllte aber in der kurzen Zeitspanne den ganzen Saal. Dann bewegte es sich weiter, zog hinter sich falsche Holzbalken und Plastikgestein her, ließ den Himmel und den Nebel herein und hinterließ einen tiefen Abdruck im Betonfundament unter dem vertäfelten Boden. Haithness konnte deutlich sehen, was das für eine Vertiefung war, als langsam Stücke der Deckenverkleidung herunterfielen: ein Abdruck eines unvorstellbaren gewaltigen Fußes.

Nyassa-lee riß sich die Chirurgenmaske herunter und rannte auf die nächste Tür zu. Brora und Haithness folgten ihr. Als sie wegrannten, fand Mutter Mastiff, die völlig apathisch dagelegen hatte, plötzlich ihre Stimme wieder und begann um Hilfe zu schreien.

Staub und Isoliermaterial fielen von der Decke, während rings um sie alles erzitterte. Die vielarmige Chirurgenkugel über dem Operationstisch schwang jetzt gefährlich vor und zurück und drohte sich bei jeder weiteren Vibration aus ihrer Verankerung zu lösen.

Mutter Mastiff vergeudete keine Energie in dem vergeblichen Versuch, die Riemen abzureißen, mit denen sie festgeschnallt war. Sie kannte ihre Grenzen. Statt dessen konzentrierte sie ihre verbleibende Kraft darauf, so laut zu brüllen, wie ihre alten Lungen das erlaubten.

Als sie die geschützte Grenze des Camps überschritten hatten, hatte Lauren beschleunigt und war mit gefährlich hohem Tempo unmittelbar an dem Zentralturm vorbeigerast. Jemand war so geistesgegenwärtig gewesen, auf den Alarm zu reagieren, indem er nach einer Waffe griff. Aber der Schuß aus dem hastig abgefeuerten Energiekarabiner verfehlte des Heck des bereits wieder rasch fliehenden Skimmers.

Gleichzeitig hatte der Schütze gesehen, wie hinten aus dem Fahrzeug der Eindringlinge etwas herausflog. Er war zusammengezuckt, und als dann keine Explosion gefolgt war, hatte er sich aus dem Fenster im zweiten Stock gebeugt, um neugierig das zerbrochene Glas und die grüne Flüssigkeit anzustarren, die außen an der Fassade heruntertropfte. Er hatte aber nicht lange Zeit, darüber nachzudenken, was das zu bedeuten hatte, weil seine Aufmerksamkeit — und auch die seiner Gefährten im Inneren des Turms — jetzt ganz von der schwarzen Flutwelle in Anspruch genommen wurde, die aus dem Wald herandonnerte.

Die frustrierte, wütende Herde konzentrierte sich voll und ganz auf die Stelle, von der jener elektrisierende Duft am stärksten ausging. Bald war der Zentralturm mit den Kommunikations- und Verteidigungsinstrumenten für das Camp in einen Haufen aus Plastikfetzen und Metallresten verwandelt.

Unterdessen zog Lauren den Skimmer in einem weiten Bogen herum und setzte ihn zwischen den beiden langgestreckten Gebäuden an der Westseite des Camps ab.

Das Personal des Camps war viel zu sehr damit beschäftigt, vor den mächtigen Hörnern und Hufen in den Wald zu fliehen, um sich Gedanken über die Anwesenheit des fremden Fahrzeugs zu machen.

Sie hatten eine Chance fünfzig zu fünfzig, beim ersten Versuch, das richtige Gebäude zu erwischen. Zum Glück trafen sie die richtige Wahl — oder, dachte Flinx, war das nicht Glück, sondern doch sein sonst so entschlossen jede Hilfe verweigerndes Talent?

Das Dach über dem Operationssaal begann Risse zu zeigen, als sie endlich den Operationstisch erreicht hatten.

»Flinx, wie hast du ...?« rief Mutter Mastiff.

»Wie er gewußt hat, wie er Sie finden soll?« beendete Lauren den Satz für sie und machte sich daran, mit flinken Fingern die Riemen zu entfernen, die die alte Frau festhielten.

»Nein«, korrigierte sie Mutter Mastiff. »Ich wollte ihn fragen, wie er es geschafft hat, ohne Geld bis hierher zu kommen. Ich wußte nicht, daß man auf Moth irgendwohin ohne Geld kommt.«

»Ein wenig hatte ich, Mutter.« Flinx lächelte ihr zu. Sie war anscheinend unverletzt, einfach von den Strapazen der letzten hektischen Tage erschöpft. »Und dann weißt du ja, daß ich auch noch andere Fähigkeiten besitze.«

»Ah.« Sie nickte ernst.

»Nein, nicht das«, korrigierte er sie. »Du hast vergessen, daß es auch andere Möglichkeiten gibt, sich Dinge zu beschaffen, ohne gleich dafür zu bezahlen.«

Darüber mußte sie lachen. Bei dem krächzenden Geräusch wurde ihm warm ums Herz. Einen Augenblick lang übertönte es die Schreie und das Echo der Zerstörer, die die Luft draußen erfüllten. Die Erde bebte unter seinen Füßen. Plastikbrocken prasselten von der Decke.

»Ja, ja, du hast dich immer gut darauf verstanden, dir das zu verschaffen, was du haben wolltest. Habe ich dir nicht oft gesagt, daß du das nicht sollst? Aber ich glaube, jetzt ist nicht die Zeit, dich zu tadeln.« Sie blickte zu Lauren auf, der die Haltegurte einige Schwierigkeiten bereiteten.

»Und wer«, fragte sie und schob dabei die Brauen in die Höhe, »ist wohl das?«

»Eine Freundin«, beruhigte sie Flinx. »Lauren, ich möchte Ihnen Mutter Mastiff vorstellen.«

»Sehr erfreut, Oma.« Lauren biß die Zähne zusammen und quälte sich weiter mit den Gurten ab. »Diese verfluchten Magnetschnallen!« Sie sah zu Flinx hinüber. »Vielleicht sollten wir sie losschneiden.«

»Das schaffen Sie schon.« Flinx drehte sich um und trabte zur Eingangstür, wobei er sich gerade noch rechtzeitig duckte, um einer Anzahl Dachplatten auszuweichen, die neben ihm zu Boden krachten.

»He, wo, zum Teufel, gehen Sie hin?« schrie Lauren ihm nach.

»Ich will etwas wissen. Ich weiß immer noch nicht, was das Ganze hier soll. Und verdammt will ich sein, wenn ich hier weggehe, ohne wenigstens zu versuchen, das rauszukriegen!«

»Um dich geht es, Junge!« schrie Mutter Mastiff ihm nach. »Die wollen mich dazu benutzen, dich zu beeinflussen!« Aber er war bereits außer Hörweite.

Mutter Mastiff ließ den Kopf auf das Kissen zurücksinken und starrte besorgt zu der berstenden Decke hoch. »Dieser Junge«, murmelte sie, »der hat mir schon mehr Ärger gemacht, als er wert ist.«

Endlich löste sich der letzte Gurt klickend, und Lauren atmete erleichtert auf. Das Ächzen und Krächzen der Decke war ihr ebenso bewußt wie Mutter Mastiff, genauso auch die Masse der Chirurgenkugel, die wie ein Pendel über dem Operationstisch hin- und herschwang.

»Ich bezweifle, daß Sie das wirklich so meinen, gute Frau«, sagte sie, »und Sie sollten aufhören, einen Jungen in ihm zu sehen.« Die zwei Frauen tauschten einen Blick, wobei alte Augen Fragen stellten und junge überzeugend Antwort gaben.

Voll Zuversicht, daß Lauren Mutter Mastiff allein befreien konnte, ließ Flinx nun seinem Zorn, der sich seit Tagen in ihm angestaut hatte, freien Lauf. Und die plötzlich freigesetzte Emotion war so machtvoll, daß

Pip erschreckt von der Schulter seines Herrn glitt und ihm besorgt im Flug folgte. Der kleine dreieckige Kopf zuckte hin und her und versuchte wahrzunehmen, was es war, das Flinx' Haß ausgelöst hatte.

Die Wut, die in ihm kochte, drohte seiner Kontrolle zu entgleiten. »Damit kommen die nicht durch«, sagte er sich immer wieder. »Die dürfen das einfach nicht!« Er wußte nicht, was er tun würde, wenn er den ihm unbekannten Entführern gegenübertreten würde, er wußte nur, *irgend etwas* würde er tun! Vor einem Monat hätte er nie daran gedacht, sich mit einem so gefährlichen Feind anzulegen, aber die letzten Wochen hatten viel dazu beigetragen, sein Selbstvertrauen zu stärken.

Die Wut der Herde begann jetzt nachzulassen, wenn auch die Devilopen immer noch nach diesem verwirrenden Etwas suchten, das ihnen solche Unruhe bereitet hatte. Kühe mit ihren Jungen lösten sich als erste aus der Phalanx und zogen sich in den Wald zurück. Schließlich streiften nur noch ein paar Bullen durch das Camp und ließen ihre Enttäuschung und ihre Wut an allem aus, was größer als ein Felsbrocken war. Gelegentlich kam Flinx an den Überresten jener vorbei, denen es nicht rechtzeitig gelungen war, vor den tobenden Devilopen das Heil in der Flucht zu suchen. Meistens war nicht viel mehr als ein roter Schmierer auf dem Boden übrig geblieben.

Er ging auf den Hangar zu, den er und Lauren von ihrem Beobachtungspunkt von dem Hügel aus gesehen hatten. Er war der logische letzte Zufluchtsort. Er brauchte nicht lange, um das Bauwerk zu erreichen. Während er zielbewußt auf den Hangar zustrebte, kam es ihm kein einziges Mal in den Sinn, wieso eigentlich keine der schnaubenden, stampfenden Devilopen auf ihn losging und ihn in den Boden trampelte.

Die große Eingangstür zu dem Hangar war zur Seite geschoben worden. Flinx sah Bewegungen und hörte leise Befehle. Ohne zu zögern ging er hinein und sah, wie ein großer Transportskimmer mit Kisten beladen wurde. Die Lademannschaft arbeitete fieberhaft unter dem Kommando einer kleinen, etwas älteren Frau mit orientalischen Gesichtszügen. Flinx stand unter dem Eingang und starrte zu ihr hinüber. Jetzt, wo er jemanden entdeckt hatte, der offenbar Autorität besaß, wußte er nicht, was er als nächstes tun sollte. Wut und Chaos hatten ihn hierhergeführt; für vernünftige Vorbereitung war in seinen Gedanken kein Platz gewesen.

Eine hochgewachsene schwarze Frau, die im vorderen Teil des Skimmers stand, unterbrach den Strom von Befehlen, der von ihren Lippen kam, lange genug, um zur Tür hinüberzusehen. Ihre Augen bohrten sich in die seinen. Statt Haß, den er eigentlich von sich erwartet hatte, entdeckte Flinx in sich plötzlich den Gedanken, daß diese Frau in ihrer Jugend ganz bestimmt einmal sehr schön gewesen sein mußte, aber kalt. Beide Frauen strahlten eine eisige Kälte aus. Ihr Haar war fast völlig ergraut, und grau waren auch ihre Augen.

»Haithness.« Ein Mann eilte herbei. »Wir haben jetzt keine Zeit zum Träumen. Wir ...«

Sie deutete mit zitterndem Finger, und Brora folgte ihrem Blick und sah plötzlich eine schlanke, jugendliche Gestalt unter der Tür. »Dieser Junge«, flüsterte Brora. »Ist er das?«

»Ja, aber sehen Sie genau hin. Über ihm. Im Licht.«

Der Blick des bullig gebauten Mannes hob sich, und plötzlich veränderte sich sein Ausdruck, der bisher nur beiläufiges Interesse gezeigt hatte. Der Mund blieb ihm offen stehen. »O mein Gott«, rief er aus, »ein alaspinianischer Minidrach!«

»Sehen Sie«, murmelte Haithness, während ihr Blick wieder auf Flinx heruntersank und ihn musterte, wie sie sonst einen Gegenstand im Labor mustern würde. »Das erklärt eine ganze Menge.« Rings um sie war immer noch der Lärm der Bullen zu hören, die das Lager in Grund und Boden stampften.

Brora hatte jetzt seine Fassung wiedergefunden. »Vielleicht, vielleicht, aber möglicherweise weiß es der Junge gar nicht, daß ...«

Flinx gab sich Mühe zu verstehen, was die beiden redeten, aber der Lärm hinter ihm war dafür zu laut. »Woher kommen Sie?« schrie er zu dem Skimmer hinüber. Seine neu gewonnene Reife fiel schnell von ihm ab; plötzlich war er wieder nur ein wütender Halbwüchsiger. »Warum haben Sie meine Mutter entführt? Ich mag das nicht, wissen Sie. Ich mag niemanden von Ihnen! Ich will wissen, warum Sie das getan haben!«

»Vorsichtig«, rief Nyassa-lee zu den beiden hinauf. »Denken Sie an das Profil des Subjekts.« Sie hoffte, daß die beiden oben das hören würden.

»Er ist nicht gefährlich, das sage ich Ihnen«, beharrte Haithness. »Das zeigt doch seine Harmlosigkeit. Wenn er sich unter voller Kontrolle hätte, würde er uns jetzt nicht nur kindische Fragen an den Kopf werfen.«

»Aber dieses Katalysatorgeschöpf.« Brora deutete auf die Flugschlange, die über Flinx in der Luft schwebte.

»Wir wissen doch nicht, ob er wirklich etwas katalysiert«, erinnerte ihn Haithness. »Weil wir bis jetzt auch die Fähigkeiten des Jungen noch nicht kennen. Das sind nur Potentiale. Vielleicht tut der Minidrach noch gar nichts für ihn, weil er noch nichts hat, an dem er arbeiten kann, höchstens seine verdammte Hartnäckigkeit und ein übernatürliches Talent für das Verfolgen schwacher Spuren.« Sie fuhr fort, das Subjekt zu mustern, das jetzt fast in Reichweite für sie war. »Ich würde viel dafür geben, wenn ich erfahren könnte, wie er in den Besitz eines Minidrachs gekommen ist.«

Brora ertappte sich dabei, wie er sich über die Lippen leckte. »Mit der Mutter haben wir es nicht geschafft. Vielleicht sollten wir versuchen, das Subjekt direkt zu übernehmen, trotz alledem, was wir mit dem Mädchen erlebt haben.«

»Nein«, wandte sie ein. »Wir haben nicht die Vollmachten, ein solches Risiko einzugehen. Wir müssen zuerst Cruachan konsultieren. Die Entscheidung liegt bei ihm. Wichtig ist, daß wir jetzt mit intakten Aufzeichnungen und auch selbst intakt hier herauskommen.«

»Da kann ich nicht zustimmen.« Brora fuhr fort, den Jungen zu studieren. Seine Ruhe faszinierte ihn. Das Subjekt schien überhaupt nicht auf den stampfenden Tod zu achten, der das Camp verwüstete. »Unser erster Plan ist gescheitert. Jetzt ist die Zeit zu improvisieren. Wir sollten die Gelegenheit ergreifen.«

»Selbst wenn es die letzte Gelegenheit ist, die wir haben?«

Jetzt schrie Flinx zu ihnen hinüber. »Wovon reden Sie? Warum antworten Sie mir nicht?«

Haithness drehte sich um und schien gerade eine Antwort geben zu wollen, als ein ungeheures Ächzen durch den Hangar lief und ihn erzittern ließ. Plötzlich wölbte sich die Ostwand nach innen. Erschreckte Schreie ertönten, und die Verlademannschaft warf ihre Lasten weg und stob in allen Richtungen auseinander, ohne auf Nyassa-lees Befehle zu achten.

Doch sie stoben nicht schnell genug auseinander.

Wände und Dach krachten herunter und begruben Menschen, Kisten und den großen Lastskimmer unter sich. Drei Devilopenbullen brachen durch die zerstörte Wand, während Flinx mit einem Satz nach draußen sprang. Metall, Plastik und Fleisch wurden unter ihren mächtigen Hufen zu einer blutigen Masse zermalmt. Plastikstücke flogen an Flinx vorbei, und eines riß ihm die Schulter auf.

Mit blitzenden roten Augen drehte sich einer der Bullen herum und senkte drohend den mächtigen Schädel auf die einzelne Gestalt, die auf dem Boden lag.

Zufall, Glück oder auch etwas mehr: Was auch immer Flinx bis jetzt vor der Aufmerksamkeit der Herde beschützt hatte, war plötzlich verschwunden. Der Bulle, der über ihm aufragte, war vor Wut halb wahnsinnig. Sein Blick verriet seine Absicht: er wollte Flinx in einen weiteren roten Schmierer auf der Erde verwandeln.

Etwas, das so winzig war, daß man es kaum bemerkte, stieß plötzlich auf den mächtigen Schädel herab und spuckte in eines der tellergroßen roten Augen. Der Devilopenbulle blinzelte einmal, zweimal, um die schmerzhafte Reizung loszuwerden.

Und das reichte aus, um das Gift in seinen Blutstrom zu übertragen. Das Monstrum riß das Maul auf, stieß ein erschreckendes Brüllen aus und zog sich von Flinx zurück. Es fing an, heftig den Kopf zu schütteln, ohne auf die zwei anderen Bullen zu achten, die fortfuhren, die Überreste des Hangars zu zertrampeln.

Flinx rappelte sich hoch und rannte davon, verließ die Szene der Vernichtung, strebte dem Gebäude zu, in dem er Lauren und Mutter Mastiff zurückgelassen hatte. Pip schloß sich ihm an, glitt über dem Kopf seines Herrn, anstatt den vertrauten Platz auf seiner Schulter einzunehmen.

Hinter ihnen wurde das Brüllen der Devilope dumpf und irgendwie schwerfällig. Dann war ein Krachen zu vernehmen, als die Hinterbeine ihr offenbar den Dienst versagten. So saß der Bulle ein paar Augenblicke da, bis auch die mächtigen Vorderbeine wegrutschten. Ganz langsam, wie ein kalbender Eisberg, glitt der Bulle zur Seite. Das Auge, das Pips Giftstrahl getroffen hatte, war verschwunden, und an seiner Stelle war nur noch ein schwarzes, rauchendes Loch zu sehen.

Heftig atmend eilte Flinx in den Bau zurück, der den Operationssaal enthielt, und hätte fast die fliehende Lauren mit Mutter Mastiff umgerannt. Er umarmte seine Mutter kurz und legte sich dann ihren linken Arm über die Schultern, um sie zu stützen.

Lauren stützte die alte Frau an der anderen Seite und

warf Flinx einen neugierigen Blick zu. »Haben Sie gefunden, was Sie suchten?«

»Ich denke schon«, erklärte er. »Sennar und Soba sind gerächt. Das haben die Devilopen übernommen.«

Lauren nickte, als sie aus den Überresten der Halle ins Freie traten. Das Zittern der Erde hatte inzwischen etwas nachgelassen.

»Die Herde ist dabei, sich zu zerstreuen. Sie werden sich im Wald wieder sammeln, sich fragen, was über sie gekommen ist und sich wahrscheinlich wieder schlafen legen. Sobald das geschieht, wird sich dieses Camp mit denen füllen, denen die Flucht gelungen ist. Wir müssen uns um unser Fahrzeug kümmern, und zwar schnell. Denken Sie daran, daß unsere Ladung fast aufgebraucht ist. Sie und ich könnten ja zu Fuß gehen, aber ...«

»Wenn ihr das schafft, schaffe ich es auch«, beharrte Mutter Mastiff. Ihr Zustand strafte ihre Worte Lügen — wenn Flinx und Lauren sie nicht gestützt hätten, hätte sie kaum stehen, geschweige denn gehen können.

»Schon gut, Mutter«, beruhigte sie Flinx. »Wir finden schon etwas.«

Sie bestiegen ihren Skimmer. Lauren schob den Schlüssel ins Zündschloß, den sie zur Sicherheit mitgenommen hatte, um etwaige Flüchtlinge daran zu hindern, mit ihrer Maschine zu entkommen. Und dann schwebten sie um den zerstörten Bau herum in die Mitte des Camps.

Ihre Sorge vor Überlebenden war unbegründet. Die paar Männer und Frauen, die ihnen aus dem Wege gingen, waren von der Katastrophe zu benommen, um sie auch nur mit Worten zu bedrohen. Die Mehrzahl von ihnen war mit Verwaltungs- oder Wartungsaufgaben betraut gewesen und hatte keine Ahnung, welche Bedeutung Flinx oder Mutter Mastiff für ihre Auftraggeber gehabt hatten.

Die Devilopen waren verschwunden. Die Kraftstation

war kaum beschädigt, wahrscheinlich, weil sie etwas abseits vom Rest des Camps lag, vielleicht auch, weil es sich um eine automatische Anlage ohne menschliches Bedienungspersonal handelte und der Herde daher kein lebendes Ziel geboten hatte. Das Personal des Camps schien keine Einwände dagegen zu haben, daß sie die Ladung ihres Skimmers an der Station auffrischten, wenn auch Lauren ihren Bolzenkarabiner schußbereit hielt, bis die Anzeige am Armaturenbrett erkennen ließ, daß sie wieder über vollen Energievorrat verfügten.

»Ich glaube, wegen Verfolgung brauchen wir uns keine Sorgen zu machen«, erklärte sie. »Es sieht nicht so aus, als ob da jemand übrig wäre, der uns verfolgen kann. Wenn die Anführer von diesem Verein hier in dem Hangar waren und niedergetrampelt wurden, dann brauchen wir uns über nichts mehr Sorgen zu machen, Flinx.«

»Ich habe aber keine Antworten bekommen«, murmelte er enttäuscht. Und dann etwas lauter: »Verschwinden wir hier!«

»Ja«, pflichtete Mutter Mastiff schnell bei und sah Lauren bittend an. »Ich bin eine Frau aus der Stadt. Das Landleben bekommt mir nicht. « Sie grinste ihr unwiderstehliches Grinsen, und Flinx wußte, daß alles gut sein würde.

Lauren lächelte und schob den Fahrthebel vor. Der Skimmer bewegte sich, stieg über die Baumwipfel. Sie schwebten über einigen desorientierten, ausgepumpten Devilopen dahin und jagten nach Süden, so schnell die Maschine des Skimmers sie treiben konnte.

»Ich habe nicht erfahren, was das alles zu bedeuten hatte«, murmelte Flinx von seinem Platz hinten in der Kabine. »Weißt du, warum die dich entführt haben? Was wollten die von dir?«

Ihre erste Regung war, ihm das zu erzählen, was die Meliorares ihr in der letzten Nacht verraten hatten —

war das wirklich erst letzte Nacht gewesen? Dann ließ etwas sie zögern. Natürliche Vorsicht, Sorge um ihn. Ein Leben der Erfahrung, das einen lehrte, nicht gleich mit dem herauszuplatzen, was einem in den Sinn kommt, ganz gleich, wie wahr es auch sein mochte. Es gab Dinge, die sie lernen mußte, Dinge, die er lernen mußte. Für das, was sie gehört hatte, war immer noch Zeit.

»Nun, mein Junge, du hast gesagt, das sei eine lange Geschichte, wie du meine Spur gefunden hast, Junge. Meine Geschichte ist auch lang. Und was das betrifft, was die mit mir vorhatten, nun, für dich reicht zu wissen, daß es um ein ganz altes Gaunerstück geht, an dem ich einmal teilgenommen habe, und um Rache, die nie stirbt. Das kannst du verstehen.«

»Ja, ja, das kann ich.« Er wußte, daß Mutter Mastiff eine sehr abwechslungsreiche Jugend genossen hatte. »Du kannst mir das alles ja erzählen, wenn wir wieder zu Hause sind.«

»Ja«, sagte sie, damit zufrieden, daß er ihre Erklärung allem Anschein nach akzeptiert hatte. »Sobald wir wieder sicher und zu Hause sind.« Sie sah zum Pilotensessel hinüber und bemerkte, daß Lauren sie mit einem rätselhaften Blick musterte.

Mutter Mastiff legte den Finger an die Lippen. Lauren nickte. Sie hatte nicht ganz verstanden, war aber sensibel genug, um sich den Wünschen der älteren Frau zu fügen.

14

Einige Stunden verstrichen. Die Luft war ruhig, der Nebel dünn und der Flug des stetig nach Süden ziehenden Skimmers bequem. Mutter Mastiff blickte nach hinten und sah, daß Flinx tief schlief. Sein nützlicher, wenn auch widerwärtiger Gefährte war, wie üblich, neben dem Kopf des Jungen eingerollt.

Sie studierte die Pilotin. Hübsch, hart und selbstbewußt, entschied sie. Die Nacht begann sich über den Wald zu senken, der unter ihnen vorbeiraste. Unter der versiegelten Sichtkuppel des Skimmers war es warm und trocken. »Warum interessieren Sie sich für meinen Jungen?« fragte sie schließlich.

»Ich betrachte ihn als Freund. Außerdem war da auch eine persönliche Schuld zu begleichen«, erklärte Lauren. »Diese Leute, die Sie entführt haben, haben zwei seltene Tiere umgebracht, die seit langer Zeit meine Gefährten waren. ›Die Rache stirbt nie.‹« Sie lächelte. »Das haben Sie vor einer Weile gesagt, erinnern Sie sich?«

»Wie sind Sie ihm begegnet?«

»Er tauchte in dem Freizeitpark auf, den ich an einem See in der Nähe leite.«

»Ah! Der Kampf. Ja, ich erinnere mich. Das war also Ihr Hotel.«

»Es gehört mir nicht, ich leite es nur. Und dorthin fliegen wir jetzt. Von dort aus kann ich Ihnen zu einer Fahrgelegenheit nach Drallar verhelfen.«

»Woher wissen Sie, daß wir aus der Stadt sind?«

Lauren deutete mit dem Daumen nach hinten auf die schlafende Gestalt. »Er hat es mir gesagt. Er hat mir eine ganze Menge gesagt.«

»Das ist seltsam«, meinte Mutter Mastiff. »Eigentlich ist mein Junge gar nicht der Typ, der viel redet.« Dann verstummte sie wieder für eine Weile und sah zu, wie der Wald unter ihnen dahinglitt. Flinx schlief, er schien seinen ersten entspannten Schlaf seit geraumer Zeit zu genießen.

»Sie haben sich da eine ganze Menge Ärger aufgehalst, seinetwegen«, erklärte sie schließlich, »ganz besonders für einen völlig Fremden. Besonders für einen, der so jung ist.«

»Jugend ist etwas Relatives«, sagte Lauren. »Vielleicht hat er meine mütterlichen Instinkte geweckt.«

»Jetzt spielen Sie mir bloß nicht die Weise, Kind«,

warnte sie Mutter Mastiff, »und werden Sie auch nicht frech.« Aber trotzdem, eine seltsame Bemerkung. Hatte sie nicht vor vielen Jahren dieselben Empfindungen bezüglich des Jungen gehabt?

»Ich habe Sie beobachtet und gesehen, wie Sie ihn anschauen. Lieben Sie ihn?«

»Ob ich ihn liebe?« Laurens Überraschung war völlig echt. Als sie dann sah, daß Mutter Mastiff die Frage ernst gemeint hatte, zwang sie sich, auch so zu antworten. »Ganz sicher nicht! Wenigstens nicht so. Ich mag ihn, sicher. Und dann empfinde ich ungeheuren Respekt für das, was er ganz alleine fertiggebracht hat. Und dann tut er mir noch leid. Freilich ist da auch eine gewisse Zuneigung. Aber die Art von Liebe, von der Sie reden? — Nein.«

»›Jugend ist etwas Relatives‹«, meinte Mutter Mastiff mit sanftem Spott. »Man muß da ganz sicher sein. Ich habe in meinem Leben vieles gesehen, mein Kind. Es gibt nur wenig, das mich überraschen kann. Zumindest dachte ich das bis vor ein paar Wochen.« Sie lachte ihr leises Greisenlachen. »Es freut mich, das von Ihnen zu hören. Alles andere könnte dem Jungen schaden.«

»Das würde ich nie tun«, versicherte ihr Lauren. Sie blickte wieder zu dem schlafenden Flinx nach hinten. »Ich werde Sie im Freizeitpark absetzen. Mein Stellvertreter heißt Sal. Ich werde unter irgendeinem Vorwand hineingehen und mich um ihre Weiterreise kümmern und mit ihm sprechen. Dann fliege ich wieder weg, über den See. Ich glaube, so ist es für ihn besser. Ich will ihm nicht weh tun.« Sie zögerte. »Sie glauben doch nicht, daß er etwas Dummes tut, zum Beispiel mir folgt?«

Mutter Mastiff überlegte eine Weile und schüttelte dann den Kopf. »Er ist nur ein wenig zu sensibel. Ich bin sicher, er wird es verstehen. Was mich betrifft, so weiß ich nicht, was ich sagen soll, Kind. Sie haben uns sehr geholfen, ihm und mir.«

»›Rache ...‹ — erinnern Sie sich?« Sie grinste, und die Lichter der Konsole ließen ihre hohen Backenknochen hervortreten. »Ein komischer Typ ist das, Ihr Flinx. Ich glaube nicht, daß ich ihn vergessen werde.«

»Wissen Sie, Kind, das ist seltsam«, murmelte Mutter Mastiff und sah in die Wolken und den Nebel hinaus, »aber Sie sind nicht die erste, die das sagt.«

»Und wahrscheinlich auch nicht die letzte«, fügte Lauren hinzu und wandte sich wieder ihren Instrumenten zu.

Der Sumpfer umkreiste das verwüstete Camp einige Male, ehe er sich aus dem schützenden Wald herauswagte und zwischen die zerstörten Bauten fuhr. Schließlich kam er neben den Überresten des Zentralturms zum Stillstand.

Die Frau, die aus dem Fahrzeug stieg, trug einen grünbraunen Tarnanzug, ebenso wie der Mann am Steuer des Fahrzeugs. Er ließ den Motor laufen, während seine Begleiterin das halbe Dutzend Meter zu dem Turm ging, stehenblieb und sich langsam die Hände auf die Hüften gestützt, im Kreis drehte. Jetzt entspannten sich beide; sie hatten erkannt, daß das, was die Anlage zerstört hatte, jetzt keine Gefahr mehr darstellte. Es bedurfte keiner Diskussion — sie hatten so lange Zeit zusammengearbeitet, Worte waren überflüssig geworden.

Der Mann stellte den Motor des Sumpfers ab und stieg aus, um seiner Begleiterin dabei behilflich zu sein, die Ruinen in Augenschein zu nehmen. Leichter Regen fiel. Aber sie wurden nicht naß, weil die Tarnanzüge die Feuchtigkeit abstießen. Es war nur ein temporäres Feld, aber nach dem, was sie hier sahen, würden sie auch nicht lange genug hier sein, um nachladen zu müssen.

»Ich bin es leid, Pakete zu öffnen und drinnen kleinere Pakete zu finden«, sagte der Mann verdrießlich. »Ich bin es auch leid, daß sich jede Straße, die wir einschlagen, als Sackgasse erweist.« Er wies auf die Zerstörung, die sie umgab; zerstörte Gebäude, einzelne Rauchfäden, die aus Schutthäufen emporstiegen, und Schlacke, wo Metall geschmolzen war.

»Tod ist wohl der richtige Ausdruck, wenn man sich das so ansieht.«

»Nicht unbedingt.« Seine Begleiterin hatte ihm nur halb zugehört. Sie starrte eine Vertiefung vor ihren Füßen an. Sie ging auf eine weitere Stelle zu. Eine zweite, identische Spur war ein paar Meter entfernt zu sehen, und noch eine in gleichem Abstand dahinter. Sie folgten den Vertiefungen und sahen, daß sie eine leicht gebogene Spur bildeten. Zuerst waren sie ihnen nicht aufgefallen, weil sie mit Wasser gefüllt waren.

Sie trat mit dem Stiefel nach einer. »Fußabdrücke«, erklärte sie knapp.

»Hufabdrücke«, korrigierte sie der Mann. Sein Blick wanderte zu den vom Nebel verhüllten Bäumen, die das Lager umgaben. »Ich wünschte, ich wüßte mehr über diese Hinterwäldlerwelt.«

»Sie sollten sich nicht selbst kritisieren. Wir hatten nicht vor, so viel Zeit hier zu verbringen. Außerdem ist das städtische Zentrum ziemlich kosmopolitisch.«

»Ja, aber am Stadtrand hört die Zivilisation auch schon auf. Der Rest des Planeten ist zu primitiv, um auch nur klassifiziert zu werden. Das ist es doch, was uns von Anfang an aufgehalten hat. Zu viele Verstecke.«

Ihr Blick schweifte über die Ruinen. »Viel scheint es ihnen nicht genützt zu haben.«

»Nein«, pflichtete er ihr bei. »Ich habe die Knochen auf dem Weg hierher auch gesehen. Ich frage mich, ob das arme Monstrum auch hier gestorben ist?«

»Reden Sie nicht so!« sagte sie unruhig. »Sie wissen, wie wir ihn bezeichnen sollen. Wenn Sie nicht aufpassen, dann gerät Ihnen das in irgendeinen offiziellen Bericht, und dann hängt Ihnen jemand einen formellen Verweis an.«

»Ah ja, das habe ich vergessen«, murmelte er. »Das benachteiligte Kind. Entschuldigen Sie, Rose, aber diese ganze Geschichte ist von Anfang an ziemlich lausig gewesen. Aber Sie haben schon recht. Ich sollte nicht auf ihm herumhacken. Seine Schuld ist es ja nicht. Im Gegenteil. Er kann ja nichts für das, was die Meliorares ihm angetan haben.«

»Richtig«, sagte die Frau. »Nun, man wird ihn erwischen und reparieren.«

»Wenn er hier entkommen ist«, erinnerte sie ihr Begleiter.

»Ganz sicher sind einige von ihnen entkommen«, sagte die Frau.

Der Mann deutete auf einige Mauerreste, die einmal Bauten gewesen waren. »Man braucht nur vom Teufel zu reden.«

Eine Gestalt kam auf sie zu. Sie brauchte dazu etwas länger, weil sie sich nicht auf einer geraden Linie bewegte. Sie versuchte das zwar, kam aber immer wieder nach rechts ab, wie ein schlecht gelagertes Rad. Die Kleider des Mannes waren schmutzig und seine Stiefel mit Schlamm bedeckt. Er hatte sie seit Tagen nicht mehr gewechselt. Er nickte den Neuankömmlingen mit einer schwächlichen Geste zu. Abgesehen von seinem Hinken schien er unverletzt zu sein. Sein strähniges Haar war durchnäßt und klebte wie Draht an seinem Gesicht. Er machte keine Anstalten, es sich aus den Augen zu wischen.

Es schien ihm auch völlig gleichgültig zu sein, wer die Neuankömmlinge waren. Seine Bedürfnisse waren grundlegend. »Haben Sie was zu essen?« keuchte er.

»Was ist hier passiert?« fragte die Frau, als er in Hörweite war.

»Haben Sie was zu essen? Wasser gibt es ja, weiß Gott, genug. Das einzige, was dieser jämmerliche Planet zu bieten hat, ist eine Menge Wasser, so viel man will, selbst wenn man es nicht will. Ich habe von Nüssen und Beeren gelebt und dem wenigen, was ich aus der Lagerküche retten konnte. Und dann mußte ich mich um alles mit den Aasfressern raufen. Ein jämmerliches Dreckloch von einem Planeten ist das.«

»Was ist hier passiert?« wiederholte die Frau ruhig. Der Mann schien Ende zwanzig zu sein. Zu jung, das wußte sie, um ein Mitglied des inneren Kreises der Meliorare zu sein. Nur ein unglücklicher Angestellter.

»Caster«, murmelte er. »Caster heiße ich. Entschuldigen Sie mich einen Augenblick.« Er ließ sich auf seiner primitiven handgemachten Krücke zu Boden sinken, bis er auf der weichen Erde saß. »Ich hab' mir, glaube ich, den Knöchel gebrochen. Er ist nicht gut verheilt. Ich muß ihn mir noch einmal einrichten lassen.« Er zuckte zusammen und blickte dann zu ihnen auf. »Verdammt will ich sein, wenn ich das weiß! Was hier passiert ist, meine ich. Ich war noch damit beschäftigt, Kommunikationsmodule auszutauschen, und da brach plötzlich die Hölle los. Sie hätten die sehen sollen. Verdammt groß, wie der ganze Turm, jeder einzelne. So schien es jedenfalls. Und das Schlimmste waren diese blutroten, tellergroßen Augen mit den winzigen kleinen schwarzen Flecken, die auf einen herunterstarrten wie Rücklichter eines Skimmers. Einfach unanständig, solche Augen! Ich weiß nicht, was die hierhergezogen hat, so wie die gekommen sind, aber die gute Vorsehung war es jedenfalls nicht.«

»Sind Sie der einzige Überlebende?« fragte der Mann.

»Ich hab' sonst keinen gesehen, wenn Sie das meinen.« Seine Stimme wurde jetzt kläglich. »He, haben Sie was zu essen für mich?«

»Wir können Ihnen zu essen geben«, sagte die Frau und lächelte. »Hören Sie, für wen haben Sie hier gearbeitet?«

»Haufen Wissenschaftler. Furchtbar arrogantes Volk. Mit uns gewöhnlichen Leuten haben die nie geredet.«

Er zwang sich zu einem Lachen, das aber ziemlich schwach ausfiel. »Aber gut bezahlt haben sie. Halten Sie den Mund und tun Sie Ihre Arbeit und sehen Sie sich die Gegend an. Bloß daß ich nie damit gerechnet habe, daß die Gegend mich besuchen würde. Mir reicht's mit diesem Verein. Ich bin bereit, nach Hause zu gehen. Meinetwegen können die ihre Kündigungsprämie behalten.« Ein neuer Gedanke kam ihm in den Sinn, und er sah das Paar vor sich aus zusammengekniffenen Augen an.

»He, soll das heißen, Sie wissen nicht, wer die waren? Wer sind Sie denn überhaupt?«

Sie tauschten Blicke, dann zuckte die Frau die Achseln. »Schadet nichts. Vielleicht hilft es seinem Gedächtnis.«

Sie zog ein kleines Plastiketui aus einer Innentasche, klappte es auf und zeigte es dem Verletzten. Das Plastikkärtchen im Innern war auffällig rot. Ein Name stand darauf und ihre Herkunftswelt: Terra. Die Augen des Mannes weiteten sich, als er es las. Die Buchstabenfolge dahinter verwirrte ihn.

AA-I-FT-MO. Den ersten Teil begriff er. Er konnte daraus entnehmen, daß sein Besucher Autonomer Agent im Rang eines Inspektors war und den Friedenshütern angehörte, der Commonwealth-Behörde, die dafür verantwortlich war, den Gesetzen Geltung zu verschaffen.

»Was bedeutet ›MO‹?« fragte er.

»Abteilung für Moraloperationen«, erklärte sie und steckte das Etui wieder ein. »Diese Wissenschaftler, für die Sie tätig waren — Sie müssen die doch von Zeit zu Zeit gesehen haben, auch wenn Sie nur wenig oder keinen persönlichen Kontakt mit ihnen hatten?«

»Sicher. Die sind zwar ziemlich für sich geblieben, aber manchmal sah ich sie herumschlendern.«

»Sie waren alle schon ziemlich bejahrt, nicht wahr?«

Er runzelte die Stirn. »Wissen Sie, darüber habe ich

nicht sehr nachgedacht. Aber jetzt, wo Sie es sagen — mhm, ich denke schon, daß die alle ziemlich alt waren. Hat das etwas zu bedeuten?«

»Sie braucht es nicht zu beunruhigen«, sagte der Mann besänftigend. »Sie haben gesagt, Sie hätten hier niemanden gesehen, seit diese Tierherde Sie heimgesucht hat. Das bedeutet nicht unbedingt, daß Sie der einzige Überlebende sind. Ich nehme an, daß man hier irgendwelche Transportmittel zur Verfügung hat. Sie haben niemanden in einem Sumpfer oder Skimmer entkommen sehen?«

Der Mann auf dem Boden blickte sie einen Augenblick lang prüfend an, dann hellte sich sein Gesicht auf. »Doch, doch das habe ich. Da war diese alte Lady und eine jüngere — hat übrigens gut ausgesehen, die jüngere. Und einen Jungen hatten die bei sich. Ich habe die nicht gekannt, aber dann sind ja hier auch dauernd Leute gekommen und gegangen.«

»Wie alt war denn dieser Junge?« wollte die Frau wissen.

»Verdammt will ich sein, wenn ich das weiß. Ich bin gerannt, so schnell ich konnte, und zwar in die eine Richtung, der Skimmer startete in die andere. Also bin ich nicht stehengeblieben, um Fragen zu stellen. Aber rote Haare hatte der Junge. Daran erinnere ich mich. Rothaarige sind ja auf diesem Dreckplaneten ziemlich selten.«

»Ein Schutzengel«, murmelte der ältere Mann zu seiner Begleiterin gewandt. In seiner Stimme klang Bewunderung, in die sich Enttäuschung mischte. »Der Junge muß einen Schutzengel haben.«

»Wie Sie sehr wohl wissen, steckt da vielleicht eine ganze Menge mehr dahinter«, sagte die Frau knapp. »Die alte Frau, von der er spricht, ist offensichtlich die Adoptivmutter. Aber wer war die andere?« Sie runzelte besorgt die Stirn.

»Das ist nicht wichtig«, sagte ihr Begleiter. Dann

meinte er, zu dem Verletzten gewandt: »Hören Sie, wie gut können Sie sich daran erinnern, wie sich diese drei verhalten haben? Diese jüngere Frau, die attraktive — hat sie so gewirkt, als hätte sie die Kontrolle über die beiden anderen? Sah es so aus, als würde sie den Jungen und die alte Frau irgendwie bewachen?«

»Ich sagte doch, ich hatte nicht viel Zeit, um hinzusehen«, erwiderte Caster. »Waffen habe ich jedenfalls keine gesehen. Wenn es das ist, wovon Sie reden.«

»Interessant«, murmelte die Frau. »Vielleicht haben Sie sich eine Verbündete zugelegt. Eine weitere Komplikation, mit der wir uns auseinandersetzen müssen.« Sie seufzte. »Dieser Fall wird allmählich eine verdammt kitzlige Angelegenheit. Wenn er keine so hohe Priorität beim HQ hätte, würde ich um meine Versetzung bitten.«

»Sie wissen ganz genau, was wir mit einer solchen Bitte erreichen würden«, knurrte ihr Begleiter. »Wir kriegen die schon. Schließlich sind wir ihnen schon oft verdammt nahe gekommen. Irgendwann müssen wir doch auch unsere Chance bekommen.«

»Vielleicht. Denken Sie an Ihre kleinen Pakete in den großen«, spottete sie. »Aber jetzt könnte es ja leicht sein.« Sie deutete auf das zerstörte Camp. »Es sieht ja nicht so aus, als ob viele von den Meliorares entkommen wären — wenn es überhaupt welche geschafft haben.«

»Meli — Meliorares?« Der Verletzte starrte sie mit aufgerissenem Mund an. »He, den Namen kenne ich. Waren das nicht die ...?« Seine Augen weiteten sich bei der Erkenntnis. »Jetzt warten Sie mal, Leute, ich habe nicht ...«

»Schon gut«, besänftigte ihn der Mann im Tarnanzug. »Ihre Überraschung bestätigt Ihre Unschuld. Außerdem sind Sie zu jung. Die haben in all den Jahren noch viel klügere Leute als Sie getäuscht.«

»Eigentlich sollte es nicht so schwierig sein, den Jungen ausfindig zu machen.« Sie schien jetzt zuversichtlich. »Wir sollten die jederzeit aufpicken können.«

»Ich wünschte, ich wäre auch so ruhig«, murmelte ihr Begleiter und kaute dabei auf seiner Unterlippe. »Bis jetzt war nichts einfach bei diesem Fall, von Anfang an nicht.«

»Das habe ich nicht gewußt«, plapperte der Verletzte. »Ich habe nicht gewußt, daß das die Meliorares waren. Keiner von uns hat das gewußt, nicht einer. Ich habe mich nur auf eine Anzeige gemeldet, mit der ein Techniker gesucht wurde. Keiner hat ein Wort sonst gesagt ...!«

»Beruhigen Sie sich, das habe ich Ihnen doch gesagt«, herrschte der ältere Mann ihn an, den die weinerliche Reaktion des Mannes verstimmte. Leute geraten so leicht in Panik, dachte er. »Sie brauchen keine Angst zu haben. Holen Sie sich jetzt aus dem Sumpfer etwas zu essen! Nur eines: Sie müssen sich einem Wahrheitsscanner unterziehen, aber das ist ganz ungefährlich, wissen Sie. Anschließend läßt man Sie ganz bestimmt frei.«

Der Mann richtete sich mühsam auf und stützte sich auf seine Krücke. Die Worte hatten ihn etwas beruhigt.

»Die haben kein Wort gesagt.«

»Das tun die nie«, meinte die Frau. »Auf die Weise konnten sie in all den Jahren immer wieder entkommen. Leichtgläubige stellen nie Fragen.«

»Meliorares. Teufel«, murmelte der Mann. »Wenn ich das gewußt hätte ...«

»Wenn Sie es gewußt hätten, hätten Sie nie ihr Geld genommen und für sie gearbeitet, stimmt's?«

»Natürlich nicht. Ich hab' meine Prinzipien.«

»Sicher haben Sie die.« Er wehrte den Protest des anderen mit einer Handbewegung ab. »Entschuldigen Sie, Freund. Ich habe mir in den Jahren, die ich jetzt bei MO bin, eine ziemlich zynische Einstellung gegenüber der Menschheit angeeignet. Das ist nicht Ihre Schuld.

Kommen Sie«, sagte er zu der Frau, »hier ist nichts mehr für uns zu tun.«

»Ich auch? Ganz sicher?« Der jüngere Mann hinkte hinter ihnen her.

»Ja, Sie auch«, sagte der Friedenshüter. »Es macht Ihnen doch nichts aus, eine Aussage unter Scan zu machen? Das ist eine Maßnahme, die ich in diesem Fall nur mit Ihrer Zustimmung durchführen darf.«

»Mit dem größten Vergnügen«, sagte der Techniker bereitwillig. »Diese verdammten, lausigen Meliorares, die auf diese Weise unschuldige Arbeiter für ihre Zwekke ausnutzen. Ich hoffe nur, daß sie jedem einzelnen von denen das Bewußtsein löschen.«

»Hinten ist etwas zu essen«, sagte die Frau ruhig, als sie in den Sumpfer stiegen.

»Seltsam, Rose«, meinte ihr Begleiter nachdenklich, als sie Platz nahmen, »daß diese Bestien gerade rechtzeitig kamen, um dem Jungen Gelegenheit zur Flucht zu geben. Wenn man die Geschichten dieser Kinder verfolgt, dann wimmelt es von solchen Zufällen.«

»Ich weiß«, meinte Rose, als der Motor des Sumpfers zu summen anfing und das kleine Fahrzeug in den Wald glitt. »Nehmen Sie nur diese Flugschlange, von der man uns erzählt hat. Woher kommt die?«

»Von Alaspin, wenn die Information stimmt.«

»Richtig, Alaspin. Wenn ich mich an meine Galaktografie richtig erinnere, ist diese Welt ganz hübsch viele Parsek von hier entfernt. Ein höchst seltsamer Zufall.«

»Aber nicht unmöglich.«

»Anscheinend ist nichts unmöglich, wenn es um diese Kinder geht. Je früher wir den da in Gewahrsam nehmen und ihn dem Psychochirurgen übergeben, desto wohler wird mir sein. Da lobe ich mir doch einen anständigen, sauberen Mordfall. Dieses eklige Mutantenjagen geht mir auf die Nerven.«

»Er ist kein Mutant, Rose«, erinnerte sie ihr Begleiter. »Das ist ebenso unpräzise, wie wenn ich ihn ein Monstrum nenne.« Er blickte in den hinteren Teil des Sumpfers. Ihr Passagier schaufelte das Essen in sich hinein und achtete nicht auf ihr Gespräch. »Wir wissen nicht einmal, daß er irgendwelche besonderen Fähigkeiten besitzt. Die letzten zwei, die wir aufgespürt haben, waren so normal, daß es geradezu langweilig war.«

»Die Meliorares müssen aber anders darüber gedacht haben«, forderte Rose ihn heraus. »Die haben sich eine Menge Mühe gemacht, den zu fangen, und schauen Sie doch, was ihnen passiert ist.«

Sie waren jetzt ein gutes Stück in den Wald eingedrungen und flogen auf Südkurs. Das vernichtete Lager lag weit hinter ihnen, von den Bäumen und dem hügeligen Land verschlungen.

»Das müssen ziemlich große Tiere gewesen sein. Einheimische Fauna, vermute ich«, sagte ihr Begleiter. »Eine wild gewordene Herde, oder sowas, die überhaupt nichts mit dem Jungen oder irgendwelchen hypothetischen Fähigkeiten, die er vielleicht hat, zu tun hatte. Bis jetzt zeigt seine Spur nur, daß er der übliche verstörte junge Meliorare ist. Sie machen sich zu viel Sorgen, Rose.«

»Ja, ich weiß. Aber das ist nun mal besser in unserem Geschäft, Feodor.«

Und ihre Sorgen ließen sie nicht los, als die Nacht schließlich den dahinrasenden Sumpfer zu überholen begann.

Die Frau an der Kommunikationskonsole war sehr alt, fast so alt und gebrechlich wie das kleine Sternenschiff selbst, aber ihre Hände tanzten mit einer Vertrautheit über die Instrumente, wie sie nur aus langer Erfahrung erwächst, und ihr Gehör war scharf genug; sie konnte absolut sicher sein, daß ihr kein Teil der Sendung entgangen war. Sie blickte von ihrer Datenkonsole auf und sah dem großen, würdigen Mann ins Auge, der neben ihr stand, dann schüttelte sie langsam den Kopf.

»Es tut mir leid, Sir. Sie antworten auf keines unserer Signale. Ich kann nicht einmal mehr ihre Richtstrahlenfrequenz empfangen.«

Der Mann nickte widerstrebend. »Sie wissen, was das bedeutet?«

»Ja«, sagte sie mit trauriger Stimme. »Nyassa-lee, Haithness, Brora — alle tot. All die vielen Jahre.« Ihre Stimme war nur noch ein Flüstern.

»Sicher können wir nicht sein«, murmelte Cruachan. »Nicht hundertprozentig jedenfalls. Es ist nur ...«, er zögerte, »die hätten inzwischen antworten müssen, zumindest über die Noteinheit.«

»Diese Stampede war ein schreckliches Pech, Sir.«

»Wenn es Pech war«, sagte er leise. »Die Geschichte lehrt, daß das Unbekannte, wenn es um die Subjektkinder geht, manchmal dem Glück einen Schubs gibt — oder einen heftigen Stoß.«

»Das weiß ich, Sir«, sagte die alte Frau. Sie war müde, und das wußte Cruachan, aber müde waren sie alle. Ihre Zeit ging zu Ende — und auch die der Melioraregesellschaft mit ihren edlen, so gründlich mißverstandenen Zielen. Man hatte vor Jahren daran gedacht, neue Jünger heranzubilden, sie mit den Techniken und den Zielen der genetischen Manipulation vertraut zu machen, die die Gesellschaft entwickelt hatte, aber die Bürde, unter der sie tätig werden mußten, machte es unmöglich, junge Forscher zu gewinnen. Dafür sorgte die verleumderische Propaganda der Kirche und der Commonwealthregierung.

Verflucht sollten sie sein, diese unwissenden Primitiven! Doch noch war die Gesellschaft nicht tot.

Haithness, Nyassa-lee, Brora — wie ein Totengesang hallten ihre Namen in seinem Bewußtsein. Wenn sie jetzt wirklich nicht mehr waren, und so schien es zu sein, blieben nur noch sehr wenige von ihnen übrig, um das Werk weiterzuführen. Der Konflikt in ihm war stark. Sollte er hierbleiben oder fliehen, um irgendwo anders eine neue Operation einzuleiten? So viele alte Freunde, Kollegen, Wissenschaftler verloren — war dieses eine Subjekt es wert? Einen Beweis dafür hatten sie immer noch nicht. Nur Kurven und Zahlen aus den Computern. Aber den Computern war das gleichgültig. Allen war das gleichgültig.

Es gab nichts, das darauf hindeutete, daß das Subjekt in irgendeiner Weise für die unglückselige Stampede verantwortlich war, die das Camp und ihre ganze Hoffnung vernichtet hatte. Natürlich war es durchaus möglich, daß das Subjekt mit den anderen umgekommen war, sinnierte Cruachan. Wenn nicht, wenn er jetzt beschloß, dieses eine Subjekt weiter zu verfolgen, dann war eine externe Manipulation nicht mehr möglich. Sie würden das Subjekt direkt stellen müssen, so wie sie es vor Jahren mit dem Mädchen versucht hatten.

Der Kurs zu ihrer nächsten ›sicheren‹ Station war lang und kompliziert und führte durch unsichere galaktische Zonen. Cruachan war keineswegs überzeugt, daß es ihnen gelingen würde, nochmals einige Jahre im Versteck zu verbringen und ein anderes vielversprechendes Subjekt ausfindig zu machen. Wenn der lange Arm der Friedenshüter ihn bis dahin nicht ergriffen hatte, war es möglich, daß die Zeit und sein Alter der Regierung die Mühe abnahmen. Sie waren einen langen Weg zusammen gegangen, er und seine Begleiter. Ein großer Aufwand; viele Leben waren ausgelöscht worden, um das Projekt am Leben zu erhalten. Er und die paar Kollegen, die ihm geblieben waren, mußten diesen Fall zu Ende folgen, koste es, was es wolle. Sonst blieb nicht mehr viel Hoffnung.

»Danke, Amareth«, sagte er zu der Frau, die geduldig an der Konsole wartete. »Bleiben Sie für alle Fälle auf Empfang.«

»Natürlich, Dr. Cruachan, Sir.«

Er drehte sich um und ging langsam zum Konferenzsaal. Auf halbem Weg dorthin wurde sein Schritt schneller, lebendiger. So geht es nicht, sagte er sich. Als Präsident der Gesellschaft oblag es ihm, den anderen ein Beispiel zu geben, jetzt mehr denn je. Als er den Versammlungsraum erreicht hatte und ihn betrat, war anstelle seiner ursprünglichen Verzweiflung über die Berichte von unten eisige Entschlossenheit getreten.

Ein halbes Dutzend bejahrter Männer und Frauen saßen da und erwarteten ihn. So wenige, dachte er, so wenige, die noch übrig sind. Die letzten der Gesellschaft, die letzten Stützen einer großen Idee. Ihre Gesichter sahen ihn an und fragten alle stumm dieselbe Frage.

»Immer noch nichts«, sagte er fest. »Wir müssen daher annehmen, daß Brora, Haithness und Nyassa-lee verloren sind.« Es gab keinen Ausdruck der Trauer, kein Klagen, kein Weinen. Sie warteten ruhig darauf, daß er fortfuhr, und ihr stummes Vertrauensvotum verstärkte seine Entschlossenheit.

»Ich empfehle, daß wir den Versuch fortsetzen, die Kontrolle über Nummer Zwölf zurückzugewinnen.«

»Wir haben Grund zu der Annahme, daß jetzt MO-Agenten in dieser Region tätig sind«, sagte eine alte Frau aus einem Winkel des behaglichen Raums.

»Na und?« fragte eine andere Frau scharf. »Die waren immer zwei Schritte hinter uns zurück. Das werden sie auch immer bleiben.«

»Ich wünschte, ich wäre da so sicher wie Sie, Hanson«, meinte die Frau, die zuerst gesprochen hatte. »Das lange Leben der Gesellschaft ist die Folge von Vorsicht und Überlegung, nicht von Verachtung derer, die uns verachten.« Sie blickte zu ihrem Anführer. »Sie sind ganz sicher, daß Sie die Operationen hier fortsetzen wollen, Cruachan?«

»Mehr denn je«, erwiderte er. »Wir haben zuviel in diese Nummer Zwölf investiert, um *nicht* fortzufahren.« Er zählte die lange Liste von Faktoren auf, die seine Entscheidung stützten.

Als er geendet hatte, meldete sich in einem anderen Winkel des Raumes ein hagerer, kleiner Mann mit einer tiefen Stimme, die irgendwie nicht zu seiner Gestalt paßte. Er hatte ein künstliches Bein und ein Kunstherz, aber seine Augen blickten so fanatisch, wie sie vor fünfzig Jahren geblickt hatten.

»Ich stimme zu! Die Chancen sprechen immer noch dafür. Wenn das Subjekt noch zugänglich ist ...«

»Wir haben keinen Grund zu der Annahme, daß er das nicht ist«, meinte Cruachan, was eine halbe Lüge war.

»... dann haben wir auch eine Chance, ihn vor den Häschern der MO zu erreichen. Wie Cruachan sagt, wir müssen das hier vorhandene Potential gegen unsere eigenen sich verstärkenden Schwächen abwägen.« Er stampfte mit dem falschen Bein auf den Boden, um seine Entschlossenheit zu unterstreichen.

»Nun gut«, sagte die alte Frau, die sich Sorgen um eine Einschaltung des Commonwealth gemacht hatte. »Ich sehe, daß die meisten von Ihnen dafür sind, unsere Arbeit hier fortzusetzen. Ich muß gestehen, daß ich gegen die vielen Punkte, die Dr. Cruachan vorgebracht hat, wenig sagen kann. Aber wir haben es jetzt mit einem neuen Problem zu tun, das wir nicht durch Abstimmung werden lösen können.

Ist es richtig, daß im letzten Bericht aus dem Camp von einem alaspinianischen Miniaturdrachen in Gesellschaft des Subjekts die Rede ist?«

Cruachan nickte langsam. »Ja, es gibt einen Hinweis auf die Anwesenheit einer Katalysatorkreatur in der Nähe des Subjekts.«

»Was sollen wir dann machen? Abgesehen davon, daß dieses Tier wie ein Vergrößerungsglas für jegliches latente Talent fungiert, das das Subjekt vielleicht besitzt, ist es auch an sich ein tödliches Geschöpf. Wenn es eine emotionelle Bindung zu dem Subjekt entwickelt hat, wird es sich als ein viel gefährlicherer Gegner als ein Dutzend MO-Beamte erweisen.«

Cruachan wischte ihre Besorgnis beiseite. »Ich habe gründlich über diese Sache nachgedacht. Man wird sich um die Schlange kümmern, das verspreche ich Ihnen. Wenn wir nicht mehr imstande sind, ein Reptil zu neutralisieren, dann dürfen wir auch nicht den Anspruch erheben, Ideale unserer Gesellschaft weiterzutragen.«

»Das ist kein Reptil«, warf ein Mann von hinten ein. Seine Augen wirkten glasig, weil er dicke Kontaktlinsen tragen mußte. »Es sieht zwar reptilienhaft aus, aber in seinen Adern fließt warmes Blut, und man sollte es eher als ...«

»Mir ist verdammt gleichgültig, in welche Ordnung oder Gattung es gehört«, unterbrach ihn Cruachan ungeduldig. »das Vieh wird erledigt werden.« Seine Brauen schoben sich zusammen, als ihm plötzlich ein Gedanke kam. »Wenn jetzt eine solche geistige Bindung existiert, dann ist sie ja wahrscheinlich stärker als die, die das Subjekt mit seiner Adoptivmutter verbindet.«

»Also eine weitere Chance für externe Kontrolle!« rief eine Frau.

»Ja. Anstatt eine neue Drohung darzustellen, ist es sogar möglich, daß dieses Lebewesen unser Schlüssel für die Kontrolle des Subjekts ist. Da sehen Sie, wie man scheinbare Schwierigkeiten zu unserem Vorteil wenden kann.«

»Um Haithness und die anderen ist es schade«, murmelte einer der alten Männer. »Ich kannte Haithness seit fünfundvierzig Jahren.«

»Ich auch«, erinnerte ihn Cruachan. »Wir dürfen schon im Andenken an sie, an Nyassa-lee und an Brora den Fall nicht aufgeben. Wenn sie sich, wie es wahrscheinlich ist, für unsere Sache geopfert haben, so ist das für uns ein weiterer Grund zum Weitermachen. Je mehr unsere Zahl schrumpft, desto mehr muß unsere Entschlossenheit wachsen.«

Zustimmendes Gemurmel hallte ihm aus dem Konferenzraum entgegen.

»Wir werden dieses Subjekt nicht aufgeben«, fuhr Cruachan mit kräftiger Stimme fort. »Er wird in unsere Gewalt kommen, gleichgültig, welche Mittel dafür erforderlich sind. Ich bitte jetzt um eine formelle Abstimmung.«

Cruachan konnte befriedigt feststellen, daß der Entschluß einstimmig gefällt wurde. So geschah dies bei Entscheidungen dieser Art meistens; in einer Organisation dieser Art war kein Platz für Dissens.

»Ich danke Ihnen allen«, sagte er, als die Hände sich wieder senkten. »Denken Sie immer daran, diese Nummer Zwölf hält vielleicht den Schlüssel für unsere Rehabilitierung in der Hand. Mit der Hoffnung sollten wir ans Werk gehen. Von diesem Augenblick an wird unsere ganze Energie darauf gerichtet sein, die Kontrolle über ihn zu gewinnen.« Er wandte sich ab und ging zur Tür.

»Wir müssen uns beeilen. Wenn die MOs ihn zuerst finden, ist er für unsere Zwecke zerstört.«

Die Gruppe löste sich rasch auf, und ihre Entschlossenheit kam an Intensität nur der Verzweiflung gleich, die ihr das Leben verlieh.

15

Die Stadt stank nach den Ausdünstungen menschlicher und anderer Wesen, nach Tieren und exotischen Küchen, nach Kunstharzen und Baumaterialien, alten wie neuen, alle verstärkt durch die ewige Feuchtigkeit, die organische wie anorganische Materialien durchsetzte. Aber für Flinx waren das alles Düfte wie von Blumen und Gewürzen. Der Wagen kam zischend vor der kleinen Bar zum Stillstand, und er bezahlte mit dem wenigen Kredit, der ihm noch verblieben war. Die Maschine antwortete mit einem mechanischen »Danke, Sir«, ehe sie auf der Suche nach dem nächsten Fahrgast die Straße hinunterglitt.

Mutter Mastiff stützte sich schwer auf ihn, als sie in das Innere des Lokals gingen. Was sie durchgemacht hatte, hatte sie ihre Jahre spüren lassen, und sie war sehr müde. So müde, daß sie nicht einmal vor der Schlange zurückfuhr, die sich um Flinx' Schulter ringelte.

Drinnen angelangt, entrollte Pip sich unter dem Slikker, den Lauren Walder Flinx zur Verfügung gestellt hatte, und huschte auf die eigentliche Bar zu. Er wußte hier Bescheid. Auf der Theke vor ihm standen Schüsseln mit Brezeln, Tarmacnüssen und anderen interessanten salzigen Leckereien, mit denen zu spielen fast ebensoviel Freude machte wie sie zu essen.

Flinx hatte sie bewußt auf einer Zickzackroute zum Markt zurückgeführt, auf Umwegen, wobei er häufig das Transportmittel gewechselt und bis zum letzten Augenblick versucht hatte, gemeinsam mit anderen Bürgern zu reisen. So sehr er sich auch bemühte, hatte er doch keinerlei Anzeichen entdeckt, daß man ihnen gefolgt war, noch hatte der Minidrach negativ auf irgendeinen der Mitreisenden reagiert, die erstaunt den erschöpften Jungen und die alte Frau in seiner Gesellschaft angestarrt hatten. Diese Vorsicht war es auch, die sie dazu veranlaßte, diese Bar aufzusuchen, ehe sie in den Laden zurückkehrten. Es würde klug sein, nicht alleine nach Hause zu gehen, und Small Symm, der Besitzer der Bar, würde ein guter Begleiter sein, wenn sie ihre Tür mit dem Handabdruck öffneten.

Small Symm war ein Riese, und er war Flinx' Freund seit dem Tag seiner Adoption. Er kaufte oft interessante Utensilien von Mutter Mastiff, um sie in seinem Etablissement zu benutzen.

Eine riesige Hand tauchte auf und fegte die beiden Reisenden buchstäblich in eine Nische. An der langen Bar aus Metall machten die Gäste nervös Platz, um der akrobatischen Flugschlange Zugang zu den Brezeln zu gewähren.

»Ich habe gehört, daß ihr zurück seid«, sagte der Riese anstelle einer Begrüßung, und seine Stimme hallte wie ein dumpfes Echo aus seinem mächtigen Brustkasten. »So etwas spricht sich auf dem Markt schnell herum.«

»Bei uns ist alles in Ordnung, Symm.« Flinx schenkte seinem Freund ein müdes Lächeln. »Mir ist, als könnte ich ein Jahr schlafen. Aber davon abgesehen ist alles klar.«

Symm zog sich einen Tisch vor die Nische und benutzte ihn als Stuhl. »Was kann ich euch beiden bringen? Etwas Heißes zum Trinken?«

»Nicht jetzt, Junge«, sagte Mutter Mastiff mit einer abwehrenden Geste ihrer runzeligen Hand. »Wir brennen darauf, nach Hause zu kommen. Wir würden gern deine Gesellschaft haben, nicht deine Getränke.« Darauf verstummte sie und überließ es Flinx, die restlichen Erklärungen abzugeben.

Small Symm runzelte die Stirn, wobei seine Augenbrauen sich zusammenschoben wie Wolken am Himmel. »Ihr meint, diese Leute könnten immer noch hinter euch her sein?«

Fast hätte sie gesagt, »hinter mir sind die nicht her«, aber sie hielt den Mund. Sie glaubte immer noch, daß es zu früh war, Flinx alles zu sagen, was sie erfahren hatte. Viel zu früh. »Unwahrscheinlich, aber möglich. Und ich bin nicht der Typ dazu, das Schicksal zu versuchen, diese dreckige Hure.«

»Ich verstehe.« Symm stand auf, und sein Kopf reichte fast bis zur Decke. »Ihr möchtet also eine handfeste Begleitung auf dem Nachhauseweg.«

»Wenn du die Zeit erübrigen kannst«, sagte Flinx dankbar. »Ich glaube wirklich, daß wir mit diesen Leuten fertig sind.« Daß sie seiner Meinung nach alle tot waren, sagte er nicht. Es war ja nicht nötig, die Dinge zu sehr zu komplizieren. »Aber wohler würden wir uns ganz bestimmt fühlen, wenn du mitkommen würdest.«

»Nur einen Augenblick«, sagte Symm. »Wartet hier!« Er verschwand in einem Nebenraum. Als er zurückkam, begleitete ihn eine große junge Frau. Er redete eine Minute lang leise auf sie ein, wobei sie ein paarmal zustimmend nickte, dann schloß er sich seinen Besuchern an. Er trug jetzt einen Slicker, der weit genug war, um ein mittelgroßes Gebäude zu schützen.

»Ich bin soweit«, erklärte er. »Nakina paßt auf das Geschäft auf, bis ich zurück bin. Es sei denn, ihr wollt euch noch ein wenig ausruhen.«

»Nein, nein«, Mutter Mastiff stand ungeduldig auf. »Ich kann mich erst dann ausruhen, wenn ich wieder zu Hause in meinem Laden bin.«

Von Small Symms Lokal bis zu der Nebenstraße, in der sich Mutter Mastiffs Geschäft befand, war es nicht weit. Da Symm sie trug, kamen sie schnell von der Stelle.

»Scheint leer«, meinte der Riese, während er die alte Frau vorsichtig absetzte. Es war Abend. Die meisten der Geschäfte hatten bereits die Läden heruntergelassen, vielleicht, weil es noch heftiger als sonst regnete. Auf dem Marktplatz war das Wetter häufig ein wichtiger wirtschaftlicher Faktor.

»Scheint in Ordnung.« Mutter Mastiff ging auf die Tür zu.

»Augenblick!« Flinx streckte den Arm aus, um sie zurückzuhalten. »Dort drüben, links vom Laden.«

Symm und Mutter Mastiff blickten in die Richtung, die er ihnen wies. »Ich sehe nichts«, sagte der Riese.

»Ich dachte, ich hätte eine Bewegung gesehen.« Flinx warf einen Blick auf Pip. Die Flugschlange döste friedlich im Schutz seines Slickers. Natürlich waren die Launen der Schlange häufig unberechenbar, aber diese anhaltende Ruhe war ein gutes Zeichen. Flinx wies nach rechts. Der Riese nickte und entfernte sich wie ein riesiger Schatten, um sich in der Dunkelheit neben dem leeren Geschäft zur Linken zu verstecken. Flinx ging nach rechts — nach Steuerbord, wie Lauren gesagt hätte. Er hatte eine Weile gebraucht, bis er ihr ihr plötzliches Verschwinden verziehen hatte, und Mutter Mastiff, daß sie es zugelassen hatte. Er fragte sich, was sie wohl tun mochte, aber die Erinnerung an sie begann bereits zu verblassen. Seine Gefühle würden da etwas länger nachhallen.

Mutter Mastiff wartete und sah zu, wie Freund und Sohn sich in entgegengesetzte Richtungen entfernten. Es machte ihr nichts aus, im Regen stehenzubleiben. Es war drallarianischer Regen, und das war etwas völlig anderes als der, der überall sonst im Universum fiel.

Flinx schlich sich vorsichtig an den feuchten Plastikwänden der Ladenfassaden entlang und arbeitete sich auf die Gasse zu, die sich hinter ihrem Haus vorbeischlängelte. Wenn die Bewegung, die er entdeckt zu haben glaubte, auf die Anwesenheit eines Spähers deutete, der ihre Rückkehr erwartete, so wollte er nicht, daß dieses Individuum seinen Vorgesetzten Meldung erstattete, bis Flinx ihm einige Informationen abgeknöpft hatte.

Da! — wieder eine Bewegung, diesmal nicht zu verkennen! Es entfernte sich von ihm. Er beschleunigte sein Tempo, blieb aber im finstersten Schatten. Das Stilett, das gewöhnlich in seinem Stiefel schlief, lauerte jetzt kalt und vertraut in seiner rechten Hand.

Da! — ein Schrei in der Dunkelheit vor ihm, und eine aufragende, mächtige Gestalt. Flinx rannte los, bereit zu helfen, obwohl es unwahrscheinlich war, daß der Riese irgendwelche Unterstützung brauchte. Und dann etwas Neues, etwas Unerwartetes.

Nervöses Gelächter?

»Hallo, Flinx-Junge!« Im schwachen Licht konnte Flinx das freundliche Gesicht ihres Nachbarn Arrapkha erkennen.

»Ach, du bist es, Arrapkha.« Flinx steckte das Stilett dorthin zurück, wo es hingehörte. »Du hast mir Anlaß zur Sorge gegeben. Ich dachte, mit finsteren Gestalten in der Nacht wäre jetzt ein Ende.«

»*Ich* hab' *dir* Anlaß zu Sorge gegeben?« Der Handwerker wies auf die hünenhafte Gestalt Small Symms, der hinter ihm stand.

»Es tut mir leid«, sagte Symm, Nachsicht heischend. »Wir konnten dich nicht erkennen.«

»Jetzt wißt ihr es.« Er sah wieder zu Flinx hinüber. »Ich hab' euren Laden für euch bewacht.« Symm ging zu Mutter Mastiff, um sie zu beruhigen. »Du weißt schon, ich hab' aufgepaßt, daß keiner einbricht und versucht, was zu stehlen.«

»Das war nett von dir«, sagte Flinx, während sie zur Straße zurückgingen.

»Gut, dich wieder hier zu sehen, Flinx-Junge. Ich hatte dich schon aufgegeben, kurz nachdem du weggegangen warst.«

»Warum hast du dann weiterhin den Laden bewacht?«

Der ältere Mann grinste. »Wahrscheinlich, weil ich die Hoffnung nicht aufgeben konnte. Um was ging es denn überhaupt?«

»Etwas Illegales, in das Mutter Mastiff vor vielen Jahren verwickelt war«, erklärte Flinx. »Sie hat mir keine Einzelheiten gesagt, nur daß es dabei um Rache ging.«

»Manche Leute haben ein langes Gedächtnis«, sagte Arrapkha und nickte wissend. »Da ihr wohlbehalten und gesund zurückgekehrt seid, nehme ich an, daß ihr mit den Entführern deiner Mutter Frieden geschlossen habt?«

»Wir haben die Sache zu Ende gebracht«, meinte Flinx knapp.

Sie kehrten zu der Straße zurück, wo Small Symm und Mutter Mastiff auf sie warteten.

»Du warst das also, Arrapkha. Du dummer Fleurm, uns so Sorge zu machen«, sagte Mutter Mastiff lächelnd. »Ich hätte nie gedacht, daß ich einmal froh sein könnte, dich zu sehen.«

»Ich umgekehrt auch nicht«, gestand der Holzschnitzer. Er deutete auf Flinx. »Dieser Junge da ist ebenso hartnäckig wie unvernünftig. Ich habe mir die größte Mühe gegeben, ihn davon zu überzeugen, daß er nicht hinter dir herrennen soll.«

»Ich hätte ihm das gleiche gesagt«, meinte sie, »und er hätte auf mich genausowenig gehört. Dickköpfig, das ist er wirklich.« Sie blickte ihn mit dem Ausdruck verzeihenden Stolzes an. Flinx war das Ganze peinlich. »Und für mich ist das ein Glück.«

»Alte Bekannte und schlechte Geschäfte.« Arrapkha fuchtelte mahnend mit dem Finger. »Man hüte sich vor alten Bekannten und schlechten Geschäften und unerledigten Taten.«

»Ah, ja.« Sie wechselte das Thema. »Du hast also die alte Hütte für mich bewacht, wie? Dann wird es gut sein, wenn ich meinen Lagerbestand gründlich überprüfe, sobald wir wieder drin sind.« Sie lachten beide.

»Wenn ihr meint, daß ich jetzt gehen kann«, murmelte Small Symm. »Nakina ist manchmal etwas übellaunig, und das ist schlecht fürs Geschäft.«

Mutter Mastiff blickte nachdenklich. »Wenn unser Freund hier darauf besteht, daß er den Laden im Auge behalten hat ...«

»Ich hab' ihn dauernd bewacht«, beharrte Arrapkha. »Wenn die sich keinen Tunnel hineingegraben haben, dann hat ihn keiner betreten, seit dein Junge weggegangen ist, um nach dir zu suchen.«

»Unter diesen Straßen gibt es keine Tunnels«, stellte sie grinsend fest. »Die würden nur auf die Abwässerkanäle stoßen.« Sie blickte wieder zu ihrem Begleiter auf. »Dank dir, Symm. Geh jetzt zurück zu deiner Lasterhöhle.«

»Das ist es wohl kaum«, erwiderte er bescheiden. »Eines Tages einmal, vielleicht, wenn ich mir Mühe gebe.«

Flinx streckte ihm die Hand hin, die in der Pranke des Riesen verschwand. »Auch meinen Dank, Symm.«

»Keine Ursache. Hab' gern geholfen.« Der Riese drehte sich um und trottete davon.

Die drei Freunde traten an die Tür. Mutter Mastiff legte die rechte Handfläche auf das Schloß. Es klickte sofort, und die Tür glitt zur Seite und gab ihnen den Zugang frei. Flinx betätigte die Lichter, so daß sie deutlich sehen konnte, daß der Laden offenbar unberührt war. Die Ware war dort geblieben, wo sie sie zurückgelassen hatten, glänzend und im Licht beruhigend vertraut.

»Sieht genauso aus wie bei meinem Weggehen«, stellte Mutter Mastiff dankbar fest.

»Sieht genauso aus wie vor zehn Jahren.« Arrapkha schüttelte langsam den Kopf. »Du änderst dich nicht sehr, Mutter Mastiff. Und einiges von deinem Inventar auch nicht. Ich glaube, manche Stücke magst du viel zu gern, um sie zu verkaufen.«

»Da gibt es nichts, was ich zu gern mag, um es nicht zu verkaufen«, fauchte sie ihn an, »und mein Lagerbestand schlägt sich zweimal so schnell um wie dieser von Holzwürmern zerfressene Kitsch, den du arglosen Kunden als Kunst andrehen willst.«

»Bitte, jetzt keinen Streit!« flehte Flinx sie an. »Ich bin des Streitens müde.«

»Streit?« sagte Arrapkha mit überraschter Miene.

»Wir streiten nicht, Junge«, sagte Mutter Mastiff. »Weißt du denn immer noch nicht, wie sich alte Freunde begrüßen? Indem sie ausprobieren, wer die Beleidigungen des anderen übertrumpfen kann.« Um zu zeigen, daß sie das auch so meinte, lächelte sie Arrapkha freundlich zu. Der Holzschnitzer war wirklich kein übler Typ. Nur ein wenig langsam.

Ihren Wohnraum fanden sie in gleicher Weise unberührt: nämlich in völligem Chaos, genau wie Flinx ihn zuletzt gesehen hatte.

»Der Haushalt«, brummte Mutter Mastiff. »Ich hab' die Arbeit im Haushalt noch nie gemocht. Aber jemand muß hier saubermachen, und das übernehme wohl besser ich als du, Junge. Dafür hast du, fürchte ich, gar kein Talent.«

»Heute abend ganz bestimmt nicht, Mutter.« Flinx gähnte. Das Bild seines eigenen Bettes hatte sich vor ihm vergrößert, bis es den ganzen Raum füllte.

»Nein, nicht heute abend, Junge. Ich muß gestehen, daß ich auch ein wenig müde bin.« Flinx lächelte bei sich. Sie war am Rande des physischen Zusammenbruchs und würde einschlafen, wo immer sie hinfiel, aber verdammt wollte sie sein, wenn sie vor Arrapkha Schwäche zeigte und damit ihr Image der Unbesiegbarkeit zerstörte.

»Morgen bringen wir das alles in Ordnung. Ich kann untertags ohnehin besser arbeiten.« Sie versuchte, keinen Blick auf ihr eigenes Schlafzimmer zu werfen und wartete auf Arrapkha.

»Nun denn, dann will ich jetzt gehen«, sagte der Holzschnitzer. »Noch mal, es freut mich wirklich, daß ihr gesund zurückgekehrt seid. Ohne euch war die Straße nicht mehr dieselbe.«

»Denkmäler wie wir sind schwer loszuwerden«, sagte Mutter Mastiff. »Vielleicht sehen wir uns morgen.«

»Vielleicht«, nickte Arrapkha und drehte sich um und ging, wobei er sich vergewisserte, daß die Tür hinter ihm ins Schloß fiel.

Draußen angekommen, zog Arrapkha sich den Slikker über Kopf und Schultern, während er zu seinem eigenen Laden zurückeilte. Er hatte ebensowenig die Absicht, seine Freunde, so wie man ihn instruiert hatte, den Behörden zu übergeben, wie er auch nicht vorhatte, den Preis seiner Ware für irgendeinen reichen Kaufmann um fünfzig Prozent zu reduzieren. Er würde die Polizei nicht behindern, aber auch nichts tun, um sie zu unterstützen. Er konnte immer auf Unwissenheit plädieren, etwas, wofür er in diesem Teil des Marktes berühmt war.

So müde; so müde; die haben so müde ausgesehen, dachte er. Das war das erstemal, seit er sich erinnerte, daß Mutter Mastiff auch so alt ausgesehen hatte, wie sie war. Selbst der Junge, der, wenn auch von kleinem Wuchs, früher nie von irgendeiner Arbeit erschöpft geschienen hatte, wirkte völlig ausgepumpt. Sogar dieses tödliche Biest, das immer auf seiner Schulter saß, hatte müde ausgesehen.

Nun, er würde ihnen ein paar Tage Zeit lassen, um ihr Haus in Ordnung zu bringen und wieder zu Kräften zu kommen. Dann würde er ihnen eine Überraschung bereiten, indem er sie zu Magrim's einlud, auf ein paar Gläser Tee und riesige Sandwiches. Dort würde er ihnen von dem geheimnisvollen Besuch der beiden Friedenshüter in ihrer kleinen Straße berichten. Es würde interessant sein, zu erfahren, was Mutter Mastiff davon hielt. Vielleicht würde sie das Interesse der Behörden für ihren Fall begrüßen — aber das glaubte er nicht. Aus diesem Grunde hatte er sich dafür entschieden, diesen Besuchern von Außerplanet nicht zu helfen.

Wir werden ein paar Tage warten und sie ausruhen lassen, entschied er, ehe wir sie mit dieser Information überfallen. Das würde sicher nichts schaden. Er öffnete die Tür zu seinem eigenen Geschäft und schloß sie hinter sich, um die Nacht und den Regen auszusperren.

Ein Tag verstrich, dann noch einer, und mit der Zeit, als die Unordnung, die die Eindringlinge hinterlassen hatten, aufgeräumt war, wurde ihr Laden wieder ihrem Zuhause ähnlicher. In dieser vertrauten Umgebung stellten sich Mutter Mastiffs Kräfte schnell wieder ein. Sie war eine so widerstandsfähige alte Frau, dachte Flinx bewundernd. Was ihn betraf, so suchte er bereits am zweiten Tag wieder seine vertrauten Schlupfwinkel auf, begrüßte alte Freunde, von denen einige von dem

Zwischenfall gehört hatten und einige nicht, entfernte sich aber nie weit von dem Laden. Es war ja immerhin nicht ganz auszuschließen, daß selbst so spät und trotz seiner Überzeugung noch irgendwelche überlebenden Mitglieder der Organisation, die Mutter Mastiff entführt hatten, zurückkehrten, um Rache zu nehmen.

Aber nichts geschah, um seine Ängste zu bestätigen. Am dritten Tag hatte er angefangen, sich zu entspannen, geistig ebenso wie physisch. Erstaunlich, dachte er, als er sich zur Ruhe legte, was einem doch während einer langen Abwesenheit am meisten fehlt. Seltsam, wie vertraut und freundlich einem sein eigenes Bett wird, wenn man anderswo hat schlafen müssen ...

Es war Haß, der Pip weckte. Kalt und hart, wie der brutalste Tag des Winters auf der Eiswelt von Tran-ky-ky, riß er die Flugschlange aus tiefem Schlaf. Dieser Haß war nicht auf den Minidrach, sondern seinen Herrn gerichtet.

Sein rosa und blau gestreifter Leib glitt lautlos unter der Thermodecke hervor. Flinx schlief weiter, merkte nichts von der Aktivität seines kleinen Freundes. Bis zum Sonnenaufgang waren es noch einige Stunden.

Pip verhielt sich ganz ruhig und analysierte. Ein Beobachter, der den Minidrach am Fuß des Bettes untersucht hätte, hätte glauben können, er sei ein denkendes Wesen. Das war es natürlich nicht, aber seine geistige Fähigkeit war auch nicht belanglos. Tatsächlich wußte niemand ganz genau, wie der Geist des alaspinianischen Miniaturdrachen funktionierte, oder zu welch grundlegenden Nervenreaktionen er fähig war, da sich bis jetzt noch kein Xenobiologe nahe genug an einen herangewagt hatte, um ihn zu studieren.

Blau und rosafarbene Schwingen öffneten sich, Falten dehnten sich, und dann erhob sich die Schlange mit einem leisen Summen in die Luft. Sie schwebte hoch über dem Kopf ihres Herrn, besorgt, suchend, bemüht, den Punkt zu lokalisieren, von dem diese kalte Bösartigkeit ausging, die ihre Gedanken vergiftete. Der Haß war sehr nahe. Und schlimmer noch, er war vertraut.

Da war die kleine Öffnung im Dach, die Pip mit Beschlag belegt hatte, um ungestört kommen und gehen zu können. Die Schlange schoß auf die Öffnung zu, und ihre Schwingen schlossen sich im letzten Augenblick, so daß der schlanke Körper durch das gewundene Rohr gleiten konnte. Nichts, das viel größer als eine Ratte war, hätte hindurchschlüpfen können, aber mit glatt an den muskulösen Körper gepreßten Schwingen bereitete die Öffnung dem Minidrach keine Schwierigkeiten.

Pip schob sich in den leichten frühmorgendlichen Regen hinaus. Dort oben lag der Haß, im Norden, weiter oben an der Gasse. Jetzt entfalteten sich seine Schwingen wieder, fächerten durch die Luft. Der Minidrach kreiste einmal über dem Laden, hielt inne, um sich zu orientieren, und summte dann entschlossen in die nahe Öffnung, wo die Seitengasse ins Wolkenlicht hinausführte.

Jetzt hielt sie inne, blieb in der Luft stehen und zischte das mentale Knurren an, das sie angezogen hatte.

»Hier drüben, brav, brav«, lockte eine Stimme. »Du weißt doch, wer dein Herrchen haßt, nicht wahr? Und du weißt auch, was wir mit ihm machen, wenn wir die Gelegenheit bekommen.«

Die Flugschlange schoß durch die teilweise geöffnete Tür in den haßerfüllten Raum dahinter. Zwei Menschen erwarteten sie in tödlicher Ruhe. Niemals würden sie die Chance bekommen, ihrem Herrn ein Leid zuzufügen. Niemals!

Ein dünner Giftstrahl schoß aus dem Oberkiefer der Flugschlange und auf den einen der beiden Zweibeiner zu. Er erreichte den Mann nie. Etwas war zwischen ihm und Pip, etwas Hartes, Durchsichtiges. Das Gift berührte es, zischte in der reglosen Luft, als es anfing, das durchsichtige Schild aufzufressen. Erschreckt zuckten die beiden Ungeheuer hinter dem Schild zusammen und richteten sich auf.

Aber die Tür zur Gasse war bereits hinter dem Minidrach ins Schloß gefallen. Plötzlich erfüllte ein fremdartiger, süßlicher Geruch den Raum. Pips Flügelschläge wurden matter, seine Augenlider flatterten und schlossen sich. Die Flugschlange klatschte hilflos auf dem Boden herum, wie ein Fisch, den man aus dem Wasser gezogen hat, und ihre Schwingen schlugen kraftlos gegen den Plastikschild, während sie nach Atem rang.

»Vorsichtig!« warnte eine entfernte Stimme. »Wir wollen ihm keine Überdosis verpassen. Tot nützt er uns nichts.«

»Ich würde diese Bestie lieber tot sehen und selbst unser Risiko mit dem Subjekt eingehen«, sagte ein anderer.

»Wir brauchen jeden Vorteil, den wir uns verschaffen können, darunter auch die Chance, die uns dieser kleine Teufel liefert.«

Die Männer verstummten. Bald hatten die Bewegungen der Flugschlange aufgehört. Lange Minuten verstrichen, ehe schließlich ein Mann es wagte, in den versiegelten Raum einzutreten. Er war von Kopf bis Fuß mit einem Schutzanzug bekleidet. Trotzdem blickten seine Augen hinter dem durchsichtigen Schirm besorgt. Mit der langen Metallstange, die er trug, stocherte er ein-, zweimal an dem betäubten Minidrach herum. Der zuckte konvulsivisch, ließ aber sonst keine Anzeichen von Leben erkennen.

Der Mann atmete tief durch, stellte die lange Stange zur Seite und beugte sich vor, um den dünnen Schlangenkörper aufzuheben. Er hing schlaff in seinen behandschuhten Händen.

»Der atmet immer noch«, erklärte er zu den Leuten gewandt, die sich gegen die durchsichtige Wand preßten.

»Gut. Bringen Sie das Vieh schleunigst in den Käfig«, sagte die Frau hinter dem Schild. Ihr Begleiter studierte das Loch, wo das Gift sich schließlich durch den Schutzschild gefressen hatte.

»Ich würde mir gern eine Molekularanalyse von diesem Zeug ansehen«, murmelte er, sorgfältig darauf bedacht, den immer noch zischenden Rändern des ausgefransten Loches nicht zu nahe zu kommen. »Etwas, das sich so schnell durch Pancryl frißt ...« Er schüttelte ungläubig den Kopf. »Ich begreife einfach nicht, wie dieses Zeug in den Giftdrüsen existieren kann, ohne sie aufzufressen.«

»Um das zu erklären, würden Sie einen Toxikologen und einen Biochemiker brauchen, wenn die das könnten«, sagte die Frau neben ihm und beugte sich ebenfalls vor, um das Loch zu untersuchen. »Vielleicht ist es mehr als nur gewöhnliches Gift. Vielleicht hat die Schlange mehrere Drüsen im Mund, deren Inhalt sich erst zur ätzenden Flüssigkeit vermischt, wenn sie spuckt.«

»Das würde einleuchten.« Der Mann wandte sich von dem Schild ab, das ihnen beinahe den Dienst versagt hätte. »Jetzt sollten wir uns aber beeilen. Das Subjekt wacht vielleicht jeden Augenblick auf. Achten Sie darauf, daß dieses Monstrum gründlich narkotisiert bleibt!«

»Ist das notwendig?« Sie runzelte die Stirn. »Der Käfig hält doch sicher dicht.«

»Das hatten wir von dem Schild auch gedacht. Der Käfig ist zäher, aber wir wollen kein Risiko eingehen. Ich möchte nicht, daß unser Gast sich den Weg freispuckt, so lange wir in unseren Betten schlafen.«

»Nein, das wollen wir wahrhaftig nicht.« Die Frau schauderte leicht. »Ich kümmere mich selbst darum.«

»Ich hatte gehofft, daß Sie das sagen würden.« Cruachan lächelte insgeheim. Er war in hohem Maße mit den Theorien vertraut, die die besonderen Bindungen zu erklären versuchten, die zwischen einem Katalysatorgeschöpf wie dem Minidrach und einem der Talentierten entstehen konnten. Ganz sicherlich war das Band zwischen diesem Geschöpf und dem als Nummer Zwölf bekannten Jungen ebenso stark wie in jedem anderen der nur unvollkommen aufgezeichneten Fälle, die er studiert hatte. Die Annahme, diese Bindung könnte stärker als die Zuneigung zwischen dem Jungen und seiner Adoptivmutter sein, war daher durchaus nicht unvernünftig.

Sie kamen ganz plötzlich über ihn, in seiner letzten Periode des REM-Schlafes, als er sich nicht verteidigen konnte. Aus dem Leeren tauchten sie plötzlich auf, narrten ihn, quälten ihn mit Gefühlen und Empfindungen, die er weder definieren noch verstehen konnte.

Alpträume.

Jemand schlang einen Draht um sein Gehirn, preßte es immer enger zusammen. Sicher war, daß ihm die Augen aus dem Kopf herausspringen und durch den Raum fliegen würden. Er lag in seinem Bett, zuckte leicht, und seine Augenlider zitterten, während sie an ihm arbeiteten, und seinen hilflosen, unbewußten Verstand heimsuchten.

Diesmal waren sie schlimmer als die meisten anderen; sich drehende, in sich verschlingende, abstrakte Gebilde, dunkle, wirbelnde Farben, und er selbst irgendwie in der Mitte von all dem, einen langen, unheildrohenden Korridor hinunterrennend. Am Ende jenes Korridors lag die Rettung für ihn, das wußte er, und was fast ebenso wichtig war, Antworten. Verständnis und Sicherheit.

Aber je schneller er rannte, desto langsamer kam er von der Stelle. Der Boden, der kein Boden war, löste sich unter seinen Füßen auf und ließ ihn wie eine relativistische Alice durch einen Fuchsbau von Raum-Zeit-Krümmungen fallen, während das ferne Ende des Korridors mit seinem Versprechen auf Licht und Verständnis über ihm immer tiefer in die Dunkelheit fiel. Dann war es ihm, als stürze er durch den Rand einer gewaltigen Galaxis, und die Gesteinstrümmer ringsum trugen Züge von Menschen und Aliens, und die Gesichter grinsten ihn böse und haßerfüllt an.

Er wachte auf, zuckte zusammen und sah sich schnell im Zimmer um. Erst nachdem er sich überzeugt hatte, daß seine Umgebung real war, begann er sich zu entspannen.

Es war das richtige Zimmer, sein Zimmer, das, in dem er den größten Teil seines Lebens verlebt hatte: winzig, spartanisch, behaglich. Das Trommeln des Regens war Musik auf dem Dach, und durch das Fenster über seinem Bett fiel schwaches Tageslicht. Er schwang die Beine unter der Decke hervor und rieb sich mit den Fingerknöcheln die Augen, um den Schlaf zu vertreiben.

Und dann hielten die Finger plötzlich in ihren Bemühungen inne. Etwas stimmte nicht.

»Pip?« Die Flugschlange war nicht in ihrer vertrauten Stellung oben auf dem Kissen eingeringelt und auch nicht darunter. Flinx zog die Decke zurück und beugte sich vor, um unter das Bett zu sehen. »Komm schon, Junge, versteck dich heute morgen nicht vor mir! Ich bin ganz erledigt, und mein Kopf bringt mich um.«

Doch auf sein Geständnis hin kam keine zischende Antwort. Er suchte in dem bescheidenen Zimmer herum, zuerst verwirrt, dann besorgt. Schließlich stellte er sich auf das Bett und schrie das Luftloch in der Decke an.

»Pip, Frühstück!«

Aber da war kein freundliches Summen hellfarbiger Schwingen von der anderen Seite. Er fand ein Stück Draht und stocherte damit in dem Loch herum. Doch das Loch war leer, und der Draht stieß ins Freie.

Er verließ sein Zimmer und durchsuchte hastig den

Rest der Wohnung. Mutter Mastiff stand an dem Konvektionsofen und kochte etwas, das nach Pfeffer und weniger exotischen Gewürzen duftete. »Ist was, Junge?«

»Pip ist verschwunden.« Flinx suchte unter dem eben erst wieder zurechtgerückten Mobiliar herum, bewegte Schüsseln, Decken und Kissen.

»Das habe ich schon aus dem Geschrei geschlossen, das ich aus dem Schlafzimmer gehört habe«, meinte sie sarkastisch. »Wieder einmal verschwunden, wie?«

»Er bleibt nie bis zum Morgen aus, wenn er nachts einen Flug unternimmt. Nie!«

»Es gibt für alles ein erstesmal, selbst für Monster«, meinte Mutter Mastiff mit einem Achselzucken und wandte sich wieder ihren Kochkünsten zu. »Mir würde es gar nichts ausmachen, wenn das kleine Scheusal nicht zurückkäme.«

»Schäm dich, Mutter!« sagte Flinx mit gequälter Stimme. »Er hat mir das Leben gerettet, und deines wahrscheinlich auch.«

»Dann bin ich eben ein undankbarer alter Yax'm«, schnaubte sie. »Du kennst ja meine Gefühle für das Biest.«

Flinx beendete seine Inspektion ihres Zimmers und rannte dann entschlossen in das seine zurück und fing an, sich anzuziehen. »Ich geh' draußen nach ihm suchen.«

Mutter Mastiff runzelte die Stirn. »Das Frühstück ist bald fertig. Warum dir die Mühe machen, Junge? Wahrscheinlich kommt er doch bald zurück, leider. Außerdem, wenn er irgendwo steckengeblieben ist, wirst du ihn ja doch nicht finden.«

»Er könnte in der Gasse hinter dem Laden sein«, wandte Flinx ein, »und ich kann ihn hören, selbst wenn ich ihn nicht sehen kann.«

»Wie du meinst, Junge.«

»Du brauchst auch mit dem Frühstück nicht auf mich zu warten.«

»Meinst du, ich will deinetwegen verhungern? Geschweige denn wegen irgend so einem Flugteufel?« Sie hatte es schon lange aufgegeben, mit ihm zu streiten. Wenn er sich zu irgend etwas entschlossen hatte — nun, dann könnte man ebensogut darauf warten, daß jemand die Ringe des Planeten fertigstellte, indem er die Lücken in ihnen schloß. In den meisten Belangen war er durchaus ein pflichtbewußter Sohn, aber er lehnte es einfach ab, sich irgendwie einschränken zu lassen.

»Wenn du zurückkommst, ist es fertig«, sagte sie, überprüfte die Behälter und drehte ihre Temperatur etwas herunter. »Du kannst es dir dann ja aufwärmen.«

»Danke, Mutter.« Obwohl sie sich geradezu halsbrecherisch verrenkte, um ihm auszuweichen, schaffte er es doch, ihr einen hastigen Kuß auf die lederne Wange zu drücken. Sie wischte sich die Stelle ab, aber nicht sehr fest, während sie ihm nachsah, wie er aus dem Laden rannte.

Einen Augenblick lang dachte sie daran, ihm zu sagen, was sie vor Tagen im Wald erfahren hatte. Das über diese seltsamen Meliorareleute und die Absichten, die sie ihm gegenüber hegten. Dann tat sie die Idee mit einem Achselzucken ab. Nein, sie hatten dieses widerwärtige Volk abgeschüttelt, und dem Blick nach zu schließen, den sie zuletzt auf ihr Lager geworfen hatte, würden sie ihren Jungen wohl nie wieder belästigen.

Was das betraf, was sie über seine Vergangenheit erfahren hatte, so würde es besser sein, dieses Geheimnis noch ein paar Jahre für sich zu behalten. Sie wußte, wie hartnäckig impulsiv er manchmal sein konnte, und solche Informationen könnten leicht dazu führen, daß er in alle möglichen gefährlichen Richtungen wegrannte. Besser eine Weile nichts zu sagen. Wenn er ein vernünftiges Alter erreicht hatte, dreiundzwanzig vielleicht, würde sie ihn mit dem vertraut machen, was sie über seine Herkunft erfahren hatte. Bis dahin würde er den Laden übernommen und vielleicht geheiratet und sich zu einem vernünftigen, ruhigen Leben niedergelassen haben.

Sie tauchte den Löffel in den Topf und schnitt eine Grimasse. Zu wenig Saxifraga. Sie griff nach einer kleinen Gewürzdose.

»Pip! Komm zu mir, Junge!« Aber da war immer noch kein rosafarben blauer Blitz am Himmel, kein Summen zu hören. Wo er wohl hingeflogen sein mochte? Flinx wußte, daß der Minidrach die Gasse hinter dem Laden liebte. Dort war er schließlich zum erstenmal auf die Flugschlange gestoßen, und für die Vorstellung einer Schlange war die Gasse gewöhnlich voll interessanter Dinge, die man verzehren konnte. Und so geschickt und agil der Minidrach auch in der Luft war — eine Schachtel, die von einem Müllhaufen fiel, oder ein umstürzender Container konnte ihn leicht zu Boden drükken und ihn dort festhalten. Flinx wußte, daß sich wahrscheinlich kein Fremder auch nur auf zehn Meter an eine so eingezwängte Schlange heranwagen würde.

Nun gut, er würde es versuchen, entschied er sich. Er zwängte sich durch den engen Spalt, der Mutter Mastiffs Laden vom leerstehenden Bau daneben trennte, und fand sich kurz darauf in der Gasse. Dort war es feucht und finster und sah so armselig und kläglich wie immer aus.

Er bildete mit den Händen einen Trichter am Mund und rief: »Pip?«

»Hier drüben, Junge«, sagte eine sanfte Stimme.

Flinx' Muskeln spannten sich, aber seine Hand griff nicht nach dem Messer, das in seinem Stiefel versteckt war. Zu früh. Ein Blick verriet ihm, daß der Fluchtweg zur Straße noch offen war, ebenso wie das Stück Gasse hinter ihm. Und das Individuum, das reglos unter dem Torbogen vor ihm stand, sah auch nicht besonders bedrohlich aus.

Flinx blieb stehen, wo er war, und überlegte, ehe er fragte: »Wenn Sie wissen, wo Pip ist, können Sie mir das genausogut von der Stelle aus sagen, wo Sie gerade stehen, und ich kann Sie auch ganz deutlich *von hier aus* hören.«

»Ich weiß, wo Pip ist«, gab der Mann zu. Sein Haar war völlig grau, stellte Flinx fest. »Ich bring dich zu ihm, wenn du willst.«

Flinx zögerte noch. »Ist alles mit ihm in Ordnung? Er hat doch nicht irgend etwas Dummes angestellt, oder?«

Der kleine Mann schüttelte den Kopf und lächelte freundlich. »Nein, er hat nichts angestellt, und es fehlt ihm auch nichts. Tatsächlich schläft er gerade.«

»Warum können Sie ihn dann nicht herausbringen?« fragte Flinx. Er blieb stehen, wo er war, jederzeit bereit, den Mann anzugreifen oder zur Straße zu rennen, je nachdem, wie es die Situation verlangte.

»Weil ich nicht kann«, sagte der Mann. »Wirklich, ich kann es nicht. Weißt du, ich befolge nur Befehle, die man mir gegeben hat.«

»Wessen Befehle?« fragte Flinx argwöhnisch. Plötzlich fingen die Dinge wieder an kompliziert zu werden. Und dann wurden ihm das Alter und die Haltung des Mannes bewußt. »Gehören Sie zu den Leuten, die meine Mutter entführt haben? Wenn Sie nämlich versuchen, an ihr Rache zu nehmen für das, in was sie vor Jahren verwickelt war, indem Sie jetzt mir etwas antun, dann wird das nicht funktionieren.«

»Ganz ruhig, Junge!« sagte der Mann. Eine Stimme hinter der Tür, die Flinx nicht verstehen konnte, flüsterte dem Mann etwas zu.

»Um Himmels willen, Anders, regen Sie ihn nicht auf!«

»Das versuche ich doch«, antwortete der alte Mann, ohne dabei den Mund aufzumachen, und dann, zu Flinx gewandt, lauter: »Niemand will dir etwas antun. Deinem Minidrach auch nicht, Junge. Darauf gebe ich dir mein Wort, selbst wenn du nicht glaubst, daß das viel wert ist. Meine Freunde und ich wollen nur das Beste für dich und deinen Pip.« Auf Flinx' Andeutung bezüglich seiner Adoptivmutter ging er nicht ein.

»Wenn Sie es uns nur gut meinen«, sagte Flinx, »dann haben Sie doch ganz bestimmt nichts dagegen, wenn ich schnell zurücklaufe und ...«

Der alte Mann trat einen Schritt vor. »Es ist nicht nötig, deine Mutter zu beunruhigen. Sie wird gleich ihren Laden öffnen, und dann wird die Menschenmenge sie schützen, falls es das ist, was dich beunruhigt. Warum sie also ohne Not erschrecken? Wir wollen nur mit dir reden. Außerdem«, fügte er finster hinzu und ging damit ein kalkuliertes Risiko ein, »du hast keine andere Wahl, als mir zuzuhören. Nicht wenn du deinen Minidrach lebend wiedersehen willst.«

»Es ist ja nur eine Schlange.« Flinx legte eine Gleichgültigkeit an den Tag, die er in Wirklichkeit nicht empfand. »Was, wenn ich es ablehne, mit Ihnen zu kommen? Schließlich gibt es genügend andere Haustiere.«

Der alte Mann schüttelte langsam den Kopf, und sein Tonfall verriet, daß er mehr wußte. »Aber nicht eine wie die. Diese Flugschlange ist doch ein Stück von dir, oder?«

»Woher wissen Sie das?« fragte Flinx. »Woher wissen Sie, was ich für ihn empfinde?«

»Weil ich trotz allem, was du vielleicht jetzt über mich denkst«, sagte der Mann, plötzlich wieder zuversichtlicher, »von bestimmten Dingen viel verstehe. Wenn du mich läßt, werde ich dieses Wissen mit dir teilen.«

Flinx zögerte. Er war zwischen der Sorge um Pip und einer bösen Vorahnung, die gar nichts mit seinem besonderen Talent zu tun hatte, hin und her gerissen, aber der Mann hatte recht: er hatte keine Wahl. Er würde es nicht riskieren, daß Pip ein Leid geschah, obwohl er nicht hätte sagen können, warum.

»Also gut.« Er ging auf den alten Mann zu. »Ich komme mit Ihnen. Ich hoffe, daß Sie die Wahrheit sagen.«

»Darüber, daß ich dir und deinem kleinen Freund kein Leid zufügen will?« Das Lächeln wurde breiter. »Das verspreche ich.«

So sehr er sich auch bemühte, konnte Flinx keine feindlichen Gefühle wahrnehmen. Wenn man die Unzuverlässigkeit seiner Fähigkeit in Betracht zog, bedeutete das nichts — nach allem, was Flinx feststellen konnte, könnte dieser Mann ebensogut jetzt einen Mord planen, während er lächelnd dastand. Aus der Nähe wirkte er noch weniger furchterregend. Er war kaum so groß wie Flinx, und wenn auch nicht so alt wie Mutter Mastiff, so war es doch zweifelhaft, ob er ihm im Handgemenge Widerstand würde leisten können.

»Das ist meine Freundin und Kollegin Stanzel«, sagte der Mann. Eine Frau etwa seines Alters trat aus den Schatten hervor. Sie schien müde, zwang sich aber, aufrecht dazustehen und entschlossen zu blicken.

»Ich will dir auch nicht weh tun, Junge.« Sie studierte ihn mit unverhohlener Neugierde. »Niemand von uns will das.«

»Es gibt also noch mehr?« murmelte Flinx verwirrt. »Ich *verstehe* das alles nicht. Warum müssen Sie die ganze Zeit Mutter Mastiff und mich verfolgen? Und jetzt auch noch Pip? Warum?«

»Man wird dir alles erklären«, versicherte ihm die Frau, »wenn du jetzt einfach mit uns kommst.« Sie wies mit einer Handbewegung in die Gasse.

Flinx ging zwischen ihnen und stellte dabei fest, daß anscheinend weder der Mann noch die Frau bewaffnet waren. Das war ein gutes Zeichen, wenn auch ein verwirrendes. Sein Stilett fühlte sich kalt an seiner Wade an. Er blickte sehnsüchtig nach dem Laden zurück. Wenn er es nur Mutter Mastiff hätte sagen können! Aber, erinnerte er sich dann, so lang er nur bis abends zurückkam, wenn es Zeit war, zu Bett zu gehen, würde sie sich keine Sorgen machen. Sie war daran gewöhnt, daß er plötzlich unangekündigte Exkursionen in die Stadt unternahm.

»Glaub mir, was ich sage«, würde sie dann wieder verkünden, »deine Neugierde wird dir noch einmal den Tod einbringen!«

Wenn es aber nicht um eine Racheaktion gegen Mutter Mastiff ging, was wollten dann diese Leute von ihm? Es war für sie offenbar wichtig, sehr wichtig. Wenn nicht, hätten sie kein Zusammentreffen mit seinem tödlichen kleinen Freund riskiert. Trotz ihres Alters fürchtete er sie, und wäre es nur wegen der Tatsache, daß es ihnen allem Anschein nach gelungen war, Pip einzufangen, etwas, das die Fähigkeiten der meisten überstieg.

Aber irgend etwas, eine besondere Haltung vielleicht, kennzeichnete diese Leute als völlig anders als die üblichen Halsabschneider, von denen der Markt wimmelte. Sie waren ganz anders als alle Leute, denen er bisher begegnet war. Ihre Kühle und ihre Gleichgültigkeit verbanden sich mit ihrem ruhig entschlossenen Professionalismus und machten ihm Angst.

Die Gasse mündete in eine Nebenstraße, wo ein Flugwagen wartete. Der alte Mann sperrte ihn auf und bedeutete ihm mit einer Handbewegung, er solle einsteigen. Als Flinx sich anschickte, den kleinen Wagen zu besteigen, empfand er eine jener geheimnisvollen plötzlichen Aufwallungen emotionaler Einsicht. Sie war kurz, so kurz, daß er nicht einmal sicher war, sie tatsächlich empfunden zu haben. Sie löschte seine Furcht aus, hinterließ ihn aber verwirrter und unsicherer denn je.

Er mochte um Pip besorgt sein und vielleicht auch etwas um sich selbst, aber aus irgendeinem unbekannten Grund, das spürte er deutlich, hatten diese zwei äußerlich so entspannten und in hohem Maße zuversichtlichen Menschen eine geradezu panische Angst vor ihm!

17

Cruachan studierte die Computeranzeigen sorgfältig. Der Flügel des alten Lagerhauses, in dem sie untergekommen waren, war nur ein bescheidener Ersatz für die aufwendig ausgestattete Anlage, die sie mit soviel Mühe weit im Norden errichtet hatten. Aber es hatte ja keinen Sinn, über den Verlust nachzugrübeln. Jahre der Enttäuschung hatten ihn gegen solche Rückschläge abgestumpft. Die Maschinen, die ihn umgaben, waren hastig aufgebaut und miteinander verbunden worden.

Er war nicht enttäuscht. Trotz all ihrer Probleme standen sie jetzt an der Schwelle des Erfolgs, waren im Begriff, das zu erreichen, was sie sich auf dieser Welt vorgenommen hatten, wenn auch nicht in der Art und Weise, wie sie es ursprünglich geplant hatten. Anscheinend sollte sich die Anwesenheit des alaspinianischen Einwanderers zu ihrem Vorteil auswirken. Zum erstenmal, seit sie in Orbit um Moth eingetreten waren, empfand er mehr als bloß Hoffnung. Seine Zuversicht rührte aus Anders' und Stanzels letztem Bericht. Das Subjekt hatte sich ihnen ohne Widerstand angeschlossen und schien mit gewissem Widerstreben bereit, zu kooperieren, hatte aber bis jetzt keinerlei Anzeichen unerwarteter bedrohlicher Fähigkeiten an den Tag gelegt.

Daß sie dem Subjekt sein Tier weggenommen hatten — potentiell eine tödliche Handlung —, hatte sich als viel erfolgreicher erwiesen als der Versuch, die Adoptivmutter des Subjektes anzupassen. Cruachan räumte jetzt ein, daß diese Entscheidung ein Fehler gewesen war. Wenn sie nur von Anfang an über das Katalysatorgeschöpf informiert gewesen wären! Doch er machte dem Informanten keinen Vorwurf. Wahrscheinlich war der Minidrach erst nach dem Abschluß des Informationsberichts in den Besitz des Subjekts gelangt. Jetzt, wo sie das semisymbiotische Tier unter Kontrolle hatten, würde sich das Subjekt ihren Wünschen fügen. Von einem Versuch, den Jungen extern zu beeinflussen, konnte nicht länger die Rede sein. Sie würden die elektronischen Verbindungen, die für seine Mutter bestimmt gewesen waren, in das Gehirn des Jungen selbst einpflanzen müssen. Direkte Kontrolle schuf einige Risiken, aber soweit Cruachan und seine Kollegen das sehen konnten, hatten sie keine andere Wahl. Cruachan war froh, daß der Fall dem Abschluß nahe war. Er war sehr müde.

Es regnete heftig, als der kleine Flugwagen vor dem Lagerhaus anhielt. Flinx musterte den Bau angewidert. Das Viertel Drallars in der Nähe des Shuttlehafens war voll von häßlichen, schwerfälligen Denkmälern übermäßiger Erwartungen, die sich nicht erfüllt hatten, heute hauptsächlich von Maschinen bevölkert — finster, alles andere als einladend, und fremdartig.

Es kam ihm nicht in den Sinn, seine Meinung zu ändern und zu versuchen, zur nächsten Seitengasse oder in irgendeine halboffene Tür zu fliehen. Wer auch immer diese Leute waren, dumm waren sie nicht. Sie hatten die Intensität der Gefühle, die er für Pip empfand, richtig eingeschätzt und ihn aus diesem Grund nicht gefesselt und trugen auch keine Waffen.

Was sie mit ihm vorhatten, konnte er sich immer noch nicht zusammenreimen. Wenn sie ihn nicht belogen hatten und ihm wirklich nichts Böses zufügen wollten, welchen Nutzen konnte er ihnen dann schon bringen? Wenn es eines gab, was er nicht ertrug, waren es unbeantwortete Fragen. Und nach Erklärungen drängte es ihn fast ebenso wie zu Pip.

Sie schienen ihrer selbst sehr sicher zu sein. Daß keine Waffen zu sehen waren, bedeutete natürlich nicht, daß es keine gab. Er konnte die Furcht, die sie vor ihm empfanden, nicht mit dem Fehlen jeglicher Bewaffnung in Einklang bringen. Vielleicht hatten sie Angst vor ihm, dachte er, weil sie befürchteten, er könnte sein Wissen über die Entführung den Behörden mitteilen.

Vielleicht wollten sie von ihm das Versprechen, Stillschweigen zu bewahren. Aber irgendwie gab das alles keinen Sinn.

»Ich wünschte, Sie würden mir sagen, was Sie mit mir vorhaben«, sagte er laut, »und was hier vorgeht.«

»Es ist nicht unsere Sache, das zu erklären.« Der Mann warf einen Blick auf seine Begleiterin und sagte dann so, als könne er seine eigene Neugierde nicht unterdrücken: »Hast du je von der Meliorare-Gesellschaft gehört?«

Flinx schüttelte den Kopf. »Nein. Aber ich weiß, was das Wort bedeutet. Was hat das mit mir zu tun?«

»Alles.« Er schien im Begriff, mehr zu sagen, aber die alte Frau brachte ihn mit einer Handbewegung zum Schweigen.

Das Gebäude, das sie betraten, war von einer Anzahl ähnlich nichtssagender Bauwerke umgeben. Sie lagen alle abseits von der Hauptzufahrt zum Shuttlehafen. Ihnen waren, seit sie das Viertel erreicht hatten, nur wenige Leute begegnet. Und in der heruntergekommenen Eingangshalle war überhaupt niemand zu sehen.

Sie fuhren mit einem Aufzug in den zweiten Stock. Seine Begleiter führten ihn durch breite, leere Korridore, vorbei an hohen Lagerräumen, die mit Plastizinkisten und Behältern angefüllt waren. Schließlich blieben sie vor einem kleinen Lautsprecher stehen, der in die Plastikvertäfelung einer Tür ohne Aufschrift eingelassen war. Worte wurden zwischen Flinx' Eskorte und jemandem auf der anderen Seite gewechselt, dann öffnete sich die Tür.

Sie betraten einen Raum, der mit Ballen und Kisten vollgestopft war. Was ihn von einem Dutzend ähnlicher Räume unterschied, war die Wand zu seiner Rechten. Die war fast vom Boden bis zur Decke mit einer eindrucksvollen Ansammlung elektronischer Geräte vollgepackt. Die leeren Kisten daneben deuteten darauf, daß man sie in allerjüngster Vergangenheit eilig ausgepackt hatte. Die Konsolen standen unter Strom und waren besetzt. Die Leute, die sie bedienten, musterten die Neuankömmlinge mit neugierigen Blicken, ehe sie sich wieder ihren Geräten zuwandten. Abgesehen von dem grimmigen Gesichtsausdruck, den sie alle zur Schau stellten, sahen sie aus wie die Insassen eines Altersheims auf einem Ausflug. Zwei Leute betraten den Raum. Kurz darauf ein dritter — ein hochgewachsener, silberhaariger, gut aussehender Mann. Er trat auf wie der geborene Führer, und Flinx konzentrierte sich sofort auf ihn. Der Mann lächelte Flinx zu. Obwohl er fast so alt wie Mutter Mastiff war, hielt der Mann sich kerzengerade. Wenn er an Altersschwäche litt, so schaffte er es meisterhaft, alle Anzeichen davon zu verbergen. Eitelkeit? Eiserner Wille? fragte sich Flinx. Er tastete nach den Emotionen des Mannes, hatte aber keine Wahrnehmung. Auch von Pips Gegenwart im Raum oder in der Nähe war nichts zu verspüren.

Während der hochgewachsene alte Herr ihm die Hand schüttelte, suchte Flinx nach einem Fluchtweg. Es schien nur einen Ausgang zu geben: die Tür, durch die sie eingetreten waren. Er hatte keine Ahnung, wohin die Tür am anderen Ende des Raums, durch die die anderen gekommen waren, führte, argwöhnte aber, daß das wahrscheinlich eine Sackgasse war.

»Es ist mir eine große Freude, dich endlich kennenzulernen, mein Junge«, sagte der alte Mann. Sein Händedruck war fest. »Wir haben große Mühe auf uns genommen, um dieses Zusammentreffen zu ermöglichen. Es wäre mir lieber gewesen, nicht so vorgehen zu müssen, aber die Umstände haben sich dazu verschworen und mich gezwungen.«

»*Sie* waren das also ...« — Flinx wies auf die anderen — »die für die Entführung meiner Mutter verantwortlich waren?«

Cruachan entspannte sich. In dem hageren, unschuldigen Jungen lag keine Gefahr. Was für Fähigkeiten auch immer er vielleicht besaß, sie waren bis jetzt latent und warteten auf die richtige Instruktion und Entwicklung. Seine Haltung war jedenfalls alles andere als bedrohlich.

»Ich habe ihn gefragt«, berichtete der Mann, der Flinx vom Markt hergebracht hatte, »ob er von der Gesellschaft gehört hätte. Er hat nein gesagt.«

»Dazu hatte er keinen Anlaß«, stellte Cruachan fest. »Sein Leben war eingeschränkt, sein Horizont beengt.«

Flinx ignorierte diese Einschätzung seiner Beschränktheit. »Wo ist Pip?«

»Deine Flugschlange, nehme ich an? Ja.« Der große Mann drehte sich um und rief etwas zur hinteren Tür. Der Abschnitt der Wand, der die Tür enthielt, gab ein ächzendes Geräusch von sich, als er beiseitegezogen wurde. Dahinter lag eine weitere endlose Folge von Lagerräumen, vollgepackt mit Behältern, Containern und Kisten. Auf einem Tisch ganz vorne stand ein durchsichtiger Würfel von etwa einem Meter Kantenlänge, und darauf ein paar kleine Metalltanks. Aus den Tanks führten Schläuche in den Würfel.

Links vom Tisch stand ein nervös aussehender alter Mann, der ein kleines flaches Kontrollgerät in der Hand hielt. Sein Daumen drückte einen der Knöpfe. Seine Augen wanderten beständig zwischen dem Würfel und Flinx hin und her.

Pip lag unten im Würfel, eingeringelt und allem Anschein nach tief schlafend. Flinx trat einen Schritt vor. Cruachan streckte die Hand aus, um ihn zurückzuhalten.

»Er ruht ganz behaglich. Die Luft in dem Käfig ist mit einem schwachen Schlafmittel vermischt. Westhoff reguliert die Mischung und den Gaszufluß. Falls du irgend etwas Unsinniges versuchen solltest, würde er den Gasfluß verstärken, ehe du dein Tier befreien könntest. Du siehst ja, der Käfig ist gut abgedichtet. Es gibt auch keine Klappe.

Die angepaßte normale Atmosphäre im Inneren des Würfels würde durch das narkoleptische Gas völlig ersetzt werden, und die Schlange würde ersticken. Es würde nicht lange dauern. Westhoff braucht bloß den Knopf kräftig niederzudrücken.«

Flinx hörte ruhig zu, während er den Abstand zwischen sich und dem Käfig abschätzte. Der ältere Mann, der das Kontrollgerät hielt, erwiderte seinen Blick grimmig.

Selbst wenn er es irgendwie schaffen würde, den Händen auszuweichen, die ganz sicher nach ihm greifen würden, so wußte er doch nicht, wie er den Käfig öffnen und Pip befreien sollte. Sein Stilett würde ihm gegen das dicke Pancrylic nichts helfen.

»Ich habe Sie verstanden«, sagte Flinx. »Was wollen Sie von mir?«

»Die Erlösung«, erklärte Cruachan mit leiser Stimme.

»Ich verstehe nicht.«

»Das wirst du am Ende schon, hoffe ich. Für den Augenblick mag genügen, daß uns deine unberechenbaren, aber doch unverkennbaren Fähigkeiten interessieren. Dein Talent.«

All die Vorstellungen, die Flinx sich gemacht hatte, brachen zusammen. »Sie meinen, Sie hätten all das getan: Mutter Mastiff entführt und jetzt Pip, nur weil *meine* Fähigkeiten Sie interessieren?« Er schüttelte ungläubig den Kopf. »Ich hätte Ihnen gerne alles gesagt, was ich weiß, ohne daß Sie sich all die Mühe gemacht hätten.«

»Ganz so einfach ist es nicht. Du könntest eines sagen, es vielleicht sogar glauben, und dein Bewußtsein würde vielleicht ganz anders reagieren.«

Es wird immer verrückter, dachte Flinx. »Ich habe keine Ahnung, wovon Sie reden.«

»Das ist vielleicht ganz gut so«, murmelte Cruachan. »Du bist ein Emotionstelepath. Stimmt das?«

»Ich bin manchmal für das, was andere Leute empfinden, sensibel, wenn Sie das meinen«, äußerte Flinx etwas gereizt.

»Sonst nichts? Keine präkognitiven Fähigkeiten? Telekinese? Echte Telepathie? Pyrokinese? Dimensionale Wahrnehmung?«

Flinx lachte, und die Spannung, die den Raum erfüllte, ließ das Gespräch noch schärfer klingen. »Ich weiß nicht einmal, was die Worte alle bedeuten, abgesehen von Telepathie. Wenn Sie damit meinen, ob ich Gedanken anderer Leute lesen kann — nein. Nur manchmal ihre Gefühle. Alles übrige ist doch sowieso alles reine Phantasie, oder?«

»Nicht ganz«, antwortete Cruachan leise, »nicht ganz. Jedes menschliche Bewußtsein besitzt das Potential, das glauben wir von der Gesellschaft wenigstens. Wenn man sie weckt, können weitere Reize, die durch Ausbildung und andere Mittel geliefert werden, solche Fähigkeiten zu vollem Erwachen bringen. Das war die ...« Er hielt inne und lächelte.

»Wie ich schon sagte, eines Tages wird man es verstehen, hoffe ich. Für den Augenblick reicht es aus, wenn du uns gestattest, ein paar Tests an dir vorzunehmen. Wir wollen die wahrscheinlichen Grenzen deines Talents messen und darüber hinaus andere mögliche, verborgene Fähigkeiten aufspüren, die bis jetzt noch unentwickelt sind.«

»Was für Tests?« Flinx musterte den hochgewachsenen Mann argwöhnisch.

»Nichts Kompliziertes. Messungen, Elektroencephalotopographie.«

»Das klingt mir aber sehr kompliziert.«

»Ich kann dir versichern, es tut überhaupt nicht weh. Wenn du jetzt mitkommen würdest ...« Er legte Flinx väterlich die Hand auf die Schultern. Der zuckte zusammen. Dort hätte seine Schlange sein müssen, keine fremde Hand.

Cruachan führte ihn zu den Instrumenten. »Ich verspreche dir: Gib uns vierundzwanzig Stunden, und wir geben dir deinen kleinen Freund zurück, und du mußt das nie wieder über dich ergehen lassen.«

»Ich weiß nicht«, meinte Flinx. »Ich bin immer noch nicht ganz sicher, was Sie eigentlich von mir wollen.« Ihm schien die Zahl der Instrumente für ein paar einfache Tests recht groß, und einige davon sahen fast vertraut aus. Wo hatte er diese Kugel mit den Tentakeln daran schon einmal gesehen? — Über einem Tisch in einem Zimmer, weit im Norden, wurde ihm plötzlich klar.

Was mache ich jetzt? überlegte er verzweifelt. Er wollte sich nicht auf diesen Tisch legen lassen, unter diese wartenden Tentakel. Aber wenn er zögerte, was würden sie dann in ihrer Ungeduld und in ihrem Zorn mit Pip machen?

Und dann, während seine Gedanken noch durcheinanderwirbelten und er zu entscheiden versuchte, was er jetzt tun sollte, drängte sich eine plötzliche Aufwallung von Emotionen in sein Bewußtsein. Da war Haß und ein wenig Furcht und vor allem Zorn. Er blickte zu Cruachan auf. Der lächelte freundlich auf ihn herab und runzelte die Stirn, als er den Ausdruck bemerkte, den das Gesicht des Jungen angenommen hatte. »Stimmt etwas nicht?«

Flinx gab keine Antwort. Er musterte die Gesichter der anderen Anwesenden im Raum. Doch die Gefühle, die er empfand, schienen von keinem davon auszugehen, und sie wurden immer kräftiger, ausgeprägter. Sie kamen ... sie kamen von ... Er blickte zum Eingang.

»Niemand bewegt sich!« befahl eine entschlossene Stimme. Die Leute, die durch die Tür hereinstürmten, nachdem sie das Schloß lautlos überlistet hatten, waren Flinx völlig fremd. Ein Paar in mittleren Jahren, wie Touristen von Außerplanet gekleidet, jeder mit einer Schußwaffe in der Hand, die größer als eine Pistole und länger als ein Karabiner war, und die sie vorsichtig mit beiden Händen hielten — sie sahen sich unter den erschreckten Insassen des Lagerraumes um.

Flinx erkannte ihre Waffen nicht. Das war ungewöhnlich. Seine Streifzüge auf dem Markt hatten ihn praktisch mit jeder Art persönlicher Bewaffnung vertraut gemacht. Aber die hier waren ihm neu, ebenso neu wie diese beiden Menschen. Sie wirkten eher durchschnittlich. Aber an der Art und Weise, wie sie sich bewegten, war nichts Durchschnittliches, und auch daran nicht, wie sie Befehle erteilten, oder diese seltsamen Waffen hielten. Die Meliorares jedoch schienen genau zu wissen, wen sie vor sich hatten.

»Commonwealth Friedenstruppe«, rief der Mann. »Sie stehen von diesem Augenblick an unter Haftbefehl der Regierung.« Er lächelte grimmig. »Die Anklagen gegen Sie, mit denen Sie sicherlich im einzelnen vertraut sind, sind recht zahlreich. Ich glaube, ich kann hier auf Einzelheiten verzichten.«

Flinx bewegte sich dankbar auf ihn zu. »Ich weiß nicht, wie Sie mich gefunden haben, aber ich bin wirklich froh, daß Sie da sind.«

»Keine Bewegung! Stehenbleiben!« Die Frau richtete ihre Waffe auf ihn. Ihr Gesichtsausdruck machte Flinx klar, daß sie bereit war, ihn niederzuschießen, wenn er auch nur einen weiteren Schritt auf sie zuging. Er erstarrte und blickte sie verwirrt an.

Da war etwas völlig Neues, etwas in ihren Augen, aber auch in ihrem Bewußtsein: nicht gerade Furcht, eher eine Art verdrehter Haß, Abscheu geradezu. Das Gefühl war geradewegs auf ihn gerichtet. Das war ihm so neu, so fremd, so ekelerregend, daß er nicht wußte, wie er reagieren sollte. Er wußte nur, daß diese Leute ebensowenig Zuneigung für ihn empfanden und wahrscheinlich sogar noch schlimmere Absichten hatten als diese wahnsinnige Gesellschaft der Meliorareleute.

Anstelle seiner Verwirrung trat Zorn, eine wilde Wut, die aus Enttäuschung und Verzweiflung erwuchs, und die das Gefühl der Hilflosigkeit noch verstärkte. Ohne eigenes Verschulden, einzig und allein von dem Wunsch beseelt, in Frieden gelassen zu werden, war er zum Brennpunkt von Mächten geworden, die er nicht kontrollieren konnte, Mächte, die sogar über seine Welt hinausreichten. Und er wußte nicht, hatte nicht die leiseste Ahnung, wie er mit ihnen zu Rande kommen sollte.

Und all die Verwirrung wurde von der einen klaren Erkenntnis überlagert: Er war nicht so erwachsen, wie er geglaubt hatte.

Hinten im Raum war der Mann namens Westhoff von den Friedenshütern nicht bemerkt worden. Er zögerte nicht, legte das Kontrollinstrument beiseite und zog sich hinter Kisten und Behältern Deckung suchend zurück. Der Knopf, den er bislang festgehalten hatte, war nicht länger niedergedrückt.

»Weg von den Konsolen! Alle!« befahl die Frau und gestikulierte mit ihrer Waffe. Die Meliorares erhoben sich von ihren Plätzen, hoben die Hände und beeilten sich, ihrer Anweisung nachzukommen.

»Wenn jemand einen Schalter berührt«, warnte sie der andere Friedenshüter, »dann ist das das letzte, was er je berührt.«

Die Frau warf Flinx einen feindseligen Blick zu. »He, du auch! Los!« Widerwillen und Ekel strahlten von ihr aus. Flinx gab sich Mühe, die auf ihn eindringenden Emotionen abzuschütteln.

»Ich gehör' nicht zu denen«, protestierte er. »Ich hab' damit nichts zu tun.«

»Ich fürchte doch, Junge, ob es dir nun gefällt oder nicht«, widersprach sie. »Du hast eine Menge Ärger bereitet. Aber keine Sorge.« Sie lächelte schief. »Alles wird gut werden. Man wird dich so herrichten, daß du ein normales Leben führen kannst.«

Plötzlich fing auf einer der Konsolen ein Gerät zu summen an. Cruachan starrte es benommen an, dann wanderte sein Blick zu Flinx und schließlich zu den Friedenshütern.

»Um Himmels willen, bedrohen Sie ihn nicht!«

»Mich bedrohen?« Flinx weinte fast. Cruachans plötzliches Erschrecken ignorierte er, ebenso das Summen und auch alles andere, während er zu der Friedenshüterin sagte: »Was meint er damit, mich bedrohen? Und was haben Sie gemeint, als Sie sagten, Sie würden mich ›herrichten‹? Mir fehlt nichts.«

»Vielleicht ist das so, aber wahrscheinlich nicht«, antwortete sie, »denn diese *Meliorares*«, sie spie das Wort förmlich aus, »scheinen da anderer Ansicht zu sein. Das genügt mir. Ich bin keine Spezialistin. Sie sind es, die entscheiden werden, was mit dir geschehen soll.«

»Und je früher, desto besser«, fügte ihr Begleiter hinzu.

Flinx hatte das Gefühl, als würden ihm nicht nur sein Verstand, sondern auch seine Füße den Dienst versagen. Wo er Rettung erwartet hatte, war da jetzt nur neuer Schmerz, neue Gleichgültigkeit. Nein, schlimmer als Gleichgültigkeit, denn diese Leute sahen in ihm eine deformierte, ungesunde Kreatur. In diesem Raum gab es kein Verständnis für ihn, weder von seiten seiner Verfolger noch von seiten dieser Neuankömmlinge. Alle schienen gegen ihn zu sein.

›Herrichten‹, hatte die Frau gesagt, man würde ihn *›herrichten‹*. Aber ihm fehlte doch nichts. Warum wollen sie mir das antun? fragte er sich zornig.

Der Schmerz und die Verwirrung erzeugten Resultate, die die beiden Parteien nicht wahrnahmen. Angestachelt von den kraftvollen Emotionen, die von ihrem Herrn ausgingen, nicht länger durch einen Zustrom von Schlafgas in ihren Käfig, wachte die Flugschlange auf. Sie brauchte nicht visuell nach Flinx zu suchen — der Schmerz, der aus ihm herausplatzte, war wie ein Leuchtturm, den man einfach nicht übersehen konnte.

Die Flügel der Schlange blieben eingefaltet, während sie schnell ihr Gefängnis untersuchte. Dann richtete sie sich auf und spuckte. In dem Stimmengewirr, das den Raum erfüllte, blieb das leise Zischen sich auflösenden Pancryls unbemerkt.

»Schaffen wir sie hinaus!« Der männliche Friedenshüter trat nach rechts und stellte sich neben den Eingang, während sie hinter die Gruppe trat, die sich in der Mitte des Raums versammelt hatte.

»In einer Reihe!« befahl sie und gestikulierte dabei mit ihrer Waffe. »Alle! Und die Hände oben lassen!«

Cruachan versuchte, mit ihr zu diskutieren. »Bitte, wir sind doch bloß ein paar harmlose alte Wissenschaftler. Das ist unsere letzte Chance. Dieser Junge ...« — dabei wies er auf Flinx — »ist vielleicht unsere letzte Chance, um zu beweisen ...«

»Ich habe Ihre Vergangenheit studiert und die Berichte gelesen.« Die Stimme der Frau war eisig. »Was Sie getan haben, ist unverzeihlich. Sie werden bekommen, was Sie verdienen, aber ganz bestimmt keine Chance, weiter an diesem verbildeten Kind herumzuexperimentieren.«

»Bitte, kann mir denn niemand erklären ...?« sagte Flinx verzweifelt. »Ich weiß nicht, wovon Sie reden! Will mir denn niemand sagen ...?«

»Das wird wahrscheinlich schon jemand«, sagte die Frau. »Ich bin mit den Einzelheiten nicht vertraut und auch nicht für Erklärungen zuständig.« Sie schauderte sichtlich. »Und darüber bin ich froh.«

»Rose, passen Sie auf!« Auf den warnenden Ruf ihres Begleiters wirbelte die Frau herum. Da war etwas in der Luft, etwas, das wie eine riesige Hummel summte und schnell hin- und herhuschte: etwas, das blau und rosafarben vor der Decke herumhuschte.

»Was, zum Teufel, ist denn das?« platzte es aus ihr heraus.

Flinx setzte zur Antwort an, aber Cruachan kam ihm

zuvor, indem er aus der Reihe trat und auf den Friedenshüter zuging. »Das Tier gehört dem Jungen. Ich weiß nicht, wie es sich befreit hat. Es ist gefährlich.«

»Oh, ist es das?« Die Mündung des kurzen Karabiners hob sich.

»Nein!« Cruachan rannte auf sie zu, und der Summer von der Konsole kreischte schrill in seinen Ohren. *»Nicht!«*

Die Friedenshüterin reagierte instinktiv auf den unerwarteten Angriff. Ein kurzer Strahl hochintensiven Schalls traf den Anführer der Meliorares. Sein Leib explodierte förmlich, riß ihm die Wirbelsäule auseinander. Die Waffe hatte keinen hörbaren Ton von sich gegeben. Nur ein leises, stoßendes Geräusch war zu vernehmen gewesen, als der Strahl sein Ziel getroffen hatte.

Eine der älteren Frauen schrie entsetzt auf. Die Friedenshüterin stieß einen Fluch aus und zielte auf das, was all die Unruhe erzeugt hatte. Während sie die Waffe auf Pip richtete, prallten all die Wut und der Schmerz und die Angst in Flinx' Kopf aufeinander.

»Pip! Nein!« schrie er und sprang die Frau an. Der männliche Friedenshüter versuchte, seiner Begleiterin zu helfen. Pip schoß in den hinteren Teil des Lagerraums. Die Waffe der Frau verfolgte den Minidrach, und ihr Finger krümmte sich um den Abzug.

Etwas geschah. Cruachans Augen waren noch immer offen. Er nahm es wahr. Ein befriedigtes Lächeln breitete sich auf seinem Gesicht aus. Dann starb er.

Und plötzlich senkte sich Nacht über alles.

Flinx schwebte im Innern einer riesigen Baßtrommel. Etwas schlug von beiden Seiten darauf. Der Rhythmus war unregelmäßig, das Geräusch betäubend. Es tat weh.

Etwas lag auf seiner Brust. Ich liege auf dem Rücken, dachte er. Er hob den Kopf, um an sich selbst hinabzublicken. Pip lag auf dem Slicker. Er hatte ein paar Schürfwunden, lebte aber. Die Flugschlange sah benommen aus. Und als das Bewußtsein in sie zurückflutete, zuckte die schmale Zunge wiederholt heraus, prüfend, um über Flinx' Lippen und Nase zu huschen. Flinx versuchte sich aufzusetzen.

Irgend etwas stimmte nicht mit seinem Gleichgewicht. Der einfache Übergang von der liegenden in die sitzende Haltung wurde zu einer größeren Operation. Zwei Dinge fielen ihm sofort auf; es war kalt, und der Regen durchnäßte sein Gesicht. Dann wurde sein Blick klarer, und er sah den alten Mann, der sich über ihn beugte. Einen Augenblick lang kehrte die Furcht zurück. Aber dies war kein Meliorare. Es war ein freundliches fremdes Gesicht. Der Alte war ganz anders gekleidet als die Mitglieder der Gesellschaft. An ihrer Kleidung war nichts Schäbiges gewesen, dieser Fremde jedoch war von einfacherer Lebensart.

»Alles in Ordnung, Junge?« Er blickte über die Schulter und sagte: »Ich glaube, ihm fehlt nichts.«

Flinx sah an dem alten Mann vorbei. Ein paar weitere Fremde hatten sich hinter ihm versammelt. Flinx bemerkte, daß er das Zentrum ihrer besorgten Neugierde war. Starke Arme griffen nach ihm und halfen ihm beim Aufstehen. Er hörte Fragen bezüglich der Flugschlange, die auf seiner Schulter saß.

Ein jüngerer Mann trat vor. »Alles in Ordnung?« Er musterte Flinx' Gesicht. »Ich bin in Erster Hilfe ausgebildet.«

»Ich bin nicht ... ich glaube ...« Komisch, sein Mund funktionierte nicht richtig. Er schluckte. »Was ist passiert?«

»Das mußt *du* uns sagen«, sagte der junge Mann ohne zu lächeln. Er war adrett gekleidet, eleganter als der Alte, der als erster Flinx untersucht hatte. Ein gelbgrün gestreifter Slicker bedeckte einen bunten Straßenanzug.

»Ich bin Faktotum für das Subhaus von Grandier. Ich wollte mich gerade um eine Sendung von Evoria kümmern, die gerade angekommen ist.« Er drehte sich um und deutete auf ein Gebäude. »Das ist unser Lagerhaus dort drüben. Ich wäre fast über dich gestolpert.«

»Ich auch«, sagte der Alte, »obwohl ich kein Faktotum für irgend jemanden bin, nur für mein eigenes Haus.« Er grinste und entblößte dabei einige Zahnlükken.

Flinx wischte sich die nassen Haarsträhnen aus dem Gesicht und von der Stirn. Wie kam es, daß er so naß geworden war? Er konnte sich nicht erinnern, daß er auf der Straße gewesen oder hingefallen war.

Jetzt, wo die Leute ringsum sich etwas beruhigt hatten, hatte das Brüllen, das seine Ohren erfüllte, seit er wieder zu Bewußtsein gekommen war, betäubende Dimensionen angenommen. Es klang wie Sirenengeheul. Ein paar Häuserblocks entfernt loderten Flammen aus dem obersten Geschoß eines Lagerhauses. Ein Skimmer der Feuerwehr schwebte daneben, und seine Mannschaft spritzte feuerhemmenden Schaum in die Flammen. Der Schaum vereinte sich mit dem Regen im Kampf gegen die Feuersbrunst.

»Jedenfalls«, fuhr der jüngere Mann neben Flinx fort, während sie beide zu dem Inferno hinüberblickten, »ich bin gerade von dort drüben in unser Büro gekommen, als dieses Gebäude« — er wies mit einer Kopfbewegung auf die Flammen — »in die Luft flog. Wenn ich mich recht entsinne, war es vier oder fünf Stockwerke hoch. Wie man sehen kann, sind nur noch zwei übrig. Die obersten drei müssen in den ersten paar Sekunden hochgegangen sein. Die Straßen sind voller Trümmer. Mich hat es einfach umgeworfen, genau wie dich.« Flinx' Blick wanderte über die Menschenmenge, die sich versammelt hatte, um das ungewöhnliche Schauspiel zu genießen. Große Feuer waren in Drallar selten.

»Da hat sich jemand auf einigen Ärger eingelassen«,

murmelte der Alte. »Explosivstoffe innerhalb der Stadtgrenzen gelagert. Schlimme Sache. Schlimm.«

»Jemand hat mir gesagt, die hätten die Explosion bis in die inneren Stadtviertel gespürt«, meinte der junge Mann. »Ich möchte wissen, was die dort gelagert hatten, daß es eine solche Explosion geben konnte? Ein Metallstück ist wie ein Schrapnell knapp an mir vorbeigeflogen und in unserer Vordertür steckengeblieben. Und als ich mich aufrappelte, habe ich dich dort auf der Straße liegen sehen. Entweder hat dich ein Brocken getroffen, oder du bist k.o. gegangen, als du mit dem Kopf auf das Pflaster trafst.«

»Ich habe nicht gesehen, daß ihn etwas getroffen hätte«, sagte der Alte.

»Das hat nichts zu sagen, so schnell, wie das Zeug rumflog.« Der Büroangestellte sah Flinx an. »Ich wette, du hast überhaupt nichts bemerkt.«

»Nein«, gab Flinx zu, immer noch schrecklich verwirrt. »Ich hab' auch nichts bemerkt. Aber jetzt ist alles in Ordnung.« Flinx brachte ein schwaches Grinsen zuwege. »Ich fühle mich wieder ganz in Ordnung.« Er schwankte einen Augenblick lang und stand dann gerade.

Der Büroangestellte studierte immer noch den Minidrach, der sich um Flinx' linke Schulter gerollt hatte. »Das ist aber ein interessantes Tier.«

»Das finden alle. Danke für Ihre Hilfe. Dank Ihnen beiden.« Er drängte sich durch den Ring der Zuschauer, die das zerstörte Lagerhaus anstarrten.

Widerstrebend füllte sein Gehirn die leeren Stellen aus, die in seiner Erinnerung klafften. Im zweiten Stock, er war dort oben gewesen, und die Meliorares hatten gerade angefangen, einige Tests an ihm durchzuführen. Dann hatten die Friedenshüter den Raum gestürmt, und Pip hatte sich befreit und einer von ihnen hatte auf ihn schießen wollen, und der Chef der Meliorares — Flinx konnte sich nicht an seinen Namen erinnern, nur an die Augen — war in Panik geraten und hatte den Friedenshüter angegriffen. Flinx erinnerte sich daran, wie er verzweifelt geschrien hatte, die Frau sollte nicht schießen, solle Pip nicht verletzen, solle nicht …

Und dann war er erwacht, völlig durchnäßt und benommen und auf der Straße liegend, und ein alter Mann hatte sich besorgt über ihn gebeugt, und Pip hatte ihm den Mund geleckt.

Seine Hand griff an seinen Hinterkopf, der immer noch dröhnte wie die Trommel, in der er sich eingeschlossen geglaubt hatte. Doch da war keine Beule, kein Blut, und trotzdem fühlte es sich an, als hätte er dort einen heftigen Schlag bekommen. Nur daß der Schmerz sich im Inneren seines Schädels konzentrierte.

Leute kamen jetzt aus dem brennenden Lagerhaus: ärztliches Personal in weißen Slickers. Sie führten jemanden. Die Kleider der Frau waren zerfetzt und mit Blut besudelt. Sie war auf den Beinen, wurde aber von zwei Ärzten gestützt.

Plötzlich konnte Flinx sie fühlen, nur einen Augenblick lang, aber da war keine Emotion, keine Emotion und auch keinerlei Gefühle. Und dann bemerkte er ihre Augen. Ihr Blick war leer; die Augen starrten glasig unbewegt. Wahrscheinlich war sie noch von der Explosion benommen, dachte er. Sie war die Friedenshüterin, die auf Pip hatte schießen wollen.

Im Krankenhaus würde diese Leere wahrscheinlich wieder verschwinden, dachte er. Obwohl es beinahe so war, als ob man sie bewußtseinsgelöscht hätte, und zwar nicht selektiv. Sie sah wie die leere Hülle eines menschlichen Wesens aus. Flinx wandte sich von ihr ab und empfand Unbehagen, ohne zu wissen, weshalb, als man sie zu dem Ambulanzskimmer führte. Das Fahrzeug stieg auf und jagte mit heulender Sirene in Richtung auf die Innenstadt davon.

Er kämpfte immer noch darum, jene letzten Sekunden in dem Lagerhaus für sich zu rekonstruieren. Was war dort wirklich geschehen? Diese unglückselige Frau war im Begriff gewesen, Pip zu töten. Flinx hatte sich auf sie gestürzt, wie wild protestierend, und ihr Begleiter hatte seinerseits eine Waffe auf ihn gerichtet. Die Waffen selbst funktionierten völlig lautlos. Hatte die Frau gefeuert? Oder der Mann?

Die Instrumente, die den Lagerraum erfüllt hatten, benötigten eine Menge Energie. Wenn der Friedenshüter Flinx verfehlt hatte, wenn er vielleicht nur einen Warnschuß abgegeben hatte, hätte der Strahl etwas ähnlich Empfindliches, aber Gefährlicheres als Menschenfleisch treffen können. Gewöhnlich war aber die Energieversorgung von Lagerhäusern ziemlich knapp bemessen, aber vielleicht hatte es Treibstoffzellen im Raum gegeben. Der Schuß hätte sie zur Explosion bringen können. Oder hatte vielleicht einer der Meliorare — vielleicht der, der vor Pips Käfig geflohen war — irgendein Selbstmordgerät ausgelöst, um seinen Kollegen die Schande eines Schauprozesses zu ersparen? Während er die beiden Erklärungen überlegte, fühlte er sich viel wohler. Sie paßten zu dem, was vorgefallen war, waren recht plausibel.

Das einzige, was sie nicht erklärten, war, wie es kam, daß er zwei Häuserblocks entfernt gelandet war, allem Anschein nach völlig unverletzt, sah man von dem bohrenden Kopfschmerz ab. Nun, er *hatte* sich auf die Tür zubewegt, und Explosionen bewirkten manchmal komische Dinge.

Inzwischen war auch die Polizei aufgetaucht. Bei ihrer Ankunft wandte Flinx sich instinktiv ab, ließ die Menge hinter sich und verbarg Pip unter seinem Slikker. Er war froh, daß er nicht gezwungen gewesen war, sein Messer einzusetzen, und pries sich glücklich, noch am Leben zu sein. Vielleicht würden ihn jetzt endlich einmal diese äußeren Kräfte in Frieden lassen, ihn und Mutter Mastiff und Pip.

Er dachte ein letztes Mal an jenen letzten Augenblick im Lagerhaus. Der Zorn und die Verzweiflung hatten sich in ihm aufgebaut, bis er es nicht länger hatte ertragen können, und er sich blindlings auf die Friedenshüterin gestürzt hatte, die Pip töten wollte. Er hoffte, daß er nie wieder in seinem Leben so zornig sein würde. Die Menge achtete nicht auf den Jungen, als der vom Schauplatz des Geschehens entfloh; er tauchte in den schützenden Schatten und schmalen Gassen unter, die ins Zentrum der Stadt führten. An ihm war nichts Auffälliges, und die Gendarmen hatten keinen Anlaß, ihn aufzuhalten und zu befragen. Der alte Mann und der Büroangestellte, die ihn auf der Straße gefunden hatten, hatten ihn bereits vergessen und konzentrierten sich ganz auf den ungewöhnlichen Anblick eines Großbrandes im ewig feuchten Drallar.

Flinx strebte den belebteren Vierteln der Stadt zu, auf die Gerüche und Bilder des Marktplatzes mit seinem Geschrei und dem ewigen Streiten und Feilschen, und Mutter Mastiffs warmen, vertrauten kleinen Laden. Er empfand Trauer, Trauer über all die Probleme, die allem Anschein nach er verursacht hatte. Trauer für die komischen alten Meliorares, die es nicht mehr gab. Trauer für die übereifrigen Friedenshüter.

Mutter Mastiff würde keine Trauer empfinden, das wußte er. Sie konnte rachsüchtig wie ein AAnn sein, besonders wenn etwas, das ihr nahestand, bedroht worden war.

Für seine Person aber bedauerte er den Tod von so vielen. Alles für nichts und wieder nichts, alles wegen einer unzuverlässigen, harmlosen, gewöhnlich nutzlosen Fähigkeit, Empfindungen zu lesen, die er besaß. Aber sie waren selbst schuld. Alles, was passiert war, war ihre eigene Schuld gewesen. Die der Meliorares ebenso wie die der Friedenshüter. Er hatte versucht, sie zu warnen. Sie hätten einfach nicht versuchen sollen, sich zwischen ihn und seine Schlange zu stellen.

Der Weg nach Hause erschöpfte den Rest seiner Kraft. Nie zuvor war ihm die Stadt so riesengroß erschienen, ihre Gassen und Nebenstraßen so verschlungen und mühsam. Er war völlig ausgepumpt.

Mutter Mastiff erwartete ihn so besorgt im Laden, wie sie sonst Kunden erwartete. Ihr dünner, alter Arm legte sich um seine Schultern und war ihm behilflich, die letzten mühsamen Schritte in den Laden hinein zurückzulegen.

»Ich hatte Todesangst um dich, Junge! Verdammt sollst du sein, daß du einer armen alten Frau solche Sorgen bereitest!« Ihre Finger strichen über seine aufgeschürften Wangen, seine Stirn, während ihre Augen nach ernsthafteren Schäden suchten. »Und wie siehst du denn aus? Was ist denn mit dir passiert, Flinx? Irgendwann wirst du doch einmal lernen müssen, solchen Ärger zu vermeiden.«

Er lächelte gequält und war froh, wieder zu Hause zu sein. »Anscheinend sucht der Ärger mich, Mutter.«

»Hmm! Ausreden. Immer nur Ausreden! Was war denn?«

Er versuchte, Ordnung in seine Gedanken zu bringen, während er Pip aus dem Slicker schlüpfen ließ. Mutter Mastiff trat einen Schritt zurück. Der Minidrach war so schlaff wie ein Stück Schnur. Er lag eingeringelt im Schoß seines Herrn, und wenn er nicht schlief, so erweckte er jedenfalls den Eindruck.

»Ein paar Leute haben Pip entführt. Sie nannten sich Meliorares. Aber in Wirklichkeit wollten sie mich. Sie ...« Seine Stirn runzelte sich bei dem Versuch, sich zu erinnern. »Einer von ihnen hat gesagt, er wollte mich herrichten. Was herrichten? Was hatten die mit mir vor?«

Sie überlegte einen Augenblick lang und blickte ihn prüfend an. Dann sagte sie:

»Jetzt hör mir gut zu, Junge, denn das ist wichtig für dich. Ich brauche dir nicht zu sagen, daß du anders als wir bist, du bist immer anders gewesen. Du mußt das verbergen, so gut du kannst, und wir werden uns selbst verstecken müssen. Drallar ist groß. Wenn nötig, können wir den Laden verlegen. Aber du wirst lernen müssen, still zu leben, und du mußt dein Anderssein für dich behalten, sonst plagt uns wieder diese lästige Aufmerksamkeit fremder Leute.«

»Das ist alles so albern, Mutter. Nur weil ich manchmal spüren kann, was andere Leute fühlen?«

»Ja, das. Und vielleicht noch mehr.«

»Mehr gibt es nicht. Das ist alles, was ich kann.«

»Wirklich, Junge? Wie bist du diesen Leuten entkommen?« Sie blickte an ihm vorbei, zur Straße hinaus, plötzlich ganz besorgt. »Werden die wieder auftauchen?«

»Das glaube ich nicht. Die meisten waren tot, als ich wegging. Ich weiß nicht, wie ich ihnen entkommen bin. Ich glaube, einer von ihnen hat auf etwas geschossen, das explosiv war, und es ist in die Luft geflogen. Ich bin aus dem Gebäude herausgeblasen worden auf die Straße.«

»Dann hast du Glück, daß du noch lebst, scheint mir, wenn ich mich auch frage, welche Vorsehung dir da geholfen hat. Vielleicht ist es so am besten. Vielleicht ist es am besten, wenn du gar nicht zuviel über dich weißt. Dein Verstand war immer schon deinem Körper voraus, und vielleicht gibt es noch etwas anderes, das auch dem noch voraus ist.«

»Aber ich *will* nicht anders sein«, beharrte er und weinte fast. »Ich möchte so sein wie alle anderen.«

»Ich weiß schon, Junge«, sagte sie sanft, »jeder von uns muß die Karten ausspielen, die das Schicksal uns zuteilt. Und wenn du den Joker hast, dann mußt du einfach lernen, damit klarzukommen und ihn irgendwie zu deinem Vorteil ausnützen.«

»Ich will keinen Vorteil! Nicht wenn er solchen Ärger bereitet.«

»Das will ich nicht hören, Junge! Ein Unterschied kann immer zum Vorteil sein. Es ist Zeit, daß du dir einen Beruf auswählst. Ich weiß, daß du keine Lust hast, einen Laden wie den hier zu führen. Was würdest du denn gerne machen?«

Er überlegte eine Weile, ehe er Antwort gab. »Was mir wirklich Freude macht, ist, wenn ich andere Menschen glücklich machen kann.«

Sie schüttelte traurig den Kopf. »Manchmal denke ich, du hast nicht genügend Selbstinteresse, um dich am Leben zu erhalten. Aber wenn du das gern tust, dann mußt du irgendeinen Weg finden, um dir damit deinen Lebensunterhalt zu verdienen.«

»Manchmal träume ich davon, Arzt zu werden und die Leute zu heilen.«

»Ich würde dir raten, dein Ziel etwas niedriger anzusetzen, Junge.«

»Also gut. Dann Schauspieler.«

»Nein, nicht so tief. Sei doch vernünftig. Such dir etwas aus, das du *jetzt* tun kannst, ohne Jahre des Studiums.«

»Ich könnte hier auf dem Markt auftreten«, sagte er nachdenklich. »Ich kann ganz gut jonglieren. Du hast mich ja gesehen.«

»Ja, und dich oft genug angeschrien, weil du mit meinen teuren Waren übst. Aber die Idee ist nicht schlecht. Wir müssen eine gute Straßenecke für dich finden. Vor diesen Leuten hier aufzutreten, sollte dir keinen Ärger eintragen. Aber jetzt geh hinein, und leg dich hin. Du schläfst ja fast im Stehen ein. Und daß du mir ja dein Monstrum mitnimmst!«

Flinx hob den erschöpften Pip auf und ging ins Haus. Mutter Mastiffs Augen blickten ihm nach.

Was sollte nur aus dem Jungen werden? Irgendwie hatte er die Aufmerksamkeit mächtiger, gefährlicher Leute auf sich gezogen. Zumindest jetzt war die Chance recht gut, daß sie eine Weile nicht belästigt werden würden — wenn diese Leute tatsächlich tot waren, wie Flinx gesagt hatte.

Wie er wohl entkommen sein mochte? Manchmal machte er ihr immer noch Angst. Oh, nicht weil er ihr je auch nur ein Haar krümmen würde, ganz im Gegenteil, wie ja seine hartnäckige Verfolgung und am Ende ihre Rettung in diesen letzten paar Tagen bewiesen hatten. Aber in diesem Knabenkörper waren Kräfte am Werk, Kräfte, die das Begriffsvermögen einer einfachen Ladenbesitzerin überstiegen, Kräfte, die er vielleicht nicht würde kontrollieren können. Und daran war mehr als nur das Lesen der Emotionen anderer. Dessen war sie sicher. Wieviel mehr, konnte sie nur argwöhnen, denn daß der Junge selbst diese Kräfte bis jetzt noch nicht kannte, war offenkundig.

Nun, sollte er ruhig eine Weile als Jongleur auftreten, das war ganz sicher harmlos. In diesem Beruf sollte er nicht viel Ärger bekommen.

Das sagte sie sich den Rest des Nachmittags immer wieder, und auch am Abend noch, als sie dasaß und er schlief. Als sie schließlich ebenfalls ins Bett schlüpfte, dachte sie, sie hätte diese Ängste von sich geschoben, aber das war nicht der Fall.

Sie spürte, daß der Junge, der zufrieden und friedlich im anderen Zimmer lag, für mehr bestimmt war als ein Leben, das darin bestand, andere an Straßenecken zu unterhalten. Viel mehr. Irgendwie wußte sie, daß ein Universum, das seine Nase in die Angelegenheiten unschuldiger Bürger steckte, jemanden, der so einmalig wie Flinx war, nie in Frieden lassen würde.

Zweiter Roman

Das Tar-Aiym Krang

(erstmals auf deutsch erschienen als Band 06/3640
in der Reihe Heyne Science Fiction & Fantasy,
München 1979, und als Sonderausgabe in Kassette
als Band 06/4220, I, München 1985)
Aus dem Amerikanischen übersetzt von Heinz Nagel

Für Larry Thor und
John W. Campbell, jr.,
meine Lehrmeister

01

Flinx war ein ethischer Dieb, denn er stahl nur von solchen, die es mit dem Gesetz nicht ganz genau nahmen. Und auch das nur, wenn es absolut notwendig war. Nun, vielleicht nicht absolut. Aber er versuchte es wenigstens. Seiner Umgebung entsprechend war seine Moral notwendigerweise in hohem Maße anpassungsfähig. Und wenn man alleine lebt und seinen siebzehnten Sommer noch nicht erreicht hat, muß man in solchen Dingen etwas großzügig sein.

Man könnte nun natürlich sagen, falls Flinx bereit wäre zuzuhören (ein höchst unwahrscheinlicher Umstand), daß die endgültige Entscheidung, von wem man nun sagen könne, daß er es mit den Gesetzen genau nehme oder nicht, eine höchst totalitäre wäre. Ein Philosoph würde wissend beifällig nicken. Flinx konnte sich solchen Luxus nicht leisten. Seine Ethik wurde vom Kampf ums Überleben, und nicht von abstrakten Begriffen bestimmt. Man mußte es ihm hoch anrechnen, daß er es bis zur Stunde geschafft hatte, so weit auf der akzeptablen Seite der augenblicklichen Moralbegriffe zu bleiben, wie das bei ihm der Fall war. Andererseits mußte man fairerweise auch dem Zufall einen Teil dieses Lobes zukommen lassen.

Aber in der Regel erwarb er sich seinen bescheidenen Lebensunterhalt meist auf ehrliche Weise. Und das war nicht nur eine Frage der Vernunft, sondern auch die seines freien Willens. Ein zu erfolgreicher Dieb zieht immer zuviel unerwünschte Aufmerksamkeit auf sich. Und zu guter Letzt wirkt sich dann so etwas wie ein kriminalistisches Naturgesetz aus, welches besagt, daß zwar von nichts nichts kommt, daß aber allzuviel auch ungesund ist.

Und außerdem waren die Gefängnisse von Drallar notorisch ungastlich.

Gute Plätze für reisende Jongleure, Minnesänger und dergleichen, auf denen diese in der Stadt ihr Talent zur Schau stellen konnten, gab es nur wenige. Und einige davon waren wesentlich besser als andere. Daß es ihm bei seinem vergleichsweise bescheidenen Alter gelungen war, sich einen der besten davon zu sichern, war in gleichem Maße seinem Glück und der Hartnäckigkeit der alten Mutter Mastiff zuzuschreiben. Von seiner frühesten Jugend an hatte sie die kleine, etwas erhöhte Plattform neben ihrem Laden für ihn reserviert und alle anderen Schausteller mit der Kraft ihrer Stimme oder, wenn es sein mußte, auch mit Waffengewalt vertrieben, je nachdem, wie es die Umstände und die Hartnäckigkeit des Eindringlings notwendig machten. Sie hieß natürlich in Wirklichkeit nicht Mutter Mastiff, aber so nannten sie alle. Flinx eingeschlossen. Auf Drallars Marktplatz hielt man nicht viel von nichtigen Namen. Zur Identifizierung taugten sie nicht viel, dafür nützten sie aber den Steuereintreibern um so mehr. Und so ergab es sich, daß jedem neuen Bewohner schnell ein passender Name zugeteilt wurde. Mutter Mastiff beispielsweise glich der terranischen Hunderasse gleichen Namens, auch unter der wesentlich unfreundlicher klingenden Bezeichnung ›Bullenbeißer‹ bekannt, verblüffend. Man verpaßte ihn ihr im Spaß, und sie zeigte sich nicht gerade begeistert, akzeptierte ihn aber nichtsdestoweniger. Ihre bärbeißige Art und ihre mißmutige Miene taten ein übriges, um die physische Ähnlichkeit zu untermalen.

Der Junge war Waise gewesen. Wahrscheinlich, ohne es zu wollen, wie die meisten seinesgleichen. Aber wer konnte das schon sagen? Wäre sie nicht damals an den Sklavenpferchen vorbeigegangen und hätte zufällig in eine bestimmte Richtung geblickt, wäre es ihr nie aufgefallen. Aus Gründen, die sie nie ganz begriff, hatte sie das Kind gekauft, es aufgezogen und es sobald es dafür alt genug war, dazu angehalten, ein Handwerk zu erlernen. Glücklicherweise hatten sich seine theatralischen Neigungen im Verein mit seinen seltenen Talenten schon in sehr früher Jugend gezeigt. So löste sich das Problem von selbst, welches Gewerbe sich wohl am besten eignete. Er erwies sich als aufmerksamer, beinahe würdig wirkender Beobachter und war so sein eigener bester Lehrling. Schön und gut, weil die älteren Berufskollegen in seiner Gegenwart immer viel nervöser wurden, als sie zuzugeben bereit waren. Und um es nicht zugeben zu müssen, erklärten sie ihn für unbelehrbar und überließen ihn sich selbst.

Sie hatte ihn auch, so früh das praktisch durchführbar war, gelehrt, daß in Drallar Unabhängigkeit viel mehr war als ein bloßer abstrakter Begriff. Sie war ein Besitztum, selbst wenn man es nicht in die Tasche stekken konnte, und als solches mußte man sie schätzen. Dennoch war sie traurig, als er sie beim Wort genommen hatte und ausgezogen war, um alleine zu leben, und die Traurigkeit haftete ihr an wie ein neuer Anstrich. Aber sie sagte ihm das nie, aus Angst, Schwäche zu zeigen. Nicht mit Worten und nicht mit ihrer Miene. Im Gegenteil, sie nötigte ihn liebevoll, aber entschieden, so wie man die jungen Vögel von den Polen treibt. Außerdem wußte sie, daß für sie jederzeit der Augenblick kommen konnte, und sie wollte, daß das dann *sein* Leben nur so leicht wie möglich streifen sollte.

Flinx spürte das, er wußte, daß Mutter Mastiff seine Mutter aus Sympathie, nicht aus Blutsverwandtschaft war. Sein Vater war der Zufall, sein Erbe das Glück. Von seinen wahren Eltern wußte er nichts, auch der Auktionator hatte von ihnen nichts gewußt. Auf seiner Karte hatte noch weniger gestanden, als in solchen Fällen üblich ist, nicht einmal der elementarste Stammbaum. Ein

Bastard. Das sah man an seinem langen orangeroten Haar und seiner olivfarbenen Haut. Der Grund seines Waisentums würde in alle Ewigkeit so obskur wie ihre Gesichter bleiben. Er ließ den Lebensstrom der Stadt in seinen Geist eindringen und die unangenehmen Gedanken überfluten.

Ein Tourist, der mehr Verstand gezeigt hatte als die meisten, hatte einmal bemerkt, wenn man durch den großen Zentralmarkt von Drallar schlenderte, so wäre das, wie wenn man in einer Brandung steht und sich von den geduldigen Wellen umspülen läßt. Flinx hatte das Meer nie gesehen, also konnte er mit dem Vergleich nicht viel anfangen. Auf Moth jedenfalls gab es wenig größere Gewässer und Ozeane schon gar nicht. Nur die nie gezählten, unzähligen Seen von Dem-Blau-Das-Blendet.

Der Planet war mit ungewöhnlicher Schnelligkeit aus seiner letzten Eiszeit herausgewandert. Die schnell schwindenden Gletscher hatten auf seiner Oberfläche Pockennarben hinterlassen — glitzernde lapislazulifarbene Seen, Tümpel und Teiche. Und die fast täglichen Regenfälle sorgten dafür, daß die Wasserstände, die von den zurückweichenden Gletschern einmal aufgebaut waren, auch erhalten blieben. Drallar lag in einem ungewöhnlich trockenen Tal, und die gute Entwässerung und das Fehlen von Regenfällen (genauer gesagt: das Fehlen von Schlamm) war einer der wichtigsten Gründe für das Wachstum der Stadt. Hierher konnten die Händler ziehen, um ihre Waren auszubreiten, und Handwerker konnten Läden errichten, ohne befürchten zu müssen, daß sie jeden dritten Monat weggespült wurden.

Der ewige Kreislauf zwischen Verdunstung und Niederschlägen unterschied sich auf Moth von dem vieler sonst ähnlicher Planeten vom Homanx-Typ. Wüsten konnten nicht entstehen, weil es keine richtigen Bergketten gab, welche die mit Feuchtigkeit beladene Luft hätten blockieren können. Da es auch keine Meeresbekken gab und das Terrain im allgemeinen etwas hügelig war, konnte sich nie ein größeres Entwässerungssystem bilden. Die Flüsse und Flüßchen, Bäche und Bächlein, Kanäle und Kanälchen von Moth waren ebenso unzählbar wie die Seen, aber größtenteils an Länge und Volumen unbedeutend. Also verteilte sich das Wasser des Planeten ziemlich gleichmäßig über seine Oberfläche, wenn man von den zwei großen Eiskappen an den Polen und den Überresten der großen Gletscher absah. Moth war vergleichbar mit den Ebenen im amerikanischen Mittelwesten auf Terra, nur daß auf Moth Koniferen standen, wo auf der Erde Mais gedieh.

Die rhythmischen Rufe der Händler, die die Waren von tausend Welten anpriesen, bildeten einen nervösen Kontrapunkt zu dem vergleichsweise gleichmäßigen Murmeln der Menge. Flinx eilte an einem Kleiderladen vorbei, den er kannte, und wechselte im Vorüberlaufen ein kurzes geheimes Lächeln mit seinem Besitzer. Dieser Zeitgenosse, ein kräftig gebauter, blonder Mensch in mittleren Jahren, hatte gerade an zwei ausländisch gekleidete Außerplanetarier ein paar Mäntel aus *Durfaq*haut verkauft ... um einen Preis, der das Dreifache ihres Wertes darstellte. Ein Sprichwort kam ihm in den Sinn: ›Wer unerfahren nach Drallar kommt, um Haut zu kaufen, wird Erfahrungen machen.‹

Flinx' wohl ausgewogenes Gefühl für Geschäftsethik störte das überhaupt nicht. Das war kein Diebstahl. *Caveat Emptor.* Pelze und Fasern, Holz und Wasser waren der Lebensnerv von Moth. Kann man einer Tomate Samen stehlen? Der Verkäufer war mit seinem Handel zufrieden, die Käufer ebenso, und der Unterschied würde mithelfen, die Stadt in Form von Wohltätigkeit und Bestechung am Leben zu erhalten. Außerdem konnte sich jeder Außerplanetarier, der es sich leisten konnte, nach Moth zu kommen, es sich auch verdammt gut leisten, die dort üblichen Preise zu bezahlen. Die Händler von

Drallar waren keineswegs räuberisch veranlagt, nur gerissen.

Im großen und ganzen war es ein ziemlich offener Planet. Die Regierung war eine Monarchie, ein Relikt aus den früheren Tagen des Planeten. Historiker fanden ihn anheimelnd und altmodisch und studierten ihn, Touristen fanden ihn malerisch und knipsten munter drauflos, und für seine Bewohner war er nur dem Namen nach erschreckend. Moth war abrupt und unvorbereitet mitten in den Strudel interstellaren Lebens hineingeschleudert worden und hatte den schwierigen Übergang recht gut überstanden. Was Außerplanetarier, die sich auf Moth bereichern wollten, sehr schnell herausfanden. Aber auf einem Planeten, wo das Gros der eingeborenen Bevölkerung aus Nomadenstämmen bestand, welche ebenso nomadischen Pelztieren folgten, die dem Verlust besagter Pelze einigen Widerstand entgegensetzten, hätte sich eine demokratische Regierung als äußerst problematisch erwiesen. Und die Kirche mischte sich natürlich nicht ein. Die Räte dachten selbst nicht daran, eine Regierung zu konstituieren, folglich kamen sie natürlich auch nicht auf den Gedanken, anderen eine solche Regierung aufzuzwingen. Die Demokratie würde auf Moth warten müssen, bis die Nomaden es zulassen würden, daß man sie zählte, katalogisierte, etikettierte und aktenkundig machte, und bis dahin würde noch sehr, sehr viel Zeit vergehen. Es war allgemein bekannt, daß das königliche Büro für Volkszählung jährlich Zahlen veröffentlichte, die eher höflich als genau waren.

Die Hauptwirtschaftszweige des Planeten waren Holzprodukte, Pelze und Tourismus. Das und der Handel. Pelztiere jedes vorstellbaren Typs (und auch ein paar unvorstellbare) gab es in den endlosen Wäldern des Planeten zuhauf. Selbst die Insekten trugen Pelz, um das allgegenwärtige Wasser abgeben zu können. In den Barklands gediehen die meisten bekannten Arten von hartem und weichem Holz. Darunter auch eine Anzahl einmaliger und nicht klassifizierbarer Typen wie zum Beispiel eine bestimmte Laubpilzsorte. Die riesigen Seen beherbergten Fische, die man von umgebauten Barken aus fing, die mit kyborg-unterstützten Fischleinen ausgestattet waren. Und das Jagdleben auf dem Planeten fing gerade erst an — in erster Linie, weil diejenigen, die sich in die riesigen Wälder wagten, beunruhigend schweigsam blieben.

Drallar war die Hauptstadt von Moth und gleichzeitig auch die größte Stadt des Planeten. Dank günstiger galaktischer Koordinaten und der aufgeklärten Steuerpolitik einer ganzen Folge von Königen war es jetzt auch ein interstellarer Umschlagplatz für Waren- und Handelsgeschäfte. Alle großen Finanzhäuser hatten wenigstens eine Niederlassung hier, wenn sie schon ihre wichtigeren Büros den ›zivilisierteren‹ Planeten vorbehielten. Der Monarch und seine Beamten waren höchstens dem Namen nach korrupt, und der König sorgte dafür, daß das Volk nicht von übertriebenen Vorschriften und Gesetzen überfordert wurde. Nicht daß das aus Liebe für den Mann auf der Straße geschah. Es war einfach handelspolitisch logisch. Denn wenn es keine Geschäfte gab, dann gab es auch keine Steuern. Und wenn es keine Steuern gab, so hieß das, keine Regierung. Und keine Regierung würde bedeuten, daß es keinen König gab, einen Zustand, den der augenblickliche Monarch, seine Trockenste Majestät König Dewe Nog Na XXIV. sich große Mühe gab, zu vermeiden.

Und dann konnte man Drallar auch riechen.

Die Geschäfte Drallars wurden, neben den eingeborenen Menschen, auch von einem halben Hundert intelligenter Rassen geführt. Um dieses Konglomerat der Wirtschaft ungehindert pulsieren zu lassen, benötigte man eine phantastische Vielfalt organischer Treibstoffe. So umgab den Zentralmarkt eine scheinbar endlose Reihe von Garküchen, Roboküchen und Restaurants, die in

Wirklichkeit eine einzige große, ununterbrochene Küche darstellten. Die sich ergebende Kombination von Aromen, die von diesen Etablissements erzeugt wurde, vermischte sich und bildete eine Atmosphäre, die in der ganzen bekannten Galaxis ihresgleichen suchte. An etwas zivilisierteren Handelsstützpunkten wurden solche exotischen Düfte im Hintergrund gehalten. Auf Drallar gab es kein Ozon, das hätte verseucht werden können. Das, was dem einen Nahrung war, diente dem anderen als Narkotikum. Und was dem einen Narkotikum war, konnte durchaus bei einem anderen Geschöpf Übelkeit erzeugen.

Aber durch irgendeinen glücklichen Umstand der Chemie mischten sich all diese Dünste so gut in die natürlich feuchte Luft, daß sich alle etwa schädlichen Effekte irgendwie aufhoben. Es blieb nur ein dickes Parfüm, das einen im Halse kitzelte und den Unvorbereiteten ständig schlucken ließ. Man konnte sich ein opulentes und befriedigendes Mahl beschaffen, indem man sich einfach mitten auf den Markt setzte und eine Stunde lang tief atmete. Wenig andere Orte im Spiralarm hatten sich diesen Ruf erworben. Es entsprach durchaus den Tatsachen, daß Feinschmecker bis von Terra oder Procyon herbeieilten, nur um sich an den Rand des Marktplatzes zu setzen, und lange und erregte Wettbewerbe abhielten, in denen die Teilnehmer versuchten, die Gerüche zu identifizieren, die von der feuchten Brise nach draußen getragen wurden.

Der Grund für diese kreisförmige Anordnung war einfach. Ein Geschäftsmann konnte sich am Rande des Marktes stärken und sich dann in den Wirbel der Geschäfte stürzen, ohne besorgt sein zu müssen, daß ihn mitten in einer wichtigen Transaktion ein plötzlicher Hauch — sagen wir — würzigen *Prego*rauchs von den *Bahn*holzfeuern umwarf. Den größten Teil des Tages erfüllte dieser weite Kreis seinen Zweck geradezu bewundernswert, aber während der Hauptmahlzeiten glich der Markt mehr denn je dem Wechsel von Ebbe und Flut.

Flinx blieb am Stand des alten Kiki stehen, eines Süßigkeitenhändlers, und kaufte sich einen kleinen *Thisk*-Kuchen. Es handelte sich dabei um ein Gebäck, das aus zähem mutierten Weizen hergestellt und innen mit Fruchtstückchen, Beeren und kleinen *Parma*-Nüssen gefüllt war. Das fertige Produkt wurde dann in warmen Honig getaucht und durfte anschließend aushärten. Man brauchte gesunde Zähne, um es zu genießen, aber wenn man erst einmal durch die harte Kruste war, erschloß sich dem Gaumen ein geradezu himmlischer Genuß. Nur einen Nachteil hatte es: seine Konsistenz. Wenn man in einen *Thisk*-Kuchen hineinbiß, war das, zunächst einmal, als schlüge man die Zähne in die Isolierung alter Raumanzüge. Aber dafür hatten die Kuchen einen hohen Energiegehalt, die *Parma*-Nüsse waren leicht berauschend, und Flinx empfand das Bedürfnis einer milden Anregung, ehe er sich ans Werk machte.

Und abgesehen von den Geräuschen und den Gerüchen, abgesehen von allem, bot Drallar auch einen höchst beeindruckenden Anblick.

Die Gebäude am Markt waren ziemlich niedrig, aber außerhalb des Garküchenhalbkreises konnte man die alten Mauern sehen, Überreste der Altstadt. Und zwischen und hinter diesen Mauern verteilten sich die Gebäude, wo der wichtigere Handel stattfand. Die Lebensader von Moth verlief hier, nicht in den Ständen darunter. Jeden Tag wurde in den verräucherten Hinterzimmern und Büros dieser alt-neuen Gebäude das Vermögen von einem Dutzend Welten verschachert. Dort verwöhnten die Feinschmeckerrestaurants die reichen Sportsleute, die von den Seen zurückkehrten und die Nase rümpften und die Fenster schlossen, um die plebejischen Ausdünstungen fernzuhalten, die aus den Garküchen zu ihnen drangen. Dort gingen die Tierausstopfer ihrem widerlichen Handwerk nach, stopften daunige Yax'm-Pelze voll und montierten die ebenholzfarbenen alptraumhaften Köpfe der gehörnten Demichin Devilope.

Und dahinter erhoben sich die Wohnhäuser, wo die unteren und mittleren Klassen lebten, wobei die Behausungen der Ärmeren an der geringeren Fensterzahl und dem abspringenden Verputz kenntlich waren, jene der wohlhabenderen durch die wunderschönen mehrstöckigen Wandgemälde, die fahrende Künstler angebracht hatten, und den strahlend azurfarbenen Dachziegeln, die die Häuser im Winter warm und im Sommer kühl hielten. Und noch weiter dahinter stiegen die isolierten Turmgruppierungen der reichen Vorstädte auf mit ihren hängenden Gärten und den verstärkten Kristallterrassen. Diese Behausungen erhoben sich hochmütig über den Lärm und den Dunst und schimmerten wie juwelenbesetzte Giraffen im Morgennebel.

Und aus dem Zentrum der Stadt stieg, alles dominierend, der große Palast der Herrscher von Drallar in den Himmel. Generationen von Königen hatten daran gebaut, und jeder hatte einem Flügel oder einem Trakt den Stempel seiner eigenen Persönlichkeit aufgeprägt. Dort residierte König Dewe Nog Na und sein Hof. Manchmal fuhr er mit dem Lift ins oberste Minarett und überblickte dort von der sich langsam drehenden Plattform aus müßig den unmöglichen Ameisenhaufen, der sein Reich bildete.

Aber das Schönste an Moth war nicht Drallar mit seinen schimmernden Türmen und seiner vielfarbigen Bürgerschaft, auch nicht die unzähligen Seen und Wälder und nicht die vielfältigen mannigfachen Geschöpfe, die darin wohnten. Es war der Planet selbst. Es war das, was ihm seinen Namen verliehen und ihn im ganzen Spiralarm einzigartig gemacht hatte — das, was die Menschen ursprünglich in sein System gelockt hatte. Planeten mit Ringen waren selten genug.

Moth aber hatte Schwingen.

Die ›Schwingen‹ von Moth waren ohne Zweifel einmal ein breiter Ring gewesen — ähnlich dem des Saturn. Aber irgendwann in ferner Vergangenheit war dieser Ring an zwei Stellen gebrochen — vielleicht infolge von Gravitationsspannungen oder vielleicht auch einer Veränderung der magnetischen Pole. Niemand wußte es bestimmt.

Das Resultat jedenfalls war ein unvollständiger Ring, der aus zwei großen Halbmonden aus pulverisierten Steinen und Gas bestand, die den Planeten umkreisten, getrennt durch zwei große Lücken. In der Nähe des Planeten waren diese Halbmonde enger, aber draußen im Weltall breiteten sie sich infolge der abnehmenden Schwerkraft wie natürliche Fächer aus; was zu dem berühmten ›Schwingen‹-Effekt führte. Sie waren auch wesentlich dicker als die Ringe des Saturn und enthielten eine höhere Konzentration fluoreszierender Gase. Und das Ergebnis waren zwei gigantische dreieckige buttergelbe Gebilde, die sich zu beiden Seiten des Planeten ins All erstreckten.

So war es vermutlich unvermeidbar, daß der einzige Mond des Planeten Moth den Namen Flame bekam. Manche hielten das für etwas albern, aber der Name blieb haften. Er war etwa ein Drittel kleiner als Terras Luna und beinahe doppelt so weit entfernt. Eine Eigenschaft war charakteristisch. Er ›brannte‹ nicht, wie man vielleicht aus dem Namen hätte schließen können, wenn er auch hell genug war. Tatsächlich fanden manche den Begriff ›Mond‹ unpassend, da Flame sich überhaupt nicht um seinen Mutterplaneten drehte, sondern statt dessen auf der gleichen Bahn wie Moth um dessen Sonne kreiste. Die beiden Namen blieben jedenfalls haften. Eine Rübe, die einen juwelenbesetzten Esel anlockt, dem in alle Ewigkeit die Befriedigung seines Appetits versagt bleibt. Glücklicherweise hatten die Entdecker des Systems der Versuchung widerstanden, die beiden

Weltkörper nach jenem letztgenannten Sprichwort zu benennen. Die beiden waren, wie so viele Spiele der Natur, zu herrlich, als daß man sich über sie hätte lustig machen dürfen.

Die Schwinge an Drallars Seite konnte Flinx nur als dünnen, glühenden Strich erkennen, aber er hatte Bilder gesehen, die man aus dem Weltall aufgenommen hatte. Er selbst war noch nie im Weltraum gewesen, nur Bilder hatte er gesehen, aber er hatte viele der Schiffe besucht, die im Hafen lagen. Dort lauschte er zu Füßen der alten Raumfahrer gebannt, wenn sie ihre Geschichten von den großen KK-Schiffen erzählten, die das finstere leere Firmament durchzogen. Da diese monströsen interstellaren Fahrzeuge natürlich nie auf Planeten landeten, hatte er ein solches nie persönlich gesehen. Solche Landungen wurden nur in äußerster Not und auch dann nie auf bewohnten Planeten durchgeführt. Ein Doppelka trug den Gravitationstrichter einer kleinen Sonne auf der Nase, so wie eine Biene Pollen trägt. Selbst wenn man es auf die winzige Größe zusammenschrumpfen ließ, die eine einfache Landung erforderte, würde dieses Feld die ganze Schiffsmasse schützen. Und gleichzeitig würde es eine beträchtliche Furche in die Planetenkruste reißen und alle möglichen unerwünschten Naturphänomene auslösen, wie Tsunamis und Orkane und dergleichen. Also tanzten die kleineren Shuttles wie ein Jo-Jo zwischen dem Fernraumer und dem Planeten hin und her, trugen Menschen und ihre Waren nach unten, während die mächtigen Transporter selbst in der schwarzen, kalten Weite in polyphemischem Exil verblieben.

Es hatte ihn ins Weltall gedrängt, aber er hatte bis jetzt noch keinen guten Grund dafür gefunden, und außerdem konnte er ja schließlich Mutter Mastiff nicht alleine lassen. Obwohl sie stets mit lautstarken Beteuerungen darauf bestand, kerngesund zu sein, sie war über hundert. Sie wegen einer bloßen Vergnügungsreise alleine zu lassen, war ein Gedanke, der ihm gar nicht erst in den Sinn kam.

Er zog sich den Umhang um die Schultern und begrub Pip dabei fast in dickem Pelz. Für einen von Menschen bewohnten Planeten war Moth nicht besonders kalt, aber tropisch konnte man ihn auch nicht nennen. Er konnte sich nicht erinnern, am Morgen je etwas anderes als feuchten, klammen Nebel verspürt zu haben. Das einzig Gute, was man über dieses Klima sagen konnte, war, daß man sich darauf verlassen konnte. Man benutzte hier Pelze mehr, um Wasser abzugeben, als sich vor der bitteren Kälte zu schützen. Es war kalt, kein Zweifel, aber nicht eisig. Zumindest schneite es nur im Winter.

Pip zischte leise, und Flinx begann geistesabwesend ihm die Rosinen zu geben, die er aus dem *Thisk*-Kuchen gebohrt hatte. Das Reptil würgte sie eifrig ganz hinunter. Wenn es Lippen gehabt hätte, hätte es damit geschmatzt. So schoß die lange Zunge heraus und liebkoste Flinx' Wange so zart wie ein Diamantschneider. Die irisierenden Schuppen des Minidrachs schienen sogar noch heller zu funkeln als gewöhnlich. Aus irgendeinem Grunde mochte er Rosinen besonders gerne. Vielleicht lag das an ihrem Eisengehalt.

Er blickte auf das Plusfenster seines persönlichen Kredimeters. Sie waren nicht gerade pleite, aber sie schwammen auch nicht in Luxus. O ja, es war höchste Zeit, an die Arbeit zu gehen!

Von einer Ecke ihres Standes feilschte Mutter Mastiff freundlich mit zwei kleinen mit Juwelen behängten Thranx *Touristas*. Ihre Technik war bewundernswert und kompetent. Schließlich mußte sie das auch sein, sagte er sich. Sie hatte ja genügend Zeit gehabt, sie zu vervollkommnen. Die Gegenwart der Insektoiden überraschte ihn nur wenig. Ganz wohl schienen die beiden sich freilich nicht zu fühlen. Thranx liebten Regen und Feuchtigkeit, und in dieser Beziehung war Moth perfekt, aber sie hatten es gerne nicht so kalt und dafür lieber noch etwas höhere Luftfeuchtigkeit. Paradoxerweise konnte die Luft naß sein und für sie dennoch zu trocken. Jedesmal, wenn ein neuer Treibhausplanet entdeckt wurde, gerieten sie in Ekstase, und dies trotz der Tatsache, daß solche Welten ausnahmslos die unangenehmsten und bösartigsten Umgebungen besaßen. Wie jeder andere junge Mensch hatte er zahllose Bilder von Thranx und Planeten gesehen: Hivehom, ihr Gegenstück zu Terra, und auch die berühmten Thranxkolonien am Amazonas und im Kongobecken auf der Erde selbst. Warum sollten Menschen sich in unfreundlichem Klima abmühen, wo Thranx dort vorzüglich gedeihen konnten? Sie hatten jene unwirtlichen Regionen viel besser ausgenutzt, als der Mensch das je getan hatte oder hätte tun können — so wie umgekehrt Menschen das Mittelmeerplateau auf Hivehom besiedelt hatten.

Die Verschmelzung hatte tatsächlich allen Beteiligten viel Nutzen gebracht.

Dem Schnitt ihrer Halsbänder nach stammten die beiden wahrscheinlich von Evoria. Nach der Tiara der Frau und der Glasur ihres Ovipositors zu schließen, gab es daran keinen Zweifel. Wahrscheinlich ein Paar, das zur Jagd hierher gekommen war, um sich zu entspannen. Es gab nicht viel, was Thranx nach Moth lockte, sah man von den Erholungsmöglichkeiten, der Politik und dem Leichtmetallhandel ab. Moth war reich an Leichtmetall, dafür fehlten viele der schwereren Metalle. Wenig Gold, Blei, Uran und dergleichen. Dafür Silber, Magnesium und Kupfer im Überfluß. Es ging das Gerücht, daß der mächtige Elecseed-Industriekomplex von Thranx Pläne hatte, aus Moth einen Produzenten von Elektro- und Computerhalbfabrikaten zu machen, ähnlich wie sie es bei Amropolous gemacht hatten. Aber bis jetzt war das nur ein Gerücht geblieben. Jedenfalls würde die Firma ihre besten PR-Leute Tag und Nacht einsetzen und eine ganze Menge Geld springen lassen müssen, um qualifizierte Thranxarbeiter zur Auswanderung nach Moth zu veranlassen. Selbst außerplanetarischen menschlichen Arbeitern würden die Lebensbedingungen bestenfalls unangenehm erscheinen. Nein, er glaubte nicht, daß etwas daraus wurde. Und ohne Atomkraftwerke würde es ein großes Energieproblem geben. Hydroelektrizität stand mangels entsprechender Flüsse nur in beschränktem Maße zur Verfügung. Ein verzwicktes Problem. Wie erzeugte man genügend Elektrizität, um die Fabrik zu betreiben, die elektrische Produkte herstellen sollte?

Doch all diese Überlegungen würden ihm keinen Credit auf sein Konto oder Brot auf den Tisch bringen.

»Meine Dame, mein Herr, was halten Sie von meinen Waren? Ich wüßte nicht, wo Sie bessere finden könnten.« Sie wühlte scheinbar ziellos in ihren Mustern. »Hier ist etwas, das Ihnen vielleicht gefallen könnte. Was sagen Sie zu diesem Paar abgestimmter Trinkbecher aus Kupfer, wie? Einen für die Dame, einen für den Herrn.« Sie hob zwei hohe, schlanke Thranxtrinkgefäße aus gehämmertem Kupfer. Sie waren kunstvoll graviert und die Schnäbel in komplizierte Spiralen geformt.

»Sehen Sie sich die Handwerksarbeit an, die feine Ziselierung, mein Herr«, lobte sie und fuhr die feinen Linien mit einem runzeligen Zeigefinger nach. »Ich sage, Sie finden nirgendwo besseres!«

Der männliche Thranx wandte sich seiner Begleiterin zu. »Was meinst du, meine Liebe?« Sie sprachen Symbo, jene eigenartige Mixtur aus terranischem Basic und den Zisch- und Klicklauten der Thranx, die im ganzen Homanx Commonwealth die dominierende Handelssprache geworden war, und nicht nur dort, sondern auch in einem großen Teil der außerhalb liegenden zivilisierten Galaxis.

Die Frau streckte ihren Handfuß aus und ergriff das Gefäß an einem seiner Doppelgriffe. Ihr kleiner herzförmiger Kopf neigte sich in einer eigenartigen, menschlich wirkenden Geste zur Seite während sie mit beiden Echthänden über die Seiten des Gefäßes strich. Sie sagte nichts, sondern blickte ihrem Begleiter nur in die Augen.

Flinx blieb, wo er war, und nickte wissend als er das unschuldige Lächeln in Mutter Mastiffs Gesicht sah. Dieses Raubtier-Grinsen sah er nicht das erste Mal. Und was er in ihren Empfindungen las, lieferte ihm weitere Informationen über das, was nun unvermeidbar folgen würde. Seit einem Jahrhundert lebten Mensch und Thranx jetzt zusammen, waren miteinander vertraut geworden, und doch gab es immer noch Menschen, die selbst die alltäglichsten Nuancen der Gestik und der Blicke dieser Insektenrasse nicht zu deuten vermochten. Mutter Mastiff war darin Expertin, und keiner konnte ihr etwas vormachen. Ihre Augen waren scharf genug, um zu lesen, was jetzt schon in großen Buchstaben in den Gehirnen ihrer Kunden stand: GEKAUFT.

Der Mann begann die Verhandlungen recht geschickt. »Nun ... vielleicht ließe sich etwas machen ... wir haben schon eine Anzahl solcher Andenken ... exorbitante Preise ... vernünftiges Niveau ...«

»Niveau! Sie sprechen von *Niveau?*«

Mutter Mastiffs empörtes Schnaufen war so heftig, daß der Knoblauchhauch bis zu Flinx hinüberreichte. Die Thranx ignorierten ihn bemerkenswerterweise. »Verehrter Herr, ich verdiene hier kaum mein Existenzminimum! Die Regierung nimmt mein ganzes Geld, und mir bleibt nur ein Almosen, ein Almosen, Herr, für meine drei Söhne und zwei Töchter!«

Flinx schüttelte bewundernd den Kopf. Mutter Mastiff war unerreicht. Die Thranx vermehrten sich im Mehrfachen der Zahl zwei, eine in die Genetik ihrer Rasse eingebaute Überlebenssicherung. Bei den meisten irdischen und menschlichen Dingen hatte es wenig oder gar keine Konflikte gegeben, aber aus irgendeinem unergründlichen psychologischen Zufall waren die Thranx außerstande, die ungeraden Nachkommenschaften der Menschen als etwas anderes als etwas Obszönes, ja beinahe Bedauernswertes zu sehen.

»Dreißig Credits«, seufzte sie schließlich.

»Blasphemie!« rief der Mann, und seine Antennen zitterten heftig. »Zehn sind sie vielleicht wert, und dabei schmeichele ich dem Handwerker schon ungebührlich.«

»Zehn!« jammerte Mutter Mastiff und verdrehte die Augen. »Zehn, sagt dieses Geschöpf und prahlt noch damit! Aber ... aber, mein Herr, Sie erwarten doch nicht von mir, daß ich ein solches Angebot *ernst nehme!* Nicht einmal im Scherz würde ich so etwas sagen.«

»Dann eben fünfzehn, aber ich sollte Sie bei den Behörden melden. Selbst gewöhnliche Diebe besitzen den Anstand, inkognito zu arbeiten.«

»Fünfundzwanzig. Mein Herr, Sie, ein kultiviertes wohlhabendes Wesen, Sie haben doch Besseres zu tun, als sich über eine alte Frau lustig zu machen. Jemand, der ohne Zweifel so viele Eier befruchtet hat wie Sie ...« Die Thranxfrau senkte den Kopf und wurde rot. Die Thranx waren in Sexdingen sehr offen — ob es nun sie selbst oder andere betraf —, trotzdem fand Flinx, daß es Grenzen gab, die man nicht überschreiten sollte. Vielleicht waren es keine guten Manieren gewesen, aber, in ihrem Fall zumindest, allem Anschein nach geschäftlich günstig. Der Mann räusperte sich verlegen, ein tiefes vibrierendes Brummen. »Dann zwanzig.«

»Dreiundzwanzigfünfzig und kein Zehntel Credit weniger!« tönte Mutter Mastiff. Sie verschränkte die Arme in einer für jedermann erkennbaren Geste der Endgültigkeit.

»Einundzwanzig«, konterte der Thranx.

Mutter Mastiff schüttelte eigensinnig den Kopf, unbeweglich wie eine Baumwand. Sie schien bereit, wenn nötig, bis ans Ende aller Zeiten zu warten.

»Dreiundzwanzigfünf, und keinen Zehntel Credit

weniger. Mein letztes und endgültiges Angebot, guter Herr. Ich finde schon einen Käufer für dieses Paar. Ich muß schließlich auch leben, und ich fürchte, ich hab' Ihnen schon zu weit nachgegeben.«

Der Mann hätte, wenn aus keinem anderen Grunde, dann aus Prinzip weitergefeilscht, aber an diesem Punkt legte die Frau ihre Echthand auf seinen B-Thorax, gerade unter dem Ohr, und strich leicht darüber. Das beendete das Feilschen.

»Ah! fünfundzwanzig, nein, dreiundzwanzigfünf dann! Diebin! Unvernunft! Es ist wohlbekannt, daß ein Mensch selbst seinen eigenen weiblichen Elternteil betrügen würde, um einen Halbcredit zu verdienen!«

»Und ebensogut ist bekannt«, erwiderte Mutter Mastiff, während sie den Verkauf abwickelte, »daß die Thranx von allen Rassen in der ganzen Galaxis sich am besten auf das Feilschen verstehen. Sie haben mich fast bestohlen, mein Herr, also sind Sie der Dieb, und nicht ich!«

Als der Credittausch abgeschlossen war, verließ Flinx seinen Standplatz neben der alten Mauer und schlenderte zu dem Verkaufsstand, der ihm zugleich das Zuhause war. Die Thranx waren mit ineinander verschlungenen Antennen glücklich abgezogen. Ihr Hochzeitsflug? Der Mann zumindest war ihm dafür zu alt erschienen. Sein Chiton begann bereits tiefblau zu schimmern, das sah man trotz der Kosmetika, die er offensichtlich benutzte, während die Frau von viel jüngerem Aquamarin war. Die Thranx nahmen sich gelegentlich auch Geliebte. In der feuchten Luft spürte man noch ihr Parfüm.

»Nun Mutter«, begann er. Das war kein Hinweis auf elterliche Abkunft — darauf hatte sie vor Jahren bestanden —, er gebrauchte nur den Titel, den die Leute vom Markt für sie geprägt hatten. Alle nannten sie Mutter. »Das Geschäft scheint gut zu laufen.«

Offenbar hatte sie ihn nicht kommen sehen und war daher etwas verstört. »Was? Was? Oh, du bist's, Kleiner!

Pah!« Sie wies in die Richtung, in die die Thranx gegangen waren. »Diebe sind diese Käfer, mich so zu bestehlen! Aber habe ich eine Wahl?« Sie wartete nicht auf Antwort. »Ich bin eine alte Frau und muß gelegentlich etwas verkaufen, um leben zu können, selbst zu solchen Preisen, denn wer würde mich sonst in dieser Stadt ernähren?«

»Eher würdest du die Stadt ernähren, Mutter. Ich hab' selbst gesehen, wie du vor kaum sechs Tagen diese Krüge von Olin, dem Kupferschmied, gekauft hast ... für elf Credits.«

»So? Hhm«, hüstelte sie. »Du mußt dich irren, Junge. Selbst du kannst hie und da einen Fehler machen. Äh, hast du heute schon gegessen?«

»Nur einen *Thisk*-Kuchen.«

»Habe ich dich so erzogen, daß du von Süßigkeiten lebst?« Sie war über den Themawechsel dankbar und tat so, als wäre sie verärgert. »Und ich wette, du hast die Hälfte davon ohnehin deiner verdammten Schlange gegeben!«

Pip hob den Kopf und zischte leise. Mutter Mastiff mochte den Minidrach nicht, hatte ihn nie gemocht. So ging es den meisten Leuten. Manche täuschten vielleicht Freundschaft vor, und einige konnte man sogar dazu überreden, ihn zu streicheln. Aber niemand konnte vergessen, daß das Gift dieser Gattung einen Menschen in sechzig Sekunden töten konnte und daß das Gegenmittel rar war. Flinx wurde nie betrogen, wenn die Schlange sich um seinen Hals ringelte.

»Beruhige dich, Mutter. Weißt du, er versteht, was du sagst. Nicht so sehr, was du sagst, als warum du es sagst.«

»Oh, sicher, sicher! Jetzt sag nur noch, daß das Monstrum intelligent ist! Verhext ist es vielleicht. Letzteres glaube ich zumindest, denn ich kann nicht leugnen, daß ich das Biest schon ganz seltsam habe reagieren sehen, aber es arbeitet nicht, schläft dauernd und ißt unablässig. Du wärst besser dran, wenn du es nicht hättest, Junge.«

Er kratzte den Minidrach geistesabwesend hinter seinem flachen schuppigen Kopf. »Dein Vorschlag ist gar nicht spaßig, Mutter. Außerdem *arbeitet* er doch in meinem Akt ...«

»Ein Trick«, schnaubte sie, aber nicht besonders laut.

»Und was seine Schlaf- und Eßgewohnheiten angeht, so ist er eben ein fremdes Geschöpf und hat Bedürfnisse, die anders sind als die unseren. Und was das Wichtigste ist, ich mag ihn ... und er mag mich.«

Mutter Mastiff hätte die Diskussion fortsetzen können. Bloß daß sie über die Jahre bereits zahllose Varianten dieses Themas gespielt hatten. Ohne Zweifel wäre ein Hund oder einer der eingeborenen domestizierten Laufvögel als Haustier für einen kleinen Jungen geeigneter gewesen, aber als sie die Waise aufgenommen hatte, hatte Mutter Mastiff kein Geld für Hunde oder Vögel gehabt. Flinx hatte den Minidrach selbst in der Gasse hinter ihrer ersten Hütte gefunden, als er in einem Abfallhaufen nach Fleisch und Brotresten gesucht hatte. Da er nicht wußte, um was für ein gefährliches Geschöpf es sich handelte, war er ihm offen und ohne Angst gegenübergetreten. Sie hatte die beiden am Morgen darauf im Bett des Jungen gefunden. Sie hatte sich einen Besen geschnappt und versucht, den Minidrach zu verscheuchen, aber statt sich Angst einjagen zu lassen, hatte das Ding das Maul aufgerissen und sie drohend angezischt. Dieser erste Versuch stellte ihren ersten und letzten zugleich dar, die beiden zu trennen.

Die Beziehung war eine ungewöhnliche, und es wurde viel darüber gesprochen, um so mehr, da Alaspin viele Parsek entfernt war und niemand sich erinnern konnte, je einen Minidrach in Freiheit außerhalb seiner eigenen Welt gesehen zu haben. Man nahm allgemein an, daß das Tier irgendeinem Raumhändler gehört hatte und ihm im Hafen entlaufen war. Da die Einfuhr giftiger Tiere auf den meisten Planeten unter Strafe stand, auch auf Moth, überraschte es keinen, daß der ursprüngliche Besitzer keinerlei Bemühungen unternommen hatte, sein Eigentum zurückzubekommen. Jedenfalls hatte Pip noch niemandem etwas zuleide getan (Flinx wußte, daß das nicht stimmte, war aber schlau genug, damit nicht zu prahlen), und so beschwerte sich niemand auf dem Markt bei den Behörden darüber, obwohl alle inbrünstig wünschten, daß der Minidrach sich ein anderes Zuhause suchen möge.

Er wechselte das Thema.

»Wie steht es mit deinem Kredit, Mutter?«

»Pah! Armselig, wie gewöhnlich. Aber ...« — und das sagte sie mit einem schlauen Grinsen — »die letzte Transaktion sollte mir etwas weiterhelfen.«

»Das würde ich wetten«, gluckste er. Er wandte sich von ihr ab und blickte auf die farbenfreudige Menge hinaus, die vor dem kleinen Laden vorbeiströmte, und versuchte abzuschätzen, wieviel wohlhabende Touristen wohl darunter sein mochten. Von der Mühe bekam er wie gewöhnlich Kopfschmerzen.

»Ein ganz gewöhnlicher Tag oder nicht, Mutter?«

»Oh, dort draußen ist jetzt schon Geld; das rieche ich. Aber es kommt nicht in meinen Laden. Hoffentlich hast du mehr Glück, Junge.«

»Vielleicht.« Er trat unter dem Vordach hervor und stieg auf das Podest zur Linken des Ladens. Sorgfältig machte er sich ans Werk, die größeren Töpfe und Pfannen neu zu arrangieren, die den Großteil von Mutter Mastiffs billigerem Inventar darstellten, um mehr Platz für seine Arbeit zu bekommen.

Seine Methode, eine Menschenmenge anzulocken, war einfach und erprobt. Er holte vier kleine *Brana*-Bälle aus der Tasche und begann damit zu jonglieren. Sie waren aus dem Saft eines Baumes hergestellt, der nur in der Äquatorialzone von Moth gedieh. Unter dem diffusen UV-Licht der Sonne schimmerten sie im schwachen gelben Licht. Sie waren für seine Zwecke perfekt, da sie massiv und von gleichartiger Konsistenz waren. Eine kleine Menge hatte sich bereits angesammelt. Jetzt tat er einen fünften Ball dazu und veränderte seine Darbietung, indem er sie auch hinter dem Rücken kreisen ließ, ohne den Rhythmus zu unterbrechen. Das Wort machte die Runde wie unsichtbare Tentakeln, die einen Menschen hier und einen dort in den Kreis zogen. Bald hatte er sich seine eigene Insel aufmerksamer Wesen um sich geschart. Er flüsterte leise dem Minidrach zu, der im weichen Pelz verborgen war.

»Hoch, Junge.«

Pip löste sich von Flinx' Schulter, entfaltete seine ledernen Schwingen und breitete sie aus. So selten auch Minidrachs waren, erkannte die Menge doch, um was es sich handelte, und wich zurück. Die Schlange erhob sich in die Lüfte, beschrieb einen Bogen und legte sich dann wie eine Krone um den Kopf des Jungen. Dann fing sie jeden einzelnen Ball auf und warf ihn hoch in die Luft, so daß die Form, wenn auch nicht der Rhythmus seiner Nummer geändert wurde. Jetzt war das fluoreszierende Muster viel komplizierter. Leiser Applaus schlug ihnen entgegen. Jongleure gab es auf Drallar wie Sand am Meer, aber ein junger Jongleur, der so geschickt mit einem giftigen Reptil arbeitete, war schon etwas anderes. Ein paar Münzen landeten auf seinem Podest, prallten gelegentlich klirrend von den großen Pfannen ab. Noch mehr Applaus und noch mehr Münzen, als die Schlange alle fünf Bälle, einen nach dem anderen, in einen kleinen Korb hinten am Podest warf.

»Danke, danke, meine Wesen!« sagte Flinx und verbeugte sich theatralisch und dachte, jetzt kommen wir zur Sache. »Und jetzt zu Ihrer Information, Mystifikation und Erleuchtung ... um eine kleine Gebühr« (leises Gelächter), »werde ich versuchen, Fragen, alle Arten von Fragen, die jemand unter Ihnen, gleichgültig welcher Rasse er angehört oder von welchem Planeten er stammt, zu beantworten, wenn Sie sie mir stellen wollen.«

Das übliche skeptische Gemurmel erhob sich in der Menge, einige seufzten gelangweilt.

»Alles Kleingeld, das ich in der Tasche habe«, rief ein Händler in der ersten Reihe, »wenn du mir sagen kannst, wieviel es ist!« Er grinste, und rings um ihn kicherten einige nervös.

Flinx achtete nicht auf den Sarkasmus in der Stimme des Mannes und stand ruhig da, die Augen geschlossen. Nicht daß er sie hätte schließen müssen. Er konnte ebensogut ›arbeiten‹, wenn sie offen waren. Das war reine Schau, und die Menge schien das immer von ihm zu erwarten. Warum sie erwarteten, daß er nach innen blickte, wo er doch nach außen sehen mußte, würde ihm stets ein Rätsel bleiben. Er wußte auch nicht, wie es kam, daß die Antworten ihm zuflogen. Zuerst war sein Geist leer, verschwommen, und im nächsten Augenblick ... manchmal ... kam eine Antwort. Obwohl ›kam‹ nicht der richtige Ausdruck war. Manchmal verstand er die Fragen nicht einmal, besonders wenn fremde Wesen sie stellten. Oder die Antworten. Glücklicherweise war das den Zuhörern gleichgültig. Erläuterungen hätte er nicht versprechen können. *Da!*

»Mein Herr, Sie haben vier Zehntelstücke, zwei Hundertstelstücke in der Tasche ... und einen Schlüssel für einen bestimmten Club, der ...«

»Halt, halt!« Der Mann fuchtelte wild mit den Händen und sah verlegen seine Nachbarn in der Nähe an. »Das reicht schon! Du hast mich überzeugt.« Er griff in die Tasche, holte eine Handvoll Kleingeld heraus, schob den peinlichen Schlüssel wieder ein, damit Neugierige, die ihn umstanden, ihn nicht sehen konnten. Er schickte sich an, die Münzen zu übergeben, und hielt dann fast abwesend inne, perplex. Langsam änderte sich sein Gesichtsausdruck.

»Beim Pali, der Kleine hat recht! Zweiundvierzig

Hundertstel. Er hat recht!« Er reichte Flinx die Münzen und entfernte sich im Selbstgespräch.

Die Menge applaudierte, Münzen flogen. Flinx schätzte ihre Stimmung fachmännisch ein. Glauben und Spott mischten sich ineinander. Natürlich gab es einige, die annahmen, daß der Kaufmann ein Helfer von ihm war. Aber sie räumten ihm ein, daß er seine Schau überzeugend abgezogen hatte.

»Kommt, kommt, ihr Wesen! Das ist ein Spiel für Kinder und Larven. Es gibt doch sicher welche unter ihnen mit Fragen, die eine Herausforderung für mein Geschick sind?«

Ein Wesen hinten in der Menge, ein Quillp im vollen Federschmuck, drehte seinen dünnen straußenähnlichen Hals nach vorne und fragte mit hoher, quiekender Stimme: »In welchem Sommermonat meine Nestlinge kommen werden?«

»Es tut mir wirklich leid, mein Herr, aber das ist eine Frage, die die Zukunft betrifft, und ich bin kein Hellseher.« Das Wesen seufzte unglücklich und schickte sich an, die Versammlung zu verlassen. Auf dieses Anzeichen hin, daß Flinx ein ganz gewöhnlicher Sterblicher war, schienen einige andere geneigt, den Kreis zu verlassen. Deshalb fügte Flinx eilig hinzu: »Aber ich inständig hoffe, alle *fünf* Ihrer Nestlinge erfolgreich sein werden!«

Der Quillp wirbelte überrascht herum und starrte die kleine Bühne mit hervortretenden Augen an. »Woher Sie wußten diese Nummer mein Kreis hatte?«

In seiner Erregung sprach er in seiner eigenen Sprache und mußte von einem Nachbarn ermahnt werden, Symbo zu sprechen.

»Ich habe es mir zum Prinzip gemacht, meine Berufsgeheimnisse nicht preiszugeben«, gähnte Flinx gekünstelt. »So, und jetzt eine richtige Frage, ihr Wesen. Ich beginne mich zu langweilen. Wunder kann ich aber keine liefern, und die sind meistens ohnehin langweilig.«

Zwei Menschen, große muskelbepackte Burschen, drängten sich jetzt zur Bühne vor. Der zur linken Seite von Flinx trug eine Brille — nicht wegen ihres antiken therapeutischen Wertes, sondern weil sie in gewissen schicken Kreisen zur Zeit Mode waren. Er hielt Flinx eine Kreditkarte hin.

»Nimmst du das an, Junge?«

Flinx ärgerte sich über das ›Junge‹, holte aber seinen Kredimeter heraus. »Natürlich kann ich das, mein Herr. Stellen Sie Ihre Frage.«

Der Mann machte den Mund auf und hielt dann inne. »Woher weiß ich, was ich dir zahlen muß?«

»Ich kann meine Antworten nur bewerten, wenn ich Ihre Frage kenne. Was immer Sie für angemessen halten, mein Herr. Wenn ich keine Antwort gebe, erhalten Sie Ihre Credits zurück.« Er deutete auf den Minidrach, der sich wieder um seine Schultern gelegt hatte. »Mein kleiner Freund hier scheint die Gefühlszustände anderer recht gut lesen zu können. Besser noch als ich selbst. Ein Schwindler beispielsweise strahlt etwas aus, worauf er besonders anspricht. Ich werde selten beschwindelt.«

Der Mann lächelte maskenhaft. »Ich möchte wissen, warum.« Er drehte die Einstellscheibe der Karte und hielt sie ihm hin. »Reichen hundert Credits?«

Flinx ließ sich seine Reaktion nicht anmerken. Hundert Credits! Das war mehr, als er manchmal in einem ganzen Monat verdiente! Einen Augenblick lang war er versucht, eine niedrigere Zahl zu nennen. Er mußte daran denken, wie Mutter Mastiff reagieren würde, wenn sie es erfuhr. Besonders nach den Bemerkungen, die er heute morgen über *ihre* Preise gemacht hatte. Dann erinnerte er sich, daß ja schließlich der Mann selbst den Preis genannt hatte, und er würde sich schon nicht selbst betrügen. Er versuchte, die Gefühle des Mannes zu lesen und suchte nach Humor, fand aber keinen. Auch nicht bei seinem Begleiter. Ganz im Gegenteil.

Und die Frage hatte er noch nicht gehört. Was, wenn er sie nicht beantworten konnte?

»Äh ... hundert Credits sind mir gerade recht, mein Herr.«

Der Mann nickte und steckte seine Karte in das kleine schwarze Kästchen. Die Maschine summte leise, und der Betrag Eins-null-null-Komma-null-null erschien auf dem kleinen Sichtfenster. Eine kurze Pause, dann summte es einmal, und das rote Licht oben an der Box leuchtete auf. Damit war festgehalten, daß der Betrag gemäß Kartennummer soundso gedeckt war und daß jetzt einhundert Credits auf das Konto von Philip Lynx (unter diesem Namen wurde er in den Archiven der Stadt geführt) in der königlichen Bank der souveränen Republik Moth übertragen waren. Flinx steckte das Kästchen wieder ein und sah die beiden Männer an.

»Stellen Sie Ihre Frage, meine Herren.«

»Mein Begleiter und ich suchen einen Mann ... einen Freund ... von dem wir wissen, daß er irgendwo in diesem Teil der Stadt ist, aber mit dem wir bis jetzt noch keine Verbindung aufnehmen konnten.«

»Können Sie ihn mir beschreiben?« fragte Flinx, ohne die Augen zu öffnen.

Jetzt sprach der andere das erste Mal. Seine Stimme verriet die gleiche Ungeduld, die Flinx schon in seinem Geist gelesen hatte. Sie war brüsk und leise. »Er ist nicht groß ... dünn, rothaarig wie du, nur dunkler und gelockt. Und seine Haut ist nicht so dunkel wie deine. Sie ist gescheckt, und er hat nasse Augen.«

Das half. Rothaarige gab es in Drallar nicht viele, und der Hinweis auf die ›nassen Augen‹ wies auf einen Mann mit hohem sexuellem Potential. Diese Kombination sollte leicht auffindbar sein. Flinx begann Zuversicht zu empfinden. Trotzdem, Drallar war groß, und er mußte auch an den Raumhafen denken.

»Reicht nicht. Was noch?«

Die beiden sahen einander an. Dann sprach wieder

der größere. »Dieser Mann trägt Navigatorkleidung. Er hat eine ... kleine Karte ... bei sich. Trägt sie wahrscheinlich an seiner Person. Eine Sternkarte ... sie ist von Hand gezeichnet und wirkt sehr unprofessionell. Gewöhnlich trägt er sie unter seiner Bluse, die sich deshalb etwas ausbeult.«

Flinx konzentrierte sich. So, eine Verschiebung in seiner internen Abstraktion, ein anderer Winkel ... er schlug die Augen auf, blickte überrascht auf. Sein Blick schweifte über die stumme Menge und blieb an einem Individuum ganz hinten hängen. Ein rothaariger Mann, nicht groß, mit scheckiger Haut, feuchten Augen und einer leichten Ausbuchtung über dem Herzen. Flinx spürte das Papier darin. Und kaum waren ihre Blicke sich begegnet, als er sich umdrehte und in die Menge der Schaulustigen tauchte. Bei dem Gedränge, das sich ergab, wandte der Große den Kopf und versuchte zu sehen. Er legte seinem Begleiter die Hand auf die Schulter und deutete. Dann rannten sie los, schoben rücksichtslos die Neugierigen auseinander.

Flinx hätte ihnen beinahe nachgerufen, begnügte sich dann aber mit einem Achselzucken. Wenn die Antwort die beiden befriedigte würde er sich nicht mit ihnen streiten. Hundert Credits! Ohne irgend etwas tun zu müssen! Und das Kleingeld auf dem Podest für Mutter Mastiff. Er winkte der Menge zu.

»Vielen Dank, danke, für Ihre Aufmerksamkeit, edle Wesen. Für heute ist die Vorstellung zu Ende.«

Die Zuschauer mischten sich wieder in den Strom der Neugierigen, ein paar ärgerten sich, daß sie keine Chance mehr bekommen hatten, Fragen zu stellen. Die dramatische Entwicklung, zu der ihm die beiden Fremden verholfen hatten, hätte ihm wahrscheinlich die Chance gegeben, den anderen noch ein paar Credits abzuknöpfen, aber seine Gabe war sprunghaft und ermüdete ihn schnell. Am besten jetzt aufhören, wo sein Erfolg gesichert war. Außerdem hatte er so viel verdient, daß eine kleine Feier angebracht schien, und er war schon ungeduldig, damit zu beginnen.

»Pip, wenn wir jeden Tag soviel verdienen würden wie heute, würde der König mich zu seinem Schatzmeister und dich zu seinem Leibwächter machen.« Die Schlange zischte, und ihre nachtschwarzen Augen starrten ihn an. Sie sahen aus wie kochende Tinte. Offenbar reizte ihn Regierungsarbeit nicht sonderlich.

»Und du hast ohne Zweifel schon wieder Hunger.« Das führte zu einem etwas positiveren Zischen, und Flinx lachte und kratzte den Minidrach unter seiner ledernen Schnauze. »Das habe ich mir doch gedacht. Aber ich glaube, für mich ist jetzt etwas Flüssiges angebracht. Wir gehen also zu Small Symm's; ich werde mir etwas Würzbier besorgen, und du kannst soviel Brezeln haben, wie dein kleiner Kadaver fassen kann!« Die Schlange wedelte darauf mit dem Schwanz, das heißt, sie zitterte am ganzen Leibe, da sie ohnehin nur aus Schwanz bestand.

Während sie über die kopfsteingepflasterte Straße schlenderten, begann er sich Vorwürfe zu machen, weil er nicht mehr aus der Menge herausgeholt hatte. Er war immer noch der Ansicht, daß er sein Talent gefährdete, wenn er es überstrapazierte. Aber es gab Zeiten, in denen man auch an seine Geschäfte denken mußte, nicht nur an die Vorsicht, das hatte Mutter Mastiff ihm häufig gesagt. Immerhin, er hatte heute ziemlich lange geschlafen und später als gewöhnlich angefangen. Wahrscheinlich wäre es schwierig gewesen, die Leute noch lange festzuhalten. In Drallar neigten die Leute dazu, sich zu zerstreuen, wenn es dunkel wurde, und es war jetzt schon ganz schwarz draußen. Außerdem hatte er hundert Credits in der Tasche. Effektiv, wenn auch nicht in bar, schließlich befand sich das Geld auf seinem Konto auf der Bank. Warum also sich Sorgen machen?

Er hatte fast die schwach beleuchtete Bar erreicht, als er die Laute schmeckte. Sie kamen aus der Gasse zu seiner Linken und klangen sehr nach einem Kampf. Als er genauer hin›roch‹, registrierte er Nebentöne von Angst/Schrecken/Habgier/Blutgier. Wenn jemand zum Spaß kämpfte, so gab es dabei immer viel Flüche und Schreie. Ging der Kampf dagegen auf Leben und Tod, so war er meistens verbissen und stumm, da die Kämpfer zu beschäftigt waren, um ihren Atem zu vergeuden. Nur Menschen kämpften so leise, also wußte er, daß sie nicht der Fremden-Bevölkerung angehörten. Es herrschte eine seltsame Gedankenstille ...

Flinx mischte sich nicht in solche Konflikte. In einer Stadt wie Drallar, wo dicke Bäuche und leere Börsen in reichlicher Koexistenz vorhanden waren, blieben die eigenen Geschäfte so lange gesund, als man sich um sie kümmerte. Er hatte einen Schritt auf die Bar zu getan, als Pip sich von seiner Schulter löste und in die Gasse schoß.

Selbst in seinen vergleichsweise jungen Jahren konnte Flinx fließend in vierzehn Sprachen fluchen. Er hatte nur für fünf davon Zeit, ehe er selbst hinter seinem Begleiter in die schwarze Gasse rannte. Nur vorsichtshalber zog er das dünne Stilett aus seiner Scheide am Stiefel.

Jetzt konnte er drei Gestalten in dem schwachen Licht, das die Sterne und die wenigen Straßenlaternen der Stadt lieferten, erkennen. Zwei waren groß und standen aufrecht. Der andere war schmächtig gebaut und lag reglos auf dem Boden. Einer der beiden beugte sich über die liegende Gestalt, aber ehe er seine Absicht verwirklichen konnte, zuckte er zusammen und brüllte in die Stille: »VERDAMMT!«

Der Mann schlug wild nach etwas Dünnem, Ledernem, das um seinen Kopf kreiste. Der andere zog eine Neuronenpistole aus dem Schulterhalfter und versuchte auf den sich schnell bewegenden Gegenstand zu zielen. Flinx hatte keine Zeit zum Nachdenken. Mit der unbestimmten Absicht, den Mann zu Boden zu werfen, sprang er ihm auf den Rücken. Aber die dicken Muskelstränge, die er unter der Bluse des Mannes fühlte, brachten ihn schnell auf andere Gedanken. Der Mann taumelte. Im nächsten Augenblick würde er Flinx gegen die Wand drücken. Die dünne Klinge zuckte instinktiv. Der Große brach zusammen und krachte wie ein gefällter Baum zu Boden. Flinx hatte sich bereits von ihm gelöst, ehe er das Pflaster erreichte.

Der andere wirbelte herum, um sich dem neuen Angreifer zu stellen. Fluchend schoß er in Flinx' Richtung. Aber der Junge hatte sich bereits zur Seite geworfen und hinter einer Kiste aus Metall Deckung gefunden. Glücklicherweise schien der Mann bei Nacht nicht so gut zu sehen wie Flinx. Trotzdem verfehlte sein Schuß Flinx' Bein nur so knapp, daß es prickelte. Ein Treffer aus dieser häßlichen Waffe konnte einen Menschen dazu bringen, sich buchstäblich in einer Serie unkontrollierbarer Muskelkrämpfe zu Tode zu zittern. Und wenn ein Schuß Herz oder Gehirn trifft, führt er sofort zum Tode. Waffen dieses Typs waren auf Moth verboten. Aber offenbar konnte man dieses Gesetz umgehen. Der Mann bestrahlte die Stelle zu seiner Linken. Das war ein Fehler. Pip hatte Zeit zum Handeln. Der Minidrach spuckte einmal.

Das war keine Geste der Verachtung, sondern eine des Todes. Die fliegenden Schlangen oder ›Miniaturdrachen‹ von Alaspin sind mit ein paar anderen fleischfressenden Kreaturen verwandt. Dazu gehört die *Hemachacus,* auch spuckende Cobra genannt, von Terra. Letztere hat nach vorne gerichtete Fänge und injiziert ihr Gift nicht durch einen Biß, sondern vermag es mit bemerkenswerter Genauigkeit überraschend weit zu spucken. Die alaspinianischen Minidrachs haben jedoch keine Fänge. Nur kleine Schneidezähne zum Beißen. Man hat ihren Planeten nur selten besucht und weiß daher verhältnismäßig wenig über sie, aber offenbar sprühen sie ihr Gift durch eine düsenartige, knorpelige Röhre im

Gaumen. Muskeln, die an den Unterkiefern und im Hals verlaufen, verleihen dem Gift eine hohe ›Mündungsgeschwindigkeit‹. Glücklicherweise ist der Minidrach in der Regel von freundlichem Wesen und greift nur an, wenn er sich bedroht fühlt. Pips Verhalten war daher ungewöhnlich, aber nicht unverständlich.

Der Mann stieß einen schrillen Schrei aus und sank in die Knie. Er griff sich an die Augen. Das Gift war korrosiv und tödlich, allerdings nur, wenn es in den Blutkreislauf geriet, und so tötete sich der Mann selbst, indem er sich die Augen rieb. In dreißig Sekunden war alles vorbei.

Pip kehrte an seinen gewohnten Ruheplatz zurück. Als er sich um Flinx' Schultern wand, spürte der Junge die ungewöhnliche Spannung in den Muskeln des Reptils. Er hatte gute Lust, den Minidrach richtig auszuschimpfen, aber die Tatsache, daß die Schlange ihm wieder einmal das Leben gerettet hatte, hielt ihn davon ab. Die Zeit war knapp. Immer noch zitternd — die Reaktion auf den Schuß aus der Neuronenwaffe, der ihn zum Glück verfehlt hatte, kroch er aus seinem Versteck, um den Schauplatz des Geschehens zu mustern.

Die einzigen Geräusche in der Gasse waren das leise Wispern der stets feuchten Luft, die über die seidig glatten Steine strich, und das gleichmäßige *Ploppploppplopp* von dem Blut, das aus der Rückenwunde des Mannes tropfte. Blieb noch die dritte Leiche. Trotz allem war er zu spät gekommen, um dem kleinen Mann zu helfen. Sein Hals war gebrochen. Die blicklosen Augen spiegelten starr die stummen Sterne wider.

Es war gerade hell genug, daß er das grellrote Haar des Mannes erkennen konnte.

In seiner verkrampften Hand lag ein zerdrücktes Stück Plastik. Flinx entzog es seinem Griff und beugte sich über die leblose Gestalt. Über ihm begannen ein paar Lichter aufzuflammen, als die vorsichtigen Bewohner der Gasse zu dem Schluß gelangt waren, daß sie sich jetzt wieder gefahrlos herauswagen durften. Die Klugheit hatte ihnen geraten, sich im Hintergrund zu halten — jetzt forderte die Neugierde ihr Recht. Für ihn war es Zeit, sich zu entfernen. Jetzt war es nur noch eine Frage weniger Augenblicke, bis die Polizei eintraf. Und da machte es keinen guten Eindruck, wenn er vor drei Leichen stand, die alle offenkundig Außerplanetarier waren. Besonders, wo doch einer von ihnen erst am Nachmittag hundert Credits auf sein Konto übertragen hatte.

Er hielt nichts von Leichenfledderei, aber etwas so Kleines, das doch in einer einzigen Nacht den Tod dreier Männer verursachen konnte, war zu wichtig, als daß man es einfach der Polizei überlassen durfte. Ohne mehr als einen beiläufigen Blick darauf zu werfen, steckte er das zerdrückte Blatt ein.

Die Polizei traf ein, kurz nachdem er die Gasse verlassen hatte. Ein Anschwellen der Stimmen und Gedanken verriet ihm, daß man die Leichen entdeckt hatte. Wenn Hiesige ums Leben kamen, pflegte man pedantisch und langsam vorzugehen. Wenn aber die Polizei feststellte, daß es sich bei den drei Leichen um Außerplanetarier handelte, würde sofort mit der Ermittlungsarbeit begonnen werden. Mord war keine Reklame für den Tourismus. Er beschleunigte seine Schritte.

Small Symms Etablissement war weniger wegen seiner Küche oder seines Kellers berühmt, sondern mehr wegen des Rufes, den es genoß. Es galt als eines der wenigen Lokale auf Drallar, die man des Nachts aufsuchen und in denen man sich auf angenehme Art betrinken und immer noch sicher sein konnte, am Morgen die gleiche Menge Körperflüssigkeit in sich zu tragen, mit der man den Abend begonnen hatte. Small Symm selbst wußte sehr wohl, welchen geschäftlichen Nutzen dieser Ruf hatte, und gab sich große Mühe, ihn zu bewahren. Er wußte das natürlich nicht, aber wenn sein Geschäft vor ein paar Jahrhunderten ein kleines Land auf Terra gewesen wäre, so hätte man es Schweiz genannt.

Da Small Symm gute zwei Meter groß war und etwa hundertfünfzig Kilo wog, fühlten wenige sich aufgerufen, seine Neutralität in Zweifel zu ziehen. Jene, denen der Sinn danach stand, begnügten sich, ihre Getränke anderswo zu sich zu nehmen und nur ein paar abschätzige Bemerkungen über die Größe der Ohren des Barkeepers zu machen.

Es gab keine Schankgesetze auf Moth. Nur Nüchterne wie es im Sprichwort hieß. Und soweit es die Richter betraf, konnte man unmittelbar von der Mutterbrust weg auf Whisky umsteigen. Das Endergebnis dieser häufig als degeneriert bezeichneten Politik war, daß die Industrie blühte und es überraschend wenig Alkoholiker gab.

Aber einige Leute hatten gelegentlich Bemerkungen über Flinx' Jugend gemacht und damit sein Recht angezweifelt, fermentierte Getränke zu sich zu nehmen. Besonders eine Person, ein reisender Sündenspinner von Puritan, war in dieser Beziehung unangenehm geworden. Small Symm hatte seine beträchtlichen Körpermassen in Bewegung gesetzt und den Burschen höflich gebeten, sich um seine eigenen Angelegenheiten zu kümmern. Den Grundsätzen seines Glaubens treu (und selbst etwas angeheitert), hatte der Mann Symm in recht klarer Sprache erklärt, was er von seinem Vorschlag hielt. Das nächste, woran er sich erinnerte, war, daß er zwei Armbrüche hatte. Symm hatte ihm die auf höchst sanfte Art beigebracht. Der Außerplanetarier war geradewegs zur Polizei gegangen, und die Polizei hatte Einwände erhoben — schließlich ginge es um einen Außerplanetarier —, aber nicht besonders heftig. Besonders nachdem Symm ihr Luftkissenfahrzeug angehoben und es so in einen Abflußschacht gekippt hatte, daß es nur mit Mühe und unter Einsatz mechanischer Hilfsmittel wieder daraus entfernt werden konnte.

Seitdem wurden Flinx und Symm weder von den Kohorten Gottes noch denen der Stadt belästigt.

Der Hüne freute sich ihn zu sehen. Nicht die geringste ihrer Gemeinsamkeiten war die Tatsache, daß beide im technischen Sinne Waisen waren.

»Einen trockenen Herd wünsche ich dir, junger Meister! Und wie findet dich die Welt heute?«

Flinx nahm am Ende der Bar Platz. »Sie findet mich ganz gut, Enormer. So gut, daß ich eine Flasche von deinem besten Burrberry-Bier haben möchte und einen Korb mit Brezeln für meinen Freund.«

Er kraulte die Schlange am Hals, und Pips Augen traten zufrieden hervor. Manchmal hätte er schwören können, daß das Ding schnurrte. Aber da sonst das niemand hörte, sprach er nie darüber.

Symm hob leicht die Brauen. Burrberry war teuer und kräftig. Ihn beunruhigte freilich in weit höherem Maße die Frage, wie der Junge sich der erstgenannten Eigenschaft gewachsen zeigen würde. Das rote Bier wurde von Crnkk importiert, einem Thranxplaneten, und konnte selbst einem ausgewachsenen Menschen gefährlich werden. Aber er brachte es und vergaß auch die Brezeln für den Minidrach nicht.

Als er zurückkehrte, wartete die Schlange keine Einladung ab, sondern tauchte sofort in den Korb und wälzte sich in dem Salzgebäck, wobei seine Zunge mit maschinenartiger Geschwindigkeit nach den großen Salzkristallen leckte. Wie viele Dinge auf Drallar ging auch bei den Brezeln die Quantität vor Qualität. Flinx überlegte wieder einmal, daß Pip für ein zweifellos fleischfressendes Tier ungewöhnliche Zuneigung zu Mehlprodukten hatte. Einer der Gründe, daß der Minidrach in der Stadt so gut gedieh, war seine kulinarische Anpassungsfähigkeit. Es hatte Zeiten gegeben, wo Fleisch knapp gewesen war und Ungeziefer auch, und er und Mutter Mastiff hatten erstaunt zugesehen, wie das Reptil vergnügt große Portionen von gesalzenem

Brot oder *Pime* hinunterschlang, den billigen maisartigen Gewächsen, die als Parasiten an den Weichhölzern von Moth wuchsen.

Flinx griff nach der schön geformten Flasche, goß das kirschrote Gebräu in sein Glas und sah zu, wie sich eine rosafarbene Schaumkrone darauf bildete. Die Braukunst gehörte zu den größten Fähigkeiten der Thranx. Für die paar Quartalssäufer war es schon zu spät und für die meisten Nachtlichter zu früh. Small Symm vergewisserte sich, daß all seine anderen Kunden versorgt waren, und stützte sich vor Flinx auf die Bar. Seine mächtigen Arme wirkten wie haarige Bäume. Er sah schweigend zu, wie der Junge einen langen Zug tat und anschließend in kleinen Schlucken den Rest zu sich nahm. Hin und wieder war zu ihrer Rechten zwischen den Brezeln ein befriedigtes Zischen zu hören.

Als Flinx dann seine Rechnung in Münzen bezahlte, hob Symm die Brauen. »Dann war das Geschäft also gut?«

»War es, war es. Ob du es glaubst oder nicht, alter Freund, ich habe heute hundert Credits verdient und auf ganz ehrliche Weise!« Die Erinnerung an drei Leichen in einer dunklen Gasse drängte sich ihm auf. »Obwohl ich jetzt vielleicht gar nicht so froh darüber bin.«

»Seltsam, daß du so etwas sagst.« Der Hüne spendierte sich selbst einen kleinen Yttrium-Cognac. »Das freut mich für dich, aber irgendwie enttäuscht es mich auch, denn jetzt wirst du den Job nicht brauchen können, den ich dir zugedacht hatte.«

»Oh? Nicht so schnell, Großer. Und versuch auch nicht, dich bei mir einzuschmeicheln. Zugegeben, ich bin im Augenblick solvent, aber das Geld hat die Tendenz, mir zwischen den Fingern zu zerrinnen. Außerdem gebe ich zuviel davon weg. Und dann muß ich noch an die alte Dame denken, obwohl ihr jetzt wahrscheinlich schon die halbe Stadt gehört, wenn sie auch immer wieder klagt, wie arm sie ist.«

»Ah, Mutter Mastiff natürlich. Nun, dann interessiert es dich vielleicht doch. Zumindest kann ich dir interessante Gesellschaft versprechen.« Er deutete hinter Flinx. »Die dritte Nische. Zwei höchst außergewöhnliche Persönlichkeiten.«

Flinx sah sich nach den kleinen, mit Vorhängen verhängten Nischen um, die die hintere Hälfte des Lokals ausmachten. In diesen Séparées ging man häufig den Geschäften und dem Vergnügen und manchmal beidem gleichzeitig nach. Er kniff die Augen zusammen, um in dem schwachen Licht besser sehen zu können. Die meisten Leute hätten selbst auf diese kurze Entfernung überhaupt nichts unterscheiden können, aber Flinx blickte nicht nur mit den Augen. Ja, in der Nische, die Symm ihm gezeigt hatte, saßen tatsächlich zwei Gestalten. Und das, was er erkennen konnte, bestätigte auch, daß es ein seltsames Paar war.

Der eine war ein sehr großer Mensch. Sein Gesicht war bleich und schien hauptsächlich aus Winkeln zu bestehen, scharfen Winkeln wie Messerklingen unter der Haut. Sein Haar schien an den Schläfen und hinten grau zu werden, und dann gab es eine schneeweiße Strähne, die von der Stirn nach hinten verlief. Die Augen saßen schräg, fast mongolisch, und waren so schwarz wie der größte Teil seines Haares. Die buschigen Augenbrauen, die über der Nase zusammengewachsen waren, ließen sie fast unbedeutend erscheinen. Der Mund war klein und dünnlippig, und der Körper war zwar nicht gerade hager, wies aber jene Art von Schlankheit auf, die man mehr durch sorgfältige Diät als körperliche Übung erzielt. Die Teile seines Körpers, die nicht von Kleidung bedeckt waren, waren kräftig gebräunt, eine Art von Bräune, die, wie Flinx wußte, bei Männern auftrat, die sich lange im Weltall aufgehalten und sich mehr UV-Strahlung ausgesetzt hatten als die meisten anderen Menschen.

Wenn der Mann ungewöhnlich war, so galt das in

doppeltem Maße für seinen Begleiter. Obwohl Flinx noch nicht sehr viele Thranx gesehen hatte, weil es von ihnen in Drallar nicht viele gab, so hatte er doch genügend gesehen, um zu wissen, daß der Thranx, der dem Manne gegenübersaß, mit Abstand der älteste war, der ihm je über den Weg gelaufen war. Sein Chiton war von dem normalen gesunden Hellblau zu tiefem Purpur verfärbt, das beinahe schwarz wirkte. Seine Antennen hingen ihm seitlich herunter und waren am Ansatz schuppig. Selbst auf diese Entfernung konnte er erkennen, daß die Schale unter den Flügelansätzen (der Thranx hatte noch beide Sätze, war also noch unverheiratet) abblätterte. Nur die glühenden juwelenartigen Facettenaugen glitzerten golden, einer Farbe, die auf Jugend und Energie hinwies. Schade, daß er nicht noch mehr sehen konnte.

Der Vorhang schützte sie auf diese Entfernung, aber hie und da machte das Insekt eine Geste mit einer Echthand, und der Mensch nickte dann feierlich. Flinx merkte, daß das Bier ihn störte. Er wandte sich fast ärgerlich seinem Freund zu.

»Du hast recht gehabt, Symm. Ein seltsames Paar.«

»Sie sind jetzt seit vier Nächten jeden Abend hier und trinken die ganze Zeit obwohl es nicht mehr Wirkung auf sie zu haben scheint als Wasser. Aber um zur Sache zu kommen. Selbst ein *Mottl*-Vogel muß erkennen, daß sie hier fremd sind. Gestern begannen sie sich das erste Mal nach einem Führer zu erkundigen, sie sagten, sie wollten unsere Stadt näher kennenlernen. Ich wußte zuerst nicht, wie ich ihnen helfen sollte, und dann habe ich an dich gedacht, aber jetzt bist du ja so reich wie der König ...«

»Nein, nein. Warte.« Flinx war plötzlich mitteilsam. Vielleicht lag das an dem Bier. »Vielleicht kann man ein paar Geschichten von ihnen erfahren. Ja, ich übernehme das.«

Symm grinste und zerwühlte dem Jungen das Haar.

»Gut! Ich hab' mir schon gedacht, daß du nur einen Blick auf sie zu werfen brauchst, um anzunehmen. Schließlich weiß ja jeder, wie sehr du dich für außerplanetarische Dinge interessierst. Obwohl der Baum allein weiß, warum das so ist! Warte hier, ich sage es ihnen.«

Er trat hinter der Bar hervor und ging zu der Nische. Er sah, wie der Riese den Vorhang auseinanderschob und den zwei Wesen drinnen etwas sagte.

»Nun«, murmelte er halblaut. »Eines steht jedenfalls fest — es sind keine gewöhnlichen Touristen. Vielleicht bleibt es mir erspart, ihnen zuzusehen, wie sie sich daran erfreuen, ganze Schiffsladungen billigen Tand zum dreifachen Preis zu kaufen.« Er gab ein zischendes Geräusch von sich, und ein schuppiger Kopf tauchte aus dem Brezelkorb auf, dessen Inhalt inzwischen erheblich zusammengeschrumpft war. Der Minidrach glitt auf den Tisch, den hingehaltenen Arm entlang und ringelte sich um Flinx' Schultern.

Symm kehrte jetzt mit den beiden Außerplanetariern im Schlepptau zurück. »Dieser junge Mann heißt Flinx, meine Herren, und bietet sich als Ihr Führer an. Sie werden in der ganzen Stadt keinen besseren und erfahreneren finden. Lassen Sie sich nicht von seiner Jugend täuschen, denn er weiß schon mehr, als gut ist für ihn.«

Jetzt konnte Flinx seine beiden Schützlinge besser studieren. Und das tat er auch in aller Gründlichkeit. Der große Mensch war gute fünfzehn Zentimeter kleiner als der hünenhafte Symm, aber der Thranx war ein wahrer Riese unter seinen Artgenossen. Jetzt, wo er den Oberkörper erhoben hatte, waren seine Augen fast auf gleicher Höhe mit denen von Flinx. Das ganze Insekt war volle zwei Meter lang. Dabei war für einen männlichen Angehörigen seiner Spezies eineinhalb Meter normal. Daß ihre Augen ihn jetzt scharf musterten, störte ihn nicht. Als Schausteller war er daran sogar gewöhnt. Aber dann ertappte er sich doch dabei, wie er diesen großen goldenen Augen auswich. Wenn man ihnen standhielt, so hätte man meinen können, in einen Ozean aus zerbrochenen Prismen zu blicken. Er fragte sich, wie es wohl sein mochte, wenn man das Leben so erlebte, durch tausend winzige Augen, anstatt durch nur zwei große.

Als der Mann sprach, erstaunte ihn seine melodische Stimme. »Wie geht es, junger Mann. Unser Freund hier sagt uns, wenn man etwas von eurer Stadt sehen will, gäbe es keinen außer dir, der einem dabei helfen könne.«

Er streckte Flinx die Hand hin, und der schüttelte sie, wunderte sich über die Schwielen. Als die Wirkung des Biers langsam nachließ, wurde ihm zunehmend bewußt, wie ungewöhnlich die beiden Wesen doch waren, mit denen er sich abgeben sollte. Von beiden ging etwas aus, das er unter all den Bewohnern der Hafenstadt noch nicht erlebt hatte.

»Mein Name ist Tse-Mallory ... Bran. Und dies hier, mein Begleiter, ist der Eint Truzenzuzex.«

Das Insekt verbeugte sich bei der Vorstellung von der ›Hüfte‹ aus, eine fließende Bewegung wie die eines Seeseglers, der ins Wasser taucht, um einen Fisch aufzuspießen. Und eine weitere Überraschung: der Thranx sprach Terranglo statt Symbo. Das war wirklich ein sehr gebildeter und äußerst höflicher Käfer! Nur wenige Thranx verfügten über die Fähigkeit, mehr als ein paar elementare Sätze in Terranglo zu sprechen. Die dieser Sprache innewohnende Unlogik verursachte ihnen Kopfschmerzen. Aber dieses Insekt hatte eine Aussprache, die der seinen in nichts nachstand, sah man von den leicht scharrenden Obertönen ab, die der andersartigen Anordnung seiner Stimmbänder zuzuschreiben waren.

»Eine hohe Metamorphose wünsche ich dir, junger Mann. Wir suchen schon seit einigen Tagen einen Führer für diese verwirrende Stadt. Wir sind sehr froh, daß du dich bereit erklärt hast, uns zu helfen.«

»Ich will tun, was in meinen Kräften steht, meine Herren.« Ihm war die Schmeichelei fast peinlich.

»Wir würden gerne gleich morgen früh anfangen«, sagte Tse-Mallory. »Wir sind geschäftlich hier, mußt du wissen, und es ist für uns sehr wichtig, uns intimere Kenntnisse der Stadt zu erwerben. Eigentlich haben wir das schon viel zu lange aufgeschoben. Tatsächlich hatten wir erwartet, daß uns ein Führer abholen würde, aber da er es sich offenbar anders überlegt hat, bekommst du den Auftrag.«

»Wir wohnen in einem kleinen Gasthof in dieser Straße«, fügte Truzenzuzex hinzu. »Sein Zeichen sind drei Fische und ...«

»... ein Sternenschiff. Ich kenne das Lokal, mein Herr. Ich hole Sie beim Erstnebel ab — sieben Uhr —, morgen früh in der Lobby.«

Die beiden schüttelten ihm noch einmal die Hand und schickten sich an zu gehen. Flinx hüstelte leise, aber eindringlich. »Eine Kleinigkeit noch, meine Herren.«

Tse-Mallory blieb stehen. »Ja?«

»Da wäre noch die Frage der Bezahlung.«

Der Thranx erzeugte mit seinen Kinnbacken eine Anzahl klickender Geräusche. Unter seinesgleichen galt das als Gelächter. Insekten hatten einen hoch entwickelten Humor, der manchmal zu kleinen Streichen neigte.

»Oho! Unser Führer ist auch ein Plutokrat! Zweifellos warst du als Larve ein Zuckerhorter. Wie wäre dies dann? Am Ende unserer morgigen Tour — ich würde sagen, ein Tag sollte für unsere Zwecke genügen — laden wir dich zu einem Essen in der besten Küche im Halbmond ein.«

Nun! Mal sehen, zwölf Gänge bei Portio's machen etwa ... nun! Das Wasser lief ihm bereits im Munde zusammen. »Das wäre großar- ... ausreichend, meine ich, meine Herren.«

Und ob es das wäre!

02

Natürlich war Flinx kein berufsmäßiger Fremdenführer, aber er wußte zehnmal soviel über das echte Drallar als die gelangweilten von der Regierung bezahlten Führer, die die offiziellen Stadtführungen für neugierige Außerplanetarier durchführten. Er hatte schon mehr als einmal diese Funktion für andere Gäste von Small Symm erfüllt.

Aber diese beiden hatten sich als höchst eigenartige *Touristas* erwiesen. Er zeigte ihnen den großen Zentralmarkt, wo man Waren aus dem ganzen Spiralarm finden konnte. Sie kauften nichts. Er führte sie zum großen Tor von Altdrallar, einem monumentalen Bogen, den eingeborene Handwerker aus wasserreinem Silikondioxid geschnitzt hatten und der so alt war, daß man keine Aufzeichnungen darüber in den Palastarchiven fand. Sie hatten nichts dazu zu sagen. Er führte sie auch zu den roten Türmen, wo die phantastische Flora von Moth unter der hegenden Aufsicht hingebungsvoller königlicher Botaniker in Gewächshäusern wucherte. Und dann zu den winzigen abgelegenen Plätzen, wo man das Ungewöhnliche, das Seltene und auch das Verbotene kaufen konnte: juwelenbesetztes Geschirr, Kunsthandwerk, Waffen, Utensilien, Edelsteine, seltene Erden und seltene Kleidungsstücke, Fahrkarten an jeden beliebigen Ort der Phantasie; wissenschaftliche Instrumente, Wissenschaftler; Frauen oder andere Geschlechter jeder beliebigen Spezies; Drogen: medizinische, halluzinogene, tödliche, prophylaktische; Gedankenleser und Handleser. Nur selten hatte der eine oder der andere seiner beiden Schützlinge etwas zu ihrer Umgebung zu sagen. Fast hätte man glauben können, sie wären gelangweilt. Einmal fiel eine Bemerkung vor einem Antiquitätenladen, in dem historische Landkarten ausgestellt waren, dies aber in einer Sprache, die der polyglotte Flinx nicht zu enträtseln vermochte.

Ja, angesichts ihres dringenden Wunsches, einen Führer zu haben, hatten sie bis zur Stunde bemerkenswert geringes Interesse an ihrer Umgebung gezeigt. Flinx und Pip schienen sie viel stärker zu interessieren als die Stadt selbst, die er ihnen zeigte. Und als schließlich der Nachmittag gekommen war, stellte er verblüfft fest, wieviel sie doch durch die unschuldigsten und indirektesten Fragen über ihn in Erfahrung gebracht hatten. Einmal, als Truzenzuzex sich vorgebeugt hatte, um sich den Minidrach etwas näher anzusehen, hatte der sich mißtrauisch zurückgezogen und seinen Kopf hinter Flinx' Hals versteckt. Das war für sich alleine betrachtet schon seltsam. Gewöhnlich reagierte die Schlange entweder passiv oder aggressiv. Dies war das erste Mal, daß Flinx seinen Begleiter unsicher erlebte. Nach außen hin maß Truzenzuzex dem kleinen Zwischenfall keine besondere Bedeutung bei, versuchte aber von diesem Augenblick an nicht mehr, sich dem Reptil zu nähern.

»Du bist ein außergewöhnlicher Führer und ein angenehmer Begleiter«, sagte der Thranx, »und ich preise mich glücklich, dich bei uns zu haben.«

Sie hatten sich inzwischen ziemlich weit vom Stadtzentrum entfernt. Truzenzuzex wies nach vorne auf die turmartigen Häuser der Reichen, die in ihren gepflegten Gärten vor ihnen lagen. »Jetzt würden wir gerne die gepflegten hängenden Gärten der Vorstädte von Drallar sehen, von denen wir beide soviel gehört haben.«

»Ich fürchte, das geht nicht, mein Herr. Braav ist für meinesgleichen gesperrt, und es gibt Wächter — mit Waffen —, die an den Mauern dafür sorgen, daß das gewöhnliche Volk den Rasen nicht betritt.«

»Aber du kennst dich dort doch aus?« drängte Tse-Mallory.

»Nun«, begann Flinx zögernd. Schließlich, was wußte er schon über diese beiden? »Des Nachts war es manchmal notwendig ... aber es ist jetzt nicht Nacht, und man würde uns sicher sehen, wenn wir über die Mauern kletterten.«

»Dann werden wir eben durchs Tor gehen. Bring uns

hin«, sagte Tse-Mallory entschlossen und schnitt Flinx' Ansatz zum Widerspruch ab. »Dann können wir ja sehen, wie wir an den Wachen vorbeikommen.«

Flinx zuckte die Achseln. Die Hartnäckigkeit des Mannes irritierte ihn. Aber sollten sie doch selbst aus Erfahrung klug werden. In Gedanken fügte er dem bevorstehenden Abendmenü einen teuren Nachtisch hinzu. Er führte sie zum ersten Tor und hielt sich im Hintergrund, als der kräftig gebaute Mann, der in dem kleinen Gebäude saß, ihnen murrend entgegentrat.

Und in diesem Augenblick vollzog sich das ungewöhnlichste Ereignis des Tages. Ehe der ganz offensichtlich übelgelaunte Bursche ein einziges Wort hervorbrachte, fuhr Truzenzuzex mit einer Echthand in die Tasche und hielt dem Mann eine Karte unter die Nase. Die Augen des Mannes weiteten sich, und er setzte zu einer Art militärischem Gruß an. Seine ganze Unfreundlichkeit schien wie Wachs von ihm zu schmelzen. Flinx hatte noch nie erlebt, daß ein Wohnstadtwächter — ein Menschenschlag, dem Unhöflichkeit und Argwohn zur zweiten Natur geworden war — so hilflos auf jemanden reagierte. Selbst den Bewohnern der Wohnstädte gegenüber waren sie nicht so beflissen. Noch größere Neugierde erfaßte ihn. Er mußte unbedingt herausfinden, mit wem er sich da eingelassen hatte. Aber sie blieben undurchdringlich. Dieses *verdammte* Bier! Irgendwie hatte er die bestimmte Vorstellung, den Namen Tse-Mallory schon einmal gehört zu haben, aber sicher war er dessen nicht. Und für einen kurzen Blick auf die Karte, die Truzenzuzex dem Wächter so gleichgültig hingehalten hatte, hätte er viel gegeben.

Jetzt stand der Weg für sie offen. Endlich würde er einmal Gelegenheit bekommen, bei Tageslicht einige Dinge zu sehen, die er nur bei Nacht kannte. Und das noch dazu in Muße, ohne dauernd über die Schulter blicken zu müssen.

Schweigend schlenderten sie in den smaragdgrünen

parkartigen Anlagen zwischen plätschernden Wasserfällen hindurch und begegneten gelegentlich einem teuer gekleideten Bewohner oder einem schwitzenden Arbeiter, und manchmal scheuchten sie sogar einen Hirsch oder eine Phylope in den Büschen auf.

»Soweit mir bekannt ist«, sagte Tse-Mallory und brach damit das Schweigen, »gehört jeder Turm einer Familie, deren Namen er auch trägt.«

»Das ist richtig«, erwiderte Flinx.

»Und du bist mit ihnen vertraut?«

»Größtenteils, nicht mit allen. Und wenn es Sie interessiert, nenne ich Ihnen die Namen, die ich kenne.«

»Tu das.«

Ihm kam es albern vor, aber schließlich zahlte er dafür, was hatte er also dagegen zu sagen? In Gedanken suchte er bereits den Wein zum Abendessen aus ...

»... und das«, sagte er, als sie vor einem hohen schwarzglasierten Turm standen, »ist das Haus von Malaika. Eine Fehlbenennung, mein Herr, soweit mir bekannt ist, bedeutet das in einer toten terranischen Sprache ›Engel‹.«

»Keine terranische Sprache ist ›tot‹«, sagte Tse-Mallory geheimnisvoll. »Und dann — ist das der, der den Namen Maxim trägt?«

»Ja, ich weiß das, weil ich hier einige Male auf Festen aufgetreten bin. Das nächste hier, das gelbe ...«

Aber Flinx sah, daß sie überhaupt nicht zuhörten. Beide waren vor dem schwarzen Turm stehengeblieben und blickten jetzt nach oben, musterten die rosafarbenen Kristallbalkone, die die oberen Stockwerke umgaben und weit über das üppige Grün der hängenden Lianen hinausragten.

»Es ist ein Glück«, hörte er Truzenzuzex sagen, »daß ihr einander kennt. Das erleichtert möglicherweise bestimmte Dinge. Komm, wir werden diesem Herrn Malaika einen Besuch abstatten.«

Flinx war jetzt völlig durcheinander. War das der

Grund, daß sie ihn als Führer gewählt hatten? So weit für eine schiere Unmöglichkeit zu gehen? Nach dem König und seinen Ministern waren die Händlerfamilien von Drallar, Nomaden, die ihre Talente auch jenseits ihres Planeten einsetzten, die reichsten und mächtigsten Individuen von Moth. Einige waren möglicherweise noch wohlhabender, denn selbst der Monarch hatte nicht das Recht, sich nach dem Vermögen dieser Handelsprinzen zu erkundigen.

»Aber ich kenne ihn doch kaum, meine Herren! Was veranlaßt Sie zu der Annahme, daß er uns empfangen wird? Er wird uns verjagen! Warum glauben Sie, daß er uns empfangen will?«

»Und was veranlaßt dich zu der Annahme, überhaupt diese so abgeschirmte Wohnstatt betreten zu können?« erwiderte Truzenzuzex vertraulich. »Er *wird* uns empfangen. Verlaß dich darauf.«

Die beiden schritten über den gepflasterten Fußweg auf den großen Bogen des Turmeingangs zu, und Flinx hatte in seiner ganzen Verwirrung keine andere Wahl, als ihnen zu folgen.

Der Torbogen aus behauenem Gestein führte in eine Art kuppelgedeckte Halle, die mit Statuen und Gemälden und Psychogrammen gesäumt war, denen selbst Flinx mit seinem ungeübten Blick ansah, daß sie von hohem Wert waren. Und am anderen Ende war ein Lift.

Sie blieben vor der mit Platin eingelegten Holztür stehen. Eine Frauenstimme begrüßte sie mechanisch aus einem Gitter neben der Tür.

»Guten Nachmittag, edle Wesen, und willkommen im Hause von Malaika. Bitte, nennen Sie Ihr Anliegen.«

Jetzt würde dieser Unsinn gleich aufhören! Die Frage klang sehr höflich, und die Umgebung war angenehm. Aus dem Augenwinkel konnte er einen kunstvoll bemalten Wandschirm erkennen, der sich leicht im Zug der Ventilatoren des Raumes bewegte. Und dahinter richtete sich zweifellos in diesem Augenblick die Mündung einer Laserkanone oder sonst irgendein ungastliches Gerät auf sie. Es war angenehm kühl in der Halle, aber dennoch spürte Flinx, wie ihm der Schweiß ausbrach.

»Exkanzler zweiter Soziologe Bran Tse-Mallory und erster Philosoph Eint Truzenzuzex grüßen Maxim aus dem Hause von Malaika und würden sich gern mit ihm unterhalten, sofern er zu Hause ist und Lust dazu hat.«

Flinx' Gedanken nahmen plötzlich eine andere Wendung. Er brauchte also doch nicht zu fliehen. Kein Wunder, daß sie so leicht an dem Torwächter vorübergekommen waren! Ein Kirchenmann und ein Gelehrter. Und von hohem Rang, wenn Tse-Mallory auch Ex gesagt hatte. Kanzler und Soziologe zweiten Grades — das war zumindest planetarisches Niveau. Truzenzuzex' Wichtigkeit vermochte er nicht so genau einzuordnen. Aber ihm war bewußt, daß die Thranx ihre Philosophen oder Theoretiker sehr hoch einschätzten. Ihre Stellung entsprach der der Wabenmütter und der ersten Kanzler der Kirche selbst. Tausend Fragen schwirrten in seinem Kopf, alle von Unsicherheit und Neugierde erfüllt. Was hatten zwei so bedeutende Persönlichkeiten in einem Lokal wie dem von Small Symm zu suchen? Warum hatten sie ihn als Führer gewählt, einen jungen Burschen, ein Nichts — wo sie jederzeit ein Minister des Königs hätte führen können? Die Antwort darauf lag auf der Hand. Inkognito; das eine Wort sagte soviel und ließ noch mehr ahnen. Aber was hatten zwei so hochgestellte Geister mit einem soliden, mit beiden Beinen auf dem Boden der Tatsachen stehenden Händler wie Maxim Malaika zu tun?

Während er sich so benommen eine Frage nach der anderen gestellt hatte, war irgendwo eine Entscheidung getroffen worden. Aus dem Gitter ertönte eine Stimme.

»Maxim aus dem Hause Malaika entbietet seinen Gruß, wenn auch verwundert, und wird sofort das Gespräch mit den zwei geschätzten Herren aufnehmen. Er wünscht, daß Sie beide ...« — eine kurze Pause, während ein verborgenes Auge sie musterte — »... Sie drei heraufkommen. Er befindet sich jetzt auf dem Südwestbalkon und möchte Sie so bald wie möglich dort begrüßen.«

Die Stimme hinter dem Gitter verstummte, und die Türen schoben sich zurück. Mensch und Thranx traten unaufgefordert ins Innere der mit einem dicken Teppich ausgelegten Liftkabine. Flinx überlegte einen Augenblick, ob er ihnen folgen oder wie der Teufel davonrennen sollte, aber Tse-Mallory nahm ihm die Entscheidung ab.

»Steh nicht da und glotze, Junge. Hast du nicht gehört, daß er uns alle *drei* zu sehen wünscht?«

Flinx spürte nichts Böses. Er trat ein. Sie paßten alle drei bequem in die Liftkabine. Er war schon einmal in diesem Hause gewesen, aber wenn er eines mit Bestimmtheit wußte, dann, daß man ihn diesmal nicht deshalb rief, damit er seine Künste zeigt. Und dies war auch nicht der Dienstboteneingang, den er beim letztenmal benutzt hat. Das leise Zischen der sich schließenden Türen klang in seinen Ohren wie eine Explosion.

Am Ende der Fahrt trat ihnen ein hochgewachsenes Skelett von einem Mann entgegen, der die schwarz-rote Livree der Familie Malaika trug. Er führte sie schweigend zu einem Raum, den Flinx noch nie gesehen hatte.

Es sah so aus, als hätte der Raum keine Außenwand, denn man blickte direkt in den Himmel. Tatsächlich handelte es sich um eine der Kristallveranden, für die dieser Teil von Drallar berühmt war. Nachts wirkte das wie ein mit Juwelen besetzter Wald. Er zitterte unwillkürlich, als er scheinbar ins Nichts trat. Den beiden Gelehrten schien das überhaupt nichts auszumachen. Er hatte schon einmal auf einem dieser Kristallbalkons gestanden, aber damals waren die Wände undurchsichtig gewesen. Die hier waren völlig durchsichtig und nur schwach rosa gefärbt, von der Decke bis zum Boden. Er blickte nach oben, und sein Schwindelgefühl ließ nach.

Das Mobiliar war ganz in Rot und Schwarz gehalten, und die einzig fremden Farbkleckse waren ein paar importierte Kunstgegenstände. Weihrauchduft hing in der Luft. In der Ferne am Horizont sah man den beginnenden Sonnenuntergang durch den ewigen dünnen Nebel nur undeutlich erkennbar. Auf Moth wurde es früh dunkel.

Auf einer der zahlreichen dick gepolsterten Couches saßen zwei Gestalten. Eine erkannte er sofort: Malaika. Die zweite Gestalt war wesentlich kleiner, blond und völlig anders gebaut. Ihr Hauptkleidungsstück schien das ihr bis zur Hüfte reichende Haar zu sein.

Die Stimme, die sich dem dicken Hals des Mannes entrang, erinnerte an einen Vulkan, der langsam zum Leben erwacht. »*Nun?* Unsere Besucher sind hier. Verschwinde, Sissiph, meine Liebe, und mach dich noch hübscher, *ndiyo?*«

Er versetzte ihr einen Schmatz auf die Wange und schickte sie mit einem hallenden Klaps auf den auffälligsten Teil ihrer Anatomie aus dem Zimmer. Er hat eine Neue, dachte Flinx. Die hier war blond und hatte wesentlich aufregendere Kurven als die letzte. Offenbar wuchs der Geschmack des Händlers ebenso wie sein Bauch. Obwohl man ihn eigentlich kaum bemerkte.

»Soso!« dröhnte Malaika. Seine Zähne blitzten weiß in dem ebenholzschwarzen Gesicht. Er sprang auf, kam ihnen entgegen und schüttelte Flinx' Begleitern die Hand. »Bran Tse-Mallory und der Eint Truzenzuzex. *Usitavi. Der* Truzenzuzex?«

Wieder vollführte das Insekt eine langsame elegante Verbeugung. »Ich muß mich notwendigerweise schuldig bekennen.« Flinx nahm sich die Zeit, die Fähigkeiten des Insekts zu bewundern. Ihrer Physiologie zufolge waren die Thranx in ihren Bewegungen gewöhnlich recht stark. Eine Verbeugung wie die, welche Truzenzuzex gezeigt hatte, war etwas Außergewöhnliches.

In den Gründungsjahren des Homanx Commonwealth hatten die Menschen sich oft über die schillernd blaugrüne Körperfarbe der Thranx gewundert und sich an dem Parfüm berauscht, das von ihnen ausging. Sie hatten sich oft die Frage vorgelegt, wie ihre sandfarbene Haut wohl auf die Thranx wirken mochte. Was die Thranx gesehen hatten, war Flexibilität, verbunden mit Festigkeit, einer Art von Festigkeit, die sich ein Thranx nie erträumen konnte. Bald waren reisende Tanzgesellschaften von humanoiden Planeten in den Kolonien von Thranx und auch ihren Heimatwelten gern gesehene Gäste.

Aber vom Thorax aufwärts hätte man meinen können, daß Truzenzuzex aus Gummi bestand.

Schließlich hatte Malaika beiden genügend lang die Hand geschüttelt und überraschte jetzt Flinx aufs neue. Der Händler streckte ihm die Hand hin und berührte die Antenne des Insekts mit seiner Nase. Das war die beste Nachahmung der traditionellen Thranxbegrüßung, bei der man die Antennen ineinander verschlang, zu der ein Mensch fähig war. Aber dann erinnerte er sich, würde ein Mensch, der mit so vielen Rassen Geschäfte machte, wie Malaika, natürlich jede Geste kennen — und in seinen Geschäften benutzen.

»Setzen Sie sich, setzen Sie sich!« dröhnte er mit einer Stimme, die er wahrscheinlich für sanft hielt. »Was halten Sie denn von meinem kleinen *Mwenzangu,* eh? Gefährtin«, fügte er hinzu, als er ihre überraschten Gesichter sah. Er deutete mit einer ruckartigen Kopfbewegung in die Richtung, in der das Mädchen verschwunden war.

'Tse-Mallory sagte nichts, das Blitzen seiner Augen genügte. Truzenzuzex ging weiter. »Wenn ich augenblickliche menschliche Werte richtig einzuordnen vermag, sollte ich vielleicht sagen, daß die Art von Proportionen marmorartigen Fleischs in Relation zur Hüftpartie als über die Maßen ästhetisch gelten darf.«

Malaika brüllte vor Lachen. »Bei allen Sternen, Sie sind *wirklich* ein Wissenschaftler, mein Herr! Welche Beobachtungsgabe! Was kann ich Ihnen beiden zu trinken anbieten?«

»Ingwerbier für mich, wenn Sie einen guten Jahrgang haben.«

»Puh! Habe ich nicht, aber, auf mein Wort, mein Herr, Ihr Geschmack hat sich verändert, wenn Sie der gleiche Tse-Mallory sind, von dem ich gehört habe. Und Sie, mein Herr?«

»Haben Sie zufällig etwas Apricot-Brandy?«

»Oho! Nicht nur ein Gelehrter, auch ein Gourmet! Ich glaube, wir können etwas für Sie tun, guter Philosoph. Aber das erfordert einen Gang in den Keller. Ich habe nicht oft Gäste von solchem Geschmack.« Der Schatten, der sie vom Lift hergeführt hatte, stand immer noch wie ein Schemen an der Tür. Malaika winkte ihm zu. »Erledige das, Wolf.« Der dienstbare Geist verneigte sich unmerklich, schlurfte aus dem Zimmer und veränderte damit die Atmosphäre. Flinx, der für solche Dinge empfindsamer war als die anderen, war erleichtert, als der Mann den Raum verlassen hatte.

Jetzt verlor die herzhafte Stimme zum erstenmal etwas von ihrer irgendwie aufgesetzt wirkenden Fröhlichkeit. »Nun? Was führt Sie beide nach Drallar? Und in solcher Stille.« Er blickte von einem undurchdringlichen Gesicht zum anderen und strich langsam seinen dichten Assyrerbart. »So schmeichelhaft das für mich wäre, kann ich doch nicht glauben, daß Sie unsere schöne Stadt nur deshalb so verstohlen aufgesucht haben, um das Vergnügen meiner Gesellschaft zu genießen.« Er beugte sich erwartungsvoll vor, und seine Haltung ließ erkennen, daß er eine ebenso gute Nase für Geld hatte wie Mutter Mastiff.

Malaika war nicht so groß wie Tse-Mallory, aber wenigstens doppelt so breit und dabei gebaut wie ein alt gewordener Ringer. Auffällig weiße Zähne glänzten in dem dunklen Gesicht, das den Stempel der Könige des alten Monomotapa und Zimbabwe trug. Massige behaarte Arme ragten aus den Ärmeln eines seidig wirkenden Morgenrocks, der an der Hüfte gegürtet war. Und die dazu passenden Beine. Sie wirkten so solid wie motianisches Eisenholz, wo sie die geplätteten Falten seines Morgenrocks nicht bedeckten. Die kurzen knolligen Zehen erinnerten entfernt an die Holzparasiten, die sich manchmal an diesen Bäumen einnisteten. Zumindest an einem Fuß. Der andere, das wußte Flinx, endete am Knie. Die Prothesenspezialisten, für die Geld keine Rolle gespielt hatte, hatten ihr Bestes getan, um dafür zu sorgen, daß das künstliche linke Bein genau dem natürlichen Widerpart zur rechten entsprach. Aber ganz hatten sie es nicht geschafft.

Flinx hatte von einer gesprächigen jungen Frau bei einem von Malaikas Festen gehört, daß er das Bein in seiner Jugend verloren hatte. Das war bei einer Pelzexpedition zum Planeten einer unbedeutenden Sonne im Sternbild Draco gewesen. Seine Gruppe war damals von einer Eisechse angegriffen worden. Da sie sich dummerweise zu weit von ihren Waffen entfernt hatten, hatten sie hilflos zugesehen, wie das Raubtier sich instinktiv das schwächste Mitglied ihrer Gruppe ausgesucht hatte: eine junge Buchhalterin. Malaika war der einzige gewesen, der ihr zu Hilfe gekommen war. In Ermangelung einer geeigneten Waffe hatte er das Tier erstickt, indem er ihm einfach sein linkes Bein in den Rachen getrieben hatte. Eigentlich hätte man von dem stets pragmatisch denkenden Handelsmann so etwas nicht erwartet. Unglücklicherweise war das Bein, bis sie ihn in ein geeignetes Krankenhaus hatten bringen können, so zerfleischt und bereits gefroren gewesen, daß man es nicht wieder hatte annähen können.

»Es war nicht unsere Absicht, Sie zu täuschen,

Freund Malaika, noch haben wir geglaubt, daß uns das gelingen würde. Tatsächlich sind wir etwas auf der Spur, von dem wir annehmen, daß Sie es auch als wertvoll empfinden würden. Uns jedoch bedeutet es mehr als lumpige paar hundert Millionen Credits.«

Flinx schluckte.

»Aber«, fuhr Tse-Mallory fort, »die Mittel, die uns persönlich zur Verfügung stehen, sind beschränkt, also müssen wir, wenn auch widerstrebend, außerhalb Hilfe suchen. Jemanden, dessen Kredit größer ist als seine Gesprächigkeit.«

»Und deshalb führt Ihr Weg Sie zu mir. Nun, nun, nun! Mir scheint, ich muß mich doch noch geschmeichelt fühlen. Es wäre nicht ehrlich, wenn ich das nicht zugäbe. Dennoch müssen Sie mir natürlich beweisen, daß das, wofür Sie meinen Kredit brauchen, mir auch nützlich sein wird ... In harten Credits, nicht philosophischen Werten ... Verzeihen Sie, meine Freunde. Sagen Sie mir mehr über dieses Ding, das viel mehr wert ist als ein paar Millionen Credits.«

»Mit dieser Reaktion haben wir gerechnet. Um die Wahrheit zu sagen — jede andere Reaktion hätte uns argwöhnisch gemacht. Das ist auch einer der Gründe, weshalb wir glauben, mit Ihresgleichen in aller Offenheit verhandeln zu können.«

»Wie beruhigend zu wissen, daß Sie meine Reaktionen so gut zu kennen glauben«, sagte Malaika trocken. »Aber fahren Sie bitte fort.«

»Wir hätten zu einer Regierungsbehörde gehen können. Aber die besten davon sind trotz anderslautender Erklärungen der Kirche häufig viel zu korrupt. Wir hätten zu einer großen philanthropischen Organisation gehen können. Aber die lassen sich zu leicht schockieren. Am Ende hielten wir es für das Beste, jemanden zu suchen, dessen Verschwiegenheit durch die Aussicht auf viel Geld erkauft werden kann.«

»Nun, einmal angenommen, ich wäre bereit, das *Fe-*

dah für dieses Unternehmen aufzubringen — welche Garantie haben Sie dann, daß ich Sie nicht einfach töte, wenn der Erfolg sich eingestellt hat, und dann mit dem Gegenstand der Suche und zwei nicht eingelösten Schecks zurückkehre?«

»Sehr einfach. Zunächst, so eigenartig das klingen mag, wissen wir, daß Sie in Ihren geschäftlichen Unternehmungen sowohl verläßlich als auch einigermaßen ehrlich sind. Dies war in der Vergangenheit einer Ihrer wichtigsten Aktivposten und sollte das auch bleiben, trotz des blutdürstigen Bildes, das Ihre Publicityberater immer der Öffentlichkeit darbieten. Zum zweiten wissen wir nicht, was wir suchen, wir werden es erst wissen, wenn wir es gefunden haben. Und es besteht durchaus die Möglichkeit, daß wir gar nichts finden. Oder, noch schlimmer, vielleicht finden wir etwas, das deshalb wertlos bleiben wird, weil wir es nicht begreifen.«

»Ausgezeichnet! Wenn Sie etwas anderes gedacht hätten, wäre ich argwöhnisch geworden! Ich werde immer neugieriger. Bitte, und jetzt Einzelheiten, für meine arme Neugierde und Ignoranz. Warum gerade ich, *por favor?*«

Truzenzuzex tat das, was die Thranx anstelle eines Achselzuckens taten.

»Jemanden brauchten wir. Und wie schon erwähnt, war es Ihr Ruf in einem Geschäft, in dem es sonst gang und gäbe ist, dem Partner in den Rücken zu fallen, der meinen Schiffsbruder veranlaßte, Sie auszuwählen.« Wieder eine neue Information, dachte sich Flinx. »Und Moth selbst liegt nahe bei unserm Ziel — nur im relativen Sinne, es würde Ihnen also wenig nützen und Sie viel kosten, wenn Sie versuchten, es auf eigene Faust zu finden. Außerdem fällt ein Schiff, das Moth verläßt, in dem dichten Verkehr dieses Systems kaum auf. Unser Kurs würde hier keine Aufmerksamkeit erregen, im Gegensatz zu anderen Planeten, wo man uns vielleicht beobachten könnte. Händler hingegen fliegen oft seltsame Wege, um Konkurrenten abzuschütteln.«

An diesem Punkt trafen die Getränke ein. Das Gespräch verstummte. Flinx nippte an Tse-Mallorys Ingwerbier, dessen milder Geschmack ihm sehr zusagte. Malaika leerte einen mächtigen Krug mit einem Zug zur Hälfte und wischte sich dann die schaumigen Lippen mit dem Ärmel seines Morgenrocks ab, wobei er das Kleidungsstück ruinierte. Flinx, der den Preis von Seide kannte, zuckte unwillkürlich zusammen.

»Sie müssen entschuldigen, meine Herren, aber ich bin ein unwissender Händler und hätte gerne erfahren, wovon Sie eigentlich die Konkurrenz ablenken wollen.« Er wandte sich zu Tse-Mallory. »Und obwohl Sie offenbar heute keine offizielle Position mehr in der Kirche einnehmen, Soziologe, muß ich gestehen, daß ich überrascht bin, daß Sie nicht dort Hilfe gesucht haben.«

»Meine Beziehungen zur Vereinigten Kirche, Malaika, sind schon seit einer Anzahl von Jahren nicht mehr besonders eng. Ich habe mich zwar in Freundschaft von ihr getrennt, aber in gewissen Kreisen hat mein Weggang einige Bitterkeit hinterlassen, so daß — die Dinge, sagen wir, etwas kompliziert werden, sollte ich mein Wissen in diesem Stadium preisgeben. Und dies wäre nötig, um mich ihrer Unterstützung zu versichern.«

»Mh. — Nun, das ist offen genug. Ich will kein Salz in die Wunden streuen. Vielleicht sollten wir jetzt ...« Er hielt inne und blickte nach rechts. Tse-Mallory und Truzenzuzex folgten seinem Blick.

Flinx rutschte unruhig auf dem Boden herum. Er hatte sich so unauffällig gemacht, wie das möglich war, wenn alle einen sahen — eine Kunst, die er von einem geduldigen, erfahrenen alten Mann gelernt hatte —, und deshalb eine Menge gehört. Diese Kunst hatte ihm im Verein mit seinen besonderen Fähigkeiten schon manchen Dienst erwiesen. Aber diese drei waren viel bessere Beobachter als die Leute, denen man auf dem

Marktplatz begegnete. Er erkannte ganz deutlich, daß er jetzt gehen mußte. Warum also nicht freiwillig?

»Äh, Ihr Herren, ich könnte etwas ... wenn Sie, hochverehrter Gastgeber, mir den Weg zur Küche weisen würden, würde ich mich sofort und völlig schmerzlos entfernen.«

Malaika lachte dröhnend. »Klugheit ist für einen jungen Mann eine lobenswerte Eigenschaft. Anstatt dich also nach Hause zu schicken — ich wäre ja neugierig, wo *das* ist — kannst du zur Halle zurückgehen, nach rechts, zweite Tür. Dort solltest du genug Nahrung finden, um selbst dich ein paar Minuten zu beschäftigen!«

Flinx entwirrte seine Gliedmaßen aus der Lotusstellung, die er auf dem Boden eingenommen hatte, und entfernte sich in die Richtung, die man ihm gewiesen hatte. Er spürte ihre Augen auf sich, bis er ihren Blicken entschwunden war. Erst jetzt ließ auch der geistige Druck nach. Malaikas Überschwenglichkeit täuschte ihn nicht. Vielleicht hatte er bereits mehr gehört, als für ihn gut war. Die Antworten auf eine ganze Menge Fragen, die Malaika jetzt ohne Zweifel seinen Gästen stellte, interessierten ihn ungemein, und er spielte mit dem Gedanken, sich einen guten Platz zum Lauschen zu suchen. Aber der Totenkopf war wieder aufgetaucht und hatte sich neben dem Eingang postiert. Die blauen Augen waren einmal über ihn hinweggegangen, als wäre er eines zweiten Blickes nicht würdig. Flinx atmete tief durch. Er würde sich mit dem zufriedengeben müssen, was er ohne visuellen Kontakt erfahren konnte. Also konnte er ebensogut die andere Chance wahrnehmen, solang sie sich ihm bot. Er ging weiter.

Die Küche übertraf seine kühnsten Träume. Fast hätte er die ungewöhnliche Folge von Ereignissen, die ihn hierher geführt hatte, vergessen, während er sich und den Minidrach mit all den Köstlichkeiten vollstopfte. Er war gerade an dem Punkt angelangt, wo er sich zwischen Champagner von Terra und Kiefernminze von

Barrabas entscheiden mußte, als eine kurze Folge höchst ungewöhnlicher Gedanken in seinen Geist eindrangen. Er wandte sich um und stellte fest, daß die Tür zu dem Nebenzimmer zu seiner Rechten einen Spalt offenstand. Die Gedanken kamen von jenseits dieser Tür. Er zweifelte keinen Augenblick daran, daß diese Tür eigentlich geschlossen sein sollte. Vorsichtig, immer wieder zum Kücheneingang blickend, schlich er sich auf die Tür zu und schob sie noch ein paar Zentimeter weiter auf.

Der Raum, in den er jetzt blickte, war schmal und lang. Wahrscheinlich verlief er quer durch den ganzen Turm. An seiner Funktion jedenfalls bestand kein Zweifel. Es war eine Bar. Er überlegte, ob er dort vielleicht einen noch angenehmeren Drink finden würde, und schickte sich an einzutreten, erstarrte dann aber.

In dem Raum war bereits jemand.

Eine Gestalt lehnte an der gegenüberliegenden Wand. Sie hatte das Ohr daran gepreßt. Er konnte auf der anderen Seite des Kopfes die Umrisse eines Lüftungsgitters oder dergleichen erkennen. Das Gesicht war von ihm abgewandt, so daß er es nicht sehen konnte. Die Stimmen aus dem nächsten Zimmer drangen bis zu ihm.

Er schob die Tür so langsam und so leise wie möglich weiter auf. Die lauschende Gestalt war offenbar so in die Unterhaltung auf der anderen Seite der Wand vertieft, daß sie nicht hörte, wie er sich leise heranschlich. Das Gitter selbst, das war jetzt deutlich zu sehen, war nicht viel größer, als das für Lüftungszwecke notwendig war. Es sah locker aus und war vermutlich an Scharnieren befestigt. Vermutlich diente es neben Lüftungszwecken auch noch der Entfernung von Abfällen, die man von hier aus in irgendwelche Müllschächte befördern konnte. Er hielt ein Stück Bicekäse in der Hand und einen Fasanenschlegel zwischen den Zähnen. Seine freie Hand bewegte sich auf das Stilett zu, das er im

Stiefel trug, hielt dann aber inne. Die Gedanken des Lauschers hatten weder die Kälte noch die tödliche Logik des professionellen Spions oder Mörders an sich. Ganz im Gegenteil. Außerdem waren taube Mörder selten, und der hier hatte seine Anwesenheit *immer noch nicht* zur Kenntnis genommen.

Er traf einen schnellen Entschluß und versetzte der Gestalt einen kräftigen Fußtritt ins Gesäß. Die Gestalt stieß einen schrillen Schrei aus und schoß durch das Gitter ins Nebenzimmer. Im Bruchteil einer Sekunde hatte er Fasanenbein und Käse bedauernd fallen gelassen und sich hinterher gestürzt, so daß er auf der anderen Seite wieder auf die Füße zu stehen kam. Die verblüfften Gesichter von Malaika, Tse-Mallory und Truzenzuzex blickten erstaunt auf das Bild, das sich ihnen bot. Die Gestalt stand ihm gegenüber und rieb sich die Stelle, die Flinx' Fußtritt getroffen hatte. Sie verfluchte ihn fließend und phantasievoll. Während er den Händen auswich, die nach seinem Hals griffen, stellte er geistesabwesend fest, daß es sich bei der Gestalt unverkennbar um ein weibliches Wesen handelte. Das paßte zu den Gedanken, die er wahrgenommen hatte. Instinktiv nahm er Verteidigungsstellung ein, die Beine gespreizt, die Knie etwas durchgedrückt, die Arme ausgebreitet. Pip flatterte nervös um seine Schulter, und seine Schwingen spreizten sich, so daß er jeden Augenblick losfliegen konnte.

Die Frau setzte noch einmal zum Angriff an, hielt aber wie erstarrt inne, als Malaika sie anbrüllte.

»ATHA!« Sie wandte sich ihm zu.

Der Hüne trat zwischen sie. Sein Blick wanderte zwischen ihnen hin und her und verharrte schließlich auf Flinx.

»Nun, *Kijana?* Ich warte auf etwas Profundes, und zwar schnell!«

Flinx war bemüht, seine Stimme so gleichmäßig wie möglich klingen zu lassen, obwohl seine Pulse flogen.

»Ich war in der Küche und habe zufällig festgestellt, daß die Tür zum Nebenzimmer offenstand« (warum er das bemerkt hatte, unterschlug er), »und als ich hineinblickte, sah ich eine Gestalt … diese Gestalt da …, die sich an ein Gitter drückte. Der Raum hätte ganz bestimmt verschlossen sein müssen. Ich nahm an, daß dies nicht die normale Methode war, mit der Sie geschäftliche Gespräche führen, und so beschloß ich, mich einzuschalten und die — die Person — nach draußen zu treiben, wo die Luft freier ist. Es tut mir leid, wenn ich damit einen Fetisch angerührt oder ein Tabu gebrochen habe.«

»Was!« Dann merkte der Hüne erst, wie es gemeint war, und grinste. »Hältst mich wohl für einen Fetischisten, was, *Kijana?*«

»Ich habe dran gedacht, mein Herr.«

»*Adabu!* Nein, du hast es schon richtig gemacht, Flinx.« Er musterte das Mädchen mit wütendem Blick. Sie schien dabei etwas kleiner zu werden, aber ihr Gesichtsausdruck blieb unverändert. Irgendwie schaffte sie es, unschuldig auszusehen.

»Verdammt noch mal, Mädchen, zweimal verdammt und zugenäht, ich hab' dir das schon einmal gesagt!« Er schüttelte verzweifelt den Kopf. »Und noch einmal, *kwa ajili ya adabu,* will ich dir um der guten Manieren willen vergeben. Scher dich hinaus zum Hafen, und check das Shuttle durch.«

»Das ist doch erst letzte Woche überprüft worden. Alles war in Ordnung …«

»Ah!« Er hob die Hand — eine Hand, so groß wie ein Schinken. »Ich … empfehle … dringend … daß du …!« Sie wich der Hand aus und rannte zur Tür. Der Blick, den sie Flinx beim Hinausgehen zuwarf, war nur kurz, aber so heiß, daß Duralum davon hätte schmelzen können. Malaika atmete tief durch und schien sich irgendwie zu beruhigen.

»Wieviel von dem, was sie gehört hat, hast du auch gehört?«

Flinx log. Unter den vorliegenden Umständen hielt er das für ethisch durchaus vertretbar. »Genug.«

»Soso!« Malaika überlegte. »Nun, vielleicht wendet sich noch alles zum Guten. Wahrscheinlich wirst du der Raffinierteste von allen an Bord sein, Junge, aber an deiner Stelle würde ich mich eine Weile von Atha fernhalten. Ich fürchte, sehr populär bist du bei ihr nicht gerade!« Sein mächtiger Leib erbebte vor Lachen. Dann schickte er sich an, Flinx den Arm um die Schultern zu legen, zog ihn aber hastig zurück, als Pip warnend den Kopf hob.

»Ist sie für Sie tätig?« Das war eine rhetorische Frage. Aber Flinx wollte wissen, welche Position das Mädchen einnahm, daß Malaika ihr solches Vertrauen entgegenbrachte.

»Atha? O ja.« Er blickte zu der Tür, durch die das Mädchen verschwunden war. »Man würde eigentlich nicht glauben, daß eine *mwanamke* von solcher Wildheit die Geduld besitzt, um in ihrem Alter schon Co-Pilot eines Sternenschiffes zu werden, oder? Aber in dieser Eigenschaft ist sie schon seit sechs Jahren bei mir.«

Flinx nahm wieder seine vorherige Position auf dem Fußboden ein. Auf einen fragenden Blick Tse-Mallorys sagte Malaika: »Ich habe beschlossen, daß unser junger Freund uns auf der Reise begleitet. Ich weiß, was ich tue, meine Herren. Wenn die Reise lang und anstrengend ist, wird er uns unterhalten, und außerdem ist er ein heller Junge. Darüber hinaus verfügt er über ein paar ungewöhnliche Fähigkeiten, die uns vielleicht nützlich sein könnten. Das ist ein Thema, dem ich mich schon früher eingehender widmen wollte, aber ich habe nie die Zeit dafür gefunden.« Flinx blickte interessiert auf, konnte aber außer der freundlichen Maske des Handelsherrn nichts entdecken. »Jedenfalls ist er zu arm und nicht reich genug, um eine Gefahr für uns darzustellen. Und ich halte ihn für geradezu ekelhaft ehrlich. Obwohl er schon häufig reichlich Gelegenheit hatte, in meinem Hause zu stehlen, hat er das nie getan — jedenfalls soweit mir das bekannt ist.«

»Seine Ehrenhaftigkeit stand nie in Frage«, sagte Truzenzuzex. »Ich habe nichts gegen die Anwesenheit des Jungen einzuwenden.«

»Ich auch nicht«, fügte Tse-Mallory hinzu.

»Würden Sie dann mit Ihrem Bericht fortfahren, Soziologe?«

»Tatsächlich gibt es gar nicht viel Neues zu berichten. Ich wünschte, es wäre der Fall. Wie Sie vermutlich wissen, haben mein Begleiter und ich unsere Berufe vor etwa zwölf Jahren aufgegeben, um gemeinsam die Geschichte und die Zivilisation der Tar-Aiym zu erforschen.«

»Einiges von Ihrer Arbeit ist auf mein Niveau durchgesickert, ja. Aber fahren Sie bitte fort. Natürlich interessieren mich Dinge, die mit den Tar-Aiym zu tun haben ... oder ihren Werken.«

»So viel hatten wir — natürlich — angenommen.«

»Entschuldigen Sie, mein Herr«, unterbrach Flinx. »Ich weiß natürlich von den Tar-Aiym, aber nur aus Gerüchten und das, was ich in Büchern gelesen habe. Könnten Sie mir bitte mehr sagen?« Er wirkte angemessen unterwürfig.

Da Malaika keine Einwände hatte, vielleicht selbst an mehr Information interessiert war, nickte Tse-Mallory.

»Also gut, Junge.« Er nahm einen tiefen Schluck aus seinem Glas. »Soweit wir bis jetzt feststellen konnten, wurde vor etwa 500 000 Terra-Standardjahren dieser Bereich der Galaxis ebenso wie heute von einer großen Zahl unterschiedlicher und hochintelligenter Rassen bewohnt. Die Tar-Aiym waren mit Abstand die mächtigste davon. Sie verwandten, wie es scheint, den größten Teil ihrer Zeit und ihrer Energie darauf, mit ihren weniger mächtigen Nachbarn Krieg zu führen, und zwar ebensosehr um des Vergnügens willen wie wegen der Reichtümer, die ihnen das eintrug. Es gab eine Zeit, in der das Imperium der Tar-Aiym diesen Bereich des Weltraums auf eine Tiefe von vier Quadranten und eine Breite von wenigstens zwei bedeckte. Vielleicht sogar mehr.

Über die Gründe, die zum völligen Verschwinden der Tar-Aiym und ihrer Satellitenrassen führten, gibt es nur Vermutungen. Aber eine davon basiert auf mühsamer Kleinarbeit vieler Forscher, die Bruchstücke aus Legenden und Gerüchten und die wenigen zur Verfügung stehenden greifbaren Tatsachen miteinander in Verbindung gebracht haben. Diese Hypothese lautet folgendermaßen:

Auf dem Höhepunkt ihrer Macht stießen die Tar-Aiym auf eine wesentlich primitivere Rasse aus dem Inneren der Galaxis. Diese Rasse war den Tar-Aiym intellektuell nicht ebenbürtig und verfügte erst seit kurzer Zeit über die Fähigkeit, zwischen den Sternen zu reisen. Aber sie war ungeheuer hartnäckig und vermehrte sich ungewöhnlich schnell. Sie widersetzten sich mit Erfolg jedem Versuch, sie der Tar-Aiym-Hegemonie einzuverleiben. Tatsächlich führte der Druck, den die Tar-Aiym auf sie ausübten, dazu, daß sie in wissenschaftlicher und technischer Hinsicht schnell enorme Fortschritte machten und ihrerseits begannen, andere Sonnensysteme unter ihre Herrschaft zu bringen.

Offenbar reagierte die Führung der Tar-Aiym darauf in ganz uncharakteristischer Weise. Nämlich mit Panik. Sie wiesen ihre Rüstungswissenschaftler an, neue und noch radikalere Waffen zu entwickeln, um damit diese neue Gefahr aus dem Zentrum der Galaxis erfolgreich bekämpfen zu können. Erwartungsgemäß lieferten ihre Labors bald das Gewünschte. Die Waffe, die schließlich ausgewählt wurde, war eine mutierte Bakterienkultur. Die Kultur vermehrte sich mit phänomenaler Geschwindigkeit und konnte sich von sich selbst ernähren, wenn kein Wirtskörper zur Verfügung stand. Und für jedes Lebewesen, das über ein Nervensystem verfügte, welches komplizierter als das der höheren Invertebraten war, war diese Bakterienkultur absolut und unwiderruflich tödlich.«

»Von diesem Punkte an«, fuhr Truzenzuzex fort, »ist die Geschichte dann ganz einfach und klar. Die Seuche funktionierte genauso, wie die Führung der Tar-Aiym angenommen hatte, und löschte sämtliche Feinde völlig aus. Ebenso eliminierte sie die Tar-Aiym selbst und auch den größten Teil des intelligenten und halbintelligenten Lebens in jenem riesigen Weltraumsektor, den wir heute als den ›Brand‹ bezeichnen. Wäre es anders gekommen, so würde wahrscheinlich keiner von uns heute hier sitzen. Erst in allerjüngster Zeit sind die Systeme des Brandes wiederentdeckt und etwas zögernd erforscht worden.«

»Das Tabu hält an, auch wenn seine Ursache nicht mehr existiert«, sagte Malaika leise.

»Ja. Nun, einige der an den Rändern der Epidemie unter Quarantäne gestellten Rassen starben ziemlich langsam aus. Vermittels Interraumrelais und ähnlicher Geräte gelang es ihnen, einige Bruchstücke der Fakten, welche die Apokalypse schilderten, nach draußen zu befördern. Schuldige wie Unschuldige starben im Wüten der Seuche. Hive sei Dank, daß inzwischen alle Spuren dieser Bakterien den Zyklus aller Dinge vollendet haben!«

»Amen«, murmelte Malaika zur Überraschung aller. Und dann etwas lauter: »Aber bitte, meine Herren, kommen wir zur Sache. Und die Sache ist — Geld.«

Jetzt ergriff wieder Tse-Mallory das Wort. »Malaika, haben Sie je vom Krang gehört?«

»*Nini?* Nein, ich ... warten Sie.« Die Stirn des Handelsherrn furchte sich nachdenklich. »Ja. Ja, ich glaube schon. Ist das nicht ein Teil der Mythologie der Leute von Branner?«

Tse-Mallory nickte. »Stimmt. Vielleicht erinnern Sie sich, daß die Branner drei Sternsysteme am Rande des

Brandes bewohnen, gegenüber von Moth. Und bei den Brannern gibt es eine Legende aus den Tagen vor der Katastrophe, daß die Tar-Aiym, sosehr sie auch bemüht waren, eine Lösung für die Gefahr aus dem galaktischen Zentrum zu finden, doch nicht alle nichtmilitärische Entwicklung und diesbezüglichen Experimente aufgegeben hatten. Wie wir jetzt verbindlich wissen, empfanden die Tar-Aiym ungewöhnliche Liebe zur Musik.«

»Märsche, wahrscheinlich«, murmelte Truzenzuzex.

»Mag sein. Jedenfalls ist angeblich eines ihrer größten Werke von künstlerischer Bedeutung, ein großartiges Musikinstrument. Es wird ›Krang‹ genannt. Seine theoretische Entwicklung wurde in den Tagen des Niedergangs ihres Imperiums vollendet, gerade zu dem Zeitpunkt, als die Seuche sich auf den Imperiumsplaneten mit gleicher Virulenz wie auf denen des Feindes bemerkbar machte.«

»*Ili?*« sagte Malaika. »Und?«

»Auf der Seite des Brandes, fast einhundertfünfzig Parsek von Branner entfernt, liegt die Heimatwelt einer primitiven hominiden Rasse, die vom Rest der Galaxis nur selten besucht wird. Sie liegt abseits von den wichtigsten Handelsrouten und hat wenig zu bieten, was irgendwelchen Wert hätte, sei es nun materiell oder kulturell. Die Bewohner sind angenehme beschauliche und friedfertige Leute. Anscheinend besaßen sie früher einmal die Technologie, die man zur Reise zwischen den Sternen braucht, sanken aber dann in eine präatomare Zivilisation zurück und beginnen gerade jetzt Anzeichen einer wissenschaftlichen Renaissance zu zeigen. Interessanterweise gibt es auch bei ihnen eine Legende, die mit irgend etwas zu tun hat, das sie Krang nennen. Nur handelt es sich in ihrer Version nicht um ein Musikinstrument, sondern eine Kriegswaffe. Eine Waffe, die die Wissenschaftler der Tar-Aiym gleichzeitig mit der Seuche entwickelten, ehe letztere allgemein eingesetzt wurde. Der Legende nach sollte sie in erster Linie als Defensivwaffe, nicht zum Angriff dienen. Wenn das zutrifft, so wäre das der erste in der Literatur nachgewiesene Fall gewesen, daß die Tar-Aiym etwas zu reinen Defensivzwecken gebaut hätten. Das widerspricht allem, was wir über die Psychologie der Tar-Aiym wissen, und zeigt, wie sehr sie sich von ihrem neuen Feind bedroht fühlten.«

»Faszinierend«, sagte Malaika. »Und sie haben Hinweise, wo diese Waffe oder dieses Instrument oder was auch sonst es sein mag, zu finden ist? Es wäre bestimmt auf den Märkten des Commonwealth sehr wertvoll.«

»Stimmt, obwohl wir uns nur für seine wissenschaftlichen und kulturellen Eigenschaften interessieren.«

»Natürlich, natürlich! Während meine Fachleute seinen Wert abschätzen, können Sie ja nach Herzenslust theoretische Schlüsse daraus ziehen ... vorausgesetzt Sie vergessen nicht, wie man es nachher wieder zusammensetzt. Also, wo ist dieser geheimnisvolle Schatz?« Er beugte sich interessiert vor.

»Nun, wir wissen es genau, fast genau«, sagte Tse-Mallory.

»Genau? Fast genau? Vergeben Sie mir, meine Herren, aber mein Verstand setzt wieder einmal aus. Ich muß gestehen, daß ich nicht ganz begreife.«

Truzenzuzex seufzte. Es klang einem menschlichen Seufzer bemerkenswert ähnlich, wenn das Geräusch auch auf ganz andere Art erzeugt wurde, nämlich indem er Luft durch die Atemlöcher seines B-Thorax drückte.

»Der Planet, auf dem das Krang sich angeblich befindet, wurde vor fast einem T-Jahr zufällig von einem Prospektor entdeckt, der auf eigene Faust im Brand arbeitete. Er suchte Schwermetalle und fand sie, nur daß sie nicht so im Boden angeordnet waren, wie er das erwartet hatte.«

»Jemand muß doch diesen Burschen unterstützt haben«, sagte Malaika. »Warum hat er seine Information nicht zu seinem Kreditgeber getragen?«

»Der Mann stand tief in der Schuld meines Schiffsbruders. Er wußte um sein Interesse für Tar-Aiym-Antiquitäten. Indem er Bran diese Information lieferte, tilgte er die Schuld. Die Schuld war persönlicher Natur, und es ist nicht notwendig, daß wir hier näher darauf eingehen. Jedenfalls wäre es ein mehr als angemessener Ausgleich gewesen.«

»Wäre gewesen?« Malaikas Stimme klang jetzt gereizt. »Meine Herren, bitte, all diese Ausflüchte machen mich müde und ungeduldig.«

»Das sollen keine Ausflüchte sein, Handelsmann. Der Mann hätte sich mit uns in unseren Räumen am Markt treffen und uns eine Sternenkarte mit den genauen Koordinaten des Planeten bringen sollen. Da wir uns schon vorher auf Sie als möglichen Kreditgeber geeinigt hatten, wollten wir dann zu dritt zu diesem Hause kommen. Als er nicht planmäßig eintraf, beschlossen wir nach einiger Überlegung, dennoch zu Ihnen zu gehen, in der Hoffnung, daß Sie vermöge der Ihnen zur Verfügung stehenden Hilfsmittel vielleicht einen Hinweis auf seinen Aufenthaltsort ermitteln könnten. Jedenfalls wäre es schwierig gewesen, unsere Unabhängigkeit noch viel länger zu bewahren. Sosehr wir uns auch bemühen, wirken wir nicht wie Touristen. Einige neugierige Personen hatten bereits angefangen, peinliche Fragen zu stellen.«

»Ich werde ...«, begann Malaika, aber Flinx unterbrach ihn.

»War Ihr Freund zufällig rothaarig?«

Tse-Mallory fuhr ruckartig herum. Den Bruchteil einer Sekunde lang wurde Flinx ein Blick auf etwas Schreckliches und Blutiges gewährt, das der Soziologe bis jetzt unter seiner gleichmütigen Fassade versteckt hatte. Es verblaßte ebenso schnell, wie es erschienen war, aber eine Andeutung davon war noch in der jetzt fast schroffen Stimme des Soziologen zu spüren.

»Woher wußtest du das?«

Flinx holte das zerknitterte Blatt aus der Tasche und reichte es dem erstaunten Truzenzuzex. Tse-Mallory gewann seine Fassung zurück und blickte auf das Blatt. Flinx fuhr fort, als wäre nichts gewesen:

»Ich hatte das Gefühl, daß das Ihre Sternkarte ist. Ich war zu Small Symms Lokal unterwegs, als mir ein Handgemenge in einer Seitengasse auffiel. Normalerweise hätte ich das ignoriert. So lebt man in Drallar, wenn man lange leben will. Aber aus mir unbekannten Gründen wurde Pip« — er wies auf den Minidrach — »neugierig und setzte es sich in den Kopf nachzusehen. Die in der Gasse Anwesenden waren damit nicht einverstanden. Ein ganz und gar nicht komischer Kampf spielte sich ab, und in der sich entwickelnden Situation verblieb mir als einziges Argument mein Messer.

Ihr Freund war von zwei Männern angegriffen worden. Profis, danach zu schließen, wie sie aussahen und sich verhielten. Aber keine besonders guten Profis. Ich habe einen davon getötet, und Pip hat den anderen fertiggemacht. Ihr Freund war bereits tot. Es tut mir leid.« Daß er schon vorher einmal mit den drei Männern zusammengetroffen war, erwähnte er nicht.

Tse-Mallorys Blick wanderte zwischen der Karte und Flinx hin und her. »Nun, es ist schon vorher gesagt worden, daß unser Zusammentreffen ein glückliches war. Jetzt glaube ich, gilt das in doppeltem Maße.«

Malaika unterbrach ihn, indem er ihm die Karte aus der Hand riß und sie zu einer Flexilampe trug. Er stellte den grellen Strahl ein und begann die Linien und Symbole auf dem Plastikblatt sorgfältig zu studieren. Staubkörner tanzten in dem grellen Licht einen trunkenen Tanz.

»Ein höchst ungewöhnliches und vielseitiges Tier«, meinte Truzenzuzex. »Ich habe von ihnen gehört. Ihr

Gift ist für fast alle Lebewesen tödlich, und das verschafft ihnen einen Ruf, der völlig außer Proportion zu ihrer Zahl und ihrer Wesensart ist. Glücklicherweise scheinen sie, soweit mir bekannt ist, nicht anzugreifen, wenn man sie nicht dazu provoziert.«

»Das stimmt«, sagte Flinx und kraulte den Gegenstand ihrer Unterhaltung am Kopf. »Ein Schiffsarzt im Hafen hat mir einmal erzählt, er hätte einen Wissenschaftler kennengelernt, der tatsächlich auf Alaspin war. Sie wissen wahrscheinlich, daß der Minidrach von dort stammt. Der Mann hatte in seiner Freizeit einige Untersuchungen angestellt.

Er sagte, die Minidrachs wären abweisend, was mir eine etwas komische Beschreibung für ein giftiges Reptil schien. Aber harmlos, es sei denn, man provoziert sie, wie Sie sagten. Pip war bereits ziemlich zahm, als ich ihn fand. Zumindest hatte ich nie Schwierigkeiten mit ihm. Die Leute in meiner Gegend haben sich daran gewöhnt, ihn zu tolerieren, hauptsächlich weil sie keine andere Wahl haben.«

»Eine begreifliche Einstellung«, murmelte der Philosoph.

»Der Freund dieses Arztes hatte an einer Expedition nach Alaspin teilgenommen, die die Ruinen der alten Zivilisation dort studieren wollte. Er stellte die Hyper... die Hypothese auf, daß die Vorfahren der Minidrachs vielleicht von den Wesen, die diese Kultur hervorgebracht hatten, als Haustiere herangezogen worden waren. Einige ihrer seltsamen Eigenschaften könnten das Produkt gezielter Zuchtwahl sein. Zum Beispiel die Tatsache, daß sie auf ihrem Planeten keine natürlichen Feinde haben. Glücklicherweise ist ihre Geburtenrate ziemlich niedrig. Und sie sind Allesfresser, nicht nur Fleischfresser, ich habe das zufällig festgestellt, als Pip anfing, Brot zu fressen, als er kein Fleisch finden konnte. Oh, und dann hat er noch gesagt, daß man annahm, daß sie empathetische Telepathen seien. Sie wissen schon, emotionell, nicht geistig telepathisch. Deshalb beschwindelt man mich auch nie auf dem Markt oder bei Geschäften oder beim Spiel. Pip ist für solche Dinge empfindlich.«

»Ein faszinierendes Geschöpf, ich sage es noch einmal«, fuhr Truzenzuzex fort. »Ich würde mich gerne weiter mit dem Thema befassen. Aber da ich kein Exoherpetologe bin, glaube ich nicht, daß sich das jetzt lohnen würde, ich habe zu viele andere Dinge im Kopf.« Das klang nicht ganz echt, so wie Flinx das begriff. Nicht ganz wenigstens.

Malaika studierte immer noch die Karte, fuhr die Linien mit dem Finger nach und nickte gelegentlich, wobei er halblaut vor sich hin murmelte. »*Ndiyo, ndiyo* … ja.« Schließlich blickte er auf. »Der fragliche Planet umkreist einen GO-Stern vom Sol-Typ. Etwa vier Fünftel des Weges zum galaktischen Zentrum, geradewegs durch den Brand. Eine beachtliche Reise, meine Herren. Über den Planeten selbst ist der Karte nicht viel zu entnehmen, nein, aber es wird schon reichen. Terratyp, etwas kleiner, unwesentlich dünnere Atmosphäre, ein höherer Anteil bestimmter Gase … Helium beispielsweise. Auch einundachtzig Komma zwei Prozent Wasser, es sollte also nicht besonders schwierig sein, das Ding zu finden.«

»Sofern es nicht von Wasser bedeckt ist«, sagte Truzenzuzex.

»Mag sein. Aber ich befasse mich nicht gerne mit Möglichkeiten, die für meine Leber schädlich sind. Außerdem, wenn das der Fall wäre, dann glaube ich nicht, daß Ihr Prospektorfreund es gefunden hätte. Wir werden auf alle Fälle irgendwelche Metalldetektoren mitnehmen, aber ich möchte wetten, daß es sich über der Wasserfläche befindet. Wenn ich mich an das wenige erinnere, was wir über die Tar-Aiym wissen, so waren sie jedenfalls keine Wasserbewohner.«

»Das stimmt«, räumte der Philosoph ein.

»Nun denn, dann sehe ich keine größeren Probleme. Was wahrscheinlich bedeutet, daß wir einen ganzen *Mavuno* davon bekommen. Jedenfalls werden wir bequem reisen. Die *Gloryhole* bietet uns allen reichlich Platz.«

Flinx lächelte, achtete aber darauf, daß der Handelsmann es nicht bemerkte. Nur wenige wußten Bescheid, was der Name von Malaikas privater Yacht zu bedeuten hatte. Die meisten glaubten, es handele sich um ein altes terranisches Wort, das einen reichen Mineralfund bedeutet ...

»Es sei denn, natürlich, diese Kanone oder Riesenharfe oder was sonst es sein mag, nimmt zu viel Platz weg. Wie groß, sagten Sie, ist sie?«

»Gar nichts habe ich gesagt«, meinte Tse-Mallory. »Wir wissen auch nicht mehr als Sie. Nur daß sie ... groß ist.«

»Mh! Nun, wenn sie nicht in das Shuttle paßt, dann müssen wir eben einen regelrechten Transporter nachkommen lassen. Ich würde mich lieber daraufsetzen, sobald wir das Ding einmal gefunden haben, aber in der Gegend gibt es ja keine Relaisstation. Und wenn es die letzten paar tausend Jahre keiner dort aufgestöbert hat, dann wartet es auch noch ein paar Tage.« Er rollte die Karte zusammen. »Nun denn, meine Herren. Wenn es keine Einwände gibt, dann sehe ich keinen Grund, nicht gleich, *kesho,* abzureisen, morgen.«

Es gab keine Einwände.

»*Ema!* Dann einen Toast. Auf Erfolg und Gewinn, nicht unbedingt in dieser Reihenfolge! *Nazdrovie!*« Er hob den Krug.

»Kirche und Commonwealth«, murmelten Mensch und Thranx gemeinsam mit leiser Stimme. Dann leerten sie ihre Gläser.

Malaika rülpste hingebungsvoll und sah zu der Kristallwand hinaus, wo die Sonne von Moth schnell hinter den Nebelbänken versank.

»Es ist spät. Morgen also, im Hafen. Die Dockstewards führen Sie zu meiner Startgrube. Wir können alle auf einmal im Shuttle Platz finden, und ich brauche nur wenig Zeit, um meine Geschäfte zu ordnen.«

Tse-Mallory erhob sich und streckte sich. »Wenn ich fragen darf, wer sind ›wir alle‹?«

»Wir vier hier im Zimmer, Wolf und Atha, um das Schiff zu steuern, und natürlich Sissiph.«

»Wer?« fragte Tse-Mallory.

»Das Mädchen, die Katze«, flüsterte Truzenzuzex und stieß seinen Schiffsbruder in die Rippen. »Sind deine Augen ebenso schnell gealtert wie dein Hirn? Die Katze!« Sie schlenderten den Korridor entlang.

»Ah ja.« Sie blieben vor dem schattenähnlichen Wolf stehen, der ihnen die Türe aufhielt. Der Mann grinste. Das war bestimmt als freundliche Geste gedacht, wirkte aber keineswegs so. »Ja sie ist eine sehr ... äh ... interessante und imposante Persönlichkeit.«

»Ndiyo«, sagte Malaika freundlich. »Sie hat schon zwei, was?«

Als die anderen sich von dem schemenhaften Butler verabschiedeten, senkte eine Hand sich auf Flinx' Schulter. Der Handelsmann flüsterte: »Du nicht, *Kijana*. Ich habe noch eine Frage an dich. Bleib einen Augenblick.«

Er schüttelte Tse-Mallory die Hand, sein Riechorgan berührte das von Truzenzuzex, dann winkte er sie zum Lift.

»Schlafen Sie gut, meine Herren, bis morgen, beim ersten Nebel!«

Wolf schloß die Tür und schnitt damit Flinx den Blick auf die beiden Gelehrten ab. Im nächsten Augenblick beugte Malaika sich vor und musterte ihn scharf.

»So, Junge, jetzt, da unsere ethischen Freunde uns verlassen haben, eine ... äh ... geschäftliche Frage. Diese zwei bezahlten Leichen, die du so angemessen in der Gasse liegengelassen hast, damit sie verfaulen — hatten sie irgendwelche besonderen Zeichen oder Markierungen an sich oder ihrer Kleidung? *Denk nach,* Junge!«

Flinx versuchte sich zu erinnern. »Es war schrecklich dunkel ... ich bin nicht sicher ...«

»Und wann hätte dich das je gestört? Mach mir nichts vor, *Kijana.* Es ist wichtig. Denk nach ... oder, wie du das nennst, was du tust.«

»Ja, richtig. Als ich dem Toten die Karte wegnehmen wollte, fielen mir die Füße des Mannes auf, den Pip getötet hatte. Er war dicht neben den Toten gefallen. Auf die Metallteile seiner Stiefel war ein Muster geprägt oder irgendwie eingeätzt. Es sah wie eine Art von Vogel aus ... eine abstrakte Darstellung, glaube ich.«

»Mit Zähnen?« drängte Malaika.

»Ja ... Nein ... Ich weiß nicht bestimmt. Die Fragen, die Sie stellen, Handelsmann! Es hätte sein können. Und aus irgendeinem Grunde nahm ich während des Kampfes dieses Bild von einer Frau wahr, einer jung-alten Frau.«

Malaika richtete sich auf und klopfte dem Jungen auf den Rücken. Sein Ausdruck war jovial, aber seine Gedanken waren finster — finster. Normalerweise hätte Flinx sich gegen die herablassende Geste verwahrt, aber diesmal, von Malaika, schien sie ihm ein echtes Kompliment.

»Dem Mti von Mti sei für deine Beobachtungsgabe gedankt, Junge. Und für dein gutes Gedächtnis.« Flinx sah ein anderes Wort: *Uchawi,* Hexerei, aber er ging nicht darauf ein. Der Hüne wechselte plötzlich das Thema. »Dann sehe ich dich *Kesho,* im Schiff?«

»Ganz bestimmt. Darf ich mich erkundigen, weshalb Sie fragen?«

»Das darfst du nicht. Also, morgen im Schiff. Schlaf gut.« Er schob den verwirrten Flinx in die Liftkabine.

Dann stand er stumm eine Weile da, und Flüche quollen aus seinem Mund. In dem jetzt leeren Raum waren das die einzigen Laute. Dann wandte er sich um und trat an eine scheinbar leere Wand. Er berührte einen verborgenen Schalter, worauf die Holzvertäfelung in die Decke glitt, so daß man einen Schreibtisch von komplizierter Bauart sehen konnte. Ein Interstellar-TV-Phon und ein paar andere kleinere Geräte standen darauf. Malaika drückte ein paar Knöpfe, drehte an Skalen. Plötzlich leuchtete der Bildschirm auf. Er brummte zufrieden und griff nach einem kleinen Mikrofon.

»Kanal 6 bitte. Höchste Dringlichkeit. Ich möchte mit Madam Rashallaila Nuaman auf Nineveh im Siriussystem sprechen.«

Eine leise Stimme drang aus einem winzigen Lautsprecher neben dem Bildschirm. »Die Verbindung wird hergestellt. Einen Augenblick bitte.«

Trotz der unvorstellbaren Entfernung rührte die Verzögerung daher, daß das Gespräch über ein halbes hundert Relaisstationen übertragen werden mußte. Die eigentliche Übertragungszeit war infolge der eingesetzten Hyperraumtechnik fast gleich Null.

Der Bildschirm begann klar zu werden, kurz darauf sah er sich einer der zehn reichsten humanoiden Frauen im Universum gegenüber.

Sie saß auf einer Art Couch. Neben ihr konnte er unschwer das muskulöse nackte Bein von jemandem erkennen, der ihr tragbares TV-Phon für sie hielt. Im Hintergrund war üppiges Grün zu sehen, das ohne Beschränkungen eines Schwerefeldes zu phantastischen Formen wuchs. Dahinter, das wußte er, wölbte sich die Kuppel, welche die luftlose Leere fernhielt, die die Atmosphäre von Nineveh war.

Natur kämpfte gegen die Kunst der Chirurgen an, als die Frau ihr Gesicht zu einem Lächeln zwang. Diesmal behielt die Chirurgie die Oberhand. Ihr Lächeln hätte sexy sein sollen, aber auf den Wissenden wirkte es nur böse.

»Oh, Maxy, Liebster! Was für eine nette Überraschung! Ich freue mich immer, von dir zu hören. Ich hoffe, es geht dir gut, und deinen Geschäften auch?«

»Ich fühle mich nur wohl, wenn meine Geschäfte gut laufen. Im Augenblick laufen sie passabel, Rasha, bloß passabel. Aber ich hoffe, daß es in kurzem sehr viel besser wird. Weißt du, ich hatte gerade ein höchst interessantes Gespräch mit zwei Herren … drei, wenn man den Rotschopf mitzählt.«

Nuaman versuchte Desinteresse zu heucheln, aber auch die größte Kunst ihres Schönheitschirurgen konnte die Sehnen nicht verbergen, die sich an ihrem Hals spannten. »Wie interessant. Hoffentlich erweist es sich profitabel für dich. Aber deine Stimme klingt so, als meintest du, ich hätte mit der Sache irgendwie zu tun.«

»Tatsächlich? Ich wüßte nicht, was ich gesagt hätte, das zu diesem Schluß berechtigt … Liebste. Oh, es ist nicht der Rotschopf, an den *du* denkst. Deine Gorillas haben ihn erwischt — befehlsgemäß, ohne Zweifel.«

»Aber Maxy, was denkst du denn? Warum sollte irgendeiner meiner Helfer auf Moth sein? Meine Interessen auf dem Planeten sind, wie du wohl weißt, unbedeutend. Schließlich blockierst du ja all meine Versuche, meine Interessen dort auszuweiten. Außerdem kenne ich gar nicht viele Rotschöpfe — jedenfalls erinnere ich mich an keinen, den ich umbringen lassen will. Nein, Liebster, du irrst. Was für eine seltsame Unterhaltung! Es gibt nichts auf diesem kläglichen feuchten Dreckklumpen, auf dem du lebst, mit roten Haaren oder anderen, wofür ich einen Mord riskieren wollte.«

»Mhm. Nicht einmal das hier, *hasa?*« Er zeigte ihr die Karte — freilich zusammengefaltet, so daß man nichts erkennen konnte.

Aber das machte nichts. Sie erkannte sie sofort! Plötzlich saß sie bolzengerade da und beugte sich vor, so daß ihr Gesicht, das jetzt wie das einer Hexe wirkte, den ganzen Bildschirm zu erfüllen schien.

»Wo hast du das her? Das gehört mir!«

»Aber Rasha, *Bibi,* das bezweifle ich. Und setz dich doch etwas zurück. Bei Nahaufnahmen kommst du nicht mehr so gut raus, das weißt du doch.« Er tat so, als untersuchte er die Karte. »Hier steht kein Name, fürchte ich. Und außerdem habe ich es von einem *lebenden* Rotschopf bekommen. Einem Jungen, um es genau zu sagen. Er kam zufällig des Weges, als deine ›Helfer‹ an dem ursprünglichen Besitzer etwas von höchst zweifelhafter Legalität vollbrachten. Entweder der Junge ist ein außergewöhnlicher Bursche — eine Annahme, der ich zuneige —, oder die beiden Helfer, denen du diesen Auftrag übergeben hast, waren besonders dumm — was ich, je mehr ich darüber nachdenke, für wahrscheinlicher halte. *Es waren* also deine Leute, wie ich sehe. Das Ganze trug deine Handschrift. Ich wollte mich nur vergewissern. Das ist jetzt geschehen. Danke dir, Rasha, meine Liebe. *Sikuzuri.*«

Er schaltete ihr Bild mitten in einem wütenden Fluch ab und ging Sissiph suchen.

Insgesamt war es ein recht guter Tag gewesen.

03

Auf Nineveh war Rashallaila Nuaman, Matriarchin und Leiterin eines der größten Privatkonzerne im Commonwealth und eine der zehn reichsten menschlichen Frauen im bekannten Universum, wütend. Sie trat den beinah nackten männlichen Diener, der das TV-Phon hielt, an eine besonders schmerzempfindliche Stelle. Der unglückliche Apparat fiel in einen Teich mit mutierten Goldfischen. Erschreckt suchten sie zwischen pastellfarbenen Lilien Deckung. Eine Anzahl seltener und teurer Opalingläser zerschellte klirrend auf den Fliesen.

Als ihr Ärger etwas abgeebbt war, lehnte sie sich auf die Couch zurück und verbrachte fünf Minuten damit, ihr Haar zu ordnen. Diese Woche war es olivfarben. Erst jetzt hatte sie das Gefühl, wieder genügend Kontrolle über sich selbst gewonnen zu haben, daß sie aufstehen und zum Hauptgebäude gehen konnte.

Wie hatte dieser Bastard Malaika von der Karte erfahren? Und wie hatte sie den Weg in seine Hände gefunden? Oder vielleicht ... war es vielleicht andersherum gewesen? Die beiden Herren, auf die er sich so heimtükkisch bezogen hatte, waren ohne Zweifel dieser Tse-Mallory und sein zahmer Käfer. Aber wer war dieser neue ›Rotschopf‹? Wer hatte es geschafft, mit solcher Schnelligkeit das zu vernichten, was noch vor ein paar Minuten eine völlig glatt laufende Routineoperation gewesen war? Und all das jetzt, wo Nikosos nur zwei Tage von Moth entfernt war! Es war unerträglich! Sie schlug wütend nach einem Strauß unbezahlbarer Yyrbittium-Trompetenblumen und zerfetzte die karmesinroten Blätter. Sie wehten zu Boden. Jemand würde ganz bestimmt ausgepeitscht werden, ganz bestimmt sogar!

Sie stapfte in den Saal, der ihr als Büro diente, und ließ sich schwer auf den weißen Pneumostuhl sinken. Ihr Kopf sank auf die rechte Hand, während sie mit der linken auf die Tischplatte hämmerte. Das war das einzige Geräusch in dem sonst gegen Schall abgedichteten Raum.

Es war wirklich unerträglich. Aber das durfte sie ihm nicht durchgehen lassen. Er trug die Schuld, er alleine, wenn aus einem befohlenen Mord mehrere wurden. Vielleicht mußte er sogar selbst daran glauben, wie traurig. Eine reizende Leiche würde er abgeben.

Sitz nicht einfach da, du blödes Weibsstück. An die Arbeit! Sie beugte sich über den Tisch und drückte einen Knopf. Ein schmales müdes Gesicht tauchte vor ihr auf dem Bildschirm auf.

»Dryden, nimm Verbindung mit Nikosos auf und sag ihm, daß er nicht auf Drallar landen soll. Er soll statt dessen alle Sternenschiffe überprüfen, die in einer Parkbahn um den Planeten kreisen und wenn eins in Richtung auf den Brand startet, soll er ihnen so dicht wie möglich folgen, sich aber dabei nicht entdecken lassen. Wenn er sich beklagt, dann sag ihm, ich wüßte schon, daß es schwierig sei; er soll einfach sein Bestes tun.« Später kann ich ihn ja immer noch feuern, dachte sie grimmig. »Wenn er auf einer Erklärung besteht, dann sag ihm, die Pläne seien infolge unvorhergesehener Umstände geändert worden. Er soll diesem Schiff folgen! Ich garantiere, daß eines kommen wird, und zwar in kürzester Zeit. Es wird Kurs auf den Planeten einschlagen, zu dem er ursprünglich nach der Karte hätte fliegen sollen. Für den Augenblick muß er ohne Koordinaten auskommen. Ist das alles klar?«

»Ja, Madam.«

Sie hatte bereits abgeschaltet, ehe er zum zweiten ›m‹ gekommen war. Nun, sie hatte getan, was in ihrer Macht stand, aber es war so verdammt *wenig!* Ihr Wissen um ihre Machtlosigkeit verstärkte ihre Wut und den Drang, ihre Enttäuschung irgend jemanden büßen zu lassen. Mal sehen. Wer war zur Hand? Und wer hatte sich Strafe verdient? Mhm. Der Idiot, der die beiden Gorillas geliefert hatte? Eine ausgezeichnete Wahl! Ihre Nichte? Dieser Hohlkopf. Und dabei mußte man sich vorstellen, daß sie eines Tages vielleicht die Firma würde übernehmen müssen. Sie drückte einen anderen Knopf.

»Teleen auz Rudenuaman soll sich um ... äh ... fünf Uhr morgen früh in meinem Büro melden.«

»Ja, Madam«, erwiderte der Lautsprecher.

Wenn nur jemand anderer da wäre. Eine vielversprechende Laufbahn, die man vernichten konnte, vielleicht, aber es gab wirklich niemanden, den sie auf kleiner Flamme rösten konnte. Nicht, daß ihr das sehr viel bedeutete, aber schließlich konnte man seine Mitarbeiter nur mit der richtigen Mischung aus Angst und Belohnung bei der Stange halten. Und es hatte wenig Sinn, ersteres zu übertreiben. Sie mußte sich entspannen. Hoffentlich war dieser Knilch van Cleef heute abend ordentlich in Form. Plötzlich huschte ein Lächeln über ihr Gesicht. Wieder drückte sie den Knopf.

»Streich den letzten Befehl. Meine Nichte soll um fünf Uhr morgen früh kommen ... aber nicht ins Büro, in mein Schlafzimmer.«

»Notiert«, sagte der Lautsprecher.

Rashallaila lehnte sich zurück und streckte sich. Jetzt fühlte sie sich wohler. Sie wußte, daß ihre Nichte hoffnungslos in ihren augenblicklichen Gigolo verliebt war. Warum das so war, vermochte sie zwar nicht zu begreifen, aber es war eine Tatsache. Es würde interessant sein, ob Teleen morgen ihr Gesicht im Zaum behielt, wenn sie vor ihm ausgeschimpft wurde, während er sich benommen und erschöpft im Bett ihrer Tante wälzte. Das würde ihren Charakter stärken, ganz bestimmt würde es das. Sie kicherte bei der Vorstellung, und das war beileibe kein angenehmes Geräusch.

04

Bran Tse-Mallory und Truzenzuzex schlenderten gemächlich auf dem Wege über den Marktplatz zu ihrer Herberge zurück. Des Nachts war der Markt doppelt so laut und verwirrend wie untertags. Die blitzenden Lichter, motorgetriebene Handkarren und die Neonröhren über den Verkaufsständen ließen ein Bild kontrollierter Anarchie entstehen. Aber sie brauchten Flinx nicht. So verwirrend auch ein Weg sein mochte, wenn ein Thranx ihn einmal gegangen war, würde er ihn nie vergessen.

»Nun, Bruder«, sagte Truzenzuzex und wich einem Straßenhändler aus, »was hältst du von unserem Freund, dem Handelsmann?«

»Mir wäre viel wohler, wenn unser Freund, der ungewöhnliche junge Mann, zwanzig Jahre älter wäre und an seiner Stelle stünde. Ganz bestimmt ein Teiltelepath. Das habe ich gespürt. Aber solche Wünsche bringen einen nicht weiter. Scheißuniversum!« murmelte er.

»Scheißuniversum!« erwiderte Truzenzuzex. Beide lächelten über die verborgene Bedeutung dieses Satzes.

»Der Mann ist vertrauenswürdig genug — verglichen mit seinesgleichen —, und er hat das Schiff, das wir brauchen. Ganz sicher bin ich natürlich noch nicht, aber ich glaube, daß wir den Umständen nach nicht schlecht gewählt haben. Und die Anwesenheit des Jungen an Bord des Schiffes sollte etwas mildernd wirken. Der scheint dem Händler ebenfalls zu vertrauen.«

»Stimmt. Die Gegenwart des Jungen wird zumindest ein Element der Unsicherheit liefern.«

»Einen gewissen Unsicherheitsfaktor. Das paßt gut zu unserem Projekt!« Das Insekt schüttelte den Kopf und äffte damit bewußt die menschliche Geste nach. »Bis jetzt hat es drei Tote gegeben. Hoffentlich bleibt es dabei.«

»Hoffentlich, Bruder, hoffentlich. Wir beide haben schon so viel Tod gesehen.« Truzenzuzex gab keine Antwort, weil er sich auf den Weg konzentrierte.

Tse-Mallory folgte ihm ganz automatisch. Der Lärm und die Lichter wirkten fast hypnotisch auf ihn, und er ließ seine Gedanken schweifen …

05

Das Bild, das sie auf dem Fernsehschirm des Aufklärers sahen, war mit dem identisch, das jedem Mitglied des Einsatzkommandos zugeblitzt wurde. Es zeigte einen hochgewachsenen hageren Ornithorphen, mit vorwiegend schwarzem und gelbem Federkleid. Das Wesen strahlte eine innere Würde aus, die zu bewahren ihm im Augenblick einige Mühe bereitete. Es ist nicht ganz leicht, würdig zu erscheinen, wenn man bettelt.

Kadett Bran Tse-Mallory, sechsundzwanzig Jahre alt, viertes Kampfgeschwader, sechstes Korps der Polizeistreitmacht der Vereinigten Kirche, beobachtete den Militärgouverneur des blauen Planeten unter ihnen dabei, wie er geistig förmlich zerbrach, während er ihren eigenen Kommandeur um Hilfe bat. Tse-Mallorys Kehle war vor Ärger und Verlegenheit trocken, während er das Gespräch mit verfolgte.

»Major Gonzales«, sagte der Ornithorphe, »ich bitte Sie jetzt ein letztes Mal, und dann muß ich gehen und alles in meiner Macht stehende für mein Volk tun, und wenn es nur darin bestünde, mit ihm zu sterben. Werden Sie jetzt die unter Ihrem Kommando stehenden Streitkräfte zum Einschreiten veranlassen und ein Massaker verhindern?«

Die Stimme von Einsatzkommandeur Major Julio Gonzales drang aus dem kleinen Lautsprecher. Sie war kühl und gelassen. Bran Tse-Mallory hatte gute Lust, das Lautsprechergitter und das selbstgefällige Gesicht dahinter in Stücke zu schlagen.

»Und ich sehe mich gezwungen, Sie erneut daran zu erinnern, Gouverneur Bolo, daß ich, sosehr ich auch für Ihre unangenehme Lage Mitgefühl empfinde, nichts tun kann. Schließlich befindet sich meine Staffel nur aus reinem Zufall hier. Wir haben Streifendienst und haben auf Ihrem Planeten nur Halt gemacht, um den üblichen Höflichkeitsbesuch abzustatten. Wären wir eine Woche früher oder später gekommen, so wären wir nicht einmal Zeuge dieser unglücklichen Situation geworden.«

»Aber Sie *sind* hier und Sie *sind* Zeuge, Jaor«, begann der Gouverneur zum siebzehnten Male, »und ...«

»Bitte, mein Herr, ich habe ohnehin schon zu lange zugehört. Die Kirche und das Commonwealth befinden sich jetzt seit Jahren mit dem AAnn-Empire im Frieden ...«

»Das ist der richtige Frieden!« murmelte irgendwo eine indiskrete Stimme. Falls Gonzales das gehört hatte, ließ er es sich jedenfalls nicht anmerken.

»... und ich lehne es ab, diesen Frieden zu gefährden, indem ich mich in eine Angelegenheit einmische, die mich nichts angeht. Jedes Eingreifen, gleichgültig auf wessen Seite, käme einer kriegerischen Handlung gleich. Außerdem würde ich damit meinen Befehlen und dem Ziel dieser Streife zuwiderhandeln. Ich muß es ablehnen, das zu tun, und hoffe, daß Sie für meine Lage Verständnis haben.«

»Ihre Lage!« stöhnte der Gouverneur. Seine Stimme begann unter der Last der letzten Tage zu brechen, und er mußte sich große Mühe geben, um seine Gedanken weiterhin korrekt in Symbo auszudrücken. »Und was ist mit diesen AAnn-*ghijipps* dort draußen? Ein offener Angriff auf eine hilflose Kolonie. ›Kriegerische Handlung‹ sagen Sie! Ist das nicht eine direkte Verletzung Ihrer großartigen Konvention? Eben der Konvention, die ›Ihre‹ Streife schützen soll?«

»Wenn Ihre Behauptung zutrifft, bin ich sicher, daß die Unparteiischen der Konvention zu Ihren Gunsten entscheiden werden.«

»Zu *wessen* Gunsten!« schrie der Gouverneur. »Sie wissen doch sicherlich, was die AAnn mit Planeten tun, die sie unterworfen haben! Besonders mit solchen, die die Unverschämtheit besitzen, Widerstand zu leisten. Wenn niemand von uns am Leben bleibt, um die günstige Entscheidung des Schiedsrichterausschusses zu akzeptieren, was nützt uns dann ihre verdammte Konvention! Wird dann vielleicht der Erinnerung an uns eine Pension zugesprochen?«

»Es tut mir *wirklich* leid, Gouverneur. Ich wünschte, ich könnte Ihnen helfen, aber ...«

»Schicken Sie mir nur eines Ihrer Schiffe, eine symbolische Geste«, bettelte der Gouverneur. »Dann zögern sie vielleicht ...«

»Ich habe Ihnen doch gesagt, daß es mir leid tut, Herr Gouverneur. Ich bin *wirklich* untröstlich. Auf Wiedersehen.« Gonzales hatte die Verbindung abgebrochen.

Hinter sich hörte Bran die Stimme seines jungen Schiffsbruders. Der silberne Raumpanzer, der seinen zylindrischen Körper umschloß, ließ den tiefblaugrünen Chiton des Insekts noch heller schimmern.

»Das war vermutlich die ekelhafteste Rhetorik, die ich

je das Unglück hatte zu hören«, sagte Truzenzuzex mit kühler gleichmäßiger Stimme.

Bran gab ihm recht. Es bereitete ihm immer größere Mühe, an sich zu halten. Selbst ohne die Drogen, die man ihnen gegeben hatte, um ihr Wahrnehmungsvermögen und ihre Instinkte zu schärfen, erfüllte ihn der unwiderstehliche Drang, zu töten. Und dahinter stand die machtvolle Erkenntnis, daß die Tat vermutlich gerechtfertigt wäre.

»Ist es denn nicht möglich, daß die hiesigen ...?«

»... keine Chance haben«, führte Truzenzuzex den Satz für ihn zu Ende. »Sie sind zahlenmäßig und was ihre Waffen angeht hilflos unterlegen und verfügen außerdem gar nicht über eine reguläre Streitmacht. Was die AAnn zweifellos im voraus wußten. Ich bezweifle sogar, daß ihre Schiffe den Doppelka-Antrieb haben. Schließlich ist das nur eine Kolonie, also brauchen sie nicht viele davon.«

»Ein typisches AAnn-Manöver. Verdammt sollen diese anthropomorphen Bastarde sein! Immer wieder ein Nadelstich hier und ein Nadelstich dort. Ich wünschte, sie wären aufgestanden und hätten gesagt, daß sie uns diesen Teil der Galaxis streitig machen. Sollen sie doch aufstehen und wie Männer kämpfen!«

»Das können sie nicht, Bruder, weil sie das ganz offensichtlich nicht sind. Und ich meine damit nicht nur ihre Physiologie. Nach den Begriffen der AAnn, die in ihrer Philosophie der ›ewigen Kriegführung als dem natürlichen Zustand aller Dinge‹ niedergelegt sind, ist jeder Vorteil, den man über seinen Gegner erringen kann, *per definitionem* des Erfolges ethisch. Sie sind nicht unmoralisch, nur amoralisch. Angriffe aus dem Hinterhalt sind für sie wie Zucker — Entschuldigung, wie Brot.«

»Wenn der Major eingreifen würde, bin ich sicher, daß das Hauptquartier anschließend den Einsatz billigen würde«, sagte Bran. »Nach außen hin würden sie sich natürlich entschuldigen, aber ich wette, daß Marschall N'Gara insgeheim einverstanden wäre.«

»Vielleicht. Vielleicht auch nicht. Je älter und einflußreicher Soldaten werden, desto käuflicher werden sie auch. Ich kann mir einfach nicht vorstellen, daß unser lieber, süßer Gonzales es riskiert, ein paar Fremden zu helfen, besonders wo sie doch nicht dem Commonwealth angehören. Dazu mag er seinen Scotch und seine importierten Terra-Zigarren viel zu gern. Außerdem würde ein solcher Einsatz wenigstens ein Mindestmaß an Phantasie erfordern, eine Eigenschaft, an der es unserem Kommandeur in hohem Maße gebricht. Schau. Es fängt schon an.«

Bran blickte auf den großen Bildschirm. Draußen im All manövrierten ein paar Schiffe, die hier nur von ein paar gespensterhaften Punkten repräsentiert wurden, und nahmen ihre Kampfpositionen ein, Positionen in einer Schlacht, die wahrscheinlich nur wegen ihrer Kürze Berühmtheit erlangen würde.

Irgendwie war es den Planetenbewohnern gelungen, sechs raumtüchtige Schiffe in Dienst zu stellen. Er war bereit, die Bezüge eines Jahres darauf zu verwetten, daß keines davon ein reguläres Kriegsschiff war. Vermutlich Polizeiboote. Auf der anderen Seite formierte sich die gut ausgebildete und erstklassig gerüstete AAnn-Streitmacht zu einer ihrer charakteristischen Tetrahedron-Formationen. Etwa fünfzehn Angriffsschiffe, zwei Zerstörer und zwei aufgedunsene Lichtpunkte, die er in einer normalen Schlachtsituation als Dreadnoughts interpretiert hätte. Die fein abgestimmten Instrumente auf dem großen Bildschirm aber verrieten ihm die Wahrheit: dieselbe Masse, aber kleine Gravitationstrichter. Truppentransporter, in deren riesigen Leibern Dutzende kleiner, schwer abgeschirmter Landungsboote lauerten.

Das war nicht das erste Mal, daß er AAnn-Okkupationsstreitkräfte beobachtet hatte. Zweifellos thronten jetzt die Mitglieder der ersten Angriffswelle bequem in ihren Schiffsrümpfen, summten leise vor sich hin und warteten darauf, daß die ›Schlacht‹ begann, vergewisserten sich, daß ihre Panzer auf Hochglanz poliert waren und ihre Nervenstrahler geladen ...

Er schlug mit der Faust krachend auf das Armaturenbrett aus Duralon und riß sich dabei die Haut am Handgelenk auf. Die Homanxpatrouille bestand aus zehn Aufklärern und einem Kreuzer ... war den AAnn also mehr als gewachsen, selbst ohne die zweifelhafte ›Hilfe‹ der Planetenbewohner. Aber er hatte schon vor der pathetischen Debatte, deren Zeuge sie soeben gewesen waren, gewußt, daß Major Gonzales niemals seine holzgetäfelte Kabine auf der *Altair* verlassen würde, um in einen Konflikt einzugreifen, in dem die Homanxinteressen nicht direkt bedroht waren. Er hielt inne. Plötzlich war ihm ein Gedanke gekommen. Wenn man natürlich eine Konfrontation mit Gewalt zu einem Punkt triebe, daß es zu einer solchen Bedrohung kam ... immer noch keine sichere Garantie ... Kriegsgericht ... Entlassung aus dem Korps ... 300 000 denkende Wesen ... Konzentrationslager ... plötzlich war er gar nicht mehr so sicher, daß er einmal Hauptmann werden wollte. Trotzdem, er brauchte die Unterstützung von ...

»Bran, unser Antrieb scheint gestört zu sein.«

»Was? Ich kann nichts ...«

»Ja, ohne Zweifel. Wir scheinen in das Kampfgebiet zu treiben, ohne etwas dagegen unternehmen zu können. Mit Spitzengeschwindigkeit sogar. Ungewöhnlich und peinlich, findest du nicht auch?«

»Oh. O ja.« Ein Pseudolächeln, scharf wie ein Degen, zerschnitt sein Gesicht. »Ich sehe, wir können nichts dagegen unternehmen. Verdammt unangenehm. Natürlich müssen wir uns darauf vorbereiten, uns zu verteidigen. Ich glaube nicht, daß die AAnn-Computer genügend Unterscheidungsvermögen besitzen, um festzustellen, was für Schiffe in ihre Zielzone treiben.«

»Richtig. Ich wollte gerade meine Injektionen nehmen.«

»Ich auch.« Er machte es sich auf seinem Kontursitz bequem und spürte das Kraftfeld, das sie in die Lage versetzte, mit hoher Beschleunigung zu manövrieren. »Am besten, du beeilst dich.«

Er nahm die vorgeschriebene Haltung ein und bemühte sich, den kaum spürbaren Druck der Nadeln zu ignorieren, die sich in die Venen an seinen Beinen bohrten. Die Spezialdrogen, die sein Wahrnehmungsvermögen steigerten und die künstlichen Hemmungen lösten, mit denen sein Bewußtsein sonst den Killerinstinkt unterdrückte, begannen sofort zu wirken. Ein rosafarbener Schimmer der Freiheit hüllte seine Gedanken ein. So gehörte es sich. Das war *richtig!* Das war es, wofür er geschaffen worden war. Und gleichzeitig wußte er, daß Truzenzuzex eine ähnliche Behandlung, wenn auch mit anderen Drogen, erfuhr. Sie würden seine natürliche Fähigkeit anregen, in Bruchteilen von Sekunden Entscheidungen zu treffen und logische Auswertungen vorzunehmen, ohne sich von den Regeln von Hive und komplizierten moralischen Überlegungen ablenken zu lassen.

Kurz nach der Vereinigung, als die Wissenschaftler der Menschen und der Thranx in bezug auf die jeweils andere Rasse eine überraschende Entdeckung nach der anderen machten, stellten die Thranx-Psychologen etwas fest, was einige Menschen schon lange vermutet hatten. Der Geist des *homo sapiens* befand sich in einem dauernden Zustand labilen Gleichgewichts zwischen völliger Emotionalität und computerähnlicher Kontrolle. Wenn man die Überreste der letzteren, ob sie nun natürlich oder künstlich waren, entfernte, fiel der Mensch in eine Art kontrollierter Tierhaftigkeit zurück. Er wurde die wirkungsvollste und fähigste Mordmaschine des Universums. Im umgekehrten Falle wurde er zu einer Art fügsamen Gemüses. Für diesen Zustand hatte man bisher noch keine Anwendung gefunden, aber ersterer...

Man bewahrte im großen und ganzen Stillschweigen darüber.

Nach einer Anzahl schrecklicher, aber ehrlicher Demonstrationen, die die Thranx und ihre menschlichen Helfer veranstalteten, bestätigte die Menschheit nicht ohne ein Aufseufzen der Erleichterung, daß die Entdekkung den Tatsachen entsprach. Aber sie hatte es nicht gerne, wenn man sie daran erinnerte. Natürlich hatte ein gewisser Teil der Menschheit das schon die ganze Zeit gewußt, und insofern beeindruckte sie die Nachricht auch nicht. Andere begannen die Werke antiker Schriftsteller wie *Donatien François de Sade* mit anderen Augen zu lesen. Die menschlichen Psychologen andererseits rückten die wunderbare Fähigkeit der Thranx in ein klareres Licht, schnelle und korrekte Entscheidungen ohne jegliche emotionelle Ablenkung und unter völlig auf die Praxis gerichteten Überlegungen zu treffen. Nur die Thranx hielten das nicht für so wunderbar. Ihre Hive-Regeln und ihr kompliziertes ethisches System hatten eben diese Fähigkeit in gleichem Maße unterdrückt, wie die Menschheit ihre Mordgelüste im Zaum gehalten hatte.

Das Endergebnis all der Forschungen und Experimente war dies: In Verbindung mit einem Ballistikcomputer, um Ziele auszuwählen und ihre Entfernungen zu ermitteln, war ein Triumvirat aus Thranx, Mensch und Maschine eine unschlagbare Kombination in der Weltraumkriegführung. Der Thranx zügelte den Menschen, der Mensch lockte den Thranx. Es war hocheffizient und erbarmungslos. Die menschlichen Vorstellungen vom ›Gentlemenkrieg‹ verschwanden für immer von der Bildfläche. Nur die AAnn hatten es mehr als einmal gewagt, dieses System herauszufordern, und sie waren zäh und klug genug, dies sporadisch zu tun, wenn auch nur dann, wenn sie glaubten, alle Vorteile auf ihrer Seite zu haben.

Es war ein Glück, daß Thranx und Menschen sich sogar als noch kompatibler erwiesen, als die Konstrukteure des Systems zu hoffen gewagt hatten — weil es in der Natur der Verbindung mit der Drogenmaschine lag, daß es zu einer Art Verschmelzung der beiden Bewußtseinseinheiten kam. Es war, als kämpften die beiden Lappen eines Gehirns eine Entscheidung zwischen sich aus, wobei dann die erzielten Kompromisse an das Rückenmark und den Rest des Körpers zur Durchführung weitergeleitet wurden.

Einige Aufklärerpiloten verglichen es mit Zwillingen im Mutterleib. So intim war die Beziehung. Und nur auf diese Weise konnte die Kampfmaschine, die sich daraus ergab, hundertprozentig effizient operieren. Der Partner wurde zum Schiffsbruder. Wenige Aufklärerpiloten blieben lange verheiratet, sah man einmal von den wenigen ab, die überdurchschnittlich verständnisvolle Frauen fanden.

Eine Art schwirrender Nebel hüllte sein Blickfeld ein und dämpfte seine Sicht, steigerte sie aber gleichzeitig. Jetzt nahm er winzigste Kleinigkeiten war. Staubkörner in der Atmosphäre der Kabine wurden so deutlich abgebildet wie Steinbrocken. Seine Augen klammerten sich mit der Konzentration einer verhungernden Kobra an den weißen Diamanten auf dem Bildschirm fest. Alle Aufklärerpiloten gaben zu, daß sie ein Gefühl hochgradiger Euphorie empfanden, wenn sie unter Kampfdrogen standen. Und das erlebte Bran jetzt. Die Werbeplakate der Friedensstreitkräfte bestanden zwar darauf, daß das ein angenehmes Nebenprodukt der Drogen sei, aber die Piloten wußten, um was es sich handelte: die natürliche Erregung, die die meisten völlig enthemmten Menschen erfaßt, wenn sie das prickelnde Vorgefühl des Tötens überkommt. Seine Gefühle tobten wie ein Strudel in ihm, aber seine Gedanken blieben glasklar.

»Scheißuniversum, du Käfer!« schrie er trunken, und wie aus endloser Ferne schwebte Truzenzuzex' Stimme zu ihm herunter.

»Scheiß-Universum, du stinkender Primat!«

Das Schiff jagte auf eine Ecke des AAnn-Tetrahedrons zu.

Die feindlichen Streitkräfte hielten so lange wie möglich stand. Dann lösten sich drei Schiffe aus der Formation, um ihren Angriff zu stoppen. Der Rest der Formation blieb unverändert. Zweifellos hatte noch kein Offizier bemerkt, daß dieser selbstmörderische Angriff nicht aus den Reihen der jämmerlichen planetarischen Verteidigungskräfte kam. Und da sie alle die Flottensendung aufgenommen hatten, *wußten sie,* daß es sich unmöglich um ein Schiff des Commonwealth handeln konnte.

Bran richtete ihre einzige mittelstarke SCCAM auf den nächsten der drei Angreifer, das Schiff, das die Spitze übernommen hatte. Wie durch einen Nebel konnte er die wütende Stimme von Major Gonzales über die Schiffsfrequenz hören. Aber sie drang nicht zu seinem jetzt völlig beschäftigten und total konzentrierten Bewußtsein durch. Offenbar hatte der Kommandeur ihre Codemitteilung, wonach sie Maschinenschaden hatten, nicht geglaubt.

»Sie dort, was bilden Sie sich denn ein! Zurück mit Ihnen! Schiff Nummer... Schiff Nummer fünfundzwanzig, in Formation zurückkehren! Bestätigen... äh... Du lieber Himmel! Braunschweiger, wessen Schiff ist das? Ich will das wissen, schnell!«

In der engen Kabine war es entschieden zu laut. Er schaltete den Lautsprecher ab, und sie jagten in vergleichsweiser Stille dahin. Er versuchte sich das Bild des AAnn-Admirals vorzustellen. Zweifellos saß er jetzt bequem in seiner Kabine auf einem der Truppentransporter und kaute an einem Narco-Stab... mit einem Auge auf die Commonwealth-Streife blickend, die in der Nähe im Raum trieb. Zweifellos hatte auch er das Gespräch zwischen dem Planetengouverneur und Major Gonzales mit angehört. Herzlich gelacht, ohne Zweifel.

Sich auf ein nettes routinemäßiges Massaker eingestellt. Bestimmt war er jetzt etwas verwirrt, besonders wenn er gesehen hatte, wie der einzelne Aufklärer wie verrückt auf die Mitte seiner Formation zuraste.

Brans Hand tastete nach den Feuerknöpfen. Die ruhige Stimme von Truzenzuzex drängte sich in sein Bewußtsein. Nein, sie war bereits ein Teil desselben.

»Halt. Noch nicht.« Pause. »Wahrscheinlichkeit.«

Er versuchte ärgerlich, den Gedanken wegzudrängen. Aber er ließ ihn nicht los. Es war genauso, als versuchte man, einen Teil seiner selbst abzuschneiden. Aber seine Hand blieb dem Feuerknopf fern, während der cremefarbene Punkt auf dem Bildschirm immer größer wurde.

Wieder die ruhige, einen zum Wahnsinn treibende Stimme. »Kurswechsel zehn Grad minus Y, plus X zwo Grad, optimale Tangente.«

Bran wußte, daß sie sterben würden, aber in seinem schemenhaft losgelösten Zustand schien ihm das nur von höchst peripherer Bedeutung zu sein. Ihr augenblickliches Problem und der einzige Grund ihrer Existenz war es, so viele wie möglich von *ihnen* zu töten. Daß sie selbst dabei ebenso vernichtet werden würden, stand fest, wenn man die gegen sie angetretene Zahl bedachte, aber wenigstens würde es ihnen gelingen, die AAnn-Invasion zumindest zu stören. Ein winziger Teil seiner selbst empfand Dankbarkeit für Truzenzuzex' ruhige Anwesenheit.

Er hatte einmal Filme gesehen, in denen Aufklärer operierten, die nur von Menschen besetzt waren. Sie hatten eine fatale Ähnlichkeit mit Streifen gezeigt, die terranische Haie beim Fressen darstellten.

Und dann war der Augenblick da. »Feuer eins!« Diesmal hatte die insektoide Hälfte seines Bewußtseins keine Einwände. Er spürte das leichte Rucken seines Körperfeldes, als das Schiff sofort ein kompliziertes Manöver flog, das dem Gegner jegliches Abwehrfeuer unmöglich machte und es ihnen selbst gleichzeitig erlaubte, die verbleibenden zwei Feindschiffe ins Visier zu bekommen. Ohne das Kraftfeld wären sie jetzt zu Mus zerquetscht worden.

Das Verschwinden eines Gravitationstrichters vom Bildschirm verriet ihm, daß das SCCAM-Projektil das AAnn-Schiff getroffen und seinen Abwehrschirm durchdrungen hatte. Eine Explosion flammte lautlos im Weltraum auf. Ein SCCAM war außerstande, sein Ziel zu verfehlen.

Das SCCAM-System selbst war eine Modifikation des Doppel-K-Antriebs, den die Schiffe der meisten raumfahrenden Rassen benutzten.

Als Menschen und Thranx einander begegneten, stellte es sich heraus, daß die menschliche Version wirksamer war als der Antrieb der Thranx. Er besaß einen höheren Wirkungsgrad und einige Bedienungsvorteile. Die Thranxwissenschaftler entwickelten nach der Verschmelzung gemeinsam mit ihren menschlichen Kollegen bald eine Anzahl von Verbesserungen in dem ohnehin schon bemerkenswerten System. Dieser modifizierte Antrieb wurde in allen Homanxschiffen installiert, und andere Rassen fingen an, die einzelnen Baugruppen zu bestellen, die es wiederum ihnen erlaubten, ihre eigenen Modifikationen durchzuführen.

Aber die Ausnutzung des Schwerkraftantriebs als Waffe war eine reine Thranxerfindung. Tatsächlich waren die SCCAM-Projektile thermonukleare Geräte auf kleinen Schiffsmotoren, wenn man davon absah, daß alle Teile, mit Ausnahme jener, die einen Schmelzpunkt über 2400 Grad erforderten, aus Osmium gefertigt wurden. Die Projektile nutzten zunächst den Gravitationstrichter des Schiffes aus, von dem sie gestartet wurden, und flogen dann ihrem Ziel entgegen. Sobald ein genügend großer Sicherheitsabstand vom Schiff erreicht war, schaltete sich der eigene Antrieb des Projektils ein. Und unmittelbar darauf wurde das Feld absichtlich überladen und so automatisch von dem nächsten großen Gravitationstrichter angezogen — in diesem Falle dem Antriebssystem eines feindlichen Schiffes. Mit der unkontrollierten Energie einer Fusionsreaktion gekoppelt, eliminierten die beiden einander überlappenden Felder unwiderruflich jede Spur des Ziels. Ein Fluchtversuch des feindlichen Schiffes war aussichtslos, etwa durch den Versuch, das eigene Feld abzuschalten, denn wenn es auf diese Weise auch vielleicht den Aufprall des kleinen Projektilfeldes überstand, so hatte man bis jetzt doch noch kein Schiff konstruiert, das ohne Schutzschirm die Gewalt einer Fusionsexplosion überstehen konnte. Und da die Schutzschirme von den Gravitationsantrieben gespeist wurden ...

Er spürte wie das Schiff erneut unter ihm zuckte, wenn auch diesmal nicht so kräftig. Wieder tauchte ein Ziel vor ihnen auf. Er feuerte erneut. Truzenzuzex hatte einen Einwand vierten Grades gebracht, und Bran hatte mit einem Veto zweiten Grades gekontert. Der Computer schloß sich Bran an und gab das Projektil frei. Beide Hälften der lenkenden Intelligenz an Bord des Schiffes hatten teilweise recht gehabt. Das Ergebnis war ein weiterer Treffer ... aber nur knapp.

Die Formation der AAnn schien zu schwanken. Dann brach die linke Hälfte des Tetrahedron zusammen, als die Schiffe auf dieser Seite diesen alarmierenden Angriff in der Flanke zu kontern versuchten.

Wahrscheinlich hatte der Kommandant der AAnn die Auflösung der Formation sogar befohlen. In einem langsamen, trägen Truppentransporter eingeschlossen, fing er inzwischen vermutlich bereits an, sich um das Wohlergehen seiner eigenen Person Sorgen zu machen. Und von dieser strategisch sinnlosen Aktion der Angreifer bestärkt, stürzte sich jetzt die schwache Streitmacht der belagerten Planeten von vorne auf die nun einmal gebrochene Formation und vergrößerte damit noch die Verwirrung und lenkte damit die Aufmerksamkeit der AAnn-Kriegsschiffe von ihrem unerwarteten Gegner ab.

Bran hatte gerade einen dritten Schuß abgegeben — diesmal einen Fehlschuß —, als eine mächtige Erschütterung seinen Aufklärer beutelte. Trotz seines Schutzfeldes wurde er unsanft nach vorne geschleudert. Die Lichter flackerten, verdunkelten sich, verloschen ganz, um unmittelbar darauf von dem gespenstischen blauen Schein der Notaggregate ersetzt zu werden. Er überprüfte seine Instrumente und berichtete routinemäßig seinem Schiffsbruder.

»Tru, diesmal ist der Antrieb wirklich ausgefallen. Wir gehen in freien Fall über, nur ...«, er hielt inne. Wo blieb denn die typische ironische Antwort?

»Tru? Wie sieht's denn bei dir aus?« Aus dem Lautsprecher kam nur ein ausdrucksloses Zischen. Er schob den Schalter ein paarmal hin und her. Er schien zu funktionieren. »Tru? Sag doch etwas, du Schnecke! Alte Schlange, Termit, Säufer ... verdammt noch mal, *sag* doch etwas!«

Seit das Schiff kampfunfähig war, wurden automatisch die Gegendrogen in sein System injiziert. Limbo sei Dank, daß die Automedicos noch funktionierten! Er spürte, wie der Drang zu töten ihn träge losließ, um von dem stumpfen Nachgeschmack und der zeitweiligen Lethargie ersetzt zu werden, die unweigerlich jedem Kampfe folgte.

Fluchend und schimpfend kämpfte er gegen seinen Raumpanzer an. Er schaltete sein Körperfeld ab, ohne sich darum zu scheren, ob das Schiff etwa plötzlich beschloß, Kampfkurs aufzunehmen und ihn an die Kabinenwand zu schmieren. Mit rotem Gesicht kletterte er über zerbrochene Rohre und Leitungen, in denen gelegentlich Funken sprühten, zu Truzenzuzex' Andruckliege hinauf. Seine eigenen Muskeln reagierten nicht mehr, und er verfluchte seine Hände, die kraftlos von den Griffen abrutschten. Unter dem Einfluß der Drogen war ihm gar nicht klargeworden, wie schwer das kleine Schiff beschädigt worden war. Abgerissene Verkleidungen und Isoliermaterial schwebten überall herum und ließen erkennen, daß die Gravitationsanlage beschädigt worden war. Aber die Kabine selbst war unbeschädigt, und er konnte ohne Atemgerät atmen.

Die Kampfstation des Thranx war länger und niedriger als die seine, da das Insekt im Liegen mit dem Gesicht nach vorne arbeitete. Folglich war das erste Körperteil seines Kollegen, das Bran sah, der herzförmige Kopf mit seinen strahlenden Facettenaugen. Ihr Glanz war schwächer geworden, aber nicht verschwunden. Verzweifelt begann er den B-Thorax über dem Halsgelenk zu massieren, um damit den Kreislauf des Thranx anzuregen.

Er tat das eine Weile, ohne sich um die Feuchtigkeit zu kümmern, die ihm immer wieder den Blick versperrte. Und dann warf er endlich den Kopf in den Nacken, damit das Blut aus seiner Stirnwunde wenigstens nach hinten floß.

»Tru! Komm jetzt, Kumpel! Beweg dich, verflucht noch mal! Meinetwegen kannst du kotzen, aber tu irgendwas, verdammt!« Die Ironie seiner Bemühungen, seinen Gefährten ins Bewußtsein zurückzurufen, damit er wenigstens bei Bewußtsein war, wenn die Disrupterstrahlen der AAnn ihr Schiff und sie selbst in Millionen Stücke zerrissen und im Kosmos verstreuten, hinderte ihn nicht an seinen Bewegungen.

Truzenzuzex begann sich schwach zu regen, und das Zischen aus seinen Atemlöchern unter Brans Händen kam unregelmäßig.

»MMMff! Ooooo! Mein Freund, ich gebe hiermit allen kund und zu wissen, daß ein Schlag auf den Schädel keineswegs den Gedankenflug fördert! Etwas weiter unten rechts bitte, dort juckt es. O weh, ich fürchte, mir stehen Kopfschmerzen bevor.«

Er hob langsam eine Echthand zum Kopf, und Bran

konnte sehen, wo eine Stange oder dergleichen ihn nach dem Ausfallen des Körperfeldes getroffen hatte. Das azurfarbene Exoskelett des Insekts zeigte einen häßlichen dunklen Streifen. Der Organismus der Thranx war ungewöhnlich zäh, aber gegenüber Stich- und Schnittwunden höchst verletzlich, da das Atemsystem offenlag. Solange ihr Körperpanzer intakt blieb, waren sie nahezu unverletzlich, in viel höherem Maße jedenfalls als ihre menschlichen Freunde. Der gleiche Schlag hätte Brans Schädel wahrscheinlich wie eine Eierschale geknackt. Die großen Augen wandten sich ihm zu.

»Schiffsbruder, ich stelle eine leichte Flüssigkeitsabsonderung in den Winkeln deiner Sehorgane fest, wobei diese Flüssigkeit von anderer Zusammensetzung ist als die, die aus deinem Kopf dringt. Ich kenne die Bedeutung dieser Flüssigkeit und kann dir versichern, daß derlei unnötig ist. Abgesehen von der Beschädigung meiner makellosen und unwiderstehlichen Schönheit bin ich ganz in Ordnung ... glaube ich.

Übrigens kommt mir in den Sinn, daß wir beide schon viel zu lange gelebt haben. Da ich dem Anschein nach zumindest für den Augenblick beeinträchtigt bin, würde ich es begrüßen, wenn du deinen Gesichtsregen einstellen würdest, wieder deine Position einnähmest und feststelltest, was, zum Teufel, denn hier vor sich geht.«

Bran wischte sich die Tränen aus den Augenwinkeln. Was Tru sagte, stimmte natürlich. Er war so damit beschäftigt gewesen, das Insekt wiederzubeleben, daß ihm gar nicht aufgefallen war, daß sie beide nach allen vernünftigen Begriffen der Kriegführung schon seit einigen Minuten hätten tot sein müssen. Zugegeben, die AAnn waren vielleicht nicht besonders phantasievolle Kämpfer, aber effizient waren sie zweifellos. Er kroch zu seinem Sitz zurück und schaltete den Bildschirm auf die Notgeneratoren. Was er da sah, nahm ihm fast den Atem.

»O Mann! Klasse! Holt sie euch, Sechste, Baby!«

»Wirst du wohl aufhören, unverständliche Mundgeräusche zu machen, und mir sagen, was vorgeht? Meine Augen sind noch nicht ganz fokussiert, aber ich sehe, daß du auf deinem Sitz auf eine Art und Weise herumhüpfst, die in keiner Weise in Beziehung zur Bewegung des Schiffs steht.«

Aber Bran war nicht zu halten. Die Szene, die sich ihm auf dem Bildschirm darbot, war zwar nur undeutlich zu erkennen, aber an dem Geschehen herrschte kein Zweifel. Sie erinnerte an ein Ping-Pong-Spiel das von zwei Hochgeschwindigkeitscomputern im freien Fall gespielt wird. Die AAnn-Streitkraft befand sich voll im Rückzug — oder besser gesagt, ihre Überreste. Die leuchtenden Punkte der Commonwealth-Aufklärer rasten mit charakteristisch unvorhersehbaren Manövern zwischen ihnen herum. Gelegentlich zeigte ein kurzer greller Blitz die Stelle an, wo ein weiteres AAnn-Schiff die Ebene der materiellen Existenz verlassen hatte. Und über dem brüllenden schreienden Lärm im Lautsprecher schwebte irgendwo eine Stimme, eine Stimme, die keinem anderen als Major Gonzales gehören konnte. Immer wieder wiederholte sie dieselbe Frage.

»Was ist passiert was ist passiert was ist passiert was ...?«

Und jetzt erlitt Bran seine zweite Kampfverletzung. Er zog sich vor lauter Lachen einen Muskelriß zu.

Später, bei der Kriegsgerichtsverhandlung, wurde alles aufgeklärt. Die anderen Mitglieder der Streife hatten gesehen, wie einer der Ihren sich aus der Formation löste und die AAnn angriff. Sie hatten so lange zugesehen, wie ihnen das möglich war. Und dann begannen sie ebenfalls, ihre Plätze zu verlassen und zu folgen. Nur der Kreuzer *Altair* hatte an dem Kampf nicht teilgenommen. Seine Mannschaft hatte es recht schwer, nachher den Spott zu ertragen, obwohl das Ganze nicht ihre Schuld war.

Nicht einmal ein Baum auf dem Planeten war versengt worden.

Der Vorsitzende der Gerichtsverhandlung war ein älterer Thranxgeneral von der Hive-Welt selbst. Seine ladestockähnliche Haltung in Verbindung mit dem verblassenden Exoskelett und seiner beißenden Stimme machten ihn zu einer gefürchteten Gestalt. Die Mehrzahl der Streife wurde von jeder Schuld freigesprochen. Man befand, daß sie nach den Vorschriften des Commonwealth gehandelt hätten, indem sie ›unter berechtigten Umständen gehandelt hatten, wo ein Akt der Gewalt gegen Eigentum oder Personen des Commonwealth oder der Kirche mit aller notwendigen Gewalt erwidert werden soll, um die Auswirkungen solcher gewalttätigen Handlung zunichte zu machen‹. Man kam zu dem Schluß, daß diese Vorschrift in Funktion getreten sei, als die AAnn-Schiffe den Aufklärer Nummer fünfundzwanzig angegriffen hätten. Daß Aufklärer Nummer fünfundzwanzig die Aktion provoziert hatte, war ein Punkt, den das Gericht ›zu gegebener Zeit sorgfältig studieren würde‹.

Die Kadetten Bran Tse-Mallory und Truzenzu von der Zex wurden degradiert und aus dem Flottendienst entlassen. Vorher freilich sollte ihnen der Kirchenverdienstorden verliehen werden. Dies geschah auch. Außerdem erhielt jeder von ihnen eine Schriftrolle, auf die die Bürger des Kolonieplaneten namens Goodhunting ihren Dank und ihre Namen geschrieben hatten ... alle zweihundertfünfundneunzigtausend.

Major Julio Gonzales wurde zum Kommodore befördert und an einen ruhigen Schreibtischposten in einem obskuren System versetzt, das von halbintelligenten Amphibiengeschöpfen bewohnt war.

Bran war zuerst formell in den Clan seines Schiffsbruders, den Zex, aufgenommen worden, war anschließend der Kirche beigetreten, hatte sich intensiv mit der Kanzlei für fremde Soziologie befaßt und dort akademische und sonstige Ehren errungen. Truzenzuzex blieb auf seinem Heimatplaneten Willow-Wane und nahm wieder seine vormilitärischen Studien der Psychologie und der theoretischen Geschichtswissenschaften auf. Kurz darauf wurde ihm der Titel Eint zuerkannt. Ihre Interessen verliefen unabhängig voneinander in gleicher Richtung, bis beide sich den Studien der uralten Tar-Aiym-Zivilisation widmeten. Zehn Jahre waren verstrichen, bis sie sich wieder begegneten, und seitdem waren sie stets zusammen gewesen, ein Arrangement, das keiner von ihnen bedauern brauchte.

»Wollen Sie einen Winteranzug kaufen, mein Herr? Die Astrologen prophezeien Kälte und Schnee. Die schönsten *Pyrrm*-Pelze, edler Herr?«

»*Pas?* Nein, vielen Dank, Händler.« Unmittelbar vor ihnen zweigte die Straße zu ihrem kleinen Gasthof ab.

Bran empfand ein ungewöhnlich starkes Bedürfnis nach Schlaf.

06

Flinx kehrte in sein Appartement zurück, um sich auf die Reise vorzubereiten. Unterwegs hatte er an einem Geschäft haltgemacht, das er gut kannte, und sich dort eine kleine Schiffstasche gekauft. Er hatte solche Taschen oft im Hafen gesehen, wo sie von Raumfahrern getragen wurden. Er würde sie gut gebrauchen können; sie war leicht, hatte ein eingebautes Sensorschloß und war fast unzerstörbar. Sie feilschten voll Hingabe über den Preis und einigten sich schließlich auf sechsundneunzig, zwanzig Credits. Wahrscheinlich hätte er noch einen weiteren Credit herunterhandeln können, aber er war in Gedanken bereits so sehr bei seiner Reise, daß der Verkäufer sich besorgt nach seinem Gesundheitszustand erkundigte.

In seinem Appartement angekommen, überraschte es ihn nicht sehr, daß alles, was er besaß und was von einigem Nutzen war, leicht in die eine Tasche paßte. Sein Bedauern war nur leicht. Er sah sich um, ob es noch etwas mitzunehmen gab, aber das Bett paßte nicht hinein und auch die Roboküche nicht. Er schulterte die Tasche und verließ seine Behausung.

Die Hausmeisterin musterte ihn argwöhnisch, als er sich anschickte, ihr die Schlüssel zu übergeben. Sie war eine ordentliche Frau, aber ungewöhnlich argwöhnisch. Auf ihr hartnäckiges Fragen erklärte er nur, daß er eine Reise von einiger Dauer anzutreten im Begriff war und keine Ahnung hatte, wann er zurückkehren würde. Nein, er war nicht ›auf der Flucht vor dem Gesetz‹. Er erkannte deutlich, daß die Frau an einer Krankheit litt, die als Tridi-Sucht bezeichnet wurde, und daß ihre Phantasie bereits erheblich davon betäubt war. Ob sie bereit wäre, ihm das Zimmer bis zu seiner Rückkehr freizuhalten? Ja, das würde sie ... für vier Monate Miete, im voraus, bitte. Er bezahlte, anstatt lang zu argumentieren. Das riß ein tiefes Loch in die hundert Credits, die er vor so kurzer Zeit verdient hatte, aber er hatte es eilig.

Dann schlenderte er in die Nacht hinaus. Er dachte an Schlaf, aber sein Körper war von dem schnellen Lauf der Ereignisse noch aufgeputscht und leistete Widerstand. Schlaf war unmöglich. Und draußen war es angenehm. Er trat in das Licht und den Lärm hinaus und ließ sich von der vertrauten Hektik des Marktes treiben. Er genoß die nächtlichen Düfte des Budenhalbmonds, die heiseren Rufe der Händler, begrüßte jene, die er kannte, und lächelte den Gesichtern zu, die hinter den pastellfarben beleuchteten Fenstern der weniger ehrenwerten Salons herauslugten, und manchmal entdeckte er ein besonders vertrautes Gesicht. Dann schlenderte er darauf zu und plauderte eine Weile und tauschte mit ihnen Klatsch und Anekdoten aus, von denen Flinx stets über einen reichen Vorrat verfügte. Und dann raufte der reiche Händler oder der arme Bettler sein rotes Haar, auf daß es ihm Glück bringe, und sie trennten sich — diesmal zumindest für einen längeren Zeitraum als bloß die Nacht.

Wenn man einen Dschungel organisieren und besteuern könnte, so würde man ihn Drallar nennen.

Er war fast eine Meile weit gegangen, als ihm das Hellerwerden des westlichen Himmels auffiel, das das Herannahen des Erstnebels bedeutete (denn eine echte Morgendämmerung gab es auf Moth nicht). Die Zeit war schneller verstrichen, als er erwartet hatte. Er mußte bald im Hafen sein, aber eines gab es vorher noch zu tun.

Er bog scharf nach rechts ab und eilte ein paar Gassen und Wege hinunter, die er gut kannte. Ungefähr in der Mitte des Marktplatzes, wo es nachts leiser war als an seinem Rande, erreichte er ein massives, wenn auch kleines Gebäude. An seinen Mauern waren Metallgegenstände aller Art zum Kauf angeboten. Die Tür hatte ein Kombinationsschloß — ein Überbleibsel aus uralter Zeit —, aber er wußte damit umzugehen. Und dann schloß er sie vorsichtig hinter sich.

In dem kleinen Haus war es dunkel, aber durch das Dach drang Licht herein, durch Ritzen, die groß genug waren, um der Luft Zutritt zu gewähren, aber klein genug, um Diebe fernzuhalten. Er schlich sich in ein Hinterzimmer und brauchte dazu nicht einmal das schwache Licht. Die Frau lag dort auf einem einfachen, aber mit dicken Decken belegten Bett und schnarchte leise. Ihr Atem ging schwach, aber regelmäßig, und auf ihrem uralten Gesicht lag ein wissendes Lächeln. Es war natürlich Unsinn. Er stand ein paar lange Augenblicke da und starrte stumm auf das runzelige pergamentene Gesicht. Dann beugte er sich vor. Zart schob er das gepflegte weiße Haar zur Seite und drückte einen Kuß auf die knochige Wange. Die Frau regte sich im Schlaf, erwachte aber nicht. Und dann verließ er den Raum rückwärts gehend und so leise, wie er ihn betreten hatte, und er vergaß nicht, das Schloß wieder hinter sich zu verschließen.

Und dann trottete er schnell, immer wieder in Laufschritt verfallend, zum Hafen. Pip döste wie ein Stein auf seiner Schulter.

07

Der Raumhafen war eine gehörige Strecke Weges von der Stadt entfernt, damit der Lärm, die Abgase und der geschäftige Handel nicht die Geschäfte der Leute von Drallar oder den Schlaf des Königs störten. Für einen Fußgänger war es zu weit. Also rief er sich eine *Meepah*-Rikscha, und der Kutscher trieb das schnellfüßige Tier zum Hafen. Die *Meepahs* waren behende und konnten dem moderneren Verkehr geschickt ausweichen. Es war eine sehr sportliche Art zu reisen, und die mit Nebel gesättigte Luft, die ihm ins Gesicht wehte, wischte die letzten Spuren seiner Müdigkeit weg. Da die Tiere reine Sprinter waren und nur etwa eine Stunde lang tüchtig laufen konnten, waren sie auch teuer. Sie flogen an langsameren Gefährten und großen Luftkissenfahrzeugen vorbei, die Tonnen von Waren zwischen dem Hafen und der Stadt hin und her beförderten. Und die Armen von Moth gingen neben der Straße entlang, wie sie das seit Jahrhunderten getan hatten und ohne Zweifel noch jahrhundertelang tun würden. Auf Moth gab es keine öffentlichen Laufbänder, wie man sie in den Hauptstädten zivilisierterer Planeten reichlich vorfand. Solche Laufbänder waren nicht nur teuer, die Nomadenbevölkerung von Moth neigte auch dazu, sie in Stücke zu schneiden und als Schrott zu verkaufen.

An einer von den Ladedocks etwas abgelegenen Stelle bezahlte er den Kutscher, stieg aus und eilte zu den großen röhrenförmigen Gebäuden. Von den zahlreichen Besuchen, die er als Kind dem Hafen abgestattet hatte, kannte er sich hier ziemlich gut aus. Woher sein Interesse an diesem Ort rührte, wußte er nicht. Ganz bestimmt nicht von Mutter Mastiff! Der Hafen hatte ihn von frühester Kindheit an als Verbindungsglied zu den anderen Welten draußen fasziniert. Als er alt genug war, sich der Obhut der alten Dame zu entziehen, war er oft hierher gekommen, wobei er den ganzen Weg auf seinen kurzen unsicheren Beinen zu Fuß gegangen war. Dann hatte er stundenlang zu Füßen knorriger alter Raummatrosen gesessen, die sich über sein Interesse freuten und ihre uralten Geschichten vom All und den vielfältigen Lebensformen auf Tausenden von Planeten erzählt hatten.

Manchmal war er bis in die tiefe Nacht dort geblieben. Und dann hatte er sich vorsichtig nach Hause geschlichen, in die wartenden Arme einer schimpfenden Mutter Mastiff. Aber der Raumhafen hatte ihn immer in einen geradezu hypnotischen Bann gezogen. Besonders die interstellaren Frachter hatten ihn begeistert, jene riesigen ballonartigen Schiffe, die zwischen den bewohnten Welten verkehrten und fremdartige Frachten und noch fremdartigere Passagiere beförderten. Söhnchen, hatten die Matrosen immer wieder gesagt, wenn es die Frachter nicht gäbe, dann würde das ganze verdammte Universum zusammenbrechen, und das Chaos würde wiederkehren und regieren.

Und jetzt würde er vielleicht Gelegenheit bekommen, eines dieser märchenhaften Schiffe persönlich in Augenschein zu nehmen.

Hinter ihm war ein anhaltendes dumpfes Grollen zu vernehmen, und als er sich umwandte, sah er ein Frachtshuttle raumwärts springen, hinter sich den vertrauten purpurgelben Schweif herziehend. Das schallschluckende Material in seiner Startgrube und das in Schichten aufgetragene Glas des Gebäudes dämpften das Heulen der Raketen und Staustrahldüsen. Dies war ein Anblick, den er schon viele Male gesehen hatte, und doch war ihm, als ginge jedesmal ein Stück seiner selbst mit jedem Flug raumwärts. Er eilte weiter, suchte nach einem Docksteward.

Im Hafen von Drallar landete oder startete etwa alle fünfzehn Minuten ein Shuttle. Und dieser Hafen war keineswegs der einzige des Planeten. Einige der Privathäfen, die von den multiplanetarischen Firmen unterhalten wurden, waren beinahe ebenso groß. Und auf den Raketen wurden Holz, Holzprodukte, Pelze, Leichtmetalle und Lebensmittel exportiert, während Maschinen, Luxusgüter, Händler und Touristen ›importiert‹ wurden. Da! Ein Steward in seiner charakteristischen weiß und schwarz geriffelten Uniform zählte Bündel von Plastikpaneelen. Er eilte auf den Mann zu. Der Steward registrierte Flinx' Kleidung, sein Alter und seine Schiffstasche und rechnete diese Faktoren gegen das offensichtlich gefährliche Reptil auf, das sich um die Schulter des Jungen ringelte. Er überlegte, ob er die kurze Frage beantworten sollte, die Flinx ihm stellte. Ein weiterer Steward höheren Ranges kam auf einem Roller angefahren, bremste sein Fahrzeug ab und hielt an.

»Schwierigkeiten, Prin?«

Der Steward blickte dankbar auf seinen Vorgesetzten. »Diese ... Person ... möchte den Weg zu den Privatdocks des Hauses Malaika erfahren.«

»Hm.« Der Ältere musterte Flinx, der geduldig wartete. Er hatte so etwas erwartet, konnte aber nur gute Absichten des älteren Mannes erkennen. »Dann zeigen Sie sie ihm doch. Es schadet ja nichts, wenn er sich die Schiffe ansieht, und vielleicht hat er tatsächlich einen Grund, dorthin zu wollen. Ich hab' schon seltsamere Gestalten in Malaikas Schiffe steigen sehen.« Der Mann setzte seinen Roller wieder in Bewegung und fuhr den langen Korridor hinunter. »Grube fünf, zweiter Quergang links«, sagte der Mann zögernd. »Und daß du mir ja nirgends anders hingehst!«

Aber Flinx hatte sich bereits in die Richtung, die ihm gewiesen wurde, in Bewegung gesetzt.

Grube fünf war nicht allzuschwer zu finden, aber die teleskopartig angeordnete Rampe schien endlos. Er war erleichtert, als er die hochgewachsene Gestalt des Handelsherrn bemerkte.

»Freut mich, daß du kommst, *Kijana!*« brummte er und hieb Flinx auf den Rücken. Zum Glück gelang es ihm, dem Schlag einigermaßen auszuweichen. Pip zuckte leicht. »Du bist der letzte, der eintrifft. Alle anderen sind schon an Bord. Gib deine Tasche dem Steward und schnall dich an. Wir starten gleich.«

Malaika verschwand nach vorne, und Flinx gab dem geschäftig wirkenden jungen Burschen seine Tasche. Der Steward trug auf Kappe und Jacke das Wappen des Hauses von Malaika (ein Sternenschiff über einem Bankauszug). Der Mann verschwand durch eine Tür nach hinten und ließ Flinx allein in der kleinen Schleuse stehen. Da er keine Lust hatte, auf den Steward zu warten, ging er nach vorn in die Passagierkabine, wo er einen freien Platz fand.

Da dies ein privates Fahrzeug war, war es kleiner als die üblichen Raumschiffe. In dem schmalen niedrigen Abteil gab es nur zehn Sitze. Offensichtlich war das Shuttle nicht für längere Reisen bestimmt. Die Dekoration der Kabine wirkte fast barock. Er blickte den schmalen Gang hinunter.

Die zwei vordersten Sitze waren von Malaika und seiner Freundin Sissiph besetzt. Sie trug zur Abwechslung einen voluminösen Overall, der aber nur dazu beitrug, die Schönheit ihres Gesichts noch mehr zur Wirkung zu bringen. In der zweiten Reihe lehnten sich Bran Tse-Mallory und Truzenzuzex beiderseits über den Mittelgang und unterhielten sich angeregt. Dann kamen ihre zwei Sternenschiffpiloten Atha Moon und der schemenhafte Mann Wolf. Beide starrten intensiv auf etwas, wenn auch auf verschiedene Dinge. Atha blickte zur Luke hinaus und verfolgte die Startvorbereitungen. Die Augen des Mannes hingegen waren auf einen unsichtbaren Punkt sechs Zoll vor seiner Nase konzentriert. Sein Gesicht war wie üblich völlig ausdruckslos. Seine Miene blieb undurchdringlich.

Athas Aufmerksamkeit schien zwischen dem, was draußen vor sich ging, und der Vorderseite der Kabine hin- und herzuwandern. Die ganze Zeit war der Kopf in Bewegung, besonders dann, wenn von vorne ein Kichern oder Glucksen zu hören war. Wahrscheinlich glaubte sie, daß niemand sie beobachtete. Vielleicht hatte sie ihn nicht an Bord gehen sehen. Wolfs Anwesenheit schien ihr überhaupt nichts auszumachen. Selbst von seinem Platz aus konnte Flinx sehen, wie ihre Nakken- und Wangenmuskeln sich spannten und wieder lockerten, wie ihr Blutdruck sich veränderte, ihr Atem schneller ging. Er schüttelte den Kopf. Sie hatten noch nicht einmal ihr Schiff erreicht, und schon begann sich hier eine explosive Situation zu entwickeln. Er wußte nicht, wie lange das schon so ging, aber eines wußte er. Er wollte nicht dabeisein, wenn es zum Ausbruch kam.

Er fragte sich, ob Malaika wohl ahnte, daß seine persönliche Pilotin, die schon sechs Jahre in seinen Diensten stand, hoffnungslos in ihn verliebt war.

Es gab einige leere Plätze, und er wählte den hinter Atha. Nicht daß er diesen Platz allen anderen vorzog, er wollte nur so weit wie möglich von dem rätselhaften Wolf entfernt sein. Er vermochte den Mann nicht zu lesen, war also in bezug auf ihn recht unsicher. Dies war nicht das erste Mal, daß er sich wünschte, daß seine speziellen Talente nicht so sprunghaft wären. Aber wenn er seine Aufmerksamkeit auf Wolf lenkte, gab es nur eine seltsame diffuse Leere. Es war, als versuchte man, einen dichten Nebel auszuloten.

Eine kurze Warnung kam über den Kabinenlautsprecher, und Flinx spürte wie das Schiff unter ihm kippte. Das bedeutete, daß es mittels hydraulischer Vorrichtungen hochgehoben wurde. Kurz darauf stand es im Startwinkel von siebzig Grad.

Als er sich anschnallte, kam ihm ein anderes Problem in den Sinn. Pip schlang sich immer noch um seine linke Schulter. So würde das ganz bestimmt nicht gehen! Was würden sie mit dem Minidrach machen? Er winkte den Steward zu sich heran. Der Mann arbeitete sich mit Hilfe von Handgriffen, die in die Sitzlehnen eingelassen waren, den Mittelgang hinauf. Dann musterte er die Schlange und wurde etwas höflicher.

»Nun mein Herr, er scheint sich ja mit seinem Schwanz ziemlich gut festhalten zu können. Aber so kann er nicht bleiben, sonst würde er beim Start zwischen dem Sessel und Ihrer Schulter zerquetscht werden.« Der Art und Weise nach zu schließen, wie er das sagte, hätte es ihm persönlich nicht viel ausgemacht, wenn es zu dieser Eventualität gekommen wäre. Er ging nach hinten.

Flinx sah sich um und brachte es schließlich zuwege, daß die Schlange sich um die dicke Armlehne des Sessels neben ihm schlang. Da Pip auf Bäumen zu Hause war, machte Flinx sich viel mehr Sorgen, wie er wohl auf den Startandruck reagieren würde als auf die Wirkung der Schwerelosigkeit. Ganz davon abgesehen, wie er wohl selbst damit zurechtkommen würde.

Dabei hätte er sich keine Sorgen zu machen brauchen. Das luxuriöse kleine Fahrzeug startete so glatt, daß praktisch überhaupt kein Andruck zu spüren war, selbst dann nicht, als die Raketen sich nach dem Verstummen der Staustrahldüsen einschalteten. Es war nicht viel mehr als eine schwere Decke, die auf seiner Brust lag und ihn sanft in den gepolsterten Sitz drückte. Das leise Summen der Raketen war in der gut isolierten Kabine kaum zu hören. Insgesamt hatte er das Gefühl von Desorientierung. Im Gegensatz zu ihm schien Pip völlig ekstatisch. Dann fiel ihm ein, daß Pip mit einem Raumschiff nach Moth gekommen war und deshalb dieses Erlebnis zumindest zweimal hinter sich gebracht hatte. Seine Sorge war unbegründet gewesen. Aber immerhin hatte sie ihn vom Flug abgelenkt. Ein zweiter Blick auf den Minidrach zeigte ihm, wie der schmale Kopf hin und her zuckte, während seine spitze Zunge immer wieder hervorkam und alles berührte, was in Reichweite war. Die Schwingen waren ausgebreitet und flatterten vergnügt.

Nachdem auch die Raketen abschalteten und das kleine Schiff im Zustand der Schwerelosigkeit dahintrieb, fühlte Flinx sich genügend akklimatisiert, um neben sich zu greifen und die Schlange aufzuheben. Er legte sie sich wieder um die Schulter. Der vertraute Druck auf seinem Arm und seinem Rücken beruhigte ihn. Außerdem fühlte sich das verdammte Biest hier augenscheinlich viel zu wohl. Und was er jetzt zu Anfang ihrer Expedition ganz bestimmt nicht brauchen konnte, war ein giftiges Reptil, das in der engen Kabine wie verrückt herumflatterte.

Sie passierten einige Schiffe, die in Parkbahn um den Planeten kreisten, darunter auch eine der großen Auftankstationen für Shuttles. Einige der riesigen Weltraumschiffe waren gerade beim Laden oder Entladen, und Männer in Raumanzügen schwebten funkelnd wie Diamantenstaub um sie herum. Die Augen des Jungen nahmen alles in sich auf und hungerten nach mehr. Einmal als das Shuttle neunzig Grad zur Seite abkippte und sich auf das Annäherungsmanöver an ihr Sternenschiff vorbereitete, rollte der Planet selbst majestätisch unter ihnen in sein Gesichtsfeld.

Aus diesem Winkel waren die berühmten Ringschwingen deutlich sichtbar. Die strahlend goldenen Schichten aus Felsgestein und Gasen im Verein mit den Seen, die wie Saphire durch die Lücken in den Wolken funkelten, ließen den Planeten mehr denn je dem terranischen Insekt gleichen, nach dem man ihn benannt hatte.

Ihr Schiff, die *Gloryhole,* sah er nur ganz kurz. Das genügte. Eingezwängt zwischen aufgedunsenen Frachtern und gedrungenen Transportern wirkte es wie ein

Vollblüter in einer Scheune. Natürlich hatte auch die *Gloryhole* die typische Form eines Doppelkaschiffes, also ein Ballon an einem Stiel. Der Ballon am einen Ende war der Raum für Passagiere und Fracht, während der Stiel die Generatorspule für das Posigravfeld enthielt. Sein Ende freilich war nicht breit und rund wie ein Teller, sondern schmaler und eher kelchförmig. Der Fracht- und Passagierraum hatte zwar Ballonform, aber immerhin die eines stromlinienförmigen, etwas langgezogenen Ballons. Man brauchte nur hinzusehen, um zu wissen, daß die *Gloryhole* schneller als jeder gewöhnliche Frachter und die meisten Passagierliner war. Er hatte noch selten etwas Schöneres gesehen.

Er verspürte einen leichten Ruck, als das Shuttle an die Luftschleuse des großen Schiffes andockte. Den Anweisungen des Stewards Folge leistend, schnallte er sich los und schwebte hinter den anderen durch die Verbindungsröhre hinüber, wobei er sich Hand über Hand an Griffen entlangzog. Der ganze Luxus der *Gloryhole* im Vergleich zu den Frachtern, die man ihm beschrieben hatte, war auf den ersten Blick offenkundig: die Luftschleuse des Sternenschiffes war mit Pelz ausgekleidet.

Der Steward und Malaika wechselten leise einige Worte, und dann trieb der uniformierte Mann aus der Röhre, wobei er die Leine hinter sich herzog. Nach einer Weile schloß sich die Türe summend, und sie waren von dem Landungsboot getrennt.

»*Je?* Wenn Sie mir jetzt alle folgen wollen — halten Sie sich an den Griffen fest —, treffen wir uns im Salon.« Malaika machte den Anfang. »Atha, Sie und Wolf gehen hinauf ins Cockpit und lassen die Motoren an. Ich will hier anständige Schwerkraft. Schließlich bin ich doch kein *Buibui*, um mir mein eigenes Netz zu spinnen! Ihr wißt ja, wo eure Kabinen sind.« Atha und der Totenschädel entfernten sich durch einen Seitengang. Jetzt wandte Malaika sich den anderen zu. »Euch zeige ich eure Kabinen selbst.«

Der Salon war ein Märchen aus Glas, Holz und Plastik. An einem dünnen, aber unzerbrechlichen Netz aus Plastikfäden hingen zahllose Kristallblasen mit grellbunten Fischen in dem großen Saal. Durch den grünen pelzartig wirkenden Boden wuchsen echte Bäume, wobei Flinx den Eindruck hatte, als wäre hier jede Baumart von Moth vertreten. Metallskulpturen, die mit Edelsteinstaub überzogen waren, hingen wie Wolken von der Decke, die ihrerseits als ein Hologramm ausgebildet war und den Eindruck vermittelte, als blickte man in den freien Himmel, samt Wolken und Sonne. Es begann jetzt dunkel zu werden, und damit wurde der Sonnenuntergang nachgeahmt, der sich jetzt drunten auf der Seite des Planeten vollzog, über der sie schwebten. Flinx empfand den Vergleich selbst als seltsam, aber aus irgendeinem Grunde hatte er den Eindruck, als schritte er durch besonders köstliches Bier.

Das Schiff zitterte einmal, zweimal, ganz leicht, und er spürte, wie sein Körper langsam wieder sein Gewicht zurückbekam. Er fing an, auf eine Seitentür zuzuschweben, und begann plötzlich wie wild um sich zu schlagen, um auf den Füßen, und nicht auf dem Kopf zu landen. Ein Blick zeigte ihm, daß keiner der anderen Passagiere ähnliche Schwierigkeiten hatte. Sissiph wurde von Malaika gestützt, und Tse-Mallory und Truzenzuzex hatten nicht einmal ihre Unterhaltung unterbrochen. Ärgerlich zog er seine irgendwie abhanden gekommenen Beine an sich. Niemand machte eine Bemerkung über seine Schwierigkeiten, wofür er dankbar war. Und nach ganz kurzer Zeit herrschte wieder volle Schwerkraft.

Malaika ging auf ein Gebilde zu, das wie ein Kaktus aussah, in Wirklichkeit aber eine Bar war. »Wir bleiben die ganze Fahrt über auf nullkommafünfundneunzig Schwerkraft. Vermutlich ist keiner von Ihnen gewöhnt, seinen Muskeltonus im Weltraum zu halten (Flinx warf einen kurzen Blick auf die beiden Wissenschaftler und bezweifelte, daß Malaikas Bemerkung zutraf), und aus diesem Grunde möchte ich sie nicht niedriger einstellen. Der geringe Unterschied sollte ausreichen, um es uns angenehm zu machen, und im übrigen entspricht das etwa dem Zustand, den wir auf unserem Zielplaneten vorfinden.

Der Raum hier ist unser Versammlungsort. Die Mahlzeiten werden vom Autokoch hier serviert, sofern Sie es nicht vorziehen, in Ihren Kabinen zu speisen. *Njoo,* jetzt zeige ich Ihnen Ihre Aufenthaltsräume ...«

Flinx verbrachte drei Tage damit, den ›seinen‹ zu erforschen. Er war vollgepackt mit phantastischen Gerätschaften, die einen aus dem Boden, der Decke und den Wänden ansprangen. Man mußte aufpassen, wohin man trat. Wenn man den falschen Schalter drückte, wurde man plötzlich mit warmem Wasser überschüttet ... gleichgültig, wie man gerade bekleidet war. Das war ein peinliches Erlebnis gewesen, besonders, da er eigentlich einen Haarschnitt hatte haben wollen. Zum Glück war außer Pip niemand als Zeuge zugegen gewesen.

Er hatte sich Sorgen gemacht, wie der Minidrach sich dem Leben an Bord des Schiffes anpassen würde. Alle anderen, vielleicht mit Ausnahme von Sissiph, hatten sich mit der Anwesenheit des Reptils abgefunden. In dieser Richtung brauchte er sich also keine Sorgen zu machen. Und andere waren nicht zugegen. Der Minidrach schwebte zwischen den Pylonen und sonstigen Verzierungen des Salons herum, als gehörte er ihm und jagte den Bewohnern der Glaskugeln manchmal bestimmt tödlichen Schrecken ein. Manchmal hing er auch wie eine Fledermaus in einem besonders einladenden künstlichen oder echten Zweig. Und als Flinx dann noch entdeckte, daß der Nahrungsautomat in ihrer Kabine frische Stücke von rohem *Viodor*fleisch lieferte, war das Wohlbehagen der Schlange kaum mehr zu übertreffen.

Sie waren inzwischen seit einigen Tagen mit sich

langsam, aber beständig aufbauender Geschwindigkeit unterwegs und entfernten sich immer weiter aus dem System von Moth. Malaika war bestens gelaunt, und als Flinx darum bat, während des Wechsels im Cockpit zugegen sein zu dürfen, hatte der Handelsmann nichts dagegen einzuwenden. Sobald sie einmal beim Wechsel den ersten Sprung über die Lichtgeschwindigkeit hinaus getan hatten, würde ihre Beschleunigung immens zunehmen.

Offenbar teilte sonst niemand seine Neugierde. Malaika hielt sich die meiste Zeit mit seiner Freundin in seiner Kabine auf. Tse-Mallory und Truzenzuzex verbrachten die größte Zeit im Salon mit Schachspielen, wobei sie sich in fremden Sprachen und über Themen unterhielten, die Flinx nur gelegentlich und dann nur bruchstückweise begriff. Erneut dachte er darüber nach, wie selbstverständlich ihnen doch das Leben im Weltraum erschien.

Malaika hatte Flinx so gut wie versprochen, beim Wechsel in die Steuerkanzel zu kommen, um ihm zu erklären, wie alles funktionierte. Aber als der Zeitpunkt heranrückte, schmollte Sissiph wegen irgendeiner eingebildeten Zurücksetzung, und der Handelsherr mußte deshalb in der Kabine bleiben und sie beruhigen. Er hatte statt dessen Atha beauftragt, Flinx' Fragen hinsichtlich der Funktion des Schiffes oder des Antriebs zu beantworten. Es war ihr anzumerken gewesen, daß sie von dem Befehl nicht gerade begeistert war.

Flinx war zu dem Schluß gekommen, daß wohl er derjenige sein müsse, der das Schweigen brach, das immer noch von ihrem etwas unzeremoniellen ersten Zusammentreffen herrührte. Andernfalls würden sie möglicherweise während der ganzen Fahrt kein Wort miteinander wechseln, und selbst ein großes Raumschiff ist zu klein, als daß man darin Feindschaften herumtragen kann.

Also betrat er die Steuerkanzel und schlenderte hinter ihren Sessel. Wolf saß auf der anderen Seite. Atha sagte kein Wort, aber Flinx wußte, daß sie sein Eintreten bemerkt hatte.

Er spürte Direktheit und beschloß, sich selbst solcher zu befleißigen.

»Hören Sie, ich wollte Sie dort in dem Turm nicht in den Hintern treten, damals.« Sie drehte sich um und sah ihn fragend an. »Ich meine, ich wollte nicht Sie treten, ich wollte ... ach, zum Teufel!« Als er sich die Erklärung zurechtgelegt hatte, war sie ihm nicht so kompliziert vorgekommen. Natürlich hatte er damals auch nicht ihre braunen Augen gesehen. »Ich dachte, Sie wären eine Spionin ... oder eine Attentäterin oder so etwas. Jedenfalls sahen Sie nicht so aus, als gehörten Sie dorthin, also habe ich zu dem am wenigsten drastischen Mittel gegriffen. Es funktionierte, und dann hat sich gezeigt, daß Sie gar nicht das waren, was ich vermutet hatte, und jetzt bitte ich um Entschuldigung. So! Waffenstillstand?«

Sie zögerte, und dann stahl sich langsam ein etwas verschämtes Grinsen in ihr Gesicht. Sie hielt ihm die Hand hin. »Waffenstillstand!« Anstatt die Hand zu schütteln, küßte er sie, und sie wandte sich, angenehm berührt, wieder ihren Instrumenten zu. »Wissen Sie, eigentlich hatten Sie ja recht, ich hatte dort wirklich nichts verloren. Sehe ich von hinten wirklich wie eine Mörderin aus?«

»Ganz im Gegenteil, im Gegenteil.« Und dann, abrupt. »Sie fühlen sich mächtig zu Ihrem Chef hingezogen, oder?«

Sie riß überrascht die Augen auf. Man hätte meinen können, er hätte ihr gerade eines der größten Geheimnisse des Universums dargelegt. Er mußte an sich halten, um nicht zu grinsen. Beim großen Baum, war sie wirklich so naiv?

»Aber ... aber wie man so etwas sagen kann! Was für ein völlig *absurder* Gedanke! Maxim Malaika ist mein

Arbeitgeber, und ein guter obendrein, sonst nichts. Wie kommen Sie ...? Äh, haben Sie irgendwelche Fragen über das Schiff. Wenn nicht, dann habe ich ...«

Er sagte hastig: »Wie kommt es denn, daß dieses Schiff, das doch unendlich komplizierter ist als das Shuttle, auch nur eine Mannschaft von zwei Personen braucht?« Er kannte die Antwort, wollte sie aber bei Laune halten.

»Das hier ist der Grund, das da.« Sie deutete auf die Reihen von Lichtern und Instrumenten, die sie umgaben. »Weil es so kompliziert ist, muß es viel höher automatisiert sein. Tatsächlich steuert sich die *Gloryhole* die größte Zeit praktisch selbst. Wenn man einmal von den Fluganweisungen absieht, sind wir eigentlich nur hier, falls es zu einer unvorhergesehenen Situation kommen sollte. Die interstellare Navigation ist beispielsweise viel zu kompliziert, als daß ein Mensch oder ein Thranx sie beherrschen könnte. Sternenschiffe *müssen* von Maschinen geführt werden, sonst wären sie völlig unmöglich.«

»Aha. Unter unvorhergesehenen Situationen verstehen Sie Situationen, die beim Wechsel auftreten können?«

»Oh, der Wechsel ist eigentlich nicht sehr gefährlich. Die Schiffahrtsgesellschaften machen gerne ein großes Theater darum, damit ihre Passagiere einen Nervenkitzel davon bekommen. Freilich, gelegentlich hört man, daß etwas passiert. Ein Meteor kollidiert im Augenblick des Sprunges mit dem Gravitationstrichter eines Schiffes — die Chance dafür steht etwa eine Million zu eins —, und das Schiff wird von innen nach außen gekehrt oder irgend etwas ähnlich Verrücktes. Das sind wirkliche Ausnahmen. Im Tridi werden solche Zwischenfälle natürlich maßlos übertrieben, weil die Leute so etwas gerne sehen. Gewöhnlich ist das Ganze nicht komplizierter, als wenn man von Land auf ein im Wasser schwimmendes Boot tritt.«

»Das freut mich zu hören. Ich glaube, es würde mir

nicht sonderlich behagen, wenn man mich von innen nach außen wenden würde. Das war doch die alte *Curryon,* oder?«

»Ja, richtig. Das war vierundzwanzigdreiunddreißig, nach dem alten Kalender. Tatsächlich müßten wir nur dafür sorgen, daß das Zentrum des Schiffes in bezug auf die Abstrahlfläche und den Generator konstant positioniert bleibt. Das besorgen vorwiegend die Computer. Wenn es zu weit nach vorne rutscht oder zu nahe kommt, dann muß man das Schiff anhalten und es wieder in Gang setzen. Das dauert ziemlich lange, wegen des Brems- und anschließenden Beschleunigungsmanövers, und es ist nicht nur kompliziert, sondern auch teuer. Und wenn das Feld zu oszillieren beginnt, könnte das Schiff in Stücke gerissen werden. Aber, wie gesagt, das besorgen alles die Computer. Abgesehen natürlich von diesen unvorhergesehenen Umständen.«

»Ich bin noch nie auf einem Doppelkaschiff gewesen. Ich bin kein Physiker, aber könnten Sie mir vielleicht auf die Schnelle erklären, wie das Ding funktioniert? So daß ich es vielleicht mit meinem einfachen Verstand kapiere?«

Sie seufzte. »Okay. Der Caplis-Generator ... er befindet sich in der kleinen ›Abstrahlfläche‹ vorne ... produziert praktisch ein kraftvolles, aber konzentriertes Schwerefeld an der Schiffspitze. Sobald das Feld über das natürliche Feld des Schiffes hinausragt, bewegt sich das Schiff darauf zu — es wird ganz natürlich von einem ›Körper‹ von größerer ›Masse‹, als es selbst hat, angezogen. Da die Doppelka-Antriebseinheit Teil des Schiffes ist, bewegt sie sich natürlich mit ihm. Aber die Einheit wird, nachdem sie sich nach vorne bewegt hat, so eingestellt, daß das Feld sich in einem konstanten Abstand vom Schiffsrumpf befindet. Demzufolge wird das Feld ebenfalls nach vorne bewegt. Das Schiff versucht es wieder einzuholen und so weiter und so weiter — in alle Ewigkeit. Das Feld zieht also das Schiff, statt es zu schieben, so wie das bei den Shuttles der Fall ist.

Doppelkaschiffe bewegen sich in Wirklichkeit in einer Serie kontinuierlicher Rucke, so schnell und so dicht beieinander, daß sie auf die Schiffsinsassen wie eine einzige glatte ununterbrochene Zugbewegung wirken. Die Geschwindigkeit des Schiffes wird von der Zunahme oder der Abnahme der Feldgröße bestimmt.

Da es sich bei der Gravitation um eine Wellen-, und nicht eine Partikelform der Energie handelt, gilt für sie das nicht, was für Masse zutrifft, wenn sie sich der Lichtgeschwindigkeit nähert. Das Doppelkafeld schafft hinter sich eine kegelförmige Spannungszone, in welcher die Masse sich anders verhält als unter normalen Umständen. Deshalb kann ich, wenn wir die Lichtgeschwindigkeit überschreiten, nicht durch Sie hindurchsehen oder so etwas. Sobald wir diesen ersten Durchbruch geschafft haben, ›Wechsel‹ nennt man ihn auch, nimmt unsere Reisegeschwindigkeit ungeheuer zu.

Unsere Initialenergie kommt von einer kleinen Wasserstoff-›Zündkerze‹ — ich frage mich manchmal, wo dieses Wort herkam — oben in der Höhe des Generatorgehäuses im röhrenförmigen Teil des Schiffes. Sobald das Feld einmal ausgelöst ist, kann man es in gewissem Maße ›kanalisieren‹. Das liefert uns die Schwerkraft für das Schiff und unsere Energie für die Hilfsaggregate, die Beleuchtung und dergleichen.

Für den Fall eines Aussetzens des Antriebs gibt es Vorkehrungen, um die Abstrahlfläche in so etwas wie einen alten Ionenantrieb umzuwandeln, der dann seine Energie von der Wasserstoffkerze bekommt. Allerdings würden wir dann selbst bei Höchstgeschwindigkeit zwölf Jahre brauchen, um von Moth nach Powerline, dem nächsten bewohnten Planeten, zu gelangen. Und weiter draußen, wo die Sterne weiter verstreut sind, ist es sogar noch schlimmer. Aber zwölf Jahre sind immer noch besser als nichts. Man hat auf diese Weise tatsächlich schon gestrandete Schiffe gerettet — sofern es der Besatzung gelang, mit dem Lebensmittelproblem fertig zu werden und dafür zu sorgen, daß die Passagiere nicht den Verstand verloren. Aber die Ausfallrate für Doppelka-Antriebe ist äußerst gering. Ein Mensch schafft es einfach nicht, einen kaputtzukriegen.«

»Danke«, sagte Flinx. »Das hilft mir weiter — irgendwie wenigstens.« Er sah zu Wolf hinüber und stellte fest, daß der Mann völlig in seine Arbeit versunken war. Er senkte die Stimme. »Übrigens haben Sie, glaube ich, eine völlig falsche Vorstellung von dem, was eine Katze ist.«

»Eine Prostituierte«, erwiderte sie automatisch.

»Mm-mm. Die Katzen sind einfach eine Gruppe sehr schöner und ehrgeiziger Frauen, die in einer lebenslangen Ehe nicht das Endziel jeglicher Zivilisation sehen. Sie ziehen es vor, von einem faszinierenden Mann zum nächsten zu ziehen.«

»Das hat man mir auch erzählt. Und erlebt habe ich das auch schon. Trotzdem ist das immer noch Ansichtssache.« Sie runzelte die Stirn.

Er ging auf den Ausgang zu. »Ich glaube nicht, daß Sie sich Sorgen zu machen brauchen, Sissiph oder eine von den anderen ließe sich auf Dauer mit Ihrem Handelsmann nieder.«

»Hören Sie!« schrie sie ihn an, »jetzt sage ich Ihnen zum letzten Mal ...!« Sie senkte die Stimme, als Wolf neugierig zu ihnen herüberblickte. »Ich *bin nicht* in Maxim Malaika verliebt!«

»Schon gut, schon gut«, sagte Flinx von der Türe her. »Das sieht man ja.«

Eine Weile später wurde ihm in seiner Kabine bewußt, während er sich ein Videoband ansah, daß er den Wechsel verpaßt hatte.

08

Teleen auz Rudenuaman ruhte gelockert in ihren Gemächern im riesigen Anwesen ihrer Tante. Sie war nur höchst knapp bekleidet. Das heißt, sie trug wenigstens so wenig wie die hünenhafte Männergestalt, die vor ihrem mit einem Bett kombinierten Schreibtisch stand und ihr Muskelspiel in dem bodenlangen Spiegel bewunderte.

»Rory«, sagte sie zur Decke, »du liebst mich doch, oder?«

»Hmm«, sagte die Männergestalt, beugte dabei ein Knie und hob leicht den Unterarm an, um das Bizepsspiel zu bewundern.

»Und du würdest doch bestimmt alles für mich tun, oder?«

»Hmm.«

»Warum«, sagte sie, setzte sich abrupt auf und hob die Stimme »warum, zum Teufel, hast du dann nichts getan, als die alte Hexe mich heute morgen aufs Korn nahm?«

Die Männergestalt seufzte und wandte sich bedauernd von dem Spiegel ab, um sie anzusehen. Der Körper des Mannes war hart und durchtrainiert, aber sein Gesicht wirkte eigenartig weich, fast kindhaft. Schön und weich. Der Gesichtsausdruck war freundlich und ließ sich noch am besten als ungemein leer und dümmlich beschreiben.

»Ich hätte etwas sagen *können*, Teleen, meine Liebe, aber was hätte das bewirkt? Davon abgesehen, daß es sie noch argwöhnischer gemacht hätte, soweit es *uns* betrifft. Sie war ohnehin wütend auf dich, und nichts, was ich hätte sagen können, hätte etwas bewirkt. Außerdem, weißt du, hatte sie recht. Du hast tatsächlich …«

»Interessiert mich nicht. Davon habe ich von *ihr* heute morgen schon genug gehört. Schließlich kann sie mir doch nicht die Schuld für die Unfähigkeit von Männern geben, die ihre Leute bezahlt haben?«

Rory Mallap van Cleef seufzte erneut und schickte sich an, einen goldschimmernden Morgenrock anzulegen. »Wahrscheinlich nicht, meine Liebe. Aber ist sie denn jemals in irgendeiner Sache vernünftig gewesen?

Ich verstehe wirklich nichts von solchen Dingen. Sie war schon recht eklig, nicht wahr?«

Teleen glitt aus dem Bett und setzte sich neben ihn. Sie legte die Arme besitzergreifend um seine mächtigen Schultern und legte den Kopf gegen seine Muskelpakete.

»Hör zu, Rory, ich hab' dir das schon oft gesagt. Nur wenn wir diese alte Schachtel ein für allemal beseitigen, werden wir zu unserem Glück finden.«

Rory grinste. Er hatte durchaus einen Sinn für Humor, wenn er auch mehr dem primitiven zuneigte.

»So sprichst du von deiner geliebten Tante?«

»Ich wüßte nicht, wie ich es sonst tun sollte! Dabei schmeichle ich ihr noch. Jedesmal, wenn wir davon reden, wie sie beseitigt werden könnte, überkommen mich wohltätige Instinkte. Aber, um es genau zu sagen ...«

»Bitte, Liebste, ich bin jetzt nicht dazu aufgelegt.«

»Rory«, sagte sie und lehnte sich zurück, »liebst du mich ... oder sie?«

»Sei nicht obszön, meine Liebe! Du hast ja keine Ahnung, wirklich *keine Ahnung*, wie anstrengend es ist, dauernd Interesse an diesem Sack voll medizinischer Wunder zu heucheln. Ganz besonders«, und dabei zog er sie an sich und küßte sie, »nach dir.«

»Hm. Ich mag es, wenn du so redest!« Jetzt schnurrte sie wieder. »Dann machst du also mit?«

»Ich hab' dir ja immer schon gesagt, sofort, wenn du einen vernünftigen Plan hast. Verliebt oder nicht, ich werde es nicht riskieren, den Rest meines Lebens auf irgendeinem Gefängnismond zu verbringen, weil irgendein Plan nur halb ausgearbeitet ist. Ich bin kein Genie, aber dafür bin ich intelligent genug. Du lieferst also den Verstand — und ich die Muskeln.« Er ließ liebevoll den Bizeps spielen. »Und davon habe ich mehr als genug.«

Sie entzog sich ihm und stampfte auf den pelzbelegten Boden. Das führte zu interessanten Auswirkungen an ihrem restlichen Körper. »Hör wenigstens eine Minute auf, dich zu bewundern, und versuche, einmal ernsthaft zu sein. Mord ist ganz und gar nicht komisch!«

»Doch, wenn es um deine Tante geht.«

»Oh, du bist unmöglich! Also gut, schau, du weißt doch, wie gern sie in diesem Teich badet, dem kleinen, mit all diesen reizenden Fischen und Schlangen und anderem Getier?« Ihre Augen zogen sich zu schmalen Schlitzen zusammen. »Ihr tägliches Bad läßt sie sich nicht nehmen, das weißt du doch?«

»Ja, ich kenne den Teich. Also?«

»Wäre es einfach, eine Leitung hineinzulegen, was meinst du?«

Er schüttelte zweifelnd den Kopf. »So etwas würden ihre Leute bemerken. Du weißt doch, wie vorsichtig sie ist.«

»Nicht, wenn wir es als einen Frosch oder so etwas tarnen!« Sie strahlte. »Ja, ein Frosch, ich bin ganz sicher, daß man das machen könnte. Wasserdicht, klein, aber immer noch imstande eine tödliche Ladung abzugeben. Und du könntest ... äh ... den Wächter die ein, zwei Minuten schlafen lassen, die man braucht, um das Ding ins Wasser zu legen.«

»Das klingt nicht schlecht, Liebste. Ja, Teleen, das glaube ich auch!« Er hob sie hoch und küßte sie sanft. »Nur eine Frage. Warum ist dir so etwas nicht schon lange eingefallen?«

Ihr Mund verzog sich zu einem bösen Lächeln, das — wenn sie das gewußt hätte! — fast eine Kopie des Lächelns ihrer Tante war. »Oh, irgendwie habe ich schon immer daran gedacht. Aber bis heute morgen war ich nicht richtig dazu inspiriert! Seit heute bin ich endgültig überzeugt, daß sie rettungslos dem Wahnsinn verfallen ist. Es ist ja geradezu eine Wohltat, ihr den ewigen Schlaf zu vermitteln.«

Rashallaila Nuaman schaltete den Bildschirm ab und lächelte. Die Großzügigkeit und die Besorgtheit ihrer

Nichte waren ... nun, erschütternd. Also hatte sie jetzt endlich genügend Mut zusammengekratzt, um die Sache tatsächlich zu planen! Höchste Zeit. Aber diesem Fleischkloß van Cleef solches Wissen anzuvertrauen! Ts! Ts! Schlechtes Urteilsvermögen, kläglich. Wie man sich nur in einen Automaten tatsächlich *verlieben* konnte. Eine solche Null! Oh, im Bett war er ohne Zweifel ein Könner. Aber sonst ein Nichts, eine Null. Freundlich und liebevoll, ohne Zweifel. Wie ein großes Hündchen. Na schön. Sollten sie doch an ihrem Spielchen Spaß haben. Für Teleen würde das eine gute Übung sein. Ihr Selbstvertrauen heben und all das. Aber am Ende würde man das arme Ding wieder in die Wirklichkeit zurückrufen müssen. Ihr einen kleinen Schock verpassen. Sie grinste über die Doppelbedeutung des Wortes. Solche Spielereien waren nicht übel, aber nicht während der Geschäftszeit. Und das brachte sie auf den Gedanken, den Hausmeister anzuweisen, all die hübschen kleinen Fröschlein zu entfernen. Für eine Weile zumindest. Aber keine Vergeudung. Vielleicht morgen zum Dinner.

Sie hatte ihr Lauschgerät ein paar Augenblicke zu früh ausgeschaltet. Drunten war ihrer Nichte noch etwas anderes eingefallen.

»Außerdem sollten wir das alte Miststück beschäftigt halten, Rory. Während wir das hier planen. Ein völliger Idiot ist sie ja schließlich nicht, weißt du.«

»Ich denke, das ist eine gute Idee«, sagte van Cleef und ließ seine Muskeln spielen. »Du wirst dir schon etwas einfallen lassen.«

Ihr Gesicht leuchtete. »Mir ist schon etwas eingefallen. Und ob mir etwas eingefallen ist!« Sie wandte sich ab und ging an den Schreibtisch. Sie drückte einen verborgenen Schalter und blickte in den Bildschirm eines TV-Phons, von dem sie wußte, daß ihre Tante es nicht abhören konnte. Das war das einzige Gerät im ganzen Anwesen, das sie selbst überprüft hatte. Sie tippte blitzschnell eine Reihe von Zahlen und stellte damit über ein geheimes Relaissystem eine Verbindung mit einem fernen Sektor des Weltraums her.

Nach einer Weile leuchtete der Bildschirm auf, und ein Gesicht begann Gestalt anzunehmen.

»Ich wünsche dir gutes Licht, Amuven DE, möge dein Haus stets mit Staub gefüllt sein.«

Das Gesicht des AAnn-Geschäftsmannes verzog sich zu einem spitzzahnigen Lächeln. »So sei es immer, so sei es immer. Freut mich, wieder von Ihnen zu hören, Madam Rude!«

09

Flinx hatte schon eine Weile schweigend durch die Hauptaussichtsluke des Salons hinausgestarrt, wohl wissend, daß jemand hinter ihm war. Aber sich plötzlich umzudrehen wäre peinlich gewesen. Jetzt wandte er sich langsam um, sah die beiden Gelehrten und erkannte, daß er sich gar nichts hätte zu denken brauchen. Keiner von beiden achtete auch nur im geringsten auf ihn. Sie hatten sich Clubsessel hergeholt und starrten auf das grandiose Chaos des von ihrem Antriebsfeld verzerrten Firmaments hinaus.

»Laß dich von uns nicht stören, Flinx. Wir sind aus dem gleichen Grunde hier wie du. Nur, um die Aussicht zu genießen.« Der Philosoph wandte seine Aufmerksamkeit wieder der Luke und den vom Dopplereffekt verzerrten Sonnen zu, die viel schärfer glühten, als sie das in ihrem Normalzustand konnten.

Aber um Flinx' Konzentration und Stimmung war es geschehen. Er sah die beiden Gelehrten an.

»Meine Herren, kommt es Ihnen nicht seltsam vor, daß Sie beide in einer Zeit, wo es so vielen Leuten schwerfällt, miteinander auszukommen, daß gerade Sie beide, die völlig unterschiedlichen Rassen angehören, sich so gut verstehen?«

»Ich fürchte, du wirst nie Fragen stellen, die an der Bürde der Subtilität leiden, Junge.« Tse-Mallory wandte sich dem Thranx zu. »In der Vergangenheit existierten mein Freund und ich in einer ziemlich engen — man könnte sagen, intimen — Verbindung. Unsere Arbeit machte das notwendig. Und wir sind gar nicht so verschieden, wie du vielleicht glaubst.«

»Ich erinnere mich, daß Sie einander einige Male ›Schiffsbruder‹ genannt haben.«

»Ja? Wahrscheinlich haben wir das getan. Wir haben uns nie an die Vorstellung gewöhnt, daß andere Leute das vielleicht seltsam finden könnten. Für uns ist das ganz natürlich.«

»Waren Sie ein Kanonier-Team?«

»Nein«, sagte Truzenzuzex. »Wir flogen einen Aufklärer. Klein, schnell, mit einem einzigen SCCAM-Projektor ausgestattet.«

»Und was unsere Beziehung außerhalb der Schiffsarbeit angeht, Flinx, so bin ich nicht sicher, ob Tru und ich dir eine objektive Antwort geben könnten. Unsere Persönlichkeiten scheinen einfach einander zu ergänzen. So war das immer schon. Die wechselseitige Anziehung zwischen Menschen und Thranx hat die Psychologen beider Rassen schon eine Ewigkeit lang beschäftigt, ohne daß sie eine befriedigende Erklärung gefunden hätten. Es gibt sogar Paare und Gruppen, die physisch erkranken, wenn man sie von ihrem fremdrassigen Partner trennt. Und das scheint für beide Seiten zu gelten. Eine Art geistiger Symbiose. Subjektiv fühlen wir uns einfach miteinander in höchstem Maße wohl.

Kennst du denn die Ereignisse, die zur Verschmelzung geführt haben, den Pitar-Homanx-Krieg und all das?«

»Leider nur bruchstückweise. Ich habe nie eine regelmäßige Schulbildung genossen.«

»Hm, was meinst du, Tru?«

»Erzähl du es dem Jungen. Ich bin sicher, daß ihm die

menschliche Version der Geschichte leichter begreiflich ist.«

»Also gut. Menschen und Thranx haben einander eine vergleichsweise kurze Zeit gekannt. Heute fällt es einem schwer, das zu glauben, aber so ist es. Vor wenig mehr als zwei T-Jahrhunderten erfolgte der erste Kontakt zwischen Forschungsschiffen beider Rassen. Damals hatte die Menschheit schon seit einigen T-Jahrhunderten Weltraumforschung betrieben, und in dieser Zeit hatte der Mensch auch bei seinen Forschungs- und Kolonisierungsbemühungen viele andere fremde Lebensformen kennengelernt. Intelligente und andere. Das galt ebenso für die Thranx, die sogar noch länger als die Menschheit Weltraumforschung betrieben hatten.

Es gab von Anfang an eine undefinierbare Zuneigung zwischen den beiden Rassen. Die positiven Reaktionen auf beiden Seiten gewannen sofort das Übergewicht über die erwarteten Vorurteile und Aversionen.«

»Wie sie auch auf den Thranx-Planeten existierten«, warf Truzenzuzex ein.

»Ich dachte, ich sollte erzählen?«

»Ich bitte um Nachsicht, o Allmächtiger!«

Tse-Mallory grinste und fuhr fort. »Die Thranx waren so fremdartig wie jede andere Rasse, der der Mensch je begegnet war. Hundertprozentig insektoid, mit harter Schale, offenem Kreislauf, Facettenaugen, starren unflexiblen Gelenken — und acht Gliedmaßen, *und* Eier legten sie auch. Wie es ein Reporter jener Zeit ausdrückte: ›Total und herrlich fremd‹.«

»Wenn ich mich richtig erinnere, hatten deine Rassegenossen damals auch ein paar Eier gelegt«, mischte sich der Philosoph erneut ein. Tse-Mallory brachte ihn mit einem verzweifelten Blick zum Schweigen.

»Der Erfahrung nach hätte man erwarten müssen, daß die Menschen auf die Entdeckung einer Rasse riesiger, mit Verstand begabter Insekten feindselig oder zumindest paranoid reagierten. So war es zumindest bei einer ganzen Anzahl früherer Kontakte geschehen. Und die Menschheit hatte kleinere und viel primitivere Vettern der Thranx seit Jahrtausenden auf ihrem Heimatplaneten bekämpft. Tatsächlich, ob du es nun glaubst oder nicht, hatte das Wort ›Insekt‹ ursprünglich einen sehr negativen Klang.

Aber inzwischen hatte die Menschheit gelernt, daß sie auch mit Wesen in Frieden und Harmonie leben mußte, deren Aussehen sie vielleicht abstoßend fand. Das Wissen, daß viele dieser Wesen die Menschen ebenso abstoßend fanden, wie das umgekehrt der Fall war, half dabei gar nichts.« Er blickte erwartungsvoll zu Truzenzuzex hinüber, aber der hatte dazu nichts beizutragen. »Also war die tatsächliche Reaktion zwischen Menschen und Thranx in doppelter Hinsicht unerwartet. Die beiden Rassen fanden großen Anklang beieinander, wie ein Paar langgetrennter Zwillinge. Die Wesenszüge der Thranx, ihre Fähigkeit, kühle Entscheidungen zu treffen, ihre Höflichkeit, ihre Ruhe und ihr trockener Humor wurden von den Menschen, die solche Eigenschaften in sich selbst gesucht hatten, immens bewundert: In gleicher Weise war die Kombination von Wagemut und Verstand, einem geradezu unglaublichen Selbstvertrauen und das Einfühlungsvermögen in fremde Umgebung etwas, das den Thranx an den Menschen gefiel. Und als beide Rassen sich durch Abstimmung dafür erklärt hatten — und dies trotz der erwarteten Opposition von reichen Chauvinisten mit großen Mehrheiten —, erwies sich die Verschmelzung als noch weniger schwierig, als selbst die Optimisten erwartet hatten. Die Thranx-Klicksprache mit ihren Pfeiftönen hatte tatsächlich unter den Tausenden terranischen Sprachen und Dialekten einige phonetische Entsprechungen.«

»Afrikanische Sprachen«, meinte Truzenzuzex. »Xhosa.«

»Ja. Und die Thranx ihrerseits konnten unter einigen

Schwierigkeiten das bedeutendste Sprachensystem der Menschheit, Terranglo, meistern. Und am Ende ergab sich als Produkt intensiver Arbeit von Phonetikern, Semantikern und Linguisten beider Rassen eine Sprache, die hoffentlich die besseren Aspekte beider vereint. Die Klick- und Pfeiflaute und einige der scharrenden Geräusche der Hochsprache von Hive wurden unverändert beibehalten und mit den glatteren Lauten und Vokalen des Terranglo vereint. Das Ergebnis war wahrscheinlich die beste Annäherung an eine Universalsprache — abgesehen von Telepathie —, die wir je haben werden: Symbosprache. Dabei ist es für die interstellaren Geschäftsbeziehungen recht erfreulich, daß die meisten anderen Rassen mit Tonsprachen damit ebenfalls einigermaßen zurechtkommen. Selbst die AAnn, die sich darin sogar besser erwiesen als die meisten.

Und damit nahm die Gesellschaft der gegenseitigen Bewunderung ihren Anfang. Bald hatte sie sich auf andere Aspekte des neuen Homanx-Lebenssystems ausgedehnt, wie man bald die Verbindung zwischen Homo sapiens und Thranx abgekürzt zu nennen pflegte. Unsere Politiker, Richter und Gesetzgeber mußten einfach die Schönheit und die Einfachheit bewundern, mit der Gesetz und Regierung der Thranx aufgebaut waren. Es war praktisch eine Kunstform, die unmittelbar aus der alten Wabenstruktur — Hive, wie das auf Terranglo hieß — erwachsen war.

Nicht, daß sie sich wesentlich von den älteren menschlichen Gemeinwesen und Nationalstaaten unterschied. Nur viel vernünftiger. Die Rechtsanwälte und Magistrate der Thranx erledigten bald eine Menge der alten Vorurteile, die die menschlichen Gerichte überfüllt hatten. Neben ihrem überlegenen natürlichen Sinn für Jurisprudenz konnte sie niemand der Parteinahme beschuldigen.

Andererseits revolutionierten die terranischen Sportarten das größte Problem der Thranx — das ihrer Freizeit. Sie hatten einfach nicht erkannt, daß es so viele organisierte Möglichkeiten gab, sich zu vergnügen. Als sie Schach und Judo entdeckten, hörte das Steineflippen und dergleichen sofort auf.«

»Schwarzer Gürtel dritten Grades«, stellte Truzenzuzex voll Stolz fest. »Obwohl ich für derlei Aktivitäten schon etwas alt geworden bin.«

»Ist mir auch aufgefallen. Und so könnte ich ewig erzählen, Junge. Die menschlichen Planeten wurden mit exquisiten Beispielen thranxscher Handwerkskunst überflutet. Maschinen, Kunsthandwerk, feinste elektrische Produkte und so weiter. Selbst die Körperfarbe der beiden Rassen wurde wechselseitig als angenehm empfunden, obwohl der Geruchssinn der Thranx dem der Menschen weit überlegen ist.«

»Keine Einwände«, meinte der Philosoph, was ihm wieder einen scharfen Blick eintrug.

»Als die Thranx sich erst einmal über die terranische Literatur, ihre Gemälde, ihre Bildhauerkunst und so wenig miteinander in Beziehung stehende Dinge wie Eiskrem und Kinderspielzeug hermachten — um es kurz zu sagen, die beiden Rassen schienen erstaunlich gut miteinander zu verschmelzen. Und die größte Homanxleistung, den modifizierten Doppelka-Antrieb, kennst du ja.

Aber der stärkste Impuls zur Verschmelzung — in Verbindung mit dem Homanxkrieg gegen Pitar — war die Bildung der Vereinigten Kirche. Es gab unter beiden Rassen mächtige, relativ neue Gruppen mit ähnlichen Glaubensgrundsätzen. Als sie voneinander erfuhren, von fremden Organisationen mit praktisch identischer Theologie und identischen Zielen, bildete sich bald ein Kombinat, das schnell alle, außer die hartnäckigsten Mitglieder der älteren etablierten Kirche, in sich vereinigte. Ihr größter Pluspunkt lag darin, daß die Vereinigte Kirche darauf bestand, als nichtreligiöse Organisation bezeichnet zu werden. Zum erstenmal konnte man spirituellen Zuspruch erhalten, ohne sich zu einem Gott bekennen zu müssen. Damals war das eine echte Revolution.«

»Soweit uns das bekannt ist«, warf Truzenzuzex ein, »ist die Vereinigte Kirche immer noch darin einmalig, daß sie die einzige mehrrassige spirituelle Institution in der Galaxis ist. Auch andere Rassen sind ihr beigetreten.«

»Ich gehöre leider nicht dazu«, sagte Flinx.

»Stört mich nicht. Der Kirche ist das völlig gleichgültig. Sie missioniert nämlich nicht, mußt du wissen. Dazu ist sie viel zu sehr mit wichtigeren Dingen beschäftigt. Natürlich würde es sie freuen, wenn du ihr beitreten würdest, du oder jeder andere, aber du wirst schon selbst die Initiative ergreifen müssen. Der Berg wird zu Mohammed gehen müssen, weil Mohammed zu Hause schon genug zu tun hat!«

»Was?« sagte Flinx.

»Vergiß es. Ein archaisches Sprichwort. Selbst unser materialistischer Kapitän ist Mitglied.«

»Das habe ich schon vermutet. Glaubt er auch an Gott?«

»Schwer zu sagen«, meinte Tse-Mallory nachdenklich. »Es ist auch nicht wichtig. Mich interessiert viel mehr, ob Gott an ihn glaubt, weil ich das Gefühl habe, daß wir Hilfe brauchen werden, und zwar jede Hilfe, die wir kriegen können, ehe diese Reise vorbei ist.«

»Und was ist mit dem Pitarkrieg?« drängte Flinx.

»Oh, das. Morgen, hm? Ich könnte jetzt etwas zu trinken gebrauchen. Ich habe schon lange nicht mehr eine so lange Vorlesung gehalten, seit ... nun, lange eben.«

Und wie versprochen, setzte er am nächsten Morgen bei Tee und Gebäck seine Erzählung fort. Man fängt im Weltraum schnell an sich zu langweilen. Aber seine Zuhörerschaft hatte jetzt zugenommen. Mit Ausnahme von Wolf waren jetzt alle im Salon versammelt. Wolf hatte Wache an den Instrumenten.

»Ich bin auch mit den Einzelheiten vertraut«, warf Malaika ein den Arm besitzergreifend um Sissiphs Hüften gelegt. »Aber ich glaube, ich würde Ihnen gern zuhören, *juu ya*. Ich *weiß*, daß meine Version nicht stimmt!« Er lachte brüllend.

»So«, sagte Tse-Mallory und ahmte damit unbewußt ihren Gastgeber nach. »Etwa fünf T-Dekaden nach dem ersten Kontakt zwischen Terranern und Thranx wuchsen die Beziehungen zwischen den beiden Zivilisationen immer schneller. Aber beide Seiten betrachteten einander immer noch mit gewissem Argwohn. Der Kontakt zwischen den beiden religiösen Gruppen war noch in seinem Frühstadium. Die Verschmelzung damals war nur der Gedanke einiger Visionäre beider Rassen. Sie befanden sich gegenüber den ›Patrioten‹ beider Seiten noch erheblich in der Minderzahl.

Dann kam der erste Kontakt der Terraner mit den Pitar. Jene Rasse bewohnte zwei dicht besiedelte Planeten im Orionsektor. Sie waren ein völlig unerwarteter Faktor, eine fremde Rasse, die auf nullkommaneunsechsdrei Prozent menschlich war. Wirklich eine bemerkenswerte und bisher unerreichte Übereinstimmung. Äußerlich waren sie praktisch mit der Menschheit identisch. In ihrem Aussehen kamen sie als Rasse dem terranischen Schönheitsideal sehr nahe. Die Männer waren hochgewachsen, muskulös und sahen ungewöhnlich gut aus. Die Frauen waren hundertprozentig feminin und wenigstens so attraktiv wie die Männer. Die Menschheit durchlief eine kurze hysterische Periode, in der alles, was auch nur entfernt pitarianisch wirkte, geradezu sklavisch imitiert wurde. Die Pitar selbst schienen sehr herzlich, wenn auch etwas nervös und eigensüchtig. Endlose Beteuerungen gegenseitiger Hilfe und unsterblicher Freundschaft wurden zwischen den beiden Rassen ausgetauscht.

Die Pitar waren in wissenschaftlich-technischer Hinsicht hoch entwickelt und taten es in einigen Bereichen der Erde überraschend gleich. In der Waffentechnik beispielsweise. Die Gründe für diese offensichtliche Diskrepanz in ihrer scheinbar friedliebenden Zivilisation wurden erst später offenkundig. Leider zu spät. Sie schien auch einen überproportionalen Einfluß auf ihre gesellschaftliche Struktur zu haben.

Die Freundschaft zwischen Menschen und Pitar entwickelte sich ebenso schnell wie die zwischen Menschen und Thranx. Einige Jahre nach dem ersten Kontakt landete zufällig ein Trampfrachter in einer großen, aber abgelegenen humanoiden Kolonie. Treetrunk, oder Argus V, wie man heute sagt. Offenbar war die ganze Kolonie, etwa sechshunderttausend Seelen, total und rücksichtslos von einer unbekannten Lebensform ausgelöscht worden. Auf dem ganzen Planeten war kein Mann, keine Frau und kein Kind am Leben geblieben. Und es gab keinerlei Frauenleichen. Die Gründe dafür sollten später bekannt werden. Nun, von all den anderen intelligenten Rassen liefen Beileidsbezeugungen ein, natürlich auch von den Pitar. Sie waren zumindest so empört wie alle anderen. Die meisten Rassen schickten dann Späher aus, um diese neue bösartige fremde Rasse zu lokalisieren, ehe sie selbst Opfer ähnlicher Grausamkeit wurden.

Zwei Monate später fand man einen Mann in einem uralten improvisierten Rettungsboot auf Kreisbahn um einen der Monde des verwüsteten Planeten. Ein Kreuzer der *Unop-Patha* — kennt jemand diese Rasse? — befand sich damals zufällig dort auf Streife und nahm die schwachen Funksignale des Rettungsbootes auf. Sie hatten vorher noch nie einen geisteskranken Menschen gefunden und wußten nicht recht, was sie mit ihm anfangen sollten, bis sie ihn den nächstgelegenen menschlichen Behörden übergeben konnten. Und das war zufälligerweise die große Forschungsgruppe, die Treetrunk nach Beweisen und Spuren absuchte. Nach einem Monat intensiver Behandlung gelang es, den armen

Teufel wieder so weit herzustellen, daß er eine Aussage machen konnte.

Sie brauchten eine Weile, um seinen Bericht zu begreifen. Die Monate hilflosen Dahintreibens im Weltraum, die Angst, einem feindlichen Schiff zu begegnen — nach einer Weile die Angst, überhaupt keinem Schiff zu begegnen —, und das, was er auf dem Planeten selbst gesehen hatte, hatten seinem Geist geschadet. Es war ein Glück, daß ihm der Mut fehlte, Selbstmord zu begehen. Der erschütternde Bericht, den er erstattete, ist so oft aufgezeichnet und dokumentiert worden und mir persönlich so widerlich, daß ich die unangenehmeren Teile davon übergehe.

Der Feind hatte ohne Warnung zugeschlagen, den Tod auf die unvorbereitete Bevölkerung niederregnen lassen. Da der Planet keine regulären Streitkräfte besaß — oder solche benötigte —, war er völlig hilflos. Die Polizeiboote taten ihr Bestes, erwiesen sich aber, wie nicht anders zu erwarten, als nutzlos. Alle Bitten um Gnade, Verhandlungen, ja um die Annahme einer Kapitulation wurden ebenso aufgenommen wie erbitterter Widerstand. Als alle Gegenwehr niedergeschlagen und alle Hilfsmittel der interstellaren Kommunikation völlig zerstört waren, landeten die Invasoren in Schiffen von unbestimmt vertrauter Konstruktion, um das zu inspizieren, was von der besiegten Kolonie übriggeblieben war.

Unser einziger Überlebender war ebenso überrascht wie alle anderen gewesen, als aus den Luftschleusen der landenden Boote bewaffnete pitarianische Truppen herausgestürmt kamen. Sie waren in ihrer Vernichtung der übrigen menschlichen Bevölkerung gnadenlos und behandelten sie, als wären sie die niedrigsten ekelhaftesten Organismen im ganzen Universum. Zwar eigneten sie sich ein paar Wertgegenstände und dergleichen an, aber größtenteils schien ihnen das Morden um seiner selbst willen zu gefallen. An diesem Punkte drohte unser Augenzeuge wieder in rettenden Wahnsinn zu verfallen. Die Psychiater, die ihn behandelten, meinten, wenn er geistig gesund geblieben wäre, so wäre es ihm nie gelungen, mit all den anderen Belastungen seiner Flucht fertig zu werden, wie zum Beispiel völligem Nahrungsmangel über beinahe eine Woche. Die Pitar waren gründlich. Sie trugen Lebensdetektoren bei sich, um Überlebende ausfindig zu machen, gleichgültig, wie gut sie sich versteckten, und machten alles nieder.

Unser Zeuge hatte in einer Kleinstadt in der Nähe des Äquators gelebt. Er war früher einmal Schiffsingenieur gewesen und hatte sich ein kleines veraltetes Rettungsboot gekauft, an dem er in seiner Freizeit zu seinem Vergnügen herumbastelte. Es gehörte wohl ein Verrückter dazu, um zu glauben, daß dieses Wrack es je bis zum nächstgelegenen Mond schaffen würde. Jedenfalls war es ihm gelungen, das winzige Schiff mit Vorräten zu versehen und zu starten, ehe die feindlichen Truppen seine Heimatstadt erreichten. Offensichtlich rechneten die Kriegsschiffe auf Kreisbahn nicht mehr mit einem Boot von der Oberfläche des Planeten. Alle Raumhäfen waren zerstört worden und sämtliche Handelsschiffe mit Doppelka-Antrieb auf Parkorbit waren bei dem Versuch zu entkommen, vernichtet oder von pitarianischen Kommandos übernommen worden. Niemand rechnete damit, daß jemand einen Fluchtversuch in den Weltraum unternehmen würde. Die Monde sind unbewohnbar und sonstige Planeten, auf denen menschliches Leben gedeihen kann, gibt es in dem System nicht. Möglicherweise waren sie auch gar nicht darauf eingerichtet, ein Antriebssystem, so winzig und so altmodisch wie das seine zu entdecken. Jedenfalls schaffte er die Flucht durch ihre nach außen gerichteten Radarschirme, steuerte sein Boot in ein Orbit um den ersten Mond. Er rechnete in Wirklichkeit nie damit, gerettet zu werden. Alles, woran sein verwirrter Verstand denken konnte, war, den Greueln dort unten zu entkommen. Es war schieres Glück, daß er doch gerettet wurde. Das war der wesentliche Inhalt seines Berichts. Unter den ekelerregenden Einzelheiten, die die Psychosonden aus ihm herauspreßten, war auch noch, was die Pitar mit den Leichen all der verschwundenen Frauen angefangen hatten. Das war so widerlich, daß die Behörden sich bemühten, es vor der Öffentlichkeit geheimzuhalten. Aber wie das in solchen Fällen meist geschieht, drang doch etwas durch. Die allgemeine Entrüstung, die sich erhob, breitete sich weit aus. Es kam nicht einmal zu einer formellen Kriegserklärung, weil die meisten Mitglieder des terranischen Kongresses auch Reserveoffiziere waren und ganz einfach aufsprangen und zu ihren Schiffen rannten.

Die riesige Armada, die sich dann sammelte, raste in das System von Pitar. Zur allgemeinen Überraschung verteidigten sich die Pitarianer nur von ihren planetarischen und Satellitenstützpunkten aus. Im Weltraum waren ihre Schiffe der menschlichen Flotte nicht gewachsen, selbst, wenn man einmal davon absah, daß sie sich hoffnungslos in der Minderheit befanden, aber die Pitarianer hatten offenbar mit einer solchen Eventualität gerechnet, und deshalb hatten ihre Wissenschaftler ein Defensivbollwerk aufgebaut, das die Waffen der Sternenschiffe nicht durchschlagen konnten. Ein Auszehrungskrieg entwickelte sich, den die Pitarianer dadurch zu gewinnen hofften, indem sie den Preis hochtrieben. Das Ergebnis war eine Blockade, die sie vom restlichen Universum abschnitt, oder, wie manche das etwas höflicher ausdrückten, sie wurden in den Zustand ›zwangsweiser Quarantäne‹ versetzt.

Es erweckte den Anschein, als würde die Lage ewig so bleiben, aber das galt nur bis zum Eingreifen der Thranx. Wie die meisten übrigen intelligenten Rassen hatten auch die Thranx Einzelheiten des Massakers von Argus V gehört. Im Gegensatz zu den meisten anderen aber waren sie fest entschlossen, etwas Wirksameres zu unternehmen, als sich bloß an der Blockade zu beteiligen. Für die Thranx gab es den Ausschlag, was die Pitarianer mit den menschlichen Frauen gemacht hatten. Auf den Thranxwelten werden Frauen noch mehr als ein Objekt der Verehrung und des Respekts betrachtet als selbst auf den galantesten humanoiden Planeten. Das ist ein Erbe ihrer Urväter, aus jener Zeit, als es noch eine einzige eierlegende Königin gab, die man schützen und nähren mußte.

So schlossen die Thranx ihre Flotten denen der Menschen an. Zunächst hatte dies keine andere Wirkung als eine ohnehin schon beinahe perfekte Blockade zu intensivieren. Und dann kam es zu den ersten Durchbrüchen. Schließlich entwickelte man auch Geräte, um die pitarianischen Verteidigungsschirme zu durchbrechen. Zu dieser Zeit neigten die Homanx-Wissenschaftler auch dazu, wenigstens den Versuch zu unternehmen, zumindest einen Teil der pitarianischen Zivilisation intakt für Studien zu bewahren. Sie hatten gehofft, eine Erklärung für ihre extreme rassische Paranoia zu finden. Aber so wie die Stimmung auf den menschlichen Planeten war, erwies sich dies als unmöglich. Es gibt auch Grund zu der Annahme, daß die Pitarianer selbst dies nicht zugelassen hätten. Ihre Krankheit ging zu tief. Jedenfalls kämpften sie bis zur letzten Stadt.

Noch heute legen drei Planeten Zeugnis von jenem Krieg ab, leer und verbrannt. Ein menschlicher und zwei pitarianische Planeten. Man besucht sie nicht oft, nur besonders neugierige oder ungemein morbide Gemüter zieht es dorthin.

Die wissenschaftlichen Teams, die die Ruinen von Pitar durchsuchten, gelangten zu dem Schluß, daß diese Rasse völlig außerstande war, Begriffe wie Gnade, Mitgefühl, Offenheit und Gleichheit oder ähnliche abstrakte Konzepte zu begreifen. Die Pitarianer hielten sich selbst für die einzige Rasse, die es wert war, im Universum zu existieren. Sobald sie einmal alles Wissen gestohlen hatten, würden sie sich selbst so weit erniedrigen, um von den barbarischen Menschen zu borgen — nur, um sie anschließend zu vernichten. Als nächstes hätten die anderen intelligenten Rassen der Galaxis auf ihrem Vernichtungsprogramm gestanden, die Thranx eingeschlossen. Mit ihnen verglichen, sind unsere augenblicklichen Mitbewerber, die AAnn, ausgesprochen friedfertig.

Zum Glück waren die Pitarianer im großen und ganzen bei weitem nicht so intelligent wie die AAnn. Ihre Waffenentwicklung überstieg ihre rassische Reife bei weitem, und ihre Überheblichkeit war größer als ihre Klugheit. Ich habe mich oft gefragt, ob der Pitar-Homanx-Krieg nicht der entscheidende Ansporn für die Verschmelzung war. Es gab gemeinsamen Haß auf die Pitarianer, ja, dann die Dankbarkeit, die die Menschheit für die Hilfe der Thranx empfand, und die Angst, daß vielleicht irgendwo dort draußen zwischen den Sternen weitere psychopathische Mörder wie die Pitarianer lauern könnten.«

Als Tse-Mallory geschlossen hätte, herrschte eine Weile Schweigen in dem eleganten Salon.

»Nun«, sagte schließlich Atha, »jetzt bin ich dran im Cockpit. Ich gehe besser und löse Wolf ab.« Sie erhob sich aus dem Polstersessel und ging nach vorne.

»Ndiye, ndiye.« Der Handelsherr beugte sich vor und musterte Sissiph lüstern. »Komm, mein *pakadoge,* kleines Kätzchen. Wir haben dieses nette Buch, das du mitgebracht hast, erst zu Hälfte durch, und ich bin ganz gespannt darauf, wie es sich weiterentwickelt. Selbst, wenn es bloß Bilder sind. Sie entschuldigen uns doch, meine Herren?«

Das Mädchen führte ihn kichernd aus dem Salon.

Tse-Mallory begann die einzelnen Etagen ihres Tridi-Schachs aufzubauen, während Truzenzuzex die Karten mischte und die blauen, roten und schwarzen Steine aufbaute.

Flinx blickte zu dem Soziologen auf. »*Sie* haben doch

nicht an dem Pitar-Humanx-Krieg teilgenommen, oder?«

»Aber nein, mein Junge, nein! Ich gebe zwar zu, daß ich gealtert bin, manchmal — selten — sogar, daß ich alt bin, aber so archaisch — nein, nie! Aber ein Großvater von mir nahm teil. Ich glaube, alle unsere Vorfahren haben das in der einen oder anderen Weise getan. Deine nicht?«

Flinx stand auf und strich sich geistesabwesend über die Hosen.

Der Pelz mit dem der Boden bedeckt war, blieb gerne daran hängen. »Bitte entschuldigen Sie mich, meine Herren, mir fällt ein, daß ich Pip heute abend noch nicht gefüttert habe, und ich möchte nicht, daß er ungehalten wird und anfängt, an meinem Arm herumzuknabbern.«

Er wandte sich um und ging in den Korridor hinaus. Tse-Mallory blickte ihm mit seltsamer Miene nach, zuckte dann die Achseln und wandte sich wieder dem Spiel zu. Er war am Zuge.

10

Bis dahin hatte es keine Schwierigkeiten gegeben. Die ersten Andeutungen dafür kamen drei Schiffstage später.

Malaika war im Cockpit und überprüfte mit Wolf die Koordinaten. Truzenzuzex meditierte in seiner Kabine. Er befand sich in tiefer Trance. Diese Technik wandte er immer an, wenn er sich mit einem Problem befaßte, das hohe Konzentration erforderte. Manchmal auch nur, um sich zu entspannen. In diesem Zustand verbrauchte er weniger Energie. Im Salon versuchte Tse-Mallory Flinx ein semantisches Rätsel zu erklären. Atha saß ebenfalls im Salon und versuchte, etwas gelangweilt, sich selbst bei dem altehrwürdigen Monopoly-Spiel zu schlagen. Sie verschob die obskuren kleinen Idole und Symbole in einer Art und Weise, die Flinx immer langweilig und etwas sinnlos gefunden hatte. Alles ging seinen normalen

Gang, bis Sissiph, gelangweilt und von Malaika aus dem Cockpit verjagt, in den Salon gestapft kam, eingehüllt in durchsichtige Pseudospitze.

»*Langweilig* ist das hier! Langweilig, langweilig, *langweilig!* Als lebte man in — in einem Sarg!« Sie schmollte ein paar Minuten vor sich hin. Als niemand ihr Aufmerksamkeit schenkte, bezog sie eine zentralere Position. »Was für eine Sammlung! Zwei Piloten, zwei Eierköpfe und ein Junge mit einem giftigen Wurm als Schoßtierchen!«

Pips Kopf hob sich abrupt, und der Minidrach zischte unfreundlich in Richtung auf das Mädchen. Flinx strich ihm über den Kopf, bis er sich wieder etwas entspannt hatte und seine Muskeln sich lockerten. Seine eigene Reaktion war mild und gelassen, da er im Geist des Mädchens Unsicherheit/Ärger/Verwirrung fühlte.

»Er ist ein Reptil und in keiner Weise mit ...«

»Reptil! Wurm! Welchen Unterschied macht das schon?« Wieder schmollte sie. »Und Maxi läßt mich nicht einmal *zusehen*, während er mit diesen *lieben* Koordinaten und dem Zeugs spielt. Er sagt, ich ›lenke ihn ab‹. Kann sich das jemand vorstellen? Ihn *ablenken?*«

»Das kann ich mir auch nicht vorstellen, warum du das solltest, meine Liebe«, murmelte Atha, ohne von ihrem Spiel aufzublicken. Unter normalen Umständen wäre Sissiph wahrscheinlich nicht darauf eingegangen. In Drallar hatte sie mehr als reichlich Gelegenheit gehabt, Athas Sarkasmus von sich abprallen zu lassen. Aber der lange Flug und ihre augenblickliche Enttäuschung wirkten zusammen. Sie drehte sich um. Ihre Stimme klang plötzlich gespannt.

»Soll das eine *witzige* Bemerkung sein?«

Atha blickte immer noch nicht von ihrem Spiel auf. Zweifellos erwartete sie, daß Sissiph die Worte, wie sie das gewöhnlich tat, einfach ignorierte und den Raum würdevoll verließ. Statt dessen entgegnete sie lapidar:

»Nein, die Wahrheit, Liebste.«

»Und Ihr Mundwerk ist etwas zu lose«, ereiferte sich Sissiph und stieß mit dem Knie gegen den Tisch. Da es sich um einen tragbaren Tisch handelte, der nicht mit dem Schiff verschraubt war, kippte er um. Kleine Metallgegenstände und Plastikkarten segelten in allen Richtungen davon.

Atha schloß langsam die Augen, ohne sich zu bewegen, und öffnete sie dann ebenso langsam wieder. Dann wandte sie sich zur Seite und starrte das Mädchen an. Ihre Augen waren in Kniehöhe von Sissiph.

»Ich glaube, Süße, wenn wir diese Unterhaltung fortsetzen wollen, sollten wir das auf gleicher Ebene tun.«

Ihr Arm schoß vor und traf die überraschte Sissiph in den Kniekehlen. Sie stieß einen überraschten Schrei aus und setzte sich unsanft auf den Boden.

Von diesem Augenblick an schienen ihre Körper förmlich ineinander zu verschmelzen, und zwar so unentwirrbar, daß es Flinx schwerfiel, sie auseinanderzuhalten. Ihre Gedanken waren nicht zu entziffern. Das war keine wissenschaftliche Kampfführung.

Tse-Mallory unternahm den lobenswerten, wenn auch unsinnigen Versuch, den Streit zu schlichten, was ihm freilich nur eine Kratzwunde an der Wange eintrug. In diesem Augenblick erschien Malaika, den Flinx hastig herbeigerufen hatte, unter der Tür. Er nahm die ganze Szene mit einem einzigen Blick in sich auf.

»Was, im Namen aller sieben Höllen, geht hier vor?«

Selbst seine vertraute Stimme zeitigte keine Wirkung an den beiden Kombattantinnen, die jetzt so in ihre Auseinandersetzung vertieft waren, daß kein Sterblicher sie mehr trennen konnte. Der Händler trat vor und versuchte es dennoch. Nicht nur einmal, sondern mehrmals. Es war gerade, als versuchte man einen Wirbelwind mit der Hand festzuhalten. Frustriert gab er schließlich auf.

Je länger man in den unteren Etagen von Drallar lebt, desto größer das Wissen um die elementaren Grundlagen der menschlichen Psychologie. So sagte Flinx mit lauter, aber gleichmäßiger Stimme, bemüht, ein hohes Maß an Abscheu in seine Stimme zu legen: »Herrje, wenn ihr beiden nur wüßtet, wie komisch ihr ausseht!«

Sofort herrschte Frieden im Raum. Die Wolke aus Haaren, Zähnen, Nägeln und zerfetzten Kleidern kam plötzlich zum Stillstand und löste sich in zwei einzelne Frauenkörper auf. Beide starrten ausdruckslos zuerst Flinx und dann einander an.

»Danke, *kijana*. Ich hatte schon gedacht, daß du dich nützlich machen würdest, aber deine Talente sind offenbar grenzenlos.« Malaika beugte sich vor und packte die Mädchen bei den Überresten ihrer Kleidung und hob sie hoch, wie man zwei Katzen hochhebt. Die beiden funkelten einander stumm an und schienen gute Lust zu haben, wieder von vorne anzufangen. Als er das erkannte, schüttelte er sie so heftig, daß ihre Zähne klapperten und sie die Schuhe verloren.

»Wir sind jetzt auf einer Milliarden-Credits-Jagd in selten besuchtem Gebiet, aber Jagd auf etwas, wofür mir jede andere Gesellschaft in der Galaxis mit Freuden die Kehle durchschneiden würde, und ihr zwei *mwanamkewivu*, Schwachköpfe, Idioten, könnt nicht einmal einen Monat lang in Frieden leben!« Er schüttelte sie erneut, wenn auch diesmal nicht so wütend. Keine von beiden schien jetzt mehr in Stimmung für eine Fortsetzung der Prügelei zu sein. »Wenn das noch einmal passiert, und ich warne euch, nur ein einziges Mal, dann werfe ich euch beide, auch wenn ihr beißt und kratzt, durch die nächste Luftschleuse! *Ist das klar!*«

Die beiden Frauen starrten stumm zu Boden.

»*Au ndiyo au la!* Jetzt will ich es hören!« Seine Stimme erfüllte den ganzen Salon.

Schließlich murmelte Sissiph fast unhörbar: »Ja, Maxy.« Er wandte sich um und funkelte Atha streng an.

»Ja, Herr«, sagte sie unterwürfig.

Malaika hätte die Strafpredigt fortgesetzt, aber Wolf erwählte sich diesen Augenblick, um hereinzuschauen.

»Kapitän, ich glaube, Sie sollten kommen und sich das ansehen. Auf dem Bildschirm ist ein Objekt oder mehrere Objekte. Und ich würde sagen, daß es sich um ein Schiff handelt oder Schiffe. Ich würde gerne Ihre Meinung hören.«

»*Nini?*« röhrte Malaika und wirbelte herum. »Was!« Er ließ die beiden Frauen los. Beide standen still da und versuchten aus dem Chaos ihrer Kleidung wieder Ordnung zu schaffen. Hin und wieder sah eine die andere an, aber für den Augenblick war ihnen jeder Kampfgeist verflogen.

»Es scheint näher zu kommen. Ich wollte, Sie würden nach vorne kommen und nachsehen ... Jetzt gleich.«

Malaika wandte sich den beiden Frauen zu. »Atha, nach vorne — *upesi!* Sissiph, du gehst nach hinten in deine Kabine und bleibst dort.« Beide nickten stumm und entfernten sich in unterschiedliche Richtungen.

»Soziologe, holen Sie Ihren Freund aus diesem Halbschlaf oder wie ihr das sonst nennt. Ich möchte Sie bei vollem Bewußtsein, falls etwas Unerwartetes passiert. Ich habe das Gefühl, daß Sie beide zumindest etwas Erfahrung mit Schiffsmanövern im Tiefraum haben?«

Tse-Mallory hatte sich in Richtung auf Truzenzuzex' Kabine in Bewegung gesetzt. Jetzt blieb er stehen und lächelte dem Handelsherrn zu. »Etwas von der Art«, sagte er leise.

»Gut. Oh, *kijana?*« Flinx blickte auf. »Halte ein Auge auf deinen Wurm. Hier könnte es etwas unruhig werden. Ich weiß nicht, wie leicht dieser kleine Teufel die Nerven verliert, aber ich möchte nicht, daß er etwas anstellt, besonders nicht, wenn die Leute nervös werden.«

»Ja, Herr. Haben Sie eine Ahnung, um was es sich handelt?«

»Ja und Nein. Und ich fürchte, es wird ersteres sein.

Und das wäre schlimm.« Er hielt inne, schien zu überlegen. »Du kannst nach vorne kommen, wenn du Lust hast, solange du auf deine Schlange aufpaßt. Sag unseren gelehrten Passagieren, daß sie auch kommen können, wenn sie das wünschen. Es ist genügend Platz im Cockpit. Bloß Sissiph will ich nicht dabei haben. Die allerliebste *Pakadogo* neigt immer zu Hysterie, wenn sie etwas nicht ganz begreift ... aber ich glaube, die anderen wären gerne dabei, wenn wir erfahren, was hier gespielt wird. Und sie haben vielleicht ein paar brauchbare Ideen. Ich halte viel von guten Ideen. Übrigens, du kannst mir wohl nicht helfen?«

Flinx konzentrierte sich. Es war weit entfernt, aber sonst gab es im weiten Umkreis lichtjahreweit nichts, also kam es ganz kräftig herein, wirklich kräftig. ›Es‹ war böse/fremd/ ein Bild von trockener Luft Sonne, Blut/Geschmack von Salz/Erleichterung/alles in kalte klare Gedanken gehüllt wie Schneeschmelze.

Er blickte auf, blinzelte. Malaika musterte ihn scharf, und aus seinen Augen leuchtete Besorgnis. Jetzt bemerkte er erst die Schweißtropfen auf seiner Stirn. Er sagte ein Wort, aber dieses eine Wort genügte.

»AAnn.«

Und Malaika nickte nachdenklich und wandte sich zur Tür.

11

Der Punkt, der auf die Anwesenheit eines funktionierenden Posigrav-Antriebsfeldes hinwies, war jetzt ganz deutlich zu sehen und stand ›rechts‹ von ihnen — etwa neunzig Grad über der gegenwärtigen X-Ebene. Er kam ihnen auf einem deutlich als solchem zu erkennenden Konvergenzkurs entgegen. Um was es sich handelte, war noch nicht zu erkennen, nur eines war klar: es handelte sich um ein von Intelligenz gesteuertes Fahrzeug.

Ein uralter Aphorismus, den Flinx einmal gehört hatte, kam ihm in den Sinn. So wie er sich daran erinnerte, war es dabei um zwei Männer gegangen, einen alten und einen jungen. Der jüngere hatte gesagt: »Keine Nachrichten sind gute Nachrichten«, und der andere, ein heiliger Mann von Terra, hatte weise erwidert: »Das muß nicht stimmen, mein junger Freund. Ein Fischer bezeichnet sich nicht als glücklich, wenn die Fische nicht anbeißen.« Er war nicht ganz sicher, ob diese Anekdote eine geeignete Analogie für den Augenblick war, weil er dem heiligen Manne nicht ganz beizupflichten vermochte.

»Es sind zwei, Kapitän«, sagte Wolf. »Sehen Sie ...«

Das stimmte. Selbst Flinx konnte sehen, daß der größere Punkt sich beim Näherkommen in zwei deutlich unterscheidbare einzelne Punkte auflöste. Gleichzeitig verspürte er eine Vielfalt ähnlicher Bewußtseinsinhalte, alle denen ähnlich, die er ursprünglich wahrgenommen hatte.

»*Zwei* Schiffe«, sagte Malaika. »Dann stimmt meine eine Annahme doch nicht. Vorher waren da nur Schatten. Jetzt liegt alles im Dunklen. *Usiku*. Trotzdem, es könnte sein ...«

»Was haben Sie denn vermutet, Maxim?« fragte Truzenzuzex.

»Ich dachte, einer meiner Konkurrenten — und zwar ein ganz bestimmter Konkurrent — hätte mehr von Ihrer Entdeckung erfahren, als ich ursprünglich angenommen hatte. Vielleicht ist doch irgend etwas durchgesickert. In dem Falle hätte ich angenommen, daß jemand auf diesem Schiffe ein Spion ist.« Sein Blick wanderte unruhig durch die Kabine. »Diese Möglichkeit besteht immer noch, aber ich neige ihr jetzt nicht mehr zu. Ich kenne keine Gesellschaft im ganzen Spiralarm, weder die, an die ich gedacht hatte, noch General Industries, die es sich leisten könnte oder bereit wäre, zwei Schiffe auf puren Verdacht hin in Marsch zu setzen. Nicht einmal eine AAnn-Nestgesellschaft.«

»Und wer sind dann unsere beiden Besucher?« wollte Tse-Mallory wissen.

»Das weiß ich nicht, Soziologe, *hata kidogo.* Keine Ahnung habe ich. Aber wir werden es ohne Zweifel in Kürze erfahren. Sie sollten gleich in Empfangsdistanz sein, wenn sie es nicht schon sind. Wenn es in dieser Gegend eine Relaisstation gäbe, hätten wir es schon erfahren — vorausgesetzt natürlich, sie wünschten, daß wir von ihrer Anwesenheit erfahren und in etwa wußten, wo wir uns befanden. Ich glaube, daß ich das bezweifeln darf ...«

Atha drehte an Skalen und Schaltern. »Ich habe sämtliche Geräte auf Empfang. Wenn die uns anstrahlen, fangen wir die Sendung auch auf!« Und das taten sie.

Das Gesicht, das sich auf dem Bildschirm zeigte, versetzte ihnen dank Flinx' Vorauswarnung keinen Schock, wohl aber die Kleidung, die das Wesen trug, weil sie so völlig unerwartet kam.

»Guten Morgen, *Gloryhole*«, sagte der AAnn-Offizier-Edelmann, der sie mit düsterer Miene musterte. »Oder welche Tagesperiode Sie auch im Augenblick wahrnehmen mögen. Ihr Kapitän ist der weithin bekannte Maxim Malaika, nehme ich an?«

»Der verblüffte und neugierige Maxim Malaika ist hier, wenn es das ist, was Sie meinen.« Er trat in den Aufnahmebereich der Kamera. »Sie sind mir gegenüber einen Sprung voraus.«

»Ich bitte um Entschuldigung«, sagte die Gestalt. »Ich *heiße Riidi WW,* Zweiter Baron von Tyrton Sechs, Offizier in den Circumspatialen Verteidigungsstreitkräften von Kaiser Maahn dem Vierten. Mein Schiff nennt sich *Arr* und es wird von seinem Schwesterschiff, der *Unn,* begleitet.«

Malaika sprach in Richtung auf das Mikrofon. »Beachtlich. Ihre Mutter muß eine gute Puste gehabt haben. Ihr Jungs seid ja etwas von euren normalen Bahnen abgekommen, nicht wahr?«

Das Gesicht des Barons ließ milde Überraschung erkennen. Aber Flinx erkannte den Spott dahinter. »Aber Kapitän! Der Brand ist Weltraumgebiet, das von niemandem beansprucht wird, und steht allen offen. Es gibt hier viele schöne kolonisierbare unbeanspruchte Planeten, die jeder weltraumfahrenden Rasse zur Verfügung stehen. Es trifft zwar zu, daß die Regierung Ihrer Majestät in der Vergangenheit sich mehr für die Expansion nach draußen interessiert hat, aber trotzdem kommt es gelegentlich dazu, daß besonders vielversprechende Planeten näher untersucht werden.«

»Eine sehr knappe und scheinbar plausible Erklärung«, flüsterte Truzenzuzex Malaika von außerhalb des Aufnahmebereichs der Kameras zu.

»Ja«, flüsterte der Kaufmann zurück. »Ich glaube ihm auch kein Wort. Wolf, Kurswechsel fünfundvierzig Grad X-plus.«

»Verstanden, Kapitän.«

»Nun, Baron, es ist immer nett, wenn man hier draußen mitten im Nichts von jemandem hört, und ich bin sicher, daß zwei Zerstörer seiner Majestät jedem ›erfolgversprechenden‹ Planeten, den sie zufällig finden, mehr als gewachsen sein werden. Ich wünsche Ihnen bei Ihren Sucharbeiten viel Glück.«

»Ihre Glückwünsche nehmen wir in dem Sinne an, wie sie gemeint sind, Kapitän Malaika. Ich möchte Ihnen als Gegenleistung die Gastfreundschaft meines Schiffes und meiner Mannschaft anbieten, ganz besonders die unserer Kombüse. Ich habe das Glück, einen Koch an Bord zu haben, der die Küchenkünste von zweiunddreißig verschiedenen Systemen beherrscht. Der Mann ist ein Zauberer und wäre stolz, wenn man ihm Gelegenheit gäbe, seine Talente einem solchen Kenner darzubieten, wie Sie es sind.«

Wolf flüsterte: »Sie haben ihren Kurs dem unseren angepaßt, Sir. Und beschleunigt haben sie auch.«

»Auf Kurs bleiben. Und so weit beschleunigen, daß

wir gleiche Fahrt wie sie machen. Aber vorsichtig, *mwanamume,* vorsichtig!« Er wandte sich wieder dem Bildschirm zu.

»Wahrlich ein großherziges Angebot, Baron, und ich würde es normalerweise auch als große Ehre auffassen und mit Vergnügen annehmen. Aber ich fürchte, die Umstände erfordern, daß wir diese Einladung ablehnen. Wissen Sie, wir hatten gestern abend Fisch zum Abendessen, und ich bin sicher, daß er nicht halb so gut zubereitet war, wie Ihr Küchenchef das tun würde, denn wir haben heute alle an unangenehmen Schmerzen im Verdauungsbereich gelitten. Wenn wir dürfen, wollen wir gerne ein andermal auf Ihr freundliches Angebot zurückkommen.«

Und vom Mikrofon abgewandt flüsterte er: »Gehen Sie alle in Ihre Kabinen und schnallen Sie sich fest. Ich werde Sie über die Sprechanlagen des Schiffes auf dem laufenden halten. Aber wenn es etwas unsanft zugehen sollte, möchte ich nicht, daß Sie von den Wänden abprallen und mir die Teppiche besudeln!«

Flinx, Tse-Mallory und Truzenzuzex eilten zum Ausgang, sorgfältig darauf bedacht, außer Sichtweite der Videokamera zu bleiben. Aber offensichtlich konnte Truzenzuzex der Versuchung nicht widerstehen, einem hartnäckigen und uralten Feind eins auszuwischen. Die Thranx hatten schon lange vor der Menschheit mit den AAnn zu tun gehabt.

Er schob seinen Kopf in den Aufnahmebereich der Kamera und schrie: »Wisse, du Sandfresser, daß ich die AAnn-Küche schon gekostet und sie zu rauh gefunden habe. Jene, die Felsen fressen, ähneln bald in ihrem Verstand und ihrer Einstellung dem, was sie fressen!«

Der AAnn schien sich zu erregen, denn die Schuppen an seinem Hals spreizten sich. »Höre, du Schmutzbewohner, ich will dir nur sagen . . .!« Mitten im Fluch hielt er inne und riß sich zusammen, was ihn einige Mühe kostete. Er zwang sich zu einem resignierten Seufzen, obwohl er ohne Zweifel vorgezogen hätte, eine Drohung auszustoßen, und sagte: »Ich will weiterhin höflich bleiben, obwohl es offenkundig ist, Kapitän, daß in Ihrem Schiff die Höflichkeit verschwunden ist. Wie Sie wünschen. Sie sind nicht schneller als wir. Jetzt, da wir in Reichweite sind, werden meine Detektoroperateure sehr darauf achten, Sie nicht mehr zu verlieren. Es ist nur eine Frage der Zeit, bis wir Tochterposition erreicht haben. Und bis dahin hoffe ich, werden Sie sich meine wirklich höfliche und großzügige Einladung noch einmal überlegt haben und Ihr Feld öffnen. Andernfalls«, sagte er grimmig, »fürchte ich sehr, daß wir uns gezwungen sehen werden, Sie wie eine Dose Zith-Paste zu öffnen.«

Und damit wurde der Schirm wieder dunkel.

Flinx legte sich in seiner Kabine aufs Bett und begann sich anzuschnallen. Pip lag neben seiner linken Hand, um eine Stange gerollt, die am Bett befestigt war. Er redete dem Minidrach zu, ruhig zu sein. Die Schlange spürte, daß hier wichtige Dinge vor sich gingen, und tat, wie man ihr geheißen hatte.

Als er es sich so bequem gemacht hatte, wie das im angeschnallten Zustand möglich war, schaltete er den kleinen Bildschirm ein, der von der Kabinendecke hing. Der Schirm leuchtete auf und zeigte ihm Malaika, Atha und Wolf, die im Cockpit beschäftigt waren. Unwillkürlich erinnerte er sich an vertrautere Gerüche und Bilder. Es war ihm peinlich, aber im Augenblick wünschte er sich innig nach Hause zurück, nach Drallar, und er hätte nichts lieber getan, als vor einer neugierigen Menge seine Jongleurkunststücke zu zeigen und kleine Jungen zum Lachen zu bringen, indem er ihnen die Namen ihrer geheimen Liebschaften nannte. Was er aus dem Bewußtsein und den Gedanken des AAnn-Kommandanten entnehmen konnte, war nicht angenehm. Und dann verschwand das Gefühl so abrupt, als hätte man ihm plötzlich einen feuchten Lappen durch das Gehirn gezogen, und er legte sich zurück und wartete.

In der riesigen exotisch möblierten Kabine, die man ihr als Aufenthaltsquartier zugewiesen hatte, lag Sissiph allein auf dem großen Bett. Sie war in einen Schutzpanzer eingeschnallt. Sie hatte die Knie fast bis zur Brust angezogen und fühlte sich sehr einsam. Der Befehl, Schutzkleidung anzulegen, war mit kühler, keinen Widerspruch duldender Stimme ausgesprochen worden, wie sie sie von Maxy noch nie zuvor gehört hatte. Sie hatte Angst. Die luxuriösen Einrichtungsgegenstände, die kunstvoll geschnitzten Möbel und das sinnliche Licht, das Vermögen an Kleidung, das den ganzen Raum in wirrem Durcheinander erfüllte, alles das schien ihr jetzt frivol und flüchtig. Sie hatte es gewußt, *gewußt* hatte sie es, als sie es sich in den Kopf setzte, diese andere kleine Hexe — wie hieß sie doch? — als Malaikas Katze zu verdrängen, daß etwas Schreckliches wie das hier geschehen würde. *Gewußt* hatte sie es!

Handelsleute waren so *verdammt* unberechenbar!

Sie knipste den Schalter nicht an, der den Bildschirm an der Wand in Betrieb setzte und sie mit dem Cockpit und dem Rest des Schiffes in Verbindung brachte. Sollte er doch eine Weile ohne sie überleben! Statt dessen wühlte sie sich, so tief es ging, in die Schnurrseidenkissen und legte sich selbst gegenüber das Versprechen ab, wenn sie die schreckliche ekelhafte Reise ins Nichts überstand, sich einen netten hundertfünfzig Jahre alten Mann zu suchen — an der Schwelle des Todes. Einen senilen wohlhabenden Mann, bei dem sie auf ein nettes, ruhiges, bequemes kurzes Eheleben hoffen dürfte — und eine lange wohlhabende Witwenschaft.

Bran Tse-Mallory lag auf seinem Bett und vergegenwärtigte sich stumm die hundertundfünf Maximen des Zustandes unbestimmter Zufriedenheit. Ursprünglich war dieser Zustand von einem brillanten Hochschulassistenten erfunden worden und sollte dazu dienen, nervösen Studenten vor wichtigen Prüfungen Entspannung zu vermitteln. Aber natürlich erfüllte diese Kunst auch in anderen Situationen ihren Zweck. In der augenblicklichen zum Beispiel. Aber sosehr er sich auch anstrengte, er kam nicht über einundzwanzig hinaus. Die einundzwanzigste Maxime drängte sich ihm immer wieder auf, sosehr er sich auch auf zweiundzwanzig zu konzentrieren versuchte.

»Die Menschheit ist bestimmt die überspannteste Rasse im Universum, denn wer sonst glaubt schon, daß Gott nichts Besseres zu tun hat, als den ganzen Tag herumzusitzen und ihr immer dann zu helfen, wenn die Lage schwierig wird?«

Es war ein Gedanke, der einer Person unwürdig war, die eigentlich über all die Jahre hinweg reifer und damit gelassener hätte werden müssen, aber, oh, wie er sich doch den beruhigenden Kolben einer Waffe in der Hand wünschte — *irgendeiner* Waffe. Seine Finger spannten sich und lockerten sich dann wieder wie im Reflex und gruben sich tief in die weichen Decken ein.

Der Eint Truzenzuzex lag ruhig auf seinem etwas modifizierten Sessel, die Beine ausgestreckt, Fußhände und Echthände in der angemessenen *Oo*-Position über der Brust gekreuzt. Er versuchte eine Hälfte seines Bewußtseins auf das Bildgerät des Schiffes zu konzentrieren, während die andere ein monotones Ritual vollzog:

»Ich, Tru von der Familie Zen, dem Clan Zu und der Wabe Zex bete hiermit darum, auf meine — unsere Ahnen keine Schande zu bringen. Ich, Tru von der Familie Zen, dem Clan Zu der Wabe Zex bete hiermit darum, daß ich in der bevorstehenden Zeit der Schwierigkeiten meiner Erstmutter, meiner Clanmutter und meiner Wabenmutter Ehre bringen möge. Ich, Tru von der Familie Zen, dem Clan ...«

Atha Moon und der Mann, der sich Wolf nannte, dachten an andere Dinge. Sie waren viel zu beschäftigt, um irgend etwas anderes als ihre Arbeit im Sinn zu haben. Und Maxim Malaika, der Mann, der für sie alle die Verantwortung trug, tat es ihnen gleich. Außerdem hatte er viel zuviel Angst, um Zeit für Trivialitäten wie Sorge zu haben. Wolf riß ihn aus seinen Gedanken.

»Jetzt sind sie auf fünf Mils herangekommen. Bei dieser Geschwindigkeit sind sie in fünf oder zehn Minuten in Partikelstrahlreichweite.«

»*Shoovy!* Und noch ein paar andere Unaussprechlichkeiten! Verdammt!«

Atha sah ihn besorgt an. »Könnten wir nicht versuchen, ihnen auszuweichen, Maxim? Ich meine, Herr Kapitän?«

»*La, hasha,* Atha. Unmöglich. Das sind AAnn-Zerstörer dort draußen. Sie sind dafür konstruiert, Schiffe, die viel schneller als wir sind, aufzuspüren und in Stücke zu schneiden. Die *Gloryhole* ist das Spielzeug eines reichen Mannes, kein Marineschiff. Aber schnell ist sie schon, *Sharti.* Natürlich ist sie das. Wenn wir beim ersten Kontakt weiter von ihnen entfernt gewesen wären, hätten wir ihnen entschlüpfen und uns verstecken können, aber dazu haben die uns zu schnell gestellt. Außerdem sind sie zu zweit. Einem von diesen Kerlen könnten wir entwischen, aber zweien niemals. Nicht auf diese Distanz.«

Atha überlegte. »Könnten wir nicht einfach ... nun ... uns ergeben und sehen, was dann geschieht? Ich meine, wenn man alles bedenkt, so schrecklich schien mir dieser Baron nicht. Nur ungeduldig. Und schließlich befinden wir uns nicht im Krieg mit seinen Leuten.«

»*Ndoto.* Ein Traum. So arbeiten die AAnn nicht, Atha.« Seine Lippen waren zu einem schmalen Strich zusammengepreßt. »Im besten Falle sind sie mit Leuten, die mit ihnen kooperieren ... intolerant. Mit solchen, die das nicht tun ... wenn Sie Einzelheiten hören wollen, fragen Sie Wolf. Er war während des letzten echten

Homanx-AAnn-Konfliktes in einem AAnn-Gefangenenlager. Es mag andere Leute geben, die ebenso lang in einem dieser Höllenlöcher überlebt haben und nachher noch davon berichten konnten. Aber wenn das so ist, habe ich keinen kennengelernt.«

»Der Kapitän hat recht, Fräulein Moon. Ich würde viel lieber ins Weltall hinausspringen, um wie ein Tiefseefisch zu explodieren, als mich von diesen Teufeln noch einmal einfangen zu lassen.« Er deutete mit einer Kopfbewegung auf den Bildschirm, wo die weißen Punkte immer noch unaufhaltsam näher rückten. »Abgesehen von sonstigen Liebenswürdigkeiten sind sie besondere Meister in der höheren Kunst der Folter. Davon verstehen sie wirklich etwas. Wissen Sie, bei denen ist das so etwas wie eine Kunstform. Die meisten meiner Narben sieht man nicht. Sie sind hier oben, aber wissen Sie.« Er griff sich an den Kopf. »Wenn Sie eine nähere Schilderung wünschen ...«

Atha schauderte. »Nein, schon gut.«

»Dieser Riidi scheint ja ganz anständig — für einen AAnn, aber das Risiko eingehen ... Wenn ich Wolf nicht zur Kursplanung brauchte oder mich selbst vom Computer freihalten könnte ... *tandunono!* Nein, Augenblick!«

Er beugte sich über das Mikrofon. »*Ninyi nyote!* Tse-Mallory, Soziologe. Und Sie auch, Käfer! Haben Sie je mit einer Weltraumwaffe zu tun gehabt? Auch wenn es nur in Simulation war?«

Tse-Mallory brach sich in seiner Kabine fast den Finger, so ungeduldig riß er an seinen Gurtschlössern. Und Truzenzuzex unterbrach sein Ritual an einer Stelle und in einer Art und Weise, die ihm die Verachtung eines jeden einzelnen Mitglieds seines Clans eingetragen hätte, sollten diese je davon erfahren.

»Wollen Sie damit sagen, daß Sie eine *Kanone* auf dieser Badewanne haben?« schrie Tse-Mallory. »Was für eine? Wo? Raus mit der Sprache, Sie Krämerseele! Implosionswaffen, Partikelkanonen, Torpedorohre, Explosivprojektile, Felsen ... Tru und ich machen das!«

»*Je?* Hoffentlich. Hören Sie, hinter Ihren Kabinen, *naam,* dort ist ein Lagerraum. Dahinter ein Gang, der mündet in den Ladungsballon. Dann ein Zugweg. Gehen Sie zum Ende des Hauptzugweges, Sie können gar nicht fehlgehen. Dort finden Sie Abzweigungen. Vorsichtig, in jenem Teil des Schiffes ist keine Schwerkraft. Nehmen Sie die Abzweigung, die neunzig Grad nördlich von Ihrer Horizontalen abgeht. Oben finden Sie einen mittelschweren Laser, er ist auf einen Universalgürtel montiert, der das ganze Schiff umgibt. Ich schalte jetzt die Energiezufuhr ein.« Er hielt einen Augenblick inne, und seine Hände arbeiteten außerhalb des Aufnahmekegels der Kamera.

»Der Laser ist für Einmannbedienung konstruiert. Tut mir leid, Philosoph. Aber Sie könnten ihm am Computer helfen. Wenn er nicht gleichzeitig die Bildanzeigen und den Lagebildschirm beobachten muß ...«

Die zwei Männer des Friedens waren bereits losgerannt. Malaika schickte ein stummes Stoßgebet zum Himmel, in der Hoffnung, daß die beiden Gelehrten nicht das ganze Schiff in die Luft jagten, und wandte sich wieder seinen Skalen und Schaltern zu.

»Wie sieht's denn aus, Wolf?«

»Sie kommen immer noch näher, Kapitän. Nicht mehr so schnell, seit wir unsere Fahrt gesteigert haben, aber der Abstand schrumpft. Wollen Sie jetzt schon auf Maximalfahrt gehen?«

»Nein. Nein, noch nicht. Das ist unsere letzte Zuflucht, wenn es sein muß. Sollen sie ruhig glauben, daß die *Glory* bloß ein ganz gewöhnlicher Frachter ist. Zuerst möchte ich sehen, was unsere zwei Eierköpfe mit dem Knaller anfangen.«

Die beiden so schmeichelhaft Bezeichneten arbeiteten sich indessen mit halsbrecherischem Tempo durch den Fallschacht. Zum Glück wurden sie dabei nicht von freischwebender Ladung behindert. Der große Ballon aus Metallgewebe war fast völlig leer. Ein paar Kisten schwebten träge in ihren Netzen und vermittelten damit der blaßgrünen Kaverne mit ihrer gespenstischen Atmosphäre wenigstens die Andeutung von Perspektive. Die Beleuchtung oder, besser gesagt, deren Fehlen verstärkte dieses Gefühl. Da dieser Schiffsteil zwar der größte war, aber nur selten besucht wurde, praktisch nur vor dem Eintreffen am nächsten Bestimmungsort, war die Beleuchtung auf das absolute Minimum beschränkt worden. Trotzdem wäre die riesige kugelförmige Halle im Frachtraum eines der wirklich großen Frachter der ›Sonnenklasse‹ verloren gewesen.

Es bereitete ihnen keine Schwierigkeit, die richtige Abzweigung am Ende des Hauptschachtes zu finden. Tse-Mallory stieß sich nach oben ab und begann, an dem Tau entlangzuschweben. Er griff nach oben und zog sich schnell Hand über Hand weiter. Er wußte, daß Truzenzuzex unmittelbar hinter ihm war. Mit seinen vier Händen war das Insekt zu wesentlich schnellerer Fortbewegung imstande, aber es bestand keine Notwendigkeit, daß er Bran überholte, da er die für Menschen gebaute Waffe nicht so gut bedienen konnte.

Sie erreichten die Geschützkanzel, eine Kugel aus dickem Metall, die wie eine Blase in die Schiffshaut eingelassen war. Die Anlage verfügte über ihre eigene Energie und Luftversorgung. Zu beiden Seiten war zu sehen, wo der motorgetriebene Gürtel der Batterie das Schiff umgab. Wenn man die Kanone mit diesem Gurt um das Schiff zog, so konnte man einen herannahenden Feind praktisch aus jedem Winkel unter Beschuß nehmen.

Tse-Mallory hatte nur eine Sekunde Zeit darüber nachzudenken, was eine solche Waffe auf einer Privatyacht zu suchen hatte, als er sich auch schon angeschnallt hatte. Truzenzuzex zog die Luke hinter ihnen zu und setzte sich vor den Computerbildschirm links von Bran. Eine modernere Waffe hätte diese Bildschirmanzeigen in einem Helmgerät vereinigt, das sich der Kanonier selbst aufsetzen konnte.

Bran erfaßte mit der rechten Hand den Abzug. Die Bewegung erinnerte an die eines stolzen Vaters, der sein erstgeborenes Kind liebkost. Seine linke Hand griff in den Sensorschacht des Lagebildschirms. Er ließ den Abzug widerstrebend einen Augenblick lang los, um die Nervensensoren an seiner gespreizten linken Hand zu befestigen. Er machte ein paar Fingerübungen, um sicherzugehen, daß die Sensoren nicht kniffen, und umfaßte mit der rechten dann wieder den Abzug. Dann untersuchte er den Bildschirm und sämtliche Skalen sorgfältig. Es handelte sich zweifellos um ein etwas veraltetes Modell, aber Laserwaffen hatten sich in ihrer Grundkonstruktion seit einigen Jahrhunderten nicht mehr verändert und würden das vermutlich auch in einigen weiteren Jahrhunderten nicht tun. Er bezweifelte nicht, daß er diese Waffe bereits beim ersten Versuch wirksam würde einsetzen können. Was das betraf, so hatte er auch gar keine andere Wahl! Ihre Verfolger würden ihnen wahrscheinlich keine Chance auf einen Probeschuß geben.

Auf eine Schaltbewegung seiner linken Hand hin leuchtete der Lagebildschirm auf. Er stellte befriedigt fest, daß seine Reflexe noch genauso gut waren wie früher. Auf dem Bildschirm waren zwei Punkte etwa von der Größe eines Daumennagels zu sehen.

Einen Augenblick lang geriet er in Panik und glaubte, er wäre noch auf der alten fünfundzwanzig. Wenn ein gegnerisches Schiff im Kriegsfall so nahe gekommen wäre, so wären sie praktisch schon verloren gewesen. Aber sie befanden sich ja nicht im Krieg. Wenigstens im Augenblick noch nicht. Er verbannte die Vorstellung aus seinen Gedanken. Das war etwas, womit die Diplomaten sich ihr Brot verdienen sollten. Offenbar rechnete keines der beiden näher rückenden Schiffe auch nur mit symbolischem Widerstand. Es war einfach eine Frage, wie schnell sie die Yacht einholten, und deshalb rückten sie offen und ohne jede Vorsichtsmaßnahme heran. Vermutlich — das hoffte er jedenfalls — hatten sie sogar die eigenen Schutzschirme abgeschaltet oder zumindest nur auf halbe Kraft geschaltet.

Zu seiner Linken begann Truzenzuzex jetzt eine ganze Reihe von Ziffern und Koordinaten herunterzurasseln. Einer der beiden Zerstörer war etwas näher als der andere. Aber ein so schlampiger Formationsflug war eigentlich unter den gegebenen Umständen kein Wunder.

Die AAnn waren von absoluter Zuversicht erfüllt, die *Gloryhole* kampflos kapern zu können. Bran begann sein Visier einzurichten. Sein Finger zögerte über dem Abzug, und er sprach ins Mikrofon:

»Schauen Sie, Malaika, diese Leute hier wollen etwas, und da wir hier nur ein einziges solches Etwas haben, das es wert ist, einen interstellaren Zwischenfall dafür zu riskieren, wollen sie uns auch in einem Stück. Ich rechne nicht damit, daß sie plötzlich zu schießen anfangen. Die kommen näher, als brauchten sie nur die Hand aufzumachen, um uns zu schnappen. Das ist nicht das erste Mal, daß ich mit den AAnn zu tun habe. Besonders phantasiereich sind sie nicht, aber verdammt schnell denken können sie. Das bedeutet einen guten Schuß, und zwar nur einen, und dann sollten wir abhauen wie der Teufel. Wie nahe können Sie sie herankommen lassen, ohne daß die spitzkriegen, daß wir nicht ganz das sind, für was sie uns halten? Immer vorausgesetzt, daß sie genügend konfus sind, um das zuzulassen.«

Malaika rechnete fieberhaft schnell im Kopf. »Äh ... äh ... *mara kwa mara* ... dieser Riidi wird sich überlegen müssen, ob er uns in Atome bläst oder einen zweiten Anflug versucht ... letzteres ohne Zweifel ... er *muß* uns lebend fangen oder überhaupt nicht ... zwei Mil Abstand gebe ich ihnen. *La*, eineinhalb jetzt.«

»Gut«, sagte Tse-Mallory und konzentrierte sich auf den Bildschirm. Etwas anderes blieb ihm ja nicht übrig, dachte er. »Wir merken es ja, wenn der Computer ihn ortet.« Malaika gab keine Antwort.

»Das wären jetzt fast ... fast drei«, sagte Truzenzuzex

»Das habe ich angenommen. Sagt mir Bescheid, wenn wir dreikommaeins erreichen.«

»Reicht die Zeit?«

Tse-Mallory grinste.

»Alter Käfer, Freund, meine Reflexe sind zwar über die Jahre langsamer geworden, aber tot sind die noch lange nicht! Es reicht. Scheißuniversum!«

»Scheißuniversum!« kam die Antwort.

Im Cockpit wandte Malaika sich Wolf zu. Sein Gesicht war nachdenklich.

»Haben Sie das gehört?«

Der Schattenmann nickte.

»Also gut. Verzögerungsmanöver beginnen. Ja, Verzögerung! Wenn er sagt, daß er nur einen Schuß hätte, dann bekommt er wahrscheinlich auch nur einen, und ich möchte, daß er so gut wie gerade möglich zielen kann. Also sollen die glauben, daß wir aufgeben.«

Gehorsam senkte Wolf ihre Geschwindigkeit. Ganz langsam zwar, aber die AAnn-Computer würden es sicher sofort bemerken.

»Dreikommasieben ... dreikommasechs ...« Truzenzuzex' Stimme rezitierte die Zahlen mit maschinengleicher Präzision und Klarheit.

Brans Körper war ganz ruhig, aber innerlich zitterte er. Er war doch älter geworden.

»Tru ... äh ... hast du in diesem Medizinschränkchen irgendwelche HIP-Drogen gesehen?«

»Drogen? Dreikommafünf ... du weißt doch, daß das Zeug fast so gut behütet wird, wie die SCCAM-Schaltkreise. Oh, dort hinten ist etwas Schwarzmarktware. Und davon würde ich dir abraten ... dreikommavier ... entspanne dich.«

»Ich weiß, ich weiß!« Seine Augen ließen den Bildschirm nicht los. »Aber ich wünschte, ich hätte jetzt welche!«

»Dann fluch eben ... dreikommadrei ... du brauchst dir nur vorzustellen, du wärst wieder auf der Universität und würdest an der Doktorarbeit des alten Novy arbeiten. Das sollte dich wütend genug machen, daß du diese Schiffe mit bloßen Händen in Stücke reißt ...«

Bran lächelte, und seine Anspannung ließ nach. Auf der Universität war der alte Professor Novy für sie so etwas wie ein Schimpfwort gewesen.

»... drei-Komma-zwei ...«

Jetzt konnte er das häßliche Gesicht des Alten vor sich sehen. Was wohl aus dem alten Knaben geworden war? ... Sein Finger legte sich auf den Abzug.

»... dreiko ...«

Und er hatte bereits Druckpunkt genommen.

Draußen im Nichts des Alls sprang ein smaragdgrüner Strahl, heller als eine Sonne über eine Sekunde der Unendlichkeit weg von der *Gloryhole* durch die Nacht. Den Bruchteil eines Augenblicks später bohrte sich der Strahl in die Abstrahlscheibe des nächstgelegenen AAnn-Kriegsschiffs, welches die *Unn* war.

Es gab einen völlig lautlosen Blitz einer unbeschreiblich schillernden goldenen Flamme, wie die Wellen gequälten Wasserstoffs, die über die Sterne fluten. Dem folgte eine Explosion verdampfender Metalle, und dann dehnte sich kugelförmig eine Wolke ionisierten Gases aus.

Auf dem Bildschirm war nun ein weißer Punkt und ein winziger Nebel zu sehen.

Im Geschützturm versuchte Bran fieberhaft, den Laser auf das zweite Schiff zu richten, aber er bekam dazu nicht mehr Gelegenheit.

In dem Augenblick stummer Vernichtung hatte Malaika einen wilden Schrei ausgestoßen: »*Osee-yeee!*«

Und dann: »Wolf, Atha, und jetzt volle Fahrt, *watu!*«

Atha ließ einen Hebel herunterknallen, und die *Gloryhole* fegte mit Maximalbeschleunigung davon.

Auf dem noch nicht getroffenen AAnn-Schiff, der *Arr,* herrschte nur in jenen Bereichen des Schiffes Panik, wo Baron Riidi WWs Kontrolle nur äußerlich war. In seiner unmittelbaren Umgebung ließ die Mannschaft Resignation erkennen. Der einzige Gedanke, der sie alle jetzt beseelte, war, was sie mit den Leuten an Bord des feindlichen Schiffes machen würden, sobald ihr Kommandant und die Techniker ihnen das entrissen hatten, was sie von ihnen wollten. Keiner wagte den Baron anzusehen, sie fürchteten seinen Blick.

Und die polierten Klauen des Barons kratzten an den Schuppen an seinem linken Arm. Rechts von ihm war ein Mikrofon befestigt.

»Maschinenmeister«, sagte er ruhig, »volle Kraft, alles, was Sie von den Abwehrschirmen ziehen können.« Die Frage, ob die Schirme eingeschaltet waren, ersparte er sich.

Dann wandte er sich wieder dem riesigen Lagebildschirm zu, der die ganze Brücke beherrschte. Auf dem Bildschirm war ein weißer Punkt schnell zusammengeschrumpft, aber noch nicht ganz verschwunden. Jetzt konnte er das nicht mehr. Ohne den Blick vom Bildschirm zu wenden, sprach er über die Lautsprecheranlage des Schiffes zur Mannschaft:

»Niemand trägt die Schuld am Verlust der *Unn.* Da niemand mit Waffen an Bord eines Privatfahrzeuges dieses Typs rechnete, waren nur die Meteorschirme eingeschaltet. Dieser Fehler ist inzwischen korrigiert. Der Feind ist schneller, als ursprünglich angenommen. Offenbar hoffte er, in der Verwirrung, die der Tod unseres Schwesterschiffes mit sich brachte, aus unserem Detektorbereich entkommen zu können. Das ist nicht geschehen. Es *wird* nicht geschehen. Unsere Höflichkeit hat jetzt ein Ende, und jetzt erwarte ich vollen Einsatz eines jeden, meine Herren, wir müssen ein Schiff fangen!

Und wenn wir das geschafft haben, verspreche ich Ihnen eine interessante Zerstreuung!«

Die Mannschaft der *Arr* machte sich begeistert an die Arbeit.

Bran fluchte einmal kurz, als das übriggebliebene AAnn-Schiff seinen Blicken entschwand.

Truzenzuzex löste sich aus seinen Haltegurten. »Entspanne dich, Bruder. Du hast deine Sache so gut gemacht, wie wir gehofft hatten. Besser sogar. Die hatten die Schirme tatsächlich nicht eingeschaltet, sonst wären sie nicht so hochgegangen. Wir müssen ihren Generator getroffen haben. Bei der großen Metamorphose, was für eine Schau!«

Tse-Mallory befolgte den Rat und entspannte sich, so gut es ging. »Ja, ja, du hast völlig recht, Tru. Ein zweites Mal wäre uns das nicht geglückt.«

»Richtig. Ich schlage vor, wir kehren jetzt in unsere Kabine zurück. Dieses Spielzeug hier nützt uns nichts mehr. Wenn wir freilich eine *richtige* Kanone hätten ... nun gut. Nach dir, Bran.«

Truzenzuzex hatte die Luke wieder geöffnet, und sie stiegen in das Fallrohr. Während sie durch die grünen Schatten dahinflogen, hörten sie Malaikas Gratulation nicht, die den leeren Geschützstand erfüllte:

»Beim Schwanz des Pferdekopfnebels! Sie haben es *geschafft!* Diese friedliebenden weibischen *nduguzri!* haben es *geschafft!* Ein Kriegsschiff mit einem Schuß aus dieser Antiquität erledigt!« Er schüttelte den Kopf. »Selbst wenn wir nicht rauskommen, dann wissen diese Echsen jetzt, daß wir nicht mit uns spaßen lassen!«

Wolf holte den Handelsmann in die Wirklichkeit zurück. Nicht, daß er sich je ganz aus ihr entfernt hätte, aber seine Begeisterung hatte ein paar Augenblicke lang die Oberhand gewonnen — und erfrischend war das Ganze jedenfalls gewesen.

»Die holen jetzt wieder auf. Langsamer als vorher,

viel langsamer. Aber wir fliegen mit voller Kraft, und die holen trotzdem auf.«

Atha nickte. »Das sieht man wahrscheinlich noch nicht auf dem Bildschirm, aber hier auf den Skalen kann man es ganz deutlich erkennen. Bei diesem Tempo haben wir vielleicht drei nein, vier Stunden, bis sie auf Lähmungsstrahldistanz aufgerückt sind.«

»*Je!* Nun gut. *Pepongapi!* Wie viele böse Geister?«

Er sank auf seinen Sitz. Sobald sie einmal so weit aufgeholt hatten, würden sie die an Bord Anwesenden zu Mumien verwandeln und sich dann in aller Ruhe über sie hermachen. Die Methoden, die sie dabei anwenden würden, waren unterschiedlich, aber unangenehm waren sie bestimmt alle. Dazu durfte es nicht kommen. Sobald die AAnn nahe aufgerückt waren würde er dafür sorgen, daß jeder Anwesende ein schnellwirkendes Gift aus den medizinischen Vorräten bekam, damit sie sich dem Verhör entziehen konnten. Vielleicht war ein Laser besser. Ja, daraus konnten die AAnn-Techniker nichts rekonstruieren, und wenn sie noch so gut waren. Ja, das war besser. Sobald er mit den anderen fertig war, würde er nur sicherstellen müssen, daß er das Gehirn nicht verfehlte. Er würde nur einen Schuß haben. Am besten, er suchte gleich einen Spiegel!

Wenn es nur einen Weg gäbe, das Tempo zu beschleunigen, daß sie aus dem Detektorbereich gerieten! Und wenn es nur auf ein paar Mikrosekunden wäre. Das würde schon reichen. Der Weltraum war unendlich. In jenem einzigen winzigen Augenblick sollte es der *Gloryhole* gelingen, die Verfolger abzuschütteln.

Er legte unbewußt die Hand über die Athas.

»Es *muß* doch einfach eine Möglichkeit geben, noch ein halbes Vielfaches zuzulegen!«

Das Zittern ihrer Hand bemerkte er nicht, auch nicht den Blick, den sie ihm zuwarf. Dann zog er sie ruckartig wieder weg, ohne die Wirkung bemerkt zu haben, die diese kurze Berührung auf seine Copilotin gehabt hatte.

Auch Flinx überdachte das Problem auf seine Weise. Er verstand wenig von stellarer Navigation und noch weniger von Doppelka-Einheiten ... aber Malaika hatte mehr vergessen, als er je wissen würde. An Wissen also war er dem Handelsherrn unterlegen. Aber er konnte sich für ihn an Dinge erinnern, die der andere vergessen hatte. Geduldig durchsuchte er die Erinnerung Malaikas und förderte lang vergessene Überlegungen und Anwendungen an die Oberfläche, Dinge, die Malaika sofort abtun würde, wären sie ihm bewußt geworden. In gewisser Weise erinnert das an den Einsatz der Suchvorrichtung in der königlichen Bibliothek. Mit einer Hartnäckigkeit, derer er sich gar nicht bewußt gewesen war, grub er weiter, bis ...

»Aber *akili!* Die Vernunft ...!« Er hielt inne, und seine Augen öffneten sich so weit, daß Atha einen Augenblick erschrak. »Atha!« Sie zuckte zusammen.

Jetzt hatte er es. Irgendwie war die Idee in seinem Unterbewußtsein aufgestiegen, von einer Stelle, wo sie seit Jahren unberührt gelegen hatte.

»Hören Sie, als der Brand das erste Mal erreicht wurde, fuhren Forschungsschiffe durch — einige davon wenigstens — und wollten die ganze Gegend kartographisch erfassen. Am Ende gab man die Idee als unpraktisch auf — also zu teuer —, aber alle Informationen, die man ursprünglich gesammelt hatte, wurden aufbewahrt. Ist ja auch nur logisch. Sehen Sie im Computerarchiv nach und versuchen Sie herauszufinden, ob es in unserer Nachbarschaft irgendwelche Neutronensterne gibt.«

»Was?«

»Eine ausgezeichnete Idee, Kapitän«, sagte Wolf. »Ich glaube ... ja die Möglichkeit besteht — schwierig zwar und ungewöhnlich —, ja, wir könnten sie hinter uns herziehen. Wesentlich sympathischer als ein ganz gewöhnlicher Selbstmord.«

»Das wäre es, Wolf, nur mit einem kleinen Unterschied. Ich denke nicht einmal an einen komplizierten Selbstmord. *Mwalizuri,* reden Sie mit Ihrer Maschine und schauen Sie, was sie zu sagen hat!«

Die Maschine brauchte nur einen Augenblick, um eine lange Liste von Antworten auf den Bildschirm zu werfen. »Ja, tatsächlich, hier ist einer, Kapitän. Bei unserer augenblicklichen Reisegeschwindigkeit zweiundsiebzig Schiffsminuten vom gegenwärtigen Standpunkt entfernt. Die Koordinaten stehen in der Liste und sind in diesem Fall als exakt bezeichnet, neun ... neunkommasieben Stellen.«

»Geben Sie sie ein.« Er fuhr auf seinem Drehsessel herum und beugte sich über das Mikrofon. »Alles mal herhören. Jetzt, da unsere beiden Kämpfer für Frieden und Gerechtigkeit die Hälfte unserer Verfolger effektiv befriedet haben, hat mich das so angeregt, daß mir eine ähnlich wahnsinnige Idee gekommen ist. Was ich ... was *wir* jetzt versuchen werden, ist theoretisch möglich. Ich weiß nicht, ob man es schon einmal praktiziert hat. Von erfolg*losen* Versuchen gibt es natürlich keine Aufzeichnungen. Ich bin der Meinung, daß wir das Risiko eingehen müssen. Jede Alternative ist dem sicheren Tod vorzuziehen. Und sonst werden wir mit tödlicher Sicherheit gekapert.«

Truzenzuzex beugte sich nach vorne und sprach in sein Mikrofon: »Darf ich mich erkundigen, was Sie ... *wir* versuchen werden?«

»Ja«, sagte Wolf. »Ich muß zugeben, daß ich selbst neugierig bin, Kapitän.«

»*Je!* Wir haben Kurs auf einen Neutronenstern in diesem Sektor gesetzt, dessen exakte Koordinaten wir besitzen. Bei unserem augenblicklichen Tempo sollten wir seinen Gravitationstrichter in der notwendigen Tangente in etwa siebzig ... neunundsechzig Minuten treffen. Atha, Wolf, der Computer und ich werden die nächsten paar Minuten wie die Teufel arbeiten, um den Kurs zu ermitteln. Wenn wir dieses Feld bei unserer augenblicklichen Geschwindigkeit an einem bestimmten Punkt treffen ... dann hoffe ich, daß die ungeheure Anziehungskraft des Sternes uns mit genügend hoher Geschwindigkeit wieder nach draußen schleudert, um außer Reichweite der Detektorfelder der AAnn zu gelangen. Die rechnen ganz bestimmt nicht damit, und selbst wenn sie dahinterkommen, glaube ich nicht, daß unser Freund, der Baron, sehr viel Lust verspüren wird, es uns gleichzutun. Fast hoffe ich das sogar. Er hätte alles zu verlieren. Wir hingegen haben im Augenblick sehr wenig zu verlieren. Nur wir Menschen sind verrückt genug, so etwas Wahnsinniges zu versuchen, *kweli?*«

»Ja. Ich schließe mich dem Vorschlag an. Einverstanden«, sagte Truzenzuzex. »Wenn ich imstande wäre, mein Veto gegen diese Idiotie — nun, ich würde es jedenfalls tun. Aber, da ich nicht dazu imstande bin ... nur zu, Kapitän.«

»Mit Lob kann man einen auch fertigmachen, was, Philosoph? Es gibt andere Möglichkeiten, *watu.* Entweder verfehlen wir unseren Kontaktpunkt und fliegen zu weit. In diesem Fall ist es genauso, als hätten wir den Versuch gar nicht unternommen, und wir werden am Ende gekapert und seziert, oder wir tauchen zu tief ein und werden von dem Schwerkrafttrichter des Sterns eingefangen, nach innen gezogen und in winzige Stücke zermahlen.

Als Kapitän bin ich zu dieser Entscheidung befugt. Aber da es sich hier um keine Vergnügungskreuzfahrt handelt, möchte ich abstimmen lassen. Einwände?«

Das einzige, was über die Schiffssprechanlage zu hören war, war ein leises Schniefen, das ohne Zweifel Sissiph zuzuschreiben war (sie hatte schließlich ihrer Neugierde nachgegeben und das Gerät eingeschaltet), aber als Einwand konnte man das Geräusch nicht auslegen.

»*Je!* Dann versuchen wir es also. Ich würde dringend empfehlen, daß Sie sich Ihre Sicherheitspanzer noch einmal gründlich ansehen und es sich so bequem wie möglich machen. Falls es uns gelingt, das Schwerefeld des Sterns präzise an dem von mir berechneten Punkt zu streifen, bin ich fast sicher, daß die *Gloryhole* den auftretenden Kräften Widerstand leisten kann. Wenn nicht, so hat das keine Bedeutung, weil unsere Körper dann schon lange Zeit vor dem Schiff in Stücke gehen. *Haidhuru.* Aber das macht nichts. Ich habe keine Ahnung, was uns in physiologischer Hinsicht erwartet. Wappnen Sie also Geist und Körper, denn in sechsund ...« Er hielt inne und blickte auf das Chronometer, »in sechzig Minuten wird sich alles entscheiden, so oder so.«

Er schaltete das Mikrofon ab und begann in fieberhafter Eile Instruktionen und Anweisungen in einen Hilfscomputer einzuspeisen.

Wenn sie einen Trost hatten, dachte Flinx, so den, daß es in dem Schiff nicht zu einem schrecklichen langsamen Zunehmen der Schwerkraft kommen würde. Erfolg oder Mißlingen ihres Vorhabens würde sich bei so extrem hoher Geschwindigkeit entscheiden, daß alles in einem Augenblick vorüber sein würde ... wie Malaika gesagt hatte, so oder so. Er strapazierte seine Phantasie nicht mit der Überlegung, was geschehen würde, wenn sie ihren Kontaktpunkt verfehlten und zu tief in das Schwerefeld des Sternes eintauchten. Er sah sich selbst und Pip plattgedrückt wie Papier, fand die Vorstellung aber alles andere als amüsant.

Der Chronometer lief unbeeindruckt von menschlichen Sorgen weiter. Sechzig Minuten ... vierzig ... zwanzig ... zehn ... fünfdreizwo ...

Und dann waren es nur noch sechzig Sekunden bis zum Jüngsten Gericht. Und ehe er Zeit hatte, darüber nachzudenken, gab es einen leichten Ruck. Ein stummer Schrei aus dem tiefsten Abgrund der Zeiten floß wie dicker Brei über das Schiff. Er hing über einem Abgrund aus Nichts, der verzweifelt versuchte, ihn zu verschlingen. Er weigerte sich, verschlungen zu werden. WEIGERTE SICH! Eine Nadel zwischen anderen Nadeln in einer Schale, während irgendwo eine Million Fingernägel an tausend hysterisch kreischenden Harfen kratzten …

12

An Bord des Zerstörers *Arr* blickte der Chefnavigator auf seinen Detektorschirm und wandte sich dann um und sah den Baron auf seinem Kommandosessel an.

»Baron, das Homanxschiff ist von meinem Bildschirm verschwunden. Und außerdem nähern wir uns schnell einem Neutronenstern von beachtlichem gravitonischen Potential. Befehle?«

Baron Riidi WW war ob seiner Hartnäckigkeit bekannt. Die Vorstellung, daß ein bereits in die Enge getriebenes Opfer ihm entkommen sollte, war für ihn kaum denkbar. Dennoch war er alles andere als ein Narr. Er schloß müde die Augen.

»Dreißig Grad Kurswechsel, senkrecht zu unserer gegenwärtigen Bahnebene. Geschwindigkeit auf Normalwert reduzieren.« Und dann sah er auf den Lageschirm. Irgendwo draußen war ein weißer Punkt. Und ebenso dort draußen eine unsichtbare bodenlose Grube von unvorstellbarer Gravitationsenergie, die einen unvorstellbaren Zufluchtsort kennzeichnete. Oder schnellen Selbstmord. Er begann die Absichten des Menschen zu ahnen. Er empfand nicht die geringste Neigung, es der *Gloryhole* gleichzutun. Es würde viele Monate dauern, bis er erfuhr, ob der Idiot nun noch lebte oder schon tot war — und das ärgerte ihn von allem am meisten.

Er krümmte die langen Finger und blickte auf die auf Hochglanz polierten Klauen, die, wie es sich für ein Mitglied der Aristokratie gebührte, auf gehörige Länge gestutzt waren. An zwei der Klauen glitzerten lavaähnliche Colloidsteine. Er spreizte die Hände über der Brust und dehnte den Brustkasten aus. Jene Mitglieder der Mannschaft, die mit der Handlungsweise des Adels besser vertraut waren, erkannten die Geste. Sie hieß ›Begriff der Unpraktischen Macht‹. Unter den gegebenen Umständen war das ein Salut an den entkommenen Feind.

»Rückflug zum Stützpunkt Pregglin programmieren, und setzen Sie folgende Nachricht an unseren Auftraggeber ab. Nein, ich will keine Interstellarverbindung. Einfach absenden: ›Kontakt mit erwartetem Schiff aufgenommen und positive audiovisuelle Identifizierung durchgeführt. Wiederhole, *positiv.* Bis zu — geben Sie unsere augenblicklichen Koordinaten an, Schiffmeister — verfolgt, wo Kontakt mit Objekt wegen unerwarteter Geschwindigkeitssteigerung des verfolgten Schiffes verloren wurde. Bei bewaffneter Auseinandersetzung mit Objekt wurde Zerstörer *Unn* mit der gesamten Besatzung vernichtet.‹ Fügen Sie dann noch diese Nachschrift hinzu und benutzen Sie auf dem Zerhacker meinen persönlichen Code: ›Ihr Wunsch hat sich als äußerst kostspielig erwiesen. Im Gegensatz zu Ihren Angaben begegneten wir nicht, wie Sie mich glauben machten, einer verschreckten Schiffsladung verängstigter Geldsäcke. Als Ergebnis Ihrer Fehlinformation befinde ich mich jetzt in der unangenehmen Lage, meinem guten Freund Lord Kaath, C., Rechenschaft für die Zeit abzulegen, die ich fern des Stützpunktes verbrachte. Jetzt wird sich erweisen, wie freundlich er mir gesonnen ist. In gleicher Weise übrigens wie ihre Fähigkeit am strategisch günstigsten Punkt Bestechung einzusetzen. Ich hoffe um unser beider willen, daß letzteres sich als ausreichend erweisen wird. Wesentlich schwieriger wird es sein, den Verlust der *Unn* zu erklären. Sollten die wahren Umstände ans Licht kommen, würden sie mehr als ausreichen, um uns beide ein Todesurteil durch Folter n-ten Grades durch die Hand der Meister einzubringen. Bitte, beachten Sie das freundlicherweise.‹

Setzen Sie darunter ›Ihr sehr ergebener Riidi WW, Baron, etc., etc.‹, und besorgen Sie mir etwas zu trinken.«

13

Es war Herbst. Mutter Mastiff hatte den Laden geschlossen, ein paar Sandwiches eingepackt und war mit ihm in die königlichen Parks gegangen. Es war ein wolkenloser Tag, das war auch der Grund des unerwarteten Ausflugs. Buchstäblich wolkenlos. Auf Moth war das nicht nur eine angenehme Ausnahme. Es war ein Ereignis. Er erinnerte sich noch gut, wie er endlos den komisch gefärbten Himmel angestarrt hatte. Er war blau, so ganz anders als das gewöhnliche helle Grau. Seine Augen schmerzten. Die Gedanken der Tiere und der Vögel waren seltsam und verwirrt. Und die Marktschreier saßen verärgert hinter ihren Theken und verfluchten die Sonne mit leiser Stimme. Sie hatte ihnen sämtliche Kunden gestohlen.

Es war ein weicher Himmel, und Weichheit jeder Art war in Drallar eine Seltenheit. Also hatten alle sich den Tag freigenommen, auch der König.

Die königlichen Parks waren groß und weit ausgedehnt. Ursprünglich waren sie von den Erbauern der ersten botanischen Gärten geschaffen worden, um den Platz auszunutzen, der von ihren großen Bauten übriggeblieben war. Aber irgendein ungeheuerlicher bürokratischer Fehler hatte dazu geführt, daß man die Parks der Öffentlichkeit zur Verfügung gestellt hatte, und so war es seit der Zeit geblieben. Die großen Stämme der berühmten Eisenholzbäume schossen ebenmäßig und stolz in unmögliche Höhen über seinen Kopf auf. Sie schienen ewiger und zeitloser zu sein als die Stadt selbst.

Das Laub fiel von den Eisenholzbäumen ab. Jede Woche pflegten die königlichen Gärtner zu kommen und das gefallene Laub und die Zweige einzusammeln. Eisenholz war selten, selbst auf Moth, und die Abfälle waren viel zu wertvoll, als daß man sie einfach hätte wegfegen können. Die Parkhüter in ihren limonengrünen Uniformen schlenderten wachsam durch die Parks, mehr um die Bäume zu schützen als zum Schutze der Leute.

Kinder spielten in den Sandkästen und Klettergerüsten, die ein früherer König hatte erbauen lassen. Wenn der Park schon dem Volk gehörte, so sollte es sich dort auch nach Herzenslust vergnügen. Die Könige von Drallar waren stets habgierig gewesen, aber nie im Übermaß.

Er war zu schüchtern gewesen, um sich der kichernden Kinderschar auf der Rutschbahn anzuschließen. Und sie hatten alle Angst vor Pip gehabt, diese Dummköpfe! Aber da war ein kleines Mädchen gewesen ... es schien nur aus Locken und blauen Augen und geröteten Wangen zu bestehen. Sie war zögernd auf ihn zugetrippelt und hatte sich große Mühe gegeben, desinteressiert zu wirken, aber es war ihr nicht gelungen. Ihre Gedanken waren nett. Im Gegensatz zu den anderen Kindern faszinierte sie der Minidrach, anstatt sie abzustoßen.

Sie waren gerade im Begriff gewesen, sich auf die einfache, aber sehr korrekte Art einander vorzustellen, die Erwachsene dann so schnell wieder verlieren, als ein großes Blatt ungesehen heruntergeweht war und ihn zwischen den Augen getroffen hatte. Eisenholzblätter sind schwer, aber nicht schwer genug, um Verletzungen hervorzurufen, nicht einmal an kleinen Jungen. Nur Verlegenheit erzeugen sie. Sie hatte plötzlich unkontrolliert zu kichern begonnen, und er war wütend davongestelzt mit Ohren, die ihr Lachen gerötet hatte, und in seinem Geist war das Bild eingegraben, das sie von ihm gehabt hatte. Einen Augenblick lang hatte er daran gedacht, Pip auf sie zu hetzen. Das war einer der Impulse, die er sehr früh gelernt hatte unter Kontrolle zu halten, als die Schlange ihm einmal mit glasklarer Deutlichkeit ihre Fähigkeiten an einem hartnäckigen Quälgeist demonstriert hatte — an einem streunenden Hund, der ihn verfolgt und geängstigt hatte.

Und während er sich weiter und weiter entfernte, folgte ihm ihr Gelächter wie ein Gespenst. Und während er ging, schlug er böse und wirkungslos nach den rostfarbenen Blättern, die gleichgültig rings um ihn zu Boden wehten. Und manchmal, wenn sie zerbrochen zu Boden fielen, berührte er sie nicht einmal und strafte sie mit Achtlosigkeit.

14

Und dann war der Himmel plötzlich nicht mehr blau. Auch nicht hellgrau. Er war pastellgrün.

Er hörte auf, mit den Armen um sich zu schlagen, und sah sich um, bewegte dabei nur seine Augen.

Pip hörte auf, ihn mit den Schwingen ins Gesicht zu schlagen, und flog davon, um sich an der nächsten Stange einzurollen, befriedigt über die Reaktion, die er hervorgerufen hatte. Die zähe Konstitution des Minidrachs hatte offenbar kaum Schaden gelitten. Flinx wußte noch nicht, ob er ihn verfluchen oder küssen sollte.

Er versuchte sich aufzusetzen, fiel aber erschöpft von der kleinen Mühe nach hinten. Eigenartigerweise störten ihn seine Knochen überhaupt nicht. Aber seine Muskeln! Die Sehnen und Gelenke auch, all die Bindeglieder, die ihn zusammenhielten. Sie fühlten sich an, als hätte man ihn an beiden Enden festgebunden und ausgestreckt, zu einem Ball zusammengerollt und geklopft, bis er aussah wie eine von Mutter Mastiffs Frikadellen. Es war mühsam, aber schließlich gelang es ihm, sich aufzusetzen. Die Ereignisse — wie lange war er eigentlich ohne Besinnung gewesen? — wurden ihm langsam wieder bewußt, während er die eingeschlafenen Beine massierte, um den Blutkreislauf wiederherzustellen. Und als er sich wieder einigermaßen menschlich fühlte, beugte er sich zur Seite und sprach in sein Mikrofon. Für den Fall, daß die anderen sich in noch schlechterem Zustand als er befanden, sprach er jedes Wort langsam und deutlich aus, damit er ja richtig verstanden wurde.

»Kapitän! Kapitän! Cockpit? Ist dort oben jemand?« Er konnte die Gedanken aller anderen spüren, aber nicht ihren Zustand, dazu war sein eigener Zustand viel zu miserabel.

»*Ruhisi, kijana!* Ruhig Blut. Freut mich zu hören, daß du auch wieder da bist.« Die Stimme des Händlers dröhnte vertraut, aber Flinx spürte die Belastung, unter der der Händler stand. Im nächsten Augenblick blitzte sein Bild auf dem kleinen Schirm auf. Das vierschrötige Gesicht hatte ein oder zwei Falten mehr bekommen, und der Bart ein paar weiße Haare, aber ansonsten war das knorrige Gesicht unverändert. Und obwohl sein Körper und sein Geist durch die Belastung gezeichnet waren, die hinter ihm lag, zeigte sein Gesicht auch den alten Enthusiasmus.

»Wolf und ich sind schon eine Weile wieder bei Sinnen, wenn auch nicht gerade munter, beim *moyo. Uzito,* was für ein Gefühl! Es scheint, als ob unser Freund, der hartschädelige Philosoph, der seine Knochen außen trägt, das Ganze besser überstanden hat als wir alle anderen. Er ist hier oben und massiert uns arme Weichlinge, bis wir wieder zur Besinnung kommen.«

Die Stimme des Insekts hallte irgendwo außerhalb des Aufnahmebereichs der Kamera aus dem Lautsprecher, aber Flinx konnte die Position des Thranx aus der Stärke seiner Gedanken bestimmen, die tatsächlich viel besser organisiert waren als die seiner Begleiter.

»Wenn der Rest Ihres Körpers ebenso hart wäre wie Ihr Kopf, Kapitän, würden Sie zumindest meine Hilfe nicht brauchen.«

»*Je!* Also, *Kijana,* Tse-Mallory ist von uns armen Menschen schon am längsten wieder auf den Beinen. Und ich glaube, daß der Käfer jetzt gerade Atha wieder zu sich bringt ... Ja, dem Himmel sei Dank. Wir wollten ihn anschließend zu dir schicken, Flinx, aber ich sehe, daß das nicht nötig ist.«

»Wollten wir ...?« Aber Malaika schien nicht zu hören, und Flinx war zu müde, um nachzuforschen.

»*Mwanamume* und *mtoto*, was für eine Karussellfahrt! Entschuldigung, *bwana* Truzenzuzex. Das verstehen Sie natürlich nicht. Das war eine Attraktion auf der alten Erde, bei der es immer im Kreise ging. So wie bei uns jetzt. Flinx, Junge, *kijana, mtoto,* wir sind so schnell um diesen Stern gerast, nachdem wir das Feld berührt hatten, daß unser Transitionscomputer nicht mehr mitkam! Das Ding ist nicht für solches Tempo gebaut, und ich sag dir lieber gar nicht, bei welcher Geschwindigkeit er abschaltet! Ich hätte gute Lust ... autsch!«

Er zuckte zusammen und betastete sich vorsichtig den Nacken.

»Aber ich muß zugeben, daß das System im Augenblick noch einige Probleme in sich birgt. *Uchawi!* Ich hätte einiges darum gegeben, das Gesicht unseres Freundes, des Barons, zu sehen, als wir plötzlich von seinen Bildschirmen verschwanden, *je!* Ohne jede Ankündigung übrigens. Ich wäre wirklich neugierig, ob er ... aber schnall dich los, *kijana,* und verfüg dich nach vorne. Ich hab' eine kleine Überraschung für dich, und von hier vorne sieht sie noch viel besser aus.«

Flinx spürte, wie er langsam wieder Gewalt über seine Muskeln bekam. Er löste die restlichen Gurte und glitt langsam vom Bett. Einen Augenblick lang drohte er zusammenzubrechen und mußte sich an der Wand festhalten, um auf zitternden Beinen den Halt nicht zu verlieren. Aber dann begann sich alles zu normalisieren. Er schritt ein paarmal probeweise in der Kabine auf und ab und ging dann nach vorne zum Cockpit, Pip bequem um die linke Schulter geschlungen.

Malaika drehte sich in seinem Sessel herum, als Flinx auf der Brücke erschien.

»Nun? Was für eine Überraschung?« Ihm fiel auf, daß

Truzenzuzex verschwunden war, aber er spürte die Anwesenheit des Insekts in einem anderen Teil des Schiffes.

Offenbar war Malaika sein suchender Blick aufgefallen. Aber es konnte auch sein, daß er nur empfindlicher geworden war. Er würde in der Umgebung des hünenhaften Händlers aufpassen müssen.

»Er ist zu Sissiph gegangen und versucht, ihr zu helfen. Wir gehen davon aus, daß sie als letzte wieder zu sich gekommen ist, Rudisha.«

Das stimmte ohne Zweifel. Er konnte sehen, daß Atha und Wolf intensiv mit ihren Instrumenten beschäftigt waren.

»*Kijana,* dieser Tritt in den ... dieser Anstoß hat uns weit über meinen Zeitplan hinausgetragen ... und noch dazu auf unserem vorausberechneten Kurs! Ich habe das so geplant, als wir die Koordinaten ermittelt haben. Schließlich braucht man ja nichts zu verschwenden, wenn man aus dem Manöver auch Nutzen ziehen kann — aber ich habe ehrlich nicht damit gerechnet, daß das Kraftfeld der *Glory* sich so genau einstellen ließe. Aber so war es jedenfalls, und jetzt sind wir hier.«

»Und das wäre wo?« fragte Flinx.

Malaika grinste. »Nicht mehr als neunzig Minuten Schiffszeit von unserem Zielort entfernt!« Er wandte sich seinem Pult zu und murmelte: »Wenn ich nur wüßte, wie man ein Geschäft daraus ...«

Flinx versuchte sich auszurechnen, wie weit sie seit ihrem Zusammentreffen mit dem AAnn-Kriegsschiff geflogen waren und welche Strecke noch vor ihnen gelegen hatte. Das Resultat ließ auf eine Beschleunigung schließen, die er sich lieber gar nicht erst genau ausrechnete.

»Das ist natürlich prima. Trotzdem wäre es nett, wenn ...«

»Wie? Wenn was?«

»Wenn wir nach unserer Ankunft dort auch etwas finden würden, für das die Reise sich gelohnt hat.«

»Deine Semantik ist etwas verdreht, *kijana*, aber ich billige deine Einstellung. *Mbali kodogo*, nicht ganz vielleicht, aber im großen und ganzen billige ich sie.«

15

Der Planet selbst war eine Schönheit. Er hätte sich ideal zur Kolonialisierung geeignet, wäre die Landfläche nicht so knapp gewesen. Aber selbst die Tatsache, daß neunzig Prozent der Landfläche sich auf einen einzigen großen Kontinent konzentrierte, hätte noch nicht gestört. Man konnte ja die Ozeane bewirtschaften, dort Farmen und Bergwerke betreiben, so wie auf Kolonialwelten wie Dis und Repler. Und die Meere von Booster, wie sie den Planeten getauft hatten, waren grün genug, um daraus zu schließen, daß all die notwendigen Stoffe, die man für eine Meereskultur vom Homanxstil brauchte, vorhanden waren. Glücklicherweise hatte sich die Chlorophyllreaktion auf den meisten Planeten vom Homanxtyp, die man bis jetzt entdeckt hatte, als die Norm erwiesen.

Im Gegensatz dazu schien der einzige Kontinent seltsam trocken zu sein. Für Truzenzuzex war das besonders enttäuschend, da der Thranx ein feuchtes Tropenklima vorgezogen hätte. Diese Meinung bestätigte er jedem, der sie hören wollte, indem er sie bei jeder Gelegenheit, die sich ihm bot, zum Ausdruck brachte.

So weit sie von der Kreisbahn aus feststellen konnten, war alles genauso, wie es auf der Sternkarte beschrieben war. Atmosphärische Zusammensetzung mit dem ungewöhnlich hohen Anteil an Helium und anderer seltener Gase, UV, mittlere und extreme Temperaturen usw. Es gab nur eine Tatsache, die dem Beobachter offenbar entgangen war.

So weit ihre Sonden ermitteln konnten, gab es auf der Oberfläche von Booster keinen Punkt, wo die Windgeschwindigkeit unter 70 Stundenkilometer lag. An bestimmten Stellen über den Ozeanen, besonders in Äquatornähe war diese Windgeschwindigkeit sogar bemerkenswert gleichmäßig. Aber unter den Minimalwert von 70 km/h sank sie nie. Im Augenblick war im südöstlichen Bereich des Planeten ein gigantisches Sturmtief zu sehen. Der Meteorologiecomputer schätzte, daß die Winde im Zentrum des Tiefs mehr als siebenhundertachtzig Stundenkilometer schnell waren.

»Unmöglich!« sagte Malaika, als er die Schrift auf dem Computerschirm las. *»Mchawi mchanganyiko!«*

»Ganz entschieden. Sie können hier Drachen steigen lassen.« Der Wissenschaftler lachte das pfeifende Gelächter der Thranx.

Malaika verwirrte das Gelächter ebenso wie die Bemerkung. »Übersetzung bitte?«

»Das bedeutet«, übertönte Tse-Mallory das Gelächter des Insekts, »daß das mehr als möglich ist.« Er blickte ganz konzentriert auf den Globus, der sich unter ihnen drehte. Die ungewöhnliche silberne und goldene Färbung der Atmosphäre hatte sein Interesse erweckt. »Und es kann durchaus auf diesem Kontinent Orte geben, wo Oberflächenformationen noch höhere Geschwindigkeiten erzeugen.«

Der Handelsmann atmete tief durch und griff dann nach dem kleinen hölzernen Amulett, das an seinem Halse hing. »*Namna gani mahaili?* Was ist das für ein Ort? Kein Wunder, daß es hier bloß einen einzigen kleinen Kontinent und ein paar *visiwabovu* gibt. Solche Winde würden ja jeden Berg abtragen!« Er schüttelte den Kopf. »Ich werde nie begreifen, daß sich die Tar-Aiym gerade einen solchen Ort ausgewählt haben, um ihr Was-auch-immer-es-sein-mag zu entwickeln.«

»Es gibt vieles, das wir über die Tar-Aiym und ihre Motive nicht wissen«, sagte Tse-Mallory. »Viel mehr, als uns bekannt ist. Von ihrem Standpunkt aus war der Planet vielleicht perfekt geeignet. Vielleicht waren sie der Ansicht, daß ihre Feinde, gerade weil er so unattraktiv ist, nicht auf die Idee kommen würden, ihn zu erforschen. Und wir haben auch keinerlei Material darüber, was sie eigentlich für ein angenehmes Klima hielten. Vergessen Sie nicht, wir wissen ja nicht einmal genau, wie sie aussahen. Oh, eine gewisse Vorstellung haben wir natürlich schon. Der Kopf ist hier, die wichtigsten Manipulationsgliedmaßen dort usw. Aber nach allem, was wir wirklich wissen, hätten sie sogar halb porös sein können. für sie hätte ein netter Dreihundert-Stundenkilometer-Orkan wie ein erfrischendes Bad sein können. In diesem Falle würde ich erwarten, daß das Krang eine Art Vergnügungseinrichtung ist.«

»Bitte!« sagte Malaika. »Keine Obszönitäten. Wenn das der Fall wäre — wie kommt es dann, daß wir auf den anderen Planeten, von denen wir wissen, daß die Tar-Aiym sie bewohnten, keine solchen Winde gefunden haben?«

Tse-Mallory zuckte die Achseln. Das Gespräch begann, ihn zu langweilen. »Vielleicht hat sich das Wetter seit der Zeit der Tar-Aiym geändert. Vielleicht haben sie es geändert. Vielleicht irre ich mich. Vielleicht bin ich verrückt. Tatsächlich gibt es manchmal Augenblicke, wo ich diesen Verdacht nicht loswerde, und er fast zur Gewißheit wird.«

»Das habe ich bemerkt«, sagte Truzenzuzex, der einfach nicht widerstehen konnte.

»Ach! Wenn ich alle Antworten wüßte«, sagte der Soziologe, »dann wäre ich ja der liebe Gott. In welchem Falle ich mich ganz bestimmt in diesem Augenblick außerhalb dieses Schiffes befände und mich nicht mit einer ganzen Mannschaft von Geisteskranken unter einem Dach aufhalten würde!« Er wandte seinen Blick wieder dem Bildschirm zu. Aber Flinx spürte den Humor in seinem Bewußtsein.

»Kapitän?« unterbrach Wolf mit leiser Stimme. »Erste Meßwerte unserer Geosonden zeigen, daß der Kontinent einen Basaltsockel besitzt, aber an der Oberfläche vorwiegend aus Sedimentgestein mit einem hohen Anteil an Kalkstein besteht.«

»Mmh. Leuchtet mir ein. Das würde auch die Erklärung dafür geben, wie es kommt, daß der Wind Berge so schnell umwirft. In einer weiteren Million Jahren — sofern das Meeresbett sich nicht hebt — gibt es wahrscheinlich auf diesem Planeten überhaupt keine Stelle mehr, die über die Wasseroberfläche hinausragt. Glücklicherweise brauche ich mir nicht auch noch darüber den Kopf zu zerbrechen.« Er wandte sich vom Bildschirm ab. »Atha, gehen Sie, und machen Sie das Shuttle fertig. Und richten Sie sich darauf ein, uns hinunterzufliegen. Ich glaube nicht, daß wir Raumanzüge brauchen, *Mungu* sei Dank, aber vergewissern Sie sich, daß der Kriecher in vernünftigem Zustand ist. Und sehen Sie zu, ob Sie nicht irgend etwas finden, mit dem wir unsere Augen gegen diesen infernalischen Wind schützen können. Dann brauchen wir nämlich die Helme nicht aufzusetzen. *Je?*«

Sie wollte gehen, aber er hielt sie an der Türe auf und sah sie nachdenklich an. »Und nehmen Sie ja genügend Seil mit. Ich war schon auf Planeten, wo der Regen sich binnen Minuten durch den Anzug bis auf die Haut durchgefressen hätte, wenn einen nicht vorher die lokale Fauna erwischt oder die Flora ihr zuvorgekommen wäre. Aber das hier ist der erste, auf dem es meine Hauptsorge ist, daß wir weggeblasen werden.«

»Ja, Kapitän.« Sie verließ das Cockpit und ging dabei an Sissiph vorbei, die gerade nach vorne kam. Die beiden hatten sich genügend erholt, um sich einen Augenblick lang bedeutsam anzufunkeln, sagten aber, wohl wissend, daß Malaika sie beobachtete, nichts.

»Ich glaube nicht, daß es uns sehr schwer fallen wird, dieses Ding zu finden, das Sie suchen, meine Herren — vorausgesetzt, daß es tatsächlich existiert. Es scheint keine Schluchten oder sonstwie unwegsame Stellen zu geben, wo es versteckt sein könnte, und da Ihr Freund es anscheinend ohne Schwierigkeiten fand, sehe ich eigentlich nicht ein, warum uns mit viel besseren Instrumenten das nicht auch gelingen sollte. Ja, es sollte nicht lange dauern, gar nicht lange. *Afyaenu,* meine Herren. Auf Ihre Gesundheit!«

Er schlug seine mächtigen Hände zusammen. Der Knall, den das in dem engen Raum erzeugte, war ohrenbetäubend.

»Er sieht aus wie ein kleines Kind, das ein neues Spielzeug bekommen soll«, flüsterte Tse-Mallory Truzenzuzex zu.

»Ja. Wir wollen nur hoffen, daß es wirklich ästhetischer und nicht tödlicher Natur ist.«

Das Shuttle hatte einen eigenen ballonähnlichen Hangar ganz unten in dem großen Laderaum. Sissiph, die so tat, als käme sie in den schwerelosen Korridoren nicht zurecht, ließ sich hinunterhelfen. Aber die Art und Weise, wie sie sich an den hilfsbereiten Malaika kuschelte, ließ andere Motive dafür vermuten.

Das kleine Schiff war in Wirklichkeit ein völlig raumtüchtiges Raumfahrzeug, wenn es auch etwas mehr Stromlinienform und dafür weniger Platz als die *Gloryhole* bot. Als Antrieb verfügte es über Raketen neuester Konstruktion sowie für atmosphärische Manöver über ein Staustrahltriebwerk. Da das Shuttle für einfache Boden-Weltraum, Weltraum-Bodenflüge bestimmt war, war sein Aktionsradius beschränkt. Glücklicherweise galt das auch für die Fläche, die sie absuchen mußten. Von der *Gloryhole* aus hätte sich das Ganze etwas bequemer durchführen lassen, aber Malaika wollte sich trotz der Unbequemlichkeit, die das mit sich brachte, nicht länger als unbedingt notwendig in seiner Bewegungsfreiheit einschränken lassen. Er wollte *hinunter.*

Daß sie die flexiblen, dennoch aber irgendwie unbequemen Anzüge nicht brauchen würden, half natürlich. Atha hatte sie alle mit Schutzbrillen ausgerüstet, die ursprünglich dazu bestimmt waren, Schutz vor starker

UV-Strahlung zu bieten. Sie waren also dunkel, erfüllten aber daneben den Zweck, die Augen aller vor Staub und herumfliegenden Partikeln zu schützen.

In einer Ecke redete Sissiph auf Malaika ein. Jetzt, da der nette Trip durch den Schiffskorridor vorüber war ...

»Aber ich will nicht hinunter, Maxy. Wirklich nicht.«

»Aber du wirst trotzdem, meine *Mwanakondoowivu,* du wirst. *Njoo,* komm, wir bleiben alle zusammen. Ich glaube nicht, daß unsere verspielten AAnn-Freunde uns finden werden. Ich wüßte nicht, wie sie das schaffen sollten, aber Sorge bereiten sie mir trotzdem noch. Und falls es dazu kommen sollte, möchte ich, daß alle an ein und demselben Ort sind. Außerdem weiß ich auch nicht, was uns dort unten über den Weg laufen wird. Wir betreten die Ruinen einer Zivilisation, die mehr als eine halbe Million Jahre tot ist und fortgeschrittener war als die unsere und völlig brutal und rücksichtslos. Vielleicht haben sie für ungebetene Besucher irgendwelche Unfreundlichkeiten hinterlassen? Folglich werden alle mitkommen, für den Fall, daß das nötig sein sollte. Auch du, meine Liebe.« Er verpaßte ihr einen verspielten Klaps auf die wohlgerundete Kehrseite.

Sie bog sich zur Seite und stampfte mit dem Fuß auf (ihre Lieblingsmethode, ihren Protest auszudrücken, eine Methode, die allerdings bei Null-Schwerkraft wenig wirkungsvoll war). »Aber Maxy ...!«

»*Starehe!* Komm mir nicht mit ›aber Maxy‹. Ganz entschieden *nein,* Süßes.« Er legte ihr die Hand auf die Schulter und drehte sie vorsichtig, aber bestimmt herum, und verpaßte ihr dabei einen Schubs in Richtung auf die Mannschleuse des Shuttle.

»Außerdem, wenn ich dich ganz alleine an Bord ließe, würdest du wahrscheinlich die Navigationsbänder bei dem Versuch löschen, dir ein Abendessen vom Autokoch zu bestellen. Nein, du kommst mit und, *ndegedogo,* kleiner Vogel. Außerdem wird dein Haar in der sanften Brise herrlich aussehen.«

Da sie gerade die Schleuse betrat, war ihre Stimme nur undeutlich zu hören. »Brise! Dabei habe ich gehört, daß du von Orka ...!«

Oder, dachte Flinx, während er sich mit dem Gürtel und der Pistole abmühte, die Atha ihm gegeben hatte, möglicherweise hat unser Kapitän auch nicht vergessen, wie leicht es den AAnn gefallen war, uns zu finden. Vielleicht glaubte er, daß man der lieben süßen hilflosen Sissiph nicht ganz vertrauen kann. Er konzentrierte sich ganz auf sie und suchte in ihrem Bewußtsein nach einer Andeutung, einer Beziehung, die vielleicht den möglichen Verdacht des Kaufmannes erhärten würde. Aber wenn da etwas war, so war es zu tief vergraben oder zu gut versteckt, als daß es ihm zugänglich gewesen wäre. Und dann gab es da andere Dinge, die er dort las, Dinge, die ihm peinlich waren, die ihn verlegen machten, selbst ihn, einen sechzehnjährigen Jungen von Drallar. Er zog sich verstört zurück. Sollte Malaika das auf sich nehmen.

Viel mehr interessierte er sich für die Pistole, die ihn mit Bewunderung erfüllte. Der Griff bestand aus herrlicher Filigranarbeit, und die Waffe war viel schöner als die praktischen Todesbringer, die er in den mit Eisenstangen gesicherten Waffenläden von Drallar gesehen hatte. Zweifellos war sie genauso tödlich. Er wußte, was man mit diesem Modell anfangen konnte, wie es zu bedienen war. In eben diesen Läden hatte er diese und ähnliche Waffen mit leeren Ladungskammern abgefeuert, während die Besitzer daneben gestanden und mit ihren Kunden vielsagende Blicke getauscht hatten.

Sie war wunderschön. Kompakt und effizient gebaut, konnte die Pistole einen Menschen auf fünfhundert Meter Distanz oder ein Steak auf nur einen garkochen. Man konnte die meisten Metalle damit schmelzen oder sich ein Loch durch eine konventionelle Plastikwand bohren. Insgesamt betrachtet, konnte man die Pistole ebenso als vielseitiges und nützliches Werkzeug wie als

Waffe ansehen. Er hoffte zwar, sie unten auf der Planetenoberfläche nicht zu brauchen, und hatte ja schließlich auch noch Pip bei sich. Trotzdem verlieh ihm ihr Gewicht an seiner Hüfte ein angenehmes Gefühl der Geborgenheit.

Auf Malaikas Drängen hin hatte jeder von ihnen einen komplett ausgestatteten Überlebensgürtel erhalten. Selbst Sissiph, die sich darüber beklagt hatte, daß das — eigentlich unbedeutende — Gewicht ihre Figur beeinträchtigte. Das löste eine wenig schmeichelhafte Bemerkung Athas aus, die ihre Rivalin glücklicherweise nicht hörte, sonst hätte es in der winzigen Schleuse des Shuttle wieder eine kleine Katastrophe gegeben.

Der Gürtel war für den Gebrauch auf Planeten konstruiert, die um nicht mehr als zehn Prozent von der Homanxnorm abwichen. Neben der obligatorischen Pistole enthielt der Gürtel konzentrierte Rationen und Energiepillen, Zuckersalzlösung, ihre tragbaren Kommunikatorgeräte, ein Zelt für zwei, das wasserdicht war, die Körperwärme bewahrte und sich auf die Größe einer geballten Faust zusammenlegen ließ, Batterien für Kommunikator und Pistole, Geräte, mit denen man seine Richtung finden, Nägel herstellen und Korn pflanzen konnte, von weiteren Einsatzmöglichkeiten einmal abgesehen. Außerdem war da noch ein wunderbar kompaktes Minimikrofilmlesegerät, auf dessen Spule etwa fünfzig Bücher gespeichert waren. Dazu gehörten auch zwei Standardwerke: das *Universallexikon für verbale Kommunikation* (in sieben Bänden, abgekürzte Ausgabe) und die Bibel der Vereinigten Kirche, *Das Heilige Buch der Universellen Wahrheiten und andere Anekdoten.*

Hätte er sein ganzes Apartment mit seinem kompletten Inhalt von Drallar mitbringen können, so hätte ihm das weniger Nutzen gebracht als dieses einzige fabelhafte Gerät, das seine Hüfte zierte.

Die ungeheuren Winde und Jetstreams, die ohne Unterlaß um den Planeten wehten, hätten ihre Landung eigentlich erschweren müssen, aber Atha steuerte das Shuttle so geschickt, daß sie sich fast so wohl fühlten wie in der *Gloryhole.* Nur als sie die silbern und golden gefärbten Schichten der Atmosphäre durchdrangen, bockte die Maschine etwas unter ihnen. Die natürlichen Schichten von Metallpartikeln in der Luft, deren gab es zwei, schienen den beiden Wissenschaftlern ungewöhnlich dicht, störten aber ihren Flug, solange sie noch den Raketenantrieb benutzten, kaum. Im Gegensatz zu dem Luxusfahrzeug, mit dem sie von der Oberfläche von Moth gestartet waren, war dieses Shuttle mehr zur Beförderung von Fracht als von Leuten ausgestattet und besaß deshalb auch nicht so viele Luken. Dennoch hatte Flinx trotz der Kleinheit der Plexalumflächen in den Wänden die Möglichkeit, einige Blicke auf das Land unter ihnen zu werfen. Der einzige Kontinent dehnte sich vom Nordpol bis zu einer Stelle knapp südlich des Äquators. Von dieser Höhe aus betrachtet war er im wesentlichen rotgelb gefärbt, unterbrochen von ein paar großen dunkelgrünen Flecken. Kleine Flüsse, im Vergleich zu dem kupfernen Blau des planetarischen Ozeans schwach und unbedeutend, verliefen träge an den Flanken der niedrigen Hügel. Natürlich gab es keine Schluchten, die von Flüssen erzeugt worden waren. Die Formationen wären auch schon vor Jahrtausenden unter dem unablässigen Ansturm der Winde verschwunden.

Eine Weile hatte er sich wegen Pip Sorgen gemacht, da dieser sich hartnäckig geweigert hatte, sich mit einer provisorischen Schutzbrille ausstatten zu lassen. Aber eine nähere Untersuchung ergab, daß das Reptil mit durchsichtigen Nickhäuten ausgestattet war, die sich, wenn nötig, nach unten schoben und das Auge schützten. Er hatte sie vorher nie bemerkt, wahrscheinlich, weil er nie hingesehen hatte. Insgeheim machte er sich Vorwürfe, daß er nicht bedacht hatte, daß ein auf Bäumen wohnendes Tier logischerweise diese Art Schutz gegen fliegende Gegenstände besitzen mußte. Aber die beiden Wissenschaftler hatten auch nicht daran gedacht. Tatsächlich war Pip eher ein Gleittier denn ein Flugtier: Wenn es ihm gelang, die Winde dort unten zu meistern, würde er sich ganz ohne Zweifel auf Booster in höherem Maße zu Hause fühlen als alle anderen.

Über eine kleine Sprechanlage drang die Stimme Malaikas aus dem Cockpit zu ihnen. Die winzige Steuerkanzel bot kaum den beiden Piloten genügend Platz, aber der Handelsmann drängte sich trotzdem rücksichtslos ebenfalls hinein. Er hatte darauf bestanden, ›die Dinge im Auge zu behalten‹.

Sie hatten erst vor kurzem von Raketen auf das Staustrahltriebwerk umgeschaltet, als seine erregte Stimme das Schweigen der Kabine durchbrach.

»*Maisha,* da ist es! Rechts!«

Alles rannte hinüber, selbst Sissiph, deren natürliche Neugierde die Oberhand gewann, schloß sich ihnen an.

Sie flogen immer noch in ziemlicher Höhe, aber als die Maschine jetzt leicht nach rechts abkippte, tauchten die Ruinen einer Stadt auf, die selbst für die Begriffe der Tar-Aiym beträchtliche Größe gehabt haben mußte. Sie hatten gut gebaut, wie sie es immer getan hatten, aber auf diesem Planeten konnten nur wenige Dinge lange ihren ursprünglichen Zustand bewahren. Und trotzdem schien sie von hier aus ebenso gut erhalten wie die anderen Tar-Aiym-Städte, die Flinx auf Bändern gesehen hatte. Als sie tiefer gingen, wurde das fremde Konstruktionsprinzip von konzentrischen Halbkreisen, die von einem festen Punkt nach außen verliefen, ganz deutlich, so deutlich wie Wellen in einem Tümpel.

Aber selbst aus dieser Höhe war es nicht die Stadt, die sofort die Aufmerksamkeit eines jeden auf sich zog und Truzenzuzex dazu veranlaßte, einen Fluch undefinierbaren Ursprungs auszustoßen, sondern das Gebäude, das auf einer kleinen Anhöhe oberhalb des Stadtmittelpunktes aufragte. Ein einzelnes Bauwerk in der

Form einer rechteckigen Pyramide, die oben abgeplattet war. Die Pyramide selbst und der kreisförmige Sockel, auf dem sie stand, waren von stumpfer, gelblich weißer Farbe. Die Oberseite des Gebildes schien mit einem glasähnlichen Material bedeckt. Im Gegensatz zur übrigen Stadt schien es sich in perfektem Zustand über die Jahrtausende erhalten zu haben, außerdem war das Bauwerk mit großem Abstand das höchste Gebäude, das er je gesehen hatte.

»*Baba Giza!*« hörte man Malaikas Stimme, beinahe ehrfürchtig im Lautsprecher. Er schien erst jetzt zu bemerken, daß sein Mikrofon eingeschaltet war. »Bitte setzen Sie sich alle und schnallen Sie sich fest. Wir landen am Sockel der Pyramide. — *Rafiki* Tse-Mallory, *rafiki* Truzenzuzex, wenn Sie wollen, erforschen wir die ganze Stadt Straße für Straße, aber ich wette meinen *majicho,* daß Ihr Krang in einem ganz bestimmten Bauwerk auf einer ganz bestimmten Anhöhe zu finden ist!«

Sie landeten schließlich auf einer breiten Sandfläche links von dem Berg. Atha hatte sich klugerweise dafür entschieden, da sie die Zusammensetzung des Bodens nicht kannte, auf dem sie schließlich landen würden, statt des Fahrwerks Landekufen zu benutzen, die man leicht ersetzen konnte. Sie hatten auch nirgends eine gepflasterte Fläche gesehen. Hinter dem letzten Halbmond der Stadt waren zwar die Ruinen eines gigantischen Raumhafens zu sehen gewesen, aber Malaika hatte sich gegen die Landung dort ausgesprochen, weil er so dicht wie möglich bei dem Ziggurat landen wollte. Je geringer die Entfernung war, die sie auf dem Boden zurücklegen mußten, und je näher sie beim Schiff selbst bleiben konnten, desto sicherer fühlte er sich bei der Erforschung der Ruinenstadt. Außerdem hatte der große Raumhafen zweifellos auch als Militärstützpunkt gedient, und wenn noch irgendwelche unangenehmen automatischen Einrichtungen in Betrieb waren, um ungebetene Besucher zu begrüßen, so würden sich diese zweifellos dort konzentrieren. So verlief ihre Landung etwas unsanfter, als unbedingt nötig gewesen wäre. Aber sie waren jedenfalls gelandet, und zwar in einem Stück, und hatten dabei noch einen weiteren Vorteil, an den keiner gedacht hatte. Hätte freilich jemand darüber nachgedacht, so wäre dieser Vorteil offenkundig gewesen.

Der Wind wehte wie eine Wand hinter dem Gebäude und dem Berg, an dessen Fuß sie gelandet waren. Die Anhöhe war keineswegs steil, aber hoch genug, um sie vor einem Teil des Orkans zu schützen. Das bedeutete, daß sie in der unmittelbaren Umgebung des Shuttles selbst bequemer arbeiten konnten. Außerdem blieb es ihnen erspart, das Schiff zu vertäuen. Der Meteorologiecomputer des Schiffes registrierte die Windgeschwindigkeit an ihrem Lageplatz mit behäbigen fünfundvierzig Stundenkilometern, geradezu idyllisch.

»Atha, Wolf, helfen Sie mir, den Kriecher ausladen. Alle anderen überprüfen bitte ihre Geräte und vergewissern sich, ob jeder eine Reserveschutzbrille mit hat.« Er wandte sich zu Tse-Mallory. »*Je!* Die haben ihre Stadt hinter dem größten Windschutz gebaut, den sie finden konnten. Jetzt wirkt Ihre Theorie über die ›schmeichelnden Windbäder‹ nicht mehr ganz so glaubwürdig, *kweli?*«

»Machen Sie sich nicht über meine Vermutungen lustig, Kapitän, sonst stelle ich keine mehr an.« Aber seine Augen und sein Verstand konzentrierten sich ganz offenkundig auf etwas anderes.

»Wolf?«

»Hier, Kapitän.« Das Skelett kam aus der vorderen Kabine. Mit dem silbernen Gürtel und der Schutzbrille wirkte Wolf noch fremdartiger als gewöhnlich. Sein Gesichtsausdruck war seltsam — was freilich für *jeden* Ausdruck galt, den sein sonst maskenhaftes Gesicht annahm.

»Kapitän, irgendwo unter dieser Stadt gibt es eine aktive Thermoenergiequelle.«

»Nicht nuklear?« fragte Malaika. Ein gavitonisches Kraftwerk war auf einem Himmelskörper mit eigenem Schwerefeld natürlich unmöglich. Trotzdem gab es in der Wissenschaft der Tar-Aiym Aspekte, die die Homanx noch nicht einmal andeutungsweise erfaßt hatten.

»Nein, ganz entschieden ein Thermalkraftwerk. Und den Sensoren nach sogar ein großes, obwohl ich nur eine sehr oberflächliche Untersuchung angestellt habe.«

Malaikas Brauen hoben sich. »Interessant. Bringt Sie das auf irgendwelche ›Vermutungen‹, meine Herren?«

Tse-Mallory und Truzenzuzex rissen sich von ihrer fast andächtigen Betrachtung des Monolithen los und überlegten.

»Ja, sogar auf einige«, begann der Philosoph, »darunter auch auf die Bestätigung einer Tatsache, derer wir uns ohnehin ziemlich sicher waren, nämlich, daß dies ein junger Planet in einem ziemlich jungen GO-System ist. Die Hitze im Kern eines Planeten anzuzapfen, ist auf den jüngsten Planeten sehr schwierig, aber zu denen zählt dieser hier nicht. Aber jeder kann *anzapfen*. Das Problem liegt darin, den Vorgang vernünftig unter Kontrolle zu halten und sicherzustellen, daß es nicht zu planetenweiten Erdbeben oder Vulkanausbrüchen unter größeren Wabenzentren kommt. Wir beherrschen das selbst noch nicht ganz.«

»Und«, fügte Tse-Mallory hinzu, »und es deutet auch darauf hin, daß sie für irgend etwas verdammt viel Energie brauchten oder? Das ist zwar eine ziemlich große Tar-Aiym-Stadt, aber es scheint gleichzeitig auch die einzige auf dem ganzen Planeten zu sein.« Er sah Malaika an, um sich von diesem eine Bestätigung zu holen, und der Händler nickte langsam. »Also kann ich mir bei bestem Willen nicht vorstellen, warum sie sich soviel Mühe gemacht haben, wo doch ihre Quasinuklearkraftwerke ihnen für diese eine Stadt mehr als genug Energie hätten liefern können. Besonders bei all dem Wasser, das sie hier zur Verfügung haben.«

»Kapitän«, sagte Truzenzuzex ungeduldig, »wir stellen gerne alle möglichen Hypothesen für Sie auf — aber später. Im Augenblick wäre ich Ihnen wirklich dankbar, wenn Sie dafür sorgen würden, daß unser Landfahrzeug aus dem Laderaum geholt wird.« Er wandte den Kopf zu einer der Aussichtsluken, und seine großen goldenen Augen starrten hinaus. »Ich habe keinen Zweifel, daß Ihre noch nicht gestellten Fragen und hoffentlich auch die meisten der unseren beantwortet werden, wenn wir einmal im Innern dieses *Tuarweh* auf diesem Hügel sind.«

»Falls wir hineinkommen«, fügte Tse-Mallory hinzu. »Es ist immerhin möglich, daß die Besitzer abgeschlossen haben, als sie auszogen, und keinen Schlüssel dagelassen haben.«

16

Bei dem Kriecher handelte es sich um ein niedriges, geduckt wirkendes Fahrzeug, das auf zwei Duralumketten fuhr. Außerdem verfügte es in seinem Schwerpunkt über ein kugelförmiges Universal-›Rad‹, das Wendemanöver erleichterte. Atha hatte sicherheitshalber ein paar Berechnungen angestellt und war zu dem Schluß gekommen, daß das Fahrzeug bis zu einer Windgeschwindigkeit von zweihundertfünfzig Stundenkilometern relativ sicher war, bei höheren Geschwindigkeiten würde es etwas unangenehm werden. Flinx verspürte keinerlei Lust, ihre Berechnungen einer praktischen Überprüfung zu unterziehen. Malaika offenbar auch nicht. Er bestand darauf, jeden leeren Raum in dem Kriecher mit schweren Gegenständen zu füllen. Sollte der Wind freilich so schlimm werden, würde das alles nichts nützen. Aber zumindest verlieh ihnen die Sicherheitsmaßnahme psychologischen Auftrieb.

Zu den ›gewichtigen Gegenständen‹ gehörte auch ein schweres Lasergewehr auf einem Dreibein.

»Nur für den Fall«, hatte Malaika gesagt, »daß das Öffnen der Türe Schwierigkeiten bereiten sollte.«

»Für einen friedliebenden Händler, der auf seiner Privatyacht durch das Universum reist, scheinen Sie ja ein hübsches Arsenal mitzuführen«, murmelte Truzenzuzex.

»Philosoph, ich könnte Ihnen jetzt ein Dutzend Begründungen mit ein paar hochinteressanten semantischen Schleifen liefern, aber ich will mich ganz einfach ausdrücken — ich bin in einer Branche tätig, in der die Konkurrenz einem dauernd im Nacken sitzt.«

Er sah den Thranx herausfordernd an.

»Wie Sie meinen.« Truzenzuzex verbeugte sich leicht.

Sie gingen an Bord des Kriechers, welchen man dicht an die Ladeschleuse gefahren hatte, um den Windschatten auszunutzen. Sie paßten alle bequem in das Gefährt. Der Kriecher war für den Transport schwerer Ladung konstruiert, und trotz Malaikas ›gewichtiger Gegenstände‹ war noch genügend Platz vorhanden, um sich ungehindert bewegen zu können. Falls man sich langweilte, konnte man über die Leiter ins Fahrerabteil mit seinen zwei Betten und dem Polyplexalum-Kuppeldach klettern. Dort droben war Platz für vier, aber Malaika, Wolf und die beiden Wissenschaftler okkupierten die Kabine sofort und waren nicht bereit, sie wieder aufzugeben. Also mußte Flinx sich mit den winzigen Ausblickluken im Passagierabteil begnügen, wenn er nach draußen sehen wollte. Er war mit den beiden Frauen alleine, die an den entgegengesetzten Enden der Kabine saßen und tödliche Blicke wechselten. Man hätte sich kaum eine weniger angenehme Atmosphäre vorstellen können. Sosehr er sich bemühte, fingen sie an, ihm Kopfschmerzen zu bereiten. Er wäre viel lieber oben gewesen.

Sie arbeiteten sich jetzt den Abhang hinauf und fuhren immer dann, wenn die Neigung selbst für die Ketten ihres Kriechers zu steil wurde, im Zickzack. Sie kamen langsam, aber stetig von der Stelle — schließlich war ihr Fahrzeug auch dazu konstruiert, um in einem Stück von Punkt A nach Punkt B zu gelangen, und nicht, um Rennen zu bewältigen. Und diese Aufgabe erfüllte es einwandfrei.

Wie man hätte erwarten können, war der Boden weich und brüchig. Trotzdem überwog das Felsgestein über dem Sand. Die Ketten gruben sich tief ein, und die Maschine ächzte und stöhnte. Das verlangsamte ihre Fahrt etwas, verschaffte ihnen aber andererseits die Sicherheit, daß der Wind sie nicht wegblasen würde. Dennoch wünschte Flinx sich nichts weniger als eine kräftige Bö.

Schließlich hatten sie die letzte Steigung hinter sich gebracht. Ein Blick in die Tiefe wies Tse-Mallory die zerbröckelnden Türme und Spitzen der Stadt, verdunkelt vom ewigen Staub und Wind. Hier oben war die Sicht stärker behindert. Kies, Staub und Holzstücke von den zähen dicht am Boden wachsenden Pflanzen wurden gegen die Vorderseite der Kuppel geschleudert. Zum erstenmal konnte man durch die dicken Wände des Kriechers das Heulen des Windes hören. Es klang, wie wenn man in einer großen Halle Stoff zerreißt.

Wolf blickte auf ihr Anemometer. »Hundertfünfzehn Komma fünfzwo Kilometer die Stunde ...«

»*Je!* Ich hatte gehofft, daß es besser sein würde, aber es könnte ja auch noch viel schlimmer sein. Viel schlimmer. Einen großen Spaziergang wird hier keiner machen. *Upepokuu!* In einem Sturm kommen wir zurecht. Ein Orkan wäre schwierig.«

Als sie sich weiter nach innen zu bewegten, wurde die Luft etwas klarer. Sie konnten ihr Ziel jetzt erkennen. Nicht, daß sie es hätten verfehlen können. Es gab sonst nichts zu sehen, abgesehen vielleicht von ein paar Büscheln, die wie getrockneter Seetang aussahen. Sie rollten weiter, und je tiefer sie in den Windschatten des Gebäudes eindrangen, desto schwächer wurde der Sturm. Drei Paar Augen lehnten sich zurück — und zurück und noch weiter zurück, bis ihnen klar wurde, daß sie sich hinlegen und nach oben starren müßten, wollten sie alles sehen. Nur Wolf, dessen Augen das Armaturenbrett des Kriechers nicht losließen, gab sich nicht der Anziehungskraft des Monolithen hin.

Er ragte über ihnen auf und verschwand in Staubwirbeln und tief hängenden Wolken. Die endlose Wand war von keinem einzigen Fenster, keinem Sims und keinem Vorsprung unterbrochen.

»Wie *huyukubwa?*« stieß Malaika schließlich im Flüsterton hervor.

»Für wie hoch ich es halte? Keine Ahnung«, antwortete Tse-Mallory. »Tru? Du hast doch von uns allen den besten Tiefenblick.«

Der Philosoph schwieg eine Weile. »In menschlichen Begriffen?« Er senkte die Augen, um sie anzusehen. Wenn er imstande gewesen wäre zu blinzeln, so hätte er das getan, aber die Augenschilder der Thranx reagierten nur auf Wasser oder starke Sonnenstrahlung, also konnte er das nicht. Seine improvisierte Schutzbrille störte irgendwie das Gleichmaß seines Gesichts.

»Nun, am Boden mehr als ein Kilometer ... in allen Richtungen. Aus der Luft wirkte es wie ein geometrisch perfektes Quadrat, wissen Sie, vielleicht ...« Er warf einen Blick nach oben, »drei Kilometer hoch.«.

Die leichten Stöße und Rucke, die sie verspürt hatten, hörten plötzlich auf. Sie fuhren jetzt auf dem glatten gelb-weißen Kreis, in dessen Zentrum das Gebäude stand.

Malaika blickte auf die Substanz hinunter, über die sie fuhren, und sah dann wieder das Gebäude an. Das schwere Raupenfahrzeug hinterließ auf der glatten Fläche keine Spuren.

»Was glauben Sie denn, was dieses Zeug ist?«

Tse-Mallory war neben ihn getreten und blickte ebenfalls hinunter. »Ich weiß nicht. Als ich es aus der Luft sah, hielt ich es für Stein. Ehe wir landeten, fand ich, daß es ziemlich ›feucht‹ aussah, wie bestimmte Schwerplastikstoffe. Jetzt, da wir darauf fahren, habe ich überhaupt keine Vorstellung mehr. Keramik vielleicht?«

»Metallverstärkt würde ich sagen«, fügte Truzenzuzex hinzu. »Aber an der Oberfläche handelt es sich, glaube ich, um polymerisierte Keramik. Ich habe so etwas noch nie gesehen, auch auf anderen Tar-Aiym-Planeten nicht.«

»Hm. Nun, da sie ihre Stadt im Windschatten dieses Berges bauten, als Windschutz ohne Zweifel, würde ich irgendwelche *mlango* auf dieser Seite des Gebäudes erwarten. *Je?*«

Und wie sich bald erweisen sollte, war das auch der Fall.

Im Gegensatz zum Rest des geheimnisvollen Gebäudes war das Material, das man zur Konstruktion der Tür verwendet hatte, leicht zu identifizieren. Es war Metall. Die Tür ragte gute dreißig Meter über die Fahrerkabine des Kriechers auf und erstreckte sich wenigstens über die Hälfte dieser Entfernung in beide Richtungen. Das Metall selbst war unbekannt, von stumpfgrauer Farbe und einem eigenartig glasigen Glanz. Flinx erinnerte es an die vertrauten Nebel von zu Hause. Das Ganze war ein paar Meter in die Mauer eingelassen.

»So da haben Sie Ihre Türe, Kapitän«, sagte Tse-Mallory. »Wie kommen wir jetzt hinein? Ich muß gestehen, daß mir in der Beziehung jede Erleuchtung fehlt.«

Malaika schüttelte enttäuscht und zugleich bewundernd den Kopf. Nirgends war auch nur eine Spur von einer Schweißnaht, einer Ritze oder einem Scharnier zu sehen.

»Fahren Sie einfach darauf zu, Wolf. Der Wind ist hier ja praktisch tot. Wir müssen aussteigen und einen Klingelknopf oder dergleichen suchen. Wenn wir nichts finden, das man als Klinke oder Schlüsselloch erkennen kann, müssen wir den Laser aufbauen und uns auf weniger höfliche Weise Zutritt verschaffen.« Er musterte das riesige Quadrat zweifelnd. »Obwohl ich hoffe, daß diese Alternative nicht notwendig sein wird. Ich weiß, wie hartnäckig Tar-Aiym-Metalle sein können.«

Aber das Problem sollte sich ohne ihr Zutun lösen.

Irgendwo in den Tiefen des kolossalen Gebäudes spürte ein schlummernder, aber nicht gestorbener Mechanismus das Herannahen eines künstlichen Gebildes mit biologischen Wesen. Es regte sich schläfrig und veranlaßte ruhende Gedächtnisspeicher aufzuwachen. Konstruktion und Bau des herannahenden Fahrzeugs war dem Mechanismus nicht vertraut, aber er konnte ihn auch nicht als feindlich einstufen. Die Wesen im Inneren des Fahrzeuges waren ebenso wenig vertraut, wenn auch offenkundig primitiv. Und unter ihnen befand sich ein bewußter Verstand der A-Klasse. Ebenso unbekannt, aber nicht feindlich. Und *soviel* Zeit war vergangen! Das Gebäude überlegte die Ewigkeit einer Sekunde lang.

»Halt, Wolf!« Malaika hatte vor dem Kriecher eine Bewegung entdeckt.

Mit einer Lautlosigkeit und einer Eleganz, wie nur ewige Schmierung es erzeugen kann, öffnete sich das große Tor. Langsam, mit der majestätischen Trägheit ungeheuren Gewichts glitten die beiden Hälften auseinander, gerade weit genug, daß der Kriecher hindurchfahren konnte. Dann blieben sie stehen.

»*Utamu.* Man erwartet uns anscheinend?«

»Automatische Maschinen«, murmelte Truzenzuzex wie in Trance.

»Das denke ich auch, Philosoph. Fahren Sie uns hinein, Wolf.«

Der schweigsame Mann schob gehorsam den Fahrthebel vor, und das mächtige Raupenfahrzeug polterte weiter. Malaika beäugte die Seiten der schmalen Öffnung argwöhnisch. Man konnte das Metall nicht als dünnes Blech bezeichnen. Nicht einmal als eine Platte.

»Gute neunzehn, zwanzig Meter«, sagte Tse-Mallory. »Ich wundere mich, was die damit fernhalten wollten.«

»Uns offensichtlich nicht«, meinte Truzenzuzex. »Mit Ihrem Spielzeug hätten Sie da ein paar Tage lang drauf losbrennen können, Kapitän, bis die Batterie leer gewesen wäre, und hätten noch nicht einmal die Oberfläche angeschmort. Ich würde gerne ein SCCAM daran ausprobieren, bloß um zu sehen, was stärker ist. Ich habe noch nie von einer künstlichen Struktur gehört, die einem SCCAM-Projektil Widerstand leisten könnte, aber dann habe ich auch noch nie einen zwanzig Meter dikken Wabenblock aus massivem Aiym-Metall gesehen. Wahrscheinlich wird die Frage immer eine akademische bleiben.«

Sie waren vielleicht ein paar Meter weit ins Innere gerollt, als die Türe sich schwer hinter ihnen schloß. Das Lautlose an der Bewegung war angsteinflößend. Wolf sah Malaika fragend an, die Hand auf dem Fahrthebel. Aber den Kaufmann schien das Ganze — wenigstens äußerlich — nicht zu stören.

»Sie ist aufgegangen, um uns einzulassen, Wolf. Ich nehme an, sie wird uns auch wieder hinauslassen.« Jetzt hatte das Tor sich ganz geschlossen. »Und außerdem, *kwa nini,* warum sich Sorgen machen? Es macht jetzt doch nichts aus.«

Die nächste Überraschung stand ihnen bevor. Sofern sie nicht hohl waren, was angesichts dieses Tores unwahrscheinlich war, waren die Mauern aus dem pseudokeramischen Material gute hundertfünfzig Meter dick. Viel mehr als notwendig, um das Gewicht des Gebäudes zu tragen, so gigantisch es auch war. Das deutete viel mehr auf den Versuch hin, es undurchdringlich zu machen. Auch in anderen Festungen der Tar-Aiym hatte man dergleichen Mächtigkeit gefunden, wenn auch nicht annähernd in solchen Dimensionen.

Flinx wußte nicht, was er im Inneren des Gebäudes zu finden erwartete. Er hatte seit dem Öffnen des großen Tores seine geistigen Fühler ausgestreckt, drinnen aber nichts Denkendes entdeckt. Und dabei hatte er es bedauert, daß er nur seitlich hinaussehen konnte. Aber er rechnete nicht damit, daß das Innere ihn mehr in Erstaunen versetzen würde als das Äußere, das überhaupt nicht zu seiner Umgebung paßte.

Womit er irrte.

Was auch immer er in seinen kühnsten Gedanken erwartet hatte, es hatte keinerlei Beziehung zur Wirklichkeit. Malaikas Stimme drang von oben zu ihm herunter. Sie klang eigenartig gedämpft.

»*Katika* hier, alle. Atha, öffnen Sie schnell die Schleuse. Hier drinnen ist Luft, und zwar atembare Luft, und kein Wind, und ich weiß nicht, ob ich es selbst glauben soll oder nicht, obwohl mein *majicho* mir sagt — aber je eher Sie das selbst sehen ...«

Er brauchte sie nicht zu drängen. Selbst Sissiph war aufgeregt. Atha eilte zu der kleinen Schleuse, und alle sahen zu, wie sie den dreifachen Verschluß löste und damit den Flüssigkeitsumlauf an den drei vorbezeichneten Punkten unterbrach. Die schwere Tür schwang nach außen. Die automatische Rampe schob sich vor, berührte den Boden, summte, als fester Kontakt hergestellt war, und schaltete sich ab.

Flinx war als erster draußen, dicht hinter ihm Atha und die beiden Wissenschaftler, dann Malaika und Sissiph und zuletzt Wolf. Alle standen stumm inmitten des Panoramas, das sich rings um sie ausdehnte.

Das Innere des Gebäudes war zumindest hohl. Das war der einzige Begriff, mit dem man es beschreiben konnte. Flinx wußte, daß jene massiven Mauern sich irgendwo über ihnen mit einer Decke trafen, aber sosehr er auch seine Augen anstrengte, er konnte nichts erkennen. Das Gebäude war so riesenhaft, daß sich trotz guter Lüftung Wolken darin gebildet hatten. Die vier gigantischen Wände bedrückten seinen Geist, ja sogar seinen Körper. Aber in einem offenen Raum dieser Größe war Klaustrophobie einfach nicht möglich. Im Vergleich zu dem ewigen Wirbel von Luft und Staub draußen war die absolute Ruhe hier drinnen mit dem erhabenen Gefühl im Innern einer Kathedrale zu vergleichen. Vielleicht war es das sogar, obwohl er wußte, daß der Vergleich ihm nur von seinem Gefühl eingegeben wurde. Das Licht war für Nichthomanx-Augen bestimmt, völlig künstlichen Ursprungs und von leicht blaugrüner Farbe. Es leuchtete auch schwächer, als ihnen lieb war. Der von Natur aus blaue Chiton des Philosophen sah darin gut aus, während alle anderen beinah fischähnlich wirkten. Ihre Sicht wurde von dem schwachen Licht nicht behindert, aber die Dinge sahen alle aus, als betrachte man sie durch etwas getrübtes Glas. Die Temperatur war mild und eher etwas zu warm.

Ihr Kriecher war stehengeblieben, weil er nicht weiterfahren konnte. Reihe über Reihe von Sitzen oder Sesseln irgendeiner Art erstreckten sich von ihrem Standpunkt aus in die Weite. Das Ganze war wie ein kolossales Amphitheater. Die Reihen dehnten sich ungebrochen bis zur anderen Seite des Gebäudes. Dort endeten sie am Sockel von — etwas.

Er sah hin und riskierte einen kurzen Blick in das Bewußtsein der anderen. Malaika sah sich prüfend in dem riesigen Auditorium um. Wolf, das Gesicht wieder ausdruckslos wie eh und je, prüfte mit einem Instrument, das er am Gürtel trug, die Atmosphäre. Sissiph hatte sich an Malaika gedrängt und blickte furchtsam in die Weite. Atha hatte den gleichen Ausdruck sorgsam prüfender Vorsicht an sich wie der hünenhafte Händler.

Und die beiden Wissenschaftler befanden sich in einem Zustand, der dem Nirwana so nahe war, wie das Wissenschaftlern überhaupt vorstellbar ist. Ihre Gedanken flogen so schnell, daß Flinx Mühe hatte, auch nur einen Eindruck davon zu bekommen. Sie hatten nur für die andere Wand des großen Saales Augen. Für sie hatte die Suche sich gelohnt, selbst wenn sie nicht wußten, was sie gefunden hatten. Tse-Mallory wählte sich diesen Augenblick aus, vorzutreten, dicht gefolgt von Truzenzuzex. Und dann schlossen die anderen sich den beiden Wissenschaftlern an und gingen einer hinter dem anderen auf das Ding an der fernen Wand zu.

Es war kein anstrengender Marsch, aber Flinx war dennoch dankbar, daß er am Ende ausruhen konnte. Er setzte sich an den Rand der etwas erhöhten Plattform. Er hätte sich auch auf einen der Sessel setzen können, aber ihre Konturen entsprachen nicht menschlicher Physiologie, und sie waren zweifellos genauso unbequem, wie sie aussahen.

Große Stufen führten zu dem Podest, auf dem er saß. Und an seinem anderen Ende umschloß eine Kuppel aus Glas oder Plastik eine einzelne, völlig schmucklose Couch. Eine große ovale Tür war an der dem Auditorium zugewandten Seite in der Kuppel zu erkennen. Wieder einen guten Meter höher als der größte unter ihnen und viel breiter, als selbst Malaika sie gebraucht hätte. Die Bank selbst war zum Amphitheater hin leicht geneigt. Eine kleinere Kuppel, die in ihrer Form an ein Cognacglas erinnerte, bedeckte das eine leicht angehobene Ende der Couch zum Teil. Dicke Kabel und Leitungen führten von dieser Kuppel und dem Unterteil der Couch selbst zu der Maschine.

Die ›Maschine‹ selbst ragte hundert Meter über ihnen auf und verlief an den Wänden des Auditoriums bis in die abgerundeten Ecken. Das Äußere des Gebildes war scharfkantig, während sein Inneres abgerundet war. Der größte Teil der Maschine war verdeckt, aber Flinx konnte hinter halb geöffneten Platten Skalen und Schalter sehen, in denen sich das Licht brach. Die Schalter, die er sehen konnte, waren offensichtlich nicht für die Greiforgane von Menschen oder Thranx konstruiert.

Von der Oberseite der Metallverschalung der Maschine führte ein Gewirr von Rohren in allen Farben des Regenbogens zum fernen Dach. Azurblau, pfirsichfarben, rosa, elfenbeinfarben, chartreuse, orangefarben, rauchgrau, weißgold ... jede Schattierung und jeder Farbton, den man sich in seiner kühnsten Phantasie vorstellen konnte — und noch ein paar weitere. Einige waren so groß wie ein Kinderspielzeug, klein genug, daß sie über seinen kleinen Finger gepaßt hätten. Andere sahen so groß aus, daß das ganze Shuttle spielend hineingepaßt hätte. In den Ecken verschwanden sie in die Wände des Gebäudes. Er drehte sich langsam um und sah Ausbuchtungen in den Wänden, selbst über dem Eingang, die darauf hindeuteten, daß dort weitere mächtige Rohre verborgen lagen. Er erinnerte sich daran, daß die Bezeichnung ›Rohr‹ keineswegs gerechtfertigt war — aber irgendwie konnte er den Eindruck nicht loswerden. Manchmal funktionierten seine Talente unabhängig von seinen Gedanken.

»Nun«, sagte Malaika. Und dann noch einmal: »Nun, nun!«

Er schien sich seiner nicht sicher zu sein, ein höchst seltener Zustand. Flinx lächelte über die Gedanken des Händlers. Der Hüne wußte nicht so recht, ob er zufrieden sein sollte oder nicht. *Etwas* hatte er ganz sicher entdeckt, aber er wußte nicht, was es war, ganz zu schweigen, wie man es nutzen konnte. Er stand als einziger, während alle anderen saßen.

»Ich schlage vor, wir holen uns die Geräte, die wir zu unseren Untersuchungen brauchen.« Truzenzuzex und Tse-Mallory untersuchten alles im Detail und hörten ihn kaum. »Das geht über meinen Horizont. Ich hoffe, Sie, meine Herren, können rausfinden, was dieses Ding tut?« Er machte eine weitausholende Handbewegung, die alles einschloß, was sie von der Maschine sehen konnten.

»Ich weiß nicht«, sagte Truzenzuzex. »Auf den ersten Blick würde ich sagen, daß unsere Freunde, die Branner, schon die richtige Idee hatten, als sie in diesem Ding ein Musikinstrument sahen. Jedenfalls sieht es wie eines aus, und die Einrichtung hier drinnen ...« — er wies auf das Amphitheater — »scheint diese Annahme zu stützen. Aber ich habe wirklich nicht die leiseste Ahnung, wie es funktioniert.«

»Sieht aus wie das Produkt eines Alptraums von einem verrückten Orgelbauer«, fügte Tse-Mallory hinzu. »Aber sicher will ich das nicht behaupten, solange wir nicht wissen, wie man mit dem Ding umgeht.«

»Und werden Sie es herausfinden?« fragte Malaika.

»Nun, zum Teil scheint es ja noch mit Energie versorgt zu werden. Wolf hat ein Kraftwerk entdeckt, irgend etwas muß schließlich die Türen geöffnet und das Licht eingeschaltet haben — und die Luft frisch halten, hoffe ich. Es ist bestimmt nicht nach konstruktiven Vorstellungen gebaut, die wir begreifen werden, aber dieses Ding ...« — er wies auf die Kuppel mit der Bank, die sie umschloß — »sieht doch ganz wie eine Steueranlage aus. Kann auch sein, daß es ein Ruheort für ihre Toten darstellt. Das werden wir erst erfahren, wenn wir viel tiefer gegraben haben. Ich schlage vor, wir holen alles, was wir brauchen, vom Shuttle hierher. Das ist bestimmt viel einfacher, als jedesmal wieder in diesen Sturm hinauszufahren, wenn wir einen Schraubenzieher oder ein Sandwich brauchen.«

»*Mapatano!* Einverstanden. Wolf, Sie und ich holen die Sachen vom Shuttle. Das geht ganz schnell, wenn wir etwas von dem Zeug ausgeladen haben, das ich in den Kriecher gestopft habe. Es scheint, daß wir eine Weile hier sein werden, *hata kidogobaya!*«

17

Es war ein seltsames Gefühl, dauernd in dem Gebäude zu sein. Nicht, daß sie sich eingeengt gefühlt hätten, denn die Tür funktionierte perfekt, auch für nur eine Person — vorausgesetzt, daß diese Person wenigstens einen Gegenstand bei sich trug, der erkennbar aus bearbeitetem Metall bestand. Es war ein eigenartig befriedigendes Gefühl, auf die mächtigen Tore zuzugehen, Pistole oder Kommunikator vor sich zu halten und dann mitzuerleben, wie sich eine Million Tonnen undurchdringlichen Stahls sanft zur Seite bewegten und einem einen ganz persönlichen Weg von einem Meter Breite und dreißig Metern Höhe freigaben.

Bei Nacht war es draußen erträglicher, aber nicht viel. Trotz der Schutzbrillen arbeitete sich der Staub am Ende bis zu den Augen vor. Und es war kalt.

Tse-Mallory und Truzenzuzex hatten versucht, dem immensen Apparat sein Geheimnis zu entlocken, hatten sich hinter den Paneelen in der schiefergrauen Wand umgesehen, genauer gesagt, jenen Paneelen, die sich selbsttätig öffneten, die anderen ignorierten sie. Es hatte keinen Sinn, sich gewaltsam Zutritt zu verschaffen und eine Beschädigung der komplizierten Geräte zu riskieren. Nicht, wenn man schon an den Teilen, die sich der Untersuchung nicht widersetzten, Jahre verbringen konnte. Und Jahre hatten sie nicht. Also fuhren sie fort, die freiliegenden Eingeweide des Krang zu untersuchen, ohne dabei auch nur einen einzigen Draht von seiner angestammten Stelle zu entfernen und dabei stets mit größter Sorgfalt vorgehend, um ja nicht irgendein für die Funktion wichtiges Teil zu verletzen. Während die Wissenschaftler und Malaika an dem Rätsel der Maschine arbeiteten, fuhren Atha und Flinx manchmal mit dem Kriecher in die riesige Stadt. Wolf blieb zurück, um Malaika zu helfen, und Sissiph, um in seiner Nähe zu bleiben. So hatte Flinx die Beobachtungskuppel des Kriechers praktisch für sich.

Es fiel ihm schwer, sich vorzustellen, daß Gebäude, die selbst als Ruinen und unter jahrhundertealten Staubmassen begraben noch schön waren, einst errichtet worden sein sollten, um die kriegerischste Rasse zu beherbergen, die die Galaxis je gekannt hatte. Der bloße Gedanke hüllte die stummen Ruinen in eine seltsame Aura. An den sandgestrahlten Wänden der zerfallenen Bauten war nur wenig Schmückendes zu sehen, aber das hatte nicht viel zu besagen. Alles, was nicht der Festigkeit der Mauern diente, war zweifellos in den vielen Jahrtausenden weggefegt worden. Außerdem fuhren sie weit über dem Niveau, auf dem früher einmal ein breiter Boulevard gelegen hatte. Die Straße selbst lag unter dem Sand und den Ablagerungen der Jahrtausende tief darunter. Nur das Fehlen von Bauten ließ sie als solche erkennen. Wahrscheinlich war diese Stadt wenigstens hundertmal zugedeckt und wieder freigelegt worden, und bei jedem neuen Zyklus war wieder ein Teil ihres ursprünglichen Wesens verlorengegangen. Sie hatten bald entdeckt, daß sich jeden Abend ein schwaches elektrostatisches Feld aufbaute und den Staub und Schutt, der sich am Sockel des Krang abgelagert hatte, so weit der weißgelbe Kreis reichte, entfernte. In der Stadt hingegen herrschte solche Vorsorge nicht. Abends, wenn die Sonne unterging, wurde der Sand blutrot, und die leeren Bauten funkelten wie Topase und Rubine in einer Fassung aus Karneol. Der ewige unablässige Wind störte die Illusion der Schönheit, und sein auf- und absteigendes Klagen schien wie ein Widerhall der Verwünschungen all der vergessenen Rassen, die je von den Tar-Aiym unterjocht worden waren.

Und dabei wußten sie nicht einmal, wie sie ausgesehen hatten.

18

Eine Woche später hatten sie sich alle in einer Art formloser Konferenz auf dem Podest versammelt. Ein kleiner tragbarer Herd, den eine Eternabatterie mit Energie versorgte, war in der Nähe aufgebaut worden und verlieh damit dem Ort eine heimelige Atmosphäre. Jetzt fehlte nur noch, dachte Flinx, daß sie Wäsche zum Trocknen aufhängten. Es hatte sich für die Wissenschaftler als bequemer erwiesen, in der Nähe ihrer Arbeit zu schlafen und zu essen, statt täglich den Marsch zum Kriecher anzutreten. Sie hätten das Raupenfahrzeug natürlich bis an das Podest heranfahren können, aber schließlich wußten sie nicht, ob bei der Bedienung des Krang nicht die Sitze selbst irgendeine wichtige Rolle spielten. Außerdem schien es ihnen unpassend, einen Teil des Gebäudes zu beschädigen, um ihm seine Geheimnisse zu entreißen. (Es war ganz gut so, daß sie diesen Entschluß gefaßt hatten, denn die schlafende Maschine hätte ihr Verhalten als feindlich ausgelegt und sofort geeignete Schritte unternommen.)

Der Duft von brutzelnden Rühreiern und Juquil für Truzenzuzex erfüllte die Luft und ließ das Ganze noch heimeliger wirken. Im Augenblick hatten Atha und Sissiph es übernommen, für die Wissenschaftler zu kochen. Das hatte sich als notwendig erwiesen, nachdem alle Männer geradezu monumentale Ungeschicklichkeit in der Bedienung des Gerätes an den Tag gelegt hatten, obwohl es neunzig Prozent der Arbeit alleine tat. Flinx, der sehr wohl wußte, daß er besser damit zurechtkommen würde als alle anderen, hatte Unwissenheit vorgeschützt, als man ihm angeboten hatte, einen Versuch zu unternehmen. Er verspürte nicht die geringste Lust, sich zum Koch machen zu lassen, wenn er statt dessen seine Zeit damit verbringen konnte, die beiden Wissenschaftler beim Zerlegen des faszinierenden Innenlebens der Maschine zu beobachten.

»Das Ding wird Tag für Tag unglaublicher«, meinte Tse-Mallory in diesem Augenblick. »Wissen Sie, wir haben an den Ecken des Gebäudes Gänge gefunden, dort, wo die Rohre in den Wänden verschwinden.«

»Ich hatte mich schon gefragt, wohin Sie beide verschwunden waren«, meinte Malaika.

»Ich weiß nicht, wie weit sie sich unter uns erstrekken. Ebensogut könnten sie bis zum Mittelpunkt des Planeten reichen, obwohl ich glaube, daß es dort selbst für die Tar-Aiym zu heiß wäre. Wir wissen auch nicht, wie weit sie sich in der Horizontale erstrecken. Bis zum Meer? Unter ihm hindurch? Es war nicht einfach dort unten, wissen Sie. Es gibt zwar Stufen, Leitern und Rampen, aber die sind weder für Menschen- noch für Thranxhände bestimmt. Aber irgendwie haben wir es geschafft. Es muß irgendwo mechanische Aufzüge geben, aber die haben wir nicht gefunden.«

»Wir sind vor drei Tagen hinuntergestiegen — entschuldigen Sie, daß wir Ihnen Sorge bereitet haben. Wahrscheinlich hätten wir sagen sollen, wo wir hingehen, aber eigentlich haben wir es selbst nicht gewußt. Und dann rechneten wir natürlich auch nicht damit, daß wir so lange ausbleiben würden.

Wir sind praktisch senkrecht nach unten gestiegen und haben nur zum Essen und Schlafen Pause gemacht. Diese Rohre oder was sonst das ist ...« — er wies auf die regenbogenfarbenen Gebilde über ihnen — »setzen sich unter dem Boden fort und führen in Tiefen, die wir noch nicht erreicht haben. Nicht einmal am fernsten Punkt unserer Expedition. Der größte Teil der Maschine war uns unverständlich, und ich möchte behaupten, daß es im ganzen Spiralarm niemanden gibt, der sich mit Tar-Aiym-Konstruktionen besser auskennt als wir. Aber der größte Teil dessen, was wir sahen, war uns völlig fremd.

In der Nähe der Oberfläche ist die Maschinerie praktisch massiv. Weiter unten lockert sie sich etwas auf, so daß man die einzelnen Bestandteile einigermaßen erkennen kann. Alles sah nagelneu aus. An manchen Stellen war das Metall warm und bestätigte damit, was wir die ganze Zeit annahmen. Alles steht unter Energie, und dort unten muß es eine Milliarde Kilometer Draht geben.

Dennoch haben wir nicht die leiseste Ahnung, was das Ganze soll. Es tut mir schrecklich leid, aber Sie können sich mit dem Wissen trösten, Malaika, daß, was immer es auch sein mag, das größte und beste seiner Art ist.«

Letzteres sagte der müde aussehende Truzenzuzex. Der Philosoph hatte die vergangene Woche fieberhaft gearbeitet, man begann ihm sein Alter anzumerken. Auf dem Schiff hatte er das gut mit seiner Energie und seiner jugendlichen Begeisterungsfähigkeit kaschiert.

»Konnten Sie denn *gar nichts* über die Funktion der Maschine in Erfahrung bringen?« bettelte Malaika.

Tse-Mallory seufzte. Er hatte in den letzten Tagen nichts anderes getan, als eben dies versucht. »Eigentlich nicht. Wir neigen beide immer noch zu der Annahme, daß es sich um ein Musikinstrument handelt. Aber es gibt so vieles, was dagegen spricht ...« Er sah Truzenzuzex an, der zustimmend nickte.

»*Je?*« drängte Malaika.

»Zum einen will uns einfach nicht einleuchten, daß eine so kriegerisch orientierte Rasse wie die Tar-Aiym in einer Zeit solcher Belastung soviel Mühe und Material auf etwas von so wenig tödlicher Natur verwendet haben soll. Das Metall für dieses Tor beispielsweise hätte man ja auch für den Bau von Kriegsschiffen verwenden können. Aber man hat es hierher gebracht und hier verwendet. Andererseits wissen wir, daß sie in hohem Grad künstlerisch orientiert waren. Ihr Geschmack neigte stark den martialischen Künsten zu. Vielleicht verspürten sie das Bedürfnis nach einem Projekt, das ihren patriotischen Eifer anregte. Vielleicht brachte es ihnen auch auf eine Art und Weise, die wir uns nicht vorstellen können, psychologischen Nutzen. Aber Beweise dafür haben wir keine, und um ehrlich zu sein, glaube ich meinen Erklärungen selbst nicht.

Und dann noch etwas. Ist Ihnen der ungewöhnlich silberne und goldene Schein in der Atmosphäre aufgefallen? Wir mußten bei der Landung ja durch?«

»Nein ... ja!« sagte Malaika. »Ich habe das auch schon auf anderen Planeten gesehen, also habe ich mir nicht viel dabei gedacht. Das ... das waren *Mbili*-Schichten, wenn ich mich recht erinnere ... Sie schienen mir nur dicker als die meisten. Und enger begrenzt. Aber das überrascht mich nicht, ich habe schon vierfache Schichten gesehen, und die ungewöhnliche Dicke läßt sich leicht durch die starken Winde auf diesem Planeten erklären.«

»Stimmt«, fuhr Tse-Mallory fort. »Windglanz nennt man das, glaube ich. Wie Sie sagen, es kann eine ganz natürliche Erklärung für die seltsame Dicke dieser Schicht geben. Der Grund, weshalb ich sie erwähne, ist, weil wir in einem der Stockwerke, die wir erreichten, Teile einer großen meteorologischen Überwachungsstation fanden. Einige der Instrumente schienen ausschließlich damit beschäftigt, Informationen über diese beiden Atmosphäreschichten zu sammeln. Wir konnten nur einen kurzen Blick darauf werfen, weil wir in erster Linie so schnell wie möglich nach unten wollten. Es ist uns hauptsächlich deshalb aufgefallen, weil das Metall dort ganz warm war und erheblich Hitze abstrahlte. Das haben wir nur an wenigen anderen Orten festgestellt. Jetzt glauben wir, daß diese Schichten etwas mit der Funktion des Krang zu tun haben. Aber was, ahne ich auch nicht.«

»Um es etwas deutlicher zu sagen«, sagte Truzenzuzex, »dieses Ding ...« — und dabei wies er auf die durchsichtige Kuppel und die Couch, die darin stand — »gewinnt mehr und mehr den Anschein eines Kontrollzentrums für die Bedienung des ganzen Apparates. Ich weiß — die Vorstellung, daß diese Monstrosität von einem einzelnen Wesen gesteuert wird, das auf dieser Couch liegt, fällt etwas schwer, aber alles, was wir bisher in Erfahrung gebracht haben, spricht dafür. Ich bin selbst skeptisch, aber es gibt nirgends in der Umgebung dieses Dinges einen Schalter, eine Skala oder irgend etwas dergleichen. Und doch scheint allein die Lage und die Isoliertheit seine Wichtigkeit zu unterstreichen.

Wenn man diesen Helm, oder was es sonst sein mag, untersucht, stellt man fest, daß er mit einer Art von Sensoren übersät ist. Wenn die Maschine tatsächlich aktiviert werden kann, dann sollte das theoretisch schon möglich sein, wenn man nur nahe genug an diese Sensoren herankommt. Physischer Kontakt mit dem Operateur scheint nicht notwendig. Also sollte die Tatsache, daß Größe und Form unseres Kopfes in keiner Weise dem eines Tar-Aiym entsprechen, uns — aller Wahrscheinlichkeit nach — nicht hindern.«

»Sie denken also daran, es zu versuchen«, sagte Malaika.

»Wir müssen.«

»Angenommen aber, es ist so eingestellt, daß es nur auf die elektromagnetischen Strömungen reagiert, die der Geist eines Tar-Aiym erzeugt?«

»Uns liegen keinerlei Hinweise vor, daß ›elektromagnetische Strömungen‹ das sind, was die Maschine aktiviert«, erwiderte Tse-Mallory. »Aber wenn sich das als richtig erweist, fürchte ich, können wir — sofern Sie nicht in der Lage sind, einen lebenden und uns gewogenen Tar-Aiym herbeizuschaffen — ebensogut einpacken und nach Hause fahren.« Er zuckte die Achseln. »Tru und ich sind der Meinung, daß wir alleine mit dem Überprüfen von Drähten und Leitungen jetzt nicht mehr weiterkommen. Wir könnten noch tausend Jahre hier herumstochern, so faszinierend das auch sein mag — und es auch nicht zum Funktionieren bringen.«

»Es ausprobieren ... könnte das nicht schrecklich gefährlich sein?« fragte Atha.

»Es könnte sich sogar als tödlich erweisen, meine Liebe. Zu dem Schluß sind wir schon seit geraumer Zeit gelangt. Es könnte zum Beispiel eine Rückkopplung geben, die ... Aus diesem Grund und einigen anderen werde ich es als erster versuchen. Wenn es uns nicht gelingt, es zu aktivieren, und sich keine offensichtlich schädlichen Effekte ergeben, sehe ich keinen Grund, weshalb nicht jeder hier Gelegenheit bekommen sollte, das gleiche zu versuchen.«

»*Ich* nicht!« sagte Sissiph entschieden.

»Einen Augenblick mal!« begann Malaika, ohne sie zu beachten.

»Entschuldigen Sie, Kapitän«, mischte Truzenzuzex sich ein. »*Starhe!* Lassen Sie mal, was Sie sagen würden. Bran hat recht. Unsere Ausbildung qualifiziert uns vielleicht nicht notwendigerweise zur Bedienung dieses Apparates, aber unsere Vertrautheit mit den Werken der Tar-Aiym und das wenige, was wir über ihre Psychologie wissen, hilft uns vielleicht, mit unvorhergesehenen Problemen fertig zu werden, die sich ergeben könnten. Es könnte zu Entwicklungen kommen, die den Neuling überfordern. Tut mir leid, aber es geht hier um zuviel, als daß wir Ihnen erlauben könnten, den ersten Versuch zu unternehmen. Wir sind nicht an Bord Ihres Schiffes. Für den Augenblick sind Sie überstimmt, Kapitän.«

»*Je!*« polterte Malaika.

Tse-Mallory ging auf die Kuppel zu. »Dann bringen wir es hinter uns.«

»Sie meinen, *sasaa kuume?*« fragte Malaika.

Tse-Mallory hielt inne. »Ich wüßte nicht, weshalb ich es nicht tun sollte.« Er zögerte noch einmal am Eingang und sah sich um. »Ich rechne nicht damit, daß viel geschieht, jedenfalls nichts Gefährliches. Und wenn das der Fall sein sollte, glaube ich nicht, daß mir das viel nützen wird, aber dennoch bitte ich Sie alle, das Podest zu verlassen. Das ist mehr eine psychologische Schutzmaßnahme. Auf den Sitzen oder Sesseln oder was das auch sein mag, sollten Sie außer Gefahr sein. Es ist offensichtlich, daß die Tar-Aiym sie benutzten, wenn dieses Ding in Betrieb war, also sollten sie auch uns Sicherheit bieten, theoretisch gesprochen.«

»Soziologe, gegen theoretische Verletzungen habe ich

nichts einzuwenden.« Malaika lächelte und ging mit den anderen über die Stufen hinunter, um auf einem der ›Sitze‹ Platz zu nehmen.

Truzenzuzex blieb alleine neben Mallory auf der Plattform stehen. Nach außen hin war er da, um zu beobachten, aber er wie Tse-Mallory wußten, daß seine Hilfe, sollte etwas Unerwartetes eintreten, wenig nützen würde. Tse-Mallory atmete tief und betrat die Kuppel.

Aus tagelanger gründlicher Untersuchung war ihm die Platte aus Keramik inzwischen vertraut. Er stieg auf die glatte Oberfläche und wandte sich um. Aus dem Innern der Kuppel schien das Dach des Monoliths beinahe sichtbar zu sein. Vielleicht hatte das durchsichtige Material leichte Vergrößerungswirkung. Aber es schien ihm unwichtig.

Die Liege war ihm ein gutes Stück zu lang, außerdem war sie kalt. Er rutschte auf der harten kühlen Fläche herum und wünschte, sie wäre ein Bett. Das erinnerte ihn zu sehr an die Anlagen in einem Kälteschlaflabor. Bring es hinter dich, befahl sein Geist seinem Körper. Er stieß sich mit den Fersen ab und rutschte nach oben, und im nächsten Augenblick war sein Kopf von dem Helm umschlossen.

Flinx wußte nicht, was er erwarten sollte. Explosionen, Erdbeben, den Einsturz des Gebäudes? Jedenfalls war das, was geschah enttäuschend — aber ungefährlich.

Der Helm nahm einen blaßrosa Schimmer an, der ins Gelbe hinüberwechselte und dann in ein helles Grün. Jetzt war ein leises summendes Geräusch zu hören. Offenbar kam es aus dem Innern der Platte selbst. Das war alles. Kein Feuerwerk, nicht einmal ein paar harmlose Blitze.

Tse-Mallorys Gesicht war unter der durchsichtigen Kuppel verzerrt, aber vor Konzentration, nicht vor Schmerz. Seltsamerweise war sein Bewußtsein für Flinx unerreichbar. Die Kuppel schien also die Gedanken abzuschirmen.

Zwanzig Minuten darauf verließ Tse-Mallory die Kuppel und schüttelte den Kopf. Die anderen drängten sich um ihn.

»*Je?*« fragte Malaika.

Der Soziologe schien gereizt. »*Je?* Nun, eines haben wir bewiesen: wenn diese Maschine immer noch dem Willen ihrer Erbauer gemäß funktioniert, so ist dieser Helm ihr Auslöser.«

»Ich kann einfach nicht glauben, daß diese ganze pompöse Anlage hier gebaut wurde, bloß um bunte Lichter in einem Plastikhelm zu erzeugen!«

»Nein, natürlich nicht.« Tse-Mallory blickte nachdenklich auf die Keramikplatte und den jetzt wieder durchsichtigen Helm. »Mir scheint, daß es mir gelungen ist, die Anlage zu aktivieren, aber nur in sehr geringem Maße. Offenbar fehlt da irgend etwas Wichtiges in meinem Geist. Oder vielleicht gehört nur eine besondere Art von Ausbildung dazu, von der wir nichts wissen. Ich weiß es nicht. Ich habe alles versucht, was ich konnte. Selbsthypnose. Yoga. Die Banda-Übungen. Völlig objektive Konzentration. Öffnung des Unterbewußtseins, alles. Sie haben ja die Ergebnisse gesehen. Oder vielmehr die Nichtergebnisse.«

»Haben Sie etwas gespürt, irgend etwas?« fragte Flinx.

»Hm. Ja, es war seltsam. Nicht schmerzhaft oder bedrohlich. Nur seltsam, so als versuchte etwas in meinen Kopf einzudringen. Ein Prickeln außerhalb des Gehirns, kaum merkbar. Und als ich versuchte, mich darauf zu konzentrieren, hat es sich wieder entfernt und sich versteckt. Ich muß sagen, ich bin enttäuscht.«

»*Je?* Sie glauben vielleicht, daß Sie ein Monopol darauf haben?« Der Händler sah ihn verärgert an. »Was jetzt?«

»Jetzt schlage ich vor, daß die anderen es probieren.

Ich glaube, daß es ungefährlich ist, habe ich hinreichend bewiesen. Vielleicht hat es einen nützlichen Kumulativeffekt, wenn es auf eine Art von Geist eingestimmt bleibt.«

Und dann legten sie sich der Reihe nach unter den Helm. Mit Ausnahme natürlich von Sissiph, die sich weigerte, ihm auch nur nahe zu kommen. Malaika erzeugte ein kräftiges gelbes Grün in dem durchsichtigen Material. Auf Flinx reagierte die Maschine ebensogut (oder schlecht, das konnte niemand sagen) wie auf Tse-Mallory, nur daß das farbige Licht bei ihm ungleichmäßig pulsierte. Wie um Tse-Mallory Lügen zu strafen, hatte er scheußliche Kopfschmerzen, als er die Kammer verließ. Atha und Wolf riefen eine hellrote, fast rosa Farbe hervor. Als dann Truzenzuzex es als letzter versuchte, hatten sie mehr Glück.

In dem Augenblick, als sein leicht irisierender Kopf in die Wirkungszone eintrat, wechselten die weichen Farben sofort von rosa zu einem tiefen Blau. Tse-Mallory mußte die anderen darauf hinweisen. Inzwischen langweilte das Gerät die meisten schon. Aber jetzt war ihre Langeweile wie verflogen. Selbst außerhalb der Kuppel war deutlich ein Summen zu hören, das vom Sockel der Platte auszugehen schien. An einem der offenen Kanäle der mächtigen grauen Maschine begannen Lichter aufzuglühen. Der Helm hatte jetzt die Farbe von dunklem Lavendel angenommen.

»Sehen Sie sich die Kuppel an!« rief Flinx.

Die Kuppel glühte jetzt ein paar Zoll breit in gleichmäßigem Purpur. Immer wieder kroch das Licht ein paar Millimeter nach oben, um dann wieder zurückzusinken und im Boden zu verschwinden.

Eine Stunde später taumelte Truzenzuzex aus der Kuppel. Tse-Mallory mußte den Philosophen stützen; die Beine des alten Insekts zitterten und drohten, ihm den Dienst zu versagen. Der Philosoph war sichtlich erschöpft. Gemeinsam schleppten sie sich die erste Sitzreihe entlang. Truzenzuzex' Gesicht wirkte nicht runzelig, wie das bei einem Primaten der Fall gewesen wäre, aber das gewöhnlich gesunde Leuchten seiner Augen schien verblaßt.

»Du hast das ganz richtig bezeichnet, Bruder«, stieß er schließlich hervor, »als du sagtest, da versuche sich jemand in deinen Kopf einzuschleichen! Ich fühlte mich wieder ganz jung und versuchte aus meinem Kokon zu brechen. Puh! Aber ich bemerkte, daß es nichts nutzte.«

»Stimmt nicht«, sagte Flinx. Malaika nickte zustimmend. »Bei Ihnen hat die Kuppel selbst einen roten Schimmer angenommen — am Sockel jedenfalls.«

»Wirklich?« Das pfeifende Thranxgelächter folgte. »Ich nehme an, das ist eine Art Leistung. Von innen aus konnte ich es nicht entdecken. Ich habe mich ziemlich intensiv konzentriert und wenig auf meine Umwelt geachtet. Bedeutet das vielleicht, daß wir auf einer richtigen Spur sind?« Er wandte sich zu Malaika um. Langsam begannen seine Muskeln sich wieder zu straffen. »Kapitän, ich ziehe meine frühere Behauptung zurück. Geben Sie mir noch drei oder vier Wochen, dann kann ich Ihnen, glaube ich, sagen, ob dieses Ding je von einem Menschen oder einem Thranx bedient werden kann. Oder ob Sie eine Fehlinvestition gemacht haben.«

Malaika wirkte resigniert, aber nicht enttäuscht. Seine eigenen erfolglosen Bemühungen mit dem Krang hatten ihn zumindest etwas geduldiger gemacht.

»*Bado Juzi.* ›Immer noch vorgestern‹. Ein altes Sprichwort in meiner Familie, meine Herren. Sie haben schon viel mehr getan, als ich erhoffen durfte. Lassen Sie sich Zeit, meine Herren, lassen Sie sich Zeit.«

Und weit unter ihnen in den geheimen Eingeweiden des Planeten regte sich das Bewußtsein des Krang träge. Es überdachte die Impulse, die den ersten Knoten mit schwachen kindischen Tastversuchen geweckt hatten. Selbst im Zustand des Halbschlafes war es ziemlich sicher (Plus-Wahrscheinlichkeit 90,97, Minus-Wahrscheinlichkeit 8,03, Willkürfaktor 1,0), daß dort oben ein Bewußtsein der A-Klasse zugegen war. Eines, das im vollen Maße imstande war, das Krang zum Zustand des *Naisma* oder totaler Effektivität zu erwecken. Offenbar hatte dieses Bewußtsein sich bis jetzt noch nicht offenbaren wollen. Die Maschine überlegte und ließ die Sektionen, die die Intelligenz kontrollierten, wieder in den Zustand des Schlafes zurücksinken. Sie war bereit.

Und wenn das Bewußtsein bereit war, würde das auch das Krang sein.

Schließlich hatte man es so gebaut.

19

Truzenzuzex sollte seinen Monat nicht bekommen. Nicht einmal seine drei Wochen. Sie hatten erst drei Tage lang das Innenleben der Maschine oder, besser gesagt, die davon zugänglichen Teile untersucht, als Malaika einen außeratmosphärischen Anruf bekam. Aus Sicherheitsgründen hatte er seinen tragbaren Kommunikator mit dem großen Sende- und Empfangsgerät in dem Kriecher parallel geschaltet. Flinx war zugegen, als das Signal ankam. Er half den beiden Wissenschaftlern mit kleinen Handreichungen. Sissiph, Atha und Wolf waren im Kriecher damit beschäftigt, ihre Vorräte in dem riesigen Laderaum neu anzuordnen. Um ihnen die Arbeit zu erleichtern, hatte man den Wissenschaftlern zwei Feldbetten (eines davon für den Gebrauch durch Truzenzuzex etwas modifiziert) neben den Ofen gestellt. Die anderen fanden es immer noch bequemer, in der vertrauten Umgebung des Kriechers zu schlafen, obwohl ihnen das täglich zwei längere Fußmärsche eintrug.

Beide Wissenschaftler hielten in dem Augenblick in ihrer Arbeit inne, als sie sahen, wie Malaikas Gesichtsausdruck sich plötzlich veränderte. Flinx bemerkte es an der Verwirrung, die in den Gedanken des Händlers eingetreten war. Er hatte sie den ganzen Morgen dabei beobachtet, wie sie sich mit fremdartigen Bezeichnungen und den völlig anders gearteten fremden Schaltgeräten abgeplagt hatten. Neun Zehntel dessen, was sie zu tun versuchten, war ihnen in mechanischer Hinsicht absolut fremd. Er hatte ihnen bei empfindlicheren Arbeiten helfen können, weil er, wie sie das ausdrückten, ein bestimmtes ›Gefühl‹ dafür hatte, wo die Dinge hingehörten. Und ihre Unterhaltung war wie stets sowohl im hörbaren als auch im geistigen Bereich faszinierend gewesen.

»Kapitän …«, begann Tse-Mallory.

»Wir werden angerufen«, erwiderte der Händler. »Extraatmosphärisch.«

Seine Gedanken drückten ebenso Argwohn wie Unglauben aus. Er legte den Sendeschalter des winzigen Gerätes um. »Wolf, hören Sie mit?«

»Ja, Kapitän«, kam es ausdruckslos vom Kriecher herüber.

»Gut. Dann senden Sie eine Empfangsbestätigung. Jemand *weiß*, wo wir sind. Hat wenig Sinn, es abzuleugnen.« Er wandte sich den anderen zu. »Vielleicht hört man uns jetzt ab, obwohl ich das bezweifle. Diese Wände sind ziemlich dick. Aber dann bezweifle ich auch, daß wir einen Anruf von einem anderen Sternenschiff bekommen — das ist aber der Fall. *Haidhuru.* Macht nichts. Lassen Sie Ihre Geräte ausgeschaltet, und hören Sie über meines, wenn Sie wollen. Wir brauchen ja nicht gerade bekanntzugeben, wie viele Geräte wir im Einsatz haben. Falls die das nicht ohnehin schon wissen.«

Das war das erste Mal, daß Flinx den Händler so niedergeschlagen erlebte. Offenbar belastete ihn das alles doch mehr, als er nach außen hin zeigen wollte. Jedenfalls sagte er nur: »Ja?«

Die Stimme, die ihm antwortete, war von Natur aus hoch. Aber wenn der Tonfall auch etwas weibisch war, waren das die Worte keineswegs.

»Kapitän Maxim Malaika, Hausvorstand und Plutokrat? Ich bringe Ihnen Grüße von Madame Rashallaila Nuaman und den Nuaman Enterprises.« Malaikas Lippen verzogen sich zu einem halblaut gemurmelten Fluch, der Flinx rot werden ließ. »Gratuliere!«

Die gezierte Sprechweise genügte schon, die Zunge des Händlers zu lösen.

»Verdammt nett von Ihnen. Und wer sind *ninyi nyote?*«

»Wie bitte? Oh, *ich*, ich bin ziemlich unwichtig. Aber zum Zwecke der Erleichterung unserer weiteren Konversation ... die, das versichere ich Ihnen, stattfinden wird ... mögen Sie mich als Able Nikosos kenken.«

»*Je*, Herr Nikosos. Ich bin aus ganzem Herzen Ihrer Ansicht, daß Ihre Person zweifellos von geringer Bedeutung ist. Mich interessiert nur, wie Sie hierhergekommen sind. Dieser Planet scheint allgemeines Interesse zu finden.«

»Wieso? Hm. Was Ihre Frage angeht, Kapitän, nun« — und die Stimme klang dabei erstaunt —, »wir sind Ihnen gefolgt. Den größten Teil des Weges von Moth. Auf diskrete Distanz natürlich. Nebenbei gesagt, Sie haben bei Beginn Ihrer Reise Ihren Kurs ja einige Male geändert. Ja, das haben Sie getan. Aber nach der ersten Woche fiel es uns nicht mehr schwer, Ihren ungefähren Kurs zu berechnen. Wissen Sie, das ist in diesem Sektor das vierte System, welches Planeten besitzt und das wir besucht haben. Wir wußten mehr oder weniger, wo sich der Planet befand, den wir suchten, nicht aber seine genauen Koordinaten. Es war ziemlich schwierig für uns, ja, schwierig, als wir Sie völlig verloren. Die Koordinaten standen auf einem Blatt ... aber lassen wir das. Das liegt ja weit zurück, nicht wahr?«

»Sie hatten nicht zufälligerweise die Unterstützung eines bestimmten AAnn-Barons?«

»Ein AAnn-Baron?« Die hohe Stimme klang überrascht. Malaika sah Flinx an.

»Er spricht die Wahrheit, Kapitän. Und sie befinden sich ganz eindeutig in einem festen Orbit.«

Die beiden Wissenschaftler sahen Flinx überrascht an. Keiner sagte etwas, aber er konnte in ihren Gedanken eine Andeutung von Verärgerung darüber erkennen, daß er seine besonderen Talente vor ihnen geheimgehalten hatte. Es drängte ihn danach, ihnen zu sagen, wie notwendig die Geheimhaltung war. Selbst heute noch waren Psi-Sensitive nicht allgemein populär, eine Tatsache, die er in früher Jugend auf schmerzhafte Weise hatte zur Kenntnis nehmen müssen. Aber jetzt war dafür nicht die Zeit. Die Stimme fuhr fort:

»Was sollten wir mit AAnn zu tun haben? Unangenehme Leute sind das, wirklich unangenehm! Nein, ganz bestimmt nicht. Wir haben Sie ganz alleine gefunden, trotz der Schwierigkeiten, die Ihr Verschwinden uns bereitet hat. Aber wir haben Sie gefunden, nicht wahr? Es ist also nichts passiert. Nicht, daß es für Sie auf lange Sicht etwas zu bedeuten hätte, oder selbst auf kurze.« Ein kurzes weibisches Kichern. »Mein Schiff parkt ein paar Feldlängen von Ihrer *Gloryhole*. Die haben wir zuerst angestrahlt. Als wir keine Antwort erhielten und die Schleuse uns den Zutritt verwehrte — wie raffiniert von Ihnen, Kapitän! —, nahmen wir an, daß Sie bereits gelandet waren. Ein Blick auf Ihren Shuttlehangar bewies uns das.«

»*Thelathini nguruwe!* Dreißig Schweine. Das ist die Maximalzahl, die man in einer Kapitänskabine unterbringen kann, für den Fall, daß Sie das nicht wußten.«

Die Stimme schien Beleidigungen gegenüber ebenso immun zu sein wie gegenüber Bescheidenheit. »Aber, aber, Kapitän. Sie beleidigen meine bescheidene Natur.«

»Kunststück.«

»Jedenfalls hätten die Ausstrahlungen Ihrer elektronischen Geräte uns Ihre Position auch dann verraten, wenn Sie unseren Anruf nicht akzeptiert hätten. Was Sie ja ohne Zweifel auch wußten.«

»Kapitän«, sagte Flinx, »ich dachte, Sie hätten gesagt ...«

»Ich hab' die Parallelschaltung mit dem Shuttle vergessen. Das haben die geortet. Außerdem konnten sie uns ja ohnehin nicht verfehlen.« In Gedanken überlegte er sich bereits Maßnahmen zu ihrer Verteidigung.

»Wo sind Sie jetzt, Freund Nikosos, davon abgesehen, daß Sie im Orbit sind?«

»Eine richtige Annahme, Kapitän. Wir treiben gerade über diesem trockenen Kontinent. Ganz in Ihrer Nähe, ohne Zweifel. Wir sollten in Kürze landen, und ich hoffe, Sie dann persönlich begrüßen zu können.« Die Stimme hielt einen Augenblick inne und fuhr dann fort: »Das muß ja etwas ganz Beachtliches sein, in dem Sie sich versteckt halten. Es ist recht schwierig, Ihr Signal aufzunehmen.«

»Sie sind umsonst so weit gereist, Nikosos. Wir arbeiten jetzt schon seit Wochen an diesem ›Etwas‹, wie Sie es so genau bezeichnen. Bis jetzt haben wir noch nicht in Erfahrung bringen können, was es tut, geschweige denn, wie es das tut.«

»Ganz bestimmt, Kapitän, ganz bestimmt!« Die Stimme klang jetzt herablassend. »Ich persönlich fliege immer gerne durch den nächsten M-Superriesen, um mir die Knochen zu wärmen, wenn die Weltraumkälte zu unangenehm wird. Wie gesagt, wir sind bald bei Ihnen.«

»Er glaubt Ihnen nicht«, sagte Flinx.

Malaika nickte. »Und dann?«

»Nun, das bringt ein Problem mit sich, nicht wahr? Ich kann Ihnen ja kaum auf dem Nachhausewege nachwinken, weil dann meine ganze harte Arbeit umsonst gewesen wäre, nicht wahr? Aber Mord ist eigentlich auch nicht mein Geschäft. Vielleicht läßt sich etwas arrangieren ...« Malaika schaltete das Gerät ab und wandte sich den anderen zu.

»*Je,* Sie haben es gehört. Wenn es um neue Planeten

geht, kommt es immer darauf an, wer sie effektiv besitzt, das ist noch wie in den alten Gesetzen. Ich bezweifle, daß Rasha mir Gelegenheit gibt, eine Schiedsrichtertruppe der Kirche zu rufen.« Er schaltete sein Gerät auf Personalfrequenz.

»Wolf, Sie haben alles gehört?«

»Ja Kapitän.« Die Stimme des Schattenmannes klang gleichmäßig.

Flinx fragte sich, ob der Pilot wohl überhaupt fähig war, sich aufzuregen, selbst wenn er diese Erregung nie zeigte. »Ich fürchte, daß Ihre Freundin es recht schwer nimmt. Sie ist ohnmächtig geworden. Fräulein Moon kümmert sich jetzt um sie.«

»*Je!* Dann ist sie zumindest eine Weile still. Wir kommen gleich zu Ihnen hinaus. Am besten bleiben wir alle *pamoja.*« Er schaltete das Gerät wieder ab.

»Was schlagen Sie vor?« fragte Tse-Mallory.

»Da habe ich keine große Auswahl, Soziologe. Selbst wenn dieser Nikosos *mijinga* genug sein sollte, ohne tragbaren Abwehrschirm herunterzukommen, wäre es noch schwierig, uns hier freizukämpfen. Obwohl wir nicht ohne eigene Überraschungen sind«, und dabei sah er Flinx an. »Ich bin jedoch sicher, daß die Männer, die er in seinem Schiff zurückläßt — diesmal zur Abwechslung nur eines —, alles beobachten werden, was geschieht. Im Shuttle wären wir ihnen hilflos ausgeliefert. Wenn dieser Nikosos keinen Abwehrschirm mitbringt und wir ihn überraschen und ein paar Schüsse abgeben können, die sie außer Gefecht setzen, ehe sie Zeit haben, ihr Sternenschiff zu warnen, und wenn wir uns unter ihren Detektoren hindurch zur *Gloryhole* schleichen und sie betreten und den Generator einschalten könnten, ehe sie es bemerkten, nun, dann hätten wir vielleicht eine Chance, uns davonzumachen oder gegen sie zu kämpfen.«

»Zu viele ›wenn‹«, sagte Truzenzuzex unnötigerweise.

»*Kabisa,* ganz richtig. Aber, wir haben auch noch andere Waffen. Sie können sich darauf verlassen, daß ich versuchen werde, sie einzusetzen. Bestechung beispielsweise hat sich im Krieg häufig wirksamer als Nukleonik erwiesen. Aber ich fürchte, daß Rasha niemanden mit einer so wichtigen Mission betrauen würde, der in diesem Punkt angreifbar ist. Jedenfalls nicht jemand, der durch totale Bestechung in Versuchung geführt werden könnte. Partielle freilich — und sonst fällt mir nur noch eine andere Sache ein. Dieses Gebäude hat nur ein *mlango.* Bauen wir den Laser auf und schießen den ersten nieder, der hereinkommt. Solange er nicht genau weiß, wie wir in puncto Vorräte und Waffen ausgestattet sind, könnte er ungeduldig genug sein, um mit uns zu verhandeln. Unglücklicherweise haben wir nicht viel, selbst wenn man das mitrechnet, was wir vom Shuttle hereinholen könnten. *Mibu,* er braucht bloß das Shuttle niederzubrennen und kann dann in aller Ruhe nach Nineveh zurückfliegen und dort die Koordinaten registrieren lassen!«

»Warum tut er das eigentlich nicht?« wollte Flinx wissen.

»Weil er dazu keinen Auftrag hat, *kijana,* sonst hätte er sich nicht einmal die Mühe gemacht, uns anzurufen. Dann hätte er einfach die *Glory* zu Klump geschossen und wäre umgekehrt. Aber er muß offenbar so viel wie möglich über das Krang in Erfahrung bringen.« Er deutete auf die beiden Wissenschaftler. »Rasha weiß über Sie Bescheid. Ich habe es ihr selbst gesagt, *chura,* der ich bin. Sie könnte natürlich selbst Fachleute einstellen, aber sie kennt Ihren Ruf. Rasha übersieht nie etwas. Um Ihr Leben mache ich mir also keine Sorgen. Nur um Ihren Ruf. Ich glaube, für mich kann ich auch irgend etwas arrangieren. Zu viele Leute würden unangenehme Fragen stellen, wenn ich plötzlich verschwinden würde — selbst auf einem Forschungsflug in unbekanntes Gebiet. Und soviel *fedha* kann er nicht machen, oh, er könnte es sich trotzdem nicht leisten, irgend jemanden von uns freizulassen. Wahrscheinlich hat er Befehl, uns an irgendeinem gemütlichen Ort festzuhalten, bis Rasha ihre Investition nach sechs Richtungen und in vier Dimensionen festgenagelt hat. Dieser vielsagende Hinweis auf ›Mord‹ war wahrscheinlich seine Art, in die Verhandlungen einzusteigen.«

»Ein Vorschlag, Kapitän«, sagte Truzenzuzex.

»*Ndiyo?*«

»Angenommen, alles, was Sie gesagt haben, stimmt, warum dann eigentlich nicht einlenken und ihm ganz still und leise geben, was er will?«

»Was!« Selbst Flinx war überrascht.

»Ich versichere Ihnen, daß das Krang für ihn und seinen Auftraggeber nutzlos bleiben wird. Als ich sagte, ich würde drei Wochen brauchen, um die Maschine zu erforschen, war ich pessimistisch. Wir könnten sehr viel über die Tar-Aiym lernen, daran habe ich keinen Zweifel. Ich glaube auch, daß ich jetzt mit ziemlicher Sicherheit erklären kann, daß es davon abgesehen nie mehr als eine besondere Kuriosität für Archäologen und Touristen sein wird.«

»*Lakini,* aber ... Sie haben es doch in Gang gesetzt! Zum Teil wenigstens.«

»Was ich getan habe, war nicht mehr, als ein paar Nebeneffekte auszulösen. Mag sein, daß es mir dabei gelungen ist, es anzuwärmen und den Anschein zu erwekken, als funktionierte es. Aber ich bezweifle, daß ich es jemals auch nur teilweise wirklich in Gang setzen könnte. Und wir haben immer noch keine Ahnung, was es tun soll — wir wissen nicht mehr als vor unserer Ankunft. Niemand könnte weiterkommen, glaube ich ... ganz gleich, wen Ihre Madame Nuaman damit beauftragt.«

»Wenn Sie ganz sicher sind ...«, begann Malaika.

Truzenzuzex sah Tse-Mallory fragend an, und beide wandten sich wieder dem Händler zu. »Nichts ist ganz sicher, Kapitän, aber ich will mich hier nicht mit Ihnen über Maxime der Kirche streiten. Ich teile die Ansicht meines Bruders ohne Zögern.«

»*Mbwa ulimwengu!* Nun gut, denn. Dann verzichten wir zugunsten etwas hintergründiger Manöver auf die Vernichtung.« Er schaltete sein Funkgerät wieder ein. Jetzt, da er wieder auf vertrautem Boden stand, klang seine Stimme wieder so wie früher. »Nikosos!«

Ein Zischen und Krachen war zu hören, dann kam die schrille Stimme wieder: »Sie brauchen nicht so zu schreien, Kapitän. Haben Sie eine Idee?«

»Hören Sie, Agent, ich gebe Ihnen Gelegenheit, das zu bekommen, was Sie wünschen; und dabei vielleicht ein paar Leben zu retten. Ich habe hier ein voll einsatzfähiges Sechs-Millimeter-Lasergewehr und genügend Munition, aber ich wüßte nicht, worum es sich zu kämpfen lohnte. Ich wünsche Ihnen Glück, das Ding in Funktion zu setzen, wenn Sie das können. Was ich freilich bezweifle. Die ganze Stadt gehört Ihnen. Ich möchte nur diese *nukia* so schnell wie möglich verlassen. Sie können unsere Notizen haben, wenn Sie wünschen. Alles, was wir über das Krang selbst herausgefunden haben — was sehr wenig ist. Aber ich habe einen Jungen und zwei Frauen hier, die möchte ich hier heraushalten.«

»Wie rührend! Von Ihnen habe ich keinen solchen bewunderungswürdigen Altruismus erwartet, Kapitän. Ja, ich glaube, trotz meiner Anweisungen, daß sich ein für alle Betroffenen befriedigendes finanzielles Arrangement treffen läßt. Ich kann ohnehin kein Blut sehen. Außerdem werden Sie sicher begreifen, daß Sie und Ihre Begleiter eine gute Weile meine Gäste bleiben müssen. Wirklich ganz kurze Zeit, aber das ist sehr notwendig.«

»Natürlich, ich begreife die Notwendigkeit und unterschreibe gerne ...«

»O nein, Kapitän, das wird nicht nötig sein. Ich vertraue auf Ihr Wort. Ihr Ruf ist weithin bekannt. Persönlich finde ich Ehrlichkeit in unserem Beruf etwas widerlich, aber in diesem Falle nützt sie mir. Nein, so gern Sie eine solche Übereinkunft vielleicht schriftlich hätten, ziehe ich es doch vor, wenn es kein solches Schriftstück gibt. Solche Dinge haben die Angewohnheit zu verschwinden und später an den *unangenehmsten* Orten wieder aufzutauchen.

Unser Flug war bis jetzt interessant, Kapitän. Aber ich fürchte, daß ich diesen Planeten langweilig finden werde. Wenn Sie die Güte hätten, Ihren Sender eingeschaltet zu lassen, nutzen wir ihn als Peilstrahler. Diese ganze unangenehme Geschichte läßt sich beschleunigen. Ich bin sicher, daß Sie noch sehr viel weniger daran interessiert sind, alles in die Länge zu ziehen.« Er schaltete ab.

»Kapitän«, kam Wolfs Stimme über das Gerät, »das macht mich krank. Gibt es keine andere Möglichkeit ...?«

»Nein, Wolf. Ich würde auch lieber kämpfen. Lassen Sie den Sender eingeschaltet, damit die einen Peilstrahl haben. Zumindest scheint unsere Arbeit hier fruchtlos gewesen zu sein, sonst würde ich diese Alternative nicht in Betracht ziehen. Wir können denen dasselbe wünschen. Was auch immer sie in der Stadt finden, mögen sie haben. Das Ganze war eben doch umsonst.«

»Aber er hat uns ja mit Mord gedroht ...!«

»Wolf, bitte, ich weiß. *Jua* ist hart. Trotzdem haben wir keine Wahl. Ich traue ihm auch nicht. Aber er könnte jetzt einfach abfliegen und später unsere ausgehungerten Leichen abholen. Nein, ich wette, er läßt sich lieber von mir bestechen. Warum sollte er auch nicht?« Er zuckte die Achseln, obwohl Wolf das nicht sehen konnte.

»Wolf, wenn die Chancen nicht so schlecht stünden ...!« Er seufzte. »Hausregel.«

»Ich verstehe, Kapitän.«

Malaika schaltete ab und ließ sich schwer auf eine der

fremden Bänke sinken. Plötzlich wirkte er sehr alt und müde.

»Wenn die Herren natürlich entdeckt hätten, wie man diese *mashineuzi* zum Funktionieren bringt, würde ich nicht einmal daran denken ...«

»Wir verstehen auch, Kapitän«, sagte Tse-Mallory. »Eine schlechte Wahl ist keine Wahl. Wir haben uns unseretwegen nie Sorgen gemacht. Er muß uns zumindest Nuaman vorführen, um ihr zu beweisen, daß wir wertlos sind. Und auch unser plötzliches Verschwinden würde in gewissen Kreisen bemerkt werden.«

»Nuaman, dieses *verdammte Biest!*« Er blickte nach oben. »Von diesem Tage an vergesse ich, daß dieses Geschöpf ein Mensch ist und *mwanamke!*« Er sah Flinx' Blick. »*Kijana,* sie hat aufgehört, eine Lady zu sein, lange ehe du zur Welt kamst.«

20

Ein paar hundert Kilometer über ihnen lehnte sich ein überaus zufriedener Able Nikosos in der luxuriösen Shuttlekabine in seinem Sessel zurück und gab Befehle an seine Piloten weiter. Er rieb sich die Hände. Die Dinge hatten sich gut entwickelt, sehr gut. Fast so gut, als wenn er damals auf Moth planmäßig jene Karte erhalten hätte. Daß Malaika sich bereits unten auf dem Planeten befand, komplizierte die Dinge etwas, aber nicht sehr. Vielleicht würde das alles sogar noch profitabler gestalten. Neben dem dikken Bonus, den die alte Hexe ihm dafür bezahlen würde, daß er einen Auftrag zu ihrer Zufriedenheit erledigte, der sich als schwieriger erwiesen hatte als ursprünglich angenommen, kam da noch das Lösegeld des wohlhabenden Malaika ... zahlbar im voraus!

Die beiden Eierköpfe würden wie geplant nach Nuaman geschafft werden. Und sobald ein vernünftiger Anteil des Lösegeldes bezahlt war — schließlich war Malaika ein Mann von Ehre —, konnte man ja den Jungen zur nächsten Luftschleuse hinausexpedieren. Und was die beiden Frauen anging, nun das Haus der AAnn brauchte ein paar neue Spielsachen. In den letzten paar Jahren war der Preis gesunder junger Frauen unerträglich gestiegen. Unerträglich! Alles die Schuld dieser verdammten prüden Kirchenmänner. »Gewalt ist unsauber«, zum Lachen! Bei dem Tempo, mit dem er sie verbrauchte, wurde sein Hobby langsam zu teuer. Eine Schande. Zwei neue freie Gesichter (— und Körper, o ja!) würden damit nicht nur in finanzieller, sondern auch in ästhetischer Hinsicht ein Gewinn sein. Er hegte keine Zweifel, daß sie beide jung und attraktiv waren. Was hätten sie sonst bei dem alten Lustmolch Malaika zu suchen?

Und wenn sie nicht ganz sein Typ waren, konnte er sie dennoch gebrauchen. Auf weniger kunstvolle Art vielleicht, aber irgend etwas ließ sich bestimmt mit ihnen anfangen. Und er war nicht umsonst als Kenner bekannt.

Die Deltaflügel des Shuttle begannen sich auszubreiten, als es mit Richtung auf die Atmosphäre nach unten kippte.

21

Malaika, Tse-Mallory, Truzenzuzex und Flinx gingen langsam zum Kriecher zurück. Keiner sagte ein Wort. Flinx hatte bereits den Entschluß gefaßt, sich seine Waffe nicht ohne Widerrede abnehmen zu lassen. Er verstand sich schließlich genausogut auf Tricks wie jeder andere! Er hatte die Verwirrung und die kleinen schweinischen Gedanken von Nikosos gelesen, so schwierig das auch gewesen war, während ihr Besitzer so schnell über die Oberfläche des Planeten dahinflog. Er traute ihm keinen Augenblick. Daß die beiden Wissenschaftler und Malaika sicher durchkommen würden, war eine Möglichkeit, aber nach den Gedanken des Agenten schien die Chance, daß er und die Frauen überlebten, im Lichte dessen, was er gelesen hatte, sehr gering. Am Ende konnte er nicht darauf rechnen — nein, nicht *erwarten*, daß der Händler für ihn oder für die Frauen oder selbst für die Wissenschaftler sein Leben aufs Spiel setzte.

Das Überleben ist eine Angelegenheit, die mit der Moral nicht das geringste zu tun hat. Also überlegte er sich am besten selbst, was zu unternehmen war. Das war zwar keine besonders schmeichelhafte, dafür aber eine logische Analyse ihrer gegenwärtigen Lage. Und das machte ihm fast genausoviel Angst wie die Realität. Trotz der sie umgebenden Wärme fröstelte er.

Etwas hatte ihn die letzten paar Minuten beunruhigt, etwas, das gar nicht mit den unangenehmen Zukunftsaussichten zusammenhing. Er zuckte die Achseln, obwohl es ihn dort nicht juckte. Das war es! Kein Jucken, aber dort fehlte etwas. Der Minidrach war irgendwo anders. Er hatte sich die letzten paar Augenblicke so darauf konzentriert, die Gedanken des Agenten zu lesen, daß er gar nicht bemerkt hatte, als das Reptil verschwunden war. Er drehte sich abrupt um.

»Pip? Wo ist Pip?«

»Nur, um sicherzugehen«, murmelte Malaika, der Flinx' leise Frage nicht gehört hatte. Er legte den Schalter seines Funkgerätes um. »Wolf, ich habe gerne einen Trumpf in der Hinterhand. Holen Sie das Lasergewehr heraus und stellen Sie es so auf, daß es den Eingang bestreicht.«

»Ja, *Kapitän!*« kam begeistert die Antwort.

»Wenn dieser Bursche uns so hübsch ausgetrickst und eingepackt hat«, sagte Tse-Mallory, »warum dann die Mühe mit dem Gewehr? Ich dachte, Sie hätten die Idee ein für allemal aufgegeben, daß wir uns mit Gewalt befreien?«

Flinx blickte sich suchend nach allen Seiten um. Die Schlange war immer noch nicht sichtbar. Ohne sein Reptil kam er sich nackt vor.

»Habe ich auch mehr oder weniger. Wir wissen, daß er uns eingepackt hat, und er weiß das auch, aber er weiß nicht, daß wir wissen, wie er uns eingepackt hat.«

»Läßt sich das etwas einfacher darstellen?«

»*Ndiyo.* Sicher. Wir können es auch so sagen: Ein Mann verhandelt mit wesentlich weniger Arroganz, als er das tun würde, wenn er weiß, daß er vor der Mündung der Waffe eines Mannes sitzt, der um sein Leben fürchtet. Wir haben herzlich wenig Druckmittel, also müssen wir auch das kleinste einsetzen, das uns zur Verfügung steht.«

Trotz Flinx' Rufen, Pfiffen und Versprechungen hatte sich der Minidrach nicht blicken lassen. Es war ungewöhnlich, aber nicht das erste Mal, daß so etwas geschah. Manchmal war das Vieh eigensinnig. Truzenzuzex konnte zwar Flinx nicht bei seinen Rufen helfen, beteiligte sich dafür aber am visuellen Teil der Suche. Das half immerhin, seine Gedanken — zumindest für den Augenblick — von ihrer mißlichen Lage abzulenken.

»Wo würde er sich denn verstecken, Junge?« fragte der Gelehrte.

»Oh, ich weiß nicht. An allen möglichen Orten.« Er begann sich jetzt ernsthaft Sorgen zu machen und hörte nur mit halbem Ohr auf die Fragen des Philosophen. Er spürte den Minidrach nicht in seinem Bewußtsein, und das allein machte ihm schon Sorgen. »Er tut so etwas nicht oft. Ich nehme an, er hat die bedrückende Atmosphäre mitbekommen. Er ist dafür empfindlich, wissen Sie. Er ist lieber an kühlen, geschlossenen Orten wie ...«

Er hielt erschreckt inne. In der Ferne konnte er den Minidrach sehen. Er flatterte um die durchsichtige Kuppel. Und dann gewann seine natürliche Neugierde die Oberhand über seine Vernunft, und er schob trotz des warnenden Gedankens von Flinx den Kopf unter die Helmkuppel. Und was gleich darauf geschah, überraschte beide Zuschauer. Der Minidrach vollführte eine seltsame Drehung in der Luft und schien in sich selbst zusammenzufallen, fiel in einem eng zusammengewikkelten Knäuel in den Helm. Und dort lag er ganz still und reglos im Innern des Gebildes, das jetzt in gelblichem Licht erstrahlte.

Alle Gedanken ihrer unmittelbar bevorstehenden Schwierigkeiten wichen der Angst um seinen lebenslangen Gefährten.

Ohne auf Truzenzuzex zu hören, rannte er zu der Stelle zurück, die sie soeben verlassen hatten. Malaika drehte sich um, fluchte und rannte hinter dem Jungen her. Aber seine krummen Beine waren denen des Jungen nicht gewachsen, so schnell er auch rannte.

Als Flinx sich der Kuppel näherte, verspürte er ein leichtes Zittern unter den Füßen. Er achtete nicht darauf.

Wohl aber Truzenzuzex. Er sah Tse-Mallory an.

»Ja, Bruder, ich habe es auch gefühlt.« Seine Stimme klang nachdenklich. Wieder ein Zittern, diesmal stärker.

»Was geschieht hier?« sagte Truzenzuzex verblüfft. »Ich dachte, wir hatten festgestellt, daß dieser Teil des Planeten vor Erdbeben sicher ist.« Er blickte beunruhigt auf die hochragenden Mauern und versuchte ihre Stärke und Stabilität abzuschätzen.

Wieder machte sich ein leichtes Zittern bemerkbar, nur daß es diesmal nicht ganz so sanft war. Und es hörte auch nicht auf. Es wurde zusehends lauter und kräftiger, und obwohl niemand das bemerkte, nahm es in dem Maße zu, wie Flinx sich der Kuppel näherte.

Das gleichmäßige Vibrieren war eher zu fühlen — *geistig wahrzunehmen* — als zu hören. Es deutete auf titanenhafte Kräfte hin irgendwo tief unter ihnen.

»Was geht hier vor« flüsterte Tse-Mallory.

»Elitat!« erwiderte der Philosoph mit ähnlich gedämpfter Stimme, »aber ich glaube, unser Rätsel ist im Begriff, sich selbst zu lösen.«

Flinx war auf das Podest gestiegen und näherte sich

der Kuppel. Pip hatte sich immer noch nicht bewegt. Er bemerkte die Stöße kaum, die den ganzen Aufbau erschütterten. Und als er sich seinem reglosen Begleiter weiter näherte, begann das seltsame Summen, das in seinem Kopf angefangen hatte, schlimmer zu werden. Er schüttelte ungeduldig den Kopf, um es loszuwerden, aber ohne Wirkung. Ein seltsames Gefühl der Euphorie, das sich immer wieder mit Schmerz abwechselte, erfüllte ihn.

Kämpf nicht dagegen an, schien ihm etwas zuzuflüstern. Er hörte Wellenschlag am Strande. Die Augen des Minidrachs waren zugepreßt. Er schien im Rhythmus einer Flinx' unhörbaren Musik zu zucken. Sein erster Gedanke war, daß diese Zuckungen auf Schmerzen zurückzuführen seien, aber die Bewegungen des Reptils waren, wenn auch unregelmäßig, dafür aber zu gleichmäßig. Er schickte sich an, unter den großen Helm nach seinem Begleiter zu greifen. Das Summen verstärkte sich, und dann taumelte er unter einer plötzlichen Attacke von Übelkeit zurück.

NICHT ... DAGEGEN ... ANKÄMPFEN!

Pip ist in ... Schwierigkeiten ... Schwierigkeiten.

Wieder schüttelte er den Kopf, und diesmal schien es ihm etwas Erleichterung zu verschaffen. Seine Gedanken waren ganz verschwommen. Er konzentrierte seinen Blick auf die Schlange, hatte Mühe, klar zu sehen, und dann warf er sich wie betrunken unter den Helm.

E..P..I..P..H..A..N..I..E

In seinem Schädel brach ein uralter Damm, den Zufälle und Evolution geschwächt hatten, zusammen. Und die Flut, die sich dahinter aufgestaut hatte, war schrecklich.

Die normalerweise durchsichtige Kuppel explodierte in einer Masse schillernder, strahlender Farben. Von oben bis unten alle Farben des sichtbaren Spektrums ... und wahrscheinlich auch die des unsichtbaren. Purpur, Grün und Gold beherrschten Rot und Blau und die anderen Grundfarben. Ein flackernder Mahlstrom eines bösen, fast metallischen Irisierens zeichnete im Material der Kuppel selbst komplizierte und nicht deutbare Muster. Die Luft im Innern des Gebäudes war von Spinnweben aus Licht, Kugelblitzen und Elmsfeuer erfüllt.

Auf der Bank in der Kuppel innerhalb des Gebäudes, welches das Krang war, lag Flinx in scheinbarer Bewußtlosigkeit neben seinem jetzt reglosen Minidrach. Der Helm über ihnen pulsierte in tiefem feurigen Violett.

»Kapitän ...« Wolfs Stimme war von atmosphärischen Störungen verzerrt und kam nur undeutlich über das Funkgerät, aber Malaika bemerkte sie gar nicht. Er war erstaunt, wie erstarrt, stehengeblieben, als die Kuppel plötzlich zu leuchten begann.

Die gigantischen Rohre der Maschine pulsierten von Klängen, wie wenn ein Hammer einen Amboß schlägt, und elektrische Ladungen krochen an ihnen empor wie Heiligenscheine. Sie knisterten bösartig, Blitze zuckten.

»... Interraumanruf ...!« Wolf bekam keine Gelegenheit, Malaikas Meldung entgegenzunehmen, denn die Stimme von Nikosos übertönte die des Piloten.

»Was versuchen Sie dort unten, Händler? Keine Tricks, ich warne Sie! Sonst lasse ich meine Männer Ihr Schiff vernichten! Ich wünsche nur ein Peilsignal. Ein ganzer Abschnitt des Kontinents, östlich von Ihnen ... glüht, ja, glüht unter der Oberfläche, wie es scheint. Das sieht aus wie Feuer. Ich weiß nicht, was Sie vorhaben, Mann, aber wenn Sie ...«

Die Stimme verschwand in einem Niagarafall von Störungen. In diesem Augenblick schien es, als sei ganze Welt mit H's U's, N's und aus irgendeinem Grund ganz besonders G's erfüllt.

Malaika trat einen Schritt vor und fiel wie von einer Axt gefällt zu Boden. Zumindest glaubte er später, er wäre gefallen. Dabei erinnerte er sich an nichts, er hätte ebensogut schweben können. Die Luft in dem Amphitheater schien plötzlich greifbar zu werden, ihn nach hinten zu drängen. Er ertrank förmlich in ihr. *Msaada!* Komisch, sie hatten nie bemerkt, wie dick diese Luft war. Dick. Sein Kopf war in einen gigantischen Schraubstock eingespannt ... nein, keinen Schraubstock. Eintausendmillionen Stiefel trommelten fremde Märsche auf seinen Schädel, während Milliarden zwitschernder Elektronen versuchten, ihm die Kopfhaut abzuziehen. Es roch etwa so wie verbrannte Orangen.

Als er sich auf dem Boden wälzte und versuchte, seinen Kopf zusammenzuhalten, während dieser darauf zu bestehen schien, in Stücke zu fliegen, erhaschte er einen Blick von Tse-Mallory. Der Soziologe schien Ähnliches zu empfinden. Sein Gesicht bot einen schrecklichen Anblick, während er gegen die Macht ankämpfte, die sie alle in sanften Wahnsinn zu zerren versuchte. Der vollen rationalen Kontrolle beraubt, zuckte und sprang der hochgewachsene Körper auf den gelbweißen Boden wie ein erstickender *Samaki.* Truzenzuzex andererseits lag reglos auf dem Rücken. Seine Augenmembranen waren das erste Mal, so lange der Händler sich erinnern konnte, geschlossen. Nirgends war irgend etwas zu sehen, was den Reflex hätte auslösen können. Die Beine des Philosophen waren seltsam gerade und steif gespreizt, aber seine Echthände und Fußhände fuchtelten schwach in der elektrisch geladenen Luft.

Und tief unter ihnen erwachten die Trillionen Kilometer von Stromkreisen (und anderen Dingen), die das schlafende Bewußtsein des Krang waren. Ein Bewußtsein der A-Klasse, ja. Aber *blockiert! Natürlich* blockiert! Und, seiner selbst nicht bewußt! Das war unerhört! Ein Bewußtsein der A-Klasse konnte man einschränken, ja, aber nur künstlich. Blockieren? Nie! Und auf *natürlichem* Wege! Die Situation war unnatürlich. Sie stand im Konflikt mit dem Gesetz.

Das Krang fand sich mit einem einmaligen Umstand konfrontiert. Es war gezwungen, die letzte mechanische Entscheidung zu treffen. Die Initiative zu ergreifen.

Aber es konnte sich nicht selbst bedienen. Das Bewußtsein darüber war notwendig — erforderlich — nötig. Es tastete vorsichtig. Sobald die Blöcke entsandt waren ... Unterstützung ...

PASSE DEINE ZELLEN AN, ORGANISMUS ... SO!

Sachte, sachte.

Oben zuckte Flinx' Körper einmal.

Das kann ich nicht!

DU MUSST. ES IST ... NOTWENDIG.

Es tut weh!

UNWISSENHEIT TUT WEH. VERSUCH ES.

Flinx' gefühlloser Körper regte sich wieder. Jetzt pochte es gnadenlos in seinem Kopf, sein Schädel schien zu unmöglichen Dimensionen anzuschwellen.

Ich ... kann nicht!

Das Krang überlegte. Stärkeres Pulsieren konnte den Block gewaltsam entfernen — und möglicherweise das Bewußtsein für immer vernichten. Es mußte Alternativen bedenken. Wenn das Bewußtsein blockiert war, wie konnte es dann imstande sein, die ursprüngliche Aktivierung auszulösen?

Es bedurfte des Bruchteils einer Nanosekunde, um die Antwort zu lokalisieren. Es gab ein Katalysatorbewußtsein in der Nähe. Das war eine Erklärung — noch dazu in Bezügen, mit denen das Krang vertraut war. Die große Maschine arbeitete schnell durch die moderierenden Kanäle des C-Bewußtseins und führte die notwendigen Anpassungen/Feinabstimmungen in dem Gehirn der A-Klasse durch. Dankbar fühlte es, wie die Sperren sich auflösten. Diesmal war es leicht. Sie waren von Anfang an schwach und brüchig gewesen. ETTA-Energien flossen in die wartenden Wege. Es bedurfte keines weiteren Eingriffes mehr.

E+N+T+R+O+P+I+E+R+E+A+L+I+S+I+E-R+U+N+G.

In einem Augenblick fallender Glassplitter nahm Flinx das gesamte Universum wahr. Es schien ihm ein winziger undurchsichtiger Ball aus Kristall. Der Augenblick verstrich, aber er sah die Dinge zum erstenmal ganz deutlich. Ja, viel deutlicher.

Er nahm Dinge wahr, die er vorher nur halb bemerkt, geargwöhnt hatte. Und Dinge, die er überhaupt nicht bemerkt hatte. Er sah die wunderbare Struktur, die das Krang war. Er nahm die wunderbare Struktur wahr, die er selbst war. Gewisse Energien waren nötig, um das Instrument voll zu erwecken. Nur ein winziger Teil davon pulsierte jetzt bewußt. Hier und hier.

Ja.

Das Krang erwachte. Zum erstenmal in einer halben Million Jahre zu vollem Wachsein. Hymne/Marsch/Glorie! Das Klagelied, das aus dem jetzt eingestimmten Aktivator-Bewußtsein floß, war unbekannt und von primitiver Technik. Aber das Krang erkannte, daß der Geschmack sich in fünfhundert Millenien gewandelt haben konnte. Das Wichtige war, daß der Schirm sich automatisch in dem Augenblick gehoben hatte, als die Melodie die nötigen Auslösimpulse gegeben hatte.

Die Sensoren des Krang tasteten im gleichen Augenblick den Himmel lichtjahreweit nach allen Richtungen ab. Da der Aktivator auf der Befehlsebene nichts anderes getan hatte, als Empfindungen der Gefahr auszustrahlen, führte die Maschine ein allgemeines Optimum-Abtastmuster ein und hoffte, daß es ausreichen würde. Jetzt erkannte es den Aktivator als Neuling. Man würde ihn lenken müssen. Irgendwo notierte ein kleinerer Stromkreis pflichtbewußt, daß ein einzelnes Schiff fremder Bauart im Augenblick der Schirmaktivierung pulverisiert worden war, von dem Schirm erfaßt, als dieser sich ausbreitete. Knapp! Wieder bedauerte das Krang, daß es nur in partiellem Bewußtsein operieren konnte, bis es voll stimuliert war.

Zum Glück war das Schiff nicht durchgedrungen. So war kein Schaden angerichtet worden. Der Aktivator wurde informiert und pflichtete bei. Ein weiteres Schiff

— nein zwei — lauerte außerhalb des Schirms. Obwohl es stationär blieb und keine feindseligen Gesten machte, wies das aktivierende Bewußtsein das Krang an, sich auf den Bereich des Weltraums zu konzentrieren, welcher von dem größeren der beiden Schiffe besetzt war. Gehorsam kam die Maschine dieser Aufforderung nach.

Ihr effektiver Nahbereich war eine Sphäre von tausend Kilometern Durchmesser. Es würde ihr keine Schwierigkeiten bereiten, das einzelne von ihr angezielte Fahrzeug zu treffen und das andere auszusparen. Ihre unglaublichen Sensoren waren imstande, den notwendigen Projektionskegel auf einen Meter genau auf jeden gewünschten Punkt auszurichten. Das war weit mehr als notwendig. Die nötigen Informationen über Einzelheiten bezog sie von einem A-Bewußtsein, welches jetzt mit ihr kooperierte.

Oben ließen die rhythmischen Impulse, die Tse-Mallory an jedem zusammenhängenden Gedanken hinderten, einen Augenblick nach. Und dann wurden sie in eine unbeschreibliche Kreuzung zwischen einem modulierten Kreischen und einem Bellen verwandelt. Der Schrei einer Fledermaus, eine Million Mal verstärkt und hörbar gemacht, unterstützt von elektrischen Trompeten und Kesselpauken. Trotzdem bohrte dieses Geräusch sich nicht so unerträglich in seinen Schädel wie das andere. Der Soziologe konnte sich auf den Rücken wälzen und still liegenbleiben, wobei er keuchend und stöhnend die feindliche Luft in sich hineinsog, die es darauf angelegt zu haben schien, seinen Lungen fernzubleiben.

Er drehte schmerzerfüllt den Kopf. Er wendete alle Mühe auf, um dieses schrille Stöhnen daran zu hindern, zu tief einzudringen, wußte, wenn er jetzt aufgab und zuließ, daß es ihn ganz erfaßte, daß dann dieses Geräusch anfangen würde, seine Nerven, ja seine Neuronen in Stücke zu reißen. Und es gelang ihm.

Offenbar war Malaika stärker als sie alle in seinem

Widerstand. Irgendwie gelang es ihm, sich hochzurappeln. Und dann begann er schwankend und taumelnd in Richtung auf das Podest zuzugehen. Er hatte die Hälfte der Entfernung zurückgelegt, als das Gebäude sich bewegte.

Als er das erste Dröhnen hörte, hatte Wolf die Motoren des Kriechers angelassen und sich auf die Tür zubewegt. Glücklicherweise war er dazu richtig gestanden. Als die erste volle Note ihn traf, war er aus dem Fahrersitz getaumelt und hatte sich mit beiden Händen die Ohren zugehalten. Aber der Kriecher, einmal auf Kurs gebracht, wußte nichts anderes als diesen Kurs auch zu fahren. Wie dies jedesmal geschah, hatten sich auch diesmal die großen Tore geöffnet. Und in dem Augenblick, in dem sie sich hinter dem Kriecher schlossen, hörte die Tortur auf.

Wolf zog sich langsam auf seinen Sessel und schaffte es noch, die Fahrt der Maschine anzuhalten, ehe sie über den Abgrund gefallen wären. Er wußte nicht, was geschehen war — das war alles zu schnell gegangen! Aber er wußte, daß der Kapitän und die anderen noch drinnen waren. Er warf einen schnellen Blick in den Laderaum. Beide Frauen lagen in gnädiger Bewußtlosigkeit zwischen den Vorräten — ob das eine Auswirkung des ›Dinges‹ war oder nur ihrer plötzlichen Flucht, konnte er nicht sagen.

Was *tun?* Hilflos auf dem Boden des Kriechers liegend und in seiner Agonie auf das Metall eintrommelnd, würde er weder dem Kapitän noch sonst jemandem nützen können. Für den Augenblick kam es also nicht in Frage, nach innen zurückzukehren. Ein Versuch, den Kommunikator in Betrieb zu nehmen, trug ihm nur Rauschen und Knattern ein. Vielleicht konnte er in dem Shuttle etwas finden, womit er sein Bewußtsein genügend abschirmen konnte, um unversehrt diese Hölle zu betreten. Aber er bekam keine Zeit, darüber nachzudenken.

Das Gebäude, mit all seinen Millionen Tonnen, veränderte seine Lage. Es lehnte sich zurück, und einen schrecklichen Augenblick lang fürchtete er, es würde auf den winzigen Kriecher fallen. Das tat es nicht. Es hing eine Sekunde lang hintenüber und drehte sich dann langsam nach Süden. Ein tiefes Dröhnen begann. Man konnte die Schwingungen durch den Boden des Kriechers spüren — oder in den Zähnen. Ein paar Meilen höher in der staubbeladenen Luft konnte er sehen, wie die oberen hundert Meter des Gebäudes in tiefem Ebenholzschwarz zu glühen begannen. Er hatte noch nie zuvor etwas schwarz glühen gesehen, und das Phänomen faszinierte ihn. Es dauerte etwa dreißig Sekunden lang. Auch der kreisförmige Sockel, auf dem das Gebäude stand, schien etwas heller zu werden. Die Luft im Umkreis wirkte jetzt rosafarben. Dann hörte es auf.

Das Krang zeichnete die Vernichtung des zweiten Fahrzeugs ebenso selbstverständlich auf, wie es die des ersten registriert hatte.

Der ganze Vorgang, von der ersten Aktivierung bis jetzt, hatte nur etwas weniger als zwei Minuten gedauert.

Ungeduldig wartete das Krang auf weitere Befehle vom Aktivierungsknoten. Die Anweisung, auch das andere fremde Raumfahrzeug zu vernichten, kam nicht. Tatsächlich löste sich das Bewußtsein in diesem Augenblick vom Knoten.

Die Maschine überlegte. Es lag eine lange, lange Zeit zurück, daß sie in vollem Bewußtsein existiert hatte. Sie hatte erneut festgestellt, daß ihr dieses Gefühl Befriedigung bereitete.

Aber die Instruktionen, die man ihr eingeprägt hatte, waren klar und ließen keinen Platz für logische Ausweichmanöver. In Abwesenheit eines aktivierenden Bewußtseins mußte sie in Bereitschaftsstellung mit verringerter Energiezufuhr zurückkehren. Das bedeutete, daß — mit Ausnahme der elementarsten Instandhaltungsfunktionen — alle Bewußtseinsbereiche desaktiviert werden mußten.

Das Krang seufzte.

Die Ziele seiner Erbauer waren ihm oft erschienen, als stünden sie im Gegensatz zu ihren Wünschen, und auch jetzt hatte es keinen Anlaß, diese seine Meinung zu ändern. Aber das Krang wußte sehr wohl, was ein Frankenstein war, auch wenn es dafür einen anderen Begriff benutzte. Die mächtigen Anlagen in den Tiefen der Kalksteinkavernen, die die unablässigen Stürme des Planeten lenkten, traten in Aktion. Die Generatoren, die ihre Kraft von dem geschmolzenen Kern des Planeten bezogen, reduzierten ihre Aufnahme, und der kochende Eisennickelkern beruhigte sich.

Langsam, aber wirkungsvoll, ging das Krang an die notwendige Aufgabe, sich wieder abzuschalten.

22

Flinx wälzte sich zur Seite und stand auf. Sein Kopf dröhnte immer noch, aber der eigentliche Schmerz war fast verschwunden. Er war in seinem Leben nur ein einziges Mal betrunken gewesen. Die Erinnerung an den mächtigen Kater, mit dem er diese Eskapade abgebüßt hatte, drängte sich ihm jetzt auf. Er blickte um sich. Nach ihrer halsbrecherischen Fahrt um den Neutronenstern waren es seine Muskeln gewesen, die zerschlagen gewesen waren. Diesmal war es sein Knochenmark, das noch in den Rhythmen des inzwischen wieder verstummten Krang mitschwang. Er blickte nach innen und ordnete unbewußt gewisse Zellstrukturen und Flüssigkeiten neu an. Der Schmerz verflog und hinterließ nur viel Licht.

Unterstützt von seinem Freund, setzte Truzenzuzex sich gerade langsam auf. Flinx versuchte gar nicht erst sich auszumalen, was das Insekt mit seinem ungeschützten Exoskelett mitgemacht hatte. Malaikas Versuch, das Podest zu erreichen, war durch ein unerwartetes Abkippen des Gebäudes vereitelt worden. Er saß jetzt auf der Vorderkante einer Bank, rieb sich ein Knie und überprüfte vorsichtig seine Sehnen und Gelenke, um sicherzugehen, daß nichts Wesentliches beschädigt worden war. Ansonsten schien er unverletzt, denn seinen dicken Lippen entströmte eine Vielfalt von Flüchen in einer bemerkenswerten Zahl von Sprachen.

Als er sich überzeugt hatte, daß seine vernunftbegabten Begleiter alle unversehrt waren, wandte Flinx seine Aufmerksamkeit dem Minidrach zu. Der kleine lederne Körper war unter der Aktivierungshaube eingerollt. Er gab keinerlei Lebenszeichen von sich. Sorgsam darauf bedacht, nicht selbst den Kopf unter die Kuppel zu bringen, hob er das kleine Knäuel heraus. Es regte sich immer noch nicht. Mit seinem neu angeregten Bewußtsein sondierte er vorsichtig das Innere des kleinen Körpers. Man hatte ihn in ein neues fremdes Universum geschoben, ja geworfen, und er war seiner Fähigkeiten noch etwas unsicher (um nicht zu sagen, er fürchtete sie). Er sondierte tiefer. Der Minidrach hatte als eine Art Medium für Kräfte gedient, die seine eigene Kapazität weit überstiegen. Wie bei einem überladenen Stromkreis mußte er daher einige Veränderungen und Anpassungen vornehmen.

Flinx ging daran, das zu tun.

Die anderen hatten sich um ihn versammelt, sahen stumm zu und waren so höflich, von Beileidsbezeigungen abzusehen. Mit einem Teil seines Bewußtseins, welches für die vorliegende Aufgabe nicht benötigt wurde, suchte er ihre Gedanken kurz ab. Alle drei waren noch von den Ereignissen der letzten paar Minuten benommen. Fast so sehr wie er, sagte er sich. Er spürte das Mitgefühl, das von ihnen ausstrahlte, und das tat ihm gut.

Eine letzte Veränderung, eine hartnäckige Arterie ... nein da! Ein Augenlid flackerte, hob sich. Ein ölschwarzes Auge spähte heraus, sah sich um. Dann erblickte es Flinx, das andere öffnete sich. Und jetzt begann der Minidrach sich in langsamen ruckartigen Bewegungen zu entwirren. Flinx streckte die Zunge heraus. Die Zunge Pips schoß vor und berührte sie in einer alten Geste der Vertrautheit und der Zuneigung. Er spürte, wie die Spannung sich von den Muskelsträngen löste, wie der Lebenspuls sich wieder verstärkte.

Er hatte die Angewohnheit zu weinen aufgegeben, als er entdeckt hatte, daß er damit nichts anderes ausrichten konnte, als seine Pupillen zu säubern. Trotzdem war jetzt in seinen Augenwinkeln eine verräterische Feuchtigkeit festzustellen. Er wandte sich ab, um die anderen nicht zu beleidigen. Hätte er das nicht getan oder versucht, die Gedanken seiner Begleiter zu lesen, so hätte er vielleicht festgestellt, daß auch Truzenzuzex' Ausdruck mehr als bloße Sympathie vermittelte.

23

Das Shuttle war unbeschädigt geblieben, und so hatten sie den Aufstieg in die obere Atmosphäre bequemer und sicherer bewältigt als die Fahrt nach unten. Atha und Wolf saßen am Steuer. Die anderen befanden sich in der hinteren Kabine und konzentrierten sich zum erstenmal seit einiger Zeit auf die Gegenwart anstatt die Zukunft.

»Nun, mein Herr«, sagte Truzenzuzex zu Malaika, »wir müssen uns entschuldigen. Es scheint, als ob Ihre Investition sich als ganz besonders unprofitabel erwiesen hätte. Ich gestehe, daß uns das von Anfang an nicht besonders wichtig war. Aber nach den Kosten und der Gefahr, die Sie auf sich genommen haben, wünschte ich wirklich, daß Sie substantielleren Zuwachs gewonnen hätten.«

»Oh, jetzt sind Sie unnötig pessimistisch, mein hartschaliger *Rafiki.*« Der Händler paffte kräftig an einer unglaublich übel riechenden Pfeife. »Ich habe eine Stadt, die ohne Zweifel bis zum Überfluß mit unbezahlbaren Tar-Aiym-Artefakten und Erfindungen angefüllt ist — wenn ich sie je aus diesem infernalischen Sand ausgraben kann! Und einen schönen bewohnbaren Planeten. Mit einem blühenden eingeborenen ökologischen System im Meer, vermutlich mit der Homanxnorm kompatibel. Ich glaube, daß man auf diesem Planeten sogar das Segelschiff wiedererwecken könnte, *Ndiyo!*«

»Der Begriff sagt mir gar nichts«, meinte der Philosoph.

»Ich werde Ihnen Tridis zeigen, wenn wir zurückkehren. Eine der poetischeren Errungenschaften aus der Vergangenheit des Menschen. Nein, nein, vom *Fedah*standpunkt aus betrachtet, bin ich keineswegs bereit, die Reise als Pleite zu empfinden! Und dann ist da ja immer noch das Krang, mit dem man spielen kann, *je?* Selbst wenn unser junger Freund hier darauf beharrt, daß das Ganze ein Unfall war und er nichts damit zu tun hatte.« Er sah Flinx fragend an, der sie alle ignorierte. »Aber was Sie beide angeht, fürchte ich, daß es eine echte Enttäuschung war. Sie müssen jetzt ja noch frustrierter sein als bei der Landung, *je?*«

»Das hängt alles davon ab, wie man das sehen will«, sagte Tse-Mallory. »Als wir uns auf die Spur dieses Dinges setzten, hatten wir wirklich keine Ahnung, was wir eigentlich zu finden erwarteten, nur daß es etwas Großes sein würde. Und als wir es fanden, wußten wir nicht, was wir gefunden hatten. Und jetzt, da wir es verlassen haben — nun, wenn Sie soweit sind, um zurückzukehren und diese Artefakte auszugraben«, er warf seinem Schiffsbruder einen Blick zu, »werden Tru und ich mehr als glücklich sein, Ihnen beim Sortieren, wenn nicht sogar bei den Ausgrabungen selbst zu helfen. Und wir haben immer noch, wie Sie sagen, das Krang selbst, um damit zu ›spielen‹. Es wird zumindest die Grundlage für so manche langatmige wissenschaftliche Arbeit sein.« Er lächelte und schüttelte den Kopf.

»Allein die psychologischen und soziologischen Implikationen — was, Tru?«

»Ohne Zweifel, Bruder.« Der Thranx bemühte sich, eine menschliche Haltung tiefen Nachdenkens zu vermitteln, schaffte es nicht und lieferte statt dessen eine der nostalgischen Gleichgültigkeit. Das Ergebnis war nicht ganz befriedigend. »Es scheint, als hätten sowohl die Legenden der Branner als auch die unserer primitiven Hominiden einigen realen Hintergrund. Wer hätte das vermutet? Das Krang ist sowohl eine Waffe *als auch* ein Musikinstrument.«

Sie hatten jetzt die Atmosphäre verlassen, und Atha steuerte sie in einen Orbit, der sie von unten und hinten an die *Gloryhole* heranführen würde. Von der einen Seite hüllte sie Schwärze ein, während die Sonne, die automatisch von den photosensitiven Luken gefiltert wurde, sie von der anderen beleuchtete. Trotz des ausgleichenden Effektes der Kabinenbeleuchtung ließ das ihre Gesichtszüge in unnatürlich hartem Kontrast erscheinen.

»Man kann daraus eine Menge über die Tar-Aiym lernen — ganz davon zu schweigen, daß es den Anfang einer Erklärung für ihr Interesse an zwei scheinbar so divergenten Bereichen wie Krieg und Kunst liefert. Nicht daß ich behaupten könnte, ihren musikalischen Geschmack zu teilen. Ich selbst ziehe Debussy und Koretski vor. Kein Zweifel, daß solche Laute für ihre Ohren — oder was immer sie auch hatten — angenehm und erregend waren, vielleicht patriotisch.«

»Vom Tode künden leise Töne, die Leiern schlagen, Kinder sterben«, rezitierte Tse-Mallory.

»Porzakalit, dreiundzwanzigstes Sonett«, sagte Truzenzuzex. »Dazu gehört ein Dichter.«

»Ich mag ja besonders einfältig sein«, sagte Malaika, »aber ich begreife immer noch nicht, wie das *Kelekuu funktioniert hat!*«

»In der Beziehung stehen Sie nicht allein da, sondern eher als Angehöriger einer großen Minderheit. Aber wenn Sie wünschen, kann ich ja eine Hypothese aufstellen.«

»Nur zu, stellen Sie eine auf!«

»Offenbar«, fuhr der Thranx fort und wedelte diskret die Dünste weg, die von der Pfeife des Kapitäns ausgingen, »erzeugt die Maschine eine Art Schwingung — ich gestehe, daß ich zögere, sie als ›Schallwellen‹ zu bezeichnen. Wahrscheinlich eine Vibration, die zwischen diesen und anderen Wellenformen liegt, die wir nicht identifizieren konnten — obwohl wir ihre Wirkung feststellten! Sie erinnern sich doch, daß ich beim Landeanflug auf die ungewöhnliche Dichte der doppelten Schicht von Metallpartikeln hinwies, die ich als Windglanz bezeichnete?«

Malaika nickte.

»Wahrscheinlich werden diese Schichten künstlich verstärkt. Die Wellenformen — wollen wir sie in Ermangelung eines besseren oder exakteren Ausdrucks einmal ›K-Wellen‹ nennen — wurden vom Krang erzeugt. Diese Wellen passierten die untere Schicht aus Metallpartikeln, nicht aber die höhere, dichtere. Demzufolge wurden sie anschließend zwischen den beiden Schichten hin und her ›geworfen‹, da sie inzwischen ja genügend geschwächt waren, um die untere nicht mehr durchstoßen zu können. Um den ganzen Planeten herum, würde ich sagen. Vielleicht sogar mehr als einmal, wobei sie die ganze Zeit durch die Generatoren des Krang verjüngt wurden.«

»Oh, jetzt begreife ich, daß sie wahrscheinlich keine Schallwellen sind«, sagte Malaika, »sondern eine planetenweite atmosphärische Erscheinung? Von einem einzigen Generator ausgehend — unter Beibehaltung einer bestimmten Mindeststärke — der Energiebedarf ... Sie halten das wirklich für möglich?«

»Mein lieber Malaika, ich halte alles für möglich, solange nicht ganz eindeutig das Gegenteil bewiesen ist — besonders wenn *diese* Maschine damit zu tun hat.«

»Selbst ganz einfache Schallwellen«, warf Tse-Mallory ein.

»Auf Terra selbst gab es im Jahre achtzehnhundertachtundachtzig nach dem alten Kalender eine vulkanische Explosion im Hauptozean des Planeten. Eine Insel namens Krakatau explodierte ziemlich unsanft. Die Schockwellen kreisten einige Male um den Planeten. Der Explosionsknall — ganz gewöhnliche Schallwellen, nicht zu vergessen — war noch auf der anderen Seite des Globus zu hören. Angesichts der technischen Fähigkeiten der Tar-Aiym und der Tatsache, daß es sich hier um wesentlich mehr als ganz gewöhnliche Schallwellen handelte, würde ich die Herstellung solcher Phänomene für durchaus möglich halten. Außerdem glaube ich, daß man nach der spektakulären Demonstration, die uns ja zuteil wurde, kaum weitere Beweise braucht.«

»Ein sehr hypothetischer Schluß«, meinte Truzenzuzex trocken. »Nicht schlecht gedacht, Bruder. Da ich aber in dieser Beziehung nur wenig mehr weiß als du...«

»Einspruch!«

»... will ich die Sache auf sich beruhen lassen. Die Tar-Aiym waren, wie du sagst, durchaus imstande, die Natur zu verstärken — wenn ich das so ausdrücken darf.«

»Ich nehme an, das erklärt, was aus unserem *Rafiki* Nikosos wurde«, murmelte Malaika.

»Als sein Shuttle in die Region der wirksamen Schwingungen eintrat ...«

»In Stücke gerissen? — Möglich«, sagte Truzenzuzex. »Vielleicht verursachen diese Schwingungen auch einen Zusammenbruch oder eine Schwächung der Molekularstruktur. Selbst an der wahrscheinlich sichersten Stelle auf dem Planeten haben diese Vibrationen — ›Musik‹, wenn es sein muß — mir fast das Skelett aus dem Leibe geschüttelt. Unmöglich ist das nicht. Phantastisch, vielleicht, aber nicht unmöglich. Mich interessiert viel mehr die Methode, mit der das Sternenschiff vernichtet wurde.«

»*Ndiyo*«, sagte Malaika. »Ja, wie ging das? Es stand weit außerhalb der Atmosphäre und konnte damit nicht zwischen den Metallschichten pulverisiert werden.«

»Wenn das Krang nur imstande wäre, einen undurchdringlichen Verteidigungsschirm rings um den Planeten aufrechtzuerhalten, wäre es höchstens ein Patt-Mechanismus, wenn es nicht auch offensive Fähigkeiten besäße«, fuhr der Thranx fort. »Ein seinem Wesen nach allein defensives Gerät würde allem widersprechen, was wir über die Psychologie der Tar-Aiym wissen. Und Sie erinnern sich ja alle noch, wie die Schwingungen sich gegen Ende zu veränderten. Flinx, du sagst doch, du hättest die Vernichtung des anderen Sternenschiffes gefühlt, und doch war keine Spur einer Explosion zu sehen. Kein Feuerschein, gar nichts?«

Eine ungefährliche Frage und eine, auf die er antworten mußte. »Das stimmt. Es ... verschwand einfach.«

»Mhm. Ich ahne zwar eine Möglichkeit, aber dafür wird es vermutlich nie einen Beweis geben, aber — bedenken Sie, daß unser Schiff gar nicht weit davon entfernt war und doch offenbar nicht beeinträchtigt wurde. Ich nehme an, meine Herren, daß das Krang ein gravitonischer Generator ist — aber einer von solchem Ausmaß, daß selbst die alten Götter nicht davon geträumt hätten.« Er sah Malaika in die Augen. »Kapitän, was würde geschehen, wenn ein Gravitationsfeld von einem Durchmesser von etwa einem Zentimeter mit der Feldstärke eines Neutronensterns mit einer wirklichen Masse kollidieren würde?«

Malaikas dunkles Gesicht zeigte Verblüffung, Erkenntnis und Erstaunen, und das in ganz schneller Folge. Seine Stimme vereinte alle drei Empfindungen.

»*Manisa!* Das würde eine Schwarzschild-Diskontinuität auslösen! Aber das ist ...!«

»Unmöglich?« Truzenzuzex lächelte. »Entschuldigen

Sie, Kapitän, aber wie würden Sie es denn sonst erklären? Um ein solches Feld zu erzeugen, würde man Energie brauchen, wie sie nur ein Schiff von Planetengröße hervorbringen kann — da wäre es doch viel einfacher, gleich einen Planeten zu benutzen, oder? Und erinnern Sie sich, es gab kein Anzeichen einer Explosion. Natürlich nicht. Nicht einmal Licht könnte einem Feld solcher Stärke entweichen! Und die Schwerkraft nimmt mit dem Quadrat der Entfernung ab, also wurde unser Schiff natürlich nicht gefährdet! Man kann sich kaum eine perfektere Waffe mit Selektivwirkung vorstellen. In nur einem Kilometer Distanz würden Sie ein solches Feld nicht einmal wahrnehmen. Aber wenn Sie es berühren — Peng! Augenblickliche Nichtexistenz! Ich hoffe, niemand ist so unvernünftig, an einer solchen Maschine herumzuspielen, Kapitän.«

Die Stimme des Thranx klang jetzt wie Stahl. »Wir wissen über die Bedienung eines solchen Feldes auch nicht annähernd genug. Angenommen, wir finden nicht heraus, wie man dieses Feld wieder ›abschaltet‹? Das Krang ist offenbar dazu imstande — wie, weiß ich nicht, das übersteigt auch meine Phantasie. Aber wenn ein solches Feld freigelassen würde, unkontrolliert durch das Universum wanderte, würde es ... alles ... verschlingen.«

In der Kabine herrschte jetzt Grabesstille. »Aber ich glaube, die Gefahr besteht kaum«, fuhr er fort, »es sei denn, unser junger Freund könnte den Mechanismus noch einmal aktivieren. Ganz zu schweigen von der Fähigkeit«, fuhr er fort, »ihn erfolgreich zu lenken.«

Flinx hatte die Anklage, die in den Worten des Thranx mitschwang, schon seit einiger Zeit gespürt. Er wußte, daß er kontern mußte. Sie durften nicht glauben, daß er imstande war, eine so schreckliche Waffe zu bedienen. Besonders, erinnerte er sich, wo er sich gar nicht sicher war, daß er es überhaupt konnte!

»Ich hatte Ihnen doch gesagt, daß ich nicht weiß, was

geschehen ist. Die Maschine hat *mich* kontrolliert, nicht umgekehrt!«

»Dennoch«, sagte der Thranx bedeutsam.

Es wäre leicht gewesen, das Bewußtsein des Insekts so zu verändern, daß er einfach Flinx' Erklärung hinnähme. Zu einfach. Das Krang hatte sein Gefühl für Ethik, sein Gewissen, nicht beeinträchtigt. Außerdem war ihm die Vorstellung, die Gedanken eines anderen denkenden Wesens bewußt zu manipulieren, widerlich und jagte ihm außerdem Angst ein. Besonders dann, wenn das betreffende Bewußtsein erkennbar weiser war als sein eigenes. Macht, so erinnerte er sich, ist nicht Wissen. Aber er würde in Zukunft eine ganze Menge Wissen benötigen.

»Sehen Sie ...« — er dachte in fieberhafter Eile. Jetzt war es leicht. »Was das ›Lenken‹ der Maschine betrifft, so sagten Sie ja selbst, daß das Gerät unendlich komplizierte Stromkreise besitzt. Einmal in Betrieb genommen, ist es ganz bestimmt imstande, die Situation zu seiner eigenen Befriedigung zu bewältigen. Das ist so etwas Ähnliches wie die Wasserstoff-›Kerze‹ welche den KK-Antrieb in Gang setzt.«

»Hm. Und wie erklären Sie, daß es das getan hat, was es tat?«

»Vielleicht hat Nikosos' Schiff eine Bewegung gemacht, die die Maschine als feindlich interpretiert und auf die es dann entsprechend reagiert hat. Vielleicht war sie in dem Augenblick, als ich die Kuppel betrat, gerade einsatzbereit. Ich unterscheide mich ganz bestimmt nicht so sehr von allen anderen hier.« (Lüge!) »Vielleicht hatte meine Gabe oder mein Talent, oder wie Sie es nennen wollen, etwas damit zu tun. Bedenken Sie doch, als ich das erste Mal die Kuppel betrat, reagierte es überhaupt nicht.«

»Ich habe das Gefühl, daß das an der Angst lag, die Sie beim ersten Mal empfanden. Ja, das ist plausibel.«

»Richtig«, fuhr Flinx fort, dankbar für den Hinweis. »Ich hatte Angst, als ich diesmal in die Kuppel griff — richtige Angst.« (Wahrheit.) »Meine emotionelle Belastung *muß* von der Maschine wahrgenommen worden sein. Sie ist ja schließlich auch ein künstlerisches Gerät! Wahrscheinlich hätte jeder von uns sie unter diesen Umständen anregen können.« (Möglich, aber nicht wahrscheinlich.) »Jedenfalls ist es jetzt vorbei, und ich habe nicht den leisesten Wunsch, es noch einmal zu versuchen!« (Lüge und Wahrheit gemischt.)

»Genug, Junge! Für meinen armen senilen Geist bist du zu aggressiv.« (Quatsch!) »Mir genügt deine Erklärung für den Augenblick.« (Flinx verstand das anders, aber das hatte nichts zu bedeuten.) »Im Kampf der Worte hast du mich fair besiegt. Wenn du es beim Schach versuchen willst, werde ich dir eine Abreibung verpassen! Und doch ...« Er sah den Minidrach an und dann wieder Flinx. »Du sagst, du fühlst dich unverändert? Keine Nachwirkungen?«

Flinx schüttelte den Kopf mit einem Selbstvertrauen, das Mutter Mastiff mit Stolz erfüllt hätte. »Nein, ich weiß wirklich nicht, was geschehen ist. Das war ...« Er unterbrach sich, als die Außenbeleuchtung plötzlich erlosch. Das Shuttle war in seinen Hangar im Laderaum der *Gloryhole* geglitten.

»Und das wär's«, sagte Malaika unnötigerweise. Zur großen Befriedigung aller war seine Pfeife ausgegangen. »Ich würde mich gerne weiter über all das mit Ihnen unterhalten, aber das machen wir ein andermal, *Ndiyo?* Wenn ich jetzt nicht sehr bald etwas von der geeigneten flüssigen Konsistenz in die Kehle bekomme, werden Sie mich in den Orbit *blasen* können, dann bin ich nämlich zu Staub vertrocknet!«

Er ging den schmalen Mittelgang hinunter und öffnete die kleine Schleuse. Das blasse grüne Leuchten des Frachtballons drang ins Innere des Shuttle. Ganz in der Nähe hing ein Schlauchweg. Sissiph an der Hand führend, zog er sie in dem Schlauch nach oben. Anschließend kam Atha, gefolgt von den zwei Wissenschaftlern. Flinx pflückte sich Pip von der Sessellehne, um die er sich gewickelt hatte, und legte ihn sich um die Schulter. Er eilte aus dem Schiff. Selbst jetzt wollte er Wolf noch aus dem Wege gehen. Er folgte den anderen durch den Gang.

Als sie den Wohnteil des Schiffes erreicht hatten, ging jeder seiner Wege. Atha und Wolf ins Cockpit, Malaika und Sissiph in ihre Kabine. Der Händler hatte noch keinen Tropfen getrunken, aber es war ihm erspart geblieben, Lösegeld zu bezahlen, und er hatte einen Planeten gewonnen. Selbst wenn er keinen Cent seiner Investition realisieren konnte, reichte das alleine schon, ihn leicht trunken zu machen. Die beiden Wissenschaftler schickten sich an, ihr endloses Schachspiel fortzusetzen, als wären sie nie unterbrochen worden.

Flinx blickte auf seine Schulter. Der Minidrach, der wohl noch etwas unter den Nachwirkungen seiner jüngsten Erlebnisse litt, schlief tief. Er zögerte einen Augenblick und dachte nach. Dann zuckte er die Achseln und grinste. Ein munteres und herrlich unanständiges Lied vor sich hin pfeifend schlenderte er davon. Er würde sich jetzt das größte Pseudosteak zu Gemüte führen, das der Autokoch der *Gloryhole* produzieren konnte. Er hatte viel nachzudenken.

24

Rashallaila Nuaman lag in ihrem riesigen Bett und musterte die halbnackte, etwas mitgenommen aussehende Gestalt ihrer Nichte. Offenbar hatte das Mädchen dem Befehl von Madam, sie aufzusuchen, mehr Widerstand entgegengesetzt, als gut für sie gewesen war.

»Teleen«, sagte sie und seufzte, »ich bin schrecklich von dir enttäuscht, weißt du. Dummheit kann ich manchmal verstehen, aber Schlamperei ist unentschuldbar. Natürlich habe ich deinen amüsanten Plan, mich zu beseitigen, gekannt.«

Das Mädchen starrte sie an, dann flogen ihre Augen im Raum herum auf der Suche nach einem Fluchtweg. Selbst wenn es ihr gelang, den beiden Hünen zu entkommen, die reglos zu beiden Seiten von ihr standen, gab es auf dem atmosphärelosen Mond keinen Ort, an den sie hätte fliehen können.

»Ach, mach dir nichts daraus, Kind. Mir hat es ja auch nichts gemacht. Tatsächlich hielt ich das Ganze für einen recht bewundernswerten Versuch. Du hast endlich mal etwas Mumm gezeigt. Aber daß du dich in die *Geschäfte* einmischst — das, meine Liebe« und ihre Stimme wurde gefährlich leise, »war sehr unklug. Vielleicht hätte ich mehr Sympathie für dich empfunden, wenn du Erfolg gehabt hättest. Und ausgerechnet mit den AAnn. Nein doch! Ich vermute, es ist dir bekannt, daß sie so etwas wie ein Erbfeind der Menschheit sind?«

Teleens Stimme klang bitter und sarkastisch. »Jetzt komm mir bloß nicht mit dem patriotischen Quatsch! Du würdest selbst dem Teufel Babys verkaufen, wenn du an ihn glauben würdest — und genügend Profit damit machen könntest.«

»Jetzt redest du aber absurd, Mädchen. Und unverschämt. Das würde ich ganz bestimmt nicht. Zumindest nicht aus Zorn wie du. Es muß schon viel mehr herausspringen als das, was du im Auge hattest, um zu riskieren, daß das Commonwealth einen als Feind abstempelt und die Kirche einen exkommuniziert. Und außerdem hat deine kindische Tollpatschigkeit jetzt noch dazu geführt, daß ein lieber alter Freund sich in unerträglichem Maße über mich lustig machen wird. Ein Freund, der übrigens, wie man mir mitteilt, inzwischen einen gewissen Planeten in seinem Namen hat registrieren lassen, so daß ihm keiner mehr etwas anhaben kann. Jetzt muß ich mich gesetzlicher Mittel bedienen, um das in meinen Besitz zu bekommen, was von Anfang an rechtmäßig mir gehörte. Und wie du vielleicht weißt, sind solche Prozeduren bekanntermaßen unfair.

Aber wir sind nicht hier, um darüber zu sprechen. Was hier entschieden werden muß, meine liebe Nichte, ist, was ich mit *dir* machen soll. Ich fürchte, deine Einstellung wird langsam gefährlich. Ich fürchte sie nicht, aber auch meine Männer können irren. Demzufolge muß ich dich in Urlaub schicken, bis du endlich eingesehen hast, daß deine beträchtlichen Energien produktiveren Zielen dienen sollten. Du wirst reichlich Zeit bekommen, deine aufrührerische Haltung zu bedauern und zu revidieren. Im Quatarsystem gibt es eine ausgezeichnete weithin bekannte Anstalt für Geisteskranke. Sie wird von einer Gruppe hervorragender Therapeutiker geleitet, die mir in der Vergangenheit schon oft geholfen haben. Ihre Methoden sind zwar schon gelegentlich in Zweifel gezogen worden, besonders von der Kirche, aber niemand leugnet ihren Erfolg. Der Direktor der Anstalt ist seit langer Zeit ein persönlicher Freund von mir.«

»Rory«, sagte Teleen flehentlich.

»Ich bin sicher, man wird dort mehr als glücklich sein, dich eine Weile als Gast aufzunehmen. Unglücklicherweise hat man sich dort auf Kindheitsneurosen und Sexualtäter der extremsten Art spezialisiert. Welche Abteilung, meinst du, würde dir angenehmer sein?«

»Rory!« die Stimme des Mädchens klang jetzt schrill und ängstlich.

Rory Mallap van Cleef stand nur mit einem seidenen Lendentuch und einer Perlenkette bekleidet am Fußende des Bettes.

»Oh, deinen Komplizen und Vertrauten brauchst du nicht zu bedrängen, meine Liebe. Der gute Rory weiß, zu wem er halten muß.« Sie lächelte süß.

Ihre Stimme war gleichmäßig und mild. Fast neutral.

»Es tut mir wirklich leid, meine Liebe.« Er ließ seinen Bizeps spielen. »Ich liebe dich natürlich noch, aber ich sehe wirklich nicht ein, daß wir beide wegen dieser Panne Nachteile haben sollen. Ich werde auf dich warten.« Und dann, nach einer nachdenklichen Pause. »Ich hoffe, das kompliziert unsere Beziehung nicht.«

Teleens Antwort war nicht druckreif.

»*Ts, ts!* Solche Worte! Nach all den teuren Schulen. Ja, ich bin sicher, daß man dich in der Abteilung unterbringen wird, die deiner Haltung entspricht, mein Kind. Ich sehe keinen Grund, warum du nicht gleichzeitig noch deine Erziehung erweitern solltest, während wir deine Haltung mir gegenüber verbessern.«

Sie machte eine gleichgültige Handbewegung, und das tobende und um sich schlagende Mädchen wurde aus dem Zimmer gezerrt.

»Und vergiß nicht, meine Liebe, ich verlasse mich auf dich, daß du deinen Gastgebern den echten Nuamangeist zeigst! Sieh zu, daß du in einem Stück zurückkommst, ja?« Sie schüttelte traurig den Kopf, als die Tür sich hinter den Schreien des Mädchens geschlossen hatte. »*Ts, ts!* Ich weiß nicht, ob dieses Mädchen je so weit kommt, daß man ihr die Zügel der Firma in die Hand legen kann. Alles lastet auf meinen Schultern, und ich bin alt. Aber nicht zu alt!« Sie streckte die Hand aus. »Rory ... komm her ... los!«

Sie hatten die Hälfte des Weges nach Hause zurückgelegt und flogen mit Kurs auf Moth. Flinx blickte von seinem Solitärspiel auf, das jetzt kindisch einfach geworden war. Das Gefühl eines in der Luft liegenden Konflikts war jetzt zu kräftig geworden, als daß er es ignorieren konnte. Da jetzt Schlafenszeit war und er sich alleine im Aufenthaltsraum befand, überraschte ihn die Erregung.

Eine ziemlich zerrupft aussehende Atha kam ins Zimmer. Offenbar hatte sie nicht erwartet, jemanden vorzufinden, und Flinx' Anwesenheit schien ihr unangenehm.

»Nun«, begann sie etwas unsicher und versuchte gleichzeitig, ihre Kleidung in Ordnung zu bringen, »jetzt ist ja ... äh ... unsere Reise fast zu Ende, Flinx. Ich nehme an, da freust dich schon darauf, nach Hause zu kommen — und auf den Scheck, den Malaika für dich vorbereitet hat!«

»Ja, auf beides. Sie wollen wohl Wolf im Cockpit ablösen, nehme ich an?«

»Mh? O ja, natürlich!«

Er ließ sich nicht anmerken, wie sehr ihn ihr Eingehen auf seine Ausrede belustigte. »Ja, ich war gerade mit den Vorräten beschäftigt. Sie mußten neu angeordnet werden. Ich ... hatte eine Weile damit zu tun, um alles in Ordnung zu bringen.«

»Und, haben Sie es geschafft?«

Sie lächelte breit. »O ja. Jetzt sollte alles am richtigen Platz sein.« Sie ging nach vorne.

Kurz darauf taumelte eine noch wesentlich mehr derangierte Sissiph, der die Kleider fast in Fetzen am Leibe hingen, in den Aufenthaltsraum. Ihr Gesichtsausdruck war mörderisch, und man konnte ganz deutlich ein paar Kratzer in ihrem Gesicht sehen. Sie hatte nur einen einzigen ziemlich glasigen Blick für Flinx übrig, ehe sie in Richtung auf die große Kabine verschwand, die sie mit Malaika teilte.

Offenbar hatte also jeder Nutzen an der Expedition gehabt, wenn man von einer, wenn auch attraktiven und wütenden Ausnahme absah. Er seufzte und konzentrierte sich wieder auf sein Spiel. Es gab vieles zu tun, und er wußte noch nicht so recht, wie er alles anpacken sollte. Wenn er gar keinen Spaß mehr haben konnte — er wußte, daß Malaika große Dinge vorbereitete. Aber er konnte sich nicht ganz in der Rolle sehen, die der Händler für ihn im Auge hatte. Große Galakonferenzen, bei denen er Konkurrenten mit seinem erstaunlichen Einblick in die Dinge beeindrucken sollte. Vielleicht war irgendein Kompromiß möglich. Aber das würde vielleicht bedeuten, daß er den Markt und seine Freunde dort verließ. Mutter Mastiff würde sich wahrscheinlich einem solchen Leben ohne Mühe anpassen können. Er grinste. Die Frage war nur, ob die High Society sich ihr anpassen konnte? Oder was noch wichtiger war, wie würde er es schaffen? Wo doch heutzutage jeder von sich selbst so überzeugt war und wußte, daß ›nur er die Dinge richtig anpackte‹.

Er hatte auch gesehen, was nicht-nette Leute mit netten Leuten tun konnten, genug jedenfalls, um die Situation ändern zu wollen. Dort draußen aber gab es Leute, die sich diesen Bemühungen widersetzen würden. Und wer war er schon, um als Schiedsrichter in das Leben anderer einzugreifen? *Wollte* er Gott spielen? Wahrscheinlich nicht.

Außerdem war er nur — nun, er war immerhin *beinahe* siebzehn, nicht wahr? Er verfügte über besondere Talente, und ein unschuldiger Mann und zwei vermutlich schuldige waren gestorben, weil er diese Talente nicht richtig eingesetzt hatte. Jetzt verfügte er über Macht, und wer wußte schon, wie viele im Weltraum deswegen gestorben waren? Macht. Pah! Nicht einmal ein Zehntel dessen, was Tse-Mallory war, war er! Er würde solche Männer brauchen, damit sie ihm halfen, sonst würde er wahrscheinlich ein paar schreckliche Fehler machen. Jetzt könnten diese Fehler sogar tödlich sein. Würde er mit dem fertig weren, was er jetzt war? *Wollte* er das?

Trotzdem, dort draußen war das ganze Universum, und es wäre jammerschade, es sich nicht anzusehen.

Jetzt, da er sehen konnte.

[illegible] schon gesagt.

[illegible]

[illegible] und er [illegible] gerne [illegible] sich [illegible]

[illegible]

Dritter Roman

Der Waisenstern

Originaltitel: ORPHAN STAR

(erstmals auf deutsch erschienen als Band 06/3723
in der Reihe Heyne Science Fiction & Fantasy,
München 1980, und als Sonderausgabe in Kassette
als Band 06/4220, II, München 1985)
Aus dem Amerikanischen übersetzt von Heinz Nagel
Illustriert von Klaus D. Schiemann

01

»Paß doch auf, wo du hintrittst, qwot!«

Der Händler funkelte den schlanken olivhäutigen Jungen böse an und schob sich etwas affektiert die kaum in Unordnung gebrachte Kleidung zurecht.

»Ich bitte Euch um Nachsicht, edler Herr«, erwiderte der Junge höflich. »Ich habe Euch in dem Gedränge nicht gesehen.« Das war gleichzeitig Lüge und Wahrheit. Flinx hatte den Mann tatsächlich nicht *gesehen*, aber seine Streitsucht hatte er schon gespürt, Sekunden bevor letzterer absichtlich zur Seite getreten war, um die Kollision herbeizuführen.

Obwohl seine von ihm noch immer höchst lückenhaft verstandenen Talente vor einigen Monaten bei dem Zusammentreffen mit dem Krang ungeheuer verstärkt worden waren — jener schrecklichen halbbewußten Waffe der jetzt verschwundenen Meister der Galaxis, der Tar-Aiym —, waren sie auch jetzt noch ebenso sprunghaft wie eh und je. Als er plötzlich eine Art organischer Katalysator für jene kolossale Maschine geworden war, hatte das beinahe ihn und Pip umgebracht. Aber sie hatten es überlebt, und er zumindest war in bis jetzt von ihm noch nicht ganz erfaßtem Maße verändert worden.

In letzter Zeit hatte er festgestellt, daß er manchmal ganz plötzlich sogar die Gedanken des Königs im fernen Palast in Drallar entdecken konnte, während im nächsten Augenblick selbst der Bewußtseinsinhalt derer, die ihn umgaben, ihm so verschlossen blieb wie die Börse eines Geizhalses. Das machte ihn höchst unsicher, und Flinx verfluchte oft seine Gabe, da sie so kapriziös war, daß sie ihn in einem dauernden Zustand geistigen Ungleichgewichts hielt. Er war wie ein Kind, das sich verzweifelt an die Mähne einer störrischen Devilope klammerte, bemüht, nicht abgeworfen zu werden, und gleichzeitig darum kämpfend, das bockige Tier zu meistern.

Er trat zur Seite, um an dem erlesen gekleideten Mann vorbeizukommen, aber der verstellte ihm den Weg. »Kinder müssen es lernen, auf Erwachsene Rücksicht zu nehmen«, grinste der böse und war offensichtlich nicht bereit, so wie Flinx den kleinen Zwischenfall einfach zu vergessen.

Flinx fühlte die Frustration in den Gedanken des Mannes und suchte weiter. Er entdeckte verschwommene Andeutungen einer größeren geschäftlichen Transaktion, die an eben diesem Morgen gescheitert war. Das erklärte die Enttäuschung des Mannes und sein offenkundiges Bestreben, diese Enttäuschung an irgend jemandem auszulassen. Während Flinx darüber nachdachte, krempelte sich der Mann ostentativ die Ärmel hoch und legte damit seine kräftigen Arme frei. Seine Frustration verblich unter den neugierigen Blicken der unruhigen Menge von Händlern, Marktschreiern, Bettlern und Handwerkern, die jetzt anfing, einen kleinen menschlichen Knoten in dem an einem rund um die Uhr aktiven Wirbelsturm gemahnenden Marktplatz von Drallar zu bilden.

»Ich habe doch gesagt, daß es mir leid tut«, wiederholte Flinx angespannt.

Eine mächtige Faust hob sich.

»Leid tut, daß ich nicht lache. Ich glaube, ich muß dir ...« Der Händler blieb plötzlich stehen, und seine drohend erhobene Faust erstarrte förmlich. Sein Gesicht verlor schlagartig die Farbe, und seine Augen schienen wie fixiert auf Flinx' Schulter.

Irgendwie hatte sich dort ein Kopf zwischen den lokkeren Falten des Umhangs hervorgeschoben. Jetzt musterte er den Händler mit starrem Blick, in dem man den Tod fremder Welten spürte und den Geruch von gefrorenem Methan und Frost. Für sich betrachtet war der Schädel winzig und alles andere als eindrucksvoll, geschuppt und unverkennbar der eines Reptils. Und dann kam mehr von dem Geschöpf zum Vorschein, man

konnte jetzt sehen, daß der Kopf an einem langen zylindrischen Körper hing. Ein Paar gefalteter membranähnlicher Schwingen öffnete sich und schlug gemessen.

»Tut mir leid«, murmelte der Händler, »ein Irrtum ... meine Schuld eigentlich.« Er lächelte unsicher und blickte von links nach rechts. Die Augen der kleinen Menschentraube ließen ihn nicht los.

Es war interessant, wie der Mann einzuschrumpfen, mit der Wand von Zuschauern eins zu werden schien. Sie verschluckten ihn einfach, und plötzlich war er nicht mehr da, und dann löste sich der kleine Knoten auf und verschmolz mit dem beständigen Strom von Menschen.

Flinx entspannte sich und kraulte die fliegende Schlange unter der ledernen Schnauze. »Nur ruhig, Pip«, flüsterte er und richtete einen warmen beruhigenden Gedanken auf seinen Begleiter. »Es ist nichts, du kannst dich wieder entspannen.«

Beruhigt gab der Minidrach ein zischendes Geräusch von sich und glitt wieder unter die Falten des Umhangs, und seine Schwingen schmiegten sich an den Körper. Der Händler hatte das Reptil sofort erkannt. Als weitgereister Mann wußte er, daß es für das Gift des Miniaturdrachens von Alaspin kein Gegenmittel gab.

»Vielleicht hat er selbst die Lektion gelernt, die er uns erteilen wollte«, sagte Flinx. »Was meinst du, gehen wir auf ein Bier zu Small Symms? Du kriegst ein paar Brezeln. Möchtest du das, hmm?«

Und die Schlange summte ein deutlich verständliches ›hmmm‹ zurück.

Und ganz in der Nähe, von der Menge geschützt, dankte ein fettleibiger, häßlich aussehender Herr einem zufriedenen Goldschmied und schob einen Gegenstand ein, den er gleichgültig gekauft hatte. Diese Transaktion hatte nur dem Zweck gedient, die Zeit verstreichen zu lassen und gleichzeitig den eigentlichen Gegenstand seines Interesses zu verschleiern. Und bei diesem Gegenstand handelte es sich keineswegs um das soeben gekaufte Schmuckstück.

Er wurde von zwei Männern begleitet. Der eine war klein und glatt und hatte einen Gesichtsausdruck wie ein nasses Wiesel. Der andere hatte einen Brustkasten wie ein Dampfkessel und nur die Hälfte eines Gesichts. Das eine Auge zwinkerte beständig, als er Flinx nachblickte, während der Kleine beflissen den Käufer des winzigen Pianos aus Gold und Perlmutt ansprach.

»Haben Sie den Gesichtsausdruck dieses Burschen gesehen, Challis?« fragte er den Dicken. »Diese Schlange ist der leibhaftige Tod. Davon hat uns niemand etwas gesagt. Dieser Idiot hat nicht nur sein eigenes Leben gerettet, sondern das meine und das von Nanger auch.«

Der Einäugige nickte.

»Ja, für diese Schmutzarbeit müssen Sie sich schon einen anderen suchen.« Der Kleine nickte beifällig.

Aber der dicke Händler blieb ganz ruhig, kratzte sich am Kinn, einem von mehreren, die er besaß. »Bin ich je kleinlich gewesen? Schließlich stehen Sie beide in meinen Diensten, und ich schulde Ihnen theoretisch für diese Aufgabe überhaupt nichts.« Er zuckte die Achseln. »Aber, wenn es um mehr Geld geht ...«

Der Wieselähnliche schüttelte den Kopf. »Meine Dienste können Sie kaufen, Challis, aber nicht mein Leben. Wissen Sie, was passiert, wenn man das Gift dieser Schlange in die Augen bekommt? Es gibt kein Gegengift im ganzen Spiralarm, das Sie länger als sechzig Sekunden am Leben hält.« Er trat nach einem der Kieselsteine am Boden, der noch vom Morgenregen feucht war. »Nein, das ist nichts für mich und für Nanger auch nicht.«

»Richtig«, pflichtete der Mann mit dem halben Gesicht ihm feierlich bei. Er schnüffelte und machte dann eine Kopfbewegung in Richtung auf den inzwischen verschwundenen jungen Mann. »Warum sind Sie denn auf den Jungen so erpicht? Er ist nicht stark, nicht reich, und besonders hübsch ist er auch nicht.«

»Sein Kopf ist es, der mich interessiert, nicht sein Körper«, sagte Challis, »obwohl das nur mich was angeht.« Und dann führte er sie fauchend wie eine leckgeschlagene Dampfmaschine durch die unruhige Menge. Menschen, Thranx und Vertreter eines weiteren Dutzends Handel treibender Rassen drängten sich um sie und an ihnen vorbei, alle wichtigen Geschäften nachgehend.

»Es ist mein Janusjuwel. Es langweilt mich.«

Der Kleinere sah ihn angewidert an. »Wie kann jemand, der reich genug ist, um ein Janusjuwel zu besitzen, sich langweilen?«

»Nun, ich langweile mich eben, mein lieber Nolly.«

Nanger grinste, ein Grinsen, das nur die eine Gesichtshälfte erfaßte. »Was ist denn, Challis? Läßt Sie Ihre Phantasie im Stich?« Er lachte, ein hartes, bellendes Geräusch.

Challis grinste zurück. »Das wohl kaum, Nanger, aber anscheinend ist mein Geist nicht dazu geeignet, die klare Auflösung herbeizuführen, zu der der Stein imstande ist. Ich brauche dazu Hilfe. Also war ich die letzten Monate damit beschäftigt, einen geeigneten Adepten zu finden, sozusagen jemanden, der mir dabei hilft, den Stein richtig auszunutzen. Ich habe eine Menge Geld für die richtigen Informationen ausgegeben«, schloß er und nickte einem hochgewachsenen Osirianer zu, den er kannte. Das vogelähnliche Geschöpf machte ein klapperndes Schnabelgeräusch und senkte seinen eleganten langen Straußenhals. Dann verschwand er in der Menge, aber sein Kopf ragte wie ein Periskop aus ihr hervor.

Nanger blieb stehen, um einen Thisk-Kuchen zu kaufen, und Challis fuhr unterdessen mit seiner Erklärung fort.

»Jetzt begreifen Sie, warum ich diesen Jungen brauche.«

Nolly wirkte gereizt. »Warum bieten Sie ihm dann kein Geld? Vielleicht würde er es freiwillig tun?«

Challis schüttelte zweifelnd den Kopf. »Nein, ich glaube nicht, daß das ginge, Nolly, mein Lieber. Sie kennen doch einige meiner Phantasien und Gewohnheiten?« Seine Stimme war jetzt unmenschlich ruhig und ausdruckslos geworden. »Würden Sie sich da freiwillig zur Verfügung stellen?«

Nolly wich dem Blick der plötzlich starr gewordenen Pupillen aus. Ihn schauderte. »Nein«, flüsterte er kaum hörbar, »nein, ich glaube nicht ...«

»Hallo!« — »Hallo, Junge!« dröhnte Small Symm — der Hüne war unfähig, anders als in dieser Lautstärke zu reden. »Wie geht's denn, und was hört man von Malaika?«

Flinx saß auf einem der Hocker vor der geschwungenen Bar und bestellte Würzbier für sich und eine Schüssel mit Brezeln für Pip. Die Flugschlange glitt elegant von Flinx' Schulter und arbeitete sich in die hölzerne Schale hinein. Zwei unappetitliche großäugige Typen in der Nähe bemerkten das und verließen ihre Hocker, um sie mit einer der hintersten Nischen zu vertauschen.

»Ich habe Malaika schon eine ganze Weile nicht mehr gesehen, Symm. Wie ich höre, hat er außerhalb des Systems Geschäfte.«

Flinx' wohlhabender Freund hatte ihn in die Lage versetzt, seinen persönlichen Auftritt auf dem Marktplatz aufzugeben; er hatte seine Unterstützung bei der Erforschung der Tar-Aiym-Welt des Krang mit einer beachtlichen Summe belohnt. Der größte Teil des Geldes war dafür verwendet worden, Flinx' Adoptivmutter, besser bekannt unter dem Namen Mutter Mastiff, einen wohlsortierten Laden in einem der besseren Marktbezirke von Drallar zu kaufen. Die alte Frau hatte Flinx als Kind vom Auktionsblock eines Sklavenhändlers weggekauft und ihn großgezogen. Andere Eltern als sie hatte er nie gekannt. Sie nörgelte zwar dauernd an ihm herum, konnte aber auch damit ihre Liebe und ihre Zuneigung nicht verbergen.

»Malaika wollte eigentlich, daß ich mitkomme«, fuhr er fort und nahm einen Schluck aus seinem Glas. »Ich habe zwar großen Respekt für den alten Lustmolch, aber am Ende wäre der auf die Idee gekommen, mich in einen gestärkten Anzug zu stecken, mir die Haare schneiden zu lassen und mich zur Schule zu schicken.« Flinx schauderte. »Das könnte ich nicht ertragen. Lieber fange ich wieder an zu jonglieren und den Leuten zu sagen, was sie denken. Wie geht's dir denn, Dicker? Ich höre, die Stadtpolizei hat dich wieder auf dem Kieker.«

Der Barbesitzer stemmte seine zweieinhalb Meter große und hundertfünfundsiebzig Kilo schwere Gestalt auf die Theke aus Holzplastik, welche protestierend ächzte. »Offensichtlich hat es der Marktkommissar als persönlichen Affront aufgefaßt, als ich seine erste Gruppe von Wichtigtuern hinauswarf, die er hierher schickte, um meinen Laden zu schließen. Vielleicht hätte ich ihr Fahrzeug nicht zertrümmern sollen. Jetzt versuchen sie es auf etwas subtilere Art. Erst in dieser Woche war einer hier, der behauptete, er hätte selbst gesehen, daß ich an Minderjährige Halluzinogene verkaufe.«

»Du verdienst offensichtlich, daß man dich an deinen Extremitäten aufhängt«, meinte Flinx gespielt würdig. Für die meisten Dinge die Symm ihm verkaufte, war auch er noch zu jung.

»Jedenfalls«, fuhr der Hüne fort, »da taucht dieser Esel plötzlich aus einer Nische auf, zeigt mir seinen Dienstausweis und versucht mir weiszumachen, ich stünde unter Arrest. Er würde mich jetzt verhaften, und ich täte gut daran, gutwillig mitzukommen.« Small Symm schüttelte traurig den Kopf, während Flinx wieder einen Schluck nahm.

»Und was hast du gemacht?« Er fuhr sich mit der Zunge über die Lippen.

»Ich will wirklich keinen Ärger mehr, schon gar nicht wieder eine Anzeige wegen Körperverletzung. Ich dachte, eine symbolische Demonstration würde vielleicht ausreichen, den Herrn zu veranlassen, seine Meinung zu ändern. Das war richtig gedacht, und er ging friedlich.« Symm deutete auf Flinx' inzwischen geleerten Krug. »Noch einen?«

»Klar. Was hast du gemacht?« wiederholte er.

»Seinen Dienstausweis habe ich aufgegessen. Hier ist dein Bier.« Er schob einen zweiten Krug neben den ersten.

Flinx begriff Small Symms Erleichterung. Er hatte seinen Ruf zu wahren. Sein Lokal war einer der wenigen Orte in Drallar, die man nachts mit der Garantie aufsuchen konnte, nicht von Rowdies angefallen oder von finsterem Gesindel beraubt zu werden. Small Symm pflegte mit solchen Störenfrieden ziemlich rigoros zu verfahren.

»Bin gleich wieder da«, verkündete Flinx seinem Freund. Er glitt von seinem Hocker und begab sich in jenen Raum, dessen Funktion und Ausstattung sich in den letzten paar hundert Jahren nur wenig verändert hatte. Kaum hatte er ihn betreten, als ihn eine Fülle kräftiger Gerüche und Empfindungen überwältigte: abgestandenes Bier, Alkohol, Angst, Spannung, altes Wasser, Feuchtigkeit, ängstliche Erwartung. Die Kombination von Empfindungen und Gerüchen erdrückte ihn fast.

Als er nach links blickte, wo die Kombination am ausgeprägtesten war, bemerkte er einen Knirps von einem Mann, der ihn ängstlich beobachtete. Flinx sah die zur Schau getragene Ruhe des Mannes und spürte seine innere Panik. Er hielt eine Osmosespritze in der Hand, als wäre sie eine Waffe. Als Flinx um Hilfe schreien wollte, erstickte seinen Schrei etwas Dunkles, Schweres, das sich über seinen Kopf legte. Und auch der mentale Schrei wurde von der Spritze zum Schweigen gebracht ...

Als er erwachte, blickte er in ein wirres Durcheinander von Lichtern. Sie waren vor ihm und unter ihm ausgebreitet und wirkten, als sähe er sie durch eine Wand und einen Boden aus durchsichtigem Plastikmaterial.

Langsam richtete er sich in sitzende Position auf, was einige Schwierigkeit bereitete, da seine Handgelenke mittels zweier verchromter Handschellen aneinander gefesselt waren. Eine Metallkette war daran befestigt, die sich zwischen wertvollem Mobiliar verlor. Die Kette wand sich wie ein verspiegelter Wurm über den dicken durchsichtigen Teppich. Flinx konnte jetzt die Lichter erkennen, die der städtische Puls von Drallar waren und die schimmernden Türme des Königspalastes zur Linken beherrschten. Jetzt vermochte er sich zu orientieren. Nach der Lage des Palastes und der Lichterketten unter sich und dem Wissen, daß er sich einige Stockwerke über dem Boden befand, erkannte er, daß er sich in einer der vier hermetisch abgeschlossenen Innenbezirke der Stadt befand. Diese bewachten Enklaven enthielten die Wohnungen der oberen Klassen, sowohl eingeborener Bewohner Drallars als auch Außenweltler, die hier ihren Geschäften nachgingen. Seine Entführer waren also mehr als nur gewöhnliche Gossendiebe.

Aus seiner näheren Umgebung vermochte er keine Eindrücke aufzunehmen. Im Augenblick war die einzige fremdartige Empfindung, die er entdeckte, ein leichtes Pochen in den Muskeln seines rechten Oberarmes, wo der Hypostrahl der Spritze ihn getroffen hatte. Eine weitere Empfindung wurde von seinem eigenen Ärger ausgelöst, einem Ärger, der sich gegen ihn selbst richtete, weil er die feindlichen Ausstrahlungen nicht entdeckt hatte, die seine Kidnapper zweifellos verbreitet haben mußten, als er die Toilette betrat. Plötzlich stellte

er fest, daß da noch eine Empfindung war, besser gesagt, fehlte. Das vertraute Gewicht von Pip fehlte auf seiner Schulter.

»Hallo«, ließ sich ein winziges silbernes Stimmchen hören.

Flinx fuhr herum und sah sich Auge in Auge einem Engel gegenüber. Er entspannte sich, schwang die Füße von der Couch und musterte das weibliche Wesen überrascht. Sie war höchstens neun oder zehn Jahre alt und in einen blaugrün gemusterten Hosenanzug mit langen Ärmeln aus einem durchsichtigen, an Spitzen erinnernden Material gekleidet. Langes, blondes Haar fiel ihr in Wellen bis auf die Hüften. Babyblaue Augen sahen ihn aus dem fein geschnittenen Gesicht eines Cherubs an.

»Ich heiße Mahnahmi«, teilte sie ihm mit weicher Stimme mit, einer Stimme, die hell klang wie eine Pikkoloflöte, »und du?«

»Alle nennen mich Flinx.«

»Flinx.« Sie saugte am Knöchel ihres Mittelfingers. »Das ist ein komischer Name. Aber er ist nett.« Ihr Lächeln ließ perfekte Perlenzähne erkennen. »Willst du sehen, was mein Vater mir gebracht hat?«

»Vater?« wiederholte Flinx und sah sich im Zimmer um. Die geschwungene Kurve der durchsichtigen Wand und der Balkon und das funkelnde Panorama darunter beherrschten den Raum. Draußen war es Nacht — aber war es dieselbe Nacht? Wie lange war er bewußtlos gewesen? Das konnte man jetzt nicht sagen — noch nicht.

Das Zimmer war in Spätsiberad möbliert: schwellende Kissen, Sessel und ein Diwan auf bleistiftdünnen Duralumbeinen, während alles andere von der Decke hing, an Duralumdrähten, die so dünn waren, daß man hätte glauben können, das restliche Mobiliar schwebte in der Luft. Schimmernde Spodumene und Kunzitkristalle beherrschten die Kuppeldecke. Sie waren von kreisförmigen Oberlichten umgeben, die jetzt offenstanden und den Blick auf den sternenübersäten Nachthimmel freigaben. Die Klimaanlage hielt den Abendregen davon ab, ins Zimmer zu fallen.

Sein Entführer mußte sehr wohlhabend sein.

Etwas beleidigt, weil man ihr nicht die gebührende Aufmerksamkeit widmete, unterbrach jetzt das Stimmchen seine Inspektion. »Willst du es jetzt sehen oder nicht?«

Flinx wünschte, das Pochen in seinem Oberarm würde endlich aufhören. »Klar«, sagte er geistesabwesend.

Das Lächeln erschien wieder, während das Mädchen in die Tasche griff. Sie trat näher an ihn heran und öffnete stolz die Faust, so daß man sehen konnte, was sie in der Hand hielt. Flinx sah, daß es ein Miniaturpiano war, ganz und gar aus Goldfiligran und echten Perlen zusammengesetzt.

»Es spielt wirklich«, erklärte sie ihm erregt. Sie berührte die winzigen Tasten, und Flinx lauschte den kaum hörbaren Klängen. »Es ist für mein Püppchen.«

»Es ist sehr hübsch«, lobte Flinx und erinnerte sich an die Zeit, da ein solches Spielzeug ihn mehr Kredit gekostet hatte, als er hätte hoffen dürfen, je zu besitzen. Er blickte besorgt an ihr vorbei. »Wo ist dein Vater jetzt?«

»Hier.«

Flinx wandte sich zur Seite und erblickte einen Mann, der das Wort gesprochen hatte.

»Nein, ich weiß bereits, daß man dich Flinx nennt«, sagte der Mann und machte eine wegwerfende Bewegung mit seiner von Ringen überladenen Hand. »Ich weiß schon eine ganze Menge über dich.«

Zwei Männer traten aus dem Schatten. Der eine hatte einen eingesunkenen Schädel, der von ungeheurer Hitze halb weggebrannt und von Medi-Ingenieuren nur höchst primitiv wiederhergestellt worden war. Sein kleinerer Begleiter wirkte jetzt gefaßter als in der Toilette bei Symm, wo er Flinx mit der Spritze außer Gefecht gesetzt hatte.

Jetzt sprach der Händler wieder. »Mein Name ist

Conda Challis. Vielleicht hast du schon von mir gehört.«

Flinx nickte langsam. »Ich habe von Ihrer Firma gehört.«

»Gut«, erwiderte Challis. »Es tut immer gut, wenn man erkannt wird, und erspart einem langwierige Erklärungen.« Langsam ließ das Pochen an Flinx' Schulter nach, während der Handelsherr es sich in einem Sessel bequem machte. Ein runder flacher Tisch aus Metall und Plastik stand zwischen ihm und Flinx. Der Mann mit dem halben Gesicht und sein klein geratener Schatten machten es sich in der Nähe bequem — aber nicht zu bequem, registrierte Flinx.

»Mahnahmi, ich sehe, du hast unseren Gast schon unterhalten«, sagte Challis zu dem Mädchen. »Jetzt geh woanders hin und spiel schön.«

»Nein, ich will hierbleiben und zusehen.«

»Zusehen?« Flinx' Muskeln spannten sich. »Was gibt es hier zu sehen?«

»Er wird das Juwel benutzen, ganz bestimmt wird er das!« Sie wandte sich Challis zu. »Bitte, laß mich hierbleiben und zusehen, Daddy! Ich sag' kein Wort, das verspreche ich.«

»Tut mir leid, Kind, diesmal nicht.«

»Diesmal nicht, diesmal nicht«, wiederholte sie trotzig. »Du läßt mich nie zusehen, nie, nie, nie!« Und dann, ebenso schnell wie ein Sonnenstrahl, der plötzlich durch die Wolken bricht, strahlte ihr Gesicht in breitem Lächeln. »Oh, schon gut, aber laß mich wenigstens Wiedersehen sagen.«

Als Challis ungeduldig nickte, sprang sie Flinx förmlich in die Arme. Ihm war das schrecklich unangenehm, aber sie wand sich geradezu um ihn, gab ihm einen feuchten Schmatz auf eine Wange und flüsterte ihm gleichzeitig ins Ohr: »Du tust am besten, was er von dir verlangt, Flinx, sonst bringt er dich um.«

Irgendwie brachte er es zuwege, seinen Gesichtsausdruck dabei nicht zu verändern, und da hatte sie sich auch schon mit unschuldigem Lächeln von ihm gelöst.

»Tschüß. Vielleicht läßt Daddy uns später miteinander spielen.« Sie wandte sich um und verschwand durch eine Seitentür.

»Ein ... interessantes kleines Mädchen«, meinte Flinx und schluckte.

»Ist sie nicht reizend?« pflichtete Challis ihm bei. »Ihre Mutter war ungewöhnlich schön.«

»Dann sind Sie also verheiratet? Sie scheinen mir gar nicht der Typ dafür zu sein.«

Der Händler schien ernsthaft schockiert. »Ich auf lebenslänglich? Mein lieber Junge! Ich habe ihre Mutter gekauft, hier in Drallar; vor ein paar Jahren. Ihrem Stammbaum konnte man entnehmen, daß sie außergewöhnliche Talente besaß. Dabei waren sie höchst unbedeutend, höchstens für ein paar Partytricks geeignet. Aber einige andere Funktionen konnte sie erfüllen, also fand ich nicht, daß ich mein Geld total vergeudet hatte. Der einzige Nachteil war die Geburt jenes Kindes, weil ich versäumt hatte, mich rechtzeitig für meine Injektionen zu melden. Ich dachte nicht, daß es etwas ausmachen würde.« Er zuckte die Achseln. »Aber ich hatte unrecht. Die Mutter bereitete mir Vergnügen, also erlaubte ich ihr, das Kind zu bekommen — ich neige freilich dazu, meinem Besitz ziemlich viel abzuverlangen. Die Mutter lebte nachher nicht mehr lange. Manchmal habe ich das Gefühl, das Kind hätte die bescheidenen Talente ihrer Mutter geerbt, aber jeder Versuch, das unter Beweis zu stellen, scheiterte.«

»Und dennoch behalten Sie sie«, meinte Flinx. Einen Augenblick lang schien Challis beinahe verwirrt, eine Empfindung, die freilich schnell verging.

»In Wirklichkeit ist das gar nicht so überraschend. In Anbetracht der Art und Weise, wie ihre Mutter starb — wovon das Kind nichts weiß —, empfinde ich ihr gegenüber eine Art Verantwortung. Ich mag zwar kleine Kinder nicht besonders gern, aber sie gehorcht mir mit einer Bereitwilligkeit, die ich mir bei manchem älteren Mädchen nur wünschen würde.« Er grinste breit, und Flinx hatte die Empfindung eines nackten, weißen, mit zerbrochenen Eiszapfen angefüllten Schädels.

»Sie ist alt genug, zu wissen, daß ich sie einfach verkaufen würde, wenn sie das nicht täte.« Challis beugte sich vor, und seinem Mund entrang sich ein keuchender Laut, solche Mühe bereitete ihm die kleine Anstrengung. »Aber man hat dich nicht hierhergebracht, um mit mir über Einzelheiten meines häuslichen Lebens zu diskutieren.«

»Weshalb hat man mich denn hierhergebracht? Ich hörte etwas von einem Juwel. Ich weiß einiges über gute Steine, aber ein Fachmann bin ich ganz bestimmt nicht.«

»Ja, ein Juwel.« Weitere mündliche Erklärungen gab Challis nicht ab, statt dessen betätigte er einige Schalter an der Unterseite des Tisches, der zwischen ihnen stand. Die Lichter verblaßten, und Challis seltsame Helfer verschwanden, wenn Flinx auch ihre wachsame Anwesenheit in der Nähe verspürte. Sie standen zwischen ihm und der einzigen klar erkennbaren Tür.

Aber jetzt lenkte ein leises Summen Flinx' Aufmerksamkeit auf sich. Die Tischplatte glitt zur Seite, und er sah, daß der ganze Tisch wie ein Safe gebaut war. Etwas erhob sich aus der Höhlung darunter, eine Skulptur aus glitzernden Einzelteilen, die von einem Spinnennetz dünner Drähte umgeben war. Im Mittelpunkt der Skulptur schimmerte eine durchsichtige Kugel aus Glasalum. In ihr befand sich etwas, das wie ein klarer, natürlicher Kristall, etwa von der Größe eines Menschenkopfes, aussah. Von dem Kristall ging ein seltsames, wie von innen kommendes Licht aus. Auf den ersten Blick wirkte er wie Quarz, aber bei längerem Hinsehen war zu erkennen, daß es sich um höchst ungewöhnliches Silikat handelte.

Das Zentrum des Kristalls war hohl und von unregelmäßigen Umrissen. Es war mit braunen und grünen Partikeln gefüllt, die in träumerischer Langsamkeit in einer klaren Flüssigkeit dahintrieben. Die Partikeln waren so fein wie Staubkörner. An manchen Stellen reichten sie fast bis an die Ränder der Kristallwände, wenn sie auch dazu neigten, sich in der Mitte zu sammeln. Gelegentlich huschten diese samtigen Staubkörner hin und her, als stieße sie eine verborgene Kraft an. Flinx starrte wie hypnotisiert in die sich verändernden Tiefen ...

Auf der Erde lebte ein wohlhabender Mann namens Endrickson. Seine Familie mochte ihn gerne, und seine Freunde waren ihm herzlich zugetan. Auch seine Konkurrenten empfanden eine Art trotziger Bewunderung für ihn. Endrickson war, wenn er auch im Augenblick etwas benommen herumlief und nicht besonders intelligent wirkte, eines jener seltsamen Genies, die nicht über eigene schöpferische Fähigkeit verfügen, statt dessen aber über die seltene Gabe, die Talente begabterer Menschen zu leiten und lenken.

Um 17.30 Uhr am Abend des 25. des Fünftmonats schritt Endrickson langsamer als gewöhnlich durch die scharf bewachten Korridore der Anlage. Die Anlage hatte keinen Namen — eine Vorsichtsmaßnahme, auf der nervöse Männer bestanden hatten, deren Beruf es ist, sich um solche Dinge Sorgen zu machen —, und sie war in die Westhänge der Anden eingelassen.

Während er an den Männern und Frauen und den insektoiden Thranx vorüberschritt, die in der Anlage tätig waren, nickte Endrickson ihnen grüßend zu, und man erwiderte seinen Gruß respektvoll. Sie gingen alle in entgegengesetzter Richtung, da der Arbeitstag für sie geendet hatte. Diese vielen Geschöpfe mit ihren vielen Talenten befanden sich auf dem Weg nach Hause, wo immer dieses Zuhause war, Santiago und Lima und Neu Delhi und New York ebenso wie in den terranischen Thranxkolonien im Amazonasbecken.

Einer, dessen Dienst noch nicht beendet war, nahm Haltung an, als Endrickson in einen geschützten Gang eintrat. Als er sah, daß der Besucher nicht sein unmittelbarer Vorgesetzter war — ein Herr, der besonderen Wert auf Disziplin und stramme Haltung legte —, entspannte sich der bewaffnete Wächter wieder. Er wußte, daß Endrickson jedermanns Freund war.

»Hallo ... Davis«, sagte der Chef langsam.

Der Mann salutierte, dann studierte er ihn aufmerksam, weil sein Aussehen ihn beunruhigte.

»Guten Abend, Sir. Kann ich etwas für Sie tun?«

»Guten, Abend, Davis«, erwiderte Endrickson. »Mir ist da etwas eingefallen ... es dauert nicht lange.« Er schien gedankenverloren auf einen unregelmäßig geformten glänzenden Gegenstand zu blicken, den er halb verborgen in der Hand hielt. »Wollen Sie meinen Ausweis sehen?«

Der Wächter lächelte, schob die Plastikkarte in das Lesegerät und ließ Endrickson dann in die Kammer, hinter der die Werkstatt lag. Eine riesige Kaverne, die durch die Kunst der Ingenieure und die Notwendigkeit noch größer gemacht worden war. Dies war das Herz der Anlage.

Endrickson ging zielstrebig die Rampe hinunter, vorbei an riesigen Maschinen, langen Bänken und Gebilden aus Metallen und anderen Werkstoffen. Die Werkstätte war jetzt verlassen. Erst in fünf Stunden würde hier die nächste Schicht antreten.

Als er etwa den dritten Teil des Weges durch die Kaverne zurückgelegt hatte, blieb er vor einer eindrucksvollen Tür aus hellbraunem Metall stehen, der einzigen Unterbrechung in einer massiven Wand aus demselben Material, die einen großen Teil der Kaverne vom Rest abtrennte. Den Gegenstand nicht loslassend, den er in der Hand hielt, zog er mit der anderen Hand einen kleinen Ring heraus, an dem einige Metallzylinder hingen. Einen dieser Zylinder wählte er aus, drückte den Daumen in die Vertiefung an seinem einen Ende und schob das andere in ein kleines Loch in der Tür und drückte. Eine Serie von Strahlungen wurde ausgelöst und vom Mechanismus der Tür absorbiert. Sie gab ihr Urteil sowohl über den Zylinder als auch über die Person, die ihn in der Hand hielt, ab.

Als die Computer sich überzeugt hatten, daß der Zylinder mit dem richtigen Code versehen war und sein Besitzer sich geistiger Stabilität erfreute, ertönte ein leises Summen, und die Tür verschwand im Boden. Endrickson trat hindurch, die Tür registrierte sein Eintreffen und schloß sich dann hinter ihm wieder.

Vor ihm ragte eine noch nicht ganz fertiggestellte Maschine auf, die diesen Teil der Kaverne fast ausfüllte. Sie war von einem ganzen Arsenal von Instrumenten umgeben: Monitorgeräten, Werkzeugen, Prüfanlagen und zahllosen Kisten mit Montageteilen.

Endrickson ging zielstrebig auf ein schwarzes Schaltbrett zu. Er blickte nachdenklich auf die Schalter und Skalen, die dort angebracht waren, und benutzte dann einen weiteren Zylinder dazu, um dieses Schaltbrett zum Leben zu erwekken. Lichter flammten auf, Zeiger tanzten.

Über ihm ragte die riesige Masse der noch nicht fertiggestellten KK-Antriebsmaschine auf. Die endgültige Fertigstellung konnte und würde erst im freien Weltraum vorgenommen werden, da das aktivierte Posigravfeld des Antriebs innerhalb des Schwerefelds eines Planeten eine Serie von Erdbeben und anderen tektonischen Veränderungen von katastrophalen Ausmaßen auslösen würde.

Aber dieser Umstand interessierte Endrickson im Augenblick nicht. Ihn beschäftigte eine viel interessantere Frage. War die Antriebseinheit schon so weit gediehen, daß sie funktionierte, überlegte er. Warum nicht die interessanten Möglichkeiten aus erster Hand beobachten?

Er blickte auf das, was er in der Hand hielt, und benutzte dann einen zweiten Zylinder dazu, um eine Klappe an einem Ende des Schaltbretts zu öffnen. Unter der Klappe waren einige Schalter angebracht, die alle grellrot lackiert waren. Endrickson hörte irgendwo eine Sirene anlaufen, ignorierte den Alarm aber und drückte die Schalter in der richtigen Reihen-

folge. Er war ungeheuer gespannt. Jetzt, da die Schalter betätigt waren, begannen Anweisungen durch den Monolithen aus Glas, Plastik und Metall zu fließen.

Endrickson konnte auf der anderen Seite der versperrten Tür Leute rufen und laufen hören. Aber der thermonukleare Funken des Antriebs war bereits ausgelöst und Endrickson sah auf den entsprechenden Monitoren die Wirkung.

Er nickte befriedigt. Die letzten Relais rasteten ein, traten in Verbindung mit dem Computer, der in die Maschine eingebaut war. Den Bruchteil einer Sekunde lang existierte das Kurita-Kita-Feld. Zum erstenmal beschäftigte jetzt Endrickson — aber höchstens ein oder zwei Sekunden lang — der Gedanke, daß er dies hätte nur in den tiefsten Tiefen des Weltalls tun dürfen.

Aber seine letzten Gedanken waren allein der auserlesenen Lieblichkeit und den fremden Welten vorbehalten, die in dem Gegenstand eingeschlossen waren, den er in der Hand hielt ...

Wäre die Antriebseinheit bereits fertiggestellt gewesen, so hätte es zu einer größeren Katastrophe kommen können. Aber das war sie nicht, und so brach das Feld schnell wieder zusammen, außerstande, sich zu erhalten und sich zu seinem vollen Durchmesser, auf dem die Antriebskräfte der Sternenschiffe basieren, auszudehnen.

Und so zersprangen zwar ein paar Fenster und stürzten einige ältere Gebäude ein, und der uralte Turm der Kirche von Santa Avila de Sevilla im sechshundert Kilometer entfernten Valparaiso stürzte ein, ansonsten erlitten aber nur einige Gegenstände in unmittelbarer Umgebung wesentliche Veränderungen.

Aber Endrickson, die Anlage und der in der Nähe liegende Wissenschaftlergemeinde von Santa Rosa de Cristóbal (Bevölkerungszahl 3200) verschwanden. Der Berg, an dessen Sockel die Stadt entstanden war und aus dessem Innern man die Anlage herausgesprengt hatte, wurde in einen zwölfhundert Kilometer tiefen Krater verwandelt, dessen Wände ganz mit geschmolzenem Glas bedeckt waren.

Aber da die Logik bewies, daß es sich bei dem Ereignis unmöglich um etwas anderes als einen Unfall gehandelt haben konnte, kamen auch die Fachleute, die man gerufen hatte, um eine Erklärung zu finden, zu diesem Schluß — Fachleute, die keinen Zugang zu dem wunderschönen Gegenstand hatten, der den jetzt in Staub verwandelten Endrickson so völlig verwirrt hatte ...

Flinx blinzelte und erwachte aus der atemberaubenden Lieblichkeit des Janusjuwels. Der Stein pulsierte immer noch in seiner gleichmäßigen, natürlich gelben Lumineszenz.

»Hast du je zuvor einen gesehen?« fragte Challis.

»Nein. Aber ich habe davon gehört. Ich weiß genug darüber, um einen zu erkennen.«

Challis mußte einen weiteren verborgenen Schalter betätigt haben, denn jetzt flammte am Tischrand ein schwaches Licht auf. Der Händler zog eine Schublade aus dem Tischsockel und entnahm ihr einen kleinen Kasten, der an die abstrakte Skulptur eines fliegenden Vogels erinnerte. Der Gegenstand war so geformt, daß ein Mensch ihn sich über den Kopf stülpen konnte. Ein paar freiliegende Drähte und Module durchbrachen die sonst glatten Linien des Gerätes.

»Weißt du, was das ist?« fragte der Händler.

Flinx mußte seine Unwissenheit gestehen.

»Das ist das Kopfgerät des Operateurs«, erklärte Challis bedeutungsvoll und stülpte ihn sich über das drahtige Haar. »Das Kopfgerät und die Maschinerie, die in den Tisch eingebaut ist, übersetzen die Gedanken des menschlichen Geistes und vermitteln sie an das Juwel. Das Juwel hat eine ganz bestimmte Eigenschaft.«

Challis betonte das Wort ›Eigenschaft‹ mit jener Art spiritueller Verehrung, die die meisten Männer dazu benützen würden, um ihren Gott oder ihre Geliebte zu beschreiben.

Jetzt hatte der Händler offenbar das Kopfgerät eingestellt. Er faltete die Hände über seinem Bauch und starrte den Kristall an. »Ich konzentriere mich jetzt auf etwas«, erklärte er Flinx mit leiser Stimme. »Es gehört einige Übung dazu, obwohl manche Leute es auch ohne Übung schaffen.«

Vor Flinx' gebanntem Blick begannen sich die Partikeln im Innern des Juwels jetzt neu zu ordnen. Ihre Bewegungen waren nicht mehr zufällig, und es war klar zu erkennen, daß Challis' Gedanken sie lenkten. Vor seinen Augen geschah hier etwas, von dem er bisher nur vage Schilderungen, ja eher nur Gerüchte gehört hatte, das aber nur wenige, abgesehen von den ganz Reichen und Privilegierten, je mit eigenen Augen erlebt hatten.

»Je größer der Kristall ist«, fuhr Challis fort, der sich offenbar bemühte, ein bestimmtes, bis jetzt noch nicht sichtbares Ergebnis zu erzielen, »desto mehr Farben sind in dem Kolloid vorhanden und desto wertvoller ist der Stein. Üblicherweise enthält er nur eine Farbe. Dieser Stein enthält zwei und ist einer der größten und schönsten, die es gibt. Überflüssig zu sagen, daß selbst kleine Steine rar sind.

Es gibt Steine mit Verunreinigungen, die drei- und vierfarbige Bilder erzeugen, und ein Stein ist bekannt, der sogar fünf Farben erzeugt. Du würdest nicht glauben, wem er gehört oder was man damit macht.«

Flinx sah zu, wie die Farben in der Mitte des Kristalls, gelenkt von Challis, Formen anzunehmen begannen. »Bis jetzt hat noch niemand die ölige Flüssigkeit synthetisch herstellen können«, fuhr der Händler fort, »in der die Partikeln enthalten sind. Wenn ein Kristall einmal zerbrochen ist, ist es unmöglich, ihn zu reparieren. Man kann das Kolloid auch weder ganz noch teilweise in einen neuen Behälter übertragen. Ein Bruch in der feinen kristallflüssigen Formation zerstört das individuelle piezoelektrische Potential des Steins. Zum Glück ist der Kristall so hart wie Korund, wenn auch bei weitem nicht so stark wie künstliche Stoffe, etwa wie Duralum.«

Obwohl die Umrisse in dauernder Bewegung waren und zitterten, nie ganz fest wurden, nahmen sie jetzt die erkennbaren Formen einiger Personen an. Eine davon schien eine übertrieben üppige Frau zu sein. Dann war da ein menschliches Wesen männlichen Geschlechts, und die dritte Gestalt war völlig fremd. Eine zweiseitige Kammer erhob sich um sie und füllte sich mit seltsamen Gegenständen, die ihre Form nie länger als ein paar Sekunden lang behielten. Obwohl ihre Konsistenz schwankte, konnte man das von dem Eindruck, den sie vermittelten, nicht sagen. Flinx sah genug, daß sich ihm der Magen umdrehte, ehe der Inhalt des Kristalls sich wieder in eine Wolke glühenden Staubs auflöste.

Als er aufblickte, sah er, daß der Händler das Kopfgerät abgenommen hatte und sich mit einem parfümierten Tuch den Schweiß von der hohen Stirn wischte. Von dem Licht des Tisches beleuchtet, wirkte sein Gesicht jetzt wie das eines Dämons.

»Der Anfang ist ganz leicht«, murmelte er erschöpft, »aber es ist teuflisch schwierig, die Reaktion aufrechtzuerhalten. Wenn man die Aufmerksamkeit von einer Figur abzieht, beginnen die anderen zusammenzubrechen. Und wenn in dem Spiel komplizierte Aktionen mehrerer solcher Geschöpfe vorkommen, ist es nahezu unmöglich, besonders wenn man ... großen Anteil daran nimmt.«

»Was hat das alles mit mir zu tun?« fragte Flinx. Obwohl seine Frage für Challis bestimmt war, galt seine ganze Aufmerksamkeit den zwei nur undeutlich erfaßten Gestalten, die den Ausgang bewachten. Weder Nolly noch Nanger hatten sich bewegt, aber das bedeutete keineswegs, daß ihre Aufmerksamkeit erlahmt war. Und die Tür, die sie bewachten, würde aller Wahrscheinlichkeit nach nicht aufgesperrt werden. Flinx konnte in dem vom Boden bis zur Decke reichenden Glasalum einige Öffnungen erkennen, wußte aber, daß sie sich mindestens fünfzig Meter über dem Boden befanden.

»Weißt du«, erklärte ihm Challis, »ich schäme mich zwar nicht zuzugeben, daß ich mit der Challis-Gesellschaft eine höchst erfolgreiche Familienfirma geerbt habe, und sehe in mir auch keinen Dilettanten. Ich habe die Firma beträchtlich ausgeweitet und verbessert, indem ich einige Leute mit unterschiedlichen Talenten eingestellt habe.« Er deutete zur Tür. »Der gute Nolly und Nanger sind zwei solche Beispiele. Ich hoffe, daß du, mein lieber Junge, dich hier gut einfügen wirst.«

»Ich glaube, ich verstehe nicht ganz, was Sie meinen«, sagte Flinx langsam, um Zeit zu gewinnen.

»Dem läßt sich leicht abhelfen.« Challis legte die gespreizten Finger gegeneinander. »Es gehört eine ganz bestimmte Art von Geist dazu, die Schwebepartikeln der Janusjuwelen in Bewegung zu halten und zu manipulieren. Meine geistigen Szenarien sind kompliziert, und ich brauche ein zusätzliches Bewußtsein, um sie ganz genießen zu können, das *deine!* Ich werde dir erklären, was ich mir wünsche, und du wirst meine Wünsche in dem Juwel erfüllen!«

Flinx dachte an das, was er vor ein paar Augenblicken in dem unvollendeten Spiel gesehen hatte, dachte an das, was Challis in der winzigen Götterwelt des Juwels geschaffen hatte. Er war in vieler Hinsicht viel reifer, als es seinen siebzehn Jahren entsprach, und hatte schon vieles gesehen. Manches davon hätte selbst einem erfahrenen Soldaten Übelkeit bereitet, und doch waren es meist nur harmlose Perversionen. Aber unter all der oberflächlichen Herzlichkeit und den höflichen Bitten um Unterstützung, die Challis ausgedrückt hatte, brodelte ein Abgrund, und Flinx war nicht bereit, sich als Lotse dafür herzugeben.

Flinx hatte seine Kindheit auf dem Marktplatz von

Drallar verbracht, und das hatte ihn zum Realisten gemacht. So schreckte er bei dem Vorschlag des Händlers nicht zurück und sagte nicht das, was ihm auf der Zunge lag: ›Sie widern mich an, Conda Challis, und ich lehne es ab, mich mit Ihnen und Ihren schmutzigen Phantasien einzulassen.‹ Statt dessen sagte er: »Ich weiß nicht, wie Sie auf die Idee kommen, daß ich Ihnen da helfen könnte.«

»Du kannst doch deine eigene Vergangenheit nicht ableugnen«, feixte Challis. »Ich habe mir eine kleine hochinteressante Akte über dich zusammenstellen lassen. Deine ganz speziellen Talente haben einem meiner Konkurrenten namens Maxim Malaika sehr geholfen. Und vor dieser Episode und auch nachher hat man dich dabei beobachtet, wie du für ein paar Credits, die dir Passanten zuwarfen, deine außergewöhnlichen geistigen Kräfte demonstriert hast. Ich kann dir wesentlich mehr bieten, wenn du deine Talente mir zur Verfügung stellst. Versuche nur, es abzuleugnen, wenn du kannst.«

»Okay, dann beherrsche ich eben ein paar Tricks und kann den Touristen etwas vormachen«, räumte Flinx ein und studierte dabei die dünnen silbernen Armbänder, die seine Handgelenke miteinander verbanden, und versuchte, einen Ausweg aus seiner Lage zu finden. »Aber das, was Sie als meine ›Talente‹ bezeichnen, ist in Wirklichkeit undiszipliniert und nicht lenkbar und unterliegt die meiste Zeit nicht meiner Kontrolle. Ich weiß nicht, wann diese Talente auftreten und wann sie wieder verschwinden.«

Flinx gefiel die Art, wie Challis jetzt nickte, gar nicht. »Natürlich. Ich verstehe. Alle Talente, in der Kunst, beim Sport und wo auch sonst immer — erfordern Ausbildung und Disziplin, um sich voll entwickeln zu können. Ich beabsichtige, dir dabei zu helfen, die deinen zu meistern. Beispielsweise ...« Challis nahm etwas heraus, das wie eine alte Taschenuhr aussah, aber keine war, und drückte einen winzigen Knopf. Im gleichen

Augenblick wurde Flinx der Atem aus den Lungen gepreßt, und er krümmte sich nach vorne. Seine Hände ballten sich zu Fäusten, er schauderte, ihm war, als striche jemand mit einer Feile über seine Handgelenkknochen. Und dann war der Schmerz ebenso plötzlich wieder vergangen, und er konnte sich schlaff nach hinten lehnen, konnte keuchen, zitterte. Als er endlich die Augen wieder aufschlagen konnte, sah er, daß Challis ihn voll Erwartung und interessiert anstarrte. Sein Blick erinnerte an den eines Chemikers, der ein Versuchstier mustert, dem er gerade eine tödliche Substanz injiziert hatte.

»Das ... war nicht nötig«, stieß Flinx im Flüsterton hervor.

»Mag sein«, nickte Challis ungerührt, »aber es war höchst instruktiv. Ich habe gesehen, wie deine Augen herumwanderten, während du redetest. Du kannst mir glauben, daß du hier nicht rauskommst. Und selbst, wenn es dir irgendwie gelingen sollte, den Zentralschacht hinter Nolly und Nanger zu erreichen, dann gibt es hier noch andere, die warten.« Der Händler hielt inne und fragte abrupt: »Ist denn das, was ich wünsche, wirklich so abstoßend? Du wirst gut belohnt werden. Ich biete dir eine sichere Existenz in meiner Firma. Du kannst es dir gutgehen lassen. Man wird dich nur hin und wieder rufen, um das Juwel zu bedienen.«

»Mich stört nicht das Gehalt, sondern die Moral der Geschichte«, beharrte Flinx.

»Oh, die Moral.« Das schien Challis zu amüsieren, und er machte keine Anstalten, dies zu verbergen. »Darüber bist du doch sicher hinweg. Die Alternative ist viel weniger subjektiv.« Er tippte gelangweilt auf das uhrenähnliche Gebilde.

Während Flinx so tat, als überlegte er das, was Challis ihm vorschlug, gingen in Wirklichkeit seine Gedanken fieberhaft. Seine Handgelenke schmerzten immer noch, und der Schmerz reichte ihm bis in die Schultern.

Er würde diesen Schmerz ein zweites Mal ertragen können, ein drittes Mal, aber nicht oft. Und wenn er sich verstärkte, dann würde er die Besinnung verlieren. Er hatte immer noch Mühe, klar zu sehen.

Und doch ... er *konnte* das, was Challis wollte, einfach nicht tun. Diese Bilder — der Magen drehte sich ihm bei der Erinnerung um — an solchen Obszönitäten teilzuhaben ... Nein! Flinx überlegte, was er sagen sollte, wie er vermeiden konnte, noch einmal diesem Schmerz ausgesetzt zu werden, als etwas Trockenes, Glattes über seine Wange rieb. Und gleich darauf strich etwas liebkosend über seinen Hals.

Challis sah offenbar in der Finsternis nichts, denn als er wieder sprach, war seiner Stimme nichts anzumerken. Seine Finger spielten nach wie vor mit dem eiförmigen Gebilde, das er in der Hand hielt. »Komm, Junge, müssen wir das wirklich noch länger ausdehnen? Ich bin sicher, daß es dir viel weniger Vergnügen bereitet als mir.«

Sein Finger kroch auf den Knopf zu.

»He!«

Der Schrei hallte von der Tür herüber, dann waren halb unterdrückte Flüche zu hören und das Geräusch von Bewegungen. Challis' Wärter tanzten wie verrückt herum und schlugen nach etwas, das sie gar nicht sahen.

Challis' Stimme wurde böse, jetzt war er zum erstenmal ärgerlich. »Was ist denn mit euch Idioten los?«

Nanger antwortete nervös: »Hier ist etwas.«

»Ihr seid beide nicht ganz bei Trost. Wir sind hier acht Stockwerke über dem Erdboden und gegen mechanische Eindringlinge abgeschirmt. Hier kann doch unmöglich ...«

Der Schrei, mit dem Nanger den Händler unterbrach, klang, als käme er nicht aus einer menschlichen Kehle. Flinx hatte das erwartet. Trotzdem lief es ihm eisig über den Rücken. Wie er auf Nolly oder auf Challis wirkte, der sich plötzlich hinter seinem Stuhl versteckte und an seinem Gürtel herumfummelte, konnte er nur ahnen.

Flinx hörte etwas krachen und gleich darauf eine Kollision mit etwas Schwerem, das die Kontrolle über sich selbst verloren hatte. Es war Nanger. Der Mann mit dem halben Gesicht hatte sich beide Hände über die Augen gepreßt und taumelte blindlings herum.

»Der Stein ... paßt auf den Stein auf!« heulte Challis in panischer Angst. Erstaunlich schnell, auf Händen und Knien herumrutschend, erreichte er den Tischrand und drückte einen Schalter. Im gleichen Augenblick ging das Licht aus. Im schwachen Licht des Wandfensters konnte Flinx sehen, wie der Händler das Oberteil des Apparates entfernte und die Kugel mit dem Kristall schützend in den Händen barg.

Plötzlich durchflutete eine Lichtwelle den Raum. Dicht aufeinanderfolgende grüne Blitze aus einem Nadler. Nolly hatte die Waffe herausgerissen und schoß jetzt hilflos auf einen Gegner, der um ihn kreiste und immer wieder auf ihn herunterstieß.

Und dann begann im Innern des Tisches etwas zu summen, und Challis hob den Hörer ab und lauschte. Flinx lauschte auch, konnte aber nichts hören. Was auch immer der Anrufer sagen mochte, jedenfalls reagierte der Händler wütend darauf. Sein Verhalten war jetzt völlig anders. Er murmelte etwas in die Sprechmuschel und ließ sie dann in den Tisch zurückfahren. In dem Blick, den er Flinx im Halbdunkel zuwarf, mischten sich Wut und Neugierde. »Ich sage dir Lebwohl, lieber Junge, hoffentlich haben wir wieder einmal Gelegenheit, zusammenzutreffen. Ich glaubte, du wärest nur ein Bettler mit Talenten, die größer sind als dein Kopf. Offenbar bist du etwas mehr. Es tut mir leid, daß du mein Angebot abgelehnt hast. Deine Herkunft mütterlicherseits hat mir Mut gemacht.« Challis blickte böse. »Ich mache nie denselben Fehler zweimal, laß dir das eine

Warnung sein.« Immer noch auf Händen und Knien arbeitete er sich auf die verborgene Tür zu. Als sie sich öffnete, erhaschte Flinx einen Blick auf eine kleine Gestalt, die dort stand.

»Du hast wohl wieder gelauscht?« murmelte Challis und stand auf. Er ohrfeigte das Kind und packte es am Arm. Das Mädchen fing zu weinen an und wandte sich von Challis ab, als die Tür sich schloß.

Während Flinx seine Aufmerksamkeit der anderen Tür zuwandte, beschäftigten sich seine Gedanken bereits mit der hingeworfenen Bemerkung des Händlers. Aber ehe er alle Implikationen verarbeiten konnte, traf ihn ein wahrer Tsunami wilder geistiger Energie, der ihn fast von der Couch warf. Er war so stark, daß er alle Vorstellungen überstieg, kräftiger als alles, was er je von einem menschlichen Geist erlebt hatte. Diese geistige Attacke enthielt schreiende Bilder von Conda Challis, der langsam in Stücke ging, wie eine Spielzeugpuppe, und in diese Visionen mischten sich in wirrem Durcheinander andere Bilder, darunter auch einige von Flinx.

Er zuckte unter dem Zyklon zusammen. Einige der flüchtigen Bilder waren viel schlimmer als alles, was Challis in dem Juwel zu schaffen versucht hatte. Der Geist des Händlers mochte abgrundtief verdorben sein, aber der Geist, der hinter diesem mentalen Sturm stand, begnügte sich nicht mit solchen Oberflächlichkeiten.

Flinx blickte auf die sich schließende Tür und erhaschte einen letzten Blick auf schwarze Augen in einem engelhaften Gesicht. In diesem noch nicht ausgeformten Körper, das wußte er, lebte ein gequältes Kind. Aber selbst diese Erkenntnis löste nicht jene wilde Erregung in ihm aus, die Challis' letzte beiläufige Bemerkung ausgelöst hatte. »Deine Vorfahren mütterlicherseits«, hatte der Händler gesagt.

Flinx wußte mehr über das Universum als über seine wirklichen Eltern. Wenn Challis auch nur ein Gerücht über Flinx' Eltern kannte ... dann würde der Wunsch des Händlers auf ein weiteres Zusammentreffen erfüllt werden.

02

Die Tür zum Zentralschacht des Turmes öffnete sich, als der einzige andere, der sich noch im Raum befand, zu fliehen versuchte. Aber statt einer leeren Liftkabine fand er sich einer Gestalt von gargantuesken Proportionen gegenüber, die ihn wie ein Spielzeug hochhob und ihm den Nadler abnahm. Der Neuankömmling machte die Waffe wirkungslos, indem er sie einfach in einer Faust zerdrückte, die die Gewalt einer hydraulischen Presse hatte. Nollys Finger, die den Kolben des Nadlers umfaßt hielten, erlitten ein ähnliches Geschick, und seinen Lippen entrang sich ein kurzer Schmerzensschrei, ehe ihn gnädige Bewußtlosigkeit einhüllte.

Small Symm duckte sich, um nicht gegen den Torbogen zu stoßen, und ließ die reglose menschliche Gestalt zur Seite fallen. Gleichzeitig ließ sich eine lange dünne Kreatur auf Flinx' Schulter nieder und eine feuchte Zungenspitze leckte an seinem Ohr. Flinx griff nach hinten, kratzte den Minidrach am Kopf und fühlte, wie er sich entspannte. »Danke, Pip.«

Dann stand er auf, ging um den Tischsafe herum und spielte mit den Schaltern an der anderen Seite. Gleich darauf war es ihm gelungen, den ganzen Raum zu erhellen. Wo Nanger zusammengebrochen war, lag das teure Mobiliar zerschmettert und verbogen herum. Seine Leiche, die bereits anfing zu erstarren, lag wie hingeworfen über einem verbogenen Stuhl. Die reglose Gestalt seines Begleiters zierte den Eingang. Aus seiner zermalmten Hand rann Blut. »Ich hab' mich schon gefragt, wann du hier auftauchen würdest«, meinte Flinx zu Symm gewandt.

»Das war schwierig«, entschuldigte sich der Barbesitzer, dessen Stimme aus dem tiefsten Innern seines mächtigen Brustkastens zu dröhnen schien. »Dein Minidrach war ungeduldig und verschwand plötzlich, als ich mit ihm nicht Schritt halten konnte. Wie hat er dich denn gefunden?«

Flinx warf einen liebevollen Blick auf den schuppigen Kopf seines Lieblings. »Er hat meine Angst gerochen. Beim Wasser des Lebens, laut genug habe ich sie ja ausgestrahlt.« Er hielt ihm die immer noch mit Handschellen gefesselten Hände hin. »Kannst du da etwas machen? Ich muß zu Challis.«

Symm warf einen Blick auf die Handschellen, und milde Überraschung trat auf sein Gesicht. »Ich hatte nie gedacht, daß du Rachegefühle kennst, Flinx.«

Er nahm eines der schmalen Bänder zwischen Daumen und Zeigefinger und drückte vorsichtig zu. Das Metall zersprang mit einem explosiven *›Pop‹*. Kurz darauf war auch Flinx' andere Hand frei.

Als Flinx sein rechtes Handgelenk rieb, konnte er keine Spur entdecken — nichts, das einen Hinweis auf den schier unerträglichen Schmerz gab, den er empfunden hatte.

Er überlegte, wie er auf die Anklage seines Freundes reagieren sollte. Wie sollte er diesem gutmütigen Hünen die Wichtigkeit von Challis erklären? »Ich glaube, Challis weiß etwas über meine wirklichen Eltern. Darüber kann ich nicht einfach hinweggehen.«

Die unerwartete Bitterkeit in Symms Antwort verblüffte ihn. »Was bedeuten sie dir schon? Was haben sie für dich getan? Ihretwegen hat man dich wie einen Besitz behandelt, wie ein Stück Vieh. Wenn Mutter Mastiff nicht gewesen wäre, dann wärst du jetzt ein Sklave, würdest vielleicht jemandem wie diesem Challis gehören. Deine wirklichen Eltern — du schuldest ihnen nichts, am allerwenigsten aber die Befriedigung, ihnen zu zeigen, daß du überlebt hast!«

»Ich weiß nicht, unter welchen Umständen sie mich

verließen, Symm«, konterte Flinx. »Ich muß es erfahren und sie kennenlernen. Ich *muß.*«

Der Barbesitzer, selbst Waise, zuckte die mächtigen Schultern. »Du bist eben ein Idealist, Flinx.«

»Und du ein noch größerer«, gab der Junge zurück, »und deshalb wirst du mir helfen.«

Symm murmelte etwas Unverständliches, vielleicht einen Fluch. Dann fragte er: »Wohin ist er verschwunden?«

Flinx deutete auf die Geheimtür, und Symm lehnte sich prüfend gegen die Wand. Die Scharniere gaben überraschend leicht nach. Dahinter entdeckten sie einen kurzen Korridor, der zu einem kleinen Privataufzug führte, welcher sie schnell ins Erdgeschoß des luxuriösen Turmes trug.

»Wie bist du denn überhaupt reingekommen?« fragte Flinx seinen Freund. Symms Mundwinkel zuckten. »Ich hab' den Sicherheitsbeamten gesagt, daß ich einen Passierschein hätte, das ist ja in diesen Wohntürmen üblich.«

»Hat denn keiner ihn sehen wollen?«

Symm verzog keine Miene. »Würdest du das? Ein Wächter hat es getan, und ich glaube, er wird durchkommen, wenn er vernünftig behandelt wird. Vorsichtig jetzt!« warnte er, als der Lift zum Stillstand kam. Zur Seite geduckt sprang er hinaus, als die Tür sich öffnete. Aber niemand erwartete sie. Sie befanden sich vielmehr in einer Garage, der anzusehen war, daß sie erst seit kurzem leerstand.

»Halt deine Riesenohren offen«, riet Flinx leise. »Sieh zu, ob du herausfinden kannst, wohin Challis geflohen ist. Ich werde das auf meine Weise versuchen ...«

Als sie die Garage durch das offenstehende Tor verließen, hielt niemand sie auf, obwohl verborgene Augen sie beobachteten. Aber die Besitzer dieser Augen waren dankbar, die beiden gehen zu sehen.

»Bist du sicher, daß die nicht noch hier sind?« wollte

Symm wissen. »Jemand könnte ja den Wagen weggeschafft haben, um uns abzulenken.«

Flinx antwortete mit jener entnervenden Bestimmtheit, die Symm nie begreifen würde, die hinzunehmen er sich aber angewöhnt hatte. »Nein, die sind nicht mehr in dieser Umgebung.«

Außerhalb der letzten Schutzmauer des Wohnparks trennten die beiden sich. Es gab keine Formalitäten, kein Händeschütteln. Zwischen den beiden bedurfte es dieser Äußerlichkeiten nicht.

»Wenn du etwas hörst, dann laß es mich in Mutter Mastiffs Laden wissen«, instruierte Flinx den Riesen. »Was auch geschieht, ich halte dich über meine Pläne auf dem laufenden.«

Während er sich seinen Weg durch die konzentrischen Kreise des Marktes bahnte, hüllte er sich dicht in seinen Umhang. Die letzten Tropfen des morgendlichen Regens fielen gerade. In der Ferne machte eine stets hoffnungsvolle Sonne Anstalten, hinter den tiefhängenden schweren Wolken aufzugehen.

Rings um ihn herrschte reges Leben. Dies war eines der Handelszentren des Commonwealth, und die Geschäfte liefen rund um die Uhr.

Flinx kannte eine große Zahl der Bewohner dieser Welt-in-einer-Welt auf den ersten Blick. Manche waren wohlhabend und groß, manche arm und groß. Einige wenige waren keine Menschen, und viele waren weniger menschlich als andere, obwohl alle von sich behaupteten, derselben Rasse anzugehören.

Als er an der Bude des Süßwarenverkäufers Kiki vorbeikam, blickte er entschlossen geradeaus. Es war noch zu früh, und sein Magen war für Schokolade noch zu leer. Außerdem hatte sich sein Innenleben noch nicht ganz von den Nachwirkungen von Challis' scheinbar harmlosem Juwel erholen können. Also kaufte er sich beim Vorsitzenden Nils einen kleinen Laib Roggenbrot, der mit Nußbutter bestrichen war.

Nils der Lebensmittelhändler war ein Mann um die vierzig und von höchst selbstbewußtem Auftreten. Alle nannten ihn den ›Vorsitzenden‹. Er regierte seine Ecke des Marktplatzes mit dem Auftreten eines Diktators und argwöhnte nie, ob er diese Macht auch besaß, weil seine Kollegen Spaß daran hatten, diese harmlose Verrücktheit zu erdulden. Aber seine Backwaren waren durch und durch echt. Flinx biß kräftig von dem dreiekkigen Laib ab und freute sich an dem herrlichen Geschmack der gehackten Nüsse und der zerlassenen Butter.

Ein Blick zum Himmel ließ es immer noch möglich erscheinen, daß die Sonne durchkam, etwas, das in dem meist von Wolken verhangenen Drallar als Seltenheit galt.

Als er seine kurze Mahlzeit beendet hatte, lenkte Flinx seine Schritte durch ein Viertel mit hübschen dauerhaften Läden — ein Viertel, das sich wesentlich von den primitiven Hütten und Läden unterschied, in denen er seine Kindheit verbracht hatte. Als er das erste Mal den Vorschlag gemacht hatte, den Laden in diese Gegend zu verlegen, hatte Mutter Mastiff sich lautstark widersetzt. »Ich wüßte ja gar nicht, wie ich mich dort verhalten sollte«, hatte sie argumentiert. »Was verstehe ich denn davon, wie man mit reichen Leuten umgeht?«

»Glaub mir, Mutter« — beide wußten, daß sie nicht seine leibliche Mutter war, aber sie nahm bei mindestens der Hälfte aller Waisen in Drallar Mutterstelle ein —, »die sind genauso wie deine alten Kunden, nur daß sie mehr Zaster haben. Außerdem, was sollte ich denn sonst mit all dem Geld tun, das Malaika mir aufgedrängt hat?«

Schließlich hatte er sich gezwungen gesehen, den Laden zu kaufen und sie so mit einem *fait accompli* zu konfrontieren. Sie schimpfte stundenlang mit ihm, als er es ihr erzählte — bis sie das Ladenlokal schließlich sah.

Zwar fuhr sie auch dann noch fort, sich in finsteren Prophezeiungen zu ergehen und alles schlechtzumachen, was er ihr zeigte — die teure Ware, die schöne Wohnung im Obergeschoß, die automatischen Küchengeräte —, aber ihr Widerstand brach mit der erwarteten Schnelligkeit zusammen.

Aber zwei Dinge lehnte sie immer noch ab. Das eine betraf ihre selbstgemachte Kleidung — eine esoterische Collage aus Perlen, Glocken und Stoff, wie man sie sich exotischer kaum vorstellen kann. Das andere betraf den kleinen Lift, welcher das eigentliche Ladengeschäft mit der Wohnung darüber verband. »Wenn ich einmal diese Treppe nicht mehr schaffe«, ereiferte sie sich, »dann kannst du mich auch einbalsamieren und ausstopfen lassen und mich in einem Raritätenladen ins Schaufenster stellen.« Und um ihre Entschlossenheit unter Beweis zu stellen, erklomm sie die kurze Treppe auf allen vieren.

Niemand wußte, wie alt Mutter Mastiff war, und sie selbst gab darüber keine Auskunft. Sie war auch nicht bereit, sich einer der üblichen Schönheitsoperationen zu unterziehen, die sie sich jetzt hätte leisten können, oder irgendwelche anderen künstlichen Mittel einzusetzen, wie es sie in mannigfacher Ausführung gegen die Erscheinungen des Alters gab. »Ich hab' mich zu lange und zu mühsam darum bemüht, die Rolle der alten Vettel zu spielen und werde die jetzt auch nicht aufgeben«, erklärte sie ihm. »Außerdem, je jämmerlicher und zerbrechlicher ich wirke, desto höflicher und mitfühlender sind die Töl ... die Kunden.«

So wunderte es keinen, daß der Laden florierte. Schließlich entstammten die meisten besseren Handwerker Drallars ähnlich armseligen Verhältnissen und hatten Freude daran, ihre besseren Produkte an sie zu verkaufen.

Als Flinx um die Ecke bog, sah er, daß sie am Hintereingang auf ihn wartete. »Wieder die ganze Nacht weg.

Dabei warst du ganz bestimmt nicht an einem vernünftigen Ort wie dem Rosa Palast oder im Sündenbabel. Willst du, daß man dir den Hals abschneidet, ehe du achtzehn wirst?« schimpfte sie mit drohend erhobenem Zeigefinger.

»Das ist aber höchst unwahrscheinlich, Mutter.« Er schob sich an ihr vorbei, aber sie folgte ihm in den kleinen Lagerraum hinter dem Laden.

»Und dieser fliegende Wasserspeier, den du immer mit dir herumschleppst, kann dir auch nicht immer helfen, das weißt du ja. Nicht in einer Stadt wie dieser, wo jeder dich mit der einen Hand herzlich begrüßt und dir mit der anderen ein Messer in den Rücken stößt. Lauf nur weiter so des Nachts herum, Junge, und die bringen dich eines Tages auf einer Bahre angeschleppt. Und ich warne dich«, fuhr sie fort, und ihre Stimme wurde lauter, »du kriegst ein billiges Begräbnis; schließlich arbeite ich mich nicht auf, um einem solchen Narren wie dir einmal ein Luxusbegräbnis zu finanzieren!«

Ein Summen unterbrach ihre Tirade. »Und deshalb sage ich dir zum letztenmal, Junge ...«

»Hast du nicht gehört, Mutter? Es ist jemand an der Tür.« Er grinste. »Der erste Kunde für heute.«

Sie spähte durch den Türvorhang. »Hmm, Touristen, so wie die aussehen. Du solltest den Tansaniten im Ring der Frau sehen.« Sie zögerte, hin und her gerissen zwischen Zuneigung und Habgier. »Aber was sind schon ein paar Kunden, wenn ...« Wieder ein Zögern. »Immerhin, der eine Stein hat mindestens zwölf Karat. Und den Kleidern nach sind es Terraner.« Schließlich rang sie verwirrt die Hände. »Das ist meine Strafe. Du bist eine Heimsuchung für die Sünden meiner Jugend. Geh mir aus den Augen, Junge! Hinauf mit dir und wasch dich, und daß du dich ja desinfizierst. Du riechst nach Gosse. Und trockne dich gut ab und ... du bist mir noch nicht zu groß, als daß ich dir nicht ein paar auf den Hintern ...« Sie trat in den Laden hinaus, und in dem Augenblick vollzog sich an ihr eine radikale Metamorphose.

»Ah, mein Herr, meine Dame«, flötete eine süße Stimme, die Stimme, die ein jeder sofort mit der seiner eigenen Großmutter in Verbindung bringt, »welche Ehre für meinen kleinen Laden. Ich wäre früher gekommen, aber ich mußte mich noch um meinen Enkel kümmern. Er ist schwer krank und braucht teure Medizin. Die Ärzte fürchten, wenn nicht bald operiert wird, könnte er sein Augenlicht verlieren und ...«

Mehr hörte er nicht von ihrer Vorstellung, weil die Tür des Lifts sich hinter ihm schloß. Im Gegensatz zu Mutter Mastiff hatte er keine Skrupel gegenüber den Errungenschaften der Technik — insbesondere jetzt nicht, müde, wie die Ereignisse der Nacht ihn gemacht hatten.

Als er sein Zimmer betrat, fragte er sich, wie es möglich war, daß derselbe Kehlkopf so unterschiedliche Töne erzeugen konnte.

Später, beim Abendessen (welches er zubereitet hatte, da Mutter Mastiff den ganzen Tag mit Kunden beschäftigt gewesen war), begann er ihr zu berichten. Diesmal hörte sie ruhig zu, bis er geendet hatte, und verzichtete auf jegliche Vorhaltungen.

»Also willst du ihm nach, Junge«, sagte sie schließlich.

»Ich muß, Mutter.«

»Warum?«

Er wich ihrem Blick aus. »Das möchte ich lieber nicht sagen.«

»Also schön.« Sie stippte die letzte Soße mit einem Stück Brot auf. »Ich habe von diesem Challis viel gehört — eine Menge Gerüchte über seinen Geschmack in bestimmten Dingen, und keines davon schmeichelhaft. Über seine Geschäfte weiß man weniger, aber es geht die Rede, daß die Challis-Gesellschaft überaus gut gediehen ist, seit er die Führung übernommen hat.« Sie gab ein grunzendes Geräusch von sich und wischte sich dann mit einem Zipfel ihrer Röcke den Mund.

»Und du bist sicher, daß du das tun mußt, Junge? Schließlich hast du erst eine Reise hinter dir.«

»Ich glaube, ich kann auf mich aufpassen, Mutter.«

»Sagst du wenigstens«, erwiderte sie etwas skeptisch. »Obwohl du eigentlich schon vor deinem fünfzehnten Geburtstag ein dutzendmal hättest tot sein müssen, und ich glaube nicht, daß dieser grinsende Teufel dich jedesmal gerettet hat.«

Dabei musterte sie einen kleinen künstlichen Baum mit giftigem Blick. Pip hatte sich um einen seiner Zweige gerollt. Der Minidrach blickte nicht auf. Die Beziehung zwischen ihm und Mutter Mastiff war immer allerhöchstens die eines zeitweiligen Waffenstillstandes gewesen.

»Ehe du abreist, möchte ich mit jemandem telefonieren«, sagte sie schließlich.

Während Flinx seinen Nachtisch aufaß und sich dann damit abmühte, die letzten Gelatinestücke von den Bakkenzähnen loszubekommen, hörte er sie am anderen Ende des Raumes reden. Das Telefon verlieh ihr eine Beweglichkeit, die sie seit Jahrzehnten nicht besessen hatte. Das war eine der wenigen technischen Errungenschaften des Ladens, die sie oft benutzte. Es machte sie zum Schrecken eines jeden Stadtbeamten, der irgendwie für die täglichen Geschehnisse auf dem Markt verantwortlich war.

Bald saß sie wieder am Tisch. »Dein Freund Challis ist heute morgen mit seiner Tochter und einem ganzen Rudel Bediensteter mit dem Frachter *Auriga* abgereist.« Sie runzelte die Stirn. »Nach dem, was ich gehört habe, hatte er es recht eilig. Du und dieses Riesenbaby Symm, ihr müßt ihm ja einen ziemlichen Schrecken eingejagt haben, aber dieser Muskelprotz kann einem ja auch Angst machen. Mich würde es nicht wundern, wenn alle seine Spiegel blind wären.«

Flinx erwiderte ihren forschenden Blick nicht. Statt dessen spielte er mit dem Tischtuch. »Welches Ziel hat die *Auriga?*«

»Hivehom«, erklärte sie. »Die Challis-Gesellschaft hat auf der Mediterrania-Hochebene eine ganze Menge investiert. Ich nehme an, daß er dorthin will.«

»Dann beeile ich mich besser.« Flinx stand auf und wollte in sein Zimmer gehen.

Eine kräftige, runzelige Hand hielt ihn fest, und ein Gesicht mit tausend Falten musterte ihn forschend. »Tu es nicht, Junge!« flehte sie mit kaum hörbarer Stimme.

Er schüttelte den Kopf. »Ich kann nicht anders, Mutter. Ich kann dir nicht sagen, was mich ruft, aber ich höre den Ruf. Ich muß gehen.«

Die Hand ließ ihn nicht los. »Ich weiß nicht, was du mit diesem schlimmen Menschen zu tun hast, aber ich kann mir einfach nicht vorstellen, daß es so wichtig ist.« Flinx schwieg, und sie ließ ihn schließlich los. »Aber wenn du gehen mußt, dann geh.« Sie wandte den Blick von ihm. »Ich weiß nicht, wie dein Verstand funktioniert, Junge. Das habe ich nie gewußt, nie. Aber eines weiß ich: wenn dich etwas so drängt, dann muß es wohl sein. Dann geh, und nimm meinen Segen mit. Selbst ...«, schloß sie mit halberstickter Stimme, »wenn du mir den Grund nicht sagen willst.«

Er beugte sich vor und küßte den grauen Knoten, der den Hinterkopf der alten Frau zierte. »Auch dir alles Gute, Mutter«, sagte er, während sie sich unwirsch gegen die Liebkosung wehrte.

Er brauchte nicht lange, um die paar Habseligkeiten zu packen, die er mitnehmen wollte. Sie schienen ihm jetzt nicht viel zu bedeuten. Als er sich anschickte, den Raum zu verlassen, sah er, daß die Frau immer noch alleine am Tisch saß, eine plötzlich winzig und zerbrechlich wirkende Gestalt. Wie konnte er ihr sagen, daß er das Leben riskieren mußte, das sie so gehegt und gepflegt hatte, nur um der vergeblichen Suche willen nach

Leuten, die nichts anderes getan, als ihn in die Welt gesetzt hatten ...

Als er etwas später am selben Tag im Raumhafen von Drallar eintraf, stellte er fest, daß er nur physisch müde war. Sein Geist war scharf und wach. Im Laufe der Jahre hatte er festgestellt, daß er immer weniger Schlaf brauchte. An manchen Tagen genügte ihm eine halbe Stunde. Sein Geist ruhte, wenn man ihn nicht beanspruchte, und das war häufig der Fall.

Er brauchte sich keine Sorgen mehr zu machen, wie die Reise zu finanzieren war, denn auf seinem Kredimeter war genügend Geld registriert, um ihn eine Zeitlang in Gang zu halten. Malaika war großzügig gewesen. Aber Geld war nicht die einzige Frage. Ein Blick auf die Schlange, die sich am Abfertigungsschalter erster Klasse aufgereiht hatte, löste in ihm ein unsicheres Gefühl aus, also beschloß er, Touristenklasse zu reisen.

Auf diese Weise zu reisen, würde ohnehin interessanter sein, denn dies war seine erste Fahrt mit einem kommerziellen Raumfahrzeug und das zweite Mal, daß er Moth verließ. Während er der Schlange in das Shuttle folgte, wobei er an dem aristokratisch wirkenden Steward vorbei mußte, stellte er erschüttert fest, daß sein nun kurz vor der Verwirklichung stehender Kindheitstraum einer interstellaren Reise mit einem der großen KK-Frachter jeden Reiz für ihn verloren hatte. Das beunruhigte ihn etwas, während er sich auf seiner Andruckliege festschnallte.

Mutter Mastiff hätte es ihm erklären können, wäre sie dagewesen. Man nannte das Erwachsenwerden.

Der Aufstieg mit dem Shuttle war zwar erträglich, aber keineswegs so angenehm wie sein erstes Erlebnis mit den kleinen Boden-Orbitfahrzeugen. Aber das war eigentlich ganz logisch, sagte er sich, natürlich konnte ein kommerzielles Raumfahrzeug bei weitem nicht so luxuriös ausgestattet sein wie das Shuttle von Malaikas

Jacht, der *Gloryhole.* Die Maschine, in der er sich befand, erfüllte einzig und allein den Zweck, so viele Menschen und andere Geschöpfe und soviel Fracht wie möglich von Planeten in den freien Fall zu befördern, und das so wirtschaftlich wie möglich. Dort konnte man sie — Passagiere wie Fracht, wobei zwischen ihnen häufig kein Unterschied gemacht wurde — in die mächtige Kugel des Sternenschiffes umladen.

Als dieses Umsteigemanöver abgeschlossen war, wurde Flinx eine kleine, kompakt ausgestattete Kabine zugewiesen. Er nahm sich nur wenig Zeit, sie zu inspizieren, und hatte kaum etwas auszupacken. Während der Reise, die etwa eine Woche dauern sollte, würde er den größten Teil der Zeit in verschiedenen Aufenthaltsräumen des Schiffes verbringen und sich unter seine Reisegefährten mischen — und lernen.

Der Übergang von Unterlicht- auf KK-Überlichtgeschwindigkeit bildete kaum eine Überraschung für ihn. Das hatte er einige Male in Malaikas Schiff erlebt. Ein Teil des Schiffes bereitete ihm besonderes Vergnügen. Von einer Beobachtungskabine im vorderen Schiffsteil aus konnte er nach vorne blicken und die immense Länge der Verbindungskorridore des Schiffes sehen, die sich wie eine breite, langsam schmäler werdende Straße nach vorne erstreckten, um schließlich mit der kolossalen gekrümmten, tellerartigen Anlage des KK-Feldprojektors eins zu werden. Der Projektor verdeckte die Sterne vor ihnen.

Er wußte, daß irgendwo vor diesem riesigen Teller die Antriebseinheit den Gravitationstrichter einer kleinen Sonne projizierte. Dieser Trichter zog das Schiff stetig an und damit auch den Antriebsprojektor, welcher daraufhin wiederum das Feld entsprechend weiter nach vorne projizierte — und so weiter. Flinx begriff die Erklärung, die man ihm gegeben hatte, immer noch nicht ganz und kam am Ende zu dem Schluß, daß alle genialen Erfindungen im Grunde einfach waren.

Am dritten Tage vergnügte er sich im Spielsaal des Schiffes, als ein sorgfältig bemalter Thranx in dem kräftigen Braun, Gelb und Grün des Handels sich ihm gegenübersetzte. Bis zum b-Thorax maß er weniger als einen Meter und war daher für einen männlichen Thranx klein. Auf seinem Rücken schimmerten noch beide Flügelpaare, was darauf hinwies, daß der Reisende bis jetzt noch unverheiratet war. Strahlende Facettenaugen musterten Flinx durch zahllose diamantähnliche Linsen. Der herrliche natürliche Duft seiner Rasse wehte über den Spieltisch.

Das Wesen blickte auf das leuchtende Spielfeld, und dann neigte er seinen herzförmigen Kopf zu dem jungen Menschen, der es bediente.

»Sie spielen *Hibush-Jagd?* Das ist den meisten Menschen zu kompliziert. Sie ziehen gewöhnlich zweidimensionale Spiele vor.« Die Symbosprache des Insekts war präzise und ausdruckslos, so wie Thranx sie eben auf der Schule lernten, wenn sie vorhatten, in das Geschäftsleben einzutreten.

»Ich habe einiges darüber gehört und zugesehen, wie es gespielt wird«, erklärte Flinx bescheiden seinem Gegenüber. »Wie man es spielt, weiß ich nicht.«

Die Kinnladen des Thranx klickten interessiert; zu einer anderen Gefühlsregung wie etwa einem Lächeln war das starre Chitingesicht des Insekts nicht fähig. Eher ließ sich da schon ein Kopfnicken nachahmen.

Nachdem so den Erfordernissen der Höflichkeit Genüge getan war, setzte sich der Thranx auf der Couch zurecht; die Echtbeine unter dem Leib eingeknickt, die Fußhände ineinander verschränkt, um Thorax und b-Thorax zu stützen, während seine Echthände sich am Spielbrett zu schaffen machten. »Ich heiße Bisondenbit«, erklärte er.

»Man nennt mich Flinx.«

»Nur ein Name?« Der Thranx zeigte das insektoide Äquivalent eines Achselzuckens. »Nun, Flinx, wenn Sie lernen möchten — ich kenne das Spiel. Womit ich sagen möchte, daß ich die Regeln kenne. Ich bin kein besonders guter Spieler, also eigne ich mich wahrscheinlich als Ihr erster Gegner.« Wieder das Kinnbackenklicken, diesmal von einem pfeifenden Geräusch begleitet — Thranxlachen.

Flinx erwiderte das Lächeln. »Ich möchte es sehr gerne lernen.«

»Gut, gut ... die sind hier alle ziemlich unnahbar, und ich bin froh, mich mal mit jemandem unterhalten zu können.« Er nickte mit dem Kopf. »Der größte Fehler, den Anfänger machen«, begann Bisondenbit geschäftsmäßig, »besteht darin, die Figuren nur durch existierende Gänge zu schieben, und nicht auch nach oben und nach unten. Man muß seine Antennen am Brett lassen und zusehen, die Bewegungen des Gegners zu durchkreuzen.«

Der Thranx berührte eine silberne Figur in dem dreidimensionalen durchsichtigen Brett. »Jetzt passen Sie auf. Das ist ein *Doan*-Jäger, und man kann ihn nur seitwärts und vertikal bewegen, aber an der Oberfläche kann er nie erscheinen. Dieses zerlegbare Stück hier ...«

Flinx lernte Bisondenbit während der restlichen Reise ziemlich gut kennen. Was ihn tatsächlich zu der Reise veranlaßte, behielt er für sich und sprach in höchst vagen Begriffen darüber. Statt dessen ließ Flinx den Eindruck aufkommen, daß er Antiquitätenhändler sei. Vielleicht bot sich auch tatsächlich die Chance, ein paar interessante Stücke für Mutter Mastiffs Laden zu erstehen.

Bisondenbit legte eine Eigenschaft an den Tag, die mitgeholfen hatte, seine Spezies den Menschen sympathisch zu machen: die Fähigkeit aufmerksam zuzuhören, ganz gleich, wie langweilig das, was man ihm erzählte, auch sein mochte. Er schien Flinx' sorgfältig zensierte Lebensgeschichte faszinierend zu finden.

»Schauen Sie«, sagte er zu Flinx, als sie in einem der

Speisesäle des Schiffes miteinander zu Abend aßen, »Sie sind noch nie auf Hivehom gewesen und haben vor, diesen Menschen — Challis? — aufzusuchen? Zumindest kann ich Ihnen bei der Orientierung helfen. Sie werden ihn zweifellos irgendwo auf der Hochebene von Mediterrania finden. Dort leben die meisten menschlichen Siedler.« Das Insekt schauderte. »Obwohl es meine Vorstellung übersteigt, warum jemand sich auf einer so eisigen Tundra niederlassen möchte.«

Flinx mußte lächeln. Die Durchschnittstemperatur auf der Hochebene von Mediterrania, einer Ebene, die einige tausend Meter über den feuchten dampfenden Sümpfen von Hivehom lag, betrug angenehme zweiundzwanzig Grad Celsius. Die Thranx zogen Temperaturen jenseits von dreißig Grad bei einem Feuchtigkeitsgehalt, der möglichst nahe bei hundert Prozent lag, vor.

Der Begriff Kolonisierung wurde in Verbindung mit solchen Siedlungen nie erwähnt — auf keiner der beiden Welten. Es gab auf Hivehom einige solcher menschlicher Regionen; das Mediterrania-Plateau mit einer Bevölkerung von fast drei Millionen war davon mit Abstand die größte. Die Thranx begrüßten es, wenn die unwirtlichen Regionen ihres Planeten, die sie stets gemieden hatten, auf diese Weise ausgenutzt wurden. Und außerdem gab es alleine im Amazonasbecken auf Terra etwa vier Millionen Thranx — und das glich die Dinge wieder aus.

Die meisten großen Terraner-Konzerne, so erklärte Bisondenbit, hatten ihre Zentrale am südlichen Rand des Plateaus, in der Nähe des großen Shuttlehafens von Chitteranx. Zweifellos galt das auch für diesen Challis.

»Die Menschenstadt dort hat einen Thranxnamen — Azerick«, fuhr Bisondenbit fort und pfiff dabei leise. »Das ist Hochthranx und bedeutet ›gefrorene Wüste‹ und hat in diesem Fall noch eine Doppelbedeutung, so ähnlich wie ›gefrorener Abfall‹. Ich will mich nicht näher darauf einlassen, nur darauf hinweisen, daß es eine gute Sache ist, daß Ihr Menschen einen Humor habt, der dem unseren ähnlich ist. Wenn wir gelandet sind, werde ich Sie gerne hinaufbringen, wenn ich auch nicht lange dort bleibe. Ich vertrage diese niedrigen Temperaturen nicht. Außerdem ist Azerick nicht billig.« Er zögerte höflich. »Für einen Menschen, der alleine reist, wirken Sie ziemlich jung. Haben Sie genügend Mittel?«

»Ich komme schon zurecht«, meinte Flinx vorsichtig. Wahrscheinlich lag das an seinem angeborenen Mißtrauen gegenüber anderen, obwohl er einräumen mußte, daß Bisondenbit in den letzten paar Tagen nicht nur hilfsbereit, sondern ausgesprochen freundlich gewesen war.

Sie gingen gemeinsam an Bord des Shuttle. Flinx saß in der Nähe eines Glasalumfensters, das ihm einen guten Ausblick auf die Hauptwelt der Thranx, einen der zwei Hauptplaneten des Commonwealth, bot. Der Planet drehte sich träge unter ihnen, als das Shuttle sich von dem Frachter löste und den Landeanflug begann. Zwei große Monde schimmerten weiß über dem fernen Horizont, einer zum Teil von dem Planeten verdeckt. Immer wenn die Wolkendecke aufriß, konnte Flinx den blauen Schimmer von Hivehoms kleinen Ozeanen sehen oder das kräftige Grün seiner dichten Dschungel.

Plötzlich spürte er, wie die Schwerkraft ihn in seinen Sessel drückte, als das Shuttle mit dem Heck voraus in die Wolken eintauchte ...

03

Chitteranx war eindrucksvoll. Für eine so hoch entwickelte und dicht bevölkerte Welt wie Hivehom war es ein kleiner Hafen, dennoch stellte er den Shuttlehafen von Drallar in den Schatten.

»Der größte Teil der Stadt ist natürlich unterirdisch angelegt. Das sind alle Thranxstädte, damit die Oberfläche besser ausgenutzt wird.« Bisondenbit schüttelte verblüfft den Kopf. »Warum ihr Menschen immer nach oben statt nach unten gebaut habt, werde ich nie begreifen.«

Der Blick, der sich durch die durchsichtige Korridorwand bot, interessierte Flinx viel mehr als der übrige Anblick des Shuttlehafens. Üppige Dschungelgewächse überwucherten die Plastikwände. Draußen regnete es — besser gesagt, es dampfte. Die Hitze im Terminalgebäude war drückend, und dies trotz der Tatsache, daß hier ein Kompromißklima zwischen dem herrlichen Wetter draußen — wie Bisondenbit es nannte — und der arktischen Atmosphäre der nahen Hochebene herrschte.

Flinx war auf Moth mit Regen aufgewachsen, aber diese Feuchtigkeit war für ihn neu und unangenehm. Menschen konnten das Gewächshausklima ertragen, aber nur kurze Zeit ohne Schutz, und wohl fühlten sie sich dabei nicht.

Bisondenbit hingegen beklagte sich bitter über die Kälte in dem Terminalgebäude. Als Flinx Einwände vorbrachte, erklärte er: »Das ist für Menschen der wichtigste Hafen von Hivehom. Wenn wir in Äquatornähe in Daret oder Ab-Neub gelandet wären, dann würden Sie verschmachten, Flinx.« Als sie das eigentliche Hafengebäude verließen und eine Gruppe überdachter Bauten betraten, sah er sich um.

»Ehe ich Sie zur Hochebene begleite und dazu einen Heizanzug anlegen muß, möchte ich wenigstens kurze Zeit ein vernünftiges Klima genießen. Nehmen wir einen Drink zusammen?«

»Ich möchte wirklich meine Suche nach Challis so bald wie möglich ...«

»Die Shuttles zum Plateau verkehren alle zehn Chroniten«, sagte Bisondenbit. »Kommen Sie. Außerdem haben Sie mir immer noch nicht gesagt, was Sie in dieser Box haben.« Er wies mit der Echthand auf den großen rechteckigen Behälter, den Flinx in der linken Hand trug. »Es muß etwas Exotisches und Wertvolles sein, sonst würden Sie nicht so darauf achten.«

»Exotisch kann man es wohl nennen«, räumte er ein, »aber nicht sonderlich wertvoll.«

Sie fanden ein kleines Eßlokal im Innern der klimatisierten Bauten. Es waren nur wenige Menschen anwesend, dafür war das Lokal aber mit Thranx überfüllt. Flinx war ganz begeistert von den Ruhecouches der Thranx, dem gedämpften Licht, bei dem selbst der Mittag düster erschien, und den prunkvoll geschnitzten gemeinsamen Trinkkanistern, die über jeder Nische von der Decke hingen. Bisondenbit wählte einen einzeln stehenden Tisch hinten im Raum und gab Flinx einige hilfreiche und einige überflüssige Empfehlungen. Dem bereitete es keine Schwierigkeiten, die Speisekarte zu entziffern, die in vier Sprachen gehalten war: Hochthranx, Niederthranx, Symbosprache und Terranglo.

Bisondenbit bestellte, nachdem Flinx sich aus den Tausenden von Likören einen ausgewählt hatte, in deren Zubereitung die Thranx Meister waren.

»Wann wollen Sie zum Terminal zurück, um sich Ihr restliches Gepäck zu holen?« fragte das Insekt beiläufig, nachdem ihre Getränke gekommen waren. Dabei registrierte er zufrieden, daß Flinx zugunsten eines der langschnäbeligen Krüge, wie die Thranx sie benutzten, auf ein Glas verzichtet hatte.

»Das ist mein ganzes Gepäck«, meinte Flinx und wies auf seine kleine Schultertasche und den einzigen großen perforierten Koffer. Bisondenbit gab sich keine Mühe, seine Überraschung zu verbergen.

»Das ist alles, was Sie auf die lange Reise mitgenommen haben? Dabei wissen Sie doch gar nicht, wie lange Sie brauchen werden, um diesen Menschen Challis zu finden?«

»Ich bin immer mit leichtem Gepäck gereist«, erklärte Flinx seinem Gegenüber. Das Getränk war süß und hatte einen schwachen Rosinengeschmack. Es rann ihm angenehm und warm durch die Kehle. Langsam begann er, die Anstrengungen der Reise zu spüren. Eigentlich hätte er so früh am Tage noch nicht so müde sein dürfen. Offenbar war er eben doch nicht der erfahrene interstellare Reisende, für den er sich gerne hielt.

»Außerdem sollte es doch nicht schwer sein, Challis zu finden. Er wird sich doch bestimmt in der Filiale seiner Firma aufhalten.« Flinx nahm einen weiteren Schluck von der dicken honigartigen Flüssigkeit. Dann runzelte er die Stirn. Trotz seiner Jugend hielt er sich in der Beurteilung von alkoholischen Getränken für erfahren, aber dieses Gebräu war offensichtlich kräftiger, als man der Getränkekarte hatte entnehmen können. Er stellte fest, daß sein Blick sich zu trüben begann.

Bisondenbit musterte ihn besorgt. »Alles in Ordnung? Wenn Sie noch nie Sookcha getrunken haben ... das Zeug ist ziemlich stark. Das prügelt einen um?«

»Haut einen um«, verbesserte Flinx mit belegter Stimme.

»Ja, richtig, haut einen um. Keine Sorge ... das geht schnell vorüber.«

Aber Flinx spürte, daß er immer benommener wurde. »Ich glaube ... wenn ich kurz hinauskönnte ... etwas frische Luft ...« Er schickte sich an, aufzustehen, stellte aber fest, daß seine Beine kaum reagierten, während seine Füße sich bewegten, als liefe er auf einer geölten Tretmühle. Es war unmöglich, sich in gerader Linie vorwärts zu bewegen.

Also gab er die Anstrengung auf und stellte fest, daß sein Muskelsystem sich in einem Zustand der Anarchie befand. »Komisch«, murmelte er, »ich kann mich nicht mehr richtig bewegen.«

»Keine Sorge«, versicherte ihm Bisondenbit, lehnte sich über den Tisch und starrte ihn mit einer Intensität an, die Flinx neu war. »Ich werde dafür sorgen, daß man sich richtig um Sie kümmert.«

Und während der visuelle Eindruck der Außenwelt

um ihn verblaßte, fürchtete Flinx, daß sein seltsamer neuer Bekannter genau das tun würde ...

Als Flinx erwachte, umgab ihn die Harmonie der Zerstörung, begleitet von Flüchen in ein paar Sprachen. Er blinzelte — seine Augenlider fühlten sich an, als wären sie mit Platin besetzt —, führte einen ergebnislosen Kampf darum, seine Arme und Beine zu bewegen. Als ihm das mißlang, begnügte er sich damit, die Augen halb offenzuhalten. Schwaches Licht aus einer ihm unsichtbaren Quelle erleuchtete den kleinen Raum, in dem er lag. Spartanische Möbel aus roh behauenem Holz vor glatten Wänden aus silbernem Gunit. Als sein Wahrnehmungsvermögen zunahm, entdeckte er, daß seine Handgelenke und seine Fußknöchel mittels Metallbändern an einer primitiven hölzernen Plattform befestigt waren, die weder Bett noch Tisch war.

Er blieb ganz ruhig liegen. Zum einen vollführte sein Magen gymnastische Übungen, und es war vermutlich am besten, ruhig zu bleiben, bis sein Innenleben wieder in Ordnung gekommen war. Zum anderen ließen die Empfindungen und Geräusche, die ihn umgaben, es wenig geraten erscheinen, seinen Bewußtseinszustand zu verraten.

Die Laute der Zerstörung wurden von der methodischen Zerlegung seiner persönlichen Effekten hervorgerufen. Als er langsam nach rechts blickte, sah er die zerfetzten Überreste seiner Schultertasche und seiner Kleidung. Sie wurden von drei Menschen und einem Thranx inspiziert. Als er in letzterem seinen ehemaligen Spielgefährten und Reisebegleiter, Bisondenbit, erkannte, verfluchte er seine Naivität.

In Drallar wäre er einem völlig Fremden gegenüber nie so gesprächig gewesen. Aber er war an Bord des Schiffes drei Tage lang isoliert und ohne Freunde gewesen, als der Thranx mit seinem Angebot auf ihn zugekommen war, ihn in die Geheimnisse der Spiele einzuweihen. Seine Dankbarkeit hatte sein instinktives Gefühl des Argwohns überlagert.

»Keine Waffen, kein Gift, kein Strahler und kein Nadler — nicht einmal ein Stückchen Papier«, beklagte sich einer der Männer in fließendem Symbo.

»Und was noch schlimmer ist«, warf einer seiner Begleiter ein, »kein Geld. Bloß ein lausiges Kredimeter.« Er wies auf den kompakten Computer, der auf unfälschbare Art Kredit registrierte und transferierte, und warf ihn angewidert auf ein Tischchen in der Nähe. Das Gerät landete inmitten der sonstigen wenigen Habseligkeiten von Flinx. Flinx stellte fest, daß es nur noch einen Gegenstand gab, den sie bis jetzt nicht aufgebrochen hatten.

»Das ist nicht meine Schuld«, beklagte sich Bisondenbit und musterte die drei hochgewachsenen Menschen mit seinen Facettenaugen. »Ich habe nicht versprochen, irgendeinen Zusatznutzen zu liefern. Wenn Sie glauben, daß ich mir mein Honorar nicht verdient habe, dann geh' ich eben zu Challis selbst.«

Einer der Männer seufzte resigniert. Er holte eine doppelte Handvoll kleiner rechteckiger Metallplättchen aus der Tasche und reichte sie Bisondenbit. Der Thranx zählte sie sorgfältig.

Der Mensch, der ihn bezahlt hatte, blickte auf Flinx' Fesseln, und dieser schloß gerade noch rechtzeitig die Augen. »Es ist eine Menge Geld. Ich weiß nicht, weshalb Challis solche Angst hat — schließlich ist das nur ein Junge. Aber er ist der Meinung, er sei das Honorar wert, das Sie verlangt haben. Ich verstehe es nicht.«

Der Mann wies auf den größten seiner Begleiter. »Charlie hier könnte ihn mit einer Hand in zwei Stücke brechen.« Er wandte sich um und tippte auf den Koffer. »Was hat er darin?«

»Ich weiß nicht«, meinte der Thranx. »Er hatte ihn die ganze Zeit in der Kabine.«

Jetzt war zum erstenmal der Dritte zu hören. Seine

Stimme klang irgendwie geringschätzig. »Darüber brauchst du dir keine Sorgen zu machen. Ich hab' mir diesen Behälter mit den nötigen Instrumenten angesehen, während ihr euch um seine Garderobe gekümmert habt.« Er stieß den Koffer an. »Er enthält keine Metallgegenstände oder Explosivstoffe. Den Instrumenten kann man entnehmen, daß da etwas Organisches drin ist und organische Analogstoffe — wahrscheinlich seine restliche Kleidung.« Er seufzte. »Sehen wir nach. Schließlich hat man uns dafür bezahlt, daß wir gründlich sind.« Er entnahm einer Werkzeugtasche eine Metallzange und schnitt das Kombinationsschloß mühelos auf. Als das geschehen war, ließ sich der Kofferdeckel leicht aufklappen. Er sah hinein und knurrte: »Ja, Kleider. Anscheinend noch zwei Anzüge und ...« Er wollte die Kleider herausnehmen — da schrie er auf und taumelte zurück, fuhr sich mit den Händen ins Gesicht, dessen eine Seite plötzlich wie überkochende Suppe brodelte. Etwas, das wie ein Gürtel aussah, schoß plötzlich aus dem offenen Koffer.

Bisondenbit schnatterte irgend etwas auf Hochthranx und verschwand eiligst durch die einzige Tür. Der Mann namens Charlie fiel nach rückwärts über Flinx, und aus seinem Strahler jagte ein Strahl zur Decke, während er sich an die Augen fuhr. Der Anführer der kleinen Gruppe war dicht hinter Bisondenbit her, als etwas ihn am Hals traf. Heulend fiel er ins Zimmer zurück und wälzte sich am Boden.

Weniger als eine Minute war verstrichen. Etwas Langes, Glattes glitt über Flinx' Brust.

»Schon gut, Pip«, sagte er, aber der Minidrach ließ sich nicht beruhigen. Als er Flinx inspiziert hatte, erhob er sich wieder in die Lüfte und stieß noch einmal zu. Überall, wo sein Gift Kleider oder Haut der Liegenden traf, erschienen gähnende Löcher.

Der erste Mann, den das Gift getroffen hatte, war bereits tot, während der zweite stöhnend an der Wand

hinter Flinx lehnte. Hautfetzen hingen ihm lose von Hals und Wangen; und an einer Stelle, wo Pips extrem korrodierendes Gift den Knochen freigelegt hatte, blitzte es weiß.

Inzwischen hatte sich der Minidrach auf Flinx' Leib niedergelassen und glitt jetzt liebkosend nach oben. Seine lange Zunge schoß vor und berührte ihn an Kinn und Lippen. »Die rechte Hand«, instruierte ihn Flinx, »meine rechte Hand.« In der Dunkelheit musterte ihn das Reptil fragend. Flinx schnippte auf besondere Art mit den Fingern, und jetzt kroch der Minidrach auf die Hand zu und legte seinen Kopf in die offene Handfläche. Ein paar Fingerbewegungen, und dann schloß die Hand sich sanft, aber fest. Die Schlange leistete keinen Widerstand.

Flinx bereitete es einige Mühe, Pips Schnauze so hinzulegen, bis sie die Stelle erreichte, wo das Metallband am Tisch befestigt war. Seine Finger strichen über Muskelstränge hinter den Kinnladen. Ein paar Tröpfchen Gift quollen aus dem düsenförmig zulaufenden Rohr in der unteren Gaumenpartie des Minidrachs.

Ein zischendes Geräusch.

Flinx wartete, bis das Zischen verstummt war, dann riß er an der Fessel. Er mußte noch ein zweites Mal reißen, bis das angefressene Metall nachgab. Jetzt fiel es leichter, Pip an dem nächsten Band anzusetzen. Anschließend wiederholte er die Prozedur an den Beinen. Als er das linke Bein befreite, stellte Flinx fest, daß sich rechts von ihm etwas bewegte. Sofort erhob der Minidrach sich wieder in die Luft.

Der einzige Überlebende kreischte, als der winzige Drachen auf ihn zuschoß. »Weg da! Weg da! Lassen Sie ihn nicht zu mir heran!« schrie er erschreckt.

»Pip!« befahl Flinx. Der Minidrach schwebte vor dem geduckten Mann, seine Schwingen flirrten wie die eines Kolibris, und seine seelenlosen kaltblütigen Augen starrten in die des blutenden Menschen, dessen Schlüs-

selbein weiß durch die weggefressene Haut und die zerfetzte Kleidung leuchtete.

Endlich hatte Flinx das letzte Stahlband abgerissen. Er richtete sich langsam auf und ging vorsichtig zu dem anderen Tisch. Die Kleider, die er getragen hatten, waren in Fetzen. Er schlüpfte in die zweite Kombination, in dessen Falten Pip so bequem geruht hatte.

»Tut mir leid um Ihre Freunde, aber nicht besonders«, murmelte er. Während er den Reißverschluß seines Anzugs hochzog, wandte Flinx sich dem verstörten Geschöpf auf dem Boden zu. »Ich möchte die ganze Geschichte hören, und daß Sie mir ja keine Einzelheiten weglassen. Je mehr Fragen ich stellen muß, desto ungeduldiger wird Pip.«

Von den Lippen des Mannes kam ein Strom von Informationen. »Ihr Thranxfreund ist ein billiger kleiner Verbrecher.«

»Antiquitäten«, murmelte Flinx. »Sehr komisch. Nur weiter.«

»Es kam ihm seltsam vor, daß ein junger Mann wie Sie, der allein reist, sich so für Conda Challis interessiert, und dann hat er einfach Challis' Büro hier angerufen und denen von Ihnen erzählt. Jemand ganz oben wurde nervös und hat ihm gesagt, er sollte Sie an uns ausliefern, damit wir Sie überprüfen.«

»Das leuchtet ein«, nickte Flinx. »Und was sollte mit mir geschehen, nachdem man mich ... äh ... überprüft hatte?«

Der Mann, der sich in die Ecke gedrängt hatte, um möglichst weit von dem flatternden Minidrach entfernt zu sein, flüsterte: »Überlegen Sie doch — was meinen Sie wohl?«

»Challis sagte, er sei ein gründlicher Mensch«, murmelte Flinx. »Ich hätte ein ganz unschuldiger Passagier sein können — das hätte nichts ausgemacht.« Er packte die wenigen intakt gebliebenen Gegenstände seines Gepäcks in den Koffer und ging auf die Tür zu, durch die

Bisondenbit vor wenigen Augenblicken verschwunden war.

»Und was ist mit mir?« murmelte der Mann. »Werden Sie mich töten?«

Flinx wandte sich überrascht um, und seine Augen verengten sich, als er das menschliche Wrack musterte, das noch vor wenigen Minuten sein Gepäck durchwühlt hatte. »Nein. Weshalb denn? Sagen Sie mir, wo ich Conda Challis finde. Und dann würde ich Ihnen den Rat geben, einen Arzt aufzusuchen.«

»Im obersten Stockwerk des Verwaltungsturms am anderen Ende der Anlage.«

»In welcher Anlage?« fragte Flinx verwirrt.

»Richtig — Sie wissen ja noch nicht, wo Sie sind, oder?« Flinx schüttelte den Kopf. »Dies ist das vierte Untergeschoß der Challis Hivehom Bergwerksgerätefabrik. Gehen Sie zu dem Korridor vor der Tür, biegen Sie nach links ab und gehen Sie weiter, bis Sie zu den Aufzügen kommen. Die führen alle nach oben. Dort kann jeder Ihnen den Verwaltungsturm zeigen — das Gelände ist sechseckig angelegt. Der Turm steht in der nordöstlichen Ecke.«

»Danke«, sagte Flinx. »Sie waren sehr hilfreich.«

»Nicht hilfreich, du giftiges kleines Schwein«, murmelte der Krüppel mit schmerzverzerrtem Gesicht, als Flinx gegangen war, »nur pragmatisch.« Er kroch mühsam auf die offene Tür zu.

Draußen im Korridor schnippte Flinx wieder mit den Fingern, nachdem er sich überzeugt hatte, daß niemand ihm auflauerte. »Pip ... ruhig jetzt!«

Der Minidrach zischte zustimmend, flatterte in den offenen Koffer und verbarg sich dort zwischen den zerfetzten Kleidern. Flinx klappte den Deckel zu. Er würde bei nächster Gelegenheit das Schloß ersetzen müssen oder es riskieren, daß irgendein Unschuldiger dasselbe Schicksal erlitt wie seine drei Entführer.

Niemand hielt ihn auf, als er auf die Lifts zuging. An

den Türen waren Schilder mit Nummern 4-B, 3-B und so weiter bis hinunter auf Null befestigt, und dort begann die Reihe wieder ganz normal. Vier Stockwerke über der Erde und vier darunter, stellte Flinx fest. Wenn er auf Null drückte, würde er zur Oberfläche kommen. Und das tat er auch, als schließlich eine Kabine eintraf.

Der Lift kam in einer zweckmäßig gestalteten, vierstöckigen Halle zum Stillstand. Ein beständiger Strom von Menschen und Thranx benutzte die Lifts um ihn herum. »Gestatten Sie«, zirpte eine Thranxtriade und betrat die Kabine, die er soeben freigemacht hatte.

Obwohl jedes Auge auf ihn gerichtet schien, beachtete ihn in Wirklichkeit niemand. Warum sollten sie auch, dachte er und entspannte sich. Nur ein Mann und einige seiner Helfer würden auf ihn Jagd machen.

Innerhalb der durchsichtigen Fassade des Gebäudes stand ein großer Tisch mit der Tafel Information. Dahinter saß ein Thranx. Flinx schlenderte auf ihn zu und versuchte den Eindruck zu vermitteln, als wüßte er genau, was er wollte.

»Entschuldigen Sie«, begann er in fließendem Hochthranx, »können Sie mir sagen, wie man von hier zum Verwaltungsturm kommt?«

Das ältere, würdig dreinblickende Insekt wandte sich ihm zu. Der Alte war peinlich exakt schwarz und gelb lackiert und wies keinerlei Emaillechitoneinlagen auf, wie sie die Thranx sonst liebten. Ein nüchterner Beamtentyp.

»Nordostquadrat«, sagte der Thranx scharf und deutete damit an, daß der Frager dies eigentlich selbst wissen müsse. »Zu der Haupttür dort hinaus«, fuhr er fort und wies ihm mit einer Echthand den Weg, während eine Fußhand seinen Thorax auf den Tisch stützte, »dann links, das H-Portal. Die Säule hat zwölf Stockwerke mit einem Landeplatz oben.«

»Der Segen der Wabe sei mit Ihnen«, sagte Flinx gewandt, worauf der Alte ihn scharf musterte.

»Sagen Sie, was wollen Sie hier?« fragte er mißtrauisch.

Aber da hatte die geschäftige Menge Flinx bereits verschluckt. Der Beamte suchte noch eine Weile nach ihm, dann gab er es auf und ging wieder seiner Arbeit nach.

Flinx kam im Fabrikgelände schnell vorwärts. Ein freundlicher Arbeiter gab ihm das eine Mal, als er nicht mehr weiter wußte, bereitwillig Auskunft. Als er schließlich die unverkennbare Silhouette des Verwaltungsturms entdeckte, verlangsamte er sein Tempo. Plötzlich war ihm bewußt, daß er keinerlei Plan hatte.

Challis' Reaktion auf sein unerwartetes Erscheinen würde nicht besonders freundlich sein. Und diesmal würde er und wahrscheinlich auch sein Personal auf Pip vorbereitet sein. Bei all seinen Fähigkeiten war der Minidrach keineswegs unverletzlich.

Irgendwie würde er sich in den Turm schleichen und herausfinden müssen, wo Challis sich aufhielt. Selbst von seinem gegenwärtigen Standort aus konnte er die kräftigen Ausstrahlungen einer kleinen finsteren Wesenheit spüren. Aber er hatte keine Garantie, ob er Mahnahmi und Challis zusammen finden würde. Ob das Mädchen seine Anwesenheit ebenfalls spürte? Das war ein ernüchternder Gedanke. Er beschloß, schnell zu handeln, und durchschritt selbstbewußt den Eingang des Turms. Aber das hier war kein Fabrikgebäude. Ein effizient aussehender Thranx mit drei eingelegten Rangstreifen auf dem b-Thorax hielt ihn auf — sehr höflich natürlich.

»Der Schwarm sei mit Ihren Geschäften«, murmelte das Insekt. »Ihren Namen bitte und Ihr Anliegen.«

Flinx wollte gerade antworten, als eine Tür neben ihm aufflog. Eine Gruppe schwerbewaffneter Thranx stürzte heraus, und ihr Anführer deutete auf ihn und schrie: »Das ist er — haltet ihn fest!«

Der Beamte, der Flinx angesprochen hatte, reagierte schnell und griff mit der Echthand nach seinem Arm.

Flinx hob das Bein und stieß etwas zögernd zu. Der panzerähnliche Chiton war praktisch unverletzlich — abgesehen von den Gelenken, wo Flinx' Fuß traf. Das Gelenk krachte hörbar, und der Beamte stieß einen erschreckten Zirplaut aus, während Flinx sich losriß und auf die Aufzüge zurannte.

Er sprang in eine Kabine und drückte den obersten Knopf, wobei er feststellte, daß daneben die Ziffer elf stand. Für das zwölfte Stockwerk brauchte man einen Schlüssel.

Ein paar Strahler durchbohrten die Lifttüren, als die Kabine sich in Bewegung setzte. Zum Glück trafen sie keine wichtigen Funktionsteile, und seine Fahrt wurde nicht gestört, obwohl die drei Löcher mit den angeschmolzenen Rändern in der Tür ihm genügend Stoff zum Nachdenken gaben.

Ein ärgerliches Pochen und Schlagen in der Tasche lenkte seine Aufmerksamkeit auf sich. Kaum hatte er die Klappe geöffnet, als ein wütender Pip herausschoß. Nachdem er sich schnell im Innern der Liftkabine umgesehen hatte, ließ der Minidrach sich nervös auf Flinx' rechter Schulter nieder. Dort rollte er sich eng ein, die Muskeln angespannt.

Jetzt war es nicht mehr notwendig, das Reptil verborgen zu tragen; schließlich wußten die ganz genau, wer er war. Aber wer oder was hatte ihn verraten?

Mahnahmi — das mußte es sein! Fast war ihm, als spürte er ein mädchenhaftes spöttisches Gelächter. Vielleicht übertrafen ihre geistigen Talente die seinen, sowohl in der Stärke als auch im Fehlen jeglicher Disziplin. Natürlich würde niemand das glauben, Falls er überhaupt Gelegenheit dazu bekam, darüber zu sprechen. Mahnahmi spielte die Rolle des unschuldigen Kindes mit den großen neugierigen Augen perfekt.

Die Frage war nur, ob hinter ihrer Bösartigkeit Berechnung stand oder nur der Wunsch nach blinder Zerstörung. Er hatte das Gefühl, daß sie von einem Augenblick auf den nächsten von Haß auf Liebe — und beides ähnlich intensiv — umschalten konnte. Wenn sie nur begreifen würde, daß er ihr nicht übel wollte ... Und dann kam ihm in den Sinn, daß sie das wahrscheinlich sogar wußte.

Für sie war er nur eine Quelle des Vergnügens, nicht mehr.

Es bereitete ihm keine große Mühe, den Türmechanismus zu stören. Als die Kabine das zehnte Stockwerk passierte, stieg er aus und sah zu, wie der Lift weiter nach oben fuhr. Dann sah er sich in dem Raum um, bei dem es sich um eine Kombination aus Büro und Wohnraum handelte. Wahrscheinlich gehörte er einem von Challis' leitenden Mitarbeitern, vielleicht dem Fabrikdirektor.

Wenn es keine Treppe gab, dann saß er hier in der Falle. Challis war bestimmt nicht so dumm, ihn nach unten entkommen zu lassen.

Zum Glück standen diese Räume leer. Während er seine Lage überdachte, hallte von oben eine Explosion. Als er hinaufblickte, sah er Fetzen von Metall- und Plastiklegierungen rauchend im Liftschacht nach unten fallen.

Plötzlich wurde ihm bewußt, daß es nur eine Möglichkeit gab, sich mit Mahnahmi auseinanderzusetzen. Er bemühte sich ganz bewußt darum, seinen Geist zu leeren, jeden Gedanken an zukünftiges Handeln zu unterdrücken. Die dunkle Wolke, die in seiner Nähe geschwebt hatte, verblaßte langsam. Jetzt konnte er Mahnahmis Gegenwart nicht mehr entdecken — und sie sollte in bezug auf ihn ebenso blind sein. Möglicherweise glaubte sie wie jeder andere einen Augenblick lang, daß er bei der Explosion der Liftkabine ums Leben gekommen war.

Nach kurzem Suchen hatte er festgestellt, daß diese Räume nur einen einzigen Zugang hatten — den einzigen, jetzt unbrauchbaren Lift. Kein anderer Lift führte in dieses Stockwerk. Also gab es nur einen Weg zu dem darüber liegenden Geschoß — den Dachlandeplatz. Sein Blick wanderte zu dem gewölbten Fenster, das den Ausblick über die Fabrikanlage und das dahinterliegende Plateau bot.

Flinx trat ans Fenster, stellte fest, daß es leicht zu öffnen war. Die Turmwand war mit Thranxsteinen geschmückt. Er blickte nach oben und überlegte.

Die erwarteten ihn jetzt bestimmt nicht.

Sein Bewußtsein nahm kurz das herrliche Panorama des Mediterrania-Plateaus auf, welches mit Fabriken und menschlichen Behausungen betupft war. In der Ferne erstreckten sich die nebelerfüllten Niederungen bis zum Horizont. Seine Füße fanden an der mit vorspringenden Steinen und Metallornamenten besetzten Außenwand des Gebäudes keinen so sicheren Halt, wie er das gerne gehabt hätte, aber er würde es schaffen. Wenigstens brauchte er nur ein Stockwerk hochzuklettern. Er ging durch das Appartement-Büro, fand das Badezimmer, öffnete das Fenster und beginn zu klettern.

Wenn der Grundriß im Stockwerk darüber nicht völlig anders war, sollte er über dem Badezimmer, das er gerade verlassen hatte, wieder ein Badezimmer, wenn auch vielleicht etwas größer, jedenfalls aber hoffentlich leer, vorfinden. Das war bestimmt der beste Ort, um sich unauffällig Zutritt zu verschaffen.

Methodisch und ohne sich umzublicken arbeitete er sich langsam, aber stetig nach oben. In Drallar war er auf feuchten, schwieriger zu bewältigenden Oberflächen zu größeren Höhen emporgestiegen — und noch dazu in jüngerem Alter. Dennoch bewegte er sich mit aller Vorsicht.

Ein Glück, daß kein Wind wehte. Nach einer Weile erreichte er einen Sims. Darüber öffnete sich ein Fenster. Er griff nach oben und zog sich in die Höhe, bis er durch die durchsichtige Scheibe blicken konnte, und stellte befriedigt fest, daß das Fenster ein paar Zentimeter weit offenstand. Dann entdeckte er die beiden Gestalten, die hinten im Raum standen. Die eine war fett und schwitzte, ein Zustand, der nicht etwa auf körperliche Anstrengung zurückzuführen war. Die andere war klein, blond und hatte große Augen.

Plötzlich sahen sie ihn.

»Er soll mir nichts tun, Daddy«, sagte sie in gespielter Angst. Flinx öffnete seinen Geist und spürte die Erregung, die den ihren durchpulste. Übelkeit umfaßte ihn.

»Ich weiß nicht, warum du darauf bestehst, mich zu quälen«, sagte Challis verwirrt. Sein Strahler war jetzt auf Flinx' Schulter gerichtet. »Ich hab' dir doch gar nicht so weh getan. Du fängst an, lästig zu werden. Wiedersehen.« Sein Finger krümmte sich um den Abzug.

Im gleichen Augenblick verließ Pip Flinx' Schulter. Challis sah, wie die Schlange sich bewegte, suchte das neue Ziel und feuerte. Die Erinnerung an das, wozu der Minidrach fähig war, ließ den Händler zittern. Er verfehlte Pip und Flinx und traf die Holzverkleidung über dem Fenster. Woraus die Verkleidung auch immer bestehen mochte, jedenfalls brannte sie lichterloh. Binnen Sekunden war der Raum zwischen dem Fenster und Challis mit Rauch und Flammen erfüllt.

Der Rauch trieb zwar den Händler aus dem Raum und hinderte ihn auch daran, einen zweiten Schuß abzugeben, gleichzeitig aber blockierte er Flinx vor dem Fenster. Er begann sofort wieder seinen Abstieg und Pip summte wütend um seinen Kopf und suchte etwas, das er töten konnte. Flinx bezweifelte, daß er unten ankommen würde, ehe es Challis gelang, die Wächter unten zu verständigen. Langsam stieg er an einem Stockwerk vorbei, dann am nächsten und schließlich am dritten. Beim vierten Stockwerk von oben stellte er fest, daß die reflektierende Verglasung zerbrochen und mit durchsichtigem Film repariert worden war.

Zwei schnelle Tritte vergrößerten die Öffnung, und er

sprang hindurch — und sah sich einer erschreckten Frau gegenüber, die bei seinem Anblick aufschrie.

»Bitte«, flehte er sie an und ging auf sie zu. »Schreien Sie nicht! Ich tu Ihnen doch nichts.«

Aber sie schrie.

Flinx fuchtelte verzweifelt mit den Händen herum, um sie zum Schweigen zu bringen. »Seien Sie still ... sonst finden die mich!«

Aber sie fuhr fort zu schreien.

Flinx blieb stehen und überlegte fieberhaft, was er tun sollte. Man würde den Lärm jeden Augenblick hören.

Pip löste das Problem für den Augenblick. Er stieß auf die Frau zu. Sie sah, wie das lange Reptil mit weit geöffnetem Maul auf breiten Schwingen auf sie zuschoß ...

... und wurde ohnmächtig.

Das brachte sie zum Schweigen, aber Flinx war immer noch in ein jetzt alarmiertes Gebäude eingeschlossen und hatte kaum eine Chance, ungesehen zu entkommen. Sein Blick wanderte fieberhaft im Raum umher und suchte einen großen Behälter, in dem er sich verstecken konnte, oder eine Waffe oder ... irgend etwas Nützliches. Schließlich wandte sich seine Aufmerksamkeit wieder der Frau zu. Sie war ungünstig gefallen, und er versuchte, sie in eine etwas natürlichere Position zu schieben. Während er sie stützte, sah Flinx das Badezimmer in der Nähe. Sein Blick wanderte zu der Frau zurück ...

Eine Minute darauf platzten ein paar schwerbewaffnete Wachmänner in den unverschlossenen Raum, und er schien leer. Sie schwärmten aus und durchsuchten schnell jedes mögliche Versteck. Einer betrat das Badezimmer, sah weibliche Beine unter der Toilettentür und zog sich mit einer Entschuldigung hastig zurück. Dann verließ er mit seinen Kollegen den Raum und machte sich daran, das nächste Büro zu durchsuchen.

Drei Büros später kam es ihm in den Sinn, daß die Frau nicht auf seine Entschuldigung reagiert hatte —

nicht mit einem Dankeschön, nicht mit einem frostigen ›Schon gut‹ und nicht mit einem Fluch. Überhaupt nicht. Das kam ihm seltsam vor, und er erwähnte es gegenüber seinem Vorgesetzten.

Gemeinsam rannten sie zurück und eilten in das Bad. Die Beine waren immer noch in derselben Position. Der Beamte klopfte vorsichtig, räusperte sich. Als er keine Reaktion hörte, forderte er die beiden anderen Männer auf, etwas zurückzutreten, und öffnete die Tür von außen.

Die Frau schlug gerade die Augen auf. Sie fand sich splitternackt auf der Toilette sitzend, und zwei Energiewaffen in den Händen zweier resolut blickender uniformierter Männer starrten sie an.

Da wurde sie erneut ohnmächtig.

Bis die völlig verwirrte Frau wieder zu sich gebracht war, hatte Flinx den Turm hinter sich gelassen. Keiner hatte die schlanke kurzhaarige Frau aus dem Gebäude eilen sehen. Flinx hatte geistesgegenwärtig von den Kosmetika Gebrauch gemacht, die er im Bad der Frau gefunden hatte — in Drallar war es nützlich, Fähigkeiten zu besitzen, die andere vielleicht absurd fanden. Nur einem Angestellten war etwas Ungewöhnliches aufgefallen. Aber er würde seinen Kollegen gegenüber nicht erwähnen, daß der doppelte Ledergürtel um die Hüfte der Frau sich ganz unabhängig von ihren Schritten bewegt hatte.

Als Flinx den Turm und die Challisfabrik hinter sich gelassen hatte, legte er die Frauenkleidung ab und ließ Pip wieder auf seine Schulter gleiten. Gewöhnliche Verkehrsmittel schienen ihm jetzt zu gefährlich, und deshalb eilte er zu Fuß an den Klippenrand.

Der zweitausend Meter tiefe Abgrund war atemberaubend, aber er konnte es nicht riskieren, auf dem Hochplateau zu warten, bis Challis' Bewaffnete ihn festnahmen. Er wollte auch keine peinlichen Fragen von seiten der Behörden riskieren. Also atmete er tief durch, wählte sich die Klippe aus, die ihm am wenigsten steil erschien, und begann seinen Abstieg.

Der Basaltfels fiel fast senkrecht ab, war aber etwas ausgebrochen und verwittert, und so fand er genügend Griffe. Trotzdem bezweifelte er, daß Challis auf die Idee kommen würde, jemand würde an der Klippenwand nach unten klettern. Flinx kam an ein paar gefährliche Stellen, aber die zahlreichen Lianen und Kriechgewächse halfen ihm. Seine Arme begannen zu schmerzen, und einmal, als sein linker Fuß völlig gefühllos wurde, hing er an Fingern und Zehen über dem Abgrund.

Als er die Hälfte des Weges zurückgelegt hatte, wurde die Klippe etwas schräg, so daß das Klettern weniger Mühe bereitete. Er beschleunigte sein Tempo. Schließlich, zerkratzt, aus einigen Schürfwunden blutend und völlig erschöpft, erreichte er den Dschungel unten. Er blieb einen Augenblick lang stehen, um sich zu orientieren, und schlug dann den Weg zum Hafen ein, wenigstens hoffte er, daß die Richtung stimmte.

Daß er sich dabei über eine Region hinwegbewegte, die ebenso dicht besiedelt war wie eine von den Großstädten Terras, wußte er nicht. Eine ganze Thranxmetropole lag unter ihm, auf traditionelle Weise aus dem Felsgestein geschlagen. Flinx schritt auf einer grünen Wolke, die über der Stadt schwebte.

Völlig ausgepumpt, begann er sich allmählich zu wünschen, daß Challis' Schuß ihn getroffen hätte, schob einen Busch beiseite ... und taumelte auf eine sauber gepflasterte Straße.

Noch zwei Tage, und er hatte Port Chitteranx erreicht. Die ihm begegneten, wichen ihm aus. Er wußte sehr wohl, wie er nach seinem Abstieg über die Klippenwand und seinen Fußmarsch durch den Dschungel aussehen mußte.

Ein paar Thranx bedauerten den armen Menschen und versahen ihn mit Nahrung und Wasser, so daß er seinen Marsch fortsetzen konnte.

Der Anblick der Hafenanlagen erfüllte ihn mit neuem Mut. Auf Flinx' Freudenschrei hin erhob sich Pip in die Lüfte und beschrieb einen Kreis, ehe er wieder auf der Schulter seines Herrn und Meisters Platz nahm: Flinx blickte zu dem Minidrach empor, der sich in der tropischen Hitze, die ihn an seine Heimatwelt Alaspin erinnern mußte, offensichtlich wohl fühlte.

»Du kannst dir dein zufriedenes Gesicht ja leisten, du Spitzkopf«, meinte Flinx neidisch zu seinem Begleiter gewandt. Während er sich Zentimeter für Zentimeter an der Klippe hinuntergearbeitet hatte, war Pip in der Nähe herumgekreist und hatte ihn die ganze Zeit zur Eile gedrängt, wo doch ein einziger Fehltritt den sofortigen Tod bedeutet hätte.

Der Bankangestellte im Terminalgebäude war ein Mensch, aber das hielt ihn nicht davon ab, seine Fassung zu bewahren, als ein schmutziger, abgerissener junger Mann auf seinen Schalter zukam. Als weiser Mann hatte er schon in früher Jugend eine wichtige Erkenntnis gewonnen: ein ungewöhnliches Äußeres kann auf Wohlhabenheit oder Exzentrizität hindeuten, wobei diese beiden Eigenschaften sich nicht gegenseitig auszuschließen brauchen.

Also behandelte er den scheinbaren Landstreicher so, wie er jeden wohlgekleideten, sichtlich wohlhabenden Kunden behandelt hätte. »Kann ich zu Diensten sein, mein Herr?« erkundigte er sich höflich und wandte dabei unauffällig den Kopf etwas zur Seite.

Flinx erklärte seine Wünsche. Die von ihm gelieferte Information wurde einem Computer eingegeben. Kurz darauf bestand die Maschine darauf, daß die Person vor der Theke — Name Flinx, aktenkundiger Name Philip Lynx, Retina-Muster soundso, Pulsvariable soundso, Herzkonfiguration soundso — tatsächlich registrierter Konteninhaber der Königsbank von Moth in der Stadt Drallar war und daß sein Habensaldo zur Stunde ...

Der Angestellte nahm Haltung an und blickte Flinx in

die Augen. »Und wie ist es denn dazu gekommen, mein Herr, daß Sie Ihr registriertes Kredimeter verloren haben?«

»Ich hatte einen Unfall« erklärte Flinx geheimnisvoll, »und es ist mir aus der Tasche gefallen.«

»Ja.« Der Angestellte lächelte immer noch. »Sie brauchen sich keine Sorgen zu machen. Wie Sie wissen, können nur Sie ein persönliches Kredimeter benutzen. Wir werden das Verschwinden Ihres alten Kredimeter registrieren, und Sie können damit rechnen, binnen einer Stunde an diesem Schalter ein neues vorzufinden.«

»Ich habe Zeit. Allerdings ...«, und damit wies er mit einer vielsagenden Handbewegung auf seine Kleidung, »würde ich gerne neue Kleider kaufen und mich etwas säubern.«

»Natürlich«, nickte der Angestellte und griff mit professioneller Geste in eine Schublade. »Wenn Sie hier unterschreiben würden und mir gestatteten, Ihr Retina-Muster zu registrieren, können wir Ihnen natürlich einen Vorschuß geben.«

Flinx verlangte einen lächerlich bescheidenen Betrag, ließ sich von dem Angestellten erklären, wo er ein Bad nehmen und wo er Kleider kaufen konnte, und verließ den Mann mit einem dankbaren Händedruck.

Die Kombination, die er sich schließlich wählte, war etwas modischer als die beiden, die Hivehom ihn bereits gekostet hatten, aber er hatte das Gefühl, daß er sich nach dem, was er durchgemacht hatte, einiges an Luxus schuldig war.

Das Bad nahm den größten Teil der noch verbleibenden Stunde in Anspruch, und als er an den Bankschalter zurückkehrte, glich er eher wieder einem menschlichen Wesen als einem Bewohner der Dschungel von Hivehom. Wie versprochen, erwartete ihn sein neues Kredimeter.

»Kann ich noch etwas für Sie tun, mein Herr?«

»Danke, Sie haben schon mehr als genug getan.

Ich …« Er hielt inne, blickte nach links. »Entschuldigen Sie mich, aber ich sehe hier einen alten Freund.«

Er ließ den Angestellten mit offenem Mund und einem Trinkgeld von zehn Prozent des abgehobenen Betrages zurück. Die Hauptabflughalle hatte eine hohe Kuppel und war angefüllt von dem Lärm der Ankommenden und Abreisenden. Der kleine Thranx, auf den Flinx von hinten zuging, war bei einer ganz besonderen Beschäftigung.

»Ich glaube, Sie sollten der Dame die Handtasche zurückgeben«, flüsterte er dem Insekt zu. Während dieser Worte drehte sich eine mit prunkvollen Einlegearbeiten und zahlreichen Juwelen auf dem Chitin verzierte Thranxmatrone, deren Exoskelett elegant mit Silber abgesetzt war, zu ihm um und starrte ihn neugierig an.

Gleichzeitig zuckte der Thranx, den Flinx überrascht hatte, furchtbar zusammen und wirbelte herum. »Mein Herr, wenn Sie glauben, daß ich …« Seine Stimme erstarb. Flinx lächelte gewinnend, während Pip sich auf seiner Schulter regte.

»Hallo, Bisondenbit.«

Vom physiologischen Standpunkt aus war die Vorstellung, daß dem Thranx die Augen aus dem Kopf traten, unvernünftig, dennoch hatte Flinx den Eindruck. Bisondenbits Antennen zitterten so heftig, daß Flinx Angst hatte, sie könnten abbrechen, und der Thranx starrte schreckerfüllt Pip an.

»Die Handtasche«, wiederholte Flinx mit leiser Stimme, »und beruhigen Sie sich, ehe Sie sich weh tun.«

»I-I-ja …«, stotterte Bisondenbit. Interessant! Flinx hatte noch nie zuvor einen Thranx stottern hören. Bisondenbit wandte sich der alten Frau zu, griff in eine besonders tiefe b-Thoraxtasche und entnahm ihr eine kleine sechseckige Tasche aus gewebtem, goldfarbenem Metall.

»Sie haben das gerade fallen lassen, Königinmutter«, murmelte er widerstrebend und benutzte die formelle

Höflichkeitsform. »Die Haken haben sich alle gelöst ... Sehen Sie?« Die Matrone griff sich mit einer Fußhand an den Leib und mit der Echthand nach der Tasche.

»Ich verstehe nicht. Ich war ganz sicher, daß sie befestigt ...« Sie unterbrach sich, zuckte mit dem Kopf und vollführte mit Schädel und Antennen eine Bewegung, die in der Körpersprache der Thranx ein Höchstmaß an Dankbarkeit ausdrückte, und fügte noch hinzu: »Meinen verbindlichsten Dank, Kriegsherr.«

Flinx mußte an sich halten, als sie Bisondenbit das unverdiente Kompliment machte.

Die höfliche Pose dieses würdigen Vertreters seiner Art hielt an, bis die Matrone außer Hörweite war. Dann musterte er Flinx nervös. »Ich wollte nicht, daß Sie getötet werden ... ich wollte nicht, daß irgend jemand getötet wird«, stammelte er, »die haben mir nichts von einem Mord gesagt. Ich sollte Sie bloß nach ...«

»Beruhigen Sie sich«, riet ihm Flinx. »Und hören Sie auf, vom Tod zu jammern. Es hat schon viel zu viele Tote gegeben.«

»Oh, da bin ich ganz Ihrer Meinung«, gestand der Thranx, und seine Spannung löste sich langsam. »Aber ich habe damit nichts zu tun.« Plötzlich gewann die Neugierde in ihm die Oberhand.

»Wie ist es Ihnen denn gelungen, aus dem Turm zu entkommen und das Plateau zu verlassen? Ich habe gehört, daß viele nach Ihnen Ausschau hielten, aber niemand hat Sie gesehen.«

»Ich bin heruntergeflogen«, sagte Flinx, »aber vorher habe ich mich natürlich unsichtbar gemacht.«

Bisondenbit sah ihn unsicher an, fing zu lachen an, hielt inne und starrte ihn dann wieder an. »Sie sind ein höchst ungewöhnlicher Bursche, selbst für einen Menschen. Ich weiß nicht, ob ich Ihnen glauben soll oder nicht.« Plötzlich sah er sich in der geschäftigen Abflughalle um und wurde wieder nervös. »Mächtige Leute aus Challis' Umgebung wollen wissen, wo Sie sich aufhalten. Es heißt, es sei eine große Belohnung ausgesetzt. Aber der einzige Hinweis auf Ihre Flucht liegt bei einer Frau, die sich in einem Krankenhaus befindet. Sie ist immer noch nicht vernehmungsfähig.«

»Das tut mir leid«, murmelte Flinx aufrichtig.

»Es ist nicht gut für mich, wenn man mich mit Ihnen sieht — Sie sind jetzt eine ... äh ... gesuchte Persönlichkeit.«

»Es ist immer nett, wenn man beliebt ist«, erwiderte Flinx, ohne sich um Bisondenbits Angst zu kümmern. »Übrigens, ich wußte gar nicht, daß die Thranx auch den Taschendiebstahl zu ihren Talenten zählen.«

»Vom digitalen Standpunkt aus waren wir stets geschickt. Viele Menschen haben ähnlich ... äh ... nützliche Fähigkeiten von uns gelernt.«

»Das kann ich mir vorstellen«, grinste Flinx. »Ich lebe zufälligerweise in einer Stadt, in der es von Meistern dieser Kunst wimmelt. Aber ich habe jetzt keine Zeit, mich mit Ihnen über die Moral des Kulturaustausches zu unterhalten. Sagen Sie mir bloß, wo ich Conda Challis finden kann.«

Bisondenbit sah den Jungen an, als wäre ihm plötzlich ein zweites Paar Hände gewachsen. »Er hätte Sie fast getötet. Mir scheint, er wartet auf eine neue Gelegenheit. Ich kann es einfach nicht glauben, daß Sie weiterhin einen solch mächtigen Feind suchen. Ich dachte immer, ich könnte Menschen beurteilen. Sie scheinen nicht von Rachegefühlen motiviert.«

»Das bin ich auch nicht«, gestand Flinx etwas unsicher, weil ihm bewußt war, daß auch Small Symm angenommen hatte, er folge Challis aus diesem Grunde. Die Leute bestanden darauf, ihm Motive zuzuschreiben, die er gar nicht besaß.

»Wenn nicht aus Rache, weshalb folgen Sie ihm dann? Nicht, daß ich es bedauerte, wenn ein Wesen vom Rufe eines Challis etwas in die Enge getrieben wird. Selbst wenn es schlecht für das Geschäft ist.«

»Sagen Sie mir einfach, wo er ist.«

»Wenn Sie mir sagen, weshalb Sie ihn suchen.«

Flinx stieß Pip an, und die Flugschlange regte sich, gähnte und zeigte ihre Zähne. »Ich glaube nicht, daß das nötig ist«, sagte Flinx leise und vielsagend. Der erschreckte Bisondenbit warf Echthände und Fußhände in die Höhe.

»Schon gut«, seufzte Flinx, der des Drohens müde war. »Wenn ich es Ihnen sage, könnte es zu Challis gelangen. Ich glaube einfach, daß er Informationen über meine wirklichen Eltern besitzt und darüber, was ihnen zustieß, nachdem sie ... mich verließen.«

»Eltern?« Bisondenbit musterte ihn mit rätselhafter Miene. »Man hat mir gesagt, Sie hätten Challis bedroht.«

»Stimmt nicht. Er hat den Verfolgungswahn wegen etwas, was in der Vergangenheit geschehen ist. Er wollte, daß ich etwas tue, und ich wollte es nicht tun.«

»Und dafür haben Sie einige Leute getötet?«

»Ich habe niemanden getötet«, protestierte Flinx unglücklich. »Das war Pip, und er tat es nur, um mich zu verteidigen.«

»Nun, die Toten sind die Toten«, meinte Bisondenbit tiefschürfend. Er sah Flinx ungläubig an. »Ich hätte nicht geglaubt, daß irgendein Geschöpf, selbst ein Mensch, so von perversen Wünschen besessen sein könnte. Ist es Ihnen denn wichtiger als Ihr Leben, zu erfahren, wer Ihre Eltern waren?«

»Wir haben nicht die Tradition der allgemeinen Wabenmutter, auf die ich meine Existenz zurückführen könnte«, erklärte Flinx. »Ja, mir ist das so wichtig.«

Das Insekt schüttelte den Kopf. »Dann wünsche ich Ihnen viel Erfolg bei Ihrer verrückten Suche. Zu anderer Zeit und an anderem Ort wäre ich vielleicht Ihr Clansgefährte.« Er beugte sich vor und streckte die Antennen aus. Nach kurzem Zögern berührte Flinx sie mit der

Stirn. Er richtete sich auf und warf dem kleinen Thranx einen warnenden Blick zu.

»Versuchen Sie, Ihre Echthände am eigenen Thorax zu lassen«, sagte er zu Bisondenbit.

»Ich weiß nicht, warum Sie meine Handlungen interessieren, solange sie nicht Sie betreffen«, protestierte der Thranx. Er war jetzt fast glücklich, jetzt, da es den Anschein hatte, als würde Flinx ihn nicht ermorden. »Werden Sie mich den Behörden melden?«

»Nur, wenn Sie mir weiter die Zeit stehlen«, sagte Flinx ungeduldig. »Sie haben mir immer noch nicht gesagt, wo Challis ist.«

»Senden Sie ihm ein Band mit Ihrem Wunsch«, riet der Thranx.

»Würden Sie das glauben?«

Bisondenbits Kiefer klickten. »Ich verstehe. Sie sind ein seltsames Individuum, Menschenjunges.«

»Sie sind selbst auch nicht gerade ein Inkubator, Bisondenbit. — Wo?«

Sein Schulterchitin bewegte sich und gab ein raschelndes Geräusch von sich, so, wie wenn man Wellpappe über einen Teppich zieht. Bisondenbits Stimme klang fast stolz.

»Ich bin keiner von Challis' Söldnern — ich werde es Ihnen sagen. Es scheint, daß Sie ihn von Moth vertrieben haben; und jetzt haben Sie ihn von Hivehom vertrieben. Die Hauptverwaltung der Challis-Gesellschaft befindet sich in der Hauptstadt von Terra; ich vermute, daß er dorthin geflohen ist. Kein Zweifel, daß er Sie dort erwartet, wenn er inzwischen nicht schon vor Angst gestorben ist. Mögen Sie ihn finden, ehe die vielen Verfolger *Sie* finden.« Er schickte sich zum Gehen an, wartete dann aber neugierig.

»Wiedersehen, Bisondenbit«, sagte Flinx mit fester Stimme. Der Thranx wollte etwas sagen, stellte dann aber fest, daß der Minidrach sich bewegte, und überlegte es sich anders. Er ging weg, sah sich gelegentlich über die Schulter um und murmelte mürrisch vor sich hin. Flinx seinerseits empfand kein Schuldgefühl, weil er den Taschendieb hatte laufen lassen. Jemandem, der selbst ein gerüttelt Maß fragwürdiger Dinge auf dem Kerbholz hatte, stand es nicht zu, über andere zu urteilen.

Warum glaubte Challis nicht, daß ihn nichts so Nutzloses und Primitives wie Rachegefühle dazu bewegten, ihn zu suchen? Challis konnte nur Motive wie die seinen verstehen, sagte sich Flinx.

Irgendwie würde er da einen Ausweg finden müssen.

Von Hivehom zur zweiten Hauptwelt des Commonwealth, Terra, war es eine beträchtliche Reise, selbst bei Höchstgeschwindigkeit. Aber dann war es eines Tages doch soweit, und Flinx saß hinter der Ausblickluke eines anderen Shuttle und blickte auf jene legendäre Welt hinaus, während das kleine Schiffchen sich von dem großen Frachter löste.

Das war die grüne Legende, *Terra,* die Wiege der Menschheit, die zweite Hauptwelt des Commonwealth und die Heimstatt der Vereinigten Kirche. Dies war die Welt, auf der einst ein primitiver Primat sich auf die Hinterbeine gestellt hatte, um dem Himmel näher zu sein, ohne je davon zu träumen, daß er eines Tages seine Heimatwelt verlassen und in die Himmel eindringen würde.

Und doch war der Globus selbst, abgesehen vom königlichen Blau seiner Ozeane, ganz und gar nicht bemerkenswert; er schien in erster Linie aus wirbelnden weißen Wolken und braunen Landklecksen zu bestehen.

Flinx hatte nicht gewußt, was er erwarten sollte ... goldene Türme, die die Wolken durchstießen vielleicht, oder Berge aus Chrom, die sich bis an die Ufer drängten — all dies war gleichzeitig absurd und lächerlich. Obwohl er es nicht sehen konnte, besaß Terra beides, in reichlicher Menge, wenn auch in Formen, die sich radikal von seinen Visionen unterschieden.

Nein, dachte Flinx, während das Shuttle in die äußere Atmosphäre eindrang, das allgegenwärtige Smaragdgrün von Hivehom war faszinierender und die leuchtenden Ringschwingen von Moth spektakulärer.

Aber irgendwo dort unten hatte sein Urgroßvater oder sein Ururgroßvater gelebt und war gestorben ...

04

Auf seinem Westostkurs zog das Shuttle über die große Leitstation in Perth dahin, ehe es seinen Landeanflug über die endlosen Äcker von Zentralaustralien begann. Flinx sah immer wieder isolierte Städte und Lebensmittelverarbeitungsfabriken und die schimmernden Sonnenenergiestationen, welche die Industriemetropole von Alice Springs umgaben. Er klopfte beruhigend auf den neuen Koffer, der unter seinen Beinen stand, hörte aus seinem Inneren das entspannte Zischen und schnallte sich zur Landung an.

Das Shuttle senkte sich auf den bedeutendsten und größten Shuttlehafen von Terra. Der Hafen bildete die untere Partie einer riesigen, wie ein T geformten Stadtregion, deren Querstrich sich nach Norden und Süden erstreckte und den warmen Pazifik umarmte. Brisbane war jetzt seit Hunderten von Jahren die Hauptstadt Terras, und der Hafen der Stadt mit den langen freien Anflugschneisen über den Kontinent von der einen und den offenen Pazifik von der anderen Seite war der bedeutendste Hafen des Planeten. Er lag auch in bequemer Nähe der großen Thranxsiedlungen in Nordaustralien und auf Neu-Guinea sowie dem Hauptquartier der Vereinigten Kirche in Denpasar.

Ein leichter Ruck, und die Maschine war gelandet.

Niemand achtete im Terminalgebäude auf ihn, und auch später nicht, als er durch die Straßen der riesigen

Stadt schlenderte. Er kam sich allein und verlassen vor, in stärkerem Maße vielleicht, als er das auf Hivehom empfunden hatte.

Die Hauptstadt überraschte ihn. Hier gab es keine hoch aufragenden Türme. Brisbane hatte nichts von der kommerziellen Hektik von Lala im westlichen Nordamerika oder von London oder Jakutsk oder selbst des Marktes von Drallar. Die Straßen waren beinahe still und an manchen Stellen von Architektur gesäumt, die bis in die Zeit vor der Verschmelzung zurückreichte.

Was die Regierungsgebäude anging, so waren wenigstens diese gigantisch, wie es sich gehörte. Aber sie waren flach gebaut und schienen, weil sie ringsum von Gartenanlagen umgeben waren, wie grüne Wogen in einem Teich aus Metall und Stein nach außen zu greifen.

Es bereitete keine Mühe, das Hauptquartier der Challis-Gesellschaft zu finden. Als er dann weitere Nachforschungen anstellte, erfuhr er auch, wo die Familie residierte. Zu jenem isolierten und geschützten Allerheiligsten Zutritt zu bekommen, war freilich eine ganz andere Angelegenheit.

Er mußte jetzt an das denken, was Bisondenbit gesagt hatte. Wie sollte er es anstellen, bis zu Challis vorzudringen und ihm sein Anliegen zu erklären, ehe der Händler veranlaßt hatte, daß man ihn tötete?

Irgendwie mußte er es fertigbringen, die Zeit etwas auszudehnen, die Challis ihm vor seiner Vernichtung gewährte. Irgendwie ... er warf einen Blick auf seinen Kredimeter. Er war nicht wohlhabend, aber mehr als ein Bettler besaß er zweifellos. Wenn er sparsam vorging, hatte er ein paar Wochen Zeit, um die richtige Firma zu finden, die ihn bei seinem Plan unterstützte.

Es gab eine solche Gesellschaft in der südlichen Industriezone der Hauptstadt. Eine Sekretärin leitete ihn zu einem Abteilungsleiter weiter, der sich die primitiven Pläne, die Flinx vorbereitet hatte, etwas verblüfft ansah und ihn dann an die Direktorin der Firma weiterleitete.

Da diese Dame eine Ingenieursausbildung genossen hatte, bereiteten ihr die technischen Aspekte von Flinx' Vorschlag keine Schwierigkeiten. Ihre Sorge galt anderen Dingen.

»So viele brauchen Sie?« fragte sie, kniff die Lippen zusammen und wischte sich in Gedanken eine graue Strähne aus der Stirn.

»Wahrscheinlich, wenn ich die Leute richtig einschätze, und das tue ich, glaube ich.«

Sie stellte auf ihrem Minicomputer einige Berechnungen an und sah dann wieder auf seine Liste. »Wir können das, was Sie brauchen, herstellen, aber die Zeit ist knapp, und Sie verlangen hohe Präzision — das kostet viel Geld.«

Flinx nannte ihr den Namen einer Bank und eine Nummer. Nach einem kurzen Gespräch mit der Bank glättete sich das Gesicht der Frau. »Ich bin froh, daß das geklärt ist. Geldangelegenheiten sind mir immer unangenehm, verstehen Sie? Äh ... darf ich fragen, wozu Sie sie brauchen?«

»Nein«, erwiderte Flinx liebenswürdig, und Pip hob neugierig den Kopf. »Deshalb bin ich zu Ihnen gekommen — zu einer kleinen Firma mit untadeligem Ruf.«

»Stehen Sie zur Programmierung zur Verfügung?« fragte sie unsicher.

»Direktübertragung, wenn es nötig ist.«

Damit schien für die Direktorin das Wesentliche erledigt. Sie stand auf und streckte ihm die Hand hin. »Dann glaube ich, daß wir Ihnen helfen können, Mr. ...?«

Er schüttelte ihr die Hand und lächelte. »Verwenden Sie einfach die Kontonummer, die ich Ihnen nannte.«

»Wie Sie wünschen«, nickte sie enttäuscht.

Der Kontrast zwischen dem satten Blau des Meeres und den sandigen Hügeln der Goldküste war weich und eindrucksvoll. Besonders einer der Hügel war mit weit auseinanderstehenden luxuriösen Privathäusern übersät, von denen jedes einzelne sorgfältig so angelegt war, daß es eine möglichst ungestörte Aussicht auf die weite Bucht bot — und daß gleichzeitig auch zwischen den Nachbarn diskreter und von Streifen benutzbarer Raum zur Verfügung stand.

Eines der Häuser war in seiner Unauffälligkeit schon fast wieder spektakulär. Es war in die Klippen eingelassen wie ein Topas in seine goldene Fassung. Das Haus hatte keine einzige scharfe Kante und schien geradezu ein Teil der mit einzelnen Grasbüscheln übersäten Hügelformation zu sein. Nur die weitläufigen kleinen Glasalumfenster verrieten, daß hier jemand wohnte.

In der Nähe rannten mit geometrischer Regelmäßigkeit Brecher gegen das Ufer an, kleine Ableger der größeren Wogen, die im Süden gegen das Riff donnerten. In einiger Entfernung ritten in einem alten Dorf, welches sich Surfersparadise nannte, Menschen vieler Hautfarben und Tönungen und eine ganze Anzahl anpassungsfähiger Fremder die Brandung und ließen sich von den Brechern landwärts tragen.

Flinx war auch dort, aber er nahm nicht teil, er sah nur zu. Er saß entspannt auf einem flachen Hügel über dem Strand und studierte das Treiben im Wasser. In der Nähe stand sein gemieteter Wagen.

Im Augenblick beobachtete Flinx eine gemischte Gruppe junger Leute. Es waren Studenten einer der vielen großen Universitäten, die Ableger in der Hauptstadt hatten. Diese Gruppe zog die anstrengendere und damit auch als sportlicher geltende Version des Körpersurfens dem Sport mit den Brettern vor. Er sah eine Anzahl junger Thranx unter ihnen, was nur natürlich war. Das tiefe Blau der Männer und das kräftige Aquamarin der Frauen unterschied sich kaum vom Wasser und war nur dann deutlich sichtbar, wenn ein Brecher sich in weißen Gischt auflöste.

Körpersurfen war alles andere als eine den Thranx

vertraute Sportart, aber sie hatten sich auch diesen Sport wie so viele andere Aktivitäten der Menschen angeeignet. Und sie vermittelten ihm eine eigene Art von Schönheit. Zwar würde ein Thranx im Wasser nie auch nur annähernd die seehundsähnliche Geschicklichkeit eines Menschen nachahmen können, wenn es aber darauf ankam, ohne Hilfsmittel die Wellen zu reiten, waren sie weit überlegen. Flinx sah ihre eleganten hartschaligen Körper vorne an den Wellen tanzen, den b-Thorax vorgeschoben, damit die Luft an die Atemöffnungen gelangen konnte.

Hin und wieder stieg ein Mensch einem befreundeten Thranx auf den Rücken, um von ihm huckepack hereingetragen zu werden. Für die Insekten war das keine Last, denn ihr Körper war härter und hatte gleichzeitig fast so viel Auftrieb wie die elliptischen Bretter.

Flinx seufzte. Seine Jugend war mit weniger unschuldigen Aktivitäten angefüllt gewesen. Die Umstände hatten ihn zu schnell durch seine Kindheit gejagt und erwachsen werden lassen.

Er blickte auf den Sand und schob den Fuß vor, um einen Einsiedlerkrebs aufzuhalten. Eine Zehe schob ihn zur Seite. Das winzige Krustentier schlug mit winzigen haarigen Beinen wild durch die Luft und warf mit winzigen Sandkörnchen nach seinem riesenhaften Feind. Dann gewann der Krebs sein Gleichgewicht zurück und eilte weiter, etwas schneller als vorher. Ein Jammer, dachte Flinx, daß Menschen nicht ähnlich zielbewußt sein konnten.

Er blickte die Küste hinauf und hinunter zu einem Haus, das verborgen in den Klippen lag. Flinx sagte sich, daß Challis jetzt bald aus seinem Büro in der Hauptstadt eintreffen mußte.

Über ihm schrie eine Möwe und erinnerte ihn, daß die Zeit gekommen war …

Conda Challis hatte seinen jungen Verfolger fast vergessen, als er aus seinem Wagen stieg. Mahnahmi rannte ihm aus dem Haus entgegen, um ihn zu begrüßen, und dann sahen beide gleichzeitig die ernste Gestalt in der grauen Kombination den Weg herunterkommen. Irgendwie war es ihm gelungen, den äußeren Verteidigungsgürtel zu durchdringen.

Mahnahmi atmete erschreckt ein, und Challis wurde noch eine Spur blasser, als er das ohnehin schon war. *»Francis . . .!«*

Challis' persönlicher Leibwächter wartete nicht auf weitere verbale Anweisungen. Er hatte die Reaktion seines Chefs und dessen Tochter gesehen und schloß daraus sofort, daß diese sich nähernde Person etwas war, das man töten mußte und mit dem man gar nicht lange redete. Er riß die Pistole heraus und feuerte, ehe Challis seinen Befehl zu Ende sprechen konnte.

Natürlich war es möglich, daß die Person harmlos war. Aber Challis hatte ihm Übereifer dieser Art in der Vergangenheit nachgesehen, und das verstärkte das Selbstvertrauen des Mannes.

Challis' Haltung schien sich zu rentieren, denn die wild gestikulierende Gestalt des rothaarigen Jungen löste sich in dem Strahl der illegal überladenen Waffe auf.

»Und das . . .«, murmelte der beunruhigte Händler mit grimmiger Befriedigung, »wäre erledigt. Ich hätte nie damit gerechnet, daß er so nahe herankommen würde. Danke, Francis.«

Der Wächter schob die Waffe ins Halfter zurück, nickte und ging ins Haus, um dort nachzusehen, ob irgendwelche Gefahr drohte.

Mahnahmi klammerte sich mit beiden Armen um Challis' Hüften. Normalerweise mochte es der Händler nicht, wenn das Kind körperlichen Kontakt bei ihm suchte, aber im Augenblick war er so erschüttert, daß er beinahe normal war, und so schob er sie nicht von sich.

»Ich bin froh, daß er tot ist«, schluchzte sie. Challis blickte eigenartig auf sie hinunter.

»So? Aber warum? Warum hat er dir Angst gemacht?«

»Nun ...« Ihre engelhafte Stimme klang zögernd. »Er hat dir Angst gemacht, und das hat mir Angst gemacht, Daddy.«

»Hm«, knurrte Challis. Manchmal konnten die Bemerkungen des Kindes erschreckend reif wirken. Aber, so erinnerte er sich und lächelte dabei, sie war auch nur von Erwachsenen umgeben. Noch drei oder vier Jahre, vielleicht auch weniger, und eine ganz andere Erziehung konnte bei ihr beginnen.

Mahnahmi schauderte und verbarg ihr Gesicht, verbarg es, damit Challis nicht sehen konnte, daß es ein Schauder des Ekels und nicht der Angst war. Francis kam zurück und beachtete sie nicht. Sie hatte ihr ganzes Leben lang die Gedanken, die Challis jetzt dachte, miterlebt und wußte genau, was sie bedeuteten und wie sie waren. Sie waren immer klebrig und schmierig, wie die Spur, die eine Schnecke hinterließ.

»Willkommen zu Hause, Sir. Das Essen ist bald fertig«, sagte der Bedienstete an der inneren Tür. »Hier ist jemand, der Sie sprechen möchte. Keine Waffen, das habe ich gründlich überprüft. Er behauptet, Sie würden ihn kennen. Er wartet im vorderen Hof.«

Challis schnaubte gereizt und schob Mahnahmi weg. Es war ungewöhnlich, daß jemand hierherkam, um über Geschäfte zu reden. Die Challis-Büros in der Innenstadt waren Kunden zugänglich, und er zog es vor, sein Privatleben von seinen Geschäften getrennt zu halten.

Aber vielleicht war es Cartesan mit Informationen über dieses Erzgeschäft auf Santos V oder möglicherweise ... Er ging auf den Innenhof zu, dicht gefolgt von Mahnahmi.

Eine Gestalt, die ihm den Rücken zuwandte, blickte

zu dem breiten gewölbten Fenster hinaus auf das darunter liegende Meer. Challis runzelte die Stirn und sagte: »Ich glaube nicht ...«

Die Gestalt drehte sich um. Challis, der gerade erst seine Fassung zurückgewonnen hatte, war völlig unvorbereitet. Die organischen Stromkreise, die die Muskeln seines künstlichen linken Auges steuerten, zuckten, so daß es sich wie verrückt in seiner Fassung drehte und damit seine Gedanken noch mehr verwirrte.

»Hören Sie«, begann die rothaarige Gestalt schnell, »Sie müssen mir zuhören. Ich will Ihnen nichts zuleide tun. Ich will nur ...«

»Francis!« kreischte der erschreckte Händler, als er das Gespenst sah.

»Nur eine Minute will ich, nur eine Minute, um zu erklären«, bat Flinx. »Sie beschädigen nur Ihre Möbel, wenn ...« Er stand auf.

Challis sprang zurück, verließ den Raum und drückte wie wahnsinnig auf einen verborgenen Schalter. Vor jedem Zimmer in dem Haus war ein solcher Schalter angebracht. Das war seine letzte Sicherheitsmaßnahme, und sie funktionierte jetzt mit beruhigender Effizienz.

Ein Netz blauer Strahlen schoß aus verborgenen Linsen in den Wänden, erfüllte den ganzen Raum mit kreuz und quer verlaufenden Lichtstrahlen. Zwei der Strahlen schnitten die Gestalt, die vor ihm stand, sauber und ordentlich in zwei Teile. Er hatte warten müssen, bis die Gestalt aufgestanden war, sonst wären die Strahlen über sie hinweggegangen.

Jetzt stieß der Händler ein nervöses, kurzes Lachen aus, als die Gestalt zusammenbrach, gegen die Couch stürzte und zu Boden glitt. Hinter ihm stand Mahnahmi und blickte mit weit aufgerissenen Augen in den Raum.

Challis mühte sich ab, seinen Atem zu beruhigen, und ging dann langsam und vorsichtig auf die reglose Gestalt zu. Er trat danach, zuerst sachte, dann kräftig.

Sie bewegte sich nicht, wie sie das eigentlich hätte tun müssen.

Er beugte sich über sie und untersuchte die beiden Löcher, die die Strahlen in den Oberkörper gefressen hatten. Da war kein Blut, und hinter den beiden Löchern sah er etwas Verkohltes, das nicht Fleisch und Knochen war. Der Geruch, der von der Gestalt ausging, war vertraut — aber es war der falsche Geruch.

»Stromkreise und verschmortes Plastik!« murmelte er. »Kein Wunder, daß es zwei waren. Roboter.«

»Ein Roboter?« sagte ein leises Stimmchen hinter ihm. »Kein Wunder, daß ich kein ...« Plötzlich verstummte sie. Challis runzelte die Stirn und drehte sich halb zu ihr herum.

»Was war das, Mahnahmi?«

Sie steckte den Finger in den Mund, nuckelte unschuldig daran und blickte auf die verdrehte Gestalt auf dem Boden. »Kein Blut sehen konnte«, beendete sie den Satz.

»Ja, aber ...« Plötzlich blickte er besorgt. »Wo ist Francis?«

»Der schläft«, teilte ihm eine neue Stimme mit. Die Hände des Händlers fielen hilflos herunter, und Mahnahmi trat einen Schritt zurück, als Flinx lächelnd ins Zimmer trat. Im Gegensatz zu seinen zwei Vorgängern hatte dieser junge Mann ein Reptil um die rechte Schulter gewunden.

»Es tut mir leid. Ich mußte ihn niederschlagen und Ihren übereifrigen Butler auch. Sie haben sehr nervöse Hausangestellte, Challis.« Seine Hand betastete den verborgenen Schalter, der die Strahler steuerte. »Ein raffinierter Trick.«

Challis überlegte, ob er sich auf den Boden fallen lassen sollte, und ließ dann seinen Blick zwischen dem Schalter und Flinx hin und her wandern. Er leckte sich die Lippen.

»Wollen Sie jetzt endlich Ihren Verfolgungswahn zügeln?« bat der Junge. »Wenn ich Sie töten wollte, hätte ich den Schalter doch schon betätigen können, oder?« Er klopfte gegen die Wand.

Challis ließ sich fallen, entspannte sich, als er sich unter der Schußebene der tödlichen Strahlen befand. Aber Mahnahmi rannte geduckt auf ihn zu und schrie in kindlicher Wut:

»Bring ihn um, Daddy! Bring ihn um!«

»Weg da, Kind!« sagte Challis abrupt und stieß sie von sich. Dann erhob er sich langsam und starrte die stumme Gestalt im Flur an. »Sie haben recht ... Sie hätten mich jetzt ganz leicht töten können, und Sie haben es nicht getan. Warum?«

Flinx lehnte am Türrahmen. »Das wollte ich Ihnen die ganze Zeit erklären. Dieser Zwischenfall auf Moth ist vorbei, erledigt, abgetan. Ich bin Ihnen nicht gefolgt, um Sie zu töten, Challis. Nicht den ganzen Weg nach Hivehom und ganz bestimmt auch nicht hierher.«

»Ich kann nicht glauben ... Vielleicht ist Ihnen das, was Sie sagen, wirklich ernst«, gestand der Händler. Die Worte schienen ihm Schwierigkeiten zu bereiten; offenbar mühte er sich, Ordnung in seine Gedanken zu bringen. »Sind Sie das diesmal wirklich?« Unbewußt war er seit jenem ersten Zusammentreffen auf Moth zum formellen Sie übergegangen, als erkenne er den Jungen als gleichberechtigten Widersacher an.

»Ja.« Der Junge nickte und deutete dann auf seine Schulter, wo Pip eindrucksvoll gähnte. »Ich bin nie ohne Pip. Er ist zum einen *meine* Versicherung, und darüber hinaus mein Freund. Sie hätten bemerken müssen, daß die Mechanos ohne Reptile erschienen.«

»Bring ihn um!« schrie Mahnahmi erneut.

Challis wandte sich zu ihr um. »Sei ruhig, sonst laß ich Francis mit dir spielen, wenn er wieder zu sich kommt. Warum diese plötzliche Wut, Mahnahmi. Er hat recht ... ich könnte inzwischen schon ein paarmal tot sein, wenn er das wirklich wünschte. Ich beginne zu glauben, daß er die Wahrheit spricht. Warum bist du so ...«

»Weil er ...«, begann sie, hielt dann aber plötzlich inne und blickte stumm zu Boden. »Weil er mir Angst macht.«

»Dann geh wohin, wo er dir keine Angst macht. Geh in dein Zimmer. Los, verschwinde!«

Das Kind mit den goldenen Haaren drehte sich um und ging widerstrebend zur Tür, murmelte dabei halblaut etwas, das Challis ganz bestimmt nicht gefallen hätte, wenn er es hätte hören können.

Der wandte sich neugierig wieder Flinx zu. »Wenn Sie mich nicht töten wollen, warum, in Ausredens Namen, haben Sie mich dann durch das halbe Commonwealth verfolgt?« Plötzlich war er ganz der besorgte Gastgeber. »Kommen Sie herein. Trinken Sie einen Schluck. Bleiben Sie zum Abendessen?«

Flinx schüttelte den Kopf und grinste dabei auf eine Art und Weise, die Challis gar nicht behagte.

»Ich will Ihre Freundschaft nicht, Challis. Nur einige Informationen.«

»Wenn es um die Janussteine geht oder etwas, das mit ihnen in Verbindung steht, dann kann ich Ihnen gar nichts sagen.«

»Damit hat es nichts zu tun. Auch nicht mit Ihrem Versuch, mich in Ihre privaten Schweinereien hineinzuziehen. Als Sie ... Ihr Haus in Drallar verließen, sagten Sie etwas über meine Mutter oder meine Vorfahren mütterlicherseits.«

Challis sah ihn verblüfft an. »Wenn Sie das sagen, dann wird es wohl stimmen. Und?«

»Ich weiß überhaupt nichts über meine natürlichen Eltern. Alles, was der Händler meiner Adoptivmutter geben konnte, war mein Name. Sonst nichts.« Er beugte sich vor. »Ich glaube, Sie wissen mehr.«

»Nun, ich ... ich hatte noch nicht darüber nachgedacht.«

»Sie sagten, Sie hätten eine Akte über mich ... Informationen über meine Vorgeschichte.«

»Das stimmt. Um mich zu vergewissern, daß Sie tatsächlich über die Talente verfügten, die ich suchte, mußte ich gründliche Nachforschungen über Sie anstellen.«

»Und wo haben Sie diese Informationen gefunden?«

»Ich sehe keinen Grund, das vor Ihnen geheimzuhalten, ich weiß es bloß nicht.« Flinx' Hand kroch auf den tödlichen Schalter zu. »Das ist die Wahrheit, ganz bestimmt!« heulte Challis, plötzlich wieder in Panik. »Glauben Sie, ich merke mir alles, was meine Leute in Erfahrung bringen?« Er richtete sich in gespieltem Stolz auf. »Ich bin zufälligerweise der Leiter eines der ...«

»Ja, ja«, räumte Flinx ungeduldig ein. »Kommen Sie mir jetzt bloß nicht mit einer Liste Ihrer Titel. Können Sie die Informationsquelle ausfindig machen? Jetzt wollen wir einmal sehen, ob Ihre Akten so organisiert sind, wie Sie behaupten.«

»Wenn ich das tue«, sagte der Mann mit scharfer Stimme, »bin ich Sie dann los?«

»Ich interessiere mich absolut nicht für Sie, Challis.«

Der Händler traf eine Entscheidung. »Warten Sie hier.« Er drehte sich um und ging ans andere Ende des Raums. Dort klappte er den Deckel eines Möbelstücks auf, bei dem es sich um einen antiken Schreibtisch handeln mußte. Sein Innenleben bestand freilich aus durchaus modern wirkenden Komponenten, die eine Art Konsole bildeten. Challis' Finger tanzten schnell über die Tasten. Das führte zum Aufblitzen einiger Lämpchen und Skalen und einigen Geräuschen in den Tiefen des Apparates.

Schließlich wurde er für seine Mühe mit einem kleinen Streifen belohnt, den er in ein anderes Gerät schob. »Da. Sehen Sie selbst.«

»Danke, ich bleibe lieber hier. Lesen Sie vor.«

Challis schüttelte den Kopf über diesen unsinnigen Mangel an Vertrauen und wandte dann seine Aufmerksamkeit der vergrößerten Schrift auf dem Bildschirm zu. »Männliches Kind«, begann er mechanisch, »im Alter von sieben Monaten in ein von der Kirche unterstütztes Waisenhaus in Allahabad, Terra, Provinz Indien, eingeliefert. Anschließend kommen einige Vermutungen der dortigen Angestellten ... Identifizierungspunkte ... Netzhautmuster, Fingerabdrücke, Hornhautmuster, Schädelform usw. mit rein physischen Oberflächlichkeiten wie Haar- und Augenfarbe, Fingerabdrücke und dergleichen.

Diese Daten beziehen sich auf ein fünfjähriges Waisenkind, welches an einem bestimmten Datum unter dem Namen Philip Lynx auf dem freien Körpermarkt in Drallar, Moth, verkauft wurde. Meine Mitarbeiter waren offensichtlich der Meinung, daß genügend Ähnlichkeit vorlag, um eine Verbindung zwischen den beiden herzustellen.«

»Ist der Name ... heißt es hier ...?« Flinx mußte wissen, ob der Name Lynx ein Familienname war oder ihm nur deshalb gegeben worden war, weil er das Kind einer Lynx war — also einer gebildeten, unabhängigen Frau, die aus eigenem Willen, also nicht, weil der Mann dies wollte, eine Geliebte war, frei zu kommen und zu gehen, wie sie das wünschte.

Challis konnte es ihm nicht sagen.

»Nein. Wenn Sie zusätzliche Informationen wollen, müssen Sie wahrscheinlich in den ursprünglichen Kirchenakten nachsehen — vorausgesetzt, daß man Ihnen den Zugang erlaubt. Sie sollten natürlich in Allahabad beginnen, aber wenn Sie nicht die ursprünglichen Akten haben, werden Sie nicht wissen, wo Sie anfangen müssen. Außerdem liegt Denpasar viel näher.«

»Dann gehe ich dorthin.«

»Man läßt Sie nie an diese Akten heran. Glauben Sie denn, mein lieber Junge, daß jedermann, der das wünscht, die ursprünglichen Kirchenakten benutzen darf?«

»Sagen Sie mir nur, wo ich sie finde.«

Challis grinste. »Auf einer Insel namens Bali, etwa fünftausend Kilometer nordwestlich von hier im Indonesischen Archipel.«

»Danke, Challis. Sie werden mich nie wieder sehen.« Er drehte sich um und verließ den Raum.

Kaum war der Junge verschwunden, als Challis' Aufmerksamkeit sich auf einige winzige Bildschirme richtete, die in die Konsole eingebaut waren. Einer der Bildschirme zeigte seinen Besucher, der das Haus gerade durch die Haustür verließ. Challis drückte einen Knopf. Die rothaarige Gestalt griff nach dem Türmechanismus — und er und die Tür lösten sich in einem blendenden Blitz auf. Der Knall der Explosion ließ die Konsole vor dem Händler erbeben.

»Ich mache es ungebetenen Gästen nicht leicht, das Haus zu betreten«, erklärte er der Konsole grimmig. »Aber wenn sie einmal drinnen sind, dann sorge ich dafür, daß sie nicht mehr hinauskommen.«

Challis war nicht das geworden, was er war, indem er irgend etwas dem Zufall überließ. Vielleicht stimmte die absurde Geschichte des Jungen — vielleicht war sie aber auch nur ein Trick, um Challis in irgendeine obskure Falle zu locken.

Daß der Bursche schlau war, hatte er bereits hinreichend demonstriert. Jedenfalls kostete es nichts, auf Nummer Sicher zu gehen.

Nur sein Leben.

Er schaltete die Konsole ab und schlenderte gemessen zum Eingang des Hauses. Er war überrascht, Mahnahmi im Korridor vorzufinden, hinter ihr rauchte der geschwärzte Metallrahmen der Tür immer noch. Dahinter konnte man einen etwa rechteckigen Krater sehen. Er erstreckte sich durch den ganzen Korridor bis hinaus zu dem Weg, der die Tür mit dem Eingang verband.

Das Mädchen hielt etwas in der Hand. Es war ein Stück Arm. Verschiedenfarbige Flüssigkeiten tropften davon herunter, und winzige Fäden und Drähte hingen locker an den ausgerissenen Enden.

Challis war von Angst, in die sich Bewunderung mischte, erfüllt, als er anstarrte, was Mahnahmi so gründlich untersuchte. Zum erstenmal begann er sich zu fragen, was das für ein Geschöpf war, das er sich zum Feind auserwählt hatte. Daß dies nicht nur ein ungewöhnlich raffinierter siebzehnjähriger Junge war, argwöhnte er schon seit jener unglaublichen Flucht auf Hivehom. Und jetzt war er dessen sicher.

Der Arm war natürlich mechanisch. Der Flinx, den er für echt gehalten hatte, war nur ein überzeugender Automat gewesen, wie Mahnahmi ihm hätte sagen können. Jetzt war Challis gegangen und hatte ihr Spiel verdorben. Auch die übriggebliebenen Stücke waren interessant. Sie studierte die Armatur scheinbar beiläufig und verglich sie mit einem in der Nähe liegenden Fragment einer mechanischen Flugschlange.

Das war einfach nicht fair. Da Challis der Maschine gegen ihren Rat gesagt hatte, was sie wissen wollte, würde sie den echten Flinx nie wiedersehen. Und er hatte doch solchen Spaß gemacht.

Sie würde jemand anderen finden müssen, mit dessen Geist sie spielen konnte ...

Flinx sah zu, wie der Einsiedlerkrebs, nachdem offenbar seine Forschungen beendet waren, in einer Welle verschwand. Gleichzeitig schaltete er den Recorder an seinem Gürtel ab. Das Band hatte nichts mehr aufgezeichnet, seit sein dritter Mechano von dem Händler vernichtet worden war.

Flinx stand auf, wischte sich den Sand von seiner Kombination und dachte besorgt über die unbegründete Paranoia von Conda Challis nach. Alles, was er von dem fetten Händler lernen konnte, hatte er schließlich erfahren, und die Information war sorgfältig in dem kleinen Recorder gespeichert, dessen Reichweite erstaunlich groß war. Die Mechanos waren teuer gewesen, aber die Ausgabe hatte sich gelohnt.

Flinx ging zu seinem Mietwagen zurück. An einem Sitz war eine Spezialkonsole mit fünf Fenstern angebracht worden. Drei davon waren dunkel, während zwei immer noch grün leuchteten. Es hätte Challis vielleicht interessiert, daß es — für den Fall, daß er auch seinen dritten Besucher vernichtet hätte, ehe er seine Fragen beantwortete — zwei weitere Flinxe gegeben hätte.

Ein paar Augenblicke lang malte Flinx sich genüßlich aus, die beiden in dieser Nacht ins Schlafzimmer des Händlers zu schicken, aber ... nein. Damit würde er sich anmaßen, über einen anderen zu richten.

Statt dessen erteilte er den beiden übriggebliebenen Mechanos den Befehl, zum Stützpunkt zurückzukehren. Die zwei übriggebliebenen Lichter begannen gleichmäßig zu blinken, ein Beweis dafür, daß sie funktionierten und in Bewegung waren. Sie befanden sich jetzt auf dem Wege zurück in die Fabrik, in der Flinx sie bestellt hatte. Dort würde ihr kompliziertes Innenleben ausgebaut werden und gemeinsam mit einem beträchtlichen Teil von Flinx' Bankkonto in den Besitz der Firma übergehen.

Er ließ den kleinen Wagen an und tastete den Flugkurs zum Shuttlehafen ein. Jener strikt für den planetarischen Verkehr bestimmte Hafen lag weit im Süden der Hauptstadt in der Nähe der Industrievorstadt Sydney.

Challis hatte angedeutet, daß es einem Fremden schwerfallen würde, Zugang zum Hauptquartier der Vereinigten Kirche zu bekommen. Nun, er würde das in Kürze wissen. Es gab dort eine obskure Genealogie, die er erforschen wollte.

05

Von dem riesigen Hafen aus verkehrten regelmäßig Suborbitalflüge zu allen größeren Städten und Provinzen Terras. Der Angestellte, mit dem Flinx zu tun hatte, besaß zwar gerade Gliedmaßen, war aber von einem Vierteljahrhundert stets wiederkehrender dummer Fragen geistig schon etwas verkrüppelt.

»Ich habe gerade versucht, ein Ticket zu einer Stadt namens Denpasar zu kaufen«, erklärte Flinx, »und auf dem Automaten leuchtete ein Schild *Keine Flüge* auf. Warum?«

»Woher kommen Sie, junger Herr?« fragte der Angestellte höflich.

Flinx war verblüfft. Man hatte ihn in seinem ganzen Leben bisher nur wenige Male ›Herr‹ genannt. Er wollte schon sagen ›Drallar, Moth‹, erinnerte sich aber plötzlich an einen frühen Rat von Mutter Mastiff.

»Beantworte Fragen immer so knapp du kannst, Junge«, hatte sie ihm geraten. »Dann halten die Leute dich für intelligent und nicht für langweilig, und du gibst ihnen so wenig wie möglich Information über dich.«

So sagte er nur: »Außerplanet.«

»Und zwar von ziemlich weit, würde ich meinen«, fügte der Angestellte hinzu. »Wußten Sie denn nicht, junger Herr, daß Bali eine geschlossene Insel ist? Es gibt nur drei Klassen von Leuten, die dorthin reisen dürfen.« Er zählte sie an den Fingern auf. »Balinesen und ihre Verwandten, Kirchenpersonal und Regierungsbeamte mit Sondergenehmigung.«

Er musterte Flinx aufmerksam: »Man könnte Sie für einen Balinesen halten — aber dazu passen die roten Haare nicht. Also sind Sie kein Eingeborener. Ein Beamter der Kirche sind Sie auch nicht und ...« — er gestattete sich ein flüchtiges Lächeln —, »und für einen Sonderbeauftragten der Regierung halte ich Sie auch nicht. Warum wollten Sie denn hin?«

Flinx zuckte die Achseln. »Ich hatte gehört, daß Bali

der Sitz der Vereinigten Kirche ist. Ich dachte, es wäre interessant, Denpasar zu besuchen, während ich die Erde bereise. Einfach, weil es interessant ist.«

Ah, eine Standardfrage. Jeglicher Verdacht, der vielleicht in dem alten Mann hätte aufkeimen können, verflog. »Das ist verständlich. Wenn Sie sich für eine Landschaft ähnlich wie Bali interessieren, könnten Sie ...« — er hielt inne und blickte auf seinen Bildschirm — »zur Ostspitze der Insel Java fliegen. Ich war selbst schon dort. Von Banjuwangi können Sie die Insel sehen, und Surabaja ist eine hübsche alte Stadt, sehr malerisch. Sie könnten sogar einen Tagesflug nach Komodo machen, dort ist die Dinosaurier-Rückzuchtanstalt. Aber Bali selbst ...« — der Mann schüttelte bedauernd den Kopf —, »nein, ebensogut könnten Sie versuchen, auf der Heimatwelt des Imperiums zu landen. Oh, wenn Sie sich in ein Shuttle einschleichen, gelingt es Ihnen vielleicht, sich Zutritt zur Stadt zu verschaffen. Aber verlassen könnten Sie die Insel erst nach einigen höchst peinlichen Fragen.«

»Ich verstehe«, erwiderte Flinx und lächelte dankbar. »Das wußte ich nicht. Sie sind sehr nett.«

»Schon gut, Sir. Ich wünsche Ihnen noch einen schönen Aufenthalt auf Terra.«

Flinx verließ den Schalter in nachdenklicher Stimmung. Es bestand also eine Chance, irgendwie auf die Insel zu kommen. Aber wollte er diese unangenehmen Fragen bei der Ausreise beantworten? Nein, das wollte er nicht.

Damit stand er aber vor dem Problem, sich Zugang zu einem Ort zu verschaffen, den man nicht betreten durfte. Nein, erinnerte er sich und flüsterte das dem Koffer mit seinem lebenden Inhalt zu, das stimmte nicht ganz. Drei Klassen von Leuten durften ja die Insel betreten.

Er glaubte nicht, daß es leicht sein würde, seinen Regierungsausweis zu fälschen, und er war zu jung, um besonders glaubwürdig zu wirken. Aber es gab die Möglichkeit, sich als Meßdiener der Kirche auszugeben, aber wie wäre es denn, wenn ... Hatte der alte Mann nicht gesagt, daß er, abgesehen von seinem roten Haar, als Balinese gelten könnte?

Flinx musterte sich in einem Schaufenster. Etwas Haarfarbe, ein Schnellkurs in dem Dialekt, der auf Bali gesprochen wurde, ein kleines Boot — aber nein, so leicht konnte das einfach nicht sein.

Andererseits bestand die Möglichkeit, daß sein Plan so einfach war und daß man nur auf komplizierte Versuche unerlaubter Einreise achtete und ihn gar nicht bemerkte. Und Flinx hatte schon oft erlebt, daß man nur frech genug sein mußte, um die Bürokraten zu überlisten, das half mehr als sämtliche Ausweispapiere im ganzen Spiralarm.

Er machte kehrt und ging zu dem Ticketautomaten zurück. Dort drückte er ein paar Knöpfe und schob sein Kredimeter in den dafür vorgesehenen Schlitz und besaß kurz darauf ein Shuttleticket nach Surabaja ...

Die alte Marktstadt hatte sich viel von dem Flair des siebzehnten Jahrhunderts bewahrt. Flinx fühlte sich sofort zu Hause und lernte etwas, was er schon lange geargwöhnt hatte: Ein überfüllter Markt ist wie der andere, ganz gleich, wohin man reist.

Alles sprach Terranglo und Symbosprache und den alten Dialekt, der unter der Bezeichnung ›Bahasa Indonesia‹ bekannt war. Flinx bereitete es keine Mühe, sich schwarze Farbe zu beschaffen, und kaum hatte er sein Haar gefärbt, als er auch schon wie ein Eingeborener wirkte. Nach ein paar Wochen verfügte er bei seinem Sprachtalent über genügend Kenntnisse, um sich fließend in der Inselsprache unterhalten zu können.

Es war auch nicht schwer, sich ein kleines Boot zu verschaffen. Wenn sein Versuch scheiterte, konnte er immer noch behaupten, ein einfacher Fischer zu sein, dessen Autopilot ausgefallen und der deshalb vom Kurs

abgekommen war. Außerdem lag das eigentliche Problem für jeden außerplanetarischen Spion darin, die Einreisekontrolle auf dem Raumhafen zu passieren, und das hatte Flinx ja bereits geschafft.

So kam es, daß er sich nach einigen Tagen gemächlichen Segelns in Sichtweite der hochragenden Bergspitzen von Mount Agung und Batur befand, den beiden Vulkanen, die die Insel beherrschen.

Im Schutze der mondlosen Nacht landete er an der Nordspitze des herrlichen Strandes von Kuta, an der Westseite der Insel. Als er sein kleines Boot den Strand hinaufzog, war weit und breit keine Streife zu sehen. Nirgends schoben sich versteckte Automatikstrahler aus verborgenen Kammern, um ihn zu verbrennen.

Bis jetzt war alles gut gelaufen. Aber das beruhigte ihn keineswegs. Es war eine Sache, an einem leeren Strand zu stehen, und eine völlig andere, in die Kirche selbst einzudringen.

Sein einziges Gepäckstück — den Koffer mit den Luftlöchern — in der Hand schwingend, brauchte er nicht lange, bis er eine kleine ungepflasterte Straße durch den Dschungel fand, der bis zum Strand reichte. Nach einigen Stunden konnte er einen Wagen anhalten. Der Bauer, der den Wagen steuerte, nahm ihn nach Bena mit, und von dort war es kein Problem, einen automatischen Bekak nach Denpasar zu mieten.

Alles lief so gut, wie er das gehofft hatte. Der Bauer hatte ihn für einen Fremden gehalten, der Verwandte in der Stadt besuchte, und Flinx hielt es nicht für sinnvoll, ihm zu widersprechen. Der junge Bauer hatte auch keinerlei Anstalten gemacht, statt Terranglo Bahasa Indonesia zu sprechen, also brauchte Flinx seinen schnell erworbenen Wortschatz gar nicht auf die Probe zu stellen.

Die Wirtin begrüßte Flinx, bestand aber darauf, das Tier zu sehen, das er in dem Koffer trug. Flinx zeigte ihr Pip und hoffte, daß die Frau nicht geschwätzig war. Wenn die Vertreter der Kirche etwas hörten, war es durchaus möglich, daß jemand sich für etwas so Exotisches und Gefährliches wie einen Minidrach interessierte.

Aber Flinx machte sich keine Sorgen. Schließlich saß er bereits in einem bequemen Zimmer in der Stadt, von der man ihm gesagt hatte, daß er sie nicht betreten könne. Morgen würde er sich daran machen, das System der Kirche zu durchdringen.

Als allererstes mußte er in Erfahrung bringen, wo die genealogischen Akten aufbewahrt wurden, anschließend, was man tun mußte, um an sie heranzukommen. Vielleicht würde er am Ende doch noch eine Fälschung begehen müssen. Wahrscheinlich aber war, daß er eine Kirchenuniform stehlen und sich so Zugang verschaffen mußte.

Flinx, der Priester — als er einschlief, lächelte er bei dem Gedanken und der Vorstellung, was Mutter Mastiff wohl sagen würde, wenn sie ihn in Kirchenkleidung sähe ...

Am nächsten Morgen begann er seine private Attacke auf das Allerheiligste der mächtigsten Organisation im Commonwealth.

Der erste Schritt bestand darin, sich einen Wagen mit einem geschwätzigen Fahrer auszusuchen. Flinx wählte den ältesten, den er finden konnte, wobei er von der Theorie ausging, daß ältere Angehörige dieses Berufsstandes eher zu Gesprächigkeit neigten und sich sonst um ihre eigenen Angelegenheiten kümmerten. Flinx' Fahrer war ein weißmähniger Patriarch mit einem mächtigen herunterhängenden Schnurrbart. Er war klein und drahtig wie die meisten Bewohner Balis. Die Frauen sahen sich alle ähnlich und wirkten irgendwie puppenhaft und schienen ruckartig zu altern, von vierzehn auf achtzig, ohne erkennbare Zwischenwerte.

Einige von ihnen hatten Flinx bereits mit mehr als beiläufigem Interesse gemustert, etwas, woran er sich langsam zu gewöhnen begann, je älter er wurde. Aber dafür war jetzt keine Zeit.

»Was hatten Sie denn heute für eine Tour vor, Sir?«

»Ich bin bloß zu Besuch hier und möchte meine Verwandten in Singaradja besuchen. Aber ehe ich vor Onkeln und Tanten nicht mehr ein und aus weiß, möchte ich gerne erst einmal die Insel besichtigen. Die alten Tempel ... und die neuen.«

Der alte Mann zuckte mit keiner Wimper, sondern nickte bloß und ließ den Motor an. Die Tour war ebenso gründlich, wie der alte Mann gesprächig war. Er zeigte Flinx die herrlichen Strände von Kuta, wo die mächtigen Brecher von Sunda Bali hereinrollen, natürlich ohne zu wissen, daß Flinx in der vorangegangenen Nacht schon mit diesen Wellen Bekanntschaft geschlossen hatte. Er fuhr ihn zu der großen ozeanographischen Forschungsstation von Sanur und zu den weitläufigen Anlagen der Kirchenuniversität am Stadtrand von Denpasar.

Er zeigte ihm verschiedene Zweige der Forschungsinstitutionen der Kirche, alle im alten balinesischen Stil erbaut mit Betonskulpturen an allen Wänden und Simsen. Dann fuhr er mit ihm zu den uralten Reisfeldern, die in Terrassen die spielzeugartig wirkenden Berge bedeckten — der alte Mann bestand darauf, daß dies die schönsten Reisfelder auf ganz Terra waren, selbst, wenn die Bauern mit ihren breitkrempigen Hüten längst kleine Schlepper fuhren, statt auf Wasserbüffeln zu reiten.

Ein halber Tag verstrich, ehe Flinx meinte: »Ich hatte mir das Hauptquartier der Vereinigten Kirche ganz anders vorgestellt.«

»Nun, was haben Sie denn erwartet?« fragte der alte Mann. »So etwas wie die Commonwealth-Enklave in Brisbane? Bronzekuppeln und tausend Meter hohe Türme mit Mosaikwänden?«

Flinx lehnte sich in dem abgewetzten Sitz neben dem Fahrer zurück und blickte dümmlich drein. »Ich war natürlich nie in der Hauptstadt, aber ich habe Bilder gesehen. Ja, wahrscheinlich habe ich so etwas Ähnliches erwartet.«

Der alte Mann lächelte.

»Ich bin kein Fachmann für das, was in der Kirche vorgeht, Junge, aber für meine Bauernseele scheint sie einfach eine Sammlung unkomplizierter netter Leute zu sein. Die Universität ist das größte Gebäude der Kirche auf der ganzen Insel, und das Astrophysiklabor ist mit vier Stockwerken das höchste.« Dann blieb er eine Weile stumm, während sie über eine Schlucht dahinfuhren.

»Warum glauben Sie wohl«, fragte er nach einer Weile, »daß die Vereinigte Kirche vor Jahrhunderten den Entschluß faßte, ihre Zentrale auf dieser Insel einzurichten?«

»Ich weiß nicht«, antwortete Flinx ehrlich. »Ich habe noch nie darüber nachgedacht. Um näher an der Hauptstadt zu sein, denke ich.«

Der alte Fahrer schüttelte den Kopf. »Die Kirche war schon lange, bevor Brisbane die Hauptstadt Terras wurde, hier. Für jemanden, der mit einem Garuda-Geist als Begleiter herumreist, scheinen Sie ziemlich unwissend, junger Freund.«

»Garuda-Geist?« Flinx sah, wie der Fahrer auf den Kopf des schlafenden Reptils blickte, der aus dem Halsausschnitt seiner Kombination lugte. Er überlegte fieberhaft, blieb aber ruhig.

»Aber der Garuda ist doch ein Vogel, keine Schlange.«

»Ich meine den Geist, nicht die Form«, erklärte ihm der Fahrer.

»Dann ist es gut«, nickte Flinx und erinnerte sich daran, daß der monströse Garudavogel ein gutes Geschöpf war, und wenn er auch noch so schrecklich aussah. »Welchen Grund hatte die Kirche dann, sich hier niederzulassen, wenn es nicht die Nähe der Hauptstadt ist?«

»Ich glaube, das kommt daher, daß die Wertmaßstäbe der Kirche und die der Leute von Bali einander so ähnlich sind. Beide betonen Kreativität und Sanftmut. All unsere Arroganz und Animosität wird in unserer uralten Mythologie sublimiert.«

Flinx musterte den alten Mann mit neuem Respekt und neuer Neugierde. Er wirkte jetzt ganz anders als ein gewöhnlicher alter Taxifahrer — aber dies war schon wieder eine Regung von Flinx' argwöhnischem Geist.

»Unsere aggressivste Bewegung ist ein Achselzukken«, fuhr der alte Mann fort und starrte liebevoll auf die sie umgebende Landschaft hinaus. »Das kommt davon, wenn man an einem der schönsten Orte der ganzen Galaxis lebt.«

Ein leichter Nieselregen hatte begonnen. Der alte Mann schloß das Dach des Wagens und schaltete die Klimaanlage ein. Flinx, der sich viel auf seine Anpassungsfähigkeit an fremde Umgebungen zugute hielt und der bis jetzt gezwungen gewesen war, die Rolle eines Eingeborenen zu spielen, hätte am liebsten erleichtert aufgeseufzt, als ihn der erste kühle Hauch umfächelte.

Die Luftfeuchtigkeit an einem der schönsten Orte der Galaxis konnte erdrückend sein. Kein Wunder, daß die Thranx-Angehörigen der Kirche sich vor Hunderten von Jahren erboten hatten, hier ihr Hauptquartier zu errichten.

Sie machten in Ubud halt, und Flinx bewunderte die berühmten Holzschnitzereien in den Läden, die der alte Mann ihm empfohlen hatte. Das war keineswegs eine ausschließlich balinesische Sitte. Mutter Mastiff hatte mit den Fremdenführern von Drallar auch ihre Arrangements.

Dann setzten sie die Tour fort, und es wurde immer anstrengender, Interesse zeigen zu müssen. Flinx gähnte, als sie die Elefantenhöhle besichtigten, bestaunte die heiligen Quellen und sah Tempel, die auf den Grundmauern alter Tempel erbaut waren.

Der passende Ort für die Heimat der Kirche, dachte Flinx, als die Wolken aufbrachen und hinter dem rauchenden Kegel des fünftausend Meter hohen Mount Agung ein doppelter Regenbogen erschien. Die aquamarinfarbenen Umhänge und Kombinationen vorüberschlendernder Kirchenangehöriger verschmolzen ebenso natürlich mit der üppigen Dschungelvegetation wie die Obstbäume, die wachtpostengleich Straßen, Felder und Reisterrassen behüteten.

»Das ist alles sehr schön«, meinte Flinx schließlich zu dem alten Mann gewandt, »aber ich würde immer noch gerne die Zentrale der Kirche sehen.«

»Die Zentrale der Kirche?« Der alte Mann sah ihn verständnislos an und zupfte an seinem Schnurrbart. »Aber die ganze Insel ist doch die Zentrale der Vereinigten Kirche.«

»Ja, ich weiß«, sagte Flinx, bemüht, nicht ungeduldig zu erscheinen. »Ich meine die Zentrale der Zentrale.«

»Nun«, der alte Mann blickte auf und hörte auf, an seinem Schnurrbart zu zupfen, »dem kommt wahrscheinlich das Verwaltungsdepot am nächsten, wenn ich auch nicht begreife, warum jemand das sehen wollte.« Zu Flinx' Überraschung lächelte er und bleckte dabei unter seiner runzeligen Oberlippe weiße Zähne.

»Sie erwarten wohl immer noch Türme aus Edelmetallen und Bögen aus Amethyst, wie, junger Freund?« Flinx blickte verlegen. »Ich sage Ihnen, mit dem Depot selbst verschwenden Sie Ihre Zeit, aber es liegt in einer Umgebung, um die Buddha selbst es beneiden würde.«

Jetzt schien der Fahrer zu einem Entschluß gelangt zu sein. »Dann kommen Sie, ich fahre Sie hin, wenn Ihr Herz daran hängt.«

Sie verließen Ubud in nördlicher Richtung, vorbei an immer steiler werdenden Terrassen, während sie eine alte Paßstraße hinauffuhren. Nirgends war der dichte Verkehr zu sehen, den Flinx auf der Zufahrtsroute zur Zentrale der Kirche erwartet hatte. Vielleicht hatte der alte Mann recht. Vielleicht gab es das, was er suchte, überhaupt nicht.

Vielleicht vergeudete er wirklich seine Zeit.

Er lehnte sich zum Fenster hinaus und sah, daß er den Straßenzustand richtig eingeschätzt hatte. Das Gras, welches den Weg bedeckte, war einige Zentimeter hoch. Die dicken, gesunden Halme zeigten keinerlei Druckstellen, wie sie unvermeidlich gewesen wären, gäbe es hier einen regelmäßigen Verkehr von Schwebefahrzeugen.

Schließlich kam der Wagen mit einem seufzenden Geräusch zum Stillstand. Der alte Mann bedeutete Flinx, auszusteigen, was dieser tat, worauf der Fahrer ihn an den Rand eines steilen Abgrundes führte.

Flinx spähte vorsichtig über den Rand. Auf dem Grund eines Tales, einige hundert Meter unter ihnen, lag ein breiter, sichtlich seichter See. Bewässerte Felder und ein paar verstreute Bauernhäuser waren in das Grün eingebettet.

Am anderen Ende des Sees, in der Nähe des Fußes von Mount Agung, lag eine Gruppe bescheidener, schachtelähnlicher zweistöckiger Gebäude, die in leuchtendem Aquamarin gehalten waren. Es schien sich um reine Zweckbauten zu handeln, wenn sie auch nicht gerade häßlich waren. Nirgends war ein Bogen oder ein Turm zu sehen.

An einem Ende der Anlage ragten ein paar Antennen empor, deren Spitzen mit Blumen aus abstraktem Metallgeflecht verziert waren, und eine nahe liegende Lichtung war gerade groß genug, um ein kleines Atmosphärenshuttle aufzunehmen.

War das alles?

Flinx starrte ungläubig in die Tiefe. »Und Sie sind ganz sicher, daß es das ist?«

»Das ist das Depot der Verwaltung, ja. Ich bin selbst nie dort gewesen, aber es heißt, daß es in erster Linie dazu dient, alte Akten aufzubewahren.«

»Aber das Amt des Kirchenkanzlers ...?« wandte Flinx ein.

»Ah, Sie meinen, wo die Ratsherren sich treffen? Das ist das flache muschelartige Gebäude, das ich Ihnen in Denpasar selbst zeigte, neben der Sonnenforschungsstation. Erinnern Sie sich?«

Flinx durchforschte sein Gedächtnis und stellte fest, daß er sich erinnerte. Es war nur wenig eindrucksvoller gewesen als die enttäuschende Gruppe niedriger Bauten dort unten.

»Der Rat der Kirche trifft sich einmal im Jahr dort, dort treffen sie ihre Entscheidungen. Wenn Sie wollen, kann ich Sie hinbringen?«

Flinx schüttelte den Kopf, er vermochte seine Enttäuschung nicht ganz zu verbergen. Wenn dies eine Aufbewahrungsstätte für alte Akten war, dann war das, was er suchte, vielleicht hier zu finden. Wenn nicht — nun, dann würde er daran gehen müssen, das Problem zu lösen, wie man diese Insel verließ, ohne unerwünschte Fragen gestellt zu bekommen. Vielleicht in der Provinz Indien, in Allahabad ...

»Sie sagten, Sie seien noch nie drinnen gewesen«, meinte er zu dem alten Mann gewandt. »Verbietet die Kirche den Zutritt?«

Sein Fahrer schien amüsiert.

»Nicht, daß ich wüßte. Es gibt keinen Grund, dorthin zu gehen. Aber wenn Sie wünschen ...«

Flinx ging zum Wagen zurück. »Fahren wir. Sie können mich dort lassen.«

»Sind Sie da auch ganz sicher, junger Freund?« fragte der alte Mann besorgt und blickte zu dem wolkenverhangenen Himmel auf, in dem die Sonne schon ziemlich tief im Westen hing. »Es wird bald dunkel. Wer weiß, ob jemand Sie in die Stadt mitnimmt.«

»Aber ich dachte ...«, begann Flinx.

Der alte Mann schüttelte langsam den Kopf und meinte geduldig: »Sie haben mir nicht zugehört. Sagte ich nicht, daß es nur ein Lagerplatz sei? Dort unten im Tal gibt es keinen Verkehr. Alles läuft dort unten ganz langsam, langweilig. Weit von jeder Stadt entfernt. Wenn ich ein Kirchenmann wäre, dann würde ich mich lieber in Benoa oder Denpasar stationieren lassen. Hier ist es einsam. Aber ...«, meinte er schließlich mit einem Achselzucken, »es ist ja Ihr Geld. Zumindest gibt es eine warme Nacht.«

Sie stiegen wieder in den Wagen, und er fuhr einen schmalen, gewundenen Weg hinunter, der Flinx gar nicht aufgefallen war. »Wenn Sie nachher niemanden finden, der Sie mitnimmt, könnten Sie versuchen, auf dem Boden zu schlafen. Aber achten Sie auf die Tausendfüßler. Die beißen unangenehm. Ich bin sicher, daß Sie am Morgen ein Bauer mit in die Stadt nimmt — wenn Sie früh genug aufstehen, um ihn zu erwischen.«

»Danke«, sagte Flinx, der immer noch in das Tal hinunterblickte. Mit dem schimmernden See, der sich an den Fuß des mächtigen Vulkans schmiegte, wirkte es ganz attraktiv, wenn seine Aufmerksamkeit auch in erster Linie dem prosaischen Gebäude des Depots galt. Je näher sie kamen, desto weniger eindrucksvoll war es. Sein aquamarinfarbener Anstrich wirkte vor den natürlichen Braun- und Grüntönen der Vegetation der dahinterliegenden Dschungellandschaft grell. Als sie die Talsohle erreichten, sah Flinx, daß die Gebäude keine Fenster hatten. Passend, dachte er grimmig. Schließlich waren die Bauwerke ja für Dinge, und nicht für Menschen bestimmt.

Der Wagen hielt vor dem Haupteingang. Vor der einfachen Doppelglastür standen weder eindrucksvolle Skulpturen, die die Brüderschaft der Homanx verherrlichten, noch plätschernde Springbrunnen. Ein paar unauffällige Schwebewagen parkten in dem kleinen offenen Hangar daneben.

Flinx öffnete die Tür und stieg aus. Pip regte sich in den losen Falten seiner Kombination, und Flinx beruhigte ihn, während er dem alten Fahrer sein Kredimeter reichte. Der Fahrer führte es in einen großen Schlitz am

Armaturenbrett seines Wagens ein und wartete, bis das Gerät zu summen aufgehört hatte. Dann, als die Überweisung vollzogen war, reichte er Flinx das Kredimeter zurück.

»Viel Glück, junger Freund. Ich hoffe, Ihr Besuch ist all die Mühe wert, die Sie hatten, um hierher zu kommen.« Er winkte ihm aus dem Wagen zu und fuhr zur Bergstraße zurück.

›Mühe‹ ist viel zu wenig gesagt, alter Mann, dachte Flinx und rief *»Selamat seang!«*

Einen Augenblick lang stand Flinx nachdenklich vor dem Depot und lauschte dem weichen Plätschern von Wasser, das von Terrasse zu Terrasse fiel. Von den Feldern drang das *Töff-töff* eines Kultivators herüber, den ein Bauer lenkte. Der alte Fremdenführer hatte ihm erklärt, daß die Leute gerade dabei waren, ihre fünfte Reisernte einzubringen, und gleichzeitig die sechste vorbereiteten.

Flinx hatte jegliches Interesse an Ackerbau und Tempeln — ja, der ganzen Insel — verloren. Er würde sich jetzt noch ansehen, was dieses langweilige Gebäude anzubieten hatte, anschließend Einblick in die Akten von Allahabad nehmen und in ein paar Tagen die Rückreise nach Moth antreten — mit oder ohne Informationen.

Er ärgerte sich, daß er dem indirekten Rat des Angestellten im Shuttlehafen nicht nachgekommen war und versucht hatte, sich auf irgendeinem Wege Zutritt zu dem Diplomatenshuttle von Brisbane zu verschaffen. Statt dessen hatte er Wochen damit vergeudet, die hiesige Sprache zu lernen und sein kleines Boot über das Meer zu steuern.

Er hatte eine bewaffnete Festung mit meterdicken Mauern, strotzend von Strahlern und SCCAM-Projektoren erwartet und fand statt dessen eine Insel mit Reisbauern und Studenten. Nicht einmal das Kanzleramt tagte.

Flinx ging die paar Stufen hinauf und schob die Doppeltüren auf, wobei er beinahe angewidert registrierte, daß sie sich manuell öffnen ließen, ohne ihm irgendeinen Widerstand entgegenzusetzen. Ein kurzer Gang führte in einem kleinen kreisrunden Raum mit einer hohen Kuppel. Sein Blick wurde nach oben gezogen — und er erstarrte. Die Kuppel war mit einer Tridi-Projektion der ganzen bewohnten Galaxis erfüllt. Jede Commonwealth-Welt war farbig hervorgehoben und durch winzige Blockbuchstaben in Symbosprache markiert.

Flinx studierte das Diorama, wobei er zuerst Terra und Hivehom wegen ihrer auffälligen Farben entdeckte und dann Evoria, Amropolus, Kindergarten sah — alles Thranxwelten. Dann weiter zu den menschlichen Planeten Repler, Moth, Catchalot und Centaurus III und V. Halbe Lichter wiesen auf Außenposten der Homanx-Forschung hin, Randwelten wie Burley mit ihren reichlichen Metallvorräten, Rhyinpine mit seinen Troglodyten und endlosen Cavernen und der eisige Globus des fernen Tran-ky-ky*.

Sein Blick senkte sich zu dem gewölbten Boden des Raumes; dort befand sich ein Mosaik, dessen Motiv ganz einfach war. Es bestand aus vier Kreisen, wovon zwei die Hemisphären von Terra und die anderen zwei die von Hivehom repräsentierten. Sie bildeten einen Kasten mit einem einzelnen kleinen Kreis in der Mitte, welcher alle vier kreisförmigen Karten berührte. Der Kreis in der Mitte enthielt ein aufrecht stehendes blaues Stundenglas, das Terra repräsentierte und von einem waagerechten grünen Stundenglas gekreuzt wurde, das für Hivehom stand. Wo die beiden sich überlappten, verliefen die Farben ineinander und wurden aquamarin — die Symbolfarbe der Vereinigten Kirche.

Drei Korridore mündeten in den Raum. Einer davon dehnte sich vor ihm in die Ferne, die anderen lagen zu seiner Rechten und seiner Linken. Die Wände dazwi-

* Die Eissegler von Tran-ky-ky, HEYNE-BUCH Nr. 3591

schen waren mit Zeichnungen eindrucksvoller Gestalten aus der Geschichte der Kirche bedeckt — Thranx wie Menschen. Am beeindruckendsten davon war eine Szene, welche die Unterzeichnung der Verschmelzungsakte darstellte, die formell Thranx und Menschheit geeint hatte. Die Viertletzte Zuflucht, David Malkezinski, legte auf dem Bild seine Stirn gegen die Antennen des Tri-eint Arlenduva, während die Echthand des Insekts von der rechten Hand des Menschen umschlossen wurde.

Rechts von dem Relief waren einige der grundlegenden Maximen der Kirche eingetragen; der Mensch ist ein Säugetier; der Thranx ist ein Insekt — beide gehören der Spezies Bruder an ... Wenn Gott gewollt hätte, daß Menschen und Thranx sich Ihm ergeben, hätte Er die Welten nicht so kompliziert gemacht ... Selbstgerechtigkeit ist der Schlüssel zur Vernichtung — und so ging die Liste weiter. Die gegenüberliegende Wand trug eine Liste jüngster philosophischer Erklärungen, die Flinx mit Interesse las. Er hatte gerade den Satz gelesen, wonach der Hedonismus das Erste Edikt verletzte, und begann eben mit dem, der riet, allem zu mißtrauen, was an absolutes Recht erinnert, als eine Stimme seine Aufmerksamkeit verlangte.

»Kann ich etwas für Sie tun, Sir?«

»*Was?*«

Flinx drehte sich verblüfft um und erblickte eine junge Frau in aquamarinfarbener Robe, die ihn rätselhaft ansah. Sie saß in der Nähe des Korridors zur Linken hinter einem schlichten Schreibtisch. Sie war ihm bis jetzt nicht aufgefallen, erst als sie zu sprechen begonnen hatte.

»Ich habe gefragt, ob ich etwas für Sie tun kann.« Sie ging gemessenen Schrittes auf ihn zu und starrte ihm in die Augen. Allein das schon war ungewöhnlich. Die meisten Leute, die ihn das erste Mal sahen, blickten unwillkürlich auf das schuppige Gebilde, das sich um

Flinx' Schulter schlang oder in diesem Falle vorn aus seiner Kombination lugte.

Aber dieses schlanke Mädchen ignorierte die fliegende Schlange. Das bedeutete, daß sie entweder schlecht sah oder großes Selbstvertrauen hatte, dachte Flinx. Ihre Gleichgültigkeit gegenüber der Schlange war das erste, was ihn auf dieser Insel beeindruckte.

»Entschuldigen Sie«, log er, »ich wollte gerade zu Ihnen gehen und Sie ansprechen. Habe ich Sie warten lassen?«

»O nein ... ich dachte nur, Sie könnten vielleicht müde werden. Sie studieren die Landkarten und Inschriften jetzt seit über einer Stunde.«

Sein Blick wanderte zu den Glastüren, und er sah, daß sie die Wahrheit gesprochen hatte. Draußen war die Tropennacht hereingebrochen, schwarz wie das Gewissen eines Spielers.

Er war unruhig. Er hätte geglaubt, höchstens ein paar Minuten hier gewesen zu sein. Sein Blick wanderte wieder über die dreidimensionale Karte zu den eingelegten Bilddarstellungen und den Gravuren. Enthielten die Farben, Worte und Reliefs irgendein verborgenes mnemonisches Gerät, das den Beobachter bannte?

Die weiche Stimme des Mädchens riß ihn aus den Gedanken. »Bitte, kommen Sie zu meinem Schreibtisch. Dort kann ich Ihnen besser behilflich sein.«

Immer noch verwirrt folgte Flinx ihr ohne Widerspruch. Einige Papiere und ein paar kleine Bildschirme waren auf dem Tisch angeordnet, und an einer Schmalseite befand sich eine Reihe von Schaltern.

»Ich habe studiert«, meinte sie entschuldigend, »sonst wäre ich schon früher zu Ihnen gekommen. Außerdem schienen Sie sich wohl zu fühlen. Dennoch dachte ich, es wäre besser, Sie zu fragen, ob Sie noch etwas brauchen. Meine Schicht ist nämlich bald zu Ende, und meine Ablösung würde Sie sicher wieder ignorieren.«

Wenn das eine Lüge war, dachte Flinx, dann eine sehr geschickte. »Was studieren Sie denn?«

»Spirituelle Bestimmung und philosophische Gleichungen in bezug auf demographische Fluktuationen höherer Ordnung.«

»Wie bitte?«

»Diplomatisches Corps. Und jetzt«, fuhr sie mit strahlendem Lächeln fort, »wie kann ich Ihnen helfen?«

Flinx ertappte sich dabei, wie er die unverschlossenen Glastüren, die Tridi-Karte über sich und die Worte und Bilder an den ihn umgebenden Wänden anstarrte. In Gedanken versuchte er, sie mit dem einfachen Äußeren dieses Gebäudes in Einklang zu bringen, und verglich sie mit seinen phantasievollen Vorstellungen, wie es hätte aussehen sollen.

Alles, was er bis jetzt auf dieser Insel gesehen hatte, begonnen bei dem einfachen Äußeren dieses Depots bis zur Sprache seines Fahrers, war eine Mischung von Einfachem und Erlesenem. Eine gefährlich unsichere Mischung. Einen Augenblick lang spielte er ernsthaft mit dem Gedanken, das Ganze aufzugeben, auch das, was ihn dazu veranlaßt hatte, durch das halbe Commonwealth zu reisen, und einfach kehrtzumachen und wieder durch die Glastür hinauszugehen. Er hatte den größten Teil seines hektischen jungen Lebens damit verbracht, der Aufmerksamkeit anderer zu entgehen, aber was auch immer er jetzt diesem Mädchen sagte, würde dazu führen, daß man ihm unangenehme Fragen stellte.

Aber statt zu gehen, sagte er: »Ich wurde von einer Pflegemutter aufgezogen, die keine Ahnung hatte, wer meine Eltern waren. Ich weiß es immer noch nicht. Ich weiß nicht genau, wer ich bin oder woher ich komme. Vielleicht interessiert das sonst niemanden, aber für mich ist es wichtig.«

»Mir wäre es auch wichtig«, erwiderte das Mädchen ernsthaft. »Aber was bringt Sie auf den Gedanken, daß wir Ihnen helfen könnten, das zu erfahren?«

»Ein Bekannter deutete an, er hätte Informationen über meine Eltern in Erfahrung gebracht, irgendwelche Hinweise, daß meine Beschreibung der eines Kindes entspricht, das hier auf Terra geboren wurde, in einer Stadt namens Allahabad. Ich kenne meinen wirklichen Namen so, wie er in den ... Akten des Sklavenhändlers stand, aber ich weiß nicht, ob es mein Familienname ist oder ein Name, den man mir nach meiner Geburt gegeben hat. Der Name lautet Philip Lynx.« Er sprach ihn sorgfältig und deutlich aus, aber es war immer noch nicht sein Name. Er gehörte einem Fremden; es war der Name eines Unbekannten. Er selbst war nur Flinx.

»Man hat mir gesagt, dies sei ein Aufbewahrungsort für die Akten der Kirche, obwohl ...« — er wies auf die Wände, die ihn umgaben — »diese Gebäude kaum groß genug wirken, um auch nur einen Teil dieser Akten zu enthalten.«

»Wir gehen sehr sparsam mit Raum um«, sagte sie, als würde es das erklären. »Die Akten für Allahabad werden hier aufbewahrt, ebenso wie die Akten für jedes Geschöpf, das in der Kirche registriert ist.« Ihr Blick wanderte, aber nicht, um Pip anzusehen.

Flinx drehte sich um, weil er dachte, sie erblicke etwas hinter ihm. Als er nichts sah und sich wieder umdrehte, stellte er fest, daß sie lächelte.

»Ihr Haar«, sagte sie gelassen. »Die Farbe geht ab.« Seine Hand griff instinktiv an seinen Kopf, spürte dort etwas Feuchtes. Als er sie ansah, war sie schwarz.

»Sie waren zu lange in der Stadt. Man hat Sie mit der Farbe betrogen. Warum färben Sie es eigentlich — das Rot sieht doch ganz gut aus.«

»Ein Freund von mir war da anderer Meinung.« Er konnte ihren Gedanken nicht entnehmen, ob sie ihm glaubte; aber für sie war die Sache offenbar schon abgetan, denn sie wandte sich ihrem Schreibtisch zu und betätigte einen Schalter.

»Allahabad haben Sie gesagt?« Er nickte. Sie beugte

sich über den Tisch und sprach in ein verborgenes Mikrofon. »Die Akten über Philip Lynx«, sagte sie. »Geboren in Allahabad.« Sie blickte zu ihm auf. »Buchstabieren Sie bitte.«

Flinx spreizte die Hände. »L-y-n-x, P-h-i-l-i-p, so stand es in den Akten des Sklavenhändlers, aber das muß nicht stimmen.«

»Ja«, meinte sie und wandte sich etwas zur Seite. »Prüfe auch Variationen in der Schreibweise. Und alle Nachfragen nach diesen Akten in den letzten ... fünf Jahren.« Dann schaltete sie ab.

»Warum das?« wollte er wissen. Sie sah ihn ausdruckslos an.

»Ihr Bekannter hätte keinen Zugang zu Ihren Akten haben dürfen. Die gehen nur Sie und die Kirche etwas an, und doch scheint es, als ob jemand sich die Erlaubnis erwirkt hätte, in sie Einsicht zu nehmen. Wenn Sie dieser Philip Lynx sind, wird man Ihnen später ein paar unangenehme Fragen stellen.«

»Und wenn ich es nicht bin?«

»Wird man Ihnen trotzdem Fragen stellen — nur, daß Sie keine Akten zu sehen bekommen.« Sie lächelte freundlich. »Es ist nicht Ihre Schuld, scheint mir ... aber jemand wird seine Robe verlieren. Die unteren Ränge sind immer der Gefahr von Bestechung ausgesetzt, besonders, wenn es um scheinbar harmlose Informationen geht.«

»Darüber brauchen Sie sich keine Sorgen zu machen«, meinte Flinx. »So ziemlich das einzige in dieser Galaxis, was ich bestimmt weiß, ist, daß ich *ich* bin.« Er grinste. »Wer immer das auch ist.«

Sie erwiderte das Lächeln nicht. »Das werden wir ja herausfinden.«

Sobald Flinx' Identität durch verschiedene Überprüfungen festgestellt war, wurde das Mädchen wieder freundlich. »Es ist spät«, meinte sie, als die Identifizierungsprozedur abgeschlossen war. »Warum warten Sie nicht und nehmen morgen früh Akteneinsicht? Es gibt einen Schlafsaal für Besucher, und Sie können in der Caféteria mit den Angestellten essen, wenn Sie Geld haben. Wenn nicht, können Sie ein Almosen verlangen, wenn die Kirche auch nicht viel davon hält.«

»Ich kann bezahlen«, erklärte Flinx.

»Gut.« Sie wies in den Korridor. »Folgen Sie dem gelben Streifen auf dem Boden. Das führt Sie zum Besucherbüro. Dort wird alles weitere erledigt.«

Flinx setzte sich in Bewegung, blieb dann aber noch einmal stehen. »Wie geht das mit der Akteneinsicht?«

»Kommen Sie morgen hierher zurück. Ich habe die ganze Woche von zehn bis sechs Dienst. Später müßten Sie mich suchen oder wieder von vorne beginnen. Ich muß dann eine andere dienende Aufgabe übernehmen, aber den Rest dieser Woche kann ich Ihnen helfen. Mein Name ist Mona Tantivy.« Sie hielt inne und blickte Flinx nach. Dann meinte sie, als wäre ihr das erst jetzt in den Sinn gekommen: »Und was, wenn der Name Philip Lynx sich nicht mit dem Kind in Verbindung bringen läßt, das in Allahabad geboren wurde?«

»Dann«, rief Flinx zurück, »können Sie mich nennen, wie Sie wollen ...«

06

Man wies ihm eine kleine, einfach eingerichtete Kammer zu. Er verbrachte eine Stunde damit, sich den Reisestaub abzuwaschen, und als er aus der Dusche kam, erwartete ihn eine angenehme Überraschung — man hatte seine Kombination abgeholt und gereinigt. Gut, daß er Pip mit ins Bad genommen hatte.

Er kam sich jetzt geradezu unangenehm sauber vor. Man wies ihm den Weg zur nächsten Kantine, wo er sich bald inmitten einer ganzen Schar aquamarinfarbener Kutten und Anzüge fand. Die Kantine selbst überraschte ihn; sie war mit Sträuchern und Springbrunnen geschmückt und bildete einen weichen Kontrast zum spartanischen Äußeren des Gebäudes. Verschiebbare Wände teilten sie in drei Abschnitte.

Ein Abschnitt war gemäßigt klimatisiert, so wie es die Menschen vorzogen, während die der Tür entfernteste Zone sich von leichtem Nebel verhüllt darbot, weil sie die Hitze und die Feuchtigkeit enthielt, die die Thranx schätzten. Die Speisezone dazwischen war mit Abstand die größte. Hier gingen die beiden Zonen allmählich ineinander über und bildeten ein Klima, das für Menschen etwas zu feucht und zu warm war, während es den Thranx zu kühl und zu trocken schien und doch für beide erträglich war. Alle drei Abschnitte waren überfüllt.

Er war dankbar, daß auch ein paar Menschen und Thranx zugegen waren, die nicht die Farben der Kirche trugen; so kam er sich wesentlich weniger auffällig vor.

Überall hing der Geruch von frisch zubereitetem Essen. Einige der Gerüche waren exotisch, konnten aber keineswegs mit der unglaublichen Vielfalt von Gerüchen in Wettbewerb treten, wie man sie stets auf dem Marktplatz von Drallar vorfand. Trotzdem spürte er, wie ihm das Wasser im Munde zusammenlief. Seit dem kurzen Frühstück, das er am frühen Morgen in der Stadt zu sich genommen hatte, hatte er nicht mehr gegessen.

Kurz nachdem er beim Autokoch seine Bestellung abgegeben hatte, erhielt er ein wohlschmeckendes Steak unbestimmter Herkunft und ein Sortiment von Brot und Gemüse. Als er sich nach dem Rest seiner Bestellung erkundigte, leuchtete ein kleiner Bildschirm auf:

In den Kantinenräumen des Depots sind keinerlei berauschende Getränke auch noch so milder Wirkung zulässig.

Flinx schluckte seine Enttäuschung hinunter — ein armseliger Ersatz für das Bier, das er bestellt hatte — und begnügte sich mit geeistem Shaka.

Pip hatte sich wieder um seine Schulter geringelt. Die

Flugschlange hatte zu ein paar neugierigen Fragen, nicht aber zu Furcht Anlaß gegeben. Die in der Kantine Anwesenden — ihr Alter reichte von weniger als dem seinen bis zu über hundert — legten eine seltsame Gleichgültigkeit gegenüber der Gefahr an den Tag, daß der Minidrach plötzlich ätzenden Tod speien könnte.

Flinx setzte sich allein an einen Tisch. Seine Ohren waren nicht größer als normale Ohren und sein Talent nicht schärfer als gewöhnlich, aber sein Gehör war gut ausgebildet. Um in Drallar zu überleben, mußte man alle seine Sinne bis zur Grenze ihrer Leistungsfähigkeit gebrauchen.

Zu seiner Linken diskutierten zwei ältere Thranx über die Möglichkeit von Gen-Manipulationen an Thranx-Eiern. Es ging um den Scorm-Prozeß im Gegensatz zur oppordischen Methode; und das Gespräch drehte sich hauptsächlich um die moralischen Prinzipien einer pränatalen Suggestion, die zu späteren Mutationen führen sollte.

Er vermochte hier nicht ganz zu folgen und wandte daher seine Aufmerksamkeit einer alten Frau mit zwei cremefarbenen Streifen am Ärmel zu, die einer Gruppe von Meßdienern einen Vortrag hielt: zwei Menschen, zwei Thranx. Über den Streifen war ein Wasserstoffatom eingestickt.

»Sie sehen also, wenn Sie die Arbeiten in Betracht ziehen, die in den letzten acht Jahren auf Pluto, Gorisa und Tipendemos durchgeführt wurden, daß weitere Modifikationen des SCAAM-Waffensystems die Belastungsgrenze der Osmiridiumverschalung selbst in Betracht ziehen müssen.«

Ein Bissen Brot und ein weiteres Bruchstück eines Gesprächs, diesmal die Bemerkung eines Mannes in mittleren Jahren mit wallendem weißen Bart, der hinter ihm saß: »Das Produktionsniveau auf Kansastan und Inter-Kansastan im Sektor Bryan läßt erkennen, daß die Getreideproduktion bei entsprechender präatmosphärischer Saat im Laufe der nächsten drei Erntejahre um mindestens zwanzig Prozent gesteigert werden kann.«

Flinx runzelte die Stirn, aber es war nicht das Fehlen jeglicher theologischer Themen, das ihn beunruhigte. Eigentlich vermochte er ja nicht darüber zu urteilen, aber selbst für seinen ungeschulten Wissensstand schien es, daß hier in Gegenwart von Kirchenfremden eine Vielzahl höchst bedeutsamer Angelegenheiten in aller Offenheit diskutiert wurde. Ob dies nun ein Beweis dafür war, daß die Kirche nicht effizient oder nur typisch homanx war, vermochte er nicht zu erkennen. Die Sicherheitsvorkehrungen gingen ihn nichts an. Dennoch beschäftigten sie ihn, während er seine Mahlzeit beendete.

Am folgenden Morgen, als er zu dem Schaltertisch in der Eingangshalle ging, beschäftigte ihn das immer noch. Mona Tantivy hatte Dienst. Sie lächelte, als sie ihn kommen sah. Jetzt herrschte in dem kleinen Saal reger Verkehr, und Kirchenpersonal drängte sich von einem Korridor in den anderen und durch die Eingangstüren aus doppeltem Glas.

»Fertig?« fragte sie.

»Ich möchte das gerne so schnell wie möglich hinter mich bringen«, sagte er in etwas schärferem Ton, als er vorgehabt hatte. Flinx bemerkte, daß seine Hände etwas zitterten, und er gab sich große Mühe, ruhig zu bleiben.

Die Frau verzog tadelnd den Mund. »Jetzt tun Sie doch nicht so, als wollte jemand Ihnen die Schädeldecke abheben und Ihnen in den Kopf sehen.«

»Genauso komme ich mir vor«, erwiderte er grimmig.

Und so war es auch. Flinx war mit einem gestörten Bild seiner selbst aufgewachsen. Wenn er hier keine Abhilfe fand, würde er dieses Kreuz wahrscheinlich ewig mit sich herumtragen.

Die Frau nickte mitfühlend und drückte einen Schalter. Wenige Minuten später kam aus dem nächsten Korridor ein Mensch um die Vierzig, der wie ein Preisringer gebaut war. Sein Lächeln war ein Abbild dessen von Tantivy, und er strahlte dasselbe Bestreben zu helfen aus. Flinx fragte sich, ob diese Einstellung natürlich oder auch Teil eines Instruktionskurses der Kirche war: Fortgeschrittene Persönlichkeitsmanipulation durch traditionelle Gesichtsgestik oder so etwas Ähnliches.

Verärgert versuchte Flinx seinen Sarkasmus zu unterdrücken. Alles, worauf es jetzt ankam, war, das zu sehen, weshalb er hierhergekommen war.

»Ich heiße Namoto«, stellte sich der bullige Orientale mit einem Lächeln vor und gab Flinx die Hand. »Freut mich, Sie kennenzulemen, Mr. Lynx.«

Flinx hob abwehrend die Hand. »Nennen Sie mich erst so, wenn wir das bewiesen haben, bitte nur Flinx.«

Das Lächeln blieb unverändert. »Also gut, wer auch immer Sie sein mögen, kommen Sie mit, dann werden wir ja sehen, ob wir herausfinden, wer Sie sind.«

Nach einem endlosen Marsch durch Korridore und Hallen, der Flinx zwanzig Minuten zu dauern schien, war er völlig desorientiert. »Ich kann mir kaum vorstellen, daß die Kirchenakten eines jeden menschlichen Wesens im Commonwealth ...«

»... und eines jeden Thranx«, beendete Namoto den Satz für ihn, »alle in diesem kleinen Gebäude untergebracht sind. Aber so ist es. Informationsaufbewahrung ist eine alte Wissenschaft der Kirche, Flinx. Die Kunst der Dokumentenverkleinerung ist hochgradig perfektioniert worden. Die meisten Akten in diesem Gebäude wären unter einem normalen Mikroskop unsichtbar. Unsere Scanner und Drucker arbeiten mit viel höherem Auflösungsvermögen.« Er blieb vor einer Tür stehen, die ganz genauso wie hundert andere aussah, die sie bereits passiert hatten.

»Wir sind da.«

Das eine Wort, das in die halb durchscheinende Tür

eingelassen war, lautete einfach: *Genealogie.* Hinter dieser Tür lagen die Aufzeichnungen von Milliarden und Abermilliarden von Homanx-Leben — aber nicht alle. Es gab immer noch Geschöpfe, die durch nichts anderes dokumentiert werden wollten als ihren eigenen Grabspruch, und einigen gelang das auch.

Andererseits war Flinx sein ganzes Leben lang undokumentiert gewesen und war es müde.

»Es könnte eine große Zahl von Menschen mit dem Namen Philip Lynx geben, die noch am Leben sind«, meinte Namoto, während er die Tür öffnete, »obwohl der Name wegen gewisser Nebenbedeutungen in der Umgangssprache nicht so häufig ist wie andere.«

»Ich weiß, was er bedeutet«, brummte Flinx. Pip regte sich unruhig auf der Schulter seines Meisters, als er dessen Ärger spürte.

Der Raum war riesig. Hauptsächlich bestand er aus scheinbar endlosen Gängen, die sich mit Reihen von Metallschränken abwechselten, die vom Boden bis zur Decke reichten. Keiner der Schränke unterschied sich von seinem Nachbarn.

Flinx wurde zu einer Reihe von zehn Nischen geführt. Zwei waren besetzt, die übrigen leer. Namoto setzte sich vor dem großen Bildschirm und bedeutete Flinx, sich neben ihn zu setzen. Dann legte er den Daumen in zwei Vertiefungen neben dem Bildschirm.

Ein Licht blitzte darunter auf, und der Schirm wurde hell. Namoto beugte sich vor und sagte: »Mein Name ist Shigeta Namoto.« Er lehnte sich zurück. Eine kurze Pause, dann summte die Maschine, und über der Mitte des Bildschirms ging ein grünes Licht an.

»Sie sind identifiziert, Padre Namoto«, sagte die Maschine. »Ich erwarte Ihre Fragen.«

»Melde die Ergebnisse der gestrigen Untersuchung bezüglich eines männlichen Menschen namens Lynx, Philip. Unterschiedliche Schreibweisen bis auf weiteres zurückhalten.« Er wandte sich zur Seite und flüsterte

Flinx zu: »Für den Anfang gehen wir davon aus, daß der Name in den Akten des Sklavenhändlers richtig geschrieben war.«

»Möglicher Herkunftsort«, erklärte er der Maschine, »Allahabad, Provinz Indien, Terra.« Der Padre warf einen Blick auf seinen verängstigten Begleiter. »Wie alt sind Sie ... oder wissen Sie es nicht.«

»Mutter Mastiff sagt, ich müßte etwa siebzehn sein, obwohl sie nicht sicher ist. Manchmal fühle ich mich, als wäre ich siebenhundert.«

»Und ich fühle mich manchmal, als wäre ich sieben«, konterte der bullige Kirchenmann freundlich und wandte sich wieder der Maschine zu.

»Altersschätzung notiert«, erklärte das Gerät. »Suchergebnisse erscheinen.«

Namoto studierte die Liste. »Ich hatte recht ... es ist kein geläufiger Name. Es gibt nur von drei Philip Lynx, die im Laufe des letzten halben Jahrhunderts in Allahabad geboren und registriert sind, Akten. Nur einer davon paßt in Ihre Altersgruppe.«

Er wandte sich der Maschine zu.

»Benötige weitere Informationen.«

Ein kurzes Summen, dann leuchtete es auf dem Bildschirm auf: SCHALTE UM ZUM TERMINAL ALLAHABAD. Kurz darauf: UMSCHALTUNG ABGESCHLOSSEN ... CODELÄNGE.

Namoto sah auf die nun folgenden Ziffern. »Scheint nicht viel da zu sein. Hoffentlich ist es die Mühe ...« Er hielt inne, plötzlich besorgt. »Fühlen Sie sich auch wohl, Flinx? Sie zittern ja.«

»Doch ... Hier drinnen ist es nur viel kühler als draußen, das ist alles. Machen Sie nur.«

Namoto nickte. »Übertragung decodieren.«

Flinx' Hände krampften sich um seine Schenkel, als ein Wort nach dem anderen in Druckbuchstaben erschien ...

LYNX, PHILIP ... WAHRER NAME ... GEBOREN 533 N. V.,

2933 ALTER KALENDER IN DER VORSTADT SARNATH DER STADT ALLAHABAD, PROVINZ INDIEN, TERRA.

Jetzt folgte eine Pause, in der keine Schrift auf dem Bildschirm erschien. Flinx wandte sich Namoto zu und schrie beinahe.

»Ist das alles?«

»Ruhig, Flinx, sehen Sie ... kommt schon mehr.« Und es tauchten wieder Buchstaben auf.

ZUSÄTZLICHE ANGABEN: DIE AKTEN DES ASSISTIERENDEN ARZTHELFERS UND DES MEDITECH DEUTEN DIE GEGENWART UNGEWÖHNLICH HOHER GEBURTSAURA IN DEN WERTEN DER GEBURTSSTATION IM R-WELLENBEREICH AN ... KEINE UNGEWÖHNLICHEN ODER NEGATIVEN REAKTIONEN DER MUTTER ... R-WELLENMESSWERTE DEUTEN AUf POTENTIAL MÖGLICHWEISE ABNORMALER TALENTE KLASSE 1 AN ...

NORMALE GEBURT ... KEINE R-WELLENREAKTION AUF TRAUMA ZURÜCKZUFÜHREN. MONITOREN BEI POSTOPERATIVER PRÜFUNG NORMAL ... SÄUGLING ANSONSTEN NORMAL UND GESUND ...

ALTER DER MUTTER: 22 ... NAME: ANASAGE ... GROSSELTERN UNBEKANNT ...

Namoto sah Flinx nicht an, als die Schrift fortfuhr: VATER UNBEKANNT, BEI GEBURT NICHT ANWESEND ...

Flinx zwang sich zur Ruhe. Jetzt, da diese Qual vorbei war, wunderte er sich über seine Erregung. Die Information, die er jetzt erhalten hatte, besagte wenig — und was den unbekannten Vater anging, nun: man hatte ihn auch früher schon einen Bastard und auch viel Schlimmeres genannt. Aber all diese neuen Informationen verrieten ihm immer noch nicht, ob Lynx ein Familienname war oder nur einer, den man ihm bei der Geburt gegeben hatte. Ohne dieses Wissen — oder weitere Informationen — hätte er sich die ganze Mühe sparen können.

»Irgendwelche Informationen«, fragte er mit monotoner Stimme, »über das weitere Schicksal der ...« — das

Wort kam ihm überraschend leicht über die Lippen — »Mutter?«

Namoto gab die Frage an die Maschine weiter. Die Antwort war kurz und inhaltsreich.

MUTTER GESTORBEN ... AUSSERPLANET, 537 N. V. ... WEITERE EINZELHEITEN VERFÜGBAR ...

»Erklären Sie die ...«, begann Flinx, aber Namoto ließ ihn nicht weiterreden.

»Einen Augenblick, Philip.«

Pip richtete sich nervös auf, als sein Herr und Meister unruhig reagierte.

»Nennen Sie mich nicht so. Ich heiße Flinx, nur *Flinx*.«

»Trotzdem einen Augenblick, bitte.« Namoto benutzte eine kleine Tastatur, um der Maschine manuell Instruktionen einzugeben. Aus ihren Tiefen war ein leises Summen zu hören. Ein winziges Rad mit millimeterbreitem Band, so schmal, daß man es kaum zu sehen vermochte, fiel aus einem kaum sichtbaren Schlitz. Gleichzeitig leuchtete der Bildschirm zum letzten Mal auf.

AUSDRUCK DER GELIEFERTEN INFORMATION ABGESCHLOSSEN ... SEKUNDÄRINFORMATION ZEHN STANDARDMONATE ZWEI WOCHEN VIER TAGE VOR DEM HEUTIGEN DATUM ENTNOMMEN ...

Namotos Augen verengten sich. »Jemand hat sich tatsächlich an Ihrer Akte zu schaffen gemacht.« Und wieder zu der Maschine gewandt: »Erbitte Identifizierung, mit welcher Berechtigung Information entnommen wurde.«

ERFÜLLUNG DES AUFTRAGES UNMÖGLICH ... BERECHTIGUNG SOFORT NACH INFORMATIONSENTNAHME STORNIERT ...

»Hübsch«, meinte Namoto, sonst nichts. Nur ›hübsch‹. »Ihr Bekannter wollte sichergehen, daß niemand anderer Zugang zu den Informationen hatte, die er gestohlen hat.«

Vor Flinx' geistigem Auge entstand ein rotgerändertes Bild — Challis! Selbst im Augenblick seines vermeintlichen Todes hatte der Händler ihn noch getäuscht. Er hatte dem Flinx-Roboter gestanden, wo er sich seine Information über Flinx beschafft hatte, ohne es für nötig zu finden, noch hinzuzufügen, daß die kritische Information dort nicht mehr vorhanden war.

Was er in den Kirchenarchiven zurückgelassen hatte, reichte gerade aus, um jemanden zu befriedigen, der sich beiläufig dafür interessierte, und zu verhindern, daß Löschungsalarmsignale ausgelöst wurden.

Und Flinx bezweifelte, daß Challis mit seiner Rückkehr in die Hauptstadt rechnete. Er würde also seine Suche von neuem beginnen müssen — diesmal ohne den leisesten Hinweis darauf, wohin der Händler diesmal geflohen war. Eine leise Stimme redete in seiner Nähe auf ihn ein.

Namoto hatte einige Tasten betätigt und reichte ihm jetzt das Band. »Hier ist eine Kopie dessen, was der Dieb im Archiv gelassen hat.« Flinx nahm die Spule entgegen, seine Bewegungen waren langsam und wirkten verstört. »Was den Rest betrifft, so tut es mir leid, was immer es auch war. Ich vermute, wenn Sie den Inhalt der Archive kennenlernen wollen, müssen Sie den Bekannten wiederfinden und ihm einige direkte Fragen stellen. Und wenn Sie das tun, wäre ich Ihnen zu Dank verpflichtet, wenn Sie die nächste Kirchenbehörde verständigten.« Der Padre blickte ernst, als er das sagte. »Diebstahl von Kirchenakten ist ein sehr schwerwiegendes Vergehen.

Dieses Band — und das andere, das gestohlen wurde — ist ein vielfach vergrößertes Duplikat des Archivoriginals. Sie können es auf einem Mikroscanner lesen.« Er stand auf. »Wenn Sie es noch einmal lesen wollen, dann benutzen Sie das Gerät in der übernächsten Nische. Wenn Sie mich noch einmal sprechen wollen, finden Sie mich an dem Tisch in der Eingangshalle.«

Flinx nickte langsam, als der Padre sich von ihm abwandte und ging.

Challis! Dieb, Mörder, Zerstörer des Lebens anderer — vielleicht würde er das nächste Mal zulassen, daß Pip ihn tötete. Das Commonwealth würde nichts verlieren, wenn ... Etwas brannte an seiner Schulter und riß ihn fast vom Stuhl.

Pip war förmlich explodiert, er hatte sich so schnell bewegt, daß die Haut unter Flinx' Kombination brannte. Er schob die Kassette in die Tasche, sprang auf und rannte hinter der verstörten Schlange den Gang hinunter.

»Pip ... warte doch, hier ist doch nichts ...!«

Der Minidrach hatte bereits den Eingang erreicht. Namoto und der diensthabende Kirchenbeamte hatten sich von dem Tisch entfernt. Jetzt zogen sie sich langsam zurück und beobachteten die Schlange beunruhigt. Der Minidrach schlug ein paar Augenblicke mit seinen Schwingen gegen die durchsichtige Wand, während Flinx auf ihn zurannte. Er rief akustisch und auf geistigem Wege dem Reptil zu und betete dabei darum, daß die Schlange sich beruhigte, ehe jemand, ob er nun Verständnis für sie hatte oder nicht, auf sie schoß.

Der Minidrach zog sich zurück, flatterte in der Luft und spuckte einmal. Ein lautes, zischendes Geräusch, und in der Tür erschien ein großes unregelmäßig geformtes Loch. Flinx griff nach dem entschwindenden Schwanz des Reptils, aber zu spät — es hatte sich bereits durch die Öffnung gezwängt.

»Öffnen Sie die Tür!« schrie er. »Ich muß hinter ihm her!«

Der Beamte stand wie erstarrt da, bis Namoto murmelte: »Machen Sie die Tür auf, Yena!«

Jetzt reagierte Yena. »Ja, Sir — sollte ich Alarm geben?«

Namoto sah Flinx an, der offenbar bereit war, die Tür aus ihrer Schiene zu reißen. »Pip würde niemandem etwas zuleide tun, sofern er nicht das Gefühl hat, daß ich bedroht werde.«

»Was ist dann mit ihm?« fragte der Padre, während die Tür aufglitt. Flinx rannte durch, dicht gefolgt von dem Padre. »Ich weiß nicht ... da ist er! Pip ...!«

Er sah gerade noch die Schwanzspitze um eine Biegung im Korridor verschwinden. Flinx rannte hinterher.

In den vielen Biegungen und Gängen des labyrinthartigen Gebäudes verlor Flinx immer wieder den Minidrach aus den Augen. Aber Menschen mit aschfahlen Gesichtern und Thranx mit unkontrolliert zitternden Antennen markierten den Weg, den Pip nahm, ebenso klar, als hätte er eine rote Farbspur hinterlassen. Und Padre Namoto blieb trotz seiner Leibesfülle dicht hinter Flinx.

Als sie endlich den Minidrach einholten, fühlten sie sich erschöpft, als wären sie kilometerweit gerannt. Pip schlug mit seinen ledernen Schwingen gegen eine andere Tür, viel größer als irgendein Tor, das Flinx bis jetzt in dem Depot gesehen hatte.

Nur daß diesmal nicht nur ein einzelner beflissener Beamter Wache hielt. Zwei Männer in aquamarinfarbenen Uniformen standen geduckt hinter einer Art Sperre. Jeder von ihnen hielt einen kleinen Strahler auf den flatternden Minidrach gerichtet. Flinx sah, wie sich am anderen Ende des Korridors eine kleine Gruppe von Kirchenleuten erwartungsvoll zusammengedrängt hatte.

»Nicht schießen!« schrie er verzweifelt. »Er tut niemandem etwas zuleide!« Dann schob er sich langsam näher an Pip heran. Aber der reagierte auf keinen Ruf und hielt sich resolut außer Reichweite und schlug weiter mit den Schwingen gegen die Tore.

»Das, was ihn so aufgeregt hat, ist auf der anderen Seite.« Er rief den beiden Bewaffneten zu: »Laßt ihn durch!«

»Das ist eine Sperrzone, Junge«, sagte einer von ihnen und versuchte, seine Aufmerksamkeit zwischen der fliegenden Schlange und diesem Neuankömmling zu teilen.

»Lassen Sie uns durch!« befahl Namoto etwas außer Atem und trat vor, so daß man ihn sehen konnte. Die Stimme des Wächters klang plötzlich respektvoll.

»Entschuldigen Sie, Padre, wir wußten nicht, daß Sie hier die Leitung haben.«

»Die habe ich nicht, die hat die Schlange. Aber öffnen Sie die Türen trotzdem, auf meine Verantwortung.«

Flinx hatte kaum eine Minute Zeit, darüber nachzudenken, wie wichtig eigentlich sein hilfreicher Führer war, ehe die überraschend dicken Doppeltüren sich zu öffnen begannen. Pip zwängte sich durch die winzige Öffnung, und ein ungeduldiger Flinx mußte noch einen Augenblick warten, bis der Spalt breit genug war, um auch ihm den Zutritt zu ermöglichen.

Dann befand er sich auf der anderen Seite, die sich als ein Korridor erwies, der sich durch nichts von den vielen anderen Korridoren unterschied, die er bereits durchlaufen hatte.

Mit Ausnahme ...

Mit Ausnahme von sechs Aufzugkabinen. Zwei Padreanwärter warteten vor der Lifttür ganz links. Der eine war ein sehr alter, hochgewachsener und seltsam deformierter Mensch. Er stand neben einer jungen weiblichen Thranx.

Pip schwebte mitten in der Luft, als Flinx und Namoto in den Korridor gelaufen kamen. Dann stieß er plötzlich auf die beiden herunter, ohne sich um die übrigen Kirchenleute zu kümmern, die gerade jetzt erst die Anwesenheit des giftigen Reptils in ihrer Mitte zu bemerken begannen.

»Rufen Sie ihn zurück, Flinx!« befahl Namota. Jetzt war an seiner Stimme nichts Salbungsvolles mehr. Er hatte seinen Strahler herausgerissen und zielte.

Plötzlich fühlte Flinx, was den Minidrach mit solch unwiderstehlicher Kraft angezogen hatte. Als Pip auf

ihn herunterstieß, duckte sich der gekrümmte alte Mann, wich ihm mit erstaunlicher Agilität aus und stieß seine junge Begleiterin förmlich gegen die Lifttür. Sie versuchte auszuweichen. Das Manöver reichte zwar, ihr einen häßlichen Bruch zu ersparen, war aber zu schwach, sie davon abzuhalten, mit aller Wucht gegen das Metall zu prallen. Glänzende blaugrüne Beine versagten ihren Dienst, und sie rutschte gegen die Tür.

Die ungewöhnliche Behendigkeit des alten Klerikers verblüffte Namoto und die anderen. Jetzt holte der Mann seinerseits einen Strahler aus den Falten seines Umhangs — er hatte bis jetzt noch kein Wort gesprochen, ja nicht einmal um Hilfe geschrien — und schoß blindlings auf Pip. Der Minidrach spuckte, und unmenschlich schnelle Reflexe erlaubten es seinem Ziel, dem beißenden Gift auszuweichen. Es versengte die Wand hinter ihm. »Pip, *das reicht!*« Irgend etwas in der Stimme seines Meisters schien den Minidrach zu beruhigen. Nach kurzem Zögern schlug das Reptil einen Bogen in der Luft und flog zu Flinx zurück. Immerhin war die Flugschlange verstört genug, um ihren üblichen Platz auf seiner Schulter zu verschmähen und statt dessen neben Flinx' rechtem Ohr in der Luft zu schweben.

Ein paar Sekunden lang waren alle wie paralysiert, dann brach Namoto den Bann. »In welcher Abteilung sind Sie tätig, Sir?« fragte er das Objekt von Pips Attacke. »Ich glaube nicht, daß ich Sie ...«

Der Padre verstummte, als der Strahler, der eben noch auf die Schlange gerichtet war, plötzlich ihn aufs Korn nahm. Der Mann ließ seinen eisigen Blick über die kleine Menge wandern, die sich angesammelt hatte, und versuchte allem Anschein nach, gleichzeitig nach allen Richtungen zu blicken, aber niemand sprach ihn an, alle warteten.

»Stehenbleiben, Sie alle!« warnte er schließlich. Flinx erkannte seinen Akzent nicht, aber was er sagte, klang eher gepfiffen als artikuliert.

Während der Mann sich langsam rückwärts auf das Portal zu bewegte, das Flinx und Namoto gerade passiert hatten, schob Flinx sich vorsichtig auf die verletzte junge Thranx zu. Gerade als er neben ihr stand, begann sie, das Bewußtsein zurückzugewinnen. Er faßte sie mit beiden Händen am Thorax und hob sie an. »Er ... hat gedroht, mich zu töten«, murmelte sie benommen, immer noch etwas unsicher auf Echtbeinen und Fußhänden balancierend. Er fühlte, wie ihr b-Thorax ungleichmäßig vibrierte.

Und dann hatte die Thranx plötzlich die Kontrolle über sich selbst wieder und blickte anklagend auf den Mann, der sie so unsanft gegen die Tür geschleudert hatte. »Er hat gedroht, wenn ich ihn nicht in die Befehlszentrale bringe, würde er mich töten!«

»Sie kommen nicht aus diesem Gebäude, Sir«, teilte Namoto dem Mann mit. »Ich werde Sie bitten müssen, diesen Strahler wegzulegen und mit mir zu kommen.« Der Strahler richtete sich auf ihn, und der Padre blieb stehen.

»Rational sein, heißt lieben«, sprach der Mann mit pfeifender Stimme.

Ohne den Strahler zu senken, griff der Mann unter die Falten seines Umhangs — eines besonders voluminösen Umhangs, stellte Flinx fest. Nach kurzer Suche brachte er einen kleinen braunen Würfel zum Vorschein, an dem ein paar Knöpfe und Drähte auffielen.

»Das ist Kelite — es reicht aus, um jeden im ganzen Korridor hier zu töten.« Seine Erklärung ließ die jüngeren Kirchendiener erschreckt zurückfahren.

Namoto rührte sich nicht von der Stelle. »Auch noch soviel Explosivstoff bringt Sie nicht aus diesem Gebäude«, erklärte er dem nervösen Mann. Seine Stimme klang jetzt ganz ruhig. »Außerdem würde es mich sehr wundern, wenn dies wirklich Kelite wäre, wenn es auch so aussieht, weil unmöglich Explosivstoffe in dieses Gebäude gebracht werden können, ohne aufzufallen. Außerdem glaube ich nicht, daß Sie ein autorisiertes Mitglied der Kirche sind. Und in dem Fall können Sie unmöglich einen aktivierten Strahler besitzen.«

Der Padre trat einen weiteren Schritt vor. »Stehenbleiben! Sonst werden Sie gleich merken, ob er aktiviert ist oder nicht!« rief der Mann mit schriller Stimme.

Alle Augen in dem Korridor blickten wie gebannt auf die beiden Hauptpersonen der Handlung — alle intelligenten Augen.

Flinx glaubte zu sehen, wie etwas sich an der Decke entlang bewegte, und warf einen Blick nach rechts. Pip war nicht mehr da.

Es war nicht festzustellen, ob dem alten Mann plötzlich und gleichzeitig derselbe Gedanke kam oder ob er einfach nur eine Bewegung über sich feststellte. Jedenfalls duckte er sich und schoß, ehe Flinx dem Minidrach zurufen konnte.

Namoto hatte recht und gleichzeitig unrecht gehabt. Die winzige Waffe sah aus wie ein Strahler, war aber keiner. Statt dessen verschoß sie ein winziges Projektil, das dicht unter dem Minidrach hinflog. Das Projektil traf gegen die Wand und fiel zu Boden. Zum Glück war es kein Explosivgeschoß, aber Flinx bezweifelte dennoch, daß es harmlos war.

Diesmal war Pip zu nahe, als daß man ihm hätte ausweichen können. Seine kräftigen Halsmuskeln preßten das Gift durch die dünne Röhre in seinem Mund. Das Gift verfehlte zwar die Augen, aber der alte Mann konnte trotz seiner verblüffenden Beweglichkeit dem Angriff nicht ganz ausweichen. Das Gift streifte ihn am Kopf und Nacken. Ein zischendes Geräusch von sich auflösendem Fleisch war zu hören, und der Mann stieß ein pfeifendes Zischen aus, es klang wie eine antike Dampfmaschine, die Überdruck abgibt.

Es war ein Geräusch, zu dem keine menschliche Kehle fähig war. Namoto und Flinx rannten zu dem Stürzenden. Aber noch im Fallen fingerte er an dem ›Kelite-Würfel‹ herum.

Das Vertrauen eines Sterbenden genügte Namoto, sich zu Boden fallen zu lassen und allen anderen eine Warnung zuzurufen. Plötzlich war eine halberstickte Explosion zu hören — aber eine viel schwächere, als sie das Kelite hervorgerufen hätte, und sie kam auch nicht von dem bräunlichen Würfel. Ein paar Schreie aus der Menge, und die Gefahr war vorüber.

Als Flinx sich wieder aufrappelte, erkannte er, daß Namotos Beobachtung wieder falsch gewesen war. Zuerst hatte der Strahler sich als Waffe, wenn auch nicht als Strahler erwiesen. Und jetzt schien es, als ob es diesem Eindringling doch gelungen wäre, eine winzige Menge Explosivstoff ins Gebäude zu schmuggeln, wenn auch nicht genug, um jemanden zu verletzen. Wenn es sich tatsächlich um Kelite handelte, war es nur eine winzige Menge, dennoch richtete es beträchtliches Unheil an der Mittelpartie des Mannes an. Seine Innereien verteilten sich über den ganzen Korridor.

Flinx' Atem ging immer noch keuchend, als Pip sich wieder auf seiner Schulter niederließ. Er trat neben Namoto und beteiligte sich an der Untersuchung der Überreste dessen, was noch vor wenigen Augenblicken ein lebendes Geschöpf gewesen war.

Der unmittelbar bevorstehende Tod hatte das Bewußtsein des Geschöpfes klargemacht, seine Gedanken vielfältig verstärkt. Plötzlich fand Flinx sich inmitten eines Wirbels unerwarteter Bilder und Wortgebilde, die dennoch so vertraut waren, daß der Schock ihn taumeln ließ.

Flinx spürte das gespenstisch wabernde Bild des fetten Mannes, den er dringend wiederzusehen wünschte. Das Bild des Mannes, den je wiederzusehen er alle Hoffnung aufgegeben hatte: Conda Challis. Und in diese Vision mischte sich das Bild einer Welt, und die Welt trug den Namen Ulru-Ujurr. Eine Vielzahl anderer Bilder wetteiferten um seine Aufmerksamkeit, aber der unerwartete Anblick von Challis im Bewußtsein des sterbenden Eindringlings verdrängte sie alle.

Pip hatte den Zorn seines Meisters über eben dieses Individuum schon viele Minuten vorher in den Archiven gespürt. Und dann hatte diese Person plötzlich — ohne Zweifel — eben diesen Händler auf für Flinx unangenehme Art abgebildet. Pip mußte das mitgekriegt haben. Und so kam es, daß Pip auf Flinx' Gefühlszustand hin reagierte. Ob der Minidrach den Fremden auch angegriffen hätte, hätte dieser nicht nach der Waffe gegriffen, würde er wohl nie mehr erfahren.

Namoto studierte die Leiche. Die Explosion hatte nur auf engem Raum stattgefunden, war aber intensiv gewesen. Von dem Körper des Eindringlings war wenig übriggeblieben, um Kopf und Oberkörper mit den Beinen zu verbinden. Der größte Teil des Leibes war zerstört worden.

Der Padre beugte sich vor und griff nach einem Stück, das wie lose Haut aussah. Er zog daran ... und die Haut löste sich, legte eine darunter liegende zweite Epidermis frei. Sie glänzte und sah schuppig aus — ebenso unmenschlich, wie der Todesschrei gewesen war.

Ebenso unmenschlich wie die Gedanken, die Flinx aufgenommen hatte.

Ein erstauntes Murmeln machte sich in der Menge breit, verstärkte sich, als Namoto niederkniete und das komplizierte Gebilde wegzog, welches die falsche Gesichtsstruktur vorgegaukelt hatte. Als der ganze Schädel freigelegt war, stand Namoto auf und musterte das Stück Maske, das er in der Hand hielt. »Synthohaut«, stellte er fest. Dann ließ er den Hautfetzen fallen und wischte sich die Hände an der Kutte ab.

»Ein ausgewachsener AAnn«, murmelte jemand in der Menge.

»Hier!«

»Aber warum? Was wollte er denn mit der kleinen Bombe erreichen?«

Jemand hinten in der Menge hob einen winzigen Gegenstand hoch und zog damit die Aufmerksamkeit aller auf sich. »Ein Kristallbolzen«, erklärte er. »Auf die Weise ist er den Detektoren entkommen — kein Strahler, auch keine Explosivwaffe.«

»Aber er ist doch ganz bestimmt nicht nur hier eingedrungen, um jemanden mit einer kleinen Bolzenpistole zu töten?« fragte jemand zu Namoto gewandt.

»Das glaube ich auch nicht«, meinte der Padre und blickte auf die Leiche. »Die Bombe — das war eine Selbstmordladung, dazu bestimmt, im Falle einer Entdeckung Selbstmord zu begehen. Aber vielleicht hätte sie auch zur Zerstörung von etwas anderem dienen sollen.«

»Was denn?« meinte der Frager.

»Das weiß ich nicht. Aber wir werden diese Leiche analysieren, ehe wir sie einäschern.« Namoto kniete wieder nieder und strich über das cauterisierte Fleisch. »Er war recht gut bewaffnet — da ist jede Menge pulverisierter Kristall. Er muß ein paar Dutzend von diesen Bolzen bei sich getragen haben.«

Flinx zuckte zusammen und wollte schon etwas sagen — überlegte es sich dann aber anders und tat so, als müsse er gähnen. Er konnte nichts beweisen, und außerdem war die Annahme ohnehin verrückt. Schließlich, wenn er wie durch ein Wunder recht haben sollte, würde man ihn hier bestimmt ein Jahr lang verhören. Und dann würde er Conda Challis vielleicht nie finden. Und schlimmer noch, bis dahin würde der Händler vielleicht die Akte vernichtet haben, die er gestohlen hatte, jenes fehlende Stück in dem Rätsel, das Flinx' Leben war.

Er konnte es sich also nicht leisten, hier einen vagen Verdacht zu äußern, wozu diese Fragmente vielleicht gehörten.

Jetzt war eine ganze Gruppe Uniformierter in den Korridor gekommen. Einige schickten sich an, die Menschenmenge aufzulösen, während andere damit begannen, die Leiche gründlich zu untersuchen. Ein kleiner dunkelhäutiger Mensch blickte beiläufig auf die Leiche und ging dann auf den Padre zu.

»Hallo, Namoto.«

»Sir«, antwortete der Padre mit soviel Respekt in der Stimme, daß Flinx aus seinen Gedanken gerissen wurde und den Neuankömmling musterte. »Er war gut getarnt.«

»Ein AAnn«, meinte Namoto. »Die müssen sich ja recht sicher fühlen, wenn sie versuchen, hier einen von ihren Leuten einzuschmuggeln. Ich möchte wissen, was er wollte?«

Flinx hatte dazu eine Theorie, aber sie gehörte zu den Informationen, die er für sich behalten wollte. Sollten sich doch diese klugen Kirchenmänner selbst etwas einfallen lassen. Wenn er bei Challis gefunden hatte, was er suchte, würde er ihnen sagen, was er vermutet hatte, aber nicht vorher.

Während der Mann mit Namoto redete, wandte Flinx seine Aufmerksamkeit wieder den Spezialisten zu, die die Leiche studierten. Dies war nicht das erste Mal, daß er mit der Reptilrasse der AAnn zu tun hatte, wenn auch das erste Mal, daß er einen wirklich vor sich sah.

Zwischen dem Homanx-Commonwealth und dem ausgedehnten Sternenimperium der AAnn herrschte ein ziemlich labiler Waffenstillstand. Freilich hielt diese Vereinbarung die Reptilien nicht davon ab, bei jeder sich bietenden Gelegenheit das Menschen-Thranx-Bündnis auf schwache Stellen hin abzuklopfen.

»Wer hat denn seine Verkleidung durchschaut?«

»Ich«, erklärte Flinx, »oder besser gesagt, mein Minidrach, Pip.« Er strich liebkosend über den glatten dreieckigen Kopf, und die Augen des Minidrachs schlossen sich wohlig.

»Wie kann die Schlange das denn gewußt haben?« fragte Namoto. Er wandte sich seinem Vorgesetzten zu und fügte zu dessen Information hinzu: »Wir waren zu der Zeit in der Genealogie, Sir, auf der anderen Seite des Gebäudes.«

Flinx' Antwort beschritt den schmalen Pfad zwischen Wahrheit und Lüge. Was er wegließ, war freilich wichtiger als das, was er sagte.

»Der Minidrach kann Gefahr spüren«, erklärte er glatt. »Pip ist ein empathischer Telepath, und wir sind schon so lange beisammen daß sich zwischen uns eine besondere Beziehung entwickelt hat. Er spürte offensichtlich, daß der AAnn für mich eine, wenn auch ferne Gefahr darstellte, also hat er entsprechend reagiert.«

»Offensichtlich«, murmelte der hohe Kirchenmann, ohne sich damit festzulegen. Dann wandte er sich wieder der jungen Thranx zu. »Was haben Sie damit zu tun, Padreanwärterin?«

Sie hörte auf, sich die Antennen zu reiben, und erstarrte zu einer Hab-Acht-Haltung. »Ich hatte Wachtdienst in der Liftstation, Sir. Ich dachte, er sei ein Mensch. Er kam auf mich zu und sagte, er müsse in die Kommandoetage hinunter.«

Hinunter — Flinx begann sich vorzustellen, was er nicht zu sehen vermochte.

»Ich fragte ihn, warum er nicht seinen Lift benutze, zu dem er durch seine Paßkarte berechtigt sei, denn ohne eine solche dürfte er ja gar nicht sein, wo er war. Er hatte einen Paß und zeigte ihn mir auch. Er behauptete, daß er nicht funktionierte oder daß der Abtaster im Lift nicht in Ordnung sei.«

Sie blickte zu Boden. »Wahrscheinlich hätte ich Verdacht schöpfen müssen, aber das habe ich nicht getan.«

Namotos Stimme klang beruhigend. »Woher sollten Sie das wissen. Sie sagten ja selber, er ist bis dorthin gekommen. Seine Fälschung war nur nicht gut genug, um den Sicherheitscomputer im Lift zu täuschen.«

»Jedenfalls«, fuhr sie fort, »habe ich meinen eigenen Paß in die Schranke von Lift 1 geschoben, und er reagierte sofort. Dann habe ich den seinen probiert, aber nicht einmal das Funktionslicht ist aufgeflammt. Also bat er mich, ihm eine Kabine zu rufen. Ich meinte, es wäre besser, wenn er zuerst seinen Paß überprüfen ließe. Aber er sagte, dazu hätte er keine Zeit. Ich blieb hart, und da zog er die Waffe und befahl mir, ihm einen Lift zu rufen, sonst würde er mich töten.«

Flinx stellte fest, daß sie immer noch zitterte, obwohl sie auf vier Gliedmaßen stand.

»Und dann kamen diese beiden Herren herbeigeeilt, gerade als ich den Lift holen wollte.« Sie wies auf Flinx und Namoto.

»Und Sie konnten keinen Alarm auslösen?« fragte der kleine Mann barsch.

Sie machte eine komplizierte Thranxbewegung mit den Echthänden, welche Hilflosigkeit ausdrücken sollte.

»Als er die Waffe zog, war ich zu weit von dem Alarmknopf am Tisch entfernt, Sir. Mir fiel keine Ausrede ein, um zum Tisch zurückzugehen ... und ich hatte Angst, Sir, es tut mir leid. Es kam so unerwartet ...« Wieder schauderte sie. »Ich hatte keinen Grund zu der Annahme, daß es ein AAnn war.«

»Er hat auf uns alle wie ein Mensch gewirkt«, sagte Flinx mit beruhigender Stimme. Der herzförmige Kopf sah ihn dankbar an. Obwohl ihr Insektengesicht unfähig war, ein Lächeln zu zeigen, klappte sie dankbar mit den Kiefern.

»Jede Erfahrung, die nicht mit dem Tode endet, ist wertvoll«, predigte der Kleine. Soweit es ihn betraf, schien sie damit von jeder Schuld freigesprochen. Seine Aufmerksamkeit wandte sich wieder den Leuten zu, die mit der Leiche beschäftigt waren. »Machen Sie das hier sauber, und melden Sie sich bei mir, sobald die vorläufige Untersuchung abgeschlossen ist«, entschied er barsch. Flinx stellte fest, daß seine Bewegungen schnell und abgezirkelt waren, als könnte er sich schneller bewegen und auch schneller denken als durchschnittliche

Geschöpfe. Und dann wandte sich sein durchdringender Blick Flinx zu. »Da haben Sie aber ein interessantes Tier, junger Freund. Ein empathischer Telepath, sagten Sie?«

»Von einer Welt, die Alaspin heißt, Sir«, meinte Flinx beflissen.

Der Mann nickte. »Ich hab' von ihnen gehört, aber nie damit gerechnet, je einen zu sehen zu bekommen. Jedenfalls keinen zahmen. Er spürt also, wenn Sie in Gefahr sind, *hmmm?*«

Flinx lächelte schwach. »Er gibt einen sehr guten Leibwächter ab.«

»Das glaube ich.« Er streckte ihm eine Hand hin, die für den Rest seines Körpers zu groß war. »Ich bin Ratsherr zweiten Grades, Joshua Jiwe.«

Flinx begriff jetzt, weshalb man diesem Mann solche Ehrerbietung erwies. Er schüttelte ihm zögernd die Hand. »Ich habe nie erwartet jemanden kennenzulernen, der eine so hohe Position in der Hierarchie der Kirche einnimmt.« Dabei verschwieg er, daß er in der Person von Bran Tse-Mallory und Truzenzuzex, die sich mit ihm an der Suche nach dem Tar-Aiym-Krang beteiligt hatten, zwei Geschöpfe kennengelernt hatte, die einst einen noch höheren Rang eingenommen hatten.

»Ich bin für die Sicherheit des Depots zuständig.« Wieder fuhr sein Kopf herum, statt sich normal zu drehen, und sah Namoto an. »Was wissen Sie über diesen jungen Mann?«

»Er hat einen weiten Weg zurückgelegt, um seine natürlichen Eltern zu suchen. Ich habe mir große Mühe gegeben, ihm bei der Suche nach Spuren von ihnen behilflich zu sein.«

»Aha.« Jiwe wirbelte wieder zu Flinx herum. »Sie wollen vermutlich schleunigst wieder hier weg?«

»Ich habe hier alles getan, was mir möglich war«, räumte Flinx ein. Jiwe könnte der Mann sein, der die peinlichen Fragen stellte, die Flinx stets fürchtete.

Der Ratsherr zweiten Grades erinnerte ihn an einen *Canish*, einen kleinen, überaus gefährlichen Fleischfresser, der die kühlen Wälder von Moth durchstreifte. Der *Canish* war ein kleiner, scharfäugiger Mörder, dessen Bewegungen so blitzschnell erfolgten, daß man ihnen nicht ausweichen konnte. Das machte ihn selbst für Wesen gefährlich, die ein Mehrfaches größer als er waren.

Wie dieser Jiwe, vermutete Flinx. Dieser Mann interessierte sich zu sehr für Pip und die Beziehung des Minidrachs zu Flinx. Aber es war schwierig, sich auf Jiwe zu konzentrieren, wo Flinx immer noch nicht die Tatsache verarbeitet hatte, daß Conda Challis in dem Bewußtsein des sterbenden AAnn aufgetaucht war. Was hatte ein terranischer Händler mit diesen Echsen zu tun?

»Fühlen Sie sich wohl, Flinx?« Namoto musterte ihn besorgt. »Sie sehen benommen aus.«

»Das war ich auch. In Gedanken war ich bereits zu Hause ... wohin ich jetzt reisen sollte.«

»Und wo ist das?« erkundigte sich Jiwe interessiert.

Der Teufel sollte den Mann holen! »Eine zentrale Handelswelt, sie heißt Moth, die Stadt Drallar.«

Der Ratsherr nickte nachdenklich. »Ich kenne die Welt. Interessant, ein dünn besiedelter Planet, der schon lange bewohnt ist. Sehr unabhängig eingestellte Leute. Ich glaube, die Regierungsform ist eine aufgeklärte Monarchie.«

Flinx nickte.

»Eine gleichgültige Monarchie wäre vielleicht die bessere Formulierung«, meinte Namoto.

Der Ratsherr lächelte. »Soweit es die Eingeborenen angeht, läuft das auf dasselbe hinaus.« Er grinst sogar wie ein *Canish*, sagte sich Flinx.

»Und Sie sagen, Sie können gelegentlich seine Gedanken fühlen und er die Ihren, junger Freund?«

»Gefühle, nicht Gedanken, Sir«, verbesserte Flinx hastig.

Der Ratsherr schien darüber einen Augenblick lang nachzudenken, ehe er weiter fragte. »Ob Sie wohl ein paar Minuten Zeit hätten? Wir wollen Sie nicht lange aufhalten. Wenn Sie uns nur nach unten begleiten würden ...«

»Sir ...«, wollte Namoto unterbrechen, aber der Ratsherr tat seinen Einwand mit einer Handbewegung ab.

»Es ist nicht wichtig. Dies ist ein sehr aufgeweckter junger Mann, und er hat schon mehr als genug gehört, um inzwischen zu wissen, daß es im Depot Kelleretagen gibt, die man von draußen nicht sehen kann. Ich glaube, er ist reif genug, um zu wissen, wann man den Mund hält und worüber man keine lockeren Reden führen darf.« Er starrte Flinx durchdringend an. »Oder, junger Freund?«

Flinx nickte eifrig, und der Ratsherr belohnte ihn mit seinem canishähnlichen Lächeln. »Gut ... ich mag aufgeschlossene junge Leute. Also, wir haben da ein kleines Problem, das wir bis jetzt nicht lösen konnten. Sie können das vielleicht anders angehen als alle anderen bisher. Ich bitte Sie nur, sich Mühe zu geben. Anschließend, ganz gleich, wie das Gespräch ausgeht, bringen wir Sie zu einem Atmosphäreshuttle, und Sie können irgendwohin auf Terra fliegen. Was sagen Sie dazu?«

Da er das Angebot nicht gut ablehnen konnte, ohne den Ratsherrn noch argwöhnischer zu stimmen, als er ohnehin schon war, lächelte Flinx freundlich und verstand es, sich den Anschein unschuldiger Begeisterung zu geben.

»Ich tu natürlich gerne, was ich kann!«

»Ich habe schon gedacht, daß Sie das sagen würden. Ich habe es gehofft. Padre Namoto, Sie können mitkommen — das sollte sehr interessant werden. Ein anderer kann ja für den Augenblick Ihre Pflichten übernehmen.« Er wies mit einer Handbewegung auf die Leiche des AAnn. »Die Sicherheitsabteilung wird eine ganze Weile damit zu tun haben.«

Dann wandte er sich wieder der jungen Thranx zu. »Padreanwärterin Sylzenzuzex, Sie wollten gerade einen Lift holen, bitte, tun Sie das jetzt.«

»Ja, Sir.« Sie schien sich inzwischen völlig vom Schock der Bedrohung erholt zu haben. Sie bestätigte die Bitte des Ratsherren mit einem formvollendeten Salut, den sie mit der Echthand und der linken Antenne vollführte, und trat dann an die nächste Lifttür, wo sie eine dreieckige Karte in einen Schlitz schob.

Unmittelbar darauf leuchtete der Schlitz in warmem Grün auf. Über der Tür flackerte eine Lampe, und es summte dreimal. Dann schob sich die Tür lautlos auf und gab den Blick auf eine Liftkabine von überraschender Größe frei.

Flinx trat nach der Padreanwärterin ein. Etwas ... irgend etwas an ihr rührte an eine vertraute Erinnerung. Der Gedanke verblaßte, als die innen an der Tür angebrachten Zahlen seine Aufmerksamkeit erweckten.

Auf der Tafel stand in absteigender Reihenfolge:

2
1
0
1
2
3

und so weiter bis zwölf. Zwölf Stockwerke unter der Erde und nur drei darüber. Innerlich lächelte er. Jetzt war er sicher, daß sein Fahrer mehr als nur ein geschwätziger alter Fremdenführer gewesen war. Aber er hatte Flinx nicht angelogen — er hatte ihm das Depot nur so beschrieben, wie es war, ohne auf das einzugehen, was man nicht sehen konnte. Die Thranx schob die Karte in einen Schlitz unter der Nummernreihe. Flinx sah, daß es weder Schalter noch Knöpfe noch andere Schaltmöglichkeiten gab. Jemand ohne Karte konnte sich zwar vielleicht Zugang zu einem Lift erzwingen, war aber ohne dieses komplizierte dreieckige Gebilde außerstande, ihn zu aktivieren.

Sie sah Jiwe fragend an. »Sir?«

»Siebente Etage«, befahl der Ratsherr, »Quadrant dreiunddreißig.«

»Das ist doch das Krankenhaus, oder, Sir? Ich komme nicht oft dorthin.«

»Richtig, Padreanwärterin.«

Sie schob die Karte in den Schlitz und vollführte eine komplizierte Bewegung damit. Die Ziffer sieben leuchtete auf dem Brett auf, und auf der Karte selbst erschien eine lange Reihe winziger Ziffern. Ohne die Karte loszulassen, tippte sie mit der Fingerspitze auf die Ziffer dreiunddreißig. Kaum war das Licht bedeckt, als die Tür sich schloß.

Flinx spürte, wie der Lift sich nach unten bewegte, beschleunigte und sich dann in Richtungen bewegte, denen er nicht zu folgen vermochte. Einige Minuten später kam die Kabine zum Stillstand. Er vermutete, daß sie sich nicht mehr unter dem sichtbaren Teil des Depots befanden.

Als die Tür sich schließlich zur Seite schob, trat Flinx mitten in eine dichte Gruppe von Menschen und Thranx, deren große Zahl ihn verblüffte. Hier trug man hauptsächlich weiße Kleidung, obwohl jede Uniform, jede Kutte und jede Kombination an der einen oder anderen Stelle das allgegenwärtige Aquamarin aufwies.

Jiwe und Namoto gingen voraus, während Flinx mit der jungen Thranx folgte. Der sie betreffende Verdacht hatte sich in ihm verstärkt.

Jetzt sprach sie ihn an und berührte ihn mit der zarten Echthand an der freien Schulter. »Ich hatte noch gar keine Gelegenheit, Ihnen und Ihrem Minidrach dafür zu danken, daß Sie mir das Leben gerettet haben. Ich schäme mich. Lassen Sie sich danken.«

Er atmete ihren natürlichen Duft tief ein. »Ihr Dank

gebührt Pip, nicht mir«, murmelte er verlegen. »Hören Sie, wie hat der Ratsherr Sie genannt?«

»Padreanwärterin. Der Rang entspricht etwa ...«

»Nicht das«, unterbrach er sie neugierig. »Ihr Name.«

»Oh ... Sylzenzuzex.«

»Das kann man auflösen in Syl von der Wabe zehn der Familie Zu und dem Clan Zex?«

»Richtig«, bestätigte sie, ohne sich Überraschung anmerken zu lassen. Jeder Mensch konnte einen Thranxnamen auflösen. »Und Sie?«

»Flinx ... ja, nur ein Name. Aber ich habe noch einen Grund, daß ich Ihren Namen kennenlernen wollte, einen, der viel tiefer geht.« Sie gingen an einem Seitenkorridor vorbei, dessen Wände pastellfarben gestrichen waren.

»Wissen Sie, ich glaube nämlich, ich kenne Ihren Onkel ...«

07

Thranx haben steife Gelenke, aber ihr Schritt ist ungemein sicher. Dennoch ließ das, was Flinx gesagt hatte, seine insektoide Begleiterin stolpern. Ihre Facettenaugen musterten ihn erstaunt.

»Meinen ... *was?*«

Flinx zögerte, als sie wieder um eine Ecke bogen. Wie weit mochte sich diese unterirdische Welt seitlich ausdehnen, fragte er sich. Ob sie die ganze Insel umfaßte?

»Vielleicht stimmt meine Aussprache nicht ganz«, sagte er verlegen. »Aber sind Sie nicht mit einem alten Philosophen namens Truzenzuzex verwandt?«

»Sagen Sie das noch einmal«, bedrängte sie ihn. Er kam dem Wunsch nach. »Sind Sie auch sicher, daß die Betonung auf der Familiensilbe stimmt?« Flinx nickte. »Ich bin nicht sicher, daß ›Onkel‹ die richtige Entsprechung in Terranglo ist, aber — ja, wir sind eng verwandt. Ich habe Tru schon einige Jahre nicht mehr gesehen.«

»Kennen Sie ihn gut?«

»Eigentlich nicht. Er war einer dieser kindischen Götter — Sie verstehen doch, ein Erwachsener, den andere Erwachsene verehrten? Woher kennen Sie ihn denn?«

»Wir waren vor nicht zu langer Zeit Reisegefährten«, erklärte Flinx.

»Er war ein Eint, wissen Sie«, fuhr sie nachdenklich fort. »Sehr berühmt und in seinen Ansichten höchst kontrovers. Zu kontrovers, dachten viele im Clan. Und als ich dann hörte, daß er sich von der Kirche getrennt hatte ...«

Sie hielt abrupt inne. »Man spricht im Clan nicht darüber. Ich habe praktisch nichts mehr von ihm gehört, seit er vor vielen Jahren verschwand. Er hatte damals vor, mit einem Schiffspartner seiner Jugend private Forschungen anzustellen.«

»Bran Tse-Mallory«, meinte Flinx.

Wieder wäre das Mädchen beinahe gestolpert. »Ich habe noch nie einen Menschen gekannt, der so voll vom Nektar des Unerwarteten war. Sie sind ein seltsames Wesen, Flinx — Mensch.«

Wenn die Rede auf ihn kam und gesagt wurde, daß er seltsam sei, war es immer höchste Zeit, das Thema zu wechseln

Er deutete nach oben. »Dann ist das Aktendepot oben nicht viel mehr als eine Tarnung für das *echte* Kirchenzentrum.«

»Ich ...« Sie blickte nach vorn, und Flinx stellte fest, daß dem Ratsherrn kein Wort ihres Gesprächs entgangen war, wenigstens mußte man das aus der Geschwindigkeit schließen, mit der er antwortete.

»Nur zu, sagen Sie es ihm, Padreanwärterin. Wenn wir das nicht tun, wird er es sich ohnehin zusammenreimen. Wie steht es, junger Freund, sind Sie Hellseher?«

»Wenn ich einer wäre, würde ich ja wohl nicht fragen, oder?« konterte Flinx nervös, bemüht, seine wachsende

Unruhe über die gezielten Bemerkungen des Ratsherrn zu verbergen. Er mußte hier raus. Wenn er immer noch hier wär, sobald einmal die Nachricht über seine Flucht von Hivehom in Jiwes Etage durchsickerte, würden die ihn vielleicht nie mehr gehen lassen. Er würde zu etwas werden, was er stets mit aller Kraft zu vermeiden versucht hatte — eine Kuriosität, die man studierte und untersuchte wie einen Schmetterling an einer Nadel hinter Glas.

Aber er konnte nicht einfach kehrtmachen und wegrennen. Er würde abwarten müssen.

Jetzt, da man es ihr erlaubt hatte, erklärte Sylzenzuzex: »Das Depot oben wird voll ausgenutzt, aber der größte Teil der Anlage dehnt sich in vielen Richtungen unter Bali aus. Es gibt nur zwei Ein- und Ausgänge. Durch das Aktenzentrum über und hinter uns und durch den Shuttlehafen unter dem Meer, der Lombok gegenüberliegt.« Ihre Augen glitzerten.

»Es ist herrlich hier. So viel zu studieren. Soviel zu lernen, Flinx!«

Bis jetzt hatte sich Flinx' Reaktion durchaus in Grenzen gehalten. Er argwöhnte, daß Sylzenzuzex aus einer ziemlich prominenten Familie stammte. Sein eigenes uneingeschränktes Zutrauen zu Honoratioren hatte schon lange einer gesunden Skepsis Platz gemacht — er mußte damals wohl acht oder neun Jahre alt gewesen sein.

Er bemerkte, wie die Leuchtröhren an der Decke ihre riesigen Facettenaugen mit Regenbogen stets wechselnder Farben erfüllten. »Der aktive Vulkan Mount Agung wird hier unter Kontrolle gehalten. Er liefert die gesamte Energie, die der Kirchenkomplex benötigt. Die ganze Insel ist völlig autark. Sie ...«

Sie hielt inne, als Namoto und Jiwe vor einer Tür haltmachten, die zwei Kirchenbeamte in aquamarinfarbenen Uniformen bewachten. Die beiden wirkten scheinbar gelassen, aber Flinx spürte, daß diese Gelas-

senheit täuschte, ebenso wie die fast gleichgültige Art und Weise, mit der sie ihre Strahler hielten.

Nachdem sie sich identifiziert hatten, gestattete man ihnen den Zutritt zu einem wesentlich kleineren Korridor. Noch zweimal mußten sie sich von insgesamt sechs bewaffneten Männern und Thranx überprüfen lassen, bis man ihnen schließlich den Zutritt zu einer bescheidenen Kammer gestattete. In der Mitte dieses Raumes stand ein schmales Bett. Es befand sich wie eine Spinne in ihrem Netz in der Mitte einer schimmernden Masse höchst kompliziert wirkender medizinischer Geräte.

Als sie sich dem Bett näherten, sah Flinx, daß darauf ein regloser Mann lag. Seine Augen standen offen und starrten ins Nichts. Indirektes, sorgfältig angeordnetes Licht sorgte dafür, daß seine starren Augen keinen Schaden litten, und ein winziges Gerät befeuchtete sie.

Wach, aber seiner Umwelt nicht bewußt, bei Bewußtsein, aber nicht denkend, schwebte der Mann nackt — sah man einmal von den Drähten, Schläuchen und Röhren ab — auf einem Bett aus durchsichtiger medizinischer Gelatine.

Flinx versuchte, dem Gewirr von Leitungen und Kabeln und Stromkreisen zu folgen, die den Mann fast wie eine metallische Mumie wirken ließen, und kam am Ende zu dem Schluß, daß der reglose Mann am ehesten noch einem Kraftwerk glich.

Jiwe warf einen Blick auf den Schläfer. »Das ist Mordecai Povalo.« Er sah Flinx an. »Haben Sie je von ihm gehört?«

Das hatte Flinx nicht.

Der Ratsherr lehnte sich über die reglose Gestalt. »Er schwebt jetzt seit Wochen zwischen Leben und Tod. An manchen Tagen läßt er eine gewisse Besserung erkennen. An anderen Tagen haben ein Dutzend Ärzte alle Hände voll damit zu tun, ihn am Leben zu erhalten. Niemand weiß, ob er eigentlich noch Lebenswillen besitzt.

Die Techniker bestehen darauf, daß sein Geist noch aktiv ist, noch funktioniert. Sein Körper duldet die Maschinen, die ihn in Gang halten. Obwohl seine Augen offen sind, können wir nicht sagen, ob sie etwas wahrnehmen. Die bloße Tatsache, daß seine visuellen Zentren noch funktionieren, besagt nicht, daß er etwas sieht.«

Flinx fand sich zu der erstarrten Gestalt hingezogen. »Wird er je wieder aus dem Koma erwachen?«

»Die Ärzte sagen, daß es eigentlich gar kein Koma ist. Sie haben noch keinen Begriff dafür. Aber, was auch immer es ist … nein. Sie rechnen damit, daß er so bleibt, bis sein Geist entweder aufgibt oder sein Körper schließlich die Lebenserhaltungsgeräte abstößt.«

»Warum hält man ihn dann am Leben?« wollte Flinx wissen.

Auf Evoria lebte ein Thranx Di-eint namens Tintonurac, der weithin wegen seiner Brillanz berühmt war — obwohl er im Augenblick den Gesichtsausdruck eines zufriedenen Idioten zur Schau trug.

Natürlich war sein insektoides Gesicht nicht imstande, einen menschlichen Ausdruck zu erzeugen, aber in den Jahren seit der Verschmelzung hatten es die Menschen gelernt, den Ausdruck von Thranx mit der gleichen Leichtigkeit zu interpretieren, wie ihre quasi symbiotischen Insektenkollegen es gelernt hatten, in menschlichen Gesichtern zu lesen.

Im Augenblick freilich bemerkte weder Mensch noch Thranx seinen Ausdruck, einen Ausdruck, der selbst dem Gesicht des berühmtesten Mitglieds seiner Wabe fremd war.

Tintonurac war Kopf seines Clans, hochverehrt von seinen Tanten und Onkeln, seiner Wabenmutter und seinen echten Eltern. Tintonuracs besondere Fähigkeit bestand darin, daß er die Pläne und Konzepte anderer in Realität verwandeln konnte — er war ein Meisterkonstrukteur, ein Präzisionsingenieur. Seine mechanischen Schöpfungen waren nicht nur eine Verbesserung der ursprünglichen Zeichnungen ihrer

Schöpfer, sie waren auch ebenso attraktiv anzusehen, wie sie hochgradig funktionell waren. Seine Bewunderer debattierten häufig darüber, ob man ihr Idol nicht eher als Bildhauer denn als Ingenieur bezeichnen sollte.

Unter den vielen Produkten, die ihm zuzuschreiben waren, gab es ein Gerät, welches eine höchst ansteckende menschliche Krankheit ausgerottet hatte, ein Energiemultiplexsystem für Wasserkraftanlagen, wie sie auf den Thranxwelten so häufig waren, und ein verbessertes Feuerleitsystem für die manchmal unberechenbaren und doch unwiderstehlichen SCCAM-Waffensysteme, die das Rückgrat der Vereinigten Menschen-Thranx-Friedensflotte bildeten. Es gab auch noch andere, manche so esoterisch, daß man sie kaum glauben konnte, und die nur sein Zauber zum Funktionieren bringen konnte.

Aber keine seiner Erfindungen war die Ursache seines wohlig-zufriedenen Ausdrucks in diesem achten Monat des Endes der Pollenzeit auf Evoria. Grund seines Vergnügens war ein glänzender Gegenstand, den er in einer Schublade seines Arbeitstisches verborgen hielt. Er starrte ihn jetzt an, genoß seine Botschaft und seinen Ruhm, während er im Labor arbeitete, umgeben von seinen sechs Helfern. Alle waren selbst hochangesehene Wissenschaftler und Ingenieure. In der Gruppe waren vier Thranx und zwei Menschen. Es war ein Maß der Bewunderung, welche man Tintonurac zollte, daß Fachleute solchen Kalibers sich freiwillig als seine Helfer verdingten, wo sie doch spielend leicht ihre eigenen Labors und eigene Mitarbeiter hätten haben können.

Die Kiefer des Di-eint bewegten sich in typischem Thranxlachen, während er sich an einem neuen Gedanken belustigte. Wie seltsam, daß ihm solches zustoßen sollte! Wie mochte es wohl sein, wenn er die beiden flüssigen Metalle in den Flaschen zu seiner Linken mit dem Katalysator verband, welcher in seinem Behälter auf der anderen Seite des Labors stand.

Wie im Schlafe ging Tintonurac zu dem Kasten und entnahm ihm das katalytische Lösungsmittel. Er kehrte zu seinem Sessel zurück und stellte fest, daß seine Freude wuchs.

Dridenvopa arbeitete gerade mit dem Menschen Cassidy, aber nicht so intensiv, daß ihm das Tun des Di-eint verborgen geblieben wäre. Verwirrt unterbrach er seine Arbeit und beobachtete Tintonurac, wie er den sirupartigen Inhalt von einer Flasche in eine zweite goß. Juwelenähnliche Facettenaugen glitzerten unsicher, als der Inhalt der übervollen Flasche mit der neuen Mixtur zuerst die Bank und dann den Boden besudelte. Der Di-eint war in all seinen physischen Handlungen ebenso reinlich wie in seinen geistigen Verrichtungen, und das, was hier geschah, paßte nicht zu ihm. Auch die Maske schierer gedankenloser Erregung, die sein Gesicht beherrschte, paßte nicht zu ihm.

Dridenvopa wollte etwas sagen, hielt sich dann aber zurück. Schließlich würde der Di-eint ja wissen, was er tat. Und dieser beruhigende Gedanke ließ ihn sich wieder seiner eigenen Arbeit zuwenden, bis er und Cassidy den Behälter mit dem auffälligen Etikett bemerkten, welchen der Di-eint jetzt mit der Fußhand zur Echthand reichte.

»Ist das nicht ...?« keuchte der Mensch Cassidy verwirrt in Symbosprache, jener für alle Zwecke geeigneten Lingua Franca der Galaxis, während der Di-eint den Behälter öffnete. Statt die Frage zu beenden, stieß er einen seltsam spitzen menschlichen Schrei aus und versuchte in einem Satz den Di-eint zu erreichen, ehe das Unvermeidliche geschah. Aber er schaffte es nicht rechtzeitig, konnte nicht verhindern, daß ein kleiner Teil der harmlosen Flüssigkeit aus dem Behälter in die Flasche mit dem harmlosen gemischten flüssigen Metall drang. Zusammen bildeten diese harmlosen Substanzen einen sich schnell ausdehnenden Feuerball, der so heiß war, daß weißer Phosphor dagegen wie die Ausgeburt arktischer Kälte wirkte.

Trotz der steigenden Hitze konzentrierte Tintonurac sich auf die Schönheit im Innern des Gegenstandes ...

Die stets effiziente Feuerwehr der Thranx traf mit ihrer üblichen Geschwindigkeit ein, aber ihnen blieb nur noch ver-

kohltes Gelände zwischen zwei Gebäuden. Die unglaubliche Hitze hatte die Metallwände des Labors verbrennen lassen. Seine organischen Insassen waren zu Staub verglüht.

Als man nachher Untersuchungen anstellte, kam man zu dem Schluß, daß jemand einen ungewöhnlichen, aber nichtsdestoweniger möglichen Fehler begangen hatte. Selbst dem brillantesten Wissenschaftler konnte ein Versehen unterlaufen, selbst ein Thranx konnte irren, wenn etwas so Herrliches ihn hypnotisierte, daß auch die Untersuchungsbeamten das vielleicht verstanden hätten, wäre dieses Herrliche nicht mit dem übrigen Inhalt des Labors verbrannt — so wie es beabsichtigt gewesen war.

Jiwe dachte über Flinx' Frage nach. »Weil das, was ihm widerfuhr, typisch für etwas ist, was sich in letzter Zeit im ganzen Commonwealth erschütternd oft ereignet hat. Die meisten Leute sehen noch keine Regelmäßigkeit dahinter, ahnen keine Verbindung zwischen den einzelnen Ereignissen. Nur sehr wenige, darunter auch ich, ahnen, daß diese Ereignisse in Verbindung miteinander stehen.

In den letzten paar Jahren haben wichtige Leute mit besonderen Talenten eine entnervende Tendenz zur Schau gestellt, sich in die Luft zu jagen, und dies häufig mit manchmal einmaligen Geräten. Einzeln betrachtet betreffen diese Unglücksfälle immer nur die unmittelbaren Opfer. Betrachtet man sie aber im Kollektiv, so geht eine Gefahr davon aus, die einer viel größeren Zahl zu drohen scheint.«

Nur das gleichmäßige Summen der Lebenserhaltungssysteme und das asthmatische Ächzen des roboterähnlichen Wesens auf dem Gelatinebett war in der Stille der Kammer zu vernehmen.

»Von Dutzenden ist Povalo hier der einzige, der nicht gründlich genug dabei vorgegangen ist. Freilich könnte er ebensogut tot sein. Sich selbst ist er ohne Zweifel zu nichts mehr nutze.«

»Sie sagen, einige von Ihnen glauben, diese Selbstmorde stünden in Verbindung miteinander«, meinte Flinx. »Haben Sie irgendein Bindeglied entdeckt?«

»Nichts Positives«, räumte Jiwe ein, »deshalb sind wir auch so wenige. Aber *eines* hatten sie alle gemeinsam. Keiner schien den geringsten Grund dafür zu haben, Selbstmord zu begehen. Ich bin der Meinung, das ist höchst wichtig. Aber der Rat ist da anderer Meinung.«

Flinx zeigte wenig Interesse. Jetzt war die Zeit, persönliche Neugierde beiseite zu schieben und ernsthaft zu überlegen, wie man hier herauskam. »Was wollen Sie von mir?«

Jiwe zog sich einen Stuhl heran und ließ sich daraufsinken. »Povalo war ein wohlhabender, intelligenter, ausgeglichener Ingenieur, der mit wichtigen Forschungsaufgaben betraut war. Jetzt ist er ein Wrack. Ich möchte wissen, warum ein solcher Mensch — warum viele Menschen und Thranx wie er, lauter erstklassige Leute — plötzlich keinen anderen Ausweg mehr sehen, als Selbstmord zu begehen. Ja Selbstmord im wahrsten Sinne des Wortes ... Suizid kann ich es nicht nennen, weil ich überzeugt bin, daß es sich um etwas anderes handelt.«

»Und was erwarten Sie von mir?« fragte Flinx vorsichtig.

»Sie haben diesen AAnn-Eindringling entdeckt, obwohl sonst niemand seine Anwesenheit vermutete.«

»Das war reiner Zufall«, erklärte Flinx. Er kratzte Pip am Kopf. »Das geschieht nur, wenn Pip sich erregt, weil er Gefahr für mich wittert.« Er wies auf Povalo. »Das hier stellt keine Bedrohung für mich dar.«

»Ich erwarte gar nichts«, beruhigte ihn Jiwe, »Ich bitte Sie ja nur, es zu versuchen. Wenn Sie auch keinen Erfolg haben, versuche ich es mit Hellsehern oder Kaffeesatz oder Teeblättern.«

Flinx seufzte gedehnt. »Wenn Sie darauf bestehen ...«

»Ich bitte Sie nur«, erinnerte ihn der Ratsherr mit sanfter Stimme, »ich bestehe auf gar nichts.«

Semantik, dachte Flinx, wandte sich dann aber pflichtschuldigst dem Bett zu und konzentrierte sich auf die reglose Gestalt darauf. Er bemühte sich, an den blicklosen Augen vorbeizukommen und hatte mehr Angst vor dem, was er vielleicht entdecken würde, als vor dem, was ihm verborgen bliebe.

Pip straffte sich unwillkürlich auf seiner Schulter, als er die Anstrengung seines Meisters verspürte. Flinx hoffte, ohne zuviel auf seine Hoffnung zu vertrauen, daß Jiwe die Reaktion des Minidrachs nicht bemerkt haben möge. Was er nicht bedacht hatte, war, daß allein schon seine Unsicherheit, als er sich auf Povalo konzentrierte, genügt hatte, um Pip zu stimulieren. Es existierte hier eine Gefahr, wenn es auch nur eine Gefahr in seinem eigenen Bewußtsein war.

Da war kein schwacher Nebel, der ihm den Blick versperrte. Da war keine leise Musik in seinen Ohren, die ihn ablenkte. Das Bett, sein Gespinst von Drähten und Leitungen, die blitzenden Geräte und die durchsichtige Gelatinemasse — alles lag ganz klar vor seinen Augen. Und doch ... in seinem Bewußtsein war etwas, das er ohne jene Augen sah, etwas, das noch vor kurzem nicht hier gewesen war. Es war Teil der Kreatur auf dem Bett.

Ein junger Mann im Vollbesitz seiner Jugend — ein idealisiertes Zerrbild von Mordecai Povalo — machte einer Frau von beinahe übernatürlicher Schönheit den Hof. Sie schwebten in dicken Kumuluswolken, tauchten Seite an Seite ekstatisch in die glasigen grünen Tiefen eines Ozeans. Von Zeit zu Zeit veränderten sich die Gestalten leicht, wechselten die Farbe, aber das Thema war stets dasselbe.

Und dann verschwand die Frau plötzlich — schwamm davon, rannte weg, je nachdem, wo sie sich im betreffenden Augenblick befand. Tief enttäuscht ging der Mann zu einer Werkbank, drückte einen Knopf auf einem winzigen Schaltbrett, der alles wieder gutmachen würde.

Der Ratsherr blickte Flinx tief in die Augen und ließ sich in den Sessel zurücksinken. Er schien in diesem Augenblick zehn Jahre zu altern.

»Ich habe bekommen, was ich erwartet hatte. Ich danke Ihnen für Ihre Bemühungen, Flinx.«

»Ich habe nichts entdeckt. Darf ich jetzt gehen?«

»Hmm? O ja, natürlich. Padreanwärterin«, forderte er Sylzenzuzex auf, »Sie gehen jetzt am besten mit unserem jungen Freund und zeigen ihm den Weg nach draußen.« Dann blickte er wieder Flinx an. »Ich sorge dafür, daß Sie ein Blankoticket bekommen, mit dem Sie auf Terra überall hinfliegen können. Sie können es sich am Ausgang abholen.«

In strahlender Jugend machte Povalo einer Frau von überirdischer Schönheit den Hof, umkreiste sie, und beide schwebten zwischen rosafarbenen Wolken ...

Flinx blinzelte, blickte auf.

»Wenn es Ihnen nichts ausmacht«, meinte er dann, »ich möchte noch einmal zu den Akten. Vielleicht finde ich doch noch eine Information über meine Eltern. Und dann möchte ich mir die Kopie noch einmal ansehen, die ich bereits habe.«

Jiwe sah Namoto verständnislos an, worauf dieser ihn erinnerte:

»Die Eltern des Jungen, erinnern Sie sich?«

»Ja. Natürlich helfen wir gerne. Padreanwärterin, Sie können unserem Freund Flinx helfen; jede Information, die er haben will, soll ihm zugänglich gemacht werden. Eines noch, junger Freund«, schloß Jiwe und lächelte dabei leicht, »wenn Sie noch einmal auf Besucher stoßen sollten, die wie eine alte Jacke riechen, statt wie Menschen oder Thranx, dann sagen Sie bitte etwas, ehe Ihr Minidrach sie tötet, ja?«

»Das werde ich tun«, nickte Flinx und erwiderte das

Lächeln. Als sie den Raum verließen, war er sehr erleichtert.

»Wo wollen Sie hin?« fragte Sylzenzuzex, als sie wieder in den Hauptkorridor hinaustraten. »In die Genealogie zurück?«

»Nein ... ich glaube, dort habe ich alles bekommen, was zu haben war. Ich würde gerne in Ihrer galaktographischen Abteilung nachsehen. Ich glaube, ich habe die Welt entdeckt, auf die meine Eltern gezogen sind.« Das war eine Lüge.

»Kein Problem«, erklärte Sylzenzuzex, und ihre Kiefer klickten höflich.

Als sie den Korridor hinuntergingen, überdachte Flinx das, was er in Povalos Bewußtsein gelesen hatte: Eine idealisierte Vision seiner selbst, der Frau, der Wolken, der Meere und der Berge — alles sanfte, einfache Bilder eines unkomplizierten Paradieses.

Mit Ausnahme der Konsole. Alles war golden und rot und grün gewesen. Er hatte natürlich nicht die Wirklichkeit gesehen, sondern nur ein Abbild dessen, was der Ingenieur in seinem Koma für die Wirklichkeit gehalten hatte.

Die einfachen Farben. Die verschwimmenden Körperumrisse. Flinx sah das nicht zum erstenmal ...

Unmittelbar vor seinem Tod hatte Ingenieur Mordecai Povalo ein Janusjuwel besessen und damit gespielt.

Povalos Juwel brachte Flinx ganz natürlich auf Conda Challis und sein eigenes Kristallspielzeug. Conda Challis war im Bewußtsein des AAnn gegenwärtig gewesen und daneben die unbekannte Welt Ulru-Ujurr.

Eine bizarre Folge von Zufällen, die zweifellos nirgendwo hinführte. Der Teufel sollte den AAnn holen und den armen Mordecai Povalo dazu! Flinx hatte in seinen Gedanken jetzt für nichts Platz, außer für Challis und die Information, die dieser aus den Archiven der Kirche gestohlen hatte.

Deshalb wollte er in die Galaktographie. Seine Eltern ... möglicherweise waren sie hier auf Terra gestorben. Um das zu erfahren, mußte er Challis finden. Es war gut möglich, daß der Händler auf eine unbekannte Welt wie dieses Ulru-Ujurr geflogen war — wenn es tatsächlich eine solche Welt gab und sie nicht nur ein Aspekt der Vorstellungswelt des AAnn gewesen war, welches Flinx mißverstanden hatte.

Ihm war, als hätte ihr Weg zu den Aufzügen Stunden gedauert. Wieder gebrauchte Sylzenzuzex die komplizierte Karte, und wieder fuhren sie in drei Dimensionen.

Das Stockwerk, in dem sie schließlich ausstiegen, war verlassen. Ganz anders als die geschäftigen Korridore in der Krankenstation. Sie führte ihn an Türen mit langen komplizierten Namen darauf vorbei, bis sie schließlich zu der kamen, die sie suchten.

Äußerlich wirkte die Galaktographie wie ein Abklatsch der genealogischen Archive, nur mit einer Ausnahme. Dieser Raum war kleiner und enthielt mehr Zellen. Außerdem war die Angestellte hier wesentlich jünger als die, mit der er in der anderen Abteilung gesprochen hatte.

»Ich brauche Ihre Hilfe, um eine ziemlich unbekannte Welt zu finden.«

Die Angestellte richtete sich stolz auf. »Die Informationsfindung beseitigt Unklarheit. Sie ist der natürliche Baustein der Kirche, auf dem alle anderen Studien basieren. Denn wie könnte man ohne Zugang zum Wissen etwas über das Lernen lernen?«

»Bitte«, sagte Flinx, »nicht mehr als eine Maxime pro Satz.« Hinter ihm klickten Sylzenzuzex' Kiefer in kaum verhohlener Belustigung.

Das berufsmäßige Lächeln der Angestellten erstarrte. »Sie können im Katalog nachsehen.« Sie deutete den Gang hinunter.

Flinx und Sylzenzuzex gingen die Reihe hinunter, die

man ihnen gezeigt hatte. »Die Welt, nach der ich mich erkundigen möchte, heißt Ulru-Ujurr.«

»Ujurr«, wiederholte sie in Symbosprache, und das seltsame Wort klang jetzt natürlicher als in ihrer nach Konsonanten orientierten Stimme. Flinx musterte sie scharf, aber nichts ließ erkennen, ob sie den Namen schon einmal gehört hatte.

Ob das gut oder schlecht war, vermochte er im Augenblick nicht zu entscheiden.

»Ist das die Schreibweise in Symbosprache?« wollte sie wissen, nachdem er das Wort in Blockbuchstaben aufgeschrieben hatte.

»Das weiß ich nicht genau, das stand nicht auf dem Band. Vielleicht gibt es Variationen. Versuchen wir es zuerst einmal mit phonetischer Schreibweise.«

Die Angestellte schien etwas zu zögern, wahrscheinlich konnte sie sich nicht vorstellen, daß ein Band der Kirche so ungenau sein sollte. Andererseits gab es natürlich selbst bei wesentlich bekannteren Welten Unterschiede in der Schreibweise, erinnerte sie sich.

Sie gingen durch einen schmalen Gang, der von den endlosen, fast gleichförmig aussehenden Wänden der Informationsbänke gesäumt war. Hinter diesen Wänden, das wußte Flinx, lagerten Trillionen von Bits an Informationen über jede bekannte Welt innerhalb und außerhalb des Commonwealth.

Wahrscheinlich reichte auch diese Registratur weit über die hier sichtbaren Verästelungen des Labyrinths des Depots hinaus und führte in Bereiche, die durchschnittlichen Besuchern nicht zugänglich waren. Sollte daher das Objekt von Flinx' Suche aus irgendeinem Grund der Geheimhaltung unterliegen, würde es auch auf den Spulen hier nicht erscheinen.

Irgendwie war er überrascht, als sie allem Anschein nach die richtige Abteilung fanden. Sylzenzuzex drückte einen Schalter, und die Metallwand reagierte.

»Es könnte ein anderes Ulru-Ujurr sein«, warnte sie

ihn, während er die Etiketten mit ihren winzigen Aufschriften überprüfte und die richtige Spule herausgriff. »Aber es scheint keinen Hinweis auf eine Welt mit einem ähnlich klingenden Namen zu geben.«

»Versuchen wir es doch«, drängte Flinx.

Sie schob ihre Karte in den entsprechenden Schlitz. Das Gerät hier war wesentlich einfacher als das, welches zur Bedienung der Aufzüge diente. Eine winzige Spule mit fadendünnem Band fiel aus dem Ausgabeschlitz. Sie sah sie prüfend und mißtrauisch an — obwohl das ein Eindruck war, den Flinx nur aus ihren sonstigen Bewegungen gewann, da sie keine Augenlider hatte, die sie verengen konnte.

»Es ist schwer zu sagen, aber mir scheint, auf diesem Band ist nur sehr wenig«, erklärte sie schließlich. »Freilich findet man manchmal Spulen, die aussehen, als enthielten sie nur zweihundert Worte, und dann sind zwei Millionen darauf. Die könnten das hier ruhig etwas verbessern.«

Flinx staunte, daß jemand ein solches System verbesserungsfähig nennen konnte. Aber dann erinnerte er sich wieder, daß selbst die Angehörigen der untersten Ränge der Kirchenhierarchie beständig ermahnt wurden, nach Mitteln und Wegen zu suchen, um ihre Organisation zu verbessern. Spirituelle Methodologie nannten sie das.

Wenige Zellen waren besetzt. Sie fanden eine am Ende einer Reihe, bei der auch die angrenzenden Nischen frei waren.

Flinx nahm den für Menschen vorgesehenen Stuhl, während Sylzenzuzex sich in die schmale Bank zwängte, die für Thranx bestimmt war, und dann das Plastikfragment in das Wiedergabegerät schob. Dann schaltete sie den Bildschirm ein, wobei sie dieselbe Prozedur anwandte, die Flinx schon bei Namoto gesehen hatte. Der Bildschirm war sofort hell. Zunächst bot sich ihnen das erwartete statistische Profil dar: Ulru-Ujurr war ungefähr zwanzig Prozent größer als Terra oder Hivehom, hatte aber infolge seiner Zusammensetzung nur eine unwesentlich höhere Schwerkraft. Seine Atmosphäre war atembar und unkompliziert und enthielt eine Menge Wasser. An beiden Polen befanden sich ausgedehnte Eiskappen. Der Gletscherbestand des Planeten deutete auf ein recht kühles Klima hin. Der Planet Ulru-Ujurr war eine gebirgige Welt, aber seine gemäßigte Zone zeigte einladenderes Klima. In den nördlichen Zonen aber dominierte das Eis.

»Keine echte Eiswelt«, meinte Flinx, »aber kühler als die meisten, die für die Besiedelung durch Homanx geeignet sind.« Er las die Liste und runzelte dann die Stirn. »Die Kälte sollte eigentlich nicht ausreichen, um auf einer sonst recht angenehmen Welt jegliche Homanxbesiedelung zu verhindern, aber ich sehe hier nicht einmal Hinweise auf wissenschaftliche Stützpunkte. Dabei hat jede bewohnbare Welt wenigstens einen solchen Stützpunkt. Moth ist ziemlich dicht besiedelt, und es gibt nennenswerte Homanxansiedlungen auf wesentlich unwirtlicheren Planeten. Ich verstehe das nicht, Sylzenzuzex.«

Seine Begleiterin zitterte fast vor eingebildeter Kälte. »›Kühl‹ nennt er das. ›Bewohnbar‹. Für euch Menschen vielleicht, Flinx, für einen Thranx ist das eine Eishölle.«

»Ich räume ein, daß die Welt ziemlich weit von Ihrer Idealvorstellung abweicht.« Er wandte sich wieder dem Bildschirm zu. »Offensichtlich gibt es sowohl tierisches wie pflanzliches Leben dort, aber Einzelheiten sind hier nicht zu entnehmen. Ich kann mir vorstellen, daß das Terrain solche Studien etwas erschwert, aber sie nicht völlig unmöglich macht oder verhindert, wie es aber der Fall gewesen zu sein scheint.« Seine Verblüffung wuchs.

»Es gibt keine nennenswerten Ablagerungen von Schwermetallen oder Radioaktivstoffen.«

Kurzum: Menschen *konnten* zwar auf Ulru-Ujurr leben — aber es gab nichts, was sie dorthin zog. Der Planet lag am Rande des Commonwealth gerade noch innerhalb seiner Raumgrenzen, und lag ziemlich weitab von der nächsten besiedelten Welt. Nicht gerade ein attraktiver Ort, um dort eine Siedlung zu gründen.

Aber verdammt noch mal, irgendeinen Außenposten sollte es doch geben!

Damit war das Band zu Ende, abgesehen von einer kaum lesbaren Fußnote: WEITERE STATISTISCHE EINZELHEITEN SIND IN APPENDIX 4325 ABSCHNITT BMQ ZU FINDEN ...

»Vermutlich haben Sie genausowenig Lust wie ich, weitere Statistiken zu lesen«, sagte Sylzenzuzex, während sie das winzige Band zurücklaufen ließ. »Soweit es Ihre Eltern betrifft, scheint diese Welt eine Sackgasse zu sein. Was wünschen Sie jetzt zu sehen?«

Bemüht, gleichgültig zu wirken, sagte er: »Machen wir erst das hier fertig.«

»Aber das bedeutet, daß wir die Fußnoten durchstöbern müssen«, protestierte sie. »Sie wollen doch sicher nicht ...«

»Ich möchte es ganz genau wissen«, unterbrach er sie geduldig.

Sie gab einen Thranxlaut von sich, der gemäßigte Resignation verbunden mit leichter Belustigung ausdrückte, brachte aber keine weiteren Einwände vor.

Nach beinahe einer Stunde weiterer Nachforschungen hatten sie Appendix 4325, Abschnitt BMQ, sowie den entsprechenden Unterindex gefunden und die etwas widerstrebende Maschine dazu veranlaßt, das betreffende Band auszuspucken. Flinx hatte den Eindruck, daß jemand sich beträchtliche Mühe gegeben hatte, diese Informationen zu verbergen, ohne sich dabei zu auffällig anzustellen.

Diesmal wurde sein Argwohn bestätigt. Als er die Spule in den Schlitz geschoben hatte, zeigte der Bildschirm grellrote Buchstaben mit der Schrift: ULRU-

UJURR — BEWOHNBARE WELT... DIESER PLANET UND SEIN SYSTEM STEHEN UNTER EDIKT...

Das Datum der ersten und einzigen Erforschung des Planeten war angegeben und darunter das Datum, an dem der Große Rat das Kirchenedikt über ihn ausgesprochen hatte.

Damit war die Suche, soweit es Sylzenzuzex anging, am Ende angelangt. »Jetzt stehen Sie vor der Wabenwand. Ich kann mir nicht vorstellen, was Sie zu der Meinung veranlaßt hat, Ihre Eltern könnten auf dieser Welt sein. Sie müssen sich geirrt haben, Flinx. Diese Welt steht UNTER EDIKT. Das bedeutet, daß niemand sich ihr auf Shuttledistanz nähern darf. Im Orbit um den Planeten kreist mindestens ein automatischer Friedenswächter, der darauf programmiert ist, jedes Fahrzeug aufzuhalten, welches versucht, auf dem Planeten zu landen. Wer das Edikt ignoriert ... nun«, sie machte eine vielsagende Pause, »einem Friedenswächter kann man nicht entrinnen.« Ihre Augen glänzten. »Was sehen Sie mich so an?«

»Weil ich dorthin fliegen werde. Nach Ulru-Ujurr«, fügte er hinzu, als er ihren ungläubigen Gesichtsausdruck sah.

»Ich nehme meine erste Aussage zurück«, sagte sie scharf. »Sie sind mehr als seltsam, Flinx — oder Ihr Verstand ist durch die traumatischen Ereignisse des heutigen Tages verwirrt.«

»Mein Verstand funktioniert ganz normal, danke. Wollen Sie etwas wirklich Absurdes hören?«

Sie sah ihn fragend an. »Ich weiß nicht.«

»Ich glaube, daß all diese Selbstmorde wichtiger Leute, die Jiwe soviel Sorgen bereiten, etwas mit dem Janusjuwel zu tun haben.«

»Dem Janus ... Ich habe davon gehört, aber wie ...?«

Und er fuhr fort: »An der Leiche des Eindringlings habe ich Pulver gesehen, das vielleicht von einem aufgelösten Juwel stammen könnte.«

»Ich dachte, das Pulver stammte von zerdrückten Kristallbolzen.«

»Es könnte auch von einem ganzen Juwel stammen.«

»Und?«

»Und ... ich weiß nicht, aber ich habe das Gefühl, daß alles irgendwie zusammenhängt: die Juwelen, die Selbstmorde, diese Welt — und die AAnn.«

Sie sah ihn ernst an. »Wenn Sie davon so überzeugt sind, warum, um der Wabe willen, haben Sie es dann dem Ratsherrn nicht gesagt?«

»Weil ... weil ...« Seine Gedanken gingen langsamer, stießen gegen diese allgegenwärtige warnende Wand, »weil ich nicht kann. Außerdem, wer würde sich denn so eine verrückte Theorie anhören, wenn sie auch noch von einem ...« — plötzlich lächelte er — »einem verrückten Jungen wie mir kommt.«

»Ich glaube gar nicht, daß Sie so jung sind«, konterte sie, ohne darauf einzugehen, daß er sich als verrückt bezeichnet hatte. »Warum sagen Sie es dann überhaupt jemandem — mir zum Beispiel?«

»Ich ... ich wollte die Meinung eines anderen hören, um zu sehen, ob meine Theorie laut ausgesprochen genauso verrückt klingt wie in meinem Kopf.«

Ihre Kiefer klickten nervös. »Schön, ich finde, daß sie verrückt klingt. So, können wir das jetzt alles auf sich beruhen lassen und uns der nächsten Welt zuwenden, die Sie bei Ihren Untersuchungen gefunden haben?«

»Ich habe bei meinen Untersuchungen keine anderen Welten gefunden. Ulru-Ujurr habe ich auch nicht gefunden.«

Sie sah ihn verblüfft an. »Wo haben Sie dann den Namen her?«

»Aus dem ...«, er hielt gerade noch rechtzeitig inne. Beinahe hätte er zugegeben, daß er aus dem Bewußtseinsinhalt des sterbenden AAnn stammte. »Das kann ich Ihnen auch nicht sagen.«

»Wie soll ich Ihnen denn helfen, Flinx, wenn Sie mich nicht lassen?«

»Indem Sie mitkommen.«

Sie blieb wie erstarrt stehen.

»Ich brauche jemanden von der Kirche als Begleiter, der den Befehl eines Friedenswächters widerrufen kann. Sie sind Padreanwärterin in der Sicherheitsabteilung, sonst hätten Sie nicht die Aufsicht über einen Liftschacht gehabt. Sie könnten das.« Er sah sie besorgt an.

»Sie sollten besser mit Ratsherr Jiwe sprechen«, sagte sie ganz langsam. »Selbst wenn ich so etwas könnte, würde ich nie daran denken, gegen ein Edikt der Kirche zu verstoßen.«

»Hören Sie«, sagte Flinx schnell, »ein Kirchenmitglied höheren Ranges würde nie daran denken, außerdem würde man ihm folgen, schon aus Gründen seines Schutzes. Aber Sie stehen noch nicht so hoch in der Hierarchie, daß jemand etwas dabei fände, wenn Sie plötzlich von Ihrer geplanten Tätigkeit abweichen. Außerdem möchte ich wetten, daß Sie etwas von Ihrem Onkel an sich haben, und er ist die imponierendste Thranx-Persönlichkeit, die mir je begegnet ist.«

Sylzenzuzex blickte verwirrt in die Runde. Ihr Ausdruck erinnerte an jemanden, der plötzlich in einem verschlossenen Raum mit einem halbverhungerten Raubtier erwacht.

»Das kann nicht sein, daß ich das höre«, murmelte sie verwirrt. »Nein, unmöglich. Das ... das ist Blasphemie und ... närrisch.« Ohne den Blick von ihm zu wenden, erhob sie sich langsam von der Bank. »Wie konnte ich mich denn überhaupt mit Ihnen einlassen?«

»Bitte, nicht schreien«, redete Flinx ihr zu. »Und was Ihre Frage betrifft, überlegen Sie doch ... ich habe Ihnen das Leben gerettet ...«

08 | Sie hielt inne, alle vier Laufgliedmaßen sprungbereit. Flinx' Worte gingen ihr im Kopf herum.

»Ja«, räumte sie schließlich ein, »Sie haben mir das Leben gerettet, das hatte ich vergessen, einen Augenblick lang wenigstens.«

»Dann rufe ich diese Schuld bei der Wabe der Mutterkönigin und dem Wunder der Metamorphose«, sagte er feierlich, »jetzt ab.«

Sie bemühte sich, amüsiert zu wirken, aber er konnte sehen, daß er sie tief getroffen hatte. »Das ist ein komischer Schwur. Kann man damit Kinder verspotten?«

Und er wiederholte ... diesmal auf Hochthranx. Es war schwierig, die Klickgeräusche und die harten Schnalzlaute bereiteten ihm Mühe.

»Sie wissen es also«, murmelte sie und sank sichtlich zusammen. Dann blickte sie zu dem Wächter hinüber, der ruhig an seinem Tisch saß. Flinx wußte, daß ein einziger Ruf eine Vielzahl Bewaffneter herbeirufen würde — und unangenehme Fragen aufwerfen. Er setzte alles darauf, daß sie das nicht tun würde, daß die alte machtvolle Lebensschuld, die er ihr auferlegt hatte, sie daran hindern würde.

Und das tat sie. Sie sah ihn bittend an. »Ich bin gerade erst erwachsen, Flinx. Ich habe noch sämtliche Flügelschalen, mein Jugendchitin habe ich erst vor einem Jahr abgeworfen. Ich war noch nie verheiratet. Ich will nicht sterben, Flinx, nicht für Ihre Verrücktheit, die Sie nicht einmal erklären können. Ich liebe meine Studien und die Kirche und meine Zukunft. Und der Kirche gehört meine Loyalität. Beschämen Sie mich nicht vor meiner Familie und meinem Clan. Zwingen Sie ... zwingen Sie mich bitte nicht, das zu tun. Ich würde Ihnen gerne helfen ... wirklich, das würde ich. Sie haben offenbar schon viel Unglück erlitten, aber bitte, versuchen Sie zu verstehen ...«

»Ich habe keine Zeit, um zu verstehen«, herrschte er

sie an und schnitt ihr damit das Wort ab, ehe sie seinen Entschluß wankend machen konnte. Er *mußte* nach Ulru-Ujurr, wenn auch nur die geringste Möglichkeit bestand, daß Challis dorthin geflohen war. »Wenn ich mir die Zeit genommen hätte, alles zu verstehen, dann wäre ich schon ein dutzendmal tot gewesen. Ich rufe Sie mit diesem Eid auf, Ihre Schuld bei mir zu begleichen.«

»Dann stimme ich zu«, erwiderte sie mit ausdrucksloser Stimme. »Ich muß. Sie ertränken mich in Ihrem Traum.« Und dann fügte sie etwas hinzu, aus dem Hoffnungslosigkeit klang, in die sich Verachtung mischte.

Einen kurzen Augenblick lang, eine Sekunde lang, war er bereit, sie wegzuschicken, sie aufzufordern, zu verschwinden, den Raum zu verlassen, wegzulaufen. Aber der Augenblick verstrich. Er brauchte sie.

Wenn er direkt zu jemandem wie Jiwe ging und ihm sagte, daß er nach Ulru-Ujurr mußte, würde der Ratsherr lächeln und mit den Achseln zucken. Wenn er ihm seine Theorie bezüglich der Janusjuwelen darlegte, würde Jiwe Einzelheiten wissen wollen, Gründe, den Hintergrund seines Argwohns. Und das würde bedeuten, daß er sich zu seinen Talenten bekennen mußte, etwas, wozu er einfach nicht imstande war.

Die Kirche war trotz ihrer Bedeutung und ihrer guten Taten immer noch eine massive Bürokratie. Sie würde ihre eigenen Ansprüche über die seinen stellen. »Sicher«, würde man zu ihm sagen, »wir helfen Ihnen, Ihre Eltern zu finden, aber zuerst ...«

Und dieses ›zuerst‹ konnte ewig dauern, das wußte er, oder zumindest, bis ein gelangweilter Challis die letzte Verbindung zwischen Flinx und seiner Herkunft vernichtet hatte. Er war auch gar nicht überzeugt, ob sie ihm helfen würden, selbst dann nicht, wenn er sich völlig offenbarte — er war nicht sicher, ob die Flexibilität der Kirche soweit reichte, daß sie ihr eigenes Edikt brechen würde.

Er würde nach Ulru-Ujurr reisen, ganz gleich, was geschah, auch wenn er niemandem den eigentlichen Grund dafür nennen konnte. Nicht einmal der stumm wartenden Sylzenzuzex, die starr wie eine Leiche zu Boden sah.

Aber wenn dann einmal bekannt war, daß er sie gezwungen hatte, ihn zu begleiten, würde sie ja rehabilitiert werden.

Ganz bestimmt ...

Nachdem Sylzenzuzex Urlaub von einigen terranischen Wochen beantragt und natürlich erhalten hatte, nahmen sie die Maschine nach Brisbane. Dem Ticket-Computer hatte sie erklärt, sie wollte ihre Eltern auf Hivehom besuchen. Flinx' Entschluß, sie mitzunehmen, blieb die ganze Zeit über unerschüttert. Es ging nicht anders. Wenn er ihr Fragen stellte, reagierte sie darauf mit kühler Höflichkeit. Wie in gegenseitiger Übereinkunft vermieden sie beiläufige Gespräche.

In Brisbane mußten sie über eine Woche lang warten, während Flinx die komplizierten Formalitäten erfüllte, derer es bedurfte, um ein kleines Schiff mit KK-Trieb und Autopilot zu mieten. Privatfahrzeuge, die für interstellare Flüge geeignet waren, standen nicht allgemein zur Verfügung.

Malaika war sehr großzügig gewesen, aber die Mietgebühr für drei Tage überschritt Flinx' Kreditkonto. Es störte ihn nicht, schließlich hatte er sich bereits des Kidnappings schuldig gemacht. Wenn der Schiffsmakler ihm dann nach drei Tagen jemanden nachschickte, hatte das nichts mehr zu besagen. Er würde sich ein anderes Mal Sorgen machen, wie er die astronomischen Schulden zurückzahlen konnte, die er im Begriffe war einzugehen. Wenn er zurückkehrte, erinnerte er sich. Die Kirche hatte sicher nicht aus schierer Langeweile über Ulru-Ujurr ein Edikt verhängt. Es mußte einen Grund geben ... Und da war immer noch Challis.

Sylzenzuzex verstand weniger von Astrogation als er. Wenn der Makler bezüglich der Automatik des kleinen Schiffes gelogen hatte, würden sie nie nach Ulru-Ujurr kommen — noch sonst irgendwohin.

Sie erklärte ihm, daß sie Archäologie studiert hatte. Mit dem Sicherheitswesen befaßte sie sich nur als Nebentätigkeit. Die frühen primitiven Gesellschaftsformen von Hivehom hatten sie stets fasziniert. Sie hatte davon geträumt, sich damit den Rest ihres Lebens zu beschäftigen, sobald sie ihr Examen abgelegt und als Padre nach Hause zurückgekehrt war — etwas, wozu es jetzt nie kommen würde, wie sie ihm verbittert vorwarf.

Er ignorierte sie. Das mußte er, sonst bestand die Gefahr, daß er in seinem Entschluß wankend wurde. Erneut fragte er sich, weshalb ein scheinbar unschuldiger, bewohnbarer Planet wie Ulru-Ujurr unter Edikt geraten konnte. Die Information, die sie in der galaktographischen Abteilung studiert hatten, die langen Listen von Statistiken, die ihn in kurzer Folge zum Entführer, Betrüger und Bankrotteur hatten werden lassen, gingen darauf nicht ein.

Eine Sorge zumindest war schnell behoben, als das kleine Schiff den Supralichtsprung machte, der sie dem unmittelbaren Zugriff möglicher Verfolger entzog. Nach den einfachen Skalen am Armaturenbrett flog das Schiff mit Höchstgeschwindigkeit auf dem Kurs, der den von Flinx eingegebenen Koordinaten entsprach.

Flinx störte es eigentlich nicht, daß er wieder einmal pleite war. In gewisser Weise empfand er darüber sogar Erleichterung. Er hatte sein ganzes Leben in mittellosem Zustand verbracht. Daß dieser vertraute Zustand jetzt ganz abrupt wieder eingetreten war, war vielleicht mit dem Gefühl zu vergleichen, das man empfindet, wenn man einen teuren Galaanzug gegen ein paar bequeme alte ausgefranste Arbeitshosen vertauschte.

Die Zeit, die sie auf der Reise verbrachten, war nicht vergeudet. Flinx beschäftigte sich die ganze Zeit mit dem Schiffscomputer und verbesserte seine rudimentären Kenntnisse der Navigation und der Schiffsbedienung, wobei er sich respektvoll von der Handsteuerung fernhielt. Er schämte sich seiner Ignoranz nicht. Grundsätzlich wurden alle KK-Schiffe von Computern gesteuert. Stellare Entfernungen und Geschwindigkeiten waren einfach zu überwältigend, als daß ein einfacher organischer Verstand mit ihnen hätte zurechtkommen können.

Die Homanx-Crews, die die großen KK-Frachter bemannten, dienten dort lediglich als Vorsichtsmaßregel und zur Bedienung der Passagiere. Sie bildeten eine Art Sicherungssystem, um einzuspringen, wenn Maschine und Steuersystem des Schiffes einmal ausfallen sollten.

Es war ein Glück, daß er sich so für das Schiff interessierte, denn Sylzenzuzex erwies sich als alles andere als eine anregende Reisebegleiterin. Sie zog es vielmehr vor, in ihrer Kabine zu bleiben, die sie nur verließ, um sich beim Autokoch ihre Mahlzeiten zu holen.

Mit der Zeit freilich war selbst die Geduld, die man sich im Leben unter der Erde erwirbt, dahin, und sie verbrachte mehr und mehr Zeit auf der luxuriös ausgestatteten Brücke des Schiffes. Dennoch beschränkte sich ihre Konversation, wenn sie sich schon einmal dazu herabließ, etwas zu sagen, auf einsilbige Bemerkungen, mit denen sie bitter ihre Lage beklagte.

Diese bereitwillige Unterordnung unter die Realität belastete Flinx noch mehr als ihr Schweigen. »Ich verstehe Sie nicht, Sylzenzuzex. Sie sind wie ein Mensch, der seiner eigenen Beerdigung beiwohnt. Ich habe doch gesagt, daß ich Ihnen bestätigen werde, daß ich Sie gegen Ihren Willen entführt habe. Da muß doch jeder einsehen, daß Sie keine Schuld an dem haben, was geschieht?«

»Das verstehen Sie nicht«, murmelte sie. »Ich könnte einfach nicht so lügen. Weder gegenüber meinen Vorgesetzten in der Kirche noch gegenüber meiner Familie oder meiner Wabenmutter. Ganz bestimmt nicht gegenüber meinen Eltern. Ich bin freiwillig mitgekommen.« Ihr elegant geformter Kopf, der im Deckenlicht wie das Meer glänzte, senkte sich bedrückt.

»Ich verstehe das nicht«, ereiferte sich Flinx. »Sie hatten keine Wahl. Ich habe von Ihnen verlangt, daß Sie Ihre Schuld begleichen. Wie kann Ihnen das jemand vorwerfen? Und was unser verbotenes Ziel angeht — das war einzig und allein meine Wahl. Sie hatten keinen Einfluß auf meine Entscheidung und haben dennoch genügend Einwände vorgebracht.« Während er sich so ereiferte, lag sein vorgekochtes Essen in einem Behälter und wurde kalt. Pips schwarze Augen musterten seinen Herrn und Meister nachdenklich.

Sylzenzuzex sah ihn an. »Es gibt immer noch einige Dinge, die die Menschen an uns nicht verstehen«, sagte sie, und dann wandte sie sich ab, als wäre damit zu diesem Thema alles gesagt, was es zu sagen gab.

Immer eine bequeme Ausrede, dachte Flinx wütend. Ob Mensch oder Thranx, das hatte nichts zu sagen — stets die Bereitschaft, in absoluten Werten Zuflucht zu suchen. Warum eigentlich hatten angeblich intelligente Wesen solch schreckliche Angst vor Vernunft und Logik? Er starrte zur vorderen Luke hinaus und war unsagbar enttäuscht. Das Universum wurde auch nicht von emotionellen Prinzipien gelenkt. Er hatte nie begreifen können, weshalb die Menschen sich von so primitiven Regungen leiten ließen.

»Wie Sie wollen«, brummte Flinx. »Dann kümmern wir uns eben um wichtigere Dinge. Erzählen Sie mir etwas über diese Friedenswächterstation, die uns daran hindern soll, auf dieser Welt zu landen.«

Ein pfeifendes Geräusch ertönte, womit sie eine große Menge Luft durch ihre Atemröhren preßte — bei einem Thranx entsprach das einem Seufzen. »Wahrscheinlich sogar mehrere. Ich vermute, daß zwischen einem und vier davon in Synchronorbit um den Planeten kreisen. Ich bin nicht sicher. Es stehen nämlich nur wenige Welten UNTER EDIKT, so daß nur selten über das Thema diskutiert wird. Und über die Welten selbst gibt es natürlich keine Informationen. Ich kann mir aber vorstellen«, meinte sie, trat an eine Konsole und blickte gelangweilt auf die Instrumente, »daß man uns signalisieren wird oder irgendwie aufzuhalten versucht und uns befehlen wird, umzukehren.«

»Und wenn wir eine solche Warnung ignorieren?«

Sie vollführte das Thranxäquivalent eines Achselzukkens. »Dann wird man uns wahrscheinlich die Flügelklappen wegblasen.«

Flinx' Stimme klang jetzt sarkastisch. »Ich dachte immer, die Kirche würde nur Sanftmut und Verständnis verbreiten.«

»Das tut sie auch«, konterte sie, »und es erfüllt jeden mit Sicherheit und Befriedigung, zu wissen, daß die Entscheidungen der Kirche durchgeführt werden.« Ihre Stimme hob sich. »Glauben Sie, daß die Kirche eine ganze Welt UNTER EDIKT stellt, weil es irgendeinem Ratsherrn Spaß macht?«

»Ich weiß nicht«, erwiderte er unberührt. »Vielleicht bekommen wir Gelegenheit, darüber etwas zu erfahren.«

Ohne Warnung erschien plötzlich aus dem Nichts eine fliegende Festung. Im einen Augenblick waren sie noch im freien Weltall allein und näherten sich dem vierten Planeten einer unauffälligen Sonne, im nächsten Augenblick hatte sich ein Fahrzeug mit sechs Spitzen, die aus ihren Hauptachsen ragten, ihrer Geschwindigkeit angepaßt und trieb neben ihnen dahin. Das Schiff war um ein Vielfaches größer als ihr eigenes winziges Fahrzeug.

»Automatische Friedenswachtstation vierundzwanzig«, sagte eine mechanische Stimme freundlich über die Lautsprecher. Der Tridischirm konnte kein Bild aufnehmen.

»An unidentifiziertes Fahrzeug Klasse sechzehn-R. Im Namen der Kirche und des Commonwealth wird Ihnen mitgeteilt, daß die Welt, die Sie anfliegen, Unter Edikt steht. Sie werden hiermit aufgefordert, abzudrehen und Ihren Doppelka-Antrieb einzusetzen. Eine Shuttlelandung auf dem vierten Planeten ist verboten, ebenso ist der Aufenthalt in der Umgebung dieser Welt verboten.

Sie haben nach Beendigung dieser Mitteilung dreißig Standardminuten Zeit, um Ihren Navigationscomputer neu zu programmieren. Versuchen Sie nicht — wiederhole: versuchen Sie nicht, den vierten Planeten anzufliegen. Versuchen Sie nicht, näher als fünf Planetendurchmesser heranzukommen. Sollten Sie dieser Aufforderung nicht nachkommen, werden geeignete Schritte unternommen.«

»Eine höfliche Art, uns mitzuteilen, daß die uns sonst in kleine Stückchen blasen«, erklärte Sylzenzuzex trokken. »Können wir jetzt umkehren?«

Flinx gab keine Antwort. Er studierte das Gebilde aus Metall, das neben ihnen durchs All trieb. Daß es ungeheuer schnell war, viel schneller als dieses kleine Fahrzeug, war bereits unter Beweis gestellt worden. Ohne Frage waren jetzt einige unterschiedliche Waffen von höchster Wirksamkeit auf sie gerichtet, während er sich noch überlegte, was er als nächstes tun sollte. Sie konnten ebensowenig einen verzweifelten Landungsversuch unternehmen, als es ihm möglich war, zu Hause auf den Ebenen vor den gelerianischen Sümpfen einer Devilope davonzulaufen.

»Weshalb habe ich Sie mitgenommen«, erklärte er der Thranx. »Ganz bestimmt nicht, weil Ihre Gesellschaft so angenehm ist.« Flinx trat zur Seite und gab damit den Blick auf ein eingeschaltetes Gerät frei. »Hier ist das Tridi. Geben Sie Ihre Identität und Ihren Kirchenrang an oder den Sicherheitscode — was man eben braucht, um eine Landefreigabe zu bekommen.«

Sie rührte sich nicht von der Stelle, ihre Beine schienen förmlich mit dem Boden verwachsen. »Aber es hört doch nicht auf mich.«

»Versuchen Sie es.«

»Ich ... das tue ich nicht.«

»Sie stehen unter Lebenseid. Sie haben auf Ihre Wabe geschworen«, erinnerte er sie mit zusammengepreßten Zähnen und haßte sich bei jedem Wort, das er sprach, noch mehr.

Wieder sank ihr unsymmetrischer Kopf herunter, wieder die leise niedergeschlagene Stimme. »Also gut.« Sie ging schlurfend zur Konsole. »Ich sage es Ihnen zum letztenmal«, erklärte sie. »Wenn Sie mich dazu zwingen, ist es genauso, als hätten Sie mich selbst aus der Kirche ausgestoßen, Flinx.«

»Zufälligerweise habe ich mehr Vertrauen zu Ihrer eigenen Organisation, als Sie anscheinend selbst haben. Außerdem, wenn die Sie nach einer vollen Erklärung aller Umstände tatsächlich ausstoßen, dann glaube ich nicht, daß die Organisation Ihrer wert ist.«

»Wie sicher Sie sind«, sagte sie ruhig und schloß ihren Satz mit einem Laut, der Flinx zusammenzucken ließ.

»Los jetzt!« befahl er.

Sie überprüfte die Sendung und rasselte dann eine Serie von Wörtern und Zahlen herunter, so schnell, daß Flinx sie kaum verstand, geschweige den Inhalt dessen, was sie sagte, begriff. Ebensogut hätte sie der Festung jetzt den Befehl geben können, sie zu vernichten, kam ihm in den Sinn. Als dann nichts geschah, verflog dieser unangenehme Gedanke wieder. Schließlich war der Drang zu überleben bei den Thranx ebenso stark ausgebildet wie bei den Menschen.

Statt dessen ertönte aus dem Lautsprecher die erhoffte Bestätigung: »Temporäre Befehlsaufhebung erhalten und verstanden«, sagte die ausdruckslose Stimme. »Bearbeitung läuft.«

Zwei Minuten dehnten sich zu zwei Jahren, während Flinx auf die endgültige Bestätigung wartete.

Dann: »Andere Stationen verständigt. Sie können passieren.«

Für Dankesbezeugungen war jetzt keine Zeit. Flinx eilte an die Navigationseingabe und instruierte das Schiff verbal, einen niedrigen Orbit über der gemäßigten Äquatorzone zu wählen und dann den größten Kontinent anzusteuern. Anschließend sollten die Detektorgeräte des Schiffes die Suche nach irgendwelchen Kommunikationsanlagen auf der Planetenoberfläche beginnen — irgend etwas, das auf die Anwesenheit einer Homanx-Siedlung hindeutete.

Einen Ort, an dem jemand wie Challis existieren konnte.

»Und was, wenn es dergleichen dort nicht gibt«, fragte Sylzenzuzex, und ihr Gesicht wurde bleich, als das Schiff sich von der Orbitalfestung entfernte. »Dort unter uns liegt eine ganze Welt, größer als Hivehom, größer als Terra.«

»Irgend etwas werden wir finden«, versicherte er ihr. Die Zuversicht in seiner Stimme wurde durch die Unsicherheit, die er empfand, Lügen gestraft.

Und er hatte recht. Nur daß sie es nicht fanden — *es* fand *sie*.

»Welches Schiff ... welches Schiff ...?« hallte es aus den Lautsprechern, als sie in den Parkorbit eintraten. Die Frage kam in perfekter Symbosprache, wenn er auch nicht zu sagen vermochte, ob sie der Kehle eines Thranx oder eines Menschen entstammte.

Flinx trat an den Kommunikator. »Wer ruft?« fragte er etwas dümmlich.

»Welches Schiff?« wollte die Stimme wissen.

So konnte das stundenlang weitergehen. Er reagierte halbwegs plausibel. »Hier ist das private Forschungsschiff *Chamooth*, Ursprungshafen auf Terra, in Angelegenheiten der Kirche.«

So, ganz gelogen war das nicht. Seine Entführung von Sylzenzuzex stand ohne Zweifel mit der Kirche in Verbindung, und es waren auch Informationen in den Akten der Kirche, die ihn hierher geführt hatten.

Eine lange Pause schloß sich an, während denen unsichtbare Geschöpfe am anderen Ende der Verbindung das Gehörte verdauten. Schließlich hallte es aus den Lautsprechern: »Shuttlehafenkoordinaten für Sie sind wie folgt ...«

Flinx zeichnete die Information auf. So weit hatte seine List ihn also gebracht. Wenn sie gelandet waren ... nun, dann würde man weitersehen. Die ihnen durchgegebenen Ziffern entsprachen einer Position auf einem ziemlich kleinen Plateau in den Bergen des Südkontinents. Nach den Informationen grenzte die Landefläche an einen riesigen See in vierzehnhundert Meter Höhe. Schwitzend und über sein eigenes Ungeschick schimpfend gelang es Flinx, das Schiff mit einem Minimum an Korrekturmanövern am Autopiloten über die ihnen vorgeschriebene Anflugposition zu manövrieren. Von dort aus flogen sie auf einer vorprogrammierten Shuttleroute zur Planetenoberfläche hinunter.

Sylzenzuzex redete jetzt ununterbrochen, in erster Linie mit sich selbst. »Ich verstehe das einfach nicht«, murmelte sie immer wieder. »Dort unten sollte überhaupt nichts sein. Nicht auf einer Welt Unter Edikt. Nicht einmal ein Kirchenstützpunkt. Das verstehe ich einfach nicht.«

»Warum denn nicht?« fragte Flinx, während das winzige Shuttle sich seinen Weg in die Tiefe bahnte. »Warum sollte die Kirche nicht auf einer Welt, von der sie alle anderen Leute fernhalten will, einen Stützpunkt unterhalten?«

»Aber nur eine extreme Bedrohung für das ganze Commonwealth reicht als Grund aus, um eine Welt Unter Edikt zu stellen«, protestierte sie ungläubig. »Ich habe noch nie von einer Ausnahme gehört.«

»Natürlich nicht«, pflichtete Flinx ihr mit der Sicherheit eines Menschen bei, der schon viele Perversionen der menschlichen Natur und der der Thranx erlebt hatte. »Weil es über Welten, die Unter Edikt stehen, keine Informationen gibt. Wie bequem.«

Sie flogen inzwischen bereits in den unteren Atmosphärebereichen zwischen langgedehnten, mit dichtem Wald bewachsenen Berghängen. Überall waren Bergseen und kleinere Tümpel zu sehen. In den oberen Bereichen konnte man kleinere Gletscher erkennen, die sich behäbig ihren Weg nach unten bahnten — selbst hier in der Nähe des Äquators.

»Beginne jetzt Landeanflug«, teilte ihnen der Computer mit. Flinx blickte nach vorn und sah, daß das Plateau, das man ihnen genannt hatte, wesentlich kleiner war, als er gehofft hatte. Dies war kein echtes Plateau, eher ein breiter, von Gletschern flachgehobelter Sims. An einer Seite grenzte er an einen schmalen See, der wie ein langgestreckter Saphir glitzerte.

Als sie in Horizontalflug übergingen, rasten sie an einem Wasserfall vorbei, der gute tausend Meter hoch war und wie weißglühender Stahl in die Schlucht darunter fiel. Eine herrliche Welt war das, fand Flinx.

Wenn sie nur in einem Stück landeten.

Seine Andruckliege zitterte, als das Schiff seine Bremsdüsen feuerte. Vor sich konnte er jetzt den Landestreifen ausmachen, der parallel zu dem See verlief. Ganz vorn lugte eine winzige Ansammlung von Gebäuden über den Gletscherkies und das niedrige Buschwerk hinaus.

Zumindest war die Anlage hier — von wem auch immer sie besetzt sein mochte — fortgeschritten genug, um eine Automatenlandung zu ermöglichen. Geräte, die in den Landestreifen selbst eingebaut waren, griffen in die entsprechenden Ösen im Bauch des Schiffs. Das Bremsmanöver kündete sich ihnen durch einen heftigen Druck an. Dann übernahm der Landecomputer irgend-

wo in den Tiefen unter ihnen die weitere Steuerung und brachte das Fahrzeug zum Stillstand.

Sylzenzuzex blickte zu dem linken Bullauge hinaus, während sie sich losschnallte. »Das ist verrückt«, murmelte sie und blickte zu den Gebäuden hinüber. »Hier kann es einfach keinen Stützpunkt geben. Gar nichts dürfte hier sein.«

»Aber da ist etwas«, meinte er und wies auf die zwei großen Bodenfahrzeuge, die jetzt über das Landefeld auf sie zukamen. »Die begrüßen uns jetzt. Und nicht vergessen«, erinnerte er sie, während er den nervös gewordenen Pip beruhigte und auf die Luke zuging. »Sie sind hier, weil ich Sie dazu gezwungen habe.«

»Aber nicht physisch«, konterte sie. »Ich habe Ihnen schon einmal gesagt, daß ich nicht lügen kann.«

»Nicht zu glauben«, murmelte er und blickte himmelwärts. »Dann äußern Sie sich eben ausweichend. Ach, tun Sie, was Sie für richtig halten! Ich werde Sie ebensowenig zur Vernunft bekehren, wie Sie mich nicht überzeugen können, Ihrer Kirche beizutreten.«

Flinx betätigte die automatische Schleuse, welche sich daraufhin zu öffnen begann. Wenn die Atmosphäre draußen im Gegensatz zu den Informationen in der galaktographischen Abteilung nicht atembar gewesen wäre, hätte die Schleuse sich nicht geöffnet. Als die Tür aufging, schob sich eine Rampe hinaus; Sensoren an ihrem unteren Ende brachten sie zum Stillstand, als sie den Boden berührte.

Pip war unruhig, aber Flinx hielt ihn fest. Offenbar verspürte der Minidrach wieder eine Bedrohung, und das wäre auch ganz natürlich gewesen, selbst wenn es sich hier tatsächlich um eine Anlage der Kirche handelte. Jedenfalls hatten sie keine Chance, sollte man ihnen feindlich gegenübertreten. Er brauchte einige Minuten, ehe es ihm gelang, den Minidrach davon zu überzeugen, daß er ruhig sein mußte, gleichgültig, was jetzt geschah.

Flinx atmete tief durch, ehe er die Rampe hinunterging. Sylzenzuzex trottete mürrisch hinter ihm her. Trotz der Höhe, auf der sie sich befanden, war die Luft hier dicht und reich an Sauerstoff. Das war mehr als ein Ausgleich für die etwas höhere Schwerkraft.

Zu drei Seiten war das Tal von schneebedeckten Gipfeln umgeben. Mit Ausnahme der Gletscherebene, auf der sie jetzt standen, waren Tal und Berghänge von dichtem Wald bestanden. Die Farbe Grün herrschte hier noch vor, aber es gab auch beträchtliche Vegetation in gelben Farbtönen. Ihre Zweige stachen steif in den Himmel und würden sich zweifellos ganz ausbreiten, sobald einmal der Winterschnee fiel.

Die Temperatur war perfekt — etwa zwanzig Grad Celsius. Zumindest perfekt, soweit es Flinx betraf. Sylzenzuzex fror bereits, und die trockene Luft machte ihre Glieder steif.

»Keine Sorge«, sagte er, bemüht, sie aufzuheitern, während die Fahrzeuge näher kamen, »es gibt bestimmt auch ein Quartier für Thranx. Sie können sich bald aufwärmen.«

Und den Behörden Ihre Geschichte unter vier Augen darlegen, wenn Sie Lust dazu haben, dachte er sich im stillen.

Dann hielt das erste Fahrzeug vor ihnen und riß ihn aus seinen Gedanken. Flinx hielt Pip an den Flügelgliedern fest, um zu verhindern, daß der Minidrach plötzlich in die Höhe schoß. Trotz der Mühe, die er sich bereits gegeben hatte, um ihn zu beruhigen, wehrte sich der Minidrach immer noch. Als er sich schließlich niederließ, ringelte er sich schmerzhaft um Flinx' Schulter.

Leute stiegen aus dem Fahrzeug. Sie trugen weder die aquamarinfarbenen Umhänge der Kirche noch das Karminrot des Commonwealth. Sie sahen auch ganz und gar nicht wie Beamte des Commonwealth aus und trugen schußbereite Strahler.

Sieben bewaffnete Männer und Frauen bauten sich

im Halbkreis um die beiden Neuankömmlinge auf. Flinx gefiel die Art und Weise, wie sie sich bewegten, überhaupt nicht. Als der zweite Wagen eintraf und ihm ebenfalls Passagiere entstiegen, rannten einige Mitglieder der ersten Gruppe die Rampe hinauf und verschwanden im Schiff.

»Hören Sie ...«, begann Flinx ruhig, aber einer der Männer fuchtelte drohend mit seinem Strahler herum.

»Ich weiß nicht, wer Sie sind, aber halten Sie zunächst mal den Mund!«

Flinx gehorchte. Sylzenzuzex, der nicht nur wegen der herrschenden Temperatur kalt war, stand hinter ihm und studierte ihre Bewacher.

Einige Minuten verstrichen, dann kamen die beiden, die das Schiff durchsucht hatten, wieder heraus und riefen ihren Begleitern zu: »Sonst niemand an Bord, keine Waffen.«

»Gut. Nehmen Sie wieder Stellung ein.«

Flinx wandte sich der untersetzten Frau in mittleren Jahren zu, die gesprochen hatte. Sie stand ihm direkt gegenüber. Sie hatte das Gesicht einer Frau, die zu früh zu viele Dinge gesehen hatte und deren Jugend eine Zeit zunichte gewordener Hoffnungen und unerfüllter Träume gewesen war. Eine Narbe verlief vom einen Augenwinkel bis zum Ohr, dann den Hals hinunter bis unter den hohen Kragen. Das Weiß der Narbe bildete einen starken Kontrast zu ihrer dunklen Haut. Sie trug die Narbe wie ein Halsband. Er stellte fest, daß ihre einfachen Arbeitskleider, die Stiefel und die Bluse mit dem hohen Kragen, schon ziemlich abgetragen waren.

Jetzt holte sie ein Sprechgerät aus der Tasche und sagte: »Javits sagt, es sei niemand an Bord, auch keine Waffen.«

Ein Murmeln, das zu schwach war, als daß Flinx hätte verstehen können, was gesprochen wurde, drang aus dem kleinen Lautsprecher des Gerätes.

»Nein, den Instrumenten nach sind auch keine automatischen Sender an Bord.« Wieder eine Pause und dann: »Anscheinend sind es wirklich nur die zwei.«

Sie schaltete das Gerät ab, schob es in den Gürtel zurück und musterte Flinx und Sylzenzuzex. »Weiß jemand, daß Sie hierhergekommen sind?«

»Sie erwarten doch nicht, daß ich es Ihnen so leicht mache, oder?« antwortete Flinx, um gleichzeitig die Aufmerksamkeit von Sylzenzuzex abzulenken und die Frage zu beantworten.

»Komischer Junge.« Die Frau trat einen Schritt vor und hob den Strahler. Pip wurde unruhig, und plötzlich schien sie zu bemerken, daß es sich bei dem Minidrach nicht um eine Verzierung handelte.

»Das würde ich nicht tun«, sagte Flinx mit leiser Stimme. Sie musterte die Schlange.

»Giftig?«

»Sehr.«

Sie erwiderte sein Lächeln nicht. »Wir können sie töten und Sie beide auch, das wissen Sie doch.«

»Sicher«, gab Flinx ihr freundlich recht. »Aber wenn Sie jetzt den Strahler auf mich richten, dann werden Pip und ich Ihnen an den Hals gehen. Wenn er Sie nicht tötet, werde ich das wahrscheinlich tun, ganz gleich, wie schnell all diese netten Leute sich bewegen. Und falls uns das wirklich nicht gelingt, dann werde ich tot sein, und Ihr Vorgesetzter wird verdammt unzufrieden sein, daß man ihm die Chance vermasselt hat, mich zu verhören. Was Sie auch tun, Sie verlieren.«

Zum Glück war die Frau nicht der Typ, der ohne nachzudenken handelt. Sie trat einen Schritt zurück, allerdings ohne den Strahler sinken zu lassen. »Sehr komischer Junge«, meinte sie. »Vielleicht bekomme ich dich von der Madam, wenn sie mit ihren Fragen fertig ist. Spiel ruhig den Schlauen, du hast keine große Zukunft.« Sie gestikulierte mit ihrem Strahler. »Los, ihr beiden — in den ersten Wagen!«

Sie gingen zwischen den Strahlern hindurch. Flinx

straffte seine Muskeln zum Sprung, als er den Wagen betrat, sah aber zu seiner Enttäuschung, daß zwei bewaffnete und ebenso bereitstehende Leute drinnen auf ihn warteten. Keine Chance also, sich des Steuers zu bemächtigen. Er stieg resigniert ein.

Sylzenzuzex folgte ihm. Sie mußte sich auf den Boden kauern, weil der Wagen nur mit menschlichen Sitzen ausgestattet war, und die paßten nicht für sie. Einige der bewaffneten Wächter folgten ihnen. Flinx stellte erleichtert fest, daß die untersetzte Frau nicht dazu gehörte.

Aus dem leisen Summen wurde ein Pfeifen, als der Schwebewagen sich hob. Etwa einen Meter über dem Boden flog er auf die Gebäude zu, dicht gefolgt von dem zweiten Wagen. Als sie näher kamen, sah Flinx, daß die Anlage an den Waldrand gebaut war. In der Ferne konnte er ein paar weitere Gebäude sehen, die sich zwischen den Bäumen an die Bergflanke schmiegten.

Die Wagen hielten vor einem fünfstöckigen Gebäude mit steilem Dach an. Man führte sie hinein.

»Die Gebäude hier haben alle schräge Dächer«, meinte Flinx zu Sylzenzuzex gewandt, als sie den kurzen Weg vom Wagen zum Eingang zurücklegten. »Man sieht den Bäumen hier an, daß im Winter mächtig viel Schnee fallen muß. Und das hier entspricht etwa den Tropen.«

»Tropen«, spottete sie, und ihre Kiefer klapperten ärgerlich. »Ich bin schon am Erfrieren.« Ihre Stimme wurde leiser. »Wahrscheinlich macht das keinen Unterschied, da man uns ohnehin bald töten wird. Oder ist Ihnen noch nicht klargeworden, daß wir hier in irgendeine illegale Anlage hineingetappt sind?«

»Das ist mir auch schon in den Sinn gekommen«, erwiderte er sarkastisch.

Sie fuhren mit einem Aufzug ins oberste Stockwerk und erreichten einen Korridor, in dem ein paar geschäftig wirkende Männer und Frauen herumliefen. Freilich waren sie nicht so beschäftigt, daß das Auftauchen von Flinx und Sylzenzuzex sie nicht überrascht hätte.

Die Gruppe bog nach links, ging fast bis ans Ende eines Seitenkorridors und blieb dann stehen. Dort sprach die untersetzte Frau in ein Mikrophon und bat, eintreten zu dürfen, was ihr auch gestattet wurde. Sie verschwand und ließ die schwer bewachten jungen Leute warten und nachdenken, ehe die Tür sich erneut zur Seite schob.

»Schickt sie rein!«

Jemand gab Flinx einen kräftigen Schubs, der ihn taumeln ließ. Sylzenzuzex wurde ähnlich unsanft in den Raum gestoßen.

Sie standen jetzt in einem luxuriösen Saal. Rosa getönte Panoramafenster gaben den Blick auf den See die Berge und den Landestreifen und — wie Flinx sehnsüchtig feststellte — ihr geparktes Schiff frei. Es schien jetzt sehr fern.

An einem Ende des Raumes tanzte ein kleiner Springbrunnen, umgeben von Teppichen, die eher aus Pelz als aus Gewebe zu sein schienen. Schweres Parfüm lag in der Luft und verwirrte seine Sinne. Hinter ihnen schloß sich leise die Tür.

Im Raum war noch jemand.

Sie saß auf einem bequemen Sessel in der Nähe der Panoramafenster und trug einen leichten Umhang. Ihr langes blondes Haar war in drei Zöpfe geflochten, von denen zwei über ihren Ohren und der dritte an ihrem Hinterkopf aufgerollt waren. Im Augenblick trank sie irgend etwas Dampfendes aus einer Taganoutasse.

Narbengesicht sprach sie unterwürfig an: »Sie sind hier, Madam Rudenuaman.«

»Danke, Linda.« Die Frau wandte sich ihnen zu. Flinx spürte Sylzenzuzex' Überraschung.

»Sie ist kaum älter als wir«, flüsterte sie.

Flinx sagte nichts, sondern wartete ungerührt und sah ihr in die olivfarbenen Augen. Nein, olivfarben war nicht richtig — in Fäulnis übergegangen paßte eher. Hinter diesen Augen lauerte eisige Mordlust, eine Mordlust, die er deutlicher wahrnahm als das Parfüm, das in der Luft lag.

»Ehe ich Sie töten lasse«, begann die junge Frau mit angenehmer Stimme, »verlange ich Antworten auf einige Fragen. Bitte bedenken Sie, daß Sie keine Hoffnung haben. Das einzige, worüber Sie möglicherweise ein Mitspracherecht haben, ist die Art Ihres Todes. Er kann schnell und plötzlich sein, wenn Sie meine Fragen bereitwillig beantworten, oder langsam und schmerzvoll, wenn Sie mir Widerstand leisten. Aber ganz bestimmt nicht langweilig, das verspreche ich Ihnen ...«

09

Flinx fuhr fort, sie zu mustern, während sie einen weiteren Schluck aus ihrer dampfenden Tasse nahm. Beinahe war sie schön, das war nicht zu übersehen — wenn auch ihrem Gesicht jede Spur von Weichheit fehlte.

Sie griff neben sich und nahm einen kunstvoll geschnitzten Stock. Mit dessen Hilfe konnte sie aufstehen und zu ihnen humpeln und sie aus der Nähe betrachten. Sie zog das linke Bein nach.

»Ich bin Teleen aux Rudenuaman. Und Sie ...?«

»Mein Name ist Flinx«, antwortete er bereitwillig. Es brachte keinen Nutzen, die verkrüppelte Frau zu ärgern.

»Sylzenzuzex«, fügte seine Begleiterin hinzu. Die Frau nickte, wandte sich um und ging zu ihrem Platz zurück und wies sie an, sich ebenfalls zu setzen. Flinx nahm einen Stuhl und bemerkte aus dem Augenwinkel, daß die narbige Frau, die Linda hieß, von ihrer Position neben der Tür aus jede Bewegung beobachtete, die er — und Pip — machten. Sylzenzuzex faltete sich auf dem pelzbedeckten Boden zusammen.

»Nächste Frage«, sagte Rudenuaman. »Wie sind Sie an dem Friedenswächter der Kirche vorbeigekommen?«

»Wir ...«, begann er, hielt aber inne, als er den vorsichtigen und festen Griff an seinem Arm spürte. Er blickte zur Seite und sah, wie Sylzenzuzex ihn bittend ansah.

»Tut mir leid, Syl, aber ich habe etwas gegen Folter. Wir kommen nicht weiter, und ich möchte zumindest für den Augenblick ...« Sie löste die Echthand von ihm. Der Blick abgrundtiefer Verachtung, den sie ihm zuwarf, blieb ihm nicht verborgen.

»Vernünftig und vorlaut«, bemerkte Rudenuaman billigend. »Ich habe Ihnen die ganze Zeit seit Ihrer Landung zugehört.« Das kurz aufgeflackerte Grinsen verschwand, und sie wiederholte ungeduldig: »Also, wie steht's, wie sind Sie an den Festungen vorbeigekommen?«

Flinx deutete auf Sylzenzuzex. »Meine Freundin«, erklärte er und ignorierte dabei das kurze Lachen der Thranx, »ist Padreanwärterin und im Augenblick im Sicherheitsdienst der Kirche tätig. Sie wies den Friedenswächter an, uns passieren zu lassen.«

Rudenuaman blickte nachdenklich. »Bloß mit Reden haben Sie das also geschafft?« Flinx nickte. »Da werden wir sehen müssen, ob sich da etwas machen läßt.«

»An einer Friedenswächterfestung?« platzte Sylzenzuzex heraus. »Wie können Sie denn ... wie ist es *Ihnen* überhaupt gelungen, an ihnen vorbeizukommen? Was machen Sie hier mit dieser illegalen Anlage? Diese Welt steht Unter Edikt. Nur die Kirche und die höchsten Ränge der Commonwealthregierung verfügen über die notwendigen Codes, um eine Friedenswächterstation zu passieren; eine private Gesellschaft hat ganz bestimmt nicht diese Möglichkeit ...«

Die Frau lächelte. »Diese private Gesellschaft schon.«

»Und welche Gesellschaft ist das?« wollte Flinx wissen. Sie musterte ihn mit ihrem humorlosen Grinsen.

»Für einen Verurteilten stellen Sie eine Menge Fragen. Aber ich bekomme nicht oft eine Chance zum Prahlen. Die Nuaman Enterprises. Je davon gehört?«

»Ja«, erklärte Flinx und dachte sich dabei, daß ihn die Suche nach seinen Eltern schon mit einer Menge fragwürdiger Typen in Verbindung brachte. »Sie ist gegründet von ...«

»Den Verwandten meiner Tante«, führte sie den Satz für ihn zu Ende, »und wurde dann von meiner Tante Rashalleila weiter ausgebaut, möge ihre Seele verfaulen.« Ihr Lächeln wurde breiter. »Aber jetzt führe ich das Kommando. Ich war der Ansicht, daß ein Personalwechsel in der obersten Führungsspitze angezeigt war. Unglücklicherweise erwählte ich mir, als ich das erste Mal versuchte, sie zu ersetzen, einen Mann als Helfer, der nur Muskeln, aber keinen Verstand hatte. Nein, das stimmt nicht, nur Muskeln, aber keine Loyalität. Das hat mir ...«, sie runzelte bei dem Gedanken die Stirn, »eine unangenehme Zeit eingetragen. Aber es gelang mir, aus der Sanatoriumshölle zu entkommen, in die meine Tante mich hatte einweisen lassen. Mein zweiter Versuch war besser geplant — und hatte Erfolg. Die Firma heißt jetzt Rudenuaman Enterprises, verstehen Sie. *Ich* bin die Firma.«

»Keine private Gesellschaft verfügt über die Mittel, einen Friedenswächter der Kirche zu umgehen«, beharrte Sylzenzuzex auf ihrer Meinung.

»Trotz Ihrer Sicherheitsausbildung, meine steife Dame, scheinen Sie sich allen möglichen unsinnigen Ansichten hinzugeben. Nicht nur, daß wir zugegebenermaßen mit einiger Hilfe an ihnen vorbeigekommen sind — sie bleiben sogar in Funktion, um Besucher, die wir nicht freigeben, abzuhalten oder zu zerstören. Sie werden daher begreifen, daß Ihr plötzliches Erscheinen mir ursprünglich einige Unruhe bereitete. Aber jetzt bin ich nicht mehr beunruhigt — nicht, seitdem Sie so bereitwillig unseren Landeinstruktionen folgten. Sie hatten natürlich keinen Anlaß, jemand anderen als ein paar überraschte Kirchenmänner als Empfangskomitee zu erwarten.«

»Sie haben nicht das Recht ...«, begann Sylzenzuzex.

»Oh, bitte«, murmelte Rudenuaman angewidert. »Linda ...« Narbengesicht verließ ihren Standort neben der Tür. Flinx hielt Pip fest; jetzt war nicht die Zeit und nicht der Ort für eine endgültige Konfrontation. Noch nicht.

Die untersetzte Frau trat plötzlich zu, und Flinx hörte Chitin krachen. Sylzenzuzex stieß einen hohen schrillen Pfiff aus, als eine Fußhand am Hauptgelenk zusammenbrach. Grünes Blut quoll aus der Wunde, und sie fiel zur Seite und hielt sich wimmernd mit den Echthänden und der anderen Fußhand das verletzte Glied.

Linda machte kehrt und nahm wieder ihren Platz an der Tür ein, als wäre nichts geschehen.

»Sie wissen doch, daß sie ein offenes Kreislaufsystem hat«, murmelte Flinx besorgt. »Sie wird verbluten.«

»Das würde sie«, korrigierte ihn Rudenuaman, »wenn Linda das Bein selbst gebrochen hätte, statt nur das Gelenk. Ein Thranxgelenk gerinnt. Ihr Bein wird heilen, und das ist mehr, als man von dem meinen sagen kann, nachdem die experimentierfreudigen Ärzte meiner Tante damit fertig waren.« Sie schlug mit dem Stock gegen ihr linkes Bein. Es klang hohl. »Auch andere Körperteile mußten ersetzt werden. Aber das Wichtigste«, dabei wies sie auf ihren Kopf, »haben sie intakt gelassen. Das war der letzte Fehler, den meine Tante gemacht hat. — Ich habe nur noch eine Frage an Sie.« Sie beugte sich vor, und zum erstenmal schien sie ernsthaft an einer Antwort interessiert. »Was in aller Welt ist in Sie gefahren und hat Sie dazu veranlaßt, hierherzukommen und eine Welt Unter Edikt aufzusuchen? Und noch dazu nur zwei von Ihnen, unbewaffnet.«

»Das ist komisch«, sagte Flinx, »aber ... ich habe auch eine Frage, an deren Beantwortung mir viel liegt.«

Als sie sah, daß er es ernst meinte, lehnte sie sich in

ihren Sessel zurück. »Sie sind ein seltsames Individuum. Fast ebenso seltsam wie dumm. Welche Frage?«

Plötzlich überwältigte ihn eine Vielfalt einander widersprechender Möglichkeiten. Eine Tatsache stand fest — gleichgültig, ob sie ihm nun das sagen würde, was er zu wissen wünschte, oder nicht, er und Sylzenzuzex würden sterben. Das Schweigen zog sich in die Länge, und selbst Sylzenzuzex wurde so neugierig, daß sie einen Augenblick den Schmerz in ihrer Fußhand vergaß.

»Das kann ich Ihnen nicht sagen«, antwortete er schließlich.

Rudenuaman sah ihn verblüfft an. »Das ist aber seltsam, alles andere haben Sie mir gesagt. Warum zögern Sie jetzt?«

»Ich könnte es Ihnen sagen, aber Sie würden es mir nie glauben.«

»Ich bin manchmal ziemlich leichtgläubig«, wandte sie ein. »Versuchen Sie es doch, und wenn es mich interessiert, töte ich Sie vielleicht nicht einmal.« Der Gedanke schien sie zu belustigen. »Ja, sagen Sie es mir, dann lasse ich Sie beide leben. Wir können immer ungelernte Arbeiter gebrauchen. Und besonders intelligente Typen habe ich ja hier nicht um mich. Vielleicht behalte ich Sie der Neuheit wegen, für Zeiten, wenn ich hier zu Besuch bin.«

»Also gut«, entschied er und beschloß, ihr Angebot anzunehmen. Schließlich konnte er sich nichts Besseres erhoffen. »Ich bin in der Hoffnung hierhergekommen, die Wahrheit über meine Herkunft zu erfahren.«

Ihr Ausdruck war jetzt nicht mehr amüsiert. »Sie haben recht ... ich glaube Ihnen nicht. Es sei denn, Sie wüßten etwas Besseres ...«

Ein Klingeln unterbrach sie, und sie blickte gereizt zur Tür. »Linda ...« Sie wartete eine Weile, während die untersetzte Frau die Tür zur Seite schob und leise mit jemandem sprach, der draußen stand. Gleichzeitig heulte in Flinx' Geist etwas auf, das er schon beinahe vergessen hatte.

Gleichzeitig ertönte ein Schrei, den jeder hören konnte.

»Challis!« rief Rudenuaman verärgert. »Können Sie nicht dafür sorgen, daß der Balg ruhig bleibt? Ich werde sowieso nie verstehen, warum Sie ihn die ganze Zeit mit sich herumschleppen ...« Sie hielt inne, und ihr Blick wanderte zwischen dem Händler, der unter der halb offenen Tür stand und Flinx anstarrte, und dem rothaarigen Jungen hin und her.

»Äh ... wa ... *du!*« brachte Conda Challis schließlich hervor, wie jemand, dem ein Knochen in die Luftröhre geraten ist.

»Kennen Sie diesen jungen Mann?« fragte Rudenuaman. Eine schreckliche Wut baute sich in ihr auf. Langsam begann sie zu begreifen, wie Flinx diese Welt gefunden hatte. Ihre Meinung stimmte nur teilweise, aber zumindest glaubte sie, es zu wissen. »Sie *kennen* einander! Erklären Sie sich, Challis!«

Der Kaufmann hatte jegliche Kontrolle über sich selbst verloren. »Er weiß über die Juwelen Bescheid«, stieß er hervor. »Ich wollte, daß er mir dabei helfen sollte, mit einem Juwel zu spielen, und er ...«

Ohne es zu wollen, hatte der Händler etwas ausgeplaudert, was Flinx geargwöhnt hatte. »So, die Janusjuwelen kommen von hier. Das ist höchst interessant und erklärt eine ganze Menge.« Er blickte auf Sylzenzuzex hinunter.

»Syl, das erklärt natürlich ganz eindeutig, warum jemand sich in solche Ausgaben stürzen und die ungeheure Strafe riskieren würde, die auf Mißachtung eines Kirchenedikts steht.«

Eine winzige silberne Stimme platzte heraus: »Du kolossaler fetter Idiot!« schrie sie.

Der bereits verstörte Challis blickte nach unten und stellte erschreckt fest, daß die stets liebenswürdige

Mahnahmi ihm schreckliche Grimassen schnitt. Flinx sah interessiert zu. Der Händler hatte endlich etwas getan, das gefährlich genug war, um sie zu veranlassen, ihren sorgfältig aufrechterhaltenen Panzer der Unschuld zu durchbrechen.

Rudenuaman sah mit ähnlicher Neugierde zu, obwohl ihre eigentliche Aufmerksamkeit und auch ihr Ärger immer noch Challis galten. Sie musterte ihn fast bedauernd.

»Langsam beginnen Sie lästig zu werden, Conda. Ich weiß nicht, weshalb dieser Mann hierhergekommen ist, aber ich glaube nicht, daß es mit den Juwelen zu tun hat. Auch ist es inzwischen ohne Bedeutung, daß Sie gerade das bestgehütete Geheimnis im ganzen Commonwealth preisgegeben haben, weil es nie diese Welt verlassen wird, jedenfalls ganz bestimmt nicht mit einem von diesen beiden.«

Sie deutete auf Flinx und Sylzenzuzex.

»Aber er hat mich verfolgt, mich heimgesucht!« protestierte Challis verzweifelt. »Es muß etwas mit den Juwelen zu tun haben.«

Rudenuaman wandte sich Flinx zu. »Sie sind Challis gefolgt? Aber warum?«

Der Händler jammerte weiter, ohne zu wissen, daß er damit die Antwort bestätigte, die Flinx vorher gegeben hatte. »Oh, irgend so ein dummes Geschwätz wegen seiner Herkunft!« Zu Flinx' großer Enttäuschung sagte er nicht, ob er zu diesem Thema irgendwelche weiteren Informationen beizutragen hatte.

»Vielleicht sollte ich Ihnen doch glauben«, meinte Rudenuaman vorsichtig zu Flinx gewandt. »Wenn es eine Ausrede ist, dann jedenfalls eine, an die Sie sich halten.«

Am besten war es, wenn er sie von seiner Person ablenkte, sagte sich Flinx. »Wo werden denn die Juwelen abgebaut? Oben am Berg?«

»Sie machen mir wirklich Spaß«, sagte sie, ohne sich

diesen Spaß anmerken zu lassen. »Ja, vielleicht sollte ich Sie wirklich eine Weile leben lassen. Es wäre einmal nett, geistige Anregung zu erfahren.« Sie wandte sich um und musterte den Händler streng. »Und was Sie betrifft, Conda, mir reicht es jetzt, Sie haben zu oft Ihre privaten Perversionen und das Geschäftliche miteinander vermischt. Ich hatte gehofft ...« — sie zuckte die Achseln —, »je weniger Sie über die Juwelen und ihre Herkunft wissen, desto besser, aber wenn man bedenkt, was hier auf dem Spiel steht, glaube ich, muß ich wirklich das Risiko eingehen, einen anderen Verteiler draußen zu finden.«

»Teleen, nein«, murmelte Challis und schüttelte heftig den Kopf. Aus dem ungeheuer wohlhabenden, mächtigen Handelsherrn war plötzlich ein verängstigter, fetter alter Mann geworden.

»Und wegen diesem heulenden Balg müssen wir auch etwas unternehmen«, fügte sie hinzu und warf der stumm zusehenden Mahnahmi einen giftigen Blick zu. »Linda ... schaff sie hinüber zu Riles. Er kann mit Challis machen, was er will, solange es nur einigermaßen schnell geht. Schließlich ...«, fügte sie großmütig hinzu, »war er eine Weile unser Geschäftspartner. Was den kleinen Schreihals angeht, so wollen wir sie uns für die Zeit nach dem Abendessen aufheben. Wenn wir es richtig anstellen, bleibt sie uns noch ein paar Tage.«

»Nein!«

Flinx spürte, wie ihn der empörte geistige Schrei mitriß. Eine ungeheure Kraft fegte durch den Raum, riß Teppiche, Möbel und Leute weg und schleuderte sie zu Boden. Ein paar von den dicken rosafarbenen Polyplexalumscheiben der Panoramafenster wurden nach draußen gedrückt.

Flinx kämpfte um die Kontrolle über seinen Körper und schaffte es schließlich, sich an einer Couch festzuhalten, die mit dem Boden verschraubt war. Pip flatterte unruhig über seinem Kopf. Er zischte verärgert, konnte sich aber in dem orkanartigen Wind auch nur mit Mühe in der Luft halten.

Flinx bedeckte sein Gesicht mit der Hand und spähte in den Orkan.

Sylzenzuzex war in eine Ecke geschleudert worden. Linda lag bewußtlos in der Nähe. Sie hatte dem ungeheuren Luftsog am nächsten gestanden. Teleen aux Rudenuaman lag in einer Masse dicker Fellteppiche und zerbrochener Möbelstücke begraben, während die beträchtliche Leibesfülle von Conda Challis sich in der Fellbespannung neben der Tür festgeklammert hatte und sich alle Mühe gab, nicht von dem Wind weggefegt zu werden.

»Du fetter Idiot!« schrie der Ursprung jenes Minitaifuns ihn an und stampfte auf den Boden. »Du blöder Kretin, du Schweinearsch ... jetzt hast du *alles* verdorben! Warum hast du auch deinen blöden Mund nicht halten können? Jahrelang habe ich dich davon abgehalten, über deine eigene Zunge zu stolpern, jahrelang habe ich die richtigen Entscheidungen für dich getroffen, selbst, wo du dir eingebildet hast, sie kämen von dir! Und jetzt hast du alles weggeworfen, *alles!*« Sie weinte, kindliche Tränen rannen ihr über die Wangen.

»Mein liebes Kind«, keuchte Challis, bemüht, sich in dem Orkan Gehör zu verschaffen, »schaff uns hier weg und ...«

»Mein liebes Kind!« schrie sie ihn an. »Ich kenne die Worte noch nicht einmal, um das zu beschreiben, was du mit mir vorhattest oder was du alles schon getan hast — nicht, daß es dir etwas bedeuten würde. Ich kann dich nicht mehr retten, *Daddy* Challis.« Sie sah sich mit funkelnden Augen im Zimmer um.

»Ihr könnt alle zum Teufel gehen, jeder zu dem, an den er glaubt! Ich habe vor keinem von euch Angst, aber ich brauche Zeit, um ich selbst zu werden. Ich weiß noch nicht, was ich bin.«

Sie blickte verächtlich auf Challis. »Du hast mir meine

Chance verdorben, reich und mächtig zu werden! Der Teufel soll dich holen!«

Und drehte sich um und rannte den Korridor hinunter. »Eines Tages«, stach ein geistiger Schrei nach Flinx, »werde ich sogar stark genug sein, um es mit *dir* aufzunehmen, und dann komme ich zurück.«

Der Wind legte sich langsam. Flinx konnte sich zur Seite rollen und seine Verletzungen betasten. Er sah, daß Sylzenzuzex ihre gebrochene Fußhand hatte schützen können. Ihr hartes Exoskelett hatte sie vor weiteren Verletzungen bewahrt, so daß sie tatsächlich von allen Anwesenden die am wenigsten Verletzte war. Abgesehen von Pip natürlich, der sich unverletzt, aber verstört auf Flinx' Schulter niederließ. Nur die Stärke des Windes hatte ihn daran gehindert, Mahnahmi zu töten.

Teleen aux Rudenuaman war stärker erschüttert, als sie zuzugeben bereit war. »Linda ... Linda!« Die Leibwächterin gewann gerade ihr Bewußtsein zurück. »Alarmiere den Stützpunkt! Alle! Dieses Kind ist sofort zu töten! Die Kleine ist eine Adeptin!«

»Ja ... Madam«, antwortete die Frau mit belegter Stimme. Sie blutete an der rechten Wange und zuckte vor Schmerz zusammen, als sie ihren linken Ellbogen betastete.

Rudenuaman gab sich Mühe, zuversichtlich zu erscheinen. »Mir ist egal, was für Zaubertricks sie beherrscht. Sie ist nur ein Kind und kommt alleine nicht weiter.«

Wie als Antwort darauf erreichte sie Minuten später ein dumpfes Dröhnen, welches durch die zerbrochenen Fensterscheiben hereinhallte. Rudenuaman hinkte schnell an die durchsichtige Wand. Auch Flinx kam noch rechtzeitig hin, um etwas zu sehen, das von allen Anwesenden nur ihn nicht überraschte.

Ihr Schiff — und damit ihre letzte Hoffnung auf Flucht — schrumpfte schnell am Ende der Landebahn zu einem Punkt am Himmel zusammen, einem Punkt, der mit rasender Geschwindigkeit zwischen den Bergspitzen verschwand.

»Sie ... sie kann kein Schiff lenken«, murmelte Challis benommen und im Selbstgespräch.

»Halt den Mund, Conda! Ein auf akustische Befehle abgestimmtes Fahrzeug kann jeder lenken. Trotzdem, allein und in ihrem Alter ...«

»Sie hat mich benutzt. Sie *mich* benutzt«, fuhr Challis fort, als bemerkte er seine Umgebung überhaupt nicht. Seine Augen blickten glasig. »All die Jahre dachte ich, was für ein reizendes, hübsches kleines ... und dabei hat sie mich — *benutzt!*« Sein Lachen klang irr.

»Werden Sie jetzt endlich den *Mund halten!*« schrie Rudenuaman. Aber der Händler ignorierte sie und fuhr fort, sich auf dem Boden herumzuwälzen und hysterisch zu lachen, sich an dem wunderbaren, herrlichen Witz zu erfreuen, den man sich mit ihm erlaubt hatte. Er lachte immer noch, wenn auch nicht mehr so laut, als zwei Uniformierte hereinkamen und ihn wegführten.

Flinx beneidete ihn. Er würde den Strahler nicht spüren, wenn sie ihn exekutierten. Man brauchte die Welt eines Menschen nur heftig genug zu erschüttern, dann geht der Mensch in Stücke, und nicht die Welt. Zuerst der plötzliche Anblick von Flinx hier und dann Mahnahmi. Nein, alle Pferde und alle Männer des Königs konnten Conda Challis nicht wieder ganz machen.

Rudenuaman sah ihm nach, bis die Tür sich geschlossen hatte, und brach dann erschöpft auf einer von dem Orkan stark in Mitleidenschaft gezogenen Couch zusammen — eine der wenigen, die von Mahnahmis unkontrollierter kindischer Gewalttätigkeit nicht völlig zerstört worden war. Sie schien zu überlegen und sagte schließlich: »Es muß sein. Rufe Riles!«

Flinx und Sylzenzuzex, die für den Augenblick vergessen waren, kümmerten sich gegenseitig um ihre Verletzungen. Es dauerte nicht lange, und ein hochgewachsener muskulöser Mann betrat den Raum.

»Ich bin bereits informiert«, sagte er mit scharfer Stimme. »Wie konnte das geschehen, Rudenuaman?«

Pip bäumte sich auf, und Flinx hielt den Minidrach fest. Seine eigenen Sinne bebten. Irgend etwas, das er in dem Augenblick verspürt hatte, als sie das Schiff verließen, verstärkte sich jetzt in Gegenwart dieses Mannes.

»Es war nicht zu vermeiden«, erklärte Rudenuaman mit überraschend ruhiger Stimme. »Das Kind verfügt offenbar über höchst bemerkenswerte psionische Kräfte. Sie hat selbst ihren eigenen Vater getäuscht.«

»Nach dem, was man mir berichtet hat, wie Challis sich benahm, war das vermutlich nicht einmal schwierig. Wenn er tot ist, wird er uns nützlicher sein«, sagte der Mann und drehte sich dann zu Flinx und Sylzenzuzex herum. »Sind das die beiden Gefangenen, die die Verteidigungsanlagen durchdrungen haben?«

»Ja.«

»Sehen Sie zu, daß sie nicht ebenfalls entkommen, wenn das geht«, herrschte der Mann sie an. »Freilich ist es gleichgültig, was mit diesen beiden geschieht, falls das Kind entkommt und draußen berichtet, was sie von diesem Ort hier weiß. Diese ganze Täuschungsaktion beginnt mich zu langweilen ...« Und damit griff er an sein Kinn und zog sein Gesicht in die Höhe.

Ein gurgelndes Klicken kam aus Sylzenzuzex' Mund, als der Nichtmensch sich umdrehte, um den Raum zu verlassen. Auch Flinx war erschüttert. Jetzt wußte er, was ihn und seinen Minidrach beunruhigt hatte, seit sie auf dieser Welt gelandet waren. Nicht nur, daß der Mann sich als AAnn erwiesen hatte — mit der Möglichkeit hatte er bereits gerechnet, seit er das Bild von Conda Challis und den Namen Ulru-Ujurr aus dem Bewußtsein des reptilischen Eindringlings auf Terra entnommen hatte.

Es kam vielmehr daher, daß er diesen AAnn kannte!

Aber der Baron Riidi WW hatte Flinx nie zu Gesicht bekommen, weil der nie in Reichweite der Tridikamera getreten war, als der Baron ihn und die anderen an Bord von Maxim Malaikas Schiff verfolgt hatte, was schon so viele Monate zurücklag. Aber Flinx hatte dieses starre, völlig ausdruckslose Gesicht viel zu häufig gesehen und hatte zu viele Drohungen gehört, die diese glatte Stimme ausgestoßen hatte.

Riidi WW machte an der Tür kehrt, und einen Augenblick lang befürchtete Flinx, daß der AAnn-Aristokrat ihn doch erkannt hätte. Aber er war nur stehengeblieben, um noch etwas zu Rudenuaman zu sagen.

»Sie sollten hoffen, daß das Kind nicht entkommt, Teleen.«

Obwohl sie jetzt nicht mehr den Eindruck totaler Allmacht vermittelte, war die Frau weit davon entfernt, sich einschüchtern zu lassen. »Drohen Sie mir nicht, Baron! Ich verfüge über meine eigenen Mittel. Wenn man mich plötzlich vermißt, würde das sehr unangenehm für Sie sein.«

»Meine liebe Rudenuaman«, wandte er ein, »ich habe Sie nicht bedroht. Das würde ich auch nie tun ... Sie waren uns viel zu wertvoll — Sie ebenso wie vor Ihnen Ihre Tante. Ich möchte keinen anderen Menschen im Commonwealth als Kontaktperson haben, aber wenn das Kind entkommt, wird diese ganze Operation, beim Sande-der-das-Leben-beherbergt, eingestellt werden müssen. Sollte eine Untersuchungskommission der Kirche diesen Stützpunkt filzen und feststellen, daß er zum Teil von der kaiserlichen Rasse finanziell unterstützt und betrieben wird, könnte das als Casus belli dienen. Das Imperium hat zwar keine Angst, würde es aber vorziehen, jetzt nicht in Feindseligkeiten mit dem Commonwealth verwickelt zu werden. Wir wären also gezwungen, die Mine zu zerstören und alle Spuren dieser Anlage zu beseitigen.«

»Aber Sie würden Jahre brauchen, um all das zu ersetzen«, meinte sie.

»Mindestens einige Jahre«, pflichtete der Baron ihr

bei. »Und das ist noch eine optimistische Schätzung. Angenommen, die Kirche käme auf die Idee, dieses System mit bemannten Festungen zu bewachen anstatt mit leichtgläubigen Automaten? Dann könnten wir nie wieder hierher zurückkehren.«

»Ich hatte recht«, erklärte Sylzenzuzex befriedigt. »Keine private Gesellschaft verfügt über ausreichende Mittel, um einen Friedenswächter der Kirche zu umgehen. Nur eine Raumregierung wie das Imperium könnte das schaffen.«

Der Baron salutierte nach Art der AAnn, ein Gruß, der andeutete, daß sie gerade einen Pyrrhussieg errungen hatte. »Das ist richtig, junge Dame. Und das Imperium würde sich auch nicht wie eine private Gesellschaft daran stören, daß Ihre Kirche diese Welt mit dem Edikt belegt hat. Was uns stört, ist, daß sie im Territorium des Commonwealth liegt. Das Gefährliche an einer Entdeckung liegt in den diplomatischen Konsequenzen, nicht etwa in irgendeinem imaginären Teufel, den jemand in ihrer Hierarchie hier versteckt hat.«

»Und Sie haben nichts auf dieser Welt gefunden, das die Quarantäne rechtfertigte?« fragte Flinx, in dem wieder einmal die Neugierde die Oberhand über die Vorsicht gewonnen hatte.

»Nichts, mein junger Freund«, erwiderte der hochgewachsene AAnn. »Kalt und feucht ist sie, aber sonst höchst gastfreundlich.«

Flinx musterte den Baron scharf und versuchte, in sein Bewußtsein einzudringen, aber ohne Erfolg. Sein Talent versagte ihm den Dienst. »Sie riskieren einen interstellaren Krieg, nur um Kredit zu gewinnen?«

»Was haben Sie gegen Geld? Das Imperium lebt ebenso davon wie der Commonwealth. Wer weiß«, lächelte der Baron, »vielleicht bin ich auch unabhängig von meiner eigenen Regierung hier tätig. Was der *Arkazy* nicht im Sand sieht, beißt ihn auch nicht, *vyanar.* — Und jetzt müssen Sie mich entschuldigen, wir haben nämlich ein abhanden gekommenes Kind, um das wir uns kümmern müssen.«

Er verschwand durch die Tür.

Flinx hätte ein Dutzend Fragen gehabt, die er gerne dem AAnn-Aristokraten gestellt hätte. Aber der Baron hatte zwar nicht zu erkennen gegeben, daß er ihn erkannt hatte, als er seine Frage beantwortete, dennoch blieb die Gefahr bestehen, daß Flinx sich in einer längeren Unterhaltung verriet. Wenn der AAnn je argwöhnte, daß Flinx einer jener Leute gewesen war, die ihn und das Imperium vor ein paar Monaten um das Krang gebracht hatten, würde er den Jungen bei lebendigem Leibe vivisezieren.* Besser, das nicht zu riskieren.

Sie warteten, während Teleen langsam ihre Fassung zurückgewann, die unter der Aufregung über Mahnahmis Flucht und der Auseinandersetzung mit dem verärgerten Baron gelitten hatte. Flinx sah durch eine zerbrochene Fensterscheibe zu, wie in der Ferne zwei große Militärshuttles aus einem Hangar unter dem Landestreifen von einem Aufzug nach oben befördert wurden. Ein Wagen, in dem sich zweifellos Riidi WW befand, hielt neben einem der Shuttles an, und einige Gestalten entstiegen ihm und eilten in das wartende Schiff.

Als der Wagen wieder weggefahren war, donnerten die beiden Shuttles in den Himmel, wo sie vermutlich ein Schiff der großen Marine von AAnn erwartete. Mahnahmi hatte einen ziemlich großen Vorsprung, aber Flinx wußte, daß sein gemietetes Raumboot selbst gegen ein kleines Militärschiff keine Chance hatte. Freilich hatte das Mädchen einen Verstand wie ein Atomreaktor: wozu sie unter entsprechendem Streß fähig war, vermochte niemand zu sagen. Der Baron würde gut daran tun, recht vorsichtig zu sein.

Flinx wandte sich vom Fenster ab und unterhielt sich leise mit Sylzenzuzex. Beide versuchten sich Gründe für

* Das Tar-Aiym Krang, HEYNE-BUCH Nr. 3640

die Anwesenheit des AAnn zusammenzureimen. Die beiläufige Bemerkung des Barons, daß er aus profitorientierten Gründen auf dieser Welt weilte, glaubte sie ebensowenig wie er. Die AAnn waren seit der Gründung des Commonwealth dessen Hauptfeinde gewesen. Sie suchten ohne Unterlaß, zwar insgeheim, aber mit ungebrochener Energie, nach Möglichkeiten, es zu vernichten und damit das noch schneller herbeizuführen, was sie für ihre endgültige Bestimmung hielten, nämlich die Herrschaft über den ganzen Kosmos und dessen ›untergeordnete‹ Rassen anzutreten.

Es mußte einen tieferen Grund geben, in dem jene einzigartigen Janusjuwelen eine besondere Rolle spielten, aber keiner von beiden vermochte sich eine Theorie dafür zurechtzulegen.

Auf Tharce IV lebte eine Frau namens Amasar, die ob ihrer Weisheit weithin gerühmt wurde. Im Augenblick freilich befand sie sich in einem Zustand trunkener Ekstase, während sie in der Schönheit des Gegenstandes schwelgte, den sie in der Hand hielt.

Von ihren Wählern vergöttert und den politischen Gegnern respektiert, war sie seit zwei Jahrzehnten die ständige Vertreterin der nördlichen Halbkugel von Tharce IV im Commonwealthrat. Ihr wacher Verstand befand sich stets auf der Suche nach Problemlösungen oder Antworten auf Fragen, und ihre Arbeitszeit beschämte Kollegen und Helfer, die nur halb so alt waren.

Im Augenblick hatte sie die Position einer Senatorin zweiten Grades im Ausschuß für diplomatische Theorie im Rat inne. Als solche war sie durchaus in der Lage, die Richtung der Außenpolitik des Commonwealth nachhaltig zu beeinflussen.

So hätte sie jetzt eigentlich die Unterlagen studieren sollen, die man ihr gemeinsam mit der Tagesordnung der nächsten Sitzung zugeleitet hatte; in Wirklichkeit aber konzentrierte sich ihr ganzes Interesse auf die unübertreffliche Herr-

lichkeit des Gegenstandes, den sie in der Hand hielt. Außerdem hatte sie zu den meisten Fragen, über die heute im Rat abgestimmt werden sollte, bereits ihre Meinung gebildet. Angesichts ihres Alters und des Respektes, den sie genoß, würde ihr Rat einen wichtigen Einfluß ausüben.

Ja zu diesem Thema, nein zu jenem, in dieser Sache in jene Richtung neigend, in jenem anderen Punkt nachgebend. Es war eine lange Liste.

Amasar schaltete das Lesegerät ab, welches jetzt schon seit einigen Augenblicken einen leeren Bildschirm zeigte. Ihr Geist weilte ganz woanders. Sie lehnte sich in ihrem Sessel zurück und starrte hingerissen auf die schimmernde Unregelmäßigkeit des Gegenstandes auf ihrem Tisch.

Morgen würde sie sich zur jährlichen Ratsversammlung einschiffen. Die Versammlung tagte abwechselnd auf den beiden Hauptplaneten des Commonwealth, Terra und Hivehom. In diesem Jahre sollte die Sitzung in der Thranxhauptstadt stattfinden. Das versprach eine interessante, anregende Sitzung zu werden, auf die sie sich freute. Einige Themen von vitaler Bedeutung sollten zur Abstimmung kommen, darunter auch Maßnahmen gegen die mörderischen AAnn. Es gab Ratsmitglieder, die an Mäßigung gegenüber den Reptilien glaubten, aber nicht sie!

Aber warum sich jetzt um solche Dinge sorgen? Wie im Traum zog sie die mittlere Schublade ihres Schreibtisches heraus, um sich ein letztes Mal zu überzeugen. Da war alles: ihre Diplomatenpapiere, die Bestätigung ihrer Buchung, Dokumente, Bänder mit Informationen. Ja, dieses Jahr würde es eine interessante Sitzung geben.

Immer noch vor Vergnügen strahlend, griff sie in die unterste Schublade zu ihrer Rechten, nahm den kleinen Nadler heraus und zerschmolz das tückisch verführerische Ding, ehe sie sich das Hirn aus dem Schädel brannte.

Der offenkundige Selbstmord wurde von dem lokalen Gerichtsbeamten registriert und von den Behörden des Commonwealth als ein weiteres jener unerklärlichen Vorkommnisse bestätigt, wie sie in periodischen Abständen selbst den ausgeglichensten Wesen widerfuhren. Zu wenig Selbstvertrauen, zu wenig Geld, zu wenig Zuneigung ...

Oder zuviel einer besonders tödlichen Art von Schönheit.

»Bemerkenswertes Kind«, sagte Teleen aux Rudenuaman schließlich und unterbrach ihr Gespräch. Sie sah sie an und meinte: »Dies scheint ein Tag für ungewöhnliche Kinder zu sein.« Als ihre Gefangenen stumm blieben, zuckte sie die Achseln und blickte wieder zum Fenster hinaus. »Ich wußte, daß es einen Grund gab, diesen Balg so zu hassen, aber ich muß zugeben, daß sie auch mich getäuscht hat. Ich frage mich, wie lange sie wohl Challis schon getäuscht und in ihre eigenen Pläne eingespannt hatte?«

»Nach dem, was sie sagte, ihr ganzes bewußtes Leben lang.« Flinx hielt es für eine gute Idee, die Händlerin nicht aus ihren Gedanken zu reißen. »Werden Sie uns jetzt töten?« fragte er mit entwaffnender Offenheit. »Oder haben Sie beschlossen, mir zu glauben?«

»Wenn ich Sie töten lasse, hat das überhaupt nichts mit Ihrer Geschichte zu tun, Flinx«, erklärte sie, »obwohl Challis sie ja anscheinend bestätigt hat. Ich habe genügend Zeit, Sie zu beseitigen. Im Augenblick interessieren Sie mich noch.« Sie musterte ihn abschätzend. »Sie sind voll von interessanten Widersprüchen und schwer festzunageln. Ich weiß nicht, ob ich das mag. Dinge, die ich nicht begreife, neigen dazu, mich zu frustrieren. Das ist gefährlich, es könnte nämlich dazu führen, daß ich Sie spontan töten lasse, und das würde mich noch mehr frustrieren, da Sie mir ja dann nicht mehr antworten können. — Nein, ich glaube, ich werde die Rückkehr des Barons abwarten, ehe ich mit euch beiden etwas mache, was sich dann nicht rückgängig machen läßt.« Sie ließ ihre weißen Zähne blitzen. »Die AAnn verstehen sich darauf, Widersprüche aufzuklären.«

Sylzenzuzex erhob sich auf ihre Echtbeine und prüfte ihr verletztes Glied. Sie würde auf drei Gliedmaßen humpeln müssen, bis es geheilt war. Sie funkelte die Händlerin an — Facettenaugen eignen sich besonders gut zum Funkeln.

»Mit den geschworenen Feinden des Commonwealth zusammenzuarbeiten!«

Dies schien Rudenuaman nicht zu beeindrucken. »Soviel Aufregung über ein wenig Geld.« Sie sah die Thranx tadelnd an. »Die AAnn haben mir den Exklusivvertrieb der Janusjuwelen übertragen. Als Gegenleistung dafür bekommen sie einen bestimmten Prozentsatz meiner Produktion hier. Ich liefere die Bergwerksanlagen, und sie haben die Friedenswächter neutralisiert. Ich habe Nuaman, das heißt Rudenuaman Enterprises, stärker gemacht, als sie es je waren, stärker als unter meiner Tante. Wir haben nur eine einzige Juwelenablagerung gefunden, es scheint sich dabei um eine isolierte mineralogische Mutation zu handeln. In fünf bis zehn Jahren haben wir das letzte Juwel aus jenem Berg abgebaut. Dann werden wir uns freiwillig von hier entfernen, und die Kirche wird davon nicht klüger sein und das Commonwealth keinen Schaden erlitten haben. Bis dann wird Rudenuaman Enterprises sich in einer finanziell unangreifbaren Position befinden. Und meine Tante, möge sie in der Hölle schmoren, wäre zufrieden. Ich glaube ...«

»*Ich* glaube, daß Sie sich freiwillig selbst verblenden«, warf Flinx ein. »Für das Empire geht es hier um viel mehr als ein wenig Geld.«

Rudenuaman musterte ihn neugierig. »Was gibt Ihnen das Recht, so etwas zu sagen?«

»Ehe wir hierher kamen, war ich im Verwaltungszentrum der Kirche. Und während meines Aufenthaltes dort versuchte ein AAnn in chirurgischer Verkleidung — ähnlich dem, was der Baron trug, aber viel sorgfältiger gemacht —, sich dort ins Kommandozentrum einzuschleichen. Nachdem er sich selbst getötet hatte, fand ich eine Unmenge kristallinen Staub an ihm. Der Staub

hätte von einem pulverisierten Janusjuwel stammen können.«

»Aber die Kristallbolzen, die er trug ...«, erinnerte ihn Sylzenzuzex.

»... hätten selbst aus nicht ganz einwandfreien Janusjuwelen hergestellt sein können«, erklärte er ihr. »Haben Sie darüber einmal nachgedacht? Wäre das nicht eine ausgezeichnete Tarnung?« Er wandte sich um und blickte sie an. »Ich glaube nicht, daß der Spion Selbstmord begangen hat, um einem Verhör zu entgehen. So leicht kann man einen AAnn nicht zerbrechen. Ich glaube, die Explosion sollte das vernichten, was er bei sich trug — ein Janusjuwel.«

»Aber weshalb?« staunte sie. »Um jemanden zu bestechen?«

»Das glaube ich nicht ... aber ich bin nicht sicher. Noch nicht.«

»Als ob es mich interessierte, was aus der Kirche wird«, warf Rudenuaman angeekelt ein.

Sylzenzuzex' Antwort klang sehr würdevoll. »Die Kirche ist es, die unsere Zivilisation davor schützt, in die Barbarei zurückzusinken.«

»Das würden die Vertreter des Commonwealth sicher gerne hören, meine Liebe, wie? Die scheinen sich selbst für die Hüter des Homanxtums zu halten.«

»Das Commonwealth existiert nur, weil hinter ihm die unbestechlichen Maßstäbe der Vereinigten Kirche stehen.«

»So jemanden möchte ich einmal kennenlernen«, spottete Rudenuaman und setzte sich auf der Couch zurecht. »Jemanden, der wirklich unbestechlich ist.«

»Ich auch«, gab Flinx zu.

Sylzenzuzex fuhr zu ihm herum. »Auf wessen Seite stehen Sie denn eigentlich, Flinx?« Die feinen Härchen auf der Rückseite ihres b-Thorax sträubten sich.

»Ich weiß nicht«, gab er ehrlich zu. »Ich habe noch nicht sorgfältig genug alle Seiten studiert.«

»Würden Sie die meine gern kennenlernen?« fragte Teleen plötzlich.

»O ja«, nickte er eifrig. Sylzenzuzex gab sich gleichgültig, aber er spürte ihr Interesse.

»Also gut«, entschied die Frau, offensichtlich impulsiv. »Linda ...«

»Wagen, Madam — und Wächter?«

»Nur einen Fahrer und noch einen.«

Die Leibwächterin sah sie unsicher an. »Madam, glauben Sie, daß ...?«

Rudenuaman fegte ihre Einwände beiseite. Sie wollte jetzt die unangenehmen Ereignisse des Nachmittags vergessen, sie mit irgend etwas überlagern. Und wenn sie Gelegenheit bekam, zu prahlen und sich in der Bewunderung ihrer unfreiwilligen Gäste zu sonnen, so war das die beste Therapie für sie. »Du machst dir zu viele Sorgen, Linda. Wo können die denn schon hin? Ihr Schiff ist gestohlen, der Baron hat unser Fahrzeug genommen, und diese Welt wird um so unwirtlicher, je weiter man sich von diesem Stützpunkt entfernt. Die laufen bestimmt nicht weg.«

»Richtig«, nickte Flinx. »Außerdem ist meine Begleiterin verletzt.«

»Was stört Sie das denn?« ereiferte sich Sylzenzuzex.

Er drehte sich verärgert zu ihr um. »Weil es mich trotz allem, was geschehen ist, und ich bedauere vieles davon, bekümmert, was Ihnen geschieht — ob Sie das nun glauben wollen oder nicht!«

Sylzenzuzex musterte ihn von hinten, denn er hatte auf dem Absatz kehrtgemacht und die Hände in die Taschen seines Overalls geschoben. Sicherheitssemantik, archäologische Chronophysik — all das schien im Vergleich mit diesem undurchdringlichen jungen Menschen geradezu einfach. Hätte sie gewußt, daß die beiden anderen Frauen diese Meinung, die sie von ihm hatte, in unterschiedlichem Grade teilten, hätte ihr das vielleicht gut getan.

Zweifellos wäre es leichter gewesen, Flinx zu verstehen, wenn er sich nur selbst verstanden hätte …

10

Der Wagen summte leise, während sie einen leichten Abhang hinauffuhren, der mit einem niedrigen Gewächs bestanden war, das an Heidekraut erinnerte. Flinx lehnte sich zurück und blickte durch das transparente Dach. Hinter den Bergwerksanlagen bildete das Gebirge fast eine senkrechte Wand, welche weitere zweitausendfünfhundert Meter über dem See in die Höhe stieg.

Im Augenblick galt seine Aufmerksamkeit weder der herrlichen Szenerie noch ihren augenblicklich recht düsteren Zukunftsperspektiven oder Sylzenzuzex' gelegentlichen pfeifenden Schmerzenslauten. Statt dessen konzentrierte er sich ganz auf jenes gestohlene Band, welches vielleicht den Schlüssel zu den ersten Jahren seines Lebens enthielt. Und für ihn war dieses Band noch immer untrennbar mit Conda Challis verbunden, der nicht mehr weiter vor ihm fliehen würde.

Flinx hatte bereits den Luxus gesehen, mit dem Teleen aux Rudenuaman sich umgab. Ohne Zweifel besaß Challis irgendwo in dem Gebäude hinter ihnen ein ähnliches, wenn auch vielleicht nicht ganz so prunkvolles Appartement … vielleicht sogar in demselben Gebäude. Zu guter Letzt würde man Challis' Räume reinigen und seine Habseligkeiten entfernen, um den Raum anderweitig benutzen zu können. Im Augenblick hatte man zweifellos die Zugänge versiegelt und drinnen alles so gelassen, wie es war, darunter auch jenes Band, das nun so verlockend nahe war.

Wenn man diese unberechenbare junge Frau dazu überreden könnte, sie noch eine Weile am Leben zu lassen, würde er vielleicht noch Gelegenheit bekommen, sich die gestohlene Spule anzusehen. Wenn sie freilich bemerkte, wie verzweifelt er das Band begehrte, dann könnte sie durchaus imstande sein, es vor seinen Augen in einen Säurebehälter fallen zu lassen.

Es sprach von ihrem Größenwahn, vielleicht auch ihrem Selbstvertrauen, daß sie Challis hatte töten lassen. Es würde beträchtliche Mühe kosten, sein Verschwinden zu vertuschen — nicht daß seine Untergebenen sehr viel dagegen würden einzuwenden haben. Den Agenten der Rudenuaman Enterprises sollte es keine Schwierigkeiten bereiten, einige Überlebende zu finden, die nur zu gerne die Zügel seines Wirtschaftsimperiums übernehmen würden, ohne irgendwelche Fragen zu stellen. Challis' Privatleben lud ohnehin nicht zu näheren Untersuchungen ein. Ein Mann, der solch ekelhafte sexuelle Angewohnheiten hatte, konnte durchaus ein plötzliches unerwartetes Ende finden.

Flinx fragte sich, ob das Bewußtsein des Händlers im Augenblick wohl noch imstande war, sein so simples Hinscheiden zu bedauern. Ohne Zweifel hatte er sich stets einen Abgang von grandioser Verruchtheit erhofft.

Der Wagen hielt neben einem niedrigen Gebäude mit schimmernden Metallwänden. Die Bauten standen auf mehr oder weniger flachem Terrain, das man aus der Bergwand gehauen hatte. Weiter oben durchbohrte eine Reihe plump wirkender Bögen aus Metall die Felswände. Sie wirkten wie silberne Pipetten, die einem Wal das Blut absaugten. Aus dem Innern des Bauwerks trug die klare Bergluft den Neuankömmlingen das stetige Klappern von Maschinen entgegen.

Ein Wärter, der so menschlich sein mochte, wie er aussah, oder auch nicht, salutierte beiläufig, als sie das Gebäude betraten. »Der äußere Bau, in dem wir uns jetzt befinden«, erklärte Rudenuaman, »enthält all unsere Bohr- und Bearbeitungsanlagen.« Während sie durch das Gebäude gingen, winkte sie nach allen Seiten. »Diese Anlage hat ungeheuer viel gekostet ... ein winziger Tropfen freilich, verglichen mit den Profiten, die wir am Ende daraus ziehen werden.«

»Ich begreife immer noch nicht, weshalb die AAnn sie so dringend brauchen«, meinte Flinx, dessen Blick nichts entging, weil er stets nach dem Prinzip lebte, daß Wissen Freiheit ist. »Insbesondere, da sie ja die Friedenswächter-Festungen ausgeschaltet haben.«

»Ich dachte, ich hätte das schon erklärt«, meinte sie. »Zum ersten ist das Commonwealth ein viel größerer Markt für die Steine als das Empire. Sie können ihren Anteil nur durch einen menschlichen Agenten vermarkten ... nämlich mich. Aber was viel wichtiger ist — diese Welt liegt, wie der Baron erklärte, innerhalb des Commonwealth, und zwischen diesem Ort hier und der nächsten bevölkerten Welt des Empire gibt es eine ganze Anzahl anderer bewohnter Commonwealthplaneten und zahlreiche automatische Überwachungsstationen. Die AAnn-Techniker brauchen freies Geleit, was ihnen die Schiffe meiner Gesellschaft bieten können.«

Flinx, der plötzlich an die Verfolgung Mahnahmis denken mußte, die der Baron durchführte, fragte: »Dann gibt es in dieser Region keine Militärfahrzeuge des Empire?«

Flinx' Naivität schien Rudenuaman zu erstaunen. »Halten Sie den Baron für einen Narren? Wenn man ein einziges solches Schiff entdeckte, würde dieser ganze Raumquadrant von Commonwealth-Kriegsschiffen wimmeln. Der Baron ...«, meinte sie dann selbstgefällig, »ist wesentlich subtiler, als man das normalerweise den AAnn zutraut.«

Zu subtil, dachte Flinx mit etwas gemischten Gefühlen, daß er sich vielleicht selbst übertölpelt hatte. Wenn er Mahnahmi in einem Frachter verfolgte, statt in einem Zerstörer oder einer Fregatte, würde sie ihm möglicherweise am Ende entkommen. Nicht, daß er ihr eine erfolgreiche Flucht wünschte; aber eine weniger vergnügte Jagd würde vielleicht die Rückkehr des Barons nach Ulru-Ujurr noch eine Weile hinauszögern.

Ehe das geschah und der Baron zurückkehrte, mußten sie die Situation irgendwie klären. Gleichgültig, ob sie nun Neuigkeitswert besaßen oder nicht, Flinx glaubte jedenfalls nicht, daß der AAnn-Aristokrat seine und Sylzenzuzex' weitere Existenz dulden würde. Wenn es zu einer Konfrontation zwischen Flinx und Rudenuaman kommen sollte, würde sie ihn und Sylzenzuzex ohne lange nachzudenken hinrichten lassen, nur, um ihren Partner zu besänftigen.

Vielleicht war es möglich, Rudenuaman durch Schmeichelei oder Amüsement umzustimmen, aber hinsichtlich seiner Fähigkeit, auch den Baron zu manipulieren, gab Flinx sich keinerlei Illusionen hin. »Teleen«, begann er beiläufig, »haben Sie je ...«

Sie fuhr verärgert zu ihm herum, und ihre Stimme klang plötzlich eisig. »Nennen Sie mich nie wieder so, sonst sterben Sie wesentlich schneller als sonst. Sie werden mich als Madam oder als Madam Rudenuaman ansprechen, sonst lasse ich Ihnen bei lebendigem Leibe die Haut abziehen.«

»Es tut mir leid ... Madam«, entschuldigte er sich besorgt. »Sie bestehen immer noch drauf, daß das einzige Interesse der AAnn an den Janusjuwelen finanzieller Art ist?« Er wußte, daß Sylzenzuzex ihn scharf beobachtete.

»Sie sprechen immer davon. Ja, natürlich glaube ich das.«

»Sagen Sie mir — haben Sie je gesehen, daß einer der AAnn, beispielsweise der Baron, mittels einer Helmverbindung in einem der Kristalle Partikelspiele löste?«

»Nein.« Der Gedanke schien sie nicht zu stören. »Dies ist ein Bergwerkstützpunkt. Es gibt hier keine Hedonisten oder Nichtstuer.«

»Haben Sie hier einen Helm?«

»Ja.«

»Und Challis ... ich nehme an, er hatte ebenfalls einen? Kolloidspiele schienen zu seinen Lieblingszerstreuungen zu gehören.«

»Ja, wenn sie auch nicht die einzigen waren«, sagte sie und verzog angewidert den Mund.

»Und wie ist es mit dem Baron? Sicherlich bereiten die Steine ihm ebenfalls Freude?«

»Baron Riidi WW«, erklärte sie voll Überzeugung, »denkt nur an geschäftliche und militärische Dinge. Ich habe schon gelegentlich erlebt, wie er sich auf AAnn-Art entspannte, aber nie mit einem Janusjuwel.«

»Und wie steht es mit den anderen AAnn von hohem Rang, die sich hier befinden?«

»Nein, die konzentrieren sich alle ganz auf ihre Arbeit. Warum interessiert es Sie eigentlich so, ob ich je eines der Reptilien mit einem Stein gesehen habe?«

»Weil ich glaube«, sagte Flinx nachdenklich, »daß sie das gar nicht können. Ich weiß nicht, was der Baron mit den Juwelen tut, die angeblich zum Verkauf im Empire bestimmt sind, aber ich bin sicher, daß die Steine nicht dem Vergnügen wohlhabender AAnn dienen. Vielleicht für Bestechungszwecke im Commonwealth — ich sehe da noch nicht ganz klar. Der AAnn-Geist ist völlig anders als der des Menschen oder des Thranx«, fuhr er fort. »Nicht notwendigerweise unterlegen — vielleicht in mancher Hinsicht sogar überlegen —, aber jedenfalls anders. Ich habe einiges darüber gelesen, und ich glaube nicht, daß ein AAnn-Gehirn die notwendigen Impulse erzeugt, die zur Bedienung eines Janusjuwels erforderlich sind. Sie könnten zwar das Kolloid in Bewegung bringen, aber niemals es zu etwas Erkennbarem organisieren.«

»Wirklich«, murmelte Rudenuaman, als sein kleiner Vortrag zu Ende war. »Was macht Sie denn zu einem solchen Experten?«

»Ich habe große Ohren«, erwiderte Flinx. Besser, sie glaubte, er habe eine blühende Phantasie als einen analytischen Verstand.

»Schön, dann nehmen wir einmal an, daß sie die Juwelen nicht so benutzen können wie wir.« Sie zuckte gleichgültig die Achseln. »Die Schönheit des Juwels ist immer noch unübertroffen.«

»Richtig«, räumte er ein, »aber in solch hohem Maße, daß man deshalb eine Invasion in das Territorium des Commonwealth riskieren würde? Verdammt will ich sein, wenn die AAnn Schönheit so sehr lieben. Irgendwie glaube ich, daß diese Juwelen den einzigen Zweck haben, gegen das Commonwealth und gegen das Homanxtum eingesetzt zu werden.«

Rudenuaman gab keine Antwort. Offensichtlich hatte sie beschlossen, zu ignorieren, was sie nicht widerlegen konnte. Sie waren inzwischen in die oberen Etagen des Gebäudes gelangt. Ein hochgewachsener AAnn kam ihnen entgegen. Seine Verkleidung war perfekt — nur daß Flinx jetzt wußte, was sie verbarg, und das Reptil darunter zu erkennen vermochte.

»Das ist Meevo FFGW«, teilte Rudenuaman ihnen mit und bestätigte damit Flinx' Vermutung. »Er ist der stellvertretende Befehlshaber der AAnn und auch Stellvertreter des Barons. Nebenbei ist er auch ein hervorragender Ingenieur und leitet die ganzen Bergwerksarbeiten hier.« Sie sah Flinx zuversichtlich an. »Ich habe etwas über das nachgedacht, was Sie gesagt haben, und wissen Sie, zu welchem Schluß ich gekommen bin?« Sie lächelte. »Mir ist es völlig egal, was die AAnn mit ihrem Anteil an den Steinen mit dem Commonwealth anfangen, solange das meine Geschäfte nicht stört.«

»Ich habe schon gedacht, daß Sie das sagen würden.« Sylzenzuzex' Stimme vermittelte ein Maß an Verachtung, wie es nur die abgehackte Redeweise eines Thranx kann. Flinx hielt es für idiotisch, ihre Gastgeberin zu ärgern, aber ihr schien das gar nichts auszumachen, eher schien es ihr Freude zu bereiten, daß einer ihrer Gefangenen sich so erregte.

»Ist es denn nicht befriedigend, wenn man sich bestätigt sieht?« Sie sah den AAnn an. »Seien Sie mir gegrüßt, Meevo.«

Flinx benutzte die Gelegenheit, die Verkleidung des Reptils in allen Einzelheiten zu studieren. Sollten die Inspektoren des Commonwealth ein Schiff der Rudenuaman Enterprises anhalten, so bezweifelte er, daß ein beiläufiger Beobachter die sorgfältige Verkleidung durchschauen würde.

Wenn man wußte, wo man hinsehen mußte, freilich, so genügten die Augen, um alles zu verraten. Meevo FFGW hatte nämlich ebenso wie der Baron und wie alle AAnn ein doppeltes Augenlid. Ein einziges Blinzeln würde verraten, daß der Geist hinter solchen Augen nicht der eines Menschen war.

»Sind das die Leute, die an der frisierten Festung vorbeigekommen sind?« fragte der AAnn, und sein Blick wanderte zwischen Sylzenzuzex und Flinx hin und her.

»Ja, das sind die beiden«, erklärte Rudenuaman.

Meevos nächste Frage klang fast liebenswürdig: »Warum leben sie dann noch?«

Wieder schauderte Sylzenzuzex, diesmal über die völlig unmenschliche Gleichgültigkeit, die in diesen Worten mitklang.

»Für den Augenblick bereiten sie mir Vergnügen. Und wenn der Baron zurückkehrt, will er ihnen vielleicht noch einige Fragen stellen. Der Baron versteht mehr von Verhören als ich. Ich neige zur Ungeduld.«

Der Ingenieur gab ein leises reptilisches Glucksen von sich. »Ich habe von dem Kind gehört. Wirklich unangenehm. Aber keine Sorge, der Baron wird sie erledigen, ehe sie mit Außenstehenden in Verbindung treten kann. Er ist sehr effizient, nicht nur in seinen Verhörmethoden.« Er grinste und ließ dabei falsche menschliche Zähne sehen, die in einen verlängerten falschen menschlichen Kiefer eingesetzt waren. Hinten in seinem offenen Mund konnte Flinx die echten, wesentlich schärferen Zähne blitzen sehen.

»Sie finden sie amüsant ... seltsam«, schloß der Ingenieur mit einer Geste, die Flinx nicht zu interpretieren vermochte. Seine Haltung deutete an, daß es ihm ebenso fremd war, etwas amüsant zu finden, wie beispielsweise lebende Junge zur Welt zu bringen.

Die Neugierde hingegen war eine Eigenschaft, die die AAnn mit ihren Feinden teilten. Meevo schloß sich ihnen an, als Rudenuaman sie durch den Rest der Anlage führte.

»Das Fräsen und Separieren haben Sie im Erdgeschoß gesehen. Hier drüben findet das Polieren und das Entfernen von Oberflächenverunreinigungen statt.« Sie wies auf eine Reihe türloser Kammern, in denen musikalische Laute erklangen.

»Sind hier mit Ausnahme von Ihnen und Ihren Leibwächtern nur AAnn?« erkundigte sich Sylzenzuzex.

»O nein. Wir verteilen uns etwa halb und halb. Es gibt eine überraschende Anzahl talentierter Homanx in unserer liebevollen Gesellschaft, denen die Probleme des Alltagslebens über den Kopf gewachsen sind. Uneinsichtige Behörden haben sie dazu getrieben, Arbeit anzunehmen, die nur noch nach sehr großzügigen Maßstäben als ehrenwert gilt. Und wenn es um die nackte Existenz geht, setzt man sich auch über Skrupel hinweg, wie sie vielleicht von einer Loyalität zu seiner eigenen Spezies diktiert werden.«

»Ich würde annehmen, daß keiner von ihnen diese Welt je lebend verlassen wird.«

Rudenuaman schien echt überrascht. »Lächerlich … das wäre schlecht fürs Geschäft. Oh, ich meine nicht, daß *wir* ihre Loyalität inspirieren. Für die meisten der hier Tätigen hat dieser Begriff keine Bedeutung mehr, sonst wären sie ohnehin nicht hier. Sie würden natürlich ihr Wissen um diese illegale Anlage mit Vergnügen verkaufen, sobald sie entlassen werden.

Also setzen wir mit ihrem Wissen und ihrer Billigung eine selektive Bewußtseinslöschung ein, welche bei ihnen jegliche Erinnerung an ihren Aufenthalt hier tilgt.

Es hinterbleibt nur das unbestimmte Gefühl, längere Zeit bewußtlos gewesen zu sein. Dies und ihr bis dahin fettes Bankkonto gibt uns die Sicherheit, daß sie uns nicht verraten.«

»Bewußtseinslöschung«, murmelte Sylzenzuzex benommen, »das ist nur Spitzenärzten des Commonwealth oder der Kirche gestattet, und auch das nur in Notfällen!«

Rudenuaman grinste. »Vergessen Sie nur ja nicht, das in Ihren Bericht aufzunehmen.«

Sie traten in eine große Halle, deren Temperatur deutlich unter der der bisher besuchten Räume lag. »Wir gehen in den Hauptschacht«, erklärte sie und wies auf lange Regale mit Schutzkleidung. Sylzenzuzex sah, daß einige der Monturen für Thranx bestimmt waren.

»Glaubten Sie etwa, Ihre Rassengenossen wären gegenüber weltlichen Anfechtungen immun?« spottete Rudenuaman. »Gegenüber Geld beispielsweise? Keine Spezies ist gegen Habgier gefeit, Kind.«

»Nennen Sie mich nicht Kind«, verwahrte sich Sylzenzuzex.

Die Reaktion von Rudenuaman darauf war völlig anders, als Flinx erwartet hätte — das erste echte Lachen, das sie von ihr hörten. Sie stützte sich auf ihren Stock und lachte glucksend. Die Arbeiter drehten sich neugierig nach ihr um.

»Ich kann Sie auch tot nennen, wenn Sie das vorziehen«, erklärte die Händlerin schließlich. Dann wies sie auf die Regale mit Schutzkleidung. »So, ziehen Sie das an, im Berg ist es ziemlich kalt.«

Nachdem sie die Schutzanzüge angelegt hatten, folgten sie ihr und dem AAnn-Ingenieur über eine breite Straße. Bald wich das Metall dem nackten Felsen. In gleichmäßigen Abständen aufgebaute Duralumbögen trugen die Decke.

Flinx' Thermoanzug stand ein Stück offen, so daß der kleine Reptilkopf herausschauen und sich orientieren konnte. Doppelreihen von Lichtröhren erfüllten den Tunnel mit gleichmäßiger Helligkeit.

»Dieser Abschnitt ist bereits abgebaut«, erklärte Rudenuaman. »Die Juwelen liegen in einer Ader, die sich horizontal in den Berg hinein erstreckt.«

Sie verlangsamten ihre Schritte.

»Es gibt ein paar weitere Nebenschächte, die an kleineren Adern entlang verlaufen. Einige davon liegen ein wenig über, wieder andere unter unserer gegenwärtigen Position. Man hat mir erklärt, daß die Steine sich in Blasen des Vulkangesteins gebildet haben, die früher mit Gas gefüllt waren. Eine ungewöhnliche Kombination von Druck und Hitze hat die Janussteine erzeugt.

Die Edelsteine selbst liegen in anderem Gestein als dem, woraus der Berg selbst besteht, so wie Diamanten in dem Kimberlit von Terra und den Broninregenbogenkratern, die auf Evoria abgebaut werden. So schildern mir das wenigstens meine Ingenieure.«

Meevo ignorierte diesen Besitzanspruch, den sie damit ausdrückte, und machte eine kurze zustimmende Geste. »So ist es. Im Empire gibt es ähnliche Beispiele von isolierter Edelsteinbildung, aber nichts, was so ungewöhnlich wäre wie das hier.«

Flinx spürte ein Prickeln in seinem Gehirn und blickte in die dunklen Tiefen des Schachts. »Da kommt jemand«, erklärte er schließlich.

Rudenuaman wandte sich um und meinte gleichgültig: »Das sind bloß ein paar Eingeborene. Sie sind primitiv, aber intelligent genug für manuelle Arbeit. Sie haben keine Werkzeuge und keine Zivilisation, und abgesehen von ein paar Grunzlauten und einigen nachgeahmten menschlichen Worten auch keine Sprache. Sie tragen keinerlei Kleidung. Daß man sie überhaupt als intelligenzbegabt bezeichnen kann, liegt an den einfachen Veränderungen, die sie an ihren Höhlen vornehmen — sie rollen zum Beispiel Steinbrocken davor, um den Eingang kleiner zu machen, graben sich tiefer in den Berg hinein und so weiter. Sie leisten für uns die schwere Arbeit und gehen sorgsam mit den Steinen um, die sie finden.

Wir haben die Bohrwerkzeuge für sie etwas vereinfacht. Ihr Pelz ist so dick, daß die Kälte im Bergesinneren sie nicht zu stören scheint, das ist günstig für uns. Selbst mit Thermoanzügen wäre es für Menschen schwierig und für AAnn unmöglich, die Steine abzubauen, wenn man bedenkt, wie tief der Schacht jetzt in den Berg hineinreicht. Falls die Kälte die Eingeborenen wirklich stört, scheint ihnen das jedenfalls in Anbetracht der Belohnung, die sie für jedes Juwel von uns bekommen, erträglich.«

»Womit belohnen Sie sie denn?« fragte Flinx. Die schwerfälligen Gestalten waren inzwischen näher gekommen. Flinx' Nackenhaare sträubten sich, und Pip regte sich unter seiner Kombination.

»Beeren«, stieß Meevo angewidert hervor. »Beeren und Früchte, Nüsse und Wurzeln. Wurzelfresser!« schloß er dann mit dem Ekel, der allen Fleischfressern gemeinsam war.

»Dann sind sie wohl Vegetarier?«

»Nicht ganz«, korrigierte Rudenuaman. »Sie sind offenbar imstande, Fleisch zu verdauen, und verfügen über die Zähne und Klauen, die zur Jagd erforderlich sind, aber sie ziehen das Obst und die Beeren vor, die unsere automatischen Erntemaschinen für sie sammeln.«

»Dreckwühler«, murmelte der AAnn-Ingenieur. Er sah Rudenuaman an. »Entschuldigen Sie mich jetzt bitte, aber ich habe zu arbeiten.« Er wandte sich um und ging zu seiner Arbeitsstelle zurück.

Inzwischen waren die vier Eingeborenen nahe genug herangekommen, daß Flinx Einzelheiten erkennen konnte. Sie waren alle größer als selbst groß gewachsene Menschen und zwei- oder dreimal so breit. Wieviel von dieser Fülle auf den unglaublich dichten braunen

Pelz zurückzuführen war, der schwarze und weiße Flekken aufwies, konnte er nicht sagen. In Körperbau und Aussehen erinnerten sie an Bären, hatten aber keine Schnauze, sondern ein flaches Maul. Ihre schwarze Nase war ganz kurz und wirkte an so massiven Geschöpfen beinahe komisch.

Jede der vier mit sieben ›Fingern‹ versehenen Gliedmaßen endete in kurzen dicken Klauen. Die Geschöpfe schienen sich in gleichem Maße auf allen vieren zu bewegen oder aufrecht stehen zu können. Sie hatten keinen Schwanz. Die Ohren waren kurz und gerundet und ziemlich hoch am Kopf. Aber am auffälligsten waren die lemurenähnlichen Augen, groß wie Teller, die in dem fluoreszierenden Licht des Tunnels glühten. Riesige schwarze Pupillen schwebten wie Eidotter aus Obsidian in ihrer Mitte.

»Nachtgeschöpfe, wie es scheint«, meinte Sylzenzuzex. Die Eingeborenen hatten jetzt die Neuankömmlinge bemerkt und erhoben sich auf die Hinterbeine, um besser sehen zu können. Aufrecht schienen sie den ganzen Tunnel zu füllen. Flinx bemerkte, daß ihr Mund etwas vorstand, was ihnen fast den Ausdruck von Delphinen verlieh.

Er wollte gerade Rudenuaman noch eine Frage stellen, als sich unter seiner Kombination etwas heftig bewegte. Flinx griff zu spät zu, um Pip noch festhalten zu können. Die Flugschlange hatte bereits den schützenden Thermoanzug verlassen und schoß jetzt durch den Tunnelschacht auf die Eingeborenen zu.

»Pip … halt, es ist keine …!«

Er hatte sagen wollen, daß es keinen Grund gab, die Pelzriesen anzugreifen. Nichts Erschreckendes oder Bedrohendes hatte sein feinfühliges Bewußtsein berührt. Wenn der Minidrach jetzt die riesigen Eingeborenen erschreckte, war es höchst zweifelhaft, ob sie diesen Tunnel lebend würden verlassen können.

Aber Pip ignorierte den Ruf seines Meisters und erreichte jetzt das erste der vier Geschöpfe. Auf den Hinterbeinen stehend, war das riesige Lebewesen fast drei Meter hoch und wog bestimmt eine halbe Tonne. Große grüne Augen musterten furchtlos das winzige Reptil.

Pip schoß geradewegs auf den Kopf des einen zu. Im letzten Augenblick schlugen seine Flügel die Luft, während er seinen Flug abbremste — er landete auf der Schulter der Kreatur und ringelte sich um ihren Hals. Das Monstrum musterte den Minidrach gleichgültig und wandte dann seinen stumpfen Blick Flinx zu, der seinerseits schockiert den Riesen anstarrte.

Und dann fiel Flinx zum zweitenmal in seinem Leben in Ohnmacht ...

Der Traum war neu und sehr tief. Er trieb inmitten eines endlosen schwarzen Sees unter einem bedrückend nahen Nachthimmel. Es war so dunkel, daß er nichts sehen konnte, nicht einmal seinen eigenen Körper ... der vielleicht gar nicht da war.

Vor dem ebenholzschwarzen Himmel schwebten vier helle Lichter. Winzige tanzende Punkte aus Gold bewegten sich wie Glühwürmchen auf unvorhersehbaren, aber berechneten Bahnen. Sie tanzten und hüpften, schossen vor und zurück, nicht weit von den Augen entfernt, die er nicht hatte, und doch sah er sie ganz deutlich.

Manchmal tanzten sie umeinander, und einmal trafen sich alle vier in einem komplizierten Tanz, der ebenso schnell wieder vergessen war, wie er angefangen hatte.

»Jetzt ist er wieder da«, stellte das erste Leuchtpünktchen fest.

»Ja, er ist zurückgekommen«, pflichteten zwei weitere gleichzeitig bei.

Flinx stellte interessiert fest, daß der letzte der vier Lichtpunkte nicht so gleichmäßig war, wie er zuerst gedacht hatte. Im Gegensatz zu den anderen blitzte er auf und erlosch dann wieder, wie eine Lampe, deren Stromzufuhr unregelmäßig ist. Wenn das Licht ausging, verschwand der Punkt ganz, und wenn es dann wieder anging, flammte es heller als die drei anderen.

»Haben wir dich erschreckt?« fragte das blinkende Licht. Eine körperlose Stimme, die seltsam an die seine erinnerte, antwortete. »Ich habe Pip gesehen ...«, fing die Traumstimme zu reden an.

»Es tut mir leid, daß wir dich angeschrien haben«, entschuldigte sich der erste Lichtpunkt.

»Tut uns leid, daß wir geschrien haben«, hallte es von den beiden anderen. »Wir wollten dir nicht weh tun. Wir wollten dir keine Angst machen.«

»Ich habe gesehen, wie Pip sich um die Schultern eines der Eingeborenen legte«, meinte Flinx. »Pip hat das noch nie mit einem Fremden getan. Nicht einmal mit Mutter Mastiff. Nicht mit Truzenzuzex, mit gar niemandem.«

»Pip?« erkundigte sich die dritte Stimme.

»Oh«, erklärte der zweite Lichtpunkt, »er meint das kleine harte Bewußtsein.«

»Hart, aber wohlschmeckend«, stimmte der erste ihm zu, »wie ein *Chunut*.«

»Du dachtest, das kleine harte Bewußtsein wollte uns verletzen?« fragte die erste Stimme.

»Ja, aber statt dessen hat er auf euch reagiert, wie ich es noch nie zuvor gesehen habe. Also müßt ihr auch empathische Ströme aussenden, nur daß eure Gedanken freundliche sind.«

»Wenn du sagst, daß wir das müssen«, erläuterte der dritte Lichtpunkt, »dann müssen wir.«

»Aber nur wenn wir müssen«, sagte die vierte Stimme streng und leuchtete heller als die anderen drei, ehe das Leuchten wieder verschwand.

»Warum kommt und geht der vierte von euch wie ein Nebel?« murmelte Flinx' Traumstimme.

»Der vierte? Oh«, erklärte die erste Stimme, »das ist Vielleichtso. So heißt er, zu dieser Wochenzeit wenigstens. Mich nennt man Fluff.« Flinx hatte den Eindruck, als würden die beiden anderen Lichter nun auch etwas heller. »Das sind Moum und Blauhell.« Das vierte Licht flackerte kurz auf.

»Sie sind ein Paar«, sagte es und erlosch wieder.

»Wieder verschwunden«, stellte Flinx in Entrücktheit fest.

»Das ist Vielleichtso, erinnerst du dich?« meinte die Fluff-Stimme. »Manchmal ist er nicht hier. Wir übrigen sind immer hier. Wir ändern auch unsere Namen nicht, aber Vielleichtso kommt und geht und ändert jede Woche seinen Namen.«

»Wo geht Vielleichtso denn hin, wenn er verschwindet?«

Blauhell antwortete offen: »Das wissen wir nicht.«

»Woher kommt er dann, wenn er zurückkommt?«

»Das weiß niemand«, erklärte Moum.

»Warum verändert er von Wochenzeit zu Wochenzeit seinen Namen?«

»Frag ihn«, schlugen Moum und Blauhell gleichzeitig vor.

Jetzt kam Vielleichtso zurück, und sein Licht war heller als das der anderen.

»Warum wechselst du deinen Namen von Wochenzeit zu Wochenzeit, und wohin gehst du, wenn du gehst, und woher kommst du zurück, wenn du zurückkommst?« fragte Flinx' Stimme.

»Oh, daran ist kein Zweifel«, erklärte ihm Vielleichtso in verträumter Singsangstimme und erlosch wieder.

Fluff sprach mit verträumter Flüsterstimme: »Wir glauben, daß Vielleichtso ein wenig verrückt ist. Aber trotzdem ist er ein netter Kerl.«

Flinx stellte geistesabwesend fest, daß er begann, unter die Oberfläche des schwarzen Sees zu sinken. Über ihm wirbelten und tanzten die vier Lichter ihren seltsamen Tanz.

»Du bist der erste, der mit uns gesprochen hat«, murmelte die Fluff-Stimme.

»Komm und sprich noch mehr mit uns«, bat Moum vergnügt. »Es macht Spaß, jemanden zu haben, mit dem man reden kann. Der kleine Harte hört zu, aber er kann nicht reden. Das macht keinen Spaß!«

Flinx' Traumstimme gluckste in Blasen durch die dikker werdende ölige Flüssigkeit. »Wohin soll ich denn gehen, um mit euch zu reden?«

»Ans Ende des langen Wassers«, meinte Moum.

»Ans Ende des langen Wassers«, bestätigte Blauhell.

»Ans ferne Ende des langen Wassers«, fügte Fluff hinzu, der etwas präziser als die anderen war.

»Daran ist kein Zweifel«, pflichtete Vielleichtso bei und flackerte eine Sekunde lang auf.

Zweifel, Zweifel ... die Worte wurden von der sanften Strömung verschluckt, die Flinx' langsam sinkender Körper verursachte. Sinkend, sinkend, bis er den Grund des Sees berührte. Zuerst berührten ihn seine Beine, dann seine Hüften, dann sein Rücken und schließlich sein Kopf.

An diesem Ort war etwas Seltsames, dachte er. Der Himmel war schwärzer gewesen als das Wasser, und das Wasser wurde heller, statt dunkler, während er sank. Und am Grund war es so hell, daß seine Augen schmerzten.

Er schlug sie auf. Ein glitzerndes, fast metallisch blaugrünes Gesicht, das von facettierten Edelsteinen beherrscht war, starrte besorgt auf ihn herunter. Er atmete ein und roch Kokosnußöl und Orchideen. Etwas kitzelte ihn am linken Ohr.

Als er nachsah, entdeckte er Pips kleines reptilisches Gesicht, das auf seiner Brust lag. Eine lange spitze Zunge zuckte vor und berührte ihn einige Male an der Wange. Offenbar befriedigt, daß seinem Meister nichts fehlte, entspannte sich der Minidrach und glitt vom Kissen, um sich in der Nähe bequem einzurollen.

Kissen?

Flinx atmete tief durch und lächelte Sylzenzuzex an.

Sie zog sich zurück, und er sah, daß sie sich in einem kleinen zweckmäßig möblierten Raum befanden. Durch die hohen Fenster fiel Licht herein.

»Wie fühlen Sie sich?« fragte sie in den scharfen Klick- und Pfeiftönen der Symbosprache. Er nickte und sah, daß sie bequem auf einer Thranx-Schlaf-Sitzplattform lag.

»Der Wabe sei Dank. Ich hatte geglaubt, Sie wären tot.«

Flinx stützte den Kopf auf die Hand. »Ich hätte nicht gedacht, daß Ihnen das viel ausmachen würde.«

»Ach, seien Sie ruhig!« herrschte sie ihn unerwartet heftig an. Er entdeckte Verwirrung und Enttäuschung in ihrer Stimme. »Ich hätte Ihnen oft genug mit Freuden die Kehle durchgeschnitten, wenn ich keinen Eid geleistet hätte, Sie zu schützen. Und ebenso oft hätte ich mir fast gewünscht, daß Sie Ihr Skelett nicht innen tragen.

Wie damals auf Terra, als Sie mir das Leben gerettet haben, und das andere Mal, als Sie sich gegen diese barbarische junge Frau gewehrt haben.« Flinx sah, wie ihre Antennen nervös zuckten und ihr Ovipositor sich spannte. »Ich habe noch nie ein Wesen getroffen, das mich so wahnsinnig macht, Flinx-Mensch!«

Er setzte sich vorsichtig auf und stellte fest, daß alles an ihm funktionierte. »Was ist denn geschehen?« fragte er verwirrt. »Nein, warten Sie ... ich erinnere mich, daß ich die Besinnung verlor, aber ich weiß nicht, weshalb. Hat mich etwas getroffen?«

»Niemand hat Sie bedroht. Sie sind zusammengebrochen, als der Minidrach einen der eingeborenen Arbeiter angriff. Zum Glück scheint das Manöver nur ein Bluff gewesen zu sein. Der Eingeborene war zu unwissend, um Angst zu haben.« Ihr Ausdruck wandelte sich. Plötzlich schien sie verblüfft. »Aber warum sind Sie ohnmächtig geworden?«

»Ich weiß nicht«, wich er aus. »Wahrscheinlich von dem Schock, als ich mir vorstellte, wie die Eingeborenen uns in Stücke reißen würden, nachdem Pip einen von ihnen getötet hatte. Und als er das nicht tat, verstärkte das den Schock noch, weil Pip normalerweise bei Fremden nicht so zutraulich ist.« Flinx zwang sich, gleichgültig zu wirken. »Pip zieht also natürlichen Pelz einem Thermoanzug vor und hat es sich auf einem der Eingeborenen bequem gemacht. Das war es doch wahrscheinlich, was geschehen ist.«

»Und was beweist das?« wollte Sylzenzuzex wissen.

»Daß ich zu leicht ohnmächtig werde.« Er schwang die Beine vom Bett und sah sie grimmig an. »Zumindest wissen wir jetzt, warum diese Welt Unter Edikt steht.«

»Psst.« Beinahe wäre sie von ihrer Schlafplattform gefallen. »Warum ... nein, warten Sie«, warnte sie. Einige Minuten verstrichen, in denen sie das Zimmer gründlich inspizierte und dabei auch Stellen berücksichtigte, an die Flinx nie gedacht hätte.

»Alles sauber«, verkündete sie am Ende zufrieden. »Wahrscheinlich können sich die nicht vorstellen, daß wir etwas zu sagen haben, das zu belauschen sich lohnt.«

»Sind Sie sicher?« fragte Flinx verstört. »Daran hätte ich nie gedacht.«

Sylzenzuzex sah ihn beleidigt an. »Ich hab' Ihnen doch gesagt, daß ich gerade mitten in meiner Sicherheitsausbildung steckte. Nein, hier hört niemand auf Sie — außer mir.«

»Okay, der Grund für das Edikt, unter dem diese Welt steht, ist uns heute im Tunnel begegnet. Es sind die Eingeborenen ... Rudenuamans grunzende, rotäugige Arbeiter. Sie sind der Grund.«

Sie starrte ihn eine volle Minute lang an, überlegte, ob sie lachen sollte, ließ es dann aber bleiben, als sie sah, wie ernst er blickte.

»Unmöglich«, murmelte sie schließlich. »Sie müssen eine Halluzination gehabt haben. Die Eingeborenen sind doch ganz bestimmt nicht mehr als das, was sie scheinen — groß, freundlich und dumm. Sie haben sich noch nicht genügend entwickelt, als daß die Kirche ihretwegen diese Welt isolieren müßte.«

»Im Gegenteil«, widersprach er. »Sie sind viel mehr, als sie zu sein scheinen.«

Sie gab nicht so leicht auf. »Wenn das stimmt, warum schuften die dann stundenlang bei eisiger Temperatur für ein paar armselige Nüsse und Beeren?«

Flinx' Stimme klang niedergeschlagen. »Das weiß ich noch nicht.« Er blickte auf. »Aber eines weiß ich — es sind natürliche Telepathen.«

»Eine Halluzination«, wiederholte sie überzeugt. »Einfach eine Halluzination.«

»Nein.« Seine Stimme klang fest und überzeugt. »Ich habe selbst ein paar kleine Talente. Ich kenne den Unterschied zwischen einer Halluzination und Telepathie — einer Verständigung von Geist zu Geist.«

»Wie Sie meinen«, erklärte Sylzenzuzex und seufzte. »Wollen wir nur der Diskussion wegen einmal davon ausgehen, daß es keine Illusion war. Das ist immer noch kein Grund für die Kirche, diese Welt mit dem Edikt zu belegen. Eine ganze Rasse von Telepathen ist reine Theorie. Aber es würde noch nicht ausreichen, um sie von der Mitgliedschaft im Commonwealth auszuschließen.«

»Das ist nicht alles«, erklärte Flinx ernsthaft. »Sie sind ... nun intelligenter, als sie scheinen.«

»Das bezweifle ich«, schnaubte sie, »aber selbst eine Rasse intelligenter Telepathen würde nicht als so große Bedrohung angesehen werden.«

»*Viel* intelligenter.«

»Das glaube ich nicht, solange ich keine Beweise dafür sehe«, widersprach sie. »Wenn sie eine ernsthafte Bedrohung für das Commonwealth darstellten ...«

»Warum sollte sonst die Kirche diese Welt mit dem Edikt belegen?«

»Flinx, sie haben keine Werkzeuge, keine Kleider, keine gesprochene Sprache, keine Zivilisation. Sie laufen herum und wühlen nach Wurzeln und Früchten, leben in Höhlen. Wenn sie potentiell wirklich so intelligent sind, wie Sie behaupten, warum leben sie dann weiter in Armut?«

»Das ist eine sehr gute Frage«, gab Flinx zu. »Haben Sie eine sehr gute Antwort darauf?«

»Nein. Aber ich bin überzeugt, daß ich den Grund für die Entscheidung der Kirche gefunden habe. Was ist die Folge davon, wenn eine Rasse mit dem Edikt belegt wird? Kein Kontakt mit draußen, mit raumfahrenden Völkern«, zitierte sie. »Schwerste Strafen für Verletzungen des Edikts. Aber auf ihre Weise darf die Rasse sich frei weiterentwickeln.«

»Oder stagnieren«, murmelte Flinx. »Das Commonwealth und die Kirche haben vielen primitiven Völkern geholfen. Warum nicht den Ujurrianern?«

»Sie machen sich zum Schiedsrichter über die hohe Politik der Kirche«, murmelte sie und trat unwillkürlich einen Schritt zurück.

»Nicht ich!« schrie er halb und schlug mit beiden Händen aufs Bett. Seine Hände bewegten sich beim Reden schnell. »Der Kirchenrat maßt sich das Recht an, über die Bestimmung fremder Rassen zu entscheiden. Und wenn nicht die Kirche, dann die Regierung des Commonwealth. Und wenn nicht das Commonwealth, dann die großen Firmen und Familiengesellschaften, und dann gibt es noch das AAnn-Empire, das sich selbst über alles stellt.« Er ging jetzt ärgerlich vor dem Bett auf und ab.

»Mein Gott, ich bin es leid, von Organisationen zu hören, die sich einbilden, das Recht zu haben, über die Entwicklung anderer zu entscheiden!«

»Was würden Sie denn vorziehen?« forderte sie ihn heraus. »Anarchie?«

Flinx ließ sich wieder schwer auf das Bett fallen und stützte den Kopf in die Hände. Er war müde, müde und viel zu jung. »Warum nicht? Woher soll ich das wissen? Ich weiß nur, daß mir das, was sich in diesem Winkel der Schöpfung für intelligent hält, zum Halse heraushängt.«

»Ich kann es nicht glauben, daß Sie so unschuldig sind«, sagte sie mit etwas leiserer Stimme. »Was erwarten Sie denn von ganz gewöhnlichen Säugern und Insekten? Die Verschmelzung war erst der Anfang des Aufstiegs Ihrer und meiner Rasse aus der Finsternis. Das Commonwealth und die Vereinigte Kirche sind erst ein paar Jahrhunderte nach Ihrer Zeitrechnung alt. Was erwarten Sie denn so früh davon — das Nirwana? Das Paradies?« Sie schüttelte den Kopf, eine Geste, die die Thranx von den Menschen übernommen hatten. »Sie und ich haben nicht das Recht, uns über die Kirche zu stellen, die uns aus diesen finsteren Zeiten herausgeführt hat.«

»Die Kirche, die Kirche, Ihre allmächtige Kirche!« schrie er. »Warum verteidigen Sie sie denn so? Glauben Sie, daß sie aus lauter Heiligen besteht?«

»Ich habe nie behauptet, daß sie perfekt sei«, antwortete sie und geriet jetzt ebenfalls in Hitze. »Die Ratsherren selbst wären die letzten, das zu behaupten. Das ist ja eine ihrer Tugenden. Natürlich ist sie nicht perfekt — sie würde das auch nie von sich behaupten.«

»Das hat Tse-Mallory mir auch einmal gesagt«, murmelte er nachdenklich.

»Was ... wer?«

»Jemand, den ich kenne und der die Kirche verlassen hat aus Gründen, die nur er kennt.«

»Tse-Mallory, wieder dieser Name«, antwortete sie nachdenklich. »Er war doch der Schiffsbruder meines Onkels, den Sie schon einmal erwähnt haben. Bran Tse-Mallory?«

»Ja.«

»Bei den Clanversammlungen spricht man von ihm ebenso wie von Truzenzuzex.« Sie zwang sich in die

Gegenwart zurück — es hatte keinen Sinn, Dingen nachzuhängen, die sie wahrscheinlich nie wieder würde erleben können. »Jetzt, da Sie entschieden haben, daß das Universum nicht perfekt ist, und daß die Intelligenzen, die es lenken, auch nicht allwissend sind, was wollen Sie jetzt unternehmen?«

»Ich will mit unseren zukünftigen Freunden sprechen, den Ujurrianern.«

»Und was werden die tun?« spottete sie. »Die Shuttles des Barons mit Steinen bewerfen, wenn er zurückkehrt? Oder die Strahler anspucken, die sicherlich in reichlicher Menge hier vorhanden sind?«

»Möglich«, räumte Flinx ein. »Aber selbst, wenn sie nichts tun können, glaube ich, daß wir unter ihnen eine weit bessere Überlebenschance haben als hier, wenn wir nur darauf warten, daß Rudenuaman es müde wird, uns um sich zu haben. Und wenn das geschieht, wird sie uns ebenso gleichgültig beseitigen wie ein altes Kleidungsstück.« Er ließ seine Gedanken schweifen und sah keinen Anlaß, länger mit Sylzenzuzex Versteck zu spielen. »Vor der Tür steht nur ein Posten.«

»Woher wissen ... oh, Sie haben das erwähnt«, beantwortete sie sich die Frage selbst. »Wie weit reichen Ihre Talente?«

»Da habe ich nicht die leiseste Ahnung«, erklärte er ehrlich. »Manchmal kann ich nicht einmal eine Spinne in einem Zimmer wahrnehmen. Ein anderes Mal wieder ...« Er hielt es für besser, ein paar Geheimnisse für sich zu behalten. »Sie können mir glauben, daß nur ein Posten draußen steht. Ich glaube, wir haben Rudenuaman durch unsere Gefügigkeit davon überzeugt, daß man uns nicht besonders scharf bewachen muß. Sie hat ja selbst gesagt — es gibt keinen Ort, an den wir fliehen könnten.«

»Und ich bin gar nicht so sicher, ob ich da anderer Meinung bin als Sie«, murmelte Sylzenzuzex, und ihr Blick wanderte zu den eisigen Gipfeln draußen. »Obwohl ich zugeben muß, daß sie uns durchaus fliehen lassen *könnte.* In den Bergen wären wir ihr noch weniger gefährlich als hier.«

»Hoffentlich sieht sie das auch so«, meinte er. »Der Baron wäre da anderer Meinung. Wir müssen jetzt gehen.«

Er glitt vom Bett, ging zur Tür und klopfte leise. Die Tür öffnete sich, und der Posten musterte sie aufmerksam — aus einigen Schritten Entfernung, wie Flinx feststellte.

Er war ein hagerer, hochgewachsener Mensch mit einem ausgeleierten Gesichtsausdruck und Haar, das zu früh weiß geworden war. Soweit Flinx das feststellen konnte, handelte es sich jedenfalls nicht um einen AAnn in menschlicher Verkleidung.

»Sie haben mich beim Lesen gestört«, warf er Flinx mürrisch vor und wies auf den kleinen Bandbetrachter, der in der Nähe stand. Dies erinnerte Flinx an ein anderes Band, das er selbst lesen wollte. Trotz der Besorgnis, die ihn erfüllte, würde er noch lange warten müssen, bis er dieses Band zu sehen bekam — wenn er es überhaupt jemals vor Augen bekam.

»Was wollen Sie?« Der Mann wußte sichtlich über ihr bisheriges Verhalten Bescheid. Flinx stieß einen geistigen Schrei aus und beschwor ein Gefühl der Angst herauf.

Pip schoß unter den Kissen auf dem Bett hervor und war durch die Tür, ehe der Mann seinen Bandbetrachter wegstellen konnte. Ein Strahler fuhr hoch, aber statt zu feuern, hielt sich der Mann beide Hände vor das Gesicht. Flinx sprang ihn an und trat ihn mit der Fußspitze in den Solarplexus. Er hatte den Eindruck, wenn er etwas stärker zugetreten hätte, wären dem anderen die Augen aus den Höhlen gesprungen. Der Posten stieß krachend gegen die Wand, setzte sich hin und lehnte sich wie eine Stoffpuppe gegen das Stuhlbein. Diesmal reagierte der Minidrach auf Flinx' Befehl. Er rollte sich um Flinx' Schulter und blickte böse auf den bewußtlosen Posten herunter.

Sylzenzuzex kam jetzt von hinten heran. »Warum hat er nicht sofort geschossen? Tatsächlich ...« Sie zögerte, und Flinx ahnte, was sie dachte.

»Richtig. Niemand hier hat Pip als gefährlich erkannt. Ich habe es nur Rudenuamans Leibwächterin gesagt. Bei all der Hetze muß sie es versäumt haben, die anderen zu informieren. Wir saßen hier in der Falle, ohne Hoffnung auf Entkommen, erinnern Sie sich? Die einzigen, die es wußten, waren Challis und Mahnahmi. Er ist tot, und sie ist geflohen.« Flinx wies hinter sich. »Deshalb habe ich Pip auch zurückgerufen und den Posten selbst bewußtlos geschlagen. Alle anderen wissen noch nichts von Pips Fähigkeiten. Über kurz oder lang wird Linda daran denken und es ihrer Herrin sagen, aber bis dahin sollten wir frei sein. Hoffentlich sind wir das — eine zweite Chance bekommen wir von Rudenuaman nicht.«

»Was tun wir jetzt?«

»Bis jetzt hat uns außer ein paar bewaffneten Sicherheitsbeauftragten und ein paar Leuten im Bergwerk noch niemand gesehen. Die Anlage hier ist ziemlich groß. Wenn wir uns sehr selbstbewußt geben, schaffen wir es vielleicht, hier einfach wegzugehen, ohne daß uns jemand aufhält.«

»Sie sind verrückt«, murmelte sie nervös, als sie die Liftkabine betraten. »Mag sein, daß das ein großer Stützpunkt ist, aber dennoch ist es eine geschlossene Gemeinschaft. Hier kennt bestimmt jeder jeden.«

»Sie gehören einer großen Bürokratie an und verstehen sie dennoch nicht«, meinte Flinx traurig. »In einer komplizierten Hierarchie wie dieser hier neigen alle dazu, sich um ihre eigenen Ressorts zu kümmern. Dies hier ist alles andere als eine homogene kleine Gesellschaft. Wenn wir nicht einem der Wächter begegnen, die uns bei der Landung festnahmen, sollten wir uns frei bewegen können.«

»Bis unser Posten wieder zu sich kommt«, erinnerte sie ihn. »Dann werden sie uns suchen kommen.«

»Aber nicht außerhalb des Stützpunkts, das wette ich. Rudenuaman wird ärgerlich sein, aber nicht böse. Sie wird annehmen, daß die Umwelt uns fertigmachen wird. Und das wird sie auch, wenn uns die Ujurrianer nicht helfen.«

Sie betraten die Liftkabine und fuhren nach unten. »Und was veranlaßt Sie zu der Meinung, daß die uns helfen?«

»Ich hatte den Eindruck, als wären sie begierig darauf, mit mir zu sprechen. Wenn sie mit zehn schiffbrüchigen Thranx zusammen wären, die nur Niederthranx sprechen, und plötzlich ein elfter auftaucht, würden Sie dann nicht auch mit ihm sprechen wollen?«

»Eine Zeitlang vielleicht«, räumte sie ein. »Sobald ich dann alles gehört hätte, was er zu sagen hat, würde ich vielleicht auch gerne essen wollen.«

»Ich glaube nicht, daß die Ujurrianer das tun werden.« Der Lift erreichte das unterste Stockwerk.

»Warum sind Sie sich da so sicher? Trotz aller Wurzeln und Beeren sind sie Allesfresser, Sie erinnern sich doch. Angenommen, es handelt sich einfach um telepathische Idioten?«

»Wenn ich mich in ihnen irre, dann trägt uns das immerhin einen angenehmeren Tod ein als den, den Rudenuaman sich für uns ausdenken würde. Ich setze auf zwei Dinge — einen Traum und die Tatsache, daß ich Pip noch nie auf ein Geschöpf habe losfliegen sehen, das er nicht angreifen wollte.« Er griff in den Halsausschnitt seiner Kombination und strich Pip über den Kopf. »Sie haben natürlich recht, Syl, als Sie sagten, er fliege auf die Wärme zu, aber die Wärme war nicht im Pelz des Ujurrianers.« Die Lifttür schob sich beiseite, und sie traten in den verlassenen Korridor hinaus.

Kurz darauf verließen sie das Gebäude und gingen auf den See zu. Einige Leute begegneten ihnen. Flinx erkannte keinen von ihnen, und zum Glück erkannte auch keiner von ihnen die beiden Gefangenen.

Als sie sich dem Rande des Stützpunktes näherten, verlangsamte Flinx seine Schritte; all seine Sinne waren gespannt — ob es hier so etwas wie automatische Verteidigungsanlagen gab? Sylzenzuzex suchte nach versteckten Alarmanlagen. Aber sie fanden nicht einmal etwas so Einfaches wie einen Zaun. Offenbar gab es keine großen Fleischfresser in dem Tal, und welche Meinung Rudenuaman von den Eingeborenen hatte, wußten sie ja bereits.

Als sie die schützenden Bäume erreicht hatten, beschleunigten sie ihre Schritte und bewegten sich so schnell, wie Sylzenzuzex' verletzte Beinhand das gestattete. Die Sonne stand bereits tief am Himmel, als sie endlich ihr Tempo verlangsamten. Wenn die Sonne schließlich hinter einem der schneebedeckten Gipfel verschwand, dann würde in der kalten Bergluft auch ihre Wärme schnell verflogen sein. Sylzenzuzex würde dies zuerst spüren, und zwar sehr schnell, aber Flinx hegte keinen Zweifel, daß auch er in seinem dünnen Overall darunter leiden würde.

Er hoffte, daß ihre pelzbedeckten Gastgeber dagegen etwas unternehmen konnten. Wenn sie niemand am anderen Ende des Sees erwartete — dem ›langen Wasser‹ seines Traums —, würde das höchst peinlich sein und sehr unangenehm.

An seinem tiefer gelegenen Ende verengte sich der See zu einem schmalen Gewässer und purzelte dann mit dem Humor aller Bergbäche einen sanften Abhang hinunter, tanzte über Felsen und umgestürzte Bäume, hüpfte über Zweige. Trotz des dichten Baumbestandes wuchs hier eine ganze Menge von dem heidekrautähnlichen Gewächs.

Flinx fielen ein paar kleine blühende Pflanzen mit eigenartigen nadelähnlichen Blättern auf. Winzige Pelzgeschöpfe huschten durch die niedrigen Dschungel.

Sylzenzuzex schnüffelte angewidert, und ihre Atemöffnungen pfiffen, als sie ein winziges Ding mit zehn pelzbewachsenen Beinen dabei beobachteten, wie es am anderen Flußufer auf winzigen Hufen in ein Loch schoß.

»Primitive Welt«, meinte sie. »Keine Insekten.« Sie schauderte bereits. »Kein Wunder. Diese Welt ist zu kalt für sie — und mich auch.«

Flinx suchte zwischen den Bäumen herum und rieb sich dabei immer wieder die Hände. Gelegentlich griff er in seine Kombination, um Pip zu streicheln. Auch der Minidrach kam von einer warmen Welt. In dem instinktiven Bemühen, Energie und Körperwärme zu bewahren, verhielt er sich ruhig.

»Ich bin hier auch nicht gerade zu Hause, wissen Sie«, erklärte Flinx. Er blickte besorgt zum Himmel auf und stellte fest, daß die Sonne bereits zur Hälfte von einem Berg verschlungen worden war, der wie ein verkrüppelter Dinosaurier wirkte.

»Wir können hier draußen erfrieren oder umkehren und den Zorn dieser Frau riskieren«, stammelte Sylzenzuzex. »Eine herrliche Wahl.«

»Ich verstehe das nicht«, murmelte er verstört. »Ich war so sicher. Die Stimmen waren so klar.«

»In einem Traum ist alles klar«, meinte sie philosophisch. »Die echte Welt ist es, die unlogisch ist und gern an den Rändern immer etwas ausfranst. Ich bin immer noch nicht sicher, ob Sie nicht auch an den Rändern etwas ausgefranst sind, Flinx.«

»Hoho«, dröhnte eine Stimme wie ein Hammer, der auf einen großen Eisentopf schlägt. Es war eine wirkliche Stimme. Nicht ein telepathisches Flüstern.

»Ein Witz. Ich mag Witze!«

Flinx' Herz nahm wieder seinen normalen Schlagrhythmus an, und er und Sylzenzuzex wirbelten herum und sahen, wie eine riesige Gestalt zwischen zwei Bäumen herauswatschelte und auf sie zukam. Es war schwer, Eingeborene von ihrem Äußeren her voneinander zu unterscheiden.

Aber Flinx wußte, daß er nach etwas weniger Offensichtlichem Ausschau halten mußte. Es blinkte ihn hell an, ein starkes konzentriertes geistiges Glühen — wie ein Glühwürmchen, erinnerte er sich.

»Hallo, Fluff. Mag sein, daß du viel Spaß verstehst, aber schleich dich bitte nicht noch einmal so an uns an.«

»Spaß verstehen«, wiederholte der Riese. »Das bedeuten, ich keine Witze machen?« Auf seinen Hinterbeinen ragte er über ihnen auf. »Ja. Was ist besser als Witze machen? Außer vielleicht Höhlen bauen und essen und schlafen und Liebe machen.«

Flinx bemerkte, daß der breit grinsende Mund sich bewegte.

»Du redest ja«, stellte Sylzenzuzex im gleichen Augenblick fest. Sie wandte sich zu Flinx. »Ich dachte, Sie sagten, daß die Eingeborenen Telepathen sind?«

»Kann auch mit Verstand reden«, sagte etwas in ihrem Kopf und ließ sie zusammenzucken.

»Das also ist Telepathie«, murmelte sie, von der neuen Erkenntnis verstört. »Das geht einem auf die Nerven.«

»Warum sich die Mühe machen und reden?« fragte Flinx.

»Das ist weniger wirksam, macht aber Spaß«, dröhnte Fluff.

»Viel mehr Spaß«, ahmten ihn zwei Stimmen nach. Moum und Blauhell erschienen und schlurften auf den Bach zu. Sie gingen auf alle viere nieder und begannen Wasser zu trinken.

»Warum redet ihr nicht mit den Leuten im Stützpunkt so?«

»Stützpunkt? Große Höhlen aus Metall?«

Flinx nickte und erhielt als Antwort eine Art geistiges Achselzucken.

»Niemand uns fragen, viel reden. Wir sehen in ihnen,

daß sie es gerne haben, wenn wir so reden.« Daraufhin gab er ein paar Grunzlaute von sich und lachte.

»Ich sie glücklich machen. Wir wollen alle glücklich sein. Also reden wir so.«

»Ich bin nicht sicher, ob ich das verstehe«, gab Flinx zu und setzte sich auf einen Felsbrocken und schauderte. Eine monströse Gestalt tauchte hinter seiner Schulter auf, und Sylzenzuzex sprang einen halben Meter hoch in die Luft.

»Ohne Zweifel«, donnerte Vielleichtso. Eine seiner Pranken hielt zwei etwas zerdrückte Gegenstände, während die andere einen großen Plastikbehälter trug. Flinx spürte, wie ein warmer Gedanke ihn überflutete, wie ein Eimer heißes Wasser, dann war Vielleichtso wieder verschwunden.

»Was war das?« wollte Sylzenzuzex wissen.

»Vielleichtso«, erklärte Flinx geistesabwesend und sah sich an, was der flüchtige Ujurrianer gebracht hatte. »Thermoanzüge — einen für Sie und einen für mich.«

Nachdem sie die Schutzkleidung angelegt hatten, verbrachten sie ein paar herrliche Augenblicke mit Auftauen, ehe sie den Inhalt des großen Behälters untersuchten.

»Lebensmittel«, stellte Sylzenzuzex fest. »Zwei Strahler und ...«

Flinx griff in die Tiefen des Behälters und stellte dabei fest, daß er zitterte. »Und das ... selbst das.« Er zog die Hand heraus, die eine kleine, etwas abgegriffene Spule hielt.

»Wie?« fragte er Fluff beinahe andächtig. »Wie hat er das gewußt?« Fluffs Lächeln war echt und ging über das hinaus, das in seine Gesichtszüge eingegraben war.

»Vielleichtso spielt seine eigenen Spiele. Für Vielleichtso ist alles ein Spiel, und er versteht sich auf Spiele. Besser als sonst jemand in der Familie. In mancher Hinsicht ist er wie ein zu groß geratenes Junges.«

»Ein Junges«, pflichtete Moum ihm bei, »aber ein großes Licht.«

»Sehr großes Licht«, bestätigte Blauhell und hob den Kopf und leckte sich mit der langen Zunge Wasser von der Schnauze.

»Es macht Spaß, jemanden zu haben, der Antwort geben kann«, stellte Fluff verspielt fest. Dann hatte Flinx den Eindruck eines verletzten Stirnrunzelns. »Andere sind gekommen, aber nicht gelandet. Vielleichtso hat sie gesehen. Er sagt, sie hätten seltsame Dinge mit Konstruktionen — mit Instrumenten wie denen in den Metallhöhlen getan. Sie wurden sehr aufgeregt, und dann gingen sie weg.«

»Die Forschungsgruppe der Kirche«, stellte Flinx unnötigerweise fest.

»Wir haben nicht verstanden, warum sie weggingen«, sagte Fluff verstört. »Wir hätten es lieber gehabt, wenn sie gelandet wären und mit uns geredet hätten. Wir waren traurig und wollten ihnen helfen, weil sie vor irgend etwas Angst hatten.«

Wieder das geistige Achselzucken. »Obwohl wir uns natürlich auch geirrt haben können.«

»Ich glaube nicht, daß ihr euch geirrt habt, Fluff. Etwas hat ihnen schon Angst gemacht.«

Sylzenzuzex achtete nicht auf ihn. Sie starrte Fluff an, die Kiefer hingen ihr herunter. Flinx wandte sich ihr zu und fragte: »Verstehen Sie jetzt, weshalb man diese Welt Unter Edikt gestellt hat?«

»Unter Edikt«, wiederholte Fluff und ließ die gesprochenen Worte förmlich zergehen. »Eine generelle Ermahnung, welche philosophische Rationalisierungen verkörpert, die wiederum ...«

»Du lernst aber schnell, Fluff«, stöhnte Flinx.

»Oh, sicher«, erklärte der Riese in fast kindischer Begeisterung. »Es macht Spaß. Spielen wir ein Spiel. Du mußt dir einen Begriff oder ein neues Wort ausdenken, und wir versuchen es zu lernen, okay?«

»Für die Forschungsgruppe, die hier Messungen anstellte, war es kein Spiel«, verkündete Sylzenzuzex plötzlich. Sie sah zu Flinx hinüber. »Ich verstehe, was Sie mir zu sagen versuchten.« Und zu dem Riesen gewandt: »Sie sind nicht gelandet, weil ... weil sie vor dir Angst hatten, Fluff.«

»Angst? Warum vor mir Angst?« Er schlug sich mit seiner Pranke, mit der man einen Menschen hätte zermalmen können, auf den mächtigen Brustkasten. »Wir leben doch nur und essen und schlafen und machen Liebe und bauen Höhlen und spielen Spiele ... und machen Witze, natürlich. Wovor Angst?«

»Vor deinem Potential, Fluff«, erklärte Flinx sorgsam. »Und dem deinen, Moum und Blauhell, und deinem, Vielleichtso, wo immer du sein magst.«

»Irgendwo anders«, meinte Moum vergnügt.

»Sie sahen euer Potential und rannten davon, als wäre der Teufel hinter ihnen her, statt zu landen und euch zu helfen. Sie haben euch Unter Edikt gestellt, damit auch sonst niemand kommen und euch helfen konnte. Sie hofften, euch alle der Unwissenheit auszuliefern. Ihr habt ein unberechenbares Potential, Fluff, aber euch treibt nichts an. Indem sie euch das versagte, meinte die Kirche ...«

»Nein!« schrie Sylzenzuzex fast schmerzerfüllt. »Das kann ich nicht glauben. Die Kirche würde niemals ...«

»Warum nicht?« knurrte Flinx. »Jeder kann Angst haben.«

»Es ist falsch, sich zu fürchten«, stellte Fluff betrübt fest. »Und traurig auch.«

»Richtig beide Male«, pflichtete Flinx ihm bei. Plötzlich wurde ihm bewußt, daß sein Magen sein Recht verlangte. Er holte einen großen Würfel aus Fleisch und Käse aus dem Plastikbehälter und nahm auf einem Felsbrocken Platz. Nachdem er die Folie abgezogen hatte, biß er kräftig ab und durchsuchte den Behälter dann nach etwas, das er Pip anbieten konnte.

Sylzenzuzex schloß sich ihm an, aber als sie den Behälter durchsuchte, war sie nicht ganz bei der Sache. Ihr Geist war ein Wirbel einander widersprechender verwirrender, zerstörerischer Gedanken. Das Wissen um das, was die Kirche ganz sicher getan hatte, zerstörte einen Glauben, den sie seit ihrer Puppenzeit hochgehalten hatte. Und jedesmal, wenn wieder ein Ideal in ihr zerbrach, durchzuckte sie ein Schmerz.

Flinx war zu einer Entscheidung gelangt. »Du wolltest reden, ein Spiel mit Konzepten und Worten spielen?«

»Ja, laßt uns spielen«, rief Moum begeistert.

»Laßt uns reden«, pflichtete Blauhell ihm bei.

Flinx blickte grimmig, überlegte, was er tun würde, und stellte befriedigt fest, daß ihn das, was er jetzt tun würde, mehr befriedigte als jede Entscheidung, die er bisher in seinem Leben getroffen hatte.

»Darauf könnt ihr wetten, daß wir jetzt reden ...«

11

»Aber nicht hier«, warf Fluff ein.

»Ganz entschieden nicht hier«, kam das Echo von Blauhell.

»Gehen wir in die Höhle.« Er wandte sich von Flinx ab, und er und Moum gingen auf die Bäume zu. Im Gleichschritt, wie sich gleich zeigte. Fluff watschelte hinter ihnen her und winkte Flinx und Sylzenzuzex, ihnen zu folgen.

»*Die* Höhle?« erkundigte sich Flinx später, während er und die zitternde Thranx sich abmühten, das Tempo der Eingeborenen zu halten. »Ihr teilt alle dieselbe Höhle.«

Fluff schien überrascht. »Alle teilen dieselbe Höhle.«

»Dann gehört ihr alle derselben Familie an?« keuchte Sylzenzuzex.

»Alle derselben Familie?« Die Fragen verblüfften den großen Eingeborenen offensichtlich.

Flinx kam in den Sinn, daß Fluff vielleicht etwas anderes als unmittelbare Blutsverwandtschaft meinte. Ein Wort mit mehrfacher Bedeutung konnte auch für Menschen verwirrend sein, ganz zu schweigen von den Angehörigen einer fremden Rasse, die die Sprache kaum beherrschte.

»Gehören wir derselben Familie an, Fluff?« fragte er vorsichtig. Der furchte gewichtig die Brauen.

»Noch nicht sicher«, verkündete er schließlich. »Ich sage es dir noch.« Eine Stunde lang ging es über Felsbrocken und über Gräben, und Flinx begann zu ermüden. Für seine Begleiterin war es noch viel schlimmer, und sie ließ sich schließlich erschöpft inmitten eines Gebüsches nieder.

»Es tut mir leid«, murmelte sie. »Ich halte das nicht durch. Müde und — kalt.«

»Warten Sie«, erklärte er. »Fluff, warte auf uns!« Die drei Ujurrianer blieben stehen und sahen sich erwartungsvoll um.

Flinx kniete nieder und untersuchte vorsichtig die gebrochene Beinhand. Obwohl Sylzenzuzex keinen Druck darauf ausgeübt hatte, schien das Gelenk nicht richtig zu heilen.

»Wir müssen den Bruch schienen«, murmelte er leise. Sie nickte.

»Tu es in der Höhle«, riet Fluff, der sich inzwischen zu ihnen gesellt hatte.

»Tut mir leid, Fluff«, erklärte Flinx, »aber wenn wir diesen Bruch nicht behandeln, kann sie nicht weitergehen.« Er überlegte und schlug dann vor: »Geht ihr drei weiter — hinterlaßt uns eine Spur aus abgebrochenen Zweigen. Wir holen euch später ein.«

»Unsinn«, meinte der Eingeborene. Er trat näher, und sein mächtiger Körper ließ den schlanken Jungen wie einen Zwerg erscheinen. Flinx stellte fest, daß Pip sich nicht bewegt hatte. Wenn der Minidrach keine Angst hatte, dann verspürte auch er keine Drohung hinter diesen immer näher kommenden leuchtenden Augen.

Fluff studierte die vor Kälte zitternde Sylzenzuzex und fragte dann neugierig:

»Was tun, Flinx-Freund?«

»Wenn du meinst, daß es unsinnig ist, eurer Spur zu folgen«, meinte er vorsichtig und beobachtete dabei den Ujurrianer, ob der vielleicht Ärger zeigte, »könntet ihr uns ja reiten lassen.«

Blauhell kratzte sich mit dem Hinterfuß unter dem Kinn. »Was ist reiten?« fragte er interessiert.

»Das bedeutet *sie* zu tragen statt Steine«, schnaubte eine tiefe Stimme verweisend, als wolle sie Blauhell wegen seiner Schwerfälligkeit tadeln. Flinx konnte sich gerade noch schnell genug umdrehen, um die leicht phosphoreszierenden Umrisse von Vielleichtso sich auflösen zu sehen.

»Jetzt verstehen«, blubberte Fluff zufrieden. »Was tun wir?«

»Bleib da stehen«, instruierte ihn Flinx und fragte sich, während er auf die braune Wand, die der Eingeborene war, zuging, ob sich das am Ende als gute Idee erweisen würde. Der große Bärenkopf hatte sich herumgedreht und beobachtete ihn. »Jetzt leg dich auf den Bauch.«

Fluff ließ sich mit einem pneumatischen Zischen zu Boden sinken. Flinx stellte prüfend einen Fuß auf seine linke Flanke, griff in die Höhe und packte zwei Hände voll borstigen Haars und zog daran. Als Fluff nicht protestierte, zog er noch einmal, diesmal so kräftig, daß er sich auf den breiten Rücken schwingen konnte.

»Okay, jetzt kannst du aufstehen, auf alle viere bitte«, erklärte er.

Fluff erhob sich in einer eleganten Bewegung. Sein Geist lächelte. »Ich verstehe. Das ist eine bessere Idee.«

»Das ist neu und macht Spaß«, pflichtete Moum ihm bei. Sie und Blauhell gingen zu Sylzenzuzex hinüber und versuchten sich darüber zu einigen, wem das Privileg zukam, dieses neue Spiel als erster auszuprobieren.

Moum gewann die Debatte. Sie legte sich neben die Thranx, drehte den Kopf zur Seite und sah sie an.

Sylzenzuzex studierte den muskelbepackten Torso und sah zu Flinx hinüber. Der nickte ihr aufmunternd zu, worauf sie Moum vorsichtig bestieg, sich mit den Klauen an dem dicken Pelz festhielt und Platz nahm.

Jetzt entdeckten sie, wie geduldig und langsam die Ujurrianer vorher gegangen waren, um es ihren zwei armseligen Freunden zu ermöglichen, mit ihnen Schritt zu halten. Falls Fluff oder Muom das Gewicht auf ihren Rücken überhaupt bemerkten, war das jedenfalls nicht festzustellen. Die kleine Gruppe flog förmlich durch den Wald.

Einmal wäre es fast noch zu einem Unfall gekommen, als Flinx beinahe abgeworfen wurde. Er hatte Mühe, sich festzuhalten, als Fluff sich ohne Warnung auf die Hinterbeine erhob. Er rannte auf zwei Beinen weiter, und das mit einem Tempo, dem es kein terranischer Bär hätte gleichtun können. Mit sieben Gliedmaßen, um sich damit festzuhalten, hatte Sylzenzuzex es sehr viel leichter, als auch Moum die Fortbewegung auf zwei Beinen vorzog.

Wie lange oder wie weit sie auf diese Weise gereist waren, als sie das letzte Tal erreichten, war unmöglich festzustellen. Von Anfang ihres Galopps bis zum Ende verlangsamte keiner der Eingeborenen sein Tempo, obwohl inzwischen auch ihr Atem etwas schneller ging.

Dieses dritte Tal wurde von dem Bach beherrscht, neben dem sie anfänglich hergelaufen waren. Hier weitete er sich zu einem See aus, wenn dieser See auch viel kleiner war als jener, der an das jetzt weiter hinter ihnen liegende Bergwerkslager grenzte. Zwischen den immergrünen Gehölzen wuchs hier eine neue Baumart. Sie hatte breite gelbbraune Blätter. Einige der Bäume, das sah Flinx im Mondlicht, trugen eine andere Art von Beeren, wenn diese auch selten waren. An wieder anderen hingen oval geformte Nüsse, von denen manche die Größe von Kokosnüssen erreichten.

»Ihr eßt diese?« fragte Flinx und deutete auf die überladenen Zweige.

»Ja«, antwortete Fluff.

»Und Fleisch eßt ihr auch?«

»Nur in der Schneezeit«, erklärte sein Träger mit leiser Stimme, »wenn der Baiga und der Maginac nicht blühen. Fleisch macht keinen Spaß und viel mehr Arbeit. Es läuft weg.«

Sie näherten sich jetzt einem steilen Abhang. In dem weichen Mondlicht sah Flinx, daß es sich um nackten Fels handelte. Ein paar Kreise bildeten dunkle Flecken auf dem grauen Granit.

Ujurrianer von unterschiedlicher Größe, darunter auch die ersten Jungen, die sie zu Gesicht bekamen, liefen zwischen dem Ufer und den Höhleneingängen hin und her.

»Wenn man zur Abwechslung nicht Fleisch ißt«, fuhr Fluff fort, »fängt man an, sich krank zu fühlen.«

»Warum eßt ihr nicht gerne Fleisch?« wollte Sylzenzuzex wissen.

Flinx hoffte im stillen, daß sie damit ihre Gastgeber nicht in irgendeinen abstrakten spirituellen Dialog verwickelte.

Fluff redete wie zu Kindern. »Selbst das Leben des *Najac* oder des sechsbeinigen häßlichen *Coivet* ist wie ein Stück der Sonne. Wenn man sie zerdrückt, verläßt sie die Wärme.«

»Wir machen nicht gerne helle Dinge dunkel«, erklärte Blauhell. »Wir würden viel lieber dunkle Dinge hell machen. Aber ...«, meinte er betrübt, »wir wissen nicht, wie man das macht.«

Ihr Lauf wurde langsamer, und schließlich blieben sie vor der ersten der Höhlen stehen. Flinx stellte fest, daß vor dem Eingang Steine sorgfältig aufgestapelt waren und eine Mauer bildeten. Statt mit Mörtel war die Mauer mit kleineren Steinen und Felsbrocken zusammengefügt. Flinx bedeutete ihm, sich niederzulegen, und rutschte ihm vom Rücken. Als er sich umsah, entdeckte er einen langen gläsernen Speer aus Mondlicht, den die Wellen im See in Stücke brachen. Ein Blick in die vor ihm liegende Höhle zeigte nur Schwärze.

»Du hast gesagt, alle wohnen in derselben Höhle, Fluff, aber ich sehe da andere Öffnungen in der Bergwand.«

»Ist alles dieselbe Höhle«, erklärte der Eingeborene.

»Du meinst, im Innern des Berges stehen alle miteinander in Verbindung?«

»Ja, alle treffen einander.« Ein warmes geistiges Lächeln umfing ihn. »Ist alles Teil des Spieles, das wir spielen.«

»Des Spieles?« wiederholte Sylzenzuzex, die trotz ihres Thermoanzugs fror. Als Fluff keine Antwort gab, fragte sie laut: »Glaubt ihr, daß wir ein Feuer machen könnten?«

»Sicher«, sagte Moum vergnügt. »Was ist ein Feuer machen? Ist wie eine Höhle machen?«

Geduldig erklärte Flinx, was dazu notwendig war, und hoffte dabei, es nur einmal tun zu müssen.

»Wir werden gehen und totes Holz sammeln«, erboten sich Moum und Blauhell, als er mit seiner Erklärung fertig war.

»Was ist das für ein Spiel, das ihr spielt? Das, welches euren Bau betrifft, Fluff?« erkundigte sich Flinx, als die beiden anderen weggegangen waren.

Fluff ignorierte die Frage und drängte sie in die Höhle, wo er stumm einen anderen riesigen Eingeborenen begrüßte.

»Das ist Weichglatt, meine Gefährtin«, teilte er ihnen in Beantwortung der Frage mit, die Flinx gerade in Gedanken formulierte. »Du fragst nach dem Spiel, Flinx-Freund? ... Die Eltern unserer Eltern unserer Eltern und viele Male mehr und tot, waren besorgt, daß eines Tages die Kälte ewig bleiben würde und daß dann viele Lichter in der Familie erlöschen würden.«

»Ich würde das jetzt auch nicht gerade als Hitzewelle bezeichnen«, bemerkte Sylzenzuzex.

»Die Kälte kommt, wenn die Sonne von den Bergen erstickt wird«, erklärte Fluff. »Die Eltern unserer Eltern unserer Eltern spürten, daß es jedes Jahr kälter wurde. Es schien ihnen, als ob die Sonne jedes Jahr kleiner würde als im Jahr zuvor.«

Flinx nickte langsam. »Eure Welt hat eine elliptische Bahn, Fluff, aber es ist eine regelmäßige Bahn. Nach den Bahndaten, die ich gesehen habe, entfernt sie sich jedes Jahrhundert weiter von eurer Sonne — obwohl ich mir nicht vorstellen kann, wie eure Ahnen das erkennen konnten.«

»Viele neue Begriffe«, murmelte Fluff und runzelte die Stirn. »Jedenfalls überlegten unsere vielmals toten Eltern, wie sie das beheben könnten. Wir sollten uns in bestimmter Weise näher zur Sonne bewegen.«

»Sie sprachen davon, Ulru-Ujurrs Umlaufbahn zu regulieren«, meinte Flinx benommen. »Aber wie *wußten* sie das?«

»Muß Ahnen fragen«, meinte Fluff und zuckte die Achseln. »Sehr schwierig.«

»Das wette ich«, pflichtete Sylzenzuzex ihm bereitwillig bei.

»War aber neue Methode«, fuhr der große Eingeborene fort. »Graben ...«

»Die Leute im Bergwerk?«

»Ja. Sie machen ihre eigenen Höhlen sehr warm. Wir haben sie gefragt, wie wir auch warm machen können.«

Fluff schien verwirrt. »Sie haben uns gesagt, wir sollen großes Loch graben und dann oben Erde auf uns legen. Das haben wir versucht und festgestellt, daß es wärmt. Aber man kann sich nicht bewegen, und außerdem wird es langweilig. Auch kein Licht. Wir haben nicht verstanden, warum sie uns gesagt haben, daß wir das tun sollen. Für sich selber tun sie es nicht. Warum haben sie uns gesagt, daß wir das tun sollen, Flinx-Freund?«

»Das ist das, was die AAnn für Humor halten«, erklärte er verärgert.

»AAnn?« fragte Fluff. Moum und Blauhell kehrten zurück, beide halb begraben unter einer Last von toten Ästen.

»Manche von den Leuten im Bergwerk«, erklärte Flinx, »die mit dem kalten Geist.«

»Ah, die Kalten«, wiederholte Fluff und begriff. »Wir haben nicht eingesehen, wie solch kalte Geister uns Wissen geben können, wie man warm wird. Aber wir haben es trotzdem versucht.«

Flinx konnte den freundlichen Eingeborenen nicht ansehen. »Wie ... wie viele von den Experimentierern sind gestorben?«

»Experimentierer?«

»Diejenigen, die versucht haben, sich selbst zu begraben?«

»Oh, Flinx-Freund ist zu Unrecht besorgt. Niemand ist gestorben«, beruhigte ihn Fluff und fühlte die Erleichterung in dem Bewußtsein des Menschen.

»Weißt du, wir haben Vielleichtso begraben ...«

»Hier ist Holz«, sagte Moum.

»Braucht ihr mehr?« fragte Blauhell.

»Ich glaube, das reicht wenigstens eine Woche«, erklärte Flinx, und Sylzenzuzex ordnete inzwischen das Holz bereits im Dreieck an. Ihre Echthände schufen dabei eine Skulptur aus Zweigen und dünnen Ästen.

Flinx lehnte sich an die Höhlenwand und spürte die Kälte des Steins sogar durch seinen Thermoanzug. »Wie glaubten denn eure vielfach toten Eltern, daß sie die Bahn regulieren ... daß sie näher an die Sonne rücken könnten?«

»Indem sie das Spiel spielten«, erklärte Fluff aufs neue. »Das Spiel und das Höhle-Machen sind ein und dasselbe.«

»Wenn ihr Höhlen grabt, so soll das eure Welt näher an die Sonne bringen?« murmelte Flinx, unsicher, ob er richtig gehört hatte.

Aber Fluff signalisierte Zustimmung. »Ist Teil des Spielmusters.«

»Muster? Was für eine Art von Muster?«

»Ist schwer zu erklären«, meinte Fluff träge.

Flinx zögerte, und dann kam ihm plötzlich ein Gedanke: »Fluff, wie lange spielt dein Volk schon das Spiel des Höhlegrabens?«

»Wie viele eurer Tage?«

»Tage.« Fluff war jetzt zu dem Entschluß gelangt, daß es Zeit war, sich mit den anderen zu beraten. Er rief Blauhell und Moum, und Moum kam mit Blauhell. Weichglatt schloß sich ihnen an, und einen kurzen Augenblick lang blinkte auch Vielleichtso auf, um seinen Kommentar zu geben.

Schließlich wandte sich Fluff wieder Flinx zu und nannte ihm eine Zahl. Eine große Zahl. Eine sehr große sogar.

»Bist du sicher, daß diese Zahl stimmt?« fragte Flinx schließlich.

Fluff bejahte. »Zahl ist richtig. Habe im Bergwerk zählen gelernt.«

Sylzenzuzex blickte Flinx nachdenklich an, als der sich abwandte, sich gegen die Wand lehnte und zu dem finsteren kalten Höhlendach emporblickte. Sie hielt inne, ehe sie das Feuer entfachte. »Wie lange?«

Es dauerte eine Weile, bis er, wie es schien, aus weiter Ferne zurückkehrte und sie ansah. »Nach dem, was Fluff sagt, haben sie dieses Spiel, miteinander verbundene Tunnels zu graben, beinahe vierzehntausend Terrajahre gespielt. Dieser ganze Abschnitt des Kontinentes muß von den Tunnels durchzogen sein. Und wie tief sie reichen, kann man gar nicht sagen.«

»Was ist Kontinent?« wollte Moum wissen.

»Was ist Terrajahr?« erkundigte sich Blauhell.

»Wie weit ist tief?« wollte Fluff wissen.

Aber Flinx antwortete mit einer Gegenfrage. »Und wie lange dauert es noch, bis dieses Muster vollendet sein soll, Fluff?«

Der Ujurrianer hielt inne, und sein Verstand arbeitete fieberhaft. »Nicht lange. Noch zwölftausend von euren Jahren.«

»Plus oder minus ein paar hundert«, meinte Flinx und schluckte benommen.

Aber Fluff sah ihn tadelnd an. »Nein ... genau!« Große leuchtende Unschuldsaugen starrten Flinx an.

»Und was soll dann geschehen, wenn dieses Muster abgeschlossen ist, wenn das Spiel beendet ist?«

»Zwei Dinge«, erklärte Fluff freundlich. »Wir kommen in gewisser Weise näher an die Wärme, und wir fangen an, uns ein neues Spiel zu suchen.«

»Aha.« Und dann murmelte Flinx zu sich: »Und Rudenuaman dachte, diese Leute seien primitiv, weil sie die ganze Zeit nur Höhlen graben.«

Sylzenzuzex hatte keine Anstalten gemacht, das Feuer zu entzünden. Ihr Gesicht war eine Maske der Unsicherheit. »Aber wie kann man die Umlaufbahn eines Planeten ändern, indem man ein paar Höhlen gräbt?«

»Ein *paar* Höhlen? Ich weiß nicht, Syl«, murmelte er dann leise. »Ich bezweifle, ob irgend jemand diese Frage beantworten kann. Vielleicht verändert das die Planetenkruste so nachhaltig, daß das Gefüge des Weltalls im richtigen Augenblick und im richtigen Maße verändert wird. Wenn ich besser über Hyperraummathematik Bescheid wüßte — und wenn wir den größten Computer der Kirche zur Verfügung hätten —, könnte ich das überprüfen.

Oder die Tunnels sind vielleicht dazu bestimmt, die Hitze im Innern des Planeten anzuzapfen oder eine Kombination davon und der Raumfalte ... wir brauchen ein paar Mathematiker und Physiker, um die Frage zu beantworten.«

Sylzenzuzex sah Fluff aus ihren großen Facettenaugen an. »Kannst du uns erklären, was geschehen soll, Fluff, und wie?«

Der riesige Eingeborene sah sie traurig an, etwas, das seinen großen Augen nicht schwerfiel. »Ist traurig, aber habe dafür nicht die richtigen Worte.«

Dann war es in der Höhle still, bis der Haufen aus trockenem Holz zum Leben erwachte. Ein paar kleine Flammen erschienen gleichzeitig, und binnen Sekunden flackerte das Feuer begeistert. Sylzenzuzex atmete befriedigt auf, ein pfeifendes Geräusch, und ließ sich nahe bei der angenehmen Wärme nieder.

»Ist warm!« stellte Moum überrascht fest.

Blauhell hielt eine Pfote dicht an die Flammen, zog sie aber gleich wieder hastig zurück. »*Sehr* warm«, bestätigte er.

»Wir können euch lehren — verdammt, wir haben euch schon gelehrt —, wie man solche Feuer macht. Ich sage nicht, daß ihr euer Spiel aufgeben sollt, aber wenn es euch interessiert, können Sylzenzuzex und ich euch zeigen, wie man während des Aphels schon viel früher als in zwölftausend Jahren Wärme macht.«

»Ist leichter«, räumte Fluff ein und wies auf das Feuer.

»Und macht Spaß«, fügte Moum hinzu.

»Hör zu, Fluff«, begann Flinx energisch, »warum arbeiten deine Leute so lang und so hart für die kalten Geister und die anderen im Bergwerk?«

»Für die Beeren und Nüsse, die sie uns von fernen Orten bringen«, meinte Weichglatt aus einer kleinen Nische, die in die Höhlenwand eingelassen war.

»Von fernen Orten«, wiederholte Blauhell.

»Warum geht ihr nicht selbst dorthin und holt sie euch selbst?«

»Zu weit«, erklärte Fluff, »und zu anstrengend, sagt Vielleichtso.«

Flinx stieß sich von der Wand ab und meinte mit ernster Stimme: »Verstehst du nicht, Fluff? Ich versuche, euch zu zeigen, daß die Leute im Bergwerk euch ausnützen. Sie lassen euch hart arbeiten, ziehen daraus immensen Nutzen und bezahlen euch nur mit Nüssen und Beeren, damit ihr weiter für sie arbeitet.«

»Was ist Nutzen?« fragte Moum.

»Was ist zahlen?« wollte Blauhell wissen.

Flinx wollte schon antworten, erkannte dann aber, daß er dafür nicht die Zeit hatte. Nicht genügend Zeit, um ihnen einen Begriff von moderner Wirtschaftslehre zu geben, das Verhältnis von Arbeit zu produziertem Wert und hundert andere Begriffe, die er in allen Einzelheiten würde erklären müssen, um diesen Leuten jene zwei simplen Ausdrücke nahezubringen.

Er lehnte sich wieder an die Höhlenwand und starrte an den züngelnden Flammen vorbei zur Höhlenöffnung hinaus. Hinter den Berggipfeln, auf der anderen Seite des Sees, war inzwischen eine Vielfalt fremder Sterne aufgegangen. Stunden verbrachte er tief in Gedanken versunken, während seine Gastgeber sich in höfliches Schweigen hüllten und darauf warteten, daß er wieder sprach. Sie erkannten seine Besorgnis und Konzentration und hielten sich respektvoll aus seinen Gedanken heraus.

Einmal war er Sylzenzuzex behilflich, ihr gebrochenes Gelenk mit einem Stück Holz zu schienen. Dann ging er wieder an seinen Platz zurück und gab sich seinen Gedanken hin. Nach einer Weile kamen andere Sterne heraus, und die, die er zuerst gesehen hatte, versanken.

Er saß immer noch da und dachte nach, als er ein Geräusch hörte, wie es vielleicht eine Lagerhaustür mit alten verrosteten Scharnieren verursachen könnte. Fluff gähnte ein zweites Mal, rollte sich zur Seite und sah ihn aus Augen, groß wie Suppentassen, an.

Nach einer Weile strahlte die Sonne in die Höhle, und Flinx hatte immer noch nichts gesagt, nicht einmal guten Morgen.

Alle beobachteten ihn neugierig. Selbst Sylzenzuzex bewahrte respektvolles Schweigen, sie fühlte, daß sich unter diesem ungekämmten roten Haarschopf etwas Wichtiges abspielte.

Schließlich war es Fluff, der die endlose Stille brach. »Letzte Nacht, Flinx-Freund, war dein Geist ein gleichmäßiges Geräusch wie fallendes Wasser. Heute ist es wie der Boden, nachdem Wasser gefallen ist und gefroren. Hoch aufgetürmt und weiß und rein.«

Sylzenzuzex saß auf ihren Hinterbeinen. Mit den Echthänden und der einen unversehrten Fußhand säuberte sie sich den Leib, die Ovipositoren, die großen Facettenaugen und die Antennen.

»Fluff«, sagte Flinx leichthin, als wäre seit ihrer letzten Unterhaltung keine Zeit verstrichen, als wäre die lange Nacht nur eine Pause von einer Minute gewesen. »Möchtest du mit deinen Leuten ein neues Spiel beginnen?«

»Ein neues Spiel beginnen«, wiederholte Fluff feierlich. »Das ist eine große Sache, Flinx-Freund, ein neues Spiel beginnen.«

»Das ist es«, gab Flinx zu. »Man nennt es Zivilisation.«

Sylzenzuzex hielt mitten in ihrer Bewegung inne, legte den Kopf schief und brachte ihre Einwände vor, wenn auch keineswegs überzeugend: »Flinx, das können Sie nicht. Sie wissen jetzt, warum die Kirche diese Welt Unter Edikt gestellt hat. Ganz gleichgültig, was wir persönlich für Fluff und Moum und den Rest dieser Leute empfinden, wir können uns nicht gegen die Entscheidung des Rates stellen.«

»Wer sagt das?« konterte Flinx. »Außerdem wissen wir gar nicht, ob das Edikt vom Rat erklärt worden ist. Ein paar Bürokraten in den richtigen Positionen könnten ihre eigene gottgleiche Entscheidung getroffen haben, die Ujurrianer zu ewiger Ignoranz zu verdammen. Es tut mir leid, Syl, ich räume zwar ein, daß die Kirche für einige gute Taten verantwortlich ist, aber sie ist dennoch eine Organisation, die aus Homanx besteht. Und wie alle Geschöpfe sind sie in erster Linie sich selbst und erst in zweiter Linie allen anderen verpflichtet. Würde die Kirche sich auflösen, wenn man sie überzeugen könnte, daß das den besten Interessen des Commonwealth diente? Ich bezweifle das.«

»Während Sie, Philip Lynx, in erster Linie um alle anderen besorgt sind«, entgegnete sie.

Er runzelte die Stirn und ging auf dem sich erwärmenden Boden der Höhle auf und ab. »Das weiß ich ehrlich nicht, Syl. Ich weiß nicht einmal, wer ich bin, geschweige denn, was ich bin.« Seine Stimme klang jetzt fester. »Aber ich weiß, daß ich in diesen Leuten eine Unschuld und eine Freundlichkeit sehe, die mir noch auf keiner Homanx-Welt begegnet ist.« Er blieb ruckartig stehen und blickte auf die Lichtmuster hinaus, die die Morgensonne im See erzeugte.

»Ich mag ein junger Narr sein, ein engstirniger Idealist — nennen Sie es, wie Sie wollen, aber ich glaube, ich weiß jetzt, was ich sagen möchte. Wenn sie mich haben wollen, heißt das. Zum erstenmal in meinem Leben weiß ich das.«

»Was denn?« fragte sie.

»Ein Lehrer.« Er sah die geduldigen Ujurrianer an. »Ich will dich lehren, Fluff. Und dich, Moum, und dich, Blauhell und Weichglatt und selbst Vielleichtso, wo immer du sein magst.«

»Hier«, polterte eine Stimme draußen. Vielleichtso lag vor dem Höhleneingang in dem niedrigen heidekrautähnlichen Gewächs und wälzte sich vergnügt herum.

»Ich möchte euch alle dieses neue Spiel lehren.«

»Eine große Sache«, wiederholte Fluff langsam. »Das können wir nicht alleine entscheiden.«

»Man muß es anderen sagen«, pflichtete Blauhell ihm bei.

Es dauerte eine Weile, bis es allen gesagt war. Genauer gesagt, es dauerte elf Tage, vier Stunden und ein paar Minuten und Sekunden. Und dann mußten sie weitere elf Tage, vier Stunden und ein paar Minuten warten, bis alle geantwortet hatten.

Aber es dauerte nur sehr kurze Zeit, bis jedes Individuum entschieden hatte.

Am dreiundzwanzigsten Tag, nachdem die Frage gestellt worden war, erschien Vielleichtso vor der Höhle. Flinx und Sylzenzuzex saßen mit Fluff, Moum und Blauhell am Seeufer. Sie bemerkten sein Kommen nicht.

In diesem Augenblick hielt Flinx ein langes zähes Lianengewächs in der Hand, an dessen einem Ende ein scharfer Knochensplitter befestigt war. Und während die anderen Angehörigen ihrer kleinen Gruppe zusahen, lehrte er Fluff, wie man fischt. Fluff sah ihm vergnügt zu, wie er den vierten Fang des Tages aus dem Wasser zog, ein rundes silbernes Geschöpf, das wie eine Kreuzung zwischen einer Forelle und einer Scholle aussah.

Schwimmer, erklärten die Ujurrianer, hatten kleinere Lichter als *Najacs* und andere Landbeute. Deshalb war Fischen ein kleineres Übel als Jagen.

»Ist das auch Teil des neuen Spiels?« erkundigte sich Moum und machte ihm die Anordnung aus Lianengewächs und Knochensplitter beim ersten Versuch nach.

»Ja«, nickte Flinx.

»Das ist gut«, stellte Blauhell fest.

»Ich hoffe, alle sind der Meinung.«

Sylzenzuzex vertilgte eine Handvoll Beeren. Der Zukkergehalt war befriedigend, außerdem waren die Beeren eine Bereicherung ihrer Diät. Vielleichtso verschwand beleidigt vor der Höhle und tauchte neben ihr auf. Fast wäre sie von dem glatten Granitfelsen gefallen, auf dem sie kauerte.

»Alle haben geantwortet«, verkündigte Vielleichtso. »Fast alle sagen ja. Wir spielen jetzt das neue Spiel.«

»Vierzehntausend Jahre graben für nichts und wieder nichts«, meinte Sylzenzuzex, richtete sich auf und strich sich über den Leib. »Ich hoffe, Sie wissen, was Sie tun, Flinx.«

»Keine Sorge«, schnaubte Vielleichtso. »Wir spielen das neue Spiel nur hier. Andere Orte auf der Rückseite der Welt setzen das alte Spiel fort. Wenn das neue Spiel keinen Spaß macht«, er machte eine kurze Pause, »setzen wir das alte Spiel fort.« Er sah Flinx ernst an. »Auf immer«, fügte er hinzu.

Flinx rutschte unruhig auf seinem Platz, als der rätselhafte Ujurrianer verschwunden war. Vor ein paar Wochen war er seiner selbst so sicher gewesen, von einem geradezu missionarischen Eifer erfüllt, wie er ihn noch nie vorher in sich verspürt hatte. Jetzt begannen die ersten Zweifel an ihm zu nagen. Er wandte sich ab, wich all den starren Blicken aus — die Eingeborenen hatten ein Talent, einen anzustarren.

»Ist gut«, war alles, was Fluff murmelte. »Wie fangen wir das Spiel an, Flinx?«

Er deutete auf die Gebilde aus Lianen und Knochensplittern, die alle vollendet hatten. »Feuer war ein Anfang. Dies ist ein Anfang. Jetzt möchte ich, daß alle, die für die Leute im Bergwerk arbeiten, hierher kommen, um mit uns zu lernen — nachts, damit die kalten Geister keinen Argwohn schöpfen. Das wäre ...«, er zögerte nur kurz, »schlecht für das Spiel.«

»Aber wann werden wir schlafen?« wollte Moum wissen.

»Ich werde nicht zu lange reden«, erwiderte Flinx voll Hoffnung. »Es ist notwendig. Vielleicht ...«, fügte er ohne zu viel Vertrauen hinzu, »können wir den ersten Teil des Spieles verwirklichen, ohne irgendwelche hellen Dinge dunkel zu machen. Von den unseren nicht und auch nicht die von anderen.«

»Ist gut«, erklärte Fluff. »Wir werden es den anderen im Bergwerk sagen.«

Sylzenzuzex setzte sich neben ihn, als die Eingeborenen sich verteilten.

»Da lehren wir Sie einige Grundlagen der Zivilisation und helfen dabei uns selbst«, murmelte er. »Sobald sie die Leute im Bergwerk los sind, können sie sich selbst all die Nüsse und Beeren beschaffen, die sie wollen …«

12

»Hoffentlich beendet der Baron bald seine Jagd«, meinte Teleen aux Rudenuaman. »Eine Anzahl synthetischer Stoffe für die Lebensmittelsynthesizer sind schon knapp, und einige andere Dinge, die man nicht duplizieren kann, sind uns bereits ausgegangen.«

»Um den Baron brauchen Sie sich keine Sorgen zu machen«, beruhigte sie Meevo FFGW unter seinem steifen menschlichen Gesicht.

Es gab tatsächlich keinen Grund zur Sorge, beharrte sie vor sich selbst und wandte sich um, um durch die rosafarbenen Fensterscheiben, die erst kürzlich ersetzt worden waren, hinauszusehen. Auf dem Berg oben arbeiteten die Bergleute gleichmäßig und effizient wie immer.

Der Baron hatte schon früher einige Reisen durch das Territorium des Commonwealth gemacht. Dennoch konnte sie ihre Besorgnis nicht ganz unterdrücken, wenn wieder eines ihrer Schiffe einen der verkleideten AAnn an Bord hatte. Wenn ein Patrouillenschiff des Commonwealth je eines dieser Boote aufhielt und den AAnn an Bord entdeckte, würde sie möglicherweise durch ein Netz verwirrender Erklärungen überleben.

Aber einen unersetzlichen Geschäftspartner würde sie verlieren. Nicht alle Mitglieder der Aristokratie von AAnn hatten solches Verständnis für menschliche Motivationen oder die Geschäfte der Menschen, wie das bei Riid WW der Fall war.

Ihre Sprechanlage summte. Meevo erhob sich und

beantwortete den Anruf. Sie wandte sich vom Fenster ab und sah, wie seine flexible humanoide Maske einige Male zuckte, ein Zeichen dafür, daß darunter ihre unbegreiflichen reptilischen Zuckungen stattfanden.

»Was ... was ist geschehen?« Die belegte Stimme des AAnn wurde lauter. Teleen beugte sich vor. »Was geht hier vor, Meevo?«

Langsam legte der AAnn-Ingenieur den Hörer auf. »Das ... war Chargis im Bergwerk. Der entflohene Mensch und die Thranx sind lebend zurückgekehrt. Er berichtet, daß sich viele Eingeborene bei ihnen befinden und daß die Neuankömmlinge sich mit den Arbeitern im Bergwerk vereint haben und eine bewaffnete Revolte im Gange ist.«

»Nein, nein ...« Schwäche überkam sie, als seine Worte zu ihr durchdrangen. »Die Eingeborenen, bewaffnet ... das ist unmöglich.« Und dann wurde ihre Stimme schrill. »Unmöglich! Die kennen ja nicht einmal den Unterschied zwischen einer Bohrmaschine und einem Strahler. Und warum sollten sie überhaupt meutern? Was wollen sie denn ... mehr Nüsse und Beeren? Das ist Wahnsinn!« Ihr Gesicht wurde plötzlich lang. »Nein, warten Sie — Sie sagten, der Mensch und die Thranx seien mit ihnen zurückgekehrt?«

»Das behauptet Chargis.«

»Aber das ist ebenfalls unmöglich. Sie hätten schon vor Wochen sterben müssen, vor Kälte. Irgendwie«, schloß sie und zog damit den unausweichbaren Schluß, »irgendwie muß es ihnen gelungen sein, mit den Eingeborenen in Verbindung zu treten.«

»Ich würde sagen, das ist stark untertrieben«, erklärte der Ingenieur. »Man hat mir gesagt, die Eingeborenen besäßen keine Sprache, keine Möglichkeit, sich gegenseitig abstrakte Begriffe mitzuteilen — geschweige denn, mit Außenplanetariern zu verkehren.«

»Wir haben etwas übersehen, Meevo.«

»Das mag wohl sein«, pflichtete der Ingenieur ihr bei.

»Aber am Ende wird das nichts zu bedeuten haben. Es ist eine Sache, einen Wilden zu lehren, wie man eine Waffe abfeuert, und eine völlig andere, ihm die Taktik der Kriegsführung zu erklären.«

»Wo haben sie denn überhaupt Waffen her?« wunderte sich Teleen und blickte wieder zum Berg hinüber. Aber den Bauten dort war nichts von der Auseinandersetzung anzusehen, die sich jetzt anscheinend in ihrem Innern abspielte.

»Chargis sagt, sie hätten die Posten überwältigt und wären in das Waffenlager eingedrungen«, erklärte Meevo. »Es gab nur einen Wächter, da es hier ja niemanden gibt, der Waffen stehlen würde. Chargis sagte dann, die Eingeborenen hätten sich sehr ungeschickt und undiszipliniert angestellt, und der Mensch und die Thranx hätten große Mühe gehabt, sie zu beruhigen.« Er grinste böse. »Vielleicht haben die etwas angezettelt, worüber sie keine Kontrolle mehr haben. Chargis sagte ...« Der Ingenieur zögerte.

»Nur weiter«, drängte Teleen, die alles hören wollte, »was hat Chargis noch gesagt?«

»Er sagte, die Eingeborenen hätten auf ihn so gewirkt, als betrachteten sie alles das als ... als ein Spiel.«

»Ein Spiel«, wiederholte sie langsam. »Sie sollen das nur weiter glauben, selbst wenn sie sterben. Rufen Sie alles Personal im Stützpunkt«, befahl sie. »Sie sollen sämtliche Gebäude verlassen, mit Ausnahme des Verwaltungsbaues hier. Wir haben Handstrahler und Laserkanonen, die groß genug sind, um selbst ein Militärshuttle aus dem Himmel zu blasen. Wir werden hier warten und dieses Gebäude hier halten und damit die Verbindung nach draußen und die Lebensmittelerzeugung und die Energieanlage, bis der Baron zurückkehrt.

Und sobald wir einige von denen zu Asche verbrannt haben«, fuhr sie beiläufig fort, als redete sie von Unkraut, das ausgejätet werden mußte, »verlieren sie vielleicht das Interesse an ihrem Spiel. Wenn nicht, werden die Shuttles schnell damit Schluß machen.« Sie sah wieder Meevo an. »Und dann sagen Sie Chargis, er soll ein paar gute Schützen in zwei Gruppen einteilen. Sie können die beiden großen Wagen nehmen und unsere freundlichen Arbeiter dort oben festhalten. Aber daß mir ja nicht zu viel geschossen wird; ich möchte, daß in den Bergwerksanlagen nichts beschädigt wird, es sei denn, es ließe sich gar nicht vermeiden. Die Anlagen sind teuer. Davon abgesehen, können sie ihre Zielübungen an den Eingeborenen veranstalten.«

Und dann fügte sie halblaut hinzu: »Aber den Menschen oder die Thranx sollen sie unter keinen Umständen töten. Ich will sie beide gesund und unversehrt.«

Sie schüttelte verärgert den Kopf, als der Ingenieur ihre Befehle weitergab. »Verdammt unangenehm. Jetzt müssen wir ein Rudel neuer Arbeiter herbeischaffen und ausbilden ...«

Alles war glatt und planmäßig abgelaufen, dachte Flinx wütend — zu Anfang. Dann hatte er hilflos zusehen müssen, wie Monate des Planens und der Vorbereitung einfach beiseite geworfen wurden und in dem unkontrollierten Vergnügen untergingen, das es den Ujurrianern bereitete, in das Waffenlager einzubrechen und sich das Spielzeug zu holen, mit dem man Dinge verschwinden lassen konnte. Nicht einmal Fluff konnte sie beruhigen.

»Das bereitet ihnen aber Vergnügen, Flinx«, erklärte Sylzenzuzex, die ihn zu beruhigen versuchte. »Können Sie ihnen das verübeln? Dieses Spiel ist viel aufregender als alles, was sie je zuvor gespielt haben.«

»Ich frage mich nur, ob sie das immer noch glauben werden, wenn einigen von ihnen die Lichter ausgelöscht werden«, murmelte er verärgert. »Werden sie mein Spiel immer noch für spaßig halten, wenn sie einige ihrer Freunde auf dem Boden liegen sehen und Rudenuamans Strahler ihnen die Eingeweide verbrannt haben?« Er wandte sich ab. Der Ärger, den er über sich selbst und die Ujurrianer empfand, nahm ihm die Worte.

»Ich wollte das Bergwerk in aller Stille übernehmen, ein Überraschungscoup, bei dem niemand getötet werden sollte«, murrte er schließlich. »Bei dem Lärm, den sie gemacht haben, als sie in das Waffenlager einbrachen, weiß das jetzt bestimmt jeder. Wenn Rudenuaman schlau ist, und das ist sie, wird sie ihr restliches Personal alarmieren und dann warten, bis wir zu ihr kommen.«

Jetzt bemerkte er, daß Fluff neben ihm stand, und blickte tief in seine erwartungsvollen Augen. »Ich fürchte, jetzt werden deine Leute töten müssen, Fluff.«

Der bärenähnliche Eingeborene sah ihn an, ohne seinem Blick auszuweichen. »Das ist verstanden, Flinx-Freund. Das ist ein ernstes Spiel, das wir spielen, diese Zivilisation.«

»Ja«, murmelte Flinx, »das war es immer. Ich hatte gehofft, alte Fehler zu vermeiden, aber ...«

Er verstummte und blickte mürrisch auf den Metallboden unter seinen Füßen. Ein kühles, ledernes Gesicht rieb sich an dem seinen — Pip. Was er nicht erwartete, war der sanfte Druck unter seinem Nacken, dort, wo sein b-Thorax gewesen wäre, wenn er ein Thranx ...

Er blickte sich um und entdeckte die Facettenaugen, die ihn beobachteten. »Jetzt können Sie nur noch Ihr Bestes tun«, murmelte Sylzenzuzex. »Sie haben damit angefangen. Wenn Sie jetzt nicht helfen, es zu Ende zu führen, wird die Frau dort unten es tun.«

Jetzt fühlte er sich etwas besser, aber nur ein wenig.

Ein scharfer Knall ertönte, und es hörte sich an, wie wenn Metallfolie zerreißt. Flinx sprang auf und rannte in die Richtung, aus der das Geräusch gekommen war. Jetzt ertönte ein zweiter Knall. Durch eine durchsichtige Wand, die den ganzen Korridor entlang verlief, konnten sie rechts auf den Abhang hinunterblicken. Dort wuchs nichts, man hatte die Vegetation auf einer Breite von zwanzig Metern entfernt.

Auf der anderen Seite der Lichtung konnten sie am Waldrand die beiden Schwebewagen sehen. Dieselben Wagen, stellte Flinx fest, die vor so vielen Wochen ihrem Schiff entgegengekommen waren.

Jeder Wagen war vorne mit einer kleinen Laserkanone bewaffnet. Und in diesem Augenblick sprang von jeder der beiden Waffen ein dünner roter Strahl zu dem Felshang herüber. Es gab dort ein paar kleine Schächte, die in die Klippen gebohrt waren.

Jetzt konnte man dort drei schwarze elliptische Flekken sehen, wo das Buschwerk verbrannt und das Silikatgestein zu Glas zerschmolzen war.

Von irgendwo am oberen Ende des Bergwerkschachts blitzte eine blaue Linie aus einem Handstrahler hinunter und traf die Außenwand des Schwebewagens. Natürlich war das Abwehrfeld des Wagens stark genug, um solch winzige Energieströme aufzusaugen und zu verteilen.

Dann machten die beiden Wagen zu seiner Überraschung kehrt und schwebten den Abhang hinunter zum Hauptgebäude. Ihr Summen war auch in dem Korridor zu hören, wo Flinx und die anderen stumm zusahen, wie die beiden Fahrzeuge etwa einen Meter über dem Boden auf dichten Luftkissen schwebend umdrehten und haltmachten.

Kurz darauf kam Blauhell angerannt. Sein Atem ging wie eine Dampfmaschine. »Die haben Aa, Be und Ce getötet«, keuchte er, und seine riesigen Augen waren noch größer als gewöhnlich.

»Wie ist das passiert?« fragte Flinx leise. »*Ich hab' allen* gesagt, daß sie nicht auf diese Gebäude feuern würden. Sie riskieren es ganz bestimmt nicht, ihre Anlagen zu beschädigen, weil sie sich einfach noch nicht vorstellen können, daß wir eine ernste Gefahr für sie darstellen.«

Fluff übernahm die Erklärung. Er hatte schnell und stumm mit Blauhell Zwiesprache gehalten. »Aa, Be und Ce sind aus den Metallhüllen ins Freie gegangen.«

»*Aber warum?*« rief Flinx.

»Sie dachten, sie hätten eine neue Idee geschaffen«, erklärte Fluff langsam. Flinx blickte verständnislos, also fuhr der Eingeborene fort: »Du hast uns in den letzten Tagen immer wieder gesagt, daß dieses Spiel, das du Zivilisation nennst, nach Logik, Vernunft und Verstand gespielt werden sollte. Nach dem, was Blauhell mir sagt, haben Aa, Be und Ce beschlossen, daß, wenn dem so war, die kalten Geister und die anderen erkennen würden, daß es Vernunft und Logik wäre, mit uns zusammenzuarbeiten, da wir ihnen ihr Bergwerk weggenommen haben.

Sie sind ohne Waffen hinausgegangen, um logisch und vernünftig mit jenen in den Maschinen zu reden. Aber ...«, und Fluffs Stimme war erfüllt von Schmerz und Verblüffung, »jene haben Aa, Be und Ce nicht einmal angehört. Sie haben sie getötet, ohne auch nur zuzuhören. Wie kann so etwas sein?« Sein zottiger Kopf sah Flinx verstört an. »Sind die Kalten und die anderen wie du dort unten nicht auch zivilisiert? Und doch haben sie das getan, ohne zu reden. Ist das die Vernunft, von der du sprichst?«

Flinx und Sylzenzuzex hatten noch keinen der jovialen bärenähnlichen Eingeborenen ärgerlich gesehen. Fluff schien kurz davor zu stehen, aber in Wirklichkeit war das kein Ärger. Das waren Enttäuschung und Verständnislosigkeit.

Flinx versuchte zu erklären. »Es gibt welche, die das Spiel nicht fair spielen, Fluff. Welche, die schummeln.«

»Was ist schummeln?« wollte Fluff wissen.

Flinx versuchte zu erklären.

»Ich verstehe«, verkündete Fluff feierlich, als der junge Mann geendet hatte. »Das ist ein bemerkenswerter Begriff. Das hätte ich nicht für möglich gehalten. Das müssen die anderen erfahren. Es erklärt viel von dem Spiel.«

Er wandte sich um mit Blauhell und ließ Flinx und Sylzenzuzex im Korridor allein.

»Wie lange, glauben Sie wohl«, fragte sie und blickte zum Fenster hinaus auf die fernen Gebäude, »werden die dort warten, ehe sie ungeduldig werden und heraufkommen, um uns zu holen?«

»Wahrscheinlich bis die Shuttles zurückkommen. Wenn wir das vorher nicht gelöst haben, dann — nein, wir *müssen* damit fertig sein, ehe der Baron zurückkehrt ... wir haben hier nur Handstrahler. Und sie haben dort unten am Landestreifen wenigstens zwei Boden-Weltraum-Laserkanonen in kardanischer Aufhängung und außerdem die Waffen in den Schwebewagen, wahrscheinlich noch mehr. Gegen solche Waffen haben wir keine Chance. Ich hoffe, Fluff und Blauhell können das ihrer Familie in die haarigen Schädel trommeln.« Er trat neben sie und blickte ins Freie.

»Ich bin sicher, daß die beiden Kanonen jetzt genau auf uns gerichtet sind. Wenn wir einen Massenrückzug versuchten, würden sie uns abschießen, so wie Aa, Be und Ce. Wir werden ...«

Plötzlich hallte ein schriller Schrei durch den Korridor. Immer höher wurde er, ein Kreischen, unsagbarer Schrecken klang daraus ... dann verstummte er. Unverkennbar ein Schrei aus einer menschlichen Kehle.

Der zweite Schrei war das nicht. Er kam von einem AAnn. Und dann weitere Schreie, beide Arten.

Pip flatterte nervös über Flinx' Schulter. Unter dessen roter Mähne war der Schweiß ausgebrochen.

»Was jetzt?« murmelte er unsicher. Und immer wieder hallte ein Schrei herauf — einmal menschlich, einmal AAnn.

Aber in einer Hinsicht waren sie sich alle gleich — kurz und intensiv.

Sie mußten zwei Dutzend Schreie gehört haben, ehe

sie Moum und Blauhell begegneten. »Was war das?« wollte er wissen. »Was waren das für Schreie?«

»Lichter«, begann Moum.

»Die ausgehen«, schloß Blauhell.

Flinx ertappte sich dabei, daß er zitterte. An Moums grinsendem Mund war Blut. Die beiden breiten flachen Schnauzen waren damit besudelt. Eine kleine Gruppe von Arbeitern und Wächtern hatte nicht mehr aus dem Bergwerksgebäude fliehen können.

»Ihr habt die Gefangenen getötet«, war alles, was er hervorbrachte.

»O ja«, gab Moum mit einer Freude von sich, die ihm das Blut gefrieren ließ. »Eine Weile waren wir nicht sicher, aber Fluff hat uns und der Familie erklärt. Kalte Geister und Leute dort unten«, und dabei deutete er in Richtung auf den Hauptstützpunkt, »schummeln. Wir glauben, wir verstehen jetzt, was schummeln ist. Es bedeutet, das Spiel nicht nach den Regeln spielen, ja?«

»Ja, aber dies sind nicht meine Regeln«, flüsterte er benommen, »nicht meine Regeln.«

»Ist schon recht«, meinte Blauhell. »Wir verstehen, daß diese Regeln nicht die deinen sind, Flinx-Freund. Keine guten Regeln. Aber kalte Geister machen neue Regeln, und wir dann dieses Spiel auch spielen.«

Die Ujurrianer watschelten den Korridor hinunter.

Flinx sank in die Knie und lehnte sich gegen die Wand. »Ein Spiel, für die ist das immer noch ein Spiel.« Plötzlich sah er Sylzenzuzex an und schauderte. »Verdammt noch mal, ich wollte nicht, daß es so kommt!«

»Sie sind es, der den *Grizel* reitet«, sagte Sylzenzuzex ausdruckslos. »Sie haben ihn geweckt. Jetzt müssen Sie ihn reiten.«

»Sie begreifen nicht«, murmelte er niedergeschlagen. »Ich wollte, daß Fluff und Moum und Blauhell und all den anderen unsere Fehler erspart bleiben. Ich wollte, daß sie das Große werden, was sie werden können —

und nicht ...« — er atmete tief —, »und nicht bloß eine klügere Version von uns.«

Sylzenzuzex trat näher. »Sie halten den *Grizel* immer noch am Schweif, Flinx. Er hat Sie noch nicht abgeworfen. Sie haben denen das Töten nicht beigebracht — vergessen Sie nicht, sie jagen Fleisch.«

»Nur wenn sie müssen«, erinnerte er sie. »Dennoch«, und er begann sich zu entspannen, »vielleicht ist dies eine Zeit, in der sie es müssen. Ja, eine Jagd in der Schneezeit, um zu überleben. Die Regeln sind geändert, aber wir haben immer noch Regeln. Man muß sie nur genauer definieren.«

»Das ist richtig, Flinx, Sie müssen ihnen sagen, wann es gut ist, zu töten, und wann nicht.«

Er sah sie prüfend an, aber wenn sich hinter ihren Worten etwas verbarg, spürte er das zumindest nicht. »Das ist etwas, was ich nie tun wollte, nicht einmal über einen anderen.«

»Und was hat Sie auf die Idee gebracht, daß Sie je die Gelegenheit dazu bekommen würden?«

»Etwas ... das vor gar nicht so langer Zeit geschah«, sagte er geheimnisvoll. »Jetzt ist es mir dennoch aufgezwungen worden. Man hat mich in eine Position gezwungen, die ich nie einnehmen wollte.«

»Ich weiß nicht, wovon Sie da reden, Flinx«, erklärte sie schließlich, »aber Sie müssen entweder den *Grizel* reiten, oder er zermalmt Sie.«

Flinx blickte den Korridor hinunter, in dem Moum und Blauhell verschwunden waren. »Ich frage mich nur, wer wen reiten wird?«

Die Antwort darauf sollte er einige Tage später bekommen. Wie er vermutet hatte, war es zu keinem Angriff von unten gekommen, obwohl die beiden Schwebewagen jeden Tag vor den Bergwerksgebäuden auf und ab fuhren, damit die Belagernden herausfordernd, den Kopf herauszustrecken.

Fluff weckte sie in dem kleinen Büro, das Flinx und Sylzenzuzex sich als Schlafquartier gewählt hatten: »Wir haben eine Falle gemacht«, erklärte er vergnügt, »jetzt werden wir die Wagen fangen.«

»Fangen ... Augenblick, was ...?« Flinx rieb sich den Schlaf aus den Augen und versuchte zu begreifen. Undeutlich erinnerte er sich daran, wie Fluff oder Weichglatt oder sonst jemand ihm etwas von einer Falle erzählt hatten, aber er konnte sich kein Bild davon machen.

»Ihr könnt einen Schwebewagen nicht mit einer ...«, wollte er protestieren, aber Fluff drängte bereits, ihm zu folgen.

»Schnell jetzt, Flinx-Freund«, sagte er und lauschte auf etwas, das außerhalb des normalen menschlichen Hörbereiches lag, »hat schon angefangen.«

Er führte sie zum Büro des Werksleiters, eine durchsichtige Kuppel, die am südlichen Ende des Gebäudes lag.

»Dort«, sagte Fluff und deutete.

Flinx sah einige der Eingeborenen auf allen vieren auf die Hänge zurennen, nahe der Stelle, wo der Hauptschacht lag. Flinx konnte auch die beiden Schwebewagen ausmachen, die noch ziemlich weit hinter den Ujurrianern folgten.

»Was machen die dort draußen!« schrie Flinx und lehnte sich gegen das durchsichtige Polyplexalum. Er sah Fluff hilflos an. »Ich hab' euch doch gesagt, daß niemand die Gebäude verlassen soll.«

Fluff schien das nicht zu rühren. »Gehört zu neuem Spiel. Paß auf!«

Flinx, der keine Wahl hatte, blickte wieder hinaus.

Die drei Ujurrianer passierten jetzt das Gebäude unter Flinx' augenblicklichem Aussichtspunkt. So schnell sie auch rannten — den Schwebewagen waren sie nicht gewachsen. Schon zischte der erste Schuß aus der Laserkanone, dann noch einer. Einer schlug hinter dem letzten Läufer ein und motivierte ihn zu noch größerer Geschwindigkeit. Der zweite Schuß schmolz zwischen den beiden vordersten Läufern den Felsen.

Die drei Läufer, das erkannte Flinx, würden nie die offene Tür am oberen Ende der Anlage schaffen. Plötzlich schienen die Schwebefahrzeuge ihr Tempo zu verdoppeln. Bei ihrem nächsten Schuß würden sie die fliehenden Ujurrianer bereits eingeholt haben.

Vor seinem geistigen Auge sah er bereits drei weitere unschuldige Opfer zu Asche werden.

Und in dem Augenblick verschwand der Boden unter den Schwebewagen.

Es ertönte ein heftiges Krachen, das Pfeifen protestierender Maschinen, aber die zwei Fahrzeuge waren außerstande, schnell genug auf die unerwartete Veränderung im Boden zu reagieren. Immer noch in Fahrt, kippten beide abrupt nach unten und krachten mit hoher Geschwindigkeit gegen die Wand der riesigen Grube.

Flinx und Sylzenzuzex blickten wie gebannt auf die mächtige Kluft, die sich plötzlich im Boden aufgetan hatte.

»Falle«, meinte Fluff befriedigt. »Ich habe mich erinnert, was du uns über die kleinen Maschinen gesagt hast, Flinx-Freund.« Verletzte Menschen und AAnn — letztere mit völlig in Unordnung gebrachter menschlicher Verkleidung — mühten sich jetzt darum, zwischen den Wracks der beiden Wagen wieder Kontrolle über sich zu bekommen.

Eine Schar pelzbedeckter Riesen ergoß sich plötzlich aus den Bergwerksgebäuden auf die Grube zu. Flinx konnte die schmalen Streifen aus fester Erde und Felsgestein erkennen, die sich wie ein Spinnengewebe über den Abgrund spannten. Auf diesem Wege waren die drei Läufer geflohen. Natürlich waren sie viel zu schmal, um die Schwebewagen zu tragen. Die Fläche, auf die sich ihr Luftkissenantrieb stützte, war ihnen plötzlich weggezogen worden. Hunderte von dünnen

Lianen und Gewächsen säumten jetzt die Ränder der Grube. Damit hatten sie die dicke Schicht aus Zweigen, Blättern und Erde festgehalten, die den Eindruck massiven Bodens erweckt hatten.

Jetzt ertönten Schreie, zuckten blaue Blitze durch die Grube, als die Eingeborenen angriffen. Flinx sah einen Heranwachsenden von dreihundert Kilo einen wild um sich schlagenden AAnn aufheben und seinen Kopf wie den Stöpsel einer Flasche betätigen. Er wandte sich angewidert ab.

»Warum ist Flinx-Freund besorgt?« wollte Fluff wissen. »Wir spielen Spiel jetzt mit ihren Regeln. Ist doch fair, oder?«

»Den *Grizel* reiten«, warnte Sylzenzuzex auf Hochthranx.

Am Kopf, nicht am Schwanz, hallte es in ihm wider. Er zwang sich, sich wieder umzudrehen und mit anzusehen, wie der kurze Kampf zu Ende ging.

Als die Beobachter in der Tiefe begriffen hatten, was geschehen war, tastete sich ein roter Strahl, so dick wie der Leib eines Mannes, aus einem kleinen Turm am fernen Ende des Stützpunktes nach oben. Er passierte einige Waldstücke, legte Bäume wie eine riesige Sense um und hinterließ rauchende Baumstümpfe, bis er die Bergflanke links von der Grube erfaßte. Ein grelles Licht flammte auf, dann folgte eine dumpfe Explosion.

»Alle hinein, Fluff!« rief Flinx. Aber der Befehl war überflüssig. Jetzt, da ihr Werk vollendet war, rannten die Ujurrianer, die die Grube angegriffen hatten, bereits wieder in das Bergwerk zurück. Selbst jetzt wirkten sie noch irgendwie verspielt.

Flinx glaubte, weit in der Tiefe eine Bewegung zu erkennen, als die obere Hälfte des Turmes sich auf ihn zudrehte, aber offenbar behielten kühlere Köpfe die Oberhand. Die Bergwerksanlage selbst war immer noch nicht für den Beschuß freigegeben. Rudenuaman hatte noch keinen Anlaß, die Bergflanke zu vernichten, das ganze

Bergwerk mit sämtlichen Anlagen in ein größeres Duplikat des einen Kraters zu verwandeln, in dem jetzt das geschmolzene Felsgestein brodelte und rauchte, dort, wo der schwere Laser getroffen hatte. Der Verlust der beiden Schwebewagen und ihrer Mannschaft war zwar bedauerlich für sie, aber verzweifelt war sie längst noch nicht.

Also hüllte auch kein rächendes Licht das Gebäude ein, um es zu verbrennen. Den einfachen Eingeborenen sollte ihr nutzloser Sieg erhalten bleiben. Zweifellos, dachte Flinx voll Ironie, würde Rudenuaman das raffinierte Manöver ihm zuschreiben, da sie sich einfach nicht vorstellen konnte, daß die riesigen Lasttiere sich etwas so Raffiniertes selbst ausgedacht und es auch durchgeführt hatten.

»Ich frage mich nur«, meinte er zu Sylzenzuzex, als sie bei einer Mahlzeit aus Nüssen und Beeren und erbeuteten Konserven saßen, »ob es einen Sinn hat, das fortzusetzen. Ich hatte eigentlich nie das Gefühl, die Kontrolle über die Dinge zu haben. Vielleicht ... vielleicht wäre es besser, zu den Höhlen zurückzulaufen. Von dort aus kann ich sie immer noch unterrichten — beide können wir das —, und auf die Weise leben wir ganz bestimmt länger.«

»Sie haben schon noch die Kontrolle, Flinx«, erklärte Sylzenzuzex. »So wollen es die Ujurrianer auch. Aber nur zu, Flinx. Sagen Sie ihnen, daß sie zu ihren Höhlen zurückkehren und ihr ursprüngliches Spiel wiederaufnehmen sollen. Sagen Sie ihnen das. Aber sie werden nicht vergessen, was sie einmal gelernt haben. Das vergessen sie nie!«

»O'Morion weiß, wieviel Wissen sie bereits aus diesem Bergwerk in sich aufgenommen haben«, murmelte Flinx und stocherte in seinem Essen herum.

»Sie werden zwar fortfahren, ihre Höhlen zu graben, aber das Wissen werden sie behalten«, fuhr sie fort.

»Sie werden ihnen die Spielregeln hinterlassen, die Rudenuamans Schlächter aufgestellt haben. Wenn sie je irgendeine Eigeninitiative zeigen sollten, nachdem wir von hier weg sind ...« Sie zuckte auf Thranxart die Achseln. »Geben Sie sich nicht die Schuld für das, was geschehen ist. Die Ujurrianer sind keine Engel.« Pfeifendes Thranxgelächter ließ sie einen Augenblick lang innehalten. »Sie können für die nicht gleichzeitig Gott und den Teufel spielen, Flinx. Sie haben diesen Geschöpfen das Töten nicht beigebracht, aber wir sollten gut aufpassen, daß wir ihnen nicht auch noch beibringen, wie man Spaß daran findet.

Es hilft weder ihnen noch uns, wenn wir über unsere eigenen Fehler klagen. Sie haben Ihr Echtbein in die Kauöffnung gesteckt. Jetzt können Sie es herausziehen oder daran ersticken, aber einfach ignorieren können Sie es nicht.« Sie führte eine Handvoll süßer, rotorangefarbener Beeren von Walnußgröße zum Munde.

»Wir haben keinen Spaß am Töten«, dröhnte eine Stimme. Beide zuckten zusammen. Die Ujurrianer bewegten sich so leise, daß man angesichts ihrer Größe immer wieder darüber staunen mußte. Fluff stand auf vier Beinen unter der Tür und füllte sie zur Gänze aus.

»Warum nicht?« fragte Sylzenzuzex. »Warum sollten wir uns keine Sorgen darüber machen?«

»Kein Spaß«, erklärte Fluff lakonisch und tat damit die ganze Idee als etwas ab, das zu absurd war, als daß es sich lohnte, darüber zu diskutieren. »Fleisch töten, wenn notwendig. Kalte Geister töten, wenn notwendig. Außer ...«, und damit richteten sich seine leuchtturmähnlichen Augen auf Flinx, »wenn Flinx was anderes sagen.«

Flinx schüttelte entschieden den Kopf. »Niemals, Fluff.«

»Ich erwarten, du das sagen. Ist Zeit, diesen Teil von Spiel beenden.« Er gestikulierte mit einer seiner mächtigen Pranken. »Du auch kommen?«

»Ich weiß nicht, was ihr diesmal vorhabt, Fluff«, nickte Flinx, »aber ja, wir kommen.«

»Spaß«, dröhnte der riesige Ujurrianer in einer Art und Weise, aus der man schließen konnte, daß jetzt etwas folgen sollte, was über allgemeine Belustigung hinausging.

»Ich möchte nicht, daß die Gebäude dort unten beschädigt werden, wenn es sich vermeiden läßt«, erklärte Flinx dem Eingeborenen, als der ihn und Sylzenzuzex durch die Korridore führte. »Sie sind mit Wissen angefüllt — Spielregeln. Lehrbücher, Akten, ganz bestimmt eine komplette geologische Bibliothek. Falls wir den Rest unseres Lebens auf dieser Welt zubringen müssen, Fluff, werde ich jedes Stückchen von diesem Material brauchen, um euch richtig lehren zu können.«

»Ist verstanden«, grunzte Fluff. »Teil von Spiel, Gebäude innen nicht beschädigen. Werde es Familie sagen. Keine Sorge.«

»Keine Sorge«, äffte Flinx ihn nach und dachte an all die Bewaffneten, die sie unten erwarteten. Und dann dachte er auch an die beiden Laserkanonen in dem kleinen Turm.

Fluff führte sie nach unten, hinunter durch einige Stollen des Bergwerks, bis zu den Lagerräumen unter der Erde. Immer weiter hinunter, an Räumen und Kammern und Korridoren vorbei, die von geduldig wartenden Ujurrianern erfüllt waren. Bis ganz nach unten, wo die unterste Etage aufgerissen war. Dort blieben sie stehen.

Moum erwartete sie mit Blauhell und Weichglatt und einem nur undeutlich zu erkennenden flackernden Etwas, das möglicherweise Vielleichtso war, vielleicht aber auch eine Illusion, erzeugt von der schwachen Dekkenbeleuchtung.

Statt aber von einer massiven Sperre aus Eisenbeton aufgehalten zu werden, fanden sie drei riesige Tunnels, die in völlige Dunkelheit führten. Licht aus dem Raum drang nur ein kurzes Stück in diese nach unten geneigten Schächte, aber Flinx bildete sich ein, er könne zusätzliche Seitentunnels entdecken, die weiter vorn von den drei Hauptschächten abzweigten.

»Überraschung, ja?« fragte Fluff erwartungsvoll.

»Ja.« Das war alles, was der verstörte Flinx antworten konnte.

»Jeder Tunnel«, fuhr der Eingeborene fort, »kommt unter einer von verschiedenen Metallhöhlen weiter unten herauf, an einer ruhigen Stelle, wo keine kalten Geister sind.«

»Ihr könnt sagen, wo die Stockwerke nicht bewacht sind?« murmelte Sylzenzuzex überrascht.

»Kann fühlen«, erklärte Moum. »Ist leicht.«

»Ist gute Idee, Flinx-Freund?« erkundigte sich Fluff besorgt. »Ist Spiel okay — oder etwas anderes versuchen?«

»Nein, ist okay, Fluff«, gab Flinx schließlich zu. Er wandte sich um und blickte in ein Meer großäugiger Geschöpfe. »Hört jetzt gut zu.«

Wie gebannt musterten sie ihn, und ein leises Seufzen ging durch die Menge, als atmeten alle auf, um sich ganz auf ihn zu konzentrieren.

»Diejenigen, die in die Energiezentrale vordringen, müssen alles abschalten. Jeden kleinen Knopf drücken und alles ...«

»Wissen, was *ausschalten* bedeutet«, erklärte Blauhell zuversichtlich.

»Wahrscheinlich sollte ich euch allein lassen. Ihr seid ohne meine Hilfe auch ganz gut zurechtgekommen«, murmelte Flinx. »Dennoch, es ist wichtig. Das wird alles verdunkeln, nur den Turm nicht, in dem die beiden großen Kanonen untergebracht sind. Die haben unabhängige Energieversorgung, ebenso wie der Shuttlehangar unter dem Landestreifen. Diejenigen von euch, die in den Kanonenturm eindringen, werden ...«

»Tut mir leid, Flinx-Freund«, unterbrach ihn ein besorgter Fluff. »Können wir nicht machen.«

»Warum nicht?«

»Böden nicht wie dieser«, erklärte er, und seine Augen glühten in der indirekten Beleuchtung. Er wies auf den zerbrochenen Eisenbeton, der herumlag. »Sind dikkes Metall, Können wir nicht durchgraben.«

Flinx sank der Mut. »Dann muß dieser ganze Angriff aufgeschoben werden, bis uns etwas einfällt, um jenen Turm auszuschalten. Sie können uns alle vernichten, selbst wenn sie dazu die ganze Anlage zerschmelzen müssen. Wenn Rudenuaman entkommen und den Turm erreichen kann, zweifle ich nicht, daß sie keinen Augenblick zögern würde, diesen Befehl zu geben. An dem Punkt hätte sie nichts mehr zu verlieren.«

»Wollte dir keine Sorgen machen, Flinx-Freund«, tröstete Blauhell.

»Nichts, um sich Sorgen zu machen«, fügte Moum hinzu.

»Haben etwas anderes, um den Turm zu erledigen«, erklärte Fluff.

»Aber du ...«, Flinx hielt inne und fuhr dann leise fort, »nein, wenn du das sagst, dann hast du auch etwas.«

»Was ist mit den dreien, die ums Leben kamen?« flüsterte Sylzenzuzex. »Die dachten auch, sie hätten etwas. Diesmal stehen viel mehr Leben auf dem Spiel.«

Flinx schüttelte entschieden den Kopf. »Aa, Be und Ce spielten nach anderen Regeln, Syl. Jetzt ist für uns die Zeit, denen hier unser Leben anzuvertrauen. Sie haben das ihre oft genug auf unseren Rat hin riskiert. Aber nur für alle Fälle ...«

Er wandte sich zu Fluff. »Eines muß ich tun. Selbst wenn das hier scheitert und wir am Ende alle sterben. Ich möchte durch den Boden des großen Wohnhauses kommen, Fluff. Dort ist etwas, das ich haben muß.«

»In diesen Tunnel«, erklärte Fluff und wies auf den Schacht zur Linken. »Seid ihr dann fertig?«

Flinx nickte. Der riesige Ujurrianer wandte sich um und erteilte seine Befehle. Das ging völlig lautlos vor sich. Und neben den detaillierten Instruktionen gab es ein emotionelles Kommando.

Ein weiches drohendes Grollen hallte ihnen entgegen … ein haarsträubendes Geräusch, als Dutzende, ja Hunderte von diesen mächtigen Geschöpfen sich in langen Reihen aufstellten, die bis in die tiefsten Gründe des Bergwerks reichten.

Dann marschierten sie durch die Tunnels. Flinx und Sylzenzuzex drängten sich dicht an Fluff, und beide hatten die Hände in seinem Pelz verkrallt. Sylzenzuzex konnte in der Dunkelheit viel besser sehen als Flinx, aber der Tunnel war selbst ihren scharfen Augen zu finster.

Wenn man die Aktivitäten der Ujurrianer entdeckt hatte, überlegte Flinx, würden sie nie wieder ans Licht zurückkehren. Es würde nur wenig Mühe kosten, sie in den Tunnels einzuschließen und zu töten.

»Eine Frage«, sagte Sylzenzuzex.

Flinx' Gedanken weilten woanders, als er antwortete: »Was ist?«

»Wie haben sie denn diese Tunnels gegraben? Der Boden hier ist massives Felsgestein, und die Tunnels scheinen mir riesig.«

»Die graben jetzt seit vierzehntausend Jahren Tunnels, Syl.« Flinx stellte fest, daß er immer zuversichtlicher wurde, zumal vor ihnen nichts auftauchte, um sie anzugreifen. »Ich kann mir vorstellen, daß die sich inzwischen ziemlich gut darauf verstehen …«

Teleen aux Rudenuaman keuchte erschöpft, während sie durch den Korridor eilte. Draußen und auch unter ihr hallte Kampflärm.

An der Treppe, über die sie gerade gekommen war, tauchte eine massige braune Gestalt auf. Sie drehte sich um und feuerte ihren Strahler ab. Das braune Wesen verschwand, aber sie konnte nicht sagen, ob sie es getroffen hatte oder nicht.

Sie war in ihrem Wohnzimmer gewesen und hatte ausgeruht, als der Angriff begann. Er war nicht von dem fernen Bergwerk gekommen, sondern von unten. Im gleichen Augenblick waren Hunderte von riesengroßen wütenden Ungeheuern aus den Untergeschossen eines jeden Gebäudes hervorgedrungen. Eines jeden Gebäudes, um es genauer zu sagen, mit Ausnahme des Kanonenturms. Sie hatte kaum Zeit gehabt, den Befehl zu geben, jene mächtigen Waffen kreisen zu lassen und sämtliche Bauten mit Ausnahme des Gebäudes, in dem sie sich befand, unter Beschuß zu nehmen, als sie vernichtet worden waren.

Ein seltsamer Strahl, kaum dicker als ein Daumen, hatte den Abgrund zwischen dem obersten Stockwerk des Bergwerksgebäudes in der Ferne und dem Sockel des Turms überbrückt. Wo der Strahl auftraf, war jetzt nur noch eine tiefe horizontale Narbe in der Erde. Das Ganze war so schnell gegangen, daß sie weder eine Explosion gesehen noch gehört hatte.

Gerade war der Turm noch dagewesen — drei Stockwerke aus dickem Panzerstahl und dahinter die mächtigen Laserkanonen —, und im nächsten Augenblick hatte sie ein lautes Zischen gehört, wie wenn man eine heiße Kohle ins Wasser wirft. Und als sie sich umsah, war der Turm verschwunden.

Jetzt gab es für sie keinen Zufluchtsort mehr, nicht, um damit einen Handel abzuschließen. Ihr Personal befand sich weit in der Minderzahl — Menschen, Thranx und AAnn, alle zusammengenommen —, und die braune Lawine hatte sie einfach überflutet.

Sie hatte versucht, den unterirdischen Shuttlehangar zu erreichen, in der Hoffnung, sich bis zur Rückkehr des Barons dort zu verstecken, aber auch die Untergeschosse dieses Gebäudes waren von Schwärmen von lemurenäugigen Monstern blockiert. Und draußen wimmelte es von ihnen.

Es ergab einfach keinen Sinn! In der unmittelbaren

Umgebung der Mine hatten vielleicht ein halbes Hundert der trägen Eingeborenen gelebt. Ihre Nachforschungen hatten ergeben, daß es noch ein paar hundert gab, die Höhlen in weiterer Entfernung bewohnten.

Und jetzt waren da Tausende von ihnen, Tausende in allen Größen, die die Anlage überrannten — und ihre Gedanken überrannten.

Von unten hallte das Krachen umstürzenden Mobiliars und zersplitternden Glasalums zu ihr herauf. Es gab keinen Ausweg. Nur nach oben konnte sie fliehen.

Sie hinkte zur nächsten Treppe und eilte auf ihr Appartement im obersten Stockwerk zu. Als der Kanonenturm ausgeschaltet wurde, war die Schlacht praktisch vorüber. Das bestätigte ihr Meevo, als er meldete, daß die Energiezentrale eingenommen worden war. Das waren die letzten Worte des Ingenieurs, die sie hörte.

Mit der Energiezentrale war jegliche Möglichkeit, die Aufzüge zu betreiben oder mit der Außenwelt in Verbindung zu treten, dahin. Es war für sie nicht leicht, mit ihrem kranken Bein die Treppe emporzuklettern. Ihr Overall war zerrissen, das sorgfältig aufgetragene Make-up, das ihre Gesichtsnarben bedecken sollte, verschmiert. Sie würde dem Tod in ihren eigenen Räumen entgegentreten, bis zum bitteren Ende ruhig und mit dem Selbstbewußtsein einer Rudenuaman.

Oben an der Treppe angekommen, verlangsamte sie ihre Schritte. Ihre Gemächer lagen am fernen Ende des Korridors, aber aus dem Raum neben der Treppe fiel Licht. Vorsichtig schob sie die zerbrochene Tür etwas auf und spähte hinein.

Das Licht war nur schwach, es schien von einer kleinen Lampe zu stammen. Es gab viele solcher Lampen im Stützpunkt — aber was machte sich hier oben jemand mit einer Lampe zu schaffen, wo er doch eigentlich einen Strahler in der Hand halten sollte?

Ihre eigene Waffe fest umklammernd, trat sie auf Zehenspitzen ein.

Diese Räume waren nicht mehr bewohnt worden, seit ihr letzter Insasse gestorben war. Das Licht kam aus einer Ecke. Es stammte von einem tragbaren Lesegerät. Eine kleine schmächtige Gestalt kauerte davor und merkte nichts von seiner Umgebung.

Sie wartete, und wenig später lehnte sich die Gestalt seufzend zurück und schaltete das Gerät ab. Wut und Enttäuschung wechselten sich in ihren Empfindungen ab, bis sie von einem Gefühl kalter Resignation abgelöst wurden.

»Das hätte ich mir denken müssen«, murmelte sie.

Die Gestalt zuckte überrascht zusammen und fuhr herum.

»Warum sind Sie nicht tot, wie sich das gehört?«

Flinx zögerte und antwortete dann, ohne auch nur die Andeutung eines Lächelns: »Es war nicht dazu bestimmt, Teil des Spieles zu sein.«

»Sie machen sich über mich lustig ... selbst jetzt noch. Ich hätte Sie im gleichen Augenblick töten sollen, als ich Challis erledigte. Aber nein«, sagte sie verbittert, »ich mußte Sie zu meinem Vergnügen schonen.«

»Sind Sie sicher, daß das der einzige Grund war?« fragte er, und das mit so sanfter Stimme, daß sie einen Augenblick lang verblüfft war.

»Sie spielen Wortspiele mit mir.« Sie hob den Strahler. »Ich bedaure nur, daß ich nicht die Zeit habe, Sie langsam zu töten. Nicht einmal das haben Sie mir gelassen.« Sie zuckte müde die Achseln. »Das ist der Preis, den man für seine Fehler bezahlt, wie meine Tante sagen würde, möge sie ewig in der Hölle braten. Aber ich bin neugierig — wie haben Sie es fertiggebracht, diese Geschöpfe zu zähmen und auszubilden?«

Flinx sah sie bedauernd an. »Sie verstehen noch nicht, wie?«

»Nur«, antwortete sie und ihr Finger krümmte sich um den Abzug des Strahlers, »daß dies einige Monate zu spät kommt.«

»Halt!« rief er bittend. »Nur eine Min ...«

Ihr Finger verkrampfte sich. Im selben Augenblick überschüttete jemand ihre Augen mit flüssigem Feuer. Sie schrie, und der Strahl zischte rechts an Flinx vorbei und zerstörte das Lesegerät.

»Nicht reiben!« wollte er rufen und sprang aus dem Stuhl, in dem er gesessen hatte — aber es war schon zu spät. In dem Augenblick der Berührung hatte sie den Strahler fallen gelassen und instinktiv in ihrem Gesicht zu reiben begonnen. Jetzt lag sie auf dem Boden und wälzte sich herum.

Der Abstand zwischen ihnen war nicht besonders groß, aber als er neben ihr stand, war sie vor Schmerzen bereits bewußtlos. Dreißig Sekunden später war sie tot.

»Du hast dir nie die Zeit genommen, zuzuhören, Teleen«, murmelte er und beugte sich über die zusammengekrümmte Leiche. Pip ringelte sich weich um Flinx' Schulter und ließ seine lange Zunge spielen. Der Minidrach war vor Ärger starr.

»Dein Leben war zu überstürzt. Meines war auch zu überstürzt.«

Etwas bewegte sich an der Tür. Flinx blickte auf und sah Sylzenzuzex dort stehen. Sie hielt sich die geschiente Beinhand. Mit einer Echthand hielt sie einen Strahler.

»Ich sehe, Sie haben sie gefunden«, stellte sie fest, und ihr Atem entwich pfeifend durch die Löcher in ihrem b-Thorax »Weichglatt sagt mir, der letzte Widerstand sei am Zusammenbrechen.« Ihre Facettenaugen musterten ihn fragend, während er die Leiche ansah.

»Ich habe sie nicht gefunden. Sie hat mich gefunden. Aber ehe ich sie dazu bringen konnte, mir zuzuhören, kam Pip dazwischen. Wahrscheinlich mußte er das, sie hätte mich getötet.« Und dann sah er sie unerwartet an und lächelte. »Sie sollten sich sehen, Syl. Sie sehen wie eine Gestalt aus Hivehoms kriegerischer Vorgeschichte aus. Wie ein Soldat, der gerade einen erfolgreichen Brutraub in einer Nachbarwabe vollendet hat. Das richtige

Werbebild für die verständnisvolle, mitfühlende Kirche.«

Sie ging nicht auf seinen Spott ein. In seiner Stimme war etwas ... »Das paßt nicht zu Ihnen, Flinx.« Sie musterte ihn, während er sich wieder der Leiche zuwandte, und versuchte sich an alles zu erinnern, was sie je über menschliche Gefühle gelernt hatte. Ihr schien, daß sein Interesse für diese Frau, die mit den eingeschworenen Feinden der Homanxrasse zusammengearbeitet hatte, irgendwie ungewöhnlich war.

Wenn es um intuitive Schlüsse ging, war Sylzenzuzex zwar ihrem Onkel nicht ebenbürtig, aber dumm war sie auch nicht. »Sie wissen mehr über diese Frau, als Sie gesagt haben.«

»Ich muß sie schon früher gekannt haben«, flüsterte er, »wenn ich mich auch überhaupt nicht an sie erinnere. Nach den Zeiträumen, die auf dem Band angegeben sind, überrascht mich das auch nicht.« Er deutete mit einer schlaffen Handbewegung auf den Raum hinter sich. »Das war Challis' Wohnung.« Und dann wies er auf die Leiche. Einen Augenblick lang schienen seine Augen ebenso tief wie die von Moum. »Das war meine Schwester.«

Erst am folgenden Nachmittag, nachdem alle Leichen von den Ujurrianern begraben worden waren, bestand Sylzenzuzex darauf, alles zu erfahren, was auf dem gestohlenen Band aufgezeichnet gewesen war.

»Ich war ein Waisenkind, Syl, auf Moth, von einer Menschenfrau namens Mutter Mastiff aufgezogen. Die Information, die ich fand, besagte, ich sei in Allahabad auf Terra von einer professionellen Mätresse, einer Lynx, namens Rud zur Welt gebracht worden. In den Akten steht auch, ich sei ihr zweites Kind gewesen, obwohl keine Einzelheiten angegeben sind. Diese Fakten sollten auf dem Band zu finden sein, das Challis gestohlen hat, dem Band, das ich erst gestern las.

Meine Mutter hatte noch eine ältere Schwester. Der Mann meiner Mutter, der dem Band nach nicht mein Vater war, hat jener älteren Schwester eine Stelle in seiner Firma verschafft. Nachdem er unter immer noch ungeklärten Umständen starb, übernahm die Schwester die Leitung der Firma und baute sie zu einem beachtlichen Handelsunternehmen aus.

Wie es scheint, waren meine Mutter und ihre Schwester nie besonders gute Freunde. Einige der Einzelheiten hinsichtlich der Gefangenschaft meiner Mutter, und so liest sich das, sind ...« Er mußte einen Augenblick innehalten.

»Man kann leicht begreifen, daß ein Geist wie der von Challis sich zu solchen Details hingezogen fühlte. Meine Mutter starb kurz nach ihrem Mann. Anschließend kam es zu einer Anzahl unerklärter Zwischenfälle. Sicher wußte man das nicht, aber es ging die Rede, daß man diese Zwischenfälle irgendwie auf ihren Neffen zurückverfolgen könnte. So ... wurde ich beseitigt. Eine kleine Verkaufstransaktion in einer so großen Firma«, fügte er bitter hinzu.

»Es bereitete der älteren Schwester, Rashalleila, Freude, die Nichte bei sich zu behalten. Der Name der Schwester war Nuaman. Die Nichte — meine Schwester — erhielt den Namen Teleen. Sie wurde zum Spiegelbild ihrer Tante, nahm ihr die Firma ab und verschmolz den Namen ihrer Mutter mit dem ihrer Tante. Drückte das Ganze in Symbosprache aus. Teleen von Rud und Nuaman ... Teleen aux Rudenuaman.

Was mich betrifft — mich hatten alle inzwischen längst vergessen. Challis' Rechercheure interessierten sich für jene ›unerklärten Zwischenfälle‹, wie man sie nannte, die von mir verursacht sein sollten. Er machte sich nie die Mühe, andere Schlüsse aus dieser Information zu ziehen.«

Sie gingen schweigend weiter, vorbei an der langen Furche im Boden, wo der Kanonenturm gestanden hat-

te. Fluff, Moum, Blauhell und Weichglatt trotteten hinter ihnen her. Sie erreichten ein kleines Gebäude neben dem Landefeld. Etwas früher hatte einer der Ujurrianer entdeckt, daß es sich dabei um einen Eingang zum Shuttlehangar handelte. Der Hangar enthielt komplette Reparatur- und Bauanlagen für Shuttles, wie es auf einer isolierten Welt wie dieser absolut notwendig war. Es gab auch eine vorzüglich eingerichtete Maschinenwerkstätte und eine umfangreiche technische Bibliothek mit allen Einzelheiten über die KK-Schiffe des Commonwealth und ihre Wartung. Das Ganze würde der ujurrianischen Schule, die Flinx zu errichten gedachte, sehr nützlich sein.

»Ich hatte gestern abend keine Zeit zu fragen, Fluff«, begann Flinx, als sie das Ende der Furche erreicht hatten, »aber wie habt ihr das geschafft?«

»Hat Spaß gemacht«, strahlte der Braune. »War vorwiegend Moums Idee. Und das einer Jungen. Sie heißt Maske. Während andere Tunnels gruben, haben die beiden viel in den Büchern gelesen, die im Bergwerk waren.«

»Haben ein paar Änderungen am Höhlengräber der Kalten gemacht«, erklärte Moum.

»Der Preßbohrer«, murmelte Sylzenzuzex, »sie müssen den Preßbohrer umgebaut haben. Aber wie?«

»Hier eine Änderung und dort etwas hinzufügen«, erklärte Moum. »Spaß gemacht«, versicherte er.

»Ich frage mich, ob *umbauen* so ganz der richtige Ausdruck dafür ist, wenn man aus einem harmlosen Werkzeug eine völlig neue Waffe macht«, überlegte Flinx laut. Er blickte zum Himmel. »Vielleicht lassen wir Moum und Maske und ihre Freunde mit der Bibliothek und den Maschinen dort unten spielen. Aber zuerst gibt es da ein paar andere Umbauten, die schleunigst gemacht werden müssen ...«

Der große Frachter kam innerhalb der Bahn von Ulru-Ujurrs zweiten Satelliten aus dem KK-Antrieb und rückte mit kurzen Richtschüssen seiner ungeheuer mächtigen Raummotoren näher. Der Frachter trat in einen niedrigen Orbit um die blaubraune Welt ein und hielt sich direkt über der einzigen Anlage auf seiner Oberfläche.

»Verehrenswerter, es gibt keine Antwort«, meldete der verkleidete AAnn, der den Kommunikator des Schiffes bediente.

»Versuchen Sie es noch mal«, befahl eine tiefe Stimme.

Der AAnn gehorchte und blickte schließlich hilflos auf. »Keine Antwort, auf keiner der Signalfrequenzen. Aber da ist etwas anderes — etwas sehr Seltsames.«

»Erklären Sie«, befahl der Baron kurz. Sein Geist befand sich in Aufruhr.

»Es sind Anzeichen für alle möglichen subatmosphärischen Sendungen vorhanden, aber alle auf Frequenzen, zu denen ich keinen Zugang habe. Und nichts davon ist auf uns gerichtet, trotz meiner wiederholten Anrufe.«

Ein Mann namens Josephson, ein sehr wichtiger Funktionär in den Rudenuaman Enterprises, trat neben den Baron. »Was geht dort unten vor? Das paßt so gar nicht zu Madam Rudenuaman.«

»Es paßt nicht zu vielen Dingen«, stellte der Baron vorsichtig fest. Dann wandte er sich einem anderen Operateur zu. »Wie ist die Wolkenschicht über dem Stützpunkt?«

»Klar, mit sehr wenig Wind, Sir«, meldete der Atmosphären-Meteorologe schnell. »Ein typischer ujurrianischer Herbsttag.«

Der Baron zischte leise. »Josephson-Sir, bitte, kommen Sie mit.«

»Wo gehen wir hin?« wollte der verwirrte Mann wissen, während er dem Baron durch den Korridor ans Ende der Kommandokanzel folgte.

»Hier.« Der Baron drückte einen Schalter, und die Tür schob sich zurück. »Ich brauche maximale Auflösung«, befahl er dem diensthabenden Techniker.

»Sofort, Verehrungswürdiger«, salutierte der verkleidete AAnn und nahm die erforderlichen Schaltungen an dem Fernbeobachter vor. Der Baron setzte sich neben den Techniker und gab dem Computer selbst die notwendigen Koordinaten ein.

Dann blieb er einige Minuten reglos sitzen und starrte auf den Bildschirm. Schließlich stand er auf und gab Josephson durch eine Handbewegung zu verstehen, daß er seinen Platz einnehmen sollte. Das tat der Mensch, veränderte die Einstellung leicht, um sie seinen Augen anzupassen. Dann zuckte er zusammen und gab einen erschreckten Laut von sich.

»Was sehen Sie?« fragte der Baron.

»Der Stützpunkt ist verschwunden, und an seiner Stelle ist da etwas anderes.«

»Dann bin ich vielleicht doch nicht verrückt«, meinte der Baron. »Was sehen Sie?«

»Nun, der Landestreifen ist noch da, aber da ist etwas wie eine kleine Stadt, sie reicht vom Seeufer bis hinauf in die Berge. Da ich das Terrain kenne, würde ich sagen, daß einige dieser halbfertigen Bauwerke ein paar Dutzend Meter hoch sind.« Das Staunen verschlug ihm die Sprache.

»Und was schließen Sie jetzt daraus?« fragte der Baron.

Josephson blickte von dem Monitor auf und schüttelte verständnislos den Kopf.

»Man kann daraus schließen«, zischte der Baron, »daß die Bauwerke tief in die Berge gebaut sind. Von wem und wie tief, werden wir nicht erfahren, wenn wir nicht landen und selbst nachsehen.«

»Das würde ich nicht raten«, dröhnte eine Stimme.

Josephson stieß einen Schrei aus, taumelte aus dem Stuhl hoch und preßte sich gegen die Konsole. Der

Techniker und der Baron wirbelten herum, und beide griffen gleichzeitig nach ihren Waffen.

In der Mitte des Raums stand eine Erscheinung. Sie war gute drei Meter hoch, stand auf den Hinterbeinen und war so schwer, daß sich das Deck unter ihr verbog. Riesige gelbe Augen funkelten sie drohend an.

»Das würde ich nicht raten«, wiederholte die Erscheinung. »Verschwindet!«

Der Strahler des Barons war auf die Erscheinung gerichtet — aber plötzlich war da nichts mehr, worauf man hätte schießen können.

»Halluzinationen«, meinte Josephson mit unsicherer Stimme.

Der Baron sagte nichts und ging zu der Stelle, wo soeben noch die Erscheinung gestanden hatte. Er kniete auf eine Art und Weise nieder, wie das kein Mensch konnte, suchte etwas auf dem Boden. »Eine sehr haarige Halluzination«, meinte er und hob ein paar dicke, rauhe Haare hoch.

»Sie wissen ja, daß ich das Hauptgebäude nie verlassen habe«, erklärte Josephson. »Was war das?«

»Ein ujurrianischer Primitiver«, erklärte der Baron nachdenklich und rieb die Haare zwischen seinen Fingern mit der falschen Haut.

»Wovon ... wovon hat es denn geredet?«

Der Ekel war der Stimme des Barons deutlich anzumerken. »Manchmal frage ich mich, wie ihr Menschen es je soweit gebracht habt.«

»Jetzt hören Sie mal!« ereiferte sich der Mensch. »Sie brauchen nicht gleich unfreundlich zu werden!«

»Nein«, gab der Baron zu. Schließlich befanden sie sich immer noch im Hoheitsgebiet des Commonwealth. »Es gibt keinen Grund, unfreundlich zu werden. Ich bitte um Entschuldigung, Josephson-Sir.« Und dann wandten sich beide um und verließen den Raum. Der Techniker blickte ihnen mit großen verständnislosen Augen nach.

»Wohin gehen wir jetzt?«

»Wir tun, was das Wesen verlangt hat.«

»Einen Augenblick«, sagte Josephson und sah den AAnn-Aristokraten an. »Wenn die Madam dort unten in Schwierigkeiten ist ...«

»*Sssissstt* ... benutzen Sie Ihren Verstand, Warmblut«, schnaubte der Baron. »Wo vorher ein kleiner Stützpunkt war, ist jetzt eine schnell wachsende Stadt. Wo früher ein einziges Landesignal war, ist jetzt eine Vielfalt eigenartiger Signale. Von ein paar Eingeborenen, die in Höhlen lebten, kommt ein Teleporter, der uns auffordert, nicht zu landen. Der uns lakonisch rät — in Ihrer Sprache, Josephson-Sir, wie ich vielleicht hinzufügen darf —, zu verschwinden.

Angesichts dieser Umstände halte ich es für vernünftig, der Aufforderung schnell nachzukommen. Ich handle nach Realitäten, nicht nach Emotionen, Josephson-Sir. Deshalb werde ich stets derjenige sein, der Befehle erteilt, und Sie stets einer, der sie entgegennimmt.« Er beschleunigte seine Schritte, schob sich an dem Menschen vorbei und ließ ihn im Korridor stehen.

Wie von dem Baron befohlen, verließ der Frachter Ulru-Ujurrs Umgebung mit höchster Geschwindigkeit. Der Baron saß in seiner luxuriösen Kabine und überlegte, was sich hier wohl in seiner Abwesenheit abgespielt haben mochte. Etwas von beträchtlicher Wichtigkeit mit unübersehbaren Implikationen für die Zukunft.

Eines stand für ihn fest: Madam Rudenuaman und das Unternehmen, an dem sie beide beteiligt gewesen waren, existierte nicht mehr. Aber dafür konnte es eine Vielzahl von Gründen geben.

Daß die Eingeborenen mehr als unwissende Wilde waren, schien jetzt sicher ... Aber um wieviel sicherer, konnte er nicht sagen. Vielleicht gab es ein einziges Genie unter ihnen, das man auf mnemonischem Wege angewiesen hatte, diese immerhin ungewöhnlich kurze

Botschaft zu überbringen. Vielleicht gab es da irgendein neues experimentelles Gerät, das ihn an Bord des Frachters projiziert und wieder zurückgeholt hatte.

Die blühende Stadt da unten konnte das Produkt der Kirche, des Commonwealth, eines geschäftlichen Konkurrenten oder eines fremden Eindringlings sein. Dieser Abschnitt des Spiralarms war immer noch zum größten Teil unerforscht; auf einer isolierten, wenig besuchten Welt wie Ulru-Ujurr konnte sich alles mögliche niederlassen.

Er hatte Nutzen aus diesem Vorhaben gezogen. Es gab eine ganze Anzahl kleiner Steine, die er immer noch in Besitz hatte und die er über die Jahre hinweg im Commonwealth unterbringen würde. Sein Status am Hofe des Kaisers war beträchtlich gewachsen, wenn man auch jetzt den Plan der kaiserlichen Psychotechniker, selbstmörderische Impulsspiele in die Janus-Juwelen einzupflanzen und sie dann an wichtige Menschen und Thranx zu verkaufen, würde aufgeben müssen.

Das war schade, denn das Programm war sehr erfolgreich gewesen. Aber das hätte viel schlimmere Folgen haben können. Was auch immer die Anlage dort unten und Madam Rudenuaman vernichtet hatte, hätte auch ihn gefangennehmen können. Wäre er nicht mit der Verfolgung des menschlichen Kindes beschäftigt gewesen.

Schade, daß sie jenem Streifenboot des Commonwealth begegnet waren. Das hatte ihn dazu gezwungen, seinen Plan aufzugeben, sie kurzerhand zu eliminieren. Aber das hatte nicht viel zu bedeuten, soviel wußte er. Mochte sie doch jedem, der leichtgläubig genug war, ihr zuzuhören, von Ulru-Ujurr erzählen — ihn interessierte diese Welt jetzt nicht mehr.

In der Zukunft, nach dem unvermeidlichen Sieg des Empires, könnte er mit einer kaiserlichen Flotte zurückkehren, anstatt sich in dieser ekelhaften Maskerade zwischen Säuger und Insekten zu mischen. Und dann würde er vielleicht die Kontrolle, nein, die Souveränität über jene rätselhafte Welt wiederherstellen und all den Ruhm und den Reichtum, den man hier gewinnen konnte, für sich und das Haus WW einheimsen.

Vielleicht, überlegte er, vielleicht.

Die Stimme, die aus den Tiefen des Nichts widerhallte, hörte er nicht. Eine Stimme, die sagte ... vielleicht nicht!

Der Tag dämmerte hell und warm. Sylzenzuzex stellte fest, daß sie mit einem ganz dünnen Overall spazierengehen konnte.

Mit der scheuen jungen Ujurrianerin, die sich Maske nannte, hatte sie besondere Freundschaft geschlossen. Maske verfügte über profundes Wissen über die Geschichte und die unerwartet komplizierten Beziehungen zwischen den Ujurrianern. Also genoß es Sylzenzuzex, etwas zu studieren, was ihr lieb war.

Vielleicht würde man eines Tages eine Arbeit darüber schreiben können, vielleicht sogar eine Dissertation, eine, die wichtig genug war, um ihr die Wiederaufnahme in die Kirche zu ermöglichen. Obwohl die Entdeckung, daß möglicherweise tatsächlich die Kirche diese Leute unter Quarantäne gestellt hatte, ihr nagende Zweifel bereitete. Sie mußte einfach die Maßstäbe jener Organisation anzweifeln und damit auch ihre eigene künftige Teilnahme daran.

Sie verließ das Zimmer, das sie sich in dem Gebäude genommen hatte, und wollte das, was sie tags zuvor erfahren hatte, Flinx erzählen. Aber er schien nirgends auffindbar zu sein, auch nicht in der Schule am Landestreifen, oder in einer der Fabriken, die das alte Bergwerk nun umgaben. Schließlich wies ihr einer der Ujurrianer den Weg zu einem Ort am entferntesten Ende des Tales, wohin sie einmal vor Rudenuaman geflohen war. Nach einer kurzen Kletterpartie fand sie ihn mit übergeschlagenen Beinen auf einem Felsvorsprung sitzend. Er war

mit einem Insekt beschäftigt, das nicht größer als sein Finger war. Es war grün und ockerfarben und hatte gelbgefleckte Flügel.

Pip schoß durch die Büsche und jagte ein verstörtes kleines Säugetier herum.

Von hier aus konnte man das ganze Tal überblicken, den azurfarbenen See zwischen den schneebedeckten Gipfeln, und die Bauten bestaunen, die sich am Südufer in den Himmel reckten.

Als Flinx sich schließlich zu ihr umwandte, fiel ihr seine besorgte Miene auf.

»Was ist denn los ... warum so traurig?« erkundigte sie sich.

»Wer ist denn traurig?«

Sie schüttelte ihren herzförmigen Kopf. Als er keine Antwort gab, deutete sie ins Tal hinab.

»Ich weiß nicht, weshalb Sie so enttäuscht sind. Ihre Schützlinge scheinen Ihr Spiel der Zivilisation voll Begeisterung aufgenommen zu haben. Ist es das Schiff, in das sich Vielleichtso projiziert hat? Was auch immer er ihnen gesagt haben mag, es hat offensichtlich seine Wirkung gehabt. Sie sind nicht zurückgekommen, und in all den Monaten seither hat sich hier kein Schiff mehr sehen lassen.«

Anstelle einer Antwort deutete er zum nördlichen Seeufer. Dort erhob sich ein mächtiges Gebilde aus Metall. Es war beinahe so lang wie der See selbst.

»Ist etwas mit dem Schiff?«

Er schüttelte den Kopf. »Nein ... es geht um die Gründe, die hinter dem Schiff stehen, Syl. Ich habe nur die Hälfte von dem erreicht, was ich mir vorgenommen habe. Ich weiß, daß meine Mutter tot ist, aber ich weiß immer noch nicht, wer mein Vater war oder was ihm zugestoßen ist.« Er blickte sie starr an. »Und ich will es wissen, Syl. Vielleicht ist er auch schon lange tot ... oder aber er lebt noch und ist ein noch schlimmeres menschliches Tier, als meine Schwester war; *aber ich will es wissen.* Ich *werde* es wissen!« fügte er mit plötzlicher Entschlossenheit hinzu.

»Was hat das mit dem Schiff zu tun?«

Jetzt entrang sich ihm ein leichtes Lächeln. »Warum glauben Sie wohl, daß die Ujurrianer ein Schiff bauen?«

»Ich weiß nicht ... zum Spaß, um sich umzusehen ... warum?«

»Das ist ihr Geschenk für mich — Moums kleine Überraschung. Er weiß, daß ich meinen Vater suchen will, also tun sie ihr Bestes, um mir dabei zu helfen. Ich habe ihnen gesagt, daß sie hier kein Schiff mit KK-Antrieb bauen könnten ... daß das außerhalb des Schwerefelds eines Planeten geschehen müßte. Wissen Sie, was er gesagt hat? ›Wir machen ... sonst zu mühsam.‹

Er hat eine Frau ausfindig gemacht — die hagerste Eingeborene, die ich je vor Augen bekommen habe —, die nur in mathematischen Begriffen denkt. Sie ist so verrückt — ihr Name lautet in Übersetzung so ähnlich wie ›Integrator‹ —, daß sie fast Vielleichtso verstehen kann. Moum hat ihr das Problem geschildert. Vor zwei Wochen hat sich das Problem gelöst, mit einem KK-Antrieb in einem Schwerkrafttrichter zu landen. Die Wissenschaftler des Commonwealth haben seit ein paar hundert Jahren versucht, dieses Rätsel zu lösen.«

Er seufzte. »Und alles das, um mir bei der Suche nach meinem Vater zu helfen. Syl ... was passiert denn, wenn die Ujurrianer feststellen, daß ihnen der Rest des Kosmos nicht gefällt oder unsere Zivilisation? Was, wenn sie beschließen, damit zu ›spielen‹? *Was haben wir hier losgelassen?«*

Sie setzte sich auf ihre Echtbeine und Fußhände und überlegte. Lange Minuten verstrichen. Das grüne Insekt flog weg.

»Zumindest eine Möglichkeit, nach Hause zurückzukehren«, erklärte sie schließlich und blickte auf das Schiff hinunter. »Sie machen sich zuviel Sorgen, Flinx. Ich glaube nicht, daß diese Geschöpfe in unserer Zivilisation vieles finden werden, was sie interessiert. *Sie* sind es, für den sie sich interessieren. Erinnern Sie sich doch, was Vielleichtso gesagt hat ... Wenn dieses neue Spiel sie langweilt, dann spielen sie wieder das alte.«

Flinx dachte nach. Seine Miene hellte sich auf. Dann erhob er sich plötzlich und klopfte sich den Staub von den Beinen. »Wahrscheinlich haben Sie recht, Syl. Es nützt nichts, sich darüber Sorgen zu machen. Wenn die mit dem Schiff fertig sind, wird es Zeit sein, nach Hause zu fahren. Ich brauche Mutter Mastiff und ihre Vorhaltungen, und ich muß mich wieder gelegentlich verlaufen.« Er blickte zu ihr auf. »Helfen Sie mir dabei?«

Sylzenzuzex richtete ihre großen glitzernden Facettenaugen auf Pip und sah zu, wie der Minidrach seine Schwingen einzog, um hinter dem Tier in ein Loch im Boden zu fahren, dann waren unterirdische Geräusche zu hören.

»Das verspricht, interessant zu werden ... vom rein wissenschaftlichen Standpunkt aus gesehen natürlich«, murmelte sie klickend.

»Natürlich«, pflichtete Flinx ihr bei, ohne das Gesicht zu verziehen.

Ein schmaler Reptilkopf fuhr aus dem Loch im Boden, und eine spitze Zunge bewegte sich darin. Pip starrte sie selbstzufrieden an wie eine Cheshire-Katze, die eben eine Maus verspeist hat.

VIERTER ROMAN

Der Kollapsar

Originaltitel: THE END OF THE MATTER

(erstmals auf deutsch erschienen als Band 06/3736
in der Reihe Heyne Science Fiction & Fantasy,
München 1980, und als Sonderausgabe in Kassette
als Band 06/4220, III, München 1985)
Aus dem Amerikanischen übersetzt von Heinz Nagel
Illustriert von Klaus D. Schiemann

PROLOG

Man nehme eine Flasche von der Größe Gottes, angefüllt mit hundertprozentiger Nacht und gieße ihren Inhalt über ein paar Dutzend Lichtjahre aus — dann haben Sie das Phänomen, das die Homanx den Samtenen Damm nennen. Ein Dunkelnebel, so dicht, daß kein Stern in der Nähe genügend Kraft hat, um ihn zum Glühen zu bringen — ein undurchdringlicher Vorhang quer über einen großen Teil jener grenzenlosen Bühne, die da der Weltraum ist. Keine Sonne schickt ihr Licht durch ihn hindurch in die bewohnte Region, die als das Commonwealth der Homanx bekannt ist. Jene endlose Mauer aus Ebenholz ist zu dicht, als daß irgend etwas sie durchdringen könnte — seien es nun Radiosendungen oder Geburtstagsgrüße.

Sie lag weit über dem sich ausdehnenden Ellipsoiden des Commonwealth und verlief etwa parallel zum galaktischen Äquator. Aber weil das, was man nicht sehen kann, immer die größte Anziehungskraft ausübt, hatten die Forscher der Homanx es nie aufgegeben, sich hartnäckig an seine Flanken heranzutasten.

Der Drohne war ein Auftrag so lieb wie der andere. Ob sie nun neue Informationen hinter dem bis jetzt noch unerforschten Damm oder über der Oberfläche des Mondes der Erde suchen sollte, war ihrem unermüdlichen Geist gleichgültig. Nicht, daß die Drohne unwissend gewesen wäre.

Die ungeheuren Entfernungen, die von solchen Sensorgefährten durchmessen werden mußten, machten eine dauernde Überwachung unmöglich. Und so waren die unabhängigen Robotdrohnen zusätzlich zu der Vielfalt von Präzisionsaufzeichnungsgeräten und wissenschaftlichen Instrumenten, derer man bedurfte, um die fernen Bereiche des Weltraums zu erforschen, auch mit höchst komplizierten elektronischen Gehirnen ausgestattet. Notwendigerweise besaßen sie auch ein gewisses Maß von Entscheidungsfähigkeit.

Ihr eigener, unglaublich komplizierter Komplex winzigster Schaltkreise war es auch, der den vorprogrammierten Kurs der Drohne abänderte. In ihrer eigenen beschränkten mechanischen Art hatte die Drohne die Entscheidung getroffen, daß der neue Gegenstand genügend wichtig war, um eine Abänderung des Planes zu verlangen. Also löste sie sich aus ihrem vorbestimmten Kurs, schaltete den winzigen KK-Antrieb ein und leitete ihre Entscheidung an die Überwachungsstation weiter.

Der Antrieb war zwar nur schwach, konnte aber das unbemannte Fahrzeug mit einer Geschwindigkeit durch das All jagen, die kein von Homanx besetztes Fahrzeug erreichte. Und während sie jetzt auf den Herkunftsort der Störung zuraste, übertrug sie weiterhin ihre Meßergebnisse an die Monitorstation. Es dauerte nicht lange (nach dem Zeitempfinden von Drohnen), bis sie einen Punkt erreicht hatte, wo visuelle Aufzeichnungen möglich waren. Ohne irgendein Urteil zu fällen, ohne etwas auszuwerten, mühte sich die Drohne ab, um eine Flut von Informationen zu der Station zu schicken, die am Rande des Samtenen Damms hing.

Was die Drohne aufzeichnete und weiterleitete, war ein Verschlingen im kosmischen Maßstab. Sie durchforschte ihre Erinnerung nach Aufzeichnungen ähnlicher Phänomene, wurde jedoch nicht fündig. Das war erschütternd, da die Drohne in ihrem ultraminiaturisierten Datendenken Hinweise auf jede Spielart von astronomischen Ereignissen besaß, die je von Homanx wahrgenommen und aufgezeichnet worden waren.

Das Drohnen-Gehirn arbeitete fieberhaft. Die vorläufigen Beobachtungsergebnisse waren fertig — sollte sie jetzt kehrtmachen und sich wieder ihrer ursprünglichen Aufgabe zuwenden, oder sollte sie fortfahren, dieses einzigartige Ereignis zu studieren? Das war eine kritische Entscheidung. Die Drohne war sich ihres eigenen Wertes bewußt, und doch schien es unzweifelhaft, daß jedes zusätzliche Quentchen an Information, das sie hier aufzeichnen konnte, für ihre Hersteller wesentlich wertvoller sein würde als alles andere, das sie vielleicht andernorts würde erreichen können. Und so flackerte es mit geradezu religiösem Eifer in ihren Stromkreisen. Die Drohne rückte näher, noch näher, studierte und übertrug neues Wissen bis sie — ohne auch nur ein elektronisches Wimmern — ebenfalls verschlungen wurde.

Die Drohne protestierte elektronisch gegen ihre eigene Vernichtung, aber ihre Botschaft wurde weder gehört noch gesehen. Es war nicht Schuld der Drohne. In dem Augenblick, in dem sie verschlungen wurde, war einfach nichts zu sehen. Aber andere Instrumente waren besser ausgestattet, um von jenen letzten Sekunden zu berichten, und sie berichteten der Drohnenstation alles, was notwendig war.

Einige Monate verstrichen.

Im Zentrum der Station schloß sich ein Stromkreis. Mächtige Maschinen liefen an. Alle Informationen, die von einem Dutzend weitverstreuter Drohnen gesammelt worden waren, wurden auf einen eng gebündelten Strahl geladen, um durch das All gejagt zu werden. Mit einem heftigen Energiestoß spie die Station das Wissen zu einer gelegentlich bemannten Station auf einer weit entfernten Homanxkoloniewelt, und jene Station gab die Sendung weiter zu einer anderen Welt und dann wieder zu einer anderen und schließlich zur Erde, einer der beiden Hauptwelten des Commonwealth. Dort, am Rande einer Stadt auf einer hohen Bergebene, deren Bewohner einst Menschenopfer dargebracht hatten, befand sich das wissenschaftliche Hauptquartier des Commonwealth.

Geduldig entzifferten die Computer und taten auch sonst das ihre, um die Sendung verständlich zu machen. Ein kleiner Teil jener Information wurde markiert, um gesondert aufgenommen zu werden. Und nach einer Weile gelangte sie auf dem vorgeschriebenen Wege unter die Augen eines erfahrenen, wenn auch gelangweilten, menschlichen Wesens. Als die Frau die Information zu Gesicht bekam, weiteten sich ihre Augen, und plötzlich war ihre Langeweile wie weggeblasen. Dann alarmierte sie andere Menschen und Thranx —, und aus ursprünglicher Verblüffung wurde Panik, die sich bald in betroffene Resignation wandelte. Die Information wurde noch einmal bearbeitet, überprüft, untersucht. Der wissenschaftliche Stab der Station resignierte.

Auf der anderen Seite der Welt wurde unverzüglich eine Sitzung einberufen. Die vier Anwesenden — zwei Menschen, zwei Thranx — waren sehr wichtig; wichtig genug, um über die Arroganz hinausgewachsen zu sein zu Demut.

Einer der Thranx war der gegenwärtige Präsident des Commonwealth, der andere der Leiter der gesamten, von Commonwealth unterstützten wissenschaftlichen Forschung. Einer der Menschen war die Letzte Zuflucht der Vereinigten Kirche. Den anderen hätte man normalerweise nicht für so wichtig gehalten wie die anderen drei Wesen, die in dem Raum versammelt waren, aber die Umstände hatten ihn für den Augenblick doch wichtig gemacht. Er war der technische Abteilungsleiter, der die Bearbeitung der Drohneninformation in dem Komplex außerhalb von Mexiko City überwacht hatte.

Als es in der Diskussion schließlich keine neuen Dinge mehr gab, faltete der alte Präsident trieint Drusindromid seine Echthände über dem Thorax und seufzte. Sein Chiton glänzte von den vielen Jahren in violettem Blau und seine Antennen hingen so tief, daß sie vor seinen glühenden Facettenaugen wippten. Er wandte sich dem menschlichen Techniker zu. »Die Information ist korrekt. Es gibt keine Fehler. Dessen sind Sie sicher?«

Der Techniker und der leitende Thranxwissenschaftler nickten, und der Mensch fügte hinzu: »Wir schicken noch eine Drohne in die Gegend, Sir. Sie wird auf einem projizierten Kollisionskurs fliegen. Da die Sonne, welche absorbiert wurde, bis zu dem Zeitpunkt, an dem die Drohne in die Gegend kommt, völlig vernichtet sein wird, müssen wir uns auf nichtvisuelle Instrumente verlassen, um den Wanderstern zu entdecken. Aber ich glaube nicht, daß all dies nötig sein wird, Sir. Der Bericht der ersten Drohne ist zuverlässig.«

»Ich kenne die Geschwindigkeit, zu welcher diese Drohnen fähig sind«, murmelte der Präsident. »Und doch ist dieses Objekt so massiv, daß es bestimmt einen weiteren ganzen Stern in sich aufgesogen haben wird, bis die neue Drohne eintrifft?«

»Ja, Ehrenwerter«, räumte der Thranxwissenschaftschef betrübt ein. »Die Strahlung, die ursprünglich unsere Drohne anzog, stammte vom letzten Plasma der Sonne, welches von ihrer Oberfläche gezogen wurde. Jene Region des Weltalls war mit einem Ginhoughtbetrag von Partikelstrahlung erfüllt, insbesondere Gammastrahlen. Sie ...« Der Wissenschaftler hielt respektvoll inne, als er bemerkte, daß der Präsident ihm nicht mehr seine volle Aufmerksamkeit schenkte, sondern mit wesentlich weniger technischen Sorgen beschäftigt war.

Der alte Thranx schüttelte den Kopf, eine Geste, die sich die Insektoiden bereits in den ersten Jahren der Verschmelzung angeeignet hatten, vor ein paar hundert Jahren, als sich Menschheit und Thranx miteinander verbündet hatten. »Dieser Kurs«, sagte er und wies mit einer Fußhand auf die dreidimensionale Sternprojektion, die über dem Tisch schwebte, »wie lang?«

Der menschliche Techniker wischte sich das weißbraune Haar aus der Stirn und antwortete mechanisch:

»Sofern er nicht aus irgendeinem mir unvorstellbaren Grund seine Bahn ändert, Sir, wird der massive Kollapsar in zweiundsiebzigkommaeinem Standard-Commonwealthjahr aus dem Samtenen Damm hervortreten. Fünfzehnkommasechs Jahre darauf wird er die projizierte kritische Distanz zu der Sonne erreichen, um welche die Zwillingscommonwealthwelten von Carmague-Collangatta kreisen. Wir schätzen ...« — er hielt inne, um zu schlucken —, »daß die Sonne der Zwillingswelten innerhalb einer Woche völlig in dem Loch verschwunden sein wird.«

»So schnell«, flüsterte der Präsident. »So schnell.«

»Siebenundzwanzigkommadrei Jahre darauf«, fuhr der Techniker gnadenlos fort, »wird die gleiche Katastrophe den Stern befallen, um welchen die Welt Twosky Bright kreist.« Er hielt einen Augenblick lang inne und fuhr dann fort. »Andere Commonwealthsonnen oder -welten liegen nicht innerhalb kritischer Distanz des projizierten Weges des Kollapsars durch unsere Galaxis. Er wird seinen Weg durch die galaktische Achse fortsetzen. Einige zehntausend Jahre später wird er die Milchstraße in Richtung auf RINGC 185 verlassen.«

»Wie kann der Kollapsar sich so schnell bewegen?« wollte der Präsident wissen.

Der Techniker warf seinem Vorgesetzten einen Blick zu, worauf dieser antwortete: »Wir kennen noch nicht alle Einzelheiten der Kollapsare, Ehrenwerter. Derart radikale Verzerrungen des Sternmatrix haben noch viele Geheimnisse. Es genügt uns zu wissen, daß er sich *tatsächlich* mit der angegebenen Geschwindigkeit und auf dem projizierten Kurs bewegt.«

Der Präsident nickte und tippte an einen Schalter, wodurch eine mächtige halbkreisförmige Karte an die Decke projiziert wurde. Er studierte die Landkarte und ignorierte den schwellenden Dschungel, den man durch das Fenster unterhalb der Decke sehen konnte. »Was wird dann aus den drei Welten?«

Die Letzte Zuflucht erhob sich und trat neben den Wissenschaftsrat. Als hochgewachsener Mensch überragte er den Präsidenten — aber nur in physischer Hinsicht. Eine der drei gefährdeten Welten war fast ausschließlich von Thranx bewohnt, und doch waren sie ebenso ein Teil seiner Herde, ebenso ergeben wie seine eigene Familie. Sein Umhang im Aquamarin der Kirche war schlicht und bequem. Nur ein einziges goldenes Abzeichen an Ärmel und Kragen verriet, daß er das Oberhaupt der größten spirituellen Organisation des Commonwealth war.

»Carmague und Collangatta stehen in der Bevölkerungsstatistik des Commonwealth an vierter und zwölfter Stelle«, erklärte er. »Twosky Bright steht an dreiundzwanzigster, allerdings hinsichtlich seiner wirtschaftlichen Produktion an fünfzehnter. Zusammengenommen besitzen die drei gefährdeten Planeten eine Bevölkerung von etwas mehr als dreieinhalb Milliarden. Sowohl vom homanxistischen als auch vom ökonomischen Standpunkt aus betrachtet, wäre ihre Vernichtung ein erschütternder Schlag.«

Große Facettenaugen starrten ihn erwartungsvoll an. Der Präsident hoffte in den Facetten Weisheit lesen zu können, anstelle der Angst und Hilflosigkeit, die er empfand. »Was kann man für sie tun?«

Der oberste geistige Führer des Commonwealth senkte die Augen, fand aber auch auf dem gefliesten Boden keine Erleuchtung. »Die Logistiker der Kirche sagen mir ... sehr wenig, Sir. Selbst in den fast neunzig Jahren, die uns noch bleiben, ist eine nennenswerte Evakuierung der Bevölkerungen nicht möglich. Der Einsatz der gesamten Marine und jedes einzelnen Schiffes der Friedensmacht der Kirche würde nur dazu ausreichen, einen Bruchteil der Leute sicher und erfolgreich auf andere Welten zu evakuieren. Und sobald eine solche Maßnahme eingeleitet würde, wäre es natürlich unmöglich, die Motive geheimzuhalten. Es würde zu einer Panik schlimmster Art kommen. Wir können natürlich eine solche Aktion nicht in Betracht ziehen. Und wenn das Commonwealth so geschwächt würde, gäbe es Leute, die aus dem Abzug unserer Verteidigungskräfte Nutzen ziehen würden.«

»Ich weiß«, murmelte Präsident Drusindromid. »Welche Anzahl könnte maximal gerettet werden, ohne unsere Streitkräfte so zu schwächen, daß unsere Feinde das als Einladung betrachten würden?«

»Das ist schwer genau zu sagen ...«, begann die Letzte Zuflucht mit entschuldigender Stimme.

Und plötzlich war die Stimme des Präsidenten schneidend, statt beruhigend. »Ich liebe keine Ungenauigkeiten, wenn es um Homanxleben geht, Anthony.«

»Ja, Sir. Wenn wir Glück haben, so sagt man mir, dann können wir hoffen, bis zu fünf Prozent zu retten.«

In dem Saal herrschte Schweigen. Und dann murmelte der Präsident auf Hochthranx etwas, das nur er selbst hören konnte. Als ihm dann bewußt wurde, daß niemand ihn verstanden hatte, hob er die Stimme. »Man unternehme die notwendigen Schritte. Und wenn es nur ein Prozent wäre, ich würde die Mühe doch für sinnvoll halten.«

»Es bleibt aber das Problem der Panik, Sir«, erinnerte ihn die Letzte Zuflucht.

»Wir werden uns eine geeignete Ausrede einfallen lassen«, versicherte ihm der Präsident. »Aber es muß getan werden. Fünf Prozent sind fast zweihundert Millionen. Die Rettung von zweihundert Millionen Leben ist das Risiko der Panik wert. Und vielleicht haben wir Glück und können sogar noch mehr retten.«

»Die Wissenschaft läßt dem Glück nicht viel Spielraum«, murmelte der Wissenschaftsrat, aber so leise, daß nur er es hören konnte. Der Präsident musterte sie der Reihe nach.

»Wenn sonst nichts ist, meine Herren?« Schweigen

im Raum. »Wir haben noch viel zu tun — und ich habe in einer halben Stunde eine andere Besprechung. Diese Unterredung ist beendet.«

Auf dieses Signal hin entfernten sich die Letzte Zuflucht, der Wissenschaftsrat und der Techniker aus dem Raum. Der Präsident geleitete sie zur Tür und benutzte seine Fußhände neben allen vier Echtbeinen, um sich zu stützen. Wie stets ruhte am Ende alles auf jenen uralten Antennen, dachte der Techniker, als er gerade im Begriff war, sich von dem Präsidenten zu verabschieden. Aber eine Echthand hielt ihn fest.

»Einen Augenblick, junger Mann.« Der Techniker war fast siebzig. Aber der Präsident war ein gutes Stück älter. »Es gibt also keine Möglichkeit, einen Kollapsar anzuhalten, abzuwenden oder zu vernichten?«

Der Techniker bedachte, mit wem er sprach, und hütete sich daher, Herablassung in seiner Stimme erkennen zu lassen. »Kaum, Sir. Alles, was wir darauf abschießen könnten, ob es nun eine Million SCCAM-Projektile sind oder ein anderer Stern, würde einfach aufgesogen werden. Je mehr wir uns darum bemühten, ihn zu vernichten, desto größer würde er werden, obwohl wir natürlich sein Wachstum nicht feststellen könnten, da er immer noch nur ein Punkt im Weltraum wäre. Außerdem wissen wir bereits aus den Messungen, die die erste Drohne an uns durchgegeben hat, daß dieser Wanderer aus viel mehr als einem einzigen zusammengebrochenen Stern besteht. Viel mehr. Vielleicht aus ein paar hundert Sonnen, die er auf seinem Weg bereits geschluckt hat.« Er zuckte die Achseln. »Einige meiner Kollegen glauben sogar aus der Geschwindigkeit und der theoretischen Masse des Wanderers schließen zu können, daß es sich bei ihm um ein Objekt handelt, von dem die Mathematik nur spekuliert: ein Kollapsar. Eine in sich zusammengebrochene Galaxis, Sir, anstatt um einen zusammengebrochenen Einzelstern.«

»Oh.«

Das war alles, was der Präsident darauf sagte. Seine oberen Kiefer scharrten über das untere Paar, während er die Information verarbeitete. »Es gibt da eine politische Analogie, junger Mann«, meinte er schließlich. »So etwas wie eine Idee, deren Zeit gekommen ist. Je mehr Beleidigungen und Argumente man auf sie schleudert, desto mächtiger wird sie, bis man von ihr überwältigt wird.«

»Ja, Sir«, pflichtete der Techniker ihm bei. »Ich wünschte nur, daß wir es hier nur mit einer Idee zu tun hätten, Sir.«

»Unterschätzen Sie die Vernichtungskraft von Ideen nicht, junger Freund«, riet ihm der Präsident. Dann blickte er auf seine Uhr. »Vierundzwanzig Minuten bis zu meiner nächsten Besprechung. Guten Tag, mein Herr.«

»Guten Tag, Mr. Präsident«, sagte der Techniker. Dann verließ er den Raum.

Jedes der Wesen, die kurz zu dieser so weit reichenden Besprechung zusammengekommen waren, kehrte zu seiner Arbeit zurück. Jeder von ihnen hatte viel zu tun, das keine Beziehung zum Thema der Besprechung hatte, und war froh darüber. Beschäftigt zu sein war eine Gnade. Es war nicht gesund, über den vorzeitigen Tod von drei Milliarden Zeitgenossen nachdenken zu müssen.

01

»Für dieses Angebot«, keifte die Frau mit dem runzeligen Gesicht, »sollte ich Sie in die Eier treten!« Dann wurde ihre Stimme nur um eine Spur leiser. »Aber ich bin eine alte schwache Frau. Sie sind jünger, größer, stärker, gesünder und reicher.« Ihre rechte Hand schloß sich um das Heft einer gekrümmten Klinge, die aus einem Loch in dem schmutzigen braunen Fetzen von einem Rock hervorlugte. Ihre Linke hielt den Gegenstand, um den sie feilschten. »Was soll ich also machen?« fragte sie beinahe kläglich.

»Regen Sie sich doch bitte nicht auf«, versuchte der junge Mann, der ihr gegenüber stand, sie zu besänftigen und machte dabei entsprechende Handbewegungen, während sein Blick unstet herumhuschte.

Niemand in dem Gewimmel von Straßenhändlern und Käufern achtete auf die Auseinandersetzung. Aber der junge Mann war als Fremdweltler für die Angriffe der alten Frau besonders empfindlich. Schließlich sollten er und seine Braut sich nur drei Tage auf Moth aufhalten, ehe sie mit dem Rest der Gruppe nach New Paris weiterreisten. Während seiner Flitterwochen ins Gefängnis gesteckt zu werden, weil er sich in einen Streit mit einer Eingeborenen eingelassen hatte, war so ziemlich das letzte, was er sich wünschte.

»Wirklich«, erklärte er verzweifelt und zog sich den vom Regen durchnäßten Umhang zurecht, »dreißig Credits ist alles, was ich ausgeben kann. Verstehen Sie doch. Meine Frau wartet im Hotel. Sie fühlt sich nicht besonders gut. Wahrscheinlich liegt es an dem täglichen Regen und der ewigen Wolkendecke. Ich möchte sie mit irgend etwas aufmuntern. Aber wir haben noch eine lange Reise vor uns. Dreißig Credits ist alles, was ich ausgeben kann.«

Die alte Frau richtete sich stolz zu ihrer ganzen Größe auf. Ihre Augen befanden sich jetzt auf gleicher Höhe mit der Brust des jungen Mannes. Sie hielt den Gegenstand ihrer Auseinandersetzung fest in der Hand und schüttelte ihn anklagend vor seiner Nase. Das dünne elegante Armband aus silberähnlichem Metall war mit polierten Holz- und Steinstücken eingelegt.

»Cojones Cutler selbst hat es gemacht und die Steine eingelegt, Junge! Haben Sie denn eine Ahnung, auch nur die *leiseste* Ahnung, was das bedeutet?«

»Es tut mir leid«, versuchte der junge Mann zu erklären, »aber ich versuche Ihnen ja die ganze Zeit zu erklären, daß ich nur als Besucher hier bin.«

Es kostete der Frau offensichtlich große Mühe, ruhig zu bleiben. »Also gut«, meinte sie schließlich nach einem tiefen Atemzug, »dann sagt Ihnen also der berühmte Name Cojones Cutler nichts.« Sie wies auf die ovalen Ausbuchtungen in dem Armband. »Sehen Sie sich diese Wirbelholzbochons an — lassen wir die Topase mal für einen Augenblick beiseite.« Und während sie das Armband vor seinem Gesicht herumdrehte, blitzte das gehärtete polierte Holz im schwachen Tageslicht auf und sprühte förmlich von grünem Feuer.

»Höchstens einer unter einer Million Bäumen hat die Verwachsungen, die nötig sind, um solche Farben hervorzubringen, Junge. Höchstens einer unter einer Million, und die wachsen nur im hohen Norden von Moth, wo die Nomaden die Demichin Devilope jagen. Man braucht ...«

»Oh, schon gut.« Der junge Mann seufzte verzweifelt. »Ich tue ja alles, um damit Schluß zu machen. Fünfunddreißig Credits also.« Er war höchstens zweiundzwanzig oder dreiundzwanzig. Sein Gesicht war weich und ernst. »Dann müssen wir eben in einem billigeren Hotel in New Paris wohnen. Aber das ist endgültig alles.«

Die alte Frau sah ihn verständnislos an und schüttelte dann ungläubig den Kopf. »Sie reden von Hotels, und ich habe drei Kinder, die am Verhungern sind, und mein Mann ist schon lange tot. Sie stehen hier und reden von Hotels, Sie Kindskopf und bieten mir fünfunddreißig Credits für das schönste Armband, das mir seit zwanzig Jahren unter die Finger gekommen ist. Zwanzig Jahre!« Ihre Stimme war jetzt wieder lauter geworden und klang heiser. »Machen Sie mir ein anständiges Angebot, oder wohnen Sie meinethalben beim Teufel, das sage ich Ihnen!« kreischte sie, so laut, daß ein paar Köpfe in der Menge sich nach ihnen umdrehten. »Aber stehen Sie nicht so unschuldig herum und beleidigen eine arme alte Frau!«

»Um der Kirche willen«, bettelte der Junge, »schreien Sie doch nicht so.«

Ein junger Mann in einem violettgrauen Regencape, der zugesehen hatte, leckte sich die letzten Brösel eines Stücks Thisk-Kuchen von den Fingern, erhob sich und schlenderte auf die Streitenden zu. Er war kleiner als der Durchschnitt und fiel mit seiner tiefgebräunten Haut in der Menge nicht auf. Sein Kopf war von einer roten Lockenmähne bedeckt, einem Rot, das an die Farbe von Feuergras in der offenen Tundra erinnerte. Das Haar fiel ihm über die Stirn und die Ohren. Nur die leichte Ausbuchtung auf seiner rechten Schulter war auffällig. Es schien, als bewegte sich dort etwas unter seinem Cape, aber der Gegenstand, was immer es auch war, war zu gut verborgen, als daß man ihn identifizieren konnte.

»... und wenn Sie sonst nichts zu sagen haben«, erregte sich die alte Frau, »dann sollten Sie besser ...«

»Entschuldigen Sie«, unterbrach sie eine ruhige Stimme, »aber ich würde sagen, daß fünfunddreißig Credits für dieses Armband ein fairer Preis sind.«

Mit vor Staunen offenem Mund starrte der Käufer den schlanken jungen Mann verständnislos an und fragte sich, weshalb wohl ein Eingeborener ihm zu Hilfe kommen sollte. Die alte Frau warf dem Ankömmling einen wütenden Blick zu.

»Ich weiß nicht, wer Sie sind, mein Herr«, begann sie

zu poltern, »aber wenn Sie sich nicht um Ihre eigenen Angelegenheiten kümmern, dann ...« Sie hielt mitten im Satz inne, und ihr Mund bildete ein großes O.

»Was tun Sie dann, alte Frau?« fragte der Junge. »Schicken Sie mich dann ohne Abendessen zu Bett?«

Der verstörte Interessent ahnte, daß die Lage sich zu seinem Vorteil gewandelt hatte, ohne noch recht die Gründe dafür zu kennen. Er reagierte schnell. »Fünfunddreißig Credits ist tatsächlich ein fairer Preis, da hat der Herr recht.«

»Ja ... ich ...« Die alte Frau, die selbst etwas benommen wirkte, schien das Angebot kaum zu hören. »Fünfunddreißig also, dann haben wir es jetzt hinter uns.«

»Ganz bestimmt?« Der Fremdweltler, der sich jetzt des Handels sicher war, war offenbar darauf bedacht, sich bei der Verkäuferin beliebt zu machen. Da er ein gutes Stück größer war als der Neuankömmling, trat er einen Schritt vor. »Wenn dieser Junge Sie belästigt, dann würde ich mit Vergnügen ...«

Etwas bewegte sich unter den Falten des Capes und schob sich teilweise darunter hervor. Es sah aus wie Leder, ein dünnes schmales Gebilde in grellen Farben. Der Tourist erkannte den Gegenstand nicht, hatte aber sofort den Eindruck schlangenhafter Tödlichkeit. Seine Hand hielt den Kreditstreifen hin, anstatt sich zur Faust zu ballen.

»Hier ist Ihr Geld.«

Von der Gestalt im Cape wie hypnotisiert schob die alte Frau mechanisch den Kreditstreifen in ihren Kredimeter und reichte ihn dann dem Käufer zurück, ohne auf die Anzeige zu blicken.

»Das Armband«, drängte der junge Besucher ungeduldig.

»Hm? Oh, ja.«

Sie reichte es ihm. Mit vor Freude über den vermeintlichen günstigen Kauf gerötetem Gesicht ver-

schwand der Tourist in der Menge von Menschen und Fremden.

Die alte Frau studierte die Gestalt vor sich. Und dann warf sie ihm plötzlich ihre dünnen, aber immer noch muskulösen Arme um den Hals und drückte zu. »Flinx!« rief sie erregt. »Flinx, Junge, du bist nach Hause gekommen!« Sie schüttelte den schlaksigen Jungen aus schierer Freude, genoß es, ihn wieder in den Armen zu halten.

Pip, der Minidrach, rutschte unruhig auf Flinx' Schulter herum und bemühte sich, das Ganze mit reptilischer Gleichgültigkeit hinzunehmen.

»Auf eine Weile, Mutter Mastiff«, antwortete der Junge leise. Dann grinste er und deutete mit einer Kopfbewegung in die Richtung, in der der Fremdweltler verschwunden war. »Ich sehe, du hast noch genausoviel Spaß wie eh und je.«

»Spaß!« schnaubte sie und machte eine obszöne Handbewegung in Richtung auf den Marktplatz, dort, wo ihr Kunde verschwunden war. »Jämmerlich, alle miteinander. Da macht das Handeln keinen Spaß mehr. Manchmal frage ich mich, was bei solchen Leuten das Commonwealth noch zusammenhält.« Ein dreieckiger Kopf mit feurigen Augen schob sich unter dem Cape hervor. Die alte Frau musterte ihn mit offensichtlichem Ekel. »Ich sehe, daß du dieses Geschöpf immer noch mit dir herumschleppst.«

Pip reagierte darauf mit einem unfreundlichen Zischen. Mutter Mastiff und der Minidrach hatten einander noch nie sonderlich geliebt.

»Manchmal habe ich das Gefühl, als würde Pip mich herumschleppen, Mutter«, meinte der junge Mann.

»Nun, mir ist es ja schließlich egal. Auf alle Fälle bist du hier.« Sie schlug in gespieltem Ärger auf die linke Schulter. »Hier bist du ..., du nichtsnutziger, vergeßlicher, herzloser Klumpen aus unreifem Fleisch! Wo warst du denn? Mehr als ein Jahr ist es jetzt her. Ein

Jahr, du Ausbund von Undankbarkeit! Kein einziges Tridiband, keine Postkarte, nichts!«

»Es tut mir leid, Mutter Mastiff«, gestand er und legte den Arm um ihre knochigen Schultern. Sie zuckte ärgerlich die Achseln, aber nicht heftig genug, um seinen Arm abzuschütteln. »Nicht, daß ich nicht an dich gedacht hätte. Aber ich war viel zu weit von der Zivilisation entfernt.«

»Ah, wieder Ärger gehabt?« Sie schüttelte den Kopf. »Habe ich dich etwa so aufgezogen?« Er wollte Antwort geben, aber sie ließ ihn nicht zu Wort kommen. »Nein, schon gut. Wo warst du? Komm, erzähl es mir im Laden.«

Sie gingen die Straße hinunter. Aromatische Düfte und der Lärm von Drallars innerem Markt erfüllten die Luft um sie. »Komm, Junge, erzähl mir, wo warst du, daß du mir nicht einmal schreiben konntest, ob dein wertloser Kadaver noch intakt ist?«

Flinx überlegte sich seine Antwort gut. Er hatte gute Gründe dafür, den Aufenthaltsort des vergangenen Jahres geheimzuhalten. Was Mutter Mastiff nicht wußte, konnte sie auch nicht ausplaudern.

»Ich hab' sozusagen einen Job angenommen«, erklärte er schließlich.

Sie sah ihn mit aufgerissenem Mund an. »Du ... einen Job?«

»Ich lüge nicht«, verteidigte er sich etwas unsicher, weil er ihren ungläubigen Blick auf sich spürte. »Ich kann mir meine Zeit selbst einteilen und brauche nur soviel zu arbeiten, wie ich Lust habe.«

»Nun, vielleicht, aber nur *vielleicht* glaube ich dir. Was für einen Job denn?«

Wieder wich er ihrem Blick aus. »Das kann ich nicht genau sagen. Ich bin so eine Art Lehrer, Privatlehrer.«

»Ein Lehrer«, wiederholte sie sichtlich beeindruckt. »Ein Privatlehrer, was?« Sie lachte glucksend. »Was lehrst du denn? Taschendiebstahl, Einbruchdiebstahl oder allgemeinen Diebstahl?«

»Woher soll ich denn über solche Dinge Bescheid wissen?« konterte er erstaunt. »Hast du mich etwa so erzogen?« Der Junge lachte glucksend. »Nein, ich bin so etwas Ähnliches wie ein Allzweckinstrukteur in grundlegenden Dingen.«

»Aha«, war ihre ganze Antwort darauf, so daß ihm die Mühe erspart blieb, ihr zu erklären, was für grundlegende Dinge er lehrte und wem. Insbesondere wem; die Zeit war noch nicht gekommen, daß Mutter Mastiff oder sonst jemand etwas über die Ulru-Ujurrianer erfuhr, die Rasse, die er adoptiert hatte und die ihrerseits ihn adoptiert hatte. Die Rasse, die, wenn es sein mußte, diesen ganzen Winkel der Schöpfung von innen nach außen stülpen konnte.

»Laß mich einmal ganz beiseite«, meinte er dann und starrte sie an. »Da nehme ich mein Geld und richte dir einen Laden in einer der besten Straßen von Drallar ein, mit erstklassigem Inventar und wie finde ich dich? So!« Er deutete auf ihre ausgefransten Kleider, den zerfetzten Rock, die ausgeblichene Bluse und den speckigen Hut, der schief auf ihrem langen, strähnigen Haar saß. »Auf der Straße im Regen und in Lumpen gekleidet.«

Jetzt wich Mutter Mastiff seinem Blick aus. Sie bogen in eine kopfsteingepflasterte Straße ein und betraten damit ein etwas ruhigeres Stadtviertel.

»Ich bin nervös geworden, Junge, alles juckt mich, ich hab' es in diesem stinknoblen Laden nicht mehr ausgehalten. Mir haben die Straßen gefehlt, der Lärm, der Kontakt mit den Leuten ...«

»Der Streit und das Geschrei«, fügte Flinx hinzu.

»Und der Klatsch«, fuhr sie fort. »Ganz besonders der Klatsch.« Jetzt hob sie den Blick wieder. »In meinem Alter ist das eines der wenigen Laster, für die ich noch nicht zu alt geworden bin.«

Flinx deutete auf die Straße, die vor ihnen lag. »Deshalb gehen wir wohl nicht zu dem Laden?«

»Nein, nicht zu dieser stickigen Bude, nicht an einem schönen Tag wie heute.«

Flinx studierte den grauen verhangenen Himmel, blickte empor zu dem ewigen Nebel, sagte aber nichts. Tatsächlich war es für die Begriffe von Drallar ein recht schöner Tag. Es regnete nicht. Jetzt war er schon seit zwei Wochen wieder zu Hause und hatte noch kein einziges Mal die Sonne gesehen.

»Gehen wir doch zu Dramuses Bude. Ich lade dich zum Mittagessen ein.«

Flinx gab seiner Überraschung Ausdruck. »Du lädst jemanden zum Mittagessen ein? Freilich, bei dem Pofit, den du an dem Armband gemacht hast ...«

»*Ach was!* Ich hätte den Tölpel spielend auf fünfzig Credits hochgejagt. Das habe ich in dem Augenblick gewußt, als er das Armband zu sehen kriegte. Und dann mußtest du dich einmischen.«

»Eines Tages, Mutter, wirst du bei irgendeinem Fremdweltler, der Bescheid weiß, zu weit gehen, und dann meldet er dich bei der königlichen Polizei. Ich hab' mich eingeschaltet, weil er mir wie ein anständiger Kerl auf seinem Hochzeitsflug vorkam und ich nicht wollte, daß er zu schlecht behandelt wurde.«

»Da sieht man wieder, was du weißt«, konterte sie. »Er war gar nicht so dumm, wie er dich glauben machte. Du hast ja nicht seine Augen aufblitzen sehen, als ich sagte, daß es gestohlen wäre. Er wußte schon, was er wollte, das kannst du mir glauben, oder hast du etwa gesehen, wie er nach der Polizei rief? Nein, er hielt seine heiße Ware an sich gedrückt wie jeder anständige Bürger, der etwas Unrechtes preiswert erworben hat. Da.« Sie blieb stehen und wies durch einen Torbogen auf eine Gruppe von Tischen, die unter einer Art von Baldachin standen.

Sie hatten jetzt den letzten der konzentrischen Ringe

betreten, die Drallars Markt bildeten. Dieser äußerste Ring bestand fast ausschließlich aus Restaurants und Garküchen. Sie reichten von winzigen Geschäften mit primitiven Holzöfen bis zu teuren abgeschlossenen Etablissements, in denen Delikatessen von den Fernsten Winkeln des Commonwealth auf Geschirr aus geschliffenem Veridian serviert wurden. Hier hing ein Gemisch aus Düften in der Luft, daß man alleine vom Riechen schon satt werden konnte.

Sie betraten ein Restaurant, in dem es weder Holz- noch Veridiangeschirr gab und das hinsichtlich seiner Speisekarte etwa in der Mitte zwischen Feinschmeckerküche und dem Ungenießbaren lag. Nachdem sie Platz genommen hatten, bestellten sie bei einem Geschöpf, das wie ein Greif aussah, der statt Beinen Tentakel hatte. Dann wechselte Mutter Mastiff von ihren Vorwürfen auf ernsthaftere Redeweise über.

»Also, Junge, ich weiß natürlich, daß du deine natürlichen Eltern suchen wolltest.« Es war ein Zeichen der ihr innewohnenden Kraft, daß sie das Thema anschneiden konnte, ohne dabei ins Stolpern zu geraten. »Du warst mehr als ein Jahr weg. Du mußt etwas erfahren haben.«

Flinx lehnte sich zurück und schwieg eine Weile. Pip arbeitete sich zwischen den Falten des Capes hervor, und Flinx kratzte die Flugschlange unter dem Kinn. »Soweit ich erfahren habe«, erwiderte er schließlich knapp, »sind die beiden schon lange tot.« Pip rutschte unruhig herum und verspürte plötzlich die ernste Stimmung seines Herrn. »Meine Mutter ... bei ihr weiß ich jetzt zumindest, was sie war. Eine Lynx, eine Konkubine. Ich habe auch eine Halbschwester gefunden, und als ich sie schließlich fand, mußte ich sie töten.«

Das Essen wurde gebracht, würzig und dampfend. Eine Weile aßen sie beide stumm. Trotz der Gewürze wirkte das Essen auf sie beide eher schal.

»Die Mutter tot, die Halbschwester tot«, brummte

Mutter Mastiff. »Keine anderen Verwandten?« Flinx schüttelte nur den Kopf. »Und was ist mit deinem Vater?«

»Über ihn habe ich nichts erfahren, was sich gelohnt hätte, weiterzuverfolgen.«

Mutter Mastiff kämpfte gegen ein paar eigene private Dämonen an und murmelte schließlich: »Du warst weit weg und ziemlich lange, Junge. Aber es gibt noch eine Möglichkeit.«

Er sah sie scharf an.

»Wo?«

»Hier. Ja, sogar hier.«

»Warum hast du davon nie etwas gesagt?« fragte er leise.

Mutter Mastiff zuckte die Achseln. »Ich sah keinen Grund, es zu erwähnen. Es ist eine ganz unbestimmte Möglichkeit, Junge, Zeitvergeudung, ein absurder Gedanke.«

»Ich habe ein Jahr damit verbracht, hinter Absurditäten herzujagen«, erinnerte er sie. »Raus mit der Sprache, Mutter.«

»Als ich dich auf dem Markt kaufte«, begann sie gleichmütig, gerade, als spräche sie von einer ganz gewöhnlichen Transaktion, »war das ein ganz normaler Verkauf. Ich weiß immer noch nicht, was in mich gefahren war, daß ich so mein Geld verschwendete.«

Flinx unterdrückte ein Grinsen. »Ich auch nicht. Ich kann dir aber nicht folgen.«

»Du mußt den Händler finden, der dich verkauft hat, Flinx, vielleicht ist er oder sie noch im Geschäft. Es besteht ja immerhin die Möglichkeit, daß die Firma ordentliche Verzeichnisse führte. Mich hat dein Stammbaum nicht sonderlich interessiert. Vielleicht gibt es noch zusätzliche Informationen in den Akten, die im Kaufvertrag nicht erwähnt wurden. Es ist freilich unwahrscheinlich. Aber ich hab' mich wirklich nur dafür interessiert, ob du eine Krankheit hattest oder nicht.

Ausgesehen hast du ja so, aber du warst gesund.« Sie trank aus ihrem Krug. »Manchmal geben einem diese Sklavenhändler nicht alle Informationen, die sie besitzen. Sie haben ihre Gründe dafür.«

»Aber wie kann ich die Firma ausfindig machen, die mich verkauft hat?«

»Die städtischen Akten«, meinte sie und wischte sich die Flüssigkeit vom Kinn. »Schließlich mußte auf den Handel ja Steuer bezahlt werden. Sieh dir doch die königlichen Steuerakten für das Jahr an, in dem ich dich gekauft habe. Ich halte es freilich für Zeitvergeudung.«

»Genügend Zeit habe ich aber«, meinte er geheimnisvoll. »Ich will es gern versuchen.« Er griff über den Tisch und tätschelte ihre Wange, die sich wie schlaffes Wildleder anfühlte und auch so aussah. »Aber den Rest des Tages wollen wir Mutter und Sohn sein.«

Sie wischte seine liebkosende Hand weg ... aber ganz vorsichtig und ohne ihm weh zu tun.

02

Der folgende Tag versprach schön zu werden. Der morgendliche Regen war leicht, und die Wolkendecke wirkte so, als wolle sie im Laufe des Tages aufreißen. Flinx blieb freilich der für einen Bewohner Drallars ungewöhnliche Anblick der Sonne erspart, denn als er sich zu dem weit angelegten Verwaltungskomplex auf den Weg machte, hatte die Wolkendecke sich bereits wieder geschlossen. Die Bauten drängten sich wie Arbeiterameisen um ihre Königin, deren Leib der Palast des Königs war.

Feuchtes kühles Wetter belebte Flinx. Mit Feuchtigkeit angereicherte Luft tat seinen Lungen gut, schließlich war es die Luft des einzigen Zuhause, das er je gekannt hatte. Besser gesagt, an das er sich erinnern konnte, korrigierte er sich.

Er blieb stehen, um mit zwei Straßenhändlern zu plaudern, Leuten, die er seit seiner Kindheit kannte.

Und doch erkannte ihn anfänglich keiner von beiden. Hatte er sich in einem Jahr so stark verändert? Unterschied er sich mit siebzehn so stark von dem, der er mit sechzehn gewesen war? Zugegeben, in jenem Jahr hatte er viel erlebt. Aber wenn er in den Spiegel sah, blickte ihm von dort kein Fremder entgegen. Es gab da keine frischen Linien, die seine glatte braune Haut durchzogen hätten, und aus seinen kakaobraunen Augen leuchtete ihm keine Sorge entgegen. Und doch war er für andere irgendwie nicht derselbe geblieben.

Wahrscheinlich lag es an dem grellen Kaleidoskop, das Drallar war und das die Leute vergessen machte. Er verschloß sein Bewußtsein gegen den Lärm, die Nervosität der Stadt und ging vorbei an verführerisch duftenden Garküchen und Verkaufsständen und achtete nicht auf die Zurufe der Händler und Verkäufer. Er hatte jetzt keine Zeit mehr, die er auf solch kindische Ablenkung vergeuden konnte, sagte er sich. Er trug jetzt Verantwortung. Als Führer einer ganzen Rasse in dem großen Spiel mußte er kindische Interessen abtun.

Ah, aber das Kind in ihm war noch stark, und das, was sich in ihm vollzog, dieses Erwachsenwerden, war nicht leicht ...

Wie ein Ozean aus Granit drängten sich die Mauern von Old Drallar in erstarrten Wogen gegen die weitläufige Bastion der Bürokratie, welche das Verwaltungszentrum von Drallar und des ganzen Planeten Moth darstellte. Moderne Bauten mischten sich, wie der Zufall es gewollt hatte, zwischen mittelalterliche. Und dahinter ragte der Palast des Königs auf: Türme und Minaretts und Kuppeln, eine faszinierende Silhouette wie aus einem Märchen. Wie der größte Teil der Stadt, so sah auch dieses Gebilde aus, als hätte ein Computer es entworfen, dem man anstatt moderner Technik die Märchen aus Tausendundeiner Nacht eingefüttert hatte.

Flinx durchquerte den äußersten Ring der Garküchen, als zwei auffällige Gestalten vor ihm die Straße passierten — ein Mann und eine Frau, beide etwas größer als Flinx, ansonsten aber ganz unauffällig. Was dennoch seine Aufmerksamkeit erregte, war die Reaktion, die sie bei den anderen auslösten. Die Menschen gaben sich alle große Mühe, ihnen auszuweichen, ja nicht einmal in ihre Richtung zu blicken. Aber sie befleißigten sich dabei großer Vorsicht, um ja nicht beleidigend zu wirken.

Die beiden waren Qwarm.

Von der Regierung des Commonwealth nur widerstrebend geduldet, waren die Qwarm ein weit verstreuter Clan, dessen Dienste von der Eintreibung überfälliger Schulden bis zum bezahlten Mord reichte. Obwohl man die Qwarm gesellschaftlich schnitt, hatte der Clan doch in dem Maße, wie das Commonwealth wuchs, auch seinerseits prosperiert. Schon immer seit Anfang aller Zeiten hatte es einen Markt für die Dienste gegeben, die er leistete.

Flinx wußte, daß die beiden vor ihm in irgendeiner Weise mit jedem anderen Qwarm im Commonwealth verwandt waren. Beide trugen hautenge, schwarze Kombinationen, die in schwarzen Halbstiefeln endeten. Und diese Stiefel dienten nicht nur zum Schutz ihrer Füße, sondern enthielten daneben noch viele andere Dinge. Ein schmucker Umhang aus schwarzen und rostroten Fransen flatterte ihnen vom Kragen bis zur Hüfte, wie der Schwanz eines fremdartigen Vogels.

Flinx hatte schon oft von den Qwarm gehört, aber noch nie Gelegenheit gehabt, einen aus der Nähe zu sehen, und so blieb er vor einem kleinen Laden stehen und tat so, als interessierte er sich für einen Krug aus Kupfer und eingelegten Chrysacolla. In Wirklichkeit beäugte er jedoch die beiden Fremden.

Da er genau hinter ihnen stand, konnte er ihre Gesichter nicht mehr sehen, wußte aber, daß ihr Körper unter den Kombinationen ebenso haarlos war wie ihre Köpfe unter den schwarzen Kappen. Die Kappen waren mit roten Mustern bestickt, und diese Stickerei im Verein mit den Fransen an ihrer Kleidung war das einzig Schmückende an ihnen. Von den schwarzen Gürteln hingen verschiedene Taschen und Behälter — Taschen und Behälter, in denen mannigfache Arten des Todes lauerten, wie Flinx wußte. Wenn er sich richtig erinnerte, so wurde der Gürtel von einer Schnalle gehalten, die aus einem einzigen großen orangeroten Vanadiumkristall geschnitten war und in dem das Symbol des Todes eingelegt war, wie es die Menschheit seit urdenklichen Zeiten kannte — ein Totenschädel mit zwei gekreuzten Knochen. Ihre Uniform reichte aus, um sie ohne jeden Zweifel zu identifizieren.

Die Menge teilte sich vor ihnen ohne Panik. Weglaufen hätte beleidigend wirken können. Und niemand wollte einen Qwarm beleidigen.

Flinx entfernte sich einen Schritt von dem Laden — und erstarrte. Unverlangt, wie das so oft geschah, hatte sein Talent ihm ein Bild geliefert. Und das Bild zeigte einen unmittelbar bevorstehenden Mord. Er hatte die Information nicht gesucht. Das, was ihn an seinen besonderen Fähigkeiten immer wieder am meisten störte, war die Tatsache, daß sie am wirksamsten waren, wenn er sie nicht brauchte.

Er wußte im gleichen Augenblick, daß der Mann und die Frau ein Ehepaar waren und daß ihr Opfer sich in unmittelbarer Nähe befand. Er bemühte sich, ein Bild des Opfers zu bekommen, sah jedoch, wie er das fast erwartet hatte, nichts.

Und noch erstaunlicher waren die Wellen der Neugierde und der Verwirrung, die von den beiden Qwarm ausgingen. Flinx hatte gehört, daß es nichts gab, was den Qwarm verwirren konnte, schon gar nicht etwas, das mit ihrer Arbeit in Verbindung stand. Jemand war in der Nähe, den sie ermorden mußten, und das verwirrte sie. Seltsam. Wie konnte etwas ein paar professionelle Mörder verwirren?

Flinx tastete nach einer Erklärung, fand aber nur eine geistige Mauer, die ihn umgab. Ebenso schnell wie sie in Erscheinung getreten waren, verschwanden die Kräfte seines Talents, und er war wieder ein normaler Mensch, nur von seinen Sinnen abhängig. Und so wurde er zwischen dem gesunden Menschenverstand und seiner so schlimmen Neugierde hin- und hergerissen. Wenn nur dieses ausgeprägte Gefühl der Unsicherheit von den beiden Qwarm ihn nicht plötzlich angesprungen hätte. Nichts dürfte einen Qwarm so verunsichern. Nichts! Ihm Sorge bereiten, ja, weil Mord ein Kapitalverbrechen war und weil sie, wenn man sie faßte, vor Gericht gestellt und bestraft werden würden.

Aber Verwirrung? Unmöglich!

Plötzlich ertappte Flinx sich dabei, wie er nicht auf die festen Mauern des Verwaltungszentrums zuging, sondern umkehrte, wieder in das Chaos des Marktes eintrat. Es war leicht, dem schwarz gekleideten Paar zu folgen. Sie hegten keinerlei Argwohn. Qwarm waren es gewöhnt, anderen aufzulauern und sie zu verfolgen; aber niemand verfolgte einen Qwarm.

Obwohl Pip sich nervös um seine Schulter ringelte, schob Flinx sich näher an sie heran. Die Qwarm ließen immer noch nicht erkennen, ob sie seiner überhaupt bewußt waren. In diesem Augenblick hatte er nichts anderes im Sinn, als den beiden Mördern zum Ursprung ihrer Verwirrung zu folgen.

Eine kleine Menschenmenge versperrte den Weg. Das schwarz gekleidete Paar blieb stehen und unterhielt sich im Flüsterton. Flinx glaubte zu spüren, wie ihre Muskeln sich spannten. Dann verstummte ihr Gespräch, und ihm schien, als versuchten sie über die Köpfe der Menschentraube vor ihnen den Weg zu sehen.

Flinx trat vor und entdeckte neben sich ein Stück einer alten Mauer. Ein Teil des Mauerstückes diente einigen Gestalten, die über die Köpfe der Menge hinwegstarrten, als Sitz. Niemand hatte einen Blick für ihn übrig, als er die Mauer erkletterte und sich ihnen anschloß. Als er jetzt auf dem feuchten glatten Stein saß, konnte er gut über die Köpfe der Menge hinwegsehen, auch über die der paar Vogelwesen, die sich unter das Gros der Menschen und der paar warmgekleideten Thranx und ein paar anderer Fremder mischten. Sein Standort bot ihm einen guten Ausblick auf das Zentrum der Aktivität, gleichzeitig konnte er die Qwarm im Auge behalten.

Vor der im Halbkreis stehenden Ansammlung von Geschöpfen der verschiedensten Welten war eine kleine Bühne aufgebaut. Flinx wurde von fast schmerzlicher Erinnerung ergriffen. Jongleure, Zauberer und andere Taschenspieler benutzten die öffentliche Bühne, um dort die Menge zu unterhalten und ihre eigenen leeren Taschen zu füllen. Vor noch nicht einmal eineinhalb Jahren war auch er einer jener stets hoffnungsfrohen Schausteller gewesen. Er und Pip hatten seit jener Zeit viel erlebt. Er spürte, wie die Schlange sich entspannte und damit auf seine nostalgische Stimmung ansprach.

Ein Jongleur war eben am Ende seiner Darbietung mit vier grell bemalten Kugeln angelangt. Eine nach der anderen warf er sie in die Luft und eine nach der anderen verschwand zur scheinbaren Verblüffung des Akrobaten und begleitet von dem staunenden *Oh* und *Ah* der Menge. Die Zuschauer applaudierten, der Jongleur sammelte, und das Leben ging weiter.

Flinx lächelte. Das Material, aus dem die Bälle bestanden, blieb nur bei gleichmäßiger Wärme beständig — der Wärme, die von den sich schnell bewegenden Händen des Jongleurs ausging. Und wenn diese Körperwärme ausblieb, auch nur für ein paar Sekunden, wurden die Kugeln unsichtbar. Flinx wußte, daß der Helfer des Jongleurs hinter der Bühne wartete, um die sorgfältig geworfenen unsichtbaren Gegenstände aufzufangen. Die Nummer hing vom perfekten Timing ab, da der Helfer an exakt der richtigen Stelle stehen mußte, um auf Zuruf hin die Kugeln auffangen zu können.

Der Jongleur trat ab. Als die nächste Nummer auf der Bühne begann, spürte Flinx, wie etwas an seinem Bewußtsein zerrte. Einen kurzen Augenblick lang empfand er dasselbe Gefühl wie die Qwarm. Als er zu ihnen hinübersah, fühlte er, daß sie sich abmühten, besser zu sehen.

Er wandte seine Aufmerksamkeit auf das von ihnen ausersehene Opfer.

Das hochgewachsene robust wirkende Individuum auf der Bühne war von etwas hellerer Hautfarbe als Flinx. Schwarzes Haar fiel ihm in fettigen Strähnen in den Nacken. Er trug Sandalen, weite Hosen und ein Hemd, das auf der Brust offen stand, wo man sein dichtes Körperhaar sehen konnte. Die bauschigen Ärmel waren vermutlich für seinen Auftritt wichtig.

So sehr Flinx sich auch abmühte, vermochte er doch an dem Mann nichts Auffälliges zu entdecken — jedenfalls nichts, das die Aufmerksamkeit von zwei Qwarm, anstatt nur einem, erforderte. Und doch mußte es hier etwas geben, das jemandem genügend Sorge bereitete, um sich der Dienste jener gefürchteten Meuchelmörder zu bedienen.

Der Mann hielt eine glitzernde Schnur in der Hand und zog damit an etwas, das noch hinter der Kulisse verborgen war. Die Scherzworte, die mit Beleidigungen abwechselten, die er der Person oder dem Gegenstand zuwarf, zu dem die Schnur offensichtlich führte, waren nicht besonders originell, aber die Menge war auf ihn eingestimmt und erpicht darauf, zu sehen, was jetzt kommen würde.

Es hatte inzwischen wieder leicht zu nieseln begonnen. Aber die Menge war dieses Klima gewöhnt und ignorierte den Regen. Die Witze begannen albern zu werden, und die Menge zeigte Anzeichen von Ungeduld. Nun stieß der Mann einen wilden Fluch aus und zog kräftig an dem Strick. Flinx richtete sich unwillkürlich auf, auch er war jetzt begierig, zu erfahren, was am anderen Ende der Leine hing.

Als das Geschöpf schließlich etwas tolpatschig um die Kulisse herumwatschelte, wirkte die Szene so albern, daß Flinx ungläubig und irgendwie erleichtert laut auflachte. Der Rest der Menge tat es ihm gleich.

Was hinter der Kulisse hervorkam, war vermutlich das albernste Geschöpf, das er je gesehen hatte. Es gehörte einer ihm unbekannten Spezies an, war knapp eineinhalb Meter groß, hatte ungefähr die Form einer Birne. Der eiförmige Schädel ging in einen konischen Hals über, der sich zu einem formlosen, irgendwie aufgedunsen wirkenden Torso erweiterte. Es tappte auf vier Beinen herum, welche in tellerförmigen Füßen mit Stummelzehen endeten. Wo der Hals in den formlosen Körper überging, standen vier Arme nach außen, von denen jeder in vier kräftig entwickelten gliederlosen Fingern endete. Das Ding wirkte gummiartig, irgendwie knochenlos.

Das Geschöpf trug eine Weste mit in gleichmäßigen Abständen angebrachten Löchern für die vier Arme. Immens ausgebeulte, komisch wirkende Hosen vollendeten seine Kleidung. Oben am Kopf gähnten vier große Löcher. Flinx nahm an, daß es sich dabei um Hörorgane handelte. Darunter starrten vier wäßrige Augen dümmlich in alle vier Himmelsrichtungen. Gelegentlich blinzelte eines und ließ dabei doppelte Lider erkennen, die sich wie Vorhänge über den Pupillen öffneten und schlossen.

Ein Organ, das an den beweglichen Rüssel eines Elefanten erinnerte, zierte den Scheitel des kahlen Schädels. Es endete in einem Mund, welcher, wie Flinx annahm, gleichzeitig als Eß- und Sprechorgan diente ... immer vorausgesetzt, daß das Ding imstande war, Geräusche zu erzeugen.

Und so, als wäre diese groteske Ansammlung von Organen, Gliedern und Kleidung nicht für sich alleine schon lächerlich genug, war das Geschöpf hellblau und mit grünen vertikalen Streifen gefärbt, welche vom Hals bis zu den Füßen verliefen. Sein Besitzer-Manager-Dompteur riß noch einmal an der Schnur, und das Geschöpf watschelte nach vorne und gab dabei ein komisches Quieken von sich. Die vorne Stehenden brachen wieder in Gelächter aus.

Flinx lachte nicht. Obwohl das Geschöpf durch das Zerren an der Schnur nicht verletzt zu werden schien, mochte er es doch nicht, wenn ein Lebewesen schlecht behandelt wurde. Außerdem hatte Flinx das Gefühl, daß das Geschöpf unabhängig davon, wie kräftig sein Besitzer zerrte, selbst sein Tempo bestimmte.

Und dann fragte sich Flinx unvermittelt, was er eigentlich hier wollte. Eigentlich sollte er jetzt von Beamten und Akten umgeben sein und sich nicht die belanglosen Darbietungen eines Straßengauklers ansehen. Die Ausbildung, die ihn als Kind in Drallar hatte überleben lassen, kam jetzt wieder zu ihrem Recht. Es ging ihn nichts an, wenn die Qwarm einen reisenden Tierbändiger töten wollten. Es würde ihm nichts einbringen, wenn er sich hier einmischte, erinnerte Flinx sich kühl. Seine Neugierde hatte ihm schon viel zu oft unnötigen Ärger eingebracht.

Er rutschte von der Mauer, während der Mann auf der Bühne seine Nummer zeigte, auf der Bühne auf und ab lief, und die Zuschauer über seine Späße und die des schlecht ausgebildeten, aber komisch aussehenden Geschöpfes lachten. Und je mehr der Besitzer sich bemühte, das Geschöpf dazu zu bringen, verschiedene Bewegungen zu machen, und je ungeschickter dieses sich dabei anstellte, desto lauter wurde das Gelächter.

Flinx wollte sich gerade davonmachen, als etwas geschah, das ihn verharren ließ — auf eine Anweisung des Besitzers hin sprach das Wesen nämlich.

Es hatte eine gut modulierte und ohne Zweifel intelligente Stimme und sprach trotz seiner fremden Anatomie ganz verständliches Terranglo. Auf einen weiteren Befehl hin wechselte das Geschöpf in die Symbosprache über, den Handelsdialekt des Commonwealth. Der kleine Exote hatte eine angenehme Tenorstimme, die beinahe mädchenhaft klang.

Und was er sagte, war völlig unsinnig. Jedes Wort hatte seine eigene Bedeutung, aber so wie der Exote sie aneinanderfügte, ergaben sie keinen Sinn. Und während dieses absurden Monologs sprach der Dompteur zu der Menge. »Ein Jammer«, sagte er, »dieses fremde Geschöpf, dessen Dasein sichtlich dazu bestimmt ist, uns allen Vergnügen zu bereiten, könnte vielleicht ebenso intelligent sein wie Sie oder ich. Aber leider kann es nicht lernen, verständlich zu sprechen. Wer weiß, vielleicht wäre es uns sonst sogar überlegen.«

Und daraufhin gab der Exote — vermutlich auf einen verborgenen Wink seines Dompteurs hin — wieder einen seiner hysterischen Quieklaute von sich. Die Menge, ganz im Banne dessen, was der Dompteur ihr gesagt hatte, lachte brüllend.

»Unglücklicherweise«, fuhr der Dompteur fort, als wieder Stille eingetreten war, »ist der arme Ab völlig verrückt. Habe ich recht, Ab?« fragte er den Kleinen. Er reagierte wieder mit seinem unablässigen Geschnatter, nur, daß diesmal alles, was er sagte, sich reimte. »Vielleicht ist er froh, vielleicht auch traurig, aber jedenfalls völlig verrückt«, meinte der Dompteur, und der Exote quiekte wieder und glotzte die Menge an.

Flinx versuchte in jenes fremde Bewußtsein einzudringen. Aber wie er es eigentlich nicht anders erwartet hatte, war da nichts. Wenn es dort wirklich Intelligenz gab, die zu mehr fähig war, als zu bloßer Mimikry, so blieb sie ihm verborgen. Aber mit größerer Wahrscheinlichkeit war dort nichts, was man hätte lesen können.

Flinx tat das Wesen leid, und er fragte sich, woher es wohl stamme, während er sich mechanisch den Hosenboden wischte, weil die Mauer naß gewesen war. Ohne Zweifel würden die Qwarm jetzt bald ihre Arbeit tun. Er empfand keinerlei Verlangen, hier zu bleiben, um zu erfahren, welcher Methode sie sich bedienen würden.

Als er die Hälfte der Straße überquert hatte, traf es ihn wie ein Hammerschlag. Das Bild, das plötzlich in seinem Bewußtsein stand, war von den Qwarm gekommen. Er wandte sich um und ging schnell zurück. Er sah, wie sie auf ein nahes Gebäude zustrebten. Das Bild, das sie völlig unerwartet projiziert hatten, erklärte den Grund ihrer Verwirrung: ihr ausersehenes Opfer war nicht der Tierdompteur — sondern sein Schaustück!

Die Qwarm hatten den Ruf, nicht billig zu sein und sich auch nicht für Frivolitäten herzugeben. Folglich mußte man annehmen, daß sie völlig ernsthaft und unter beträchtlichen Kosten für irgend jemanden jetzt einen dummen, allem Anschein nach harmlosen Exoten töten wollten.

Im Bewußtsein des Dompteurs war nicht die leiseste Andeutung von Besorgnis oder Verdacht und ebensowenig in seinem dummen Schützling. Und das Bewußtsein der Qwarm war immer noch von Verwirrung bestimmt, verbunden mit dem Wunsch, ihre Aufgabe rasch hinter sich zu bringen. Sie konnten ihren Auftrag nicht in Zweifel stellen, aber insgeheim wunderten sich beide. Das war der Grund für ihre Verwirrung.

Das Gebäude aus Stein und Holz, in dem sie verschwanden, war nur zwei Stockwerke hoch und an ein paar andere massivere Gebäude angelehnt. Wie benommen ertappte Flinx sich dabei, wie er sich ebenfalls auf das Gebäude zubewegte. Mit dem Bewußtsein und den Ohren lauschend, die Augen weit aufgerissen, blieb er an der Schwelle stehen. Niemand hielt hinter der Türe Wacht. Warum auch? Wer würde schon Qwarm verfolgen, insbesondere diese Qwarm?

Er betrat das Gebäude. Hinten verschwand gerade einer der Qwarm über die alte Treppe nach oben. Es war die Frau, und sie hatte gerade etwas aus einer ihrer Gürteltaschen gezogen. Flinx erkannte, daß der Gegenstand, den sie in der Hand hielt, vielleicht eine jener berühmten winzigen Pistolen der Qwarm, ein Meisterwerk aus schwarzem Metall, sein mochte.

Indem er Pip zum Schweigen veranlaßte, trat Flinx an das Geländer und machte sich auf den Weg nach oben — sorgsam und auf der Hut, sollte sich irgend etwas bewegen. Als er die schon etwas baufällige Wendeltreppe betrat, vergegenwärtigte er sich noch einmal das letzte Bild, das er aufgefangen hatte. Vermutlich eine dieser Bolzenpistolen, sagte er sich. Er kannte organische Bolzen, die sich unmittelbar nach dem Eindringen in das Opfer auflösten. Und kurz darauf würde man den Bolzen, ebenso wie den Giftstoff, nicht mehr nachweisen können.

Inzwischen hatte er das nächste Stockwerk erreicht. Flinx wandte langsam den Kopf. Beide Qwarm standen neben einem Fenster. Einer von ihnen zog den Vorhang beiseite und blickte vorsichtig hinaus.

Ein schneller Blick verriet ihm, daß dieses Stockwerk bewohnt war. Es war spärlich, aber bequem möbliert. In einer Ecke kauerte eine attraktive, aber müde wirkende junge Frau auf einem Kissen und hielt ein kleines Kind schützend an sich gedrückt. Sie blickte furchtsam auf die Qwarm.

Flinx wandte seine Aufmerksamkeit wieder den Mördern zu. Der Mann hielt den Vorhang zurückgezogen, während die Frau die schwarze Pistole in Anschlag brachte, wobei sie den Arm auf den Fenstersims stützte. Ohne jeden Zweifel war sie im Begriff, den Exoten zu ermorden.

Er hatte alles in Erfahrung gebracht, was es hier zu

erfahren gab; es hatte keinen Sinn hierzubleiben. Er konnte nichts unternehmen. Als er sich gerade anschickte, leise die Treppe wieder hinunterzugehen, sah ihn die Frau in der Ecke und atmete erschreckt auf. Kein normales Wesen hätte das bemerkt, aber auf die Qwarm wirkte es wie ein Schrei. Beide wirbelten verblüfft herum. Pip hatte Flinx' Schulter verlassen, ehe der Junge den Minidrach zurückhalten konnte.

Flinx griff nach seinem Stiefelschaft und hörte in diesem Augenblick ein leichtes *Plopp*, das von der Waffe ausging, die er für eine Bolzenpistole hielt. Das Explosivgeschoß riß das Stück Treppengeländer in Stücke, an dem er gelehnt hatte. Dann richtete er sich auf und warf mit einer einzigen fließenden Bewegung das Messer nach dem anderen Qwarm, der sich an seiner Gürteltasche zu schaffen machte. Es traf den Mann am Hals. Der Qwarm ging zu Boden und versuchte, den Blutstrom aus seiner aufgerissenen Schlagader zum Stillstand zu bringen.

Die Frau zögerte nur einen winzigen Augenblick, weil sie sich nicht entscheiden konnte, ob sie auf Flinx oder den ledernen Alptraum über sich schießen sollte. Und dieses Zögern kostete sie das Leben. Pip spuckte, und das Gift des Minidrach traf die Frau in die Augen. Unglaublicherweise schrie sie nicht, während sie im Raum herumtaumelte und verzweifelt an ihrem Gesicht wischte. Sie stieß gegen die Wand, fiel über den zukkenden Körper des Mannes und begann sich lautlos auf dem Boden zu wälzen. Fünfzehn Sekunden später war sie tot.

Auch der Mann — er lag in einer riesigen Blutlache — bewegte sich nicht mehr. Flinx betrat den Raum und durchsuchte flüchtig Nebenzimmer und Schränke. Er war sicher — für den Augenblick wenigstens. Das kleine Mädchen in der Ecke weinte jetzt leise, aber die Frau, die es in den Armen hielt, starrte Flinx nur stumm und mit geweiteten Augen an. Für sie war der

Schrecken noch zu groß und zu unmittelbar, als daß sie hätte schreien können.

»Sagen Sie das keiner Seele«, riet ihr Flinx, während Pip sich nervös wieder um seine rechte Schulter ringelte.

»Bestimmt nicht ... bitte, töten Sie uns nicht«, flüsterte die Frau verängstigt. Flinx blickte in leere, bittende Augen. Das kleine Mädchen starrte die zwei reglosen Körper an und versuchte zu begreifen.

Und Flinx ertappte sich dabei, wie er zu der Treppe zurücktaumelte. Ohne sich die Mühe zu machen, sich sein Messer zurückzuholen, rannte er die Stufen hinunter. Irgendwie hatte er völlig die Kontrolle über die Ereignisse verloren, und am Ende — so wie das in der Vergangenheit schon so oft der Fall gewesen war — hatten die Ereignisse die Kontrolle über ihn übernommen.

Unten angelangt, hielt er inne und betrachtete die offene Tür, so wie man einen Feind betrachtet. Ein Blick nach rechts und dann einer nach links zeigte ihm, daß dieses Stockwerk immer noch verlassen war. Es mußte einen Hinterausgang geben; er suchte und fand eine wenig benutzte Tür, die in eine enge, von tausend Gerüchen erfüllte Gasse führte. Hier schien niemand zu sein. Nachdem er sich gründlich umgesehen hatte, eilte er schnell die Gasse hinunter. Bald war er wieder auf der Straße. Und sobald er sich überzeugt hatte, daß niemand ihm folgte, machte er kehrt und ging aus einer völlig anderen Richtung wieder auf die Bühne zu.

Was die Frau mit dem Kind anging, so argwöhnte er, daß sie sich so schnell und so still wie möglich eine neue Behausung suchen würde. Vielleicht würde sie die Polizei verständigen, wahrscheinlich aber nicht.

Als er sein Ziel erreichte, ging die Vorstellung gerade zu Ende. Er tauchte unauffällig in der schützenden Mauer von Leibern unter. Nichts hatte sich verändert: der Dompteur machte sich immer noch über den dummen Exoten lustig, und der ertrug das alles mit der Würde des Schwachsinnigen. Und als sich Flinx der Begriff ›weiche Birne‹ aufdrängte, überlegte er, ob dieser birnenförmige Kopf tatsächlich so weich war, wie er aussah. Warum hatten die Qwarm es für nötig gehalten, Explosivgeschosse einzusetzen, die man so leicht identifizieren konnte?

Applaus ertönte und Mützen flogen, als die Nummer beendet war, vermutlich zu gleichen Teilen wegen der Fremdartigkeit des Schaustücks wie für die Leistung des Schaustellers.

Die Menge begann sich zu zerstreuen. Offensichtlich war diese Nummer die letzte dieses Nachmittags gewesen. Flinx schlenderte gemächlich hinter die Bühne, wo er den Dompteur dabei fand, wie er seine Münzen zählte. Als der Mann merkte, daß er Gesellschaft hatte, blickte er erschrocken auf, entspannte sich aber wieder, als er sah, daß es nur ein Junge war.

»Was willst du, Kleiner?« fragte er barsch.

»Wir haben etwas miteinander gemeinsam, Sir.«

»Ich wüßte nicht, was das wäre.«

»Wir dressieren beide Exoten.« Plötzlich bewegte sich Pip auf Flinx' Schultern, und seine Flügelmembranen leuchteten grell auf im düsteren Licht des wolkenverhangenen Himmels. Der Mann runzelte die Stirn und sah dann doch näher hin.

»Ich kenne dein Tier nicht, Junge.«

Flinx fand, daß dieser Bursche jedenfalls nicht weit gereist und gebildet war. Minidrachs waren nicht sehr verbreitet, gewiß, doch ihr Ruf überstieg ihre Zahl beträchtlich. Aber dieser Mann erkannte ihn offenbar nicht.

Flinx stellte fest, wie seine Aufmerksamkeit sich dem fremden Geschöpf zuwandte, welches geduldig seitwärts stand und in einem merkwürdigen Rhythmus Selbstgespräche in irgendeiner unbekannten Sprache führte. »Jedenfalls«, erklärte er, »interessiere ich mich

für Ihr Tier. Ich habe noch nie seinesgleichen gesehen.« Und um der Konversation willen fuhr er fort: »Wie heißt es denn?«

»Ab heißt er.«

»Und woher hat er diesen Namen?«

Flinx' Höflichkeit wirkte auf den Mann entwaffnend. »Den hatte er schon, als ich ihn kriegte«, erklärte er. »Ich hab' ihn von einem Tierhändler gekauft, der ihn auch für ein Tier hielt. Aber das Biest hat irgendeine vertrackte Art von Intelligenz. Es kann ebensogut sprechen wie du oder ich, und das in vielen Sprachen. Aber das, was er sagt, gibt keinen Sinn. Oh, Ab ist völlig verrückt, aber er kann lernen. Zwar langsam, aber für die Nummer reicht es.« Er lächelte, jetzt von Stolz erfüllt. »Ich war klug genug, zu erkennen, wie einmalig er war. Bis jetzt hat noch nie einer Abs Spezies identifizieren können, Junge. Ich hoffe nur, daß sie langlebig sind, weil ich ihn nicht ersetzen kann.

Was den Namen betrifft, so ist das eine komische Geschichte. Das einzige Mal, daß er etwas Vernünftiges gesagt hat.« Er runzelte die Stirn. »Ich hab' mir überlegt, wie ich ihn nennen sollte, als er eine seiner verrückten Reden hielt.« Er wandte sich um und sah den Exoten an. Eines der eidottergroßen blauen Augen beobachtete ihn aufmerksam, während die drei anderen sich davon unabhängig bewegten. Flinx sagte sich, daß ein Geschöpf, das gleichzeitig in vier Richtungen blikken konnte, einen recht komplizierten Geist besitzen mußte, einfach nur, um eine solche Flut von Eindrücken zu verarbeiten.

»Wie heißt du denn, du Idiot?« fragte der Dompteur und sprach dabei jedes Wort langsam und deutlich aus. »Name!«

»Mana, Orix, Gelmp nicht Panda«, tönte die Tenorstimme sofort, »mein Name ist Abalamahalamatandra.«

Während das Geschöpf weiter Verse vor sich hinmurmelte, sah der Dompteur wieder Flinx an. »Jetzt ist wohl klar, warum ich ihn Ab nenne, wie?« Damit beugte er sich vor und wischte sich die schmutzigen Stiefel ab. »Der Händler, von dem ich ihn kaufte, hatte keine Ahnung, zu welcher Spezies er gehört. Er hat mir nur versichert, daß der gelehrig und friedlich sei, und das stimmt auch.«

»Es ist bemerkenswert«, meinte Flinx und schmeichelte damit dem Mann, während er den blaugrünen Sack musterte, »daß es Ihnen, so verrückt Ab auch sein mag, gelungen ist, ihm soviel beizubringen.«

»Ich hab' dir ja gesagt, Junge, ich habe Ab bloß die Nummer beigebracht. Er hat seinen eigenen Verstand, wenn man ihn so nennen will. Ich sagte doch, daß er in vielen Sprachen reden kann, oder?« Flinx nickte. »Terranglo und Symbosprache sind nur zwei davon. Ab erschreckt mich immer wieder mal, wenn ich glaube, er hätte etwas gesagt, was vernünftig ist.« Er zuckte die Achseln. »Aber, wenn ich dann versuche, etwas nachzubohren, fängt er wieder sinnlos zu plappern an, vom Geschmack des Himmels oder der Farbe von Luft oder sonstiges Zeug, mit dem ich nichts anfangen kann. Du interessierst dich für ihn, wie? Geh zu ihm und begrüße ihn.«

»Darf ich das?«

»Ich hab' doch gesagt, daß er gutartig ist, Junge. Jedenfalls hat er keine Zähne.«

Flinx trat vorsichtig auf den Kleinen zu. Das Geschöpf musterte ihn mit zwei Augen, die, als er schließlich vor ihm stand, schielten. Flinx mußte unwillkürlich lächeln. Dann streckte er die Hand aus, als wollte er sie dem Fremden geben.

Zwei Augen senkten sich. Eine glatte Hand hob sich und schlug auf Flinx' Handfläche. Flinx zog die Hand ruckartig zurück, mehr aus Überraschung, als weil es ihm weh getan hätte. Wie zur Strafe kam jetzt die nächste Hand und schlug diejenige, die Flinx geschlagen hatte. Das schien dem Fremden Spaß zu machen, denn jetzt fing er an, die vier Hände zusammenzuschlagen, wobei er Flinx völlig ignorierte.

Die Handfläche des Fremden war hart und glatt gewesen und hatte sich kühl angefühlt.

»Ab ißt so ziemlich alles«, meinte der Dompteur. Dann lächelte er. »Nur mich oder dich nicht.« Er stand auf, ging auf Ab zu und versetzte ihm einen Tritt. Das Geschöpf hörte auf, mit den Händen zu klatschen und fing wieder an, monoton vor sich hinzumurmeln. »Setz dich, du verblödetes Monstrum.«

Ohne sich einen Schmerz anmerken zu lassen, setzte Ab sich auf den Boden und begann sich mit allen vier Händen die Füße zu säubern. In dieser Position sah er aus wie ein verrückter Triclops, der versuchte, sich die Zehen auszureißen. Wieder ertappte Flinx sich dabei, wie er ohne es zu wollen grinste.

»Das muß ich tun, wenn ich nicht auf ihn aufpasse«, erklärte der Mann, »sonst läuft er mir weg.«

»Ich kann mir gut vorstellen, weshalb Sie Ab in einer heiteren Nummer einsetzen«, meinte Flinx. »Was ich nicht verstehe, ist, weshalb jemand, und am allerwenigsten Qwarm, ihn töten wollten?«

Der Hinweis auf den Mörderclan ließ den Dompteur seine Fassung verlieren. Plötzlich war seine Freundlichkeit wie weggewischt, und sein Gesicht wurde bleich.

»Qwarm?« stammelte er.

»Zwei davon«, erklärte Flinx. Beinahe hätte er sich umgewandt und auf das Gebäude gewiesen, dessen Fenster auf die Bühne herabblickte. Dann überlegte er es sich anders. »Ich weiß nicht, warum die es sich anders überlegt haben«, log er, »aber ich weiß ganz bestimmt, daß sie Ihren Ab töten wollten.«

»Qwarm?« wiederholte der Mann. In diesem Augenblick schien Ab der Ausgeglichenere von beiden zu sein. Der Mann blickte verzweifelt in die Runde und griff nach einem kleinen schwarzen Ranzen. Ein paar

Münzen fielen aus einer halboffenen Tasche. Er achtete nicht darauf.

»Du dressierst auch exotische Lebewesen?« rief er schrill. »Gut. Er gehört jetzt dir.«

»Augenblick!« protestierte Flinx. »Das geht mir zu schnell. Ich will nicht ...«

»Wiedersehen und viel Glück, Junge!« rief der Mann. Er streckte die Hand aus, stützte sich auf ein Geländer, schwang sich darüber und verschwand im gestreckten Lauf in der Menge.

»He, halt mal!« schrie Flinx und rannte auf das Geländer zu. »Kommen Sie zurück, ich kann mich nicht ...«

Hinter ihm quiekte es. Flinx blickte sich um und sah, wie Ab ihn mit glasigen Augen anstarrte, während er unablässig vor sich hinmurmelte. Als er sich wieder der Menge zuwandte, war der Dompteur nicht mehr zu sehen, obwohl die Angst, die er empfunden hatte, wie etwas Greifbares in der Luft lag.

Flinx starrte den blau-grün gestreiften Exoten an. »Was soll ich jetzt mit dir machen?« Die Zwickmühle, in der er sich befand war natürlich seine eigene Schuld. Wenn er die Qwarm nicht erwähnt hätte ... Aber da war jetzt nichts mehr zu machen. Er setzte sich in Bewegung, schickte sich an, wegzugehen. Ein zweites lauteres Quieken hielt ihn auf. Ab war aufgestanden und folgte ihm. Als er das völlig offene, hilflose Gesicht sah, schmolz Flinx' Widerstand dahin. Was auch immer er tat — er würde es nicht fertigbringen, dieses arme Wesen alleine zu lassen. Vermutlich würde es bleiben, wo es war, und sich säubern, bis jemand es an sich nahm, oder verhungern.

Es geschah ihm recht. Er hatte den Tag mit dem Versuch begonnen, etwas über sich selbst in Erfahrung zu bringen. Statt dessen hatte er zwei Qwarm getötet und die Verantwortung für einen Tölpel, der einer unbekannten Rasse angehörte, übernommen.

»Ich kann dich nicht behalten«, erklärte er dem glucksenden Geschöpf, »aber wir werden so schnell wie möglich einen Platz für dich finden.« Ein großes Auge blinzelte ihn entwaffnend an.

»Mur'til hurtill?« sang er.

»Ja, komm schon«, befahl Flinx. »Ich werd' jetzt den Tag so zu Ende führen, wie ich ihn hätte anfangen sollen.« Er setzte sich in Bewegung. Als er sich umsah, stellte er fest, daß das Geschöpf ihm pflichtschuldigst folgte, auf seinen vier Beinen possierlich dahinwatschelnd. Einen Singsang von Unsinn brabbelnd, folgte es Flinx durch die Menge, offenbar mit seinem gegenwärtigen Herrn und Meister ebenso glücklich, wie er das mit dem letzten gewesen war.

Flinx war mit den neugierigen Blicken gar nicht einverstanden, die sein seltsamer Begleiter auf sich zog, aber dagegen ließ sich jetzt nichts unternehmen. Sobald er mit dem Archiv fertig war, würde er zusehen, das Geschöpf irgendwie loszuwerden.

Es klopfte an der Türe. Die Frau schickte ihr stummes kleines Mädchen in das Badezimmer. Dann ging sie zur Tür, lehnte sich dagegen und lauschte, eine Hand am Riegel. »Ja?« fragte sie schließlich leise.

»Ich habe etwas abzuliefern«, erwiderte eine weiche Stimme.

Das war der Codesatz. Sie blickte auf die zugedeckten Leichen des schwarz gekleideten Mannes und der Frau, die unter dem Fenster lagen und zog den Riegel ruckartig zurück.

»Danke, daß Sie so schnell gekommen sind«, sagte sie dankbar. »Mir ist egal wie Sie sie beseitigen, nur ...« Den Rest der Worte brachte sie nicht heraus.

Der Mann auf der anderen Seite der Türe kam nicht von dem diskreten Dienst, den sie angerufen hatte. Ganz in Schwarz gekleidet und haarlos war er offenkundig ein Kollege der beiden Toten im Raum. Sein

Blick ließ erkennen, daß er ihr gegenüber keine Feindschaft empfand, aber daß es für ihn keinen Unterschied machte, ob er sie tötete oder mit ihr sprach. Ihre Hand flog an die Lippen, und sie zog sich langsam rückwärts von der Türe zurück, während der Mann eintrat. Er war hochgewachsen — sehr groß. Er mußte sich bücken, um durch die Türe zu kommen.

Sein Blick durchforschte den Raum, ruhte kurz auf den beiden Umrissen, die sich unter den Decken abzeichneten. Die rote Stickerei auf seiner Mütze blitzte im Licht der Nachmittagssonne, ebenso wie der Schädel an seiner Gürtelschnalle. In dem kleinen Zimmer glänzte es wie fremdes Blut.

»Ich habe das nicht getan«, wollte die Frau sagen, dann sank sie zusammen, und die Hände fielen ihr schlaff herunter. »Was hat das jetzt schon zu bedeuten«, murmelte sie mit der Resignation eines Menschen, der keinen Funken Hoffnung mehr hat. Sie sank auf die Kissen in der Ecke, wo sie normalerweise ihren Geschäften nachging. »Es ist ein lausiges Leben, auch für das arme Kind. Bringen Sie mich doch um, wenn Sie wollen. Ich begreife das alles nicht. Ich kann nicht mehr kämpfen.«

Der Mann ignorierte sie, trat neben die beiden Leichen und kniete nieder. Er schien es nicht glauben zu wollen, daß die beiden tot waren. Als er mit seiner Untersuchung fertig war, erhob er sich und wandte sich zu ihr um. Die Wut in seinen Augen flammte so heiß, daß sie unwillkürlich vor ihm zurückzuckte.

»Ich habe nichts gegen Sie oder Ihr Kind«, erklärte er und deutete mit einer kurzen Kopfbewegung aufs Badezimmer. »Aber warum haben Sie nicht uns verständigt, statt andere anzurufen, damit sie die Toten wegschaffen?«

Die Frau lachte schrill. »Niemand tritt in Verbindung mit den Qwarm, wenn man es vermeiden kann, gleichgültig wie die Situation ist.«

»Das räume ich ein«, nickte der Mann ohne die Spur eines Lächelns. »Wahrscheinlich wäre das zuviel erwartet.« Er trat ans Fenster, lehnte sich hinaus und winkte.

Kurz darauf betraten vier Männer das Zimmer. Es waren keine Qwarm. Vorsichtig luden sie die Leichen in zwei Hohlzylinder. Als sie gingen, wandte der hochgewachsene Jäger wieder seine Aufmerksamkeit der Frau in der Ecke zu. Vom Badezimmer her war ein leises Murmeln zu hören.

»Mammi ... darf ich jetzt wieder herauskommen?«

Plötzlich wirkte die Frau wieder verängstigt. Ihr Blick huschte gehetzt zwischen ihrem Besucher und der Badezimmertüre hin und her.

»Ich sagte schon, daß ich nichts gegen Sie habe, Frau.« Er beugte sich über sie, so daß sie nicht umhinkonnte, seine eisigen Augen und seine hohlen Wangen zur Kenntnis zu nehmen. »Wir wollen den haben, der so verrückt war, das hier zu tun.« Er griff in eine Tasche und holte eine Faust voll kleiner Metallstangen hervor.

Trotz ihrer Angst blitzten die Augen der Frau. Das hier war mehr Geld, als sie in ihrem ganzen Leben je auf einmal gesehen hatte. Das entsprach vielen, vielen Wochen, in denen sie keine Besucher in diesem Zimmer würde empfangen müssen.

»Beschreiben Sie sie«, sagte der Qwarm ausdruckslos und hielt ihr das Metall hin.

Die Frau überlegte und leckte sich dabei über die Lippen. Sie brauchte nicht lange nachzudenken. »Nicht sie«, verbesserte sie. »Ihn.«

Zum erstenmal seit dem Betreten des Raumes zeigte die hohlwangige schemenhafte Gestalt ein menschliches Gefühl: Überraschung. »Nur einer?« erkundigte er sich mit ungläubiger Stimme. »Sind Sie da sicher? Hatte er vielleicht Freunde, Komplizen?«

»Ich weiß nicht«, beharrte sie. »Ich habe nur einen Mann gesehen. Einen Jungen. Er war jung, ganz bestimmt unter zwanzig.« Sie schnitt eine Grimasse. »Ich verstehe mich auf solche Dinge. Nicht größer als ich, dunkle Haut, rotes Haar ...?« Sie fuhr fort, Flinx nach bestem Können zu beschreiben, von der Kleidung bis zu seinem Verhalten.

Als sie geendet hatte, reichte der Mann ihr die Metallstäbe, warf sie ihr nicht vor die Füße, wie das ihre Besucher zu tun pflegten, wenn sie fertig waren. Mit entnervender Höflichkeit murmelte er ein überraschend sanftes »Danke« und wandte sich zum Gehen.

»Sie werden ... uns nicht töten?« fragte die Frau, die ihr Glück immer noch nicht begreifen konnte.

Zum zweitenmal ließ der Fremde Überraschung erkennen. »Sie waren nur eine Zeugin unglückseliger Ereignisse, auf die Sie keinen Einfluß hätten. Sie haben nichts getan, was mir oder den Meinen schädlich wäre, und mir sogar geholfen. Wir werden Sie nicht wieder aufsuchen, und diese Geschichte hier wird in sehr naher Zukunft zu unserer Befriedigung gelöst werden.« Er schloß leise die Tür hinter sich.

Benommen saß die Frau auf den Kissen und starrte das glitzernde Metall in ihren Händen an. Sie versuchte nicht an das Schweigeversprechen zu denken, das sie dem Jungen gegeben hatte, während er aus ihren Räumen floh. Aber was hätte sie tun können? Mit oder ohne Geld hätte sie am Ende ganz bestimmt dem Qwarm alles erzählt, was er wissen wollte, freiwillig oder sie schauderte bei dem Gedanken — unfreiwillig. Und sie mußte an ihr Kind denken.

Sie brachte ein schwaches Lächeln zuwege. Zumindest hätte sie dem Jungen eine Chance geben können, indem sie irgendeine Kleinigkeit übersah. Sie hatte dem Qwarm die Wahrheit gesagt, als sie behauptete, nur einen Mann gesehen zu haben, aber den kleinen Flugdrachen hatte sie nicht erwähnt, der einen der beiden getötet hatte. Sollten die Qwarm doch ihre eigenen Schlüsse aus dem Zustand der beiden Leichen ziehen.

Der Große hatte sein Versprechen erfüllt, also nahm

sie an, daß er auch die Wahrheit gesprochen hatte, als er versprach, sie nie wieder aufzusuchen. Dennoch traf sie, sobald sie ihre erschreckte Tochter aus dem Badezimmer gelassen hatte, Vorkehrungen, um sich eine neue Wohnung zu suchen. Das Geld, das die Metallstangen repräsentierten, würde es ihnen gestatten, Moth zu verlassen, und sie hatte es auch ziemlich eilig, das zu tun.

03

Die Verwaltungsbüros waren ineinander verschlungen wie kopulierende Tintenfische. Obwohl Flinx auf Drallar aufgewachsen war, bereitete es ihm beträchtliche Mühe, die Büros zu finden, die er suchte.

Auf den ersten Blick waren die meisten untergeordneten Bürokraten geneigt, den hartnäckigen jungen Mann geringschätzig zu behandeln. Freilich führten solch unfreundliche Gedanken stets dazu, daß sich ein zuckender fragender kleiner Kopf zwischen den Falten von Flinx' Kleidung hervorschob, und es war erstaunlich, wie schnell dann vorher gleichgültige Beamte an Flinx' Problem Interesse zeigten. Aber so große Mühe sie sich auch gaben, er wurde dennoch von einer Abteilung zur anderen weitergeschoben.

Schließlich fand er sich in einem kleinen schäbig eingerichteten Büro, das einem Bürokraten der sechsten Ebene in der königlichen Regierung gehörte. Dieser untergeordnete Computerbändiger war ein müder eingeschrumpelter alter Mann, der sein Leben mit großen Erwartungen begonnen hatte — um eines Tages innezuhalten und festzustellen, daß er nur alt und sonst nichts geworden war. Als Flinx aufs neue anhob, sein Anliegen darzutun, seufzte er nicht gerade ermunternd.

»Wir haben hier keine Sklavenakten, Junge.«

»Das weiß ich, Sir«, pflichtete Flinx ihm bei und

nahm auf einem Stuhl Platz, der so uralt war, daß er tatsächlich aus echtem Holz und nicht aus Plastik bestand. »Aber es kam nicht nur zu einer finanziellen Transaktion zwischen Verkäufer und Käufer, sondern in Gestalt von Steuern auch zwischen Verkäufer und der Regierung. Sklavenverkäufe erfordern immer noch mehr an Akten als sonstige Geschäfte. Ich vermute, daß sich das in den letzten ... äh ... Dutzend Jahren nicht geändert hat.«

»Nicht, daß ich wüßte, Junge. Okay, versuchen wir es. Wie nennt man Sie und wie ist der Name desjenigen, dessen Verkauf Sie erkunden wollen?«

»Man nennt mich Flinx. Der Name, nach dem ich Nachforschungen anstellen lassen will, ist Philip Lynx, und ich habe das genaue Datum der Transaktion.« Der Mann nickte, als Flinx ihm das Datum nannte.

»Ohne das könnte ich nicht viel anfangen«, gab er zu. Er erhob sich und schlurfte zur Wand. Sie war in ihrer ganzen Breite vom Boden bis zur Decke mit winzigen Quadraten bedeckt. Er musterte die Wand prüfend und berührte schließlich einige winzige Knöpfe. Eines der Quadrate klickte, und dann schob sich ein etwa einen Meter langer Trog, dessen Stirnseite das Quadrat bildete, aus der Wand. Ein dünnes Stück aus dunkel gefärbtem Plastik sprang aus dem Trog.

Der alte Mann nahm das quadratische Plastikstück und führte es in eine kastenförmige Maschine auf der linken Seite seines Schreibtisches ein. Dann drehte er die Maschine herum, so daß sie auf die Wand zu seiner Linken zeigte, die mit einer silbrigweißen Substanz beschichtet war: Darauf hielt er inne, und seine verrunzelte Hand schwebte über den Schaltknöpfen der Maschine. »Sie müssen mir einen Grund nennen, weshalb ich Ihnen das zeigen soll, Junge«, erklärte er freundlich. Flinx legte diskret einen Geldschein in die ihm entgegengestreckte Hand. Nachdem das Geld in einer Tasche verschwunden war, drückte die Hand ein paar Schalter.

»Sie brauchen es mir nicht zu sagen«, fuhr der alte Mann fort, »und es geht mich auch nichts an, aber warum ausgerechnet diese Transaktion?«

»Sie haben recht, es geht Sie nichts an«, sagte Flinx. Der alte Mann blickte resigniert und wandte sich enttäuscht von ihm ab. Irgendein ihm selbst nicht ganz verständlicher Impuls veranlaßte Flinx dennoch, herauszuplatzen: »Ich selbst bin verkauft worden. Ich bin dieser Philip Lynx.«

Wäßrige Augen musterten ihn, aber der Mann blieb stumm und nickte nur langsam. In dem Bewußtsein, mehr erfahren zu haben, als ihm zustand, betätigte er den Projektor. Eine scheinbar endlose Serie winziger Zahlen erschien auf der Wand. Der Alte hatte in diesem Geschäft Erfahrung. Er überflog die Zahlen und Worte, die auf der Wand an ihm vorbeihuschten, und tat dies schneller, als Flinx ihm folgen konnte. Und dann verlangsamte sich die Flut der Daten, lief rückwärts und kam schließlich zum Stillstand.

»Hier«, erklärte der Beamte befriedigt und wies mit einem eingebauten Lichtzeiger auf eine dünne Linie. »Ein Steuerbetrag von zweiundzwanzig Kredits, bezahlt an die Stadtkasse für den Verkauf eines Jungen, Lynx, Philip. Verkaufspreis betrug ...« und dann haspelte er Ziffern und Fakten herunter, die Flinx bereits kannte. Datum der Transaktion, Zeitpunkt ... Flinx grinste, als der Name des Käufers verlesen wurde. Mutter Mastiff hatte also die Steuer unter falschem Namen bezahlt.

»Und das ist alles?« wollte er wissen, als die Wand plötzlich wieder dunkel wurde. »Nichts über die Herkunft der Sendung, ihren letzten Anlegehafen?«

»Es tut mir wirklich leid, Junge«, gestand der alte Mann, und es klang, als meinte er das wirklich so. Er wandte sich um und faltete die Hände auf dem Schreibtisch. »Was haben Sie denn erwartet? Diese Abteilung verwaltet nur die Finanzakten, aber ...« Er zögerte und fuhr dann fort: »Wenn Sie mehr Informationen haben wollen, würde ich an Ihrer Stelle einmal in den Büros des Sklavenhändlers nach Arcadia Organics suchen. Das ist die Firma, die Sie verkauft hat. Vielleicht haben die noch die Akten. Sie sind nicht die größte Firma dieser Branche auf Moth, aber auch nicht die kleinste. Das würde ich an Ihrer Stelle tun, Junge.«

»Aber ich würde das lieber nicht tun«, gab Flinx zu. Auf den Sklavenmarkt zurückzukehren, unter welchen Umständen auch immer, war für ihn eine beunruhigende Vorstellung. »Aber da das meine letzte Hoffnung ist, muß ich es wohl.« Er stand auf und nickte dem alten Mann dankbar zu. »Sie waren sehr freundlich, Sir.« Er wandte sich zum Gehen.

»Einen Augenblick, Junge.« Flinx drehte sich um und zuckte zusammen, als ihm etwas zugeworfen wurde. Es war ein kleiner, aber substantieller Kreditchip — derselbe, den er vor wenigen Augenblicken dem alten Mann gegeben hatte. Sein Blick wanderte zu dem alten Beamten, der wohl kaum mehr mit einer Beförderung oder mit mehr Geld zu rechnen hatte. Seine Augen stellten eine nicht in Worte zu kleidende Frage.

»Ich bin nicht besonders ehrgeizig, das war ich nie, und habgierig bin ich wohl auch nicht«, erklärte er. »Und was Mitgefühl angeht — das ist eine Einstellung, die nicht zu einem Bürokraten paßt, der Karriere machen will.«

»Das sehe ich, Sir«, nickte Flinx und warf voll Respekt den Chip zurück. Er fiel auf die Tischplatte. »Deshalb werden Sie das auch behalten.«

»Ich nehme keine Bestechung an«, erklärte der alte Beamte bestimmt und ignorierte das Geld, »wenigstens nicht von Leuten, die unglücklicher sind als ich selbst.«

»Der Schein trügt oft, alter Mann«, beharrte Flinx und vermittelte den Eindruck, als wäre das keine Prahlerei. »Wirklich, behalten Sie es.« Er wandte sich um und verließ den Raum, und er hinterließ dort einen verunsicherten und doch dankbaren Menschen, der ihm verdattert nachblickte.

Flinx verbrachte den Abend mit Mutter Mastiff und erzählte ihr von seiner Reise zur Erde. Er schilderte seinen Besuch im Hauptquartier der Vereinigten Kirche auf der Insel Bali in allen Einzelheiten und erzählte ihr, wie er am Ende entdeckt hatte, wer seine natürliche Mutter war und berichtete von ihrem Tode.

Seine Darstellung war von ihm sorgfältig redigiert worden, und sein Zusammentreffen mit der Tochter von Rashalleila Nuaman, die sich als seine Halbschwester erwiesen hatte, ließ er ganz aus. Er erwähnte auch den Baron der AAnn, Riidi WW, und Conda Challis nicht, noch Mahnahmi, den geheimnisvollen Sprößling jenes unglückseligen Händlers — das Mädchen mit dem Engelgesicht und den merkwürdigen Talenten. Und das Wichtigste war, auch jeden Hinweis auf seine Reise nach Ulru-Ujurr ließ er aus und auch die Verpflichtung, die er übernommen hatte, die unschuldigen Genies zu erziehen, als die die Ulru-Ujurrianer sich erwiesen hatten.

Ob sie freilich bemerkte, daß hinter dem, was er ihr erzählte, mehr steckte, vermochte Flinx nicht zu sagen. Bei Mutter Mastiff war man nie sicher, ob sie eine Lüge glaubte oder nur tolerierte. Jedenfalls hatte sie nichts zu sagen, bis er seine Absicht erwähnte, die Sklavenfirma aufzusuchen, die ihn ursprünglich verkauft hatte.

»Ich weiß nicht, Junge«, murmelte sie. »Hältst du das für klug?«

»Warum nicht? Mehr als ablehnen, mich zu empfangen, können sie doch nicht.«

»Mich beunruhigt deine Einstellung, Flinx. Du hast dich jetzt voll und ganz auf diese Suchaktion gestürzt. Ich mache mir Sorgen, was du tun wirst, wenn diese letzte Spur dich nicht zum Ziel führt.«

Er sah sie nicht an. »Wollen wir doch zuerst sehen, was Arcadia Organics mir zu sagen hat.«

Sie tippte auf die Armlehne des Plüschsessels, in dem sie saß. »Du solltest dir etwas Hoffnung bewahren. Du könntest enttäuscht werden.«

Jetzt starrte er sie überrascht an. »Mutter Mastiff, wovor hast du Angst? Vor dem, was ich vielleicht finden werde?«

»Ich habe dich nicht an dieser verrückten Jagd gehindert, Junge. Das weißt du. Obwohl es mir lieber gewesen wäre, du hättest deine Zeit damit verbracht, eine wohlhabende junge Dame zu suchen, mit der du dich niederlassen könntest.« Sie beugte sich in ihrem Sessel vor. »Es mißfällt mir nur, wenn du dich zu sehr auf diese verrückte Jagd konzentrierst. Du gibst ja selbst zu, daß du dabei schon einige Male beinahe ums Leben gekommen wärest.« Flinx überlegte, was sie wohl sagen würde, wenn er ihr von dem Zusammentreffen mit den beiden Qwarm berichtete, die er — und Pip — an diesem Morgen getötet hatten.

»Es tut mir leid, Mutter Mastiff. Es scheint fast, als würde diese Suche mich kontrollieren — anstatt andersherum. Ich *muß* es wissen. Über meine Mutter habe ich das erfahren, was ich wissen wollte. Angenommen ... angenommen, mein Vater lebte noch?«

»Und, was wäre dann!« rief sie verärgert. »Was würde das bedeuten? Würde es dich dann verändern, Junge? Würde es einen Einfluß auf dein Leben haben?«

Flinx setzte zu einer Antwort an, überlegte es sich dann aber anders und meinte: »Ich will dir was sagen, Mutter. Wenn er ein wohlhabender Mann ist, werde ich ihn hierherbringen. Vielleicht kann ich dich dann dazu bewegen, seßhaft zu werden.«

Einen Augenblick lang starrte sie ihn mit aufgerissenem Mund an, und dann brach ein glucksendes Lachen aus ihr heraus, das nicht mehr verstummen wollte. »Also gut, Junge, dann geh«, pflichtete sie ihm schließlich bei und putzte sich die Nase. »Aber, daß du mir ja dieses Monstrum mitnimmst.« Sie wies in einen Winkel des Zimmers, wo Abalamahalamatandra vor sich hinquiekte und unverständliche Reime zitierte. »Ich will dieses Scheusal nicht in meinem Hause haben, und ich kann ihn ja schließlich nicht unten im Laden einsperren. Er würde meine Kunden verscheuchen.«

»Wer? Ab?« rief Flinx verzweifelt. Er hatte gehofft, ihn an Mutter Mastiff loszuwerden. »Was kann ich denn sonst mit ihm machen? Schließlich kann ich ihn doch nicht hinter mir herlaufen lassen.«

»Warum nicht?« konterte sie. »Ihm scheint es schließlich Spaß zu machen.«

»Ich hatte gedacht, du würdest dich vielleicht eine Weile um ihn kümmern«, bettelte er. »Außerdem erschreckt Ab die Leute nicht, er bringt sie zum Lachen.«

»Vielleicht bringt er dich zum Lachen«, knurrte sie, »vielleicht auch andere.« Sie tippte sich mit dem Daumen gegen die knochige Brust. »Aber mich bringt er nicht zum Lachen. Ich will ihn nicht in meinem Hause und in meinem Laden auch nicht, Junge. Und damit basta.« Sie überlegte einen Augenblick lang und meinte dann: »Und was die Frage betrifft, was du mit ihm anfangen kannst — nun, du gehst ja morgen zum Sklavenmarkt. Verkauf ihn doch. Ja«, schloß sie und strahlte vergnügt und mit sich zufrieden, »vielleicht kannst du damit sogar doch noch einen Nutzen aus dem Fleischsack ziehen.«

»Das kann ich nicht«, flüsterte er.

»Warum nicht?«

Er dachte fieberhaft nach. »Seit man mich einmal verkauft hat, Mutter, kann ich mir einfach nicht vorstellen, daß ich ein anderes Geschöpf verkaufen könnte. Ich denke, dann muß ich ihn eben mitwatscheln lassen, bis ich ein passables Zuhause für ihn gefunden habe.«

Flinx warf einen Blick auf seinen neuen Schützling, während Mutter Mastiff angewidert knurrte. Er konnte ihr ja nicht sagen, daß er Ab auch deshalb bei sich behielt, weil er immer noch darauf brannte, zu erfahren, weshalb die Qwarm ihn töten wollten.

Ab quiekte und sah ihn rätselhaft aus zwei glasigen blauen Augen an.

Der darauffolgende Tag dämmerte feucht und regnerisch. Aber das war nicht der Grund, weshalb Flinx fröstelte. Er war zum Sklavenmarkt geschlendert und mußte feststellen, daß die Atmosphäre trotz seiner Entschlossenheit irgendwie eine abkühlende Wirkung auf ihn hatte. Pip rutschte ängstlich auf seiner Schulter herum, empfand die Gefühle seines Meisters mit. Der einzige Angehörige der kleinen Gruppe, den die Umgebung nicht zu stören schien, war Ab, der nicht zum Schweigen zu bringen war und hinter Flinx vor sich hinträllerte: »Neutron, Neutron wunderbar, warum ist Orka kamelbar?«

»Oh, sei doch still«, murmelte Flinx, wohl wissend, daß er damit nichts erreichen würde.

Er schlenderte mit gleichsam erstarrten Augen zwischen den Verkaufsständen durch. Da waren die schönen Mädchen, die Tänzerinnen, gerade wie in den alten Geschichten der Weltraumfahrer und Händler, aber sie tanzten viel widerstrebender und mit viel weniger Begeisterung, als einen diese Geschichten immer glauben machen wollten. Sie waren auch nicht so sinnlich und so attraktiv wie in jenen Geschichten, weder die Männer noch die Frauen.

Aber sie waren hier. Drallar war ein wichtiger Markt, ein Umschlagplatz im Commonwealth. Das wußte Flinx. Ob männlich, weiblich oder Zwitter, ob Mensch, ob Thranx, ob exotisch, die Spitzenprodukte wurden nicht in den Schaufenstern feilgeboten, damit das gemeine Volk sie anstarrte. In den Straßen ringsum wurden solche Transaktionen still und insgeheim abgeschlossen. Das war besser so, denn es ging das Gerücht, daß es manchmal Seelen gab, die nicht frei oder ehrlich verkauft wurden. Es gab mannigfache Geschöpfe zu kaufen, schließlich hatte das Commonwealth Überfluß an organischen Produkten. Auch ein paar Thranx waren zugegen, wenn auch nicht viele. Die eigenbrötlerischen Insekten, die mit der Menschheit zivilisatorisch verschmolzen waren, neigten dazu, sich besser um ihresgleichen zu kümmern. Er sah einen Thorps und ein paar Seehundswesen von Largess, wobei letztere sich im feuchten Klima von Moth viel wohler fühlen als auf den meisten Welten des Commonwealth. Ein gedeckter Balkon bot einer Handvoll gut gekleideter potentieller Käufer Sitzplätze. Die wenigsten von ihnen, wenn überhaupt welche, würden am Ende die Besitzer der hier erstandenen Ware sein, das wußte er. Die meisten waren nur Beauftragte von ehrenwerten Leuten, die an einem solchen Ort nicht gesehen werden wollten.

Und dann sah er plötzlich, wie ein verwirrter narkotisierter Junge von etwa sechs Jahren von ein paar Käufern umlagert wurde, hörte wie der Preis in die Höhe schnellte. Trotz seines Blondschopfs und der völlig anderen Gesichtszüge erinnerte der Bursche Flinx an ein ähnlich einsames Kind, das vor vielen Jahren hier feilgeboten worden war — an ihn selbst.

Einen verrückten Augenblick lang dachte er daran, das Kind zu kaufen und es freizulassen. Aber wer würde sich dann um den Jungen kümmern? Mutter Mastiff würde ganz bestimmt keinen Findling mehr aufnehmen; er hatte nie begriffen, was sie damals veranlaßt hatte, ihn zu kaufen.

Ab riß Flinx in die Wirklichkeit zurück, indem er tolpatschig von hinten gegen ihn stieß.

»Paß doch auf, wo du hinwatschelst, du dummes Stück Isoliermasse!«

Ein großes blaues Auge zwinkerte ihm zu. »Jemanden in irgendeiner Weise zu beleidigen«, begann er ganz vernünftig, um dann freilich fortzufahren: »sind Lachse höchst metaphysische Vögel — sagt man.«

»Ganz ohne Zweifel«, erwiderte Flinx verärgert. Er zwang sich zu schnellerer Gangart. Er hatte es eilig, diesen Ort hinter sich zu lassen.

Das Schild über der Bürotüre in der Straße hinter den Verkaufsständen war geschmackvoll beschriftet — nicht grell, aber doch so, daß es allen ins Auge stach. Das deutete auf eine Firma von mittlerem Rang, eine, mit einer gesunden Portion Selbstbewußtsein. Die Türe war aus kunstvoll geschnitztem Holz aus den nördlichen schneebedeckten Kontinenten von Moth gefertigt und auf Hochglanz poliert. Die Aufschrift lautete: ARCADIA ORGANICS. Ein Zuhause für die Hilflosen und die ohne Heimat, dachte Flinx. Der Name klang viel honoriger als die schlichte Bezeichnung Sklavenhändler.

Er betätigte den Summer. Kurz darauf schob sich die Türe leise zur Seite. Sie war viel dicker, als sie von außen gewirkt hatte. Die kunstvolle Schnitzerei war nur ein Furnier, unter dem sich Metall verbarg.

Ein untersetzter Humanoid von würdigem Auftreten füllte die ganze Tür. Er blickte auf Flinx herab und fragte mit tiefer kehliger Stimme: »Sie wünschen?«

»Ich will den Inhaber sprechen. Wegen eines früheren Verkaufs.«

Der Riese schien zu lauschen. Flinx sah hinter dem Ohr des Humanoiden etwas metallisch glitzern. Es sah so aus, als handelte es sich dabei um eine dauerhafte Installation.

»Und die Art der Reklamation?« fragte der Riese und ließ seine mächtigen Muskelstränge spielen.

»Ich habe nicht gesagt, daß es eine Reklamation ist«, berichtigte ihn Flinx lächelnd. »Nur etwas, das ich gerne aufklären möchte.« Er wußte, daß er sich mit Pips Hilfe den Zugang ins Innere des Etablissements erzwingen könnte, aber das würde ihm bestimmt nicht helfen, die gesuchte Information zu beschaffen. »Eine Frage des Stammbaums.«

Wieder leitete der Muskelberg die Information an eine unsichtbare Instanz weiter. Diesmal bestand seine Reaktion darin, daß er mit der gleichen mechanischen Präzision wie die Türe zur Seite wich. »Man wird sich um Sie kümmern«, versicherte er Flinx. Der hätte es vorgezogen, wäre die Einladung in andere Worte gekleidet gewesen.

Dennoch trat er in die kleine Kammer. Ab folgte ihm, und seine Reime hallten laut von den Wänden wider. Der Raum enthielt keinerlei Möbel.

Eine Hand von der Größe eines Tellers berührte Flinx sanft an der Schulter — glücklicherweise nicht jener, auf der Pip ruhte, sonst hätte es peinlich werden können. »Bitte, bleiben Sie stehen.« Da er ohnehin nicht sah, wie er weitergehen sollte, kam Flinx bereitwillig der Aufforderung nach.

Ein mächtiger Finger berührte einen Schalter. Ein Summen ertönte, und Flinx spürte, wie er sank. Er zwang sich zur Ruhe und gab sich gleichgültig, während Boden und Raum in die Tiefe sanken. Nicht viel später fand er sich in einem viel größeren, hübsch eingerichteten Raum, der ganz zu dem Manne paßte, der nun um den Schreibtisch am anderen Ende herumkam, um Flinx zu begrüßen, als er aus dem Lift trat.

Stirn und Nacken waren von geölten, zum Teil zu Zöpfen geflochtenen Locken bedeckt. Der Mann war etwas größer als Flinx und etwa dreimal so alt wie er, wenn er auch jünger wirkte. Ein spitzer Van-Dyke-Bart und ein hochgezwirbelter Schnurrbart verliehen dem Sklavenhändler das Aussehen eines ziemlich affektierten Raben mit gestutzten Schwingen. Ein Ring mit einem mächtigen Sternrubin am kleinen Finger des Mannes war der einzige Gegenstand von auffälligem Wert im Büro.

Nachdem er Flinx höflich begrüßt hatte, führte der

Mann ihn an einen mit abgeschabtem Brokat bezogenen Sessel. Ein Drink wurde abgelehnt. Flinx hatte den Eindruck, als wirkte der Mann enttäuscht über die Jugend seines Besuchers, mühte sich aber, es sich nicht anmerken zu lassen. Schließlich gab es auf Drallar ebensoviel verdorbene Kinder wie verdorbene Erwachsene.

»So, was kann ich für Sie tun, junger Herr? Mein Name ist Char Mormis, Inhaber von Arcadia Organics — die Firma ist seit drei Generationen in unserer Familie. Sagen Sie nichts —, Sie suchen eine junge Dame. Das habe ich gewußt! Das merke ich immer.« Während Char Mormis sprach, begleiteten seine Hände jeden Satz wie die Schreiber eines Oszillographen. »Ich merke es immer, wenn jemand Zuneigung und Liebe sucht.« Er blinzelte ihm zu. »Nennen Sie mir Ihre Wünsche, junger Herr. Arcadia wird sie befriedigen können.«

»Es tut mir leid, Mr. Mormis«, sagte Flinx, »aber ich bin nicht hierhergekommen, um zu kaufen.«

»Oh.« Der Sklavenhändler wirkte enttäuscht. Er lehnte sich in seinem Sessel zurück und zupfte an seinen Bartspitzen. »Dann sind Sie hier, um zu verkaufen?« fragte er unsicher und musterte den reimenden Ab, der am Lifteingang stehengeblieben war.

»Auch nicht«, erklärte Flinx bestimmt.

Mormis seufzte widerstrebend. »Dann sind Sie wirklich in einer Stammbaumfrage hier. Na schön. Wie kann ich Ihnen behilflich sein, junger Herr? Gibt es irgendeine Unklarheit?« Die Vorstellung schien ihm ernsthaft Sorge zu bereiten. »Die Vorstellung, daß wir einen solchen Irrtum übersehen hätten, schmerzt mich. Wir führen zwar nicht die teuerste Ware, aber ...« — er blinzelte Flinx verschwörerisch zu — »wir haben dafür den Vorteil, ehrlich zu sein.«

»Beruhigen Sie sich«, empfahl Flinx dem Sklavenhändler. »Ich werfe Ihnen gar nichts vor. Ich brauche nur eine Information. Sie betrifft einen Jungen namens Philip Lynx, den Sie einer Frau namens ...« — er grinste — »es war nicht ihr echter Name, aber das hat nichts zu besagen — verkauft haben. Der Name des Jungen ist richtig. Er war zum Zeitpunkt des Verkaufs vier oder fünf Jahre alt.«

Mormis spreizte die Hände. »Ich sage Ihnen natürlich alles, was ich weiß. Wir bewahren die Akten einer jeden Transaktion auf.« Wie glatt der Mann war, wie höflich, dachte Flinx. »Aber zuerst, junger Herr, müssen Sie mich davon überzeugen, daß Sie das Recht auf eine solche Information haben. Auch Sklaven haben ein Recht auf Privatleben, wissen Sie. Wir respektieren die Rechte unserer Verkauften ebenso wie die unserer Käufer.«

»Das freut mich zu hören«, lächelte Flinx.

Mormis musterte den selbstbewußten jungen Mann, der ihm gegenüber saß, abschätzend. »Lassen Sie mich raten. Der Junge ist als Spielgefährte für Sie gekauft worden. Sie sind mit ihm aufgewachsen. Jetzt interessieren Sie sich für seine Herkunft. Vielleicht hat er sie auch gebeten, Nachforschungen anzustellen, um seine eigene Neugierde zu befriedigen. Sie scheinen mit ihm gleichaltrig zu sein.«

»Das bin ich«, nickte Flinx. »Ich bin der Junge.«

Mormis schien bei weitem nicht so überrascht, wie das der alte Beamte gewesen war. Er sank nur etwas tiefer in seinen Sessel, und sein Gesicht wirkte plötzlich müde.

»Ich habe schon so etwas befürchtet. Sie müssen verstehen, Mr. Lynx ...«

»Nur Flinx.«

»Also gut. Sie müssen verstehen, Flinx, daß wir in solchen Fällen unsere Klienten schützen müssen. Wenn Sie auf Rache aus sind, wenn Sie sich auf einer privaten Vendetta befinden ...«

Flinx schüttelte ungeduldig den Kopf. »Nichts dergleichen. Ich gebe Ihnen mein Wort darauf, daß ich nur erfahren möchte, was aus meinen natürlichen Eltern geworden ist.«

Jetzt blickte Mormis traurig. »Solche Fälle sind bekannt. Hartnäckige Leute, die ihre Freiheit erlangen, suchen oft solche Informationen. Aber alle Versuche dieser Art, von denen ich weiß, führten zu nichts. Wenn der Verkauf des Kindes freiwillig erfolgte, geben sich die Eltern große Mühe, gewöhnlich auch mit Erfolg, um die Spuren für immer zu verwischen. Wenn der Verkauf unfreiwillig war, gibt sich der Verkäufer ebensolche Mühe, um *sich selbst* zu tarnen. Selbst wenn Sie die Archive Terras befragen würden ...«

»Das habe ich bereits getan«, teilte Flinx ihm mit.

Mormis' Augen weiteten sich etwas. »Sie waren auf der Erde?«

»Ich war in den Archiven der Kirche auf Bali. Am Ende habe ich dort auch erfahren, wer meine Mutter war. Sie war bereits seit vielen Jahren tot.« Zu seiner Überraschung stellte er fest, daß er darüber sprechen konnte, ohne Schmerz zu empfinden. Es war, als spräche er über jemand anderen, nicht über sich selbst. In ihm war nur kalte Leere.

Mormis sah ihn mit neuem Respekt an. Das kam auch in seiner Stimme zum Ausdruck. »Sie sind ein ungewöhnlicher junger Mann.«

»Das hat man mir schon öfter gesagt«, meinte Flinx trocken. »Wie steht es jetzt um meine Bitte?«

»Ja, natürlich.« Mormis schaltete eine elektronische Registratur ein, die wesentlich moderner war als jene, die Flinx am Vortage besucht hatte. Sie spuckte ein kleines Rechteck aus, welches der Sklavenhändler in einen Projektor schob.

»Hier ist der ursprüngliche Kaufvertrag«, sagte Mormis und wies auf den Wandschirm. »Sehen Sie selbst.«

Das tat Flinx bereits, und zwar in großer Eile. Sein früheres Ich war dort auf der Wand in allen Einzelheiten beschrieben, ein menschliches Wesen, das eine Metamorphose in Zahlengruppen durchgemacht hatte. Größe, Gewicht, Haar und Augenfarbe und jede andere Einzelheit erschien dort an der Wand. Er mußte wieder lächeln, als er den Namen der Käuferin entdeckte: die große Lady Fiona Florafin. Mutter Mastiff hatte recht — Sklavenhändler interessieren sich ausschließlich für die Zahlungsfähigkeit eines Käufers. Und wieder fehlte das, was er zu finden gehofft hatte. Der Kaufpreis, so stand zu lesen, war dem Hause Nuaman gutgeschrieben worden, vermutlich mit dem Ziel, seine inzwischen verschiedene Tante, die mörderische Rashalleila zu bereichern. Das paßte zu dem, was er bereits wußte. Hinsichtlich seiner natürlichen Eltern fand er hier weniger, als er bereits wußte; da stand nichts über seine Mutter, was zu dem paßte, was er im vergangenen Jahr erfahren hatte, und überhaupt nichts von seinem immer noch unbekannten Vater.

»Danke, Char Mormis«, zwang er sich zu sagen, wobei er sich Mühe gab, seine Enttäuschung zu verbergen. Jetzt war er in die Sackgasse geraten, die er befürchtet hatte. Jetzt gab es keinen Ort mehr, wo er weitersuchen konnte.

Die Sache war erledigt.

»Sie waren sehr liebenswürdig.« Flinx' Hand griff nach seinem Kredimeter.

Mormis winkte ab. »Nein, ich danke *Ihnen*, Flinx. Das Vergnügen war ganz meinerseits. Es tut immer gut, Ware zu sehen, die vorwärtsgekommen ist. Sie sind ein unabhängiger Bürger?«

»Das war ich seit dem Tag meines Kaufes, dank der Käuferin.«

»Wissen Sie, es ist seltsam ... Kann ich Sie nicht dazu überreden, ein Glas Brandy mit mir zu trinken?«

Flinx schüttelte den Kopf. Mormis war zwar höflich, aber er gehörte doch einer Gattung Mensch an, für den

Menschenleben nicht mehr als Eintragungen in ein Journal waren, Ware. Er wollte hinaus.

Aber irgend etwas nagte an Mormis. »Es ist seltsam ... ich habe ein sehr gutes Personengedächtnis — das kommt durchs Geschäft, verstehen Sie.« Flinx nickte stumm. »Aber ... ich glaube, ich erinnere mich an Ihren Verkauf.«

Flinx setzte sich abrupt wieder hin.

»Ja, ich bin ziemlich sicher. Damals wurde Arcadia noch von meinem Vater, Shan Mormis, geleitet. Ich befand mich noch in der Ausbildung. Aber Ihr Verkauf, Ihr Verkauf ... aus irgendeinem Grunde ist er mir im Gedächtnis haften geblieben. Sie haben mich daran erinnert, aus zwei Gründen. Der eine betrifft die Käuferin, eine alte Frau?«

Flinx nickte eifrig.

»Dieser großartige Name auf dem Kaufvertrag ...« — der Mann wies zur Wand —, »er paßte nicht zu ihrem Aussehen. Sagt Ihnen das etwas?«

»Eine untersetzte kräftig gebaute Frau in geflickter Kleidung mit einer Sprache wie ein Raumfahrer?«

»Die Beschreibung scheint zu passen«, gestand Mormis, den Flinx' Erregung angesteckt hatte. »Stehen Sie mit Ihrer ehemaligen Besitzerin in Verbindung?«

»Sie war eigentlich nie im üblichen Sinne meine Besitzerin«, erklärte Flinx, und dabei sah er vor seinem inneren Auge ein liebevolles Bild von Mutter Mastiff.

»Das hätte ich den Umständen nach fast vermutet. Solcher Kontrast zwischen dem Aussehen und dem angegebenen Namen — wie könnte man so etwas vergessen? Und das andere, woran ich mich erinnere, betrifft die andere Person, die um Sie mitgeboten hat.« Mormis schien das peinlich zu sein. »Sie waren nicht gerade ein Qualitätsstück.«

»Mein Wert nach diesen Maßstäben gemessen, bedrückt mich nicht«, beruhigte ihn Flinx.

»Bescheidenheit ... ein guter Zug bei Wa ... äh ... bei

einem Bürger«, verbesserte der Sklavenhändler sich hastig.

»Ja, das ist es. Zwei ungewöhnliche Personen, die sich sehr darum bemühten, Sie zu ersteigern, daran erinnere ich mich.«

»Und wer war der andere?« drängte Flinx.

»Nun, er war ein Mensch, ganz eindeutig. Riesengroß war er, gebaut wie eine Stadtmauer. Er hätte auf dem Auktionsblock einen stolzen Preis gebracht. Er wog bestimmt soviel wie zwei ausgewachsene Männer. Auf einem Schwerplaneten aufgewachsen, ohne Zweifel. Ganz weißhaarig war er, obwohl ich glaube, daß das nichts mit seinem Alter zu tun hatte. Leicht zwei Meter groß.« Mormis hielt inne, und Flinx mußte ihn drängen, fortzufahren.

»Da *muß* doch noch mehr sein.«

Mormis zermarterte sein Gedächtnis. »So viele im Laufe der Jahre ... aber das Gesicht. Eine Kreuzung zwischen einem Wüstling und einem Propheten. Und ich glaube, in einem Ohr trug er einen goldenen Ring. Ja, da bin ich mir jetzt ganz sicher. Ein goldener Ring, oder wenigstens ein vergoldeter.«

»Der Name, Char Mormis, der Name!«

Aber der Sklavenhändler ließ sich jetzt nicht mehr aus dem Konzept bringen. »Sie wurden nicht sehr teuer verkauft, Flinx. Ich glaube, der Bursche mußte plötzlich weg. Er hatte es eilig, und wenn ich mich richtig erinnere, waren da eine Menge Soldaten. Aber einen Namen hat er nie erwähnt.«

»Sonst noch etwas?« drang Flinx in ihn. »Warum wollte er mich kaufen?«

Mormis wandte den Blick ab, als hätte Flinx damit etwas angesprochen, worüber der Sklavenhändler nicht reden wollte. »Wir fragen nie nach den Kunden-Motiven. Sobald die Transaktion abgeschlossen ist, ist alles weitere Sache der Behörden. Unser Geschäft ist es, zu verkaufen, nicht zu urteilen.«

»Aber er ging doch weg, ehe die Auktion abgeschlossen war«, wandte Flinx ein. »Dann ist es doch vorstellbar, daß er die Frau überboten hätte, die mich am Ende kaufte?«

»Natürlich, das ist möglich.«

»Sonst erinnern Sie sich an nichts, was ihn betrifft?«

Mormis verzog mißbilligend den Mund. »Nach zwölf Jahren? Ich glaube, es ist bemerkenswert genug, daß ich mich an soviel erinnert habe. Aber wenn Ihnen mit einer Hypothese gedient ist, dann würde ich sagen, daß der Mann Sie als Investition betrachtete.«

Flinx gab keine Antwort. Er überlegte. Ein sehr großer Mensch mit frühzeitig weiß gewordenem Haar, einem goldenen Ring im Ohr ... Er verzog das Gesicht. Viel war das nicht.

»Ich brauche mehr Informationen.« Pip war aufgewacht und streckte den Kopf heraus.

Mormis zuckte zusammen. »Bei den Ketten des Himmels. Da ist er!«

»Da ist *wer?*« fragte Flinx verwundert.

»Ihre Suche ist unmöglich, junger Herr, aber ich will Sie nicht entmutigen. Das — das ist das andere.« Er deutete auf Pip. Die Zunge des Minidrachen zuckte neugierig hervor. Ab plapperte im Hintergrund.

»Das ist der zweite, den ich sehe. Der andere ... der andere saß auf der Schulter des Mannes, der dann weglief. Ich würde schwören, daß es ein und derselbe waren, nur daß seiner, glaube ich, kleiner war!«

Flinx' sorgfältig geordnete Gedanken stürzten in sich zusammen wie eine Brücke, deren Fundament zu schwach war. Jetzt überkam ihn Verwirrung.

Nach seiner Kenntnis war Pip der einzige alaspinische Minidrach auf Moth, der Welt mit den Schwingen. Wenn es auf diesem Planeten einen weiteren gab, so hätte er das inzwischen gehört, dessen war er sicher. Angenommen, Pip war derselbe Minidrach, von dem Mormis behauptete, er habe auf der Schulter des Mannes gesessen, der ihn hatte kaufen wollen? Der daraus zu ziehende Schluß war unausweichlich: daß der Minidrach sich jetzt im Besitze von Flinx befand, war ein Zufall, gegen den die Chancen eins zu einer Million standen. Hatte der Mann mit der weißen Mähne vielleicht Pip in die Gasse gelegt, wo Flinx ihn schließlich gefunden hatte ... hatte Absicht dahinter gesteckt?

Wenn es tatsächlich so gewesen war, so deutete das auf wesentlich mehr als beiläufiges Interesse an Flinx hin, und zwar seitens einer Person, die nicht mit Nuaman Enterprises in Verbindung stand. Ein Angestellter seiner Tante? Aber zu welchem Zweck, weshalb? Ich werde verrückt, schrie er stumm.

»Ein Name«, forderte er. »Geben Sie mir einen Namen, Char Mormis!«

Der Händler zuckte unter der Eindringlichkeit der Bitte des Jungen zusammen. »Ich hab' Ihnen doch gesagt, daß er ihn mir nicht genannt hat. Ich wußte auch nicht, woher er kam. Ich kann mich an keinen ausgeprägten Akzent erinnern. Abgesehen von seiner Größe und seinem Ohrring weiß ich nichts.«

»Ich verstehe, ich verstehe«, sagte Flinx vorsichtig, bemüht, seine Erregung unter Kontrolle zu halten. Worte stürmten durch sein Bewußtsein.

Alaspin, Alaspin ...

»Rezept für Salatsoße ... zwei SCCAM-Schiffe, zwei große«, trillerte Ab im Hintergrund. »Ein Hemd und nachher der Aufsatz, wie klug ohne Grille«, schloß der Kleine. Dann setzte er seinen Gesang in einer unbekannten Sprache fort.

Als Flinx schließlich seine Gedanken wieder etwas unter Kontrolle gebracht hatte, zwang er sich dazu, langsam zu sprechen. »Was würden Sie an meiner Stelle tun?« fragte er den Sklavenhändler. »Ich lege großen Wert auf Ihren Rat.«

»Wenn ich an Ihrer Stelle wäre«, meinte Mormis, der die Fingerspitzen aneinander gelegt hatte und den jungen Mann eindringlich musterte, »dann würde ich nach Hause zurückkehren, an meine Arbeit, und mir mein Geld und meinen Verstand bewahren.«

»Nächster Vorschlag.«

»Angenommen, es stehen Ihnen unbeschränkte Mittel und unbeschränkte Zeit zur Verfügung, junger Herr, dann würde ich nach Alaspin gehen. Dorther kommt der Kleine doch, oder?« Mormis streckte die Hand in Pips Richtung, zog sie aber hastig wieder zurück, als der zischte. »Wenn das Geschöpf so selten ist, wie es immer heißt, und so gefährlich ...«

»Das ist es«, versicherte ihm Flinx.

»... dann könnten Sie eine Chance haben, jemanden ausfindig zu machen, der auch einmal eines hatte.«

Darauf war es also hinausgelaufen, dachte Flinx: eine Suche nach einem Mann, der vor gut zwölf Jahren mit einem Minidrach auf der Schulter auf Moth erschienen war. Ein Mann, der vielleicht nie auf Alaspin gewesen war und sich vielleicht seinen gefährlichen Begleiter anderswo beschafft hatte. Aber irgendein Ziel war besser als gar keins.

»Noch einmal vielen Dank, Char Mormis.« Flinx erhob sich, um zu gehen und sah, daß der Lift mit dem hünenhaften Humanoiden wieder erschienen war. »Ich wünschte nur«, meinte er im Gehen, »daß ein so netter Mensch wie Sie in einem anderen Geschäft tätig wäre.«

»Die moralische Seite davon ist manchmal eine Last«, gestand der Sklavenhändler, als die Lifttüre sich hinter Flinx und Ab schloß. »Aber nicht schwer genug«, schloß er leise, als die Kabine sich bereits nach oben in Bewegung gesetzt hatte, »als daß ich das Geschäft aufgeben möchte.«

04

Es war ein ereignisreicher Tag mit viel Arbeit, und Mormis dachte nicht mehr über seinen interessanten Besucher nach. Und als es dunkel geworden war und er das Geschäft schloß, hatte er den Zwischenfall völlig vergessen.

Das bescheidene Mormis-Heim lag in einer nahen Vorstadt, einer von vielen solcher bewachten Enklaven in Drallar. Es war ein angenehmer Abend. Mormis beschloß, zu Fuß zu gehen. Sein hünenhafter Diener war in beruhigender Nähe.

Notwendigerweise waren die Straßen relativ gut beleuchtet. Die ewige Wolkendecke verbarg jegliches Licht, das der helle Mond des Planeten Flame sonst vielleicht auf das Pflaster geworfen hätte. Mormis hüllte sich enger in seinen dicken Umhang. Er litt an Bursitis, einer uralten Krankheit. Betrübt sinnierte er, daß der einzige Teil seines Lebens, dem es an der nötigen Schmierung fehlte, seine schmerzenden Gelenke waren. Die Ärzte konnten ihm nicht helfen.

Als er etwa die Hälfte des Weges zurückgelegt hatte, rief ihm eine kräftige, aber nicht unfreundliche Stimme aus dem Schatten zu: »Wir würden Sie gerne ein paar Minuten sprechen, Char Mormis von Arcadia. Wir halten Sie bestimmt nicht lange auf.«

Trotz der beruhigenden Worte reagierte Mormis so, wie jedermann in seinem Beruf reagiert hätte. Stimmen in der Nacht bedeuteten auf Moth, wo die Dunkelheit Geschöpfen mit schlechten Absichten Schutz bot, gewöhnlich nur eines.

Er warf seinen Umhang zurück, um an Bewegungsfreiheit zu gewinnen, und drehte sich um, damit er den Sprecher vor Augen hatte. Eine Gestalt trat aus dem Nebel. Sie näherte sich ihm auf vier Beinen, die Fußhände und Echthände beruhigend ausgestreckt. Große Facettenaugen reflektierten hell im Licht der Straßenbeleuchtung.

Mormis registrierte den glänzenden Chiton und tief

purpurne Färbung. Aber weder das sichtliche Alter des Thranx noch seine Haltung machten ihn unvorsichtig. Er hatte schon lange nicht mehr mit Thranx zu tun gehabt. Nicht, daß sie keine Sklaven besaßen. Bei all ihrer Logik, auf die sie so stolz waren, die Thranx waren eine Rasse von Individualisten, von denen manche ebenso den Lastern ergeben waren wie ihre humanoiden Zeitgenossen.

Also trat er einen Schritt zurück und bedeutete durch Zeichen seinem Diener, Maßnahmen zu seinem Schutz zu ergreifen. Wenn das Insekt kampfunfähig war, würde er vielleicht sprechen.

Der hünenhafte Golemit in seinem blauen Umhang trat vor. Es wirkte auf den Sklavenhändler keineswegs beruhigend, daß das so zerbrechlich wirkende Insekt nicht von der Stelle wich. »Wirklich, Char Mormis«, meinte er in der angenehm musikalischen Stimme der Thranx, »für den erfolgreichen Geschäftsmann ziemt sich Ungastlichkeit nicht. Ich bin enttäuscht. Und mich nach einer verborgenen Waffe zu durchsuchen …«

Mormis wollte ihn schon unterbrechen und sagen, am Ende würde eher der Thranx enttäuscht sein, als seine Sorge zum Teil bestätigt wurde. Eine zweite Gestalt trat aus dem Schatten.

Es war ein Mensch, etwas größer als der Durchschnitt, aber schlank und nicht besonders gefährlich wirkend. Freilich strafte die Leichtigkeit seiner Bewegungen sein fortgeschrittenes Alter Lügen. Er wirkte wie eine Birke: biegsam, zäh, graues Haar, tiefe Falten und andere Zeichen fortgeschrittenen Alters paßten nicht zu den Augen, die wie schwarze Kohlen leuchteten.

Und diese Vogelscheuche wollte seinem Diener den Weg vertreten? Dieser reagierte schnell und direkt. Es kam zu einem kurzen Handgemenge mitten auf der Straße. Die große Masse von Mormis' Bedienstetem schien seinen Widersacher zu erdrücken, aber als der kurze Kampf dann zu Ende war, sah man den hochgewachsenen Fremden über der reglosen Masse des Golemiten stehen.

Der große Mann, er wirkte wie ein Orientale, schüttelte den linken Arm. Ein knackendes Geräusch war zu hören. Und als er dann sprach, merkte man ihm keinerlei Anstrengung an, und seine Stimme klang ebenso beruhigend wie vorher die des Thranx. »Ich habe ihn nicht getötet. Er wird gleich wieder aufwachen, und bis dahin sind wir fertig.«

Mormis' linkes Auge zuckte unkontrolliert. Seine Finger zitterten.

»Sie kommen nicht an Ihren Strahler«, sagte der Thranx in einer so zuversichtlichen Stimme, daß Mormis alle Hoffnung fahren ließ. »Bitte haben Sie die Güte, sich solch unvernünftiger Feindseligkeiten zu enthalten, und hören Sie sich an, was wir zu sagen haben.«

Der Sklavenhändler überlegte. Dann nahm er langsam die Hand von der verborgenen Waffe unter seinem Hemd. Er tröstete sich mit der Tatsache, daß dieses seltsame Paar, was auch immer seine Absichten sein mochten, weder brutal wirkte noch so aussah, als wäre es Argumenten des gesunden Menschenverstandes unzugänglich. Also versuchte er sich zu beruhigen, während der alte Thranx auf ihn zuging. Der Mensch, stellte er erleichtert fest, blieb neben dem reglosen Golemiten stehen.

Der Thranx war für seinesgleichen groß, stellte Mormis fest, so groß, daß die regenbogenfarbenen Facettenaugen sich fast auf gleicher Höhe wie die seinen befanden. Der Thranx hatte sich mit dicker Kleidung gegen die Kälte geschützt, wenn Mormis auch wußte, daß die Feuchtigkeit ihm angenehm war. Diese Geschöpfe liebten heiße Welten. Er konnte ein leises Zischen hören, als das Insekt die Luft durch seine Tracheen einzog.

»Sie sind mir gegenüber im Vorteil«, erklärte er und ließ die Hände sinken. »Ich kann nichts anderes tun, als das, was Sie von mir wünschen.« Inzwischen versuchte er, sein Gegenüber zu identifizieren. Die beiden Paare von rudimentären Flügeln waren unter den schimmernden Flügelhüllen auf dem Rücken des Thranx zu sehen. Ein Junggeselle also, denn er war noch nie verheiratet gewesen.

Das Insekt bemerkte den forschenden Blick des Händlers. »Nein, Sie kennen mich nicht. Wir sind uns noch nie begegnet, Char Mormis.« Mormis registrierte beeindruckt, daß der Thranx perfektes Terranglo sprach, anstatt der galaktischen Handelssprache Symbo. Nur wenige Thranx vermochten die glatten Vokale der Hauptsprache der Menschheit zu meistern. Seine Spannung begann sich zu lockern. Gewalttätige Wesen waren gewöhnlich nicht so gebildet.

»Sie sind mir gegenüber im Vorteil, Sir.«

»Wir benötigen einige Informationen«, erwiderte der Thranx und machte keine Anstalten, seinen Namen oder den seines menschlichen Begleiters zu nennen. Mormis verbarg seine Enttäuschung. »Wir haben erfahren, daß Sie heute vormittag einen Besucher hatten.«

»Ich hatte viele Besucher«, konterte Mormis.

»Der, den ich meine, war ein junger Mann. Oder ein älterer Junge, je nachdem, wie Sie das sehen. Der Junge hatte als Begleiter ein kleines gefährliches Flugreptil und einen Außenwelter von höchst seltsamem Aussehen.«

Da der Thranx das bereits wußte, sah Mormis keinen Vorteil darin, es abzuleugnen. »Ich gebe zu, daß ich diese Person empfangen habe.«

Der Thranx legte den herzförmigen Kopf in einer seltsam menschlich wirkenden Geste etwas zur Seite. »Was wollte der Junge von Ihnen?«

Die natürliche Vorsicht ließ Mormis ohne zu zögern antworten: »Ich sagte, ich erinnerte mich an den Jungen«, erklärte er langsam und schien fasziniert die Wasserpfützen auf der Straße zu betrachten. »Aber ich hatte auch viele andere Besucher. Es ist unmöglich, sich an die Einzelheiten eines jeden Gesprächs zu erinnern. Meine Tage sind hektisch, und die Gespräche fließen ineinander.«

Der hochgewachsene Mensch trat einige Schritte vor. »Wir vergeuden unsere Zeit.« Er streckte die Hand aus, und die Art und Weise, wie seine Finger sich krümmten, gefiel Mormis gar nicht. »Ich könnte immer ...«

»Nein, keine Komplikationen«, hielt ihn der Thranx zur großen Erleichterung des Sklavenhändlers zurück. »Aber wir vergeuden in der Tat unsere Zeit. Wir sollten hier nicht über die Moral debattieren ...« Er griff in seine Thoraxweste und holte einen Kreditwürfel von beträchtlicher Größe heraus. Ein Blick bestätigte Mormis, daß er echt war.

»Andererseits«, meinte Mormis glatt, »ist es in meinem Geschäft gelegentlich notwendig, gewisse Gespräche zu rekonstruieren. Seltsam, aber plötzlich stelle ich fest, daß das Gespräch, das Sie erwähnen, mir wieder gegenwärtig ist.«

»Eine höchst angenehme Überraschung«, meinte der hochgewachsene Mann mit einem Anflug von Zynismus.

Mormis genoß es, die gefährliche Situation in eine Profitchance verwandelt zu haben. Er sprach jetzt frei. »Es war eine triviale Angelegenheit, nur aus einem Grunde interessant. Der Junge war ursprünglich von Arcadia verkauft worden.«

»Was habe ich denn gesagt?« meinte der Mensch zu seinem Begleiter gewandt.

»Es scheint, daß der Junge inzwischen sein Glück gemacht hat«, fuhr Mormis fort.

»Kann man sagen«, meinte der Thranx rätselhaft.

»Und jetzt sucht die Waise geschickt und närrisch nach seinem natürlichen Vater und seiner Mutter. Eine fixe Idee, könnte man sagen, harmlos, aber teuer. Im Augenblick sucht er seinen Vater.«

»Und Sie waren imstande, ihm Informationen zu geben?« fragte der Mann.

»Nein, ich hatte keine Einzelheiten. Aber ich berichtete ihm eine interessante Anekdote, die mit den Umständen seines Verkaufes zusammenhängt. Wenn Sie wünschen, kann ich ...«

Der Thranx brachte ihn ungeduldig zum Schweigen und blickte auf seine Armbanduhr. »Das ist nicht notwendig. Wir müssen nur wissen, was er jetzt beabsichtigt, wohin er geht.«

Mormis richtete sich auf. »Diese Information weiterzugeben, wäre unethisch, Sir.« Er blickte bedeutungsvoll in die Richtung, aus der der Kreditwürfel gekommen war. »Das zu sagen, würde sein Vertrauen verletzen ...«

»Sie sind weder Arzt noch Priester«, sagte der Große, »reden Sie also nicht von Vertraulichkeit.«

»Sie sind gut genug bezahlt worden«, erklärte der Thranx leise und fügte dann mit einer Höflichkeit, die Mormis das Blut gerinnen ließ, hinzu, »wir wollen jetzt keine Zeit mehr vergeuden.«

»Es könnte sein«, antwortete der Sklavenhändler, so schnell es ging, »daß der Junge vielleicht nach Alaspin reist. Er schien darauf erpicht, dorthin zu fahren. Getrieben, könnte man beinahe sagen. Ich vermute, daß er im Augenblick zum Raumhafen unterwegs ist.«

»Ihre Höflichkeit und Ihr gesunder Menschenverstand nötigen mir Respekt ab«, meinte der Thranx und fügte dann vielleicht eine Spur zu sarkastisch hinzu, »im Verein mit Ihrem wunderbar reaktionsschnellen Gedächtnis. Wir wollen Sie nicht länger belästigen. Gehen Sie nach Hause, Char Mormis.«

Der Thranx machte kehrt und verschwand im Dunkel. Der Mensch folgte ihm leichtfüßig, trat über den Körper von Mormis' Diener hinweg.

Der Sklavenhändler blickte dem ungleichen Paar nach, bis die Nacht es verschluckt hatte. »Ich werde euch beide auch nicht belästigen«, murmelte er und schob sich den Kreditwürfel unter das Hemd. Sein Leibwächter stöhnte. Mormis ging auf ihn zu und trat ihn in die Rippen. Ein zweiter Tritt löste ein noch lauteres Stöhnen aus.

Dann setzte sich der hünenhafte Humanoid auf. Er blinzelte und blickte zu Mormis auf. »Ich bitte um Nachsicht, Meister«, murmelte er mit dumpfer Stimme. »Ich keine Entschuldigung, aber Gegner war viel mehr als ...«

Mormis trat den Sklaven ein drittes Mal. »Das weiß ich, Idiot. Steh auf!« Er stellte fest, daß er zitterte, aber nicht vor Kälte. »Ich hab' es eilig, nach Hause zu kommen ...«

»Exalla Cadella Morphium Centalla und die Braut verloren im Holz. Doch bald wieder tragen und Schädel in Kragen, Kapuze für immer der Golz«, summte Ab leise.

Flinx wandte sich um und rief seiner pflichtschuldigst hinter ihm hertrabenden Neuerwerbung mit unverkennbarem Ekel zu: »Wenn du schon dauernd quatschen mußt, kannst du dann nicht wenigstens einmal etwas Vernünftiges sagen?«

Vier Arme machten bedeutungsschwere, aber unbegreifliche Gesten. Die obere Hälfte des blauen Torso lehnte sich leicht nach vorne. Ein wasserblaues Auge blinzelte ihm zu, und der Rüssel über dem glatten Schädel wiegte sich in unhörbarem, fremdem Rhythmus.

Flinx seufzte und ging weiter. Um diese Nachtzeit gab es nur wenig Karren — besser gesagt, um diese frühe Morgenstunde. Seit er Mormis' Haus verlassen hatte, hatte er keinen gesehen.

Das Abendessen, das er in einer kleinen Garküche am Stadtrand zu sich genommen hatte, lag ihm noch wärmend im Magen. Er hatte *Kuda*chips zu seinem Eintopf bekommen und hatte sich eine Weile damit vergnügt, die kreisrunden Chips hochzuwerfen, worauf Pip sich wie der Blitz von seiner Schulter aus darauf stürzte und sie auffing, ehe sie den Boden erreichten. Der Minidrach liebte alles, was kräftig gesalzen war. Flinx hatte das Spiel erst aufgegeben, als der Besitzer des Lokals ihn inständig gebeten hatte, damit aufzuhören. Es hatte nämlich den Anschein, als ob die Kapriolen der gefährlichen Echse den Rest seiner Gäste beunruhigten.

Es mußte bald hell werden, überlegte Flinx, als er sich der Hauptstraße näherte, die von Drallar zum Shuttlehafen der Hauptstadt führte. Es war dies der Umschlagplatz für die Waren des Planeten, die dort mit Shuttles auf Kreisbahn gebracht wurden, wo die großen Sternenschiffe warteten. Und die auf dem Rückweg die Waren von den fernen Welten mitbrachten, die für Drallar bestimmt waren. An dieser breiten Straße würde er bestimmt jemanden finden, der einen Fahrgast mitnahm, vielleicht einen der großen Handelstransporter. Irgendein Fahrer würde ihn schon mitnehmen, ob er es nun wußte oder nicht.

Als der Morgen näherrückte, verdichtete sich der Nebel. Für einen Fremden wäre das ein unüberwindbares Hindernis gewesen. Für einen Eingeborenen von Moth freilich war das ebenso natürlich wie ein Sonnenaufgang. Der leichte Nieselregen rann von Flinx' Cape. Wenigstens sah das so aus. Tatsächlich berührten die Tropfen das Material überhaupt nicht. Das Tuch war statisch aufgeladen, und so kam der Regen mit ihm überhaupt nicht in Kontakt; das Cape blieb trocken.

Flinx sah einen großen Hover-Laster neben dem letzten Lagerschuppen an der stark befahrenen Straße parken. Seine Ladebrücke war hoch mit Kisten und Ballen beladen.

Plötzlich erschien aus dem Nebel eine zweibeinige

Gestalt, die auf ihn zutaumelte. Im nächsten Augenblick hatte Pip seine Schulter verlassen. Flinx wollte schon nach der Klinge greifen, die er stets im Stiefelschaft trug, zögerte dann aber. Von der Gestalt schien keine Gefahr auszugehen. Ein kurzer Befehl holte Pip zurück; der besorgte Minidrach kreiste über Flinx' Kopf. Pips Reaktion beruhigte Flinx. Von der Gestalt ging tatsächlich keine Gefahr aus, sonst hätte Pip den Befehl ignoriert.

Der Mann taumelte weiter, hielt etwas fest in der Hand. Als er näher kam, schien er Flinx zum erstenmal zur Kenntnis zu nehmen. Seine glasigen Augen blinzelten; dann beschleunigte der Mann seine Schritte, schien wieder fester Fuß zu fassen. Einen Augenblick lang dachte Flinx, er müsse Pip vielleicht doch gewähren lassen. Da stolperte der Mann über etwas und fiel in den Abflußgraben, der die Straße säumte. Sein Körper bildete einen Damm für das fließende Wasser. Der Pegel der Gosse stieg, und dann floß die Kloake um Arm und Schulter des Mannes herum, und die Armbeuge bildete eine Art Tümpel, der sich mit Blut füllte. Die Schulterwunde war übrigens nicht die einzige, die an dem Mann zu sehen war. Er war auf furchtbare Weise mit zahllosen Messerstichen massakriert worden.

Flinx trat vorsichtig an den Sterbenden heran, wobei er versuchte, alle Richtungen gleichzeitig im Auge zu behalten. Aber sein Talent verriet ihm keine Gefahr. Niemand, verletzt oder gesund, lauerte in der Finsternis auf ihn. Er wandte seine Aufmerksamkeit wieder dem Niedergestochenen zu.

Die schwarze Kappe mit den aufgestickten purpurroten Symbolen war dem Mann beim Sturz vom haarlosen Schädel gefallen. Einige Stellen des eng anliegenden schwarzen Anzugs waren mit Blut durchtränkt. Der mit Fransen besetzte Umhang war zerrissen und hing lose an einem Halsband.

Es bedurfte keiner weiteren Untersuchung. Der

Qwarm war tot. Und doch wollte Flinx es noch nicht glauben. Es war allgemein bekannt, daß die Qwarm in unglaublicher Weise imstande waren, ihre Körperfunktionen zu steuern und unter Kontrolle zu halten. Den Tod zu imitieren, war ein geschickter Trick, um den Argwohn eines Opfers einzulullen. Aber Flinx war überzeugt, daß er es hier mit einem echten Toten zu tun hatte, der nie wieder jemanden würde täuschen können.

Neugierig kniete er nieder, um den Gegenstand zu untersuchen, den der Qwarm krampfhaft mit der rechten Hand umspannte: ein kurzer grauer Metallzylinder, aus einem Material, das an Zinn erinnerte. In der Mitte des Zylinders glomm ein rotes Licht.

Flinx fand einen Stein und hielt ihn vorsichtig vor die Mündung des Zylinders. Ein leises *Ping* war zu hören — und plötzlich hatte der Stein ein Loch von etwa einem Millimeter Durchmesser.

Um die vielen neugierigen Kinder zu schützen, die sich gewöhnlich in den nächtlichen Straßen Drallars herumtrieben, drückte Flinx einen Knopf am Schaft der Waffe. Das rote Licht ging aus. Als er den Stein noch einmal davor hielt, entstand kein Loch mehr. Flinx nahm dem Toten den Gegenstand weg.

Bei diesem gefährlichen Qwarmspielzeug handelte es sich um ein Schallstilett. Es erzeugte einen eng gebündelten Strahl modulierter Ultraschallwellen, die so ziemlich alles durchbohren konnten. Die Waffe paßte leicht mitsamt dem Schallgenerator in die Hand eines Mannes und ließ sich leicht verbergen. Sie war nahezu unmöglich zu entdecken, und es gab gegen sie keinen Schutz.

Flinx richtete sich auf und sah sich besorgt um. Er hatte in letzter Zeit zwei Qwarm getötet und konnte sich daher gut vorstellen, daß ein Dritter mit einer aktivierten Waffe hinter ihm her gewesen war. Aber dieser Qwarm war, ehe er Gelegenheit hatte, Flinx anzugreifen, mit jemand anderem zusammengeraten. Hatte er es überhaupt auf Flinx abgesehen gehabt?

Auf seinen vier Stummelbeinen kam nun Ab herangewatschelt und beugte sich vor, um wie ein Hund die Kleider des Toten zu beschnuppern. Offenbar faszinierte das Blut den Kleinen, das sich in das Wasser des Rinnsteins mischte.

War der Killer hinter Flinx hergewesen, oder galt die Jagd immer noch Ab? Die erste Möglichkeit sagte ihm gar nicht zu, denn sie hätte bedeutet, daß die Qwarm bereits wußten, wer für den Tod der beiden Clanmitglieder in der Innenstadt verantwortlich war. In dem Falle war höchste Eile geboten. Sobald der Qwarmclan einmal einen Feind erkannt hatte, würde er nicht mehr ruhen, bis entweder jener Feind oder jedes einzelne Clanmitglied tot war. Er mußte unbedingt Näheres in Erfahrung bringen.

Die Nebel verbargen alle Spuren, aber noch konnte man deutlich Blutstropfen auf dem Pflaster sehen und damit den Weg des Toten um den Laster herum verfolgen. Die Spuren führten zum Eingang der Lagerhalle. Bei näherem Betrachten der Türe zeigte sich, daß man sie mit einem Schlüssel geöffnet hatte, und Flinx glaubte, daß dies nicht von befugter Hand geschehen war.

Jeder Instinkt, jede Faser seines Wesens warnte ihn davor, die Halle zu betreten. Aber wie nicht anders zu erwarten, behielt seine unbezähmbare Neugierde die Oberhand. Er schob sich durch die schmale Öffnung. In einer Ecke leuchtete ein schwaches Licht und zeigte ihm die Silhouette riesiger Halden von aufgestapelten Plastikgehäusen. Vorsichtig, umflattert von einem nur undeutlich zu sehenden Schemen, näherte er sich dem Licht.

Plötzlich konnte er Unruhe, ja Angst spüren. Und dann war da noch etwas — eine Kälte, die einem Angst machte. Beide Regungen waren in einigem Abstand wahrzunehmen und entfernten sich rasch. Er konnte nichts erkennen. Vorsichtig spähte er um einen hohen Stapel von Gehäusen.

Und plötzlich fiel sein Blick auf sechs Leichen. Sechs! Sie lagen über Kisten, verkrümmt auf dem Boden und unter umgestürzten Gehäusen. Bei vier der Leichen handelte es sich um Frauen, bei zweien um Männer. Alle waren in schwarze Kombinationen gekleidet. Einigen waren die Kappen von den kahlen Schädeln gerissen worden. Alle waren über und über mit Blut besudelt, und das ließ den grausigen Anblick, der sich ihm bot, noch schrecklicher erscheinen. Einige der kleineren Kisten wann zertrümmert. Und es gehörte ungeheure Kraft dazu, diese Behälter so zu beschädigen.

In ein paar Stunden, überlegte Flinx, würde irgendein Lagerverwalter kommen, um den Schuppen zu öffnen, und den Schock seines Lebens davontragen.

Hier waren nur tote Qwarm zu sehen, keine Spur von irgendwelchen anderen Eindringlingen. Flinx' Phantasie versagte bei der Überlegung, wer eine so große Zahl berufsmäßiger Killer gleichzeitig angreifen und vernichten konnte. Seine Nackenhaare sträubten sich. Die Andeutung eines weit entfernten geistigen Aufschreis war zu ihm gedrungen und hatte ihn gewarnt, ihn auf etwas hingewiesen, das sich von diesem Ort entfernte. Was immer es auch sein mochte, sagte er sich, möglicherweise würde es *umkehren.*

Flinx ließ seinen Blick über die verstreuten Leichen schweifen. Wieder fielen ihm die Fragmente der Plastikgehäuse auf, die überall auf dem Boden herumlagen. Irgendeine ungeheure Kraft war hier am Werke gewesen, aus Gründen, die Flinx sich nicht vorstellen konnte. Noch einmal hallte jener ferne geistige Schrei in seinem Bewußtsein wider, während er sich langsam rückwärts von der alptraumhaften Szene entfernte. Schützende Finsternis umschloß ihn. Etwas berührte ihn an der Schulter.

Als er erkannte, daß es nur Pip war, der seinen Platz

wieder einnehmen wollte, seufzte er erleichtert auf. Dann hatte er das Gebäude hinter sich gelassen und rannte auf die Hauptstraße zu. Der Nebel war nicht länger sein Freund, vielmehr ein Verbündeter von irgend etwas Schrecklichem, das seinen Blicken entzogen war.

Augenblicke später erreichte er die Hauptstraße. Aus der Tiefe hörte er das Brummen von *Kinkeez* und anderen von Tieren gezogenen Fahrzeugen, in das sich das Dröhnen und Brausen von Maschinen mischte. Er kletterte die Böschung hoch, rutschte auf der anderen Seite in die Tiefe und befand sich auf der Straße. Irgendwie schaffte Ab es, seine vier Beine unter Kontrolle zu halten, während er, ohne sich zu beklagen, hinter seinem neuen Herrn hinterhertrottete.

Der Besitzer der *Meepah*-Rikscha sträubte sich, Flinx' vierbeinigen Begleiter aufzunehmen. Aber das ließ sich mit Geld in Ordnung bringen. Und Augenblicke später trabte der zweibeinige *Meepah* mit Höchstgeschwindigkeit auf den Shuttlehafen zu.

Im Hafen angelangt, hatte Flinx das Pech, einem jener Beamten in die Hände zu fallen, deren einziger Lebenszweck darin besteht, anderen Menschen das Leben schwerzumachen, was diesen armseligen Kreaturen offenbar ein Gefühl der Überlegenheit verschafft. »Deinen Tunnelpaß, Junge«, forderte der Beamte herablassend.

Flinx drehte sich um und blickte besorgt in die Richtung, aus der er gekommen war. Das Laufband, das in die Abfertigungshalle führte, war fast leer. Trotz der frühen Stunde und der Tatsache, daß er bisher keinen Verfolger gesehen hatte, rechnete er damit, ein oder mehrere schwarz gekleidete Schemen zwischen den übernächtigten Geschäftsleuten und sonstigen Reisenden auftauchen zu sehen. Drallarport war rund um die Uhr geöffnet. Achtundzwanzig Stunden am Tage.

»Ich habe keinen Tunnelpaß, Sir«, antwortete er und

bemühte sich, die Schärfe zu unterdrücken, die er in seiner Stimme zu hören glaubte. »Ich ...«

Das reichte bereits aus, um ein befriedigtes Grinsen in die feisten Züge seines Gegenübers zu zaubern. Nein, dumm war der nicht. Boshaftigkeit erfordert ein gewisses Maß an Intelligenz, ehe man es seinen Mitmenschen wirklich schwermachen kann. Er rutschte seinen feisten Beamtenarsch entschlossen ein paar Zentimeter nach vorn und höhnte: »So, keinen Paß hat der Herr und versucht, sich Zugang zu einem privaten Tunnel zu verschaffen.« Und dann drückte er demonstrativ einen Knopf an einem Kästchen, das er an der Hüfte trug. Zwei vierschrötige Menschen erschienen und funkelten Flinx bedrohlich an. Kurz darauf erschien atemlos ein älterer kleiner Mann.

»Was ist denn, Belcom?« fragte er den Dicken und musterte dabei Flinx.

»Dieser Halbwüchsige«, erklärte er wichtigtuerisch, als hätte er gerade einen Massenmörder dingfest gemacht, »versucht sich ohne Passierschein hier einzuschwindeln.«

»Ich habe nicht versucht, mich hier einzuschwindeln ...«, begann Flinx verzweifelt, ehe der Ältere ihn unterbrach.

»Der Zutritt ist hier verboten, Besucher sind nicht zugelassen.« Der Mann war zwar müde, vermutlich, weil er eine Nachtschicht hinter sich hatte, aber zumindest war er höflich. »Wenn du den Schiffen beim Start zusehen willst, solltest du in die Frachtabteilung gehen.«

»Ich habe keinen Tunnelpaß«, konnte Flinx endlich erklären, während er etwas aus einer Gürteltasche holte, »weil ich kein Passagier bin.« Aus seiner Tasche brachte er einen kleinen unzerbrechlichen Streifen aus Polyplexalum zum Vorschein. Die darauf aufgeprägten Zeichen waren garantiert fälschungssicher.

Der ältere Beamte blinzelte ein paarmal, um seine

Müdigkeit abzuschütteln und studierte dann die Karte. Als er wieder zu Flinx aufblickte, schien er hellwach. Ein böser Blick fiel auf den beleibten Beamten. Der Mann sank zusammen, als hätte man ihm einen Stöpsel aus dem Hintern gezogen. Sein aufgeblähtes Selbstbewußtsein schwand dahin.

»Natürlich hat dieser Herr keinen Tunnelschein, Belcom. Stellen Sie eigentlich nie Fragen, ehe Sie sich zum Narren machen?«

Belcom schien zu erkennen, daß er keine Antwort geben konnte, ohne sich noch weiter zu erniedrigen, und so starrte er den Kleinen einfach verständnislos an. Der wartete eine Weile, bis das Schweigen unerträglich wurde, und fuhr dann fort: »Er hat keinen Tunnelschein, Sie Idiot, weil er kein Passagier ist. Er ist Schiffseigner. Ein Raumschiff mit privater Lizenz.«

»Ich ...«, stammelte Belcom und schielte besorgt zu Flinx hinüber. »Er ist noch ziemlich jung — ich habe nicht überlegt ... äh ... nicht gedacht ...«

»Zwei Gründe, Sie nicht zu befördern, ausgezeichnete sogar«, herrschte sein Vorgesetzter ihn giftig an. Dann wandte er sich wieder Flinx zu und hüllte seine Entschuldigung in ein Lächeln von ausgesuchter amtlicher Beflissenheit. »Es tut mir schrecklich leid, daß wir Sie belästigt haben, Sir. Wenn ich irgend etwas tun kann ... irgend etwas ...«

Flinx glaubte, am anderen Ende des Laufbandes eine Bewegung zu erkennen. »Sie brauchen mich bloß durchzulassen«, sagte er kurzangebunden. Die beiden Uniformierten traten zur Seite und sahen Flinx und seinem Gefolge nach, wie sie den Korridor hinaufrannten.

Flinx hatte zwar in den vergangenen eineinhalb Jahren viel gelernt, war aber noch keineswegs ein guter Pilot. Die meisten Raumfahrzeuge waren so kompliziert, daß nur wenige sie von Hand bedienen konnten, und auch das Shuttle, in dem er es sich jetzt bequem machte, bildete keine Ausnahme. Es war zu hundert Prozent mit automatischen Steuerorganen ausgestattet, und jedermann, der imstande war, dem Schiffscomputer verständliche Informationen zu geben, konnte es auch steuern.

Der Andruck preßte ihn in die Beschleunigungscouch zurück, während das kleine Schiff himmelwärts raste. Kurz darauf hatte es den Raum erreicht.

In physischer Hinsicht fand er durch die Nullgravitation Entspannung, in geistiger Hinsicht tat es ihm gut, sicher zu sein, daß sich jetzt kein Qwarm mehr von hinten heranschleichen und ihm ein Schallstilett oder eine noch exotischere Waffe ins Herz stoßen konnte. Statt dessen pfiff und reimte Ab hinter ihm vergnügt. Der Exote schien Nullgravitation ebenso bereitwillig und vergnügt zu akzeptieren, wie er die feuchtwarme Atmosphäre von Moth ertragen hatte.

Während er den Austrittspunkt aus dem Orbit ansteuerte, nahm Flinx sich die Zeit, Moth* andächtig zu mustern; sein Blick hing wie gebannt an dem leuchtend goldenen Streifen, der den Himmel durchschnitt. Es war eine der zwei bemerkenswerten ›Schwingen‹, denen Moth seinen Namen verdankte. Welcher Gott auch immer Flinx' Heimatwelt entworfen hatte, er hatte es verstanden, ihr ein besonderes Extra zu verleihen. Jede der beiden fächerförmigen Schwingen, Reste eines Ringsystems, bestand aus hochgradig reflektierender gasförmiger Materie, die in der Nähe des Planeten spitz zulief und sich dort fächerförmig verbreiterte, wo mit zunehmender Entfernung vom Planeten die Schwerkraft schwächer wurde.

Inzwischen hatte das Shuttle sich fast nahtlos in das Leitwerk von Flinx' Schiff eingefügt und über dem Feldprojektor des KK-Antriebs festgemacht.

Flinx' Schiff war ein Geschenk seiner ungewöhnlich

* Motte

begabten Schüler, der Rasse von Ursinoiden, welche die verbotene Welt der Ulru-Ujurr bewohnten. In der technischen Einrichtung und der Form glich es der Rennyacht von Flinx' ehemaligem Wohltäter, Maxim Malaika, nur die wesentlich weniger luxuriöse Innenausstattung unterschied die beiden Fahrzeuge.

Die Ulru-Ujurrianer hatten das Schiff *Teacher* getauft.

Flinx tastete die Koordinaten von Alaspin ein, programmierte Höchstgeschwindigkeit und machte es sich dann bequem. Er verfügte nur über eine höchst allgemein gehaltene Beschreibung und mußte anhand derer den Versuch machen, einen Mann aufzustöbern, der Alaspin vielleicht niemals betreten hatte. Hinzu kam noch die Möglichkeit, daß das Erinnerungsvermögen des Sklavenhändlers höchst fragwürdiger Natur war — ganz abgesehen von der Tatsache, daß die Qwarm es sich zum Ziel gesetzt hatten, dafür zu sorgen, daß er nie wieder jemanden aufstöberte.

Die Ablenkung, die Ab ihm bot, tat gut. Der Exote schien von der Funktionsweise des Schiffes fasziniert. Für Flinx stand fest, daß Ab schon öfter im Weltraum gewesen sein mußte, aber die Quartiere auf einem Sklavenschiff boten natürlich nur wenig Gelegenheit, die Umwelt zu studieren. Flinx mußte vorsichtig sein. So automatisch und narrensicher die interstellare Navigation auch geworden war, wenn Ab aus Versehen irgendeinen Schalter betätigte, konnte das zu einer beträchtlichen Verzögerung seiner Reise führen. Was er freilich tun würde, sofern er Alaspin erreichte und dort nichts erfuhr, darüber hatte Flinx sich noch keine Gedanken gemacht. Manchmal fragte er sich, warum er sich überhaupt solche Mühe machte. Was waren denn Mutter und Vater schon anderes als eine zufällige Kombination zweier Menschen, ein zufälliges Zusammentreffen von Chromosomen, welches zu seiner Existenz geführt hatte?

Es gab viele Tausende von Dingen, die er nicht wußte, aber am bedeutsamsten darunter waren vielleicht seine eigenen Motive. Verglichen mit ihnen war die Astrophysik ein reines Kinderspiel. Warum versuchte er eigentlich, seine Einsamkeit zu lindern? Auch das Wissen um seine Herkunft würde das nicht bewirken. Aber, überlegte er, wenn er ans Ziel gelangt war, würde das vielleicht dazu führen, daß er nicht mehr so oft weinte, wenn er alleine war.

Mit einer Geschwindigkeit, die der eines Friedensbringers des Commonwealth wenig nachstand, jagte die *Teacher* durch das Nichts, mit ihrer kleinen Last, die aus einem melancholischen jungen Menschen bestand, einem gleichgültigen fliegenden Reptil und einem koboldhaften exotischen verrückten Dichter, der in Rätsel gehüllt war.

In seinem langen unsteten Leben war der hagere alte Mann häufig Sicherheitsprüfungen unterzogen worden. Die aber, die er an diesem Tag erdulden mußte, war sicher die gründlichste.

Und als sie schließlich beendet war, führte man ihn in ein dunkles Büro. Die wenigen Möbel darin schienen ihm wie zufällig verteilt, ohne jede Rücksicht auf Ästhetik oder Funktion. Dem Raum fehlte jeglicher Schmuck.

Das galt auch für die Gestalt, die ihn erwartete, um ihn zu begrüßen. Ebenso wie der Raum, vermittelte auch die in einen mit Kapuze versehenen Umhang gehüllte Gestalt ein Gefühl ernster Nüchternheit. Sie stand hinter dem wuchtigen Schreibtisch, saß nicht. Wo eigentlich ein Gesicht hätte sein sollen, waren nur Stofffalten und Dunkelheit zu sehen. Das Tuch verhüllte Gestalt und Größe seines Trägers. Aber an der weichen Stimme, die unter dem dichten Gewebe hervordrang, war nichts Täuschendes, nichts Rätselhaftes. Sie klang zischend, und man wurde unwillkürlich an eine Schlange erinnert.

»Ist die Angelegenheit erledigt?« fragte der Verhüllte. Kein beiläufiger Gruß, nichts, was nur Zeitvergeudung gewesen wäre. Kein Austausch von Namen.

Unter seiner bestickten Kappe antwortete der ältere Qwarm: »Es hat Schwierigkeiten gegeben.« Sein Finger rieb über die Oberlippe, wo ihn etwas juckte. Haarlose Lider bewegten sich einmal auf und ab.

Der andere schien unter seinen vielen Falten zusammenzuzucken, auch wenn er die Kontrolle über seine Stimme behielt. »Das kann nicht sein, weder die Kirche noch die Commonwealth-Regierung wissen ...!«

Aber der hochgewachsene Qwarmführer schüttelte den Kopf und erklärte: »Es gibt keine Hinweise auf offizielle Störungen, ja auch nur Interesse, soweit wir das feststellen können. Die beiden Angehörigen des Clan, denen der Auftrag anvertraut worden war, waren offenbar gerade im Begriff, ihre Arbeit zu tun, als sie gestört wurden. Ob man sie absichtlich oder zufällig unterbrochen hat, konnten wir bis zur Stunde nicht feststellen. Aber das ist jetzt auch unwichtig. Beide Clanmitglieder sind tot.«

»*Für mich* ist das sehr wichtig«, zischte es unter der Kapuze hervor.

»Man wird Ihnen die Identität des Narren mitteilen, der sich eingemischt hat, wenn wir seine Leiche einsammeln«, erklärte der Qwarm gelassen. »Im Augenblick wissen wir nicht mehr als Sie. Wir glaubten, dieses Wissen befände sich gemeinsam mit der verspäteten Vollendung Ihres uns erteilten Auftrages innerhalb Greifweite. Aber etwas ... geschah.« In den weisen alten Augen loderte es. »Der Clan hat über den Tod unseres Bruders und unserer Schwester große Wut empfunden. So etwas ist schon lange nicht mehr geschehen. Eine Strafe wurde beschlossen. Eine größere Gruppe von Clanmitgliedern, die größte, die sich seit geraumer Zeit an einem Ort gesammelt hat, wurde damit beauftragt, die gebührende Vergeltung zu üben.«

Jetzt machte der Ärger des Qwarm einem Gefühl der Verwirrung Platz.

»Zunächst wurde angenommen, daß der Störenfried alleine handelte, aber dies war offenbar nicht der Fall. Er verfügt über mächtige und bis jetzt noch nicht identifizierte Gefährten oder Verbündete. Wir wissen lediglich, daß keiner von ihnen mit der Regierung in Verbindung zu stehen scheint. Und alle versammelten Clanmitglieder wurden auf geheimnisvolle Weise ermordet.« Lange täuschend dünne Finger öffneten und schlossen sich langsam.

Die verhüllte Gestalt verfolgte diese Bewegungen vorsichtig. Dieser alte Mann war gefährlich, wie eine Waffe, die schon oft gebraucht worden war — äußerlich abgegriffen und stumpf wirkend, aber immer noch ein effizientes Tötungswerkzeug. Es wäre nicht gut, ihn unter Druck zu setzen, besonders nicht in seiner gegenwärtigen Stimmung.

»Wenn keine offizielle Stelle der Kirche oder des Commonwealth eingeschaltet ist«, meinte die zischelnde Stimme, »dann ist immer noch Zeit, diese Angelegenheit befriedigend abzuschließen.« Und dann fügte der Kapuzenmann hinzu, als wäre ihm das eben erst eingefallen:

»Es ist Ihnen doch klar, daß die zusätzliche Zeit nicht honoriert werden wird.«

»Das ist ohne Bedeutung.«

»Wirklich?« Jetzt klang die flüsternde Stimme erstaunt. »Ich dachte, Geld wäre für Ihresgleichen von überragender Bedeutung. Sie sind doch Geschäftsleute.«

»Wir sind in erster Linie ein Clan, eine ausgedehnte Familie«, verbesserte ihn der Qwarm, »Geschäftsleute nur in zweiter Linie. Unser Ruf bietet uns mehr Schutz als unsere Fähigkeiten. Deshalb geht es nicht an, daß jemand, der einen einzigen Qwarm tötet, überlebt, um davon zu sprechen. Solche Berichte würden unsere Effizienz beeinträchtigen und isolierte Mitglieder unseres Clans gefährden.«

»Dieses Geschäft des Tötens ist dennoch ein Geschäft«, wisperte die verhüllte Gestalt unter ihrer Kapuze.

»Seien Sie beruhigt«, erwiderte der Qwarmanführer. »Ob wir das als eine geschäftliche Angelegenheit oder als eine Sache der Clanmoral betrachten, sollte Sie nicht betreffen. Sie haben uns engagiert. Wir werden den Vertrag für Sie befriedigend erfüllen — und selbst, wenn wir dazu bis ans Ende der Galaxis reisen müßten.«

»Ich wünsche Sie nicht wieder zu sehen, solange Sie mir nicht den Vollzug dieses Auftrages berichten können«, erklärte die Gestalt mit fester Stimme. Die Worte des Qwarm schienen sie nicht beeindruckt zu haben. »Ob Sie diesen Störenfried oder seine Freunde töten, ist Ihre Angelegenheit. Töten Sie, so viele Sie müssen, aber töten Sie an erster Stelle das Geschöpf, welches Abalamahalamatandra heißt.«

»Wie ich schon erklärt habe, wird das geschehen.« Damit schien die Zusammenkunft beendet, nur, daß den Qwarm plötzlich ein Anflug menschlicher Neugierde überkam. Einen Augenblick lang wurde unter der professionellen Maske das von Gefühlen gelenkte Geschöpf sichtbar.

»Ich würde immer noch gerne wissen, weshalb Sie oder sonst jemand, bereit — nein, geradezu erpicht darauf — sind, die absurde Summe von einer Million Kredits für die Tötung eines einzigen Exotenwesens zu zahlen.«

»Das kann ich mir vorstellen«, erwiderte die verhüllte Gestalt, in deren Stimme jetzt eine Andeutung von Heiterkeit mitklang. Sonst nichts. Und als er es dabei bewenden ließ, war klar, daß die Diskussion beendet war.

Als der Qwarm sich umwandte, um den Raum zu

verlassen, sah er, wie sich die verhüllte Gestalt bewegte. Aus dem Korridor fiel Licht durch die offene Tür. Trotz der schnellen Bewegung der Gestalt spiegelte sich der Lichtstrahl in der Dunkelheit unter den Falten in einem Auge, das ganz bestimmt keinem Menschen gehörte.

Andererseits, überlegte der Qwarm, während er den Korridor im zweiundachtzigsten Stockwerk entlangschritt, vielleicht hatte er das, was er gesehen hatte, auch falsch interpretiert.

Nicht, daß es etwas zu bedeuten gehabt hätte. Der Qwarmclan hatte schon oft Aufträge von Nichtmenschen und Nichtthranx angenommen. Der Wunsch seines augenblicklichen Auftraggebers, anonym zu bleiben, war nicht ungewöhnlich.

Aber, als er das Bürogebäude verließ, kochte in ihm die Wut, auch wenn er sich nichts anmerken ließ. So viele Angehörige des Clan tot! Die Leute sahen sein entschlossenes Gesicht und machten ihm Platz. Dieser Auftrag hatte für den Clan ganz andere Dimensionen angenommen. Es hatte keine Bedeutung, daß niemand, abgesehen von einer einzigen Frau und ihrem Kind — die inzwischen schmerzlos, wenn auch etwas verspätet, eliminiert worden waren —, vom Mißerfolg der Qwarm auf der Handelswelt Moth erfahren hatten. Es reichte schon, daß die Qwarm selbst es wußten. Es reichte, daß man sie geärgert hatte.

Und so kam es, daß die Behörden im ganzen Commonwealth die ungewöhnliche Aktivität schwarzgekleideter Männer und Frauen auf verschiedenen Welten registrierten und sich darüber wunderten. Noch mehr hätten sie sich gewundert, wäre ihnen bekannt gewesen, daß all diese hektische Aktivität von den Handlungen eines einzigen, unschuldig aussehenden jungen Mannes verursacht worden war ...

05

Die *Teacher* bog in einen Parkorbit über Alaspin ein. Ein paar Vorbereitungen, und sie befanden sich auf ihrem Wege zur Oberfläche des Planeten.

Pip zischte leise, während Flinx über das nachdachte, was er während ihrer Reise zu der Grenzwelt erfahren hatte, der sie sich jetzt näherten. Der Planet war warm, wenn auch nicht besonders feucht, und bestand in erster Linie aus Dschungelflächen, die zwischen weiten Savannen und schilfigen Flußebenen eingestreut waren. Nach den Maßstäben des Commonwealth war Alaspinport eine Kleinstadt. Diese wenig erforschte Welt hatte ohnehin nur eine sehr bescheidene Homanx-Bevölkerung.

In Anbetracht dieser Tatsache hatte Flinx die Zahl der Schiffe, die um Alaspin kreisten, überrascht. Der interstellare Verkehr schien offenbar in einem Mißverhältnis zur Bevölkerungszahl zu stehen. Eigentlich hätte ihn das nicht überraschen dürfen, denn Alaspins Reichtum bestand aus zwei Dingen: Edelsteinen und Geschichte. Die Prospektoren, Bergwerksgesellschaften und die zahllosen Universitäten und Forschungsinstitute mit Interessen auf dem Planeten erklärten den dichten Verkehr zwischen der Oberfläche und dem Weltraum.

Trotz der Überfüllung war es kein Problem, sein Shuttle im Raumhafen unterzubringen. Es standen genügend Wohnungen zur Verfügung, und er nahm sich ein Zimmer in einem bescheidenen Hotel in der Stadt.

Als er durch die heißen Straßen schlenderte, sah er, daß die Bevölkerung fast zu gleichen Teilen aus Menschen und Thranx bestand. Vielleicht überwog sogar der Anteil der geschäftigen aktiven Insekten. Die Trokkenheit tat ihnen gut, und in der Mittagshitze fühlten sie sich sogar wohl.

Die Mischung aus Wissenschaftlern und Glücksrittern war eigenartig. Flinx kam an ein paar beflissenen

Individuen vorbei, die erregt über exotische Soziologie debattierten, und hörte dann ein Gespräch mit an, das sich mit Schmuggelkosten auf Catschalot befaßte. Alaspin hatte Überfluß an zwei Institutionen: Bibliotheken und Bordellen.

Eine der größten mehrrassigen Bevölkerungen in diesem Teil der Galaxis hatte sich hier entwickelt und war wieder dahingegangen, ehe das Commonwealth mehr als ein Traum in den Augen einiger weitsichtiger Visionäre gewesen war. »Es stimmt schon, Flinx«, erklärte ihm die üppige Portiersfrau mit dem hennagefärbten Haar, als er ins Hotel zurückkehrte. »Es heißt, die Alaspinianer hätten die ganze Commonwealthregion und noch mehr erforscht.«

»Warum gibt es dann keine mehr?« fragte er. Eine nicht unvernünftige Frage, wie er fand.

Sie zuckte die Achseln. »Nach dem, was mir diese Wissenschaftler alles erzählt haben, hatten die Leute hier zwar Spaß an Forschungsexpeditionen, dachten aber nie daran, irgendwo Kolonien zu errichten.« Sie schob sich die verschiedenen Träger und Bänder unter ihrem gelbsilbernen Kleid zurecht, während sie ihm die Bedienung und die Funktion der Wasserrückgewinnungs- und anderen Geräte in seinem Zimmer erklärte.

»Xenohistoriker, die hier wohnten, sagten mir, daß die Alaspinianer vor weniger als achtzigtausend terranischen Standardjahren ausgestorben sind. Sie glauben, es sei stufenweise geschehen, nicht plötzlich. So, als hätten die Alaspinianer das volle Leben ihrer Rasse ausgelebt und wären dann müde geworden und hätten beschlossen, zu versickern.« Sie betätigte einen Schalter am Luftreiniger, und ein leises Summen ertönte, worauf kühle Luft den Raum erfüllte.

Das grellrote Haar in Verbindung mit dem aufdringlichen Make-up waren Tarnung, vermutete er. Unter dieser Fassade verbarg sich ein verletzbares Wesen, das ihm sympathisch war.

»Sie sind ein gutes Stück jünger als die meisten Einzelgänger, die hierher kommen, Flinx. Sie sagen, Sie seien kein Prospektor?«

»Nein«, gestand er und begann sich zu fragen, ob sie wirklich so verletzlich war, wie er das vermutet hatte. Er lächelte auf eine, wie er hoffte, angenehme und doch neutrale Art. »Ich neige mehr zur Forschung — man könnte sogar sagen, zur Soziologie.«

»Schon gut«, erklärte die Wirtin freundlich. »Ich mag auch Intellektuelle, wenn sie nicht versnobt sind. Sie sind nicht versnobt, denke ich.«

Ab ersparte Flinx die Notwendigkeit eines Kommentars, indem er mit einem besonders lauten Reim dazwischenfuhr. Abgelenkt sah die Hotelbesitzerin den Exoten etwas angeekelt an.

»Wollen Sie dieses Ding bei sich behalten?«

»Wenn Sie es erlauben. Ab stört nicht. Er wird niemanden belästigen.«

»Das ist mir gleichgültig«, meinte die Frau. »Ist er sauber?«

»Soviel ich weiß, ja.«

Sie runzelte die Stirn. »Was soll das jetzt bedeuten?«

»Ab führt etwaige unangenehme Körperfunktionen, sofern er überhaupt solche hat, in meiner Abwesenheit aus.«

»Dann ist es schon gut. Ich weiß nur nicht, ob ich Ihnen jetzt ein Doppelzimmer oder ein Einzelzimmer berechnen soll. Was meinen Sie?«

»Was immer Sie für angemessen halten«, riet ihr Flinx.

Das hätte er nicht sagen sollen. Sie grinste breit. »Was ich für angemessen halte? Ich werde es mir merken.« Ihre Augen musterten ihn abschätzend. Irgendwie hatte er den Eindruck, daß sie nicht seine Kleidung bewunderte. »Ja, Sie sind ein gutes Stück jünger als die meisten. Wenn Sie etwas brauchen ... später ... wenn die Klimaanlage nicht richtig funktioniert, dann sagen

Sie es mir.« Ihre Stimme klang jetzt tiefer. »Untertags ist es hier heiß, aber nachts wird es recht kalt.«

Flinx schluckte. »Ich sage Ihnen ganz bestimmt Bescheid, Ma'am.«

»Mirable«, verbesserte sie ihn. »Mirable Dictu.« Sie ging mit schwingenden Hüften zur Türe. »Nett, jemanden zu finden, der nicht so fanatisch auf das erpicht ist, weshalb er hierherkam. Die Wissenschaftler kommen vor lauter Denken zu nichts anderem, und die Prospektoren sind zu blöd dazu. Gut, endlich einmal einen Gast zu haben, der ein wenig von beidem hat.«

Sein letzter Blick erfaßte ihre sympathisch wogende Gestalt, welche die Treppe hinunterging. Beinahe hätte er ihr nachgerufen. Freilich ... er seufzte, solange er sein eigentliches Anliegen nicht erledigt hatte, war für solche Spielereien keine Zeit. Sollte Alaspin sich freilich als Sackgasse erweisen, wie er das beinahe vermutete, dann bestand durchaus die Möglichkeit, daß er nicht nur die Zeit, sondern vielleicht sogar das Bedürfnis zu so mitfühlender Gesellschaft haben würde. Und in diesem Falle würde er nichts gegen eine etwas tiefer gehende Freundschaft mit der üppigen Mirable haben. Sie war die erste, bei der er sich nach dem hünenhaften Mann mit dem weißen Haar und dem goldenen Ohrring erkundigt hatte. Wie erwartet, kannte Mirable niemand, auf den die Beschreibung paßte.

Einige Tage der Erkundigungen in der Stadt förderten zwar die Erinnerung an zahlreiche Männer mit Ohrringen zutage, wobei einige der Schmuckstücke auch aus Gold oder zumindest goldfarben waren. Aber wenn die Männer die richtige Größe hatten, trugen sie keinen Ohrring, und wenn sie einen Ohrring trugen, waren sie unweigerlich zu klein. Und wenn wirklich einmal Größe und Ohrring zusammentrafen, war ihr Haar braun oder rot oder schwarz.

Ein Frachterkapitän berichtete Flinx schließlich von einem Freund, auf den die Beschreibung beinahe paßte.

Nur bezüglich der Farbe des Ohrrings war er sich unsicher. Flinx spürte den Mann voll Erregung auf und stellte fest, daß er immer noch in Alaspinport arbeitete. Unglücklicherweise war er erst zweiundzwanzig Jahre alt und hatte sein ganzes Leben lang Moth noch nicht betreten, noch kannte er irgend jemanden, der ihm glich und älter war.

Diese letzte Enttäuschung hatte Flinx beinahe dazu veranlaßt, aufzugeben.

»Ich bin enttäuscht, mein gut aussehender junger Gast«, hatte Mirable ihn verspottet, »so viele Jahre suchen Sie schon, und jetzt sind Sie nach ein paar Tagen bereit, alles aufzugeben?«

Also blieb er auf Alaspin und stellte weiterhin Fragen.

Die Nachforschungen, die er am nächsten Tage in der Stadt anstellte, erbrachten keine konkreten Ergebnisse, führten Flinx jedoch in das Büro eines gesprächigen und begeisterten Beamten. Er war für Besuchervisa zuständig, und Flinx mußte ihn aufsuchen, um einen Stempel in seine Papiere und damit die Erlaubnis zu weiterem Aufenthalt auf Alaspin zu erhalten.

»Die Einreise nach Alaspin ist streng begrenzt und wird sorgfältig überwacht«, schwätzte der Beamte. »Einen Vorgeschmack von unseren Sicherheitsmaßnahmen haben Sie ja bereits bei der Landung erlebt.« Flinx nickte. Für eine Grenzwelt waren sie ihm wirklich ungewöhnlich gründlich vorgekommen. »Das ist wegen der Edelsteine.« Der Beamte zwinkerte ihm zu. »Die Polizei muß alles im Auge behalten. Claimdiebstähle, Raub — das gibt es hier alles. Eine Würze des Lebens sozusagen.«

Sicher, dachte Flinx, solange du in einem netten kühlen Büro sitzen und zusehen kannst, wie die Verhaftungen und die Schießereien im Tridi ablaufen.

»Und es sind nicht nur die Steine«, fuhr er fort. »O nein. Dauernde Streitigkeiten zwischen den Forschungsleuten und den Prospektoren. Andauernd.

Wirklich kein Kinderspiel, den Frieden zwischen denen zu bewahren. Jede Gruppe blickt auf die andere herab. Die Wissenschaftler glauben, daß die Bergleute destruktive Neandertaler sind, und die Bergleute halten die Wissenschaftler für Träumer mit unbeschränktem Kredit.«

»Ich versteh' das nicht«, gab Flinx zu. »Reibereien kann ich mir vorstellen, aber dauernde Auseinandersetzungen — weshalb denn? Haben denn die beiden Gruppen nicht völlig unterschiedliche Ziele?«

Der Beamte schüttelte über soviel Unwissenheit den Kopf. »Ich will Ihnen ein Beispiel geben. Haben Sie je von der idonischen Maske gehört?«

Flinx schüttelte den Kopf.

»Sie hat sechzehn Leute das Leben gekostet, auf Alaspin und anderwärts, ehe sich das Commonwealth schließlich eingeschaltet hat. Dann wurde sie zum öffentlichen Eigentum erklärt und für das Museum für Prä-Commonwealth-Geschichte auf Hivehom beschlagnahmt.« Er sah Flinx an. »Die Maske war etwa so groß wie Sie und doppelt so breit, Flinx, und mit sechzigtausend Karat lupenreinen blauen Diamanten besetzt, die das Gesicht und die Geschichte eines lange verstorbenen lokalen Gottes oder Politikers oder Obergangsters darstellen — genau wissen die das noch nicht. Alles das auf bearbeitetem, gegossenem Crysorillium.«

»*Davon* habe ich natürlich gehört«, unterbrach ihn Flinx.

Der Beamte nickte und lächelte weise. »Hmm ... ein seltenes Schwermetall, das ein wenig wie glänzendes Azurit aussieht, nur grüner und sehr viel zäher. Die Thranx nennen es *Fonheese* Devoriarmetall. Sie zahlen Unsummen dafür, aber für Menschen ist es noch viel wertvoller, weil es auf der Erde keines gibt, und auf den anderen erforschten Welten auch nur sehr wenig. Hier nennt man es Blaues Gold.

Ein herumziehender alter Prospektor hat die Maske vor vierzig Jahren gefunden«, fuhr der Beamte nach einer Weile fort. »Ich erinnere mich noch gut an die ersten Faxmeldungen darüber. Wirklich schön. Die Wissenschaftler hier wurden halb verrückt dabei. Sie sagten, der Fund enthielte Hinweise auf hundert Jahre vergessener alaspinianischer Geschichte. Der Prospektor und seine Freunde interessierten sich natürlich nur dafür, wie viele Diamanten und wie viele Kilo Crysorillium sie daraus gewinnen konnten. Die Maske wechselte einige Male den Besitzer, einmal befand sie sich in den Händen von Bergleuten, dann wieder in den Händen von Wissenschaftlern, und so ging das eine Weile, wobei bei jedem Besitzwechsel ein wenig Metall und ein paar Diamanten verschwanden, die durch Blut aufgewogen wurden. Ich erinnere mich an die Geschichte von zwei Thranx-Wissenschaftlern, die zur gleichen Zeit eine identische Interpretation der Beschriftung der Maske in der oberen Hälfte veröffentlichten. Am Ende duellierten sich die beiden und brachten sich gegenseitig um. Deshalb mußte sich das Commonwealth einschalten und das Ding übernehmen, um zu verhindern, daß es zu weiteren Todesfällen kam. Trotzdem wurden die letzten zwei Leute, welche die Maske ›tötete‹, bei dem Versuch ermordet, ein Komplott auszuhecken, in das Museum einzubrechen und sie zu stehlen.«

Er deutete mit einer weit ausholenden Handbewegung auf die Straße vor seinem Fenster. »Nach allem, was man inzwischen herausbekommen hat, heißt es, daß es auf Alaspin früher einmal einige hundert verschiedene Gesellschaftsformen gab, die von einem weltweiten technischen System mit genormten Maßen und Gewichten und dergleichen geeint waren. Aber jede Gesellschaft war anders. Es gibt Zehntausende kartographisch erfaßter Ruinen dort draußen, junger Mann, und das ist sicher noch niedrig gegriffen. Jede Kultur verehrte ihre eigenen Götter. Sehen Sie, damals machte man geradezu einen Sport daraus, die luxuriösesten Tempel zu bauen. Dschungel und Sumpf haben den größten Teil verschlungen, aber dort draußen ist immer noch ein Paradies für Schatzsucher, für jeden, der das Wetterrisiko und die Gefahren der feindlichen Flora und Fauna und der Eingeborenen auf sich nehmen will.«

»Eingeborenen?« rief Flinx aus. Und das reichte bereits, um den Beamten wieder in Schwung zu bringen.

»Die hier tätigen Soziologen sind sich hinsichtlich dieser Eingeborenen nicht einig. Sie scheinen den Rekonstruktionen der ursprünglichen Alaspinianer nicht sehr zu ähneln. Keiner kann mit Sicherheit sagen, ob es sich um degenerierte Überreste der ursprünglich herrschenden Lebensform handelt oder einfach eine weitere halbintelligente Gruppe, die sich inzwischen entwickelt hat.« Er wühlte in einigen Bändern herum. »Ich muß jetzt wieder an meine Arbeit, junger Mann. Tut mir leid, wenn ich Sie gelangweilt habe.«

»Nein, das war überaus interessant«, versicherte Flinx.

»Das ist Alaspin eben, junger Freund. Ein Ort, wo man sich ein Vermögen und einen Ruf erwerben kann, manchmal sogar beides zusammen. Und es tut mir leid«, fügte er dann hinzu und erinnerte sich an den ursprünglichen Anlaß des Besuches, »aber den Mann mit dem Ohrring, den Sie suchen, kenne ich nicht.«

Flinx verließ das Büro und schlenderte ziellos durch die Stadt. Mit beiläufigen Gesprächen und mehr oder weniger gezielten Fragen war er nicht weitergekommen. Die beste Chance, doch noch etwas zu erfahren, lag jetzt bei den Friedenshütern des Commonwealth. Bei ihnen sollte es Aufzeichnungen über jeden geben, der jemals diese Welt betreten und die Einreisekontrolle durchlaufen hatte. Aber wenn er eine direkte Frage stellte, würde das wahrscheinlich zu Gegenfragen führen. Die Polizei lieferte nicht jedem, der einfach von der

Straße hereinkam und danach verlangte, Faxbilder und -biographien einzusehen, Auskunft. Er konnte sich nicht vorstellen, daß sie ihn unterstützen würden, wenn er nicht einige Antworten gab — Antworten, die Flinx vorzog, für sich zu behalten.

Er schlenderte am Verkaufsstand eines Straßenhändlers vorbei, ließ eine Schokoladenstange mitgehen und legte sie wieder zurück, ohne bemerkt zu werden. Es war nicht leicht, seine alten Gewohnheiten aufzugeben. Aber das richtige Faxband zu stehlen, würde schwierig sein, wenn nicht unmöglich.

Also blieb ihm nur die Aussicht auf endlose Fragen. Wahrscheinlich war es ein Fehler gewesen, hierherzukommen. Mutter Mastiff hatte recht — er würde nichts finden. In seiner Verärgerung bemerkte er gar nicht, daß er durch ein Stadtviertel ging, in dem er vorher noch nie gewesen war.

Außerdem waren da noch seine Verpflichtungen gegenüber den Ulru-Ujurrianern. Wenn er kein Auge auf sie hatte, könnte ihr unschuldiges Experiment sich als gefährlich erweisen, gefährlich für sie selbst und für andere. Sie brauchten ihn, damit er ihnen die Regeln der Zivilisation erklärte, während sie sich ihre eigenen Regeln aufbauten. Weshalb vergeudete er also seine Zeit? Wahrscheinlich hatte der Mann, den er suchte, noch nie seinen Fuß auf den Boden Alaspins gesetzt und sich seinen Minidrach anderswo beschafft, ebenso wie Flinx das getan hatte. Die Zeit verstrich. Nicht mehr lange, und er würde zwanzig sein. Zwanzig! Ein alter Mann.

Auf seiner Schulter bewegte sich etwas und veranlaßte ihn, den Kopf halb zur Seite zu wenden und leise zu sagen: »Ich weiß schon, Pip ... keine Angst.« Der Minidrach starrte ihn aus besorgten Schlitzaugen an. »Ich bin nur nervös, sonst nichts.« Aber Flinx' Gemütszustand war es gar nicht, was den Minidrach beunruhigte. Das lag vielmehr vor ihnen.

Eine Gruppe von Ortsansässigen — Prospektoren ihrer Kleidung nach zu schließen — unterhielt sich vor einem Etablissement, dessen Fassade selbst im grellsten Licht des späten Nachmittags noch auffällig wirkte. Soeben war eine Unterhaltung zwischen einigen Bergleuten beendet worden, und ein Mann und zwei Frauen gingen nun die Straße hinunter. Sie wandten sich noch einmal um und winkten den beiden zurückbleibenden Männern zu, worauf diese in das Gebäude gingen.

Einen der beiden konnte Flinx sich ganz genau ansehen, den anderen weniger. Der eine Mann war klein und seine Haut dunkler als die von Flinx, aber nicht ganz schwarz. Schwarz hingegen war sein Haar, das ihm glatt und gerade bis auf die Schultern fiel. Die Bakkenknochen standen hervor wie Äpfel in der Tasche eines Kindes, und seine Nase war scharf geschnitten und gebogen wie die Tragflächen eines Atmosphäregleiters. Der andere Mann war bei weitem nicht so dunkelhäutig und schien einer anderen Volksgruppe anzugehören.

Diese Einzelheiten waren interessant, aber gleichgültig im Vergleich zu dem, was Flinx und seinen Minidrach hatten stutzen lassen. Jeder der beiden Männer trug auf seiner Schulter ein zusammengerolltes Geschöpf, einer auf der linken, der andere auf der rechten Schulter. Selbst aus der Ferne war die blau-rosarote Farbe der ineinander verschlungenen Konturen nicht zu verkennen.

Minidrachs!

Zahme Minidrachs, wahrscheinlich ebenso domestiziert wie Pip. Sein eigenes Reptil war der einzige Miniaturdrachen, den Flinx je gesehen hatte. Er hatte zwar gewußt, daß Pip von Alaspin stammte, hatte aber keine Ahnung gehabt, daß es hier durchaus üblich war, diese giftigen Geschöpfe zu Haustieren zu machen. Weit verbreitet konnte diese Angewohnheit nicht sein, schließlich hatte er den größten Teil der Stadt zu Fuß durchstreift, ohne irgendwo zahme Flugechsen zu sehen. Bis jetzt.

Er beschleunigte seine Schritte, bis er den Eingang erreichte. Wenn seine Reise schon sonst erfolglos sein sollte, würde er hier wenigstens etwas über Pip erfahren. Die beiden Männer, die hier hineingegangen waren, wußten ganz bestimmt mehr über Minidrachs, als Flinx bis jetzt über seinen eigenen hatte in Erfahrung bringen können. Schließlich lebten sie auf dem Herkunftsplaneten dieser Reptilien. Da er die beiden Männer zusammen sah, vermutete er, daß das Band zwischen Mensch und Reptil auch zu einer ähnlichen Bindung zwischen Menschen führte, die imstande waren, solch gefährliche Tiere zu zähmen. Es war dies eine Vermutung, die zu gleichen Teilen auf Naivität und Vernunft aufgebaut war. Wenn er recht hatte, würden sie ihn als Freund begrüßen.

So sehr es ihn zu den beiden Männern drängte, ließ ihn der Eingang zu dem Gebäude doch stocken — die beiden Männer hatten nämlich eine Traumhölle betreten. Flinx war mit den übel beleumundeten und selten geduldeten Traumzellen vertraut. Auch in Drallar gab es sie, allerdings nur in Gegenden, die dem nackten Vergnügen dienten und wo der Arm der Behörden nicht hinreichte.

In einer Traumzelle wurden die Gedanken eines Individuums gelesen, verstärkt und dreidimensional im Bewußtsein des Besuchers dargestellt. Das traumähnliche Simulacrum sprach alle Sinne in gleicher Weise an: man konnte es sehen, riechen, betasten, alles.

Natürlich war eine Traumzelle etwas höchst Persönliches und Privates. In eine private Zelle einzudringen und damit an irgendeinem ganz persönlichen Traum teilzunehmen, galt im ganzen Commonwealth als ein abscheuliches Beispiel schlechter Manieren.

Aber das machte die Sache nur noch anziehender. Schließlich erlaubten die Zellen es einem jeden, auch den Bescheidensten, denn der Eintrittspreis war niedrig, sich von den schändlichsten, bösartigsten und lasterhaftesten Phantasien zu reinigen, so widerlich sie auch sein mochten, ohne irgend jemandem dabei ein Leid zuzufügen — nur daß zahlende Gäste an diesen Ausschweifungen teilhaben konnten.

Da es den Zellenbesitzern gleichgültig war, in welchen Lasterträumen ihre Besucher schwelgten, galten Traumhöllen als obszön und waren von manchen Regierungen in Acht und Bann getan worden. Es war zu einer großen Auseinandersetzung der Juristen gekommen, und am Ende war die Entscheidung zugunsten der Zellenfabrikanten getroffen worden. In der Auseinandersetzung wurde viel von der Gedankenfreiheit als einer der wichtigsten Säulen des Commonwealth gesprochen, und sie war es auch, die schließlich den Sieg über die Zensurbehörden davongetragen hatte. Das und die Expertenaussage eines Medizinerteams der Kirche. Das Team hatte bittere Klage darüber geführt, welch verwerflichen Zwecken manchmal die Zellen dienten. Jedoch gleichzeitig erklärt, daß von ihnen ein beachtlicher therapeutischer Nutzen ausging.

Das Etablissement, vor dem Flinx stand, stellte gleichsam einen Höhepunkt — man hätte auch sagen können, einen Tiefpunkt — dieser Industrie dar. Eine Traumhölle war praktisch eine erheblich vergrößerte Traumzelle, die ein ganzes Etablissement umgab. Ein Restaurant, eine Bar, manchmal sogar ein Reisebüro. Hier wurden dreidimensionale Illusionen im großen Stil projiziert. Die Anlage lieferte eine stets sich wandelnde Umgebung, die von zufälligen Gedanken der Besucher aufgebaut wurde, in die jedoch vorprogrammierte Simulacra eingeblendet wurden. Der Reiz des Ganzen bestand darin, daß man nie wußte, wo man sich im nächsten Augenblick wiederfinden würde.

Traumhöllen wetteiferten miteinander in Detailreichtum ihrer Programmierung und Intensität ihrer Projektionen. Häufig kam es dazu, daß nichtsahnende Besucher nach dem Verlassen an Halluzinationen litten und sich außerstande sahen, mit dem schnellfeuerartigen Wechsel von Umgebungen zurechtzukommen. Aber solche Fälle waren so selten, daß sie nicht zu einer Schließung der Traumhöllen führten. Immerhin waren jedoch auf den meisten Planeten Gesetze erlassen worden, die die Besitzer der Etablissements dazu verpflichteten, entsprechende Warnungen anzubringen.

Es gab noch zusätzlichen Schutz, wie Flinx feststellte, als er die Eintrittsgebühr bezahlte und das Gebäude betrat. Er fand sich in einem langen dunklen Korridor, dessen Wände leuchtende Dioramen mit Szenen von verschiedenen Welten zierten. Das Ganze war mehr als ein bloßer Eingangskorridor. Er spürte, wie es in seinem Bewußtsein prickelte.

Hinter jenen Wandgemälden verbarg sich aufwendiges elektronisches Gerät, welches von den Gesetzen vorgeschrieben war. Scanner tasteten sein Gehirn nach Schwachstellen ab. Wenn diese Anlagen zu dem Schluß kamen, daß sein Bewußtsein durch den stetigen Umgebungswechsel Schaden davontragen könnte, würde ein Alarm ausgelöst werden und menschliche oder mechanische Wärter würden auftauchen und ihn auffordern, sich sein Amüsement an anderer Stelle zu suchen.

In Traumhöllen durften auch Getränke und Speisen angeboten werden, die das Bewußtsein stimulierten, und es gab keine Altersgrenze. Verlangt wurde lediglich eine feste und klare Beziehung zur Realität, die vom Alter unabhängig war. Man ließ auch Kinder ein, weil ihre naiven, farbigen Traumphantasien willkommene Abwechslung boten. Gelegentlich führte das zu peinlichen Szenen, wenn Eltern der Zutritt verwehrt wurde, während ihre Sprößlinge passieren durften.

Flinx ertappte sich bei dem Gedanken, wieviel Politikern wohl der Zutritt zu einer Traumhölle verwehrt werden würde. Daß die Maschinen auch Ab einließen, überraschte ihn nicht. Sein exotischer Begleiter hatte *überhaupt* keine Beziehung zur Realität, und so erlaubte man ihm auch den Zugang zu einem geringeren Wahnsinn, der vor ihnen lag.

Die Türe vor ihm pulsierte in rotem Licht und versprach ungeahntes Vergnügen. Eine sinnliche mechanische Stimme murmelte weich: »Sie haben den Eintritt bezahlt und sich damit Zugang zu unserer Palette von tausend Welten erworben. Das Tier, das Sie mit sich führen« — ein Hinweis auf Ab — »darf mit Ihnen eintreten, Sie müssen es aber unter Kontrolle halten. Wir laden Sie ein, sich bei den Erfrischungen zu bedienen, die wir Ihnen anbieten.« Flinx nickte. Wie er vermutet hatte, handelte es sich um eine Bar.

Die pulsierende rote Türe versank lautlos im Boden. Flinx atmete tief durch und trat ein. Die erste Reaktion, die er empfand, war eher eine Enttäuschung. Er befand sich in einem Raum, der gute drei Stockwerke hoch war. Freilich war die Bezeichnung ›Raum‹ eigentlich falsch. Statt auf Bänke, Nischen und eine Bar blickte er auf eine Strandszene, abfallenden Sandstrand mit einigen Felsbrocken. Es war Abend. Eine Sonne, die viel heißer und heller leuchtete als die von Moth oder Alaspin färbte die dahinziehenden Wolken weinrot. Der Himmel paßte zum Ozean, dessen purpurlavendelfarbene Wellen donnernd gegen den hellen Sand anrannten. Ein paar fremdartige Pflanzen wiegten sich träge in der heißen Brise. Fast hatte man den Eindruck, als folgten sie dabei einem unhörbaren Rhythmus.

Ganz in der Nähe lagen sich ein Mann und eine Frau in den Armen. Ihre verdreckte Prospektorenkleidung paßte schlecht zu der idyllischen Szene, aber das schien ihnen nichts auszumachen. Sie befanden sich ohnehin irgendwo anders. Durch lange Plastikrohre saugten sie irgend etwas aus einem der Felsbrocken.

»Wo sind wir?« fragte Flinx, dessen Neugierde stärker war als das Gefühl der Peinlichkeit, das Paar stören zu müssen.

Dem Mann schien das nichts auszumachen. Er nahm das Trinkrohr von den Lippen, blickte Flinx an und murmelte verträumt: »Quofum, denke ich, Quofum.«

Das war eine Welt, von der Flinx schon einmal gehört hatte. Soweit ihm bekannt war, lag sie weit außerhalb der Grenze des Commonwealth, irgendwo am inneren Rand des Spiralarms. Nur ein paar Menschen und Thranx hatten sie je besucht. Irgend etwas stimmte in dieser Region nicht mit der Struktur des Raum-Zeit-Kontinuums, etwas, das dazu führte, daß Quofum nur hin und wieder an den Koordinaten auftauchte, die in den Sternkatalogen verzeichnet waren.

Das legendäre Quofum, wo der Himmel so rein war wie das Gewissen einer Jungfrau und die weinfarbenen Meere nach allem schmeckten, was das Herz begehrte, von Ouzo bis Champagner. Quofum hatte vielfältige Ozeane, obwohl es kaum einen gab, dessen Alkoholgehalt nicht wenigstens neun Prozent betrug. Es ging die Rede, daß in den endlosen Meeren Quofums Fische schwammen, die nie unglücklich waren.

Er trat von der Treppe und stellte fest, daß seine Füße in warmen Sand einsanken. Dann stand er am Strand und blickte auf die See hinaus, die sich endlos bis zum Horizont erstreckte. Flinx kniete nieder und blickte zur untergehenden Sonne hinüber. Purpurner Zauber umgab ihn. Pip regte sich unruhig auf Flinx Schulter und riß ihn in die Wirklichkeit zurück. Die Szene war die perfekteste Illusion, die Flinx je erlebt hatte.

Er legte die Hände zusammen und schöpfte aus dem Meer. Der Geschmack des Wassers war voll, fruchtig und stark, mit einer kräftigen Blume, die der wärmende Einfluß seiner Hände noch verstärkte.

Als er aufstand, stellte er fest, daß sein Overall befleckt war. Er runzelte die Stirn.

Jemand lachte laut.

Er fuhr herum und entdeckte die beiden Minidrachzähmer, denen er gefolgt war. Sie lehnten an einem von den Wellen zernagten Felsen. Der mit der Adlernase rief ihm zu:

»Kommen Sie zu uns, junger Drachenzähmer.«

Sein Akzent war fremdartig, aber Flinx unbekannt.

Flinx ging den Strand hinauf und versuchte seine Kleider abzuwischen.

»Keine Sorge«, beruhigte ihn der Dunkelhäutige, »die Flecken sind wieder verschwunden, sobald Sie das Haus verlassen. Sie sind ebenso unecht wie der Sand und die trunkenmachenden Meere.«

Trotzdem konnte Flinx immer noch den Wein schmecken, die Feuchtigkeit spüren, wo sie seine Knie und Hände benetzt hatte, und der Sand unter seinen Füßen blieb heiß. Und doch fühlte er sich trotz der Hitze wohl. Kein Wunder, daß man nur Wesen mit einem sehr stabilen Realitätsbewußtsein den Zutritt zu solchen Orten gewährte. Wenn man die Wirklichkeit nicht fest im Griff hatte, konnte man hier seinen Verstand verlieren und nicht mehr zurückfinden.

Wie um seine Gedanken auf die Probe zu stellen, verschwand der Himmel über ihm plötzlich, ebenso wie die Landschaft rings um ihn. Als der kurze Augenblick der Desorientierung verstrichen war, sah er Sturmwolken über sich. Ein heftiger Regen prasselte herab, und unweit von ihm schlugen Blitze ein.

Flinx schüttelte die Tropfen ab, von denen er *wußte*, daß sie nicht wirklich waren, nur die Produkte einer so komplizierten und empfindlichen Maschinerie, daß nur wenige Homanx begriffen, wie sie funktionierte. Dennoch mußte er heftig blinzeln, denn der Regen störte seine Sicht.

Dschungel und hohe Farne umgaben ihn — eine angesichts des kalten Regens seltsame Vegetation. Er sah sich um, suchte den Eingang. Aber natürlich konnte er nichts sehen, das nicht zu dem Wald-Simulacrum paßte. Der Regen prasselte ihm auf Kopf und Schultern, und Pip suchte in den Falten von Flinx' Overall Zuflucht. Ab sang hinter ihm sein monotones Lied und schien den kalten Guß nicht zu spüren.

Nur ... Flinx fror nicht.

»Hier drüben sind wir«, rief ihm eine lachende Stimme zu.

Er blickte sich um, entdeckte aber nichts.

»Wo?«

»Hinter dem großen Baum, gerade vor Ihnen. Wir haben uns nicht bewegt.«

Flinx ging um einen meterdicken Stamm herum, der wie eine Kreuzung zwischen einer terranischen Riesentanne und ein paar schwarzen zusammengeflochtenen Echsen aussah. Während er um den Baum herumging, klopfte er gegen den Stamm. Ein lautes Bellen ertönte, so daß er unwillkürlich zusammenzuckte.

Seine Reaktion führte wieder zu einem Lachen, diesmal näher. Hinter dem Baum standen die zwei Minidrachzähmer, in der gleichen Haltung wie zuvor, nur, daß sie jetzt an einem verfaulten Baumstumpf lehnten. Das tote Holz war von Pilzen in allen Farben des Regenbogens bedeckt.

»Zum erstenmal in einer Traumhölle, junger Mann?« fragte der kleinere der beiden und grinste.

»Ja. Ich hatte zwar eine Ahnung davon, was mich erwarten würde, aber ...« — er atmete tief — »es ist doch schrecklich verwirrend. Besonders der plötzliche Wechsel.«

»Das ist ja gerade die Attraktion«, meinte der andere. »So wie bei allem im Leben.«

»Auf Habib dürfen sie nicht hören«, riet der Kleinere. »Ein einziger Drink, und schon fängt er an, sich für einen Philosophen zu halten.« Er streckte Flinx die Hand hin. »Ich heiße Pocomchi.« Er deutete mit einer Kopfbewegung auf Pip, der unter Flinx' Hemdkragen hervorgekrochen war. »Sie sind der Jüngste, den ich je mit einem zahmen Drach gesehen habe.«

Sie waren bereits bei Vornamen angelangt — das war gut so. Während Flinx die angebotene Hand schüttelte, streckte Pocomchi die andere aus. Er hielt einen großen fetten Pilz darin. Wenigstens sah es so aus. Flinx griff danach. Und als er das tat, hob sich der große dreieckige Kopf, der neben dem Hals des Kleinen ruhte. Ein leichtes Niesen der Echse, und alles war vorbei, dachte Flinx. Aber auf ein Wort seines Meisters hin zog der Kopf sich zurück.

Der Pilz war mit einer braunen Flüssigkeit gefüllt. Sie sah aus wie Fleischsoße, aber als Flinx davon kostete, war ihm, als hätte ihn ein Pferd getreten. Benommen reichte er das Gefäß zurück.

Pips Kopf bewegte sich unterdessen in ruckartigen tänzerischen Bewegungen auf und ab und nach links und rechts. Seine Erregung war verständlich. Seit Flinx ihn gefunden hatte, war dies das erstemal, daß er anderen Angehörigen seiner Gattung begegnete. Die beiden Minidrachs auf der Gegenseite waren offenbar eher daran gewöhnt, ihresgleichen zu sehen. Sie betrachteten Pip mit eher gelangweiltem Interesse.

»Ich heiße Flinx«, antwortete er, als er wieder atmen konnte. Die beiden nahmen ihm gegenüber Platz, und Flinx ließ sich auf einem anderen Baumstumpf nieder; die schwammige Pilzvegetation darauf wirkte wie ein Polster.

»Sagt mal, ist das ein Stuhl, auf dem ich sitze oder ...?«

»Da müßten wir genauso raten wie du«, meinte der Mann namens Habib. »Das Leben ist nun mal eine Illusion.«

»Jetzt geht das schon wieder los«, brummte Pocomchi gutgelaunt. Er deutete hinter Flinx. »Da sich das nicht verändert hat, vermute ich, daß es keine Illusion ist.« Flinx sah, daß der Mann auf Ab deutete.

»Ich bin für ihn verantwortlich. Total verrückt, aber völlig harmlos.«

»Ein komisch aussehendes Biest«, sagte Pocomchi. Er nahm einen Schluck aus seinem Pilz. Flinx studierte seinen Sitz. Er sah wie ein toter Baumstumpf aus. Und während er ihn noch musterte, verwandelte der Baumstumpf sich in ein achtbeiniges mit blauem Pelz bewachsenes Spinnengebilde, welches ihn aus großen Facettenaugen ansah. Aber es bewegte sich nicht und schien durchaus damit zufrieden zu sein, ihm als Sitzgelegenheit zu dienen. Flinx war stolz darauf, daß er nicht hochsprang.

Aber seinen neuen Freunden blieb sein Zucken nicht verborgen. »Ganz bestimmt zum erstenmal in einer Traumhölle«, gluckste Pocomchi, als der Himmel über ihnen plötzlich blaß wurde. Dann klang seine Stimme plötzlich neugierig, ohne daß sie deshalb unfreundlich wurde. »Und vielleicht auch das erste Mal auf Alaspin? Aber das kann nicht sein. Drachenmeister sind selten, Flinx. Ich kann mich nicht erinnern, dich schon einmal gesehen zu haben.«

»Ich komme schon von draußen«, gab er zu. Aus irgendeinem Grunde störte es ihn nicht, diesen Männern gegenüber aufrichtig zu sein. Jeder, der einen dieser empathischen Telepathen, die Minidrachs hießen, zu zähmen vermochte, konnte sie nur zur Verteidigung einsetzen, nie zum Angriff oder um andere damit zu bedrohen. Die Echsen waren dazu nicht bereit. Sie würden sich von vornherein gar nicht erst mit jemanden von solcher Sinnesart einlassen.

Wenn diese Männer ihm schon keine Informationen liefern konnten, so waren sie immerhin vielleicht als Verbündete zu gebrauchen.

»Nicht nur, daß ich das erste Mal hier bin«, fuhr er fort, »sondern auch Pip. Er wurde auf meinem Heimatplaneten ausgesetzt, als wir beide noch viel jünger waren. In gewisser Weise, denke ich«, fügte er hinzu und kraulte den Minidrach unter dem Flügelansatz, »ist das für ihn noch viel mehr eine Heimkehr als für mich.«

»Dein Drachen ist ebenso willkommen wie du«, versicherte ihm Pocomchi. Er lehnte sich gegen die Glieder eines Geschöpfes mit zahllosen Tentakeln. Und in dem Augenblick verwandelte sich das fremde oktopusähnliche Gebilde vor seinen Augen in einen kleinen Tornado. Der Wind heulte ringsum und zerrte an ihrer Kleidung. Der Dschungel war verschwunden.

»Habe ich nicht recht, Balthasar, alter Bursche?«

Pocomchi kraulte die Halsmuskeln seiner Echse. Der große Minidrach war offensichtlich ebensoviel älter als er größer war als Pip.

»Wie kommt man denn hier an einen Drink?« fragte Flinx.

»Wenn du nicht die Pilze oder die anderen Dekorationen versuchen willst«, erklärte ihm Habib, »kannst du dir immer einen Strohhalm zupfen.« Er beugte sich nach unten und zog ein rotes Rohr aus dem Boden. »Wenn dir das Illusionistische nicht so recht zusagt, gibt es dort hinten eine ganz gewöhnliche Mechano-Bar.« Er wies auf einen riesigen Vogel, der sich plötzlich in einen smaragdgrünen Kaktus verwandelte. »Ich ziehe die Rohre vor, weil das besser zum Traum paßt.«

»Das verstehe ich nicht«, gestand Flinx und griff mit einer Hand nach dem Rohr und musterte es unsicher.

Habib lächelte. »Die Flüssigkeit verwandelt sich mit den jeweiligen Umgebungen. Man weiß nie, was man als nächstes trinkt.« Flinx schnitt eine Grimasse, und Habib beeilte sich, ihn zu beruhigen. »Schlecht werden kann dir davon nicht. Das hier ist ein anständiges Lokal. In den Drinks sind genügend Chemikalien, um sicherzustellen, daß keinem schlecht wird. Der Besitzer hat einen Ruf zu verlieren. Wäre ja schließlich auch nicht gut, wenn die Gäste ihm die schönen Dekorationen vollkotzten.«

Habib nahm das Rohr wieder an sich, steckte es in

den Mund und lehnte sich zurück. »Wie bekomme ich eines?« fragte Flinx und suchte den Boden ab.

»An deiner rechten Hüfte ist eines«, erklärte Pocomchi. »Es hing am linken Bein des Spinnendings, auf dem du vor ein paar Minuten gesessen bist.«

Flinx blickte an sich hinunter und sah, wie der Wirbelwind, auf dem er saß, sich in einen blauen Stalagmiten verwandelte. Jetzt befanden sie sich in einer Höhle, die mit Formationen in allen Farben angefüllt war. Kalte Höhenluft umgab sie.

Einer der Stalagmiten an seinem Sitz war länger und etwas geradliniger als seine Umgebung. Außerdem war er flexibel, wie Flinx feststellte, als er daran zog. Er schob ihn sich in den Mund und sog vorsichtig daran. Ein dünner Sirup mit einem Geschmack, der an überreife Granatäpfel erinnerte, floß durch das Rohr. Aber schlecht wurde ihm von all der Süße nicht.

Es blieb noch genügend Zeit, die wichtigen Fragen zu stellen, sagte er sich. Für den Augenblick würde er die Genüsse der Traumhölle in sich aufnehmen und sich an der Gesellschaft dieser beiden netten Männer erfreuen.

06

Mindestens eine Stunde verstrich — wenn man auch in der Traumhölle die Zeit nicht messen konnte — ehe Flinx wieder etwas sagte.

»Was macht ihr beide?« Er musterte sie neugierig, den enthusiastischen schnellen Pocomchi und seinen eher träge und melancholisch wirkenden Begleiter. »Ihr gehört doch bestimmt nicht zu einem der Wissenschaftlerteams, die auf Alaspin tätig sind?«

»Wir — Archäologen?« lachte Pocomchi, und seine Augen blitzten in dem düsteren Licht. Sie befanden sich wieder in der Höhlenumgebung, die offenbar recht populär war. »Von diesen Eierköpfen findest du bestimmt keinen in einer Traumhölle, Flinx. Nein, die vergnügen sich lieber in der Stadtbibliothek, die das Commonwealth für sie unterhält.«

»Du siehst die Dinge etwas extrem, Poco«, meinte Habib. Er fuhr sich mit den Fingern durch das dichte, lockige schwarze Haar. »Selbst die Thranx unter ihnen sind nicht gerade Roboter. Schließlich sieht man hier drinnen ja auch Thranx, oder?« Damit wies er auf eine Ansammlung von funkelnden Aragonitkristallen, die zart wie Blumen wirkten. Ein männlicher und ein weiblicher Thranx lagen dazwischen auf dem Boden, ganz in die Illusionen und ihr Gegenüber versunken. Der Mann strich liebkosend über die Ovipositoren seiner Begleiterin.

Plötzlich verschwand die Höhle, und Schnee rieselte auf sie herab. Flinx saß jetzt auf einem rauhen Block aus massivem Eis. Trotzdem fühlte er sich nicht kalt an, wenn auch der Atem vor seinem Mund eine weiße Fahne bildete.

»Wir sind ziemlich viel unterwegs«, erklärte Pocomchi.

Habib lehnte sich gegen eine Schneewächte und trank flüssiges Silber aus seinem Rohr. »Tatsächlich tun wir eigentlich ... nicht viel, Flinx.« Er bemerkte, daß der Junge seinen Begleiter anstarrte. »Sag dem Rotschopf, woher du stammst, Poco. Wir haben keine Geheimnisse vor ihm.«

»Ich bin in ...«, Pocomchi zögerte. »Nun, sagen wir auf der Erde geboren und aufgewachsen, ziemlich genau in der Mitte von dem, was die Lehrer das Stundenglas nennen. In der Nähe eines Ortes, der Taxem heißt.« Flinx erklärte, daß der Name ihm nichts sagte, obwohl er das Stundenglas kannte, wo die beiden kleineren Kontinente aneinanderstießen.

»Eine alte archäologische Stätte«, fuhr Pocomchi fort. »Ich bin inmitten alter Tempel aufgewachsen. Als ich sieben war, fuhr ich einen Pflug im Maisfeld meiner Familie, als plötzlich etwas krachte und die Maschine stehenblieb. Ich saß stundenlang da und weinte, weil ich Angst hatte, ich hätte die teure Maschine kaputtgemacht.« Die Erinnerung ließ ihn lächeln.

»Meine Mutter hörte mich schließlich weinen. Du mußt wissen, ich trug damals wie die meisten Kinder immer ein Funkgerät bei mir, damit meine Eltern mich überwachen konnten ... Es gab Tiere in unserer Umgebung, die Jaguare hießen. Als sie und mein Onkel herauskamen und den Pflug etwas beiseitezogen, stellten sie fest, daß ich auf einen vergrabenen Steinkopf gestoßen war, der etwa zweieinhalbtausend Jahre alt sein mußte. Er lag auf unserem Land. Das Museum hat hundertfünfzig Kredits dafür bezahlt. Ich bekam zehn ganze Kredits davon, die ich ganz alleine ausgeben durfte. Ich hab' unseren Süßigkeitenladen fast leergekauft, und eine Woche lang war mir so schlecht wie einer Boa, die ein Stinktier verschluckt hat.« Er sog an seinem Rohr, das jetzt aus dem Kopf eines leuchtenden Fisches ragte. Flinx stellte interessiert fest, daß sie sich unter Wasser befanden. Blasen stiegen von seinem Mund und seiner Nase auf, und doch hatte er den Eindruck, saubere gute Luft zu atmen.

Seine Sinne begannen sich an die dauernden Veränderungen seiner Umgebung zu gewöhnen. Ab schien hinter ihm im Wasser zu schweben.

»Und seitdem versuche ich die ganze Zeit, über Köpfe und dergleichen zu stolpern, die Kredits einbringen«, schloß Pocomchi.

»Um es kurz und bündig zu sagen, er ist ebenso geldgierig wie ich«, warf Habib ein und lächelte schief. »Wir sind genauso schlimm wie die Händler von Moth.«

Flinx runzelte bei diesem etwas abschätzigen Hinweis auf seine Heimatwelt die Stirn, entspannte sich dann aber wieder. Weshalb sich ärgern? Schließlich war er ja kein Händler. Und wenn er wirklich einen Freund in diesem Gewerbe hatte, so standen dem mindestens ein Dutzend Feinde gegenüber.

»Jetzt weißt du, hinter was wir her sind«, murmelte Habib, der erklärt hatte, daß er aus einem Gebiet der Erde kam, welches sich Libanon nannte. »Hinter was bist du her?«

»Hinter einem Mann.«

Ab gab ein ziemlich langes, einigermaßen verständliches Reimfragment von sich. Habib beugte sich vor; er schien den Exoten zum erstenmal wahrzunehmen.

»Warum hast du den bei dir?«

»Das ist *sein* Begleiter«, feixte Pocomchi. »Flinx und ich tragen das gleiche Schicksal.«

»Ab ist mir einfach zugefallen«, erklärte Flinx, während Habib seinem grinsenden Partner einen mürrischen Blick zuwarf. »Ich habe es nicht übers Herz gebracht, ihn so mir nichts dir nichts auszusetzen, und ich bin nicht sicher, ob ich ihn verkaufen könnte. Außerdem taugt Ab zu nichts anderem als zu unsinnigem Gesang und dazu, daß man Witze über ihn reißt.«

»Ich hab' noch nie ein Wesen wie ihn gesehen«, gab Habib zu.

»Ich auch nicht«, fügte Pocomchi zu. »Die Hölle hat ihn eingelassen?«

»Ich glaube nicht, daß die Umgebung irgendeine Wirkung auf Ab hat«, meinte Flinx, während der Gegenstand ihres Gespräches Striche in den Schnee zog. »Hin und wieder klingt das, was er sagt, beinahe vernünftig. Ich fürchte, Ab existiert in einem eigenen Universum, das nur er versteht.«

Ab beugte sich vor, und eines seiner Augen starrte etwas auf dem Boden an. Offensichtlich bewegte sich dieses Etwas, weil Abs Kopf sich neigte und ihm folgte. Langsam schob sich sein Kopf und dann auch der Hals unter ihm durch, bis er das Übergewicht bekam und auf den Rücken fiel. Flinx lächelte mitfühlend, während beide Männer in Gelächter ausbrachen.

»Seht ihr?« sagte Flinx. »Er ist eine zu jämmerliche Kreatur, als daß man ihn einfach irgendwo aussetzen könnte.«

»Und du bist auch ganz bestimmt kein Sklavenhändler?« fragte Pocomchi plötzlich scharf. »Du siehst nicht so ...«

»Nein, nein«, wehrte Flinx ab und schüttelte den Kopf. »Ich suche hier nur einen bestimmten Mann.«

»Warum?« fragte Habib unerwartet direkt.

Flinx zögerte und meinte schließlich: »Aus persönlichen Gründen.«

»Willst du ihn umarmen oder umbringen?« drängte Habib mit entwaffnender Offenheit und ohne sich von Flinx abschütteln zu lassen. Aber schließlich war dies auch eine Grenzwelt, sagte sich Flinx, wo höfliche Subtilitäten wie ausweichende Antworten unbekannt waren.

»Da bin ich, ehrlich gesagt, nicht sicher, Habib«, gab er zu und überlegte zum erstenmal, was er tatsächlich tun würde, falls er das Objekt seiner Suche fand. »Das hängt davon ab, ob er das Ende meiner Spur ist oder einfach nur ein weiterer Wegweiser.« Er seufzte und wiederholte wohl zum hundertsten Mal seit seiner Landung auf Alaspin die Beschreibung des fraglichen Mannes:

»Ein sehr großer Mann unbestimmten Alters, aber nicht jung. Über zwei Meter groß, mindestens hundert Kilo. Trägt einen goldenen Ring im rechten Ohr oder hat das zumindest einmal getan. Vielleicht hat er auch einen Minidrach bei sich. Und verweisen Sie mich nicht an den Frachtbeamten am Hafen, mit dem habe ich bereits gesprochen, und er ist nicht derjenige, den ich suche.«

»Das klingt so, als könnte es ...«, murmelte Habib nachdenklich, aber sein Begleiter fuchtelte bereits erregt mit den Händen herum.

»Sicher kennen wir ihn.«

Flinx erschrak und rutschte von seinem Eisblock, um in einem Tümpel aus dickem Petroleum zu landen. Sie befanden sich jetzt wieder in einem Sumpf, diesmal in einem dunklen Morast, umstanden von Dschungelgewächsen, an deren Ästen schnatternde kohlrabenschwarze Kreaturen mit flammendroten Augen hingen. Eine rote Sonne brannte am Mittagshimmel und stach durch drohende schwarzweiße Wolken.

Flinx sah nur Pocomchi.

»Sieh mich nicht so erschreckt an, Junge«, beruhigte ihn der Indio. »Der Mann, den du uns beschreibst, ist nicht leicht zu verwechseln. Der, an den wir beide denken, paßt auf die Beschreibung bis hin zum goldenen Ohrring.« Er schüttelte den Kopf und lächelte. »Eine besondere Type, selbst für Alaspin muß man sagen.«

»Könntest du ... wo ist er?« stammelte Flinx schließlich und versuchte, sich von seinem Trinkrohr zu befreien.

Habib machte eine weit ausholende Handbewegung, die nach Osten wies. »Dort draußen, irgendwo. Er tut das gleiche wie wir. Er hat einen Claim, auf dem er mit einem Partner arbeitet.«

Er beugte sich etwas vor. »Die anderen behaupten, der Claim sei leer, tauge nichts.«

»Wann habt ihr ihn das letztemal dort gesehen?«

»Vor drei, vielleicht auch vier Monaten«, überlegte Pocomchi und kratzte sich die eindrucksvolle Nase.

Flinx sackte innerlich zusammen. In drei Monaten konnte der Mann überall hingezogen sein, selbst den Planeten verlassen haben. Aber immerhin war das eine Spur! Ein Grund, hierzubleiben.

Habib stand auf und schlenderte, das Trinkrohr in der Hand, auf Flinx zu. »Wenn ich dir Geschichten von diesem Mann erzählen würde, dann würdest du nicht ...« Sein Mund öffnete sich weit, und er starrte Flinx ungläubig an. Dann schoben sich seine Hände im Reflex nach vorne, während er stürzte und krachend auf den plötzlich fest gewordenen Boden fiel. Drei Sonnen brannten höllisch heiß über ihnen, eine vierte versank hinter dem fernen Horizont.

Flinx sah einen haarfeinen Draht, der an einer Nadel hing, die in Habibs Rücken, ganz in der Nähe der Wirbelsäule, steckte. Ein leises *Plopp* und Nadel und Draht wurden zurückgezogen. Ein leichter Ozongeruch hing in der Luft. Sie hatten sich flach zu Boden geworfen.

Während Flinx über Sand und Kies auf Ab zukroch, näherte Pocomchi sich seinem Freund, rief seinen Namen.

Im gleichen Augenblick, in dem Habib auf dem Boden aufprallte, hatte sich ein bräunliches Gebilde von seiner Schulter gelöst. Jetzt schloß Balthasar sich ihm an, und dann spürte Flinx, wie ein vertrautes Gewicht sich von seinem Arm löste. Wie Blätter in einem Luftwirbel umkreisten sich die drei geflügelten Dämonen in der Luft. Und dann schossen sie, als wären sie eins, auf einen schimmernden Steinbrocken aus massiven Cytrin rechts von Flinx zu. Ein Zischen war hinter ihnen zu hören, eine Art reptilienhafter Überschallknall.

Flinx kroch weiter auf Ab zu, bedeutete dem Exoten, sich hinzulegen. Zwei blaue Augen bewegten sich, musterten ihn fragend. Über Flinx zischte es in der Luft. Das künstliche Wüstensonnenlicht spiegelte sich in einem langen silbernen Faden. Der Faden endete in einer Spitze, die den vierfüßigen Exoten unter einem seiner vier Arme traf. Ein leichtes Knistern war zu hören, so, als striche man mit der Hand über eine grob gewebte Wolldecke.

Ab hielt mitten im Vers inne und begann zu zittern. Und dann setzte er sein Reimen fort, als wäre nichts geschehen. Dann hatte Flinx ihn erreicht, er packte ihn an den drei Beinen und zog. Ab taumelte in den Sand. Er starrte ihn mit leerem, fast verletzt wirkendem Gesichtsausdruck an.

Flinx blickte sich um und sah, daß Pocomchi neben

der reglosen Gestalt Habibs kniete. Langsam, als hätte er Angst vor dem, was er gleich erfahren würde, streckte er die Hand aus. Sie berührte den Rücken seines Begleiters, ruhte einen Augenblick darauf und wurde dann zurückgezogen.

»Hinlegen, Pocomchi!« schrie Flinx. Der Indio sah nicht einmal zu ihm herüber und machte keine Anstalten zu gehorchen. Er schien wie benommen. Vielleicht war es auch Gleichgültigkeit, dachte Flinx, als er halb erstickte Flüche und Schreie hinter der gelben Quarzsäule hörte.

Und dann verwandelte sich vor seinen Augen eben diese Säule in einen riesigen Diamantborkenbaum, an dem blaue Funken blitzten. Drei Schemen huschten hinter dem Baum hervor.

Die Flügel schlugen wie wild, als Pip zur Landung ansetzte, den Schwanz wie eine Hand vorgestreckt. Er ringelte sich um Flinx' Schulter, und dann rollte sich der Schlangenleib um den ausgestreckten Arm des Jungen, während die gefalteten Schwingen sich an den zylindrischen Körper legten. Flinx konnte die Spannung fühlen, unter der der Minidrach stand; er bemerkte, daß der Atem des Kleinen schneller ging. Geschlitzte Augen huschten wachsam nach links und rechts.

Ein zweiter Minidrach, Balthasar, der fast die Größe einer Boa constrictor hatte, legte sich um Rücken und Arme des trauernden Pocomchi. Die lange spitze Zunge schoß besorgt vor und zurück, berührte den Indio an der Wange, den Augen, suchte.

Flinx sah zu, wie Habibs Minidrach sich auf dem Rücken seines Meisters niederließ. Dort lag er kurz, dann glitt er nach vorne, um den Kopf zu untersuchen. Nach einigen Minuten entfalteten sich die großen Schwingen. Die Flugschlange flatterte nach vorne, bis sie vor Habibs Gesicht in der Luft hing. Lederne Schwingen schlugen heftig die Luft, trieben dem reglosen Mann Wind in Mund und Nase.

So verstrichen einige Minuten, bis der Minidrach sich schließlich vor dem reglosen Kopf Habibs zu Boden ließ. Dort rollte er sich ein, und so blieben sie, Angesicht zu Angesicht, reglos.

Erst jetzt bemerkte Flinx, daß er immer noch Abs Beine festhielt. Kaum hatte er ihn losgelassen, als der Exote sich wieder aufrichtete. Gleichgültig gegenüber allem, was geschehen war, machte Ab sich daran, eine Baumwurzel zu inspizieren.

Flinx kroch, ohne den Quarzbrocken aus den Augen zu lassen, zu Pocomchi. Er war immer noch vorsichtig, hatte aber das Gefühl, daß sich hinter dem gelben Felsen jetzt keine Gefahr für ihn mehr verbarg.

Es erübrigte sich, das Offensichtliche zu bestätigen. Er hatte den Tod in Habibs Augen gesehen, ehe der Mann in den Sand fiel. »Schau, es tut mir leid«, flüsterte er. »Wir sollten versuchen, hier zu verschwinden.«

»Warum?« Pocomchis gequälter Blick suchte Flinx. Als er dann weitersprach, erkannte Flinx, daß die Frage nichts mit dem zu tun hatte, was er vorgeschlagen hatte.

»Wir haben nie einen Claim gestohlen, uns nie Feinde geschaffen«, fuhr der kleine Mann fort. Seine Augen wanderten wieder zu der reglosen Gestalt am Boden. Jetzt veränderten sich Sand und Kies abrupt und gefühllos und wurden zu blauem Gras.

»Drei Jahre. Drei Jahre haben wir geschuftet und gewühlt auf dieser trostlosen Welt. Drei Jahre! Andere rings um uns haben es geschafft. Aber nicht wir. Niemals wir.« Seine Stimme wurde lauter. »Warum nicht wir? *Warum nicht wir?*«

Flinx versuchte ihn zu beruhigen. Andere Gäste starrten zu ihnen herüber. Er wollte jetzt um nichts in der Welt Fragen gestellt bekommen, die er nicht beantworten konnte. So versuchte er, Pocomchi an der Schulter zu fassen und herumzudrehen.

Aber in dem Augenblick, da Pocomchi die Berührung

spürte, riß er sich heftig los. »Rühr mich nicht an!« Er zitterte; seine Stimme war voll mörderischer Wut.

Flinx zögerte einen Augenblick lang, dann ging er in die Hocke. Während er wartete, wanderte sein Blick immer wieder zu dem gelben Massiv hinüber, aus dem jetzt eine Ansammlung von *Sutro*büschen geworden war. Pocomchi schien langsam ruhiger zu werden. Flinx beschloß zu warten, auch wenn ihn das gefährdete, bis der Indio wieder ein gewisses Maß an Kontrolle über sich zurückgewonnen hatte.

Also wandte er seine Aufmerksamkeit der Leiche zu seinen Füßen zu. Da war kein Blut zu sehen, keine sichtbare Wunde. Er mußte sich weit vorbeugen, um zu erkennen, wo der Draht mit der Nadelspitze den Toten berührt hatte. Habibs Hemd hatte hinten ein kleines Loch, das an den Rändern geschwärzt war. Und über diesem Loch war immer noch ein ganz typischer Geruch wahrzunehmen: Ozon.

Zumindest hatte der Prospektor nicht gelitten, sagte er sich dankbar. Der Tod war ganz plötzlich gekommen, in dem Augenblick, da die Nadel ihn berührt hatte.

Eine Hand griff nach seiner Schulter. Er blickte erschrocken auf, entspannte sich dann aber. Pocomchi stand über ihm und blickte auf die Leiche seines Freundes herunter.

»Jetzt ist es gut, Flinx. Ich habe nur … nur …« Er rang um Worte. Er wollte, daß das, was er sagte, richtig verstanden wurde. »Habib war so ziemlich der einzige Mensch auf dieser Welt, der mich ertragen konnte, und er war einer der wenigen, die mir nicht auf die Nerven gingen. Drei Jahre.« Und dann machte er mit einem Ruck auf dem Absatz kehrt und blickte das an, was jetzt ein Gewirr aus Bäumen schien, die auf der Erde schon lange ausgestorben waren, aber noch in den Bändern der Traumhölle existierten.

»Komm!« sagte er zu Flinx und ging auf das Ulmengebüsch zu. »Ich will den Dreck sehen.«

Flinx sah sich noch einmal zu der Leiche um und eilte dann dem Indio nach.

»Was wird aus deinem Freund?«

Pocomchi blickte sich nicht um. »Er wird da liegen bleiben, bis das Lokal schließt. Zuerst schickt die Direktion ihre Rausschmeißertruppe durch, um denen zu helfen, die noch gehen können, und dann ein zweitesmal, für die, die dazu nicht mehr fähig sind.

Habib würde das Spaß machen — ich meine, wenn die dann feststellen, daß er nicht nur betrunken ist. Zuerst werden sie durchdrehen — wahrscheinlich glauben, in ihre Getränkemixtur hätte sich irgend etwas Giftiges eingeschlichen. Und dann werden sie die wahre Todesursache feststellen — Elektrokution — und werden noch einmal durchdrehen und versuchen, den Schaden in ihrer Traummaschinerie ausfindig zu machen.

Und wenn das zu keinem Ergebnis führt«, schloß er bitter, »werden ein paar Kredits den Besitzer wechseln, und sie werden ihm ein anständiges, wenn auch geheimes Begräbnis verschaffen. Die Kirche wird dafür sorgen.«

Sie hatten jetzt das Ulmengebüsch fast umrundet, als die Bäume sich in ein paar ungeheuere Pilze verwandelten. Flinx merkte, wie seine Schritte langsamer wurden. »Meinst du nicht, wir ...?«

Pocomchi schüttelte den Kopf. »Balthasar wäre ganz bestimmt nicht zurückgekommen, wenn hier noch irgendeine Gefahr herrschte. Und dein Drach auch nicht, glaube ich.«

Flinx murmelte zustimmend. Jetzt war nicht die Zeit, zu widersprechen — aber er überließ es dem Indio, als erster um die Ecke zu gehen. Als sich nichts regte, schloß Flinx sich ihm an.

Auf dem Boden lagen zwei Leichen. Der eine trug einen gelbgrünen Straßenanzug, der andere einen Kühloverall. Pocomchi fuhr mit dem Fuß unter die eine Leiche und drehte sie herum. Der Straßenanzug öffnete sich und gab den Blick auf eine eng anliegende schwarze Kombination frei.

Kaum unterdrückte Wut machte Verwirrung Platz, als Pocomchi sich die Köpfe ansah. Ein weicher grüner Hut verbarg eine schwarz und karminrot gefärbte Kappe. »Qwarm«, murmelte er und runzelte die Stirn. »Wir hatten nichts mit ihnen zu tun. Habib und ich hatten nichts entdeckt, das einen Mord lohnte, noch haben wir jemanden beleidigt. Qwarm sind teuer. Wer kann ein Interesse daran haben, uns töten zu lassen?«

Und dann schien ihm etwas klar zu werden; sein Kopf fuhr hoch, und er starrte Flinx an, der geduldig hinter ihm stand. »Du. Warum wollen die Qwarm dich töten?«

»Nicht mich«, erklärte der Junge und wies hinter sich. »Hinter Ab sind sie her. Obwohl sie mich auch wollen, weil ich zu neugierig war und wissen wollte, warum sie hinter Ab her sind.«

»Ich glaube, ich kann da nicht ganz folgen, Flinx.«

Der Junge wies auf die beiden vom Gift zerfressenen Leichen. »Wenn nicht zwei Kollegen von denen reagiert hätten, ohne nachzudenken«, erklärte er, »hätte ich vielleicht überhaupt nichts mit ihnen zu tun. Dann wäre Habib noch am Leben.« Er deutete auf die Leichen. »Und die beiden auch.«

Pocomchis Antwort war von Verachtung erfüllt. »Was interessieren dich zwei seelenlose Mörder wie diese?«

»Es sind Homanx«, antwortete Flinx leise.

Pocomchi gab einen vielsagenden Grunzlaut von sich. Dann hob er den Fuß über die Leiche, die er herumgedreht hatte und trat kräftig zu. Ein knackendes Geräusch war zu hören, wie wenn Plastik zerspringt. Der Indio kniete nieder und riß das schwarze Hemd hinten auf. An der Hüfte des Qwarm waren ein paar Plastikbehälter miteinander verbunden. Ein dünnes gut isoliertes Kabel führte von einem der Behälter zu einer winzigen spielzeughaft wirkenden Plastikpistole, die auf dem Boden lag.

»Eine supergekühlte Batterie«, erklärte Pocomchi und sah sich die Anordnung an. Dann legte er einen kleinen Schalter an dem Kabel um, ehe er die Spielzeugpistole an ihrem isolierten Handgriff hob. »Strahlsender«, erklärte er. »Damit feuert man eine kleine Nadel ab, an der ein Draht hängt.«

Flinx hatte von dieser Waffe gehört, aber noch nie zuvor eine gesehen. Aber schließlich gab es auch zahllose Methoden zum Töten anderer Wesen, und die Qwarm kannten zweifellos die meisten davon.

»Der Draht ist auf einer Spule im Handgriff aufgerollt«, erklärte Pocomchi jetzt. »Er erfüllt zwei Funktionen: er überträgt die tödliche Ladung und führt die Nadel in ihr Ziel. Wenn jemand mit diesem Ding hier umgehen kann« — er wog die kleine Waffe in der Hand —, »dann gibt es gegen ihn keinen Schutz. Wenn man sich mit dem Lenksystem auskennt, kann man damit um einige Ecken schießen. Die ideale Waffe für einen Hinterhalt. Der Gegner hat nicht die geringste Chance. Er kann sich nicht wehren.«

Flinx wußte, daß Habib sofort tot gewesen war. Warum hatte aber dann ...

Er ging um den Pilz herum und blickte auf ein Bächlein, das neu entstanden war. Auf der anderen Seite stand Ab und hielt eine künstliche gelbrosa gefärbte Blume in der Hand. Sein großes blaues Auge studierte sie.

»Ich verstehe das nicht«, murmelte Flinx im Selbstgespräch.

»Ich verstehe das auch nicht«, brauste Pocomchi auf. Dann bemerkte er, daß Flinx in die Ferne starrte und mit seinen Worten gar nicht den Mord gemeint hatte.

»Es ist Ab, mein Exote«, erklärte Flinx schließlich. »Diese Nadel hat ihn getroffen. Ich habe *gesehen,* wie sie ihn traf. Ich habe es gehört. Die Ladung erreichte ihn, und man merkt es ihm nicht an. Ich habe schon von natürlicher Erdung gehört, von Nervensystemen, die ungeheure Stromspannungen ohne Schaden durch den Körper ablenken können — aber noch nie bei Tieren, nur bei Pflanzen.«

Pocomchi zuckte die Achseln. »Vielleicht ist dein Ab eine Pflanze, die ein Tier imitiert. Wer weiß? Für dich ist doch nur wichtig, daß er sich dem Schuß gegenüber als immun erwies.«

Flinx blickte sich verstört um. »Das bedeutet, sie wissen, daß ich auf Alaspin bin. Ich muß weiter.« Er setzte sich in Bewegung. »Kommst du mit, Pocomchi? Ich könnte deine Hilfe gebrauchen.«

Der Indio lachte spöttisch. »Du machst es dir leicht, Kleiner, fragst mich um Hilfe. Die Qwarm sind hinter dir her, warum sollte ich dich begleiten? Ich kenne einfachere Methoden, Selbstmord zu begehen.«

Flinx blieb stehen. Er starrte Pocomchi an. »Ich muß den Mann finden, von dem du mir erzählt hast, selbst wenn es sich wieder um eine falsche Spur handeln sollte. Du bist der einzige auf ganz Alaspin, den ich kenne und der ihn finden kann. Ich erwarte von dir nicht, daß du aus Freundschaft mitkommst. Ich bin bereit, dich dafür zu bezahlen. Warum du mitkommen sollst? Warum nicht?« konterte er ziemlich herzlos. »Oder hast du andere Pläne?«

»Nein«, flüsterte Pocomchi ausdruckslos, »andere Pläne habe ich nicht.«

»Aber die Bezahlung reicht als Motivation nicht aus«, fuhr Flinx rücksichtslos fort. »Also will ich dir einen besseren Grund nennen. Ich wäre sehr überrascht, wenn die nicht noch einmal versuchen würden, Ab und mich zu töten.«

Pocomchi stand auf und wischte sich über den Hosenboden, um den imaginären Sand wegzuwischen. »Das ist kein Grund.«

»Überleg doch, Pocomchi«, drängte Flinx. »Das bedeutet, daß ihr, du und Balthasar, eine Chance bekommt, weiteren Qwarm zu begegnen.«

Der Indio blickte zu ihm auf. Einen Augenblick lang schien er nicht zu verstehen. Dann veränderte sich sein Gesichtsausdruck, als er begriff, was Flinx meinte. »Ja. Ja, vielleicht bekommen wir eine Chance. Das gefällt mir.« Er nickte langsam, energisch. »Ich werde mit dir kommen und dich führen, Flinx.« Dann wandte er sich um, spuckte auf die beiden Leichen und murmelte etwas in einer gutturalen fremdartigen Sprache.

Flinx nahm Pocomchi am Arm und zog ihn zum Ausgang. Sie überquerten den kleinen Bach. Als sie bis zu den Knöcheln im Wasser standen, verwandelte er sich in einen Fluß aus geschmolzener Lava. Flinx spürte etwas Heißes an den Beinen, das sie binnen Sekunden zu Asche hätte verbrennen sollen. Aber er achtete nicht darauf. In seinen Gedanken war jetzt keine Zeit für die Effekte der Traumhölle.

»Komm, Ab!« rief er nach hinten gewandt. Blaue Augen sahen ihn an. Mit einem freundlichen Liedchen folgte der Exote den beiden Männern durch die flammende Flut. Als sie an den Ausgang der Traumhölle kamen, hatte Pocomchi sich genügend erholt, um mit seinem eigenen Kredimeter für seinen Aufenthalt zu bezahlen.

Schließlich standen sie wieder draußen auf der Straße. Flinx machte sich auf den Weg zu seinem Hotel, und Pocomchi trottete neben ihm her. Das letzte Licht des alaspinianischen Abends verblaßte zu bernsteinfarbenem Leuchten. Flinx, der jeden Augenblick damit rechnete, daß hinter irgendeinem Faß hervor, von einem Dach oder einem Hoverlaster aus ein Angriff auf sie gestartet würde, ertappte sich dabei, wie er sich beständig nach allen Seiten umsah und ebenso auf eingebildete wie echte Bewegungen achtete.

Plötzlich war ein zischender Schrei zu hören — ein

Laut, der von einem Reptil stammte. Beide Männer blieben stehen. Hinter ihnen erhob sich ein lederflügeliges Etwas in den Himmel. Es zog über ihre Köpfe dahin und jagte dem Sonnenuntergang entgegen. Einen Augenblick lang hielt es inne, ein kurzes Stück vor ihnen, drehte einen Kreis. Ein Traumdrachen aus einem Kindermärchen — glitzerndes Geschmeide im Lichte der untergehenden Sonne. Und dann stieß das Wesen wieder einen kurzen Schrei aus; jetzt hatte es seine Entscheidung getroffen. Mit flirrenden Schwingen schoß es in Richtung auf die untergehende Sonne davon. Bald war es Flinx' Blicken entschwunden.

Die beiden Männer gingen weiter. »Ich hab' mir schon überlegt, was Habibs Minidrach tun würde«, murmelte Flinx nachdenklich. »Ich hab' mir schon oft den Kopf darüber zerbrochen, was ein zahmer Minidrach tut, wenn sein Meister tot ist.«

»Jetzt weißt du es — sie werden wieder wild«, erklärte Pocomchi. »Hazarez war eine gute Schlange.« Er blickte in die Sonne, welche den zusammenschrumpfenden schwarzen Punkt verschlungen hatte. »Balthasar wird Hazarez auch vermissen.«

»Wir werden noch eine ganze Menge mehr vermissen«, versicherte Flinx seinem Begleiter, »wenn wir nicht vor Einbruch der Dunkelheit von der Straße verschwinden. Die Qwarm haben es gern dunkel — nicht nur, was ihre Kleidung angeht, sondern auch die Umgebung. Ich hab' ein paar Kleinigkeiten in meinem Zimmer, die ich gern holen möchte. Dann können wir einen Skimmer mieten und aus der Stadt verschwinden.« Er beschleunigte seine Schritte, drehte sich dann um und rief: »Beeil dich, Ab — ich hab's eilig!«

Der blaugrüne Exote beschleunigte das Tempo seiner vier Beine, ohne daß ihm das Mühe zu bereiten schien.

Als sie das bescheidene Hotel erreichten, in dem Flinx wohnte, war es über diesem Teil Alaspins bereits Nacht geworden. Die Tür öffnete sich, als er seine Türkarte einschob. Dann standen die beiden Männer und Ab in der einfach gehaltenen Lobby.

Flinx ging geradewegs auf den Lift zu; sein Zimmer lag im zweiten Stock. Pocomchi und Ab hielten sich dicht hinter ihm, so dicht, daß der Indio beinahe gegen ihn geprallt wäre, als Flinx wie vom Donner gerührt stehenblieb.

»Flinx?« fragte Pocomchi leise, jetzt seinerseits auf der Hut.

Ein amorphes drückendes Etwas hatte sich wie ein Fluch über Flinx' Gedanken gelegt. Einen Augenblick lang bereitete es ihm Schwierigkeiten, das Gefühl zu analysieren. Dann wußte er es. Der geistige Geruch des Todes durchdrang das ganze Gebäude. Und dieser Tod mußte erst vor wenigen Minuten eingetreten sein.

Er versuchte sich einzureden, daß es sich vielleicht nur um die Nachwirkung der Erlebnisse in der Traumhölle handelte, eine Art geistigen Kater. Vielleicht war es auch eine Folge seiner oft morbiden Phantasie. Aber in Wirklichkeit wußte er, daß dem nicht so war. Es war die psychische Bedrückung des Todes. Er versuchte, seine Angst vor dem, was hier geschehen sein mußte, zu verdrängen und sich rational zu verhalten.

Statt den Lift zu nehmen, versuchte er sich in die Richtung zu beugen, wo der Todesgeruch am kräftigsten war. Die Spur führte ihn zur anderen Seite der Lobby. Dort hatte Mirable ihren Arbeitsplatz und ihre Wohnung. Als er den Klingelknopf betätigte, hörte er es drinnen summen. Aber niemand kam, um die Tür zu öffnen oder nachzusehen, wer da war. Er klingelte noch einmal, mit demselben Ergebnis. Er versuchte sich einzureden, daß sie vielleicht das Gebäude verlassen hatte. Das mußte es sein. Seine Rechnung war zwar für zwei weitere Tage im voraus bezahlt, aber es war ein Gebot der Höflichkeit, eine kurze Nachricht zu hinterlassen, seine plötzliche Abreise zu erklären.

Er nahm den Lichtgriffel aus dem Halter an der

Wand und schrieb seinen Abschied auf die elektronische Informationstafel. Dann drückte er den Aufzeichenknopf. Wenn sie zurückkehrte, würde sich das Gerät automatisch einschalten. Das, was er aufgeschrieben hatte, würde für sie in eine akustische Botschaft übersetzt werden.

Er legte den Griffel an seinen Platz zurück und wandte sich zum Gehen. Pocomchi hielt ihn an der Schulter fest und deutete mit einer Kopfbewegung auf die Tür: »Horch!«

Flinx lauschte. Er hörte etwas, und es dauerte eine Weile, bis er begriff, daß es die Nachricht war, die er gerade hinterlassen hatte. Das bedeutete, daß Mirable in ihrer Wohnung sein mußte.

Warum antwortete sie dann nicht.

Prüfend schob er die Tür ein paar Zentimeter weit auf. Das war eigentlich unlogisch. Wenn sie drinnen war, hätte sie doch ganz bestimmt abgesperrt. Selbst auf einer relativ sicheren Welt, die von Verbrechen frei war — ganz zu schweigen von Grenzwelten wie Alaspin —, waren solche Einrichtungen gang und gäbe, insbesondere bei öffentlichen Bauten wie Hotels.

Die Tür schob sich weiter zurück. Er spähte ins Innere.

Eine Stimme hinter ihm rief: »Was geht hier vor, Flinx?«

»Ruhig!«

Pocomchi hatte schon manchem für wesentlich weniger als das alle Knochen gebrochen, aber irgend etwas an Flinx' Verhalten veranlaßte ihn, wortlos zu gehorchen. Er begnügte sich damit, den Hoteleingang und die Türen der Lifts zu beobachten, ohne dabei Ab aus den Augen zu lassen.

Flinx hatte jetzt die Tür ganz in die Wand geschoben und entdeckte ganz unten einen dunklen Flecken. Ein Flüssigkeitsschalter war hier zerbrochen worden. Das paßte zu dem beschädigten Schloß.

Vorsichtig betrat er den Raum. Die Sensoren registrierten seine Körperwärme und schalteten begrüßend die Raumbeleuchtung ein. Das Zimmer war mit der Art von Gegenständen dekoriert, die man bei einer Frau erwarten konnte, die schon lange nur noch von ihren Träumen lebte. Die künstlichen Blumen, das Kleinmädchenspielzeug, ein paar Plüschtiere auf einer Couch — alles Nägel, die verzweifelt in eine Tür geschlagen worden waren, gegen die die Zeit erbarmungslos anrannte.

Und dann sah er hinter der Couch ein Bein hervorragen und entdeckte die nackte, entsetzlich zugerichtete Leiche von Mirable. Das meiste Blut war bereits getrocknet.

Eisige Kälte erfaßte ihn, während er neben dem Leichnam niederkniete. Sie war hingeworfen und zerdrückt worden wie eine Stoffpuppe. Ein Auge starrte glasig an ihm vorbei. Seine Hand glitt darüber und schloß es sanft. Das andere Auge fehlte. Ihr Gesicht war in einer Maske verständnislosen Schreckens erstarrt. Dagegen konnte er nichts tun.

Warum sie ihn geschützt hatte, wie es offenbar der Fall gewesen war, konnte er sich nicht vorstellen. Ob es nun eine besondere Art von Loyalität oder dergleichen gewesen war oder nur Starrsinn — jedenfalls hatte sie nicht sofort gesprochen. Gewöhnliche Kriminelle hätten das vielleicht genossen, nicht aber die Qwarm. Echter Sadismus ist ein Luxus, den Profis sich nicht leisten können, und sie hatten professionelle Arbeit an ihr geleistet. Aber er begriff nicht, warum sie sie getötet hatten. Es war, als hätte ihr Starrsinn sie gereizt.

Er verließ schnell den Raum und die Leiche, und die nun toten Träume. Fast rechnete er damit, Pocomchi und Ab tot übereinander liegen zu sehen. Aber beide standen in der Lobby, Ab murmelte freundlich vor sich hin, Pocomchi wartete stumm. Der Indio sagte nichts.

Flinx' Blick wanderte sofort zum Lift. Er glaubte nicht, daß jemand sie das Gebäude hatte betreten sehen; wäre das der Fall gewesen, so stünde er jetzt nicht hier.

»Ich denke, die sind oben«, sagte er leise zu dem Prospektor.

»Ich weiß, wo wir einen Skimmer mieten können, wenn du das Geld dafür hast«, erklärte Pocomchi.

»Ich habe Geld.« Flinx tat einen Schritt auf den Lift zu. Pocomchi packte ihn am Arm und hielt ihn fest. Die beiden Minidrachs regten sich nervös.

»Du hast mir in der Traumhölle einen Gefallen getan«, sagte der Indio mit gepreßter Stimme. »Jetzt bin ich dran.« Er deutete mit einer Kopfbewegung auf den Lift und die oberen Stockwerke. »Das ist jetzt nicht der Ort oder die Zeit. Die *anderen* haben beide gewählt. Wenn die Zeit kommt, werden wir diejenigen sein, die Pläne gemacht haben.«

Flinx starrte ihn ein paar Augenblicke lang an. Pocomchi starrte zurück. »Es war die Frau, der dieses Hotel gehörte«, erklärte Flinx schließlich ausdruckslos. Pocomchi ließ seinen Arm los, und beide gingen langsam auf die Tür zu. »Sie hätte ihnen sofort alles über mich sagen müssen.«

Die beiden Männer blickten vorsichtig auf die Straße hinaus und vergewisserten sich, daß sie leer war.

»Dann hat sie es ihnen gesagt«, meinte Pocomchi.

Flinx nickte. »Aber nicht gleich.«

»Warum nicht?« wollte der Indio wissen, als sie das Gebäude verließen und auf der Straße nach rechts abbogen. Nichts fiel von oben auf sie herab, um zwischen ihnen zu explodieren, niemand bedrohte sie hinter einem Mauervorsprung.

»Ich weiß nicht«, gab er zu, außerstande, den entsetzlichen Anblick, den sie geboten hatte, aus seinem Bewußtsein zu verdrängen. »Es war dumm und närrisch von ihr.«

»Sie muß doch irgendeinen Grund gehabt haben«, meinte Pocomchi.

»Ich glaube ...« Flinx' Zunge zögerte bei den Worten. »Ich glaube, sie hat mich gemocht, ein wenig. Ich hätte nicht gedacht, daß sie mich ... so sehr mochte.«

»Noch etwas.« Pocomchis schwarze Augen musterten Flinx in dem düsteren Licht. »Als wir auf den Lift zugingen, hast du gewußt, daß etwas nicht stimmte. Wieso?«

Wenn Flinx diesem kleinen Mann schon sonst nichts schuldete, dann doch wenigstens einen Teil der Wahrheit. »Ich kann manchmal starke Gefühle spüren. Das war es, was mich erfaßte, als wir hineingingen. Ein überwältigendes Gefühl von gewaltsamem Tod.«

»Gut«, nickte Pocomchi. »Dann weißt du ja, was ich empfinde.« Er beschleunigte seine Schritte, und Flinx hatte einige Mühe mitzukommen, obwohl er ein guter Läufer war und sich auch in guter Kondition befand. »Fahren wir«, drängte Pocomchi, dem das Tempo keine Schwierigkeiten zu bereiten schien. »Holen wir uns diesen Skimmer.«

Während sie dahineilten, kamen sie an ein paar späten Spaziergängern vorbei. Einige blickten den zwei Menschen mit ihren exotischen Begleitern neugierig nach. Ein paar blieben sogar stehen und starrten das vierbeinige Geschöpf an, das behende hinter den beiden Männern einherwatschelte.

Aber während er keuchend versuchte, mit Pocomchi Schritt zu halten, wußte Flinx, daß hinter keinem dieser sie anstarrenden Augenpaare der Tod lauerte. Diese Bedrohung lag weiter hinter ihnen, fiel mit jedem Schritt, den sie taten, weiter zurück. Und während die warme Nachtluft sie einhüllte, fragte er sich, wie lange die Gefahr noch hinter ihnen zurückbleiben würde.

07

Der Skimmer jagte über die wogenden Grasflächen von Alaspin. Flinx hatte das Gefühl, auf einem Käfer über ein ungemachtes grünes Bett zu reiten. Weder die Topographie noch die Vegetation waren in Höhe oder Farbe gleichförmig. Da und dort ließ das vertraute Grün eine Lichtung von verblüffendem Blau frei, an anderen Stellen wieder solche von hellem Gelb. Dichtere Gewächse, Flecken mit buschartigem Strauchwerk, Wälder, dann wieder Dschungel, hatten sich wie Tentakel in das Meer aus Binsen und Gras hineingefressen.

Er studierte das Individuum, das neben ihm auf dem Pilotensessel Platz genommen hatte. Pocomchi schien völlig normal, ein Mann, der voll die Kontrolle über sich selbst hatte. Und doch fühlte Flinx die Spannung, unter der er stand, in die sich die Trauer über den Tod seines Partners gemischt hatte. Äußerlich freilich war von beidem nichts zu merken. Für jeden Betrachter mußte es den Anschein haben, als wäre die Aufmerksamkeit des Indios ganz und gar von der wogenden Savanne unter ihnen gefangen genommen. Flinx wußte es besser.

Sie flogen etwa einen Meter über den schwankenden Halmen. Er neigte jetzt den Kopf, um nach oben zu blicken auf das warme buttergelbe Auge von Alaspins Stern. Es war ein wolkenloser Tag, zu heiß, als daß es einem Menschen angenehm gewesen wäre, zu kühl, als daß ein Thranx daran hätte Vergnügen finden können.

»Ich weiß immer noch nicht, wohin wir fliegen, Pocomchi.«

»Das Letzte, was ich von deinem Mann weiß«, erwiderte der Indio, »war, daß er einen Claim in der Nähe einer Stadt bearbeitete, die zur Revan-Dynastie gehörte. Mimisompo heißt sie. Wir sind drei Tagesreisen von Alaspinport entfernt — ich hoffe, wir kommen noch heute nachmittag hin.« Und dann lächelte er seinem Begleiter plötzlich zu. Seine Stimme klang jetzt nicht mehr gleichgültig monoton, wie in den letzten paar Tagen, in denen Flinx sich daran gewöhnt hatte. »Tut mir leid, wenn ich ein schlechter Gesellschafter war, Flinx.« Sein Blick wandte sich wieder dem Terrain vor ihnen zu. »Habib war der Typ, der trauerte, nicht ich. Ich bin über mich selbst überrascht. Ich wollte mein Leid wirklich nicht auf dich abladen.«

»Du hast gar nichts auf mich abgeladen«, versicherte Flinx ihm. »Wenn jemand stirbt, der einem nahesteht, so bringt einen das immer zum Nachdenken, und am Ende erkennt man sich selbst nicht mehr.« Er wollte noch mehr sagen, aber etwas, das vor ihnen lag, zog seine Aufmerksamkeit auf sich. Pip zuckte bei der plötzlichen Bewegung zusammen, während Ab hinter ihnen völlig in sich versunken vor sich hinplapperte.

Unmittelbar vor dem dahingleitenden Skimmer war in dem Meer aus hohem Gras plötzlich eine gewundene Fläche aufgetaucht, die gut hundertfünfzig Meter breit war. Wo sie verlief, war das Gras wenige Zentimeter über dem Boden glatt abgeschnitten worden. Ein paar ausgefranste Grüppchen stehengebliebener Schilfhalme störten die Gleichheit des Bildes, aber insgesamt wirkte die Fläche so, als wäre sie von einem zum Berserker gewordenen Rasenmäher geschaffen worden.

Während Flinx sich auszumalen versuchte, was für ein Instrument das Gras, das gewöhnlich eine Höhe von einigen Metern erreichte, abgeschnitten hatte, wies Pocomchi auf ein paar fledermausartige Wesen, die mit schrecklich anzusehenden Schnäbeln und Klauen bewehrt waren und über das Grasland segelten. »Fledergeier«, sagte er, »das sind Aasfresser, die das freigelegte Terrain nach Grasbewohnern absuchen, die ihr schützendes Versteck verloren haben.« Während er das sagte, stieß einer der Vögel herunter. Kurz darauf stieg er mit einem Pelzbündel in den Klauen wieder hoch.

»Aber diese Fläche — woher stammt die?«

»Das waren Topper. Sechsbeinige Huftiere«, erklärte

er und musterte die breite Schneise vor ihnen. Er betätigte einen Schalter, und der Skimmer stieg auf eine Höhe von sechs Metern über den obersten Grasspitzen. »Dieses Gras sieht frisch geschnitten aus. Ich glaube, wir werden sie bald zu sehen bekommen.«

Die fast geräuschlose Maschine des Skimmers gestattete es ihnen, über der Herde riesiger grasender Tiere fast bewegungslos in der Luft zu verharren. Das größte Tier der Herde hatte eine Schulterhöhe von gut drei Metern. Jedes der sechs Beine war säulenartig dick, um die mächtigen gepanzerten Leiber zu tragen. Flanken und Rücken waren von sechseckigen Schuppen bedeckt.

Massive Halsmuskeln stützten die jetzt gesenkten langen Schädel. Aber am auffälligsten war die Anordnung der Schnauze. Das, was ursprünglich wohl ein Nasenschutz gewesen war, hatte sich im Laufe der Entwicklung verlängert und verbreitert und bildete jetzt ein Horn in Form einer doppelschneidigen Axt.

Flinx sah fasziniert zu, wie die Tiere sich methodisch ihren Weg durch den grünen Ozean bahnten. Die gesenkten Köpfe mit den Axtschneiden bewegten sich in genau abgestimmtem Rhythmus im hundertachtzig-Grad-Bogen parallel zur Erde und schnitten unmittelbar über dem Boden Gras, Schilf und kleine Bäume ab. Dann hielten die vordersten Tiere kurz inne und gebrauchten ihre beweglichen Lippen, um das abgeschnittene Gras aufzunehmen.

Hinter den Leittieren folgten jüngere männliche und weibliche Tiere, die das von den Leittieren liegengelassene Futter hinunterschlangen. Ein paar kleine weibliche Tiere bildeten die Nachhut der Herde und beschützten die Jungtiere vor Angriffen aus dem Hinterhalt. Selbst die jüngsten Topper hatten keine Schwierigkeiten, ihren Anteil an der Nahrung in sich hineinzuschlingen, weil das Gras inzwischen von den kräftigen Beinen der größeren Herdentiere vor ihnen zu Brei zertreten war.

Ein ideales System, dachte Flinx, wenn er auch nicht ganz begriff, warum die Kälber beschützt werden mußten. Immerhin wogen selbst die kleinsten, wie er schätzte, einige Tonnen. Er fragte Pocomchi danach.

»Selbst ein Topper ist besiegbar, Flinx«, erwiderte er. »Du weißt noch nicht viel von Alaspin.« Er schob einen Hebel vor, und der Skimmer setzte sich wieder in Bewegung. »Siehst du?«

Flinx blickte hinunter und sah, daß einer der Leitbullen sich auf den vier Hinterbeinen aufgerichtet hatte und in nördlicher Richtung schnüffelte. Die riesigen scharfen Nasenhörner schienen durchaus imstande, die Metallverkleidung des Skimmers zu durchtrennen.

»Wollen mal sehen, was er wittert«, schlug Pocomchi vor. Er steuerte das kleine Fahrzeug nach Norden. Flinx mußte sich festhalten, um nicht aus dem Sitz geschleudert zu werden.

Wenige Minuten später schwebten sie über etwas, das sich geduldig seinen Weg zwischen den Halmen hindurchbahnte. Einen Moment lang sah Flinx ein langes Maul mit gekrümmten Zähnen und glühend roten Augen. Es schnappte nach dem Skimmer, und Flinx zuckte unwillkürlich zurück.

Pocomchi grinste zu seinem Begleiter hinüber. »Das ist ein Lanz-Aal.« Er drehte seitlich ab, damit sie besser sehen konnten.

Sie überflogen ein scheinbar endloses Gebilde, welches wie ein Plattenweg im Gras lag. Ein Paar kurzer Beine nach dem anderen, wie die eines monströsen Tausendfüßlers, die schuppige Körpersegmente trugen. Flinx sah sich außerstande, die Größe der Kreatur abzuschätzen.

»Ich habe gewußt, er würde gut versteckt sein«, sagte Pocomchi leichthin. »Deshalb bin ich so hoch geflogen. Wir hätten für diesen Burschen einen netten Happen abgegeben.« Ein grollendes Zischen dröhnte zu ihnen herauf. Böse Augen starrten sie an.

Pocomchi lachte glucksend. »Wir haben ihn beim Anschleichen gestört, und das ärgert ihn. Es kommt selten vor, daß ein Lanz-Aal einen Skimmer angreift, aber es wäre auch nicht das erstemal.« Wieder ein Grollen von unten. »Die Biester können überraschend hoch springen. Ich glaube, wir lassen ihn am besten in Ruhe.«

Flinx hatte nichts dagegen einzuwenden.

Pocomchi kehrte um und steigerte ihre Geschwindigkeit. Sie flogen wieder auf Südwestkurs. Als die Sonne den Zenit erreichte, überflogen sie einen von Büschen gesäumten Fluß.

»Ich glaube, wir sind auf richtigem Kurs«, murmelte Pocomchi und sah auf eine Landkarte. »Ja.« Er schaltete den Bildschirm ab und blickte wieder nach vorne. »Noch zehn Minuten, denke ich.«

Die Zeit verstrich. Und dann entdeckte Flinx als erster die Spiegelungen von Stein und Metall, die ihnen zwischen hochgewachsenen Bäumen entgegenblinkten. »Mimmisompo«, meinte sein Begleiter und deutete mit einer Kopfbewegung nach vorne. Er bremste die Fahrt des Skimmer ab, und binnen weniger Minuten manövrierten sie vorsichtig zwischen hoch aufragenden Bäumen hindurch, die mit Lianen und Schlingpflanzen bewachsen waren.

»Wir sind am Rande des Ingre«, erklärte Pocomchi, »einem der größten Dschungelwälder in diesem Teil von Alaspin. Mimmisompo ist eine von vielen Tempelstädten, die die Archäologen für nicht besonders wichtig halten.«

Jetzt flogen sie zwischen den Bauwerken dahin, langgestreckten, vielstöckigen Gebäuden, welche breite gepflasterte Straßen säumten. Überall wuchsen Büsche und Schlingpflanzen. Daß der Dschungel die Stadt nicht völlig überwuchert hatte, war ein Tribut an das Geschick und die Präzision ihrer Ingenieure. Eine verlassene Stadt in einer vergleichbaren Region auf der Erde wäre inzwischen völlig vom Dschungel verschlungen gewesen.

Es war eine Stadt schimmernden Schweigens. Ein irisierendes Denkmal der Vergessenheit. Überall, wo die Strahlen der Sonne hinfielen, wurden sie von einer Million winziger Spiegel reflektiert. Mimmisompo war vorwiegend aus dem dichten von Gold durchwachsenen Granit erbaut, den Flinx auch in Alaspinport gesehen hatte. Der Glimmeranteil im lokalen Gestein war wesentlich höher, als das üblicherweise bei Granit der Fall war. Mauern, die aus solchem Material erbaut waren, machten den Eindruck, als hätte man sie mit zermahlenem Glas besprüht.

Die Architektur war massiv, aber mit kühn geschwungenen Metallbögen zwischen steinernen Säulen. Kupfer, Bronze und ein halbes Dutzend verschiedenartiger Legierungen waren zur Dekoration eingesetzt. Es schien, als wäre jede zweite Wand mit Halbreliefs oder Schmiedearbeiten verziert. Viele Bauten waren mit gelbgrünen Ziegeln gedeckt.

Je tiefer sie in die Stadt eindrangen, desto besser wurde Flinx' Vorstellung von ihrer Größe. Aber wenn man bedachte, wie viele Gebäude schon vom Dschungel verschlungen waren, unterschätzte er sie vermutlich sogar.

»Mag sein, daß es keine wichtige Stadt ist«, meinte er, »aber sie scheint mir jedenfalls groß genug, um wenigstens ein paar neugierige Forscher anzulocken.«

»Mimmisompo ist ausgeleert«, erklärte ihm sein Begleiter. »Niemand hat hier etwas Nennenswertes gefunden. Wenigstens nichts, was ich wüßte.«

»Und was ist mit all diesen Dekorationen und Schmiedearbeiten an den Bauten?«

»Einfache Antiquitäten dieser Art interessierten auf Alaspin keinen«, erklärte Pocomchi. »Das ist eine an Funden reiche Welt. Wenn diese Schmuckplatten dort draußen ...« — er wies durch die transparente Kuppel des Skimmer auf die Wände, die an ihnen vorüberzogen — »aus Iridium oder vielleicht aus altmodischem Industriegold wären, würdest du sie jetzt bestimmt nicht mehr sehen.«

»Aber eine Metropole dieser Größe«, beharrte Flinx, »noch dazu eine so gut erhaltene, sollte doch *irgend jemanden* interessieren. Wenigstens eine einzige kleine Forschungsgruppe würde ich erwarten.«

Pocomchi machte eine Kurskorrektur, um einem hochaufragenden goldenen Obelisk auszuweichen. Ein breites Grinsen überzog sein dunkelbraunes Gesicht. »Ich hab' dir doch gesagt — du kennst Alaspin nicht. Im Norden an der Küste gibt es wichtigere Ausgrabungen. Im Vergleich zu einigen der bedeutenderen Tempelhauptstädte wie Kommonsha und Danville ist Mimmisompo einfach ein Kaff.«

»Platt getreten, sitz darauf, drück es fest im schnellen Lauf.«

»Was hat der da zu grölen?« fragte Pocomchi und wies auf Ab, der auf seinen vier Beinen kauerte.

Flinx blickte nach hinten. Ab war den größten Teil der Reise so still gewesen, daß er ihn beinahe vergessen hätte. Statt aber wie üblich mit seinen sechzehn Fingern zu spielen, schien Ab sich für etwas zu interessieren, das draußen hinter dem Skimmer verschwunden war.

»Was ist denn, Ab?« fragte er freundlich. »Hast du etwas gesehen?«

Wie immer konnte er in den Gedanken des Exoten nichts lesen. Sein Bewußtsein schien so leer wie eine Kreisbahn im Weltraum. Zwei blaue Augen drehten sich ihm entgegen und starrten ihn fragend an. Zwei Hände gestikulierten angeregt, während die beiden anderen unverständliche Bewegungen vollführten.

»Hinter dem Bergwerk hat der Boden zertretene Subkutanreste verbleiben im neuen Plan. Fand sich oft im Schlaf. Nach Erreichen der Anästhesie nehme man zwei frische Eier, schlage sie gut und inzwischen wird am Himmel Zitronensahne ...«

»Was?« fragte Pocomchi entgeistert.

Flinx dachte nach und kraulte den schuppigen Schlangenkopf, der an seinem Hals ruhte. »Über Ab ist schwer was zu sagen, aber ich glaube, er hat dort hinten etwas gesehen. Seine Sinnesorgane sind in Ordnung.«

Pocomchi verlangsamte ihre Fahrt, bis der Skimmer in der Luft stillstand. Er überlegte. Dann sah er Flinx fragend an. »Du bist also bereit, Zeit zu vergeuden, bloß um die Informationen eines Idioten zu überprüfen?«

»Warum nicht?« meinte der Junge, »schließlich ist das, was wir tun, auch idiotisch.«

»Na schön, du zahlst«, erklärte Pocomchi gleichgültig. Das Motorengeräusch des Skimmer schwoll an, als er wendete. Dann flog er langsam den Weg zurück, den sie gekommen waren.

»Was auch immer es ist, es muß jetzt auf der Steuerbordseite liegen«, erklärte Flinx, der die vorbeiziehende Landschaft sorgfältig beobachtete. »Das ist zumindest die Seite, wo Ab hinaussah.«

Pocomchi richtete seine Aufmerksamkeit auf den Boden zu seiner Rechten. Um an ihm vorbeisehen zu können, mußte Flinx aufstehen. Dabei stieß er mit dem Kopf gegen die Kuppeldecke. Von Dschungel überwucherte Ruinen zogen in monolithischer Parade an ihnen vorbei.

Und dann erblickten es die beiden Männer fast gleichzeitig.

»Dort drüben«, sagte Flinx, »unter dem blauen Überhang.«

Pocomchi steuerte den Skimmer dicht an die Mauern heran und schaltete den Antrieb ab. Mit dem weichen Seufzen von auslaufenden Turbinen sank das kleine Fahrzeug wie ein Vogel zu Boden. Ein paar Steinbrokken wurden vom Gewicht des Skimmers zermalmt.

Ein weiterer Knopfdruck veranlaßte die Windschutzscheibe, sich zusammenzufalten und in das Dach des Skimmers hinter ihnen zu gleiten. Anstelle des gleichmäßigen Brummens der Maschine hörte Flinx jetzt die Geräusche des Dschungels, die das Schweigen brachen. Zuerst waren sie vorsichtig, irgendwie unsicher. Aber kurz darauf war das Pfeifen, Heulen, Bellen, Zischen und Schnüffeln einer Vielfalt ihnen unsichtbarer Geschöpfe zu hören.

Die Geräusche schienen Ab zu faszinieren. Was faszinierte ihn eigentlich nicht? »Im Sermoid ist eine große Senke«, begann er. Keiner der beiden Männer achtete auf den absurde Reime schmiedenden Blödel.

Statt dessen galt ihre ganze Aufmerksamkeit dem wuchtigen azurfarbenen Überhang zu ihrer Linken. Er erinnerte an blauen Eisenbeton, obwohl das unmöglich war — Eisenbeton war ein moderner Baustoff. Das Ding stach aus der Mauer hervor wie eine blaue Klinge, und überschattete einen Raum von etwa fünfzehn Metern im Quadrat. Und im Schutze dieses ›Daches‹ war ein vertrauter Umriß zu sehen.

Pocomchi wandte seinen Blick auf die Senke im Boden. Flinx, der sich in Gedanken immer noch mit dem blauen Monolithen beschäftigte, stieg hinter dem Indio aus dem Skimmer.

»Diese Farbe habe ich noch nie gesehen«, erklärte er Pocomchi.

»Hm?« murmelte der, immer noch auf die Eindrücke im Boden konzentriert. »Oh, das. Die alten Alaspinianer haben ihre verformten Steine oft eingefärbt. Dieser Überhang ist nicht aus Granit; das ist ein zementähnliches Material, das sie häufig benutzten. Wahrscheinlich enthält es eine Menge Kupfersulfat, sonst wäre es nicht so dunkel.« Er fuhr die Umrisse am Boden mit den Füßen nach und ging um die kleine Senke herum.

»Die Spur stammt von einem Skimmer von einiger Größe«, verkündete er dann. »Mit leichter Ladung.«

Dann wandte er sich um und versuchte durch Stein und Dschungel, durch Mauer und Bäume zu sehen. »Jemand war in letzter Zeit hier, das steht fest.« Ohne die Augen vom Boden zu nehmen, entfernte er sich von der Spur, bis er unter dem blauen ›Dach‹ stand.

»Ein Ort, der sich gut für ein erstes Lager eignet. Hier haben sie ausgeladen«, erklärte er und untersuchte den Boden näher. Dann trat er unter dem schützenden Steindach hervor und musterte das dichte Buschwerk, welches eine Wand des Gebäudes fast völlig bedeckte.

»Hier sind die durchgegangen, Flinx.« Er wandte sich um und sah seinen jungen Begleiter an. »Ja, das könnte dein geheimnisvoller Mann mit dem goldenen Ohrring sein. Jedenfalls haben die einiges Geld ausgegeben.« Er wies auf eine Stelle, wo das Gebüsch niedergedrückt worden war, um eine Art Weg freizumachen. Erst allmählich begann die Vegetation sich wieder aufzurichten. »Die sind viele Male darüber gegangen, bis sie ihre Ausrüstung weiter in die Stadt hineinbefördert hatten. Ich dachte, dieser Ort sei schon lange aufgegeben.«

Er ging wieder zu dem Skimmer zurück. Flinx blickte immer noch interessiert auf den azurfarbenen Mauervorsprung und fragte sich, welchem Zweck er wohl ursprünglich gedient haben mochte. Dahinter ragte ein wenigstens hundert Meter hoher Tempel auf. Das massive blaue Gebilde war nach außen gefallen und hatte in der Tempelmauer ein gähnendes Loch hinterlassen. Dahinter konnte er nur undeutlich das dunkle Innere ausmachen, zersprungenes Mauerwerk, herunterhängende Metallstreifen, im Schatten wuchernde Pflanzen und gähnende Leere.

»Was machen wir jetzt?«

Pocomchi grinste und schüttelte den Kopf. »Du hast mir nicht zugehört, wie? Hier gibt es einen alten Versorgungsweg, dem wir folgen können. Da sie es für notwendig hielten, von hier aus zu Fuß zu gehen, können wir, glaube ich, davon ausgehen, daß wir mit dem Skimmer nicht durchkommen. Hoffentlich ist der, den du suchst, am anderen Ende des Weges. Jedenfalls bin ich schon ganz gespannt darauf, jemanden kennenzulernen, der so verrückt ist sich einzubilden, daß es in Mimmisompo etwas gibt, das sich wegzuholen lohnt. Hoffentlich sitzen ihnen die Strahler nicht zu locker.«

»Dann gehen wir«, drängte Flinx.

»Nur langsam, Freund.« Er wies auf die Sonne. »Wollen wir nicht besser warten, bis es Tag ist? Hier hat es bestimmt keiner eilig, am allerwenigsten die Leute, hinter denen wir her sind. Ich kann mir vorstellen, daß die ziemlich tief im Busch stecken.« Seine Hand wies auf die Ruinen und Büsche, zwischen denen der Weg hindurchführte. »Hier kriechen Viecher herum, denen ich lieber am Tage begegne, wenn ich ihnen schon begegnen muß. Ich baue einen Schutzzaun auf, und wir schlafen heute nacht neben dem Skimmer.«

Ein Strahlungszaun wurde im Halbkreis um den Skimmer aufgestellt. Das kompakte Fahrzeug hatte aufblasbare Matratzen und Schlafsäcke an Bord. Es wäre sicherer gewesen, im Skimmer zu schlafen, aber das Cockpit wäre schon für zwei Männer eng genug gewesen. Zwei Männer und Ab und zwei Minidrachs waren des Guten zuviel.

Eine aufblasbare Kuppel, die im Falle von Wind oder Sturm Schutz bieten würde, spannte sich über ihr Lager. Die halbdurchlässige Membrane der Kuppel würde der frischen Luft freien Zutritt lassen, jedoch alles abhalten, was größer und schwerer als ein Regentropfen war. Der Strahlungszaun weiter draußen würde neugierige Nachtgeschöpfe fernhalten, und darüber hinaus konnte man sich auf Balthasar und Pip verlassen, falls etwas wirklich Gefährliches auftauchen sollte.

Flinx lehnte sich auf die weiche Matratze zurück und blickte hinaus. Er war voll Ungeduld. Am liebsten wäre er gleich losgezogen, aber dies war immerhin Pocomchis Planet, und es war ein Gebot der Klugheit, seinem Rat zu folgen.

Außerdem, dachte er und gähnte wohlig, war er müde. Er legte den Kopf zurück. Durch das dünne Material der Kuppel konnte er in der warmen Tropennacht die Sterne in fremden Konstellationen zählen. Im Osten hing ein Paar runder, leuchtender Monde, völlig anders als die gezackten Umrisse von Flame, des nur selten sichtbaren Satelliten von Moth.

Der einzige Mond des fernen Ulru-Ujurr war größer als diese beiden zusammengenommen, dachte er. Die Erinnerung an seine Schüler, die unschuldige Rasse von Ursenoiden, die auf jener Welt lebten, beschäftigte ihn. Er fühlte sich schuldig. Eigentlich war sein Platz dort, statt durch das Commonwealth zu ziehen und ein Geheimnis enträtseln zu wollen, das sich ihm wahrscheinlich doch nie erschließen würde.

Eine warme Brise wehte durch das Fenster über seinem Bett herein. Leise knackende Geräusche, wie von Laub, das zerdrückt wurde, drangen an sein Ohr. So dauerte es nicht lange, bis das fremdartige Wiegenlied des Dschungels ihn in den Schlaf gelullt hatte.

Flinx erwachte von den ersten Strahlen der Sonne. Er rollte sich zur Seite, streckte sich und war sofort wach. Pocomchi lag auf der Matratze neben ihm und schnarchte für einen Mann seiner geringen Körpergröße geradezu ungeheuerlich. Seine Hand tastete nach dem Indio, um ihn zu wecken, und dabei runzelte er die Stirn. Irgend etwas fehlte, etwas, das so vertraut war, daß es eine Weile dauerte, bis er begriff, um was es sich handelte.

Er weckte Pocomchi, setzte sich auf und überlegte. Dabei wurde es ihm erneut bewußt, und im nächsten Augenblick suchte Flinx fieberhaft hinter der Matratze, rings um den Skimmer, auf der anderen Seite von Pocomchis Bett. Nichts.

Er öffnete den Reißverschluß der Tür, rannte hinaus und wäre fast in den Dschungel gerannt, ehe ihm der Strahlungszaun einfiel. An der Innenseite der schwach glühenden Sperre stehend, hielt er sich die Hände an die Lippen und schrie: »Pip! Wo bist du, Pip!«

Sein Blick suchte die Bäume und Tempeldächer ab, aber da war nur schweigender Stein und endloses Grün, das ihn zu verspotten schien. Nur das starre Schweigen der Ewigkeit antwortete ihm.

Er wandte sich um, rannte in die Kuppel zurück, kletterte in den Skimmer. Pocomchi war inzwischen ganz wach geworden und damit beschäftigt, die Luft aus seiner Matratze zu lassen, wobei er sich immer wieder den Schlaf aus den Augen rieb. Der Indio sah ihn an, sagte aber nichts. Es war besser, wenn der Junge seine eigenen Erfahrungen machte.

Flinx kroch hinter den zwei Sitzen durch in den Laderaum, wo Ab sich aufgehalten hatte. »Komm heraus, Pip! Das ist jetzt nicht mehr spaßig. Komm heraus, Pip!«

Als er schließlich aufgab und mit leerem Blick das Cockpit verließ, sah er, wie Pocomchi das Kuppelzelt einpackte und den Zaun abbaute. Der Indio sagte nichts, sah aber zu, wie Flinx an den Rand des Dschungels ging und wieder zu rufen anfing. Als der Junge sich schließlich heiser gerufen hatte, hatte Pocomchi all ihre Vorräte verstaut.

Jetzt blieb Flinx nur noch eines. Im Schatten des azurblauen Mauerüberhangs stehend schloß er die Augen und dachte wütend nach. Eine schreckliche Gefahr stellte er sich vor, eine schreckliche Gefahr aus dem Himmel! »Ich brauche dich, Pip! Es bedroht mich! Wo bist du, Begleiter meiner Kindheit? Dein Freund ist in Gefahr! Fühlst du es nicht? Es kommt näher, und ich kann gar nichts tun!«

Er setzte seine Vorstellung ein paar Minuten lang fort; bis ihm schließlich der Schweiß auf die Stirn trat und seine verkrampften Finger weiß wurden. Etwas berührte ihn an der Schulter, und er zuckte zusammen. Pocomchi sah ihn an.

»Du quälst dich umsonst, Flinx«, meinte sein Führer. »Rufen nützt nichts.« Eine Hand wies zu der dichten Vegetation hinüber. »Wenn etwas den Minidrach ruft, dann fliegt er. Du mußt wissen, daß das ihre Welt ist. Oder ist dir nicht aufgefallen, daß Balthasar auch verschwunden ist?«

Pips Verschwinden hatte Flinx so in Anspruch genommen, daß ihm das gar nicht aufgefallen war. Aber tatsächlich war der alte Minidrach, der sich sonst immer um Pocomchis Hals und Schultern ringelte, nirgends zu sehen.

»Pip und ich waren nie auch nur einen Tag getrennt, seit ich ihn als Fünfjähriger fand«, versuchte er dem kleinen Mann zu erklären. Sein Blick schweifte über die Dschungelgewächse. »Ich kann mir nicht vorstellen, daß er einfach wegfliegt und mich alleine läßt. Ich kann es nicht glauben, Pocomchi!«

Der Indio zuckte die Achseln und meinte mit leiser Stimme: »Kein Minidrach wird je völlig gezähmt. Außerdem bist du noch nie zuvor auf Pips Heimatwelt gewesen. Schau nicht so niedergeschlagen. Balthasar ist schon öfter weggeflogen und hat mich manchmal ein paar Tage allein gelassen. Er kommt immer wieder zurück.

Und falls du es vergessen hast, wir haben hier anderes zu tun. Da ist diese Spur, der wir folgen müssen, und dann wollen wir doch diesen Burschen mit den Ohrringen finden. Wir bleiben noch eine Weile hier in Mimmisompto. Wenn sie wollen, können Pip und Balthasar jederzeit unsere Gedanken orten.«

Flinx schien das zu beruhigen.

»Es sind wilde Geschöpfe, Flinx«, erinnerte Pocomchi ihn, »und das hier ist ein wilder Ort. Du kannst einfach nicht verlangen, daß die beiden so etwas nicht reizt.

Komm jetzt! Wir schnüren unser Bündel und machen uns auf den Weg.«

Mit mechanischen Bewegungen half Flinx dem Indio zwei Rucksäcke packen.

Als Pocomchi ihm behilflich war, seinen eigenen anzuschnallen und ihm dabei erklärte, wie die Gurte anzubringen waren, kam ihm plötzlich eine Idee.

»Was ist denn«, fragte er besorgt, »wenn wir das finden, weshalb wir hergekommen sind, und Pip nicht da ist, bis wir nach Alaspinport zurückwollen?«

Pocomchi starrte ihn an und hob leicht die Brauen. »Es hat keinen Sinn, darüber nachzudenken, Flinx. Balthasar bedeutet mir ebensoviel, wie dir dein Pip bedeutet. Wir haben miteinander eine Menge erlebt. Aber ein Minidrach ist kein Hund. Er wird nie deine Füße umschmeicheln. Das solltest du wissen. Minidrachs sind unabhängig und haben ihren eigenen Willen. Sie bleiben bei dir und mir, weil sie das *wollen*, nicht, weil sie uns brauchen. Ob sie zu uns zurückkehren wollen oder nicht, liegt ganz in ihrer Entscheidung.« Er lächelte. »Wenn wir hierher zurückkommen und sie sind noch nicht da, können wir nur eine Weile auf sie warten, und wenn sie dann noch nicht da sind ...« Er zögerte. »Nun, es ist ihre Welt.« Er wandte sich um und ging auf den Dschungel zu.

Flinx warf einen letzten Blick auf den Himmel über ihnen. Da kam kein geflügeltes Wesen plötzlich heruntergeschossen, um auf seiner Schulter Platz zu nehmen. Er reckte entschlossen das Kinn vor, schob sich den Rucksack auf dem Rücken zurecht und machte sich hinter Pocomchi auf den Weg. Bald war der Skimmer, verdeckt von Steinruinen und grünen Gewächsen, ihren Augen entschwunden.

Alle paar Minuten drehte er sich um und vergewisserte sich, daß Ab ihnen noch folgte. Dann wandte sich sein Blick immer wieder nach vorne. Er sah nichts als eng ineinander verschlungene Büsche, Lianen und Bäume und davor Pocomchis Kopf. Das schwarze Haar des Indios wehte, während er sich einen Weg durch die vom Dschungel überwucherte Stadt bahnte. Manchmal wuchsen die Dschungelpflanzen auch über den Weg, aber unter Pocomchis geschickter Führung fanden sie immer wieder auf den ursprünglichen Weg zurück.

Obwohl er es eigentlich besser hätte wissen müssen, dachte er die ganze Zeit nur an den verschwundenen Minidrach. Gefühle, die er längst glaubte abgelegt zu haben, schwollen in ihm an. Beinahe hätten sie ihn überwältigt, als ihm plötzlich eine kalte Hand überraschend sanft über die rechte Wange strich.

Ärgerlich sah er sich um und wollte schon seine Wut am Besitzer dieser eisigen Hand auslassen. Aber wie konnte jemand diesem Geschöpf mit seinen traurigen unschuldigen Augen und dem vorspringenden Mund, wo sein Haar sich eigentlich hätte befinden sollen, böse sein, das mit der Grazie einer vierbeinigen Ente hinter ihnen hertrottete.

»Sorgen, Sorgen, morgen, borgen«, verkündete Ab vergnügt. »Schlüssel und Quark, Schlüssel und Curry. Schwarzer gemeiner Pfeffer in meinem Geist« — und das verkündete er mit solcher Würde, daß Flinx sich kaum des Gefühles erwehren konnte, ob es nicht tatsächlich etwas bedeutete. Während er über den geheimnisvollen Vers nachdachte, stolperte er über eine Wurzel und fiel auf die Nase. Pocomchi hörte ihn fallen und wandte sich um. Der Indio schüttelte den Kopf, grinste und setzte seinen Weg fort.

Flinx rappelte sich auf und zog sich den Rucksack zurecht. »Du hast recht, Ab, es hat keinen Sinn, wenn ich mich aufrege. Ich weiß ja ohnehin nicht, was ich tun soll.« Sein Blick wanderte zum Himmel, und er suchte die Ränder der paar verstreuten Kumuluswolken ab. »Wenn Pip zurückkommt, kommt er zurück, wenn nicht ...« — seine Stimme war jetzt nur noch ein resignierendes Murmeln —, »geht das Leben auch weiter.

Ein wenig einsamer vielleicht, aber es wird weitergehen. Ich werde immer noch zu tun haben, und es wird Leute geben, zu denen ich zurückkehren will.«

»Ruf den Schlüssel, ruf den Schlüssel«, pflichtete Ab ihm bei, der hinter ihm dahintrottete. »Um ihn zu sehen, braucht man zwei zum Tango mit einer munteren Mango.« Er starrte Flinx erwartungsvoll an.

»Eine witzige Katharsis.« Der Junge schüttelte den Kopf und mußte wieder einmal über das komische Watscheln seines Schutzbefohlenen lachen. Was für ein Jammer, dachte er, daß dieser poetisch gestimmte Exote nicht genügend Verstand hatte, um sein Talent wirklich auszunutzen. Aber er hatte sich inzwischen daran gewöhnt, Abs Unsinn überhaupt nicht mehr zuzuhören, und so konzentrierte er sich wieder auf den Weg und ignorierte das Geplapper einfach.

»Schlüssel, der Schlüssel bin ich«, sagte Ab vergnügt. »Alles, was du sehn willst, bin ich. Harkatrix, Matrix, wie läufst du? Eine Suppe aus Strom und gewürztem Hadron.«

Sie gingen den ganzen Tag. Schließlich fand Pocomchi einen Ort, der sich als Nachtlager eignete. Der Weg schlängelte sich vor ihnen weiter in den Dschungel. Mit der Erfahrung des alten Dschungelgängers und vielleicht einer Spur von Zauberei schaffte es der Indio irgendwie, aus ihren Konzentraten eine Mahlzeit zuzubereiten, die nicht nur ihren Hunger stillte, sondern sogar schmeckte. Der volle Magen hätte Flinx sofort einschlafen lassen sollen. Statt dessen ertappte er sich dabei, wie er wach dalag, Pocomchi beim Schnarchen zuhörte und zum Himmel starrte. Das Ärgerliche war nur, daß dem Gewicht in seinem Magen nicht ein vertrautes Gegengewicht auf seiner Schulter gegenüberlag. Schließlich mußte er ein Schlafmittel nehmen, um wenigstens in unbequemen Schlummer fallen zu können. Der Morgen kam mit sorgenvoller Hoffnung, die jedoch gleich wieder verblaßte. Die Minidrachs waren nicht zurückgekehrt. Stumm brachen sie das Lager ab und marschierten weiter.

Pocomchi versuchte seinen Begleiter aufzuheitern, indem er ihm interessante Angehörige der Flora und Fauna zeigte, wenn sie daran vorüberkamen. Normalerweise hätte Flinx gespannt zugehört. Jetzt nickte er nur oder brummte gelegentlich eine kurze Bemerkung. Selbst Pocomchis Schilderungen der Tempelarchitektur rissen ihn nicht aus seiner Lethargie.

Inmitten einer Gruppe konzentrisch angeordneter Steinkreise hielten sie inne, um zu Mittag zu essen. Eine fünf Meter hohe Metallsäule inmitten der Kreise lieferte den Schatten. Sie wurde an allen vier Seiten von vertrauten Metallstreben gestützt. Die Säule selbst, von versteinerten Gewächsen und Schleim verkrustet, war an manchen Stellen stark korrodiert.

»Das ist ein Springbrunnen«, erklärte Pocomchi, während sie zu Mittag aßen. Er wies auf den Turm und die sich langsam zum Boden hin senkenden Steinkreise, die sie umgaben. »Ich vermute, daß wir inmitten einer Anzahl heiliger Teiche sind, die früher einmal von der Stadtbevölkerung für religiöse und andere Zeremonien verwendet wurden. Wenn das unterirdische Mimmisompo so wie alle anderen Städte auf Alaspin gebaut ist, ist das Wasser für diesen Brunnen unter der Erde hierher geleitet worden. Vermutlich durch Metallrohre.« Sein Finger griff in den Wasserstrahl. »Er schoß aus der Düse an der Spitze und fiel seitlich herunter, rann über die kunstvoll bearbeiteten Seiten und floß schließlich von einem Teich in den nächsten.« Er lehnte sich vor und biß von seiner Konzentratstange ab.

»Das leichte Gefälle der Teiche deutet darauf hin, daß der Ablauf in etwa hier ist.« Er deutete auf die Stelle. »Siehst du die geschnitzte Bank? Sie war für die Priester gedacht — die konnten dort sitzen und die Wasser segnen, die aus der Zisterne kamen. Auf der rechten Seite der Bank sollte ein ...«

Plötzlich verstummte er und beugte sich angespannt nach vorne.

Flinx spürte ein geistiges Knistern von seinem Begleiter ausgehen und starrte in dieselbe Richtung. »Ich sehe nichts. Was ist denn?« flüsterte er.

Pocomchi stand auf und gestikulierte. »Da, was ist das?«

Flinx konnte immer noch nichts sehen.

Der Indio ging vorsichtig auf die Zisterne zu und stieg von einer Stufe auf die nächste. Als er die steinerne Bank erreichte, beugte er sich über die letzte Mauer und wandte sich zu Flinx um. Seine Stimme klang seltsam angespannt.

»Hier liegen Tote«, sagte er ungläubig.

08

Die Überreste seiner Konzentratstange hingen Flinx wie vergessen aus der Hand, als er über die Mauer der Zisterne spähte. Auf der rechten Seite der heiligen Bank lagen nebeneinander hingestreckt drei Leichen. Ihre Kappen fehlten, und ihre schwarzen Anzüge waren zerfetzt. Zwei Männer und eine Frau.

In den Leichen steckten zwanzig Zentimeter lange Pfeile aus poliertem gelbbraunen Holz. Fünf winzige Flossen zierten das hintere Ende eines jeden Pfeils. Flinx schätzte, daß jede Leiche mit wenigstens sechzig oder siebzig der kleinen Pfeile gespickt war.

»Sie sind uns also hierher gefolgt«, murmelte er. Pocomchi suchte den sie umgebenden Dschungel mit geübtem Blick ab. »Sie sind uns nicht gefolgt — sie waren vor uns da. Sie müssen uns bei der Landung beobachtet und uns dann irgendwie überholt haben.« Sein Blick fiel auf die Leiche unmittelbar vor ihm. Man hatte ihr beide Augen ausgestochen, ebenso den beiden anderen Leichen.

»Sie wußten, daß wir hier durchkommen würden, also haben sie einen netten kleinen Hinterhalt aufgebaut.« Wasser tröpfelte aus der untersten Zisterne in das Abflußrohr. Ein jämmerlicher Überrest einer einstmals kräftigen Strömung. Pocomchi trat hinein und sah zu, wie sein Stiefel sich dunkel färbte.

»Das ist nicht der erste Überfall«, erklärte Flinx. Seine Augen waren nicht so geübt wie die Pocomchis, dafür konnte er aber den Dschungel, der Zeuge der Tat gewesen war, geistig absuchen. »Die Qwarm wollten Ab und mich schon auf Moth überfallen. Dort hat sie auch irgend etwas getötet.«

Pocomchi warf ihm einen überraschten Blick zu. »Wirklich? Dann weiß ich nicht, wer für deine Rettung verantwortlich ist. Es sei denn, es gäbe Otoiden auf Moth, aber davon habe ich noch nie etwas gehört.« Er beugte sich vor, packte einen der Pfeile, zog ihn heraus und hielt ihn Flinx hin.

Die Spitze bestand aus grob bearbeitetem Metall mit fünf Widerhaken. »Das ist ein Otoidenpfeil«, erklärte Pocomchi und drehte ihn in der Hand. »Sie schießen sie aus einer *Sikambi,* einer Art Blasrohr. Sie treffen nicht sonderlich genau, aber ...« — er wies auf die Leichen —, »das, was ihnen an Zielsicherheit fehlt, ersetzen sie durch die große Zahl.«

»Du hast recht«, bestätigte Flinx. »Auf Moth gibt es keine Otoiden. Wer war das also?«

»Wahrscheinlich meinst du, daß ich darauf eine einfache Antwort habe, oder?« erwiderte Pocomchi und blickte wieder zum Dschungel hinüber. »Nun, die habe ich nicht.« Er schwieg einen Moment lang, dann fuhr er fort: »Sie sind entfernt humanoid, etwa halb so groß wie du, ganz mit Pelz bewachsen, abgesehen von ihren Schwänzen, welche nackt sind. Sie sind nicht besonders schlau, aber seit es die Tempelbauer nicht mehr gibt, sind sie die dominierende Eingeborenenrasse geworden. Ihre manuelle Geschicklichkeit hilft ihnen. Jede ihrer zwei Hände hat zehn jeweils dreigliedrige Finger.

Sie können ziemlich gut klettern, aber ihr Schwanz eignet sich nicht zum Greifen, also bewegen sie sich in erster Linie auf dem Boden.«

»Eine Interaktion, Disreaktion, jeder ißt gern aus der Schüssel, Zeit zum Einsatz für den alten Schlüssel«, murmelte Ab und rannte durch die verschiedenen Etagen der Zisterne.

»Ab«, begann Flinx und wollte mit dem Kleinen schimpfen, doch plötzlich ertönten Kriegsrufe, wie sie vielleicht ein Baby mit ungewöhnlich tiefer Stimme hätte ausstoßen können.

Ab deutete und betastete etwas, das in seinem Rükken steckte. Es waren Pfeile. Die Spitzen hatten seine äußerste Hautschicht kaum durchdrungen. Er zupfte einen heraus, reichte ihn Flinx und lächelte breit. »Kleine-Jungen-Spielzeug, Spielzeug«, meinte er. »Kitzelspitzelkitzel.«

»Komm, Ab!« befahl Pocomchi eindringlich. »Kein Spielzeug. Du auch, Flinx«, herrschte er ihn an und versuchte ihn wegzuzerren, aber Flinx rührte sich nicht von der Stelle. Er starrte Ab an, dem das gute Dutzend Pfeile nichts auszumachen schien, die ihm im Rücken steckten.

Pocomchi schien jetzt ziemlich nervös zu sein. »Los! Wenn es denen gelingt, uns vom Skimmer abzuschneiden, sind wir erledigt. Komm oder ich laß dich und den Idioten zurück, dann kannst du sie begrüßen.«

Flinx ertappte sich dabei, wie er ohne zu denken den Weg hinunterrannte, den sie so mühsam zurückgelegt hatten. Ab hielt spielend leicht mit ihnen Schritt. Vor ihnen hallten Schreie. Pocomchi blieb ruckartig stehen.

»Sie haben uns bereits abgeschnitten.« Er sah sich ängstlich um. »Irgendwie müssen wir sie umgehen.« Etwas fuhr dicht vor Flinx in den Boden. Ein Otoidenpfeil.

Flinx stellte fest, daß Ab inzwischen ein weiteres Dutzend der gefiederten Pfeile abbekommen hatte. Sie schienen ihn nicht im geringsten zu stören; jedenfalls ließ er sich nichts anmerken. Flinx sagte sich, daß entweder die Sekundärhaut Abs ungewöhnlich zäh war oder daß der Kleine über irgendeinen inneren Mechanismus verfügte, der jede Wunde sofort abdichtete. Vielleicht auch beides.

Aber die bemerkenswerte Physiologie des Exoten würde er später studieren können. Das heißt — falls es ihnen gelang zu entkommen.

Pocomchi hatte sich niedergekniet und seinen Strahler auf die nahen Bäume gerichtet. Er rief Flinx wütend zu: »Worauf wartest du eigentlich, Flinx? Eine gedruckte Einladung? Oder hast du Lust, daß deine Augen in einen Otoidenkochtopf wandern?«

Flinx schloß sich Pocomchi an. Beide zogen sie sich in die Deckung von ein paar umgestürzten Baumstämmen und Überresten von Mauerwerk zurück. Hin und wieder sahen sie undeutlich schemenhafte Gestalten zwischen den Bäumen. Jedesmal, wenn Pocomchi eine solche Bewegung entdeckte, feuerte er.

Pfeile prallten klirrend von den Steinen rings um sie ab oder bohrten sich klatschend in die dicken Stämme. Hin und wieder riskierte es Flinx, einen Pfeil abzubekommen, und richtete sich auf, um Ab in Deckung zu ziehen. Der murmelnde Exote schien zwar nicht unter den Pfeilen zu leiden, Flinx hatte jedoch keine Ahnung, ob nicht sein Körper vielleicht seine Immunität allmählich verlor. Ab rollte sich zur Seite, brachte es irgendwie fertig, die Pfeile abzuschütteln und murmelte unsinniges Zeug vor sich hin, offenbar ohne die Schlacht auch nur wahrzunehmen.

»Wie viele sind das wohl?« fragte Flinx und duckte sich, als ein Pfeil mit Bronzespitze ganz in der Nähe seines Kopfes funkensprühend von einem Felsen abprallte.

Pocomchi richtete sich auf, gab einen Feuerstoß ab und duckte sich wieder. »Keine Ahnung. Niemand weiß, wie zahlreich die Otoiden sind. Die Xenobiologen wissen nicht einmal genau, wie sie sich fortpflanzen.

Und wie du ja wahrscheinlich schon vermutest, sind sie Besuchern gegenüber nicht gerade freundlich.«

Wieder gab er einen Feuerstoß aus seinem Strahler ab. Flinx spähte über die Wand, hinter der er Deckung gefunden hatte und sah eine wild gestikulierende Gestalt aus den Zweigen herausfallen. Dann vernahm er ein Krachen in der Ferne, als der Eingeborene auf den Boden aufprallte. Ohne ihren Pfeilhagel auf die drei Eindringlinge einzustellen, fuhren die Otoiden fort, untereinander zu schnattern. Flinx konnte nicht entscheiden, ob diese Konversation Aufmunterung für die eigenen Reihen darstellte oder zur Beleidigung der Feinde gedacht war. Es schien, als beobachteten sie Hunderte von grünen Augen zwischen den Bäumen. Er begann sich damit abzufinden, daß er ebenso wie die meisten Menschen den Ort und die Art seines Todes nicht würde selbst bestimmen können.

Er überlegte, was die Eingeborenen wohl mit den Augen toter Menschen anstellten. Und während er noch darüber nachdachte, hörte er ein zischendes Geräusch in der Luft. Ein blauer Energiestrahl, wesentlich dicker als die aus ihren eigenen kleinen Handstrahlern, zog über Flinx' Kopf dahin. Er schlug mit vernichtender Gewalt dort ein, wo die Eingeborenen am dichtesten konzentriert waren. Entsetztes Brüllen und Schreien drang an ihr Ohr, während ein riesiger Baum, der wie eine Kreuzung zwischen einem immergrünen Nadelgehölz und einer Kokospalme aussah, umstürzte und zwischen die versteckten Otoiden prasselte. Flinx sah, daß der blaue Strahl den Stamm glatt durchschnitten hatte. Ein zweiter Feuerstoß blauer Vernichtung zischte über ihnen hinweg, fraß sich durch Blätter und Vegetation und eine ganze Gruppe wütender Eingeborener. Doch diese schreckliche Demonstration moderner Waffentechnik verscheuchte die Otoiden keineswegs, wenn auch der Hagel von gelbbraunen Pfeilen spürbar schwächer wurde.

Flinx drehte sich zur Seite und rief in die Richtung, aus der die beiden Schüsse gekommen waren. »Wer ist da?«

Er und Pocomchi starrten gespannt den Weg hinunter. Eine Gestalt trat zwischen den Büschen hervor, die einen Energiestrahler in den Händen hielt, der fast so groß wie Flinx war. Flinx erkannte, daß es sich um ein schweres Armeemodell handelte, das vermutlich dazu bestimmt war, auf einem Dreibein montiert zu werden. Aber irgendwie gelang es dem Besitzer nicht nur, die schwere Waffe zu halten, sondern sie auch noch zu bedienen. Eine improvisierte Schlinge verteilte dabei den größten Teil ihres Gewichtes auf die Schultern des Mannes.

Und der Bursche selbst war so groß wie zwei Männer zusammengenommen. Seine Stimme paßte durchaus zu seiner Größe. »Hierher!« brüllte die Gestalt sie an, mit einer Stimme, die eher amüsiert als besorgt klang. Und die Mündung seiner titanenhaften Waffe beschrieb einen Halbkreis, worauf ein weiterer armdicker Strahl Bäume und Eingeborene in Brand setzte. »Ein bißchen fix, ihr beiden! Die sind bald über ihren ersten Schrekken weg.«

Pocomchi sprang auf und rannte los; Flinx dicht hinter ihm, um Felsen und Büsche herum und mit langen Sätzen über gestürzte Baumstämme springend. Hin und wieder drehte der eine oder der andere sich um und feuerte einen Schuß auf die Pfeilschützen zwischen den Bäumen. Ab hielt mühelos mit ihnen Schritt, wenn Flinx auch ständig aufpassen mußte, daß er nicht stehenblieb, weil irgendeine Blume oder ein Insekt das einfältige Geschöpf ablenkte.

Während sie rannten, stand die hünenhafte Gestalt vor ihnen auf einer kleinen Anhöhe und feuerte in das Rudel vor Wut heulender Otoiden. Sie hatten ihn inzwischen fast erreicht. Flinx hetzte die zerbröckelnden Überreste einer Steintreppe hinauf, rechts von ihm rannte Pocomchi. Die Mauer schien eine Million Meilen hoch.

Und oben stand ihr Retter. Aus der Nähe gesehen wirkte er noch riesenhafter als aus der Ferne. Sein weißes Haar flatterte in der warmen Brise. Sein Gesicht glich dem eines Hofnarren und eines irren Propheten zugleich. Obsidianfarbene Augen, gebräunte Haut, ein spitzes Kinn — und darüber ein Schnabel von einer Nase, auf die jeder Raubvogel stolz gewesen wäre. Sie ragte wie ein Rammbock aus seinem Gesicht.

Seine Hosen von auffälligem Moosgrün steckten in hohen Stiefeln. Auf seinem nackten Oberkörper, der mit einem pelzartigen Gewirr aus weißem Haar wie Stahlwolle bedeckt war, kreuzten sich die Tragriemen seines Strahlers und der mächtigen dazugehörigen Batterieanlage. Auch seine Arme waren dicht mit diesem Pelz bewachsen. Obwohl sie im Umfang Flinx' Schenkel bei weitem übertrafen, bewegte der Mann sich doch mit der erstaunlichen Behendigkeit eines Gorillas.

Ein Fluch ertönte, und Flinx wandte sich zu dem Indio um. Ein kleiner gefiederter Schaft zitterte in Pocomchis Hüfte. Der Indio rutschte ab, seine Finger krallten sich in das glatte Gestein. Er rutschte ab und stürzte, eine Blutspur auf dem weißen Stein hinterlassend.

Flinx konnte Pocomchi gerade noch rechtzeitig am Hemd packen, um seinen Sturz zu bremsen.

»*Schneller, verdammt noch mal!*« schrie der Hüne zu ihnen herunter. »Die haben ihren ersten Schreck überwunden. Jetzt sind sie wild, jeden Augenblick kommen mehr von ihnen.«

»Mein Freund ist verwundet!« rief Flinx zu ihm hinauf.

»Es geht schon«, sagte Pocomchi mit zusammengebissenen Zähnen. Er und Flinx wechselten Blicke, dann rannten sie den Rest des Weges zur Mauerkrone hinauf.

Irgendwie brachte der Riese über ihnen es fertig, den

mächtigen Strahler mit einer Hand zu halten. Sein anderer an einen Baumstamm erinnernder Unterarm senkte sich, und seine mächtige Pranke packte Pocomchi am Hemd. Zum Glück hielt der Stoff, während Pocomchi den letzten Meter bis zur Mauerkrone förmlich flog.

Flinx kletterte neben ihm in die Höhe.

Pocomchi trat einen Schritt vor, und sein Gesicht verzerrte sich schmerzhaft, als er den Pfeil aus dem Bein riß.

»Wir müssen zum Tempel zurück«, dröhnte der Hüne und gab wieder einen Feuerstoß aus seiner Waffe ab. Dann sah er Flinx an. »Ich kann uns nicht gleichzeitig damit Feuerschutz geben und ihn tragen.«

Anstelle einer Antwort schob Flinx den rechten Arm zwischen Pocomchis Beinen durch und packte ihn am rechten Schenkel. Dann nahm er den rechten Arm des Indios in die linke Hand, beugte sich vor, richtete sich auf und schwang sich den dunkelhäutigen Prospektor auf die Schultern.

»Ich komme schon mit ihm zurecht«, erklärte Flinx dem Hünen. Beide ignorierten Pocomchis Einwände. »Sie brauchen mir bloß den Weg zu zeigen.«

Eine Reihe weißer Zähne blitzte unter der unglaublichen Nase auf. »Ihr beiden habt denen einen verdammt guten Kampf geliefert, Jungchen. Vielleicht schaffen wir es alle drei bis zum Tempel, ohne aufgespießt zu werden.«

Während die Waffe des Riesen die Verfolger auf respektvolle Distanz zurückdrängte, arbeiteten sie sich in den scheinbar undurchdringlichen Dschungel hinein. Flinx spürte das Gewicht auf seinem Rücken kaum.

Einige Male, als es schien, als versperrte ihnen eine unpassierbare Wand aus Buschwerk und Schlingpflanzen den Weg, wies der Riese nach links oder rechts, und Flinx entdeckte jedesmal eine Spalte vor sich, wie sie nur ein erfahrener Dschungelkenner sehen konnte. Ab trottete hinter ihnen her. Ihn berührte all die Aufregung anscheinend nicht.

Der Lärm der Otoiden, die neben ihnen zwischen den Bäumen einherrannten, wurde lauter. Das Feuer aus der schweren Strahlwaffe brannte zwar gnadenlos jeden Eingeborenen nieder, der sich zu dicht heranwagte, aber Flinx schien es, als schlösse sich der Ring um sie immer enger.

Der Ausdruck im Gesicht des Hünen war nicht dazu angetan, Flinx' Sorge zu beheben. Der Schweiß rann ihm in Bächen über den mächtigen Brustkasten, und sein Atem ging in langen mühsamen Zügen. Auch seine Kräfte schienen Grenzen zu haben. Das Gewicht der Waffe begann sich bemerkbar zu machen. Sie war nicht dafür konstruiert, daß man sie als Handwaffe einsetzte, geschweige denn, daß man sie im Laufen trug und abfeuerte.

»Ich kenne dich nicht, Jungchen«, sagte er und versuchte durch Blinzeln den Schweiß loszuwerden, der ihm in die Augen rann. »Es ist durchaus möglich, daß die uns noch den Weg abschneiden.«

Sie rannten weiter, bis Flinx' Herz wie ein Hammer in seiner Brust schlug und seine Lungen protestierend ächzten. Der vorher so leichte Pocomchi schien inzwischen aus massivem Blei zu bestehen.

Und dann, gerade, als er glaubte, keinen weiteren Schritt mehr tun zu können, hörte er, wie ihr mächtiger Begleiter einen Ruf ausstieß. Flinx wischte sich den Schweiß und ein paar feuchte Haarsträhnen aus den Augen und bildete sich ein, er könne vor sich ein dunkles Rechteck ausmachen. Das uralte Portal erhob sich gute vier Meter und war etwa zwei Meter breit. Es bildete den Zugang zu einem von Lianen umsponnenen Tempel aus schimmerndem grünen Gestein. Der Tempel war von den übrigen Bauten isoliert, und seine Farbe schien dem ihn umgebenden Wald angeglichen.

Das Gebäude war, verglichen mit vielen imposanten

Bauwerken, die Flinx in Mimmisompo gesehen hatte, niedrig — höchstens zwei Stockwerke über der Erde, flach und oben von den Wurzeln der Dschungelgewächse angegriffen.

Er musterte ihr Ziel mißtrauisch. »Da hinein? Aber der ist klein und bietet kaum Schutz. Können die Otoiden nicht ...?«

»Du kannst ja versuchen, zu deinem Skimmer zurückzulaufen«, schlug ihr Retter freundlich vor.

Als sie erschöpft auf den Eingang zutaumelten, ging wieder ein Hagel von Pfeilen auf sie nieder. Einer zischte so dicht an Flinx vorbei, daß er ihm das Hemd unter dem linken Arm aufschlitzte. Er blickte an sich hinunter und sah, daß die Spitze ihm die Haut aufgerissen hatte und er leicht blutete.

Unmittelbar vor ihnen duckten sich ein paar Eingeborenengestalten ins hohe Gras. Smaragdfarbene Augen funkelten sie böse an.

»Das hat keinen Sinn«, keuchte Flinx erschöpft. »Jetzt sind sie schon vor uns.«

»Wie viele?« fragte der Große, duckte sich neben Flinx nieder und ließ seine Waffe kreisen.

»Ich weiß nicht, ich weiß nicht«, keuchte Flinx und überlegte, ob er es wohl schaffen würde, mit Pocomchis Gewicht auf dem Rücken wieder aufzustehen. Neben ihm imitierte Ab seine Körperhaltung und trillerte einen hoffnungsvollen Reim. Aber das war nicht dazu angetan, Flinx aufzumuntern.

»Die kleinen Teufel wissen, wie man kämpft und wie man sich versteckt. Wenn die es je schaffen, sich richtig zu organisieren, dann werden sie die Prospektoren und die Wissenschaftler von Alaspin davonjagen.«

Flinx warf ihm einen besorgten Blick zu.

»Wir müssen es riskieren, Junge«, entschied der Große.

»Riskieren, klistieren, tirilieren«, pflichtete Ab ihm erregt bei.

»Wir können nicht hierbleiben und wir können nicht umkehren.« Er schickte sich an, aufzustehen. »Ich gehe als erster. Damit bekommst du etwas Zeit ... und Dekkung, wenn du hinter mir bleiben kannst. Wenn es uns nur gelingt ...«

Vor ihnen waren plötzlich klatschende Geräusche zu hören. Ein paar faustgroße Kugeln aus rotem Feuer erschienen in dem finsteren Tempeleingang.

Flinx blickte nach oben und bildete sich ein, er könne eine Gestalt erkennen, die sich hinter dem grünen Gemäuer bewegte. Sie feuerte eine Waffe ab, welche die Energiekugeln produzierte.

Und wo so ein Ball auftraf, gab es eine kleine Explosion. Flammen schossen himmelwärts, um gleich darauf zu verschwinden und eine mannsgroße Säule aus hellbraunem Rauch zu hinterlassen. Die Otoiden, die ihnen den Zugang zum Tempel versperrt hatten, rannten davon — diejenigen, die dazu noch imstande waren. Rote Kugeln verfolgten sie.

»Das muß Isili sein«, verkündete Flinx' hünenhafter Retter. »Ich hab' mir schon gedacht, daß sie irgendwo in der Nähe sein muß. Zum Glück hat sie den Lärm gehört.« Er erhob sich zu seiner ganzen Größe. »Sie wird uns Deckung geben. Kommt!« Er bewegte sich auf den Tempeleingang zu, rannte mit mächtigen Sprüngen, die Flinx an die Topper erinnerten, die sie kürzlich überflogen hatten.

Jeder Muskel in seinem Körper schmerzte, und er merkte, wie er weiter und weiter zurückblieb. Jeden Augenblick erwartete er den scharfen Schmerz einer Metallspitze, die sich ihm ins Bein oder ins Kreuz bohrte. Aber jedesmal, wenn ein Otoide sich erhob, um einen Schuß auf die Fliehenden abzugeben oder sich näher an sie heranzuarbeiten, hüllte ihn eine karminfarbene Energiekugel ein, und er verschwand in einer Flammenzunge.

Jetzt merkte er, daß der Weg nach abwärts führte,

und sah, daß er den Tempel erreicht hatte. Er war am Ende der Treppe angelangt und bewegte sich wieder auf ebenem Felsboden. Etwas donnerte hinter ihm. Einen Augenblick lang erfaßte ihn Panik, aber das Geräusch kam von einer improvisierten Holztür, die sich krachend hinter ihnen geschlossen hatte.

Seine Augen hatten sich schnell dem etwas schwächeren Licht im Tempelinneren angepaßt. Kleine, offenbar batteriebetriebene Lampen hingen an der Decke oder waren an Felsvorsprüngen befestigt. Sie erreichten das Ende des Eingangstunnels und traten in einen hell erleuchteten Raum. Hier waren die Wände mit Reihen von herrlichen Schnitzereien verziert, mit Mosaiken aus Metall und Stein, die sich mit Fresken abwechselten, die Szenen aus der Antike von Alaspin darstellten.

Flinx hatte nur wenig Zeit, seine Umgebung zu bewundern, als er erschöpft zu Boden sank und es gerade noch schaffte, Pocomchi vorsichtig abzusetzen. Ab schlenderte zu einem Haufen ausgegrabener Steine und begann sie zu untersuchen.

Der Mann, der sie wenigstens für den Augenblick in Sicherheit gebracht hatte, rannte drei Stufen auf einmal nehmend zu einer Galerie hinauf, die den Saal oben umgab. Das Geländer, welches die Galerie abgrenzte, bestand ebenfalls aus behauenem Stein. Die Galerie lag gute drei Stockwerke über dem Boden des Saales.

Flinx sah, wie der Riese sich einer anderen, in der Ferne nur undeutlich zu erkennenden Gestalt näherte und kurz mit ihr redete. Dann wandte er sich um und rief zu Flinx herunter, wobei seine Worte halb vom Echo verschluckt wurden.

»Keine Angst, Jungchen, die haben jetzt aufgegeben. Sie werden ihre Verluste zählen, den Toten die Augen nehmen und sich eine Weile mit ihren Zeremonien beschäftigen. Dann werden sie beschließen, was zu tun ist.«

»Die werden doch sicher nicht eine so gute Befestigung wie diesen Tempel angreifen«, rief Flinx zu ihm hinauf. Die dicken Steinmauern machten ihn zuversichtlich. »Nicht bei den Waffen, die Sie haben«, schloß er und wies auf den Strahler, den der Mann gegen die Steinmauer gelehnt hatte.

»Verlaß dich lieber nicht darauf, auch morgen noch sicher zu sein«, meinte der Mann freundlich, während er die Treppe herunterkam. Er deutete auf die Waffe. »Ein vernünftiger Homanx würde sich nicht mit einer Mark Twenty einlassen, aber die sind weder vernünftig noch Menschen oder Thranx, Junge. Sie sind primitiv, und primitive Leute haben immer mehr Mut als Verstand. Außerdem glaubt jeder von ihnen wahrscheinlich, daß die Götter ihn im nächsten Leben bevorzugen, wenn er in der Schlacht stirbt. Wenigstens ...«, schränkte er mit einem bescheidenen Augenzwinkern ein, »ist das meine Theorie.«

»Sind Sie Anthropologe?« fragte Flinx interessiert.

Ein dröhnendes Lachen erfüllte den Saal, hallte von den Wänden wider und füllte jede Nische und jeden Mauervorsprung mit monumentaler Freude. Während der Mann Flinx' Frage genoß, nahm sich der Junge die Zeit, die Vorräte zu überprüfen, die sorgfältig aufgestapelt an den Wänden lagen. Es gab hier auch eine mächtige Matratze, ein Ladegerät und einen kompakten Autokoch, komplett mit Feuchtigkeitskondensator: Alle Anzeichen deuteten darauf hin, daß dies ein gut organisiertes effizientes Lager für einen längeren Aufenthalt war.

»Ich nicht, Jungchen«, erwiderte der Mann schließlich, nachdem er sich wieder in der Gewalt hatte. »Für mich ist die Wissenschaft ein Hobby, kein Gewerbe.« Er wandte sich um und winkte der Gestalt zu, die an der hohen Galerie am Fenster stand. »Komm runter, Isili! Sonnenuntergang. Du weißt, daß die uns heute nicht mehr belästigen!« Er senkte die Stimme und raunte Flinx verschwörerisch zu: »Isili ist hier für die Wissenschaft zuständig. Ich bin bloß ein Gehilfe ...« Er hielt inne, runzelte die Stirn.

»Was ist denn?« Flinx sah zu, wie der Mann auf ihn zuging und seinen Weg an ihm vorbei fortsetzte. Er sah, wie er sich über Pocomchi beugte und erkannte erst jetzt, daß der Indio kein Wort gesagt hatte, seit sie die Sicherheit des Tempels erreicht hatten.

»Schläft er?« erkundigte er sich voll Hoffnung.

Der Riese rollten den kleinen Indio auf den Bauch. Jetzt konnte man die zwei abgebrochenen Pfeile sehen, die ihm aus dem schmalen Rücken ragten. Der Weißhaarige schnitt eine verärgerte Grimasse, zog die beiden Pfeile heraus und drehte den Indio dann vorsichtig wieder auf den Rücken. Flinx sah Blut auf den Lippen des kleinen Prospektors. »He, Kleiner«, fragte der Riese mit sanfter Stimme, »wie fühlen Sie sich?«

Pocomchis Lider zuckten, dann öffnete er die Augen. »Wie sollte ich mich fühlen?« Er wandte den Kopf und blickte zu dem besorgten Gesicht auf, das sich über ihn beugte. »Wie bin ich hierhergekommen?«

»Der Junge hat Sie getragen.«

Pocomchi hob leicht den Kopf und lächelte Flinx zu. »Danke, Flinx. Zeitvergeudung, Fürchte ich.«

Auf allen vieren kroch Flinx neben die schlaffe Gestalt des Mannes. Pocomchi las den Ausdruck in dem Gesicht des Jungen. Er schüttelte leicht den Kopf und zuckte zusammen, als die Bewegung ihm Schmerzen verursachte.

»Nicht ... deine Schuld«, beruhigte er Flinx. »Meine eigene ... Sorglosigkeit. Ich hätte sie spüren müssen.« Er zwang sich zu einem Lächeln. Aber damit strapazierte er seine schnell schwindenden Kräfte bereits zu sehr.

»Kann ich irgend etwas für Sie tun?« fragte der Hüne mit schroffer Stimme.

»Wie wär's mit ... einem Schluck Tizone?« Flinx zuckte zusammen. Tizone war so illegal, daß nur wenige Leute überhaupt davon wußten.

»Tut mir leid, Kleiner, ich wollte, ich hätte welches«, sagte der Hüne.

»Trotzdem vielen Dank.« Pocomchis Stimme klang jetzt wie die eines Gespensts, die Silben verschwammen ineinander. »Jetzt werde ich ohnehin bald bei Habib sein«, keuchte er und blickte Flinx starr an. »Ich bin nicht religiös, aber der bigotte Narr ist dort, ich kann ihn spüren.«

»Grüß ihn von mir«, stieß Flinx hervor. »Nicht, daß das heutzutage viel wert wäre …«

»Nicht … deine Schuld«, wiederholte Pocomchi. Seine Augen schlossen sich. Seine Lippen bewegten sich, und Flinx mußte sich vorbeugen, um zu hören. »Wenn … du je Balthasar wiedersiehst … kratz ihn für mich am Hals.«

»Zweimal sogar«, versicherte ihm Flinx in einer Stimme, die kaum lauter war als die des Indios.

Doch Pocomchi hörte ihn ohnehin nicht mehr.

Langsam stand Flinx auf, zog sich seine Kombination zurecht und funkelte den Hünen an, der ihn stumm beobachtete. »Sobald es dunkel wird, versuche ich zum Skimmer durchzukommen. Vielleicht sind die so mit ihrer Zeremonie beschäftigt, wie Sie gesagt haben, und ich schaffe es. Sie sollten nicht versuchen, mich aufzuhalten. Die Leute in meiner Umgebung scheinen kein besonders langes Leben zu haben.«

Der Große schob die Unterlippe vor und musterte Flinx abschätzend.

»Nun, nun, das ist eine hübsche Rede, Jungchen. Aber, um es offen zu sagen, du siehst mir eigentlich nicht so aus wie einer, der Unglück bringt. Einfach ein Knirps bist du. Und recht viel abergläubischer, als ich es bin, kann man nicht so leicht sein. Außerdem — wenn die Grünen mit ihrer Party fertig sind, dann könnten sie ebensogut beschließen, daß sie von meiner Mark Twenty oder von Isilis Knallbüchse genug haben.«

Flinx sah ihn groß an. »Glauben Sie das wirklich?«

»Nee«, antwortete der Mann und wandte sich zu der Galerie, »aber der Gedanke wäre doch nicht übel. Isili«, rief er. »Hör auf, das Grünzeug draußen anzustarren und komm herunter, damit ich dir unseren Gast vorstellen kann! Ich wette, die Ots haben von uns genug.«

Eine durchdringende, beinahe brüchig wirkende Stimme rief herunter: »Wenn du dir das einbildest, träumst du, Skua.« Trotzdem legte sie die Waffe weg und kam die Treppe herunter.

Flinx versuchte Pocomchis Tod und die Verantwortung, die er seiner Ansicht nach dafür trug, aus seinen Gedanken zu verdrängen und musterte aufmerksam die Frau, die jetzt näher kam.

Sie war vielleicht fünf Zentimeter kleiner als er. Ihre Haut hatte eine kräftige olivgrüne Färbung, ganz ähnlich seiner eigenen, aber andere Züge an ihr deuteten auf eine andere ethnische Herkunft hin. Terra-türkisch entschied er und registrierte das puppenhafte Gesicht mit den bernsteinfarbenen Augen, dem etwas zu vollen Mund und das in weichen Weilen fallende Haar von schimmerndem Schwarz.

Sie erwiderte Flinx' Blick ein paar Sekunden lang und schien dann zu dem Schluß gelangt zu sein, ihn zu ignorieren. »Die kommen wieder«, versicherte sie ihrem Begleiter mit auffällig weicher Stimme. Und doch klang jedes Wort irgendwie schneidend, so als hätte sie jeden einzelnen Konsonanten spitz zugefeilt, ehe sie ihn über die Lippen brachte. Und was Flinx von ihrem Bewußtsein erkennen konnte, war hart wie Duralum.

Hübsch war sie, aber nicht auf die übliche Art. Sie war jene Art von Schönheit, die einen Mann mit einem Sinn für das Exotische beeindrucken konnte. Flinx verglich sie in Gedanken mit einer exotischen Speise. Entweder verdarb man sich dabei den Magen oder man erinnerte sich den Rest seiner Tage daran.

Vermutlich war ihr Körper unter dem Safarianzug so drahtig und zäh wie ihre Gedanken. Sie und der Riese waren einander so unähnlich, wie man es nur gerade sein konnte. Aber ihr Wesen, ihre klaren Gedanken, die Entschlossenheit, die er spürte, waren sich ähnlich, und das war es auch vermutlich, was die beiden verband.

Einer der Unterschiede bestand darin, daß sie den Wunsch des Riesen offenbar nicht teilte, Flinx zu beschützen. »Du hast uns eine Menge Ärger gebracht«, erklärte sie ihm mit brutaler Offenheit. »Bis jetzt haben wir noch keinen Ärger mit den Otoiden gehabt.«

»Du bist auch seit Wochen unser erster Besucher«, konterte ihr hünenhafter Partner, »sei uns willkommen, Junge.«

Erster Besucher ... dann hatten sie offenbar die Leichen der drei Qwarm nicht gesehen, sagte sich Flinx. Das war also wohl auch nicht nötig zu erwähnen. Bei der Frau war er ohnehin nicht besonders populär. Wenn er jetzt sagte, daß er und Ab von der Brüderschaft der Mörder verfolgt wurden, würde das ihre Einstellung ihm gegenüber nicht gerade verbessern.

Jetzt schien ihr Ab erst aufzufallen, und ihr Gesichtsausdruck zeigte so etwas wie Ekel. »Was ist denn das für ein groteskes Ding?«

Wieder mußte Flinx seinen Schützling erklären. Am Ende meinte er: »Ich kann nicht viel sagen, bloß Ihnen danken, daß Sie mir das Leben gerettet haben, Sie beide.« Die Frau murmelte irgend etwas Unverständliches, sah ihn dabei aber nicht an. Flinx wies auf die reglose Gestalt Pocomchis. »Ich weiß, daß mein Freund genauso empfunden hätte. Wenn Sie nicht gewesen wären, Mr. Skua ...«

»September«, sagte der Riese mit der weißen Mähne. »Skua September.«

»Wenn Sie nicht gewesen wären, dann läge ich jetzt tot und ohne Augen irgendwo dort draußen.«

»Wäre vielleicht besser gewesen«, murmelte die Frau, ging zu den Vorräten und riß einen Karton auf. Sie zog ein Röhrchen heraus, nahm auf einem glatten Stein

Platz und sog die Flüssigkeit aus dem durchsichtigen Plastikbehälter. Ihr Blick wanderte zwischen Flinx und September hin und her.

»Wäre besser gewesen, wenn du sie alleine gelassen hättest. Jetzt sterben wir wahrscheinlich alle. Ach, zum Teufel!« sagte sie und blickte gleichgültig zu Boden. »Wahrscheinlich hätte ich dasselbe getan wie du, Skua. Ich geh' jetzt hinauf und seh' mich noch einmal um.«

September schüttelte den Kopf. »Isili, ich hab' dir doch gesagt, daß die Otoiden nicht während der ...«

»Seit wann bist *du* ein Fachmann für Otoiden?« herrschte sie ihn an. »Niemand ist Fachmann für Otoiden. Ich glaube auch nicht, daß sie nachts angreifen, aber noch ist es draußen nicht ganz finster.« Sie kletterte die Treppe hinauf und nahm wieder ihren Platz an dem langen Fenster über dem Torbogen ein. Ihr Blick war nach draußen gewandt, die Waffe hatte sie sich unter den Arm geklemmt.

»Weiber!« murmelte September leise mit undurchdringlicher Miene. Er wandte sich Flinx zu und lächelte. »Möchtest du etwas essen, Jungchen?«

Flinx warf, statt zu antworten, einen Blick auf Pocomchis Leiche.

»Was, du bist doch nicht etwa heikel, Junge?« meinte der Riese mißbilligend.

»Nein, aber finden Sie nicht, daß wir ihn begraben sollten?«

»Sicher«, nickte September und ging zu dem geöffneten Karton mit Lebensmitteln. Er entnahm ihm ein paar kleine bunt gefärbte Würfel, schob sie sich in den Mund und kaute. »Heb ihn auf«, murmelte er mit vollem Mund, »und trag ihn hinaus. Ich werf' dir unseren kleinsten Excavator durch die Tür nach. Isili und ich werden uns bemühen, dir Deckung zu geben, während du ihm sein Grab schaufelst. Wer weiß, vielleicht hast du sogar eine Chance und überstehst es.«

Flinx gab nicht gleich Antwort. Vielmehr ging er zu

dem Lebensmittelbehälter und blieb daneben stehen. »Ich halte Ihren Sarkasmus zwar nicht gerade für zeitgemäß, aber ich denke, ich nehme doch ein paar von diesen Konzentraten.«

»Sarkasmus? Sarkasmus!« polterte der Große. »So etwas wie Sarkasmus gibt es gar nicht, Junge. Es gibt bloß ein paar von uns im ganzen Universum, die die Wahrheit akzeptieren und sich entsprechend verhalten. Tut mir leid, wenn ich dich beleidigt habe, aber außerhalb von Alaspinport nimmt diese Welt keine Kenntnis von Takt.«

Flinx dachte über seine Lage nach, während er einen Konzentratwürfel kaute, der herrlich nach Beefsteak und Pilzen schmeckte. Er wußte, daß das Konzentrat ebensowenig Beziehung zu einem echten Rindvieh hatte wie zu einem Thranx*vovey*. Aber wenn das Zeug auch durch und durch künstlich war, es war ein wahres Meisterwerk chemischer Synthesetechnik, und seine ausgetrockneten Geschmacksknospen taten ihr Bestes, diese nahrhafte Lüge an den Rest seines Körpers weiterzuvermitteln.

»Was machst du denn, so weit von der Stadt entfernt?« wollte September wissen.

Flinx hatte keine besondere Lust, diese Frage zu beantworten. Noch nicht jedenfalls.

»Die gleiche Frage könnte ich Ihnen stellen. Sie sagen, sie sei die Wissenschaftlerin?« Er wies nach oben, wo die Frau immer noch auf Wache stand.

»Ich stehe in ihren Diensten, Flinx. Zu behaupten, daß wir Partner seien, wäre etwas übertrieben. Isili Hasboga. Als Team sind wir gar nicht übel. Sie ist ebenso pessimistisch wie ich optimistisch.«

»Optimistisch?« brummte Flinx. »Auf dieser Welt?«

»Ah, wer ist denn jetzt sarkastisch, Jungchen?« fragte September vergnügt. »Sie ist eine der erfahrensten alaspinianischen Archäologen, die ich je getroffen habe. Und darüber hinaus ist sie ebenso habgierig wie ich, und du kannst mir glauben, das bedeutet eine ganze Menge, Junge. Wir haben unterschiedliche Gründe, zu Wohlstand zu kommen, aber das Ziel ist dasselbe. Isili will finanziell unabhängig werden, um den Forschungsaufgaben nachgehen zu können, die sie interessieren, anstatt das zu tun, was irgendein dämliches Institut von ihr verlangt. Meine Wünsche andererseits sind etwas praktischerer Art.«

»Und warum hat sie Sie ausgewählt?«

»Ich verstehe mich auf das, was ich tue«, erwiderte September leichthin. »Wenn ich einen Job habe, trinke ich nicht, nehme keine Drogen und halte mich von Traumhöllen fern — und außerdem bin ich ehrlich. Warum auch nicht? Es ist genauso leicht, ehrlich zu sein wie unehrlich.«

»Sie sind tatsächlich Optimist«, stellte Flinx fest.

»Sie hat sich nach zwei Jahren der Forschung für diesen schönen Tempel hier entschieden«, fuhr der Große fort. »Sie brauchte jemanden für die schwere Arbeit und um ihr Feuerschutz zu geben, wenn es nötig würde.« Er trat an die Mauer und strich zärtlich über die riesige Waffe, die dort lehnte. »Diese Mark Zwanzig beispielsweise. Es ist gar nicht so einfach, einen Otoiden in einem Baum zu entdecken. Mit diesem Spielzeug bläst man den Baum einfach um. Ich bin noch nie einem anderen Mann begegnet, der dieses Ding hier als Handwaffe gebrauchen konnte.«

»Sie liefert also den Verstand und Sie die Muskeln«, meinte Flinx. September ließ sich davon nicht reizen und grinste bloß. Flinx fragte sich, ob man den Riesen überhaupt ärgern konnte. Es war vieles an ihm, das auf innere Ruhe und Selbstvertrauen deutete. Eigenschaften, die einen über kleinliche Auseinandersetzungen erhaben machten. Und doch war irgend etwas am Geist dieses Mannes — etwas tief Vergrabenes, gut Verborgenes — das auf schreckliche Geheimnisse hindeutete.

»Es gibt da schon ein paar Ausnahmen, Junge«,

schloß er. »Ich bin nicht gerade ein Dorftrottel, und Isili ist viel mehr als eine zerbrechliche Blume, so gut sie auch gebaut ist. Was wir finden, teilen wir redlich.«

»Wenn wir etwas finden«, rief eine Stimme mürrisch zu ihm herunter. »Du redest zuviel, Skua. Fängst wohl an, einsam zu werden?«

»Aber Großmutter«, rief September gespielt überrascht hinauf, »was hast du für große Ohren.«

Sie erwiderte sein Lächeln nicht. »Damit ich besser Gründe sammeln kann, um dich zu entlassen und vor ein Gericht stellen zu lassen, weil du die Geheimhaltungsklausel deines Anstellungsvertrages verletzt«, konterte sie. Sie blickte wieder durch das Portal in die Schwärze hinaus und kam dann die Treppe herunter.

»Ah, der Junge ist kein Claim-Dieb, du dummes Ding«, murmelte September. Sie schob sich an ihm vorbei. »Was ist denn, keine Otoiden zum Braten gefunden?«

»Eines Tages«, knurrte sie, lächelte dabei aber, »hoffe ich, daß einer dieser mörderischen kleinen Eingeborenen dir einen Kupferbolzen in den ...«

»Aber Dummchen«, schalt er sie, »keinen Streit vor unserem Gast.«

Flinx spürte, daß sie darauf eine Antwort gehabt hätte, aber plötzlich wurde ihre Aufmerksamkeit auf Ab gelenkt. Sie ging an ihm vorbei und sah sich den Exoten gründlich an, musterte ihn von oben bis unten und ging um ihn herum. Ab seinerseits ignorierte sie und fuhr fort zu reimen.

»Komisch«, murmelte sie zu Flinx gewandt, »ich glaube, ich kenne diesen Tölpel, aber ich weiß nicht woher. Von welchem Planeten kommt er denn?«

»Ich kenne nicht Abs Welt«, erklärte Flinx, »aber ich wünschte mir, er wäre dort. Ab war Sklave, und ein Schausteller zeigte ihn auf dem Marktplatz von Drallar auf Moth. Ich habe ihn ganz zufällig bekommen«, erklärte er und überging dabei einige etwas kompliziertere Details dieses Vorgangs. »Er ist harmlos. Außerdem«, fügte er mit einem Anflug von Ehrfurcht hinzu, »scheint er gegen Otoidenpfeile und massive elektrische Schocks immun zu sein.«

»Um die erstgenannte Eigenschaft beneide ich ihn«, erwiderte sie. Dann baute sie sich vor Ab auf oder zumindest dort, wo sie glaubte, daß seine Vorderseite war, starrte ihm geradewegs ins Auge und sagte laut und deutlich: »Wo kommst du her…?« Sie sah Flinx an. »Wie hast du ihn genannt?«

»Abalamahalamatandra nennt er sich, aber er reagiert auch auf Ab«, antwortete Flinx.

»Also gut.« Sie trat noch näher, daß sie fast auf seinem grün und blau gestreiften Fuß stand. »Ab, wo kommst du her?«

Er rollte mit seinem blauen Auge. »Hetsel, Hetsel. Harmon nexus. Spezial nexus. Schulter rechts und tausend nexus, spatialer Solar plexus.«

Hasboga brummte enttäuscht, während September ohne großen Erfolg ein Grinsen unterdrückte. »Das ist eine nützliche Eigenschaft von Ab«, meinte Flinx und lächelte selbst. »Er bringt die Leute zum Lachen.«

»Dann ist er jedenfalls kein ganz gewöhnliches Tier«, entschied die neugierige Wissenschaftlerin und studierte Ab nachdenklich, »wenn er direkt auf Fragen reagiert.«

»Nicht unbedingt«, meinte September und lehnte sich gegen einen Steinbrocken. »Er könnte auch nur ein Mimiker sein. Dazu braucht es wenig Intelligenz.«

»Aber das, was er sagt, ist keine Wiederholung von dem, was er gehört hat«, wandte Hasboga ein.

»Ich habe einmal ein Tier gehabt«, flüsterte Flinx, aber niemand hörte ihn.

»Tier… Skandalschmied«, entschied Ab, schlug einen vierfachen Salto und landete auf den Händen. Sein Rüssel strich über den Boden und saugte Stücke von heruntergefallenen Konzentraten auf. Der Exote wirkte dabei so komisch, daß sowohl Flinx als auch September schallend lachen mußten. Selbst Isili lächelte.

»Ich hab' noch nie ein so komisches Biest gesehen«, erklärte der Riese. Er wischte sich das Haar aus dem Gesicht. Es fiel sofort wieder zurück, aber Flinx sah doch das, was er fast erwartet hatte.

»Der Ohrring!« schrie er fast.

»Was?« September sah ihn erschreckt an, dann furchten sich seine dichten Brauen. »Was starrst du mich so an, Jungchen? Fehlt dir was?«

»Der Ohrring«, erklärte Flinx schließlich und deutete auf den Kopf des Riesen. »Als Sie sich das Haar aus dem Gesicht strichen, habe ich ihn gesehen. Sie haben einen goldenen Ring im rechten Ohr.«

September griff unwillkürlich nach dem Ring, der inzwischen wieder unter seiner weißen Mähne verborgen war. »Nun ja, stimmt. Warum interessiert dich das, Junge?«

»Ich wollte nur ...«

»Augenblick«, unterbrach Hasboga und trat zwischen die beiden Männer. »Ehe das weitergeht, Skua ...« — sie wandte sich zu Flinx um —, »wir wissen immer noch nicht, was *Sie* hier machen. Bloß weil Sie jung sind, sind Sie für mich noch lange nicht vertrauenswürdig. Ihren komischen Exoten nehme ich Ihnen ja noch ab«, meinte sie und deutete mit einer Kopfbewegung auf Ab. Der Fremde stand jetzt auf zwei Beinen und zwei Armen und suchte den Boden nach Krumen ab.

»Aber was ist mit Ihnen und Ihrem unglücklichen Freund?« wollte sie wissen. Sie deutete mit dem Daumen auf Pocomchis Leiche. »Den habe ich sofort eingeordnet, als ich ihn sah. Alaspin wimmelt von Prospektoren. Aber Sie ...« Sie musterte ihn genauso eindringlich, wie sie vorher Ab gemustert hatte. »Sie sehen mir nicht wie ein Prospektor aus, und für einen Wissenschaftler sind Sie viel zu jung. Was haben Sie also hier in Mimmisompo verloren?«

»Ihr beide sucht euer Glück«, antwortete er nach kurzem Zögern. »Ich suche mich selbst.«

Wenn es aus irgendeinem Grund zu einer Auseinandersetzung, ja zu einem Kampf kommen sollte, so würde er — das wußte er — gegen diese beiden keine Chance haben. Er mußte sie davon überzeugen, daß er die Wahrheit sprach. Bis jetzt waren sie freundlich gewesen, aber sie hatten auch die Kraft dazu.

Das Problem lag bei Isili, das spürte er. Von ihr ging zwar keine offene Feindschaft aus, aber sie war so vorsichtig, daß das schon fast an Verfolgungswahn grenzte. Er versuchte auf geistigem Wege Verbindung mit ihr aufzunehmen und erhielt einen Eindruck ungeheurer Emotion, die kaum unter Kontrolle gehalten war. Zu seiner Überraschung war nur ein ganz geringer Teil davon auf ihn oder September gerichtet. Der größte Teil konzentrierte sich auf sie selbst. Sie war wie eine angespannte Feder: äußerlich im Ruhezustand; aber der geringste Anstoß würde ausreichen, um all die gespeicherte Energie wie eine Explosion auszulösen.

Er setzte sich auf einen geglätteten grünen Steinbrokken und berichtete von seiner Suche nach seinen Eltern. All die Einzelheiten, die er glaubte, seinen Gastgebern vorenthalten zu müssen, behielt er für sich. Er erwähnte Ulru-Ujurr und seine Flucht vor den Qwarm nicht. Schließlich beunruhigte schon seine Anwesenheit Hasboga genug. Warum es also schlimmer machen.

Er schloß mit dem Hinweis auf seine Suche nach einem großen Mann mit einem goldenen Ohrring und einem kleinen Minidrach, der vor mehr als einem Dutzend Jahren versucht hatte, ihn zu kaufen.

»Zwölf Jahre Standardzeit«, sagte er und starrte dabei September an. »Ich war damals fünf Jahre alt. Erinnern Sie sich daran?«

Isilis Augen weiteten sich. Sie sah September anklagend an. »Ein fünfjähriges Kind, Skua. Ts, ts.« Sie warf

Flinx einen wissenden Blick zu, als der Hüne nicht reagierte. »Er erinnert sich ganz bestimmt an etwas. Das ist das erstemal, daß ich ihn sprachlos erlebe.«

»Ja. Ich erinnere mich, Junge«, gab September schließlich zu. Er wirkte wie ein Mann, der einen Traum wiedererlebt, den er vergessen hatte. »Ich hatte einen kleinen Minidrach bei mir.«

»Haben Sie Moth auch mit ihm verlassen?« fragte Flinx gespannt.

»Nein.« In Flinx regte sich etwas, das er nicht begriff. Es war, als öffnete jemand eine Tür in ihm. »Er hat mich schließlich in einer Bar verlassen. Ich war betrunken. Minidrachs sind manchmal sehr impulsiv. Höchstwahrscheinlich wollte er nichts mehr mit mir zu tun haben.«

»Ich weiß, wie impulsiv die sein können«, pflichtete Flinx ihm bei. Daß Pip möglicherweise derselbe Minidrach war, den September verloren hatte, behielt er für sich. »Ich ... ich hatte selbst einmal einen.«

»Dann weißt du es ja. Und du weißt auch wahrscheinlich, Junge, daß es auf Moth als schweres Verbrechen gilt, giftige Geschöpfe einzuführen. Also konnte ich nicht gut zum nächsten Gendarmerieposten gehen und um Hilfe bitten. Die hätten mich sonst am Ende ins Gefängnis geworfen. Sicher, aber ich erinnere mich an die Sklavenauktion.« Je länger er darüber nachdachte, desto deutlicher schien seine Erinnerung zu werden. »Ich habe für dich geboten. Ich habe auf einige Sklaven ein und derselben Lieferung geboten.«

»Einige andere?« Flinx runzelte die Stirn. Das paßte nicht zu seiner Vorstellung. »Was für andere?«

»Ich weiß nicht, ob es eine gute Idee ist, dir das jetzt schon zu sagen, Jungchen«, erklärte der Hüne mit weicher Stimme. Aus irgendeinem Grunde schien er beinahe Angst vor Flinx zu haben, so als wäre der junge Mann eine Bombe, die jeden Augenblick explodieren könnte. Flinx begriff das nicht. Der Dialog entwickelte sich ganz und gar nicht so, wie er sich das in seiner Phantasie zurechtgelegt hatte.

Irgendwie schien diese letzte Spur fast unvermeidbar in eine Sackgasse zu führen. Eine mögliche Verbindung war bereits abgerissen. Sein Zusammentreffen mit Pip als Sechsjähriger schien rein zufälliger Natur gewesen zu sein.

»Für Sie selbst?« fragte er unsicher.

September verzog das Gesicht. »Ich wüßte nichts mit einem Sklaven anzufangen. Nein, Junge, ich habe im Auftrag einer Organisation geboten.«

Plötzlich schien die Spur wieder breiter zu werden, deutlicher. Vielleicht war der Riese gar nicht die letzte Station.

»Welche Organisation?« drang er in den Hünen. »Gibt es sie noch? Könnte man sie aufspüren, falls sie aufgelöst worden ist, die Verantwortlichen herausfinden?«

»Ruhig Blut, Junge«, riet ihm September und machte besänftigende Bewegungen mit beiden Händen. »Du hast uns doch schon gesagt, daß du letztes Jahr erfahren hast, wer deine Mutter war.«

»Ja. Sie ist tot. Sie starb, bevor ich verkauft wurde.« Insgeheim strengte er seine besonderen Fähigkeiten an und versuchte herauszufinden, ob diese Information in Septembers Bewußtsein irgendeine Reaktion auslöste. Aber er wurde enttäuscht. Da war nichts, nichts, was er feststellen konnte, weder auf geistigem Wege noch sonstwie. »Was meinen Vater angeht, so weiß ich nichts«, fuhr er fort, »ich weiß nur, daß mein leiblicher Vater nicht der Mann gewesen ist, mit dem meine Mutter verheiratet war. Ich hatte gehofft, ich würde vielleicht neue Informationen bekommen, die mich zu ihm führten, wenn ich herausfände, wer mich zu kaufen versucht hat.«

»Ja, das verstehe ich, Jungchen«, nickte September.

»Das gibt doch alles keinen Sinn«, knurrte Isili, bei

der man jetzt den Eindruck hatte, als habe sie genug von Flinx' Problemen gehört. »Was ist denn mit uns, Skua?« Sie schritt jetzt erregt auf und ab, ihre schwarze Mähne flog, und ihre bernsteinfarbenen Augen glühten. »Das gibt alles keinen Sinn, wenn all die Arbeit, die wir hier getan haben, für nichts und wieder nichts ist, und darauf läuft es hinaus, wenn die Otoiden uns nicht in Frieden lassen.« Plötzlich blieb sie stehen und wirbelte herum. »Monate der Planung, Jahre der Forschung und am Ende — nichts!« Sie rang enttäuscht die Hände. »Ich weiß nicht, warum ich mich so aufrege. Wahrscheinlich habe ich mich in diesem Tempel geirrt. Wir graben jetzt schon seit beinahe zwei Monaten und haben außer denen da nichts gefunden.« Sie wies auf die Schnitzarbeiten an den Wänden des Saales. »Und um die zu finden, brauchten wir keinen Stein zu bewegen. Hieroglyphen, Berichte ... welche Verschwendung!«

»Mir scheinen sie ungewöhnlich gut erhalten«, meinte Flinx. Er fand ihre Einstellung höchst unwissenschaftlich.

Sie erschreckte ihn, indem sie versuchte, seine Gedanken zu lesen. Die Energie, mit der sie das tat, ließ ihn zusammenzucken, wenn er auch wußte, daß sie über keinerlei Talente verfügte. Sie hatte einen starken Geist, diese Isili Hasboga, aber kein ESP-Talent.

»Sie glauben also, die historischen und wissenschaftlichen Aspekte unserer Ausgrabungen sollten mich stärker interessieren, was?« fragte sie schließlich. »Meine *wirkliche* Arbeit ist zu Hause, auf Comagrave. Es gibt dort eine Stelle in den Bergen der Klagenden, die noch nicht ausgegraben wurde. Keine Stiftung, kein Museum, keine Universität glaubt, daß es die Mühe wert ist.« Ihre Augen blitzten. »Aber ich weiß es besser! Sie haben unrecht, alle haben sie unrecht!«

Fanatismus bei der Suche nach Wissen blieb trotzdem Fanatismus, sagte sich Flinx.

»Ich weiß, was dort liegt«, ereiferte sie sich, »unter

den Grabhügeln. Und ich werde es finden, auch wenn ich das Geld für meine Expedition selbst aufbringen muß. Aber dazu brauche ich Kredits. Alle brauchen wir Kredits.« Sie richtete sich stolz auf. »Deshalb sind wir hier auf Alaspin. Und da Sie weder Wissenschaftler noch Forscher sind«, schloß sie und verzog verbittert das Gesicht, »glaube ich nicht, daß ich bei Ihnen Verständnis erwarten kann.«

»Ich verstehe Sie vielleicht besser, als Sie glauben«, antwortete er mit leiser Stimme. »Ich habe eine gute Freundin, eine junge Thranx, die in der Kirche Archäologie studiert hat. Sie hätte Sie früher einmal voll und ganz verstanden. Sie hat inzwischen andere Dinge gefunden, die sie interessieren.« Er fragte sich, wie es Sylzenzuzex wohl ohne ihn bei der Unterweisung der Ursenoiden auf Ulru-Ujurr ergehen mochte.

»Jetzt ist ohnehin alles umsonst.« Sie schien plötzlich kleiner zu werden. »All diese fremden feindlichen Eingeborenen in ihrer Unvernunft sollen verdammt sein! Und diese Welt und ihre endlosen Tempel dazu!« Sie atmete tief und resignierend. »Jetzt bleibt uns doch nichts anderes übrig, als hier herauszukommen und es irgendwo anders zu versuchen, Skua. Vielleicht lassen sie uns in Frieden, wenn wir uns zur anderen Seite der Stadt begeben. Aber irgendwo in Mimmisompo muß es sein. *Muß* ganz einfach!«

Flinx hatte keine Ahnung, was dieses ›es‹ wohl sein mochte. Es wäre indiskret gewesen, danach zu fragen, damit hätte er Hasbogas Argwohn nur verstärkt.

Aber jetzt, wo er den Mann mit dem Ohrring gefunden hatte, durfte er ihn nicht wieder gehen lassen. Nicht, bis jede einzelne seiner Fragen beantwortet war. Die Deckenbeleuchtung wurde heller und glich damit das immer schwächer werdende Tageslicht aus.

»Wenn Sie mit Ihren Grabearbeiten fertig sind«, meinte er zu September gewandt, »dann stelle ich Sie ein.«

»Du, mich einstellen?« Der Riese lächelte herablassend. »Womit willst du mich denn bezahlen, Jungchen? Mit Geschichten und den Späßen deines armen Exoten hier?« Er deutete auf Ab.

Flinx nahm es ihm nicht übel. Er hatte sich an diese Einstellung inzwischen gewöhnt. »Was auch immer Sie fordern, solange es nicht unvernünftig ist, kann ich bezahlen. Wieviel?«

»Das klingt wie ein ehrliches Angebot«, räumte September ein. Flinx glaubte zu erkennen, daß der Riese Hasboga einen verschmitzten Blick zuwarf. »Wenn wir tatsächlich hier aufgeben wollen ...«

»Dann könnt ihr beide zum Teufel gehen!« ereiferte sich Hasboga, deren mühsam unterdrückte Wut jetzt plötzlich zum Ausbruch kam. Sie funkelte Flinx an.

»Zuerst holen Sie uns die Otoiden auf den Hals, und jetzt wollen Sie mir Skua stehlen. Nun, Sie Knirps, so einfach geht das nicht. Sie sind nicht in der Lage, hier etwas zu kaufen, nur zu geben: Sie schulden mir viel. Wir haben Ihr armseliges, gerade begonnenes Leben gerettet, weil man auf Alaspin hilft, wenn jemand Hilfe braucht. Vergessen Sie das nicht.« Sie wandte sich von ihm ab und funkelte den amüsiert blickenden September an. »Und du, Skua, auch wenn du käuflich bist, vergiß bloß nicht, daß wir beide einen Vertrag miteinander haben. Wenn du unsere Beziehung freilich lösen willst, den Vertrag zurückkaufen ...«

»Was, die Beziehung lösen?« Seine buschigen Brauen hoben sich in gespielter Überraschung. Flinx hatte den Eindruck, daß die Beziehung zwischen diesen beiden vielleicht nicht nur rein beruflicher Natur war. Die Ohrfeige, die sie dem Hünen gab, ließ ihn zusammenzukken, aber September rieb sich nur die sich rötende Stelle im Gesicht und grinste noch breiter, fast vergnügt.

Sie ließ die beiden stehen, schritt hoheitsvoll zu der riesigen Luftmatratze und konzentrierte sich ganz auf den kleinen Lesebildschirm am Kopfende der Matratze.

Für Flinx waren es ein paar Augenblicke peinlichen Schweigens.

»Für eine Wissenschaftlerin benimmt sie sich manchmal schrecklich irrational, Jungchen«, vertraute September ihm an. Und dann fügte er irgendwie beruhigend hinzu: »Aber diese Stimmungen halten meistens nicht besonders lange an. Paß nur auf.« Er blinzelte ihm zu.

Dann schlenderte er zu der Matratze hinüber und setzte sich neben sie. Sie ignorierte ihn. Er tat so, als versuchte er über ihre Schulter hinweg mitzulesen.

»Isili, es ist wirklich nicht nett, vor dem Jungen eine solche Szene zu machen.«

»Ach, hau doch ab!« herrschte sie ihn an. »Ich habe zu tun.«

»Das sehe ich auch«, meinte er und tat überrascht, als er den winzigen Bildschirm betrachtete. »Ich sehe auch, was der Mann und die Frau machen, aber diese zwei Tentakelkatzen sind doch ...«

Sie seufzte übertrieben, blickte zu ihm auf und sagte in einem Tonfall, wie man ihn nur bei Kindern gebraucht: »Wie du ja sehen kannst, ist das ein wissenschaftliches Werk.«

»O ja, das sehe ich.« Er lehnte sich zurück, blickte zur Decke und pfiff gelangweilt vor sich hin. Flinx staunte über den Mann. Schließlich wußte niemand, ob sie den nächsten Abend erleben würden.

Hasboga wälzte sich zur Seite, setzte sich auf, stemmte die Hände in die Hüften und funkelte den Hünen an. »Willst du damit andeuten, daß ich mir Pornographie ansehe?«

»O nein«, setzte September an. »Nein, nein, nein, nein. Ich finde nur, daß man vor einem so jungen ...« Er deutete auf Flinx. »Und Tentakelkatzen.« Er gluckste mißbilligend.

»Hör zu, du Karikatur eines Menschen! Wenn du dir einbildest, du könntest mich ...« Sie hielt inne. September grinste immer noch. Sie bemühte sich, ihren Satz zu

Ende zu führen, schaffte es aber irgendwie nicht. Dann verzog sich ihr Mund, und plötzlich war ein beinahe scheues Lächeln zu sehen.

Und kaum war ihr bewußt geworden, was sie tat, spannten sich ihre Lippen wieder. »Das ist wichtige Arbeit«, murmelte sie lahm. Dann deutete sie mit einer schwachen Handbewegung auf Flinx. »Belästige doch unseren Besucher und laß mich in Frieden.«

Sie drehte sich um und wandte ihre Aufmerksamkeit wieder dem Bildschirm zu, aber Flinx spürte, daß die dunkle Wolke der Wut, die sie eingehüllt hatte, jetzt verflogen war.

September grinste und ging zu Flinx hinüber, neben dem er sich schwer niederplumpsen ließ. »Hast du gesehen? So übel ist unsere Silly gar nicht. Tatsächlich ist sie ein feiner Kerl. Jammerschade, daß es nicht mehr von ihrer Sorte gibt.«

Vom Bildschirm flog ein Kommentar herüber, aber was sie sagte, war nicht ohne weiteres zu verstehen. Jedenfalls klang es nicht mehr wütend.

»Im Augenblick interessierst du mich, Jungchen. Du bist weit gekommen, um mich zu finden. Du interessierst dich für diesen Tag vor einem Dutzend Jahren auf Moth. Ich werde versuchen, dir alles zu sagen, was ich sagen kann. Auf diese Weise erfahre ich vielleicht auch ein wenig.« Er seufzte. »Nachdem du erfahren hast, wer deine leibliche Mutter war, nehme ich an, du weißt auch, wer dich verkauft hat.«

»Ja.«

»Und kennst du auch den Grund?«

»Ich glaube schon.«

September schüttelte den Kopf. »Ich glaube nicht. Wenigstens nicht den ganzen Grund. Aber ich kann dir den Rest nicht sagen, noch nicht. Da spielen auch ethische Fragen mit.«

Flinx' Lachen klang so zynisch, daß er sich selbst darüber wunderte. »Sie sprechen mit jemandem, den man seinen Eltern weggenommen hat und den man wie ein Stück Fleisch auf einer Welt verkauft hat, die nicht die seine war.«

»Also gut«, nickte September, »dann nenne es ein geschäftliches Geheimnis. Wahrscheinlich werde ich es dir eines Tages sagen. Aber ich muß darüber nachdenken. Vergiß auch nicht, daß ich überhaupt nicht verpflichtet war, dir auch nur irgend etwas zu sagen.«

»Nun, lassen wir es für einen Augenblick dabei bewenden«, erwiderte Flinx großmütig, da er den Riesen ohnehin zu nichts zwingen konnte. Über seine nächste Frage mußte er sorgfältig nachdenken. Seit Monaten hatte er sich mit dieser Frage beschäftigt, sie immer wieder neu formuliert, über sie nachgedacht und überlegt, wie er sie verschiedenen Leuten stellen würde. Und jetzt war der Augenblick gekommen, diese Frage zu stellen. Vielleicht war dies der letzte Augenblick auf einer Suche, die ihn durch das halbe Commonwealth geführt und ihm Abenteuer eingetragen hatte, die die Phantasie der meisten Leute überstiegen.

Er vergaß alles, was er sich zurechtgelegt hatte, beugte sich vor und fragte in aller Naivität: »Sind Sie mein Vater?«

September reagierte seltsam. Er ließ sich nämlich mit der Antwort Zeit, und Unschlüssigkeit war das Letzte, was Flinx erwartet hatte. September blickte zu Boden, und ein Fuß von der Größe einer mittleren Landekufe zeichnete sinnlose Muster in den Staub. In dem herrschenden Schweigen wandte Flinx seine ganze Energie auf, um sein unsicheres Talent auf den Mann vor sich zu konzentrieren. Das, was September schließlich sagen würde, vorausgesetzt, er sprach die Wahrheit, war vielleicht das Wichtigste in seinem jungen Leben. Aber wie es so oft geschah, wenn er sich am eindringlichsten wünschte, daß seine Fähigkeiten funktionierten, ließen sie ihn im Stich. Manchmal funktionierten sie so exakt wie ein Laserstrahl und durchdrangen das Nichts zwischen den Welten. Jetzt war er nicht einmal imstande, seine eigenen Gedanken zu lesen.

Als September aufblickte, wirkte er geradezu überwältigend ernst. Alle Gedanken an Lug und Trug verließen Flinx. Dieser Mann würde jetzt nicht lügen. Er starrte ihn so durchdringend an, daß Flinx sich ein paar Augenblicke lang fragte, ob der Hüne nicht selbst über besondere geistige Talente verfügte. Aber die Intensität des Blickes war nur auf seine Konzentration zurückzuführen.

»Jungchen, Flinx, glaube mir, wenn ich dir jetzt sage, daß ich selbst wünschte, ich wüßte es.«

Flinx war so benommen, daß er ihn nur anstarren konnte. Mit einem Ja hätte er zurechtkommen können. Das war eine Antwort, mit der er sich in seiner Phantasie hunderttausendmal auseinandergesetzt hatte. Ein Nein hätte ihm etwas mehr Mühe bereitet, aber auch darauf war er vorbereitet gewesen. Aber ›Ich wünschte, ich wüßte es‹?

Diese unbestimmte Antwort kam so unerwartet, daß der Junge, der die Ulru-Ujurrianer organisiert, die Kirche übertölpelt und Conda Challis besiegt hatte, nur lahm hervorbrachte: »Was soll das heißen, Sie wissen es nicht?«

»Glaubst du nicht auch, daß ich es gerne wüßte?« fragte September fast bittend. »Ich bin unsicher. Ich bin unschlüssig, ich kann es nicht sicher sagen, weil ich es nicht sicher weiß. Für ein Vielleicht ist kein Platz, Jungchen. Es ist genau so, wie ich es gesagt habe, und das bedeutet ... ich könnte es sein.«

»Wir wollen doch nicht um die Dinge herumreden«, sagte Flinx langsam und mit kühler Stimme. »Haben Sie je mit meiner Mutter geschlafen. Sie war eine Lynx in Allahabad der Provinz Indien auf Terra?«

September schüttelte den Kopf und sah Flinx an, als sähe er ihn zum erstenmal. »Was für ein ungewöhnlicher junger Mann du doch bist. Du hast Verstand und

Mumm, Flinx, Junge. Du bist nicht zufälligerweise ungewöhnlich reich, oder?«

»Nein, das bin ich nicht.«

»Gut«, nickte September befriedigt, »wenn du das nämlich wärest und ich sagen würde, daß ich dein Vater bin, dann würde dich der natürliche Argwohn der Reichen dazu veranlassen, mir nicht zu glauben.«

»Woher wissen Sie denn, daß ich vorhätte, diesen Reichtum mit Ihnen zu teilen?« konterte Flinx. »Vielleicht ist es die Wut, die mich meinen Vater suchen läßt. Vielleicht würde ich Ihnen bloß das Gehirn aus dem Schädel blasen wollen.«

»Das würde ich dir nicht verübeln«, antwortete September ernst. »Aber ich habe nie mit deiner Mutter geschlafen, das weiß ich bestimmt. Noch bin ich je in der Provinz Indien, geschweige denn der Stadt gewesen, die du erwähnt hast. Ich habe keine Ahnung, wer deine Mutter war, und ich bezweifle, daß ich ihr Gesicht oder ihren Namen erkennen würde, wenn du mich jetzt damit konfrontieren würdest.«

»Das kann ich nicht«, erklärte Flinx. »Ich habe Ihnen doch gesagt, daß sie schon vor meinem Verkauf gestorben ist.«

»Das tut mir leid«, sagte September. In seiner Stimme klang echtes Mitgefühl mit, Mitgefühl mit einem Menschen, von dem er gerade behauptet hatte, ihn nie gekannt zu haben.

»Das verstehe ich nicht«, sagte Flinx. »Ich verstehe das einfach nicht.«

»Wer versteht schon?« meinte der Riese philosophisch.

»Wenn Sie meine Mutter nie gekannt, geschweige denn mit ihr geschlafen haben, wie können Sie denn dann auch nur auf die Idee kommen, mein Vater zu sein?«

»Das hängt alles zusammen, Jungchen, wie im Kreis«, meinte September geheimnisvoll, verschränkte die Hände hinter dem Kopf und lehnte sich zurück. »Warum, glaubst du wohl, war ich an jenem Tage auf Moth und habe versucht, dich zu kaufen, und warum, glaubst du, habe ich es nicht getan?«

»Sie hatten nicht genug Geld, um gegen Mutter Mastiff zu bieten?« schlug Flinx vor. »Die alte Frau, die mich schließlich kaufte.« Und dann erinnerte er sich an etwas, das der Sklavenhändler erwähnt hatte. »Sie haben die Auktion in Eile verlassen, und in der Menge war Polizei.«

»Sehr gut. Deine Gewährsleute haben ein gutes Gedächtnis«, nickte September. »Ich hatte genug Geld, um dich zu kaufen, dich und die anderen. Aber man hat mich gesucht. Irgendwie wußte die Polizei, daß ich auf Moth war. Und da man auf mich eine beträchtliche Belohnung ausgesetzt hatte, kamen sie in großer Zahl. Ich mußte schnell weg. So konnte ich den Auftrag, dich zu kaufen, nicht durchführen. Das war einer der wenigen Aufträge, die mir mißlungen sind. Übrigens, wieviel ist es dir denn wert, herauszufinden, ob ich wirklich dein leiblicher Vater bin?«

Daß er dafür würde bezahlen müssen, hatte Flinx nie bedacht. »Ich weiß nicht. Darüber muß ich selbst nachdenken.«

»Okay«, nickte der Hüne, »ich auch.« Er wälzte sich zur Seite, so daß die Steine unter ihm scharrten. »Wir können morgen weiterreden. Im Augenblick bin ich müde. Es war ziemlich anstrengend, dein Leben zu retten.«

Ob Vater oder nicht, Flinx hätte den Großen jetzt mit dem größten Vergnügen erwürgen können. Aber er hatte keine andere Wahl. Er durfte September auf keinen Fall gegen sich einnehmen. Er spürte, daß dies ein Mann war, den man nicht drängen durfte. Außerdem sagte er sich, hatte er schon so lange gewartet, daß es auf eine Nacht mehr nicht ankommen würde. Und müde war er selbst auch. Und im übrigen — ob seine Hände überhaupt ausgereicht hätten, den mächtigen Hals von September zu umspannen?

Und dann sollte sich zeigen, daß der Morgen des nächsten Tages keine Chance bot, ihr Gespräch fortzusetzen. Die automatischen Taster erfüllten ihre Funktion ebenso wie die Alarmgeräte, mit denen sie verbunden waren. Die drei Menschen im alten Tempelsaal erwachten von mörderischem Geschrei.

»Otoiden«, erklärte Hasboga lakonisch, griff nach ihrer Waffe und legte den Sicherungshebel um. Während Flinx sich noch den Schlaf aus den Augen rieb, rannte sie bereits zu dem Galeriefenster. Bis er völlig wach war, hatte September sich ihr oben an der Treppe angeschlossen. Die beiden rannten an dem breiten Schlitz in der Tempelmauer auf und ab und feuerten immer wieder auf Ziele, die sich ihnen unten boten. Ganz undeutlich konnte er das unablässige Schnattern der Otoiden hören.

Jetzt schloß Flinx sich ihnen an. Bald zischten Pfeile durch den schmalen Spalt, immer mehr Pfeile. September fluchte unablässig. Flinx, der neben ihm stand und zusah, wie die Mark Twenty Bäume fällte und Krater in den Boden riß, kam sich vergleichsweise hilflos vor, wenn er gelegentlich einen Schuß mit seinem kleinen Handstrahler abgab.

Ein Bolzen prallte von der Steinmauer ab und fiel unmittelbar neben Septembers rechter Hand zu Boden. Er blickte nach oben. »Die sind jetzt auf dem Tempeldach«, murmelte er, »wahrscheinlich ein ganzer Haufen. Viel länger können wir diese Galerie nicht halten.«

»Der Tunnel«, rief Isili, »schnell!«

Flinx hielt sich zwischen den beiden, als sie die Treppe hinunterrannten. Sie rasten durch den Saal. Hinter einer halbhohen Mauer im inneren Teil des Saales befanden sich fünf Stufen, die nach unten führten und die Flinx bisher nicht gesehen hatte. Ab schloß sich ihnen an und musterte den Eingang neugierig.

»Die werden bald die Tür offen haben«, brummte September. »Dieser Saal hat ein paar Hintereingänge, die wir verbarrikadiert haben, aber ich möchte wetten, die warten bloß darauf, daß wir irgendwo unsere Köpfe hinausstecken.« Er wies auf den niedrigen Tunnel am Ende der Stufen. Im Lichte der Deckenbeleuchtung war ein trockener Steinboden zu sehen.

September ergriff ein paar Kartons mit Lebensmitteln und stopfte sie in seine Hemdentaschen. Dann hielt er Flinx einen Armvoll Kartons hin. »Wir haben den größten Teil unserer Ausgrabungen in dem Tunnel gemacht. Das ist natürlich auch der einzige Eingang und Ausgang.«

Wieder prallten ein paar Pfeile von den Steinmauern ab. September wirbelte herum und hob seinen Strahler. Blaues Feuer überspülte das Galeriefenster, und als es wieder erlosch, sah man geschwärzten Stein und verkohlte Leichen.

»Kann sein, daß ihnen das einmal langweilig wird«, fuhr er fort, als hätte es überhaupt keine Unterbrechung gegeben. »Wenn nicht« — er duckte sich, als ein Pfeil über ihn hinwegzischte —, »dann haben wir immer noch die Wahl, sie anzugreifen oder zu verhungern. Aber ich glaube nicht, daß sie uns dort unten überwältigen können.«

Hasboga war ihnen bereits vorausgeeilt, und jetzt folgte ihr Flinx. September übernahm die Nachhut und gab ihnen Feuerschutz.

In dem schwachen Licht sah er, daß der Tunnel ein dreieckiges Profil hatte, die Decke über ihnen war also ziemlich schmal. Halbreliefs bedeckten die beiden Seitenwände, ein dritter schmaler Fries schmückte die Dekke. Der Boden bestand aus glatten, blauen und grünen und weißen Steinfliesen, wobei die weißen Fliesen wie glasiert glänzten, während die blauen und grünen eher wie Stein aussahen. Ab tänzelte brabbelnd hinter Flinx her.

Schließlich machten sie halt. Flinx ließ keuchend seine Lebensmittelbehälter fallen. Hasboga stützte ihre Waffe auf einen Steinhaufen, während September etwas links von ihr einen Platz für seine wuchtige Waffe fand.

Bald wich das Schweigen einem ohrenbetäubenden Schnattern, als eine Horde von Otoidenkriegern in den Tunnel quoll.

»Achtung«, flüsterte September erwartungsvoll.

Obwohl die Schlachtrufe der Eingeborenen wie Donner hallten, waren sie nichts im Vergleich zum Brüllen der zwei mächtigen Strahler, die auf die schreienden angreifenden Eingeborenen feuerten. Flinx kam sich vor wie eine Fliege im Landeschacht eines Frachtshuttle im Augenblick der Landung.

Der Tunnel wurde zu einem Flammenmeer, welches Stein und Otoiden gleichermaßen zu verschlingen schien.

Bei so viel auf engstem Raum konzentrierter Feuerkraft wäre Flinx' Handwaffe überflüssig gewesen. Also bewahrte er sich die noch verbliebene Ladung auf und überließ es Hasboga und September, den Feind zurückzuschlagen.

Schließlich dämmerte es den Otoiden, daß sie einen Punkt erreicht hatten, wo ihnen die zahlenmäßige Übermacht nichts mehr einbrachte. Heulend und schnatternd zogen sie sich zurück. Nur eine rauchende Spur von verkohlten Leichen zeugte von der stattgefundenen Schlacht. Da die leichte Brise nach innen wehte, stieg der Gestank dieses makabren Grills den vier Belagerten in die Nase.

»Und jetzt?« fragte Flinx. Sein Blick wanderte zwischen Hasboga und September hin und her. Trotz der offenkundigen Solidität der Steinmauern war er nervös. »Könnten die den Tunnel zum Einsturz bringen oder uns ausräuchern?«

»Was letzteres angeht«, meinte Hasboga, »schafft uns

das keine Probleme, wenn wir uns auch vielleicht die Tanks teilen müßten.« Sie wies auf einen Stapel Bergwerksgerät in einer Ecke. Darunter auch einige Atemmasken. »Und die Ureinwohner von Alaspin haben diesen Tempel solide gebaut«, fuhr sie fort und wies auf die sie umgebenden Mauern. »Ich glaube nicht, daß die Otoiden mit ihrem primitiven Werkzeug hier etwas ausrichten können. Und selbst wenn sie es könnten, bezweifle ich, daß sie es versuchen würden.«

»Warum nicht?«

»Wenn sie das täten«, erklärte September, »würden sie nie unsere Augen bekommen.«

»Schon wieder die Augen«, murmelte Flinx. »Was machen die denn mit den Augen der Toten?«

»Laß mal, Jungchen«, war die grimmige Antwort. »Das ist kein angenehmes Thema.« Flinx beschloß, nicht auf einer Erklärung zu beharren. Wenn das Thema September unangenehm war, brauchte er es auch nicht zu wissen.

»Die werden versuchen, uns auszuhungern«, verkündete der Hüne gleichmütig und blickte zu der Tunnelwand, hinter der er die Otoiden wußte. »Jedenfalls glaube ich nicht, daß sie in nächster Zeit noch einmal so einen Sturmangriff versuchen. Die werden sich jetzt zunächst hinsetzen und palavern.« Er ließ seinen Strahler dort, wo er ihn aufgebaut hatte, wandte sich um und lehnte sich an den Steinhaufen.

Flinx benutzte die Gelegenheit, sich mit seiner Umgebung vertraut zu machen. Eigentlich handelte es sich gar nicht um einen Raum oder eine Kammer, vielmehr um eine Ausweitung des Tunnels. Vielleicht waren die Reliefs an Wänden und Decke hier etwas reichlicher vorhanden, vielleicht auch etwas prunkvoller. Drei Meter weiter nahm der Tunnel wieder seine normalen Dimensionen an, und ein paar Meter dahinter endeten die glatten Wände in einer Art Damm aus eingebrochenem Stein und Felsen. Trotz Hasbogas Versicherungen war es also offenkundig, daß der alaspinianische Tempel nicht unverletzlich war.

Sie sah, in welche Richtung er blickte und meinte mit einem gewissen Maß an Begeisterung: »Wie Sie sehen, haben wir diesen Abschnitt hier gesäubert. Wir versuchen herauszufinden, wo dieser Tunnel hinführt. Ich habe Tausende von Tempelplänen studiert, dieser Tunnel hier ist jedoch einzigartig. Außerdem, wenn alaspinianische Tempel schon Tunnels haben, dann sind diese ganz präzise und im rechten Winkel angelegt und führen alle zu einem bestimmten Ziel, gewöhnlich zu anderen Bauten. Aber der hier ist völlig unlogisch. Er schlängelt sich einfach dahin, ohne Zweck und ohne Ziel. Im Vergleich zu den üblichen Straßen und Tunnels von Alaspin ist der hier eher wie ein Darm angelegt.«

»Und was erwarten Sie an seinem Ende zu finden?« fragte Flinx. Sie zuckte die Achseln und lächelte. »Einen Lagerraum, wenn wir Glück haben, Tempelmasken aus Iridium, einen Stadtschatz, irgend etwas Wertvolles, das die Priester in Mimmisompo verstecken und schützen wollten. Vielleicht sogar ein religiöses Zepter. Die haben normalerweise zum Schmuck dieser Zepter Crysorillium und Saphir benutzt. Vielleicht sogar opalisierende Diamanten.«

»Ohne Zweifel alle von hohem wissenschaftlichen Wert«, sagte Flinx. Sie warf ihm einen warnenden Blick zu. »Ich würde an Ihrer Stelle nicht kritisieren, Flinx, solange Sie nicht wenigstens zehn Jahre mit nutzlosen Projekten verschwendet haben, die von aufgeblasenen Idioten geleitet werden. Von Leuten, die nur das Glück hatten, sich die richtigen Eltern herausgesucht zu haben. Ich würde auch lieber auf meinem Heimatplaneten etwas Vernünftiges tun. Für mich ist sie ein Mittel zum Zweck.«

»Tut mir leid«, entschuldigte sich Flinx. »Ich wollte ...«

September ließ ihn nicht ausreden. »Für Entschuldi-

gungen ist später Zeit, Junge«, erklärte er und griff wieder nach dem Kolben seiner Mark Twenty. Wieder hallten wütende Schreie durch den Tunnel zu ihnen. »Da kommen sie wieder.«

Aber damit sollte er unrecht haben. Der Lärm kam nicht näher, wenn er auch nicht leiser wurde.

September spähte über die schützende Steinmauer hinweg. »Wahrscheinlich eine letzte Auseinandersetzung über die beste Taktik«, meinte er vergnügt. Die Schreie wurden jetzt lauter, und Flinx glaubte, Kampfeslärm zu hören.

»Scheint mir, die sind ziemlich wütend aufeinander. Gut! Eine Meinungsverschiedenheit vielleicht. Am Ende gehen die aufeinander los. Otoiden sind nicht besonders geduldig. Wäre nicht das erstemal.«

Hasboga nickte. »Ich habe auch schon von Eingeborenenangriffen auf Außenposten gehört, die am Ende zu einem Massaker der Otoiden untereinander geführt haben.« Sie schien erregt. »Das einzige, was die Otoiden noch mehr hassen als sich selbst, sind menschliche oder Thranx-Eindringlinge. Vielleicht haben wir eine Chance.«

»Dinglinge, Finglinge, eine Chance, keine Chance«, trillerte es hinter ihnen. »Sauer Bauer ißt den Mais ... sag mal siehst du dauerweiß.«

September sah sich kurz nach Ab um. Der Exote vergnügte sich am anderen Ende der Ausgrabung, indem er mit allen vier Händen Steinbrocken jonglierte. Plötzlich kam dem Riesen eine Idee, und er sah Flinx prüfend an.

»Wie wär's denn, wenn du diesen Tölpel als Ablenkung hinausschicken würdest? Dann wüßten wir gleich, ob die zu sehr miteinander beschäftigt sind, um sich um uns zu kümmern.« Ehe Flinx antworten konnte, fuhr er hastig fort:

»Möglicherweise fasziniert er die Otoiden so, daß sie ihn als Preis annehmen, schließlich hat er vier Augen, wo wir bloß zwei haben — und abhauen, ohne sich noch einmal um uns zu kümmern.«

»Nein«, erwiderte Flinx verärgert. Er sagte es mit Entschiedenheit, um keine Zweifel aufkommen zu lassen.

Aber damit gab sich September nicht zufrieden. »Warum denn nicht, Junge? Du hast doch selbst zugegeben, daß er dir eine Last ist. Er ist doch völlig verrückt und nützt keinem, und am Ende kommt er vielleicht sogar durch, je nachdem wie viele Pfeile er ohne Schaden erträgt.«

»Ab ist ein intelligentes Geschöpf«, antwortete Flinx mit Nachdruck.

September knurrte nur: »Er könnte uns vielleicht das Leben retten.«

»Er ist völlig hilflos«, fuhr Flinx leise fort, »hängt völlig von uns ab. Außerdem vertraut er mir. Ich würde ihn ebensowenig dort hinausschicken« — er wies in den Tunnel —, »wie ich eine verkrüppelte Katze nicht hinausschicken würde.«

»Das habe ich befürchtet«, seufzte September und sah zu Hasboga hinüber. »Unser junger Freund ist ein Idealist.«

»Sie sollten da nicht gar so sicher sein, September«, warnte ihn Flinx, »wenn es sein muß, kann ich den Idealismus auch ablegen.«

»Nur ruhig, Junge«, warnte September. »Isili, was meinst du?«

Hasboga starrte ihren Begleiter an und sah dann zu Flinx hinüber. »Der Exote gehört dem Jungen, und er ist für ihn verantwortlich«, erklärte sie, ohne dabei Flinx aus den Augen zu lassen. »Wir wissen immer noch nicht, ob die Eingeborenen untereinander kämpfen. Warten wir doch, was sie machen. Ich bin nicht bereit, irgendwelche drastischen Schritte zu beschließen, solange uns nicht das Essen oder das Wasser ausgeht. Ab bleibt, wenn der Junge es so will.«

»Musik, Musik, denk, Zeit und Glück«, reimte Ab vergnügt, ohne zu ahnen, daß sein persönliches Schicksal jetzt auf des Messers Schneide gestanden hatte.

»Dann werden wir eben auf sie warten«, seufzte September. »Ich warte nur nicht gerne, das ist alles.« Jetzt richtete er seine Aufmerksamkeit wieder auf den Tunnel. Wenigstens würde die kühle Luft den Fäulnisprozeß etwas aufhalten. Wenn nicht, dann könnte der Gestank der verwesenden Leichen sie zwingen, Atemmasken aufzusetzen, und natürlich, wenn die Eingeborenen versuchten, sie auszuräuchern.

Und dann schien es ganz unerwartet in dem Tunnel dunkler zu werden. Flinx kniff die Augen zusammen. War das nur eine Täuschung? September beugte sich über die Mauerkrone und versuchte, etwas zu erkennen. Die Dunkelheit kam näher.

»Was haben die denn vor?« erkundigte Flinx sich besorgt. »Füllen die den Korridor?«

»Nein«, murmelte der Große leise, »das glaube ich nicht.«

Hasboga erkannte als erste, was die Eingeborenen taten. »Die nehmen die Lichter ab«, erklärte sie, als es noch finsterer wurde. »Statt die Reflektoren abzudekken, nehmen sie sie einfach ab und entfernen sie aus dem Tunnel.«

»Die letzten drei aber bestimmt nicht«, erklärte September grimmig und beugte sich über den mächtigen Kolben seiner Waffe. In dem Augenblick schob sich ein Rudel kreischender Eingeborener um die Tunnelbiegung.

September zielte auf eine Stelle ganz in der Nähe des wertvollen Lichts und schoß einen Eingeborenen nach dem anderen nieder, als diese versuchten, zu der unzerbrechlichen Kugel emporzuklettern. Hasboga bemühte sich, den Rest der brüllenden Horde zurückzuhalten, und Flinx half mit seiner winzigen Pistole mit, so gut es ging.

Aber sie waren so dicht gedrängt, und es waren so viele, daß September schließlich seine Waffe einsetzen mußte, um sie aus dem Korridor zu treiben. Und so gelang es einem der Eingeborenen, die Lampe zu erreichen. Triumphierend riß er sie aus der Fassung.

Siegestrunken zog sich der Mob zurück. Nun waren nur noch zwei Kugeln da, eine auf halbem Wege zwischen der jetzt leeren Fassung und der Lampe, die nur ein paar Meter vor Hasboga an der Decke hing. Dahinter war es stockdunkel im Tunnel.

»Die werden sich wieder sammeln«, erklärte September niedergeschlagen, »und dann greifen sie erneut an. Der Erfolg hat sie jetzt aufgeputscht. Irgendein Kriegshäuptling hat sie jetzt unter Kontrolle.« Er wies auf die zweite Lampe auf halbem Wege zwischen ihnen und der Biegung im Tunnel. »Wenn sie die erwischen, haben wir Ärger.«

Das brachte ihn auf seine Idee zurück. Wieder deutete er auf Ab. »Wie steht's?«

Hasboga musterte den Exoten, warf dann Flinx einen abschätzenden Blick zu und packte ihre Waffe fester. »Noch nicht. Vielleicht schaffen sie es mit der nächsten Lampe nicht.«

September brummte etwas Unverständliches, ließ es aber dabei bewenden. Je näher der Tod rückte, desto weniger Sinn für Humor schien der Hüne zu haben, sagte sich Flinx.

Einige Stunden verstrichen, ehe die Stille im Tunnel wieder von einem schrecklichen Geschrei zerrissen wurde. Diesmal zuckte Flinx nicht zusammen, weil seine Ohren vom letzten Angriff noch wie taub waren. Aber obwohl sie entschlossen auf den Angriff warteten, kam es nicht dazu.

»Warum kommen die denn nicht?« murmelte Hasboga und versuchte sich in dem stockfinsteren Tunnelstück jenseits des Lichtkegels der Lampe zu orientieren. »Die versuchen uns Angst zu machen«, meinte September kühl, den das Geschrei nicht zu stören schien. »Kümmere dich nicht darum und halte dich bereit. Der Lärm tut ja nicht weh.«

»Physisch nicht«, erwiderte Hasboga. »Aber auf die Nerven geht er einem.«

Auch Flinx hatte das Gefühl, sein Blut müsse von dem Lärm gerinnen, als er auch noch nach einer halben Stunde kein Ende nahm. Er wollte gerade eine Bemerkung machen, als der Lärm zu verebben begann und es plötzlich ganz still wurde. Fast zu still.

»Bei O'Morion«, meinte September verblüfft. »Ich glaube, die sind weg.«

»Vielleicht bekämpfen sie sich tatsächlich gegenseitig«, mutmaßte Hasboga, die das selbst nicht zu glauben wagte.

»Nein, es kommt jemand«, teilte Flinx ihnen mit und schalt sich selbst im nächsten Augenblick dafür einen Narren.

Septembers Blick wanderte zum Visier seiner Waffe zurück. Einige Sekunden verstrichen, bis es ihm in den Sinn kam, zu Flinx hinüberzusehen. »Woher weißt du denn das, Jungchen? Ich kann weder etwas sehen, noch etwas hören.«

»Ich habe ein ungewöhnlich gutes Gehör«, log Flinx.

Er empfing Eindrücke von irgendeinem Bewußtsein, das dort vor ihnen im Korridor war. Darüber hinaus spürte er nichts. Sein Geist war seit dem vergangenen Tage mit so vielen Eindrücken überladen worden, daß sein Talent abgestumpft schien. Im Augenblick war er nicht imstande, das, was sich ihnen hier näherte, in irgendeiner Weise einzuordnen.

»Ja, ich höre auch etwas«, flüsterte Hasboga und hielt ihre Waffe an sich gepreßt, als wäre sie ein kleines Kind. In der herrschenden Stille konnten sie das Knirschen von Steinen hören.

»Die versuchen, ein paar gute Bogenschützen heranzubringen«, meinte September. »Aber damit sollen sie nicht durchkommen.« Er drehte die Energiezufuhr seiner Waffe etwas herunter.

In der herrschenden Stille war jetzt nur ihr eigener Atem zu hören. Und so kam ihnen die sanfte, fast pedantisch klingende Stimme, die plötzlich ertönte, viel lauter vor, als sie tatsächlich war.

»Bitte schießen Sie nicht«, bat sie in perfektem Terranglo, aber mit leichtem Akzent. »Ich hoffe, Sie sind alle unverletzt.«

»Das ist ganz eindeutig eine Thranxstimme«, sagte September verwirrt. Er stand auf und spähte in die Finsternis. »Kommen Sie weiter, wer auch immer Sie sein mögen!«

Wieder war das Knirschen zu hören. Und dann traten zwei Gestalten ins Licht, einer ein würdevoller Thranx von beträchtlichem Alter, offenbar derjenige, der gerufen hatte. Seine Antennen hingen herunter, und sein Chiton war von tiefer Purpurfarbe. Aber das Insekt schritt sicher und fest, und seine blitzenden Facettenaugen waren so hell wie die nur weniger junger Thranx. Sein Begleiter war ein hochgewachsener schlanker Mensch von vergleichbarem Alter.

»So schnell wir auch kommen, war es nie schnell genug«, verkündete der Thranx müde. »Niemand von Ihnen ist verletzt?«

»Nein, nein«, antwortete Isili Hasboga. Sie versuchte, an den beiden Gestalten vorbei in die Finsternis des Tunnels zu sehen. »Was ist aus den Otoiden geworden?«

»Ich würde gerne sagen«, erwiderte der hochgewachsene Mensch in etwas geziertem Terranglo, »daß wir zwischen ihnen gelandet sind, die Situation auf freundschaftliche Weise diskutiert und sie überzeugt haben, in Frieden abzuziehen. Unglücklicherweise übersteigt aber ihre Kampfeslust ihre Intelligenz um ein Wesentliches.« Das schien ihm peinlich. »Unser Skimmer steht vor dem Tempeleingang. Wir haben ein paar schwere Waffen dabei.«

»Offen gestanden, würde es uns nicht enttäuschen, wenn Sie die kleinen Biester ausgetilgt hätten«, erklärte September, stand auf und klopfte sich den Staub von Händen und Kleidern.

»Es tut mir leid«, erwiderte der Thranx frostig, »aber Genozid ist nicht unser Geschäft.«

Es war höchst ungewöhnlich, daß ein Thranx so perfekt Terranglo sprach, das wußte Flinx, als er vortrat, um ihre Retter besser sehen zu können. Tatsächlich war ihm sein ganzes Leben lang nur ein einziger Thranx begegnet, der die Sprache der Menschen wie ein Eingeborener sprach. Und das war ...

»Truzenzuzez!« schrie er und rannte an dem verblüfften September vorbei. *»Bran Tse-Mallory!«*

10

Die beiden Partner, Prospektor und Archäologe sahen verblüfft zu, wie ihr junger Besucher die beiden eigentümlichen Retter lautstark begrüßte.

Tse-Mallory lächelte sein dünnes kleines Lächeln, welches mehr von seiner Begeisterung verbarg, als es je offenbarte. Der Eint Truzenzuzex gab klickende Geräusche auf Hochthranx von sich, welche eine Begrüßung ausdrückten, in die sich großes Vergnügen mischte, und fügte dann auf Terranglo hinzu: »Dich wiederzusehen, ist ein großes Vergnügen, junger Flinx.«

September beobachtete die offenkundige Wiedersehensfreude mit offenem Mund. Dann furchte sich seine Stirn konzentriert, und er begnügte sich damit zuzuhören und zu beobachten.

»Ich fühle mich geistig und emotionell erwärmt, wenn ich es auch physisch nicht sein kann«, verkündete der Thranxphilosoph. »Ich muß ... dich also bitten, deine Arme ... von meinem b-Thorax ... zu lösen ... damit ich atmen ... kann.«

»Oh, es tut mir leid«, entschuldigte Flinx sich und löste seine Arme von dem alten Insekt. Jetzt pulsierten die acht Atemtracheen wieder frei. »Aber was führt euch hierher, meine Freunde? An keinem Ort des Universums hätte ich erwartet ...«

»Alles zur richtigen Zeitebene, Junge«, unterbrach ihn Tse-Mallory und hob besänftigend die Hände. »Im Augenblick würde ich vorschlagen, daß wir uns aus diesem beengten Ort entfernen. Die Eingeborenen könnten auf die Idee kommen, zurückzukehren. Von einem so tief gelegenen Ort aus können wir die Waffen unseres Skimmers nicht wirkungsvoll einsetzen.«

»Dafür bin ich auch«, knurrte September. »Schließlich ist die Miete für dieses Rattenloch bezahlt.« Er hob seine Mark Twenty auf.

Angeführt von Tse-Mallory machte sich die kleine Gruppe aus Rettern und Geretteten auf den Weg.

Hasboga beschleunigte ihre Schritte, bis sie Flinx erreicht hatte. Sie war gleichzeitig erleichtert, verwirrt und vorsichtig. »Sie kennen die beiden offensichtlich«, flüsterte sie anklagend.

»Es sind alte Freunde, wie ich sagte«, gestand Flinx bereitwillig.

»Was machen sie hier? Nicht, daß ich ihr Erscheinen bedauerte«, fügte sie eilig hinzu, um nicht undankbar zu wirken, »aber Sie sagten, Sie wären, abgesehen von dem, der tot im Tempel liegt, alleine hier gewesen.«

»Ich habe die Wahrheit gesagt«, nickte Flinx. »Ich war ebenso überrascht, sie zu sehen, wie Sie und September das waren.« Und dann veranlaßte ihn eine plötzliche Eingebung, sich umzusehen. Und tatsächlich saß Ab immer noch in dem Alkoven und spielte mit Steinen.

»Komm schon, Abalamahalamatandra!« rief er ungeduldig.

Ab blickte auf. »Kommen, frommen, fliegen, liegen«, murmelte er, vielleicht im Selbstgespräch, vielleicht zu Flinx gewandt, vielleicht auch für niemanden bestimmt.

Vor Ab waren zwölf Steine in einem regelmäßigen

Kreis angeordnet. Der Exote war dabei, mit zusätzlichen Steinen ein abstraktes und scheinbar bedeutungsloses Muster in der Mitte des Kreises zu legen. Er hatte die Steine in einer kleinen Bodensenke gefunden, in die er während der Flucht getreten war.

Auf das Drängen von Flinx hin schob er die Steine, Diamanten, Tansaniten und ein paar faustgroße schwarze Smaragde in das kleine Loch zurück. Sie fielen auf den Grund der kleinen Senke. Einer prallte von einer alaspinianischen Doppelteufelsmaske ab, die einen Meter hoch und ebenso breit war, aus massivem Platiniridium bestand und mit facettierten Steinen besetzt war. Sie lag auf einem kleinen Berg aus ähnlichen Kunstgegenständen.

»Geh!« befahl Ab, rappelte sich auf und tänzelte hinter Flinx her, den Korridor hinunter.

Als sie in den Tempelsaal zurückkehrten, den sie vor einigen Stunden verlassen hatten, begrüßte sie warmes, freundliches Tageslicht, das durchs Galeriefenster und durch die Tür hereinfiel. Zerbrochenes Holz, die Überreste der eingedrückten improvisierten Tür, bedeckte den Boden.

Hasboga warf einen Blick auf die Vorräte, die sie zurückgelassen hatten, und stöhnte. Alles Eßbare war verschwunden. Alles Nichtorganische zerbrochen, zerfetzt und in Stücke gerissen. Die Schlafmatratze war ein Haufen aus Plastikflocken, mit denen der Wind spielte. Ihr Autokoch, die einzige Möglichkeit, auf synthetischem Wege ein vernünftiges Mahl zusammenzustellen, war nur noch Schrott. Ohne Zweifel würden die Metallteile, die man davon abgerissen hatte, bald Hunderte von Otoidenpfeilspitzen bilden.

»Das ist das Ende«, seufzte sie und wühlte niedergeschlagen in den Überresten eines zerfetzten Traumes. »Ich habe nicht das Geld, das zu ersetzen.« Sie wühlte in dem Schutt und hob schließlich ein halb abgerolltes Band auf.

»Wie sie uns hassen«, murmelte sie. »Warum?«

Eine Hand legte sich auf ihre Schulter. September blickte auf sie herab, und in seinem Blick mischte sich väterliche und nicht so väterliche Zuneigung. »Irgendwie werden wir die Kredits schon zusammenkratzen, Isili, wenn du wirklich eines Tages hierher zurückkehren willst. Es ist ja nur Geld. Ich bin schon ein Dutzendmal in meinem Leben reicher und ebensooft genauso pleite wie jetzt gewesen. Die Waage kommt immer wieder ins Gleichgewicht.«

»Nein, für mich nicht«, antwortete sie resigniert und warf die Bandspule auf den Boden. Dann schniefte sie laut. »Aber, ich will nicht weinen, das ist unwissenschaftlich, und man bekommt nur Falten davon. Außerdem nützt es nichts.«

»Völlig richtig«, sagte September und nickte. Dann wandte er sich von ihr ab, damit sie ungehindert ihren Tränen freien Lauf lassen konnte. »Ich habe gesagt, daß wir die Kredits irgendwo bekommen, und das werden wir auch!« Er studierte die Otoidenleichen, die ringsum auf dem Boden lagen. In den Tempelmauern waren ein paar tiefe Löcher zu sehen. Sie legten Zeugnis von der Wirksamkeit der Waffen der beiden Neuankömmlinge ab. »Sie haben teuer dafür bezahlt«, murmelte der Riese und untersuchte die toten Otoiden.

»Wir fühlen mit Ihnen«, klickte Truzenzuzex und machte eine Bewegung, die wie ein Segen wirkte, »aber wir sollten uns beeilen. Wenn welche zurückkommen, sind sie sicherlich ärgerlicher als die hier.« Der alte Thranx sah zu, wie September Hasboga zu trösten versuchte. »Wir kennen Sie nicht, und Sie kennen uns nicht«, erklärte er dann. »Wir haben Zugang zu gewissen Mitteln. Ihr Verlust berührt uns.« Sein herzförmiges Gesicht legte sich etwas zur Seite und blickte zu dem hochgewachsenen Menschen auf, der neben ihm stand. »Bran, können wir diesen beiden nicht helfen?«

Hasbogas Miene hellte sich auf, und ihr Blick wanderte unsicher zwischen Mensch und Insekt hin und her. »Edle Herren, wir würden tief in Ihrer Schuld stehen ...«

»Wir sind keine Adeligen«, verbesserte Tse-Mallory. »Meinen Namen kennen Sie jetzt ja. Mein Begleiter ...« — er tippte den b-Thorax des Insekts an — »ist Philosoph und hat bei den Thranx den Rang eines Eint. Wir gehörten beide der Vereinigten Kirche an und haben ihr gedient.«

»Und wem dienen Sie jetzt, Tse-Mallory?« fragte September.

Das faltige Gesicht lächelte undurchdringlich. »Unserer eigenen Neugierde. Und Ihre Namen?«

»Das ist Isili Hasboga, meine Chefin«, antwortete September, ohne auf den vorwurfsvollen Blick zu achten, mit dem sie ihn bedachte, »und ich bin Skua September. Wir wären Ihnen für jedes Darlehen dankbar, das Sie uns gewähren könnten.«

Tse-Mallory sah sich Auge in Auge einem Mann gegenüber, der wohl doppelt so breit war wie er. »September ... irgendwie kommt mir der Name bekannt vor.«

Der Riese grinste. »Ich wüßte nicht, woher, Tse-Mallory, Sir.«

»Ich sehe, du bist nicht grundsätzlich dagegen«, meinte Truzenzuzex zu seinem Freund gewandt. »Wir können ja später über Geld und Erinnerungen reden, nachdem wir diesen gefährlichen Ort verlassen haben. Wenn Sie sich jetzt alle beeilen würden«, drängte er erneut, »unser Skimmer steht draußen.«

Alle setzten sich in Bewegung ... mit einer Ausnahme.

Flinx hatte die vorangehende Unterhaltung kaum mitgehört. Er war etwas abseits gestanden und hatte entsetzt die augenlose Leiche Pocomchis angestarrt. Jetzt drehte er sich um.

»Einen Augenblick.« Während die anderen stehen blieben und ihn anstarrten, machte er sich daran, Staub und Sand von Ab zu wischen, als ob er endlos Zeit hätte. Der Exote ließ sich wie immer säubern, ohne Widerstand zu leisten.

»Alle haben es viel zu eilig«, fuhr er fort. »Ich werde mit niemanden irgendwohin gehen, bis ich in einigen Dingen Klarheit habe.« Truzenzuzex sah ihn mißbilligend an, aber Flinx ließ sich nicht beirren. »Mit dir nicht und mit Bran auch nicht, solange wir nicht ...« Und dann wurde ihm etwas klar, und seine Worte beschleunigten sich. »Ihr seid mir beide gefolgt. Ihr müßt mir gefolgt sein, sonst wäret ihr jetzt nicht hier. Es sei denn, ihr hättet mit September oder Isili zu tun, und nach dem, was ich gehört habe, habt ihr die beiden bis vor ein paar Minuten nicht gekannt.«

September sah ihn mit seltsamer Miene an. Hasboga schien verwirrt.

»Ich weiß nicht, weshalb ihr mir gefolgt seid«, fuhr Flinx fort. »Aber ich will es wissen.« Und nach einer kurzen Pause fügte er beinahe gleichgültig hinzu: »Seid nicht ihr beide es gewesen, die diese Qwarm in dem Lagerhaus auf Moth getötet haben, als ich zum Shuttlehafen unterwegs war.«

Hasbogas Verwirrung wich Sorge und Nervosität, die die Erwähnung des Mörderclans überall hervorrief. »Qwarm, was ist mit Qwarm?« Sie blickte Flinx an, als hätte er sich plötzlich in einen Menschen verwandelt, der an einer gefährlichen Seuche litt.

»Ruhig«, wies September sie an. »Die sollen das miteinander klären, Isili.«

»O nein«, wandte sie ein, »so leicht geht das nicht. Auch wenn die mir einen Kredit anbieten — ich will mit niemandem etwas zu tun haben, der sich mit den Qwarm eingelassen hat.« Sie lächelte dankbar, aber vorsichtig zu Tse-Mallory hinüber. »Vielen Dank für Ihr Hilfsangebot, Sir, aber Sie können Ihr Geld und Ihren Streit mit den Qwarm für sich behalten. Wir werden uns woanders einen Kredit verschaffen.«

Tse-Mallory hörte sie an und wandte sich dann wieder zu Flinx, als ob Hasboga nie etwas gesagt hätte. »Ja, wir haben sie getötet, ehe sie dich töten konnten, Flinx.«

Das erklärte die verhallenden geistigen Schreie und Geräusche, die Flinx gefühlt hatte, während er aus dem Lagerhaus floh. Tse-Mallory und Truzenzuzex hatten ihr grausiges Werk vollendet. Kein Zweifel, daß die Qwarm völlig überrascht gewesen waren.

»Dann seid ihr mir tatsächlich gefolgt«, erklärte er, und in seiner Stimme klang mehr Wißbegierde als Anklage.

»Den ganzen Weg von Moth bis hierher«, erwiderte Tse-Mallory, »aber du hast nur teilweise recht, Flinx.«

Truzenzuzex hob eine Echthand und eine Fußhand und wies hinter Flinx. »In erster Linie, Flinx, haben wir versucht, das da zu holen.«

Einen Augenblick lang starrte Flinx den Philosophen verständnislos an. Dann wandte er sich um. September und Hasboga taten es ihm gleich.

Ab bemerkte die stumme Aufmerksamkeit, die ihm galt, kicherte belustigt und begann lautstark zu reimen.

Flinx wandte sich wieder von seinem Schützling ab, musterte die zahllosen Leichen auf dem Tempelboden, die Ruinen von Septembers und Hasbogas Lager, und stellte fest, daß er, so sehr er sich auch abmühte, in all dem Geschehenen keine Spur von Logik entdecken konnte.

September empfand offenbar ebenso wie er. »Soll das heißen, ihr beiden habt diesen verrückten vierbeinigen Quatschkopf verfolgt«, sagte er ungläubig, »und habt deswegen Qwarm getötet?« Er schüttelte erstaunt sein mächtiges Haupt, wobei seine riesige Nase zu zittern schien. »*Aussehen* tut ihr ja nicht wie Verrückte.«

»Und die Qwarm sind auch nicht verrückt«, setzte Flinx verwirrt hinzu. »Warum ist Abs Tod für sie so wichtig?«

»Abalamahalamatandra hast du es dort hinten im Tunnel genannt«, meinte Tse-Mallory, als hätte er keine der Fragen gehört. »Kurz Ab. Es hat einen Namen. Wie interessant.«

»Du weichst mir aus, Bran«, herrschte Flinx den hochgewachsenen Orientalen an. »Das ist nicht der Tse-Mallory, den ich kenne und der über die Funktion des Krang nachgedacht hat. Warum wollen die Qwarm, daß Ab stirbt?«

»Nicht die Qwarm«, berichtigte Truzenzuzex ihn mit leiser Stimme. »Niemals die Qwarm. Wenn die wollen, daß jemand stirbt, dann bist das du, Flinx, wegen des Ärgers, den du ihnen bereitet hast. Aber Ab ist für sie nur eine statistische Zahl auf einem Beleg. Sie stehen im Sold jener, die den Tod anderer wünschen. In diesem Fall den Tod deines Begleiters.« Der Philosoph blickte traurig und verärgert zugleich. »Der Qwarmclan ist ein Übel aus den unaufgeklärten Zeiten vor der Verschmelzung. Warum Kirche und Commonwealth ihn weiter dulden, habe ich nie begriffen. Und was Ab angeht: es gibt mächtige Kräfte, die seine Vernichtung wollen. Nicht nur seinen Tod, sondern seine völlige Auflösung.«

»Aber warum?« fragte Flinx verständnislos. »Seht ihn euch doch an.« Er wies auf das unschuldige, beständig sinnlos Verse schmiedende Wesen. »Warum kann jemand den Tod einer so harmlosen Kreatur wünschen, und warum gibt man sich solche Mühe und scheut keine Kosten, um ihn herbeizuführen?« Er wandte sich zu Truzenzuzex um, und seine nächste Frage zeigte, wie sehr er seit ihrem letzten Zusammentreffen gewachsen war. »Und was noch viel interessanter ist, warum sollten sich zwei Wesen von euren Fähigkeiten solche Mühe geben, diesen Tod zu verhindern.«

»Warum hast du dich denn bemüht, ihn jenes erstemal zu retten, ehe wir das konnten?« fragte Tse-Mallory.

Flinx sah ihn nicht an, als er gereizt antwortete: »Ich

habe ein Talent dafür, meine Nase in die Angelegenheiten anderer Leute zu stecken. Der Versuch, sie wieder herauszuziehen, hat mich viel Zeit gekostet. Tatsächlich wollte ich mich gar nicht einmischen. Es war Pip, der …« Er hielt mitten im Satz inne.

»Ich sehe den Minidrach nicht«, meinte Truzenzuzex. »Ist er tot?«

»Nicht tot«, sagte Flinx mürrisch. »Aber ich weiß es nicht genau. Das ist der Planet, auf dem Pip geboren wurde. Der Mann, der mich hierherführte, hatte auch einen zahmen Minidrach. Er trug den Namen Balthasar. Die beiden sind in der Nacht weggeflogen. Vielleicht für immer, obwohl die Möglichkeit besteht«, fügte er hoffnungsvoll hinzu, »daß sie wieder zurückkehren.« Jetzt wurde seine Stimme fest. »Ihr versucht beide mich abzulenken. Ich steige mit euch raffinierten alten Männern nicht in einen Skimmer …« — Truzenzuzex gab ein klikkendes Geräusch von sich —, »bevor ich nicht weiß, warum jemand den armen Ab umbringen lassen will und warum ihr beide ihn schützen sollt.« Er schüttelte verständnislos den Kopf. »Mir scheint, daß weder Ab noch ich selbst all die Aufmerksamkeit verdienen, die man uns entgegenbringt.«

Bran Tse-Mallory antwortete mit einem ungeduldigen Blick: »Das ist nicht der Ort und nicht die Zeit, Flinx, derlei Fragen zu diskutieren.«

Flinx verschränkte die Arme und setzte sich auf einen Steinbrocken. »Da bin ich anderer Ansicht.«

Isili Hasboga wühlte traurig in den Überresten ihrer Ausrüstung. Dann richtete sie sich auf und wischte sich ein paar Haarsträhnen aus dem Gesicht. »Ich muß Ihren Freunden recht geben, Flinx. Wenn die Otoiden zurückkommen, sind sie doppelt so stark. Und dann will ich nicht mehr hier sein.«

»Tut mir leid, Silly«, sagte September. »Ich muß mich dem Jungen anschließen.« Er zwinkerte Flinx zu. »Für einen Jungen deines Alters hast du interessante Freunde, Jungchen. Bleib hartnäckig. Ich werde auch bleiben.«

»Also gut«, zischte Truzenzuzex verzweifelt. »Bran?«

Tse-Mallory schüttelte den Kopf. Er blickte September an, der leise vor sich hinsummend mit den Füßen wippte und dem offenbar der bevorstehende Aufmarsch von ein paar tausend Eingeborenen nichts auszumachen schien. »Wenn Sie Ihre Donnerbüchse nehmen und mit mir nach draußen gehen würden, Mister September, dann halten wir Wache, während diese beiden miteinander schnattern.« September nickte und schulterte seinen Strahler. »Versuche es kurz zu machen, ja, Tru?« bat Tse-Mallory seinen Begleiter.

»Wenn es unter uns jemanden gibt, der zur Beredsamkeit neigt«, antwortete das Insekt, »dann bin das nicht ich.«

»Darüber ließe sich vieles sagen«, meinte Tse-Mallory, folgte dann aber September über die Treppe ins Freie.

»Womit du mir ja recht gibst!« rief Truzenzuzex ihm nach, aber Tse-Mallory und September waren bereits außer Hörweite.

Draußen bezogen beide Männer ihre Positionen an Bord des Skimmers. »Der Junge hat gesagt, der Thranx sei ein Eint und Philosoph«, meinte September beiläufig. »Und Sie?«

»Ich erwähnte, daß wir beide einmal in den Diensten der Kirche standen. Ich war Kanzler zweiter Klasse.«

September schien das zu beeindrucken, wenn es ihn auch nicht in Ehrfurcht erstarren ließ.

»Ziemlich hoch. Hätte ich nicht gedacht. Ich selbst hatte nie viel für die Kirche übrig.«

»Tru und ich nach einer Weile auch nicht mehr. Deshalb haben wir sie verlassen.« Der Lärm des Dschungels hüllte sie ein und entspannte sie. »Und Sie, Sir?«

»Oh, ich hab' schon so ziemlich alles gemacht«, antwortete September bescheiden, »und dafür hat man mir auch schon ziemlich alles angetan.« Weitere Einzelheiten schien er für überflüssig zu halten, und Tse-Mallory drang nicht in ihn.

Truzenzuzex nahm auf seinen vier Echtbeinen Platz, verschränkte seine Echthände und gestikulierte beim Reden mit den Fußhänden. Hinter Flinx ordnete Ab Steine — diesmal gewöhnliche Steine — im Kreise an und trillerte leise vor sich hin.

»Flinx, was weißt du von dem Doppelweltsystem Camargue-Collangatta und dem Planeten Twosky Bright?«

Flinx überlegte eine Weile und sah den Thranx dann ausdruckslos an. »Nicht viel mehr als das, was ich gerade gehört habe, die Namen nämlich. Ich bin noch nie dort gewesen. Soviel ich weiß, handelt es sich um dicht besiedelte, hoch entwickelte Welten.«

»Richtig«, nickte Truzenzuzex. »Alle drei sind wichtige Faktoren im Wirtschaftsleben des Commonwealth; stabile, gut entwickelte Welten. Sie alle werden sterben ... oder zumindest der größte Teil ihrer Bewohner — wahrscheinlich die Welten selbst auch.«

»Dann drohen ihre Sonnen zur Nova zu werden?« mutmaßte Flinx. Er runzelte die Stirn. »Das wäre ein höchst ungewöhnliches Zusammentreffen.«

»Ich hatte angenommen, daß du Fachmann für ungewöhnliche Zufälle bist, Junge. Deine Annahme ist falsch. Die Situation ist die: vor vielen Jahren — es ist noch nicht zu lange her — entdeckte eine Raumsonde des Commonwealth, die die Gegend hinter dem Samtdamm, dem Dunkelnebel, kartographisch erfassen sollte, eine Sonne, die ins Nichts verschwand. In Wirklichkeit ist sie natürlich nicht ins Nichts verschwunden, sondern nur in etwas, das den Eindruck eines Nichts vermittelte.«

»Ich glaube, das verstehe ich nicht«, gab Flinx zu.

»Du wirst aber gleich verstehen. Dein Lewis Carroll hätte es verstanden. Er war selbst Physiker, glaube ich, oder? Aber das ist jetzt nicht wichtig. Der Stern wurde von einem vagabundierenden Schwarzen Loch verschluckt. Man hat theoretisch solche Objekte postuliert, aber das ist das erste, das man entdeckt hat. Man hat seinen Kurs bestimmt. Wir wissen genug, um vorhersagen zu können, daß nur ein geringer Prozentsatz der Bevölkerung dieser drei Welten evakuiert werden könnte, ehe ihre Sonnen von dem Schwarzen Loch verschluckt werden.«

Flinx' eigene Probleme waren vergessen, während er versuchte, sich eine Katastrophe dieses Ausmaßes vorzustellen, wie Truzenzuzex sie schilderte.

Er saß stumm da und überlegte, ehe ihm die Idee kam, zu fragen: »Aber warum erzählst du mir das? Was hat es mit eurer Anwesenheit hier zu tun?«

Truzenzuzex rutschte etwas zur Seite und seine Klauen scharrten über den Tunnelboden. »Weil dein Bekannter, dein Schützling, oder wie immer du ihn nennen willst ...« — er wies mit seiner Echthand auf den reimenden Ab — »die einzige Chance für die Rettung dieser Welten sein könnte.«

Da Flinx auf diese ungeheuerliche Behauptung keine intelligente Antwort wußte, hielt er es für besser, den Mund zu halten.

»Ein Schwarzes Loch ist das letzte Stadium kollabierter Materie, gewöhnlich ein Stern, der in sich selbst zusammengestürzt ist, ein Kollapsar«, erklärte der Philosoph. »Im Falle dieses vagabundierenden Schwarzen Loches glauben wir, daß es möglicherweise nicht aus einem, sondern aus vielen kollabierten Sternen besteht. Aus Dutzenden, ja vielleicht Hunderten. Wir verfügen über keine Instrumente, die uns das durch direkte Messung bestätigen könnten, aber wir können es aus der Geschwindigkeit schließen, mit der jener von der Raumsonde entdeckte Stern absorbiert wurde. Für einen Kollapsar ist die Masse des Schwarzen Loches immens.«

»Aber wie könnte denn jemand — auch noch ausgerechnet Ab — euch dabei helfen? Nichts kann einen derart massereichen Kollapsar von seinem Kurs abbringen oder zerstören. Zumindest ...«, fügte er schnell hinzu, »nichts, von dem ich je gehört habe. Ich sehe hier keine Verbindung, Tru, Sir.« Einen Augenblick lang kam er sich wie ein Schuljunge vor, der die Antwort auf die Frage seines Lehrers nicht weiß.

»Ich würde mich dieser Unwissenheit gar nicht schämen«, vertraute Truzenzuzex ihm an. »Ich glaube, du hast reichlich Gesellschaft.« Seine Stimme klang jetzt bitter. »Sowohl der Hohe Rat des Commonwealth als auch der Hof der Letzten Zuflucht der Vereinigten Kirche sind der Meinung, daß nichts getan werden kann, um die drei Welten zu retten. Sie versuchen kleine Gruppen der drei Planetenbevölkerungen zu evakuieren, ohne eine Panik auszulösen, die am Ende doch unvermeidbar sein wird. Sie weigern sich, die Alternative in Betracht zu ziehen.«

»Es gibt eine Alternative?« Flinx sah ihn verblüfft an.

»Das hoffen wir.« Weiter wollte der Philosoph sich offenbar nicht festlegen. »Aber sowohl Bran als auch ich sind der Ansicht, daß etwas, das möglicherweise Milliarden von Leben und Trillionen von Kredits retten kann, gleichgültig, wie absurd es scheinen mag, immerhin wert ist, ernsthaft in Betracht gezogen zu werden. Und daß wir auf der Spur von etwas sind, das vielleicht tatsächlich helfen kann, entnehmen wir den konsequenten und brutalen Versuchen anderer Gruppen, eben diese Hoffnung zu zerstören. Und in welcher Weise dein dichterisch veranlagter Exote in diese Sache verwickelt ist, will ich dir gleich sagen.

Bran und ich stehen zwar nicht mehr in Verbindung zur Kirche, aber es gibt natürlich noch freundschaftliche Beziehungen zur Verwaltung. Ebenso auch zur Regierung des Commonwealth. So kam uns auch die Kunde von dem Todesurteil zu Ohren, das praktisch über die drei Welten auf dem Kurs des Kollapsars verhängt wurde. Und da haben wir beschlossen, etwas zu unternehmen. Unsere Spezialität ist die Geschichte dieses Teils der Galaxis vor der Gründung des Commonwealth und vor der Verschmelzung. Um das Ergebnis vieler Wochen mühsamer Untersuchungen mit wenigen Worten wiederzugeben: wir erfuhren von einer möglichen Beziehung zwischen einer uralten Rasse und einem ähnlich gefährlichen Auftauchen eines vagabundierenden Kollapsars. Irgendwie, irgendwo auf dieser Seite des galaktischen Zentrums hat man sich der Gefahr gestellt und sie gebannt. Das liegt zwar fast eine Million Jahre zurück, aber es haben sich Berichte von dem Ereignis erhalten.

Das führte uns wiederum dazu, die Suche nach dem Gegenstand aufzunehmen, der seinerzeit eingesetzt wurde. Man hat uns von einem Wesen unbekannter Herkunft berichtet. Damals hieß es, dieses Wesen befinde sich in der Stadt Drallar auf dem Planeten Moth. Es hieß, dieses merkwürdige und einzigartige Wesen singe Reime und trete auf der Straße als Komiker auf. Wir waren damals nicht in Drallar, konnten uns aber Kopien von Bandaufzeichnungen beschaffen, die ein Tourist gemacht hatte, der Zeuge des Auftritts dieses Wesens gewesen war. Der Betreffende war höchst erstaunt, daß Bran und ich uns für solche Dinge interessierten.

Wir waren sehr erregt, als wir die ersten Bilder dieser Kreatur sahen«, fuhr der Philosoph fort. »Sie läßt sich in keine bekannte Rasse einordnen. Aber nicht sein Aussehen, sondern vielmehr einer seiner Reime war es, der mich fast ohnmächtig werden ließ und Bran dazu veranlaßte, einen Fluch auszustoßen, wie ich ihn seit achtzehn Jahren nicht mehr von ihm gehört habe. In einem der Reime wurde die Bezeichnung der Rasse erwähnt, die vor rund achthunderttausend terrestrischen Jahren erfolgreich das Eindringen eines vagabundierenden Kollapsars zum Stillstand gebracht hat. Diese Rasse nannte sich die Hur'rikku.«

Ein stöhnender Laut war zu hören und kurz darauf ein metallisches Klappern. Isili Hasboga hatte den Arm voll Bandspulen fallen lassen, die sie so mühsam eingesammelt hatte. Jetzt kollerten sie auf dem Boden herum. Einige von ihnen waren aufgeplatzt, und mikroskopisch feines Band quoll aus den zerbrochenen Spulen.

Und dennoch machte sie keine Anstalten, die Bänder aufzuheben. Man sah ihr die Betroffenheit an, ihre Augen waren ungläubig geweitet.

Flinx sah, wie sich vor ihm etwas bewegte: die Echthand des Philosophen fuhr in die Westentasche. Vielleicht war es Hasbogas Reaktion, vielleicht suchte sein Talent auch gerade diesen Augenblick aus, um wieder zu funktionieren, jedenfalls fühlte er, was jetzt im Geist des alten Thranx vor sich ging.

»Nein, Tru!« schrie er und trat zwischen das Insekt und Hasboga. »Sie ist keine Spionin, sie ist Archäologin. Kann es nicht sein, daß sie von den Hur'rikkus weiß?«

Truzenzuzex wandte sich um, und seine flammenden Facettenaugen musterten Flinx. Er überlegte. Seine Hand lockerte sich, und die verborgene Waffe blieb in der Tasche.

Und in diesem Augenblick schien die kurze Trance von Isili Hasboga zu weichen. Ihr Blick fiel auf den Boden. Sie sah, was geschehen war. Plötzlich waren ihre Bänder wieder wichtig. Aber während sie sie aufsammelte, huschte ihr Blick immer wieder zu dem Thranx hinüber. Sie spürte, daß ihn etwas beunruhigte, aber daß das alte Insekt drauf und dran gewesen war, sie zu töten, nur wegen ihrer Reaktion auf das, was er Flinx gesagt hatte, ahnte sie nicht.

»Sie sind keine Spionin«, entschied der Thranx, und das gefährliche Feuer wich aus seinen Augen, »das sehe ich jetzt.«

»Ich?« Sie sah ihn verwirrt an. »Eine Spionin? Für wen?«

»Das werde ich Ihnen zur rechten Zeit sagen«, murmelte er. »Als Sie zu erkennen gaben, daß Ihnen der Name ›Hur'rikku‹ vertraut war, dachte ich ... entschuldigen Sie.« Er machte eine vielgliedrige Entschuldigungsgeste, die nur ein Thranx in ihrer ganzen Subtilität begriff. »Es sind schon zu viele gestorben. Bran und ich dürfen kein Risiko eingehen. Das Commonwealth und die Kirche hegen bereits Argwohn, und sie mögen es nicht, wenn andere sich in Dinge einschalten, die sie für nutzlos erachten. Und dann gibt es natürlich auch jene, die es nicht ungern sähen, wenn der Kollapsar seinen Vernichtungsweg ungehindert fortsetzen würde.«

»Wer oder was sind die Hur'rikkus?« Flinx war von der Reaktion des Philosophen auf Habogas Wissen immer noch erschüttert.

Mit immer noch zitternden Antennen schickte Truzenzuzex sich an, ihm zu erklären: »Die Hur'rikkus sind eine halb legendäre Rasse, von der die Wissenschaftler behaupten, daß sie vor etwa neunhundertfünfzigtausend Jahren plötzlich aus der Gegend des galaktischen Zentrums hervorbrach.«

»Die Hur'rikkus sind nicht halb legendär«, widersprach Hasboga. »Sie sind ganz und gar legendär. Es gibt nur Mythen über sie, aber bis jetzt hat man noch keinerlei greifbare Beweise für ihre Existenz gefunden.«

»Keinerlei greifbare Beweise, das stimmt«, räumte Truzenzuzex ein. »Aber den Tar-Aiym haben sie eine Höllenangst eingejagt.« Seine Kiefer klickten in dem Rhythmus, der bei den Thranx Gelächter signalisierte. »Und von den Tar-Aiym haben wir greifbare Beweise.«

Flinx wußte aus eigener Erfahrung, wie richtig diese Behauptung war.*

»Wir wissen, daß dieser ganze Raumsektor etwa um die Zeit, in der dem Vernehmen nach die Hur'rikkus aus dem galaktischen Zentrum hervorbrachen und die

---

* Das Tar-Aiym Krang, Zweiter Roman in diesem Band.

Milchstraße besiedelten, von den Tar-Aiym beherrscht wurde. Vor rund einer halben Million terrestrischer Jahre geriet die unbezwingbare Rasse der Tar-Aiym in Panik. Die Annahme, daß die Hur'rikkus die Ursache dieser Panik waren, scheint nicht unvernünftig.«

Hasboga lachte spöttisch. Truzenzuzex achtete nicht auf sie und fuhr fort: »Die Wissenschaftler der Tar-Aiym haben zahlreiche neue Waffen konstruiert, um sich gegen die Hur'rikku-Gefahr zu wehren. Eine davon war die Defensivwaffe, die wir als das ›Krang‹ kennen. Eine andere war eine künstlich erzeugte Seuche. Diese Seuche vernichtete nicht nur die Hur'rikkus, sondern auch die Tar-Aiym selbst und mit ihnen alles Leben in der Region, die wir heute als den ›Brand‹ kennen, ehe zum Glück die Seuche sich selbst vernichtete.

Und von diesem Zeitpunkt an sind die Hur'rikkus zur Legende geworden. Sie existierten; und auch dein Freund Ab singt von ihnen.« Eine Echthand wies auf den Exoten, der vergnügt mit einem Dutzend Stangen jonglierte. »Die Hur'rikkus sind wie der Kollapsar. Man kann ihre Existenz nur indirekt beweisen. Aber wir können sehen, wie der Kollapsar auf andere Objekte einwirkt. In ähnlicher Weise wissen wir, daß die Hur'rikkus existierten, weil wir ihre Wirkung auf die Tar-Aiym kennen. *Alles,* was wir bis zur Stunde von den Hur'rikkus wissen, ist die Tatsache, daß sie existiert haben. Dies und die Tatsache, daß sie eine Möglichkeit gefunden hatten, die Gefahr abzuwenden, die von einem vagabundierenden Kollapsar ausgeht — und ein paar andere, weniger eindrucksvolle Mythen.«

»Aber Sie brauchen doch greifbare Beweise!« wandte Hasboga ein.

»Beweise brauchen nicht greifbar zu sein«, antwortete der Thranx ruhig.

»Ihr Philosophen seid alle gleich«, sagte sie verzweifelt. »Ihr stützt Hypothesen mit Spekulationen, die sich auf nichts als Vermutungen gründen.«

Truzenzuzex schien dieser Angriff auf seine Fakultät nicht zu beeindrucken. »Und so, mein lieber Flinx, wissen wir zwar wenig von den Tar-Aiym, noch viel weniger aber von den Hur'rikkus. Und doch spricht dein Exote von ihnen.«

Flinx ließ seinen Blick ungläubig zu dem trillernden Ab wandern. »Du glaubst, Ab könnte ...?«

»Nein«, erstickte Truzenzuzex ein beginnendes Mißverständnis im Keim. »Wir glauben nicht, daß Ab ein Hur'rikku ist. Der letzte Hur'rikku ist vor fünfhunderttausend Jahren gestorben. Bran und ich glauben eher, daß er ein Veteran irgendeiner sehr alten Rasse ist, die an der Peripherie des Brandes lebt, einer Rasse, die sich die Erinnerung sowohl an die Tar-Aiym, als auch an die Hur'rikkus bewahrt hat. Die Legenden der Hur'rikkus und des Kollapsars sind bekannt. Eine Legende berichtet davon, daß die Hur'rikkus drohten, gegen die Tar-Aiym-Welten ein Gerät einzusetzen, das einen Kollapsar zum Stillstand brachte. Wenn das stimmt, so könnte das durchaus erklären, weshalb die kriegerischen Tar-Aiym in Panik gerieten.«

Flinx wandte sich um und sah Ab bei seiner Jongleurnummer zu. Wenn man die glatte blaue Haut betrachtete, die gelenkigen Arme und Beine, die Klarheit der vier wäßrig blauen Augen, so fiel es einem schwer sich vorzustellen, daß der Kleine so alt sein sollte. Dann erinnerte er sich selbst daran, daß er Abs Aussehen dabei nach menschlichen Begriffen einschätzte. Vielleicht galten glatte Haut und helle Augen bei Abs Rasse als Zeichen beginnender Senilität.

»Die Legenden scheinen darauf hinzudeuten«, fuhr Truzenzuzex Fort, »daß neben dieser Anlage der Hur'rikkus so etwas wie das Krang das Spielzeug einer Larve ist.«

Flinx ging besorgt auf und ab. »Könnten wir nicht versuchen, das Krang gegen den Kollapsar einzusetzen?«

Der Thranx lachte. Ein klickendes, scharrendes Geräusch, das für die Ohren eines Menschen zu hart wirkte, um Belustigung auszudrücken. »Wie möchtest du es denn bewegen, Flinx? Du würdest den ganzen Planeten Boostar bewegen müssen, auf dem sich das Krang befindet und aus dessen Kern es seine Energie bezieht. Außerdem, wenn meine ursprüngliche Hypothese zutrifft, und das Krang eine Schwarzschild-Diskontinuität erzeugt, würde es einem Kollapsar nichts anhaben können. Im Gegenteil.«

Er beugte sich vor und starrte Flinx an. »Dann ist da noch die Frage, wer das Krang betätigen würde. Ich kann mich erinnern, daß du gesagt hast, du hättest keine Ahnung, wie man das macht.«

»Nun, das stimmt natürlich auch.« Flinx erschrak und bemühte sich, seinen Fehler zu vertuschen. Truzenzuzex hatte Flinx' besondere Fähigkeiten immer mit Argwohn beobachtet. Und dann verbarg er seine Sorge hinter dem Erstaunen. »Etwas, neben dem das Krang wie ein Kinderspielzeug erscheint. Unglaublich!«

»Eine ultimate Waffe.« Truzenzuzex nickte bedeutungsvoll. Ganz in der Nähe ertönte ein scharfes Lachen. »Ultimate Waffen! Sie und Ihr hochgewachsener Freund sind ja noch verrückter als dieser Exote. So etwas wie eine ultimate Waffe kann es gar nicht geben. Wenn es die gäbe, so hätte sie schon längst alles in der Galaxis zerstört, sobald sie einmal aktiviert war.«

»Nicht, wenn sie sich bei der Aktivierung selbst neutralisiert hat«, entgegnete Truzenzuzex.

»Mit Semantik können Sie mich nicht überzeugen.«

»Ich weiß, junge Dame. Sie brauchen greifbare Beweise.« Wieder ein Thranxlachen, diesmal klang es, wie wenn Muschelschalen aneinander rieben. »Wir meinen jedenfalls, daß es die Mühe lohnt, einen solchen Beweis zu finden — falls es ihn gibt. Wir haben nichts zu verlieren — bloß drei Welten.«

11

Nach kurzem Schweigen wies Flinx auf Ab. »Und woher wißt ihr, daß Ab über die Hur'rikkus mehr weiß, als er bereits gesagt hat?«

»Seine Kapazität scheint grenzenlos, Flinx. Ist dir noch nicht aufgefallen, daß er nie denselben Reim zweimal bringt?«

»Das mag sein«, räumte Flinx ein, »aber er redet nur Unsinn.«

»Der größte Teil davon ist wahrscheinlich Unsinn, der für uns stets unverständlich bleiben wird«, gab Truzenzuzex ihm recht. »Aber ein anderer Teil ist das keineswegs.«

»Und wie wollt ihr es anstellen, mehr Hur'rikku-Informationen aus ihm herauszuholen?«

Truzenzuzex seufzte tief, ein gespenstisch klingendes Pfeifen in dem fast leeren Saal. »Wir haben ihn von einem Planeten zum anderen verfolgt, um eben das zu tun. Aber warum tust du es nicht, Flinx?«

»Was tun?«

»Ihn fragen. Ihn nach den Hur'rikkus fragen.«

»Ich ...« Flinx bemerkte, daß der Philosoph ein kleines Aufnahmegerät eingeschaltet hatte, das an seiner Thoraxweste befestigt war. Das Insekt schien das sehr ernst zu nehmen. Nun, es konnte ja nicht schaden, wenn er mitspielte. Er wandte sich um, sah Ab an und sagte mit scharfer Stimme:

»Ab! Abalamahalamatandra!« Zwölf Steine fielen auf den Boden, und der Kleine richtete drei seiner blauen Augen auf Flinx.

»Was ist mit den Hur'rikkus, Ab?« fragte dieser und kam sich wie ein Idiot vor, weil er vernünftig mit seinem Schützling sprach. »Erzähl uns von den Hur'rikkus. Sag uns, wie sie den Kollapsar aufgehalten haben.«

»Neun und fünf, fünf und neun, schön zu speisen auch auf Reisen. Ricku, Ricku, singt den Hicku, Haku ju ...«

»Siehst du?« Flinx drehte sich um und spreizte hilflos die Hände. »Er spinnt! — Es ist sinnlos!«

»Nicht ganz«, entgegnete Truzenzuzex. »Das ist einfach eine Frage der Berührungspunkte. Du hast keine. Bran und ich haben einige gelernt. *Neunufünf* zum Beispiel ist eine geopolianische Übersetzung für das Neutrum der Hur'rikkus. Es scheint, als ob sie drei Geschlechter gehabt hätten. Ab versucht Information an uns zu vermitteln, aber er benutzt dazu bis zu ein Dutzend Sprachen, die er alle auf Terranglo auszusprechen versucht.«

Flinx warf Ab einen ungläubigen Blick zu, ehe seine Aufmerksamkeit sich wieder dem Philosophen zuwandte. »Du meinst, das, was Ab die ganze Zeit gesagt hat, gibt einen Sinn?«

»Nein. Ein Teil seines Geschnatters wird wohl tatsächlich schierer Unsinn sein. Das Problem liegt darin, Sinn und Unsinn voneinander zu trennen. Vielleicht habe ich auch unrecht, und alles, was er sagt, würde einen Sinn ergeben, wenn wir es nur richtig zergliedern könnten. Sein Name Abalamahalamatandra zum Beispiel — ich frage mich, ob das nur eine Sammlung aneinandergereihter Silben ist oder ob es etwas zu bedeuten hat.« Der Philosoph erhob sich aus seiner hockenden Stellung. »Nehmen wir doch Ab mit und sehen zu, was er sonst noch an einsichtsvollem Unsinn von sich geben kann.«

Tse-Mallory und September kamen die Treppe herunter und winkten ihnen, endlich zu kommen. »Geduld, Schiffsbruder«, rief Truzenzuzex seinem Gefährten zu. »Wir kommen.«

»Sofort«, drängte Tse-Mallory auf Terranglo. »Wir haben hier zuviel Zeit vergeudet. September und ich haben vor ein paar Minuten zwei Otoidenkundschafter getötet. Sie kommen zurück. Und wir müssen auch an die Qwarm denken.«

Flinx zuckte zusammen. Die Berufsmörder hatte er

bei all dem Reden über uralte Rassen, ultimate Waffen und einen intelligenzbegabten Ab vergessen.

»Sie haben da ja einen Skimmer von beachtlicher Größe mitgebracht«, meinte September. »Ich glaube, wir passen alle hinein.«

»Ja, wenn Sie nicht mehr als das mitnehmen.« Dabei wies Tse-Mallory auf Hasboga, die mit Bändern, Büchern und ein paar bescheidenen Artefakten von Mimmisompo beladen war.

»Für mich gibt es hier nichts von Wert«, brummte September. »Ich kann ja immer noch hierher zurückkommen und mitnehmen, was die Eingeborenen liegenlassen.«

»Warum soviel Aufwand, Skua?« fragte Hasboga. »Wir haben hier nichts gefunden. Wir hätten wahrscheinlich auch nie etwas gefunden.« Ihr Blick schweifte zum letztenmal durch den Saal. »Wir haben uns das falsche Gebäude ausgesucht. Hierher zurückzukehren bringt nichts. Das nächstemal versuchen wir es woanders.«

»Sicher, sicher, Silly«, beruhigte sie September. »Wir werden uns schon irgendwo die Kredits verschaffen, keine Sorge.« Er nahm die gigantische Mark Twenty von der Schulter und machte sie schußbereit. »Gentlemen, wenn Sie vorangehen wollen, will ich mich bemühen, die Baumstämme etwas im Auge zu behalten, für den Fall, daß sich die Notwendigkeit ergeben sollte, ein oder zwei neugierige kleine Brüder einzuäschern.«

»Wir werden uns im Dschungel selbstverständlich auf Ihre Erfahrung verlassen«, sagte Tse-Mallory, und sein Mund verzog sich angewidert. »Obwohl ich wünschte, Sie würden Ihre Absicht etwas weniger primitiv formulieren. Alle intelligenten Wesen sind schließlich Brüder, auch die Otoiden.«

Das gebräunte Gesicht des Riesen verzog sich zu einem Grinsen.

»Ich hatte einmal einen Bruder, ich hab' ihn auch

nicht gemocht, ich ...« Er unterbrach sich selbst mit einer weitausholenden Geste. »Nach Ihnen, meine Damen, meine Herren.«

Als sie die schützenden Steinmauern des Tempels hinter sich ließen, ertappte Flinx sich dabei, wie er jeden Zweig, jede Schlingpflanze argwöhnisch musterte, überzeugt, daß irgendwo tausend Otoiden auf sie lauerten. Jeden Augenblick rechnete er mit einem Hagel von Pfeilen.

Vor ihm murmelte Truzenzuzex etwas auf Niederthranx. Ab sang und reimte vergnügt vor sich hin. Nur daß seine Reime jetzt eine Art Reaktion auf das hypnotische Murmeln des Philosophen zu sein schien. Einiges konnte Flinx verstehen, weil es in Terranglo war. Der Rest war ihm unverständlich. Aber zweimal glaubte er das gleiche Wort Hur'rikku herauszuhören, also erfuhr der Philosoph vielleicht doch etwas.

Die Dschungelgeräusche, die an sein Ohr drangen, waren vielfältig. Von den Otoiden war keine Spur zu sehen. Der Weg zu dem Skimmer war zum Glück nicht weit.

Tse-Mallory betätigte einen Schalter an seinem Gürtel, um das schützende Energiefeld abzuschalten, welches das Fahrzeug umgab und anschließend einen weiteren, der es zum Einsteigen herabsinken ließ. Es handelte sich um ein kleines Transportfahrzeug, viel größer als das winzige Zweimannschiff, mit dem Flinx und Pocomchi gekommen waren.

Das erinnerte ihn wieder an Pocomchi und Habib. Indirekt zumindest war er die Ursache ihres Todes gewesen.

Warum mußten so viele Menschen in seiner Umgebung sterben, sinnierte er in stillem Groll, wo er doch weder Wohlstand noch Macht suchte, sondern nur das Geheimnis seiner Herkunft ergründen wollte?

Tse-Mallory bestieg den Skimmer als erster, gefolgt von Truzenzuzex, dessen Agilität ihn immer wieder

aufs neue verblüffte, dann Hasboga und September. Als Flinx von Ab gefolgt das geräumige Cockpit betreten hatte, betätigte Tse-Mallory einen Schalter, und die Tür hinter ihnen schloß sich.

Die Maschine begann zu summen. Bald würden sie wieder in Alaspinport sein, wo er September bedrängen konnte, seine Erklärungen zu vervollständigen, ganz gleich, wie sehr der Riese sich auch bemühte, seinen Fragen auszuweichen. Und dann wanderte sein Blick nach oben — warum, konnte er nicht sagen — zu dem durchsichtigen Kabinendach. Da bewegte sich etwas am klaren Himmel. Er kniff die Augen zusammen, erhob sich auf Zehenspitzen und schrie: »Anhalten! Anhalten! Schnell!«

Tse-Mallorys Hand fuhr in einer Reflexbewegung an einen Schalter, und die Maschine, die eben zu einem leichten Steigflug angesetzt hatte, kam zum Stillstand. September versuchte seine Waffe aus dem Laderaum hervorzuzerren, während Truzenzuzex' Finger über den Waffenschalter des Skimmers schwebten.

»Was ist denn, Flinx?« wollte der Thranx wissen und sah sich zu Flinx um.

Der blickte zum Himmel, deutete aber mit der rechten Hand auf das Armaturenbrett. »Öffnet das Dach«, verlangte er. Tse-Mallory wollte Einwände erheben, aber Flinx' Stimme wurde fast schrill. »Das Dach — aufmachen!«

Der Mensch wechselte mit seinem Thranxkollegen Blicke, aber der zuckte nur die Achseln. Tse-Mallory betätigte einen Schalter, und die durchsichtige Polyplexalumkuppel schob sich in den Rumpf des Skimmers zurück.

Hasboga trat neben Flinx und starrte nach oben.

»Ich sehe nichts, Flinx«, sagte sie mit überraschend sanfter Stimme.

»Dort«, erklärte er und deutete. »Sie kommen aus der Sonne ... das muß es sein. Ganz bestimmt!«

Zwei Shilhouetten schienen sich wie in einer Spirale auf sie zuzubewegen. Zwei kleine Drachengestalten, die sich nur undeutlich am Himmel abzeichneten. Eine war ein gutes Stück größer als die andere.

Hundert Meter über dem Skimmer hatten sie ihren Tanz beendet und trennten sich. Balthasar flog in Richtung auf die Sonne davon. Der andere setzte zum Sturzflug auf den offenen Skimmer an.

»Ein Drache!« rief Hasboga und griff nach ihrer Waffe. Flinx' Hand hinderte sie daran.

»Nein, es ist schon gut, Isili. Er gehört mir. Es ist Pip.« Seine Stimme klang bewegt, so sehr er sich auch bemühte, sie unter Kontrolle zu halten.

Pip bremste den Sturz ab, Flügel schlugen in die Luft, der Schwanz schob sich vor, und dann hob Flinx den rechten Arm. Pip ließ sich darauf nieder, dann ringelte sich sein Schwanz um das Handgelenk, die Schwingen falteten sich an den Leib, und schon hatte die Flugschlange wieder ihren vertrauten Platz auf Flinx' Schulter eingenommen.

Seine Hand strich liebevoll über den dreieckigen Schädel. Dem Minidrach waren zwar wie üblich keine Gefühle anzusehen, aber Flinx spürte das Wohlbehagen, das von dem Kleinen ausging. Das war wie die Wärme von einem Lagerfeuer in der Nacht. Einige Augenblicke verstrichen schweigend, bis Flinx bemerkte, daß alle ihn anstarrten.

»Sein Minidrach ist zurückgekommen«, erklärte Truzenzuzex Hasboga und September, die immer noch verwirrt dreinblickten. »Das freut mich für dich, Flinx. Ich weiß sehr gut, was ihr beiden einander bedeutet.« Damit wandte er sich ab und betätigte einen Schalter.

Hasboga musterte die Flugschlange mißtrauisch, nahm aber Platz, als der Skimmer wieder Fahrt aufnahm. Bald hatten sie Kurs auf Alaspinport genommen und jagten dicht über den endlosen Grasflächen der Savannen dahin.

Als Flinx' Freude über die Rückkehr von Pip etwas verklungen war, sah er sich zu September um. Der Riese schien an der Fahrt Vergnügen zu haben, vor allem, weil nicht er das Steuer führen mußte. Seine dicken Finger strichen geistesabwesend durch sein langes weißes Haar.

»Skua?«

September sah ihn an und lächelte. »Was ist denn, Jungchen?«

Flinx deutete auf seine jetzt wieder besetzte rechte Schulter. »Mein Minidrach. Er heißt Pip.« Seine Hand strich über eine lederne Schwinge, und die Schlange regte sich träge. Er sah September an. »Vor zwölf Jahren haben Sie auf Moth einen jungen Minidrach verloren, erinnern Sie sich?«

»Jetzt weiß ich, was du meinst, Junge.« September umspannte sein linkes Knie mit beiden Händen und lehnte sich zurück. »Alle Minidrachs sehen für mich gleich aus, Junge. Ob dein Pip nun der ist, den ich verloren habe — nun, möglich ist es natürlich. Ich hab' dem Tier nie einen Namen gegeben, also kann man es nicht genau sagen, oder? Minidrachs sind außerhalb von Alaspin nicht sehr verbreitet. Ich weiß nicht, ob auf Moth damals noch weitere waren. Kann sein. Wenn dein Pip derjenige ist, dann wäre das ein interessanter Zufall, nicht wahr?«

»Ja, das wäre es.« Flinx' Stimme blieb ganz ruhig.

»Aber das würde nichts besagen.« Damit schien der Fall für September erledigt, er blickte auf die unter ihnen vorbeihuschende Savanne hinaus.

Flinx tat es ihm gleich, und so herrschte Stille in dem Skimmer, während Truzenzuzex und Tse-Mallory das Fahrzeug geschickt über niedrige Hügel, um Bäume herum und vorbei an hochragenden Felszacken lenkten.

»Besagt gar nichts«, murmelte er leise im Selbstgespräch.

In Alaspinport mußte Flinx zugeben, daß er ein eigenes Schiff hatte. Tru und Bran war das recht. Flinx erlaubte ihnen, es mit Beschlag zu belegen — unter einer Bedingung. »Ich muß September noch einige Fragen stellen«, flüsterte er Tse-Mallory zu.

Der Gelehrte musterte ihn ernst. »Du wirst ihn noch eine Weile um dich haben, Flinx. Hasboga hat ihm ohne Zweifel von unseren Plänen erzählt. Wir müssen die beiden zu ihrem eigenen Schutz mitnehmen, bis diese Angelegenheit abgeschlossen ist. Wenn wir das nicht tun, würden die Qwarm sie verhören. Ich glaube nicht, daß sie sie leben ließen.«

Weder Hasboga noch September hatten gegen eine Gratisreise etwas einzuwenden, sobald man ihnen erklärt hatte, was ihnen zustoßen könnte, sollten sie zurückbleiben. Beide schienen der Ansicht zu sein, daß man sie sofort zu einer größeren sicheren Welt wie Terra oder New Paris befördern würde. Flinx belog sie in diesem Punkt nicht gerade. Er versäumte einfach, ihnen zu sagen, daß sie vorher einen Umweg machen würden.

Als sie Alaspin verließen, fragte Truzenzuzex Flinx, wie er an die Mittel gekommen sei, die notwendig waren, um ein privates interstellares Schiff wie die *Teacher* zu kaufen und zu betreiben. Flinx konnte nicht erklären, daß die *Teacher* von seinen Schülern, den Ulru-Ujurrianern gebaut worden war. Andererseits war es gar nicht leicht, jemanden mit der Intelligenz und dem Wissen eines Truzenzuzex glaubwürdig zu belügen. So erklärte er, in der Hoffnung, daß seine Stimme ihn dabei nicht verriet, daß er das Schiff von dem Geld gekauft hätte, das Maxim Malaika ihm als Belohnung für seine Mitwirkung bei der Entdeckung des Krang gegeben hatte. Sobald ihm das Geld für den Betrieb des Schiffes ausging, würde er es verkaufen müssen.

Truzenzuzex schien mit dieser Darstellung zufrieden, obwohl Flinx einen Rest von Argwohn in ihm zu verspüren glaubte.

Als sie an Bord der *Teacher* gingen, erklärte das Insekt, daß eben dieses schnelle Schiff der Grund gewesen sei, warum sie so lange gebraucht hatten, um ihn auf Alaspin aufzuspüren. Flinx stand jetzt vor der schwierigen Aufgabe, auf einem Schiff, das nicht für zusätzliche Passagiere gebaut war, jedem einen Platz zuzuweisen.

»Wir waren immer nur einen Schritt hinter dir, Flinx«, sagte Truzenzuzex. »Auf Moth mußten wir uns um die Qwarm kümmern, während du zum Shuttlehafen unterwegs warst. Dann hast du uns abgehängt, weil wir ein fahrplanmäßiges Schiff nach Alaspin nehmen mußten, welches unterwegs einige Welten anlief, während du direkt hierher flogst. Ein Glück, daß wir dich so bald gefunden haben.«

Sie betraten den Salon, der relativ geräumig war, weil Flinx gerne viel Platz um sich hatte.

Der Philosoph blickte anerkennend um sich. »Ein schönes Schiff hast du da, Flinx.«

»Es geht schon«, meinte der Junge.

»Wo kommt denn der Name her.«

»Einfach so eine Idee.« Diesmal fiel Flinx das Lügen schwer. »Ich hatte schon immer mit dem Gedanken gespielt, einmal Lehrer zu werden.«

»Ein bewundernswerter Beruf. Viel zu wenige ergreifen ihn. Leider werden meistens diejenigen Lehrer, die zwar einen guten Verstand, aber keine Phantasie haben. Für intelligente Wesen ist das Lehren eine Wohltat.«

Flinx überließ den Salon Hasboga und September und führte die zwei Gelehrten ins Cockpit. Drei Wände waren mit Apparaturen und Meßgeräten übersät, die vierte zeigte das All.

»Wo wollt ihr hin?« fragte er und erlebte zum erstenmal, daß Truzenzuzex und Tse-Mallory um eine Antwort verlegen waren. Die beiden sahen Ab an, der ihnen gefolgt war und einen Reim nach dem andern plapperte. Flinx erkannte nicht, ob der Philosoph den Versen des Exoten irgend etwas entnehmen konnte.

»Tatsächlich«, mußte Tse-Mallory zugeben, »wissen wir das noch nicht. Irgendwo im Brand, aber wir brauchen zumindest einen Hinweis von Ab. Nimm zunächst Kurs in Richtung auf Hivehom. Es ist am besten, wenn wir die Umgebung von Alaspin schnell hinter uns bringen.«

Flinx erteilte dem Navigationscomputer die entsprechenden Anweisungen, worauf dieser in Ermangelung eines eindeutigen Zieles etwas zögerte. Ein purpurfarbener Schein bildete sich um die Nase des Schiffes, sichtbare Manifestation des Posigravitationsfeldes des mächtigen KK-Antriebes. Mit minimaler Beschleunigung, um einer Störung durch den Gravitationstrichter von Alaspin zu entgehen, entfernte die *Teacher* sich aus ihrem Orbit. Sobald sie genügend weit von der Planetenmasse entfernt waren, würde der Antrieb volle Last fahren, und das Schiff würde mit mehrfacher Lichtgeschwindigkeit durchs All rasen.

»Da kommt ein Schiff in den Orbit«, stellte Flinx fest, als ein Lämpchen aufleuchtete.

»Um diese Welt ist nicht viel Verkehr«, murmelte Mallory. Und dann begannen er und Truzenzuzex zu Flinx' Überraschung, einige Sensoren und den Schirm einzuschalten.

»Monitorschaltung«, befahl Tse-Mallory, während er einige Schalter drehte.

»Monitor.« Truzenzuzex' empfindliche Echthände nahmen ein paar Einstellungen vor.

Flinx hatte vor, die Steuerung des Schiffes dem Autopiloten zu überlassen. Aber jetzt war sein Interesse geweckt. »Augenblick. Warum all die Aufregung?« Während Pip sich einen anderen Platz auf seinen Schultern suchte, starrte er wie gebannt die beiden Gelehrten an, die konzentriert auf die Instrumente blickten. Flinx' Augen verengten sich. »Dieses Schiff da ... ihr habt mir immer noch nicht gesagt, wer eigentlich hinter den Qwarm steht. Ich glaube, ich kann es erraten, wenn ich davon ausgehe, was ihr mir gesagt habt, daß es nämlich bestimmte Kräfte gibt, denen es durchaus recht ist, wenn der Kollapsar Carmague-Collangatta und Twosky Bright verschlingt. Aber sicher bin ich nicht.«

»Wir wollen es dir sagen, Flinx«, meinte Tse-Mallory, ohne den Blick von den Armaturen zu nehmen, »wenn es so wichtig für dich ist. Sie sind hinter Ab her.«

»Ich würde sehr gerne wissen, warum jemand versucht, mich wegen Ab zu ermorden. Aber natürlich nur«, fügte er mit einem Anflug von Sarkasmus hinzu, »wenn es euch nichts ausmacht, nachdem ich euch schon mein Schiff überlassen habe.«

Die beiden beeindruckte sein Sarkasmus nicht im geringsten. Truzenzuzex' Echthände ließen die Steuerung nicht los, aber seine Fußhand winkte Flinx zu sich. Der Junge trat neben ihn. »Dort sind sie.« Er wies auf den Schirm des Tridicomputers, der auf maximale Vergrößerung geschaltet war. »Erkennst du die Konfiguration? Du bist intelligent und wirst bestimmt richtig vermuten. Also, wer würde wohl den größten Nutzen daraus ziehen, wenn der Kollapsar dem Commonwealth Schaden zufügt?« Flinx überlegte und warf dann noch einmal einen Blick auf die Schiffssignatur auf dem Schirm. Das bestätigte, was er schon vermutet hatte. Aber ein greifbarer Beweis war eben doch mehr als reine Annahme.

Jetzt betraten September und Hasboga das Cockpit. September knurrte: »Ich dachte, nachdem wir schon gestartet sind, wäre es vielleicht nett ...« Er runzelte die Stirn und hielt inne. Dann blickte er scharf auf das Computerbild. »Merkwürdig ... das sieht wie ein Kurierschiff der AAnn aus.« Hasboga sah ihn fragend an, aber September ignorierte sie und beugte sich noch tiefer über den Schirm. »Nein ... nein. Bei den Geistern des Pallanthians, das ist ein Zerstörer!« Er sah Tse-Mallory an. »Was hat ein AAnn-Kriegsschiff innerhalb der Grenzen des Commonwealth verloren?«

»Grenzen, Mr. September?« Tse-Mallory bemühte sich, unschuldig dreinzublicken. »Man kann im Weltraum keine Grenzen ziehen.«

»Nein, aber auf Navigationskarten kann man das«, konterte September. »Und da irrt sich niemand gleich um Lichtjahre, noch dazu mit automatischen Kursgebern.«

»Es hat auch niemand behauptet, daß sie einen Fehler gemacht haben.« Tse-Mallorys Stimme klang gelassen. Er wandte sich wieder den Armaturen zu. »Sie brauchen es gar nicht zu dramatisieren, September. Alle machen ein solches Getue um Grenzen. Das ist doch absurd, wo die Grenzen zwischen dem AAnn-Empire und dem Commonwealth Hunderte von Lichtjahren hoch, breit und tief sind. Da kann man nicht einfach einen Zaun ziehen. Welten kann man überwachen, aber nicht Parsecs.« Er verstummte einen Augenblick lang und sah zu, wie das AAnn-Kriegsschiff in einen Orbit um Alaspin einschwenkte.

»Auf Alaspin gibt es nichts, womit man einem regelrechten Kriegsschiff Widerstand leisten könnte. Die AAnn werden also keinen Ärger machen, im Gegenteil, sie werden vermutlich behaupten, Maschinenschaden zu haben und um Hilfe bitten. Die Verträge sehen solche Hilfeleistungen für Interstellarschiffe ausdrücklich vor.«

»Und was passiert«, wollte September wissen, »wenn ein Friedenskreuzer des Commonwealth auftaucht und keinen Schaden an Bord entdeckt?«

Tse-Mallory lächelte. »Mr. September, die AAnn werden sich nicht lange hier aufhalten. Sie werden sich überzeugen, daß das, was sie suchen, nämlich Ab, sich nicht mehr auf dem Planeten befindet. Dann werden sie schleunigst abreisen. Ohne Zweifel haben sie uns bereits geortet.« Hasboga unterdrückte ein Stöhnen.

»Aber, wenn ihre Qwarminformanten ihnen auch von diesem Schiff berichtet haben, können sie doch nicht sicher sein, daß Ab an Bord ist. Sie müssen erst auf Alaspin nachsehen, und bis sie es genau wissen, sind wir schon woanders.«

»Natürlich wird es wegen der Grenzverletzung Proteste hageln«, erklärte Truzenzuzex. »Terra und Hivehom werden verständigt werden, es wird Vorwürfe geben, Dementis, Entschuldigungen und am Ende ein feierliches Versprechen, daß so etwas nie wieder vorkommen soll. Wir haben innerhalb des Empires schon genauso gehandelt. Solange es um strategisch unbedeutende Welten wie Alaspin geht und niemand ums Leben kommt, kann die betroffene Seite nicht viel tun — sofern sie nicht einen interstellaren Krieg beginnen möchte. Die AAnn wissen, daß sie dafür nicht stark genug sind, und das Commonwealth ist viel zu konziliant. Also — wird gar nichts geschehen.«

»Aber nicht, was uns betrifft«, meinte Flinx und sah den Philosophen an, der ernst nickte.

»Stimmt, Flinx. Die Anwesenheit dieses Schiffes bedeutet, daß die Reptilien ihre Geduld mit den Qwarm verloren und die Sache selbst in die Hand genommen haben.« Er gestattete sich ein seufzendes, befriedigt klingendes Geräusch. »Das überrascht mich nicht, wenn man bedenkt, wie wenig der Mörderclan bisher geleistet hat. Schließlich können sie ja nicht wissen, wer sie die ganze Zeit gestört hat.«

Tse-Mallory lachte glucksend über diese Bemerkung.

Und Truzenzuzex blickte Flinx ernst an. »Das bedeutet jedoch nicht, daß die Qwarm dich aufgegeben haben. Solange sie annehmen, daß du für ihre Schwierigkeiten verantwortlich bist, werden sie auch mit ihren Versuchen fortfahren, dich zu töten.«

September versuchte zusammenzufassen: »Wir fliehen also sowohl vor den Reptilien als auch den Qwarm.«

»Und dem Commonwealth und der Kirche auch«, fügte Tse-Mallory hinzu.

Flinx sah ihn verblüfft an. »Warum auch vor ihnen?«

»Nun, du darfst nicht vergessen, Flinx«, erklärte der ehemalige Zweite Kanzler, »daß diese Organisationen annehmen, Ab sei nicht viel mehr als ein Phantasiegebilde in den Gehirnen zweier seniler Renegaten.«

Jetzt war Truzenzuzex an der Reihe zu lachen. Ein schnelles Klicken aller vier Kiefer.

»Die Qwarm sind schon Ärger genug, aber ich würde mich lieber mit ihnen auseinandersetzen als mit subalternen Bürokraten. Wenn wir offiziell festgehalten werden, würde es mich nicht überraschen, wenn irgendein untergeordneter Funktionär Ab an sie auslieferte, nur um den Frieden mit dem Empire nicht zu stören.«

»Jetzt einmal langsam, einen Augenblick.« Hasboga begann zu begreifen. »Wenn wir den Beamten des Commonwealth ausweichen wollen, wie können Sie dann mich und Skua an einem Ort absetzen, wo wir uns um unsere Finanzierung kümmern können?«

»Wir werden Sie auf Burley oder Terra oder sonstwo absetzen«, versicherte ihr Tse-Mallory, »sobald wir unser kleines Experiment abgeschlossen haben.«

»Wenn Sie glauben, daß ich mit Ihnen in den Brand oder der Himmel weiß wohin sonst fliege, nur um eine verrückte Spekulation zu überprüfen, während die Qwarm und die AAnn versuchen, Sie zu töten, dann haben Sie den Verstand verloren!«

In diesem Augenblick erzitterte die *Teacher* und machte damit allen Insassen klar, daß sie soeben die Lichtgeschwindigkeit überschritten hatten. Vom KK-Antrieb gezogen, setzte das Schiff seine Beschleunigung fort.

Als niemand etwas sagte, baute sich Hasboga neben Tse-Mallory auf. Mit blitzenden Augen schrie sie ihn an: »Ich *verlange*, daß Sie uns auf der nächstliegenden entwickelten Welt der Föderation absetzen!«

Die Antwort des Wissenschaftlers klang betrübt. »Tut

mir leid, das geht nicht. Wir haben dafür keine Zeit. Die bloße Anwesenheit des AAnn-Zerstörers innerhalb der Grenzen des Commonwealth zeigt, daß die Lage sich zugespitzt hat. Wir können keinen Umweg riskieren. Ich glaube nicht, daß sie uns folgen können, aber man darf die AAnn nicht unterschätzen. Vielleicht reicht die Spur unseres KK-Generators aus, um uns zu orten. Wir können uns keinen Aufenthalt leisten. Einige Milliarden Leben stehen auf dem Spiel.«

Sie wandte sich wütend von ihm ab. »Ach was! Sie haben ja selbst gesagt, daß dieser Hur'rikku-Wunder-Apparat zur Hälfte Legende ist. Sie glauben doch selbst nicht, daß Sie etwas finden.«

Tse-Mallorys Augen konnten nicht verbergen, was er in diesem Augenblick für sie empfand. »Wenn einem der Tod sicher scheint, dann wird man sogar versuchen, an einem Seil aus Stroh emporzuklettern, wenn nur jemand ein solches Seil liefern kann. Und dieses Stroh suchen wir. Isili Hasboga, solange diese Suche nicht abgeschlossen ist, wird uns niemand aus persönlichen Gründen daran hindern können.«

Hasboga schien sich damit zufriedengeben zu wollen, aber Flinx schaltete sich ein. »Bitte, Isili«, bat er sie, »lassen Sie sie. Truzenzuzex und Bran Tse-Mallory sind gute Homanx. Wenn sie für das, was sie tun, keine guten Gründe haben würden, hätte ich ihnen niemals mein Schiff zur Verfügung gestellt.«

»Das ist leicht gesagt«, herrschte sie ihn an, »schließlich steht Ihr eigenes Leben auf dem Spiel!«

Ihre Reaktion war so temperamentvoll, daß Pip zusammenzuckte und die Person, von der diese ärgerlichen Gefühle für seinen Meister ausgingen, drohend anstarrte. Flinx beruhigte den Minidrach. Die Flugschlange rollte sich zwar wieder ein, ließ aber die Frau nicht aus den Augen.

Dann sprach der Junge weiter. »Wenn das der Fall ist, warum habe ich dann nicht einfach Ab zurückgelassen, damit die AAnn ihn töteten? Zugegeben, das würde die Qwarm noch nicht daran hindern, mich weiterhin zu verfolgen, aber wenigstens die AAnn würden ihr Interesse an mir verlieren. Vielleicht steht für mich also doch etwas mehr als mein eigenes Leben auf dem Spiel, meinen Sie nicht?«

»Es tut mir leid.« Sie blickte zu Boden. »Es ist nur ... man hat mir gerade einige Jahre meiner Arbeit zunichte gemacht. Zuerst die Otoiden, und jetzt bin ich in etwas verwickelt, das mir völlig gleichgültig ist.«

Sie sah sich außerstande, weiter mit Flinx zu streiten und richtete ihre Wut daher auf September. »Und was ist mit dir, du Blödmann? Du hast fast genauso intensiv an den Ausgrabungen gearbeitet wie ich, und jetzt sind wir pleite. *Pleite!* Verstehst du denn nicht?«

Er lächelte ihr zu. »Für mich ist es nichts Neues, kein Geld zu haben, Silly. Ich bin bloß ein kleines altes Wasserstoffatom, das im galaktischen Wind dahertreibt. Tatsächlich reizt mich die Richtung, in der wir im Augenblick getrieben werden. Wahrscheinlich bringt es keinen Nutzen, aber manchmal ist es auch ganz nett, für andere etwas zu tun.« Er wandte sich um und holte sich einen Stuhl. »Außerdem war ich schon mal auf Collangatta. Auf Carmague noch nicht, obwohl ich ihn die ganze Zeit sehen konnte, wie er grün und weiß über mir am Himmel hing, und auch nicht auf Twosky Bright, aber auf Collangatta war ich. Ich mochte die Collas. Es sind nette, offene Leute. Sie verstehen es, das Leben zu genießen. Ich habe mich dort willkommen gefühlt. Etwas, das mir nicht immer auf Planeten passiert, die ich zum erstenmal besuche. Ich fühlte mich dort richtig zu Hause.

Und deshalb, Silly, gehe ich gerne ein Risiko ein, um diese Welt zu retten, wenn ich mithelfen kann, daß sie nicht zufriert und zu einem eisigen Grab wird.« Er lächelte Tse-Mallory zu. »Und was mir an diesem Vorhaben am besten gefällt, soweit ich das bisher begreife, ist, daß das Commonwealth nicht viel davon hält. Das reicht mir schon als Empfehlung.« Sie wandte sich beleidigt von ihm ab, worauf er aufstand und sie wieder herumdrehte. Sie wehrte sich, aber gegen seine mächtigen Pranken hatte sie keine Chance.

»Isili, wenn man zuviel Reichtum ansammelt, muß man sich bloß wegen der Steuern Sorgen machen, und die Computer zu täuschen wird immer schwieriger. Du hast noch genügend Zeit, dir den Makel des Reichtums zuzulegen. Oder in deinem Fall den des Ruhms.«

»Glaubst du wirklich, daß es das ist, Skua?« Sie warf ihm einen bedauernden Blick zu. »Daß ich deshalb so scharf darauf bin, wieder an die Arbeit zu gehen, damit mein Bild ins Tridi kommt?«

»Nicht ganz«, gab er zu. »Dafür interessierst du dich zu sehr für die Wissenschaft. Aber immun dagegen bist du auch nicht. Du bist ein Mensch, Isili. Das ist ein Fluch, den wir alle tragen müssen.«

»Sie sollten nicht verallgemeinern«, warf das Insekt ein.

September ließ Hasboga los und blickte nach vorne. »Wie Sie meinen, Mr. Thranx.«

»Ich meine das nicht persönlich.« Truzenzuzex' Stimme ließ den Eindruck leichter Belustigung erkennen. »Sie müssen das so sehen, Hasboga.« Sie vermied es, in seine Richtung zu blicken. »Sie hatten das Pech, in die Gesellschaft von ein paar alten Narren zu geraten, und Sie wissen selbst, was das alte menschliche Sprichwort für diese Situation sagt. Also können Sie ebensogut versuchen uns zu helfen, anstatt uns zu behindern. Sie können im Augenblick ohnehin nichts dagegen unternehmen. Wir können ebenso fanatisch versuchen, Leben zu retten, wie Sie es fanatisch versuchen, die Überreste der Toten auszugraben.«

Sie wirbelte herum. »Ihr seid alle verrückt, jeder von euch!« Damit rauschte sie wütend aus dem Cockpit, auf den Salon zu.

Eigentlich hätte September sich jetzt ärgern sollen, aber das tat er nicht, stellte Flinx fest. Der Riese nahm alles mit einem Gleichmut hin, der wieder einmal bewies, wie selbstsicher und reif dieser Mann sein mußte. Flinx mußte sich eingestehen, daß er diesen Mann mochte, ob er nun sein echter Vater war oder nicht. Nein, er würde es nicht versuchen, weitere Informationen zu diesem Thema von September zu erhalten. Er begann zu begreifen, daß September zur rechten Zeit ohnehin reden würde. Und daß ihm Geduld mehr eintragen würde als Drängen.

Der Gegenstand seiner Überlegungen erhob sich aus seinem Sessel und schickte sich an, Hasboga zu folgen. Er zwinkerte Flinx zu. »Der Alkohol hilft Ärger aufzulösen, so wie Säure das mit Plastik tut, Jungchen. Isili wird erst dann wieder ganz glücklich sein, wenn sie alten Kram ausbuddeln kann. Aber ich glaube, ich kann ihre Wut zumindest soweit eindämmen, daß sie uns nicht alle wahnsinnig macht, ehe diese Reise vorüber ist.«

12

Lange Tage verstrichen, während die *Teacher* hinter ihrem KK-Feld durch das Nichts pflügte. Tse-Mallory und Truzenzuzex benutzten den Schiffscomputer, um Ab zu ergründen, versuchten einen Sinn aus den Reimen zu lesen, die manchmal gleichzeitig in sechs verschiedenen Sprachen aus dem Kleinen heraussprudelten, von denen die eine oder andere nirgends mehr gesprochen wurde und in denen manchmal Worte gebraucht wurden, die drei- oder viermal aus dem Urzustand übersetzt waren. Es war erschöpfende und manchmal enttäuschende Arbeit, die dadurch nicht erleichert wurde, daß Ab freundlicherweise versuchte, alles wie Terranglo klingen zu lassen.

»Wir haben eine Theorie aufgestellt«, sagte Truzenzuzex eines Tages zu Flinx, als sie im Salon saßen und Ab zuhörten, wie er unablässig vor sich hinplapperte. »Bran und ich sind zu dem Schluß gekommen, daß Ab nicht nur keinen Unsinn redet, sondern alles, was er sagt, eine Bedeutung hat. Wir haben nur einfach nicht die Zeit und auch nicht die Geräte, um *alles*, was er sagt, zu überprüfen oder es richtig zu übersetzen. Die Hälfte unserer Übersetzungen sind eher intuitiv, und der Rest ist das größtenteils auch.«

Flinx' Blick wanderte nach oben, wo Pip vergnügt zwischen den dreidimensionalen falschen Wolken dahinhuschte, die die Projektoren in den Wänden an die Decke zauberten. »Für Ab scheint alles einen Sinn abzugeben. Aber so ist das bei Verrückten ja immer.« Er sah zu Ab hinüber. »Ich begreife einfach nicht, wie ihr je die Welt, die ihr sucht, von ihm erfahren wollt.«

Plötzlich wandte Ab zwei seiner blauen Augen Flinx zu. »Canachanna, banarana, Limonenkuchen und Apfelvana. Was tickt denn im Schraubenmix?«

»Da, jetzt habt ihr es wieder«, sagte Flinx. »Es ist genauso, als ...« Er verstummte und starrte den Philosophen an. Tru saß auf seinem Thranxsitz und blickte ausdruckslos in die Ferne. »Tru?«

Truzenzuzex brauchte eine Weile, bis er sich zu Flinx umwandte. »Das ist es.«

Flinx glaubte zu träumen. »*Was* ist es?«

»Die Welt ... vielleicht.«

Dann sprang der Philosoph auf und rannte auf vier Beinen und den Fußhänden zu der Computerkonsole im Salon. Flinx folgte ihm immer noch benommen.

»Das ist ein alter visarianischer Name für einen Stern der Hauptlinie im Innern des Brandes. Auf den Commonwealthkarten wird der Stern als RNGC 1632 bezeichnet.« Er rief dem Computer Anweisungen zu, während er gleichzeitig versuchte, die Sprechanlage zu bedienen.

Gleich darauf erschien Tse-Mallory im Salon. Der

Wissenschaftler war nur teilweise bekleidet und noch naß, weil Truzenzuzex ihn beim Duschen unterbrochen hatte. Seine Blöße schien ihn nicht zu stören. »Was ist denn passiert, Schiffsbruder? Endlich etwas von Ab?«

»Cannachanna, Bran.«

Während Truzenzuzex in unglaublichem Tempo an der Computerkonsole arbeitete, ging Tse-Mallory zu Ab und setzte sich neben ihn. In dem hellen künstlichen Licht glitzerten die Wassertropfen auf seinem Körper, während er den Exoten ansah, der mit seinen Fingern spielte.

»Cannachanna, ja. Erinnerst du dich, Abalamahalamatandra.« Er blickte starr in ein blaues Auge und wiederholte »Cannachanna?«

Ab blinzelte der Reihe nach mit allen vier Augen und sang vergnügt: »Geht, geht, geht, schnell, schnell, schnell. Nadelkuchen tot, Kalcantheabaum, denn ich bin ...« und so ging es wie gewöhnlich weiter.

Aber das reichte; es war eine Bestätigung. Flinx hatte Tse-Mallory und Truzenzuzex noch nie so erregt gesehen.

»Der Computer hat den Hinweis aufgenommen«, sagte Truzenzuzex, als er sich wieder etwas beruhigt hatte und schließlich auf Flinx' Fragen antwortete. »Er hat einen Kurs errechnet. Endlich haben wir ein Ziel. Die Wabe sei gelobt!«

Aber den größten Wandel erzeugte diese Information nicht in den beiden Gelehrten, sondern in Isili Hasboga.

»Sie wollen sagen, daß es die Hur'rikkus tatsächlich gegeben hat?« fragte sie Tse-Mallory, und ihre Augen glänzten in einer Mischung aus Staunen und Unglauben.

»So scheint es. Wir haben im Augenblick Kurs auf eine Hur'rikkuwelt. Sie befindet sich am richtigen Ort für eine solche Welt, auf der anderen Seite des Brandes. Dorthin hätte die Hur'rikkus ihr Kurs geführt, als sie den Tar-Aiym begegneten. Das ist auch die beste Stelle, um ein größeres Waffensystem aufzubauen.«

»Ich kann es nicht glauben«, sagte sie. »Ich kann es einfach nicht glauben. Im wirklichen Leben gibt es solche Dinge doch nicht.«

»Das Unglaubliche geschieht immer im wirklichen Leben«, korrigierte sie Tse-Mallory. »Die meisten Romane schildern nur das, was man sich wünscht.«

»Eine Hur'rikkuwelt«, murmelte sie. »Eine Hur'rikkuwelt.« Als sie aufblickte, flackerte in ihren Augen solch sehnliches Verlangen, daß es Flinx geradezu peinlich war. »Wir werden die ersten Homanx sein, die sie zu sehen bekommen. Glauben Sie ... glauben Sie, daß ich dort Gelegenheit zu ein paar Ausgrabungen haben werde?«

Tse-Mallory lächelte — seine Stimme klang beruhigend. »Hasboga, wir werden *alle* dort zu tun bekommen. Oder glauben Sie, daß wir einfach im Orbit um die Welt, die die Hur'rikku einst bewohnten, fliegen und dort eine Tafel von der Größe eines Kontinents finden werden, auf der in Symbosprache steht ›Ultimate Waffe — folgen Sie dem Pfeil‹ und dann einfach darauf zugehen?«

Sie war von der Vorstellung so fasziniert, die erste Archäologin zu sein, die die Chance bekam, die legendäre Welt einer mythischen Rasse zu besuchen, daß sie Tse-Mallorys Spott überhörte.

Flinx war schon einmal durch den Brand geflogen. Dieser Weltraumsektor sah auch nicht anders aus als andere Stellen der Galaxis, nur daß die Sternpopulation etwas höher war als in dem Arm, der das Commonwealth beherbergte. Trotzdem liefen ihm bei der Erinnerung kalte Schauer über den Rücken. Früher einmal waren diese Myriaden von Welten die Heimat Dutzender intelligenter Rassen gewesen. Jetzt gab es dort nur noch niedrige Lebensformen; alle höheren Arten waren von der Seuche dahingerafft worden, die die Tar-Aiym in ihrer Panik vor einer halben Million Jahren ausgelöst hatten.

Selbst jene beiden sonst so gelassenen Wesen, Tse-Mallory und Truzenzuzex, waren beeindruckt. Sie beschäftigten sich mit Ab und hielten sich dem Cockpit fern und somit dem Panorama der Sterne. Statt dessen diskutierten sie abstrakte Theorien oder spielten so komplizierte Spiele mit dem Schiffscomputer, daß ein Zuschauer nicht einmal erkennen konnte, wer am Ende gewann, geschweige denn, wie das Spiel ablief.

Drei Wochen verstrichen, bis sie verkündeten, daß Ab ein Vokabular von ungefähr achtundzwanzig Trillionen Wörtern besaß und das in dreimillionenvierhundertsechzigtausend Sprachen, von denen wenigstens zwei Millionen ausgestorben waren und zweihundertviertausend schiere Mathematik waren.

Diese Zahlen wiesen nicht gerade auf einen Idioten hin.

Isili Hasboga, die jetzt glücklich und voll Erwartung war, genoß den Luxus der *Teacher.* Das war das erstemal, daß sie sich auf einer Privatjacht befand; bisher, wenn sie zwischen den Planeten hatte reisen müssen, war sie stets Touristenklasse geflogen.

Was Hasboga beeindruckend fand, amüsierte September nur. Ihn interessierte die Funktion des Schiffes. Manchmal beunruhigte das Flinx, wenn er September dabei ertappte, wie er voll Interesse die Konstruktion der *Teacher* bewunderte. Aber am Ende redete er sich ein, daß der Riese, sollte er wirklich etwas Ungewöhnliches an dem Schiff finden, dies vermutlich als Eigentümlichkeit der Firma betrachten würde, die es gebaut hatte. Und dagegen war nichts einzuwenden, solange nur niemand ahnte, wie eigentümlich die Erbauer der *Teacher* waren.

Flinx stellte fest, daß er im wesentlichen sich selbst überlassen war. Das Schiff flog ohne Hilfe. Man brauchte sich kaum um seine Maschinen oder den Kurscomputer zu kümmern. Er mußte sich also andere Ausreden ausdenken, um nicht ins All hinauszustarren. Was ihn und die zwei Gelehrten wirklich bedrückte, war nicht die Leere der bewohnbaren Planeten rings um sie, sondern die unentrinnbare tiefgreifende Angst, daß irgendwo auf einer dieser Welten noch Reste der unaufhaltsamen Seuche der Tar-Aiym lauerten und darauf warteten, irgendeinen arglosen Besucher zu infizieren.

Das System von Cannachanna unterschied sich durch nichts von den vielen anderen Systemen, die Flinx in schematischer Darstellung auf dem Bildschirm des Schiffes betrachtet hatte. Es gab nur drei Planeten, die eine heiße Sonne vom K-Typ umkreisten. Und sofern die Hur'rikkus nicht auf ungewöhnliche Extremwerte an Temperatur und Druck eingestellt waren, hätten sie weder auf dem massiven gefrorenen Gasriesen wohnen können, der weit draußen kreiste, noch auf dem von der Sonne aufgeheizten Globus, der in fast greifbarer Nähe zu seinem Zentralgestirn seine Bahn zog. Blieb also nur der mittlere Planet der drei. Zwar war er weiter von seiner Sonne entfernt als die Erde von Sol, aber es dürfte sich dennoch um eine heiße Welt handeln. Aber er besaß zumindest eine Atmosphäre, die Homanx atmen konnten. Er war imstande Leben zu tragen.

»Wir haben natürlich keine Beweise«, erinnerte sie Tse-Mallory, als sie im Shuttle die Planetenoberfläche ansteuerten, »daß die Hur'rikkus uns ähnlich waren, ja auch nur, daß sie auf Kohlenwasserstoffbasis aufgebaut waren.«

Aber schließlich wußte niemand etwas Bestimmtes über die Hur'rikkus.

Daß diese Welt einmal von irgendeiner Rasse bewohnt gewesen war, bewiesen die Taster der *Teacher*. Alle vier Hauptkontinente waren von Ruinen übersät. Sie waren weitläufig genug, um darauf hinzudeuten, daß die Welt, welche Cannachanna umkreiste, irgendwann in ferner Vergangenheit eine beachtliche Bevölkerungsgröße gehabt hatte.

Da sie über keinerlei Hinweise verfügten, beschlossen Truzenzuzex und Tse-Mallory bei der größten Stadt zu landen, die sie finden konnten. Sie lag in der Nähe der Westküste des größten Kontinents der nördlichen Hemisphäre. Das von Tse-Mallory gelenkte Shuttle landete weich, während Flinx in einen Himmel blickte, der die Farbe von geschmolzenem Eisen hatte. Der Stern Cannachanna hing aufgedunsen und rot am Firmament.

Feiner weißer Sand zischte unter den Landekufen der kleinen Maschine. Ihre Instrumente sagten ihnen, daß die Außentemperatur auf der weiten Ebene, auf der sie gelandet waren, beinahe fünfundvierzig Grad Celsius betrug.

Die kleine Gruppe verließ das Shuttle über eine Rampe. Flinx und Hasboga bot ihre dunkle Hautfarbe genügend Schutz vor der heißen Sonne. Truzenzuzex fühlte sich, abgesehen von der trockenen Luft, wohl. Tse-Mallory und September mit ihrer empfindlicheren Haut mußten sich mit Lichtschutzmitteln einsprühen.

Während die anderen im Schatten der Tragfläche des Shuttle standen, führte Truzenzuzex Ab ins Freie. Der kniete sofort nieder und reimte, während er gleichzeitig unverständliche Muster in den Sand kratzte.

Dann hörten sie zu, was der Philosoph ihnen zu sagen hatte: »Ab kann nicht hypnotisiert werden, obwohl Bran und ich uns große Mühe gegeben haben, aber ich kenne verschiedene Techniken, mit denen es mir, glaube ich, gelingt, wenigstens seine Aufmerksamkeit auf mich zu lenken. Das hängt sehr vom Tonfall ab.

In den letzten Tagen vor unserer Ankunft haben Bran und ich Ab dauernd nach der Waffe ausgefragt. Da er uns keinerlei weitere Hinweise geben konnte, sind wir der Ansicht, daß wir ebensogut hier beginnen und von Stadt zu Stadt ziehen können, in der Hoffnung, daß wir auf irgend etwas stoßen, was Ab dazu veranlaßt, uns die richtige Antwort zu geben.«

»Müssen wir hierbleiben?«

Hasboga blickte sehnsuchtsvoll zu der fernen Stadt hinüber. Türme aus gut erhaltenem Metall und anderen unbekannten Materialien ragten hinter den Dünen auf.

»Hasboga, wir sind nicht als Forscher hier. Meine eigene Neugierde drängt mich zur Stadt, aber die Vernunft und eine noch dringlichere Notwendigkeit halten mich zurück.« Truzenzuzex blickte traurig. »Es muß so sein, wenigstens bis wir das finden, weswegen wir hergekommen sind.«

Hasboga gab sich damit nicht zufrieden. »Zuerst zerren Sie Skua und mich durch die halbe Galaxis und dann sagen Sie, ich darf mir nicht einmal eine der größten Entdeckungen in der Geschichte der Wissenschaft ansehen. Wir sind hier auf der Welt einer Rasse, an deren Existenz niemand geglaubt hat.« Sie stampfte ärgerlich auf.

Sie standen auf einer Welt aus heißem Eis, dachte Flinx.

Tse-Mallory sah sie mißbilligend an. »Diese Welt wird immer hier sein, Isili Hasboga. Was man von Carmague, Collangatta und Twosky Bright nicht sagen kann, sofern wir nicht die Waffe finden und sie in Betrieb setzen können.«

»Selbst wenn das Ding hier ist, funktioniert es vermutlich nicht. Das ist Ihnen natürlich klar.« Septembers Blick wanderte zwischen Truzenzuzex und Tse-Mallory hin und her.

Der hochgewachsene Gelehrte lächelte ihn an und zuckte dann die Achseln. »Wir sind eben Optimisten, September. Es liegt in der Natur der Homanx, nicht nur an die Vernunft zu glauben.«

»Das ist der Unterschied zwischen uns«, sagte September und blickte zu der uralten Metropole hinüber. »Es liegt im Wesen der Septembers, nur der Stimme der

Vernunft zu folgen. Auf die Tour habe ich gelebt, seit ...«

Er sah, wie Flinx versuchte, ihre Aufmerksamkeit auf sich zu lenken. »Ist etwas, Jungchen?« Flinx deutete auf Ab. »He, was macht er da?«

Tse-Mallorys Antwort an September war vergessen. Selbst Hasbogas Interesse galt jetzt nicht mehr der Stadt.

Ab drehte sich im Kreise, als suche er etwas, das sonst keiner sehen konnte. Und dann watschelte er in südwestlicher Richtung davon. Als er etwa zehn Meter vom Shuttle entfernt war, blieb er stehen und suchte am Boden herum. Nachdem er den Sand, auf dem er stand, gründlich inspiziert hatte, setzte er sich plumpsend hin, streckte drei Arme aus und begann Muster in den Sand zu zeichnen, während er vor sich hinsang. Er war so glücklich wie jeder Dreijährige in einem Sandkasten.

»Wunderbar.« Hasboga warf sich das Haar in den Nacken und strich es sich dann mit beiden Händen zurecht. »Das Ende unserer Suche. Und was tun wir jetzt?«

Truzenzuzex war offensichtlich enttäuscht, ließ sich aber davon in seiner Antwort nichts anmerken. »Wir konnten vernünftigerweise nicht erwarten, daß der Exote uns sofort zu der Waffe führen würde. Jetzt müssen wir die Suche aufnehmen.« Hasbogas Miene hellte sich auf, und der Philosoph fügte eilig hinzu: »Aus der Luft.«

»Warum aus der Luft?« fragte sie enttäuscht.

»Ehe wir uns an das mühsame Werk machen, diese Städte zu Fuß zu untersuchen, besteht immerhin die Möglichkeit, daß Ab aus der Luft etwas erkennt oder zumindest von etwas angeregt wird.«

Gefolgt von Ab, der nie Schwierigkeiten machte, kehrten sie ins Shuttle zurück. Die Rampe schlüpfte hinter dem letzten Passagier in den Rumpf zurück, die Maschinen liefen an, und das kleine Boot erhob sich in die Luft.

Ein paar Fußspuren von Mensch und Thranx blieben im Sand zurück. Ein sanfter Wind machte sich geduldig daran, sie zu verwischen.

Mit hoher Geschwindigkeit jagten sie von einer Stadt zur nächsten. Bald flogen sie über weit kleinere Städte, als jener, bei der sie zuerst gelandet waren. Bei jeder neuen Stadt warfen Truzenzuzex und Tse-Mallory hoffnungsvolle Blicke auf Ab. Und Ab starrte jedesmal vergnügt auf die neue Landschaft unter dem Shuttle, reimte ein paar Verse, und dann las Truzenzuzex die Computer-Interpretation dessen, was Ab gesagt hatte, und das Shuttle änderte seinen Kurs aufs neue.

Einige Tage dieser Suche überzeugten Tse-Mallory, daß sie auf diese Weise lange, sehr lange auf dem Planeten würden verweilen müssen. Als Hasboga das hörte, erhitzte sie sich in einem Maße, daß sie vermutlich darin der heißen Luft nicht nachstand, durch die sie flogen. Sie bestand darauf, an irgendeiner größeren Stadt abgesetzt zu werden, um ihrer Arbeit nachgehen zu können.

Tse-Mallory und Truzenzuzex konnten sich ihren Argumenten nicht länger widersetzen und stimmten schließlich zu. Vielleicht entdeckte sie irgend etwas, das ihnen nützlich sein konnte. Und außerdem war es ohne sie zweifellos ruhiger an Bord des Shuttle.

September entschied sich dafür, sie zu begleiten, nicht zuletzt wohl, weil die Suche aus der Luft ihn zu langweilen begann. Sie verließen das Shuttle am Rande der ersten Stadt, die sie besucht hatten, versorgt mit reichlich Vorräten und einem hinreichenden Arsenal, um sich damit zu verteidigen, wenn sie auch bislang nicht auf Anzeichen höheren Lebens gestoßen waren.

Tatsächlich wies diese Welt nur sehr wenig an tierischem Leben und kaum Vegetation auf. Der größte Teil der Oberfläche von Cannachanna II bestand aus Wüste. Das größte Lebewesen, das sie entdeckt hatten, war eine nervös wirkende, rosafarbene, kaktusähnliche Pflanze, die sich gute fünfzehn Meter oder noch höher in einen zornig geröteten Himmel erhob und an ihrem Sokkel ein paar Meter durchmaß. Ihr Wurzelsystem, meinte Tse-Mallory, mußte riesenhaft sein.

Das Wasser floß unterirdisch; große freie Wasserflächen gab es kaum. Und jede Stadt war wie die nächste, unterschied sich nur von ihr in der Größe. Alle waren voll von zerfallendem Mauerwerk und Metallgebilden, und nur leise klagende Winde und verblassende Erinnerungen wohnten in ihnen. Das Shuttle der *Teacher* überflog jede Stadt mit denselben Hoffnungen und verließ sie mit derselben Enttäuschung.

»Die Tar-Aiym haben bessere Städte gebaut, aber weniger, nach dem zu schließen, was wir von Booster gesehen haben.« Truzenzuzex starrte auf die Wüstenlandschaft hinaus, die unter ihnen dahinzog. »Das paßt zu dem, was ich von der unglaublichen Vermehrungsfähigkeit der Hur'rikkus gehört habe, und erklärt auch die Angst der Tar-Aiym.«

»Bist du sicher, daß Ab nicht einer von ihnen ist?« meinte Flinx und wies auf den Kleinen, der in einem Sessel neben einem Bullauge festgeschnallt war.

Tse-Mallory schüttelte den Kopf. »Die Form der Türen, die wir beim Überfliegen gesehen haben, beweist, daß Ab, was immer er sein mag, jedenfalls kein Hur'rikku ist. Sie waren viel kleiner als Ab. Ihre Größe entsprach eher den Otoiden von Alaspin, wenn du schon eine Rasse zum Vergleich heranziehen willst. Während die Tar-Aiym, soweit man das aus ähnlichen Hinweisen auf Booster entnehmen kann, massige Geschöpfe waren, viel größer als selbst dein Freund September. Und doch«, sinnierte er und blickte über die Wüsten aus Metall, Gestein und Sand hinaus, »gelang es den winzigen Hur'rikkus, die mächtigen Tar-Aiym in einem solchen Maße zu erschrecken, daß sie die Kontrolle über ihre Militärwissenschaft verloren und etwas schufen, das sie am Ende alle zusammen vernichtete.«

Truzenzuzex blickte traurig, während er seine Antennen mit einer Echthand strich. »Ich fürchte, wir vergeuden unsere Zeit. Wir können nicht ewig auf dieser Welt bleiben. Noch eine Woche, dann empfehle ich, daß wir umkehren und uns zusätzliche Hilfe beschaffen.« Auf Flinx' überraschten Blick hin fügte er hinzu:

»Es liegt in meiner Natur, ungeduldig zu sein, Freund Flinx.«

Als das Shuttle scharf zur Seite abbog, um die Stadt zu verlassen, die sie gerade inspiziert hatten, ließ der Philosoph sich in seinen Sessel sinken. »Ab hat noch immer auf nichts reagiert. Ich fürchte, daß er nicht einmal dann auf die Waffe reagieren wird, wenn wir direkt über sie hinwegfliegen. Und da wir keine Ahnung haben, wonach wir eigentlich suchen, wenn es nicht zufällig einer Homanxwaffe gleicht, könnten wir das Ding in ähnlicher Unwissenheit verfehlen. Wie viele Städte haben wir besucht, Schiffsbruder?«

»Fünfundfünfzig mit der letzten.«

Der Laut den Truzenzuzex von sich gab, mischte milden Ekel mit persönlichem Tadel. »Ich fürchte, wir könnten tausendundfünfundfünfzig überprüfen, ohne Hoffnung auf Erfolg.«

Sein Begleiter lächelte. »Möglich, aber wir müssen diese tausend- und-was-weiß-ich-wie-viele untersuchen. Drei Planeten erwarten ...«

Truzenzuzex winkte resigniert ab. »Ja, ich weiß. Aber mir scheint das zu hoffnungslos: Wenn wir nur aus Ab den leisesten Hinweis herausholen könnten, irgendeine Andeutung, wo die Waffe aufbewahrt wurde. Auf Booster konnte man das Krang wegen seiner Größe, seiner exponierten Lage und der Einmaligkeit seiner Konstruktion ausmachen. Auf dieser Welt haben wir nichts Vergleichbares entdeckt, in keiner Stadt irgend etwas, das vom Üblichen abweicht.«

Und in diesem Augenblick hatte Flinx, vielleicht ausgelöst von Truzenzuzex' Worten, einen jener seltenen Augenblicke der Intuition, die er nie vorhersehen konnte. Wahrscheinlich handelte es sich bei diesem plötzlichen Gedanken gar nicht um eine Folge seiner speziellen Talente. An dem Gedanken, der ihm plötzlich in den Sinn kam, war überhaupt nichts Außergewöhnliches. Vielleicht lag es ganz einfach daran, daß er im Gegensatz zu den Wissenschaftlern nur einfache Lösungen denken konnte. Er hatte bereits ein halbes hundert Meinungen geäußert, wo die Waffe sich wohl befinden könnte, aber keine dieser Meinungen hatte ihnen weitergeholfen. Ganz im Gegensatz zu dieser hier.

»Wenn ich eine wirklich mächtige Waffe gebaut hätte«, sagte er beiläufig und strich dabei über Pips Kopf, »dann würde ich mich mächtig anstrengen, um sicherzugehen, daß niemand verletzt wird, wenn sie einmal aus Versehen losgehen sollte.«

»Im Meer vielleicht?« überlegte Tse-Mallory. »Aber es gibt Anzeichen, daß die Meere intensiv genutzt wurden. Vielleicht zur Lebensmittelgewinnung. Wir haben keinen derart isolierten Ort gesehen, an dem man eine solche Waffe hätte konstruieren oder unterbringen können.«

Truzenzuzex ließ seine Antennen los. »Nicht auf diesem Planeten. Nein. Ich würde überhaupt eine Anlage, die imstande ist, einen Kollapsar zu vernichten, auf keiner bewohnten Welt unterbringen.«

Tse-Mallory nickte nachdenklich. Er begann zu begreifen. Dann ging er ans Steuer des Shuttle und gab einen Kurs zu dem Lager in der nördlichen Hemisphäre ein, wo September und Hasboga sich vor einigen Wochen von ihnen getrennt hatten.

»Wir haben diese Welt studiert in der Hoffnung, etwas Riesiges, Andersartiges zu finden. Ebensogut könnte die Waffe klein sein und ganz unscheinbar aussehen. Ehe wir uns daranmachen, sämtliche Gebäude abzukämmen, steht es uns, glaube ich, gut an, deine Theorie zu erproben, Flinx.«

Flinx schüttelte den Kopf. »Aber wenn es in diesem

System und nicht auf diesem Planeten ist, wie finden wir es dann?«

»Du hast es doch selbst gesagt, Flinx.« Truzenzuzex lehnte sich vom Steuerpult zurück. »Eine Rasse, die vorsichtig genug ist, ein solch gefährliches Gerät von ihrer Welt zu entfernen, würde sich große Mühe geben, es nicht aus den Augen zu verlieren. Sie würden bestimmt die ganze Zeit wissen wollen, wo es sich befindet. Bis jetzt haben wir die Oberfläche noch nicht nach Strahlungsquellen abgesucht, die Energie in den Weltraum abgibt. Diese Energie sollte von den modernsten und verläßlichsten Geräten produziert werden, die die Hur'rikkus bauen konnten. Zweifellos Konstruktionen für die Ewigkeit, die sich selbst reparieren können, falls es zu äußerlichen Beschädigungen käme.«

September hatte vom Leben in der Wüste genug und schloß sich ihnen bereitwillig wieder an. Hasboga hingegen reagierte auf die Andeutung, daß sie den Planeten für immer verlassen würden, bei weitem nicht so begeistert. Sie sei im Begriff, erklärte sie ihnen, Geheimnisse der Hur'rikkus ans Tageslicht zu fördern, welche die Gelehrten des Commonwealth jahrzehntelang beschäftigen würden. Dennoch gelang es September, sie mit sanftem Zwang zum Besteigen des Shuttles zu bewegen.

»Vielleicht werden wir morgen bereits wieder zurückkehren, wenn uns diese Idee nicht weiterführt«, sagte Tse-Mallory, bemüht, sie zu besänftigen. »Vielleicht entdecken wir keine verdächtige Energie, die von dem Planeten abgestrahlt wird. Nach ein paar zirkumpolaren und äquatorialen Orbits wissen wir das.«

Hasboga schimpfte, tobte und weinte schließlich sogar, gab dann aber, als ihr keine andere Wahl blieb, nach.

Die Sensoren an Bord der *Teacher* hatten bereits mehr als hundert Strahlungsquellen in Gestalt funktionierender Hur'rikku-Anlagen registriert. Bei den meisten da-

von schien es sich um eine Art Signalbojen zu handeln. Sie befanden sich am Rande großer Stadtkomplexe in der Nähe weiter Ebenen, die früher vielleicht einmal Raumhäfen gewesen sein mochten.

Drei solcher Strahler sendeten immer noch mit genügend Energie, um weit ins Weltall hinauszureichen. Wesentlich weiter als über Distanzen, wo zur Landung ansetzende Fahrzeuge sie aufnehmen mußten. Ein Strahl ging von einer Stadt auf dem südlichen Polarkontinent aus und wies in Richtung des Sternbilds des Schützen. Flinx war versucht, jenem ungeheuren Strahlpfeil zu seinem Bestimmungsort zu folgen.

Aber sie suchten etwas, das dem Planeten näher stand. Also gab Flinx den Kurs des Strahls nur in den Computer ein. Eines Tages vielleicht ...

Ein zweiter Strahl führte die *Teacher* und ihre Insassen zum vierten Mond des Gasriesen am Rande des Systems. Sie verfolgten den Strahl bis zu ein paar kleinen Ruinen, die wesentlich besser erhalten waren als die Überreste der Bauten auf der bewohnten Welt selbst. Da der Mond über eine eigene Atmosphäre verfügte, hatte es einige Erosion gegeben. Es war nicht leicht, Hasboga zu überzeugen, daß sie keine Zeit hatten, sich die wunderbar gut erhaltenen Hur'rikku-Bauten anzusehen.

Der dritte Strahl lenkte sie zu einem vierten Planeten, einem Planeten, den die Instrumente des Schiffes während ihres Anflugs in das Cannachannasystem nicht entdeckt hatten. Nicht, daß sie das überrascht hätte: der vierte Planet konnte kaum als Welt gelten, eher als ein dahintreibender Mond von etwa einem Drittel der Größe des Erdmondes. Er umkreiste Cannachanna in doppelter Entfernung des Gasriesen. Ein düsterer, von Meteoren zernarbter Weltkörper, unfreundlich und von einer dünnen Kruste aus gefrorenem Methan und Ammoniak überzogen. Er verfügte über keine feste Atmosphäre und wandte der Sonne immer eine Seite zu — die andere war stets dem Abgrund des interstellaren Raums zugewandt.

Sie fanden einen kleinen Empfänger auf Cannachanna IV. Dort endete der Strahl von der Hur'rikku-Welt. Eine kurze Überprüfung der Empfangsanlage zeigte, daß es sich tatsächlich nur um einen Empfänger handelte. Etwas wie eine Waffe oder dergleichen war nicht zu entdecken.

Trotzdem machten sie sich daran, von einem niedrigen Orbit aus die Oberfläche des Mondes genauer zu untersuchen. Die Detektoren zeigten unter ihnen nichts als gefrorenes Gas und totes Gestein.

Truzenzuzex sah zu, wie die monotonen Berichte des Monitors pflichtschuldig an die Lesegeräte in der Steuerkanzel flossen. »Damit sind wir wohl am Ende, denke ich«, sagte er müde. »Ebensogut könnten wir versuchen, dem Strahl zum Sternbild des Schützen zu folgen.« Er schüttelte den glänzenden Kopf mit den Juwelenaugen. »Ich fürchte, ich bin zu alt für solch eine Reise.«

Tse-Mallorys Ausdruck war ähnlich enttäuscht, wenn er sich auch bemühte, sich optimistisch zu geben. »Eine Chance gibt es noch. Wir sind mit der Erforschung noch nicht fertig. Und wir können immer noch zum zweiten Planeten zurückkehren und aufs neue beginnen. Vielleicht war die Annahme, von der wir ausgegangen sind, falsch.«

»So ist es«, pflichtete der Philosoph ihm bei.

»Meine Herren.« Flinx wandte sich von seinem Posten an einem der Monitorschirme um. »Vor uns ist ein Artefakt.«

Die beiden Wissenschaftler eilten zu den kleineren Schirmen auf der Hauptkonsole. Tatsächlich, die Instrumente zeigten an, daß sie sich einem vergleichsweise kleinen, massiven Gegenstand unbekannter Konsistenz näherten. Er blieb stabil über dem kleinen Planeten und lag in gerader Linie zu dem Richtstrahl, der auf der gegenüberliegenden Seite des Planeten endete.

Alle Instrumente eingeschaltet und auf jegliche Reaktion vorbereitet, schob die *Teacher* sich vorsichtig näher.

Eine vierte Stimme schaltete sich in die allgemeine Diskussion ein: »Seht Flipper laufen und tauchen, hopp, hopp, topp, topp ...« In diesem Stil unterhielt Ab sie eine halbe Stunde lang, dann wandte er sich ab und trillerte fröhlich vor sich hin.

Truzenzuzex ließ den aufgezeichneten Monolog durch den Computer laufen und verglich ihn mit dem Vokabular Abs, das sie so mühsam aufgebaut hatten. Aber das Ganze lieferte nur ein verständliches Wort in Terranglo: *»Peng!«*

Der Philosoph konnte seine Erregung kaum zügeln. »Meine Herren, ich glaube, wir haben unsere Waffe gefunden.«

Aber als sie nahe genug herangekommen waren, um es mit bloßem Auge zu sehen, war der Anblick des Artefakts enttäuschend. Jedenfalls war nicht die leiseste Andeutung jener Drohung zu verspüren, die von der alten Tar-Aiym-Waffe ausgegangen war, dem Krang.

Man rief September nach vorne, um seine Meinung zu hören. Sie war nicht gerade schmeichelhaft: »Eine einzige SCCAM-Granate würde dieses Ding in Stücke reißen. Das ist die jämmerlichste Parodie einer ultimaten Waffe, die sich je einer erträumt hat.«

»Bakterien«, meinte Tse-Mallory, »sehen auch nicht besonders eindrucksvoll aus, aber eine bestimmte Art von Bakterien hat einst jedes Lebewesen im Brand ausgelöscht, darunter die Tar-Aiym ebenso wie die Hur'rikkus.«

Flinx lenkte das Schiff näher heran, bis sie nur noch fünfzig Meter von dem Artefakt entfernt dahintrieben. Seine Länge betrug etwa hundert Meter; es handelte sich um ein im großen und ganzen zylindrisches Gebilde, an dem vier schwingenähnliche gebogene Gebilde angebracht waren, die sich an den beiden Zylinderenden trafen. Objekte, die wie lange Antennen aussahen, stachen aus beiden Enden hervor. Der Gegenstand war von rostigbrauner Farbe, sah aber nicht wie Metall aus. Das Licht der Sterne und die Scheinwerferkegel der *Teacher* brachen sich in seinen Seiten. Es hatte einen besonderen Glanz, der an Plastik erinnerte. Aber aus Plastik bestand das Gebilde auch nicht, erkannte Flinx, während er die Geräte beobachtete.

Wo sich zwei der gebogenen ›Flügel‹ trafen, war das Material durchscheinend, was gar nicht zu seinem sonst so massiven Aussehen paßte. Sie richteten einen Scheinwerfer auf die Fläche und entdeckten, daß die Oberfläche des Gebildes durchsichtig war, doch so kräftig der Lichtstrahl auch war, er vermochte es höchstens einen Meter tief zu durchdringen.

Im Scheinwerferkegel war nun auch zu erkennen, daß alle vier Seiten des Gebildes mit einer winzigen, dekorativ wirkenden Schrift bedeckt waren. Kleine Vorsprünge und Vertiefungen in einer bewußt zufällig wirkenden Regelmäßigkeit durchbrachen die Glätte der Seiten.

Sie konnten nichts finden, das wie eine Eingangsschleuse, eine Mündung, ein Abzug, ein Auspuff oder ein Generator wirkte — kurz gesagt, nichts, das einen Zuschauer zu der Meinung veranlassen konnte, eine Waffe vor sich zu haben. Es war ein hundert Meter langes Gebilde aus Metall-Glas-Plastik, das ganz entschieden harmlos aussah.

Auf Drängen der Wissenschaftler lenkte Flinx das Schiff in einem engen Bogen um das fremdartige Gebilde herum und an seiner Längsseite entlang. Dann glitt die *Teacher* zwischen den Kleinplaneten und das Gebilde. Falls dieses Manöver irgendeine wichtige Verbindung unterbrach, so war davon jedenfalls an dem Objekt nichts zu bemerken. Er blieb inaktiv.

Tse-Mallory blickte besorgt: »Das ist schon die Waffe. Ab hat das bestätigt. Es *muß* die Waffe sein.« Flinx hatte ihn noch nie zuvor so nervös gesehen.

Neben ihm musterten Facettenaugen unbewegt das reglose Artefakt. Dann schaltete der Philosoph einige Sensoren an der Kontrollkonsole ein.

Hasboga erschien. Sie wirkte schläfrig. Aber als sie den Gegenstand sah, war ihre Müdigkeit verflogen. September beruhigte sie, versuchte ihr zu erklären, was sie gefunden hatten und was sie machten. Sie hörte zu, aber ihr eigentliches Interesse galt den Inschriften an den Flanken des Gebildes.

»Ein Abtaststrahl durchdringt das Material nicht.« Truzenzuzex' Blick wanderte von einem Instrument zum nächsten. »Immer noch keine Anzeichen von Bewegung relativ zu dem Planeten unter uns oder unserem Schiff. Auch Strahlung geht von dem Artefakt keine aus — wenigstens keine, die unsere Sensoren entdecken können. Und es gibt keinerlei Verbindung zu der Planetenoberfläche.« Er wandte sich von den Armaturen ab und musterte die anderen nachdenklich. Eine Echthand rieb seinen Unterkiefer.

»Dieses auffällig unauffällige Artefakt aus der Vergangenheit der Hur'rikkus *muß* die Waffe sein. Wir haben Abs einzigen signifikanten, wenn auch etwas burschikosen Hinweis darauf. Wir haben auch die Tatsache, daß es sich *hier* befindet, am sichersten Ort in diesem System, wo man eine so mächtige Waffe aufbewahren kann. Und doch wirkt das Ding ganz harmlos. Was wir auf der Hur'rikku-Welt beobachtet haben, ist keineswegs dazu angetan, mir das hier als Täuschung erscheinen zu lassen. Ich gestehe, daß ich nicht wüßte, wie ich das Gegenteil beweisen sollte.«

»Wie soll es denn funktionieren?« Hasboga schob sich näher an die Sichtluke heran, vor der der Gegenstand im Weltraum trieb. »Nicht, daß es mich interessierte, zu welcher Zerstörungskraft es fähig ist, wenn es explodiert, damit wir uns richtig verstehen.«

Tse-Mallory lächelte nicht. »Wir wissen nicht, ob es explodiert.«

»Nun, eben dann, was es sonst tun soll. Aber ich würde mir gerne diese Inschriften näher ansehen.«

»Vielleicht bekommen Sie dazu Gelegenheit«, sagte Truzenzuzex. »Vielleicht müssen wir diese Inschrift entziffern, um zu erfahren, wie der Apparat funktioniert. Jedenfalls hat der Mechanismus sich uns noch nicht offenbart.«

»Vielleicht sind diese Inschriften gar keine Gebrauchsanweisung«, wandte Flinx ein. »Vielleicht heißt das nur ›Hersteller dieser ultimaten Waffe ist die H'pels Ultimate Waffenschmiede‹ oder etwas von der Art.«

Ein herzförmiger Kopf drehte sich zu ihm herum. »Hoffentlich hast du unrecht, Flinx.«

Tse-Mallory nickte. »Ich komme mir vor wie ein Neandertaler, der sich einem Smilodon gegenübersieht. Jemand hat mir gerade Mr. Septembers Mark Twenty gereicht, und ich habe zehn Sekunden Zeit, mir auszudenken, wie man sie einsetzt. Wahrscheinlich ist das Klügste, was mir einfällt, sie als Keule zu benutzen.« Er deutete auf das schwebende Rätsel. Die Lichter aus den Luken der *Teacher* tanzten gespenstisch über die halbdurchsichtige Oberfläche des Artefakts. »Wenn wir nicht vorsichtig sind, geht es uns am Ende wie diesen Neandertalern, und wir blicken verständnislos in den Lauf einer Hur'rikku-Waffe, während wir den Abzug betätigen. Wir sollten vorsichtig mit diesen Vorsprüngen und Vertiefungen sein, ehe wir sie anfassen. Ich würde viel lieber aus der Ferne lernen, das Ding zu aktivieren. Aber ...«, fügte er dann offensichtlich ohne große Besorgnis für seine persönliche Sicherheit hinzu, »wenn man auf ihm herumhüpfen muß, um es auszulösen, dann werden wir eben das tun.«

»Aber nicht hier, wo es nichts nützt. Zuerst müssen wir das Gerät in den Einzugsbereich des Kollapsars bringen.« Er wandte seinen Blick Flinx zu. »Auf dem Kurs des Vagabunden liegt ein planetenloses Doppelsternsystem. Wir sollten diesen Raumsektor gleichzeitig mit dem Vagabunden erreichen, wenn wir sofort starten und mit Höchstgeschwindigkeit fliegen. Wir haben dann die seltene Gelegenheit, die Einwirkung eines Kollapsars auf ein anderes stellares Objekt zu beobachten. Außerdem werden wir sehen«, sagte er zu Isili Hasboga gewandt, »was aus den Sonnen von Carmague, Collangatta und Twosky Bright wird, falls sich herausstellen sollte, daß unsere Überlegungen unrichtig waren.«

»Und angenommen, das ist der Fall«, meinte Hasboga bedrückt, »was werden wir dann tun?«

Tse-Mallory lächelte dünn. »Dann werden Tru und ich uns daran machen, hinter der nächsten Legende herzulaufen.« Sein Blick wanderte zu Flinx. »Ich glaube, es ist genügend Platz. Ist die Ladefläche groß genug?«

Flinx nickte. »Die *Teacher* ist nach den Plänen eines kleinen Frachters gebaut. Ich hatte bisher keine Gelegenheit, Fracht zu befördern« — wieder eine kleine Lüge —, »aber es besteht kein Grund zu der Annahme, daß der Laderaum nicht ausreicht.« Er wies auf das Hur'rikku-Artefakt, das inzwischen die ganze Sichtluke füllte. »Der Laderaum sollte für einige Gegenstände dieser Größe ausreichen.«

Die Stellung der *Teacher* wurde verändert, bis der Gegenstand vor den mächtigen Luken des Laderaums an ihrem Heck schwebte. Flinx betätigte die Schalter für den Öffnungsmechanismus und verfolgte das Manöver auf dem Monitorschirm.

Der Laderaum war eine mächtige Kugel, in der man alle Arten von Ladungen bei Nullschwerkraft unterbringen konnte. Im Augenblick war der Raum leer. Es war also genügend Platz für das Hur'rikku-Artefakt.

Flinx betätigte die Posigravtraktorstrahlen, die für große Ladestücke benutzt wurden. Jeder Muskel seines Körpers war angespannt. Niemand wußte, ob die Traktorstrahlen nicht vielleicht eine schädliche Wirkung auf das Artefakt hatten. Aber seine Sorge war unbegründet.

»Zieh es herein, Flinx«, sagte Tse-Mallory, der die Geräte im Auge behielt. »Langsam!«

Die Heckbildschirme zeigten ihnen das Artefakt. Tse-Mallory blickte auf, lächelte und nickte dann mit einer Spur von Ungeduld. Einige Minuten waren verstrichen.

»So ist es gut, Flinx. Du kannst es reinziehen.«

Flinx blickte verwirrt von seinen Geräten auf. »Bran, das versuche ich ja die ganze Zeit. Die Traktorstrahlen sind auf maximale Leistung geschaltet — aber das Ding rührt sich nicht!«

13

Truzenzuzex und Tse-Mallory überprüften die Instrumente und überzeugten sich, daß die Ladeanlagen des Schiffes ordnungsgemäß funktionierten. Alle Instrumente zeigten normale Werte an, alles funktionierte — und doch weigerte sich das Artefakt hartnäckig, von der *Teacher* aufgenommen zu werden. Flinx hatte eine Idee, die Tse-Mallory jedoch sofort ablehnte.

»Warum fahren wir den Gegenstand dann nicht von hinten an.«

»Keine Chance«, erklärte Tse-Mallory. »Wenn die Traktorstrahlen das Objekt nicht bewegen können, dann bin ich nicht sicher, ob es sich mit dem Schiff bewegen würde. Versuch es noch einmal.«

Das tat Flinx, und dann versuchte er es noch ein drittes Mal, jedesmal mit anderer Einstellung.

Hasboga war beeindruckt. »Keinen Zentimeter hat es sich bewegt.« Sie blickte auf die Bildschirme.

»Jungchen?« September blickte zur Steuerkonsole herüber. »Welche Manipulationskapazität steht dir denn zur Verfügung?«

»Zweihundertfünfzigtausend Tonnen Masse pro Traktor. Ich habe versucht, sie alle auf der gleichen Achse einzusetzen, also eine Million Tonnen Zugkraft. Aber ohne Erfolg — es bewegt sich einfach nicht.«

September strich sich nachdenklich übers Kinn. »Selbst wenn dieses Artefakt aus ungewöhnlich dichter Materie bestehen sollte, kann ich mir nicht vorstellen, daß es auch nur annähernd so viel wiegt.«

»Ungewöhnlich dichte Materie ist natürlich ein dehnbarer Begriff, Mr. September«, meinte Truzenzuzex. »Das Duralum, aus dem dieses Schiff besteht, ist aus äußerst dichtem Metall.« Seine Echthand wies auf die Bildschirme. »Vielleicht besteht dieses Objekt aus superdichtem Material.«

»Vielleicht ist es ebenso dicht wie der Kollapsar«, meinte Hasboga.

Truzenzuzex unterdrückte ein Lachen; schließlich war die Frau keine Physikerin.

»Wenn das der Fall wäre, dann würde der Gegenstand so viel wiegen wie ein paar Sonnen. Das halte ich für unwahrscheinlich. Sonst hätte es uns längst geschluckt. Wir müssen einfach etwas Kräftigeres finden, um es zu ziehen.«

»Oder zu schieben«, murmelte Flinx.

Truzenzuzex gab einen Laut von sich, aus dem man Zustimmung und Zögern entnehmen konnte.

»Es gibt andere Möglichkeiten, ein KK-Feld einzusetzen.«

»Ich sehe schon, worauf ihr beiden hinauswollt.« Tse-Mallory blickte besorgt. »Ich weiß nicht. Es ist riskant, sehr riskant.«

»Aber einen Versuch wert.« Flinx war sicher, daß es funktionieren würde. »Statt weiterhin zu versuchen, das Ding zu ziehen, bringen wir die *Teacher* dahinter in Position, gleichen den Kurs an und schieben es mit dem Antriebsfeld vor uns her.«

»Warum es nicht einfach mit dem Feld ziehen?« wollte Hasboga wissen.

»Nein«, erwiderte Tse-Mallory, »wir müssen versuchen, es zu schieben. Ein Kurita-Kinoshita-Feld ist zwar während des Aufbaus kugelförmig, nimmt aber beim

Überschreiten der Lichtgeschwindigkeit Tropfenform an. Die langgezogene Spitze des Tropfens dehnt sich so weit aus, bis es alle feste Materie einschließt, die fest mit dem Feldprojektor verbunden ist — also dem Schiff. Möglich wäre es, aber wenn sich das Feld zusammenzieht, und das sollte es bei der Geschwindigkeit, mit der wir reisen werden, könnten wir das Artefakt verlieren.«

»Wir haben eine viel größere Chance, die Kontrolle darüber zu behalten, wenn es sich in der vorderen Ausbuchtung des Feldes befindet.« Truzenzuzex gestikulierte mit allen vier Echt- und Fußhänden. »Immer unter der Voraussetzung, daß das Feld genügend Druck ausübt, um es zu bewegen, was keineswegs sicher ist.«

»Wir könnten das Artefakt auf diesem Wege auch verlieren, Tru.«

»Das ist richtig, Schiffsbruder«, räumte der Philosoph ein. »Aber weißt du etwas Besseres?«

»Nein. Nein.« Tse-Mallory mußte zugeben, daß ihnen keine andere Wahl blieb, als es auszuprobieren.

»Ich bin nicht sicher, ob ich deine Besorgnis verstehe, Bran«, gestand Flinx.

Truzenzuzex versuchte zu erklären, obwohl Raum-Zeit-Physik auch nicht sein Fachgebiet war. »Selbst in der vorderen Ausbuchtung der Sonnenmasse ist das Kurita-Kinoshita-Feld sehr eng, Flinx. Je höher die Geschwindigkeit, desto flacher und auch steiler die Ausbuchtung. Wenn uns beim Austritt aus dem Kurita-Kinoshita-Raum, dem Plusraum, eine Fehlberechnung unterläuft — oder das Feld sich nicht ganz korrekt aufbaut — dann würde der größte Teil oder auch die ganze Masse des Hur'rikku-Artefakts in den normalen Weltraum austreten, während wir noch im Plusraum sind. Das Ergebnis wäre entweder eine teilweise Auflösung des Objekts oder, wenn es zur Grenze in den normalen Raum fällt, sein Verlust. Wir würden weiterhin mit Überlichtgeschwindigkeit reisen, während das Artefakt in einem Winkel zu unserem gegenwärtigen Kurs in den normalen Raum gedrängt würde, bei einer Geschwindigkeit von einigen … nun, jedenfalls wäre das Artefakt verschwunden, ehe wir auch nur unsere Geschwindigkeit reduzieren könnten. Unsere Chancen, es im freien Raum wiederaufzufinden, wären unendlich klein.«

Flinx wirkte völlig niedergeschlagen. »Vielleicht sollten wir dann besser etwas anderes versuchen.«

Aber damit war Tse-Mallory nicht einverstanden. »Nein, Flinx. Tru hat recht. Wir müssen versuchen, es mit dem KK-Feld zu schieben.« Sein Blick wanderte zu dem Artefakt hinüber. »Selbst wenn es sich in einem Stasisfeld befinden sollte, kein Stasisfeld kann dem Druck eines KK-Antriebs widerstehen.«

»Eines haben Sie ausgelassen«, unterbrach September. »Das Wörtchen ›bekannt‹. Kein *bekanntes* Stasisfeld kann einem KK widerstehen.«

Flinx lenkte die *Teacher* vorsichtig um das Objekt herum, bis die große gewölbte Scheibe des Feldprojektors sich in der richtigen Position zu dem im All schwebenden Artefakt befand. Truzenzuzex ließ den Computer alle Positionsberechnungen viermal überprüfen, um ganz sicherzugehen, daß das Feld das Hur'rikku-Objekt aus der angemessenen Entfernung umschließen würde.

»Hier alles klar«, sagte Tse-Mallory und blickte von seinen Apparaten auf. »Antrieb einschalten, Flinx.«

Tief im Innern des Schiffes übertrug ein Computer Flinx' Instruktionen an die entsprechenden Geräte. Eine diffuse Sphäre strahlender purpurfarbener Energie begann sich vor dem Projektor der *Teacher* zu bilden. Niemand im Cockpit des Schiffes konnte sehen, wie das Feld anfing Form und Gestalt anzunehmen. Es war von der vorstehenden Scheibe verborgen. Ebenso das Hur'rikku-Artefakt, aber dafür konnte man die Entstehung des Feldes auf den Instrumenten im Cockpit verfolgen.

Ganz langsam begann die *Teacher* Fahrt aufzunehmen und das Cannachanna-System zu verlassen. Sie überflogen die Stelle, wo vorher das Artefakt geschwebt hatte. Da es sich nicht mehr dort befand, durfte man wohl annehmen, daß es nun von dem Gravitationsknoten des KK-Feldes eingehüllt war.

Auf dem Schiff registrierte man dies mit Erleichterung. »Es muß dort sein«, bestätigte Flinx nach einem Blick auf seine Instrumente. »Wir brauchen ein Vielfaches an Energie, um halb so schnell wie sonst zu beschleunigen. Aber das Schiff kommt mit der Ladung zurecht.«

Tse-Mallory versank in Gedanken. Er war zufrieden, aber immer noch verwirrt. »Ich dachte, das Stasisfeld würde entweder zusammenbrechen, sobald das Artefakt sich bewegt, oder zurückbleiben. Aber wenn Flinx recht hat, Tru, dann bewegt sich das Stasisfeld *mit* dem Objekt.«

»Vielleicht handelt es sich gar nicht um ein Stasisfeld. Vielleicht trifft unsere erste Annahme zu, und es handelt sich um superdichtes Material. Außerdem gibt es eine Art von Stasisfeld, das nach unserer Definition eigentlich gar kein Stasisfeld ist. Ein theoretischer Zustand der Materie, die man als FKM bezeichnet, Fixierte Kosmische Massenträgheit.« Seine Kiefer bewegten sich leicht und scharrten aneinander. »Ich weiß nicht, ich weiß nicht. Man hat diesen Materiezustand zwar postuliert, aber mathematisch noch nicht bewiesen. Ein FKM-Objekt würde bewegungslos *erscheinen*, Bran. Aber das, was man sehen würde, wäre dann gar nicht der Gegenstand selbst, sondern nur seine jüngste Manifestation. Das wirkliche Objekt würde aus nicht nachweisbarer, aber sehr realer Energie bestehen, die sich in dem Objekt selbst aufgebaut hat. Das Objekt bewegt sich — oder scheint sich zumindest zu bewegen — mit uns. Aber die Energie, die es aufgebaut hat, zieht dahinterher.«

»Tru«, unterbrach ihn Flinx verwirrt, »mich hast du auch schon lange hinter dir gelassen.«

»Ich will es ganz kurz machen, Flinx«, erklärte der Philosoph. »Was wir vielleicht vor uns haben, ist ein Objekt, das sich zu bewegen *scheint*, in Wirklichkeit aber völlig bewegungslos ist — das Universum bewegt sich um es herum. Wenn wir es *bewegen* könnten, würde es seine echte Trägheitsenergie freigeben.« Er schüttelte den Kopf. »Ich verstehe immer noch nicht, wie das ausreichen sollte, um einem Kollapsar gefährlich zu werden.« Er trat an die Computerkonsole. »Ich habe jetzt zu tun, meine Herren.«

Angestrengt bemüht, etwas zu bewegen, von dem Truzenzuzex immer noch behauptete, daß es sich in Wirklichkeit nicht bewegte, raste die *Teacher* aus dem schon lange toten System und trug sie mit Höchstgeschwindigkeit durch den Brand zurück. Flinx versuchte mit jedem Instrument an Bord des Schiffes jenen Schwanz von Energie zu entdecken, den das Hur'rikku-Objekt nach Trus Hypothese zurückließ. Er fand nichts.

Aber wenn Trus Argwohn sich bestätigte, dann hatte das Artefakt mehr als eine halbe Million Jahre lang FKM-Kräfte aufgebaut. Die Vorstellung, was so viel Energie — wenn es sie tatsächlich gab — ausrichten konnte, wenn man sie freisetzte, verursachte Flinx erhebliche Kopfschmerzen.

Also suchte er sich einen kleinen Ball und spielte mit Pip, dem das großes Vergnügen bereitete.

Was bis dahin noch niemand entdeckt hatte — da es sich auch große Mühe gegeben hatte, nicht entdeckt zu werden —, war ein weiteres Schiff, welches dicht hinter ihnen im Cannachanna-System aufgetaucht war. Statt ihnen zur Welt der Hur'rikkus zu folgen, hatte es sich damit begnügt, dicht hinter dem Horizont des Gasriesen zu warten, von den Energiefeldern der Protosonne verborgen. Dort war es geblieben und hatte ohne Rast und Ruhe alles verfolgt, was sie getan hatten. Seine Insassen hatten sich sehr darum bemüht, ungesehen zu bleiben, eine Vorsichtsmaßnahme, die ihre Überwachungsaufgaben etwas erschwerte, aber immerhin waren sie imstande, die hastige Abreise der *Teacher* zu registrieren und ihren Kurs zu berechnen.

Kaum war die *Teacher* in den Plusraum eingedrungen, da raste dieses kleine, aber sehr schnelle Fahrzeug mit atemberaubender Geschwindigkeit zu einer dünnbesiedelten Welt am äußersten Rande des Commonwealth. Dort nahm es Verbindung mit einer Bergwerkskolonie auf, die in ihrer wahren Funktion ebenso effizient war wie in der Ausübung ihrer Tarnfunktion.

Die *Teacher* war inzwischen schon viele Parsec entfernt. Das störte die Mannschaft des kleinen Schiffes nicht. Als sie ihre Information den Bewohnern der Station weitergegeben hatten, war ihr Auftrag erfüllt. Die Geschöpfe, die das Schiff steuerten und die angebliche Bergwerkstation betrieben, waren weder Menschen noch Thranx. Sie hatten einen langen Mund mit scharfen spitzen Zähnen und einen Gesichtsausdruck, der verriet, wie abgrundtief sie alles verachteten, was ihnen nicht glich. Sie hatten eine harte, glänzende, schuppige Haut, und unter ihrem von natürlichen Kämmen gezierten Kopf arbeitete ein aktiver und raffinierter Verstand.

Ihresgleichen gab es im ganzen Commonwealth, wovon einige sogar auf chirurgischem Wege den Menschen angepaßt waren. Niemand von ihnen ähnelte den Thranx, denn bei jener Rasse handelte es sich um zweibeinige, zweiarmige Spezies, die alles andere als insektenähnlich war. Ihr Blut war im Gegensatz zu dem der irdischen Reptilien warm. Und wenn sie auch ein warmes, trockenes Klima vorzogen, bewegten sie sich jetzt auf der kalten Welt, die sie sich zum Stützpunkt gewählt hatten, mit erstaunlicher Agilität.

Rings um die Station gab es eine ganze Anzahl funktionierender Bergwerkschächte. Die AAnn hielten diese Grenzwelt gemäß ihrem Vertrag mit dem Commonwealth besetzt. Es kam also sehr auf Äußerlichkeiten an.

Der Bergwerksschacht unter der Station selbst enthielt keineswegs wertvolle Mineralien, sondern einen subatomaren Partikelbeschleunigungskommunikator, allgemein unter der Bezeichnung Tiefraumstrahler bekannt.

In einen Strom positiv aufgeladener Quarks verwandelt, konnte eine Nachricht von einem Beschleuniger zum nächsten rasen, von Welt zu Welt, mit geradezu atemberaubender Geschwindigkeit, viel schneller als ein in seiner Geschwindigkeit beschränkter Tridi-Strahl. Ein Tridi-Strahl benutzte Hochgeschwindigkeitsleptonen, um seine Nachricht zu vermitteln. Tridi-Leptonen und Kurita-Kinoshita-Sonnenfelder bewegten sich durch den Plusraum. Aber die kaum wahrnehmbaren Quarks bewegten sich durch etwas so Esoterisches, das man überhaupt nicht richtig beschreiben konnte und deshalb Nullraum oder Minusraum genannt hatte.

Bei jeder nachfolgenden Empfängerstation wurden die positiv geladenen Quarks sorgfältig neu gerichtet und dann mit hoher Beschleunigung zu ihrem nächsten Ziel abgesetzt. So würden sie am Ende ihren Bestimmungsort erreichen. Statt dort aufs neue beschleunigt zu werden, ›las‹ man den unaufhaltsamen Strahl dort vermittels eines subelementaren Partikelzählers und entzifferte seine Nachricht. Nur ein Zähler, der genau auf der Bahn der Nachricht lag, konnte sie auffangen, und die Wahrscheinlichkeit, daß es je dazu kam, war ungeheuer gering. Nur Schiffe von gewaltiger Größe konnten eine Tiefraumstrahlstation tragen.

Und so raste die *Teacher* weiter, und ihre Besatzung hatte keine Ahnung, daß jemand ihr Ziel erraten hatte.

Monate darauf langte die *Teacher* schließlich in der Umgebung des Samtenen Dammes an. Dieser dunkle Nebel, der wie durcheinandergewirbelte Tinte aussah, verbarg alles, das hinter ihm lag, vor den Augen der Neugierigen.

»Hier wird in weniger als neunzehn Jahren der Vagabund auf Kollisionskurs mit der Sonne von Twosky Bright durchziehen.« Tse-Mallory studierte kühl die jedem Angst einjagende Schwärze. »Sofern wir nicht etwas tun, um ihn aufzuhalten. Die Astronomen werden ihn an der Leere erkennen, die er hinter sich zurückläßt, wenn er Gas und Partikel des Nebels in sich einsaugt wie ein galaktischer Staubsauger.«

Flinx starrte den ungeheuer großen, schwarzen Pinselstrich an, durch den nur schwach ein paar Sonnen leuchteten, und versuchte, ihn sich mit einem Loch in seiner Mitte vorzustellen. Langsam begannen sie das Ausmaß der Gefahr zu begreifen, der sie sich bald gegenübersehen würden. Es war eine Sache, über einen Kollapsar zu reden, und eine völlig andere, sich ihm gegenüberzusehen.

Auf Tse-Mallorys Anweisung hin nahm die *Teacher* eine letzte Kurskorrektur vor, um sich der vorherberechneten Position des Doppelsternsystems und des heranrasenden Kollapsars anzupassen. Das Hur'rikku-Artefakt behielt seine Position in geringer Entfernung vor dem Feldzentrum bei.

September verglich ihre bisherige Leistung mit der eines Delphins, der mit einem Ball auf der Nase durch den Atlantik geschwommen ist. Flinx wußte, was der Atlantik war — eine der drei Hauptwasserflächen von Terra. Aber ein Delphin?

»Er sieht etwa aus wie ein Largessianer, Jungchen«, erklärte ihm der Riese. »Nur kleiner, ohne Hände und mit einem kleineren Kopf.«

Diese Beschreibung gestattete es Flinx, sich ein Bild zu machen, obwohl es einige Mühe bereitete, sich einen der trägen Eingeborenen von Largess vorzustellen, wie er durch ein Meer schwamm und etwas auf seiner Nase balancierte.

Die Tage verstrichen, und das Schiff verringerte langsam nach den exakten Anweisungen der beiden Wissenschaftler seine Fahrt. Sie konnten noch immer das

Artefakt in einer Trillion Kubikkilometer leeren Weltraums verlieren. Jetzt, wo sie es soweit gebracht hatten, war weder Mensch noch Thranx bereit, das Risiko seines Verlustes einzugehen. Schließlich verlangsamten sie ihre Fahrt so sehr, daß alle ein Gefühl der Übelkeit empfanden, auch wenn es nur den Bruchteil einer Sekunde lang dauerte. Die *Teacher* war wieder in den Normalraum eingedrungen.

Vor ihnen mußte jetzt das Zwillingssonnensystem liegen, das die Katalogbezeichnung RNGC 11,432 und 11,433 trug. Alle eilten an die vordere Aussichtsluke, während das Schiff eine Position einnahm, um ihnen eben diese Aussicht zu bieten.

Niemand hatte etwas zu dem Anblick zu sagen, der sie begrüßte, bis Tse-Mallory leise sagte:

»Meine Damen, meine Herren, wir haben uns um ein paar Tage verspätet. Der Vagabund ist vor uns eingetroffen.«

Was sich ihren Augen darbot, als die *Teacher* langsam zum Stillstand kam, war ein Anblick, der sich jeder Beschreibung widersetzte. Der vagabundierende Kollapsar war natürlich nicht direkt wahrzunehmen, wohl aber seine Auswirkungen. Und hören konnte man sie auch, wie bewiesen wurde, als Flinx die Sensoren betätigte, um die genaue Position des degenerierten Sterns festzustellen. Ein schrilles Kreischen, das allen durch Mark und Bein ging — Truzenzuzex ausgenommen, dessen Antennen zitterten —, erfüllte den Raum, bis Flinx, dem der kalte Schweiß ausgebrochen war, die Lautstärke wieder reduziert hatte.

Hasboga zuckte zusammen und hielt sich die Ohren zu, um den Lärm abzuwehren. Sie hielt die Augen zugepreßt. September legte ihr beruhigend die mächtige Pranke auf die Schulter. Aber diesmal zuckte es nicht belustigt in seinen Augen — diesmal nicht.

Flinx reduzierte die Lautstärke, bis sie erträglich wurde, brachte es aber nicht über sich, ganz abzuschalten.

An diesem Kreischen war etwas Hypnotisches, ein Effekt, den ebensosehr das Wissen um das, was dahinterstand, wie das Geräusch selbst erzeugte. Dann wurde ihm sein eigener, schneller gehender Atem bewußt, und er zwang sich zur Ruhe.

»Was ist das?« Hasboga blickte zu September auf und lehnte sich an seine mächtige Schulter. »Mein ganzes Leben habe ich so etwas noch nicht gehört.«

»Ich bezweifle, daß schon irgend jemand so etwas gehört hat, Isili.« Septembers Gesichtsausdruck wirkte fremd, als er das Phänomen durch die Luke beobachtete. »Ein Mensch, der langsam getötet wird, hat das Bedürfnis zu schreien. Eigenartig, daß Sterne ebenso reagieren.«

»Das sind romantische Flausen«, meinte Truzenzuzex. »Dieser ›Schrei‹ ist nur die Folge von auseinandergerissener Materie. Sie gibt Energie frei, die der Kollapsar aufsaugt.«

Flinx sagte sich, daß die Erklärung des Philosophen zwar zweifellos zutreffender war, daß aber September das Phänomen viel eindringlicher geschildert hatte.

Er schaltete das Steuer auf Automatik und versuchte sich ein besseres Bild zu verschaffen. RNGC 11,432 war ein orangeroter K-9 Superriese. Sein Trabantenstern, der sich um seinen riesigen Bruder im Gegensinn des Uhrzeigers drehte, war viel kleiner, aber auch viel heißer, ein weißgelber Flammenofen.

Und von jeder Sonne ging ein langer Faden glühender Materie aus. Einer drehte sich in einer immer enger werdenden Spirale, um schließlich ins Nichts zu verschwinden; der andere zuckte aus der entgegengesetzten Richtung nach innen. Und um beide Tentakel hatte sich eine riesige diffuse Wolke von Energiepartikeln und Gasen gebildet, die offenbar von beiden Sternen abgezogen wurden. Ein schwarzer Kern ruhte in der Mitte jeder Wolke, ein Kern, der aussah wie eine schwarze Scheibe in fluoreszierendem Papier. Und in seiner Mitte war ein winziger unsichtbarer Punkt von der Masse zahlloser Sonnen.

Wie viele Sterne befanden sich schon zermalmt und in sich zusammengestürzt in jenem Punkt? Dutzende, Hunderte — vielleicht Tausende. Einen wie großen Teil des Universums hatte der Wanderer bereits in sich hineingeschlungen? Flinx stellte sich ganze Galaxien vor, von zarten schwarzen Linien durchzogen, der Spur des Vagabunden, dort wo Sonnen, Welten, ganze Systeme verschwunden waren.

Gab es einen dunklen Tunnel im Andromedanebel? Vielleicht ein Loch in den Magellanschen Wolken? Und doch wollten sie dem Ungeheuer mit Hilfe jenes Etwas aus Metall, Glas und Plastik entgegentreten, das vor der *Teacher* im Weltall hing. Irgend etwas, von dem September annahm, daß ein einziger SCCAM-Projektor es in Staub verwandeln konnte.

Selbst die Beschreibung, die der alte Thranx für FKM gegeben hatte, schien unbedeutend im Vergleich mit einem Gegenstand, der im Augenblick die Masse von zwei Sternen in sich aufsog, ebenso leicht wie ein Schwamm zwei Tropfen Wasser aufsaugen würde.

Schlimm für die Sonnen von Carmague und Collangatta, sagte sich Flinx. Schlimm für den hellen Stern von Twosky Bright. Wirklich schlimm, schrecklich für die ungezählten verschwundenen Welten, die in unvorstellbaren galaktischen Äonen vernichtet worden waren.

Sie konnten den Vagabunden mit einer Million SCCAM beschießen, konnten gleichsam hundert Sonnen einsetzen, aber nichts konnte ihn zerstören. Eine Million SCCAM-Projektile würden, wenn auch in winzigem Maße, nur zu der Masse des Kollapsars beitragen. Hundert Sonnen, ihm zum Fraß vorgeworfen, würden etwas mehr beitragen, aber alles würde den Vagabunden nur noch mächtiger, nur noch gefährlicher machen.

Flinx war schon im Begriff, vorzuschlagen, man solle besser umkehren und nach Hause fliegen, als Tse-Mallory zu ihm herüberblickte und unvermittelt sagte: »Ich glaube, wir sollten jetzt anfangen.«

September meinte dazu, ohne eine Miene zu verziehen:

»Sie meinen nicht, daß Sie jetzt, wo Sie das Ding gesehen haben, versuchen wollen, mit diesem winzigen Stückchen Eisen oder was es sonst ist, etwas zu unternehmen?«

Truzenzuzex sah den hünenhaften Menschen ernsthaft an. »Die Legende sagt, daß es etwas ausrichten kann. Wir sind hier. Wir werden hier bleiben und zusehen, was geschieht. Wir haben nichts zu verlieren.«

»Hören Sie«, meinte September mit leiser Stimme, »die größte Bombe, die man sich vorstellen kann, würde doch nur die Masse des Kollapsars verstärken, oder?«

Truzenzuzex und Tse-Mallory gaben keine Antwort.

»Stur, ich verstehe schon. Nun, der Zweck heiligt die Mittel. Ich frage mich nur, welche Masse ein Wunder hat?« Er führte Hasboga zur Tür.

»Wo gehen wir hin, Skua?«

»In die Kabine. Ich vergeude doch meine Zeit, wenn ich versuche, mit Eierköpfen zu argumentieren. Vielleicht gelingt es ihnen, dieses Ding einzuschalten. Es wird den Kollapsar nicht aufhalten, aber es würde mich nicht überraschen, wenn es uns vernichtete. Wenn ich es denen nicht ausreden kann, will ich zumindest auf die beste Weise sterben, die ich mir vorstellen ...«

»Und die wäre?« fragte sie. Als sie den Aufenthaltsraum verließen, beugte er sich zu ihr herab und flüsterte ihr etwas ins Ohr.

Der Philosoph blickte ihnen nach. »Fatalist.« Er schnaubte beleidigt.

Tse-Mallorys Stimme hingegen enthielt keinen Tadel. »Mag sein, Tru, aber ein Fatalist mit Stil.« Dann blickte er seinen Freund ernst an. »Aber weißt du, er hat recht. Vielleicht erreichen wir hier nichts anderes als unsere eigene Vernichtung.«

»Soll das heißen, daß du glaubst, wir hätten eine Wahl, Schiffsbruder?«

Tse-Mallory reagierte heftig. »Natürlich nicht! Flinx, laß die Maschinen an, wir wollen umkehren.«

Unter minimalem Energieeinsatz ließ die *Teacher* das geheimnisvolle Hur'rikku-Gerät frei im Weltraum hängen. Oder, sagte sich Flinx, wenn man sich Truzenzuzex' Theorie zu eigen machte, dann verschob sich der Weltraum rings um das stationäre Gerät.

Nach den Anweisungen des Wissenschaftlers manövrierte er das Schiff so, daß es mit einer Längsseite dem Gerät zugewandt war. Dort hing es vor der Steuerbordluke, ein harmlos aussehendes, rätselhaftes Ding, ebenso träge und untätig, wie es auch im System von Cannachanna gewesen war.

Flinx hatte sich den Ratschlägen zweier viel klügerer Köpfe angeschlossen als es sein eigener war. Als er neue Instruktionen anforderte, führte das zu einer verblüffenden Antwort von Tse-Mallory.

»Ich weiß nicht, was jetzt geschehen muß, Flinx. Ich vermute, der nächste logische Schritt wäre, daß ein paar von uns hinausgehen und sehen, was man mit diesen Vorsprüngen und Vertiefungen auf der Oberfläche des Artefakts anfangen kann.«

Truzenzuzex pflichtete ihm bei. Beide schickten sich an, ihre Anzüge anzulegen, als ein leises Piepen von der Hauptkonsole Flinx' Aufmerksamkeit auf sich zog. Er überließ die beiden Wissenschaftler ihrer Diskussion und trat an den Bildschirm. Es handelte sich um ein Gerät, das er bisher noch nicht oft benutzt hatte, aber jedenfalls bestand kein Zweifel, daß hier ein dringender Anruf eintraf. Er wollte sich vergewissern, ehe er irgend jemand beunruhigte, also schaltete er den Drucker des Gerätes ein.

SCHIFF ODER SCHIFFE IM ANFLUG.

»Bran, Tru!« rief er und dann noch einmal lauter, als sie nicht gleich reagierten. Flinx schaltete einige andere Instrumente ein und verlangte Informationen. Die beiden Wissenschaftler traten neben ihn, warfen einen Blick auf das Band und eilten sofort an zwei andere Konsolen.

Als sie den Hauptschirm aktivierten, bot sich ihnen das Bild von elf Punkten, die in einer Art Raster angeordnet waren. Andere Computer fügten Distanz, Richtung und Geschwindigkeit hinzu. Die Schiffe selbst sahen sie natürlich nicht, nur die Energiemanifestationen ihrer jeweiligen Antriebsfelder.

Im Vergleich zu den anderen zehn war der eine Punkt, der etwa in der Mitte der Anordnung flog, von ungeheurer Größe. »Das ist ein Dreadnought-Schiff«, stellte Tse-Mallory mit starr wirkender Gleichgültigkeit fest. Er musterte seine Begleiter mit niedergeschlagenem Blick: »Eine Analyse der Antriebsfelder zeigt, daß es sich nicht um Homanxschiffe handelt. Das ist tatsächlich eine Kriegskugelformation.«

»Eine Schlachtformation so tief im Innern des Commonwealth?« Flinx konnte sich einfach nicht vorstellen, daß die AAnn ein so hohes Risiko eingehen würden. Andererseits würde man eine Flotte von wenigstens hundertfacher Größe benötigen, um drei befestigte Welten anzugreifen und zu vernichten. Vermutlich gingen die AAnn ein kalkuliertes Risiko ein, um sicherzustellen, daß der Kollapsar nicht von seiner vorbestimmten Bahn abwich.

»Dies ist eine sehr dünn besiedelte, praktisch unbewohnte Region, aber ein Territorium, auf welches das Commonwealth Anspruch erhebt, Flinx«, erklärte ihm Truzenzuzex. »Jeder könnte sich hier vergleichsweise einfach ein- und ausschleichen.«

»Wieviel Zeit?« fragte Tse-Mallory nach einem Blick auf seinen Schiffsbruder.

Truzenzuzex studierte die Instrumente. »Ein Dreadnought, ein paar Kreuzer, der Rest Zerstörer oder Aufklärer.« Er blickte zu Bran Tse-Mallory hinüber. »Sie werden in zehn Minuten in den Normalraum eindringen.« Thranx transpirierten nicht, aber Flinx hatte den Eindruck, als hätte der Philosoph einiges darum gegeben, jetzt schwitzen zu können.

»Wenn wir verschwinden könnten ...«, sagte Flinx nach einem kurzen Blick auf die Pilotenkonsole. Eine kräftige Hand griff nach seinem linken Arm und ließ ihn nicht mehr los. Pip regte sich nervös auf Flinx' anderer Schulter, und auch sein Herr fühlte, wie ernst der hochgewachsene Wissenschaftler das meinte, was er jetzt sagte.

»Wir können nicht einfach hier weg, Flinx. Wir müssen versuchen, das Objekt einzusetzen. Es kann sein, daß ihn das aktiviert, was es am Ende zerstören wird. In diesem Falle wäre es der Kollapsar selbst.«

»Und wie würden wir das machen?« fragte Flinx.

Tse-Mallory lächelte wie ein Kirchenmann. »Um die näheren Schiffe daran zu hindern, uns zu stören, müßte man das Artefakt in Richtung auf den Kollapsar beschleunigen. Wir kennen nur eine Möglichkeit, es zu bewegen.«

Flinx wandte sich einer Luke zu, hinter der zwei Sterne zerfielen und verschwanden, und versuchte sich vorzustellen, wie es wohl wäre, wenn er dasselbe Schicksal erlitte. Es war eine entsetzliche Vorstellung.

14

»Wir haben keine andere Wahl, Flinx.« Truzenzuzex Stimme klang traurig, aber ebenso bestimmt wie die seines menschlichen Schiffsbruders. »Wenn wir es mitnehmen, werden die AAnn sicherlich die Verfolgung aufnehmen. Wir können aber ganz bestimmt nicht riskieren, die Waffe in ihre Hände fallen zu lassen. Auf diese Weise können wir, indem wir es vernichten — und dabei auch uns — wenigstens sicherstellen, daß das nicht passieren kann.«

Flinx versuchte Pip zu beruhigen, der aufgeregt nach der Ursache suchte, die seinem Herrn solche Unruhe bereitete. Aber er griff weder Truzenzuzex noch Tse-Mallory an, denn deren augenblickliche Gedanken waren, soweit sie Flinx betrafen, von echter Sorge und Zuneigung erfüllt.

»Wir haben ein oder zwei Minuten Zeit, uns die Oberfläche des Artefakts näher anzusehen«, meinte Tse-Mallory. »Ich will herausfinden, ob ich irgend etwas entdecken kann. Wenn nicht, dann laßt mich einfach draußen. Falls es möglich sein sollte, die Waffe gegen den Kollapsar einzusetzen, habe ich zumindest eine Nanosekunde lang das Vergnügen daran.« Er ging auf die Luftschleuse zu, wo die Raumanzüge untergebracht waren, hielt dann aber inne. »Hier brennt ein Licht.« Er sah Flinx fragend an. »Ein Defekt?«

Flinx überprüfte die Instrumente, gleichzeitig gab er dem Computer einen entsprechenden verbalen Befehl. Die Suche ergab, daß sich zwei zusätzliche Körper an Bord befanden: September und Hasboga. Von Ab keine Spur.

Plötzlich ertönte ein scharfer Pfiff aus dem Lautsprecher der Konsole und gleichzeitig ein weiterer von der Tür, die zur Schleuse führte. Flinx kannte dieses Signal aus allen Raumnotübungen, die er auf öffentlichen Schiffen mitgemacht hatte.

»Er betätigt die Außenschleuse!« Truzenzuzex preßte seine Kiefer fest gegen die Steuerbordluke und versuchte um die Wölbung des Schiffrumpfes herumzusehen.

Flinx drückte den Sprechknopf des Interkom. »Nicht, Ab! Tu es nicht — warte!«

»Laß ihn, Flinx. Vielleicht weiß Ab, was er tut.« Tse-Mallorys Stimme klang zuversichtlich.

»Das ist es nicht! Das ist es nicht!« erklärte Flinx erregt und deutete auf die sechs winzigen Lämpchen an der Schleusentür. »Es gibt an Bord keinen Anzug für Mensch oder Thranx, der ihm paßt!«

Tse-Mallory kratzte sich im Nacken und trat neben seinen Schiffsbruder. »Vielleicht braucht unser Freund Ab keinen Anzug. Vielleicht ...« Und dann betätigte er sich plötzlich hastig an einem Segment des Computers, das seit Monaten nicht benutzt worden war.

Über das Interkom war ein scharfes ›Plopp‹ und dann ein pfeifendes Geräusch zu hören. Flinx schaltete ab. Als er redete, war seine Stimme kaum zu hören. »Das hat jetzt nichts mehr zu sagen. Er ist draußen. In der Schleusenkammer ist keine Luft.« Er hatte die Verantwortung für den unschuldigen, einfältigen, aber harmlosen Exoten übernommen. Und jetzt war im Cockpit kein Reimen und kein Singen mehr zu hören, würde auch nie wieder zu hören sein.

Ab war es, der sie zu dem Hur'rikku-Artefakt geführt hatte. Dennoch hatte Flinx ihn in der Erregung und der Spannung der letzten Tage völlig vergessen. Nicht daß dies eine Entschuldigung gewesen wäre.

»Flinx, komm her!« Truzenzuzex winkte mit Echthand und Fußhand zugleich. »Ich glaube, was dort draußen vor sich geht, interessiert dich.«

Flinx eilte zu dem Philosophen.

Ab trieb langsam auf das lange rotbraune Artefakt zu. Es schien, als stünden alle seine vier Augen offen. Alle vier Arme waren von seinem birnenförmigen Körper abgewinkelt, ebenso die vier ausgestreckten Beine. Falls diese Gliederhaltung zufällig war, so stellte sie immerhin die regelmäßigste Leichenstarre dar, die Flinx sich vorstellen konnte.

Ein Mensch wäre von dem Vakuum inzwischen bereits getötet, zerrissen, verzerrt worden. Das war Ab vielleicht auch, aber irgend etwas an der präzisen Anordnung jener acht Gliedmaßen veranlaßte Flinx dazu, dies nicht zu glauben.

»Er bewegt sich ganz eindeutig darauf zu«, bemerkte Tse-Mallory mit erregter Stimme.

»Das ist doch ganz natürlich«, meinte Truzenzuzex mit einer Ruhe, die nicht zu seinem Gemütszustand paßte. »Er ist neugierig und will es sich aus der Nähe ansehen. Aber ich begreife das immer noch nicht. Warum sollte er neugierig sein? Bran, alles, was wir studiert haben, all unsere Hypothesen hinsichtlich der Hur'rikkus deuten doch ganz eindeutig darauf hin, daß dieser Ab unmöglich ein Angehöriger jener alten Rasse sein kann. Bran?«

Tse-Mallory blickte nicht von seinen Instrumenten auf. »Schweig, Bruder. Ich arbeite.«

Truzenzuzex kannte Bran ebensogut wie sich selbst. Also verzichtete er darauf, seinem Bruder zu antworten.

Der Schock, den Flinx empfand, als er sah, was nun geschah, was so überwältigend, daß Pip erschreckt von seiner Schulter flog und aufgeregt in dem kleinen Cockpit herumflatterte.

Drei Meter von dem Hur'rikku-Artefakt entfernt spaltete sich der Körper Abalamahalamatandras in vier gleiche Teile auf. Jedes Segment enthielt ein Auge, einen Arm und ein Bein. Unabhängig voneinander, von irgendeiner unbekannten Antriebskraft bewegt, nahm jedes Ab-Viertel eine unabhängige Position gegenüber der vier Seiten des Artefakts ein.

Und dann bewegten sie sich gemeinsam, und zwar so gleichmäßig und präzise, daß dies kein Zufall sein konnte, auf die rostbraune Oberfläche zu. In dem Moment fielen Flinx die Entsprechungen zwischen der Anordnung der Innenseiten, der Ab-Vierteln und einigen Vertiefungen und Vorsprüngen an dem Artefakt auf. Nur beiläufig registrierte er, daß dort, wo Abs Eingeweide hätten sein müssen, kein Blut und keine herunterhängenden Körperteile zu sehen waren. Diese Innenflächen wirkten zwar unregelmäßig, aber nicht verletzt.

Jetzt berührten sie gleichzeitig das Artefakt. Vier Arme schoben sich in vier dazu passende Löcher. Ebenso vier Beine, die sich dazu etwas verbiegen mußten. Vier Augen berührten flache, knollenartige Vorsprünge. Flinx hätte schwören können, daß ihm unmittelbar vor dieser Berührung das seiner Luke am nächsten befindliche Auge zugezwinkert hatte.

Alle vier Viertel dessen, was einmal das Geschöpf namens Ab gewesen war, verschmolzen glatt mit dem Hur'rikku-Artefakt. In dem kleinen Cockpit der *Teacher* war nur der erregte Atem seiner Insassen zu hören.

Tse-Mallory blickte auf, rieb sich die Augen und meinte: »Er hat sich einen guten Namen ausgesucht, oder man hat ihm den passenden Namen gegeben.« Truzenzuzex und Flinx sahen ihn an. »Ich habe hier unser Ab-Vokabular angesetzt, und wir hätten es schon viel früher tun sollen — seinen Namen. Abalamahalamatandra. Ein Gebilde aus vier verschiedenen Sprachen, von denen zwei von anderen Sprachen abgeleitet sind und eine von einer dritten. Zusammen bilden sie Couplet in einer seit dreihundertfünfzigtausend Jahren ausgestorbenen Sprache, das der Computer nach dem Reimschema komprimierte, welches Ab immer benutzte, wenn er seinen Namen nannte. Er hat mir ein Wort geliefert, das mir einleuchtet.« Er hielt inne und meinte dann nicht ohne einen gewissen Sinn für Dramatik: »Schlüssel.«

»Ein Informationsschlüssel ebenso wie ein mechanischer«, meinte Truzenzuzex und sah wieder zur Luke hinaus. »Der war ja ohne jeden Zweifel geradezu darauf erpicht, uns Informationen zu liefern. Wir wußten nur nicht genug, um die Hinweise zu verstehen.«

»Ab ist eine Maschine.« Flinx starrte ins All hinaus. »Die AAnn müssen zumindest vermutet haben, daß er das war. Kein Wunder, daß sie seine Zerstörung wollten.«

»Langsam, Flinx«, versuchte Tse-Mallory ihn zu bremsen. »Wir wissen nur, daß Ab eine Maschine ist, irgendeine Art Schlüssel. Ob es der richtige Schlüssel ist, wissen wir immer noch nicht.«

»All der Unsinn«, murmelte Flinx wie im Selbstgespräch. »All die Jahre, die er ziellos herumgewandert sein muß, von verschiedenen Rassen und Herren aufgenommen. Ich möchte wissen, wie viele Geheimnisse, wieviel Wissen er Leuten zugeplappert hat, die ihn nicht verstanden.«

Hinter ihnen summte ein Gerät und verlangte ihre Aufmerksamkeit. Es hatte Informationen von verschiedenen Außensensoren aufgenommen. Tse-Mallory trat an das Instrument und las die Information ab.

»Mit dem Artefakt geschieht irgend etwas. Und außerdem haben wir noch drei Minuten Zeit, um hier zu verschwinden, ehe das AAnn-Kriegsschiff hier eintrifft.«

Die Hur'rikku-Waffe begann von innen heraus in weichem Gelb zu glühen, ein Schein, der sie binnen kurzem völlig einhüllte. »Dort!« deutete Flinx. Wo die vier Teile von Ab das Artefakt berührt hatten, tauchten plötzlich vier schwarze Kreise auf. Im Innern dieser dunklen Löcher war nichts zu sehen. Der innere Teil des Artefakts war offenbar verschwunden, und doch konnten sie nicht ganz hindurchsehen. Mit dem Auftauchen der schwarzen Kreise verschwand die gelbe Aura.

Im Innern des Artefakts war etwas geschaffen worden, das kein normaler Raum war. Flinx war davon so fasziniert, daß er gar nicht auf die Idee kam, in Panik zu geraten. Und doch geschah sonst nichts. Es ereignete sich keine gewaltige Explosion, kein gleichmäßiges Summen erklang, wie von alten, nach Äonen wieder aktivierten Maschinen, nichts. Das Artefakt hing einfach im freien Raum, unverändert, sah man von den vier Löchern in seinen Seiten ab, welche gemeinsam ein — ein Nichts? — bildeten.

»Wenn wir hier wegwollen, dürfen wir nicht länger warten«, erklärte Tse-Mallory und blickte auf ein Instrument. »Aber ist es aktiviert? Es ist nichts geschehen. Unseren Instrumenten nach hat sich die Energiebilanz nicht verändert. Was muß denn sonst noch *getan werden*, verdammt noch mal!«

»Bran«, sagte Truzenzuzex langsam. »Ich weiß es nicht. Aber dieses Ab-Ding hat zweifellos *etwas* getan. Ich glaube, wir lassen es am besten allein. Das ist riskant, das gebe ich zu, aber die Homanx-Gesellschaft hat sich deshalb so positiv entwickelt, weil einzelne Individuen immer wieder Risiken eingegangen sind. Und außerdem, weil unser Überlebenstrieb so stark entwickelt ist. Zum Teufel mit dem Universum, Schiffsbruder. Laß uns abreisen und Vertrauen zu den Versen des Narren haben, der gar kein Narr war.«

Tse-Mallory aktivierte wortlos den KK-Antrieb. »Ich möchte nur sehen, ob man in uns später Propheten oder Narren sehen wird. Wir bleiben im Normalraum und sehen zu, was passiert, bis die AAnn hinter uns auftauchen. Ich wette, die interessieren sich mehr für das Artefakt.«

Als sie die unmittelbare Umgebung des Hur'rikku-Artefaktes verließen, kehrte Pip auf Flinx' Schulter zurück.

Unmittelbar darauf tauchte das AAnn-Kriegsschiff neben dem Artefakt jener mysteriösen ausgestorbenen Zivilisation auf. An Bord der *Teacher* studierten drei besorgte Gesichter die Ferndetektoren.

»Sie haben es in ihren Laderaum aufgenommen«, meinte Tse-Mallory, nachdem er es auf einem Bildschirm verfolgt hatte. »Keine Anzeichen, daß sie uns verfolgen.«

»Wir interessieren sie nicht«, meinte Truzenzuzex. Man merkte ihm seine Besorgnis an. »Es wird vielleicht Jahre dauern, bis wir es erfahren, Jahrzehnte. Vielleicht erfahren wir nie, ob wir die richtige Entscheidung getroffen haben. Vielleicht dauert es so lange, bis das Gerät in Funktion tritt, oder die AAnn lernen, wie man es

bedient.« Der Philosoph bemerkte Flinx' nachdenkliche Stimmung und fragte ihn, was ihn bedrücke.

»Ich beginne erst jetzt zu begreifen, wozu Ab vielleicht fähig ist«, erklärte der, »und dabei muß ich daran denken, wie lange er doch in meiner Gesellschaft war. Oder ich in der seinen. Ich kenne nicht viele Maschinen mit einer Persönlichkeit. Aber Ab hatte eine.«

Das AAnn-Flagschiff sah aus wie eine Wolke ungeheuer großer metallischer Seifenblasen. Es hatte neben dem Artefakt abgestoppt. Von seinem Ehrensessel an Bord des Dreadnought aus studierte Baron Lisso PN befriedigt den winzigen Splitter aus Metall-Glas-Plastik.

Im Augenblick wurden Gratulationsbotschaften verfaßt, die bald vermittels des Tiefraumstrahlers, der die ganze Länge des gigantischen Schiffes durchlief, an geheime Stützpunkte im Commonwealth abgesetzt werden würden. Und von dort aus würden sie in das Empire weitergeleitet werden.

In vielen Höhlen würde Freude herrschen, sagte sich der Baron. Nach vielen langen Jahren des Dienstes für den Kaiser und das Pack der Lords würde auch ihm der Lordstatus verliehen werden. Vielleicht würde man ihn sogar zum Berater machen, ihm somit die Chance geben, eines Tages Nachfolger des Kaisers selbst zu werden.

Das verzweifelte Homanxmanöver, so gering seine Erfolgsaussichten auch gewesen waren, war durchkreuzt worden. Und nicht nur das, ihm war es gelungen, das Objekt all dieser Mühe an sich zu bringen. Jetzt trieb es neben seinem Schiff im All. Nur noch ein paar Tests, dann würde man es an Bord nehmen. Baron Lisso PN glaubte nicht, daß irgend etwas — ganz zu schweigen von dem relativ winzigen Gegenstand draußen — den Kurs des Kollapsars würde aufhalten können. Das war schierer Aberglaube. Aber manchmal steckte auch hinter einem Aberglauben irgendein realer Kern, und so war es besser, vorsichtig zu sein, bis man sich vergewissert hatte, ob das uralte Artefakt harmlos war.

»Bringt das Ding in den Frachtraum. Benutzt die Methode, die unsere Informanten im Commonwealth beschrieben haben. Fahrt um das Artefakt herum. Unsere Traktorstrahlen sind zwar viel stärker als alles, was die Homanx mit ihrem winzigen Schiff aufbringen konnten, aber wenn es nötig ist, werden wir es eben schieben.«

Während die anderen Schiffe der Kriegskugel aufmerksam Ausschau hielten, ob sich irgendwelche Streitkräfte des Commonwealth näherten, veränderte das gigantische Dreadnought-Schiff vorsichtig seine Position, bis seine Hauptkugel das Hur'rikku-Artefakt von hinten berührte. Tore öffneten sich in eine riesige luftleere, hell beleuchtete Halle. Vorsichtig schob es sich über das Artefakt, nahm es in sich auf. Dahinter schlossen sich die Tore wieder.

Ein paar Archäologen und andere Wissenschaftler von zwei Laborschiffen traten die kurze Reise zu dem Dreadnought-Schiff an, wo sie von dem Baron und seinem Stellvertreter im Vakuum der Frachthalle begrüßt wurden. Die kleine Gruppe von AAnn in Raumanzügen ließ sich zu dem Artefakt treiben, während eine ganze Batterie von Instrumenten es untersuchte.

»Ehrenwerter«, sagte der Erste Offizier, »eine Nachricht vom Peripherieschiff *Analosaam*. Sie besagt, daß das Homanxschiff im Normalraum Position bezogen hat, und erbitten Befehl, es zu verfolgen und zu vernichten.«

»Antrag abgelehnt.« Den Baron interessierte die Prise nicht. Sie aufzubringen, brachte keine Ehre. »Da ihre nutzlosen Versuche mit diesem Relikt gescheitert sind, versuchen sie vielleicht, eines oder mehrere unserer Schiffe dazu zu veranlassen, ihnen bis zu einem Außenposten des Commonwealth oder der Kirche zu folgen. Das würde nur einen unliebsamen Zwischenfall auslösen. Ich will nicht, daß man unsere Anwesenheit hier entdeckt.

Und ohne Beweise wird ihnen niemand glauben, daß eine kaiserliche Kriegsmacht so tief in das Commonwealth eingedrungen wäre, nur um sich eines Gegenstandes zu bemächtigen, an den die Commonwealthregierung ohnehin nicht glaubt. Ehe jemand hier eintreffen kann, um diesen Bericht zu überprüfen, sind wir schon lange wieder auf Heimatkurs.«

»Heimat.« Der Physiker zur Rechten des Barons hauchte das Wort nur. Ihn persönlich beeindruckte das Hur'rikku-Artefakt noch weniger als den Adligen. Die Meßergebnisse, die ihm über das Interkom seines Raumanzuges überspielt wurden, wiesen darauf hin, daß das vor ihnen schwebende Objekt keine Energie ausstrahlte, nicht aus explosivem Material bestand und allem Anschein nach harmlos war. Er hoffte bald sein Gutachten abgeben und in den heißen Sand seiner Heimat zurückkehren zu können.

Ein Wissenschaftler nach dem andern gab seine Untersuchungsergebnisse ab. Alle stimmten darin überein, daß — sollte dieser Gegenstand je eine Waffe gewesen sein — er inzwischen vom Zahn der Zeit zerstört worden war. Aber mitnehmen sollte man ihn auf alle Fälle. Die Zeichen an seinen Außenwänden und sein Innenleben würden zumindest die Archäologen interessieren.

»Bedeutet das, daß wir es uns aus der Nähe ansehen können?« fragte der Baron ungeduldig. Auch ihn drängte es nach Hause.

Der leitende Chemiker der kleinen Gruppe hielt es für vertretbar, eine eindeutige Aussage zu machen: »So lange wir die noch nicht näher untersuchten Vorsprünge und Vertiefungen nicht berühren, glaube ich, daß das ungefährlich ist, Ehrenwerter. Wir untersuchen das Objekt natürlich weiter, aber ich persönlich rechne nicht mit irgendwelchen Statusveränderungen.«

»Wenn es funktionsfähig wäre«, fügte ein Metallurg

hinzu, »hätten die Homanx es bestimmt schon aktiviert.«

»Das ist logisch«, meinte ein anderer.

Die kleine Gruppe stieß sich von der Wand ab und schwebte langsam auf das Objekt zu. Ihre Sicherheitsleinen erlaubten ihnen, unmittelbar davor abzubremsen.

»Was sind das für schwarze Kreise?« fragte der Baron, der ebenso eine wissenschaftliche Ausbildung genossen hatte.

»Nach den Meßergebnissen ist das noch nicht ganz klar, Ehrenwerter.« Der Wissenschaftler schien unsicher. »Sie zeigen einige Eigenschaften fester Materie, aber auch einige des Vakuums. Ein interessantes, aber nicht unbedingt gefährliches Phänomen ...«

Tse-Mallorys Gesicht war eine undurchdringliche Maske, als er vom Bildschirm aufblickte. »Immer noch keine Anzeichen von Verfolgung. Ich glaube, die sind damit zufrieden, uns verdrängt zu haben. Das Bild ist auf diese Distanz nicht ganz deutlich, aber ich glaube, sie haben das Artefakt an Bord des Dreadnought-Schiffs genommen.«

Truzenzuzex' gewöhnlich fast lethargisch wirkende Ruhe schien wie weggewischt, als er mit einer Fußhand auf das Amaturenbrett schlug. »Inzwischen hätte schon etwas passieren müssen, falls überhaupt etwas passiert. Die Maschine, Ab ...«

»Ab war keine Maschine«, sagte Flinx mit Entschiedenheit. Sein einfältiger, aber netter Schützling hatte sich offensichtlich ganz willkürlich gevierteilt. »Ab war ein Lebewesen.«

»So etwas wurde von der Wissenschaft schon lange erwartet.« Der Philosoph spürte, wie emotionell Flinx reagierte, und versuchte daher, ihn zu beruhigen, indem er das Thema wechselte. »Ihr Menschen habt auch eine Zeitlang bestimmte hochwertige Maschinen anthropomorph gebaut, bis ihr erkanntet, daß der Instinkt hinsichtlich solcher Roboter stärker war als die Logik.«

»Ich fürchte, wir sind am Ende, Schiffsbruder. Wir müssen uns eine andere Legende suchen. Und wenn wir keine finden, sind die drei Welten verloren.«

Flinx wandte den Blick vom Bildschirm. Durch die hintere Luke des Cockpits konnte er immer noch deutlich die Zwillingssonnen RNGC 11,432 und RNGC 11,433 erkennen. Die AAnn-Kriegsschiffe waren viel zu klein, um sie mit bloßem Auge wahrzunehmen.

Die spiralförmigen Materiezungen, die von den beiden Sonnen ausgingen, hatten ihre Position etwas verändert, denn der Vagabund war tiefer in das System eingedrungen. Vermutlich bildete er sich das nur ein, aber ihm schien es jedenfalls, als wäre der Durchmesser der beiden Sterne sichtbar kleiner geworden. Der Gedanke an die dem Untergang geweihten Bewohner von Carmague, Collangatta und Twosky Bright verursachte ihm Übelkeit, und so wandte er sich von der Luke ab und blickte seine Begleiter an. Dabei bemerkte er, daß September ihn fragend musterte. Der Riese und Hasboga waren wieder in die Aussichtskuppel zurückgekehrt, als ihnen klar geworden war, daß ihre Vernichtung nicht unmittelbar bevorstand.

Truzenzuzex' und Tse-Mallorys Suche hatte ein unbefriedigendes Ende genommen. Jetzt war es an der Zeit, auch seine Suche abzuschließen.

Blaue Augen voll Weisheit blickten ihn an, schienen seine Frage fast zu fühlen. »Die Schleusen dieses Schiffes sind so eingestellt, daß sie in einer gefährlichen Situation nur auf meine Stimme reagieren, September. Ich kann Sie und Hasboga jetzt hinauslassen oder Sie an Bord behalten, bis meine Wünsche befriedigt sind. Ich will eine Antwort, und zwar jetzt gleich.«

Seltsamerweise schien September Flinx' Wünsche zu respektieren, anstatt ärgerlich auf sie zu reagieren.

»Sie haben mir immer noch nicht gesagt, was Sie auf

Moth vorhatten, als Sie versuchten, mich zu kaufen. Und Sie erwähnten auch andere. Ich will wissen, weshalb Sie an jener Auktion teilgenommen haben.«

»Dein Schiff gefällt mir. Du kannst mich darauf festhalten, solange du willst.« Lachte der Hüne ihn aus?

Flinx ging auf ihn zu, stemmte die Hände in die Hüften und starrte in das breite Gesicht. September ragte über ihm auf. Er wog mehr als doppelt soviel als der Junge und hätte ihn mit einer Hand in Stücke reißen können. Vorausgesetzt freilich, Pip, der eingerollt auf Flinx' rechter Schulter lag, hinderte ihn nicht daran.

Nicht daß September beabsichtigt hätte, unfreundlich zu reagieren. »Meiner Treu, Jungchen, du willst doch nicht den alten Skua bedrohen.« Er grinste.

Flinx wandte sich ab. Er ärgerte sich über sich selbst. »Es tut mir leid. Ich mag Drohungen nicht, schon gar nicht zwischen Freunden.«

Die buschigen weißen Brauen hoben sich überrascht. »Du betrachtest mich als Freund?«

Als Flinx antwortete, sah er den Riesen nicht an. »Ich würde gerne einen Freund in Ihnen sehen.«

Septembers Stimme klang seltsam. »Das gefällt mir, Jungchen. Also ... werde ich dir sagen, was du wissen möchtest.«

Flinx wirbelte herum und bemühte sich, seine Erregung zu unterdrücken. Er setzte sich. September nahm ihm gegenüber Platz. Hasboga wandte ihre Aufmerksamkeit den Sternen zu. Sie schien verärgert, daß man ihr keine Aufmerksamkeit schenkte.

Tse-Mallory und Truzenzuzex saßen an ihren Instrumenten. Flinx wußte, daß keiner von beiden das Mißlingen ihrer Mission zugeben würde, bis sie dafür unwiderlegbare Beweise hatten.

»Vor etwas weniger als zwanzig Standardjahren«, begann September, »mußte ich feststellen, daß ich weder Credits noch Aussichten hatte. Ich war in meinem Leben schon einge Male arm, Junge. Das ist wahrlich nicht schön. Ich war deprimiert, mein Verstand funktionierte nicht richtig ... die Gründe sind jetzt ohne Belang. Und so nahm ich einen Job an, den ich vermutlich nicht hätte annehmen sollen.

Es gab da eine Firma, klein, aber — wie ich später erfuhr — von einigen sehr wichtigen Leuten beeinflußt. Ihre Ziele waren gut. Sie glaubten, durch Einsatz ihrer verschiedenen Fähigkeiten die Menschheit verbessern zu können. Im physischen Sinne, nicht im moralischen. Um ihre Theorien zu beweisen, mußten ihre ›verbesserten‹ Kinder unter normalen Umständen aufgezogen werden. Dafür eigneten sich am besten Paare, die sich Kinder wünschten und bei denen der Vater steril war. Es gibt eine ganze Anzahl von Organisationen, die solchen Paaren Sperma liefern. Das bot der Firma eine ideale und unauffällige Deckung.

Es bedarf wohl keiner besonderen Erwähnung, daß man den Paaren, die das Sperma kauften, nicht sagte, daß es manipuliert worden war.« Der Riese wandte den Blick ab. »Du mußt mir glauben, daß ich erst viel später erfuhr, was da vor sich ging.«

Flinx verkniff sich seine Frage, um nicht zu unterbrechen.

»Die Paare glaubten, übliche Spermatozoen mit hochwertigen Genen zu kaufen. Sie konnten unmöglich wissen, daß jemand diese Gene präpariert hatte. Ich meldete mich und wurde als Spermaspender akzeptiert.« Er grinste. »Ich bin sicher, daß man wegen meiner Größe und meiner Kraft so entschied, nicht wegen meiner überwältigenden Intelligenz. Vergiß nicht, ich hatte keine Ahnung, was mit dem, was ich verkaufte, geschehen sollte. Und es gab außer mir natürlich zahlreiche andere Spender.

Wie oft oder wieviel sie spendeten, weiß ich nicht. Ich selbst spendete einige Male. Spendete — verkaufte. Und jetzt begreifst du auch, weshalb ich nicht sagen kann, ob ich dein Vater bin oder nicht, Flinx. Es könnte meins gewesen sein, das deiner Mutter eingepflanzt wurde, aber es könnte genausogut das von irgend jemand anderem gewesen sein. Selbst durch einen Chromosomentest könnte man das nicht feststellen, weil die Biotechniker der Firma ja daran herumgepfuscht haben.«

»Und wie haben Sie das am Ende herausgefunden?« Flinx stellte fest, daß der Bericht ihn auf bizarre Weise faszinierte. Genchirurgie — Verbesserung der Menschheit. Aber er war sich nicht so sicher, ob er eine Verbesserung repräsentierte, doch die Geschichte, die er hier hörte, trug dazu bei, die Herkunft seiner fremdartigen, nicht immer verläßlichen Talente zu erklären.

»Der größte Teil der ersten Gruppe ›verbesserter‹ Kinder wurden auf Terra oder anderen Sol-Planeten geboren. Die meisten kamen normal zur Welt, aber es gab einige, vielleicht ein Fünftel, die mit Mißbildungen oder mit genetischen Schäden geboren wurden, in manchen Fällen Schäden erschreckender Art.

Die Organisatoren der Firma, vergiß das nicht, waren im Grunde genommen korrekte Männer und Frauen, Menschen und Thranx. Sie waren entsetzt über die Ergebnisse, lösten die Firma auf und trennten sich. Die Regierung schaltete sich ein. Es war die Rede von gerichtlicher Verfolgung, aber die Regierung fand niemand, gegen den sie Anklage erheben konnte, weil sie immer noch nicht ahnen konnten, daß die Kinder infolge von Gen-Manipulationen Schäden erlitten hatten.

Um uns so weitgehend wie möglich zu schützen, bemühten sich die Hintermänner der Firma darum, eine möglichst große Zahl der gesunden Kinder zusammenzuholen, oder zumindest Einzelheiten über ihren Aufenthaltsort und ihre Identität zu sammeln. Schwere Mißbildungen ließen sie verschwinden.« Septembers Stimme war ohne jeden Ausdruck.

»Um das Geheimnis zu bewahren, setzten sie dafür in erster Linie ehemalige Angestellte ein. Sie erklärten mir, daß meine Eigenschaft als Spender mir möglicherweise als Komplizenschaft ausgelegt werden könnte. Also nahm ich den Auftrag an.«

Flinx fragte nicht, ob September irgendwelche Mißbildungen aufgespürt hatte.

»Ich war gerade im Begriff, dich bei der Auktion auf Moth zu kaufen und nach Terra zurückzuholen. Wir haben dort eine Spezialschule eingerichtet, in der einige der gesunden, aber verlassenen oder verwaisten Kinder aufgezogen werden. Aber die Regierung hatte inzwischen bereits von der Aktion erfahren. Sie wußte nichts von den Kindern, aber einige Mitglieder, die mit der Firma zu tun hatten, waren verhaftet worden. Sie hätten mich erkannt. Also mußte ich schleunigst verschwinden, als Polizei auf der Auktion erschien. Ich hatte vor, später zurückzukehren und dich demjenigen abzukaufen, die dich ersteigert hatte.«

»Und warum haben Sie das nicht getan, Skua?«

»Weil die ganze Aktion kurz nachher auseinanderbrach, weil einige Angestellte sich dadurch Straffreiheit erkauften, indem sie ihre Kollegen verrieten, und die meisten Gründer der ursprünglichen Firma verhaftet wurden. Den hysterischen Tridi-Berichten nach zu schließen, hielt ich es für das beste, mich in aller Stille von der Organisation und der Firma zu lösen. Es gelang mir, eine Weile unterzutauchen.«

»Und was geschah mit den Gründern?« Flinx' Erregung nahm zu. Ob September nun sein Vater war oder nicht, vielleicht war er noch nicht am Ende der Spur. »Was ist mit ihren Aufzeichnungen?«

»Tut mir leid, Jungchen, das weiß ich nicht genau — aber ich habe große Ohren.« Er wackelte damit, wie um seine Aussage zu bestätigen. »Nach allem, was ich gehört habe, sind die Akten der Firma bei einem Feuer zerstört worden.«

»Nun, dann eben die Experimentatoren.« Flinx bemühte sich, seine Hoffnung nicht aufzugeben.

»Der Ekel der Öffentlichkeit führte dazu, daß es zu schweren Strafen kam. Die meisten wurden zu selektiver Neurochirurgie verurteilt.« Flinx ließ den Kopf sinken. Er wußte, was das bedeutete. »Der Teil ihres Erinnerungsvermögens, der mit der Firma und ihren Aktivitäten zu tun hatte, wurde gelöscht. Ihre Persönlichkeiten und der größte Teil ihres Wissens blieben erhalten, aber nichts, was die Firma angeht.«

»Ich dachte, die Doktrin der Kirche ließe so etwas nicht zu.«

September nickte. »Richtig, aber die Empörung der Öffentlichkeit war groß, Jungchen. Die Antiwissenschaftsliga feierte, wie du dir vorstellen kannst, Triumphe. Manchmal kann die Kirche ihre Meinung durchsetzen, aber in diesem Falle hielten die Inneren Kanzler und die Letzte Zuflucht es wahrscheinlich für besser, nicht darauf zu beharren. Eine Abkühlung in den Beziehungen zwischen Kirche und Regierung hätte niemandem genützt.«

»Aber ... Sie *könnten* mein Vater sein.«

»Das leugne ich nicht, Junge. Ich kann es nicht.« Er streckte die Beine aus und zuckte zusammen. Eines war eingeschlafen. »Nachdem, was ich von dir weiß, wäre ich stolz, es zu sein. Aber ... nun ja.«

»Und wenn ich Mißbildungen gezeigt hätte?«

»Junge«, sagte September ernst, »für die meisten dieser armen Geschöpfe war es eine Erlösung, oder sie merkten gar nichts, als sie getötet wurden, denn einige waren ohne Sinnesorgane zur Welt gekommen, andere mit neuen. Ohne Arme oder Beine oder ohne beides. Mit zusätzlichen Gliedmaßen oder zwei Köpfen oder gar keinem. Ja, es gab noch viel Schlimmeres. Aber bedenke auch, daß die meisten der Kinder sich als gesund erwiesen — sie waren eher eine Spur stärker, eine Spur klüger als der Durchschnitt. Verstehe mich nicht falsch, ich will die Firma nicht verteidigen, keineswegs, sondern nur Tatsachen berichten, und diese Tatsache ist eben, daß die erste Charge sich als gar nicht schlecht erwies.«

Erste Charge, dachte Flinx. Eisige Wut formte sich in ihm. Pip regte sich nervös. Er war nichts anderes als das Produkt eines wissenschaftlichen Experiments, ein belebter Fleischbrocken aus der Retorte. Er war ...

Und dann wurde ihm etwas klar, was September gesagt hatte. Einige waren ohne Sinnesorgane zur Welt gekommen, hatte er gesagt, andere mit neuen! Wenn seine seltsamen Fähigkeiten auf jene mißglückten genetischen Manipulationen zurückzuführen waren, dann gab es vielleicht andere, die ähnlich verwirrte Talente besaßen, unsicher, verschreckt, ihrer nicht lenkbaren Fähigkeiten unsicher.

Und was war mit September? Was ging hinter dieser mächtigen Stirn, hinter diesen leuchtend blauen Augen vor sich? Ein Vielleicht-Sohn starrte seinen Vielleicht-Vater an. Keiner von beiden sagte ein Wort.

»Welche Funktion könnten sie haben?« fragte der Baron Lisso PN seine Wissenschaftler und zog sich an einer Leine entlang, bis er unmittelbar vor einem der schwarzen Kreise hing. Eine Physikerin zog sich neben ihn. Sie hielt einen unförmigen Gegenstand in der Hand, der wie eine kleine Hantel aussah, dessen Griff durch ein grellrotes Plastikviereck stach. Auf dem Plastikviereck waren eine ganze Reihe von Knöpfen und Schaltern angebracht. Ein paar kleine Scheiben auf kurzen Stielen wiesen auf den geheimnisvollen schwarzen Kreis.

»Die Instrumente sagen nichts aus, Ehrenwerter«, erklärte sie. »Wir können die schwarzen Flächen nicht durchdringen. Bevor wir sie nicht genauer erkannt haben, zögere ich, das Artefakt näher zu untersuchen. Ein Kontakt mit Energie oder Materie könnte die Waffe auslösen.«

»Pah!« entgegnete der Baron. »Wir haben bereits festgestellt, daß es, wenn es wirklich einmal eine Waffe

gewesen sein soll, diese nicht mehr funktionsfähig ist.«

Die zurechtweisenden Blicke der anderen heimwehkranken Wissenschaftler drohten sie zu durchbohren.

»Ehrenwerter«, stieß sie schließlich hervor, »ich rate von übereilten Schritten ab.«

»Es strahlt keine Energie ab, nimmt keine auf. Es ist tot, Hunderttausende von Jahren tot. Und doch rätst du uns ab, die Untersuchung fortzusetzen. Die Schriften beispielsweise«, damit wies er auf die Zeichen an den Flanken des Artefakts, »werden uns nach ihrer Entzifferung viele Informationen liefern. Vielleicht helfen sie uns in unserem Bestreben, diese warmhäutigen Menschen und steifgliedrigen Thranx zu vernichten, die unseren Teil der Galaxis unsicher machen.«

Seine behandschuhte Hand berührte eines der Schriftzeichen. Als der Kontakt zwischen ihm und dem Artefakt hergestellt war, hielt die Physikerin unwillkürlich den Atem an. Aber nichts geschah. Der Baron wandte sich um und musterte sie herablassend. Das Schild an ihrem Anzug verriet, daß sie Di-Vuoyyi LMMVCT hieß. Der Anzug verbarg den größten Teil ihrer Figur, aber nicht ganz. Ihre Hüften waren bemerkenswert. Später, wenn sich ihre ungerechtfertigte Angst gelegt hatte, würde er sich vielleicht bemühen, ihr zu beweisen, daß er auch fähig war zu vergeben. In seiner Kabine, auf der blauen Bühne.

Er klopfte mit der Hand auf die noch unidentifizierte Substanz. »Tot, träge, harmlos, wie jeder sehen kann.« Er zog die Hand zurück, glich die Körperbewegung aus, die das in der Nullschwerkraft auslöste und schlug noch einmal dagegen. »Warum vertraust du nicht deinem eigenen Wissen, *Lya-Nye?* Warum vertraust du nicht auf deinen Verstand?« Er zog sich an der Leine ein Stück weiter, bis er unmittelbar vor der schwarzen Fläche hing.

»Wir können nicht in diesen Raum sehen. Und doch

muß dort ein Raum sein. Angesichts von unschlüssigen Instrumentenanzeigen haben wir AAnn stets spontan reagiert.«

Mit diesen Worten schob er die Hand mit ausgespreizten Fingern in die Schwärze. Seine Hand drang durch die schwarze Oberfläche und verschwand. Einen winzigen Augenblick lang war er der erste und einzige Angehörige seiner Art, der das Anderswo berührte.

Im Anderswo löste die eingedrungene Materie das Gerät aus. Natürlich war das Gerät in Wirklichkeit gar nicht dort, im Innern des AAnn-Kriegsschiffes. Es war irgendwo, weit entfernt, wo sich eine halbe Million Jahre vorher das System Cannachanna befunden hatte. Mit seiner augenblicklichen Manifestation war es durch FKM-Energie verbunden. Und als Baron Lisso PN es auslöste, rutschte die Energie und das Gerät selbst einer Lawine gleich in einen anderen Zustand des Weltraums.

Aber die Folge war keine Explosion im Innern des AAnn-Kriegsschiffes. Die angesammelte Energie gab dem Artefakt nur einen kleinen Schubs. Das Hur'rikku-Objekt war nur die Nadel. Und diese Nadel stieß nun ein winziges Loch in das Gewebe des Universums.

Ein Loch in das andere Universum.

Das Anderswo ergoß sich wie ein Wasserfall ins Hier und Jetzt. Der Baron verschwand. Die Wissenschaftler rings um ihn verschwanden. Alles in der unmittelbaren räumlichen Nachbarschaft, nämlich elf bewaffnete Schiffe verschiedener Größe und ihre Mannschaften, verschwanden. Sie verschwanden in winzigen Blitzen unerträglicher Helligkeit, wurden zu Nichts, wie Motten in einer lodernden Esse.

Nur ein elektronischer Engel an Bord der *Teacher* rettete Flinx und seine Begleiter. Der Computer entdeckte die Gefahr und schleuderte das Schiff gerade noch rechtzeitig in den Plusraum, um es vor der Vernichtung zu retten. Und da die Vernichtung nicht ganz so schnell wie das Licht auf sie zuraste, brauchte die *Teacher* nicht ungeheuer schnell zu beschleunigen. Nur schnell. Als sie sich wieder vom Deck aufklaubten, war der chitinhäutige Truzenzuzex als erster auf den Beinen und an der Steuerkonsole. Die Ferntaster wurden aktiviert und die Szene, die sich hinter ihnen bot, erschien auf dem Bildschirm. Sie brauchten ihre Geschwindigkeit nicht zu steigern. Sie brauchten nur etwas schneller als das Licht zu fliegen, um der Vernichtung zu entrinnen, die sie verfolgte.

Flinx und die anderen drängten sich um den Schirm. Der Junge war so verblüfft, daß er überhaupt nicht bemerkte, daß Pip erschreckt durch den Korridor verschwunden war.

»Weg«, meinte Tse-Mallory und starrte ungläubig auf die Detektoren. »Sie sind verschwunden, Tru. Alle elf Schiffe. Keine Spur von ihnen.«

»Irgendwie haben sie das Gerät aktiviert«, murmelte Truzenzuzex. Voll Ehrfurcht studierte er das Bild auf dem Schirm. »Homanx, paßt auf. Was wir hier sehen, ist einmalig.«

Aus der Raumregion, wo noch vor Sekunden die AAnn-Kriegskugel getrieben hatte, war etwas hervorgetreten. Eine intensiv leuchtende Kugel aus schierem weißen Licht, eingehüllt von schwarzem Feuer, durch das man nicht zu sehen vermochte. Ein Tentakel jener Schwärze, die mehr als schwarz war, schien zu glänzen, als sie sich ausdehnte. Das war natürlich unmöglich. Nichts konnte schwarz glühen.

Es war eine Verhöhnung jedes bekannten Naturgesetzes, und doch existierte es, selbst wenn das normale Spektrum keinen Platz dafür hatte. Aus einer Entfernung von einigen hundert Millionen Kilometern dehnte sich ein ähnlicher Faden aus grell glühendem weißen Feuer vom Randbereich des Kollapsars.

»Es zieht Materie aus dem schwarzen Loch, aus dem Vagabunden heraus«, sagte Tse-Mallory heiser flüsternd.

»Es ist verrückt.« September wußte genug, um sich seiner Sache sicher zu sein. »Dinge fallen *in* Schwarze Löcher. Sie kommen nicht wieder aus ihnen heraus. Niemals!«

»Dennoch geschieht genau das, oder wir und alle Instrumente an Bord dieses Schiffes sind verrückt geworden.«

Truzenzuzex' blitzende Facettenaugen huschten zwischen den Bildschirmen und Instrumenten hin und her. »Wetten möchte ich darauf nicht. Aber dann hätte ich auch nie darauf gewettet, daß ich je einen ›Expandar‹ sehen würde. Ein *Weißes* Loch.«

Und während der Strom unglaublich dichter Materie den Rand des Kollapsars verließ, pulsierte er mit zunehmender Intensität, bis er so hell war, daß die Kompensatoren der *Teacher* Mühe hatten, das Licht so abzuschwächen, daß es die Detektoren nicht verbrannte.

Und der feurige Materie-Strom näherte sich dem Expandar ganz in der Nähe des Ursprungs des dunklen Materials, welches von dessen Rand abgestrahlt wurde. Die gegenseitige Anziehung veränderte das Winkelmoment. Beide Ströme verzwirbelten sich, bildeten Spiralen, umkreisten einander. Und dann trafen sie im Mittelpunkt der beiden Spiralen aufeinander.

An Bord der *Teacher* explodierte ein Meßgerät, das Strahlungsenergie registrierte. Ein anderes zerplatzte Sekunden später. Sie waren über den Bereich hinaus beansprucht worden, den ihre Konstrukteure für möglich gehalten hatten.

Wo die beiden Fäden, der schwarze und der strahlende, sich berührten, bildete sich eine Kugel aus vielfarbiger unglaublicher Energie. Sie schwoll vor ihren Augen immer weiter an.

»Man stelle sich vor, daß einst die gesamte Materie des Universums in einem Kollapsar konzentriert war«, sinnierte Tse-Mallory. »Sie trifft auf einen schwachen Punkt im Raum-Zeit-Kontinuum. Der Punkt gibt nach,

und die beiden Universen öffnen sich gegeneinander. Ergebnis: ein mächtiger großer Knall — und die Energie, die später unsere heutigen Galaxien bildete, wird frei.«

»Und ein weiteres Ergebnis ist vielleicht etwas, das die Materie völlig auflöst«, meinte Truzenzuzex. »Eine wirksame unwiderstehliche Waffe.« Der Philosoph wirkte erschöpft. »Was setzt man gegen eine immense Materiekonzentration ein? Ganz einfach — die gleiche Menge Antimaterie.« Das Licht in der Beobachtungskuppel spiegelte sich in seinen Facettenaugen wie in einem Kristallüster. »Der Wabe sei Dank, daß wir die Falle nicht überprüft haben, nachdem Ab sie stellte. Die geringste Materiemenge, ja schon eine Berührung hätte ausgereicht, um sie auszulösen. Aber das ist es nicht, was mich zittern läßt.« Er hielt einen Augenblick lang inne, um sich zu sammeln.

»Wir waren im Begriff, das Hur'rikku-Gerät und uns selbst in den Kollapsar zu steuern. Hätten wir das getan, so wäre es nicht zu einer langsamen Materie-Antimaterieauflösung gekommen, wie wir sie jetzt sehen. Das Weiße Loch wäre im Innern des Kollapsars geschaffen worden. Die gesamte Kollapsarmaterie wäre im gleichen Augenblick zerstört worden.

Wenn jener Kollapsar die Überreste von Hunderten oder gar Tausenden von Sonnen enthält, wären alle gleichzeitig in Energie verwandelt worden.« Er rieb sich die Kiefer. »Ich wollte immer schon wissen, meine Dame und meine Herren, wie ein Quasar aussieht — aber nicht aus der Nähe!«

Er wandte sich wieder dem Bildschirm zu. »Der Fluß von Materie in die Antimaterie scheint relativ konstant. Das entspricht dem, was die Instrumente uns sagen. Wir haben einen neuen Stern, Herrschaften. Einen Regenbogenstern.«

Tse-Mallory blickte von der Konsole auf. »Tru, die Bewegung des Kollapsars hat sich verändert. Nein«, fügte

er schnell hinzu, als er den Schrecken im Gesicht des Philosophen sah, »er bewegt sich nicht auf das Weiße Loch zu. Es sieht aus, als würden die beiden eine Kreisbahn um den neuen Stern aufnehmen, sofern man das einen Stern nennen will. Die Entfernung zwischen den beiden bleibt zu meiner großen Genugtuung konstant.«

»Wie lange wird er brennen?« fragte Hasboga, die den Arm um September gelegt hatte. »Das ist herrlich.«

»Sie werden ihn zumindest ein paar Millionen Jahre lang sehen können, schätze ich«, sagte Tse-Mallory. »Aber das wird nicht das eigentlich Schöne sein.«

Sie sah ihn fragend an.

»Der Samtdamm«, erklärte Truzenzuzex. »Der Dunkelnebel, der zwischen hier und den Welten des Commonwealth liegt. Wenn die Energie dieser Materieauflösung ihn erreicht, dann wird der Dunkelnebel aufglühen und den herrlichsten Anblick in unserer Galaxis bieten. Es würde mich nicht wundern, wenn man die Farben selbst auf Terra und Hivehom sehen könnte. Wir werden es nicht mehr erleben, muß ich leider sagen. Aber wir haben unseren Enkeln und den darauf folgenden Generationen etwas Wunderbares geschaffen.«

Sie sahen zu, bis die Energien des Regenbogensterns auf dem Bildschirm zu einem hellen Punkt zusammengeschrumpft waren. Dann setzte Flinx Kurs auf Twosky Bright, die nächste größere Commonwealthwelt. Sie war in erster Linie von Thranx besiedelt. Truzenzuzex würde dort die Behörden von ihrer Leistung informieren können. Außerdem würde er, wie er erklärte, Isili Hasboga in ihrem Bemühen unterstützen, Mittel für ihre Forschungsarbeiten zu bekommen. Sie strahlte, als sie das hörte.

Flinx griff nachdenklich an seine Schulter. Da fehlte etwas. Er erinnerte sich nicht, wann Pip weggeflogen war, aber es lag schon eine Weile zurück. Einen Augenblick lang erschrak er und erinnerte sich an die schreckliche Zeit auf Alaspin, als er geglaubt hatte, der Kleine hätte ihn für immer verlassen.

Aber hier brauchte ihn das nicht zu beunruhigen. Der Minidrach mußte irgendwo an Bord der *Teacher* sein. Tatsächlich wurde ihm jetzt klar, daß der Kleine ihn seit dem Start von Alaspin immer wieder verlassen hatte. Vielleicht hatte die kurze Periode der Freiheit die Flugschlange unabhängiger gemacht. Er würde sich damit abfinden müssen.

Die anderen vermißten ihn nicht, als er sich entschuldigte, um Pip zu suchen. Truzenzuzex und Tse-Mallory waren in eine Diskussion des neuen Phänomens vertieft, das jetzt hinter ihnen zusammenschrumpfte. September und Isili hatten nur Augen füreinander.

Also schlenderte Flinx durch Korridore und Kabinen und rief Pips Namen. Irgendwo mußte der Minidrach ja stecken, sei es nun in den Wohnquartieren oder den anderen unter Druck stehenden Sektoren des Schiffes. Schließlich erreichte er seine eigene Kabine.

»Pip! Komm heraus, Pip! Alles ist in Ordnung. Ich bin ganz ruhig.«

Hinter seinem Bett zischte es. Er runzelte die Stirn. Das war ein ungewöhnlich sanftes Zischen. War Pip krank? Vielleicht hatte er ihn deshalb so oft alleine gelassen. Vorsichtig näherte er sich dem Bett.

»Pip, ist alles ...?«

Etwas, das wie ein winziges Geschoß aussah, pfiff an seinem Ohr vorbei, nein, dröhnte wie eine Hummel. Er erstarrte. Und noch ein Geschoß und noch eines und dann drei weitere. Verwirrt stand er mitten im Raum, während vier, fünf, sechs winzige, geflügelte Silhouetten um seinen Kopf summten.

Und dann war hinter dem Bett ein lauteres kehliges Zischen zu hören. Und im selben Augenblick rasten alle sechs über sein Bett.

Flinx fand Pip auf einer Decke in der Nische zwischen dem Bett und der Wand aus Metall. Und jetzt sammelte

sich das geflügelte Sextett um den viel größeren Pip. Flinx mußte unwillkürlich an ein Geschwader von Aufklärern denken, das sich um ein Mutterschiff sammelt.

Geschlitzte Augen starrten ihn an. Flinx spürte ein Gefühl von Zuneigung, das von dem Minidrach ausging und ihn umfaßte. Er kam sich beinahe vor, als sei er Vater geworden.

»All die Jahre sind wir zusammen gewesen«, murmelte Flinx verblüfft, »und jetzt muß ich erfahren, daß du eine ›Sie‹ bist.«

Kein Wunder, daß er — sie, verbesserte er sich — mit dem eindrucksvoll muskelbepacktem Minidrach Balthasar verschwunden war. Kein Wunder, daß ihre Rückkehr und die darauffolgende Trennung an ein Luftballett erinnert hatte. Keiner der beiden Minidrachs hatte seinen Meister verlassen. Sie hatten nur kurz Urlaub genommen, um einen Auftrag zu erfüllen, der so alt war wie die Dschungel von Alaspin.

»Das hättest du mir sagen müssen, Pip«, sagte Flinx tadelnd, ohne dabei ein breites Grinsen unterdrücken zu können. Und wie in Reaktion darauf rasten ihm sechs winzige Minidrachs oder sollte er Mikrodrachs sagen? — entgegen. Sie umsummten ihn, zupften neugierig an seinem Ohr, an seinem Haar, flatterten mit der unstillbaren Neugierde aller Neugeborenen um seine Augen. Pip sah zu, um sicherzugehen, daß alles in Ordnung war, und schob dann ihren dreieckigen Kopf tiefer in die Falten der Decke.

Zweifellos suchte sie Wärme, dachte Flinx — aber ebensogut hätte es Verlegenheit sein können.